Das Buch

»Georgie streckte seinen Arm aus. Der Clown packte ihn am Arm. Und Georgie sah, wie das Gesicht des Clowns sich veränderte. Was er sah, war so fürchterlich, daß seine schlimmsten Fantasievorstellungen von dem Wesen im Keller dagegen nur süße Träume waren; was er sah, brachte ihn schlagartig um den Verstand...« 1957 hat alles begonnen: Der kleine Georgie ist das erste Opfer. Und dann bricht ES wie die Pest über die Stadt Derry herein, eine Greueltat folgt der anderen... Über 25 Jahre später: Mike Hanlon ruft sechs Freunde zusammen und erinnert sie an den Schwur, den sie getan haben. Sollte ES, sollte das namenlose Böse noch einmal auftauchen, wollen sie sich wieder in Derry treffen. Damals sind die Freunde in die Abwasserschächte gestiegen, als Kinder haben sie ES gejagt und zu töten versucht. Aber ES wurde nur verletzt. Und jetzt geht das Grauen wieder um, daran besteht kein Zweifel. Einer der Freunde kann zum Treffen nicht mehr kommen. Er liegt blutverschmiert in seiner Badewanne. Offensichtlich Selbstmord... ES ist ein Alptraum, eine Vision des Schreckens, eines der faszinierendsten Werke von Stephen King. Unheimlich schön.

Der Autor

Stephen King alias Richard Bachman gilt weltweit unbestritten als der Meister der mordernen Horrorliteratur. Seine Bücher haben eine Weltauflage von 100 Millionen weit überschritten. Seine Romane wurden von den besten Regisseuren verfilmt. Geboren 1947 in Portland/Maine, schrieb und veröffentlichte er schon während seines Studiums Science-fiction-Stories. 1973 gelang ihm mit *Carrie* der internationale Durchbruch. Alle folgenden Bücher (*Friedhof der Kuscheltiere, Sie, Christine* u. v. a.) wurden Bestseller, die meisten davon liegen als Paperbacks oder Taschenbücher im Wilhelm Heyne Verlag vor. Stephen King lebt mit seiner Frau, der Schriftstellerin Tabitha King, und drei Kindern in Bangor/Maine. »Stephen King ist ein Geschichtenerzähler, ein intelligenter, gewitzter, hochspezialisierter Handwerker – der Handwerker des Schreckens.« Süddeutsche Zeitung

STEPHEN KING
»es«

ROMAN

WILHELM HEYNE VERLAG
MÜNCHEN

HEYNE ALLGEMEINE REIHE
Nr. 01/8702

Titel der Originalausgabe
IT
Deutsch von Alexandra von Reinhardt
Bearbeitet und teilweise neu übersetzt
von Joachim Körber

Copyright © 1986 by Stephen King
Copyright © der deutschen Ausgabe 1990
by Wilhelm Heyne Verlag GmbH & Co. KG, München
Printed in Germany 1993
Umschlagillustration: Nele Schütz, München
Umschlaggestaltung: Atelier Ingrid Schütz, München
Satz: (1306) IBV Satz- und Datentechnik GmbH, Berlin
Druck und Bindung: Elsnerdruck, Berlin

ISBN 3-453-06302-3

Dieses Buch widme ich voll Dankbarkeit meinen Kindern.
Meine Mutter und meine Frau haben mich gelehrt, ein Mann
zu sein. Meine Kinder haben mich gelehrt, frei zu sein.

NAOMI RACHEL KING, vierzehn;
JOSEPH HILLSTROM KING, zwölf;
OWEN PHILIP KING, sieben.

Kinder, Bücher sind Wahrheit inmitten von Lügen, und die
Wahrheit dieses Buches ist schlicht und einfach:
Der Zauber existiert.

»This old town been home long as I remember
This town gonna be here long after I'm gone.
East side west side take a close look 'round her
You been down but you're still in my bones.«

       – The Michael Stanley Band

»Alter Freund, wonach hältst du Ausschau?
Nach so vielen Jahren kehrst du heim
Mit Bildern, die du hegtest
Unter fremden Himmeln
Fern von deinem eigenen Land.«

       – Giorgios Seferis

»Out of the blue and into the black.«

       – Neil Young

Inhaltsverzeichnis

Erster Teil: Erste Schatten 9

Erste Kapitel
Nach der Überschwemmung (1957) 10

Zweites Kapitel
Nach dem Festival (1984) 23

Drittes Kapitel
Sechs Telefonanrufe (1985) 47

Derry: Das erste Zwischenspiel 137

Zweiter Teil: Juni 1958 153

Viertes Kapitel
Ben Hanscoms Sturz 154

Fünftes Kapitel
Bill Denbrough schlägt den Teufel – I (1958) 203

Sechstes Kapitel
Einer der Vermißten – eine Geschichte aus dem Sommer 1958 230

Siebtes Kapitel
Der Damm in den Barrens 266

Achtes Kapitel
Georgies Zimmer und das Haus an der Neibolt Street 293

Neuntes Kapitel
Aufwasch 352

Derry: Das zweite Zwischenspiel 401

Dritter Teil: Erwachsene 437

Zehntes Kapitel
Das Treffen (1985) 438

Elftes Kapitel
Sechs Spaziergänge 495

Zwölftes Kapitel
Drei ungebetene Gäste   567

Derry: Das dritte Zwischenspiel   595

Vierter Teil: Juli 1958   613

Dreizehntes Kapitel
Die apokalyptische Steinschlacht   614

Vierzehntes Kapitel
Das Album   656

Fünfzehntes Kapitel
Das Rauchloch   688

Sechzehntes Kapitel
Eddies Armbruch   717

Siebzehntes Kapitel
Ein weiterer Vermißter – Patrick Hockstetters Tod   761

Achtzehntes Kapitel
Die Schleuder   795

Derry: Das vierte Zwischenspiel   833

Fünfter Teil: Das Ritual von Chüd   849

Neunzehntes Kapitel
Nachtwachen   850

Zwanzigstes Kapitel
Der Kreis schließt sich   938

Einundzwanzigstes Kapitel
Unter der Stadt   961

Zweiundzwanzigstes Kapitel
Das Ritual von Chüd   1007

Dreiundzwanzigstes Kapitel
Draußen   1046

Derry: Das letzte Zwischenspiel   1073

Epilog
Bill Denbrough schlägt den Teufel – II   1087

Erster Teil

ERSTE SCHATTEN

> »Sie beginnen!
> Die Perfektionen werden geschärft
> Die Blume öffnet die bunten Blumenblätter
>   weit in der Sonne
> Doch die Zunge der Biene
>   verfehlt sie
> Sie sinken zurück in den Lehm
>   schreien auf
> – man könnte es einen Schrei nennen
>   der über sie hinwegstreicht,
> ein Schaudern
>   während sie welken und verschwinden...«
>
> – William Carlos Williams
> *Paterson*

> »Born down in a dead man's town.«
>
> – Bruce Springsteen

Erstes Kapitel

Nach der Überschwemmung (1957)

1

Der Schrecken, der weitere 28 Jahre kein Ende nehmen sollte – wenn er überhaupt je ein Ende nahm –, begann, soviel ich weiß und sagen kann, mit einem Boot aus Zeitungspapier, das einen vom Regen überfluteten Rinnstein entlangtrieb.

Das Boot schwankte, hatte Schlagseite und richtete sich wieder auf, brachte heldenhaft manch bedrohlichen Strudel hinter sich und schwamm immer weiter die Witcham Street hinab, auf die vom Wind gerüttelte Verkehrsampel an der Kreuzung Witcham und Jackson Street zu. Die drei vertikalen Linsen an allen Seiten der Ampel waren an diesem Nachmittag im Herbst des Jahres 1957 dunkel, und die Häuser waren ebenfalls dunkel. Es regnete nun seit zwei Wochen ohne Unterlaß, und vor zwei Tagen war auch noch Wind aufgekommen. In den meisten Teilen von Derry war der Strom ausgefallen und noch nicht wieder eingeschaltet worden.

Ein kleiner Junge in gelbem Regenmantel und roten Überschuhen rannte fröhlich neben dem Papierboot her. Der Regen hatte noch nicht aufgehört, ließ aber nach. Er trommelte auf die gelbe Kapuze – ein angenehmes Geräusch. Der Junge im gelben Regenmantel hieß George Denbrough und war sechs Jahre alt. Sein Bruder William, der in der ganzen Nachbarschaft und in der Grundschule von Derry allgemein nur unter dem Namen Stotter-Bill bekannt war (sogar bei den Lehrern, die ihn natürlich nie so anredeten), war zu Hause und erholte sich gerade von einer schweren Grippe. In jenem Herbst 1957 – acht Monate bevor der wahre Schrecken begann und achtundzwanzig Jahre vor der letzten Konfrontation – war Stotter-Bill zehn Jahre alt.

Bill hatte das Boot gemacht, neben dem George jetzt lief. Er hatte es im Bett gemacht, den Rücken an einen Stapel Kissen gelehnt, während ihre Mutter auf dem Klavier im Salon *Für Elise* gespielt hatte und Regen unablässig gegen das Schlafzimmerfenster prasselte.

Etwa drei Viertel des Weges den Block entlang Richtung der Kreuzung und der ausgefallenen Ampel war die Witcham Street mit Warnlichtern und orangefarbenen Sägeböcken für den Verkehr gesperrt. Auf jedem Sägebock stand die Aufschrift DERRY DEPT. OF PUBLIC WORKS. Dahinter war der Regen aus Gullys gequollen, die mit Ästen und Zweigen und großen, feuchten Klumpen Herbstlaub verstopft waren. Das Wasser hatte zuerst Griffmulden in den Asphalt gebohrt und dann gierig ganze Händevoll weggerissen – das alles am dritten Tag des Regens. Am Nachmittag des vierten Tages trieben große Bruchstücke der Straße wie Schiffe über die Kreuzung Witcham und Jackson – wie Miniaturflöße. Zu dem Zeitpunkt machten schon viele Leute in Derry nervöse Witze über Archen. Es war dem Public Works Department gelungen, die Jackson Street offenzuhalten, aber Witcham war von den Sägeböcken bis in die Innenstadt unpassierbar.

Aber nun war nach allgemeiner Meinung das Schlimmste überstanden. Der Pegel des Kenduskeag River war knapp unterhalb der Höhe der natürlichen Ufer in den Barrens und der betonierten Kanalmauern in der Innenstadt stehengeblieben, und im Augenblick war eine Gruppe von Männern – darunter auch Zack Denbrough, Georges und Stotter-Bills Vater – damit beschäftigt, die Sandsäcke wegzuräumen, die sie am Vortag angsterfüllt entlang des Flusses aufgestapelt hatten, als es so aussah, als würde er unweigerlich über die Ufer treten und die Stadt überfluten. Das war schon öfter vorgekommen, und es gab noch genügend Menschen, die sich an die Überschwemmung von 1931 erinnern konnten und die übrigen Bewohner von Derry mit ihren Erzählungen in Angst und Schrecken versetzten. Damals waren bei der Hochwasserkatastrophe über zwanzig Menschen ums Leben gekommen. Einer davon war später 25 Meilen stromabwärts in Bucksport aufgefunden worden. Die Fische hatten diesem Ärmsten die Augen, drei Finger, den Penis und den größten Teil des linken Fußes abgefressen. Seine Hände – oder was davon noch übrig gewesen war – hatten das Lenkrad eines Fords umklammert.

Aber jetzt ging der Fluß zurück, und wenn weiter oben der neue Damm von Bangor Hydro fertig war, würde der Fluß keine Bedrohung mehr sein. Sagte jedenfalls Zack Denbrough, der für Bangor Hydroelectric arbeitete. Was die anderen betraf – nun, zukünftige Sturmfluten konnten sich um sich selbst kümmern. Das Entscheidende war, diese hier zu überstehen, den Strom wieder einzuschalten und sie zu vergessen. In Derry war das Vergessen solcher Katastrophen und Tragödien beinahe eine Kunstform, wie Bill Denbrough im Verlauf der Ereignisse noch herausfinden sollte.

George blieb hinter den Sägeböcken am Rande eines tiefen Risses stehen, der sich diagonal durch den Teer der Witcham Street zog, und er lachte laut auf – der Klang der kindlichen ausgelassenen Fröhlichkeit erhellte einen Augenblick lang diesen grauen Nachmittag –, als das Wasser sein Papierboot nach rechts in die Miniatur-Stromschnellen der schmalen Vertiefung riß. Es trieb so schnell auf die andere Seite der Witcham

Street zu, daß George rennen mußte, um auf gleicher Höhe zu bleiben. Unter seinen Überschuhen spritzte Wasser hervor, und ihre Schnallen klapperten fröhlich, während George Denbrough in seinen merkwürdigen Tod rannte. Er war in diesem Moment ganz erfüllt von Liebe zu seinem Bruder Bill... von Liebe und leichtem Bedauern, daß Bill nicht bei ihm war und dies hier nicht sehen konnte. Natürlich konnte er ihm alles erzählen, wenn er nach Hause kam, aber er konnte es ihm nicht bildhaft vor Augen führen, so wie Bill das fertigbringen würde, wenn er an seiner Stelle wäre. Bill konnte so etwas ganz fantastisch – deshalb bekam er in seinen Zeugnissen im Lesen und Schreiben auch immer die besten Noten, deshalb waren die Lehrer so begeistert von seinen Aufsätzen. Aber das Erzählen war nicht alles. Bill konnte *sehen*.

Das Boot schnellte durch die Vertiefung, und obwohl es in Wirklichkeit nur aus der Anzeigenseite der ›Derry Daily News‹ bestand, stellte George sich vor, es wäre ein Torpedoboot wie die in den Kriegsfilmen, die er manchmal in Samstagsmatineen mit Bill sah. Ein Kriegsfilm mit John Wayne, der gegen die Japse kämpfte. Schmutziges Wasser schäumte um den Bug, während das Boot durch den Riß im Teer trieb, und dann erreichte es den Rinnstein auf der anderen Straßenseite. Einen Augenblick sah es so aus, als ob die neue starke Strömung, die gegen seine rechte Seite prallte, es zum Kentern bringen würde, aber es richtete sich wieder auf und drehte nach links – und erneut rannte George lachend nebenher, während unter seinen Überschuhen hervor das Wasser hochspritzte und der heftige Oktoberwind an den fast kahlen Bäumen rüttelte, die durch den furchtbaren Sturm der Vortage ihr buntes Blätterkleid verloren hatten.

2

Im Bett sitzend, die Wangen immer noch vor Hitze gerötet (aber das Fieber sank jetzt wie der Kenduskeag), hatte Bill das Boot gefaltet und dann zu George, der schon danach greifen wollte, gesagt: »U-und jetzt h-h-hol mir das P-P-Paraffin.«

»Was ist das? Und wo ist es?«

»Es steht auf dem Regal im Keller«, hatte Bill gesagt. »In einer Schachtel mit der A-Aufschrift ›G-G-G-Gulf‹. Und bring auch ein Messer und eine Schüssel mit. Und Streichhölzer.«

George hatte sich auf den Weg gemacht, um diese Sachen zu holen. Er hörte im oberen Stockwerk seine Mutter Klavier spielen, nicht mehr *Für Elise,* sondern etwas anderes, das ihm nicht so gut gefiel, weil es sich trokken und hektisch anhörte, während der Regen an diesem verhangenen Vormittag gegen die Fensterscheiben klopfte – es waren beruhigende Geräusche. Er ging nicht gern die schmale Kellertreppe hinunter, weil er sich immer vorstellte, daß da unten im Dunkeln etwas lauerte.

Er öffnete nicht einmal gern die Tür, weil er immer das Gefühl hatte – er wußte, daß es dumm war –, daß in dem Moment, in dem er seine Hand nach dem Lichtschalter ausstreckte, etwas nach ihm greifen würde... irgendeine schreckliche Tatze mit Klauen... und ihn in die Dunkelheit hinabzerren würde, die nach Schmutz und verschimmeltem Gemüse roch.

Dumm! Es gab keine haarigen, mordlustigen Krallen. Ab und zu drehte jemand durch und brachte einen Haufen Leute um – manchmal berichtete Chet Huntley über so etwas in den Abendnachrichten –, und natürlich waren da die Kommies, aber es gab kein unheimliches Monster, das drunten im Keller hauste. Aber trotzdem wurde er die Vorstellung nicht los. In jenen endlos scheinenden Sekunden, wenn er nach dem Lichtschalter tastete, glaubte er immer wieder, der Kellergeruch – jener säuerlich-bittere Geruch von Lehmboden und verschimmeltem Gemüse – sei der Eigengeruch des Ungeheuers, irgendeiner unvorstellbaren Kreatur, die dort unten im Dunkeln lauerte und Appetit auf das Fleisch kleiner Jungen hatte.

An diesem Vormittag hatte er die Tür geöffnet, den Kellergeruch wahrgenommen und wie immer nur einen Arm in die Dunkelheit hinein ausgestreckt, um das Licht einzuschalten, während er mit fest zusammengekniffenen Augen, verzerrtem Mund und hervorstehender Zungenspitze vor der Türschwelle stand. Komisch? Natürlich war es komisch. *Schau dich doch nur mal an, Georgie! Georgie hat Angst vor der Dunkelheit!*

Die Klänge des Klaviers aus dem Salon – wie seine Mutter es nannte, sein Vater nannte es Wohnzimmer – im ersten Stock schienen aus weiter Ferne zu kommen, so wie das Stimmengewirr und Gelächter aus einem überfüllten Strand im Sommer einem erschöpften Schwimmer, der verzweifelt gegen die Strömung ankämpft, weit entfernt und völlig fremd und sinnlos vorkommen muß.

Seine Finger ertasteten den Schalter. *Ah!*

Sie drückten darauf...

... und nichts. Kein Licht.

Pest und Hölle! Der Strom!

George zog seinen Arm so schnell zurück, als hätte er in einen Korb gegriffen und den glitschigen, geschmeidigen Körper einer Schlange unter seinen Fingern gespürt. Er wich einige Schritte von der geöffneten Tür zurück und blieb mit laut pochendem Herzen stehen. Kein Strom. Was nun? Sollte er Bill erklären, er könne das Paraffin nicht holen, weil kein Strom da sei und er Angst habe, daß etwas ihn auf der Kellertreppe schnappen könnte, daß etwas ihn unter der Treppe hervor am Knöchel packen könnte, kein Kommie oder Massenmörder, sondern ein viel schlimmeres Wesen als beide zusammen? Daß es einfach mit einem Teil seines verrotteten Leibs die Treppe heraufgekrochen kam und ihn am Knöchel packte? Das wäre wohl etwas stark, oder? Andere mochten über so ein Hirngespinst lachen, aber Bill nicht. Bill würde wütend werden. Bill würde sagen: »Werd erwachsen, Georgie... Willst du das Boot oder nicht?«

Als hätte Bill seine Gedanken gelesen, rief er genau in diesem Augenblick: »B-B-Bist du da d-draußen g-g-gestorben, Georgie?«

»Nein, ich hol's gerade«, rief George zurück. Er rieb sich die Arme und hoffte, daß dadurch die Gänsehaut verschwinden würde. »Ich hab' nur schnell einen Schluck Wasser getrunken.«

»Los, b-b-beeil dich!«

Und er ging die vier Stufen zum Kellerregal hinunter; sein Herz war ein warmer, pochender Klumpen in seiner Kehle, seine Nackenhaare sträubten sich, seine Augen brannten, seine Hände waren eiskalt. Er war überzeugt davon, daß die Kellertür gleich zufallen und damit auch das Licht aus der Küche verschwinden würde und daß er es dann hören würde, etwas noch viel Schlimmeres als in hundert Horrorfilmen, ein tiefes kehliges Knurren in den alptraumhaften Sekunden, bevor es sich auf ihn stürzen und ihm die Gedärme aus dem Leib reißen würde.

Der Geruch war heute schlimmer denn je, wegen der Überschwemmung. Ihr Haus stand ziemlich weit oben an der Witcham Street, und deshalb waren sie verhältnismäßig gut davongekommen, aber durch die alten Steinfundamente war Wasser in den Keller gesickert und hatte sich mit dem Dreck vermischt. Der Gestank war so unangenehm, daß George versuchte, möglichst flach zu atmen.

Georg wühlte das Zeug auf dem Regal so schnell er konnte durch – alte Dosen Kiwi-Schuhcreme und Schuhputzlappen, eine kaputte Petroleumlampe, zwei fast leere Flaschen Windex, eine alte flache Dose Turtle-Wachs. Aus irgendeinem Grund fiel ihm diese Dose auf, und er betrachtete fast eine Minute lang die Schildkröte auf dem Deckel voll hypnotisiertem Staunen. Dann legte er sie wieder hin... und da war endlich die eckige Schachtel mit der Aufschrift GULF.

George packte sie und rannte so schnell er konnte die Treppe hinauf. Ihm war plötzlich eingefallen, daß sein Hemdzipfel heraushing, und er war überzeugt davon, daß ihm das zum Verhängnis werden würde; das

Wesen im Keller würde ihn daran packen, wenn er schon fast draußen war, es würde ihn zurückzerren und...

Er warf die Tür hinter sich zu und lehnte sich mit geschlossenen Augen dagegen, die Paraffinschachtel mit der Hand umklammernd, Stirn und Unterarme schweißbedeckt.

Das Klavier verstummte, und die Stimme seiner Mutter ertönte von oben: »Georgie, kannst du die Tür nicht noch etwas lauter zuschlagen? Vielleicht schaffst du es, im Eßzimmer einige Teller zu zerbrechen.«

»Entschuldige, Mom«, rief George.

»Georgie, du Nichtsnutz!« sagte Bill aus seinem Krankenzimmer. Er sprach so gedämpft, daß ihre Mutter es nicht hören konnte.

George kicherte leise. Seine Angst war schon weg; sie war so mühelos verschwunden, wie ein Alptraum einem Mann entgleitet, der mit kaltem Schweiß bedeckt und keuchend daraus erwacht, der seinen Körper und seine Umgebung wahrnimmt und sich vergewissert, daß alles nicht passiert ist, worauf er es sofort wieder vergißt. Die Hälfte ist weg, wenn seine Füße den Boden berühren, drei Viertel sind weg, wenn er aus der Dusche kommt und sich abzutrocknen beginnt; bis er mit dem Frühstück fertig ist, ist nichts mehr da. Alles weg... bis zum nächsten Mal, wenn er sich im Griff eines Alptraums an alle Ängste erinnert.

Die Schildkröte, dachte Georgie und ging zur Schubladenkommode, wo die Streichhölzer aufbewahrt wurden. *Wo habe ich so eine Schildkröte schon einmal gesehen?*

Aber er bekam keine Antwort und vergaß die Frage.

Er holte eine Schachtel Streichhölzer aus der Tischschublade, ein Messer aus dem Besteckkasten (die scharfe Messerkante hielt er von sich weg, wie sein Vater es ihn gelehrt hatte) und eine kleine Schüssel aus dem Geschirrschrank im Eßzimmer. Dann kehrte er in Bills Zimmer zurück.

»Du bist doch ein A-loch, Georgie«, sagte Bill freundschaftlich und räumte einen Teil der Krankenutensilien auf seinem Nachttischchen beiseite: ein leeres Glas, einen Wasserkrug, Kleenex, Bücher, eine kleine blaue Flasche Wick Vaporub – dessen Geruch Bill sein halbes Leben lang mit verschleimten Bronchien und laufender Nase assoziieren sollte. Auch das alte Philco-Radio stand da; es spielte leise irgendein Lied von Little Richard, nichts von Bach oder Chopin... so leise, daß Little Richard einen Großteil seines mitreißenden Elans einbüßte. Aber ihre Mutter, die bis zum dreiundzwanzigsten Lebensjahr klassische Musik – Hauptfach Klavier – studiert hatte, haßte Rock and Roll: Sie war nicht einfach dagegen, sie *haßte* ihn regelrecht.

»Ich bin kein A-loch«, sagte George, setzte sich auf die Bettkante und stellte seine Sachen auf dem Nachttisch ab.

»Aber sicher bist du eins«, sagte Bill. »Nichts weiter als ein großes braunes A-loch.«

Georgie versuchte sich ein Kind vorzustellen, das nur ein großes rundes A-loch auf zwei Beinen war, und fing an zu kichern.

»Dein A-loch ist größer als *Augusta*«, sagte Bill und fing auch an zu kichern.

»*Dein* A-loch ist größer als der ganze Staat«, antwortete George. Darauf kicherten beide Jungs fast zwei Minuten. Es folgte eine Unterhaltung im Flüsterton, von jener Art, wie nur kleine Jungen sie so sehr lieben: wer das größte A-loch sei, wer das braunste A-loch sei usw. Schließlich verwendete Bill eines der verbotenen Wörter; er erklärte, George sei ein großes braunes, *beschissenes* A-loch, und dann mußten beide laut lachen, und Bills Gelächter ging in einen Hustenanfall über. Als er allmählich abklang (Bills Gesicht war so dunkelrot angelaufen, daß George ihn besorgt betrachtete), verstummte das Klavier über ihnen wieder, und beide Jungen blickten zur Decke und warteten ab, ob man Schritte zur Tür hören oder ob das Klavier wieder erklingen würde. Bill erstickte den Husten hinter seiner vor den Mund gehaltenen Hand, schenkte sich dann ein großes Glas Wasser ein und trank es in einem Zug aus.

Wieder erklang das Klavier – noch einmal ›*Für Elise*‹. Stotter-Bill vergaß dieses Stück nie, und noch nach Jahren überzogen sich seine Arme und sein Rücken mit einer Gänsehaut, wenn er es zufällig hörte; er bekam lautes Herzklopfen und erinnerte sich: *Meine Mutter spielte dieses Stück an dem Tag, als Georgie starb.*

»Mußt du wieder husten, Bill?«

»Nein.«

Bill zog ein Kleenex aus dem Karton, erzeugte ein grollendes Geräusch in der Brust, spie Schleim in das Papiertuch, knüllte es zusammen und warf es in den Mülleimer neben dem Bett, der mit ähnlichen Papiertuchbällchen gefüllt war. Dann öffnete er die Paraffinschachtel und zog einen wachsartigen Würfel heraus. George sah ihm interessiert zu, schwieg aber. Bill mochte es nicht, wenn er auf ihn einredete, während er mit etwas beschäftigt war, aber George wußte aus Erfahrung, daß Bill ihm meistens ganz von allein erklärte, was er machte, wenn er den Mund hielt.

Bill schnitt ein kleines Stück von dem Paraffinwürfel ab, warf es in die Schüssel, zündete ein Streichholz an und legte es auf das Paraffin. Die beiden Jungen betrachteten die kleine gelbe Flamme, während der vom Wind gepeitschte Regen gegen die Fensterscheiben schlug.

»Ich muß das Boot wasserdicht machen, sonst wird es sofort naß und sinkt«, sagte Bill. Wenn er mit George zusammen war, stotterte er nur ganz leicht oder überhaupt nicht, aber in der Schule war es manchmal so schlimm, daß er nicht mehr reden konnte und seine Mitschüler verlegen zur Seite schauten, während er sich an seiner Bank festhielt, sein Gesicht rot anlief, bis es fast die Farbe seiner Haare hatte, und er die Augen zudrückte und sich abmühte, das Wort herauszubringen. Mom sagte, der Unfall sei daran schuld; mit drei Jahren war Bill von einem Auto angefahren worden. George hatte aber manchmal das Gefühl, daß sein Vater von dieser Erklärung nicht hundertprozentig überzeugt war, obwohl er nie Einwände dagegen erhob.

Das Stückchen Paraffin in der Schüssel war inzwischen fast völlig geschmolzen. Die Streichholzflamme versank in der Flüssigkeit und erlosch. Bill tauchte seinen Finger ein, stieß einen leisen Zischlaut aus und lächelte George zu. »Heiß«, sagte er und begann das Paraffin auf die Seiten des Papierboots zu streichen, wo es rasch zu einem hauchdünnen milchigen Überzug erstarrte.

»Darf ich auch mal?« fragte George.

»Okay. Paß nur auf, daß nichts auf die Bettwäsche kommt, sonst bringt Mom dich um.«

George tauchte seinen Finger in das heiße Paraffin und verteilte es auf einer Bootseite.

»Nicht so viel, du A-loch!« rief Bill. »Willst du, daß es auf der Jungfernfahrt sinkt?«

»Tut mir leid.«

»Schon gut. Du darfst nur ganz leicht drüberfahren.«

George beendete seine Seite und nahm das Boot dann vorsichtig in die Hand. Es fühlte sich ein bißchen schwerer an als zuvor, aber nicht viel. »Ich werd' jetzt rausgehen und es schwimmen lassen«, sagte er.

»Jaa.« Bill sah plötzlich müde und ziemlich unglücklich aus.

»Ich wollte, du könntest mitkommen«, sagte George zögernd. Das wünschte er wirklich. Bill wurde manchmal nach einer Weile zu einem richtigen Schikanierer, aber er hatte immer die tollsten Einfälle und schlug einen nie. »Eigentlich ist es dein Boot.«

»Ich würde auch gern mitkommen«, sagte Bill düster.

»Nun...« George trat mit dem Boot in der Hand von einem Bein aufs andere.

»Zieh deine Regenklamotten an«, erwiderte Bill. »Sonst wirst du noch krank wie ich. Aber vermutlich hast du dich ohnehin schon bei mir angesteckt.«

»Danke, Billy. Es ist ein tolles Boot.« Und dann tat er etwas, das er seit Jahren nicht mehr getan hatte: Er beugte sich vor und küßte seinen Bruder auf die Wange.

»Jetzt hast du dich hundertprozentig angesteckt, du A-loch«, sagte

Bill, aber er schien sich trotzdem zu freuen. Er lächelte George zu. »Und räum dieses ganze Zeug wieder weg, sonst kriegt Ma einen Anfall.«

»Klar.« Er durchquerte das Zimmer mit der Schüssel, dem Messer und der Paraffinschachtel, auf die er behutsam und etwas schräg sein Boot gelegt hatte.

»G-G-Georgie?«

Er drehte sich nach seinem Bruder um.

»Sei vorsichtig.«

»Na klar«, sagte George und runzelte ein wenig die Stirn. So etwas sagt normalerweise eine Mutter, nicht aber ein großer Bruder. Es war ebenso seltsam wie der Kuß, den er Bill gegeben hatte. »Klar pass' ich auf.«

Er ging hinaus. Bill sah ihn nie wieder.

3

George hatte seinen Regenmantel und seine Überschuhe angezogen – und hier war er nun und folgte auf der rechten Seite der Witcham Street seinem Boot. Er rannte schnell, aber das Wasser floß noch schneller, und sein Boot gewann einen Vorsprung. Er hörte, wie das Plätschern des Wassers in ein leichtes Brausen überging, und plötzlich sah er, daß das Wasser im Rinnstein, das jetzt zu einem schmalen Sturzbach geworden war, auf dem sein Boot tanzte und vorwärtsschnellte, etwa fünfzig Meter hügelabwärts einen Strudel bildete und in einen Gully hineinströmte. Gerade verschwand ein ziemlich großer Ast mit nasser schwarzer, glänzender Rinde im Rachen dieses Gullys. Und dorthin trieb auch sein Boot.

»Scheiße und Schuhcreme!« schrie er aufgeregt.

Er rannte noch schneller, und um ein Haar hätte er das Boot eingeholt. Aber dann glitt er aus und fiel hin; er schürfte sich ein Knie auf und schrie kurz vor Schmerz. Aus seiner neuen Perspektive – auf dem Pflaster liegend – sah er, wie sein Boot in einen Strudel geriet, sich zweimal um die eigene Achse drehte und im Gully verschwand.

»Scheiße und Schuhcreme!« schrie er wieder und schlug mit der Faust aufs Pflaster. Auch das tat weh, und er weinte leise vor sich hin. Wie dumm von ihm, das Boot auf diese Weise zu verlieren!

Er stand auf, ging zum Gully, kniete sich hin und blickte in das dunkle hohe Loch im Rinnstein hinab. Das Wasser stürzte mit einem dumpfen Geräusch in jene Dunkelheit hinunter, einem irgendwie unheimlichen Geräusch und...

»Huh!« entfuhr es ihm plötzlich, und er wich zurück, wie von einer Tarantel gestochen.

Dort drinnen waren gelbe Augen: Augen wie jene, vor denen er sich im Keller immer gefürchtet, die er in Wirklichkeit aber nie gesehen hatte. *Ein Tier*, schoß es ihm völlig zusammenhanglos durch den Kopf, *es ist nur irgendein Tier, das dort unten gefangen ist, weiter nichts, vielleicht die Katze der Symes...*

Er wollte wegrennen – in ein, zwei Sekunden, sobald sein Gehirn den plötzlichen Schock dieser gelben leuchtenden Augen verarbeitet hatte, würde er wegrennen. Er spürte den groben Schotterbelag unter seinen Fingern und die Kälte des Wassers. Er wollte gerade aufstehen und weggehen, als eine Stimme, eine ganz vernünftige und sehr angenehme Stimme, ihn aus dem Gully anrief.

»Hallo, Georgie«, sagte diese Stimme.

George zwinkerte mit den Augen und schaute dann wieder hin. Er konnte zuerst nicht so recht glauben, was er sah; es war wie im Märchen oder wie in Filmen, wo Tiere reden und tanzen konnten. Wäre er zehn Jahre älter gewesen, so hätte er es auf keinen Fall geglaubt, aber er war nicht sechzehn; er war erst sechs.

In dem Abflußrohr war ein Clown. Das Licht da drinnen war alles andere als gut, aber es war ausreichend, daß George Denbrough sicher sein konnte, was er sah. Es war ein Clown wie im Zirkus oder Fernsehen. Er sah tatsächlich sogar wie eine Kreuzung zwischen Bozo und Klarabell aus, der dadurch redete, daß er seine (oder war es *ihre?* – George war sich nie sicher, was für ein Geschlecht es war) Hupe samstags morgens in *Howdy Doody* drückte – Buffalo Bob war der einzige, der Klarabell verstehen konnte, und das machte George immer echt fertig. Das Gesicht des Clowns im Abflußschacht war weiß, er hatte komische rote Haarschöpfe auf beiden Seiten des kahlen Kopfes und ein breites Clownslächeln über den Mund gemalt. Hätte George zu einem späteren Zeitpunkt gelebt, hätte er ganz bestimmt als erstes an Ronald McDonald gedacht und nicht an Bozo oder Klarabell.

In einer Hand hielt er eine Traube Luftballons wie prächtiges reifes Obst. In der anderen Hand hatte er Georgies Zeitungsboot.

»Möchtest du dein Boot wiederhaben, Georgie?« fragte der Clown und lächelte.

George erwiderte das Lächeln. Er konnte einfach nicht anders; es war unwiderstehlich. »O ja«, rief er.

Der Clown lachte. »Das ist gut. Das ist *sehr* gut. Und wie wär's mit einem Ballon?«

Auch George lachte. »Na ja... das wär schon toll.« Er streckte die Hand aus, zog sie aber rasch wieder zurück. »Ich soll von Fremden nichts annehmen«, erklärte er. »Das sagt mein Dad immer.«

»Sehr vernünftig«, lobte der Clown im Gully lächelnd. *Wie konnte ich nur glauben, daß seine Augen gelb sind?* fragte sich George. *Sie sind doch strahlend blau, wie Moms Augen... und Bills.* »Wirklich sehr vernünftig. Ich stelle mich also vor: Bob Gray, auch bekannt als Pennywise, der tanzende Clown. Und du bist George Denbrough. So, jetzt kennen wir einander. Ich bin für dich kein Fremder mehr, und du bist für mich kein Fremder mehr. Stimmt's, oder hab' ich recht?«

George kicherte. »Ich glaube schon.« Er streckte wieder die Hand aus... und zog sie wieder zurück. »Wie bist du denn dort runtergekommen?«

»Der Sturm hat mich einfach weggeblasen«, sagte Pennywise, der tanzende Clown. »Er hat den ganzen Zirkus weggeblasen. Kannst du den Zirkus riechen, Georgie?«

Georgie beugte sich vor. Plötzlich konnte er Erdnüsse riechen! Heiße geröstete Erdnüsse! Und Mayonnaise. Die weiße, die man durch ein Loch im Deckel auf seine Pommes drücken konnte! Er konnte Zuckerwatte und frischgebackene Krapfen riechen und den schwachen, aber donnernden Geruch der Scheiße wilder Tiere. Und er roch den angenehmen Geruch von Sägemehl. Und doch...

Und doch lag unter alledem der Geruch verfaulender Blätter und dunkler Abwasserkanalschatten. Der Geruch war feucht und faulig. Der Keller-Geruch.

Aber die anderen Gerüche waren stärker.

»Jede Wette, daß ich ihn riechen kann«, sagte er.

»Möchtest du dein Boot, George?« fragte Pennywise. »Ich wiederhole mich nur, weil du nicht so erpicht zu sein scheinst.« Er hielt es lächelnd hoch. Er trug einen weiten Seidenanzug mit orangefarbenen Knöpfen. Und eine helle, leuchtendblaue Krawatte flatterte vorne an ihm runter; an den Händen hatte er große weiße Handschuhe, wie sie Micky Maus und Donald immer trugen.

»Na klar«, sagte George und blickte in den Gully hinab.

»Willst du einen Ballon? Ich habe rote und grüne und gelbe und blaue...«

»Schweben sie?«

»Schweben, o ja, sie schweben... und es gibt Zuckerwatte...«

Georgie streckte seinen Arm aus.

Der Clown packte ihn am Arm.

Und George sah, wie das Gesicht des Clowns sich veränderte.

Was er sah, war so fürchterlich, daß seine schlimmsten Fantasievorstellungen von dem Wesen im Keller dagegen nur süße Träume waren; was er sah, brachte ihn schlagartig um den Verstand.

»Sie *schweben*«, kreischte das Etwas im Gully mit kichernder Stimme. Es hielt Georges Arm fest, und George wurde in Richtung jener schrecklichen Dunkelheit gezogen, wo das Wasser schäumte und toste und heulte, und er begann irre in den weißen Herbsthimmel emporzubrüllen. Er schrie in den Regen hinein, und überall auf der Witcham Street stürzten die Leute ans Fenster oder auf ihre Terrassen.

»Sie *schweben*, Georgie, und du wirst hier unten mit mir schweben, wir werden zusammen schweben...«

Georges Schulter prallte gegen den zementierten Bordstein, und Dave Gardener, der an diesem Tag wegen der Überschwemmung nicht zur Arbeit in The Shoeboat gegangen war, sah nur einen kleinen Jungen in gelbem Regenmantel, der schreiend und zuckend im Rinnstein lag; das schmutzige Wasser überflutete sein Gesicht und dämpfte seine Schreie etwas.

»Alles *schwebt* hier unten«, flüsterte die kichernde, modrige Stimme, und plötzlich war da ein rasender Schmerz – und dann wußte George nichts mehr.

Dave Gardener war als erster dort, aber obwohl seit dem ersten gellenden Schrei nur fünfundvierzig Sekunden verstrichen waren, war George schon tot. Gardener packte ihn hinten am Regenmantel und zog ihn auf die Straße, drehte ihn um... und dann begann er selbst laut zu schreien. Die linke Seite von Georgies gelbem Regenmantel war jetzt grellrot. Dünne Blutfäden flossen die Witcham Street hinab. Georgies linker Arm war nicht mehr da. Ein fürchterlich helles Knochenstück ragte an der Schulter zwischen den zerrissenen blutigen Fetzen des Regenmantels hervor.

Georgies leblose Augen starrten in den weißen Himmel empor, und während Dave auf die anderen Menschen zutaumelte, die jetzt angerannt kamen, sammelte sich Regen in seinen Augen.

4

Irgendwo in der Tiefe, in Gullys, deren Fassungsvermögen fast erschöpft war (niemand hätte sich dort unten aufhalten können, erklärte später der Bezirkssheriff einem Reporter der ›Derry News‹ mit einer solchen Wut, daß sie schon an Schmerz grenzte; selbst Herkules in höchsteigener Person wäre von der heftigen Strömung mitgerissen worden), raste Georges Boot aus Zeitungspapier durch dunkle Gewölbe und Betonkanäle, in denen das Wasser toste. Eine Zeitlang schwamm es neben einem toten Küken dahin, dessen gelbliche Krällchen nach oben, zur tropfenden Decke hin, wiesen; dann wurde das Küken nach links geschwemmt, und Georges Boot trieb weiter geradeaus.

Eine Stunde später, als Georges Mutter in der Notaufnahme des Derry Home Hospital eine Beruhigungsspritze bekam, als Stotter-Bill leichenblaß und wie betäubt in seinem Bett saß und seinen Vater im Wohnzimmer heiser schluchzen hörte, wo seine Mutter *Für Elise* gespielt hatte, als George weggegangen war, schoß das Boot aus einem Betonrohr hervor und raste mit hoher Geschwindigkeit einen namenlosen Bach hinab. Als es zwanzig Minuten später in den tosenden, angeschwollenen Penobscot River geriet, zeigten sich am Himmel die ersten blauen Streifen. Der Sturm war vorüber.

Das Boot schwankte und neigte sich zur Seite, und ab und zu schwappte Wasser hinein, aber es sank nicht; die beiden Jungen hatten es wirklich ausgezeichnet abgedichtet. Ich weiß nicht, wo es schließlich strandete; vielleicht strandete es auch überhaupt nicht; vielleicht erreichte es das Meer wie ein Zauberboot im Märchen und segelt heute noch. Mit Sicherheit kann ich nur sagen, daß es noch auf den Wellen tanzte, als es die Stadtgrenze von Derry im Bundesstaat Maine passierte, und dort entschwindet es für immer aus dieser Geschichte.

Zweites Kapitel

Nach dem Festival (1984)

1

Adrian hatte – so berichtete sein schluchzender Freund später der Polizei – den Hut aufgehabt, weil er ihn in der Wurfbude auf dem Jahrmarktsgelände im Bassey Park gewonnen hatte, genau sechs Tage vor seinem Tod, und weil er stolz darauf gewesen war.

»Er trug ihn, weil er diese beschissene kleine Stadt *liebte!*« schrie dieser Freund, Don Hagarty, die Polizeibeamten an.

»Na, na – mäßigen Sie Ihre Ausdrucksweise«, sagte Harold Gardener – er war der Sohn von Dave Gardener. Als sein Vater den leblosen einarmigen Körper George Denbroughs entdeckt hatte, war Harold fünf Jahre alt gewesen. An diesem Tag nun, knapp 27 Jahre später, war er 32, und seine Haare lichteten sich schon. Harold Gardener erkannte die Echtheit von Don Hagartys Kummer und Schmerz, aber es war ihm dennoch unmöglich, sie ernst zu nehmen. Der gramgebeugte Mann – wenn man ihn überhaupt einen Mann nennen konnte – hatte seinen Mund mit Lippenstift geschminkt und trug Satinhosen, die so eng waren, daß man praktisch sämtliche Runzeln seines Schwanzes sehen konnte. Kummer hin oder her, Schmerz hin oder her – er war schließlich doch nur ein Schwuler. Ebenso wie sein Freund, der verstorbene Adrian Mellon.

»Gehen wir alles noch einmal von vorne durch«, sagte Harolds Kollege Jeffrey Reeves. »Ihr beide seid also aus dem ›Falcon‹ gekommen und in Richtung Kanal gegangen. Und was dann?«

»Wie oft soll ich es euch Idioten denn noch erzählen?« schrie Hagarty. »Sie haben ihn umgebracht! Sie haben ihn in den Kanal geworfen! Sie waren einfach wieder einmal auf dem Power-Trip!« Don Hagarty begann wieder zu weinen.

»Noch einmal von vorne«, wiederholte Reeves geduldig. »Ihr seid aus dem ›Falcon‹ gekommen. Und was dann?«

2

In einem Zimmer etwas weiter den Korridor entlang verhörten zwei andere Polizeibeamte den siebzehnjährigen Steve Dubay; eine Etage höher wurde John ›Webby‹ Garton, 18 Jahre alt, von zwei weiteren Polizeibeamten vernommen; und im Büro des Polizeichefs im fünften Stock beschäftigten sich Chief Andrew Rademacher und Tom Boutillier, der Assistent des Staatsanwalts, mit dem fünfzehnjährigen Christopher Unwin. Unwin, der verblichene Jeans, ein schmutziges T-Shirt und klobige Schnürstiefel trug, weinte vor sich hin. Rademacher und Boutillier hatten sich ihn vorgenommen, weil er – wie sie sofort richtig erkannt hatten – das schwächste Glied in der Kette war.

»Gehen wir alles noch einmal von vorne durch«, sagte Boutillier in diesem Büro genau zur selben Zeit wie Jeffrey Reeves zwei Stockwerke tiefer.

»Wir hatten nicht vor, ihn umzubringen«, plärrte Unwin. »Es war der Hut... Wir konnten einfach nicht glauben, daß er diesen Hut immer noch aufhatte, wissen Sie, nach allem, was Webby ihm beim erstenmal gesagt hatte. Und wir wollten ihm wohl Angst einjagen.«

»Für das, was er gesagt hat«, unterbrach Chief Rademacher.

»Ja.«

»Zu John Garton, am Nachmittag des siebzehnten.«

»Ja, zu Webby.« Unwin brach wieder in Tränen aus. »Aber wir versuchten, ihn zu retten, als wir sahen, daß er in ernsthaften Schwierigkeiten war... zumindest ich und Stevie Dubay versuchten es... wir hatten nicht die Absicht, ihn *umzubringen!*«

»Nun komm schon, Chris, halt uns nicht zum Narren«, sagte Boutillier. »Ihr habt den Schwulen in den Kanal geworfen.«

»Ja, aber...«

»Und ihr drei seid hergekommen, um ein Geständnis abzulegen. Der Chief Rademacher und ich wissen das zu schätzen, nicht wahr, Andy?«

»Na klar. Man muß schon ein ganzer Mann sein, um für seine Taten einzustehen, Chris.«

»Also, mach diesen positiven Eindruck jetzt nicht durch Lügen wieder zunichte! Ihr habt doch beschlossen, ihn in den Kanal zu werfen, sobald ihr ihn und seinen Freund aus dem ›Falcon‹ kommen saht, stimmt's?«

»Nein!« protestierte Chris Unwin heftig.

Boutillier holte eine Schachtel Marlboro aus seiner Hemdtasche und schob sich eine Zigarette in den Mund. Dann hielt er Unwin die Packung hin. »Zigarette?«

Unwin nahm eine. Sein Mund zitterte so stark, daß Boutillier ihm lange mit dem Streichholz vor dem Mund herumfuchteln mußte.

»Aber sobald ihr gesehen habt, daß er jenen Hut aufhatte?« fragte Rademacher.

Unwin zog heftig an der Zigarette, senkte den Kopf, so daß sein fettiges Haar ihm über die Augen fiel, und stieß den Rauch durch die Nase aus, die mit Mitessern übersät war.

»Ja«, flüsterte er kaum hörbar.

Boutillier beugte sich vor. Seine braunen Augen funkelten. Sein Gesicht glich dem eines Raubtiers, aber seine Stimme war sanft und freundlich. »Was, Chris?«

»Ich habe ›ja‹ gesagt. Ich glaub' schon, daß wir ihn reinwerfen wollten. Aber wir wollten ihn nicht umbringen.« Er hob den Kopf und sah sie mit angstverzerrtem Gesicht an, offensichtlich noch immer völlig außerstande, die tiefgreifende Veränderung zu erfassen, die sein Leben erfahren hatte, seit er am Vorabend um halb acht von daheim weggegangen war, um mit zwei Freunden den letzten Abend des Kanal-Festivals von Derry auszukosten. »Wir wollten ihn wirklich nicht umbringen!« wiederholte er. »Und jener Kerl unter der Brücke... ich weiß *immer* noch nicht, wer *das* war.«

»Was war das für ein Kerl?« fragte Rademacher, doch ohne großes Interesse. Sie hatten auch diesen Teil der Geschichte schon gehört, aber keiner von beiden glaubte daran – Männer, die unter Mordanklage standen, tischten fast immer früher oder später einen mysteriösen Unbekannten auf. Boutillier hatte sogar einen Namen für dieses Phänomen: Er bezeichnete es als ›Das Syndrom des Einarmigen‹, nach der alten Fernsehserie »Auf der Flucht«.

»Der Kerl im Clownskostüm«, sagte Chris Unwin und schauderte. »Der Kerl mit den Ballons.«

3

Das Kanal-Festival vom 15. bis 21. Juli war ein Riesenerfolg; darin stimmten die meisten Einwohner Derrys überein. Es verbesserte die allgemeine Stimmung und das Image der Stadt... und das städische Bankkonto. Das eine Woche dauernde Festival wurde zum hundertsten Jahrestag der Eröffnung des Kanals abgehalten, der durch die Mitte der Innenstadt führte. Es war der Kanal gewesen, der den Holzhandel in Derry in den Jahren 1884 bis 1910 erst so richtig lukrativ gemacht hatte; es war der Kanal gewesen, der zu Derrys Aufschwung geführt hatte.

Die Stadt wurde von Ost nach West und von Nord nach Süd herausgeputzt. Schlaglöcher, die nach Aussage mancher Einwohner zehn Jahre lang nicht ausgebessert worden waren, wurden sorgfältig mit Teer gefüllt und glattgewalzt. Die städtischen Gebäude wurden im Innern aufpoliert und außen neu gestrichen. Die schlimmsten Schmierereien im Bassey Park – darunter sehr viele wohldurchdachte und kaltblütige Diskriminierungen von Homosexuellen, wie BRINGT ALLE SCHWULEN UM und AIDS IST DIE STRAFE GOTTES, IHR ZUR HÖLLE VERDAMMTEN HOMOS! – wurden von den Bänken und von den Holzwänden der schmalen, überdachten Überführung über den Kanal – der sogenannten ›Kußbrücke‹ – entfernt.

Ein Stadtmuseum wurde in drei leerstehenden Ladenlokalen der Innenstadt eingerichtet, und Michael Hanlon, ein ortsansässiger Bibliothekar und Amateurhistoriker, besorgte die Exponate. Die ältesten Familien der Stadt stellten großzügig ihre Schätze zur Verfügung, und im Laufe der Festwoche bezahlten fast 40000 Besucher bereitwillig einen Vierteldollar, um Speisekarten der Speisehäuser um 1890, Äxte und andere Utensilien der Holzfäller um 1880, Kinderspielzeug aus den 20er Jahren des 20. Jahrhunderts sowie über 2000 Fotos und neun Filmrollen über das Leben der letzten hundert Jahre in Derry zu sehen.

Das Museum stand unter der Schirmherrschaft des Frauenvereins von Derry, der gegen einige der von Hanlon vorgeschlagenen Exponate (wie den berüchtigten ›Landstreicher-Stuhl‹ aus den dreißiger Jahren) und Fotos (beispielsweise jene von der Bradley-Bande nach der berüchtigten Schießerei) sein Veto einlegte. Aber alle stimmten darin überein, daß es ein großer Erfolg war, und an jenen blutrünstigen alten Geschichten hatte ohnehin niemand Interesse. Es war doch viel besser, das Positive zu betonen und das Negative unter den Teppich zu kehren.

Es gab ein riesiges gestreiftes Bierzelt im Derry Park, und jeden Abend spielten dort Musikkapellen. Im Bassey Park gab es einen Rummelplatz mit Karussells und Buden. Ein Sonder-Straßenbahnwagen machte jede volle Stunde eine Rundfahrt durch die historischen Stadtteile und endete bei diesem liebenswerten und einträglichen Vergnügungspark.

Und hier gewann Adrian Mellon jenen Hut, der zu seinem Tod führte – einen Pappzylinder mit Blume und der Aufschrift ICH ♥ DERRY auf dem Band.

4

»Ich bin müde«, sagte John ›Webby‹ Garton. Wie seine beiden Freunde, so imitierte auch er in seiner Kleidung unbewußt Bruce Springsteen, obwohl er, wenn man ihn gefragt hätte, sich eher als Fan härterer Gruppen wie Def Leppard, Twisted Sister oder Judas Priest bezeichnet hätte. Die Ärmel seines sauberen blauen T-Shirts waren herausgerissen und enthüllten seine muskulösen Arme. Sein dichtes braunes Haar fiel ihm über ein Auge – nicht in Anlehnung an Springsteen, sondern eher an John Cougar Mellencamp. Er hatte blaue Tätowierungen auf den Armen – geheimnisvolle Symbole, die aussahen wie von einem Kind gemalt. »Ich will nicht mehr reden. «

»Erzähl uns nur noch mal, was am Dienstag nachmittag auf dem Rummelplatz passiert ist«, sagte Paul Hughes. Hughes war müde und empört und angewidert von dieser ganzen schmutzigen Geschichte. Er dachte immer und immer wieder, daß das Kanal-Festival mit einem Finale ausgeklungen war, über das jeder irgendwie Bescheid wußte, welches aber niemand auf das Tagesprogramm zu setzen gewagt hatte, das dann folgendermaßen ausgesehen hätte:

Samstag, 21 Uhr: Letztes Konzert. Ausführende: Derry High School Band und Barber Shop Mello-Men
Samstag, 22 Uhr: Riesenfeuerwerk
Samstag, 22 Uhr 35: Der Ritualmord an Adrian Mellon beendet offiziell das Kanal-Festival.

»Zum Teufel mit dem Rummelplatz!« erwiderte Webby.

»Wir wollen nur wissen, was du zu ihm gesagt hast und was er zu dir gesagt hat. «

»O Gott!« Webby verdrehte die Augen.

»Nun mach schon, Webby«, sagte Hughes' Kollege.

Webby Garton rollte mit den Augen und fing noch einmal von vorne an.

5

Garton sah die beiden, Mellon und Hagarty, dahinschlendern. Sie hatten einander die Arme um die Taillen gelegt und kicherten wie zwei junge Mädchen. Zuerst dachte Garton, es *wären* Mädchen. Dann erkannte er Mellon, über den er schon Bescheid wußte. Gerade als er hinschaute, wandte Mellon sein Gesicht Hagarty zu... und sie küßten sich flüchtig.

»O Mann, ich muß gleich reihern!« rief Webby angewidert.

Chris Unwin und Steve Dubay waren bei ihm. Als Webby sie auf Mellon aufmerksam machte, sagte Steve, er glaube, der andere Schwule sei Don Sowieso; er habe gehört, daß der Kerl einmal einen trampenden Jungen von der High School in seinem Auto mitgenommen und dann versucht hätte, ihn unzüchtig zu berühren.

Mellon und Hagarty kamen den drei Jungen entgegen; sie waren auf dem Weg von der Wurfbude zum Ausgang des Rummelplatzes. Webby Garton würde den Polizeibeamten Hughes und Conley später erklären, er habe sich in seiner ›Bürgerehre‹ verletzt gefühlt, weil der gottverdammte Schwule einen Hut mit der Aufschrift ICH ♥ DERRY getragen habe. Dieser Hut war ein albernes Ding – eine Zylinderimitation aus Pappe, auf der eine große Blume befestigt war, die in alle Richtungen wippte. Die Albernheit des Hutes verletzte Webbys Bürgerehre noch mehr.

Als Mellon und Hagarty, die Arme immer noch umeinander gelegt, an den Burschen vorbeikamen, brüllte Webby Garton plötzlich: »Ich sollte dir deinen Hut ins Maul stopfen, du verdammter Arschficker!«

Mellon drehte sich nach Garton um, klimperte kokett mit den Augen und sagte: »Wenn du mir etwas ins Maul stopfen möchtest, Süßer, kann ich etwas *viel* Besseres als meinen Hut vorschlagen.«

Daraufhin beschloß Webby Garton, dem Homo die Fresse zu polieren, seiner Visage ein völlig neues Aussehen zu verleihen. In der Geographie von Mellons Gesicht würden Berge entstehen und Kontinente wandern. *Niemand* durfte ungestraft andeuten, er wäre ein Schwanzlutscher. *Niemand.*

Er ging drohend auf Mellon zu. Hagarty versuchte beunruhigt, seinen Freund Mellon weiterzuziehen, aber dieser blieb lächelnd stehen. Garton erzählte den Polizeibeamten später, er sei ziemlich sicher, daß Mellon von irgendwas ganz schön high gewesen sei. Das stimme, gab Hagarty zu, als die Polizeibeamten Gardener und Reeves ihm diese Frage stellten. Mellon sei high gewesen von zwei gebackenen Honigpfannkuchen, von der Rummelplatzatmosphäre, vom Gewinn des Hutes gleich beim ersten Wurf, vom ganzen Tag. Und deshalb habe er auch überhaupt nicht begriffen, daß Webby Garton eine echte Gefahr darstellte.

»Aber so war Adrian nun einmal«, sagte Don und wischte sich mit einem Papiertuch die Augen ab, wobei er seinen glitzernden Lidschatten verschmierte. »Von Schutztarnung verstand er nichts. Er war einer jener einfältigen Menschen, die glauben, daß letztlich alles wirklich ein gutes Ende nimmt.«

Vermutlich wäre Mellon schon zu diesem Zeitpunkt schwer verletzt worden, wenn Garton nicht plötzlich eine leichte Berührung am Ellbogen gespürt hätte. Es war ein Polizeiknüppel. Er drehte sich um und sah Officer Frank Machen, auch einen von Derrys Besten.

»Immer mit der Ruhe, mein Freund«, sagte Machen zu Garton. »Laß diese kleinen Homos in Ruhe und kümmere dich um deine eigenen Angelegenheiten. Mach dir hier auf dem Rummelplatz ein paar schöne Stunden.«

»Haben Sie gehört, wie er mich genannt hat?« fragte Garton hitzig. Unwin und Dubay sahen Ärger voraus und versuchten, ihn zum Weitergehen zu bewegen, aber er schüttelte sie wütend ab, und sie begriffen, daß sie seine Fäuste zu spüren bekommen würden, wenn sie ihn nicht in Ruhe ließen. Seine Männlichkeit war beleidigt worden, und das schrie nach Rache. *Niemand* durfte ihn ungestraft einen Schwanzlutscher nennen. *Niemand.*

»Ich glaube nicht, daß er dich irgendwas *genannt* hat«, erwiderte Machen. »Und außerdem hast du ihn, wenn ich mich nicht irre, zuerst angequatscht. Und jetzt mach, daß du weiterkommst, Junge. Ich habe keine Lust, es noch einmal zu wiederholen.«

»Er hat mich einen Schwulen genannt!«

»Na und – hast du Angst, du könntest wirklich einer sein?« fragte Machen, scheinbar aufrichtig interessiert, und Garton bekam vor Wut einen hochroten Kopf.

Während dieses Wortwechsels versuchte Hagarty verzweifelt, Adrian Mellon vom Schauplatz des Geschehens wegzuziehen. Endlich bewegte sich Mellon von der Stelle.

»Wiedersehn, Liebling!« rief er noch keck über die Schulter hinweg.

»Halt die Klappe, Zuckerarsch«, sagte Machen. »Verschwinde von hier.«

Garton wollte sich auf Mellon stürzen, und Machen packte ihn am Arm.

»Ich kann dich einlochen, mein Freund«, sagte er, »und so, wie du dich hier aufführst, wäre das vielleicht gar keine schlechte Idee.«

»*Wenn ich dich nächstes Mal sehe, geht's dir an den Kragen!*« brüllte Garton dem sich entfernenden Paar nach, und Köpfe drehten sich verwundert um und starrten ihn an. »*Und wenn du dann wieder diesen Hut aufhast, bring' ich dich um! Diese Stadt braucht keine Schwulen wie dich!*«

Ohne sich umzudrehen, winkte Mellon mit den Fingern seiner linken Hand – die Nägel waren kirschrot lackiert – und wackelte beim Gehen besonders mit den Hüften. Garton versuchte wieder, ihm nachzustürzen.

»Noch *ein* Wort oder *eine* Bewegung, und ich sperr' dich ein«, sagte Machen ruhig. »Verlaß dich drauf, mein Freund. Ich meine, was ich sage.«

»Nun komm schon, Webby!« rief Chris Unwin unbehaglich. »Beruhige dich.«

»Mögen Sie etwa solche Kerle?« fragte Webby den Polizisten und ignorierte Chris und Steve vollständig. »Häh?«

»Was die Homos angeht, so bin ich neutral«, erwiderte Machen.

»Woran mir wirklich was liegt, ist Ruhe und Ordnung, und du verstößt gegen das, was ich mag, Pizza-Gesicht. Willst du dich jetzt etwa mit *mir* anlegen, oder was ist?«

»Komm endlich, Webby«, sagte Steve Dubay ruhig. »Holen wir uns lieber ein paar Hot dogs.«

Webby zog mit übertriebenem Kraftaufwand sein Hemd zurecht, strich sich die Haare aus der Stirn und entfernte sich. Machen, der am Morgen nach Adrian Mellons Tod ebenfalls eine Aussage machte, erklärte: *Als er mit seinen Freunden endlich abzog, hörte ich ihn sagen: »Wenn ich ihn nächstes Mal sehe, wird's ihm ordentlich an den Kragen gehen!«*

6

»Bitte, ich muß noch einmal mit meiner Mutter reden«, sagte Steve Dubay zum dritten Mal. »Ich muß sie dazu bringen, daß sie meinen Stiefvater beruhigt, sonst ist die Hölle los, wenn ich heimkomme.«

»Bald kannst du anrufen«, erklärte Officer Charles Avarino. Er wußte genauso gut wie sein Kollege Barney Morrison, daß Steve Dubay zumindest in dieser Nacht – vermutlich auch in vielen folgenden Nächten – nicht nach Hause gehen konnte. Dem Jungen schien noch immer nicht klar zu sein, in welchen Schwierigkeiten er steckte, und Avarino war keineswegs überrascht, als er später erfuhr, daß Dubay mit 16 Jahren die Schule verlassen hatte. Zu dieser Zeit war er immer noch auf der Water Street Junior High School gewesen. Er hatte einen IQ von 68, wie bei einem Test festgestellt worden war, als er zum dritten Mal die siebte Klasse besuchte.

»Erzähl uns vorher, was passiert ist, als ihr gesehen habt, wie Mellon aus dem ›Falcon‹ kam«, forderte Morrison ihn auf.

»Nein, lieber nicht.«

»Und warum nicht?« fragte Avarino.

»Ich hab' vermutlich ohnehin schon zuviel gequatscht.«

»Dazu bist du doch hergekommen«, sagte Avarino. »Oder etwa nicht?«

»Na ja... doch... aber...«

»Hör zu«, erklärte Morrison freundlich, setzte sich neben Dubay und gab ihm eine Zigarette. »Glaubst du, daß ich und Chick Schwule mögen?«

»Ich weiß nicht...«

»Sehen wir etwa so aus, als würden wir Schwule mögen?«

»Nein, aber...«

»Wir sind deine Freunde, Steve«, sagte Morrison. »Glaub mir, du und Chris und Webby, ihr braucht jetzt dringend alle Freunde, die ihr nur kriegen könnt. Morgen wird nämlich jeder in der Stadt eure Köpfe fordern.«

Steve Dubays Gesicht nahm einen leicht beunruhigten Ausdruck an. Avarino, der die Gedanken dieses feigen Schwachkopfs fast lesen konnte, ahnte, daß er wieder an seinen Stiefvater dachte. Und obwohl Avarino alles andere als ein Freund von Derrys kleiner Homo-Gemeinde war – wie jedem anderen Polizeibeamten dieser Stadt, so wäre es auch ihm am liebsten gewesen, wenn das ›Falcon‹ für immer geschlossen worden wäre –, so hätte er doch liebend gern Dubay heimgefahren und ihm höchstpersönlich die Arme festgehalten, während Dubays Stiefvater ihn grün und blau schlug. Avarino liebte Schwule nicht, aber das bedeutete noch lange nicht, daß er der Meinung war, man sollte sie quälen und umbringen. Mellon war einem brutalen Mord zum Opfer gefallen. Als man ihn unter der Kanalbrücke hervorgeholt hatte, stand in seinen glasigen Augen ein Ausdruck grenzenlosen Entsetzens. Und dieser Bursche hier hatte absolut keine Ahnung, wozu er Beihilfe geleistet hatte.

»Wir wollten ihm nichts zuleide tun«, wiederholte Steve. Dieser Floskel bediente er sich jedesmal, sobald er etwas verwirrt oder beunruhigt war.

»Genau deshalb solltest du uns reinen Wein einschenken«, sagte Avarino eifrig. »Erzähl uns die ganze Wahrheit, dann wird die Sache vielleicht nur halb so schlimm ausgehen. Hab' ich recht, Barney?«

»Na klar doch«, stimmte Morrison mit Nachdruck zu.

»Also noch einmal, wie war das?« redete Avarino herzlich auf Steve ein. »Erzähl's uns, dann lass' ich dich auch anrufen, obwohl eigentlich nur ein einziges Gespräch erlaubt ist.«

»Na ja...«, murmelte Steve und begann langsam zu erzählen.

7

Als das ›Falcon‹ im Jahre 1973 eröffnet wurde, dachte Elmer Curtie, daß seine Kundschaft hauptsächlich aus Leuten bestehen würde, die mit dem Bus unterwegs waren – der Busbahnhof war gleich nebenan und wurde von drei verschiedenen Gesellschaften angesteuert: Trailways, Greyhound und Aroostook County. Er hatte allerdings nicht bedacht, daß ein hoher Prozentsatz der Busreisenden aus Frauen oder Familien mit kleinen Kindern bestand. Von den anderen führten viele ihre Flaschen in braunen Tüten mit sich und stiegen überhaupt nie aus dem Bus aus. Und jene, die ausstiegen – meistens Soldaten oder Seeleute –, wollten auch nur auf die schnelle ein oder zwei Bier trinken – zu mehr war bei einem Zwischenaufenthalt von zehn Minuten auch gar keine Zeit.

Als Curtie dies Anfang 1977 endlich erkannte, war es schon zu spät: Er steckte bis zum Hals in Schulden, und er sah auch keine Möglichkeit, aus den roten Zahlen wieder herauszukommen. In seiner Verzweiflung dachte er sogar daran, das ›Falcon‹ niederzubrennen, um die Versicherungssumme zu kassieren, aber er befürchtete, geschnappt zu werden, wenn er nicht einen Profi dazu anheuerte... und er hatte keine Ahnung, wo man einen professionellen Brandstifter auftreiben konnte.

Im Februar jenes Jahres beschloß er, noch bis zum 4. Juli durchzuhalten. Wenn die Lage sich bis dahin nicht gebessert haben würde, wollte er einfach nebenan einen Greyhound besteigen und sehen, wie es unten in Florida bestellt war.

Aber in den folgenden fünf Monaten begann zu seiner großen Überraschung der geschäftliche Aufschwung der Bar, die im Innern schwarz und goldfarben gestrichen und mit ausgestopften Vögeln dekoriert war (Elmer Curties Bruder hatte als Hobby Tiere – und speziell Vögel – ausgestopft, und nach seinem Tod hatte Elmer das ganze Zeug geerbt). Anstatt wie bisher pro Nacht etwa 60 Biere zu zapfen und höchstens 20 Drinks einzuschenken, kam Elmer nun auf 80 Biere und 100 Drinks... auf 120... manchmal sogar auf 160.

Seine Kundschaft war jung, höflich und fast ausschließlich männlichen Geschlechts. Viele kleideten sich auffallend, aber in jenen Jahren gehörte auffallende Kleidung noch fast zur Norm, und Elmer Curtie begriff erst so gegen 1981, daß die überwältigende Mehrzahl seiner Gäste homosexuell war. Wenn er das den Einwohnern Derrys erklärt hätte, hätten sie gelacht und gesagt, er halte sie wohl für von gestern – aber es stimmte tatsächlich. Wie der betrogene Ehemann, so wußte auch er praktisch erst als letzter Bescheid... und als er es dann endlich erkannte, war es ihm egal. Die Bar florierte, und obwohl es in Derry noch vier weitere Bars gab, die Gewinne machten, so war das ›Falcon‹ doch die einzige, die nicht regelmäßig von randalierenden Gästen verwüstet wurde. Zum einen gab es hier keine Kämpfe um Frauen, und außerdem schienen diese homosexuellen Männer irgendwie gelernt zu haben, miteinander auszukommen, was ihre heterosexuellen Geschlechtsgenossen nicht fertigbrachten.

Sobald Curtie die sexuellen Neigungen seiner Stammkunden erst einmal durchschaut hatte, schnappte er überall Gruselgeschichten über das ›Falcon‹ auf – diese Gerüchte kursierten schon seit Jahren, aber bis 1981

32

hatte Curtie sie einfach nicht gehört. Er stellte fest, daß diese Gruselmärchen am begierigsten von Männern erzählt wurden, die keine zehn Pferde in die Bar bringen könnten, aus Angst, daß ihnen dort alle Armmuskeln verdorren würden oder so was Ähnliches. Aber sie schienen über sämtliche dunklen Vergnügungen bestens informiert zu sein.

Den Gerüchten zufolge konnte man dort jede Nacht Männer eng aneinandergeschmiegt tanzen und direkt auf dem Tanzboden ihre Schwänze aneinanderreiben sehen; man konnte Männer sehen, die sich an der Bar leidenschaftlich küßten und sich gegenseitig in den Toiletten wichsten. Und angeblich sollte es auch ein Hinterzimmer geben, wohin man gehen konnte, wenn man masochistische Gelüste hatte – dort sollte sich ein großer alter Kerl in Naziuniform aufhalten, der mit ausgestrecktem Arm einen strammen Hitlergruß leistete und überglücklich war, jemandem eine entsprechende Behandlung angedeihen zu lassen.

In Wirklichkeit stimmte nichts von alldem. Wenn durstige Reisende vom Busbahnhof auf ein Bier oder einen Highball hereinkamen, fiel ihnen im ›Falcon‹ überhaupt nichts Ungewöhnliches auf – sicher, es waren sehr viele Männer anwesend, aber das war in Tausenden von Arbeiterkneipen und Bars im ganzen Lande nicht anders. Die Stammgäste waren homosexuell, aber das war kein Synonym für dumm. Wenn sie Lust auf kleinere Ausschweifungen verspürten, fuhren sie nach Portland. Wenn sie Lust auf ausgefallene Ausschweifungen verspürten, fuhren sie nach Boston oder New York. In solchen Städten tauschten Männer vielleicht manchmal in der Öffentlichkeit leidenschaftliche Küsse oder zeigten auf anderweitige Weise ihre Gefühle; in solchen Städten konnte man in allen möglichen Arten von Hinterzimmern alles mögliche erleben. Aber Derry war klein, Derry war provinziell, und Derrys kleine Gemeinschaft von Homosexuellen wußte genau, daß sie ständig von Adleraugen beobachtet und beschattet wurde.

Don Hagarty war schon seit zwei oder drei Jahren Stammgast im ›Falcon‹, als er sich eines Abends im März 1984 erstmals mit Adrian Mellon dort sehen ließ. Bis dahin hatte Hagarty eher Abwechslung gesucht und war seltener als ein halbes Dutzend Mal mit demselben Partner aufgetaucht. Aber Ende April war es sogar Elmer Curtie, der sich sehr wenig um solche Dinge kümmerte, klar, daß Hagarty und Mellon fest miteinander befreundet waren.

Hagarty war technischer Zeichner in einem Ingenieurbüro in Bangor. Adrian Mellon war freischaffender Schriftsteller, der überall, wo es nur möglich war, veröffentlichte – in Fluglinien-Zeitschriften, Sexmagazinen, Zeitschriften mit ›Bekenntnissen‹, in regionalen Zeitungen und Sonntagsbeilagen. Er arbeitete an einem Roman, aber vermutlich nicht allzu ernsthaft – er arbeitete schon seit seinem dritten College-Jahr daran, und das war immerhin schon zwölf Jahre her.

Er war nach Derry gekommen, um einen Artikel über den Kanal zu schreiben – auf Bestellung der ›New England Byways‹, einer in Concord zweimal im Monat erscheinenden Zeitschrift. Adrian Mellon hatte diesen Auftrag übernommen, weil ›Byways‹ ihm sämtliche Spesen – einschließlich eines hübschen Zimmers im Derry Town House – für drei Wochen genehmigte, er aber das gesamte benötigte Material in höchstens fünf Tagen beschaffen konnte. In der übrigen Zeit konnte er genügend Material für vier weitere Artikel sammeln.

Doch während dieser drei Wochen lernte er Don Hagarty kennen, und anstatt danach nach Portland zurückzukehren, suchte er sich ein kleines Apartment in der Kossuth Lane. Er wohnte dort aber nur sechs Wochen. Dann zog er bei seinem Freund Don Hagarty ein.

8

Dieser Sommer – so erzählte Hagarty Harold Gardener und Jeff Reeves – war der glücklichste seines Lebens gewesen; er hätte auf der Hut sein sollen, sagte er; er hätte wissen müssen, daß Gott Menschen wie ihm einen Teppich nur unter die Füße lege, um ihn dann wieder wegreißen zu können.

Der einzige Schatten, so sagte er, war Adrians ungewöhnliche Vorliebe für Derry. Er hatte ein T-Shirt mit der Aufschrift MAINE IST NICHT ÜBEL, ABER DERRY IST EINFACH SPITZE! Er besaß ein Derry Tigers High School-Jackett. Und dann war da natürlich noch der Hut. Adrian behauptete, die Atmosphäre dieser Stadt wirke auf ihn belebend und schöpferisch anregend. Vielleicht war diese Behauptung nicht ganz aus der Luft gegriffen, denn er hatte zum ersten Mal seit fast einem Jahr seinen dahinsiechenden Roman aus dem Koffer hervorgeholt.

»Arbeitete er wirklich daran?« fragte Gardener, nicht weil es ihn wirklich interessierte, sondern weil er wollte, daß Hagarty bereitwillig weitererzählte.

»Ja – er schrieb Seite um Seite. Er sagte, es würde vielleicht ein schrecklicher Roman sein, aber jedenfalls würde es kein schrecklicher unvollendeter Roman bleiben. Er wollte ihn bis zu seinem Geburtstag im Oktober abschließen. Natürlich wußte er nicht, wie Derry wirklich ist. Er glaubte es zu wissen, aber er ist nicht lange genug hier gewesen, um auch nur eine Ahnung vom echten Derry zu bekommen. Ich habe versucht, ihn aufzuklären, aber er wollte nicht zuhören.«

»Und wie ist Derry in Wirklichkeit?« fragte Reeves.

»Es gleicht einer toten Hure, aus deren Fotze Würmer rauskriechen«, sagte Don Hagarty.

Die beiden Polizeibeamten starrten ihn in fassungslosem Schweigen an.

»Es ist ein *schlechter* Ort«, fuhr Hagarty fort. »Es ist eine einzige Kloake. Wollen Sie etwa sagen, daß Sie das nicht wissen? Sie haben Ihr ganzes Leben hier verbracht, und Sie *wissen* das nicht?«

Keiner von beiden antwortete. Nach kurzem Schweigen fuhr Hagarty in seinem Bericht fort.

9

Bevor Adrian Mellon in sein Leben getreten war, hatte Don vorgehabt, Derry zu verlassen. Er wohnte dort seit drei Jahren, hauptsächlich weil er einen längerfristigen Mietvertrag für ein Apartment mit fantastischer Aussicht auf den Fluß unterschrieben hatte. Aber nun war der Vertrag fast abgelaufen, und darüber war Don sehr froh. Kein langes Hinundherpendeln nach Bangor mehr. Keine »bad vibrations« mehr – in Derry, hatte er Adrian einmal erklärt, schien es immer dreizehn Uhr zu sein. Adrian hielt Derry vielleicht für eine tolle Stadt, aber Don machte sie Angst. Das lag nicht nur an der heftigen Homophobie, die überall in der Stadt deutlich spürbar war, angefangen von den Predigern bis hin zu den Schmierereien im Bassey Park, aber diese Feindseligkeit war etwas Greifbares, worauf er den Finger legen konnte. Doch Adrian lachte nur darüber.

»Don, jede Stadt in Amerika hat ein Kontingent, das Schwule haßt«, sagte er. »Das weißt du doch genauso gut wie ich. Dies ist schließlich das Zeitalter von Ronnie Moron und Phyllis Housefly.«

»Komm mit zum Bassey Park«, erwiderte Don, als er sah, daß Adrian wirklich meinte, was er sagte – daß Derry auch nicht schlimmer als jede andere Stadt im Hinterland war. »Ich möchte dir etwas zeigen, mein Lieber.«

Sie fuhren zum Bassey Park – das war Mitte Juni gewesen, etwa einen Monat vor Adrians Ermordung, erzählte Hagarty den Polizeibeamten. Er führte Adrian auf die dunkle, etwas unangenehm riechende Kußbrücke. Dort deutete er auf eine der Schmierereien. Adrian mußte ein Streichholz anzünden, um lesen zu können, was da stand.

ZEIG MIR DEINEN SCHWANZ SCHWULER UND ICH SCHNEIDE IHN DIR AB!

»Ich weiß bestens Bescheid, was für Gefühle Leute Schwulen gegenüber haben«, sagte Don ruhig. »Als Teenager wurde ich auf einem LKW-Parkplatz in Dayton zusammengeschlagen; einige Kerle in Portland zündeten vor einem Sandwich-Laden meine Schuhe an, während so ein alter Fettarsch von Bulle in seinem Streifenwagen saß und lachte. Ich hab' schon eine Menge gesehen... aber so etwas wie dies hier doch noch nie. Schau dir *das* einmal an. Schau's dir gut an.«

Ein weiteres Streichholz enthüllte: BOHRT NÄGEL IN DIE AUGEN ALLER SCHWULEN (FÜR GOTT)!

»Wer auch immer diese kleinen Moralpredigten schreiben mag, muß ein unerkannter Irrer sein. Mir wäre wohler zumute, wenn ich glauben könnte, daß es nur eine Einzelperson ist, ein einziges krankes Hirn, aber...« Don machte eine vage Geste über die ganze Brücke hinweg. »Da steht jede Menge von solchem Zeug... und ich glaube nicht, daß es das Werk einer Einzelperson ist. Deshalb will ich Derry verlassen, Ade. Es scheint hier an zuviel Stellen zuviel dieser unerkannten Irren zu geben.«

»Na ja, aber warte, bis ich meinen Roman fertig habe, okay? Bitte! Oktober, nicht später, ich versprech's dir. Die Luft ist hier besser.«

»Er wußte nicht, daß er sich aber vor dem hiesigen Wasser hätte in acht nehmen müssen«, sagte Don Hagarty voll Bitterkeit.

10

Tom Boutillier und Chief Rademacher beugten sich wortlos vor. Chris Unwin saß mit gesenktem Kopf da und redete monoton vor sich hin, so als erzählte er seine Geschichte dem Fußboden. Dies war der Teil, den sie hören wollten; dies war der Teil, der zumindest zwei dieser Arschlöcher nach Thomaston bringen würde.

»Auf dem Rummelplatz war nicht mehr viel los«, berichtete Unwin. »Alle tollen Karussells wurden schon abgebaut, diese Dinger wie das Devil Dish und das Parachute Drop, wissen Sie. Und an den Boxautos hing auch schon ein Schild ›Geschlossen‹. Nur die Kinderkarussells liefen noch. Also gingen wir rüber zu den Spielständen, und Webby sah die Wurfbude und zahlte 50 Cent, und dann hat er so 'n Hut gesehen, wie der Schwule ihn aufhatte, und er hat danach geworfen, aber er hat ihn dauernd verfehlt, und nach jedem Wurf ist seine Laune mieser geworden. Und Steve – das ist ein Bursche, der normalerweise rumläuft und sagt, immer mit der Ruhe, beruhige dich, nur keine Aufregung und all so 'n Zeug, wissen Sie? Aber er war unheimlich aufgekratzt, denn er hatte vorher so 'ne Pille geschluckt, wissen Sie? Ich weiß nicht, was für 'ne Pille das genau war. 'ne rote Pille jedenfalls. Vielleicht war's sogar was Legales. Aber er zog Webby andauernd auf, bis ich schon dachte, Webby würde ihn verprügeln, wissen Sie? Er hat zu ihm gesagt, du kannst ja nicht mal so 'n Hut wie der Schwule gewinnen. Du mußt ja total bekloppt sein, wenn du's noch nicht mal schaffst, so 'n Hut wie der Schwule zu gewinnen. Und schließlich hat die Frau Webby dann 'nen Preis gegeben, obwohl der Ring nicht richtig drumherum lag, weil sie uns nämlich loswerden wollte, glaub' ich wenigstens. Es war so 'n Krachmacher, wissen Sie? Man bläst rein, und das Ding rollt sich ab und macht dabei so 'n Lärm, wie wenn einer 'nen Furz läßt, wissen Sie? Ich hatte auch mal so 'n Ding. Für Halloween oder Silvester oder irgendso 'n anderen verdammten Feiertag. Es war ein tolles Ding, nur hab' ich's dann verloren. Oder vielleicht hat's mir auch einer auf dem verdammten Schulhof aus der Tasche geklaut, wissen Sie? Na ja, und dann schloß der Rummelplatz, und wir gingen raus, und Steve hat immer noch Webby aufgezogen, daß er nicht mal in der Lage gewesen ist, so 'n Hut wie der Schwule zu gewinnen, wissen Sie, und Webby hat nicht viel gesagt, und ich hab' gewußt, daß das 'n schlechtes Zeichen ist, und ich hatte 'nen ganz schönen Bammel, wissen Sie? Und ich wollt' das Thema wechseln, nur fiel mir gar nichts ein, was ich hätte sagen können. Und wie wir dann auf dem Parkplatz gestanden haben, hat Steve gefragt: Wo willst du hin, nach Hause? – Und Webby hat gesagt: Fahren wir erst noch am ›Falcon‹ vorbei und schauen nach, ob der Schwule da ist.«

Boutillier und Rademacher tauschten einen Blick. Boutillier klopfte sich mit einem Finger an die Wange – obwohl dieser Schwachkopf sich nicht klar darüber war, erzählte er jetzt von einem vorsätzlichen Mord.

»Und ich hab' widersprochen und gesagt, daß ich nach Hause muß, und Webby hat gespottet: Hast du Angst, in die Nähe der Schwulenkneipe zu kommen? – Und ich hab' gesagt: Verdammt, nein! Und Steve ist immer noch high oder so was Ähnliches gewesen, und er hat gesagt: Los, machen wir mal Hackfleisch aus dem Schwulen! Machen wir mal Hackfleisch aus dem Schwulen! Machen wir mal...«

11

Fatalerweise war es genau der richtige Zeitpunkt. Adrian Mellon und Don Hagarty kamen gerade aus dem ›Falcon‹ heraus, wo sie zwei Bier getrunken hatten, gingen am Busbahnhof vorbei und hielten dann Händchen. Es war eine ganz instinktive Geste, über die keiner von beiden besonders nachdachte. Es war 22.20 Uhr. An der Ecke bogen sie nach links ab.

Die Kußbrücke lag eine halbe Meile stromaufwärts; sie wollten den Kanal auf der weit weniger malerischen Main Street Bridge überqueren. Der Kenduskeag war sommerlich seicht; höchstens vier Fuß Wasser plätscherten träge um die Betonpfeiler herum.

Sie waren gerade an der Brücke angelangt, als das Auto, ein Duster, sie einholte – Steve Dubay hatte die beiden Männer aus der Bar kommen sehen und die anderen vergnügt auf sie aufmerksam gemacht.

»Halt an! Schneid ihnen den Weg ab!« schrie Webby Garton. Er hatte im Schein einer Straßenlaterne soeben gesehen, daß die beiden Männer Händchen hielten, und das brachte ihn in Wut... aber noch viel mehr brachte ihn der Hut in Rage. Die große Papierblume wippte eifrig hin und her. »Anhalten, verdammt noch mal!« Und Steve hielt an.

Chris Unwin bestritt später seine aktive Teilnahme an dem nun Folgenden, aber Don Hagarty erzählte etwas ganz anderes. Er sagte, Garton sei aus dem Wagen gesprungen, noch bevor dieser völlig zum Stehen gekommen war, und die beiden anderen seien ihm rasch gefolgt. Dann ein kurzer Wortwechsel. An diesem Abend versuchte Adrian nicht, so zu tun, als flirte oder kokettiere er; er begriff, daß sie sich in einer äußerst gefährlichen Situation befanden.

»Gib mir den Hut!« sagte Garton. »Gib ihn her, Schwuler!«

»Werdet ihr uns in Ruhe lassen, wenn ich ihn dir gebe?« fragte Adrian mit hoher, ängstlicher Stimme, den Tränen nahe, und blickte erschrocken von Unwin zu Dubay und zu Garton.

»Gib mir das Scheißding!«

Adrian gab ihm den Zylinder. Garton zog ein Klappmesser aus der linken Vordertasche seiner Jeans und zerschnitt den Hut in zwei Teile. Er rieb die Stücke an seinem Hosenboden. Dann warf er sie aufs Pflaster und trampelte auf ihnen herum.

Don Hagarty wich ein Stück zurück, während ihre Aufmerksamkeit auf Adrian und den Hut konzentriert war – er hielt Ausschau nach einem Polizisten, wie er später sagte.

»Laßt ihr uns jetzt in R...«, begann Adrian Mellon, und in diesem Moment schlug Garton ihm ins Gesicht, und er wurde gegen das taillenhohe Brückengeländer geschleudert. Er schrie auf und griff mit den Händen nach seinem Mund. Blut sickerte zwischen seinen Fingern hindurch.

»Ade!« schrie Hagarty und rannte auf seinen Freund zu. Dubay stellte ihm ein Bein. Garton trat ihn in den Magen, und er fiel auf die Straße. Ein Auto fuhr vorbei. Hagarty kam auf die Knie und rief um Hilfe. Das Auto fuhr einfach weiter. Der Fahrer sah sich nicht einmal um.

»Halt die Klappe, Schwulenschwein!« schrie Dubay und kickte ihn seitlich ins Gesicht. Hagarty fiel halb ohnmächtig in den Rinnstein.

Wenige Augenblicke später hörte er eine Stimme, die ihm riet zu verschwinden, bevor es ihm ebenso ergehen würde wie seinem Freund. Unwin bestätigte später in seiner Aussage, diese Warnung von sich gegeben zu haben.

Hagarty hörte dumpfe Schläge, und er hörte seinen Geliebten schreien. Adrian habe sich, so erzählte er später der Polizei, angehört wie ein Kaninchen in der Schlinge. Hagarty kroch auf die Kreuzung und auf die hellen Lichter des Busbahnhofs zu, und in einiger Entfernung warf er einen Blick zurück.

Adrian Mellon, der etwa einsachtzig groß war und in tropfnassem Zustand höchstens 135 Pfund wog, wurde in einer Art Dreiecksspiel wie eine Strohpuppe von Garton über Dubay zu Unwin gestoßen. Sie pufften ihn, schlugen ihn, zerrten an seinen Kleidern. Garton trat ihn in die Hoden. Adrians Haare hingen ihm wirr ins Gesicht. Blut floß aus seinem Mund auf sein Hemd. Webby Garton trug an der rechten Hand zwei schwere Ringe: einen der Derry High School und einen, den er im Werkunterricht selbst angefertigt hatte – zwei aufgelötete verschlungene Messingbuchstaben – DB. – standen erhaben hervor. Diese Initialen bedeuteten ›Dead Bugs‹, eine Band, die er besonders bewunderte. Die Ringe hatten Adrians Oberlippe aufgerissen und ihm drei Zähne dicht unter dem Zahnfleisch ausgeschlagen.

»*Hilfe!*« kreischte Hagarty. »*Hilfe! Hilfe! Sie bringen ihn um! Hilfe!*«

Die Gebäude der Main Street blieben dunkel und still. Niemand eilte zu Hilfe – nicht einmal von der weißen Lichtinsel des Busbahnhofs. Hagarty begriff nicht, wie das möglich war; dort hielten sich doch Menschen auf. Er hatte sie gesehen, als er und Adrian vorbeigegangen waren. Würde wirklich niemand ihnen zu Hilfe eilen? Kein Mensch?

»Hilfe! Hilfe! Sie bringen ihn um! Bitte, so helft uns doch! Um Gottes willen, so helft uns doch!«

»Hilfe«, flüsterte eine leise Stimme links von Don Hagarty... und dann hörte er ein Kichern.

»Ins Wasser mit ihm!« brüllte Garton jetzt lachend. Alle drei hätten gelacht, während sie auf Adrian einschlugen, berichtete Hagarty den Polizeibeamten. »Hinein mit ihm! Übers Geländer!«

»Ja, hinein ins Wasser mit ihm! Nichts wie rein mit ihm!« lachte Dubay.

»Hilfe«, sagte die leise Stimme wieder, und obwohl sie ernst klang, folgte erneut jenes Kichern – es hörte sich an wie die Stimme eines Kindes, das wider Willen lachen muß.

Hagarty blickte hinab und sah den Clown – und von diesem Zeitpunkt an begannen Gardener und Reeves seiner ganzen Aussage zu mißtrauen, denn der Rest war das wirre Gerede eines Verrückten. Später jedoch fing Harold Gardener an, sich Gedanken zu machen. Später, als er feststellte, daß auch Unwin einen Clown gesehen hatte – oder es zumindest behauptete –, begann er nachzudenken. Sein Kollege hingegen wurde entweder tatsächlich nicht nachdenklich, oder er wollte es nicht zugeben.

Der Clown, so Hagarty, sah aus wie eine Mischung zwischen Ronald McDonald und jenem alten Fernsehclown Bozo – zumindest war das Hagartys erster Eindruck. Es waren die wilden orangefarbenen Haarbüschel, die diese Vergleiche nahelegten. Aber bei späterem Nachdenken kam er zu dem Schluß, daß der Clown eigentlich weder Ronald McDonald noch Bozo ähnlich gesehen hatte. Das über das weiße Mondgesicht gemalte Grinsen war rot, und die Augen hatten eine unheimlich funkelnde Silberfarbe. Vielleicht Kontaktlinsen... aber ein Teil von ihm dachte damals und auch später, daß dieses Silber vielleicht die echte Augenfarbe des Clowns gewesen war, der ein bauschiges Kostüm mit großen orangefarbenen Pompon-Knöpfen und Handschuhe wie eine Trickfilmfigur trug.

»Wenn du Hilfe brauchst, Don«, sagte der Clown, »dann bedien dich mit einem Luftballon.«

Und er bot ihm die Traube von Ballons an, die er in einer Hand hielt.

»Sie schweben«, sagte der Clown. »Hier unten schweben wir alle; sehr bald wird auch dein Freund schweben.«

12

»Dieser Clown hat Sie mit Ihrem Namen angeredet«, sagte Jeff Reeves mit völlig ausdrucksloser Stimme. Er blickte über Hagartys gesenkten Kopf hinweg zu Harold Gardener hinüber und zwinkerte ihm zu.

»Ja«, antwortete Hagarty, ohne aufzuschauen. »Ich weiß, wie sich das anhört.«

13

»Und dann habt ihr ihn also reingeworfen«, konstatierte Boutillier. »In den Kanal.«

»Ich nicht!« rief Unwin und blickte hoch. Er strich sich die Haare aus der Stirn und schaute die Polizeibeamten flehend an. »Als ich sah, daß sie es wirklich ernst meinten, versuchte ich Steve wegzuziehen, weil ich wußte, daß der Bursche sich sämtliche Knochen brechen würde... es waren mindestens drei Meter bis zum Wasser...«

Es waren sieben. Einer von Chief Rademachers Leuten hatte schon nachgemessen.

»Aber Steve war wie verrückt. Die beiden brüllten immer wieder: ›Ins Wasser mit ihm! Nichts wie rein mit ihm!‹ Und dann hoben sie ihn hoch. Webby hatte ihn unter den Armen gepackt und Steve am Hosenboden, und... und...«

14

Als Hagarty sah, was vorging, rannte er auf sie zu und schrie, so laut er nur konnte: »Nein! Nein! Nein!«

Chris Unwin stieß ihn zurück, und Hagarty landete auf dem Gehweg. »Willst du auch reinfliegen?« zischte er. »Hau ab, Baby!«

Sie warfen Adrian Mellon über das Brückengeländer ins Wasser. Hagarty hörte das Platschen.

»Machen wir, daß wir hier wegkommen«, sagte Steve Dubay. Er und Webby gingen rückwärts auf das Auto zu.

Chris Unwin blickte übers Geländer nach unten. Zuerst sah er Hagarty, der die unkrautüberwucherte, mit Abfällen übersäte Uferböschung hinabschlitterte. Dann sah er den Clown. Der Clown zog Adrian auf der anderen Flußseite mit einem Arm aus dem Wasser; in der anderen hatte er seine Luftballons. Adrian war völlig durchnäßt, würgte und stöhnte. Der Clown wandte den Kopf und grinste zu Chris hoch. Chris sagte, er hätte seine funkelnden Silberaugen und die gebleckten Zähne gesehen – riesengroße Zähne, sagte er.

»Wie der Löwe im Zirkus, Mann«, sagte er. »Ich meine, so groß waren die Zähne.«

Dann sah er, wie der Clown einen von Adrians Armen über den Kopf zurückbog.

»Und was dann, Chris?« fragte Boutillier. Dieser Teil der Geschichte langweilte ihn. Märchen hatten ihn schon seit seinem achten Lebensjahr immer gelangweilt.

»Ich weiß nicht so recht«, murmelte Chris. »In diesem Augenblick hat Steve mich gepackt und ins Auto gezerrt. Aber... aber ich glaube, der Clown hat in Mellons Achselhöhle gebissen.« Er sah sie wieder an, diesmal sehr unsicher. »Ich glaube, so war's. Er hat in seine Achselhöhle gebissen.

So als wollte er ihn auffressen, Mann. So als wollte er sein Herz fressen.«

15

Nein, sagte Hagarty, als man ihn zu Chris Unwins Version der Geschichte verhörte. Nein, der Clown habe Ade nicht ans andere Ufer gezerrt, zumindest nicht, soweit er gesehen habe – und sie könnten Gift darauf nehmen, daß er zu diesem Zeitpunkt kein unbeteiligter objektiver Beobachter gewesen sei; zu diesem Zeitpunkt sei er völlig außer sich gewesen, habe fast den Verstand verloren.

Seiner Aussage nach stand der Clown in der Nähe des anderen Ufers und hielt Adrians tropfenden Körper in seinen Armen. Ades rechter Arm ragte steif hinter dem Kopf des Clowns hervor, und das Gesicht des Clowns war wirklich in Ades rechter Achselhöhle, aber er biß nicht zu; er lächelte. Hagarty konnte ihn unter Ades Arm hervorschauen und lächeln sehen.

Die Arme des Clowns schlossen sich fester um Ade, und Hagarty hörte, wie Rippen gebrochen wurden.

Ade kreischte auf.

»Schweb mit uns, Don!« rief der Clown mit seinem grinsenden roten Mund und deutete mit einer weiß behandschuhten Hand unter die Brücke.

Luftballons schwebten an der Unterseite der Brücke – nicht etwa ein Dutzend oder zwölf Dutzend, sondern Tausende roter und blauer und grüner und gelber Ballons. Und auf jedem stand: ICH ♥ DERRY!

16

»Na ja, das hört sich wirklich nach ein bißchen zuviel Luftballons an«, sagte Reeves und zwinkerte Harold Gardener wieder zu.

»Ich weiß, wie sich das anhört«, wiederholte Hagarty mit bedrückter Stimme.

»Sie haben diese Ballons *gesehen?*« fragte Gardener.

Don Hagarty hielt sich langsam die Hände vors Gesicht. »Ich sah sie genauso deutlich wie jetzt meine Finger. Tausende von Ballons. Man konnte nicht einmal mehr die Unterseite der Brücke sehen, weil es einfach zu viele waren. Sie bewegten sich ein wenig auf und ab. Und da war dieses Geräusch. Ein komisches leises Quietschen. Es kam daher, weil ihre Seiten aneinanderrieben. Und Schnüre. Ein ganzer Wald weißer Schnüre hing herab. Sie sahen aus wie weiße Spinnweben. Der Clown schleppte Ade dorthin. Ich sah sein Kostüm zwischen diesen Schnüren. Ade stieß schreckliche würgende, erstickte Laute aus. Ich rannte hinter ihm her... und dann drehte der Clown den Kopf um und blickte zurück. Ich sah seine Augen, und plötzlich begriff ich, wer es war.«

»Wer war es denn, Don?« fragte Harold Gardener freundlich.

»Es war Derry«, sagte Don Hagarty. »Es war diese Stadt.«

»Und was haben Sie dann gemacht?« Das war Reeves.

»Ich bin weggerannt, Sie Blödhammel«, sagte Hagarty und brach in Tränen aus.

17

Harold Gardener behielt seine Gedanken und Zweifel für sich – bis zum 13. November, dem Tag vor Beginn der Gerichtsverhandlung gegen John Garton und Steven Dubay wegen Mordes, begangen an Adrian Mellon. Dann ging er zu Tom Boutillier. Er wollte sich über den Clown unterhalten. Boutillier hatte dazu nicht die geringste Lust, aber als er sah, daß Gardener imstande war, etwas Dummes zu tun, wenn man ihm nicht ein paar Anweisungen gab, redete er lieber doch mit ihm.

»Es gab überhaupt keinen Clown, Harold. Die einzigen Clowns, die an jenem Abend unterwegs waren, waren diese drei Burschen. Das weißt du doch genauso gut wie ich, Harold.«

»Wir haben aber zwei Zeugen...«

»Ach, das ist doch alles Blödsinn! Unwin beschloß einfach, den Einarmigen ins Spiel zu bringen, so in der Art von ›Wir haben den armen kleinen Schwulen nicht umgebracht, es war der Einarmige‹, sobald er begriff, daß er diesmal wirklich in der Klemme saß. Und Hagarty war hysterisch. Er mußte mit ansehen, wie diese Kerle seinen besten Freund ermordeten. Es hätte mich nicht überrascht, wenn er fliegende Untertassen gesehen hätte.«

Aber Boutillier wußte es besser, das konnte Gardener in seinen Augen lesen, und die Ausweichmanöver des Mannes ärgerten ihn.

»Na hör mal«, sagte er. »Uns liegen zwei voneinander völlig unabhängige Aussagen vor. Red also nicht so 'n verdammten Mist daher!«

»Oh, du willst also über Mist reden? Willst du mir etwa weismachen, daß du an diesen Vampir-Clown unter der Main Street Bridge glaubst? Denn das ist *meiner* Meinung nach verdammter Mist.«

»Nein, nicht direkt, aber...«

»Oder daß Hagarty da unten wirklich eine Milliarde Ballons gesehen hat und daß auf jedem davon genau das gleiche stand wie auf Mellons Hut? Glaubst du das? Denn auch *das* ist meiner Meinung nach verdammter Mist. Totaler Quatsch!«

»Nein, aber...«

»Warum gibst du dich dann überhaupt mit diesem Blödsinn ab?«

»*Hör auf, mich ins Kreuzverhör zu nehmen!*« brüllte Gardener. »Beide haben den Kerl ganz gleich beschrieben, und keiner hat gewußt, was der andere sagen würde!«

Boutillier hatte an seinem Schreibtisch gesessen und mit einem Bleistift gespielt. Jetzt legte er den Bleistift hin, stand auf und ging auf Harold Gardener zu. Boutillier war zehn Zentimeter kleiner, aber trotzdem wich Gardener vor dem Zorn des Mannes einen Schritt zurück.

»Willst du, daß wir diesen Fall verlieren, Harold?«

»Nein. Natürlich ni...«

»Willst du, daß diese üblen Strolche weiterhin frei herumlaufen?«

»Nein!«

»Okay. Nachdem wir uns im Prinzip einig sind, werde ich dir verraten, was ich wirklich glaube. Ja, vermutlich war an jenem Abend ein Mann unter der Brücke. Vielleicht hat er sogar wirklich ein Clownskostüm getragen, obwohl ich schon mit zuviel Zeugen zu tun hatte, daß ich eher glaube, daß es einfach ein Betrunkener oder ein Landstreicher in zerlumpten Klamotten war. Vermutlich hat er da unten nach runtergefallenen Münzen oder nach Proviant gesucht – nach 'nem halben weggeworfenen Hamburger oder den Resten in einer zerknüllten Pommes-frites-Tüte. Alles andere haben sie sich eingebildet, Harold. Na, wäre das nicht durchaus möglich?«

»Ich weiß nicht so recht...«, sagte Harold. Er hätte sich gern überzeugen lassen, aber angesichts der exakten Übereinstimmung der beiden Beschreibungen... nein. Er glaubte nicht, daß so etwas möglich war.

»Der Kern der Sache ist aber folgender: Mir ist es scheißegal, ob da unten nun Kinko the Klown oder ein Kerl auf Stelzen in Uncle-Sam-Kostüm oder aber Hubert the Happy Homo war. Wenn wir vor Gericht nur etwas von diesem Kerl andeuten, wird sich ihr Anwalt sofort gierig darauf stürzen. Er wird behaupten, diese beiden unschuldigen kleinen Lämmer mit ihren frisch geschnittenen Haaren und in ihren neuen Anzügen hätten weiter nichts getan als diesen Homosexuellen Mellon zum Spaß über das Brückengeländer geworfen. Er wird mit besonderem Nachdruck hervorheben, daß Mellon nach dem Sturz noch am Leben war; das geht sowohl aus Hagartys als auch aus Unwins Aussage hervor. *Seine* Klienten haben doch keinen Mord begangen, o nein! Es war ein Psychopath in Clownskostüm. Wenn wir diesen Kerl auch nur erwähnen, passiert das garantiert, und das weißt du genauso gut wie ich.«

»Unwin wird diese Geschichte ohnehin erzählen.«

»Aber Hagarty *nicht*«, erwiderte Boutillier. »Weil *er* begriffen hat.

Und wer wird Unwin schon glauben, wenn Hagarty nichts darüber aussagt?«

»Na ja, *wir* wären ja auch noch da«, sagte Harold Gardener mit einer Verbitterung, die sogar ihn selbst erstaunte, »aber ich vermute, daß wir auch nichts darüber berichten werden.«

»Oh, *du treibst mich noch zum Wahnsinn!*« brüllte Boutillier und warf die Hände hoch. »*Sie haben ihn ermordet!* Sie haben ihn nicht nur von der Brücke in die Tiefe gestürzt – Garton hatte ein Messer bei sich. Mellon hatte Stichwunden, darunter eine in der linken Lunge und zwei in den Hoden. Die Wunden stammen eindeutig von dieser Klinge. Mellon hatte auch vier gebrochene Rippen – die hat Dubay ihm gebrochen, als er ihn umklammerte. Mellon hatte auch Bißwunden, okay, geb' ich zu. An den Armen, auf der linken Wange, am Hals. Ich nehme an, daß das Unwins und Gartons Werk war, obwohl wir nur einen deutlichen Zahnabdruck haben, und selbst der ist höchstwahrscheinlich nicht deutlich genug, um vom Gericht als Beweis anerkannt zu werden. Und, okay, aus seiner rechten Achselhöhle war ein großes Stück Fleisch herausgerissen. Na und? Einer dieser Kerle hat eben wirklich gern zugebissen. Vermutlich hat er, während er das tat, sogar noch 'nen Steifen bekommen. Ich wette, daß es Garton war, obwohl wir's nie beweisen können. Und Mellons Ohrläppchen war auch nicht mehr da.«

Boutillier starrte Harold einen Moment lang schweigend an, dann fuhr er fort: »Wenn wir diese Clown-Geschichte ins Spiel bringen, werden wir sie *nie* des Mordes überführen können. Willst du das?«

»Nein, das hab' ich doch schon gesagt.«

»Mellon war schwul, aber er hat niemandem etwas zuleide getan«, sagte Boutillier. »Und plötzlich – heidi-heida, kommen da diese drei Pisser daher und pusten ihm das Lebenslicht aus. Ich werde dafür sorgen, daß sie hinter Schloß und Riegel kommen, mein Freund, und wenn ich höre, daß jemand in Thomaston seinen Schwanz in ihre runzligen kleinen Ärsche reinsteckt, dann werd' ich ihnen Karten schicken, auf denen steht, ich würde von Herzen wünschen, daß der Betreffende AIDS hat!«

Sehr feurig, dachte Gardener. *Und die Verurteilungen werden sich auch in deinen Akten sehr gut machen, wenn du dich in zwei Jahren um die oberste Position bewirbst.*

Aber er ging, ohne noch etwas zu sagen, denn auch er wollte, daß diese Burschen verurteilt würden.

18

John Webber Garton wurde wegen Mordes zu zehn bis zwanzig Jahren Haft im Staatsgefängnis von Thomaston verurteilt.

Steven Bishoff Dubay wurde wegen Mordes zu fünfzehn Jahren Haft im Shawshank-Staatsgefängnis verurteilt.

Christopher Philip Unwin wurde als Jugendlicher separat vor Gericht gestellt und wegen Totschlags zu sechs Monaten Aufenthalt im Trainingslager der South Windham Boys verurteilt. Das Urteil wurde zur Bewährung ausgesetzt.

Bis zu dieser Stunde wurde gegen alle drei Urteile Berufung eingelegt; man kann Garton und Dubay tagtäglich im Bassey Park Mädchen beobachten oder ›Pennywerfen‹ spielen sehen, unweit der Stelle, an der Mellons verunstaltete Leiche an einem der Pfeiler der Main Street Bridge auf dem Wasser treibend gefunden worden war.

Don Hagarty und Chris Unwin haben die Stadt verlassen.

Bei der Hauptverhandlung gegen Garton und Dubay hatte niemand einen Clown erwähnt.

Drittes Kapitel

Sechs Telefonanrufe (1985)

1. Stanley Uris nimmt ein Bad

Später sagte Patricia Uris zu ihrer Mutter, sie hätte wissen müssen, daß etwas nicht stimmte, weil Stanley *nie* am frühen Abend ein Bad genommen hatte. Er duschte morgens und machte es sich manchmal spätabends in der Badewanne gemütlich (mit einer kalten Dose Bier und einer Zeitschrift), aber in all den vielen Jahren ihrer Ehe hatte er sich noch nie um 19 Uhr ein Bad eingelassen.

Und dann war da die Sache mit den Büchern gewesen. Eigentlich hätte es ihm Freude machen müssen; statt dessen schien es ihn auf eine ihr unverständliche Weise zu verwirren und zu deprimieren. Etwa drei Monate vor jenem schrecklichen Abend hatte Stanley entdeckt, daß ein Freund aus Kindertagen Schriftsteller geworden war. Er hieß William Denbrough, aber Stanley nannte ihn manchmal ›Stotter-Bill‹. Stanley hatte alle Bücher Denbroughs begierig verschlungen; im letzten hatte er noch am Abend des Bades gelesen – am 28. Mai 1985. Patty Uris hatte einmal aus Neugier in einen dieser Romane hineingeschaut, ihn aber nach nur drei Kapiteln wieder aus der Hand gelegt.

Es war nicht nur ein Roman gewesen, erzählte sie ihrer Mutter später; es war ein Horrorbuch. Sie sagte es genau so, mit einer Betonung, wie man vielleicht auch »ein Sexbuch« gesagt hätte. Patty war eine nette Frau, aber nicht sehr redegewandt – sie hatte ihrer Mutter erzählen wollen, wie sehr das Buch ihr Angst gemacht hatte, aber es war ihr nicht richtig gelungen. »Es wimmelte von Monstern«, sagte sie. »Es war voller Monster – Monster, die es besonders auf kleine Kinder abgesehen hatten... und voller Morde und... ich weiß nicht so recht, wie ich's ausdrücken soll... voll negativer Gefühle und Gewalt. All so was.« Irgendwie war der Roman ihr fast pornographisch vorgekommen, das war das Wort, das ihr nicht einfiel, wahrscheinlich weil sie es noch nie in ihrem Leben ausgesprochen hatte, obwohl sie natürlich wußte, was es bedeutete. »Aber Stan hatte das Gefühl, einen seiner Freunde aus der Kindheit wiedergefunden zu haben... er sprach davon, daß er ihm schreiben wolle, aber ich wußte, daß er es nicht tun würde... ich wußte, daß all diese Geschichten *ihn* irgendwie verstörten... und... und...«

Patty brach in Tränen aus.

An jenem Abend, etwa sechs Monate weniger als achtundzwanzig

Jahre nach dem Tag des Jahres 1957, als George Denbrough den Clown Pennywise kennengelernt hatte, saßen Stanley und Patty Uris im Wohnzimmer ihres Hauses in einem Vorort von Atlanta. Der Fernseher war eingeschaltet, und Patty saß vor dem Bildschirm und teilte ihre Aufmerksamkeit zwischen ihrer Näharbeit und ihrem Lieblingsquiz ›Family Feud‹. Sie *vergötterte* Richard Dawson einfach und fand die Uhrkette, die er immer trug, ausgesprochen sexy, obwohl keine zehn Pferde sie dazu gebracht hätten, das zuzugeben. Die Sendung gefiel ihr auch, weil sie immer die populärsten Antworten wußte (bei *Family Feud* gab es keine *richtigen* Antworten; nur die populärsten). Sie hatte Stan einmal gefragt, warum die Fragen, die ihr so leicht vorkamen, den Familien in der Sendung so schwer vorzukommen schienen. »Es ist vermutlich viel schwerer, wenn man da oben im Scheinwerferlicht steht und alle Kameras auf einen gerichtet sind. Alles ist sehr viel schwerer, wenn man selbst betroffen ist. Dann kann man sehr leicht das Gefühl haben zu ersticken. Wenn es einen *direkt* angeht.«

Seine Erklärung schien ihr sehr einleuchtend zu sein. Stanley besaß manchmal erstaunliche Einsicht in die menschliche Natur. Viel schärfere, so dachte sie, als sein alter *Freund* William Denbrough, der reich geworden war, indem er Horrorgeschichten schrieb und die niederen Instinkte der Menschen ansprach.

Nicht daß es ihnen selbst schlechtgegangen wäre: Ihr Vorort galt als vornehme Wohngegend, und das Haus, das sie 1979 für 87 000 Dollar erworben hatten, würde sich inzwischen problemlos für etwa 165 000 Dollar verkaufen lassen. Wenn sie manchmal in ihrem Volvo (Stanley fuhr einen Mercedes Diesel) von der Fox Run Mall zurückkehrte und ihr geschmackvoll hinter niedrigen Eibenhecken liegendes Haus sah, überkam sie ein starkes Glücksgefühl, vermischt mit so viel bitterem Stolz, daß ihr etwas unbehaglich zumute war. Einem achtzehnjährigen Mädchen namens Patricia Blum war einmal der Zutritt zur Schulabschlußparty verwehrt worden, die im Country Club jener Kleinstadt Glointon im Bundesstaat New York stattfand, wo Patricia aufgewachsen war – natürlich aufgrund ihres Familiennamens Blum, natürlich deshalb, weil sie Jüdin war. Das war 1967 gewesen, vor langer Zeit – nur würde es für einen Teil von ihr *niemals* lange zurückliegen; ein Teil von ihr würde immer wieder mit Michael Rosenblatt zum Auto seines Vaters zurückgehen, das er sich für jenen Abend ausgeliehen und am Nachmittag auf Hochglanz poliert hatte, Michael in seinem weißen Dinnerjackett – wie hatte es in jener milden Frühlingsnacht geleuchtet! – und sie selbst in einem hellgrünen Abendkleid, in dem sie, wie ihre Mutter erklärte, wie eine Meerjungfrau aussah, aber die Vorstellung von einer Itzigmeerjungfrau war verdammt komisch, ha-ha-ha. Sie waren hocherhobenen Kopfes gegangen und sie hatte nicht geweint – noch nicht –, nur waren sie eben nicht zum Auto *gegangen*, nein, sie waren *geschlichen*, und der Kies hatte unter ihren Schuhen geknirscht, und nie zuvor hatten sie die Bürde ihres Judentums so deutlich gespürt wie an jenem Abend; sie hatten das Gefühl gehabt, Pfandleiher oder Viehhändler zu sein, lange krumme Nasen und ein schleimiges Wesen zu haben, Itzigs, Shylocks – eben Juden zu sein. Sie waren nicht wütend gewesen, sie hatten sich nur geschämt; der Zorn war erst später gekommen, rasender, bohrender Zorn. Und dann hatte jemand gelacht. Es war ein hohes, schrilles, kicherndes Lachen gewesen. Und im Auto hatte sie geweint, und als Michael ungeschickt versucht hatte, sie zu trösten, indem er ihr über den Nacken strich, hatte sie seine Hand weggestoßen – sie hatte sich geschämt, sich schmutzig gefühlt, sich *jüdisch* gefühlt.

Das so geschmackvoll hinter niedrigen Eibenhecken liegende Haus machte manches leichter ... aber nicht hundertprozentig gut. Die Kränkung und die Scham waren immer noch vorhanden, und nicht einmal das Bewußtsein, in dieser friedlichen, wohlhabenden Umgebung akzeptiert zu sein, konnte die alte Wunde völlig heilen. Ebensowenig die Tatsache, daß sie Mitglieder im Country Club waren und daß der Geschäftsführer sie immer respektvoll mit »Guten Abend, Mr. und Mrs. Uris« begrüßte. Wenn sie in ihrem bequemen neuen Volvo nach Hause kam und ihr weißes Haus mit den schwarzen Fensterläden betrachtete, das sich inmitten des grünen Rasens hinter den niedrigen Eibenhecken so dekorativ ausmachte, hoffte sie, daß jenes Mädchen, das damals gelacht hatte, in irgendeiner beschissenen Bruchbude lebte, von seinem Ehemann geprügelt wurde, drei Fehlgeburten gehabt hatte; sie hoffte, daß der Ehemann dieses Mädchens es mit geschlechtskranken Frauen betrog, daß es eine Hängebrust, Plattfüße und Geschwüre auf der dreckig lachenden Zunge hatte.

Sie haßte sich selbst wegen dieser Gedanken, dieser lieblosen Gedanken, und manchmal wurde sie monatelang von ihnen verschont und dachte dann: *Vielleicht liegt das alles jetzt hinter mir, ich bin eine Frau, eine 36jährige Frau; jenes Mädchen, das in seinem grünen Kleid im Auto von Michaels Vater saß und durch seine Tränen die Wimperntusche über die ganzen Wangen verschmierte, jenes Mädchen ist seit 18 Jahren tot, vielleicht kann ich es vergessen und nur noch ich selbst sein.* Aber dann wieder brauchte sie nur irgendwo zu sein – beispielsweise im Supermarkt – und aus dem Nebengang plötzlich ein schrilles, kicherndes Lachen zu hören, und schon lief ihr ein Schauder den Rücken hinab, ihre Brustwarzen wurden hart und empfindlich und rieben sich an ihrem BH, und sie dachte unwillkürlich: *Jemand hat gerade jemand anderem erzählt, daß ich Jüdin bin, daß ich ein Itzig und Shylock bin, daß auch Stanley ein Itzig und Shylock ist, du weißt ja, diese Juden, sie verstehen sich gut auf Zahlen, wir lassen sie in den Country Club, wir können nicht anders, wir mußten es erlauben, nachdem 1981 jener schlaue Itzig-Doktor seinen Prozeß gewann, aber wir lachen über sie, sobald sie uns den Rücken kehren, lachen wir über sie, wir lachen und lachen.* Oder sie hörte das Knirschen von Kies und dachte nur: *Meerjungfrau! Meerjungfrau!*

Dann überwältigten Haß und Scham sie wieder wie ein entsetzlicher Migräneanfall der Seele, und sie verzweifelte an sich selbst und an der menschlichen Rasse. Werwölfe – das Buch von Denbrough, das sie zu lesen versucht hatte, handelte von Werwölfen. Werwölfe! Was wußte ein solcher Mann schon von Werwölfen?

Aber meistens ging es ihr viel besser. Sie liebte ihr Haus, sie liebte ihren Mann, und meistens war sie sogar imstande, ihr Leben und sich selbst zu lieben. Das war nicht immer so gewesen; als sie sich mit Stanley verlobt hatte, hatten ihre Eltern verzweifelt die Köpfe geschüttelt. Sie hatte ihn auf einer College-Party kennengelernt. Er war mit einigen Freunden von der New York State University hergekommen, wo er als Stipendiat studierte, und als der Abend zu Ende ging, glaubte sie, ihn zu lieben. Als es Winter wurde, war sie sich ihrer Gefühle ganz sicher. Und als Stanley ihr im Frühling einen schmalen Diamantring schenkte, nahm sie ihn an.

Ihre Eltern hatten sich mit ihrer Verlobung abgefunden, obwohl sie alles andere als glücklich darüber waren. Es blieb ihnen aber kaum etwas anderes übrig, obwohl Stanley Uris Marketing studierte und sich bald einer hoffnungslos flauen Arbeitsmarktlage stellen mußte, ohne daß seine Familie das nötige Kapital hatte, um ihm beim Eintritt in eine gefährliche Welt Rückhalt bieten zu können. Offenbar würde er diese Welt mit ihrer einzigen Tochter als Glückspfand betreten. Aber sie war 22 Jahre alt, eine Frau, die demnächst ihren Bachelor of Arts in Englisch machen würde – was konnten sie also sagen? Sie war eine erwachsene Frau. Das einzige, was sie tun konnten, war, die jungen Leute zu überreden, mit der Heirat zu warten, bis sie beide mit dem Studium fertig sein würden. Und außerdem Stanleys Eltern zum Abendessen einzuladen.

»Ich werde diese Brillenschlange für den Rest meines Lebens unterstützen müssen«, hatte Patty ihren Vater eines Abends gegen Ende der Frühjahrsferien sagen hören. Ihre Eltern waren an jenem Abend ausgegangen, und dabei hatte ihr Vater etwas zuviel getrunken.

»Psst, sie wird dich hören«, hatte Ruth Blum gesagt.

Patricia hatte bis spät nach Mitternacht wach gelegen und sich in den folgenden zwei Jahren nach Kräften bemüht, ihren zahlreichen Haßgefühlen nicht auch noch den Haß auf ihren eigenen Vater hinzuzufügen. Diesen Kampf hatte sie gewonnen. Stanley hatte ihr dabei geholfen.

Seine Eltern waren über ihre Verlobung ebenso besorgt gewesen und hatten sie für überstürzt gehalten (obwohl Donald Uris und Andrea Bertoly selbst mit Anfang Zwanzig geheiratet hatten, waren sie anscheinend der Ansicht, daß nur eine Ehe zwischen Partnern Ende Vierzig nicht überstürzt war).

Nur Stanley schien seiner selbst völlig sicher zu sein, sich keine Sorgen zu machen, zuversichtlich in die Zukunft zu blicken. Und sein Selbstvertrauen hatte sich in jeder Hinsicht als berechtigt erwiesen. Im Juli 1972, als die Tinte auf ihrem Diplom noch nicht ganz trocken war, hatte sie eine Stelle als Englischlehrerin an der Junior High School in der Kleinstadt Traynor, 40 Meilen südlich von Atlanta, bekommen. Wenn sie darüber nachdachte, wie sie zu dem Job gekommen war, fand sie es immer ein wenig – nun, unheimlich. Sie hatte eine Liste von vierzig Möglichkeiten aus Anzeigen in Lehrerzeitschriften zusammengestellt und dann an fünf Abenden vierzig Briefe geschrieben – an jedem Abend acht – und um nähere Informationen zu den Jobs sowie um Bewerbungsunterlagen gebeten. Zweiundzwanzig Antworten besagten, daß die Stellen bereits vergeben waren. In anderen Fällen deuteten erforderliche Kenntnisse und Erfahrungen an, daß sie nicht in Frage kam; sich zu bewerben wäre reine Zeitverschwendung gewesen. Es waren ein Dutzend Möglichkeiten übriggeblieben. Jede sah so gut aus wie die andere. Stanley war hereingekommen, während sie über den Bewerbungsbögen brütete und sich fragte, wie sie es schaffen sollte, zwölf Bögen auszufüllen, ohne total irre zu werden. Er hatte die Unterlagen auf dem Tisch angesehen und dann auf den Brief der Traynor Superintendent of Schools gedeutet, einen Brief, der ihrer Meinung nach nicht mehr oder weniger vielversprechend aussah als alle anderen.

»Da«, sagte er.

Sie schaute ihn an, bestürzt über die ruhige Sicherheit in seiner Stimme. »Weißt du etwas über Georgia, das ich nicht weiß?« fragte sie.

»Nee. Ich war nur einmal dort. Im Kino.«

Sie sah ihn mit hochgezogener Braue an.

»*Vom Winde verweht*. Vivien Leigh. Clark Gable. ›Ich denk morgen darübah nach, denn morgen ist ein neuah Tag.‹ Höre ich mich an, als würde ich aus dem Süden stammen, Patty?«

»Ja. Aus der Süd-Bronx. Wenn du noch nie in Georgia warst und nichts darüber weißt, warum...«

»Weil es richtig ist.«

51

»Das kannst du doch nicht *wissen*, Stanley.«

»Ich weiß es aber«, sagte er einfach. Als sie ihn ansah, merkte sie, daß er nicht scherzte. Er meinte es wirklich, und unwillkürlich lief ihr ein Schauder des Unbehagens über den Rücken.

»Woher weißt du es?«

Sein Lächeln wurde etwas unsicher, und einen Augenblick lang schien er verwirrt zu sein. Seine Augen verschleierten sich, so als schaute er in sich hinein und zöge irgendeine innere Vorrichtung zu Rate, die zuverlässig funktionierte, die er aber letztlich selbst ebensowenig verstand wie der Durchschnittsmensch den Mechanismus seiner Armbanduhr.

»Die Schildkröte konnte uns nicht helfen«, sagte er plötzlich. Er sagte es ganz deutlich. Er hatte immer noch jenen nach innen gewandten Blick – jenen Ausdruck nachdenklicher Überraschung –, und das beunruhigte sie irgendwie.

»Stanley? Wovon redest du eigentlich? *Stanley?*«

Er zuckte heftig zusammen und fegte dabei aus Versehen die Schale mit Pfirsichen vom Tisch. Sie fiel zu Boden und zerbrach. Seine Augen wurden plötzlich wieder klar.

»Oh, Scheiße! Tut mir leid.«

»Das macht nichts. Stanley – wovon hast du geredet?«

»Ich hab's vergessen«, sagte er. »Aber ich glaube, daß Georgia das richtige ist, Liebling.«

»Aber...«

»Vertrau mir«, sagte er, und das hatte sie auch getan.

Das Vorstellungsgespräch war großartig gelaufen, und sie wußte, daß sie die Stelle bekommen würde, als sie die Rückfahrt antrat. Der Dekan der Fakultät hatte sie auf Anhieb sympathisch gefunden und sie ihn ebenfalls. Der Brief kam eine Woche später. Man bot ihr 9200 Dollar im Jahr und einen Probevertrag an.

»Ihr werdet verhungern«, sagte Herbert Blum, als sie ihm eröffnete, sie wollte den Job annehmen. »Und ihr werdet *schwitzen*, während ihr verhungert.«

»Fiedel-di-di, Scarlett«, hatte Stanley gesagt, als sie ihm mitteilte, was ihr Vater gesagt hatte. Sie war wütend und den Tränen nahe gewesen, aber da fing sie an zu kichern, und Stanley nahm sie in die Arme.

Geschwitzt hatten sie, aber verhungert waren sie nicht. Sie hatten am 19. August 1972 geheiratet, und Patty Uris war in ihrer Hochzeitsnacht noch Jungfrau gewesen. Sie war nackt zwischen die kühlen Laken eines Hotels in den Poconos geschlüpft, und ihre Stimmung war turbulent und stürmisch – Blitze des Begehrens und köstlicher Lust, dunkle Gewitterwolken der Angst. Als Stanley nackt zu ihr ins Bett geschlüpft kam, mit seinen kräftigen Muskeln und dem Penis, der wie ein Ausrufungszeichen aus blondem Schamhaar ragte, hatte sie geflüstert: »Tu mir nicht weh.«

»Niemals«, hatte er gesagt, während er sie zärtlich in die Arme nahm, und dieses Versprechen hatte er getreulich gehalten – bis zum 28. Mai 1985, dem Abend des Bades.

Ihre Lehrtätigkeit klappte von Anfang an gut. Stanley hatte anfangs einen Job als Fahrer eines Bäckerei-Lieferwagens für 100 Dollar wöchentlich, und als im November jenes Jahres das neue Einkaufszentrum in Traynor Flats eröffnet wurde, hatte er eine Stelle im Büro von ›H & R Block‹ bekommen, mit 150 Dollar wöchentlich. Ihr gemeinsames Einkommen betrug damals 17 000 Dollar im Jahr, was für jene Zeit sehr ordentlich war, als vier Liter Benzin 35 Cent und ein Brotlaib 31 Cent kosteten. Im März 1973 hatte Patty Uris, ohne viel Aufhebens davon zu machen, ihre Antibabypillen weggeworfen und darauf gewartet, wann es soweit sein würde.

Im Jahre 1975 hatte Stan seine Stelle bei ›Block‹ aufgegeben und seine eigene Agentur eröffnet. Sowohl seine als auch Pattys Eltern hielten das für einen tollkühnen Schritt. Natürlich sollte Stan seine eigene Agentur haben, es war bewundernswert, Ehrgeiz zu haben, und es war verständlich, daß man sich verbessern und sein eigener Herr sein wollte. Aber sie stimmten alle darin überein, daß es noch zu früh für einen solchen Schritt sei, daß er Patty damit eine viel zu schwere Last aufbürde. Die allgemeine Meinung war, daß ein Mann an ein eigenes Geschäft nicht einmal *denken* sollte, bevor er nicht ein gesetzteres, reiferes Alter erreicht hatte – 78 Jahre oder etwas in dieser Art.

Wieder schien Stanley fast übernatürlich zuversichtlich zu sein. Sicher hatte er während seiner Arbeit für ›Block‹ Kontakte geknüpft; er war jung, ansehnlich, klug und geschickt. Aber er hatte doch nicht wissen können, daß ›Corridor Video‹ auf einem riesigen Grundstück weniger als zehn Meilen von dem Vorort entfernt, in den sie 1979 umgezogen waren, eine Niederlassung gründen würde, oder daß ›Corridor Video‹ ein Jahr später auf der Suche nach einem selbständigen Marktforscher sein würde. Und selbst wenn er das alles gewußt hätte, hätte er doch bestimmt nicht glauben können, daß sie diesen Posten einem jungen Juden mit nördlichem Akzent geben würden, einem Brillenträger mit ungezwungenem Grinsen und letzten Spuren einer pubertären Akne im Gesicht – aber sie hatten es getan, und es schien so, als hätte Stan das die ganze Zeit über gewußt.

Seine Arbeit für CV führte dazu, daß ihm die Firma ein Angebot für einen festen Job unterbreitete – mit einem Anfangsgehalt von 30 000 Dollar jährlich.

»Und das ist wirklich erst der Anfang«, hatte Stanley Patty an diesem Abend im Bett gesagt. »Sie werden wachsen wie Mais im August, Liebes. Wenn nicht jemand in den nächsten zehn Jahren die Welt in die Luft jagt, werden sie in einem Atemzug mit Kodak, Sony und RCA genannt werden.«

»Und was wirst du tun?« fragte sie, obwohl sie es bereits wußte.

»Ich werde ihnen sagen, was für ein Vergnügen es war, mit ihnen Geschäfte zu machen«, sagte er, lachte, zog sie an sich und küßte sie. Augenblicke später bestieg er sie, und sie hatte Höhepunkte – einen, zwei, drei, wie helle Raketen, die am Nachthimmel explodierten... aber kein Baby.

Seine Arbeit bei Corridor Video hatte ihn mit einigen der reichsten und mächtigsten Männer in Atlanta in Kontakt gebracht – und sie stellten beide erstaunt fest, daß diese Männer größtenteils ganz in Ordnung waren. Bei ihnen fanden sie mehr Anerkennung und offenes Verständnis als im Norden. Patty erinnerte sich, wie Stanley seinen Eltern einmal geschrieben hatte: *Die besten reichen Männer Amerikas leben in Atlanta, Georgia. Ich werde dazu beitragen, ein paar davon noch reicher zu machen, aber niemand wird mich besitzen, außer meiner Frau Patricia, und da ich sie bereits besitze, scheint mir das ausreichend sicher zu sein.*

Als sie von Traynor wegzogen, hatte Stanley eine GmbH gegründet und sechs Angestellte. 1983 stieß ihr Einkommen in unbekannte Gefilde vor – Gefilde, von denen Patty nur vageste Gerüchte gehört hatte. Es waren die legendären Gefilde SECHSSTELLIGER ZAHLEN. Und alles war so beiläufig geschehen, wie man samstags vormittags in ein Paar Hausschuhe schlüpfte. Das machte ihr manchmal Angst. Einmal hatte sie einen nervösen Witz über ein Pakt mit dem Teufel gemacht. Stanley hatte gelacht, bis er fast erstickt wäre, aber für sie war das nicht komisch gewesen und würde es wohl auch nie sein.

Die Schildkröte konnte uns nicht helfen.

Manchmal wachte sie völlig grundlos mitten in der Nacht auf und hatte diesen Satz im Kopf wie das letzte Fragment eines ansonsten vergessenen Traumes, und dann mußte sie immer rasch Stan berühren, mußte sich schnell vergewissern, daß er noch da war.

Sie hatten ein gutes Leben – es gab keine wilden Trinkgelage, keinen außerehelichen Sex, keine Drogen, keine Langeweile, keine heftigen Streitigkeiten. Am strahlenden Himmel ihres Glücks gab es nur eine einzige Wolke, und wie sie schon immer befürchtet hatte, war es ihre Mutter, die das Problem als erste angesprochen, die als erste auf die Wolke hingewiesen hatte, in Form einer Frage in einem ihrer Briefe. Ruth Blum schrieb ihrer Tochter einmal wöchentlich, und nach jenem Abend des Bades eilte sie sofort zu ihr, und es bedurfte Pattys ganzer Willenskraft und Energie, um nicht die gutgemeinten Ratschläge und Tröstungen ihrer Mutter anzunehmen. Jener spezielle Brief war im Frühherbst 1979 angekommen. Er war ihr von der alten Adresse in Traynor nachgesandt worden, und Patty las ihn in einem Wohnzimmer, das noch mit Umzugskartons vollgestellt war.

Größtenteils war es einer von Ruth Blums üblichen Briefen-von-Zuhause: Vier engbeschriebene Seiten auf blauem Papier in der kaum zu entziffernden Schrift ihrer Mutter. Stan hatte sich oft beklagt, daß er kein einziges Wort lesen könne, das seine Schwiegermutter schrieb. »Welches Interesse könntest du auch daran haben?« hatte Patty erwidert.

Dieser spezielle Brief enthielt die üblichen Neuigkeiten über alte Freunde und Verwandte, die in Pattys Erinnerung schon verblaßt waren wie Fotos in einem alten Album. Ihr Vater hatte immer noch zuviel Magenschmerzen; *er* war sicher, daß es sich nur um Verdauungsbeschwerden handelte; er würde erst dann glauben, daß es Krebs sei, wenn er Blut spucken würde. *Du kennst ja deinen Vater, Liebling, er arbeitet wie ein Maulesel, aber manchmal ist er auch ebenso störrisch – Gott verzeih mir, daß ich so was sage.* Randi Harlengen hatte eine Unterleibsoperation gehabt, man hatte ihr golfballgroße Zysten aus den Eierstöcken entfernt. Gott sei Dank nichts Bösartiges, aber erst 27 und schon Zysten an den Eierstöcken! Es war das Wasser in New York City, dessen war sie sich ganz sicher, das schmutzige Wasser und die schmutzige Luft, Gott weiß, was für Krankheiten man sich in der Großstadt holen konnte, und sie dankte Gott, daß Patty und Stan an einem so gesunden Ort lebten (für Ruth Blum war der gesamte Süden, einschließlich Atlanta, ländliches Gebiet). Ihre Tante Margaret hatte wieder Ärger mit dem Elektrizitätswerk, Stella Flanagan hatte geheiratet, Richie Huber war wieder einmal entlassen worden...

Und inmitten dieses ganzen Geschwafels, mitten in einem Absatz, völlig zusammenhanglos, hatte Ruth Blum die gefürchtete Frage gestellt: »Wann werdet Stan und Du uns denn nun zu Großeltern machen? Wir sind schon ganz darauf eingestellt, ihn (oder sie) gründlich zu verwöhnen. Und falls du es noch nicht bemerkt hast, wir werden auch nicht jünger.« Und dann gleich weiter mit der Tochter der Bruckners, die von der Schule heimgeschickt worden war, weil sie keinen BH und eine Bluse anhatte, die regelrecht durchsichtig war.

Patty war an jenem Tag ohnehin niedergeschlagen. In ihrer neuen Umgebung noch nicht heimisch, hatte sie Heimweh nach Traynor. Nachdem sie den Brief ihrer Mutter gelesen hatte, ging sie in ihr Schlaf-

55

zimmer, legte sich auf die Matratze – das Bettgestell war noch nicht geliefert worden, die Matratze lag auf dem großen Holzboden wie seltsames Treibgut an einem gelben Strand – und weinte fast zwanzig Minuten lang. Sie vermutete, daß dieses Weinen früher oder später unvermeidlich gewesen wäre; der Brief ihrer Mutter hatte den Zeitpunkt nur vorverlegt, das war alles.

Stanley wollte Kinder. *Sie* wollte Kinder. Sie stimmten in dieser Hinsicht ebenso überein wie in bezug auf ihren Lebensstil, ihre Vorliebe für Filme mit Woody Allen und ihren unregelmäßigen Besuch der drei Meilen entfernten Synagoge, ihre politischen Ansichten, ihre Abneigung gegen Marihuana und vieles andere. Das zusätzliche Zimmer in dem kleinen Haus, das sie in Traynor gemietet hatten, war sozusagen zweigeteilt: Die rechte Seite gehörte ihr, für ihre Näharbeiten; die linke Seite diente ihm als Lesezimmer – aber ihnen beiden war eines so klar, daß sie kaum darüber reden mußten: Eines Tages würde dieses Zimmer dem Kind – Andy oder Jenny – gehören. Aber wo blieb das Baby? Die Nähmaschinen und Körbchen mit Stoff und der Kartentisch und der Schreibtisch und der La-Z-Boy behielten alle ihre Plätze und schienen mit jedem Monat ihre Positionen in dem Zimmer zu konsolidieren und ihre Legitimität noch weiter auszubauen. Das dachte sie, obwohl sie den Gedanken nie richtig kristallisieren konnte; er war wie das Wort *pornographisch* ein Konzept, das gerade außerhalb ihrer Fähigkeiten, es zu erfassen, tanzte. Aber sie erinnerte sich, wie sie einmal ihre Periode bekommen und das Schränkchen unter dem Waschbecken im Bad aufgemacht hatte, um ihre Monatsbinden herauszuholen; sie erinnerte sich, wie sie den Karton Stayfree-Binden betrachtet und gedacht hatte, daß er beinahe hämisch aussah, beinahe zu sagen schien: *Hallo, Patty! Wir sind deine Kinder. Andere Kinder als uns wirst du nie haben. Und wir haben Hunger. Still uns. Still uns mit deinem Blut.*

1976, drei Jahre, nachdem sie ihre Antibabypillen weggeworfen hatte, suchten Stanley und sie einen Arzt namens Harkavey in Atlanta auf. »Wir möchten wissen, ob mit uns etwas nicht in Ordnung ist«, erklärte Stan, »und wenn ja, ob man etwas dagegen tun kann.«

Es wurden alle erforderlichen Tests gemacht; sie zeigten, daß Stans Sperma lebte und gut war, daß Patty fruchtbar war und alle Kanäle, die offen sein mußten, das auch tatsächlich waren.

Harkavey, der keinen Ehering trug und das offene, muntere und frische Gesicht eines College-Studenten hatte, der gerade vom Skiurlaub in Colorado zurückgekehrt ist, erklärte ihnen, daß sie mit ihrem Problem keineswegs allein dastünden. In solchen Fällen gäbe es anscheinend irgendeine psychologische Wechselwirkung. Offensichtlich könne man sich ein Kind einfach zu sehr wünschen. Sie sollten sich entspannen. Sie sollten, wenn sie könnten, beim Sex nicht an Zeugung denken.

Stan war auf dem Heimweg mürrisch. Patty fragte ihn nach dem Grund.

»Ich denke *dabei nie* an Zeugung«, sagte er.

Sie fing an zu kichern, obwohl sie sich inzwischen ein wenig einsam und ängstlich fühlte. Und in jener Nacht, als sie glaubte, Stan wäre schon längst eingeschlafen, erschreckte er sie, als er plötzlich im Dunkeln sprach: mit einer tonlosen Stimme sprach, die vor unterdrückten Tränen schwankte. »Ich bin derjenige«, sagte er, »ich bin schuld daran.«

Sie drehte sich zu ihm, griff nach ihm, nahm ihn ganz fest in ihre Arme.

»Stanley, red doch keinen solchen Unsinn«, sagte sie. Aber sie hatte Herzklopfen – starkes Herzklopfen. Sie war nicht einfach nur bestürzt über seine Worte; es war vielmehr so, als hätte er ihre geheimsten Gedanken gelesen, eine heimliche Überzeugung, für die sie keine vernünftige Erklärung hätte anführen können: Sie spürte – sie *wußte* – daß etwas tatsächlich nicht in Ordnung war... und es lag nicht an ihr. Es lag an ihm, wie er soeben gesagt hatte. Etwas in ihm war schuld daran.

»Sei kein solcher Dummkopf«, flüsterte sie, den Kopf an seiner Schulter. Er schwitzte etwas, und sie begriff plötzlich, daß er Angst hatte, daß die Angst in Kältewellen aus ihm entwich; nackt neben ihm zu liegen war plötzlich so, als stünde man nackt vor einem offenen Kühlschrank.

»Ich rede keinen Unsinn«, sagte er mit jener tonlosen, tränenerstickten Stimme, »und das weißt du. Es ist meine Schuld. Aber ich weiß nicht, *warum.*«

»Du kannst nichts Derartiges wissen.« Ihre Stimme war barsch, zänkisch – so hörte sich die Stimme ihrer Mutter an, wenn diese Angst hatte. Und während sie noch mit ihm schimpfte, überlief sie ein heftiger Schauder. Stanleys Arme schlossen sich fester um sie. Er hatte ihre Angst bemerkt.

»Manchmal«, sagte er, »manchmal glaube ich, den Grund zu kennen. Manchmal habe ich einen Traum, einen bösen Traum, und ich erwache und denke: ›Jetzt weiß ich es. Ich weiß, was nicht in Ordnung ist.‹ Aber dann verblaßt alles sofort wieder. Wie das bei Träumen so üblich ist.«

Sie wußte, daß er manchmal schlecht träumte. Mindestens ein halbes Dutzend Mal war sie aufgewacht, weil er stöhnte und um sich schlug. Vermutlich hatte sie seine Alpträume aber auch manchmal verschlafen. Wenn sie ihn nach dem Inhalt dieser Träume fragte, sagte er immer dasselbe: »Ich kann mich nicht erinnern.« Dann griff er nach seinen Zigaretten, rauchte im Bett und beruhigte sich allmählich. »Es wird vorübergehen«, hatte er ihr ein- oder zweimal, nach besonders schlimmen Alpträumen, gesagt. »Sie gehen immer vorüber, Liebling.«

Ihre Kinderlosigkeit ging nicht vorüber, und am Abend des 28. Mai 1985, am Abend des Bades, waren sie immer noch kinderlos. Die Stayfree Minis und Stayfree Maxis lagen weiterhin am gewohnten Platz auf dem Regal unter dem Waschbecken im Bad; sie bekam ihre Periode so regelmäßig wie eh und je. Ihre Mutter hatte aufgehört, in ihren Briefen Fragen zu stellen; und auch, wenn Stan und Patty zweimal im Jahr zu Besuch kamen, fragte sie nichts und machte keine lustigen Bemerkungen mehr, ob sie denn auch ihr Vitamin E einnähmen. Vielleicht hatte sie den Schmerz in Pattys Augen gesehen oder zwischen den Zeilen von Pattys kurzen, fröhlichen Briefen gelesen. Stanley war ebenfalls nie wieder darauf zurückgekommen, aber manchmal, wenn er sich unbeobachtet glaubte, sah sie einen Schatten auf seinem Gesicht. So als versuche er, sich an etwas zu erinnern.

Abgesehen von dieser einen Wolke verlief ihr gemeinsames Leben jedoch sehr angenehm, bis zum Abend des 28. Mai, als mitten in der Show ›Family Feud‹ das Telefon läutete. Patty hatte sechs von Stans Hemden, zwei ihrer Blusen, ihr Nähgarn und ihre Knopfschachtel neben sich; Stan hatte den Roman von William Denbrough in der Hand. Auf dem Titelblatt war ein knurrendes Tier abgebildet, auf der hinteren Einbandseite ein Mann mit Glatze und dicker Brille.

Stan, der näher am Apparat saß als Patty, nahm den Hörer ab und meldete sich wie immer: »Hallo, hier bei Uris.«

Er lauschte, und zwischen seinen Augenbrauen bildete sich eine Falte. »*Wer* spricht dort? Was sagten Sie?«

Einen Moment lang wurde Patty von Angst überwältigt. Später log sie aus Scham und erzählte ihren Eltern, daß sie von dem Augenblick an, als das Telefon läutete, gewußt habe, daß etwas nicht in Ordnung sei; in Wirklichkeit hatte es nur diese kurze Sekunde der Angst gegeben, als sie flüchtig von ihrer Näharbeit aufgeblickt hatte. Aber vielleicht stimmte es dennoch. Vielleicht hätten sie beide lange vor diesem Telefonanruf geahnt, daß etwas auf sie zukam, etwas, das nicht zu dem hübschen Haus paßte, das so geschmackvoll hinter Eibenhecken lag.

»Ist es Mom?« flüsterte sie ihm in jenem Augenblick des Erschreckens zu. Vielleicht hatte ihr Vater mit seinen zwanzig Pfund Übergewicht und seinem häufigen ›Bauchweh‹, wie er es nannte, einen Herzinfarkt erlitten.

Stan schüttelte den Kopf und lächelte dann über etwas, das der Anrufer gesagt hatte. »Du!... Na so was! Mike! Wie...«

Er verstummte wieder, und sein Gesicht wurde ernst, während er zuhörte. Sie erkannte – oder glaubte es zumindest – seinen analytischen Gesichtsausdruck, den er immer hatte, wenn jemand ihm ein Problem vortrug oder eine plötzliche Veränderung in irgendeiner Situation erklärte. Der Anrufer war folglich irgendein Klient. Sie wandte ihre Aufmerksamkeit wieder dem Fernseher zu, wo eine Frau aus Omaha gerade Quizmaster Richard Dawson küßte, und zwar wie von Sinnen. Sie dachte, Richard Dawson mußte wahrscheinlich häufiger geküßt werden als der Stein von Blarney. Sie dachte *auch*, daß es ihr nichts ausmachen würde, ihn ebenfalls zu küssen.

Während sie nach einem passenden schwarzen Knopf für Stans blaues Baumwollhemd suchte, registrierte sie im Hinterkopf, daß Stanley sich auf ein gelegentliches Brummen und ein »Bist du sicher?« beschränkte. Schließlich sagte er: »In Ordnung, Mike. Ich glaube, ich verstehe alles. Ich... nein, das kann ich nicht versprechen, aber ich werde darüber nachdenken. Weißt du, daß... was? Natürlich erinnere ich mich. Ja... sicher... danke... ja. Ja. Wiedersehn.« Er legte den Hörer auf.

Patty sah ihn an und stellte fest, daß er über dem Fernseher ins Leere starrte. In der Sendung applaudierte das Publikum der Familie Ryan, die gerade zweihundertachtzig Punkte gemacht hatte, die meisten damit, daß sie erraten hatte, daß ›Mathe‹ die Antwort auf die Frage »Was werden Eltern sagen, welches Fach haßt der Filius am meisten in der Schule?« sein würde. Die Ryans hüpften auf und ab und johlten fröhlich. Stanley dagegen runzelte die Stirn. Später sollte sie ihren Eltern sagen, Stanleys Gesicht hätte ihrer Meinung nach ein wenig blaß gewirkt, was tatsächlich stimmte, aber sie sagte ihnen nicht, daß sie es in dem Moment als Täuschung der Tischlampe mit ihrem grünen Schirm abgetan hatte.

»Wer war das, Stan?«

»Hmmm?« Er sah sie zerstreut an. Zumindest hatte sie es damals für Zerstreutheit gehalten. Erst später, als sie sich die Szene immer und immer wieder vor Augen führte, hatte sie begriffen, daß es der Gesichtsausdruck eines Mannes gewesen war, der sich von der Realität löste und dabei ganz methodisch vorging, ein Tau nach dem anderen lockerte. Das Gesicht eines Mannes, der sich aus den blauen Gefilden entfernt und ins Schwarze begibt – out of the blue and into the black.

»Wer hat angerufen?«

»Niemand«, sagte er und stand auf. »Ich glaube, ich werde ein Bad nehmen.«

»Um sieben?«

Er antwortete nicht, ging nur aus dem Zimmer. Sie hätte ihn vielleicht gefragt, ob etwas nicht stimmte, wäre ihm vielleicht sogar gefolgt und hätte ihn gefragt, ob ihm schlecht war – er hatte keinerlei sexuelle Hemmungen, konnte aber seltsam verklemmt sein, wenn es um andere Sachen ging, und es würde ihm nicht unähnlich sehen zu sagen, daß er ein Bad nehmen ging, wenn er in Wirklichkeit etwas nicht vertragen und Durchfall bekommen hatte. Aber jetzt wurde eine neue Familie vorgestellt, die Piscapos, und Patty wußte, Richard Dawson würde *bestimmt* etwas Komisches zu diesem Namen einfallen, und außerdem konnte sie keinen verflixten schwarzen Knopf finden, obwohl sie wußte, es mußten ganze Scharen in der Knopfkiste sein. Sie versteckten sich natürlich; das war die einzig mögliche Erklärung...

So ließ sie ihn also gehen und dachte erst wieder an ihn, als im Fernsehen die Werbung anfing und sie seinen leeren Sessel sah. Sie hatte gehört, wie oben im Bad das Wasser in die Wanne eingelassen wurde und wie das Plätschern etwa fünf Minuten später aufhörte, und sie glaubte auch gehört zu haben, wie Stan in die Wanne stieg... aber nun fiel ihr plötzlich ein, daß sie kein Öffnen und Schließen der Kühlschranktür gehört hatte. Sie legte ihre Näharbeit zur Seite, ging in die Küche und holte eine Dose Bier. Jemand hatte ihn angerufen und ihm irgendein großes, fettes Problem aufgehalst, und sie hatte kein einziges mitfühlendes Wort für ihn übriggehabt. Hatte sie versucht, ihm beizustehen? Nein. Sie hatte ihn, ehrlich gesagt, kaum beachtet. Und alles wegen dieser blöden Fernsehsendung!

Sie würde ihm jetzt ein Bier bringen, sich neben ihn auf den Wannenrand setzen, ihm den Rücken massieren, die Geisha spielen und seine Haare waschen, wenn er das wollte; und sie würde herausfinden, worin das Problem bestand – oder wer dieses Problem war.

Sie ging mit der Bierdose in der Hand die Treppe hinauf und war zum erstenmal wirklich beunruhigt, als sie sah, daß die Badezimmertür geschlossen war. Nicht einfach angelehnt, sondern fest geschlossen. Sie konnte sich nicht erinnern, daß Stan jemals beim Baden die Tür geschlossen hatte. Es war sogar so eine Art Spiel – die offene Tür war für sie eine Einladung, hereinzukommen und ihm den Rücken zu schrubben... oder alles mögliche zu tun, was ihr gerade einfiel.

Sie klopfte mit den Nägeln leicht an und nahm überdeutlich das kratzende Geräusch auf dem Holz wahr. An die Badezimmertür zu klopfen, wie ein Gast anzuklopfen, das war mit Sicherheit etwas, was sie in ihrem ganzen Eheleben noch nie getan hatte – weder hier noch an irgendeiner anderen Tür im Haus.

Ihre Beunruhigung wuchs, und plötzlich mußte sie an den Carson Lake denken. Als Mädchen war sie oft im See geschwommen, und um den 1. August herum war das Wasser fast so warm wie in einer Badewanne gewesen... aber dann geriet man plötzlich in eine kalte Strömung, spürte, wie die Temperatur von den Hüften abwärts um zwanzig Grad sank, und vor Überraschung und Wonne überlief einen ein Schauder. Abgesehen von der Wonne fühlte sie sich jetzt genauso, als wäre sie in eine kalte Strömung geraten; nur war *diese* kalte Strömung nicht unterhalb ihrer Hüften und kühlte ihre langen Teenagerbeine in der dunklen Tiefe des Carson Lake.

Diese kalte Strömung ließ ihr fast das Herz im Leibe gefrieren.

»Stan? Stanley?«

Diesmal klopfte sie nicht nur mit den Nägeln. Sie pochte an die Tür. Keine Antwort. Sie hämmerte gegen die Tür.

»Stanley?«

Ihr Herz. Ihr Herz befand sich nicht mehr in der Brust. Es klopfte laut in ihrer Kehle, so daß sie kaum noch atmen konnte.

»Stanley?«

In der Stille, die ihrem Schrei folgte, hörte sie ein Geräusch, das sie vollends in Panik versetzte. Und dabei war es nur ein leises, harmloses Geräusch. Ein tropfender Wasserhahn. *Plink* – Pause – *plink* – Pause – *plink...*

Sie sah im Geiste vor sich, wie sich die Tropfen am unteren Rand des Wasserhahns bildeten, dicker und schwerer wurden und herunterfielen. *Plink.*

Nur dieses Geräusch. Kein anderes. Und doch war sie mit einem Schlag fürchterlich sicher, daß Stanley tot war. Er hatte es sich im heißen Wasser bequem gemacht und plötzlich einen Herzschlag erlitten, einen ebenso bösartigen wie unerwarteten Hammerschlag im Innern seiner Brust. Stanley war tot. Sie wußte es.

Stöhnend packte sie den Türknopf aus geschliffenem Glas und drehte ihn. Die Tür bewegte sich immer noch nicht. Sie war abgeschlossen. Und plötzlich schossen drei *Niemals* Patty Uris durch den Kopf: Stanley nahm am frühen Abend *niemals* ein Bad, Stanley machte *niemals* die Badezimmertür zu, und er hatte sich mit hundertprozentiger Sicherheit noch *niemals* vor ihr eingeschlossen.

War es möglich, so fragte sie sich verrückterweise, Vorbereitungen für einen Herzschlag zu treffen?

Patty fuhr sich mit der trockenen Zunge über die Lippen und rief wieder seinen Namen. Keine Antwort, nur das stetige enervierende Tropfen des Wasserhahns. Sie stellte fest, daß sie immer noch die Bierdose in der Hand hielt. Sie starrte sie albern an, so als hätte sie noch nie im Leben eine Bierdose gesehen. Und tatsächlich schien sie so eine noch nie gesehen zu haben, denn als sie mit den Augen zwinkerte, verwandelte sich die Dose in einen Telefonhörer, so schwarz und bedrohlich wie eine Schlange.

»Kann ich Ihnen helfen, Madam?« zischte die Schlange ihr zu, und Patty schleuderte sie auf die Telefongabel, trat zurück und wischte sich die Hand an ihrer Bluse ab. Sie blickte um sich und stellte fest, daß sie im Wohnzimmer stand; sie begriff, daß sie total in Panik geraten war. Jetzt fiel ihr wieder ein, wie sie die Bierdose vor dem Bad fallen gelassen hatte, panisch die Treppe heruntergelaufen war und dachte: *Das ist alles ein Irrtum, später werden wir darüber lachen. Er hat sich ein Bad eingelassen und dann festgestellt, daß er keine Zigaretten mehr hat, und er ist welche holen gegangen, bevor er sich ausgezogen hat...*

Ja. Aber er hatte die Badezimmertür schon von innen abgeschlossen gehabt, und weil es zuviel Mühe war, sie wieder aufzuschließen, hatte er einfach das Fenster über der Wanne aufgemacht und war an der Seitenfassade des Hauses hinuntergeklettert wie eine Fliege an der Wand. Klar, natürlich, logisch...

Panik stieg wieder in ihrem Verstand hoch – wie bitterer schwarzer Kaffee, der gleich über den Rand einer Tasse fließen wird. Sie machte die Augen zu und kämpfte dagegen an. Sie stand vollkommen reglos da, eine blasse Statue, an deren Hals der Puls sichtbar schlug.

Jetzt fiel ihr wieder ein, wie sie hier heruntergelaufen war, wie ihre Schritte auf den Treppenstufen hallten, wie sie zum Telefon gelaufen war, o ja, sicher, aber wen hatte sie anrufen wollen?

Sie dachte irre: *Ich wollte die Schildkröte anrufen, aber die Schildkröte konnte uns nicht helfen.*

Es spielte auch keine Rolle. Sie war bis zur 0 gekommen und mußte etwas Ungewöhnliches gesagt haben, denn das Fräulein vom Amt hatte sie gefragt, ob sie Probleme habe. Sie hatte eines, das stimmte, aber wie erklärte man dieser Stimme ohne Gesicht, daß sich Stanley im Bad eingeschlossen hatte und nicht antwortete, daß das unablässige Tropfen des Wassers in die Wanne ihr das Herz brach? *Jemand* mußte ihr helfen, jemand...

Sie steckte ihren Handrücken in den Mund und biß kräftig zu. Sie versuchte nachzudenken, versuchte, sich zum Denken zu zwingen.

Die Schlüssel. Die Schlüssel im Küchenschrank.

Sie begab sich in die Küche und stieß dabei mit dem Fuß gegen die Knopfschachtel neben ihrem Stuhl. Einige Knöpfe flogen heraus und funkelten im Lampenlicht wie Glasaugen.

Auf der Innenseite der Hängeschranktür über der Spüle war ein lackiertes Schlüsselbrett von der Form eines großen Schlüssels angeschraubt – einer von Stans Klienten hatte es in seiner Werkstatt angefertigt und ihnen vor zwei Jahren zu Weihnachten geschenkt. Daran hingen an kleinen Haken jeweils zwei Exemplare von allen Schlüsseln im Haus, von Stan ordentlich beschriftet: GARAGE, DACHBODEN, UNTERES BAD, OBERES BAD, VORDERTÜR, HINTERTÜR.

Patty griff nach dem Schlüssel mit der Aufschrift OBERES BAD und rannte auf die Treppe zu, zwang sich dann aber, langsam zu gehen. Wenn sie rannte, kehrte die Panik unweigerlich zurück, und sie war einer Panik sowieso schon viel zu nahe.

Außerdem wurde vielleicht alles gut, wenn sie einfach nur langsam ging. Und falls doch etwas nicht in Ordnung war und sie langsam ging, konnte Gott heruntersehen, feststellen, daß sie nur ging, und denken: *O – gut, ich habe einen elenden Schnitzer gemacht, aber noch Zeit, ihn wieder auszubügeln.*

Sie ging so ruhig wie eine Frau auf dem Weg zum Damenbücherkränzchen die Treppe hinauf zur abgeschlossenen Badezimmertür.

»Stanley?« rief sie und rüttelte gleichzeitig wieder an der Tür. Sie hatte plötzlich noch mehr Angst als zuvor, wollte aber den Schlüssel nicht benutzen, weil das irgendwie etwas so Definitives an sich hatte.

Aber die Tür war immer noch verschlossen, und das nervtötende Geräusch des tropfenden Wasserhahns war die einzige Antwort, die sie bekam.

Ihre Hand zitterte, und es dauerte eine Weile, bevor es ihr gelang, den Schlüssel ins Schlüsselloch zu stecken. Sie drehte ihn und hörte, wie sich das Schloß öffnete. Sie tastete nach dem Knauf aus geschliffenem Glas. Er versuchte, ihr durch die Hand zu schlüpfen – diesmal nicht, weil die Tür abgeschlossen, sondern weil ihre Handfläche schweißfeucht war. Sie griff fester zu und drehte ihn herum. Sie stieß die Tür auf.

»Stanley? Stanley? Stan...«

Sie blickte zur Badewanne mit dem am hinteren Ende zurückgeschobenen blauen Duschvorhang und verstummte. Einen Augenblick später würde sie zu schreien beginnen, und Anita MacKenzie würde – in der Küche, wo sie gerade Fisch wusch – im Nebenhaus ihre Schreie hören und die Polizei anrufen, in der festen Überzeugung, daß jemand ins Haus der Uris eingebrochen war und daß dort Menschen umgebracht wurden.

Aber in diesem ersten Augenblick stand Patty Uris einfach da, die Hände vor ihrem dunklen Rock gefaltet, mit weißem, entsetztem Gesicht. Sie sah in diesem Moment sonderbar jung aus. Sie sah aus wie ein Schulmädchen, das seine Aufgaben nicht gemacht hat und vom Lehrer vor der ganzen Klasse getadelt wird. Ihre Augen waren weit aufgerissen, und ihr Mund versuchte Schreie zu artikulieren, die noch zu groß waren, um sich durch ihre Stimmbänder quetschen zu können.

Das von Neonröhren beleuchtete Badezimmer war sehr hell. Die Wanne war mit rosafarbenem Wasser gefüllt. Stanley lag gegen die Kacheln gelehnt da, den Kopf zur Seite geneigt, die toten Augen nach oben starrend, den Mund weit aufgerissen – wie eine sperrangelweit geöffnete Tür. Sein Gesicht drückte grenzenloses Entsetzen aus. Eine Packung Rasierklingen lag auf dem Rand der Wanne. Er hatte sich die Unterarme vom Ellbogen bis zum Handgelenk auf der Innenseite tief aufgeschlitzt und mit Querschnitten entlang des Handansatzes zu ›T‹s vervollständigt. Die tiefen, klaffenden roten Wunden schimmerten im weißen Licht der Neonröhren.

Ein Tropfen sammelte sich am Wasserhahn. Er wurde dicker. Er wurde schwanger, könnte man sagen. Er funkelte. Er fiel hinab. *Plink.*

Er hatte seinen rechten Zeigefinger in sein eigenes Blut getaucht und ein einziges Wort auf die blauen Kacheln über der Badewanne geschrieben – zwei riesige zittrige Buchstaben. Vom zweiten Buchstaben dieses Wortes führte eine blutige Fingerspur im Zickzack nach unten – seine Hand mußte abgeglitten sein – jetzt schwamm sie auf der Wasseroberfläche. Patty dachte, daß Stanley dieses Wort geschrieben haben mußte, als ihm schon das Bewußtsein schwand. Es kam ihr vor wie ein allerletzter Aufschrei.

Wieder fiel ein Tropfen in die Badewanne.
Plink.

Das gab Patty Uris den Rest. Sie fand endlich ihre Stimme wieder, und während sie in die toten Augen ihres Mannes starrte, fing sie zu schreien an.

2. Richard Tozier macht sich aus dem Staub

Rich Tozier hatte das Gefühl, es ginge ihm sehr gut, bis das Kotzen anfing.

Er hörte sich alles an, was Mike Hanlon ihm erzählte, sagte das Richtige, beantwortete Mikes Fragen und stellte sogar selbst einige. Er war sich selbst vage bewußt, daß er mit einer seiner Stimmen redete – nicht mit einer jener übertriebenen, komischen Stimmen, die er manchmal im Radio von sich gab (im Augenblick spielte er am liebsten Kinky Briefcase, den Sexualberater, und die Rundfunkhörer waren davon fast ebenso begeistert wie von seinem Colonel Buford Kissdrivel, dessen sie nie überdrüssig wurden), sondern mit einer warmen, ruhigen, zuversichtlichen Stimme. Einer Mir-geht-es-gut-Stimme. Sie hörte sich großartig an, aber sie war eine Lüge. Ebenso wie seine sämtlichen anderen Stimmen Lügen waren.

»Erinnerst du dich noch an die ganze Sache, Rich?« fragte Mike ihn.

»Sehr wenig«, antwortete Rich. Nach einer Pause fügte er hinzu: »Genügend, nehme ich an.«

»Wirst du herkommen?«

»Ich komme«, sagte Rich und legte den Hörer auf.

Er saß in seinem Arbeitszimmer, lehnte sich in seinem Schreibtischsessel zurück und starrte auf den Pazifischen Ozean hinaus. Einige Kinder mit Surfbrettern spielten im seichten Wasser Wellenreiten. Die Brandung war an diesem Tag nicht sehr stark.

Die Uhr auf dem Schreibtisch – eine teure L. E. D.-Quarzuhr, die er von einer Schallplattenfirma geschenkt bekommen hatte – zeigte 17.09 Uhr an. Es war der 28. Mai 1985. Dort, von wo Mike angerufen hatte, war es natürlich drei Stunden später. Bereits dunkel. Bei diesem Gedanken bekam er eine Gänsehaut und begann rasch, Verschiedenes zu erledigen. Zuallererst legte er natürlich eine Schallplatte auf – griff aufs Geratewohl aus den Tausenden von Platten in den Regalen eine heraus. Rock and Roll war ebenso ein Teil seines Lebens wie die Stimmen, und es fiel ihm schwer, etwas ohne Musik zu tun – je lauter sie war, desto besser. Die blindlings herausgeholte Platte erwies sich als Motown-Retrospektive. Der kürzlich verstorbene Marvin Gaye, der nun auch in der ›Rock-Show der Toten‹ – wie Rich sich manchmal ausdrückte – auftreten konnte, sang ›I Heard It Through the Grapevine‹:

»Ooooh-hoo, I bet your wond'rin' how I knew...«

»Nicht übel«, sagte Rich und lächelte sogar ein wenig. Dies *war* eine schlimme Sache, und im ersten Augenblick hatte sie ihn zugegebenermaßen fast umgehauen, aber nun hatte er das Gefühl, damit fertig werden zu können. Nur keine Aufregung!

Er begann Vorbereitungen für die Reise nach Hause zu treffen. Und irgendwann während der nächsten Stunde wurde ihm bewußt, daß es so war, als wäre er gestorben, hätte aber die Erlaubnis erhalten, alle Beerdigungsformalitäten selbst zu erledigen und letzte geschäftliche Dispositionen zu treffen. Und er hatte das Gefühl, seine Sache sehr gut zu machen. Er rief in seinem üblichen Reisebüro an, obwohl er befürchtete, daß Miß Feeny um diese Zeit schon Feierabend hatte. Zum Glück war sie aber

65

noch im Büro. Er erklärte ihr, worum es ging, und sie bat ihn um eine Viertelstunde Geduld.

»Ich bin Ihnen sehr zu Dank verpflichtet, Carol«, sagte er. Sie waren in den letzten drei Jahren dazu übergegangen, sich mit Rich und Carol anstatt mit Mr. Tozier und Miß Feeny anzureden – eigentlich komisch, nachdem sie sich nur vom Telefon her kannten.

»Okay, den können Sie gleich ableisten«, sagte Carol. »Spielen Sie mal Kinky Briefcase für mich.«

Sofort legte Richie los: »Hier ist Kinky Briefcase, Ihr Sexualberater – neulich kam ein Mann zu mir und wollte wissen, was das Schlimmste daran sei, wenn man AIDS bekomme.« Seine Stimme war etwas tiefer geworden; gleichzeitig hatte sie einen munteren Klang bekommen – es war ohne jeden Zweifel eine amerikanische Stimme, und doch beschwor sie irgendwie das Bild eines wohlhabenden Kolonialbriten hervor, der ebenso charmant wie dumm war. Richie hatte selbst nicht die geringste Ahnung, wer Kinky Briefcase eigentlich war, aber er war überzeugt davon, daß der Mann weiße Anzüge trug, den *Esquire* las und irgendein Zeug trank, das in großen Gläsern serviert wurde und wie Shampoo mit Kokosnußaroma schmeckte. »Ich hab' ihm ohne Zögern geantwortet – ›Am allerschlimmsten ist der Versuch, Ihrer Mutter zu erklären, wie Sie sich bei einem Mädchen auf Haiti angesteckt haben.‹ Das war's für heute. Bis zum nächsten Mal verabschiedet sich von Ihnen Ihr Sexualberater Kinky Briefcase, dessen Wahlspruch lautet: ›Nur nach Kinkys Visitenkarte greifen, dann klappt's bald wieder mit dem Steifen.‹«

Carol Feeny kreischte vor Lachen. »Das ist perfekt! *Perfekt!* Mein Freund sagt, er glaube nicht, daß Sie diese Stimmen so einfach ohne Hilfsmittel hinkriegen, er sagt, Sie müßten dazu irgendso'n Gerät zur Stimmenveränderung oder so was Ähnliches haben...«

»Talent und sonst nichts, meine Liebe«, sagte Rich. Kinky Briefcase war abgetreten. Jetzt war W. C. Fields am Apparat – Zylinder, rote Nase, Golfsack und so weiter. »Ich bin mit Talent so vollgepumpt, daß ich sämtliche Körperöffnungen verstopfen muß, damit es nicht aus mir rausläuft wie... na ja, damit es nicht ausläuft.«

Carol lachte wieder schallend, und Rich schloß die Augen. Sein Kopf begann zu schmerzen.

»Seien Sie ein Engel und tun Sie Ihr Möglichstes«, sagte er – immer noch mit der Stimme von W. C. Fields – und legte den Hörer auf, während sie noch lachte.

Jetzt mußte er wieder er selbst sein, und das war schwierig – es fiel ihm von Jahr zu Jahr schwerer. Es war viel einfacher, tapfer zu sein, wenn man jemand anderer war.

Er stöberte gerade nach einem Paar bequemer Treter und war nahe daran, sich mit Segeltuchschuhen zu begnügen, als das Telefon klingelte. Carol hatte in Rekordzeit alles arrangiert. Ein Erster-Klasse-Ticket für den Nonstop-Flug nach Boston war für ihn reserviert. Er würde Los Angeles um 21.03 Uhr verlassen und gegen 5 Uhr morgens im Logan-Flughafen landen. Um halb acht konnte er dann mit Delta von Boston nach Bangor in Maine weiterfliegen, wo er um 8.20 Uhr ankommen würde. Carol hatte bei Avis für ihn eine große Limousine vorbestellt, und vom Flughafen Bangor bis Derry seien es nur 26 Meilen, erklärte sie ihm.

Nur 26 Meilen? dachte Rich. Ist es nicht viel weiter? Na ja, in Meilen stimmt's vermutlich, Carol. Aber Sie haben nicht die leiseste Ahnung, wie weit es wirklich bis nach Derry ist, und ich auch nicht. Aber, o Gott, o mein Gott, ich werde es herausfinden.

»Ich habe kein Hotelzimmer für Sie bestellt, weil ich nicht wußte, wie lange Sie in Derry bleiben«, sagte Carol. »Soll ich...«

»Nein, danke, das erledige ich selbst.«

Gleich darauf rief er die Fernsprechauskunft an, um festzustellen, ob das Derry Town House noch existierte. O Gott, das war nun wirklich ein Name aus der Vergangenheit. Seit wieviel Jahren hatte er nicht mehr an das Derry Town House gedacht? Seit zehn – zwanzig – fünfundzwanzig Jahren? So verrückt es auch zu sein schien, es mußte wirklich mindestens 25 Jahre her sein, und wenn Mike nicht angerufen hätte, hätte er vermutlich überhaupt nie mehr im Leben daran gedacht. Und doch hatte es einmal eine Zeit gegeben, da er jeden Tag auf dem Schulweg an dem großen roten Ziegelbau vorbeiging – und manchmal *rannte* er auch daran vorbei, während Henry Bowers und Belch Huggins und jener andere große Junge, Victor Sowieso, ihn verfolgten und brüllten: *Wir kriegen dich schon noch, Dreckskerl! Kriegen dich schon noch, du Arschloch! Kriegen dich schon noch, Vierauge! Aber* hatten *sie ihn jemals wirklich erwischt?*

Er versuchte noch, sich daran zu erinnern, als die Fernsprechauskunft sich meldete.

»Ich hätte gern eine Nummer in Derry, Maine...«

Derry! O Gott! Sogar das Wort klang in seinem Munde seltsam; es auszusprechen war, als würde man eine Antiquität küssen.

»...und zwar die des Hotels ›Derry Town House‹.«

»Einen Moment bitte.«

Nichts zu machen. Es wird bestimmt nicht mehr da sein. Man wird es im Rahmen der Stadtsanierung abgerissen oder irgendeinem anderen Bestimmungszweck zugeführt haben. Vielleicht ist es auch abgebrannt, weil irgendein betrunkener Vertreter im Bett geraucht hat. Nicht mehr da, Richie – genauso wie die Brille, mit der Henry Bowers dich immer ge-

hänselt hat. Wie heißt es doch noch in einem Springsteen-Song? ›Glory *days... gone in the wink of a young girl's eye.‹ Das Zwinkern eines jungen Mädchens... Welches Mädchen denn? Nun, natürlich Bev. Bev...*

Aber wider jede Erwartung existierte das Town House noch, denn eine ausdruckslose, roboterartige Stimme gab ihm die Nummer durch: »9...4...1...8...2...8...2. Ich wiederhole: Die Nummer ist...«

Aber Rich hatte sie schon beim ersten Mal verstanden. Es war ein Vergnügen, diese dröhnende Stimme einfach durch Auflegen zu unterbrechen – man konnte sich nur allzu leicht ein großes kugelförmiges Auskunftsmonster irgendwo unter der Erde vorstellen, das Nieten schwitzte und Tausende Telefonkabel in Tausenden Chromtentakeln hielt – Ma Bells Version von Spidermans Nemesis, Dr. Octopus. Jedes Jahr kam die Welt, in der er lebte, Rich mehr wie ein riesiges elektronisches Spukhaus vor, in dem Digitalgespenster und ängstliche Menschen eine unbehagliche Koexistenz führten.

Still standing. Um Paul Simon zu zitieren. Still standing after all this years.

Er wählte die Nummer des Hotels, das er zuletzt durch die Hornbrille seiner Kindheit gesehen hatte, hielt den Hörer an sein Ohr und blickte aus dem Fenster. Die Kinder am Strand waren verschwunden. Jetzt schlenderte ein Pärchen Hand in Hand am Wasser entlang. Das Bild hätte ein gutes Werbeplakat für Carols Reisebüro abgegeben, wenn die beiden nicht Brillenträger gewesen wären.

Wir kriegen dich schon noch, Arschgesicht. Und dann schlagen wir deine Brille kaputt!

Criss, fiel ihm plötzlich ein. *Sein Familienname war Criss. Victor Criss.*

O Gott, er wollte das doch gar nicht wissen, nicht im geringsten, aber das schien überhaupt keine Rolle zu spielen. Etwas ging dort unten in den Kellergewölben vor, dort unten, wo Rich Tozier seine Privatsammlung von Golden Oldies aufbewahrte. Türen öffneten sich.

Nur sind dort unten keine Schallplatten. Und du bist dort unten nicht der berühmte Discjockey Rich ›Records‹ *Tozier, Mann-der-tausend-Stimmen. Und das, was sich da öffnet... es sind keine richtigen Türen.*

Er versuchte diese Gedanken abzuschütteln.

Ich muß mir nur ins Gedächtnis rufen, daß ich völlig okay bin. Ich bin okay, du bist okay, Rich Tozier ist okay. Er könnte jetzt nur eine Zigarette gebrauchen, weiter nichts.

Er hatte das Rauchen vor vier Jahren aufgegeben, aber im Moment könnte er eine Zigarette wirklich gut gebrauchen.

Dort unten sind keine Schallplatten, sondern Leichen. Du hast sie tief begraben, aber nun ereignet sich irgendein seltsames Erdbeben, und die Erde spuckt sie aus. Dort unten bist du nicht Rich ›Records‹ Tozier; dort unten bist du nur Rich ›Vierauge‹ Tozier, und du bist dort zusammen mit deinen Freunden, und du machst dir vor Angst fast in die Hose. Und das sind keine Türen, und sie öffnen sich auch nicht einfach. Es sind Grüfte, Richie. Sie zerbersten, und die Vampire, die du tot glaubtest, fliegen alle wieder heraus.

Eine Zigarette, nur eine. Er wäre jetzt sogar mit einer Carlton zufrieden.

Kriegen dich schon noch, Vierauge! Und dann mußt du deine Scheißbüchertasche FRESSEN!

»Town House«, ertönte eine Männerstimme mit Yankee-Akzent an seinem Ohr.

Rich erklärte der Stimme, er wolle ab dem nächsten Tag im Town House für sich eine Suite reservieren lassen.

»Für wie lange, Mr. Tozier?« Die Stimme klang jetzt respektvoll.

»Das kann ich noch nicht sagen. Ich habe...«

Er unterbrach sich für einen kurzen Augenblick. Was genau hatte er denn in Derry zu tun? Vor seinem geistigen Auge tauchte der Junge mit der Büchertasche auf, der vor den rohen Burschen davonrannte, ein Junge mit Brille, ein schmaler Junge mit blassem Gesicht, das auf mysteriöse Weise jedem vorbeikommenden Raufbold zuzurufen schien: *Schlag mich! Schlag mich! Hier sind meine Lippen! Nur feste drauf, schlag mir ein paar Zähne ein! Hier ist meine Nase! Blutig schlagen kannst du sie bestimmt, nun sieh mal zu, ob du sie auch brechen kannst! Box mir aufs Ohr, damit es anschwillt wie ein Blumenkohl! Spalt mir eine Augenbraue! Hier ist mein Kinn – hol aus zum K. o.! Hier sind meine Augen, so blau und groß hinter dieser verhaßten, verhaßten Brille, dieser Hornbrille, deren einer Bügel mit Heftpflaster geflickt ist. Schlag die Brillengläser ein! Treib einen Glassplitter in eines dieser Augen und schließ es für immer! Was soll's!*

Er machte die Augen zu und sagte: »Ich muß etwas in Derry erledigen, verstehen Sie. Ich weiß nicht, wie lange die Transaktion dauern wird. Wie wäre es mit drei Tagen und der Möglichkeit zur Verlängerung?«

»Der Möglichkeit zu Verlängerung?« fragte der Portier zweifelnd, und Rich wartete geduldig, bis sich der Bursche alles durch den Kopf gehen hatte lassen. »Oh, ich verstehe! Sehr gut.«

»Danke, und ich... ah... hoffe, Sie werden im Novembah für uns stimmen«, sagte John F. Kennedy. »Jackie möchte... ah... das uvah... ah... das ovale Büro neu einrichten, und ich habe schon einen Job für meinen... ah... Bruder Bobby.«

»Mr. Tozier?«

»Ja.«

»Okay... da war grade jemand anderer in der Leitung.«

Nur ein alter Kämpfer der D. O. P., dachte Rich. *Das ist die Dead Old Party, die Partei der Toten, falls es einer nicht wissen sollte. Macht euch keine Sorgen.* Ein Schauer durchlief ihn, und er sagte sich noch einmal verzweifelt: *Mir dir ist alles okay, Rich.*

»Habe ich auch gehört«, sagte Rich. »Muß eine Interferenz gewesen sein. Wie sieht es mit dem Zimmer aus?«

»Oh, da gibt es keine Probleme«, sagte der Portier. »Wir machen Geschäfte hier in Derry, aber einen richtigen Boom erleben wir eigentlich nie.«

»Tatsächlich?«

»Oh, ja-woll«, stimmte der Portier zu, und Rich erschauerte wieder. Auch das hatte er vergessen gehabt, den typischen Neuengland-Ausdruck für ja: *Ja-woll.*

Ich krieg dich, Arschloch! sagte die Geisterstimme von Henry Bowers, und Rich spürte, wie in seinem Inneren mehr Grüfte aufgingen; der Gestank, den er wahrnahm, stammte nicht von verwesenden Leichen, sondern von verwesenden Erinnerungen, und das war irgendwie viel schlimmer.

Er gab dem Portier des Town House die Nummer seiner American Express Karte und legte auf. Dann rief er Steve Covall an, den Programmdirektor von KLAD.

»Was ist los, Rich?« fragte Steve. Die letzten Umfragen hatten ergeben, daß KLAD der beliebteste Rock-Sender von Los Angeles war, und seitdem hatte Steve gute Laune.

»Es wird dir noch leid tun, gefragt zu haben«, sagte Rich. »Ich mach' mich nämlich aus dem Staub, Steve.«

»Du machst – was?« Am Klang seiner Stimme konnte man sich sein Stirnrunzeln nur allzu deutlich vorstellen. »Ich glaube, ich hab' dich nicht richtig verstanden.«

»Ich muß mich auf die Socken machen, Steve. Ich fahre weg.«

»Was soll denn das heißen? Du hast morgen nachmittag von zwei bis sechs Uhr deine Sendung, wie immer. Und um vier interviewst du sogar Clarence Clemons im Studio. Sagt dir der Name Clarence Clemons was, Rich? Kennst du zufällig ›Come on and *blow*, Big Man‹?«

»Clemons kann genausogut von Mike O'Hara interviewt werden.«

»Clemons *will* aber nicht von Mike interviewt werden, Rich. Er will sich auch nicht mit Bobby Russell unterhalten. Und mit *mir* auch nicht. Clarence Clemons ist ein großer Fan von Buford Kissdrivel und von dei-

70

nen anderen Stimmen. Er will nur mit *dir* reden, mein Freund. Und ich habe nicht die geringste Lust, daß ein bepißter 250 Pfund schwerer Saxophonist in meinem Studio Amok läuft!«

»Ich glaube nicht, daß er die schlechte Angewohnheit hat, Amok zu laufen«, sagte Rich. »Wir reden hier schließlich von Clarence Clemons, nicht von Keith Moon.«

Am anderen Ende der Leitung herrschte Schweigen. Rich wartete geduldig.

»Rich, das ist doch nicht dein Ernst, oder?« fragte Steve schließlich in klagendem Ton. »Falls nicht gerade deine Mutter gestorben ist oder du dir plötzlich einen Gehirntumor rausoperieren lassen mußt, nennt man so was nämlich 'ne Riesenschweinerei.«

»Ich muß weg, Steve.«

»*Ist* deine Mutter krank? Ist sie – was der Himmel verhüten möge – gestorben?«

»Sie ist vor zehn Jahren gestorben.«

»*Hast* du einen Tumor im Gehirn?«

»Nicht einmal Polypen im Arsch.«

»Das ist nicht komisch, Rich!«

»Nein.«

»Es gefällt mir gar nicht, daß du plötzlich solche Mucken hast!«

»Mir auch nicht, aber ich muß fort.«

»Wohin? Weshalb? Was ist denn los? *Erzähl's* mir, Rich.«

»Jemand hat mich angerufen... jemand, den ich vor langer Zeit gut gekannt habe. Weit weg von hier. Damals ist etwas passiert, und ich... ich habe etwas versprochen... Wir alle haben damals versprochen, daß wir zurückkehren würden, wenn dieses Etwas wieder beginnen würde. Und das ist jetzt der Fall.«

»Und um was geht es bei diesem Etwas?«

»Das darf ich dir nicht sagen.« *Du würdest mich für verrückt halten, wenn ich dir die Wahrheit sagen würde: Ich erinnere mich nicht.*

»Wann hast du dieses glorreiche Versprechen denn gegeben?«

»Vor langer Zeit. Im Sommer 1958.«

Wieder trat ein langes Schweigen ein, und Rich wußte, daß Steve Albrecht überlegte, ob Rich Tozier ihn zum Narren hielt oder aber plötzlich den Verstand verloren hatte.

»Da warst du noch ein Kind«, sagte Steve nüchtern.

»Elf. Fast zwölf.«

Erneut langes Schweigen. Rich wartete geduldig.

»In Ordnung«, sagte Steve. »Ich werd' dafür sorgen, daß Mike für dich einspringt. Vielleicht kann auch Chuck Foster ein paar Sendungen übernehmen, wenn ich rausfinde, welches chinesische Restaurant er im Augenblick bevorzugt. Ich werd's tun, weil wir gemeinsam einen weiten Weg zurückgelegt haben. Aber ich werd' dir nie vergessen, daß du mich von einem Tag auf den anderen sitzenläßt, Rich.«

»Oh, nun übertreib mal nicht«, sagte Rich, aber sein Kopfweh wurde stärker. Er wußte genau, was er tat. Glaubte Steve etwa, er wüßte das nicht? »Ich brauche ein paar freie Tage, das ist alles. Du tust ja so, als würd' ich plötzlich auf unseren Beruf scheißen.«

»Ein paar Tage frei – für was? Das Klassentreffen deiner Pfadfindergruppe in Shithouse Falls, Dakota, oder Pussyhump City, West Virginia?«

»Ich glaube, Shithouse Falls liegt in Arkansas, Kumpel«, sagte Buford Kissdrivel in seiner Stimme wie aus einem hohlen Faß, aber Steve ließ sich nicht ablenken.

»Weil du ein Versprechen gegeben hast, als du elf warst? Kinder in diesem Alter machen doch keine ernsthaften Versprechen, verdammt noch mal! Aber das ist noch nicht einmal der Kern der Sache, Rich. Dies hier ist keine Versicherungsgesellschaft. Das hier ist *Show-Business*, wenn auch in bescheidenem Umfang, und das weißt du selbst verdammt gut. Wenn du mir vor einer Woche Bescheid gesagt hättest, säße ich jetzt nicht mit diesem Telefonhörer in der einen Hand und einer Flasche Mylanta in der anderen da. Du hast mich in 'ne Riesenscheiße reingeritten, und das weißt du, also spiel gefälligst wenigstens nicht den Dummen!«

Steve war jetzt fast am Brüllen, und Rich schloß die Augen. *Ich werd's dir nie vergessen*, hatte Steve gesagt, und Rich vermutete, daß das stimmte. Aber Steve hatte auch gesagt, daß Kinder keine ernsthaften Versprechen machen könnten, und das stimmte keineswegs. Rich konnte sich nicht erinnern, worum es bei diesem Versprechen im einzelnen gegangen war – vielleicht *wollte* er sich auch gar nicht erinnern –, aber es war ihnen allen damals *sehr* ernst damit gewesen.

»Steve, ich *muß* fahren.«

»Ja. Und ich habe dir gesagt, daß ich die Sache irgendwie hinbiegen werde. Also fahr los! Fahr, du unzuverlässiger Arsch!«

»Steve, das ist doch lächer...«

Aber Steve war nicht mehr dran. Rich hatte seinen Hörer kaum aufgelegt, als das Telefon erneut klingelte, und er wußte, daß es wieder Steve sein würde, noch wütender als eben. Es wäre sinnlos, sich jetzt weiter mit ihm zu unterhalten; dadurch würde alles nur noch schlimmer werden. Deshalb stellte er das Telefon mit Hilfe des Schalters an der Seite des Apparates einfach ab.

Er ging nach oben, holte zwei Koffer aus dem Schrank und packte ziemlich wahllos alles mögliche hinein: Jeans, Hemden, Unterwäsche, Socken. Erst später fiel ihm auf, daß er nur Sachen eingepackt hatte, die Kinder anzogen. Er trug den Koffer nach unten.

An einer Wohnzimmerwand hing ein Schwarzweißfoto von Big Sur, das Ansel Adams aufgenommen hatte. Rich klappte es an versteckten Scharnieren zurück, und dahinter kam ein Safe zum Vorschein. Er öffnete ihn und griff hinter all die Dokumente – dieses Haus in Malibu, zwanzig Acker Wald in Idaho, Aktien. Er hatte diese Aktien scheinbar aufs Geratewohl gekauft – sein Makler griff sich immer an den Kopf, wenn er Rich kommen sah –, aber sie waren mit den Jahren stetig gestiegen. Er war manchmal ganz überrascht bei dem Gedanken, daß er fast – nicht ganz, aber fast – ein reicher Mann war. Das hatte er der Rock-and-Roll-Musik zu verdanken... und natürlich auch seinen Stimmen.

Haus, Grundbesitz, Aktien, Versicherungspolice, sogar eine Kopie seines Testaments. *Die Fäden, die einen fest an die vorgezeichnete Landkarte des Lebens binden,* dachte er.

Ihn überkam plötzlich ein wilder Impuls, einfach ein Streichholz anzuzünden und das ganz verdammte Zeug zu verbrennen. Die Papiere in diesem Safe bedeuteten ihm plötzlich überhaupt nichts mehr.

In diesem Augenblick packte ihn zum erstenmal richtig der Schrecken – nicht vor etwas Übernatürlichem, sondern einfach bei der Erkenntnis, wie selbstmörderisch einfach es war, sein gewohntes Leben plötzlich aufzugeben. Es war furchterregend – man ging einfach fort.

Und hier war das Zeug, das man zum Weggehen brauchte, hinter den ganzen Papieren, die sozusagen nur Vettern zweiten Grades von Geld waren. Hier lag das Bargeld. 4000 Dollar in Zehnern, Zwanzigern und Fünfzigern.

Er holte es heraus und stopfte es in seine Hosentasche; und dabei fragte er sich, ob er dieses Geld – einen Fünfziger hier, einen Hunderter dort – wohl unbewußt für eine solche Gelegenheit zur Seite gelegt hatte. Geld zum Verduften.

»Mann, o Mann, das ist ja wirklich erschreckend«, sagte er vor sich hin und war sich kaum bewußt, daß er Selbstgespräche führte. Er starrte aus dem großen Fenster auf den Strand hinaus, der jetzt menschenleer war. Auch das Pärchen war verschwunden.

O ja, Doktor, jetzt fällt mir alles wieder ein. Erinnern Sie sich beispielsweise an Stanley Uris? Na und ob! Stanley Urin nannten ihn die großen Burschen. He, Urin, wohin des Weges, du verdammter Christusmörder? Soll einer deiner schwulen Freunde dir einen abwichsen?

Rich warf die Safetür zu und klappte das Foto davor wieder auf. Wann hatte er zuletzt an Stan Uris gedacht? Vor fünf Jahren? Vor zehn? Vor

73

zwanzig? Rich war mit seiner Familie 1960 von Derry weggezogen, und wie schnell waren alle Gesichter aus seinem Gedächtnis entschwunden. Seine Bande. Diese jämmerliche Schar von Verlierern mit ihrem kleinen Klubhaus in den Barrens. Sie hatten sich selbst vorgespielt, sie wären Dschungelforscher, Angehörige des Marinebaubataillons der Navy, die auf einem Atoll im Pazifik eine Landebahn bauten und gleichzeitig die Japsen abwehrten; sie hatten Dammbaumeister, Cowboys und Weltraumfahrer gespielt, aber eigentlich hatten all ihre Spiele nur einen einzigen Sinn gehabt: Es war ein Versteckspiel gewesen. Sie hatten sich vor den großen Jungen versteckt, vor Henry Bowers, Victor Criss und Belch Huggins und den übrigen, vor den Schlägertypen. Was für ein erbärmlicher Haufen waren sie doch gewesen – Stanley Uris, der Jude; Bill Denbrough, der außer ›Hi-yo, Silver!‹ nichts sagen konnte, ohne so stark zu stottern, daß man fast wahnsinnig wurde; Beverly Marsh mit ihren blauen Flecken und ihren Zigaretten; Ben Hanscom, der so dick war, daß er fast wie eine menschliche Version von Moby Dick aussah; und Richie Tozier mit seinen dicken Brillengläsern und den Einsen im Zeugnis und seinem Großmaul und dem Gesicht, das geradezu danach schrie, in neue und aufregende Formen geprügelt zu werden. Gab es ein Wort für das, was sie gewesen waren? O ja. Das gab es immer. *Le mot juste.* In diesem Fall hieß *le mot juste* einfach Bengel.

Wie ihm alles wieder einfiel... und nun stand er hier in seinem Wohnzimmer und zitterte hilflos wie ein Hundebastard im Sturm, denn das war nicht alles, woran er sich erinnerte. Es gab auch noch andere Dinge, Dinge, an die er seit vielen Jahren nicht mehr gedacht hatte.

Blutige Dinge.

Eine Dunkelheit. Irgendeine Dunkelheit.

Das Haus an der Neibolt Street. Bill, der schrie: »*Du hast m-m-meinen B-B-B-Bruder umgebracht, du D-D-Dreckskerl!*«

Erinnerte er sich? Gerade so sehr, daß er sich nicht erinnern wollte, darauf konnte man Gift nehmen.

Ein Geruch nach Abfällen und Scheiße und noch etwas anderem. Etwas viel Schlimmerem. Der Geruch des Monsters. SEIN Geruch dort unten im Dunkeln unter Derry, wo die Pumpen dröhnten...

Er rannte ins Bad, stieß unterwegs gegen seinen Fernsehsessel und wäre um ein Haar hingefallen. Er schaffte es gerade noch. Einen Augenblick später kniete er vor der Toilette und kotzte sich die Seele aus dem Leib und erinnerte sich plötzlich an Bill Denbroughs Bruder, erinnerte sich an Georgie, mit dem alles angefangen hatte, an Georgies Ermordung im Jahr 1957. George war gleich nach der Überschwemmung gestorben, ein Arm war ihm herausgerissen worden, und Rich hatte das völlig aus seinem Gedächtnis verdrängt, aber manchmal kehrt die Erinnerung an solche Dinge zurück, o ja, sie kehrt zurück, manchmal kehrt sie zurück.

Der Brechreiz verging, und Rich tastete blindlings nach der Wasserspülung. Wasser rauschte. Sein Abendessen, das er in heißen Klumpen ausgespuckt hatte, verschwand im Abfluß.

In der Kanalisation.

Im Dröhnen und dem Gestank und der Dunkelheit der Kanalisation.

Er klappte den Deckel zu, legte die Stirn dagegen und begann zu weinen. Er weinte zum erstenmal seit dem Tod seiner Mutter im Jahre 1975. Ganz mechanisch hielt er die gewölbten Hände unter seine Augen. Seine Kontaktlinsen glitten heraus und lagen funkelnd auf seinen Handflächen.

Vierzig Minuten später warf er seine Koffer in den Kofferraum seines Wagens und fuhr rückwärts aus der Garage heraus. Er hatte ein Gefühl angenehmer Leere. Das Licht wurde schwächer. Er warf einen Blick auf sein Haus mit der neuen Bepflanzung, auf den Strand, auf das Wasser, das jetzt die Farbe heller Smaragde angenommen hatte, nur von einem schmalen Streifen Gold durchbrochen. Und plötzlich war er überzeugt davon, daß er das alles nie wiedersehen würde, daß er eine wandelnde Leiche war.

»Jetzt geht's nach Hause«, flüsterte Rich Tozier sich selbst zu. »Nach Hause... Gott steh mir bei, nach Hause.«

Er fuhr los und spürte wieder, wie leicht es gewesen war, durch einen unvermuteten Riß in einem – wie er gedacht hatte – festgefügten Leben zu schlüpfen, wie leicht es war, auf die dunkle Seite zu gelangen, aus dem Blauen heraus ins Schwarze zu segeln.

Out of the blue and into the black, ja, das war es. Wo alles lauern konnte.

3. Ben Hanscom nimmt einen Drink

Hätten Sie an diesem Abend des 28. Mai 1985 den Mann finden wollen, den das Magazin *Time* den »möglicherweise vielversprechendsten jungen Architekten Amerikas« nannte (»Urban Energy Conservation and the Young Turks«, *Time*, 15. Oktober 1984), hätten Sie Omaha auf der Interstate 80 in westlicher Richtung verlassen müssen. Sie hätten die Ausfahrt Swedholm nehmen und dann auf dem Highway 81 in die Stadt Swedholm fahren müssen (die nichts Besonderes ist). Dort müßten Sie auf den Highway 91 bei Bucky's Hi-Hat Eat-Em-Up (Hühnerfilet ist unsere Spezialität) abbiegen und, wieder im offenen Gelände, auf dem

Highway 63 nach rechts halten, der schnurgerade durch die verlassene Kleinstadt Gatlin und schließlich nach Hemingford Home führt. Verglichen mit der Innenstadt von Hemingford Home sieht die von Swedholm wie New York City aus; das Geschäftsviertel besteht aus acht Häusern, fünf auf einer, drei auf der anderen Seite. Da war der Friseurladen Kleen Kut (in einem Schaufenster hängt ein vergilbtes, handgeschriebenes Schild, das ganze fünfzehn Jahre alt ist: WENN DU EIN HIPPIE BIST, LASS DIR DIE HAARE ANDERSWO SCHNEIDEN, ein zweitklassiges Kino, ein Five and Dime. Da war eine Zweigstelle der Nebraska Homeowners' Bank, eine Tankstelle »76«, Rexall Drug und der National Farmstead & Hardware Supply – der einzige Laden in der Stadt, dem es einigermaßen gutging.

Am Ende der Hauptstraße, ein wenig abseits der anderen Häuser, wie ein Paria, direkt am Rand der großen Leere, befindet sich das geradezu urtypische Lokal – das Red Wheel. Wenn Sie so weit gekommen sind, könnten Sie auf dem schlaglöchrigen Parkplatz einen 1968er Cadillac mit zwei CB-Antennen sehen. Auf dem Nummernschild vorne steht nur BEN'S CADDY. Und im Inneren des Gebäudes, Richtung Bar, hätten Sie Ihren Mann finden können – schlaksig, braungebrannt, in einem karierten Hemd, verblichenen Jeans und einem Paar abgetretener Maschinenstiefel. Er hatte leichte Fältchen um die Augenwinkel, aber sonst nirgends. Er sah vielleicht zehn Jahre jünger aus, als er tatsächlich war, und das war achtunddreißig.

»Hallo, Mr. Hanscom«, sagte Ricky Lee und breitete eine Papierserviette vor ihm aus. Ricky Lee war ein wenig überrascht. Hanscom war noch nie an einem Abend unter der Woche ins ›Red Wheel‹ gekommen. Hanscom trank hier regelmäßig jeden Freitagabend zwei Bier und jeden Samstagabend vier oder fünf; er fragte immer nach Ricky Lees drei Söhnen; und immer lag unter seinem Bierkrug ein Fünf-Dollar-Schein als Trinkgeld. Er war mit großem Abstand Ricky Lees Lieblingsgast, sowohl als Mensch als auch als interessanter Gesprächspartner. Die zehn Dollar pro Woche (und die 50 Dollar, die in den letzten fünf Jahren zu Weihnachten immer unter dem Bierkrug gelegen hatten) waren eine gute Sache; aber die Gesellschaft des Mannes war viel mehr wert. Angenehme Gesellschaft war immer eine Seltenheit, aber in einer Absteige wie dieser hier, wo Gespräche immer billig waren, war sie seltener als Hühnerzähne.

Obwohl Hanscom ursprünglich aus Neuengland stammte und im Mittelwesten und in Kalifornien studiert hatte, hatte er doch etwas von der Extravaganz eines Texaners an sich. Ricky Lee konnte mit Ben Hanscoms Freitags- und Samstagsbesuchen hundertprozentig rechnen, ganz egal, ob Hanscom gerade in New York einen Wolkenkratzer baute (wo er bereits drei der meistdiskutierten Gebäude in der Stadt gebaut hatte), ein Bürohaus in Salt Lake City oder eine Kunstgalerie in Redondo Beach. Freitags abends ging zwischen acht und halb zehn die Tür zum Parkplatz auf, und er kam herein, als würde er auf der anderen Seite der Stadt wohnen und hätte beschlossen, kurz reinzuschauen, weil nichts Gutes im Fernsehen kam. Er hatte einen eigenen Lear Jet und eine private Landebahn auf seiner Farm in Junkins.

Vor zwei Jahren hatte er einen Auftrag in London ausgeführt – ein neues Kommunikationszentrum für die BBC entworfen und gebaut –, ein Gebäude, das in der britischen Presse immer noch heiß umstritten war. (›Abgesehen vom Gesicht meiner Schwiegermutter nach einer durchzechten Nacht das Häßlichste, was ich je gesehen habe‹, schrieb ein Reporter des ›Mirror‹; ›Vielleicht das schönste Bauwerk, das in den letzten zwanzig Jahren erstellt wurde‹, schrieb ein anderer im *Guardian*). Als Mr. Hanscom diesen Auftrag angenommen hatte, hatte Ricky Lee gedacht: *Irgendwann werden wir ihn wiedersehen. Oder vielleicht vergißt er uns einfach.* Tatsächlich war der Freitag abend nach seiner Abreise nach London vergangen, und er war nicht aufgetaucht, obwohl Ricky Lee zwischen acht und halb zehn jedesmal hochgesehen hatte, wenn die Tür aufgegangen war. *Irgendwann sehen wir ihn wieder. Vielleicht.* Irgendwann war, wie sich herausstellte, der nächste Abend. Viertel nach neun war die Tür aufgegangen, und er war hereingekommen, in Jeans und einem GO 'BAMA-T-Shirt und seinen alten Maschinistenstiefeln, und er hatte ausgesehen, als käme er höchstens vom anderen Stadtrand. Und als Ricky Lee beinahe freudestrahlend gerufen hatte: »He, Mr. Hanscom! Herrgott! Was machen *Sie* denn hier?« hatte Mr. Hanscom ein wenig erstaunt dreingesehen, als wäre es überhaupt nicht ungewöhnlich, daß er hier war. Und es blieb auch nicht bei dem einen Mal; in den zwei Jahren seiner aktiven Beteiligung an dem BBC-Auftrag war er jeden Samstagabend aufgekreuzt. Er verließ London mit der Concorde um 11 Uhr vormittags, hatte er dem faszinierten Ricky Lee erzählt, kam auf dem Kennedy-Airport in New York um 10.15 Uhr an – 45 Minuten *vor* seinem Abflug in London (»Mein Gott, das ist ja fast wie eine Reise durch die Zeit!« hatte Ricky Lee beeindruckt gesagt), nahm dann ein Taxi zur privaten Landebahn auf Long Island, wo sein Jet stand. Normalerweise landete er so gegen 14.30 Uhr in Junkins. Er machte ein zweistündiges Nikkerchen, dann verbrachte er eine Stunde mit seinem Verwalter Markins. Anschließend tafelte er ausgiebig mit Freunden, und dann verbrachte er anderthalb Stunden im ›Red Wheel‹ – immer an der Bar, immer allein, obwohl es weiß Gott genügend Frauen in diesem Teil von Nebraska gab, die nur allzugern mit ihm ins Bett gegangen wären. Dann gönnte er sich sechs Stunden Schlaf, bevor die Reise in umgekehrter Richtung und Reihenfolge wiederholt wurde. Ricky Lee hatte noch keinen Gast erlebt, der von dieser Geschichte nicht beeindruckt gewesen wäre. Vielleicht ist er schwul, hatte einmal eine Frau geäußert. Ricky Lee hatte sie gemustert, das kunstvoll frisierte Haar, die teure Maßkleidung, die Diamantohrringe und den Ausdruck ihrer Augen registriert und aus all dem geschlossen, daß sie irgendwo aus dem Osten – höchstwahrscheinlich aus New York – stammte, hier einen kurzen Pflichtbesuch bei Verwandten oder einer alten Schulfreundin abstattete und es kaum erwarten konnte, wieder wegzukommen. Nein, hatte er erwidert, Mr. Hanscom ist kein Homo. Sie hatte eine Packung Doral-Zigaretten aus ihrer Handtasche geholt, sich eine zwischen die glänzenden roten Lippen gesteckt und gewartet, bis er ihr Feuer gab. Woher wollen Sie das wissen? hatte sie mit leicht ironischem Lächeln gesagt. Ich weiß es einfach, hatte er erwidert. Und das stimmte. Er hätte ihr sagen können: Ich glaube, er ist der einsamste Mensch, dem ich je im Leben begegnet bin. Aber er hatte absolut keine Lust gehabt, das dieser New Yorker Dame auf die Nase zu binden, die ihn betrachtete wie einen komischen, aber ganz originellen Kauz.

Heute abend sah Mr. Hanscom ein wenig blaß und durcheinander aus.

»Hallo, Ricky Lee«, sagte er, setzte sich und studierte dann seine Hände.

Ricky Lee wußte, daß er die nächsten sechs oder acht Monate in Colorado Springs verbringen und den Baubeginn des Rocky-Mountains-Kulturzentrums überwachen sollte, einem ausgedehnten Komplex aus sechs Gebäuden, die gegeneinander versetzt aus dem Abhang eines Berges herausragen sollten. *Wenn es erst mal fertig ist, werden manche Leute sagen, es sehe so aus, als hätte ein Riesenkind seine Bausteine auf einer Treppe verstreut*, hatte Ben Ricky Lee erzählt. *Und sie werden nicht mal ganz unrecht haben. Aber ich glaube, daß es realisierbar ist. Es ist mein bisher ehrgeizigstes Projekt, und der Bau wird verdammt schwierig sein, aber ich glaube, es läßt sich machen.*

Ricky Lee hielt es für möglich, daß Mr. Hanscom ein bißchen Lampenfieber hatte. Je berühmter man war, desto mehr wurde man schließlich aufs Korn genommen. Vielleicht hatte er aber auch einfach einen Virus abbekommen – in der ganzen Gegend ging gerade die Grippe um.

Ricky Lee griff nach einem Bierkrug und wollte zum Olympia-Zapfhahn gehen.

»Nicht, Ricky Lee.«

Ricky Lee drehte sich überrascht um – und plötzlich war er sehr besorgt. Denn Mr. Hanscom sah nicht so aus, als hätte er Lampenfieber oder eine Grippe in den Knochen oder so was Ähnliches. Er sah aus wie ein Mann, der gerade einen furchtbaren Schlag erlitten hat und immer noch versucht zu begreifen, wer oder was ihm diesen Schlag versetzt hat.

Jemand ist gestorben. Er ist nicht verheiratet und spricht nie über seine Familie, aber irgend jemand ist gestorben. Gar kein Zweifel.

Jemand warf eine Münze in die Musicbox, und Barbara Mandrell begann über einen betrunkenen Mann und eine einsame Frau zu singen.

»Ist alles in Ordnung, Mr. Hanscom?«

Ben Hanscom blickte Ricky Lee aus Augen an, die zehn, nein, zwanzig Jahre älter zu sein schienen als das übrige Gesicht, und Ricky Lee stellte verblüfft fest, daß in Mr. Hanscoms Haar die ersten grauen Strähnen zu sehen waren. Bisher war ihm das noch nie aufgefallen.

Hanscom lächelte. Es war ein schreckliches, unheimliches Lächeln. Es war so, als hätte eine Leiche gelächelt.

»Ich glaube nicht, Ricky Lee. Nein. Keineswegs.«

Ricky Lee stellte den Bierkrug hin und ging zu Hanscom zurück. Die Bar war – wie immer an Montagen – ziemlich leer; es waren weniger als 20 Gäste da. Annie saß in der Nähe der Küchentür und spielte mit dem Koch Karten.

»Schlechte Nachrichten?« fragte Ricky Lee.

»Schlechte Nachrichten von Zuhause«, bestätigte Hanscom. Er sah Ricky Lee an, aber er schien durch ihn hindurchzublicken.

»Das tut mir sehr leid, Mr. Hanscom.«

»Danke, Ricky Lee.«

Er schwieg eine Zeitlang, und Ricky Lee wollte ihn gerade fragen, ob es einen Todesfall in der Familie gegeben hätte, als Hanscom sagte: »Was für Whisky haben Sie, Ricky Lee?«

»Für jeden anderen in dieser Bruchbude – Four Roses«, sagte Ricky Lee. »Aber für Sie – Wild Turkey.«

Hanscom lächelte ein klein wenig. »Das ist gut, Ricky Lee. Dann machen Sie jetzt bitte folgendes – füllen Sie diesen Bierkrug mit Wild Turkey.«

»*Füllen?*« fragte Ricky Lee total verblüfft. »Mein Gott, ich werde Sie hinterher aus der Bar *rollen* müssen.« *Oder einen Krankenwagen rufen*, dachte er.

»Nicht heute abend«, sagte Hanscom. »Ich glaube nicht.«

Ricky Lee sah Mr. Hanscom vorsichtig in die Augen, ob er vielleicht einen Witz machte, brauchte aber keine Sekunde, um einzusehen, daß dem nicht so war. Daher nahm er den Krug von der Theke und die Flasche Wild Turkey von einem Regal darunter. Der Hals der Flasche klirrte gegen den Krug, als er einzuschenken begann. Er sah den Whisky heraus-

79

fließen und war gegen seinen Willen fasziniert. Ricky Lee kam zum Ergebnis, daß Mr. Hanscom mehr als nur eine Spur Texaner in sich hatte: Das war der größte Whisky, den er in seinem Leben je eingeschenkt hatte oder einschenken würde.

Einen Krankenwagen rufen, meine Fresse! Wenn er das Baby trinkt, kann ich Parker und Waters in Swedholm anrufen und den Leichenwagen kommen lassen.

Dennoch brachte er ihn Hanscom und stellte ihn vor diesen hin. Ricky Lees Vater hatte ihm einmal gesagt, wenn ein Mann bei klarem Verstand war, brachte man ihm, was er bestellt hatte, ob es nun Pisse oder Gift war. Ricky Lee wußte nicht, ob das ein guter oder schlechter Rat war, aber er wußte, wenn man sich seinen Lebensunterhalt als Barkeeper verdiente, half er einem, daß man nicht von seinem eigenen Gewissen zu Kleinholz gemacht wurde.

Ricky Lee schüttelte langsam den Kopf und starrte seinerseits auf den Bierkrug, um nicht dem sonderbar leeren Blick jener von dunklen Ringen umgebenen Augen begegnen zu müssen. »Keinen Cent«, sagte er. »Das geht auf Kosten des Hauses.«

Hanscom lächelte wieder. »Nun, in diesem Fall – herzlichen Dank, Ricky Lee. Jetzt werde ich Ihnen etwas zeigen, das ich 1978 in Peru gelernt habe. Ich habe dort mit einem Burschen namens Frank Billings zusammengearbeitet – habe allerhand von ihm gelernt. Billings dürfte der beste Architekt der ganzen Welt gewesen sein. Holte sich irgendein Fieber und starb. Auch Antibiotika konnten ihm nicht helfen. Ich habe diesen Trick von den Indianern gelernt, die an jenem Projekt mitarbeiteten. Der Fusel dort ist ziemlich stark. Man trinkt einen Schluck und denkt, läuft ziemlich weich rein, kein Problem, und mit einem Mal ist einem dann, als hätte einem jemand einen Flammenwerfer im Mund angezündet und den Hals runtergehalten. Aber die Indianer trinken ihn wie Cola, und ich habe nur ganz selten erlebt, daß einer stockbesoffen war, und nie hatte jemand einen Kater. Ich hatte bisher nie den Mut, diese Methode selbst auszuprobieren. Aber heute abend tu' ich's. Bringen Sie mir bitte einige von den Zitronenscheiben dort drüben.«

Ricky Lee brachte ihm vier Zitronenscheiben und legte sie auf einer frischen Serviette neben den Bierkrug.

Hanscom nahm eine davon in die Hand, lehnte den Kopf zurück und begann, Zitronensaft ins rechte Nasenloch zu tropfen.

»Du lieber Himmel!« rief Ricky Lee entsetzt.

In Hanscoms Kehle arbeitete es. Sein Gesicht lief rot an... und dann sah Ricky Lee, daß ihm Tränen aus den Augenwinkeln zu den

Ohren rollten. Aus der Musicbox erklang jetzt ›Oh Lord, I just don't know how much of this I can stand‹ von den Spinners.

Hanscom tastete auf der Theke herum, fand eine zweite Zitronenscheibe und preßte den Saft ins linke Nasenloch aus.

»Verdammt, Sie werden sich umbringen«, flüsterte Ricky Lee.

Hanscom warf die ausgepreßten Zitronenscheiben auf die Theke. Seine Augen waren feuerrot, und er atmete nur mühsam. Zitronensaft floß ihm aus der Nase und rann zu den Mundwinkeln hinab. Er griff nach dem Bierkrug, hob ihn und trank ein Drittel des Whiskys. Wie gelähmt beobachtete Ricky Lee, wie sein Adamsapfel auf und ab hüpfte.

Er setzte den Krug ab, schüttelte sich kurz und nickte dann. Er blickte zu Ricky Lee hoch und lächelte ein wenig. Ricky Lee riß vor Staunen den Mund auf. Hanscoms Augen waren nicht mehr rot.

»Funktioniert tatsächlich genauso, wie sie gesagt haben«, erklärte er. »Man ist so total mit seiner Nase beschäftigt, daß man das Whisky-Brennen überhaupt nicht spürt.«

»Mann, Sie sind verrückt«, sagte Ricky Lee.

»Das glaube ich fast auch«, erwiderte Hanscom. »Habe ich Ihnen jemals erzählt, daß ich früher fett war, Ricky Lee?«

»Nein, Sir«, flüsterte Ricky Lee. Er war jetzt überzeugt davon, daß Mr. Hanscom eine so furchtbare Nachricht erhalten hatte, daß sein Verstand vorübergehend getrübt war.

»O ja, ich war fett«, berichtete Hanscom. »Ein richtiger Fettkloß. Ich konnte nicht schnell rennen, habe nie Baseball gespielt, stand mir selbst im Wege, wenn Sie die Wahrheit wissen wollen. Na ja, ich war also fett. Und da waren diese Kerle in meiner Heimatstadt, die mich regelmäßig verfolgten. Einer von ihnen hieß Reginald Huggins, aber alle nannten ihn nur Belch. Dann waren da noch ein paar andere, aber der eigentliche Kopf der Bande war ein Bursche namens Henry Bowers. Wenn es jemals ein wirklich böses Kind gab, so war es dieser Henry Bowers. Er pflegte mich zu verfolgen – auch einige der anderen Kinder, mit denen ich oft zusammen war. Aber mein Problem bestand darin, daß ich nicht so schnell wie die meisten anderen rennen konnte.«

Hanscom knöpfte das Hemd auf und zog es auseinander. Als sich Ricky Lee nach vorne beugte, sah er eine komische Narbe auf Mr. Hanscoms Bauch gleich über dem Nabel. Hart, weiß und alt. Es war ein Buchstabe, sah er. Jemand hatte dem Mann den Buchstaben »H« auf den Bauch geritzt, wahrscheinlich lange bevor Mr. Hanscom ein Mann *gewesen* war.

»Das hat mir Henry Bowers angetan. Vor schätzungsweise tausend Jahren. Ich kann froh sein, daß ich nicht seinen ganzen verfluchten Namen da unten habe.«

»Mr. Hanscom . . .«

Hanscom nahm die beiden anderen Zitronenscheiben, in jede Hand eine, lehnte wieder den Kopf zurück und nahm sie wie Nasentropfen. Er schüttelte sich, legte sie beiseite und trank zwei große Schlucke Whisky. Wieder schüttelte es ihn, dann trank er noch einen Schluck und griff mit geschlossenen Augen nach dem gepolsterten Rand der Bartheke. Einen Augenblick hielt er sich daran fest wie ein Mann, der sich bei schwerem Sturm an die Reling eines Segelboots klammert. Dann öffnete er die Augen und lächelte Ricky Lee zu.

»Ich könnte die ganze Nacht so weitermachen.«

»Mr. Hanscom, ich wünschte, Sie würden damit aufhören«, sagte Ricky Lee nervös.

Annie kam mit ihrem Tablett an die Bar und rief, daß zwei Bier gewünscht würden. Ricky Lee zapfte sie und brachte sie ihr. Seine Beine waren merkwürdig weich, wie aus Gummi.

»Ist mit Mr. Hanscom alles in Ordnung, Ricky Lee?« erkundigte sich Annie. Sie schaute an ihm vorbei, und er drehte sich um und folgte ihrem Blick. Mr. Hanscom lehnte sich über die Bartheke und holte vorsichtig Zitronenscheiben aus der Vitrine, in der Ricky Lee sie neben Oliven, Cocktailzwiebeln und Limonenscheiben aufbewahrte.

»Ich weiß nicht«, sagte er. »Ich glaube nicht.«

»Dann nimm den Daumen aus dem Arsch und tu was dagegen.« Annie war, wie die meisten Frauen, sehr von Ben Hanscom eingenommen.

»Ich weiß nicht. Mein Daddy hat immer gesagt . . .«

»Dein Daddy hat nicht mehr Verstand gehabt, als Gott einem Maulwurf gegeben hat«, sagte Annie. »Vergiß deinen Daddy. Du mußt dem ein Ende machen, Ricky Lee. Er wird sich umbringen.«

Nachdem er solchermaßen den Marschbefehl erhalten hatte, ging Ricky Lee wieder zu Mr. Hanscom. »Mr. Hanscom, ich glaube wirklich, Sie haben gen . . .«

Hanscom neigte den Kopf zurück. Drückte. *Schniefte* den Zitronensaft dieses Mal buchstäblich, als wäre es Kokain. Er schluckte Whisky wie Wasser. Er sah Ricky Lee ernst an. »Bing-bong, ich hab' die ganze Bande in meinem Wohnzimmer tanzen gesehen«, sagte er und lachte. Er hatte vielleicht noch zwei Fingerbreit Whisky in dem Krug.

»Es *ist* genug«, sagte Ricky Lee und griff nach dem Krug.

Hanscom zog ihn behutsam aus seiner Reichweite. »Der Schaden ist angerichtet, Ricky Lee«, sagte er. »Der Schaden ist angerichtet, Junge.«

»Mr. Hanscom, bitte . . .«

»Ich hab' was für Ihre Kinder, Ricky Lee. Hol's der Teufel, fast hätte ich es vergessen!«

Er trug ein ausgeblichenes Baumwolljackett und holte jetzt etwas aus einer der Taschen. Ricky Lee hörte ein leises Klimpern.

»Mein Vater starb, als ich vier Jahre alt war«, sagte Hanscom. Er sprach kein bißchen undeutlich. »Hat uns einen Haufen Schulden und dies hier hinterlassen. Ich möchte, daß Ihre Jungs sie bekommen, Ricky Lee.«

Er legte drei Silberdollarmünzen auf die Theke, wo sie im gedämpften Licht der Barbeleuchtung funkelten. Ricky Lee hielt den Atem an.

»Mr. Hanscom, das ist sehr freundlich von Ihnen, aber ich kann das nicht...«

»Es waren einmal vier«, sagte Hanscom, »aber einen davon habe ich einem Freund gegeben. Dem besten Freund, den ich vermutlich je hatte. Er heißt Bill Denbrough. Damals hatte er den Spitznamen Stotter-Bill. Er ist jetzt Schriftsteller.«

Ricky Lee hörte kaum, was er sagte. Er starrte fasziniert auf die Münzen. 1921, 1923 und 1924. Sie mußten jetzt eine Menge wert sein, schon allein aufgrund des Silbergewichts.

»Ich kann das nicht annehmen«, wiederholte er.

»Ich bestehe darauf«, sagte Hanscom und leerte den Krug. Eigentlich hätte er schon auf dem Boden liegen oder sich auf dem Weg ins Krankenhaus befinden müssen, aber er ließ Ricky Lees Gesicht nicht aus den Augen.

»Sie machen mir ein wenig angst, Mr. Hanscom«, sagte Ricky Lee. Zwei Jahre zuvor war ein Trunkenbold namens Gresham Arnold, der im Ort ziemlich bekannt war, ins ›Red Wheel‹ gekommen. Er hatte Annie eine Rolle Vierteldollarmünzen gegeben und ihr gesagt, sie solle damit die Musicbox in Gang halten. Dann hatte er einen Zwanzig-Dollar-Schein auf die Theke gelegt und erklärt, daß er allen Anwesenden eine Runde spendiere. Dieser Gresham Arnold war ein großartiger Baseballspieler bei den Hemingford Tigers gewesen und hatte ihnen zum ersten Meistertitel bei den High-School-Wettkämpfen verholfen. Aber dann war er gleich im ersten Semester vom L. S. U. geflogen und nach Hause zurückgekehrt, wo er mit seinem Auto einen Totalschaden baute und einen Job in einer Reparaturwerkstatt bekam, den er aber kurz darauf wieder verlor. Nicht lange danach war er dem Alkohol verfallen. An jenem Abend hatten also alle Anwesenden auf Gresham Arnolds Wohl getrunken und sich bei ihm bedankt, und dann war er nach Hause gegangen und hatte sich in seinem Zimmer an seinem Gürtel aufgehängt. Gresham Arnolds Augen hatten an jenem Abend einen ähnlichen Ausdruck gehabt wie nun Ben Hanscoms.

»Ich mache Ihnen ein wenig angst?« sagte Hanscom und blickte Ricky

Lee unverwandt in die Augen. Er schob den Krug beiseite und faltete seine Hände vor den drei Silbermünzen. »Sie können nicht solche Angst haben wie ich. Bitten Sie Gott, daß Sie nie im Leben solche Angst kennenlernen.«

»Was ist denn los?« fragte Ricky. »Vielleicht...« Er fuhr sich mit der Zunge über die trockenen Lippen. »Vielleicht kann ich Ihnen irgendwie helfen.«

»Was los ist?« Ben Hanscom lachte. »Nicht allzuviel. Ich wurde heute abend von einem alten Freund angerufen. Einem Burschen namens Mike Hanlon. Ich hatte ihn völlig vergessen, Ricky Lee. Aber das beunruhigte mich nicht allzusehr. Ein wenig, aber nicht allzusehr. Was mir wirklich Angst einjagte, war, unterwegs hierher festzustellen, daß ich *alles* über meine Kindheit völlig vergessen hatte.«

Ricky Lee konnte ihn nur anschauen. Er hatte keine Ahnung, wovon Hanscom eigentlich redete, aber der Mann hatte Angst, das war unübersehbar. Es paßte nicht so recht zu Ben Hanscom, aber es war eine Tatsache.

»Ich hatte wirklich *alles* vergessen«, sagte Hanscom und klopfte mit den Knöcheln leicht auf die Theke, um seinen Worten Nachdruck zu verleihen. »Haben Sie jemals von einem so totalen Gedächtnisschwund gehört, daß man sich nicht einmal mehr *bewußt* ist, unter Gedächtnisschwund zu leiden?«

Ricky Lee schüttelte den Kopf.

»Ich auch nicht. Aber da saß ich nun heute abend in meinem Auto, und blitzartig kam es mir zu Bewußtsein – und ich erinnerte mich an Mike Hanlon, und ich erinnerte mich an Derry...«

»Derry?«

»...aber das war auch schon *alles*, woran ich mich erinnerte. Es kam mir plötzlich zu Bewußtsein, daß ich nicht einmal mehr an meine Kindheit *gedacht* hatte seit... seit ich weiß nicht wie langer Zeit. Und dann begann ich mich plötzlich auch an andere Dinge zu erinnern. Beispielsweise, daß ich Bill Denbrough den vierten Silberdollar gegeben habe. Und daß er irgendwas damit gemacht hat.«

»Was hat er denn damit gemacht, Mr. Hanscom?«

Hanscom schaute auf seine Uhr und ließ sich von seinem Barhocker hinabgleiten. Er schwankte ein wenig – aber ganz minimal. Das war alles. »Ich muß mich allmählich auf den Weg machen«, erklärte er. »Ich fliege heute nacht.«

Ricky Lee sah ihn so beunruhigt an, daß er lachen mußte.

»Ich fliege, aber ich steuere nicht selbst. Linienflug.«

»Oh.« Er vermutete, daß seine Erleichterung ihm deutlich im Ge-

84

sicht geschrieben stand, aber das war ihm egal. »Wohin fliegen Sie denn?«

»Ich dachte, das hätte ich Ihnen erzählt, Ricky Lee. Ich fahre nach Hause. Geben Sie diese Münzen Ihren Kindern.« Er ging auf die Tür zu, und etwas an seinem Gang erschreckte Ricky. Die Ähnlichkeit mit dem verstorbenen Gresham Arnold, dem kaum jemand nachgetrauert hatte, war plötzlich so frappierend, daß es schon fast übernatürlich wirkte.

»Mr. Hanscom!« schrie er angsterfüllt.

Hanscom drehte sich um, und Ricky Lee trat unwillkürlich einen Schritt zurück. Er streifte mit dem Rücken die Regale, und die Flaschen begannen zu reden, in jener spröden Sprache, die Glaswaren eigen ist. Er hatte unwillkürlich einen Schritt nach rückwärts getan, weil er plötzlich überzeugt war, daß Ben Hanscom tot war, irgendwo tot herumlag und daß dies hier ein Geist war, der ihn heute abend im ›Red Wheel‹ besucht hatte. Einen Moment – einen ganz kurzen Moment – glaubte er, durch den Mann hindurch Tische und Stühle sehen zu können.

»Was ist, Ricky Lee?«

»N-n-nichts.«

Ben Hanscom schaute Ricky Lee aufmerksam an. Er hatte violette Ringe unter den Augen, seine Wangen brannten vom Alkohol, und seine Nase war rot und wund.

»Nichts«, flüsterte Ricky Lee noch einmal, aber er konnte seine Augen nicht von diesem Gesicht abwenden. Es war das Gesicht eines Menschen, der unwiderruflich verdammt ist und jetzt dicht vor der rauchenden Seitenpforte der Hölle steht.

»Ich war fett, und wir waren arm«, sagte Ben Hanscom. »Daran erinnere ich mich. Und ich erinnere mich, daß Bill Denbrough mir mit einem Silberdollar das Leben gerettet hat. Und ich bin halb verrückt vor Angst bei dem Gedanken, woran ich mich sonst noch vor Ablauf dieser Nacht erinnern könnte, aber diese wahnsinnige Angst wird die Erinnerungen nicht aufzuhalten vermögen. Sie schwellen in meinem Kopf schon an, nehmen immer mehr Raum darin ein. Doch ich fahre trotzdem, denn alles, was ich erreicht habe, alles, was ich heute bin, verdanke ich irgendwie dem, was wir damals getan haben, und man muß für alles, was man bekommt, bezahlen. Vielleicht läßt Gott uns deshalb als Kinder auf die Welt kommen – weil Er weiß, daß man sehr oft hinfällt, daß man sehr oft bluten muß, bevor man diese einfache Lektion lernt. Man bezahlt für das, was man bekommt, und man besitzt nur das richtig, wofür man bezahlt hat... und früher oder später wird einem unweigerlich die Rechnung präsentiert.«

»Sie werden doch aber am Wochenende wieder hier sein, nicht wahr?«

fragte Ricky Lee mit tauben Lippen. »Sie werden doch am Wochenende wie immer hier sein, oder?«

»Ich weiß es nicht«, sagte Hanscom und lächelte – ein schreckliches Lächeln. »Diesmal muß ich beträchtlich weiter als nach London, Ricky Lee.«

»Mr. Hanscom...!«

»Geben Sie die Münzen Ihren Kindern«, sagte Hanscom noch einmal und entschwand in die Nacht.

»Was in aller Welt...«, setzte Annie zu einer Frage an, aber Ricky Lee ignorierte sie. Er ging zu einem der Hinterfenster. Er sah, wie die Scheinwerfer des Cadillacs aufleuchteten, hörte den Motor laufen. Das Auto fuhr vom Parkplatz, und hinter ihm stieg eine Staubwolke hoch, die der Nachtwind rasch verwehte.

»Er wird sich umbringen«, sagte Annie leise neben Ricky Lees Ellbogen, und obwohl er vor weniger als fünf Minuten denselben Gedanken gehabt hatte, wandte er sich jetzt ihr zu und schüttelte den Kopf.

»Das glaube ich nicht«, sagte er. »Aber so, wie er heute abend aussah, wäre es vielleicht besser für ihn, wenn er es täte.«

»Was hat er Ihnen erzählt?«

Er schüttelte den Kopf. Ben Hanscoms Sätze ließen sich zu keinem sinnvollen Ganzen zusammenfügen. »Nichts von Bedeutung. Aber ich glaube nicht, daß wir ihn jemals wiedersehen werden.«

4. Eddie Kaspbrak nimmt seine Medizin

Wenn Sie alles über einen Amerikaner oder eine Amerikanerin der Mittelschicht wissen wollen, müssen Sie unbedingt einen Blick in sein oder ihr Arzneimittelschränkchen werfen, hat einmal jemand gesagt. Aber, um Himmels willen, erschrecken Sie nicht allzusehr, wenn Sie in dieses hineinschauen, dessen Schiebetür Eddie Kaspbrak gerade öffnet, wodurch barmherzigerweise auch sein weißes Gesicht und seine weit aufgerissenen Augen im Türspiegel entschwinden.

Auf dem obersten Regal sind Anacin, Excedrin, Excedrin P. M., Contac-Kapseln, Gelusil, Tylenol und eine große blaue Flasche Vicks. Daneben eine Flasche Vivarin, eine Flasche Serutan und zwei Flaschen ›Philips Milk of Magnesia‹ – die normale, die wie flüssige Kreide schmeckt, und die neue mit Pfefferminzgeschmack, die aber ebenfalls wie flüssige Kreide schmeckt. Dicht neben einer großen Flasche Rolaids steht eine große Flasche Tums und daneben eine Flasche Di-Gel mit Orangengeschmack.

Zweites Regal: Das sind die Vitamine. Hier gibt es E, C, C mit Hagebutte. Es gibt B einfach und B komplex und B$_{12}$. Es gibt L-Lysin, das gegen peinliche Hautprobleme hilft, und Lezithin, das etwas gegen die peinliche Ansammlung von Cholesterol um die alte Pumpe herum tut. Eisen, Kalzium und Lebertran. Multivitaminpräparate für jeden Anlaß. Und oben auf dem Regal steht noch eine große Flasche Geritrol – der Ausgewogenheit wegen.

Drittes Regal: Hier ist ein breites Sortiment verschiedenster Tabletten, Cremes, Gelees und Geheimmittelchen anzufinden. Ex-Lax und ›Carters Little Pills‹ – Abführmittel. Fleet-Zäpfchen und ›Preparation H‹ gegen Durchfall bzw. Verdauungsbeschwerden. Daneben Formel 44 gegen Husten, Nyquil und Dristan gegen Erkältungen; eine große bonbonrosafarbene Flasche Pepto-Bismol für Eddies empfindlichen Magen. Lutschtabletten gegen einen rauhen Hals. Vier verschiedene Mundspülmittel: Chloraseptic, Sepacol, Sepestat in der Sprühflasche und natürlich das gute alte Listerine. Visine und Murine für die Augen. Für die Haut Cortaid-Salbe, Nesporin-Salbe, eine Tube Oxy-5, eine Plastikflasche Oxy-Wash und Tetracyclin-Pillen. Etwas abseits stehen drei undurchsichtige dunkle Flaschen Steinkohlenteer-Shampoo.

Das unterste Regal ist fast leer, aber dafür ist das Zeug, das dort liegt, besonders wirksam. Hier findet man Valium und Percodan und Elavil und Darvon Complex. Außerdem eine weitere Lutschtablettendose, in der aber keine Lutschtabletten, sondern sechs Quaaludes liegen.

Eddie Kaspbrak glaubt an das gute alte Pfadfindermotto: ›Allzeit bereit‹.

Er hat eine blaue Reisetasche bei sich, hält sie unter die einzelnen Regale und fegt mit zitternden Händen Flaschen, Tuben, Döschen und Schachteln hinein. Er könnte sie natürlich sorgfältig aus dem Schränkchen holen, jeweils eine Handvoll, aber das würde erstens zu lange dauern, und außerdem würden seine zitternden Hände ihn verraten – die Flaschen würden gegeneinanderklirren, in jener spröden Sprache, die Glaswaren eigen ist, und dadurch würde seine Angst nur noch größer.

Er...

»Eddie?« rief Myra von unten. »Eddie, was machst du?«

Eddie schob die Lutschtablettendose mit den Quaaludes in die Tasche. Das Arzneimittelschränkchen war jetzt fast völlig leer, bis auf Myras Flasche Midol-Tabletten und eine kleine, fast aufgebrauchte Tube Blistex. Nach kurzem Überlegen griff er nach dem Blistex. Er begann den Reißverschluß der Tasche zu schließen, hielt inne und warf auch noch das Midol hinein. Sie konnte ja immer Nachschub kaufen.

»Eddie?« ertönte ihre Stimme wieder, diesmal schon auf halber Treppe.

Eddie zog den Reißverschluß vollends zu und verließ das Badezimmer. Er war ein kleiner, magerer Mann. Von seinen Haaren war nicht mehr viel übrig. Das Gewicht der Tasche machte ihm offensichtlich zu schaffen.

Eine außerordentlich dicke Frau stieg langsam und schwerfällig die Treppe herauf. Eddie hörte, wie die Stufen unter ihrem Gewicht protestierend knarrten.

»Ich habe gefragt, was du MAAAAAAAACHST?«

Eddie brauchte keinen Psychologen, um zu wissen, daß er in gewissem Sinne seine Mutter geheiratet hatte. Myra Kaspbrak war ein Riesenweib (als er sie vor fünf Jahren geheiratet hatte, war sie groß und stattlich, aber nicht dick gewesen – vielleicht hatte sein Unterbewußtsein ihre Anlage zur Fettleibigkeit aber schon damals erkannt, dachte er; seine Mutter war sehr groß und fett gewesen), und irgendwie sah sie noch größer aus, wie sie jetzt so auf dem Treppenabsatz stand, in einem weißen Nachthemd, das sich an Brust und Hüften gigantisch wölbte. Ihr Gesicht war bleich, glänzend, ohne jedes Make-up. Sie sah verängstigt aus.

»Ich muß für eine Weile weg«, sagte Eddie.

»Was?« schrie sie auf. »Was willst du denn damit sagen? Was hatte es mit diesem Anruf auf sich?«

»Nichts«, sagte er und floh unvermittelt den Flur entlang in ihren begehbaren Kleiderschrank. Er stellte die Reisetasche ab, machte die Tür des Schranks auf und schob ein halbes Dutzend schwarze Anzüge beiseite, die verdächtig wie eine Gewitterwolke zwischen den anderen, bunteren Kleidungsstücken hingen. Zur Arbeit hatte er immer einen schwarzen Anzug an. Er bückte sich in den Schrank, roch Mottenkugeln und Wolle, und zog einen der Koffer von hinten heraus. Er klappte ihn auf und warf Kleidungsstücke hinein.

Ihr Schatten fiel über ihn.

»Was soll das? Wohin fährst du?«

»Ich kann es dir nicht sagen.«

Sie stand da, beobachtete ihn und versuchte zu überlegen, was sie als nächstes tun oder sagen sollte. Der Gedanke ging ihr durch den Kopf, ihn einfach in den Schrank zu stoßen und sich mit dem Rücken zur Tür zu stellen und zu warten, bis sein Wahnsinn wieder vorbei war, aber das brachte sie nicht über sich, obwohl sie es ganz gewiß gekonnt hätte; sie war acht Zentimeter größer als Eddie und hundert Pfund schwerer. Ihr fiel nichts ein, was sie tun oder sagen sollte. So etwas sah Eddie überhaupt nicht ähnlich, sie hatte noch nie etwas Derartiges mit ihm erlebt. Es war so, als wäre sie ins Fernsehzimmer gekommen, und ihr neuer Breitleinwandfernseher hätte mitten im Raum geschwebt.

»Du kannst nicht fort«, hörte sie sich sagen. »Du hast versprochen, mir ein Autogramm von Al Pacino zu besorgen.« Sie wußte natürlich, daß das absurd war, völlig blödsinnig, aber in diesem Moment schien es ihr immer noch besser, etwas Absurdes vorzubringen als gar nichts.

»Du kannst ihn selbst darum bitten«, sagte Eddie. »Du wirst ihn nämlich chauffieren.«

Dieser neue Schrecken steigerte ihre Ängste ins schier Unerträgliche, und sie stieß einen leisen Schrei aus. »Ich kann nicht – ich habe nie...«

»Du mußt«, sagte er. Jetzt begutachtete er seine Schuhe. »Es ist sonst niemand da.«

»Und meine Uniformen passen auch nicht mehr. Sie sind zu eng um die Titten!«

»Laß dir von Delores eine weiter machen«, sagte er höflich. Er warf zwei Paar Schuhe zurück, fand einen leeren Schuhkarton und steckte ein drittes Paar hinein. Gute schwarze Schuhe, immer noch zu gebrauchen, aber ein wenig zu abgenutzt, um sie zur Arbeit zu tragen. Wenn man reiche Leute in New York herumkutschierte und seinen Lebensunterhalt damit verdiente, noch dazu viele *berühmte* reiche Leute, dann mußte alles perfekt aussehen. Diese Schuhe sahen nicht mehr perfekt aus... aber er dachte, wo er hinging, würden sie genügen. Und vor allem für das, was er tun mußte, wenn er dort war. Vielleicht würde Richie Tozier...

Aber dann drohte die Schwärze, und er spürte, wie sein Hals enger wurde. Eddie wurde mit zunehmender Panik klar, daß er seine gesamte Apotheke eingepackt hatte, aber nicht das Wichtigste von allem – seinen Aspirator. Der stand noch unten auf der Stereoanlage.

Er warf den Kofferdeckel zu und schloß ihn. Dann drehte er sich nach Myra um, die auf der Türschwelle stand und sich mit einer Hand an die Kehle griff, als ob sie es wäre, die Asthma hätte. Sie starrte ihn erschrocken an. Er hätte wahrscheinlich Mitleid mit ihr gehabt, wenn in seinem Herzen Platz für ein anderes Gefühl außer Entsetzen und Angst gewesen wäre.

»Was ist passiert?« fragte sie. »Wer war das am Telefon? Eddie... Eddie, in welchen Schwierigkeiten steckst du?«

Er ging auf sie zu, jetzt auf beiden Seiten belastet und deshalb wieder aufrecht. Zuerst dachte er, sie würde ihm nicht Platz machen, aber sie tat es doch... ängstlich. Als er an ihr vorbeiging, brach sie in jämmerliches Weinen aus.

»*Ich kann Al Pacino nicht chauffieren*«, heulte sie. »*Meine Uniformen passen nicht mehr, ich werde bestimmt irgendein Verkehrsschild rammen, das weiß ich genau! Eddie, ich habe Aaaaangst!*«

Er schaute auf seine Uhr. Es war zwanzig nach neun. Durch einen Anruf bei Delta hatte er erfahren, daß er den letzten Abendflug nach Maine versäumt hatte – das Flugzeug war um 20.25 Uhr gestartet. Daraufhin hatte er Amtrak angerufen und herausgefunden, es ging von der Penn-Station ein Nachtzug nach Boston um 23.30 Uhr. An der Bostoner South Station würde er sich ein Taxi zu den Büros von ›Cape Cod Limousine‹ in der Arlington Street nehmen; sein eigenes Unternehmen und ›Cape Cod Limousine‹ unterhielten seit Jahren freundschaftliche Beziehungen, was sich für beide Seiten als sehr vorteilhaft erwiesen hatte. Ein kurzer Anruf bei Butch Carrington in Boston hatte dafür gesorgt, daß er problemlos weiterkommen würde: Eine vollgetankte Cadillac-Limousine würde für ihn bereitstehen. Er würde also stilgerecht in seine alte Heimatstadt zurückkehren – ohne einen Fahrgast auf dem Rücksitz, der die Luft mit einer dicken Zigarre verpestete und ihn fragte, wo man eine Hure oder ein paar Gramm Kokain oder auch beides bekommen könnte.

Ja, wirklich sehr stilgerecht, dachte er. *Die einzige Möglichkeit, noch stilgerechter hinzukommen, wäre in einem Leichenwagen. Aber nur keine Sorge, Eddie – damit wirst du vermutlich auf dem Rückweg reisen. Das heißt, wenn noch soviel von dir übrig ist, daß der Aufwand sich lohnt.*

»Eddie?«

Er hatte noch etwas Zeit. Er konnte mit ihr reden und – vielleicht – freundlich sein. Aber es wäre um vieles einfacher gewesen, wenn sie heute ihren Whist-Abend gehabt hätte. Dann hätte er ihr einfach eine schriftliche Nachricht unter einen der Magnete an der Kühlschranktür klemmen können (da hinterließ er alle Zettel für Myra, weil sie sie dort mit hundertprozentiger Sicherheit fand). Nun ja, es wäre nicht schön gewesen, heimlich das Haus zu verlassen, aber dies hier war noch viel schlimmer. So als müßte er wieder von daheim, von seiner Mutter wegziehen – was so schwierig gewesen war, daß er es erst beim dritten Anlauf geschafft hatte.

Wo dein Herz ist, dort ist auch dein Zuhause, dachte er flüchtig. *Daran glaube ich. Bobby Frost hat gesagt, Zuhause – das sei der Ort, wo man dich immer aufnehmen würde. Leider ist es aber zugleich auch der Ort, von dem man dich nicht wieder fortläßt, wenn du erst einmal dort bist.*

Er stand am oberen Ende der Treppe, seine Vorwärtsbewegung war vorübergehend erschöpft, voll Angst, sein Atem ging winselnd und pfeifend durch das Nadelöhr, zu dem sein Hals geworden war, und betrachtete seine weinende Frau.

»Komm mit nach unten«, sagte er. »Ich erzähl' dir, soviel ich kann.«

Sie gingen nach unten, und Eddie stellte seine beiden Gepäckstücke – im einen Kleidungsstücke, im anderen Arznei – in den Flur. Plötzlich fiel ihm etwas ein; vielmehr erinnerte der Geist seiner Mutter ihn daran, die schon seit Jahren tot war, aber immer noch häufig zu ihm sprach.

Du weißt, daß du dich immer erkältest, wenn du nasse Füße bekommst, Eddie – du bist nicht wie andere Leute, du hast ein sehr schwaches Immunsystem, du mußt sehr vorsichtig sein. Deshalb mußt du auch immer Gummischuhe anziehen, wenn es regnet.

Es regnete sehr oft in Derry.

Eddie öffnete den Flurschrank, nahm seine Gummischuhe, die ordentlich in einem Plastikbeutel aufbewahrt wurden, vom Haken und legte sie in den Koffer.

Du bist ein braver Junge, Eddie.

Im Fernsehzimmer ging er zum Telefon und nahm den Hörer ab.

»Eddie, was...«

Er machte ihr ein Zeichen, still zu sein, und bestellte ein Taxi. Es würde in etwa einer Viertelstunde hier sein.

Er legte den Hörer auf, griff nach seinem Aspirator, der auf dem Tisch neben der Couch lag, setzte ihn an den Mund und drückte auf die Flasche. Atmete den schrecklichen Geschmack tief ein. Das Erstickungsgefühl wurde etwas schwächer; er atmete wieder tief ein und hörte plötzlich Stimmen, wahnwitzige Geisterstimmen.

Haben Sie meinen Brief nicht erhalten?

Doch, Mrs. Kaspbrak, aber...

Nun, Mr. Black, für den Fall, daß Sie nicht lesen können, möchte ich es Ihnen noch einmal persönlich wiederholen. Sind Sie bereit?

Mrs. Kaspbrak...

Hören Sie jetzt mal aufmerksam zu: Mein Eddie kann nicht am Turnunterricht teilnehmen. Ich wiederhole – er kann NICHT *am Turnunterricht teilnehmen. Eddie ist sehr zart, und wenn er rennt... oder springt...*

Mrs. Kaspbrak, ich habe die Befunde von Eddies letzter Schuluntersuchung im Büro – Sie wissen ja, diese Untersuchungen sind gesetzlich vorgeschrieben. Im Befund heißt es, daß Eddie für sein Alter ein bißchen klein ist, daß ihm aber ansonsten nichts fehlt. Um ganz sicherzugehen, habe ich noch Ihren Hausarzt angerufen, und er hat mir bestätigt...

Wollen Sie mich etwa als Lügnerin hinstellen, Mr. Black? Ist es das? Nun, Eddie steht hier, direkt neben mir! Hören Sie, wie er atmet? HÖREN *Sie es?*

Mom... bitte... mir geht's gut...

Eddie, du weißt doch, daß man Erwachsene nicht unterbricht. Das habe ich dir doch beigebracht!

Ich höre es, Mrs. Kaspbrak, aber...

Aha, Sie hören es! Ausgezeichnet! Ich dachte schon, Sie wären taub! Er hört sich an wie ein Lastwagen, der langsam einen Berg hochkeucht. Stimmt's? Und wenn das kein Asthma ist...

Mom, ich...

Sei still, Eddie, unterbrich mich nicht schon wieder! Wenn das kein Asthma ist, Mr. Black, dann bin ich Königin Elisabeth!

Mrs. Kaspbrak, Eddie fühlt sich im Turnunterricht meistens sehr wohl und ist glücklich. Er spielt gern alle möglichen Spiele, und er kann auch ziemlich schnell rennen. Bei meiner Unterhaltung mit Ihrem Hausarzt ist das Wort ›psychosomatisch‹ gefallen. Haben Sie schon einmal die Möglichkeit in Betracht gezogen, daß...

...daß mein Sohn verrückt ist? Ist es das, was Sie mir sagen wollen? WOLLEN SIE SAGEN, DASS MEIN SOHN VERRÜCKT IST?

Nein, aber...

Er ist zart.

Mrs. Kaspbrak...

Mein Sohn ist sehr zart.

Mrs. Kaspbrak, Ihr Arzt hat bestätigt, daß Eddie...

»...physisch nichts fehlt«, sagte Eddie schaudernd. Zum erstenmal seit Jahren hatte er wieder an jene demütigende Szene in der Turnhalle der Grundschule von Derry gedacht, als seine Mutter den Turnlehrer Mr. Black angebrüllt hatte, während er neben ihr keuchte und vor Scham am liebsten in den Fußboden gesunken wäre, weil dieser Auftritt vor den Augen seiner Klassenkameraden stattfand. Und er wußte genau, daß Mikes Anruf noch weitere Erinnerungen nach sich ziehen würde. Er spürte schon, wie sie herandrängten – Erinnerungen, die noch viel schlimmer waren als jene, die ihm gerade eingefallen war.

»Physisch fehlt ihm nichts«, wiederholte er, zog tief die Luft ein und schob den Aspirator in die Tasche.

»Eddie«, rief Myra, »*bitte*, sag mir doch, was los ist!«

Er betrachtete sie, die glänzenden Tränen auf ihren Wangen, die wie plumpe, unbehaarte Tiere ineinander verkrampften Hände. Einmal, kurz vor seinem Heiratsantrag, hatte er das Foto, das sie ihm geschenkt hatte, neben ein Foto seiner Mutter gelegt, die fünf Jahre zuvor im Alter von 64

Jahren an Herzversagen gestorben war. Damals hatte sie über 400 Pfund gewogen – 406 Pfund, um genau zu sein; aber das Foto war 1944 aufgenommen worden, zwei Jahre vor seiner Geburt (*Er war ein sehr kränkliches Baby*, flüsterte die Stimme seiner Mutter. *Wir dachten oft, er würde nicht am Leben bleiben...*), als seine Mutter 28 Jahre alt gewesen war.

Er vermutete, daß das sein letzter verzweifelter Versuch gewesen war, sich selbst davon abzuhalten, die damals ebenfalls 28jährige Myra McCandless zu heiraten.

Die Frauen auf den Fotos hätten Schwestern sein können, so groß war die Ähnlichkeit. Eddie hatte dagesessen und von einer zur anderen geschaut, von Mutter zu Myra und wieder zurück zu Mutter, und er hatte sich geschworen, es nicht zu tun, weil es ein Freudscher Kreis wäre, nichts anderes. Er würde es nicht tun. Er würde mit Myra brechen... es ihr sanft beibringen, denn sie war wirklich sehr lieb und hatte wenig Erfahrungen mit Männern gehabt (er selbst mit Frauen übrigens ebenfalls) ... und dann würde er vielleicht... Tennisunterricht... und er könnte Mitglied im Schwimmklub des U. N. Plaza werden... vielleicht...

Aber er hatte sie dann doch geheiratet. Die alte Lebensweise hatte ihn doch schon zu stark geprägt, die Lebensweise seiner Mutter, und während er sie allein auf sich gestellt vielleicht noch hätte abschütteln können, hatte Myra ihn durch ihre liebevolle Fürsorge dazu verurteilt, hatte ihn mit ihrer Sanftheit eingefangen, ihn mit ihrer übertriebenen Angst um ihn für immer und ewig festgenagelt.

Myra hatte wie seine Mutter die verhängnisvolle höchste Stufe von Verständnis erreicht. Eddie war zart, Eddie mußte beschützt werden. An Regentagen stellte Myra seine Gummischuhe sorgsam neben den Garderobenständer im Flur. Neben seinem Teller mit ungebuttertem Weizentoast lag jeden Morgen ein riesiges Sortiment bunter Vitaminpillen. Myra verstand ihn – wie seine Mutter. Er hatte wirklich keine Chance gehabt. Er war dreimal nach Hause zurückgekehrt, und nachdem seine Mutter in einem Privatzimmer des Madison Avenue Receiving gestorben war (damals hatte er sich bereits solche Dinge wie Privatzimmer leisten können), war er zum vierten und – wie er damals geglaubt hatte – letzten Male nach Hause zurückgekehrt – zu Myra MacCandless, die eine Schwester seiner Mutter hätte sein können, magisch angezogen vom verhängnisvollen hypnotischen Schlangenauge ihres Verständnisses.

Für immer nach Hause zurückgekehrt. Damals hatte er das geglaubt.

Aber vielleicht habe ich mich geirrt, dachte er. *Vielleicht ist dies nicht mein Zuhause, vielleicht war es das nie – vielleicht ist mein Zuhause dort, wo ich jetzt hinfahre. Zuhause ist der Ort, wo man schließlich dem* ETWAS *im Dunkeln ins Auge sehen muß.*

Er schauderte hilflos, so als wäre er ohne seine Gummischuhe im Regen herumgelaufen und wäre völlig durchfroren.

»*Bitte* sag's mir, Eddie.«

Sie begann wieder zu weinen. Tränen waren ihre letzte Waffe, wie sie auch die letzte Waffe seiner Mutter gewesen waren; eine sanfte, lähmende Waffe. Wenn jemand leicht verletzbar ist, hatte er festgestellt, bekommt man schließlich Angst davor, ihn zu verletzen. Tränen konnten zur Waffe werden.

Und mit einer Art Schrecken erkannte er, daß sie diese Waffe jetzt einsetzte... und Erfolg damit hatte.

Aber das durfte er nicht zulassen. Er liebte sie, aber diesmal durfte er sich nicht dazu bringen lassen, daheim zu bleiben. Es wäre zu einfach, sich nur auszumalen, wie der Zug durch die Dunkelheit nach Norden braust, der Regen über die schmutzigen Fensterscheiben rinnt, wie er angstgepeinigt im Abteil sitzt, den Aspirator in der Manteltasche, die Reisetasche mit Medikamenten zwischen den Beinen. Sie würde ihn nach oben führen, ihm mit Aspirintabletten und einer Alkoholabreibung ihre Liebe beweisen, und vielleicht würde eine ihrer rosigen, nicht unangenehmen Hände nach unten gleiten und ihn streicheln, eine Erektion bewirken und...

Aber er hatte es versprochen. *Versprochen.*

»Myra, hör mir zu«, sagte er, bewußt trocken, sachlich und nüchtern.

Sie sah ihn mit ihren nassen, nackten Augen an.

»Du gehst morgen zu Phil ins Büro. So gegen sechs. Und du erklärst ihm, daß du Pacino chauffieren wirst...«

»Eddie, ich *kann nicht*!« heulte sie. »Er ist ein großer Star, und wenn ich etwas falsch mache, wird er mich anbrüllen, er wird mich *anbrüllen*, das tun sie alle, und... und... ich werde weinen... es könnte ein Unfall passieren... ich weiß, daß ich's nicht schaffe... Eddie... Eddie, bitte...«

»Hör auf, Myra!«

Sie zuckte zusammen, als sie seine Stimme hörte – gekränkt, verletzt –, aber obwohl Eddie seinen Aspirator fest umklammerte, wußte er, daß er ihn jetzt nicht verwenden durfte. Sie würde es sehen, und das würde ihr einen Vorteil verschaffen. *Lieber Gott, ich will sie nicht kränken, ich will sie nicht verletzen, aber ich habe es versprochen, wir alle haben es versprochen, wir haben es mit Blut geschworen, bitte, lieber Gott, ich muß es tun...*

»Ich hasse es, wenn du mich anschreist, Eddie«, flüsterte sie.

»Wenn du dich... nun ja, ein wenig beherrschst, brauche ich es nicht zu tun«, sagte er, und sie schluchzte wieder verletzt auf. *Ich bringe dir deine Pillen*, sagten ihre Augen vorwurfsvoll, *ich stelle dir die Gummischuhe heraus, wenn es regnet – oder wenn es nach Regen aussieht –, und du verletzt mich, Eddie. Du verletzt mich.*

Plötzlich sah er zusammenhanglos das Gesicht Henry Bowers' vor seinem geistigen Auge. Es war das erste Mal seit Jahren, daß er an Bowers gedacht hatte, und das ängstigte ihn mehr als alles andere.

Er schloß kurz die Augen, öffnete sie dann und sagte: »Du wirst nichts falsch machen, und er wird dich nicht anbrüllen. Mr. Pacino ist sehr nett, sehr verständnisvoll.« Er hatte Pacino noch nie chauffiert, und jetzt verfluchte er die Tatsache, daß er die großen Berühmtheiten immer für sich selbst aufgehoben hatte, weil es schließlich sein Geschäft war, das er beharrlich ausgebaut hatte; angefangen hatte er mit einem einzigen vier Jahre alten Fleetwood, der zum größten Teil der Chase Manhattan Bank gehörte, und nun besaß er eine Flotte von 30 Limousinen. ›Kaspbrak Limousine‹ gehörte zu den größten Unternehmen dieser Art in der Großstadt New York, es war fast so groß wie ›Playboy‹. Und demnächst würde es größer sein.

»Ist er das wirklich?« fragte sie schüchtern.

»Ja. Und es ist ganz einfach. Du bringst ihn morgen abend um sieben Uhr vom St. Regis zu den ABC-Studios. Um elf stehst du vor den ABC-Studios – sie drehen dort irgendwelche Spezialszenen – und holst ihn ab. Du bringst ihn ins St. Regis zurück und fährst nach Hause. Das ist alles. Das schaffst du doch mit der linken Hand, Marty.«

Normalerweise kicherte sie immer über diesen Kosenamen, aber heute sah sie ihn nur mit quälenden Zweifeln an.

»Und was ist, wenn er zum Abendessen ausgehen möchte?« fragte sie. »Hinterher, meine ich. Oder wenn er irgendwo was trinken möchte.«

»Das glaube ich nicht, aber wenn es der Fall sein sollte, bringst du ihn hin. Dann kannst du Phil per Funk anrufen, und er wird jemanden schikken, der Pacino abholt. Du wirst höchstwahrscheinlich um Mitternacht im Bett liegen, spätestens um eins. Dafür garantiere ich.«

Er räusperte sich und beugte sich vor, die Ellbogen auf die Knie gestützt. Und die Geisterstimme seiner Mutter flüsterte: *Sitz nicht so da, Eddie. Es ist nicht gut für deine Haltung. Und ebensowenig für deine Lunge.*

Er setzte sich wieder aufrecht hin, ohne zu wissen weshalb, ohne sich der Tatsache bewußt zu sein, daß er immer noch seiner toten Mutter gehorchte.

»Wenn du morgen ins Büro kommst«, sagte er, »erklärst du Phil, daß ich in einer dringenden persönlichen Angelegenheit plötzlich verreisen mußte. Es wird das einzige Mal sein, daß du chauffieren mußt, Marty.

Phil kann den Plan abändern, wenn es nicht anders geht, er kann Ted aus dem Urlaub zurückrufen, oder er kann ein paar Aushilfskräfte einstellen. Aber du weißt ja selbst, wie ausgebucht wir gerade jetzt sind. Morgen ist außer dir einfach niemand verfügbar.«

»Was für eine dringende persönliche Angelegenheit?« fragte sie. »Wer hat dich angerufen, Eddie?«

Scheinwerferlichter fluteten über die Eßzimmerwand; er konnte sie durch den Bogengang sehen. Eine Hupe ertönte. Eddie erhob sich.

»Mein Taxi...«

Sie sprang so schnell auf, daß sie über den Saum ihres Nachthemds stolperte; er mußte sie festhalten, und um ein Haar wären sie beide gestürzt, denn sie wog etwa hundert Pfund mehr als er. Und sie begann schon wieder zu heulen.

»Eddie, du *mußt* es mir sagen, ich habe solche Angst... was ist los?« »Ich kann es dir nicht sagen.«

»Warum nicht?« Sie schluchzte. »Du hast mir doch noch nie etwas verheimlicht, Eddie. Warum nicht? Biiiitte!«

»Ich erinnere mich selbst nicht an alles«, sagte er, wehrte sie ab, so gut er konnte, und griff nach seinem Gepäck. »Noch nicht. Es war ein alter Freund. Er...«

»Du wirst krank werden«, fiel sie ihm verzweifelt ins Wort. »Ich weiß es. Laß mich mitkommen, Eddie, bitte, ich werde auf dich aufpassen, Pacino kann ein Taxi oder irgend so was nehmen, das geht doch, ja?« Ihre Stimme wurde immer schriller, aufgeregter, und zu Eddies Entsetzen sah sie seiner Mutter von Minute zu Minute ähnlicher – aber seiner Mutter, wie sie kurz vor ihrem Tod gewesen war, fett und verrückt.

»Ich werde dir den Rücken waschen und darauf achten, daß du deine Tabletten einnimmst... ich... ich werde dir helfen... du kannst mir doch alles sagen... Eddie... *Eddie, geh nicht fort! Bitte, Eddie! Biiiitte!*«

Er stolperte blindlings den Flur entlang, mit eingezogenem Kopf, wie ein Mann, der sich gegen starken Wind vorwärtskämpft. Er keuchte wieder. Jedes seiner Gepäckstücke schien hundert Pfund zu wiegen. Er spürte ihre Hände auf seinem Körper, spürte, wie sie ihn zurückzuziehen versuchte, wie sie ihn mit ihren Tränen, ihrer Hilflosigkeit, ihrer Fürsorge dazu bringen wollte, sein Versprechen zu brechen.

Ich schaff's nicht, dachte er verzweifelt. Sein Asthma wurde immer schlimmer, schlimmer als seit Jahren (vielleicht war es seit seiner Kindheit nicht mehr so stark gewesen, aber es war seltsam – er erinnerte sich nur an so weniges aus dieser Zeit). Die Tür schien endlos weit entfernt zu sein.

»Wenn du hierbleibst, backe ich dir einen Sauerrahm-Mokkakuchen«, winselte sie. »Wir machen Popcorn... Truthahn mit Sauce... *Eddie, bitte, ich habe solche Angst, du jagst mir solche Angst ein!*«

Sie packte ihn am Kragen und zerrte ihn zurück. Mit letzter Kraft riß er sich los.

»Laß mich *gehen*!« schrie er.

Sie stieß einen hohen Jammerlaut aus.

Seine Finger packten den Türknauf – wie himmlisch kühl er war! Er öffnete die Tür und sah das Taxi auf der Auffahrt stehen. Es war ein kühler Abend, und er sah die Wolkenkratzer von Manhattan jenseits des Flusses wie strahlende Traumgebilde aufragen.

Sein Atem ging keuchend und pfeifend, als er sich nach Myra umdrehte.

»Du mußt begreifen, daß dies nicht etwas ist, was ich gern tue«, sagte er. »Bitte, Marty, versteh das. Ich komme zurück.«

Oh, aber das hörte sich wie eine Lüge an.

»Wann? Wie lange bleibst du fort?«

»Eine Woche, nicht länger. Oder vielleicht zehn Tage.«

»Eine Woche!« kreischte sie und schlug sich an die Brust wie die Diva in einer schlechten Oper. »Eine Woche! Zehn Tage! Bitte, Eddie! Biii...«

»Marty, hör auf!«

Und zu seinem größten Erstaunen tat sie es; sie stand da und schaute ihn mit ihren nassen, verletzten Augen an, nicht ärgerlich, nur erschrokken. Und vielleicht spürte er in diesem Augenblick zum erstenmal, daß er sie wirklich lieben konnte – gehörte das zum Weggehen? Er fühlte sich bereits wie ein Mann, der im falschen Ende eines Teleskops lebt.

Aber vielleicht war es ganz richtig so. War es das, was er meinte? Daß er schließlich erkannt hatte, daß es ganz in Ordnung war, sie zu lieben, obwohl sie wie seine Mutter mit 28 Jahren aussah, obwohl sie dick und nicht allzu klug war, ja sogar obwohl sie so viel Verständnis hatte und ihm die vielen Hilfsmittelchen im Arzneimittelschränkchen verzieh, weil sie ihre eigenen im Kühlschrank hatte? Konnte es sein, daß...

Eine Erkenntnis streifte ihn blitzartig wie ein schwarzer Flügel: Konnte es sogar sein, daß sie größere Angst hatte als er? Daß auch seine Mutter größere Angst gehabt hatte?

Wieder überfiel ihn eine Erinnerung aus seiner Kindheit in Derry; seit Mikes Anruf brachen diese Erinnerungen immer häufiger über ihn herein, stiegen wie vereinzelte Blitzlichter in einem dunklen Raum in ihm auf. In der Innenstadt, in der Center Street, hatte es ein Schuhgeschäft gegeben. Eines Tages hatte ihn seine Mutter dorthin mitgenommen – er war damals, so schien es ihm, noch nicht zur Schule gegangen – und ihm

97

befohlen stillzusitzen, während sie sich für eine Hochzeit ein Paar weiße Pumps kaufte. Aber er war umhergeschlendert und hatte eine mit Holz ausgelegte Maschine entdeckt, die etwas Ähnlichkeit mit einer auf der Kante stehenden Kiste hatte. Nur daß Stufen zu ihr emporführten, und daß unten ein Schlitz und an der Seite ein Knopf und oben etwas war, das genauso aussah wie ein TV-Bildschirm. Er war um das komische Ding herumgelaufen, ein kleiner Junge in kurzen Hosen, dessen Knie nicht aufgeschürft waren (er hatte kein Dreirad und durfte nicht rennen, außer im Park, weil er Asthma hatte und leicht Fieber bekam – weil er zart war), und an der Vorderseite des kistenähnlichen Dings war ein Schild angebracht, auf dem mit großen roten Buchstaben stand:

PASSEN IHRE SCHUHE RICHTIG?
KONTROLLIEREN SIE ES!

Er war die drei Stufen bis zum Schlitz hinaufgestiegen und hatte seinen Fuß hineingeschoben. Er hatte sein Gesicht in die Gummi-Schutzmaske gesteckt und auf den Knopf gedrückt. Grünes Licht sprang ihm in die Augen, und er hielt den Atem an, als sein Fuß plötzlich durchsichtig wurde und wie grüner Rauch in seinem Schuh zu schweben schien. Und da waren seine Knochen! Er konnte seine Knochen sehen! Er bewegte seinen Fuß, und seine Knochen bewegten sich. Er kreuzte die große Zehe über der zweiten, und die Knochen der beiden Zehen ergaben ein X von gespenstisch grüner Farbe. Er konnte sehen, wie...

Dann hatte seine Mutter in wilder Panik aufgeschrien, was sich in dem stillen Geschäft angehört hatte wie eine kreischende Mähmaschine, wie eine Feuersirene, wie ein reitender Unglücksbote. Er hatte aufgeschaut und gesehen, daß sie auf ihn zugerannt kam, nur in Strümpfen, mit wehendem Kleid. Sie warf in der Hektik einen Stuhl um. Ihr Busen wogte auf und ab. Ihr Mund war ein scharlachrotes O des Entsetzens. Alle Gesichter waren ihr zugewandt. Und sie schrie.

»Eddie, geh da weg! Geh da weg! Diese Maschinen verursachen Krebs! Geh da weg! Eddie, Eddie, Eddie...«

Er war zurückgewichen, als wäre die Maschine plötzlich glühend heiß geworden. An der Kante der oberen Stufe hatte er das Gleichgewicht verloren und wild mit den Armen um sich geschlagen; und hatte er nicht in dieser Sekunde mit einer Art verrückter Freude gedacht: Ich werde hinfallen, ich werde endlich erfahren, wie es ist hinzufallen und sich den Kopf anzuschlagen... – hatte er das damals wirklich gedacht oder projizierte nur der erwachsene Mann seine Gedanken in die Erinnerung hinein?

Es war eine müßige Frage. Seine Mutter hatte ihn aufgefangen, und er war nicht gestürzt, obwohl er in Tränen ausgebrochen war.

Er erinnerte sich daran, daß alle Leute sie angestarrt hatten. Einer der Verkäufer hatte den Stuhl aufgehoben und in amüsiertem Widerwillen die Hände über dem Kopf zusammengeschlagen, bevor er rasch wieder seine unbewegte Miene aufsetzte. Aber am stärksten erinnerte er sich an die nasse Wange seiner Mutter und an ihren heißen, trockenen Atem; er erinnerte sich, wie sie ihm immer wieder beschwörend ins Ohr geflüstert hatte: »Tu das *nie* wieder, tu das *nie* wieder.« Seine Tränen waren an jenem Morgen stundenlang nicht versiegt, und er hatte den ganzen Tag über schlimmes Asthma gehabt; und abends im Bett hatte er lange wach gelegen und überlegt, ob er wohl schon Krebs hatte und wenn ja, wie lange es dauerte, bis man daran starb, und ob man dabei große Schmerzen hatte.

Sie hatte solche... solche fürchterliche Angst gehabt.

Sie war so entsetzt gewesen.

»Marty«, sagte er, »gib mir einen Kuß.«

Sie trat zu ihm und umarmte ihn so fest, daß seine Knochen schmerzten. Wenn sie in diesem Moment im Wasser gewesen wären, wären sie unweigerlich beide ertrunken.

»Hab keine Angst«, flüsterte er. »Hab keine Angst.«

»*Ich kann nichts dafür!*« jammerte sie.

»Ich weiß«, sagte er und stellte fest, daß sein Asthma besser geworden war, obwohl sie ihn so fest umklammerte. Sein Atem ging nicht mehr so pfeifend und keuchend.

Der Taxifahrer hupte wieder.

»Rufst du mich an?« fragte sie mit zitternder Stimme.

»Wenn ich kann.«

»Bitte«, jammerte sie. »Bitte, Eddie, kannst du mir nicht sagen, was los ist?«

Oh, das würde sie bestimmt sehr beruhigen.

Marty, ich habe heute abend einen Anruf von Mike Hanlon bekommen, und wir haben uns eine Weile unterhalten, aber eigentlich lief alles auf zwei kurze Sätze hinaus. »Es hat wieder angefangen«, sagte Mike, und dann: »Wirst du kommen?« Und, Marty, dies ist ein Fieber, das sich nicht mit Aspirin kurieren läßt, und ich leide jetzt an einer Atemnot, gegen die mein Aspirator nichts auszurichten vermag, denn sie kommt aus meinem Herzen. Ich werde zu dir zurückkommen, wenn ich kann, Marty, aber ich fühle mich wie ein Mann, der am Eingang eines alten Minenschachts steht und dem Tageslicht Lebewohl sagt...

O ja, das wäre wirklich sehr beruhigend.

»Ich kann nicht, Marty«, sagte er. »Marty, ich muß gehen.«

Und bevor sie noch etwas sagen konnte, bevor sie von neuem anfangen konnte *(Eddie, steig rasch aus diesem Taxi! Sie verursachen Krebs!)*, trug er rasch sein Gepäck zum Taxi.

Sie stand immer noch auf der Türschwelle, als er wegfuhr, ein großer schwarzer Schatten, der sich vom warmen gelben Licht im Haus abhob. Er winkte und glaubte zu sehen, daß auch sie ihre Hand hob und winkte.

»Wohin soll's denn gehen, mein Freund?« fragte der Taxifahrer.

»Penn Station«, sagte Eddie, und seine Hand, die den Aspirator umklammert hatte, entspannte sich. Das Asthma war verschwunden, tatsächlich verschwunden. Er fühlte sich... fast gut.

Aber vier Stunden später griff er doch wieder nach seinem Aspirator, als er aus einem leichten Schlummer aufschreckte und so verzweifelt nach Atem rang, daß der Mann im Geschäftsanzug, der ihm gegenübersaß, seine Zeitung sinken ließ und ihn studierte. Eddies Brust hob und senkte sich krampfartig. Er schob den Aspirator in den Mund und drückte auf die Flasche. Dann lehnte er sich zitternd zurück und dachte an den Traum, der – wie er befürchtete – mehr eine Erinnerung als ein Traum gewesen war, ein Traum mit viel grünem Licht wie jenem in der Röntgenmaschine im Schuhgeschäft, ein Traum, in dem ein bei lebendigem Leibe verfaulender Aussätziger im Rollstuhl einen schreienden Jungen namens Eddie Kaspbrak in unterirdischen Gängen verfolgte. Dieser elfjährige Traum-Eddie rannte und rannte, und dann trat er plötzlich in etwas, das sich wie Gelee anfühlte und wie Friedhofserde stank, und er schaute nach unten und sah das halbverweste Gesicht eines Jungen namens Patrick Hockstetter, der im Juli 1958 verschwunden war, und in Patricks Wangen krochen Würmer herum, und vielleicht schrie er, weil Eddie Kaspbrak ihm auf die Brust getreten war – nein, nicht *auf*, sondern *in* die Brust, und dieser fürchterliche Gestank kam aus Patricks Innerem, und in diesem Traum, der mehr Erinnerung als Traum war, schaute er zur Seite und sah zwei Schulbücher, ›Roads to Everywhere‹ und ›Understanding Our America‹, und sie waren mit grünem Schimmel überzogen, weil sie seit zwei Wochen hier unten lagen (›Wie ich meine Sommerferien verbracht habe‹, von Patrick Hockstetter: ›Ich verbrachte sie tot in einem Kanal, und meine Schulbücher setzten Schimmel an und quollen zu der Dicke von Sears-Katalogen auf‹), und sein Fuß steckte in Gelee, in verwesendem Fleisch, das zu Gelee geworden war, und Eddie Kaspbrak öffnete den Mund, um zu schreien, und in diesem Augenblick schlossen sich die rauhen Finger des Aussätzigen um seine Kehle – und dann war er aufgewacht und hatte festgestellt, daß er in einem Erste-Klasse-Abteil des Zuges nach Boston saß.

»Geht es Ihnen gut, Sir?« fragte der Mann gegenüber, nachdem er es sich lange überlegt hatte.

»Ja«, sagte Eddie. »Ich hatte einen Alptraum, und das hat einen Asthmaanfall ausgelöst.«

»Ich verstehe.« Die Zeitung ging wieder in die Höhe. Eddie sah, daß es die Zeitung war, die seine Mutter manchmal als die *Jew York Times* bezeichnet hatte.

Eddie blickte aus dem großen Fenster in die Dunkelheit hinaus. Hier und da war ein Haus, und die warmen gelben Lichter jedes Hauses schienen ihn zu verhöhnen: Irrlichter im Dunkeln. *Endlich erinnere ich mich an meine Kindheit*, dachte er dumpf. Und er spürte, daß er sich jetzt an alles würde erinnern können, woran er nur wollte; daß er sich jetzt jede beliebige Szene würde vor Augen führen können.

Aber er wollte nicht. *O Gott*, dachte er, *wenn ich doch nur wieder alles vergessen könnte*.

Er blickte aus dem Fenster, den Aspirator mit einer Hand umklammernd wie einen religiösen Talisman, und beobachtete, wie die Nacht den Zug umfing. Er fuhr nach Norden...

Nicht nach Norden, dachte er. *Es ist kein Zug; es ist eine Zeitmaschine. Die Zeit dreht sich zurück.*

Eddie Kaspbrak umklammerte seinen Aspirator und schloß die Augen, denn ihm schwindelte.

5. Beverly Rogan bekommt eine Tracht Prügel

Tom war schon fast eingeschlafen, als das Telefon läutete. Er richtete sich etwas auf und fühlte dann Beverlys Brust auf seiner Schulter, als sie über ihn hinweg nach dem Hörer griff. Er ließ den Kopf wieder aufs Kissen sinken und überlegte vage, wer wohl an ihre private Nummer herangekommen war, die nicht im Telefonbuch stand. Er hörte Beverly »Hallo« sagen, dann schlummerte er wieder ein. Während der Übertragung des Baseballspiels hatte er drei Sechserpackungen Bier getrunken, und er war ziemlich erledigt.

Er schlummerte ein, aber dann sagte Beverly plötzlich so scharf »*Was?*«, daß er die Augen wieder öffnete. Er versuchte sich aufzusetzen, und die Telefonschnur schnitt in seinen dicken Hals ein.

»Schaff mir dieses verdammte Ding vom Hals, Beverly«, knurrte er, und sie stand rasch auf und ging um das Bett herum, die Schnur hochhaltend. Ihre Haare waren tiefrot und fluteten über ihr weißes Nachthemd fast bis zur Taille hinab. Ihre Augen flatterten *nicht* unruhig zu seinem Gesicht, um seine Stimmung daran abzulesen, und das gefiel Tom Rogan nicht. Er richtete sich auf. Sein Kopf schmerzte.

Er ging ins Bad, urinierte scheinbar drei Stunden lang und beschloß dann, daß er sich eigentlich noch ein Bier holen könnte, nachdem er ohnehin schon aufgestanden war, um zu versuchen, dem drohenden Kater den Fluch zu nehmen.

Auf dem Weg zur Treppe rief er – ein Mann in weißen Boxershorts, die wie Segel unter seinem Bierbauch hingen, mit Armen wie dicke Würste (er glich mehr einem Hafenarbeiter als einem Public-Relations-Geschäftsführer, der seine Chicagoer Firma verlassen hatte, um das Geschäft seiner Frau, Beverly Fashions, zu managen, nein, verdammt, ihr *gemeinsames* Geschäft) – ihr zu: »Wenn es diese Bulldogge von Lesley ist, dann sag ihr, daß sie sich irgendein Mannequin aufgabeln und uns in Ruhe lassen soll.«

Beverly blickte kurz hoch, schüttelte den Kopf zum Zeichen, daß es nicht Lesley war, und starrte dann wieder aufs Telefon. »Wie kannst du sicher sein?« fragte sie in den Hörer hinein. Entlassen! Milady hatte ihn entlassen! Auch das mißfiel ihm. Vielleicht brauchte sie einen Auffrischungskurs in ›Wer-ist-hier-Herr-im-Haus‹. Wieder einmal. Sie lernte sehr langsam.

Er ging nach unten, öffnete den Kühlschrank und stellte erstaunt und wütend fest, daß kein Bier mehr da war. Keine einzige Dose. Seine Blicke schweiften zu den Flaschen auf dem Regal über der Bar – Gin, Wodka, Bourbon und Scotch –, und dann ging er wieder auf die Treppe zu, denn er wußte genau, daß er morgens noch schlimmeres Kopfweh haben würde, wenn er jetzt etwas von dem Zeug trank. Er warf einen Blick auf die alte Pendeluhr im Flur und sah, daß es nach ein Uhr war. Das trug nicht gerade zur Hebung seiner Laune bei, die ohnehin nicht besonders gut gewesen war.

Er stieg langsam die Treppe hinauf und spürte, wie schwerfällig sein Herz arbeitete. Poch, poch, poch. Es machte ihn ganz nervös, daß er es nicht nur in der Brust, sondern auch in den Ohren und in den Handgelenken pochen hörte. Wenn das passierte, stellte er es sich manchmal nicht als pochendes Organ vor, sondern als große Skala auf der linken Brustseite, deren Nadel sich gefährlich dicht dem roten Bereich näherte. Diese Scheiße gefiel ihm nicht; er brauchte diese Scheiße auch nicht. Er brauchte eine Nacht seinen Schlaf.

Aber die dumme Fotze, die er geheiratet hatte, telefonierte immer noch.

»Nun, ich verstehe das, Mike, aber... ja, ich weiß... ja, ich...«

Ein längeres Schweigen.

»Bill *Denbrough*?« schrie sie, und der Eispickel schlug ihm in den Schädel.

Tom stand oben an der Treppe und versuchte, wieder zu Atem zu kommen. Poch, poch, poch, jetzt schlug es wieder langsam; das Pochen hatte aufgehört. Er stellte sich kurz vor, wie die Nadel in den roten Bereich ausschlug, aber dann verdrängte er das Bild. Herrgott, er war ein Mann, kein Ofen mit einem schlechten Thermostat. Er war in Hochform. Er war aus Eisen. Und wenn sie das wieder einmal eingebleut bekommen mußte, würde er es mit Freuden tun.

Er wollte reingehen, besann sich aber und blieb noch einen Moment stehen; er hörte ihr zu, ohne daß ihm viel daran gelegen gewesen wäre, mit wem sie redete oder was sie sagte, sondern er lauschte nur dem An- und Abschwellen ihrer Stimme. Und verspürte die altbekannte dumpfe Wut.

Tom Rogan stand da, hörte seine Frau etwas sagen und spürte den vertrauten alten dumpfen Zorn in sich aufsteigen. Als er sie vor vier Jahren in einer Bar für Singles kennengelernt hatte, war sie Modezeichnerin bei ›Delia Fashions‹ gewesen. Sie waren leicht ins Gespräch gekommen, denn das ›Delia‹, das hauptsächlich die führenden Geschäfte in der Chicagoer Gegend mit modischer Kleidung für junge Leute belieferte, hatte seine Geschäftsräume im Brands Building, wo auch die PR-Firma untergebracht war, in der Tom arbeitete.

Er hatte sich mit der instinktiven gnadenlosen Sicherheit eines Raubtiers vorgetastet, das Schwäche spürt. Nicht daß an der Oberfläche etwas davon zu sehen gewesen wäre; Beverly Marsh war ein Prachtweib, schlank, aber mit üppigen Brüsten – so viele schlanke Mädchen hatten Brüste wie die Knöpfe zum Öffnen einer Schreibtischschublade. Sie trugen dünne Blusen, und ihre Brustwarzen machten einen ganz verrückt, aber wenn man ihnen diese Blusen dann auszog, stellte man fest, daß außer den Brustwarzen nichts da war.

Beverly war wirklich ein Prachtweib gewesen – schlank, mit tollen Kurven und langem rotem Haar, das einer Flamme glich. Aber sie war schwach . . . irgendwie war sie schwach. Er hätte nicht sagen können, woher er das wußte, aber er wußte es von Anfang an. Es gab gewisse Anhaltspunkte – die Tatsache, daß sie zuviel rauchte (davon hatte er sie inzwischen fast kuriert), ihr unruhig schweifender Blick, ihre nervösen Hände, die rastlos mit dem Weinglas spielten. Ihre Fingernägel: ganz kurz geschnitten – vermutlich, weil sie sie abbiß.

Löwen denken nicht, zumindest nicht auf die Art und Weise, wie Menschen das tun; aber sie haben scharfe Augen. Und wenn die Antilopen sich von der Wasserstelle entfernen, aufgeschreckt durch den Geruch des nahenden Todes, können die Großkatzen sehen, welche Antilope hinter den anderen etwas zurückbleibt, vielleicht weil sie lahmt, vielleicht weil sie von Natur aus langsamer ist... oder weil ihr Instinkt für Gefahren nicht so stark ausgeprägt ist. Möglicherweise wollen manche Antilopen – und manche Frauen – aber insgeheim auch erlegt werden.

Jetzt hörte Tom das vertraute Klicken des Feuerzeugs, und der dumpfe Zorn stieg wieder in ihm hoch, erfüllte seinen Magen und seine Brust mit einer Hitze, die nicht unangenehm war. Sie rauchte! Sie hatten ausführlich darüber gesprochen. Und nun weckte sie ihn um ein Uhr nachts und rauchte wieder!

»Ja«, sagte sie gerade. »In Ordnung. Ja...« Sie lauschte, dann stieß sie ein sonderbares, abgerissenes Lachen aus. »Was du tun kannst? Zweierlei. Reserviere mir ein Zimmer, und sprich ein Gebet für mich. Ja... in Ordnung, Mike. Ja, ich auch. Gute Nacht.«

Sie hatte gerade aufgelegt, als er hereinkam. Er wollte sie anbrüllen, aber die Worte blieben ihm im Hals stecken. Er hatte sie nur zwei- oder dreimal so gesehen – einmal vor der ersten Modenschau, nachdem sie sich selbständig gemacht hatte, einmal vor der ersten großen Modenschau mit Einkäufern von den größten Firmen – Marshall Fields, Belks', Penney's, Mitchell Brothers.

Sie bewegte sich mit langen, katzenhaft geschmeidigen Schritten durch das Schlafzimmer; das weiße Satinnachthemd schmiegte sich an ihren Körper, und sie hatte eine Zigarette im Mund (verdammt, er haßte es, wie sie aussah, wenn sie rauchte!), und eine dünne Rauchschwade bewegte sich über ihre linke Schulter wie der Rauch aus einer Lokomotive.

Aber es war ihr Gesicht, das ihn zum Schweigen brachte, das ihm die Worte auf der Zunge ersterben ließ, das ihm jenes stetige Poch-poch-poch in seiner Brust wieder zu Bewußtsein brachte und eine leise, unbestimmte Furcht in ihm weckte.

Sie war eine Frau, die nur bei ihrer Arbeit richtig zum Leben erwachte, und vor jenen beiden entscheidenden Modenschauen – eine vor ihrer Hochzeit, eine kurz danach – hatte er eine völlig andere Frau erlebt als das schwache, unsichere Geschöpf, das Nägel kaute und nervös zusammenzuckte, wenn es angesprochen wurde.

Jetzt hatten ihre Wangen Farbe, ihre Augen waren groß und strahlend; jede Spur von Schläfrigkeit war aus ihnen gewichen. Ihre Haare wehten. Und sie ging zum Schrank, öffnete die Tür... und holte einen Koffer heraus?

Reserviere mir ein Zimmer... sprich ein Gebet für mich...

Nun, sie würde kein Hotelzimmer brauchen, jedenfalls nicht in absehbarer Zukunft, weil die kleine Beverly Rogan nämlich hier zu Hause bleiben würde, herzlichen Dank, und sie würde die nächsten drei oder vier Tage im Stehen ihre Mahlzeiten einnehmen.

Aber bis er mit ihr fertig war, konnte sie sicher ein oder zwei Gebete vertragen.

Sie trug den Koffer zu ihrer Kommode hinüber. Sie hatte ihn immer noch nicht auf der Schwelle stehen sehen. Sie zog das oberste Schubfach auf, holte einige Jeans und Kordhosen hervor und warf sie in den Koffer. Öffnete die zweite Schublade, wo sie Strickjacken, T-Shirts und ausgeblichene Blusen aufbewahrte. Billiges Zeug. Reizloses Zeug. Was ging hier vor, verdammt noch mal?

Und doch war es nicht das Packen, worauf sich sein Kopf, schwerfällig und schmerzend vom übermäßigen Alkoholgenuß und von viel zu wenig Schlaf, konzentrierte.

Es war die Zigarette.

Sie hatten darüber diskutiert.

Sie hatte behauptet, alle weggeworfen zu haben. Aber sie hatte ihn zum Narren gehalten. Und blitzartig überfiel ihn die Erinnerung an jenen Abend, als er sich ihrer völlig sicher geworden war, als er erkannt hatte, was sie war und was sie irgendwie brauchte. Das war etwa in der Mitte ihrer sechsmonatigen Freundschaft vor der Heirat gewesen, und es hatte ebenfalls mit Zigaretten zu tun gehabt.

Ich will nicht, daß du in meiner Gegenwart rauchst, hatte er ihr auf der Heimfahrt von einer Party in Lake Forest erklärt. *Dieses Scheißzeug ist glatter Selbstmord. Ich muß es im Büro und auf Partys einatmen, aber nicht, wenn ich mit dir zusammen bin. Es ist so, als müßte man den Rotz anderer Leute fressen.*

Sie hatte ihn auf ihre scheue, ängstliche Weise angeschaut, begierig zu gefallen, und hatte nur gesagt: *All right, Tom.*

Dann wirf sie weg.

Sie hatte das Fenster heruntergekurbelt und die Zigarette weggeworfen. Er war in jener Nacht sehr guter Laune gewesen, denn er hatte das Ausmaß seiner Macht über sie gespürt – es war ein berauschendes Gefühl gewesen. Es hätte jeden Mann berauscht. Sie war klug, sie war sehr schön, er hatte eine Vorahnung, daß sie sich als verdammt gute Geldmaschine erweisen würde... und sie gehörte ihm.

Ein paar Wochen später waren sie im Kino gewesen, und nach der Vorstellung hatte sie sich im Foyer eine Zigarette angezündet und geraucht, während sie über den Parkplatz zum Auto gingen. Es war ein kalter Novemberabend, der Wind fegte über den See und war schneidend. Er ließ sie ihre Zigarette rauchen. Er hielt ihr sogar die Tür auf. Er setzte sich ans Steuer, schloß seine eigene Tür und sagte: *Bev?*

Sie nahm die Zigarette aus dem Mund, wandte ihm ihr Gesicht zu, und er versetzte ihr mit der offenen Hand eine schallende Ohrfeige. Ihr Kopf flog zur Seite, sie riß vor Überraschung und Angst die Augen weit auf und griff sich an die Wange, auf der sein Handabdruck zu sehen war. Sie schrie: *Aaau... Tom!*

Er sah sie mit verkniffenen Augen und beiläufig lächelndem Mund an, war voll da und wartete, was als nächstes kommen, wie sie reagieren würde. Sein Schwanz wurde in der Hose steif, aber das kam erst später. Vorerst hatte der Unterricht angefangen. Er spielte noch einmal durch, was sich gerade abgespielt hatte. Ihr Gesicht. Was war der dritte Ausdruck gewesen, der nur einen winzigen Augenblick dagewesen war? Zuerst Überraschung. Dann Schmerz. Dann ein Ausdruck der

(Nostalgie)

Erinnerung... einer Erinnerung. Nur ein Augenblick. Er glaubte, sie wußte gar nicht, daß er überhaupt dagewesen war, weder auf ihrem Gesicht noch in ihrem Denken.

Alles hing jetzt davon ab, was sie sagen würde; das wußte er irgendwie, ohne darüber nachdenken zu müssen.

Sie sagte nicht: *Du Scheißkerl!*

Sie sagte nicht: *Wenn du das jemals wieder tust, bringe ich dich um.*

Sie sagte nicht: *Scher dich für alle Zeit zum Teufel!*

Sie sah ihn nur mit ihren verletzten, in Tränen schwimmenden Augen an und sagte: *Warum hast du das getan, Tom?* Und dann versuchte sie, noch etwas anderes zu sagen, aber statt dessen brach sie in Tränen aus.

Wirf sie weg.

Was? Was denn, Tom? Ihr Make-up rann ihr übers Gesicht. Das machte ihm nichts aus. Es gefiel ihm sogar, sie so zu sehen. Es war irgendwie erregend.

Die Zigarette. Wirf sie weg.

Dämmernde Erkenntnis. Und damit verbunden Schuld.

Ich hab's vergessen! schrie sie.

Wirf sie sofort weg, sonst bekommst du noch eine Ohrfeige.

Du darfst... du solltest mich nicht schlagen, Tom, sagte sie, aber sie kurbelte das Fenster herunter und warf die Zigarette fort.

Darfst und solltest sind zwei verschiedene Dinge, sagte er mit gezwungener Ruhe. Innerlich war er in wildem Aufruhr. In jenem Moment hatte er das Gefühl, als könnte er, wenn er wollte, das Dach seines Wagens mit der Faust durchstoßen. *Wenn du mit mir zusammen bist, hast du zu tun, was ich will, Bev. Ich hab' für diesen Emanzenscheiß nichts übrig. Wenn du mich willst, hast du dich meinem Willen zu beugen. Kapiert?*

Vielleicht will ich dich gar nicht, flüsterte sie, und er schlug sie wieder, stärker als beim erstenmal, denn niemand durfte so etwas zu Tom Rogan sagen, keine Frau hatte das je zu sagen gewagt.

Ihr Kopf flog gegen das gepolsterte Armaturenbrett, und sie saß zusammengekrümmt da und hielt sich mit beiden Händen das Gesicht. Sie duckte sich wie ein Kaninchen.

Er stieg aus, ging ums Auto herum und öffnete ihre Tür. Sein Atem hatte in der schwarzen windigen Novembernacht Ähnlichkeit mit Rauchwolken.

Willst du aussteigen? Steig aus. Ich bat dich, etwas zu tun, und du versprachst es mir. Du hast es aber nicht getan. Willst du aussteigen, Bev? Los, Bev. Steig aus. Steig aus. Willst du aussteigen?

Nein, flüsterte sie.

Was? sagte er. *Ich kann dich nicht hören.*

Nein, sagte sie ein wenig lauter.

Wenn du nicht ordentlich reden kannst, werd' ich dir einen Lautsprecher besorgen, sagte er. *Zum letzten Mal: Willst du aussteigen, oder willst du mit mir zurückfahren?*

Mit dir zurückfahren, sagte sie heiser, wie ein kleines Mädchen. Aber sie schaute ihn nicht an. Sie blickte auf ihre Hände, die auf ihrem Schoß lagen. Tränen liefen ihr über die Wangen.

Okay, sagte er. *Du kannst mit mir zurückfahren. Aber zuerst muß du sagen: Ich habe vergessen, daß ich in deiner Gegenwart nicht rauchen soll, Tom.*

Sie blickte zu ihm auf, mit flehenden, verständnislosen Augen. Du kannst mich dazu zwingen, sagten ihre Augen, aber bitte tu's nicht. Tu's nicht, Tom, bitte, ich liebe dich... kann es nicht vorüber sein?

Sag es.

Ich habe vergessen, daß ich in deiner Gegenwart nicht rauchen soll, Tom.

Gut. Und jetzt sag: Es tut mir leid.

Es tut mir leid, sagte sie tonlos.

Die Zigarette lag glimmend auf dem Pflaster. Leute, die aus dem Kino kamen, schauten zu ihnen herüber, zu dem Mann, der in der offenen Autotür stand, zu der Frau, die im Auto saß und deren Haar im Scheinwerferlicht golden funkelte.

Er trat die Zigarette mit dem Fuß aus.

Jetzt sag: Ich werde es nie wieder ohne deine Erlaubnis tun.

Ich werde... werde es n-n-n-

Sag es!

...nie wieder ohne deine Erlaubnis tun.

Er schlug die Tür zu, ging wieder ums Auto herum, setzte sich ans

Steuer und fuhr in sein Apartment in der Innenstadt. Keiner von ihnen sprach ein Wort. Zur Hälfte war ihre Beziehung nun geklärt; die andere Hälfte folgte.

Sie wollte nicht mit ihm schlafen (zumindest sagte sie das; in ihren Augen glaubte er aber etwas anderes lesen zu können). Er überredete sie dazu. Küßte sie. Liebkoste sie. Schmeichelte und drohte ihr. Aber es war keine Vergewaltigung.

Und während des Liebesakts war er zärtlich. Er bewegte sich in ihrem Rhythmus, er benutzte sie, aber er ließ sich auch von ihr benutzen, und von einem bestimmten Zeitpunkt an begann sie hilflos unter ihm zu zukken, ihre Hüften immer stärker an ihn zu pressen (damals war kein Bierbauch im Wege gewesen, zumindest kein so großer); sie grub ihre Nägel in sein Fleisch, zerkratzte ihm den Rücken. Und gegen Ende schrie sie an seinem Hals zweimal auf.

Wie oft ist es dir gekommen? fragte er hinterher.

Sie wandte ihr Gesicht ab. *So etwas fragt man nicht,* sagte sie leise.

Er nahm ihr Gesicht in die Hand – drückte ihr den Daumen in eine Wange, wölbte die Handfläche um ihr Kinn, drückte die Finger in ihre andere Wange.

Sag es Tom. Hörst du mich, Bev? Sag es Papa.

Dreimal, sagte sie widerstrebend.

Gut, sagte er und lächelte. *Du kannst eine Zigarette rauchen.*

Sie sah ihn mißtrauisch an. Ihr rotes Haar war über beide Kissen ausgebreitet. Wenn er nur ihr Haar so ausgebreitet sah, stieg die Erregung wieder in ihm auf. Er nickte.

Rauch ruhig, sagte er. *Es ist okay.*

Drei Monate später wurden sie standesamtlich getraut. Zwei seiner Freunde wohnten der Zeremonie bei; von Bevs Bekannten kam nur Kay McCall, die Tom ›diese Scheiß-Emanze‹ nannte.

All das rollte nun blitzartig vor seinem geistigen Auge ab, wie ein Film mit Zeitraffer, während er auf der Schwelle stand und sie beobachtete. Sie war jetzt bei der untersten Schublade ihrer – wie sie sich manchmal ausdrückte – ›Wochenendkommode‹ angelangt und warf Unterwäsche in den Koffer – nicht jene Art von Unterwäsche, die er liebte, glattes Satin und schimmernde Seide; dies war Baumwollzeug, das meiste davon verblichen, manches gestopft. Ein Baumwollnachthemd. Sie wühlte weiter in der Schublade herum.

Tom Rogan schlich währenddessen barfuß auf dem dicken Teppich zu seinem Schrank. Er beobachtete jede ihrer Bewegungen – sie hatte immer noch die Zigarette zwischen den Lippen, und dünne Rauchwolken stiegen auf. Es hatte lange gedauert, bis sie jene erste Lektion vergessen hatte.

108

Seitdem hatte es weitere gegeben, sehr viele sogar, und an manchen Tagen hatte sie langärmelige Blusen getragen, Wollwesten an heißen Tagen, Sonnenbrillen an grauen, regnerischen Tagen. Aber jene allererste Lektion war so spontan, so grundlegend wichtig gewesen...

Sie rauchen zu sehen, verwirrte ihn mehr als der Anruf. Sie rauchen zu sehen bedeutete, daß etwas passiert war, wodurch sie Tom Rogan zeitweilig vergessen hatte. Was das war, spielte keine Rolle (er nahm an, daß jemand in ihrer Familie, von der sie nur selten sprach, gestorben war oder im Sterben lag). Solche Dinge durften in diesem Hause nicht vorkommen.

An einem der Haken auf der Innenseite der Schranktür hing ein Gürtel ohne Schnalle. Die Schnalle hatte er vor langer Zeit abgemacht. Es war einfach ein breiter schwarzer Lederriemen, der an jenem Ende, wo die Schnalle gewesen war, doppelt lag und eine Schlinge bildete, durch die Tom Rogan jetzt seine Hand schob.

Tom, du warst ungezogen, hatte seine Mutter manchmal gesagt – nun ja, ›manchmal‹ war vielleicht nicht das richtige Wort, ›oft‹ hätte vielleicht besser gepaßt. *Komm her, Tommy. Ich muß dir eine Tracht Prügel verabreichen.* Im College, als er schließlich vom Zuhause weg, als er endlich in Sicherheit war, hatte er im Traum manchmal ihre Stimme gehört: *Komm her, Tommy. Ich muß dir eine Tracht Prügel verabreichen. Muß dir eine Tracht Prügel verabreichen. Prügel... Prügel... Prügel...*

Tom war das älteste von vier Kindern gewesen. Drei Monate nach der Geburt seiner jüngsten Schwester Cory war Ralph Rogan gestorben – na ja, auch ›gestorben‹ war vielleicht nicht ganz das richtige Wort, ›hatte Selbstmord begangen‹ wäre wohl der korrektere Ausdruck gewesen. Jedenfalls hatte seine Mutter wieder angefangen zu arbeiten, und Tom mußte mit seinen elf Jahren auf seine Geschwister aufpassen. Und wenn er irgend etwas falsch machte – wenn er vergaß, Cory an der Ecke der Broad Street auf dem Weg zum Kinderhort zu bekreuzigen, und diese neugierige Mrs. Gant sah es... oder wenn er sich im Fernsehen ›American Bandstand‹ anschaute und der siebenjährige Joey aus dem Fenster im ersten Stock aufs Verandadach kletterte, und jene neugierige Mrs. Gant sah es... oder wenn er vergaß, darauf zu achten, daß Beryl ihre Vitaminpillen nahm (sie versteckte sie manchmal unter ihrem Teller und erzählte ihm, sie hätte sie geschluckt), und seine Mutter sie dann fand, wenn sie von der Fabrik heimkam, wo sie in einem Nebengebäude Stoffreste und Ausschußware verkaufte... Dann wurde der Rohrstock hervorgeholt, und sie rief die Einleitungsformel: *Komm her, Tommy, ich muß dir eine Tracht Prügel verabreichen...*

Besser man war der Prügler als der Geprügelte.

Er erinnerte sich gern daran, wie er es Beverly abgewöhnt hatte, in seiner Gegenwart zu rauchen, aber diese andere Erinnerung war unangenehm und verwirrend.

Der Gürtel hing jetzt von seiner geballten Faust herab wie eine tote Natter und schwang sachte durch die Luft. Und sein Kopfweh war wie durch ein Wunder verschwunden.

Sie hatte inzwischen ganz hinten in der Schublade gefunden, was sie noch gesucht hatte – einen alten weißen Baumwoll-BH mit verstärkten Körbchen. Ganz flüchtig war ihm der Gedanke durch den Kopf geschossen, ob ihr nächtlicher Anruf nicht von einem Liebhaber sein könnte... aber das war natürlich lächerlich. So etwas würde sie niemals wagen. Und außerdem packte eine Frau, die zu ihrem Liebhaber fahren will, nicht gerade ihre älteste abgetragene Unterwäsche ein.

»Beverly«, sagte er leise, und sie zuckte zusammen, richtete sich sofort auf und drehte sich nach ihm um, mit wehenden langen Haaren und weit aufgerissenen Augen.

Die Hand, die den Riemen hielt, zögerte... senkte sich etwas. Er starrte sie an, und wieder stieg dieses leichte Unbehagen in ihm auf, das fast schon an Furcht grenzte. Ja, genauso hatte sie vor den großen Modenschauen ausgesehen, und damals hatte er sich ihr lieber nicht in den Weg gestellt, denn er begriff, daß sie mit einer Mischung aus Angst und Aggressivität so angefüllt war, daß ein falsches Wort oder eine falsche Bewegung auf sie die gleiche Wirkung haben würde wie ein Funken in einem mit Leuchtgas gefüllten Raum; sie würde einfach explodieren. Sie hatte die Modenschauen nicht nur als Chance betrachtet, sich von ›Delia Fashions‹ lösen und ihren Lebensunterhalt (oder vielleicht sogar ein Vermögen) selbständig verdienen zu können, sondern als eine Art Oberexamen, das sie vor grimmigen Lehrern ablegen mußte.

Und all das stand ihr auch jetzt im Gesicht geschrieben. Nein, nicht nur im Gesicht. Es war eine fast sichtbare Ausstrahlung um ihre ganze Gestalt, eine Hochspannung, die sie plötzlich reizvoller und gefährlicher als seit Jahren auf ihn wirken ließ. Er hatte vielleicht Angst, weil *sie* vor ihm stand, ihr eigentliches Ich, das sich grundlegend von der Frau unterschied, die Tom in ihr sehen wollte, zu der er sie gemacht hatte.

Sie sah geschockt und ängstlich aus. Zugleich wirkte sie aber irrsinnig aufgekratzt. Ihre Wangen glühten hektisch, unter den Unterlidern hatte sie weiße Flecken, die fast wie ein zweites Augenpaar aussahen, und ihre glänzende Stirn reflektierte das Licht.

Sie hatte ihre Zähne so fest in den Zigarettenfilter gegraben, als wollte sie ihn durchbeißen.

Und die Zigarette ragte immer noch aus ihrem Mund, jetzt leicht nach oben geneigt, als wäre sie der elende Franklin Delano Roosevelt. Die Zigarette! Wenn er sie nur sah, spülte dumpfe Wut wie eine grüne Woge über ihn hinweg. Ganz dunkel und schwach erinnerte er sich an etwas, das sie eines Nachts im Dunkeln zu ihm gesagt hatte, mit dumpfer, tonloser Stimme: *Eines Tages wirst du mich umbringen, Tom. Weißt du das? Eines Tages wirst du zu weit gehen, und das wird das Ende sein. Du wirst überschnappen.*

Und er hatte darauf geantwortet: *Du brauchst nur zu tun, was ich will, Bev, dann wird dieser Tag nie kommen.*

Und nun fragte er sich, bevor die Wut jeden klaren Gedanken auslöschte, ob dieser Tag vielleicht gekommen war.

Die Zigarette. Es ging jetzt nicht um den Anruf, um ihr Packen, um ihren Gesichtsausdruck. Er würde sie nur für die Zigarette bestrafen, und dann würde er sie ficken, und dann konnten sie über den Rest diskutieren.

»Tom«, sagte sie. »Tom, ich muß...«

»Du rauchst«, sagte er. Seine Stimme schien aus einiger Entfernung zu kommen, wie über ein gutes Radio. »Es sieht so aus, als hättest du's vergessen, Baby. Wo hattest du sie versteckt?«

»Sieh mal, ich werf' sie ja weg«, sagte sie und ging zur Badezimmertür. Sie warf die Zigarette – er konnte die Abdrücke ihrer Zähne auf dem Filter sehen – ins WC. Fsss. Sie kam wieder heraus. »Tom, das war ein alter Freund. Ein alter *alter* Freund. Ich muß...«

»Halt die Klappe!« brüllte er sie an, und sie verstummte. Aber die Angst, die er sehen wollte – die Angst vor *ihm* – stand ihr nicht im Gesicht geschrieben. Da war zwar Angst, aber sie zielte in irgendeine andere Richtung. Es war fast so, als würde sie den Riemen nicht sehen, als würde sie *ihn* nicht sehen, und wieder spürte er jene verwirrte Angst in seiner eigenen Brust aufsteigen und in seinem Magen rumoren. Es war so, als sei sie... mit ihren Gedanken völlig woanders. Er geriet immer mehr in Rage. Er war Tom Rogan, *Tom Rogan*, bei Gott, und wenn sie das jetzt nicht wußte, so würde sie es bald erfahren.

»Ich muß dir eine Tracht Prügel verabreichen«, sagte er. »Tut mir leid, Baby!«

Jetzt richtete sich ihre Aggressivität gegen ihn; zum erstenmal richtete sie sich jetzt gegen ihn.

»Leg den Gürtel hin«, sagte sie. »Ich muß zum O'Hare-Flughafen.«

Er ließ den Gürtel wie ein Pendel hin und her schwingen, ohne sie aus den Augen zu lassen. »Bev«, sagte er mit großem Nachdruck, »du wirst nirgends hingehen außer ins Bett.«

»Tom, jetzt hör mir mal zu! In meiner Heimatstadt gibt es Probleme.

Schlimme Probleme. Ich hatte dort damals gute Freunde. Einer von ihnen wäre vermutlich so was wie mein fester Freund geworden, wenn wir dafür nicht noch zu jung gewesen wären. Er war damals ein elfjähriger Junge, der furchtbar stotterte. Heute ist er Schriftsteller. Du hast, glaube ich, sogar eines seiner Bücher gelesen... *The Black Rapids.*«

Sie suchte in seinem Gesicht, aber er zeigte kein Erkennen. Nur der Gürtel baumelte hin und her, hin und her. Er hatte den Kopf gesenkt und die kräftigen Beine leicht gespreizt. Dann strich sie sich mit der Hand unruhig durchs Haar – als müßte sie an vieles Wichtige denken und hätte den Gürtel gar nicht gesehen, und die schreckliche, quälende Frage fiel ihm wieder ein: *Bist du da? Bist du sicher?*

»Das Buch lag wochenlang hier herum, aber ich habe es nie in Verbindung gebracht mit meinem Kinderfreund Bill. Das alles lag so weit zurück – ich habe seit einer Ewigkeit nicht mehr an Derry gedacht. Na ja, jedenfalls hatte Bill einen Bruder, George, und der wurde ermordet – das war, bevor ich Bill kennenlernte. Und im Sommer darauf...«

Aber Tom hatte jetzt endgültig genug von diesem ganzen Blödsinn. Er bewegte sich rasch auf sie zu und hob den rechten Arm wie ein Speerwerfer. Der Riemen pfiff durch die Luft. Beverly versuchte ihm auszuweichen, aber ihre rechte Schulter streifte den Türrahmen, und der Riemen schlug klatschend auf ihrem linken Unterarm auf und hinterließ eine weiße Strieme, die sofort rot anlief.

»Muß dich verprügeln«, sagte Tom. Seine Stimme klang bedauernd, aber ein gefrorenes Lächeln entblößte seine weißen Zähne. Er wollte jenen Ausdruck in ihren Augen sehen, jenen herrlichen Ausdruck von Angst und Schrecken und Scham – jenen Ausdruck, der besagte: *Ja, du hast recht, ich hab's verdient –*, bevor sie die Augen senken würde. Später dann Liebe und Freundlichkeit. Später konnten sie sogar, wenn sie wollte, darüber reden, wer angerufen hatte, was überhaupt los war. Denn er *liebte* Bev. Aber das alles mußte warten. Jetzt brauchte sie erst mal wieder eine Lektion. Die gute alte zweiteilige Lektion. Erst eine Tracht Prügel, dann einen Fick.

»Tut mir leid, Baby.«

»Tom, nicht!«

Wieder holte er weit aus und schlug zu. Der Riemen schlang sich um ihre Hüfte und klatschte auf ihren Hintern. Und... *du lieber Himmel, sie packte den Gürtel!*

Einen Augenblick lang war Tom Rogan so perplex über diese unerhörte Auflehnung, daß der Riemen ihm entglitten wäre, wenn er die Schlinge nicht fest um die Knöchel seiner rechten Hand gewickelt hätte.

Er riß ihn zurück.

»Versuch nie *wieder*, mir etwas wegzunehmen!« sagte er heiser. »Hörst du mich? Wenn du es je wieder versuchen solltest, wirst du einen Monat lang nicht sitzen können.«

»Tom, hör auf!« rief sie, und allein ihr *Ton* versetzte ihn in Wut – sie klang wie ein Spielplatzaufseher, der einem kleinen Jungen sagt, die Pause sei vorbei. »Ich *muß* fort. Das ist kein Scherz. Menschen sind tot... Menschen sind tot, und ich habe vor langer Zeit ein Versprechen gegeben...«

Tom hörte nichts von alldem. Er brüllte auf und rannte mit gesenktem Kopf auf sie los wie ein Stier. Er holte mit dem Gürtel weit aus, schlug zu, vertrieb sie von der Badezimmertür und verfolgte sie entlang der Schlafzimmerwand. Er holte aus, schlug zu, holte aus, schlug zu, holte aus, schlug zu. Am nächsten Tag konnte er seinen Arm kaum über Augenhöhe hinaus heben, aber im Augenblick konnte er an nichts anderes denken als an die Tatsache, daß sie ihm *trotzte*; sie hatte nicht nur geraucht, sondern auch noch versucht, *ihm den Gürtel zu entreißen*. Sie hatte ihn in höchstem Maße provoziert, und er konnte vor dem Thron des Allmächtigen beschwören, daß sie dafür büßen würde.

Er trieb sie die Wand entlang und ließ Schläge auf sie herniederhageln. Sie hielt die Hände hoch, um ihr Gesicht zu schützen. Der Riemen traf ihre Brüste, ihren Bauch, ihr Gesäß, ihre Beine. In dem stillen Zimmer hörte sich das an wie das Knallen einer Ochsenpeitsche. Aber Beverly schrie nicht wie sonst manchmal, und sie bat ihn auch nicht aufzuhören, was sie früher meistens tat. Was aber am schlimmsten war – sie weinte nicht, und das tat sie sonst *immer*. Das einzige Geräusch, vom Klatschen des Gürtels abgesehen, waren die Atemzüge – seine schwer und keuchend, ihre leicht und rasch.

Und plötzlich machte sie einen Ausfall zum Bett, zum Toilettentisch auf ihrer Bettseite. Ihre Schultern waren rot von den Schlägen. Ihre Haare glichen lodernden Flammen. Er folgte ihr schwerfällig; er war langsamer, sehr groß und dick; bis vor zwei Jahren hatte er Squash gespielt, aber dann hatte er sich eine Sehnenzerrung zugezogen, und seitdem war sein Gewicht ein wenig außer Kontrolle geraten... oder, besser gesagt, nicht ein wenig, sondern sehr stark. Er erschrak etwas, als er feststellte, daß er völlig außer Atem war.

Sie erreichte den Toilettentisch, griff nach etwas... drehte sich um... und plötzlich schwirrten seltsame Flugkörper durch die Luft. Sie schleuderte Kosmetikartikel nach ihm – Cremedöschen, Parfumflaschen. Eine Flasche Chantilly traf seinen nackten behaarten Brustkorb, und er wurde plötzlich von einer betäubenden Duftwolke eingehüllt.

»Hör auf!« brüllte er. »Hör auf, du verdammtes Luder!«

Ihre Augen schleuderten Blitze. Sie packte blindlings, was ihr unter die Finger kam, und warf es nach ihm.

Er griff sich fassungslos an die Brust, wo die Chantillyflasche ihn getroffen hatte. Der Glasrand der Flasche hatte ihn verletzt. Es war nur eine kleine Schnittwunde, kaum mehr als ein dreieckiger Kratzer, aber er blutete, bei Gott, er *blutete*, und eine gewisse rothaarige Lady würde den Sonnenaufgang in einem Krankenhausbett erleben, eine gewisse rothaarige Lady, die...

Eine Cremedose traf ihn mit überraschender Kraft oberhalb der rechten Augenbraue; einen Moment lang tanzten Sterne vor seinen Augen, und er taumelte ein, zwei Schritte zurück.

Eine Niveacremetube traf seinen Bierbauch – und – das war doch wohl nicht möglich! Allmächtiger Gott, *sie schrie ihn an!*

»*Ich komme hier schon raus, du Dreckskerl! Ich muß etwas Wichtiges erledigen, und ich gehe! Ich gehe! Hörst du, Tom?* Ich gehe!«

Etwas Rotes floß ihm ins Auge, heiß und salzig. Auch seine schmerzende Stirn blutete also. Einen Augenblick stand er wie versteinert da und starrte sie an, als hätte er sie noch nie gesehen. In gewissem Sinne war das auch tatsächlich der Fall. Ihre Brüste hoben und senkten sich rasch. Ihr Gesicht, eine Mischung aus fahler Blässe und glühender Röte, war von erschreckender Wildheit. Sie hatte ihre ganze Munition verschossen – der Toilettentisch war jetzt leer. Er konnte die Angst in ihren Augen lesen – aber es war nicht Angst vor ihm.

»Leg die Kleider zurück«, sagte er und bemühte sich, beim Sprechen nicht zu keuchen. Das würde einen schlechten Eindruck machen. »Dann bringst du den Koffer an seinen Platz zurück. Dann legst du dich in dieses Bett. Und vielleicht werde ich dich dann nicht allzusehr verprügeln, Bev. Vielleicht wirst du schon nach zwei Tagen aus dem Haus gehen können anstatt nach zwei Wochen.«

Sie sah ihn an und sprach sehr langsam und deutlich. »Tom, wenn du mir noch einmal nahe kommst, bringe ich dich um. Verstehst du das, du ekelhafter, elender Fettwanst? Ich bringe dich um.«

Und plötzlich – vielleicht aufgrund des grenzenlosen Ekels in ihrem Gesicht, vielleicht aufgrund der Verachtung oder auch nur aufgrund der rebellisch wirkenden Art und Weise, wie ihre Brüste sich hoben und senkten – die Angst erstickte ihn. Es war keine Knospe oder Blüte, sondern ein ganzer verdammter *Garten*, die Angst, die schreckliche Angst, daß er nicht *da* war.

Tom Rogan kam auf seine Frau zu. Diesmal brüllte er nicht. Er näherte sich ihr schweigend. Jetzt ging es nicht mehr darum, sie zu verprügeln oder zu unterjochen; jetzt wollte er sie umbringen.

Er dachte, sie würde versuchen wegzurennen. Vermutlich ins Bad, vielleicht auch zur Treppe. Statt dessen blieb sie stehen, wo sie war. Ihre Hüfte prallte gegen die Wand, als sie unter Aufbietung aller Kräfte den Toilettentisch an einer Seite hochstemmte, wobei sie sich zwei Nägel tief einriß, weil ihre verschwitzten Finger etwas ausglitten. Einen Augenblick wackelte der Tisch auf der Kante, dann drängte sie sich wieder nach vorne. Der Toilettentisch tanzte auf einem Bein, Licht wurde vom Spiegel reflektiert und zeichnete kurz wogende Aquariumsschatten an die Decke, dann kippte er nach vorne um. Die Kante prallte gegen Toms Oberschenkel und stieß ihn um. Es ertönte ein musikalisches Klingeln, als im Inneren Flaschen durcheinanderfielen. Er sah, wie der Spiegel links von ihm auf dem Boden aufschlug und riß einen Arm hoch, um die Augen zu schützen, wobei er den Gürtel verlor. Glasscherben mit silbernen Rücken husteten über den Boden. Er spürte, wie manche ihn schnitten, bis Blut kam.

Jetzt erst kamen ihr die Tränen. Sie schluchzte. Von Zeit zu Zeit hatte sie sich ausgemalt, daß sie Tom und seine Tyrannei verlassen würde wie die ihres Vaters, daß sie sich nachts mit Sack und Pack davonstehlen würde. Sie war nicht dumm, mit Sicherheit nicht dumm genug, um zu glauben, daß sie Tom nie geliebt hatte. Sogar jetzt noch, inmitten all der Scherben, liebte sie ihn irgendwie. Aber das schloß die Angst nicht aus... auch nicht den Haß. Deshalb herrschte in ihrem Innern ein wilder Aufruhr, und sie schluchzte und fühlte, daß sie bald anfangen würde zu schreien.

Aber durch diesen inneren Aufruhr hindurch drang plötzlich Mike Hanlons trockene, ruhige Stimme: ES *ist zurückgekehrt, Beverly... ist zurückgekehrt... zurückgekehrt... und du hast versprochen...*

Der Toilettentisch bewegte sich auf und ab. Einmal. Zweimal. Ein drittes Mal. Es sah aus, als würde er atmen.

Mit nach unten verzogenen, krampfhaft zuckenden Mundwinkeln zwang sie sich zum Handeln. Behende bahnte sie sich auf Zehenspitzen einen Weg durch die Glasscherben und packte ein Ende des Gürtels, gerade als Tom den Toilettentisch zur Seite hievte.

Tom stand mühsam auf. Der Spiegel hatte ihn am Kopf getroffen, und er hatte neue Schnittwunden auf beiden Wangen und auf der Stirn – vom linken Haaransatz zur rechten Braue. Blut floß ihm ins Auge, so daß er sie anstierte wie ein einäugiger Pirat. Auch seine Boxershorts waren blutbefleckt. Er sah aus wie ein Irokese nach irgendeinem unheimlichen Stammesritual.

»Gib mir den Gürtel«, sagte er heiser.

Statt dessen wickelte sie ihn zweimal um ihre Hand und sah ihn herausfordernd an.

»Schluß jetzt, Bev! Hör jetzt endlich auf!«

»Wenn du einen Schritt näher kommst, prügle ich dir die Scheiße aus dem Arsch«, sagte sie und konnte nicht glauben, daß das ihre eigenen Worte gewesen waren. Wessen Gesicht war das? Toms Gesicht? Oder das ihres Vaters? O Gott! O Gott, hilf mir, o Gott, hilf mir jetzt...

»Ich prügle die Scheiße aus dir raus!« sagte diese andere Beverly. »Du bist fett und langsam, Tom. Ich gehe. Ich glaube, ich gehe für immer. Alles ist vorüber, glaube ich.«

»Wer ist dieser Denbrough?«

»Vergiß es. Ich war...«

Sie erkannte erst im allerletzten Moment, daß seine Frage nur ein Ablenkungsmanöver gewesen war. Er machte wieder einen Schritt auf sie zu, und sie ließ den Gürtel in weitem Bogen vor ihren Augen durch die Luft sausen, und das Geräusch, mit dem er auf Toms Mundpartie landete, glich dem eines Korkens, der aus der Flasche gezogen wird.

Er brüllte vor Schmerz laut auf und schlug sich die Hände vor den Mund, mit weit aufgerissenen, fassungslosen und entsetzten Augen, den Augen eines kleinen Jungen, der gerade mit ansehen mußte, wie sein Hund überfahren wurde. Blut sickerte zwischen seinen Fingern hindurch und rann ihm über die Handrücken.

»Du hast mir die Zähne eingeschlagen, du Drecksluder!« rief er erstickt. »O Gott, du hast da drin *alles* zerschlagen!«

Trotzdem gab er nicht auf. Er nahm die Hände vom Mund und versuchte von neuem, sie zu packen. Sein Mund war ein roter Fleck, mit Weiß gesprenkelt. *Seine Zähne*, dachte sie dumpf. *O Tom... Daddy... bitte, nicht mehr, ich werde sonst noch verrückt...*

Während jene andere Beverly – jene, die das wahnwitzige Frohlocken eines plötzlich unerklärlicherweise befreiten Galeerensträflings verspürt hatte, als Mike ihr am Telefon die schrecklichen Neuigkeiten berichtete – dachte: GUT! SCHLUCK SIE! ERSTICK DARAN!

Es war jene andere Beverly, die nun zum letzten Mal mit dem Gürtel weit ausholte, mit demselben Gürtel, mit dem er in den letzten vier Jahren ihr Gesäß, ihre Beine, ihre Brüste bearbeitet hatte. Eine genau abgestufte Zahl von Hieben für Vergehen von verschiedener Schwere. Für kalt gewordenes Abendessen gab es zwei Hiebe mit dem Riemen. Wenn sie abends noch im Studio arbeitete und vergaß, zu Hause anzurufen, setzte es drei Hiebe. Bei Zigarettenrauch im Haus, wenn er heimkam – einen, quer über die Brüste. Er war gut. Er verletzte sie selten. Es tat nicht einmal so sehr weh; was schmerzte, war die Demütigung. Und am meisten schmerzte das Wissen, daß irgendein kranker und dummer Teil von ihr nach dieser Demütigung verlangte.

Mit diesem letzten Schlag zahlte sie ihm alles heim.

Sie holte aus, zielte tief, und der Riemen sauste auf seine Hoden herab. Das war's. Jede Kampflust entwich schlagartig aus Tom Rogan.

Er kreischte und fiel auf die Knie, als wollte er beten, die Hände zwischen den Beinen, den Kopf zurückgeworfen; seine Halsadern traten wie dicke Stränge hervor, sein Mund war eine Tragödenmaske der Qual.

Sein linkes Knie landete genau auf der großen zackigen Scherbe einer Parfumflasche, und er ließ sich auf eine Seite fallen, riß eine Hand von seinen Eiern los und griff nach dem blutenden Knie.

Das Blut, dachte sie entsetzt. *Er blutet überall.*

Er wird's überleben, erwiderte jene andere Beverly ganz kalt. *Mach lieber, daß du schleunigst hier rauskommst, bevor er auf die Idee kommt, diesen Tanz weiterzuführen. Bevor es ihm einfällt, seine Winchester aus dem Keller zu holen.*

Sie machte einige Schritte rückwärts, verspürte einen heftigen Schmerz in ihrem eigenen nackten Fuß, als sie auf eine Glasscherbe des zerbrochenen Spiegels trat und bückte sich nach ihrem Koffer. Sie ließ Tom keinen Moment aus den Augen. Sie ging rückwärts zur Tür, dann den Flur entlang, wobei sie blutige Fußspuren hinterließ.

Sie ging rasch die Treppe hinab, ohne nachzudenken. Sie zwang sich dazu, nicht nachzudenken. Aber sie hatte ohnehin den starken Verdacht, daß sie im Moment keinen zusammenhängenden Gedanken fassen könnte, selbst wenn sie wollte; in ihrem Innern brauste und toste es – es glich einem geborstenen Damm, durch den das Wasser wild hervorschießt.

Sie spürte eine leichte Berührung an einem Bein.

Sie schaute nach unten und sah, daß sie den Riemen noch immer um die Hand gewickelt hatte und daß er an ihrem Bein entlangstreifte. Im trüben Licht auf der Treppe sah er mehr denn je einer toten Schlange ähnlich.

Sie schauderte vor Entsetzen, schleuderte ihn von sich und sah, wie er S-förmig unten auf dem Flurteppich landete.

Im Erdgeschoß angelangt, packte sie den Saum ihres weißen blutbefleckten Spitzennachthemdes und zog es sich über den Kopf. Sie warf es beiseite – es blieb wie ein Fallschirm auf dem Gummibaum am Eingang zum Wohnzimmer hängen – und bückte sich nackt zum Koffer hinunter.

»BEVERLY, KOMM SOFORT RAUF!«

Sie stieß keuchend den Atem aus. Sie öffnete den Koffer und holte einen Slip, eine Bluse und alte Levis-Jeans heraus. An der Tür stehend, die Treppe ständig im Auge behaltend, streifte sie die Kleidungsstücke über. Aber Tom tauchte oben auf dem Treppenabsatz nicht auf. Er brüllte nur zweimal ihren Namen, und jedesmal zuckte sie bei diesem Laut zusammen, mit gehetztem und zugleich irgendwie furchterregendem Blick.

Sie schloß die Blusenknöpfe, so rasch sie konnte. Die beiden oberen Knöpfe fehlten – es war komisch, sie kam so gut wie nie dazu, ihre eigenen Näharbeiten zu erledigen –, und sie vermutete, daß sie ein wenig aussah wie eine Freizeitnutte auf Kundensuche – ohne BH, was deutlich zu sehen war, und mit nacktem Brustansatz. Aber es mußte einfach auch so gehen.

»ICH BRINGE DICH UM, DU DRECKSLUDER! DU VERDAMMTES DRECKSLUDER!«

Sie warf den Kofferdeckel zu und schloß mit zitternden Händen die Schnallen, ohne darauf zu achten, daß ein Blusenärmel wie eine Zunge aus dem Koffer heraushing. Dann warf sie rasch einen Blick in die Runde – vermutlich würde sie dieses Haus nie wiedersehen.

Es war ein befreiender Gedanke.

Sie öffnete die Tür und trat hinaus.

Sie ging schnell, ohne genau zu wissen wohin, und erst, als sie drei Blocks von ihrem Haus entfernt war, bemerkte sie, daß sie barfuß lief. Der Fuß, mit dem sie in die Scherbe getreten war, pochte dumpf. Sie mußte etwas an die Füße bekommen, und es war fast zwei Uhr morgens. Sie hatte kein Geld. Ihre Brieftasche und ihre Kreditkarten lagen zu Hause. Sie hatte keinen Cent bei sich.

Sie betrachtete diese vornehme Wohngegend – hübsche Häuser, gepflegter Rasen, kultivierte Blumenbeete, dunkle Fenster.

Und plötzlich begann sie zu lachen.

Beverly Rogan saß auf einer niedrigen Steinmauer, den Koffer zwischen ihren nackten, schmutzigen Füßen, und lachte. Die Sterne schienen – wie hell sie waren. Sie warf den Kopf zurück, um sie besser sehen zu können, und lachte und lachte, und jenes verrückte Hochgefühl – jenes undefinierbare Verlangen – durchströmte sie wieder wie eine riesige Flutwelle, die einen emporhebt und trägt; und dieses Gefühl war so stark, so mächtig, daß jeder bewußte Gedanke darin völlig unterging.

Sie lachte zu den Sternen hinauf, verängstigt, aber frei, ihr Entsetzen so stechend wie Schmerzen und so süß wie ein reifer Oktoberapfel, und als im oberen Stockwerk des Hauses, auf dessen Steinmauer sie saß, ein Licht anging, packte sie ihren Koffer und flüchtete – immer noch lachend – in die Nacht hinein.

6. Bill Denbrough nimmt sich Zeit

»Wegfahren?« sagte Audra und warf ihm vom anderen Ende des Wohnzimmers aus einen verwunderten Blick zu. In den Räumen war es schon
wieder empfindlich kühl. Der Frühling in Südengland war dieses Jahr ungewöhnlich naßkalt gewesen, und bei seinen regelmäßigen Morgen- und
Abendspaziergängen hatte Bill Denbrough unwillkürlich mehr als einmal an Maine gedacht... und an Derry.

Der Makler hatte die Zentralheizung des Hauses besonders hervorge-
hoben, aber Bill und Audra hatten schon kurz nach Beginn der Dreharbeiten festgestellt, was die Briten unter Zentralheizung verstanden –
nämlich, daß man morgens keine Eisschicht in der Kloschüssel wegpissen
mußte.

»Wegfahren?« sagte sie noch einmal, als wäre es ein schwerverständli-
ches Fremdwort. »Bill, du kannst doch nicht einfach *wegfahren*.«

»Ich muß«, sagte er und ging zum Schrank. Er holte eine Flasche Glenfiddich heraus und schenkte sich ein Glas ein, wobei er etwas verschüttete. »*Verdammt!*«

»Worüber bist du so beunruhigt?« fragte sie schrill. »Wer war da vorhin am Telefon, Bill?«

»Ich bin nicht beunruhigt.«

»Oh? Zittern deine Hände immer so? Nimmst du deinen ersten Drink
immer vor dem Frühstück?«

Er setzte sich wieder in seinen Sessel und versuchte zu lächeln, aber es
gelang ihm nicht so recht. »Man sieht es mir an, wie?«

Im Fernsehen war der BBC-Sprecher gerade am Ende der schlechten
Nachrichten dieses Abends angelangt und ging nun zu den Fußballergeb-
nissen über. Als sie einen Monat vor Beginn der Dreharbeiten in der kleinen Vorstadt Fleet angekommen waren, waren sie beide von der techni-
schen Qualität des Fernsehens begeistert gewesen – *mehr Zeilen oder irgend so was*, hatte Bill gesagt. *Ich weiß nicht, was es ist*, hatte Audra gesagt, *aber es sieht so fantastisch aus*, als könnte man mit einem Schritt
mitten im Geschehen stehen. Das war, bevor sie entdeckt hatten, daß ein
großer Teil des Programms aus amerikanischen Fernsehserien bestand –
›Drei Engel für Charlie‹ und ›Happy Days‹ bis hin zu ›Dallas‹.

»Natürlich sieht man es dir an«, sagte sie.

»Ich habe in letzter Zeit sehr viel an mein Zuhause gedacht«, sagte er
und schlürfte seinen Drink.

»An dein Zuhause?« wiederholte sie und sah so verwirrt aus, daß er
kurz auflachte und danach sein Glas leerte.

»Arme Audra«, meinte er. »Fast elf Jahre mit mir verheiratet – und du weißt überhaupt nichts von mir. Was sagst du dazu?« Wieder lachte er kurz auf, und die Art dieses Lachens gefiel ihr überhaupt nicht. Sie hatte noch nie ein Lachen gehört, das so große Ähnlichkeit mit einem Schmerzensschrei hatte. »Ich frage mich, ob die anderen auch Ehepartner haben, die gerade ähnliche Erfahrungen machen.«

»Billy, ich weiß jedenfalls, daß ich dich liebe«, sagte sie. »Bitte, erzähl mir, was los ist. Bitte!«

Sie sah ihn mit ihren herrlichen grauen Augen beschwörend an, diese Frau, die er geliebt und geheiratet hatte und immer noch liebte. Er versuchte sich mit ihren Augen zu sehen, es wie eine Story zu sehen, und er kam zu dem Schluß, daß solch eine Geschichte sich nicht gut verkaufen ließe.

Da ist ein armer Junge aus dem Bundesstaat Maine, der dank eines Stipendiums die Universität besucht. Er wollte immer Schriftsteller werden, aber als er dann die Schreibkurse besucht, stellt er fest, daß er sich ohne Kompaß in eine seltsame, beängstigende Welt verirrt hat; dieser Bursche will ein zweiter Updike werden, jener ein zweiter Faulkner; ein Mädchen bewundert Joyce Carol Oates, glaubt aber, daß die Oates aufgrund ihres Heranwachsens in einer sexistischen Gesellschaft unfähig zur ›Reinheit‹ ist; es selbst werde reinere Werke schreiben, behauptet es.

Da ist ein kleiner Kerl mit dicken Brillengläsern, dessen Sprechen eher ein Murmeln ist. Er schreibt ein Stück mit sieben Personen, von denen jede nur ein Wort sagt; ganz allmählich sollen die Zuschauer begreifen, daß die Personen folgenden Satz zum besten geben: ›Krieg ist das Werkzeug der sexistischen Todeshändler.‹ Das Stück wird vom Universitätslehrer für kreatives Schreiben, Seminar Eh-141, der außer seiner Doktorarbeit vier Gedichtbände bei University Press veröffentlicht hat, mit einer 1 benotet. Es wird von der experimentellen Theatergruppe einstudiert und während des Streiks zur Beendigung des Vietnamkrieges für würdig befunden, als echtes ›Guerilla-Theaterstück‹ aufgeführt zu werden.

Bill Denbrough hat währenddessen mehrere Horrorgeschichten, eine geheimnisvolle Erzählung um ein verschlossenes Zimmer und drei Science-fiction-Stories geschrieben. Für eine der Science-fiction-Geschichten hat er eine 2 bekommen. »Diese Geschichte ist besser«, hatte der Lehrer daruntergeschrieben. »Im Gegenschlag der Außerirdischen wird der Zirkelschluß dargestellt, daß Gewalt neue Gewalt erzeugt. Mir gefiel besonders das ›nadelförmig zugespitzte‹ Raumschiff als symbolträchtiges Element der feindlichen Invasion. Die phallischen Untertöne sind zwar etwas konfus, aber interessant.«

Bills andere Arbeiten sind allesamt nur mit einer 3 benotet worden.

Schließlich meldet er sich eines Tages im Unterricht zu Wort, nachdem die Diskussion über einige wenige Zeilen eines blassen Mädchens bereits 70 Minuten gedauert hat. Das blasse Mädchen, das eine Zigarette nach der anderen raucht und von Zeit zu Zeit an seinen Schläfenpickeln kratzt, besteht darauf, daß seine Zeilen ein soziokulturelles Statement nach Art des frühen Orwell darstellen. Der größte Teil der Klasse – und der Lehrer – ist der Meinung des Mädchens, aber die Diskussion geht immer noch weiter.

Die Augen der ganzen Klasse sind auf Bill Denbrough gerichtet. Deutlich artikuliert, ohne zu stottern (er stottert seit mehr als fünf Jahren nicht mehr), sagt er: »Ich verstehe das überhaupt nicht. Ich verstehe *nichts* von alldem. Warum muß eine Geschichte politisch oder sozial oder kulturell motiviert sein? Sind das nicht ganz natürliche Bestandteile jeder gut erzählten Geschichte? Ich meine...« Er blickt in die Runde, sieht feindselige Augenpaare und erkennt niedergeschlagen, daß sie in seiner Äußerung einen Angriff sehen – möglicherweise den Angriff eines geheimen sexistischen Todeshändlers in ihrer Mitte. »Ich meine... kann eine Geschichte nicht einfach eine *Geschichte* sein?«

Niemand erwidert etwas darauf. Schweigen breitet sich aus. Er steht da und blickt von einem kühlen Augenpaar zum anderen. Das blasse Mädchen stößt Rauchwolken aus und drückt seine Zigarette im Aschenbecher aus.

Schließlich sagt der Lehrer sehr sanft wie zu einem Kind, das einen unerklärlichen Wutanfall hat: »Glauben Sie, daß William Faulkner einfach *Geschichten* erzählte? Glauben Sie, daß Shakespeare nur daran interessiert war, *Geld* zu verdienen? Los, Bill. Sagen Sie uns Ihre Meinung.«

»Ich glaube, daß das, was Sie soeben gesagt haben, sehr nahe an die Wahrheit herankommt«, erklärt Bill, und an den Augen der anderen Kursteilnehmer kann er ablesen, daß sie ihn verdammen.

»Ich würde sagen«, äußert sich der Lehrer, mit seinem Federhalter spielend und mit halb geschlossenen Augen nachsichtig lächelnd, »daß Sie noch eine ganze Menge lernen müssen.«

Der Beifall setzt irgendwo in den hinteren Reihen ein.

Bill geht – aber in der folgenden Woche ist er wieder da, fest entschlossen, nicht aufzugeben. Er schreibt eine Geschichte mit dem Titel ›The Dark‹ – ›Das Dunkel‹ –, die von einem kleinen Jungen handelt, der im Keller seines Hauses ein Monster entdeckt, den Kampf mit ihm aufnimmt und es schließlich tötet. Er verspürt eine Art heiliger Erregung, als er darangeht, diese Geschichte niederzuschreiben; er hat sogar das Gefühl, daß nicht er die Geschichte erzählt, sondern daß die Geschichte ihn nur als eine Art schreibendes Medium benutzt; und an einer Stelle legt er die Feder aus der Hand und geht in die Dezemberkälte hinaus, um seiner heißen, schmerzenden Hand etwas Erholung zu gönnen; er schlendert umher, der Schnee knirscht unter seinen kurzen grünen Stiefeln, und die Geschichte scheint seinen Kopf aufzublähen; es ist etwas beängstigend, wie stark sie hinausdrängt. Er hat das Gefühl, daß sie ihm in ihrem übermächtigen Drang die Augen aus dem Kopf drücken wird, wenn ihr der Weg über seine Hand verwehrt wird. Er lacht unsicher auf. Ihm wird bewußt, daß er plötzlich nach zehn Jahren des Herumexperimentierens das Geheimnis des Schreibens entdeckt hat. Und er kann nicht länger warten; die Geschichte drückt regelrecht gegen seine Augen und Trommelfelle. Wenn er sie nicht *jetzt gleich* niederschreibt, wird sie ein Loch in seinen Kopf sprengen – ein rundes blutiges Loch wie von einer Pistolenkugel –, um herauszukommen.

Er stürzt in sein Zimmer und schreibt wie im Fieber die Geschichte zu Ende, schreibt bis vier Uhr morgens... und wenn jemand ihm gesagt hätte, daß er über seinen Bruder George schrieb, so wäre er höchst überrascht gewesen, denn er war der ehrlichen Überzeugung, seit Jahren nicht mehr an George gedacht zu haben.

Eine Woche später gibt der Lehrer ihm die Geschichte zurück. Über den Titel ist eine 6 geschmiert, und darunter steht in Großbuchstaben: SCHUND.

Bill nimmt die fünfzehn Manuskriptseiten zum Ofen und macht die Tür auf. Er ist kurz davor, sie ins Feuer zu werfen, als ihm bewußt wird, wie albern sein Handeln ist. Er setzt sich auf seinen Schaukelstuhl, betrachtet ein Plakat der Grateful Dead und fängt an zu lachen. Schund? Prima! Soll es eben Schund sein!

Er tippt die Titelseite noch einmal neu, auf der das vernichtende Urteil des Lehrers ist, und schickt sie an ein Herrenmagazin mit dem Titel *White Tie* (obwohl es nach allem, was Bill sehen kann, zutreffender *Nackte Mädchen, die wie Drogensüchtige aussehen* heißen müßte). Aber in seiner zerlesenen Ausgabe des *Writer's Market* steht, daß sie Horrorgeschichten kaufen, und die beiden Ausgaben, die er sich im Tante-Emma-Laden gekauft hat, enthielten tatsächlich vier Horrorgeschichten zwischen nackten Mädchen und Anzeigen für schmutzige Filme und Potenzpillen. Eine, von einem Mann namens Dennis Etchison, ist sogar ziemlich gut.

Er schickt ›The Dark‹ ohne große Hoffnungen – er hat schon viele Geschichten an Magazine geschickt und immer nur Ablehnungsschreiben erhalten – und ist fassungslos und hocherfreut, als der Literaturredakteur von *White Tie* sie für zweihundert Dollar, zahlbar bei Erscheinen, kauft. Sein Stellvertreter fügt einen kurzen Brief bei und bezeichnet sie als »die verdammt beste Horrorstory seit Bradburys ›The Jar‹«. Er fügt hinzu: »Zu dumm, daß nur schätzungsweise siebzig Leute in diesem Land sie lesen werden.« Aber das ist Bill Denbrough einerlei. Zweihundert Dollar!

Bill Denbrough begibt sich zu seinem Studienberater und läßt sich von diesem die Karte unterschreiben, auf der steht, daß er aus dem Kurs ›Kreatives Schreiben, Seminar Eh-141‹, ausscheiden möchte. Bill Denbrough heftet diese Karte an den Brief des Redakteurs und befestigt beides am schwarzen Brett an der Tür des Lehrers für kreatives Schreiben. In der Ecke des schwarzen Bretts entdeckt er einen Anti-Kriegs-Cartoon. Und plötzlich schreibt er auf den unteren Rand des Cartoons: *Wenn Belletristik und Politik austauschbar wären, wie Sie glauben, würde ich mich umbringen. Belletristik schreiben heißt erzählen, nicht politisieren. Ich weiß das, weil die Politik sich laufend ändert, der Wert einer Geschichte hingegen nie.* Nach kurzem Zögern fügt er noch hinzu: *Ich würde sagen, daß Sie noch eine ganze Menge lernen müssen.*

Drei Tage später erhält er die Bescheinigung über sein Ausscheiden mit der Post zugeschickt. Der Lehrer hat sie unterschrieben. An der Stelle, die für die Zensur zur Zeit des Ausscheidens freigelassen ist, steht nicht ›abgebrochen‹ oder eine 3, die er nach seinen bisherigen Noten verdient hätte, sondern wieder eine 6.

In seinem letzten Studienjahr schreibt er einen Roman... der Roman wird veröffentlicht und verkauft sich gut... und das Märchen nimmt seinen Anfang. Mit 23 Jahren ist Stotter-Bill Denbrough ein Erfolgsautor; drei Jahre später erlangt er – 3000 Meilen vom nördlichen Neuengland entfernt – eine ihm unangenehme Berühmtheit, indem er einen Filmstar heiratet, der fünf Jahre älter ist als er selbst.

Sowohl seine als auch Audras Freunde (und Feinde) prophezeien, daß die Ehe nicht länger halten wird als sieben Monate. Die Klatschkolumnisten sind derselben Meinung; vom Altersunterschied einmal abgesehen, sind sie auch sonst viel zu verschieden. Er ist groß, neigt aber zur Körperfülle, er trägt eine Brille und hat schütteres Haar. Er spricht langsam, und manchmal scheint er sich überhaupt nicht artikulieren zu können. Sie ist schlank, rotblond, schön – weniger eine irdische Frau als vielmehr ein Wesen aus irgendeiner halbgöttlichen Superrasse.

Er ist engagiert worden, das Drehbuch-Exposé seines zweiten Romans ›*The Black Rapids*‹ – ›*Die schwarzen Stromschnellen*‹ – zu schreiben, hauptsächlich deshalb, weil er ohne diese Chance die Filmrechte nicht verkaufen wollte. Zum allgemeinen Erstaunen – auch zu seinem eigenen – erweist sich sein Drehbuch als ausgezeichnet. Er wird nach Universal City eingeladen, um dort an den Produktionsversammlungen teilzunehmen und gewisse Änderungen vorzunehmen.

Seine Agentin, ein kleines Persönchen namens Susan Browne, das außergewöhnlich energisch ist, rät ihm davon ab. »Überlaß ihnen die Sache«, sagt diese Frau, die genau einen Meter sechzig groß ist und faszinierende braune Augen hat. »Verzichte darauf. Sie haben eine Menge Geld investiert und werden jemand für das Drehbuch verpflichten, der gut ist. Vielleicht sogar Goldman.«

»Wen?«

»William Goldman. Der einzige gute Schriftsteller, der beides kann.«

»Wovon redest du, Suze?«

»Er ist dort geblieben und hat sich gut gehalten«, sagte sie. »Die Chancen für beides sind so wie die Chancen, Lungenkrebs zu besiegen – man kann es schaffen, aber wer will es versuchen? Du wirst mit Sex und Fusel ausbrennen. Oder welchen von den tollen neuen Drogen.« Suzans irre faszinierende braune Augen funkeln ihn nachdrücklich an. »Und wenn sich herausstellt, daß irgendein Pfuscher den Auftrag erhalten hat statt Goldman – wen kümmert das? Das Buch steht da auf dem Regal. Sie können kein Wort daran ändern.«

»Suzan...«

»Hör mir zu, Billy. Take the money and run – nimm das Geld und hau ab. Du bist jung und stark. Das mögen sie. Wenn du da hoch gehst, nehmen sie dir zuerst die Selbstachtung und dann die Fähigkeit, eine Gerade von Punkt A nach Punkt B zu ziehen. Und als letztes nehmen sie dir die Eier. Du schreibst wie ein Erwachsener, aber du bist nur ein kleiner Junge mit einer sehr hohen Stirn.«

»Ich muß gehen.«

»Hat hier grad einer gefurzt?« antwortet sie. »Muß wohl so sein, denn es stinkt ganz schön zum Himmel.«

»Aber ich muß. Ich *muß*.«

»Herrgott!«

»Ich muß weg von Neuengland.« Er hat Angst davor zu sagen, was als nächstes kommt – es ist, als würde er einen Fluch aussprechen –, aber er muß es ihr sagen. »Ich muß weg aus Maine.«

»*Warum*, um Gottes willen?«

»Ich weiß nicht. Ich muß eben.«

»Erzählst du mir etwas Echtes, Bill, oder faselst du nur wie ein Schriftsteller?«

»Es ist echt.«

Während dieser Unterhaltung liegen sie zusammen im Bett. Ihre Brüste sind klein wie Pfirsiche, süße Pfirsiche. Er liebt sie sehr, freilich, wie sie beide wissen, nicht auf eine Weise, die eine gute Beziehung abgeben würde. Sie setzt sich mit einem Stück Laken über dem Schoß auf und zündet eine Zigarette an. Sie weint, aber er bezweifelt, ob ihr bewußt ist, daß er das weiß. Es ist nur ein Glänzen in ihren Augen. Es wäre taktvoll, es nicht zu erwähnen, daher läßt er es bleiben. Er liebt sie nicht auf die richtige Weise, aber ihm liegt sehr viel an ihr.

»Dann geh«, sagt sie, und als sie sich ihm wieder zuwendet, sind ihre Augen trocken. »Ruf mich an, wenn du fertig bist. Dann komme ich und sammle die Stücke auf, wenn noch welche von dir übrig sein sollten.«

Die Filmversion von *The Black Rapids* heißt *Pit of the Black Demon*, Audra Phillips spielt die Hauptrolle. Der Titel ist schrecklich, aber der Film soweit ganz gut. Und das einzige, das er in Hollywood verliert, ist sein Herz.

»Bill«, sagte Audra wieder und brachte ihn damit in die Gegenwart zurück. Er sah, daß sie den Fernseher ausgeschaltet hatte. Er blickte aus dem Fenster – kalter Nebel drückte gegen die Fensterscheiben, Leichenhänden gleich.

»Ich werde dir erklären, soviel ich kann«, sagte er. »Du verdienst es. Aber zuerst bitte ich dich, zwei Dinge für mich zu tun.«

»In Ordnung.«

»Nimm dir noch eine Tasse Tee, und erzähl mir, was du von mir weißt. Was du zu wissen glaubst . . .«

Sie sah ihn verwirrt an und ging zum Schrank. »Ich weiß, daß du aus Maine stammst«, sagte sie, während sie sich Tee aus der Kanne einschenkte. Sie hatte einen ganz leichten britischen Akzent, obwohl sie keine Britin war; sie brauchte diesen Akzent für ihre Rolle in ›Attic Room‹ – ›Dachzimmer‹ –, dem Film, den sie hier drehten. Es war Bills erstes Originaldrehbuch. Man hatte ihm auch angeboten, selbst Regie zu führen; Gott sei Dank hatte er das abgelehnt. Sonst hätte es einen noch größeren Krach gegeben, wenn er jetzt plötzlich nach Amerika flog. Es würde ohnehin schon jede Menge Gerede geben. Bill Denbrough hat endlich sein wahres Gesicht gezeigt, würde es heißen. Er ist eben auch nur so ein verdammter Schriftsteller, verrückter als eine Scheißhausratte.

Weiß Gott, im Augenblick hatte er tatsächlich das Gefühl, verrückt zu sein.

»Ich weiß, daß du einen Bruder hattest, den du sehr liebtest, und daß er starb«, fuhr Audra fort. »Ich weiß, daß du mit deinen Eltern von Bangor nach Portland umgezogen bist, als du vierzehn warst, und daß dein Vater an Lungenkrebs gestorben ist, als du siebzehn warst. Du hast einen Bestseller geschrieben, als du noch auf dem College warst . . . das muß sehr merkwürdig für dich gewesen sein.«

Er sah es an ihrem Gesicht – ihre plötzliche Erkenntnis, daß es zwischen ihnen Geheimnisse gab.

»Im darauffolgenden Jahr hast du ›Die schwarzen Stromschnellen‹ geschrieben, und ein Jahr später bist du nach Hollywood gekommen, um für Universal das Drehbuch zu schreiben. Und in der Woche vor Beginn der Dreharbeiten trafst du eine sehr komplizierte junge Frau namens Audra Phillips, die fünf Jahre zuvor noch schlicht und einfach Audrey Philpott geheißen hatte. Und diese junge Frau war am Ertrinken...«

»Audra, nicht«, sagte er.

Ihr Blick ist ruhig und hält seinem stand.

»Oh, warum denn nicht? Sagen wir die Wahrheit und beschämen wir den Teufel. Ich war am Ertrinken. Ich hatte zwei Jahre, bevor ich dich kennengelernt habe, Poppers entdeckt, ein Jahr später Koks, und das war noch besser. Poppers am Morgen, Koks am Nachmittag, Wein am Abend, eine Valium vor dem Schlafengehen. Audras Vitamine. Zuviel wichtige Interviews, zuviel gute Rollen. Ich war so sehr wie eine Figur in einem Roman von Jacqueline Susan, daß es fast lächerlich war. Weißt du, wie ich über diese Zeit denke, Bill?«

»Nein.«

Sie nippte an ihrem Tee und lächelte, wobei sie ihm immer noch in die Augen blickte. »Kennst du das Transportband, das es auf dem internationalen Flughafen von Los Angeles gibt?«

Er lachte laut auf, nicht weil das Gespräch plötzlich eine neue Wendung genommen zu haben schien, sondern weil er genau wußte, worauf sie abzielte. Das Lachen tat gut; das Lachen machte alles ein wenig besser, ein wenig erträglicher. Er nickte.

»Es ist etwa eine Viertelmeile lang«, sagte sie. »Und man braucht nur dazustehen, und es bringt einen zur Gepäckhalle. Aber wenn man will, kann man darauf auch gehen. Oder rennen. Und es kommt einem so vor, als gehe oder laufe oder renne man ganz normal, wie immer – denn der Körper vergißt völlig, daß man sich dabei nicht nur mit dem eigenen Tempo bewegt, sondern daß das Tempo des Transportbandes noch hinzukommt. Deshalb auch die Schilder am letzten Stück, auf denen steht: TEMPO VERLANGSAMEN, TRANSPORTBAND BEWEGT SICH.

Als ich dich traf, fühlte ich mich, als wäre ich von einem solchen Ding direkt auf einen Boden gerannt, der sich nicht mehr bewegte. Da war ich nun mit meinem Körper, der meinen Füßen neun Meilen voraus war. Man kann dabei das Gleichgewicht nicht halten. Früher oder später fällt man hin. Aber du hast mich aufgefangen.«

Sie stellte ihre Tasse ab und zündete eine Zigarette an, ohne den Blick von ihm zu wenden. Nur an der Tatsache, daß die Feuerzeugflamme das

Zigarettenende ein paarmal verfehlte, konnte man erkennen, daß ihre Hände zitterten.

Sie zog intensiv an der Zigarette und stieß den Rauch aus.

»Du schienst alles so völlig unter Kontrolle zu haben«, fuhr sie fort. »Du schienst es nie eilig zu haben, zum nächsten Drink, zur nächsten Versammlung oder zur nächsten Party zu kommen. Du schienst dir sicher zu sein, daß all diese Dinge dasein würden... wenn du sie wolltest. Du sprachst langsam. Zum Teil lag das vermutlich an der gedehnten Sprechweise in Maine, aber zum größten Teil an deiner eigenen Persönlichkeit. Ich mußte langsamer werden, um dir zuhören zu können. Ich betrachtete dich, Bill, und ich sah einen Menschen, der auf dem Transportband ruhig dastand und sich vorwärtsbewegen ließ. Du schienst so unberührt von all der Hektik und Hysterie. Du hast dir nie einen Rolls-Royce gemietet, um damit am Samstagnachmittag auf dem Rodeo Drive zu protzen. Du hast nie einen Agenten gehabt, der Artikel in *Variety* oder dem *Hollywood Reporter* untergebracht hat. Du bist nie in der Carson-Show aufgetreten!«

»Das können Schriftsteller gar nicht, es sei denn, daß sie Kartentricks beherrschen«, sagte er grinsend. »Es ist so eine Art Nationalgesetz.«

»Du hast mich gefragt, was ich von dir weiß«, sagte sie, ohne zu lächeln. »Ich weiß, daß du da warst, als ich dich brauchte. Du warst da, als ich mit voller Geschwindigkeit vom Transportband flog wie O. J. Simpson in dem alten Hertz-Werbespot. Du hast mich aufgefangen. Vielleicht hast du mich davor bewahrt, nach zuviel Alkohol die falsche Tablette zu schlucken. Vielleicht hätte ich es auch allein geschafft, vielleicht dramatisiere ich alles viel zu sehr. Aber tief im Innern glaube ich das nicht.«

Sie drückte die Zigarette aus, an der sie nur zweimal gezogen hatte.

»Ich weiß, du warst seither immer da. Und ich war für dich da. Wir sind gut im Bett. Das war immer eine tolle Sache für mich. Aber wir sind auch außerhalb gut, und das scheint mir heute eine noch viel tollere Sache zu sein. Mir ist, als könnte ich mit dir zusammen alt werden und trotzdem tapfer sein. Ich weiß, du trinkst zuviel Bier und hast nicht genug Bewegung; ich weiß, manchmal hast du Alpträume...«

Er war erschrocken. Ziemlich erschrocken. Beinahe panisch.

»Ich träume nie.«

Sie lächelte. »Das erzählst du den Journalisten, wenn sie dich fragen, woher du deine Ideen hast. Aber ich höre dich manchmal nachts stöhnen.«

»Spreche ich im Schlaf?« fragte er vorsichtig. Er konnte sich nicht an Träume erinnern. Gar keine Träume, weder gute noch böse.

Audra nickte. »Manchmal. Aber ich kann nie verstehen, *was* du sagst. Und einige Male hast du geweint.«

Er sah sie bestürzt an. Er hatte einen üblen Geschmack im Mund und in der Kehle, bitter wie aufgelöstes Aspirin. Er vermutete, daß es Angst war... und er vermutete, daß er sich an diesen Geschmack gewöhnen würde. Wenn er lang genug lebte.

Erinnerungen versuchten auf ihn einzustürzen. Es war so, als würde irgendein geheimnisvoller schwarzer Sack in seinem Gehirn immer größer, als drohte es, schädliche Bilder

(Träume)

aus seinem Unterbewußtsein in sein geistiges Gesichtsfeld zu schleudern, wo sie ihn zum Wahnsinn treiben würden. Er versuchte sie zurückzustoßen, aber zuvor hörte er eine Stimme aus jenem Grab – eine junge, ängstliche Stimme, die vor Asthma keuchte: Eddie Kaspbraks Stimme.

Du hast mir das Leben gerettet, Bill. Diese großen Jungen – ich hab' Schiß vor ihnen. Manchmal glaube ich, daß sie mich wirklich umbringen wollen...

»Deine Arme«, rief Audra.

Bill schaute hinab. Er hatte an beiden Armen eine Gänsehaut – eine unheimliche Gänsehaut mit weißen Erhebungen, die so groß wie Insekteneier waren.

Sie starrten beide darauf wie auf ein interessantes Exponat im Museum. Langsam verging die Gänsehaut wieder.

Audra brach das Schweigen, indem sie sagte: »O ja, und ich weiß noch etwas anderes. Jemand hat dich heute abend aus den Staaten angerufen, und jetzt sagst du, daß du mich verlassen mußt.«

Er stand auf, betrachtete kurz die Spirituosenflaschen, dann ging er in die Küche und kam mit einem Glas Orangensaft zurück. »Du weißt, daß ich einen Bruder hatte, und du weißt, daß er starb – aber du weißt nicht, daß er ermordet wurde«, sagte er.

Audra gab hinter ihm ein keuchendes Geräusch von sich.

»Ermordet«, murmelte sie. »O Bill, warum hast du es...«

»Dir nicht erzählt?« Er lachte – es war wieder jenes bellende Geräusch. »Ich weiß nicht.«

»Was ist passiert?«

»Wir lebten damals in Derry. Da war eine Sturmflut, aber die war fast vorbei, und George hat sich gelangweilt! Er wollte, daß ich ihm aus Zeitungspapier ein Boot machte. Er wollte es in den Rinnsteinen von Witcham Street und Jackson Street schwimmen lassen. Ich bastelte ihm also ein Boot und machte es wasserdicht, aber ich konnte nicht mit nach draußen gehen, weil ich Grippe hatte. Ziemlich starke Grippe. Es ging mir zwar schon wieder besser, aber ich hatte noch Fieber, deshalb konnte ich ihn nicht begleiten. Andernfalls hätte ich ihn vielleicht gerettet. Ja, vielleicht hätte ich ihn retten können.«

Er hielt inne und fuhr sich mit der rechten Hand über die linke Wange, als suche er dort nach Bartstoppeln. Seine Augen, vergrößert durch die dicken Brillengläser, starrten nachdenklich ins Leere.

»Nun, er lief hinaus, und jemand ermordete ihn direkt auf der Witcham Street. Riß ihm den linken Arm aus, so wie ein Zweitkläßler einer Fliege die Flügel ausreißt, und ließ ihn dann im Rinnstein liegen und sterben.«

»O Gott, Bill!«

»Aber du wolltest wissen, warum ich es dir nie erzählt habe«, fuhr er fort. »Wir sind seit fast elf Jahren verheiratet, und ich habe dir das nie erzählt. Ich weiß über deine ganze Familie Bescheid – sogar über deine Onkel und Tanten, obwohl ich sie manchmal durcheinanderbringe. Ich weiß, daß dein Großvater in Iowa gestorben ist, als er in betrunkenem Zustand in seiner Garage an einer Bandsäge herumhantierte. Ich weiß diese Dinge, weil verheiratete Menschen, ganz egal, wie beschäftigt sie sind, nach einer gewissen Zeit fast alles erfahren, es sei denn, daß die Kommunikationskanäle so verstopft sind, daß sie einfach nicht miteinander reden können. Das alles stimmt doch, Audra, oder nicht?«

»Ja«, sagte sie leise. »Ich glaube, es stimmt.«

»Und wir konnten doch immer miteinander reden, nicht wahr?«

»Das... das dachte ich auch immer«, sagte sie. »Bis heute abend.«

»Das ist Blödsinn, und das weißt du selbst. Du weißt alles, was ich in den letzten elf Jahren gemacht habe. Du weißt auch, daß ich mit Susan Browne geschlafen habe. Du weißt, daß ich sehr rührselig werde, wenn ich zuviel trinke, und die Musik zu laut spiele.«

»Besonders die Grateful Dead«, sagte sie, und er lachte. Dieses Mal lächelte sie zurück.

»Du weißt auch das Wichtigste – meine Hoffnungen.«

»Aber das alles...« Sie brach mitten im Satz ab, dann setzte sie neu an: »Wieviel hat das... das alles... mit deinem Bruder George zu tun?«

»Laß mich auf meine Weise darauf kommen«, sagte Bill, und nun sah er sie fast flehend an. »Es ist so... so seltsam und so schrecklich..., daß ich vermutlich versuche, langsam darauf zuzukriechen. Weißt du... mir ist überhaupt nie in den Sinn gekommen, dir von Georgie zu erzählen.«

Sie sah ihn stirnrunzelnd an und schüttelte den Kopf: *Ich verstehe nicht.*

»Ich habe seit zwanzig Jahren oder mehr nicht mehr an Georgie *gedacht*«, sagte er langsam.

»Aber du hast mir erzählt, du hättest einen Bruder gehabt, der George . . .«

»Ich habe einfach eine *Tatsache* berichtet«, sagte er. »Weiter nichts – sein Name war für mich nur ein Wort. Ich habe mich nie in Gedanken mit ihm beschäftigt.«

»Vielleicht *träumst* du von ihm«, sagte Audra. Ihre Stimme war sehr ruhig.

»Das Weinen und Murmeln im Schlaf?«

Audra nickte.

»Vielleicht ist es so«, stimmte er zu. »Du hast höchstwahrscheinlich recht. Aber das zählt eigentlich nicht, weil ich mich an *keinen* dieser Träume erinnere.«

»Willst du mir wirklich erzählen, daß du *nie* an ihn gedacht hast?«

»Ja, das will ich.«

Sie schüttelte ungläubig den Kopf. »Nicht einmal an seinen schrecklichen Tod?«

»Bis heute nicht, Audra.«

Sie sah ihn an und schüttelte wieder den Kopf.

»Du hast mich vor unserer Heirat gefragt, ob ich Geschwister habe, und ich habe gesagt, einen Bruder, der gestorben ist, als ich noch ein Kind war. Du hast gewußt, daß meine Eltern tot waren, und deine Familie ist so groß, daß sie deine gesamte Aufmerksamkeit erfordert. Aber das ist nicht *alles*.«

»Was meinst du damit?«

»Nicht nur George war in diesem schwarzen Loch. Ich habe seit zwanzig Jahren nicht mehr an Derry selbst gedacht, und nicht an die Kinder, mit denen ich dort eng befreundet war – Eddie Kaspbrak und Richie Tozier, Stan Uris, Bev Marsh . . .« Er fuhr sich mit der Hand durchs Haar und lachte unsicher auf. »Ich glaube wirklich, ich habe den schlimmsten Gedächtnisschwund gehabt, von dem ich je gehört habe. Und dann rief Mike Hanlon an . . .«

»Wer ist Mike Hanlon?«

»Auch eines der Kinder, mit denen ich nach Georgies Tod eng befreundet war. Natürlich ist er jetzt kein Kind mehr. Wir alle nicht mehr. Er rief mich aus den Staaten an. Er sagte: ›Hallo? Bin ich mit der Wohnung der Denbroughs verbunden?‹ Ich bestätigte es, und er fragte: ›Bill, bist du's?‹ Ich sagte ja, und er sagte: ›Hier spricht Mike Hanlon, Bill. Aus Derry.‹ Und es war so, als öffne sich plötzlich eine Tür in meinem Innern, Audra, und ein schreckliches Licht schiene daraus hervor, und ich erinnerte mich plötzlich wieder an Mike und an Georgie. Erinnerte mich an all die anderen. Das ist alles passiert . . .«

130

Bill schnippte mit den Fingern.

»Genau so. Und ich wußte, er würde mich bitten zu kommen.«

»Nach Derry zurückzukommen?«

»Ja«, sagte er. Er nahm die Brille ab, rieb sich die Augen und blickte sie an. Nie im Leben hatte sie einen so angsterfüllten Mann gesehen. »Zurück nach Derry. Wir hätten es versprochen, sagte Mike, und das stimmt, Audra. Wir *haben* es versprochen, wir alle. Wir standen in einem Bach, der durch die Barrens floß, und wir standen im Kreis und hielten uns an den Händen, und wir hatten uns die Handflächen aufgeritzt, so als ob wir ›Blutsbrüderschaft schließen‹ spielten – nur war das kein Spiel, es war unser völliger Ernst.«

Er streckte ihr seine Hände hin, und in der Mitte jeder Handfläche konnte sie eine laufmaschenartige weiße Linie erkennen, bei der es sich um ein Narbengewebe handeln konnte. Sie hatte unzählige Male seine Hand – beide Hände – gehalten, aber es war ihr nie zuvor aufgefallen. Die Narben waren schwach, aber man hätte glauben sollen ...

Und dann jene Party! Nicht die, auf der sie sich kennengelernt hatten, sondern die Abschiedsparty nach Beendigung der Dreharbeiten von ›Die schwarzen Stromschnellen‹, mit denen alle sehr zufrieden gewesen waren. Und Audra Phillips sogar noch mehr als die anderen, denn sie hatte sich in dieser Zeit in William Denbrough verliebt.

Es war eine lärmende Party gewesen, bei der viel getrunken wurde. Wie hatte doch jenes Mädchen geheißen? Es fiel ihr im Moment nicht ein. Jedenfalls war es die Assistentin des Maskenbildners gewesen (und in ›Die schwarzen Stromschnellen‹, einem Film über wandelnde Tote, hatte der Maskenbildner viel zu tun gehabt). Sie hatte irgendwann während der Party ihre Bluse ausgezogen (darunter hatte sie, wie Audra noch genau wußte, einen sehr durchsichtigen BH getragen) und sie sich um den Kopf gewickelt wie ein Zigeunerkopftuch. Den Rest des Abends hatte sie den Partygästen aus der Hand gelesen ... zumindest bis sie so viel süßen Rotwein intus hatte, daß sie einschlief.

Audra erinnerte sich nicht mehr daran, ob diese Assistentin ihre Sache als Wahrsagerin gut oder schlecht gemacht hatte – sie war an jenem Abend selbst ziemlich high gewesen – woran sie sich aber genau erinnern konnte, war der Moment, als die Frau nach Bills Hand gegriffen und die Linien mit dem Finger nachgezeichnet hatte, und wie sie selbst sofort von leichter Eifersucht gepackt worden war – wie albern in jener merkwürdigen kleinen Subkultur, wo Männer den Frauen so routiniert den Hintern tätscheln wie anderswo die Wangen!

Aber ... damals war in Bills Hand kein weißes Narbengewebe zu sehen gewesen. Dessen war sie sich ganz sicher, und das sagte sie Bill.

Er nickte. »Du hast völlig recht. Die Narben waren damals nicht da. Und obwohl ich es nicht beschwören könnte, glaube ich, daß sie gestern abend auch noch nicht da waren. Ralph und ich haben im ›Pitt and Barrow‹ wieder mal ein Handringen um Bier veranstaltet, und ich denke, daß sie mir dabei aufgefallen wären.«

Er grinste sie an. Es war ein trockenes, unfrohes, beunruhigendes Grinsen.

»Ich glaube, sie sind zum Vorschein gekommen, als Mike Hanlon anrief. Das ist es, was ich glaube.«

»Bill, das ist unmöglich.« Aber sie griff nach ihren Zigaretten.

Bill betrachtete seine Hände. »Stanley hat es gemacht«, sagte er. »Mit der Scherbe einer zerbrochenen Colaflasche. Ich erinnere mich jetzt so deutlich daran.« Er schaute Audra an, und die Brille reflektierte seine verstörten, verwirrten Augen. »Ich kann mich erinnern, wie diese Scherbe in der Sonne funkelte. Es war eine von den neuen, durchsichtigen. Vorher waren Colaflaschen grün, kannst du dich daran noch erinnern?« Sie schüttelte den Kopf, aber er sah es nicht. Er betrachtete immer noch seine Handflächen. »Und ich kann mich erinnern, wie Stanley seine eigenen Hände aufritzte, wobei er zuerst so tat, als würde er sich die Pulsadern aufschneiden. Er machte natürlich nur Spaß, aber ich wäre ihm fast in den Arm gefallen... um ihn davon abzuhalten. Denn einen Augenblick lang sah es so aus, als sei es sein völliger Ernst.«

»Bill, nicht«, sagte sie leise. Diesmal mußte sie den Knöchel ihrer rechten Hand mit der linken festhalten, um die Feuerzeugflamme an die Zigarette halten zu können. »Narben können nicht plötzlich wieder auftauchen. Entweder sind sie da, oder sie sind nicht da.«

»Aber du hast sie nie zuvor gesehen.«

»Sie sind sehr schwach«, erwiderte sie schärfer als beabsichtigt.

»Wir bluteten alle«, erzählte er weiter. »Und wir standen im Wasser, nicht weit von der Stelle entfernt, wo Eddie Kaspbrak und Ben Hanscom und ich den Damm gebaut hatten...«

»Doch nicht Ben Hanscom, der *Architekt*?« rief sie bestürzt.

»Gibt es denn einen Architekten dieses Namens?«

»Du lieber Himmel, Bill, er hat das neue BBC-Kommunikationszentrum gebaut! Es wird immer noch darüber diskutiert, ob es nun ein Traum oder aber ein Alptraum ist!«

»Ich weiß nicht, ob das derselbe Ben Hanscom ist. Möglich wäre es. Der Ben, den ich als Jungen kannte, konnte solche Dinge ganz fantastisch. Wir standen da, und ich hielt Bev Marshs linke Hand in meiner rechten und Richie Toziers rechte Hand in meiner linken. Wir standen da draußen im Wasser wie bei irgendeiner Taufzeremonie des Südens, und

132

ich erinnere mich, daß ich den Wasserturm von Derry am Horizont sehen konnte, so weiß, wie man sich die Kleider der Erzengel vorstellt, und wir versprachen, wir *schworen*, daß – wenn es jemals wieder geschehen sollte, wir zurückkehren und dem ein Ende bereiten würden. Ein für allemal.«

»*Wem* ein Ende bereiten?« schrie sie, plötzlich wütend auf ihn. »*Wem* ein Ende bereiten? Verdammt, wovon *redest* du?«

»Ich wünschte, du würdest nicht f-f-fragen...«, begann Bill und verstummte. Ein Ausdruck von Verwirrung und Erschrecken huschte über sein Gesicht. »Gib mir eine Zigarette«, sagte er.

Sie reichte ihm die Packung. Er zündete sich eine Zigarette an. Sie hatte ihn seit fast sechs Jahren keine Zigarette mehr rauchen sehen.

»Ich habe damals gestottert«, sagte er.

»Du hast gestottert?«

»Ja. Du hast einmal zu mir gesagt, daß ich auf dich eine beruhigende Wirkung ausübe, weil ich nicht wie die Leute aus New York oder Kalifornien spreche. Erinnerst du dich noch daran? Du sagtest, ich würde langsam sprechen, und dadurch würdest du langsam denken und manchmal auch langsamer – und deshalb klüger – handeln...«

»Ich erinnere mich.«

»Du glaubtest, es hinge damit zusammen, daß ich aus Maine stamme. Aber das stimmt nicht, Audra. Alle ehemaligen Stotterer sprechen sehr langsam. Es ist einer der Tricks, die man lernt – genauso wie man lernt, an seinen Familiennamen zu denken, bevor man sich irgendwo vorstellt, denn Stotterer haben mit Substantiven mehr Schwierigkeiten als mit anderen Wörtern, und die größten Schwierigkeiten haben sie mit ihrem eigenen Vornamen.«

»Du hast *gestottert*?« Audra lächelte etwas verwirrt, so als hätte sie die Pointe eines Witzes nicht verstanden.

»Bis zu Georgies Tod habe ich mäßig gestottert«, fuhr Bill fort, und schon begann er im Geiste Wörter doppelt zu hören, wie in zeitlich unendlich weit voneinander entfernten Stereo-Lautsprecherboxen; die Wörter kamen mühelos heraus, in seiner langsamen und deutlichen Sprechweise, aber im Geiste hörte er ›m-m-mäßig‹. Auch das war eine unangenehme Erinnerung, auf die er gern verzichtet hätte. »Das heißt, es gab auch damals schon schlimme Momente – hauptsächlich in der Schule, wenn ich aufgerufen wurde –, besonders dann, wenn ich die richtige Antwort wußte und geben wollte. Aber meistens hielt es sich in Grenzen. Nach Georgies Tod wurde das Stottern viel schlimmer. Als ich dann 14 oder 15 war, wurde es wieder besser. Wir hatten an der neuen High School in Portland eine Sprachtherapeutin, Mrs. Thomas, und sie half mir – sie lehrte mich den Trick, an meinen Nachnamen zu denken, bevor ich ›Bill‹ sagte. Ich lernte damals in der Schule Französisch, und sie brachte mir bei, in die französische Sprache überzuwechseln, wenn ich etwas auf englisch nicht herausbekam. Wenn ich beispielsweise dastand und hilflos stotterte ›Dieses B-B-B-B-‹, konnte ich auf französisch ausweichen und ›cette livre‹ sagen. Das ging mir ganz leicht von den Lippen. Und meistens konnte ich dann auch auf englisch ohne Schwierigkeiten ›dieses Buch‹ sagen.

All das half mir, aber hauptsächlich besserte sich mein Stottern, weil ich Derry und alles, was dort geschehen war, vergaß. Ja, Audra, damals vergaß ich alles. Auf der High School. Nicht von einem Augenblick zum anderen, aber in bemerkenswert kurzer Zeit. In vier Monaten oder so. Mein Stottern und meine Erinnerungen an die Geschehnisse in Derry verschwanden zur selben Zeit.«

Er trank den Rest seines Safts. »Vor wenigen Minuten habe ich gestottert. Bei dem Wort ›fragen‹. Ich glaube, es war das erste Mal seit 21 Jahren, daß ich gestottert habe.«

Er drehte sich nach ihr um.

»Die Narben und jetzt das St-Stottern. H-Hörst du es?«

»Das machst du jetzt absichtlich!« rief sie. Sie hatte plötzlich schreckliche Angst.

»Nein«, sagte er. »Ich glaube, man kann es niemand anderem begreiflich machen, aber ich kann das Stottern *hören*, bevor es herauskommt. Es ist wie ein leises Echo in meinem Kopf.« Er sah erschöpft aus, und sie dachte mit Unbehagen daran, wie hart er in den letzten 13 Jahren gearbeitet hatte, als könnte er sein – wie er glaubte – bescheidenes Talent, das nur im Geschichtenerzählen bestand, irgendwie rechtfertigen oder steigern, indem er unermüdlich arbeitete. Sie fragte sich beunruhigt, ob der Anrufer von vorhin vielleicht Ralph gewesen war, der Bill zu einem Bier in die Kneipe eingeladen hatte, oder vielleicht auch Firestone, der Regisseur von ›*Dachzimmer*‹, oder vielleicht sogar jemand, der falsch verbunden gewesen war. Sie fragte sich, ob alles übrige vielleicht nur eine Halluzination von ihm war, der Beginn eines Nervenzusammenbruchs.

Aber die Narben – wie erklärst du dir dann die Narben? Er hat recht – sie waren vorher nicht da. Und du weißt das selbst.

»Was ist in Derry passiert?« fragte sie. »Erzähl mir auch den Rest, Bill. Wer hat deinen Bruder George ermordet? Und was ist danach geschehen?«

Er ging zu ihr und nahm ihre Hände.

»Ich glaube, ich könnte es dir erzählen«, sagte er leise. »Ich glaube, wenn ich wirklich wollte, könnte ich es. An das meiste kann ich mich auch jetzt nicht erinnern, aber wenn ich anfangen würde zu reden, würde es mir einfallen. Ich kann die Erinnerungen spüren... sie warten nur darauf, geboren zu werden. Sie sind wie Wolken voll Regen. Nur dürfte dieser Regen ziemlich schmutzig sein. Die Pflanzen, die nach so einem Regen wachsen, würden Monster werden. Vielleicht kann ich mich dem zusammen mit den anderen stellen...«

»Wissen sie es?«

»Mike hat sie alle angerufen«, erklärte er. »Er sagte, er glaube, daß sie alle kommen würden, vielleicht mit Ausnahme von Stanley. Er sagte, Stanley habe sich... sonderbar angehört.«

»Für mich hört sich das *alles* sehr sonderbar an«, sagte sie. »Du jagst mir schreckliche Angst ein, Bill.«

»Das tut mir leid, Liebling«, sagte er und küßte sie. Aber es war so, als würde sie von einem Fremden geküßt. Sie ertappte sich dabei, daß sie Mike Hanlon haßte. Sie hatte ihn nie gesehen, aber sie haßte ihn. »Ich hielt es für besser, dir zu erklären, soviel ich konnte. Besser, als sich einfach aus dem Staub zu machen, wie es vermutlich einige der anderen tun werden. Aber ich *muß* hin. Ich glaube, daß auch Stanley kommen wird, ob er sich nun sonderbar angehört hat oder nicht. Ich kann mir einfach nicht vorstellen, nicht hinzufahren.«

»Weil George dein Bruder war?«

Bill schüttelte langsam den Kopf. »Ich könnte dir zustimmen, daß das der Grund ist, aber es wäre eine Lüge. Ich liebte ihn. Ich weiß, wie merkwürdig sich das anhören muß, nachdem ich dir erzählt habe, daß ich seit zwanzig Jahren oder länger nicht mehr an ihn gedacht habe, aber ich liebte dieses Kerlchen *wahnsinnig*.« Er lächelte verhalten. »Er war Spastiker, aber ich habe ihn geliebt. Verstehst du?«

Audra, die eine jüngere Schwester hatte, nickte. »Ich verstehe.«

»Aber es ist nicht George. Ich kann nicht erklären was es ist. Ich...!« Er blickte in den Nebel hinaus.

»Ich fühle mich so, wie sich ein Vogel fühlen muß, wenn es Herbst wird, und wenn er spürt... irgendwie spürt..., daß er heimfliegen muß. Das ist Instinkt, Baby.... und ich glaube, Instinkt ist das eiserne Gerippe unter unseren Vorstellungen vom freien Willen. Wenn man nicht bereit ist, sich ein Gewehr an den Kopf zu halten oder einen langen Spaziergang von einem kurzen Steg zu machen, kann man zu bestimmten Dingen nicht nein sagen. Man kann sich nicht weigern, eine Möglichkeit zu wählen, weil es keine Möglichkeit gibt. Man kann es ebensowenig verhindern wie man mit dem Schläger in der Hand auf dem Schlagmal stehen und sich von einem Fastball treffen lassen kann. Ich muß gehen. Dieses Versprechen... sitzt in meinem Gehirn wie ein Angelhaken.«

Sie stand auf, ging auf ihn zu und legte ihm eine Hand auf die Schulter.

»Dann nimm mich mit.«

In seinem Gesicht spiegelte sich plötzlich so nacktes Entsetzen – eine derartige Angst um sie –, daß sie erschüttert zurückwich.

»Nein«, rief er. »Nein, daran darfst du nicht denken, Audra. Du darfst nicht einmal in die Nähe von Derry kommen. Derry wird in nächster Zeit ein sehr schlechter Aufenthaltsort sein, nehme ich an. Du wirst hierbleiben und deine Rolle spielen und mich überall entschuldigen... dir den Klatsch anhören oder was auch immer... aber du wirst hierbleiben. Versprich mir das!«

»Versprechen?« fragte sie und schaute ihm in die Augen. »Du hast einmal ein Versprechen abgegeben – und sieh dir an, in welchen Schlamassel dich das gebracht hat! Und mich ebenfalls, weil ich deine Frau bin und dich liebe.«

»Versprich es mir. Wenn du mich liebst, Audra, so versprich es mir.«

Sie sah ihn wortlos an – sie war sich nicht sicher, was sie sagen würde, wenn sie jetzt sprechen würde. Sie war völlig durcheinander. Seine großen Hände lasteten schmerzhaft auf ihren Schultern.

»Versprich es mir! V-V-V-«

Sie konnte das nicht aushalten – dieses hilflos in seinem Mund stekkengebliebene Wort.

»Ich verspreche es!« sagte sie und brach in Tränen aus. »Okay, ich verspreche es – bist du jetzt zufrieden? O Gott, du bist verrückt, die ganze Sache ist verrückt!«

Er legte den Arm um sie und führte sie zur Couch. Brachte ihr einen Brandy. Sie nippte daran und faßte sich allmählich wieder.

»Wann reist du also ab?«

»Heute«, sagte er. »Concorde. Ich schaffe es, wenn ich mit dem Auto statt mit dem Zug nach Heathrow fahre. Freddie wollte mich nach dem Mittagessen sehen. Du wirst wie gewöhnlich um neun bei den Dreharbeiten sein, und ansonsten spielst du die Unwissende. Verstehst du?«

Sie nickte widerstrebend.

»Ich fliege mit der Concorde, und ich werde in New York sein, bevor es hier überhaupt auffällt, daß ich nicht da bin. Vor Sonnenuntergang werde ich schon in Derry sein, wenn ich gute V-V-Verbindungen habe.«

»Und wann werde ich dich wiedersehen?« fragte sie leise.

Er legte den Arm um sie und drückte sie fest an sich, aber ihre Frage beantwortete er nicht.

Derry:

DAS ERSTE ZWISCHENSPIEL

»Wie viele Menschenaugen... hatten im Laufe der Jahre Blicke auf ihre geheimen Anatomien erhaschen können?«

– Clive Barker
Die Bücher des Blutes

Der nachfolgende Auszug, ebenso wie alle anderen Zwischenspiele, stammt aus ›Derry: Eine nicht autorisierte Stadtgeschichte‹, von Michael Hanlon; unveröffentlichte Aufzeichnungen, die im Keller der Stadtbücherei Derry gefunden wurden. Oben genannter Titel stand auf dem Ordner, in dem diese Aufzeichnungen lagen. In den Notizen selbst gibt der Autor seinem Werk dann mehrmals den Titel: ›Derry: Ein Blick durch die Hintertür der Hölle‹.

Man kann annehmen, daß der Gedanke an eine Veröffentlichung populärer Art Mr. Hanlon häufig durch den Kopf gegangen ist.

2. Januar 1985

Kann eine ganze Stadt heimgesucht werden?

So, wie manche Spukhäuser heimgesucht werden. Nicht nur ein einzelnes Haus in dieser Stadt oder eine einzige Straßenecke, nicht ein einzelnes Auto oder ein einziges Basketballfeld in einem einzigen kleinen Park, wo der netzlose Korb bei Sonnenuntergang hervorsteht wie ein obskures blutiges Folterinstrument; nicht nur ein einzelnes Loch in der Wand oder eine einzelne historische Sehenswürdigkeit; nicht nur solche Dinge – sondern *alles?*

Kann das sein?

Hören Sie:

Heimgesucht: »Häufig von Geistern oder Gespenstern besucht.« Funk und Wagnalls.

Heimsuchung: »Immer wieder ins Gedächtnis zurückkehrend; schwer zu vergessen.« Dito, Funk und Freund.

Heimsuchen: »Häufig wiederkehren oder erscheinen, speziell als Geist.« *Aber* – und hören Sie zu! – »*Ein häufig heimgesuchter Ort:* Sammelpunkt, Erscheinungsort...« Hervorhebung selbstverständlich von mir.

Und noch einer. Diese letzte Definition von heimsuchen als Substantiv, und gleichzeitig die, die mir echt angst macht: »*Ein Futterplatz für Tiere.*«

Wie die Tiere, die Adrian Mellon zusammengeschlagen und dann über die Brücke geworfen haben?

Wie das Tier, das unter der Brücke gelauert hat?

Ein Futterplatz für Tiere.

Was ernährt sich in Derry? Was ernährt sich *von* Derry?

Wissen Sie, irgendwie ist es interessant – ich habe nicht gewußt, daß man solche Angst bekommen kann, wie ich seit der Sache mit Adrian Mellon, und trotzdem weiterleben und auch noch funktionieren. Es ist, als wäre ich in eine Geschichte geraten, und alle wissen, solche Angst soll man erst am *Ende* der Geschichte haben, wenn der Jäger im Dunkeln schließlich aus dem Unterholz kommt, um zu fressen... Dich natürlich. Dich.

Aber wenn dies eine Geschichte ist, so jedenfalls keine nach Art der klassischen Horrorgeschichten von Lovecraft, Bradbury oder Poe. Ich weiß zwar bei weitem nicht alles, aber doch eine ganze Menge. Ich habe mit meinen Nachforschungen nicht erst angefangen, nachdem ich letzten September in den ›Derry News‹ von der ursprünglichen Aussage des Unwin-Jungen gelesen und erkannt hatte, daß der Clown, der George Denbrough ermordete, wieder aufgetaucht sein könnte. Ich habe schon seit 1980 Nachforschungen angestellt – ja, ich glaube, um jene Zeit herum ist ein Teil von mir erwacht, der bis dahin geschlafen hatte... so als hätte ich gewußt, daß auch Es in absehbarer Zeit wieder erwachen könnte.

Welcher Teil von mir? Ich nehme an, der Wachtposten in mir.

Vielleicht war es aber auch die Stimme der Schildkröte. Ja, ich glaube, so muß es gewesen sein. Ich weiß jedenfalls, daß Bill Denbrough dieser Ansicht wäre.

Ich habe in alten Büchern Schilderungen alter Schrecken entdeckt, in alten Zeitschriften von alten Greueltaten gelesen; mit jedem Tag wurde eine Art Wellenrauschen in meinem Unterbewußtsein ein klein wenig lauter, so als spürte ich den heranziehenden Sturm; mit jedem Tag schien der bittere Geruch kommender Blitze stärker zu werden. Ich begann Notizen für ein Buch zu machen, das ich höchstwahrscheinlich nie schreiben werde. Und gleichzeitig nahm mein Leben – zumindest nach außen hin – seinen ganz gewöhnlichen Gang. Einerseits lebte und lebe ich mit den schlimmsten Schrecken, die man sich überhaupt vorstellen kann; andererseits führe ich das ruhige Leben eines Bibliothekars. Ich leihe Bücher aus und nehme sie wieder in Empfang. Ich stelle Bücher und Zeitschriften in die Regale zurück; ich schalte das Mikrofilmlesegerät aus, was unachtsame Benutzer manchmal zu tun vergessen; ich scherze mit Carole Danner, wie gern ich mit ihr ins Bett gehen würde; und sie geht auf meinen Scherz ein und sagt ihrerseits, wie gern sie mit mir ins Bett gehen würde, und wir wissen beide, daß sie wirklich nur Spaß macht, ich hingegen nicht, ebenso wie wir beide wissen, daß sie nicht lange in einem kleinen Ort wie Derry bleiben wird, daß ich aber immer hier sein werde, eingerissene Seiten in ›Business Week‹ kleben werde und zu den monatlichen Sitzungen, wo es um die Neuanschaffungen geht, Platz nehmen werde, Pfeife und Aschenbecher in der einen Hand, den Stoß ›Library Journals‹ in der anderen... und werde mitten in der Nacht mit auf den Mund gepreßter Faust aufwachen, damit ich nicht schreie.

Die Schauerromanklischees sind allesamt falsch. Mein Haar ist nicht weiß geworden. Ich schlafwandle nicht. Ich habe nicht angefangen, seltsame Bemerkungen zu machen oder ein Spiritistenbrett in der Tasche mit mir herumzutragen. Ich glaube, ich lache häufiger, das ist alles, und manchmal muß es sich ziemlich schrill anhören, weil mich die Leute manchmal komisch ansehen, wenn ich lache.

Ein Teil von mir – der Teil, den Bill die Stimme der Schildkröte nennen würde – sagt mir, ich sollte sie heute abend alle anrufen. Aber bin ich selbst jetzt völlig sicher? Will ich völlig sicher sein? Nein. Aber, großer Gott, was mit Adrian Mellon passiert ist, hat solche Ähnlichkeit mit dem, was im Herbst 1957 mit Stotter-Bills Bruder George passiert ist.

Wenn es tatsächlich wieder begonnen hat, werde ich sie anrufen müssen. Ich werde es tun müssen. Aber noch ist es zu früh. Deshalb warte ich ab und fülle die Wartezeit mit Aufzeichnungen aus; und manchmal betrachte ich mich lange im Spiegel, betrachte den Fremden, in den der Junge von einst sich verwandelt hat. Dieser Junge hatte das schüchterne Gesicht eines Bücherwurms; der Spiegel zeigt mir einen Mann, der aussieht wie ein Bankkassierer in einem Western, der immer eine farblose Gestalt ist und nichts weiter zu tun hat, als ängstlich auszusehen und die Hände hochzunehmen, wenn die Bankräuber das befehlen.

Und meistens wird er erschossen, während die Bankräuber fliehen.

Derselbe alte Mike. Leichte dunkle Ringe unter den Augen, ein bißchen abgespannt vom unruhigen Schlaf, jedoch nicht so, daß es jemandem stark auffallen würde. Wenn jemand einen flüchtigen Blick auf mich wirft, während ich sein Buch abstemple, wird er höchstens denken: Er liest zuviel von seinen eigenen Büchern. Aber das ist auch schon alles. Niemand würde auf die Idee kommen, daß der Mann mit dem arglosen Bankangestelltengesicht, daß dieser Mann gegen eine panische Angst ankämpft, die ihn nicht mehr losläßt.

Wenn ich anrufe, könnte diese Nachricht einige von ihnen umbringen.

Das gehört zu den Dingen, die mich während der langen Nächte beschäftigen, wenn ich nicht schlafen kann, wenn ich in meinem hellblauen Pyjama im Bett liege, meine Brille und ein Glas Wasser neben mir auf dem Nachttisch. Ich frage mich, woran sie sich noch erinnern mögen, und irgendwie bin ich überzeugt davon, daß sie sich an gar nichts mehr erinnern können. Ich bin der einzige, der die Stimme der Schildkröte hört, der sich erinnert, weil ich der einzige bin, der hier in Derry geblieben ist, wo alles sich ereignete. Und weil sie in alle vier Winde verstreut sind, können sie auch nichts von den identischen Mustern ihres Lebens wissen. Sie zurückholen, ihnen jenes Muster aufzeigen... es könnte einige von ihnen umbringen, es könnte sie *alle* umbringen.

Ich denke immer und immer wieder darüber nach; ich denke an *sie* und versuche zu entscheiden, wer von ihnen am verletzbarsten ist. Richie Tozier, glaube ich manchmal, Richie ›Schandmaul‹ Tozier, der so oft von Criss und Huggins und Bowers schikaniert wurde (Bowers, in erster Linie war es Bowers, vor dem Richie Angst hatte); wenn ich ihn anriefe – würde das für ihn so eine Art schrecklicher Wiederkehr seiner Peiniger bedeuten, von denen zwei im Grabe liegen und einer bis zum heutigen Tage im Irrenhaus in Juniper Hill Tobsuchtsanfälle bekommt? Manchmal glaube ich – Eddie. So leicht für ihn, schwach zu sein, ängstlich zu sein, nach Hause zur Mama zu laufen, seinen Aspirator in der einen Hand, seine Tabletten in der anderen. Oder vielleicht Stotter-Bill, wenn er mit einem Horror konfrontiert wird, den er nicht einfach dadurch bannen kann, daß er die Hülle über seine Schreibmaschine zieht? Stan Uris? Oder Beverly, die immer versuchte, die Starke zu spielen, aber genauso Angst hatte wie wir alle?

Ein rasiermesserscharfes Fallbeil hängt über ihren Köpfen, aber ich glaube nicht, daß sie das wissen. Und ich kann es auf sie niedersausen lassen, einfach indem ich mein Adreßbuch öffne, in dem ihre Telefonnummern stehen, und sie anrufe.

Ich klammere mich an die schwache Hoffnung, daß ich einfach die Angstschreie meines eigenen begrenzten Verstandes fälschlicherweise für die Stimme der Schildkröte halte. Was habe ich denn schließlich in der Hand? Mellon im Juli. Ein totes Kind in der Neibolt Street letzten Oktober, eines im Memorial Park Anfang Dezember, kurz vor dem ersten Schnee. Vielleicht war es ein Landstreicher, wie in der Zeitung stand. Oder ein Verrückter, der seither Derry verlassen oder aus Reue oder Abscheu Selbstmord begangen hat, wie manche Bücher über den wahren Jack the Ripper sagen.

Vielleicht.

Aber das Mädchen der Albrechts wurde genau gegenüber dem verdammten Haus in der Neibolt Street gefunden... und sie wurde am selben Tag ermordet wie George Denbrough siebenundzwanzig Jahre früher. Und dann der kleine Johnson im Memorial Park, ein Bein unter dem Knie abgerissen. Im Memorial Park befindet sich natürlich der Wasserturm und der Junge wurde fast an dessen Fuß gefunden. Der Wasserturm ist in Rufweite der Barrens; der Wasserturm ist auch die Stelle, wo Stan Uris diese Jungs gesehen hat.

Diese toten Jungs.

Es könnte sein, daß alles nur Schall und Rauch ist – *Könnte* sein. Oder Zufall. Oder vielleicht etwas dazwischen – eine Art böses Echo. Könnte das sein? Ich spüre, daß es sein könnte. Hier in Derry könnte alles sein.

Ich glaube, daß es immer noch hier ist, jenes Etwas, das schon früher hier war, 1957 und 1958, jenes Etwas, das 1929 und 1930 hier war, als der ›Black Spot‹ von der Maine Legion of White Decency niedergebrannt wurde, jenes Etwas, das 1904 und 1905 hier war, als die Kitchener-Eisenhütte explodierte, jenes Etwas, das 1876 und 1877 hier war, jenes Etwas, das etwa alle 27 Jahre hier aufgetaucht ist, manchmal früher, manchmal später... aber es kam, dessen Auftauchen sich sehr weit zurückverfolgen läßt, obwohl es natürlich immer verschwommener wird, je weiter man zurückgeht, weil es über jene Zeiten wenig schriftliche Quellen gibt, weil die Mottenlöcher in der Geschichte dieses Ortes größer und größer werden. Aber zu wissen, wo man suchen muß – und *wann* man suchen muß –, heißt noch lange nicht, daß man das Problem gelöst hat. Es kommt immer zurück, wißt ihr.

Ja: Ich glaube, ich werde anrufen müssen. Wir sind dazu ausersehen – das spüre ich. Irgendwie, entweder durch blinden Zufall oder durch das Wirken eines blinden Schicksals, sind wir diejenigen, die auserwählt wurden, ihm für immer Einhalt zu gebieten. Oder ist es wieder jene verdammte Schildkröte? Erteilt sie vielleicht auch Befehle? Ich weiß es nicht. Und ich glaube, das ist auch nicht weiter wichtig. Vor vielen Jahren sagte Bill: *Die Schildkröte kann uns nicht helfen*, und wenn es damals so war, so wird es auch jetzt so sein.

Ich denke daran, wie wir dort im Wasser standen, uns bei den Händen hielten und jenen Schwur leisteten, zurückzukommen, wenn es jemals wieder beginnen sollte – wir standen fast wie Druiden im Kreis, Handfläche an Handfläche, unser Versprechen mit unserem Blut besiegelnd. Ein Ritual, das vielleicht so alt ist wie die Menschheit, ein unbewußter Zapfen, der in den Baum der Allmacht getrieben wurde – jenen Baum, der an der Grenze all unseres Wissens und dem Land all unserer Vermutungen wächst.

Denn die Ähnlichkeiten...

Aber ich bin hier wie Bill Denbrough, stottere immer wieder über dasselbe Stück, rezitiere ein paar Fakten und jede Menge unangenehme (und reichlich wacklige) Mutmaßungen, und meine Besessenheit wächst mit jedem Abschnitt. Unnütz. Vergeblich. Sogar gefährlich. Aber es ist so schwer, auf Ereignisse zu warten.

Diese Aufzeichnungen sind ein Versuch, der Besessenheit ein wenig Herr zu werden – oder vielleicht auch nur, ihren Gesichtskreis zu erweitern, sich auf mehr zu konzentrieren als nur auf sechs Jungen und ein Mädchen, die alle nicht glücklich waren und von ihren Altersgenossen nicht akzeptiert wurden und die während eines heißen Sommers, als Eisenhower noch Präsident war, in einen Alptraum hineinstolperten. Es ist ein Versuch, die Kamera ein wenig zurückzuschieben, um die ganze Stadt ins Bild zu bekommen, einen Ort, wo fast 35000 Menschen arbeiten und essen und schlafen und sich lieben und einkaufen und Auto fahren und spazierengehen und die Schule besuchen und gelegentlich sterben.

Um zu wissen, wie ein Ort *ist*, muß man wissen, wie er *war* – davon bin ich überzeugt. Und wenn ich angeben müßte, wann dies alles für mich wieder begonnen hat, so würde ich sagen, es war jener Frühlingstag 1980, als ich Albert Carson aufsuchte – er ist letzten Sommer mit 91 Jahren gestorben. Er war der Leiter der hiesigen Bücherei von 1914 bis 1960 – eine unglaubliche Zeitspanne (aber er war auch ein unglaublicher Mann), und ich glaubte, wenn überhaupt jemand mir würde sagen können, welches das beste Geschichtsbuch über diese Gegend ist, so Albert Carson. Ich stellte ihm also meine Frage, und er gab mir seine Antwort mit heiserer, krächzender Stimme – er hatte Kehlkopfkrebs, dem er dann schließlich auch erlag.

»Sie taugen alle einen Dreck«, sagte er. »Wie Sie selbst verdammt gut wissen.«

»Womit soll ich dann den Anfang machen?« fragte ich.

»Was anfangen, um Himmels willen?«

»Die Geschichte der Gegend recherchieren. Der Stadt Derry.«

»Oh, gut. Fangen Sie mit Fricke und Michaud an, das sind angeblich die besten.«

»Und wenn ich die gelesen habe...«

»*Gelesen?* Nein, Herrgott! Werfen Sie sie in den Mülleimer. Das ist Ihr erster Schritt. Dann lesen Sie Buddinger. Branson Buddinger war ein verdammt schlampiger Forscher und litt an einer tödlichen Krankheit; wenn auch nur die Hälfte von dem stimmt, was ich gehört habe. Aber als ich nach Derry gekommen bin, hatte er das Herz am rechten Fleck. Er hat viele Tatsachen durcheinandergebracht, aber er hat sie mit *Gefühl* durcheinandergebracht, Hanlon.«

Ich lachte ein wenig, und Carson verzog seine rissigen, ledrigen Lippen zu einem Grinsen – ein etwas beängstigender Ausdruck guter Laune. Er sah wie ein Geier aus, der zufrieden ein soeben getötetes Tier bewacht und darauf wartet, daß es genau das richtige Stadium wohlschmeckender Verwesung erreicht.

»Dann machen Sie mit dem Geschichtsbuch von Ives weiter«, sagte er. »Machen Sie sich eine Liste von allen Leuten, mit denen er gesprochen hat. Sandy Ives lehrt noch an der University of Maine. Suchen Sie ihn auf. Laden Sie ihn zum Abendessen ein. Fragen Sie ihn aus. Notieren Sie sich Adressen. Reden Sie mit den Alteingesessenen, mit denen er geredet hat. Dann werden Sie zumindest einen Anhaltspunkt haben. Sie werden eine Menge herausfinden, wenn Sie genügend Leute aufspüren, Mike. Eine Menge davon wird Ihnen vielleicht den Schlaf rauben.«

»Derry...«

»Was ist damit?«

»Derry ist nicht richtig, oder?«

»Richtig?« fragte er krächzend flüsternd. »Was ist richtig? Was bedeutet das Wort? Ist ›richtig‹ hübsche Bilder vom Kenduskeag bei Sonnenuntergang, Kodachrome von sowieso, f-stop Wieheißterdochgleich? Wenn ja, dann ist Derry richtig, denn hübsche Bilder gibt es en gros davon. Ist ›richtig‹ ein verfluchtes Komitee alter Jungfern mit Spinnweben zwischen den Beinen, die die Gouverneursvilla erhalten oder eine Gedenktafel vor dem Wasserturm aufstellen wollen? Wenn *das* richtig ist, dann ist Derry richtig, denn wir haben mehr als unseren Anteil an alten Tanten, die sich in jedermanns Angelegenheiten einmischen. Ist ›richtig‹ die häßliche Plastikstatue von Paul Bunyon vor dem City Center? Oh, wenn ich einen Lastwagen voll Napalm und mein altes Zippo-Feuerzeug hätte, würde ich mich schon um *das* verdammte Ding kümmern, das dürfen Sie mir glauben... Aber wenn man ein ästhetisches Empfinden hat, zu dem auch Plastikstatuen gehören, dann ist Derry richtig. Die Frage ist, was bedeutet richtig für Sie, Mr. Hanlon? Hm? Oder präziser, was bedeutet richtig *nicht?*«

Ich konnte nur den Kopf schütteln. Entweder er wußte es, oder er wußte es nicht. Ich glaubte, er wisse es; und das glaube ich auch heute noch.

»Oh, es gab unerfreuliche Ereignisse«, sagte er. »Die Geschichte einer Stadt hat Ähnlichkeit mit einem großen alten Herrensitz – viele Säle und kleine Zimmerchen und Waschküchen und Türmchen und Kellergewölbe... und ein, zwei Geheimgänge. Ist es das, was Sie meinen? Sie werden sie finden, Mike, wenn Sie danach suchen. O ja. Vielleicht wird es Ihnen hinterher leid tun, aber Sie werden sie finden.« Und seine Augen funkelten mich mit all der Schläue eines alten Mannes an. »Oder vielleicht haben Sie sie auch schon gefunden. Vielleicht glauben Sie sogar, schon auf das Schlimmste gestoßen zu sein... aber Sie könnten herausfinden, daß Sie sich geirrt haben.«

»Was...«

»Und jetzt werden Sie mich entschuldigen müssen, Mike. Meine

Kehle tut heute sehr weh, und es ist Zeit für meine Medizin und mein Nickerchen.«

Mit anderen Worten, hier hast du das Brett, mein Freund, nun sieh mal zu, was für ein Spiel du darauf spielen kannst.

Ich begann, wie Carson mir geraten hatte, mit den Geschichtsbüchern von Fricke und Michaud. Sie waren genauso schlecht, wie er gesagt hatte.

Ich las das Werk von Buddinger, widmete speziell seinen Fußnoten viel Aufmerksamkeit und Zeit und jagte jedem kleinsten Hinweis nach.

Das war einträglicher, aber Fußnoten sind eine komische Sache, wissen Sie, wie Trampelpfade durch ein wildes, zügelloses Land. Sie teilen sich, dann teilen sie sich wieder; man kann an jeder Stelle in eine Sackgasse einbiegen, die einen zu einem mit Brombeersträuchern überwucherten Ende führt, oder in sumpfigen Treibsand. »Wenn Sie eine Fußnote finden«, hat ein Prof für Bibliothekswissenschaft einmal zu einer Klasse gesagt, an der ich auch teilgenommen habe, »dann zertreten Sie sie, bevor sie sich vermehren kann.«

Sie *vermehren* sich tatsächlich, und manchmal ist das gut, aber ich glaube, in den meisten Fällen nicht. Diejenigen in Buddingers hölzern geschriebenem Buch A HISTORY OF OLD DERRY (Orono: University of Maine Press, 1950) stöbern durch hundert Jahre vergessene Bücher und verstaubte Doktorarbeiten über Geschichte und Folklore, durch Artikel in längst eingestellten Zeitschriften und durch atemberaubende Stapel Stadtdokumente und Ordner.

Interessanter und fruchtbarer waren meine Unterhaltungen mit Sandy Ives. Er hatte gar nicht den Ehrgeiz gehabt, eine vollständige Geschichte der Stadt zu schreiben, sondern in den Jahren 1963–1966 eine Artikelserie über Derry veröffentlicht, wobei er sehr viele mündliche Quellen auswertete. Die meisten der alteingesessenen Einwohner, mit denen er gesprochen hatte, waren schon tot, als ich mit meinen Nachforschungen begann. Aber sie hatten Söhne, Töchter, Neffen, Cousins. Ich fuhr 1980 und Anfang 1981 eine Menge in der Gegend herum und unterhielt mich mit vielen von ihnen. Ich saß auf Veranden, ich trank eine Menge Tee, Black Label Bier, selbstgebrautes Bier, selbstgebrautes Wurzelbier, Leitungswasser und Quellwasser. Ich hörte aufmerksam zu, und mein Kassettenrecorder lief.

Buddinger und Ives stimmten in einem Punkt überein: Die erste Schar von 300 Siedlern ließ sich auf einer Fläche nieder, die heute Derry, den größten Teil Newports und kleine Stückchen im Nordwesten an Newport grenzender Städte umfaßt. Alle diese Siedler verschwanden im Jahre 1741 einfach. Im Juni jenes Jahres waren sie noch da, im Oktober nicht mehr. Das kleine Dorf mit seinen Holzhütten war völlig menschenleer.

Eine der Hütten, die etwa an der Stelle der heutigen Kreuzung Witcham Street und Jackson Street stand, war bis auf den Grund niedergebrannt. Vielleicht war das der Ursprung von Michauds farbiger Geschichte eines Indianermassakers. Viel wahrscheinlicher ist jedoch, daß der Ofen in dieser Hütte zu heiß wurde und sie in Flammen aufging, als, was immer auch damals geschehen sein mag, geschah.

Indianermassaker? Fraglich. Keine Gebeine, keine Leichen. Überschwemmung? In dem Jahr nicht. Krankheiten? In den Aufzeichnungen der umliegenden Städte kein Wort davon.

Sie verschwanden einfach. Alle. Alle *dreihundertvierzig* Personen. Ohne eine Spur.

Soviel ich weiß, ist der einzige vergleichbare Fall in der amerikanischen Geschichte das Verschwinden der Siedler auf Roanoke Island in Virginia. Jedes Schulkind im Lande weiß darüber Bescheid; aber wer weiß außerhalb von Maine etwas über das Verschwinden in Derry? Offenbar nicht einmal die Menschen, die hier wohnen. Ich habe ein paar Studenten ausgefragt, die den hier vorgeschriebenen Kurs über die Geschichte von Maine belegten, und keiner wußte etwas. Dann habe ich das Buch *Maine Then and Now* durchgesehen. Es enthält mehr als vierzig Einträge über Derry, die meisten aus der Blütezeit der Holzindustrie. Nichts über das Verschwinden von Kolonisten... aber auch diese – wie soll ich sagen? – diese *Stille* paßt in das Gesamtbild.

Eine Art Vorhang des Schweigens ist über vieles gebreitet, was hier passiert ist... und doch stellen Leute manchmal Fragen. Ich schätze, nichts kann die Leute daran hindern, Fragen zu stellen. Aber man muß gut zuhören können, und das ist eine seltene Gabe. Ich schmeichle mir, daß ich sie in den letzten vier Jahren erlangt habe. Wenn nicht, muß meine Eignung für die Aufgabe wirklich armselig sein, denn Übung hatte ich genug. Ein alter Mann erzählte mir, daß seine Frau in den drei Wochen vor dem Tod ihrer Tochter – das war im Frühwinter 1957–58, das Mädchen war eines der damaligen Mordopfer – aus dem Ablauf ihrer Küchenspüle Stimmen gehört hatte. »Ein richtiges Stimmengewirr«, erzählte er mir. »Und obwohl sie Angst hatte, hat sie einmal geantwortet. Sie hat sich dicht über den Ablauf gebeugt und hinuntergerufen: ›Wie heißt ihr?‹ Und sie erzählte mir, all diese Stimmen hätten ihr geantwortet – grunzend und lallend, heulend und jaulend, schreiend und lachend. Und meine Frau sagte, sie hätten gerufen, was der Besessene zu Jesus sagte: ›Mein Name ist Legion.‹ Meine Frau ging danach ein Jahr lang nicht mehr in die Nähe dieser verdammten Spüle. Und ich mußte den ganzen verfluchten Abwasch machen.«

Er trank Cola aus der Dose, ein etwa siebzigjähriger Mann mit Falten um die Augen und auf den Wangen. Er trug verblichene graue Arbeitskleidung und ging zwischen dem Erzählen immer wieder einmal hinaus, um Kunden in seiner Tankstelle an der Kansas Street zu bedienen.

»Na ja, Sie werden mich wahrscheinlich für verrückt halten«, sagte er, »aber ich könnte Ihnen noch etwas anderes erzählen, wenn Sie Ihr Karussell da mal anhalten.«

Ich schaltete meinen Kassettenrecorder aus und lächelte ihm zu.

Er lächelte zurück, aber es war kein frohes Lächeln. »Eines Abends spülte ich das Geschirr – es war im Spätherbst 1958, nachdem alles vorüber war. Meine Frau schlief oben. Betty war das einzige Kind gewesen, das Gott uns geschenkt hatte, und nach ihrer Ermordung schlief meine Frau sehr viel. Na ja, ich ließ also das Wasser ablaufen. Sie kennen ja das Geräusch, wenn ein Spülmittel mit drin ist – ein irgendwie undeutliches, saugendes Geräusch. Und als es fast verklungen war, hörte ich da unten meine Tochter. Ich hörte Betty irgendwo da unten in den Leitungsrohren. Sie lachte. Sie lachte dort unten im Dunkeln. Nur klang es für meine Ohren mehr wie ein Hilferuf. Sie schrie und lachte da unten in den Rohren. Das war das einzige Mal, daß ich irgend so was gehört habe. Vielleicht habe ich es mir auch nur eingebildet. Aber... ich glaube es nicht.«

Er sah mich an, und ich erwiderte seinen Blick. Durch die schmutzigen Fenster der Tankstelle drang helles Sonnenlicht, aber mir war kalt, eiskalt.

»Glauben Sie, daß ich Ihnen einen Bären aufbinden will?« fragte der alte Mann, der 1957 etwa 45 Jahre alt gewesen sein muß, der alte Mann, dem Gott nur eine einzige Tochter geschenkt hatte. Sie hieß Betty Ripsom, und sie wurde kurz nach Weihnachten jenes Jahres in einem Straßengraben an der Outer Jackson Street aufgefunden – mit weit aufgeschlitztem Leib.

»Nein«, erwiderte ich ernst. »Das glaube ich keineswegs.«

Vielleicht hätte er mir noch mehr erzählt, aber ein lautes Klingeln unterbrach uns – draußen war wieder ein Auto zum Tanken vorgefahren. Mr. Ripsom stand auf und schlurfte hinaus. Er wischte sich die Hände an einem Stück Papier ab. Als er zurückkam, sah er mich wie einen unerwünschten Fremden an, der zufällig von der Straße hereingeraten ist. Ich verabschiedete mich und ging.

Buddinger und Ives sind sich noch in einem Punkt einig: Hier in Derry stimmt tatsächlich etwas nicht; in Derry hat irgend etwas nie gestimmt.

Ich habe Albert Carson etwa einen Monat vor seinem Tod zum letzten Mal gesehen. Der Zustand seines Kehlkopfes hatte sich verschlimmert. Er konnte nur noch flüstern. »Ich nehme an, Sie wollen eine Geschichte von Derry schreiben, stimmt's?«

»Ich habe mit dieser Idee gespielt«, sagte ich, aber ich glaube, ich wußte damals schon, daß etwas anderes in der Luft lag. Ich hatte das unerkliche, aber sehr starke Gefühl, ich müßte den Dingen auf den Grund gehen.

»Sie werden zwanzig Jahre dazu brauchen«, flüsterte er. »Lassen Sie es lieber bleiben, Hanlon. Kein Mensch würde Ihr Buch lesen. Kein Mensch würde es lesen *wollen*. Wissen Sie, daß Buddinger Selbstmord begangen hat?«

Ich wußte es schon seit einiger Zeit – aber nur, weil die Leute immer reden und ich zuhören gelernt habe. Der Artikel in den *News* hatte es als Sturz bezeichnet, und es stimmte, daß Branson Buddinger gestürzt war. Was in den *News* nicht stand, war, daß er von einem Hocker in seinem Schlafzimmer gefallen ist und dabei eine Schlinge um den Hals hatte.

»Wissen Sie über den Zyklus Bescheid?«

Ich starrte ihn verblüfft an.

»O ja, ich kenne ihn«, flüsterte Carson. »Alle 26 oder 27 Jahre. Auch Buddinger kannte diesen Zyklus. Von den Alten wissen sehr viele darüber Bescheid, auch wenn sie es um nichts in der Welt zugeben würden. Lassen Sie es bleiben, Hanlon.«

Er streckte eine krallenähnliche Hand aus. Er klammerte sie um mein Handgelenk, und ich konnte den Krebs spüren, der in seinem Körper wütete und alles verschlang, was noch gut und zu verschlingen war – nicht, daß es zu der Zeit noch besonders viel gewesen sein kann; Albert Carsons Licht war so gut wie ausgepustet.

»Michael – Sie sollten sich da besser nicht einmischen. Hier in Derry gibt es Wesen, die beißen. Lassen Sie es. *Lassen Sie es*.«

»Ich kann nicht«, sagte ich.

»Dann seien Sie auf der Hut«, krächzte er. Und plötzlich hatte dieser sterbende alte Mann die riesigen, schreckensweit aufgerissenen Augen eines Kindes. »Seien Sie auf der Hut.«

Derry.

Meine Heimatstadt. Nach der gleichnamigen Grafschaft in Irland benannt.

Derry.

Ich kam im Derry Home Hospital zur Welt; ging hier zur Grundschule und zur Junior High School. Danach zur High School. Anschließend war ich auf der University of Maine – ›gleich um die Ecke‹, wie man sagt –, und dann kehrte ich hierher zurück, in die Stadtbücherei. Ich bin ein Kleinstadtmensch und führe ein Kleinstadtleben, einer unter Millionen.

Aber.

Aber:

Im Jahre 1879 fand eine Gruppe Holzfäller die Überreste einer anderen Gruppe, die den Winter eingeschneit in einem Lager am oberen Kenduskeag verbracht hatte – am Rand dessen, was die Kinder immer noch die Barrens nennen. Alles in allem waren es neun, alle in Stücke gehackt. Köpfe waren davongerollt... ganz zu schweigen von Armen... einem oder zwei Füßen... und der Penis eines Mannes war an eine Mauer der Blockhütte genagelt worden.

Aber:

Im Jahre 1851 vergiftete John Markson seine ganze Familie und verschlang dann selbst einen ganzen weißen Knollenblätterpilz. Er muß furchtbare Todesqualen gelitten haben. Der Stadtpolizist, der ihn fand, schrieb in seinem ersten Bericht, er habe geglaubt, die Leiche grinse ihn an; er schrieb von ›Marksons fürchterlichem weißen Lächeln‹. Es stellte sich dann heraus, daß dieses ›weiße Lächeln‹ darauf zurückzuführen war, daß Markson den ganzen Mund voll Knollenblätterpilz hatte; er hatte noch weitergegessen, als die Wirkung schon eingetreten war und er sich in Todeskrämpfen gewunden hatte.

Aber:

Am Osternachmittag des Jahres 1906 veranstalteten die Eigentümer der Kitchener-Eisenhütte eine Ostereiersuche für ›alle braven Kinder von Derry‹. Gefährliche Teile der Eisenhütte wurden abgeschlossen und über 500 mit bunten Bändern geschmückte Schokoladeneier im übrigen Gebäude versteckt. Buddingers Darstellung zufolge waren mindestens so viel Kinder gekommen, wie Eier versteckt waren, und sie rannten fröhlich lachend und schreiend durch die sonntäglich stille Eisenhütte und fanden die bunten Eier in den Schreibtischschubladen der Vorarbeiter, zwischen den großen, rostigen Zähnen der Getrieberäder, in tiefen Gußformen im dritten Stockwerk (die auf den alten Fotos aussehen wie Kuchenformen aus der Küche eines Riesen). Drei Generationen von Kitcheners waren anwesend, um dem fröhlichen Treiben zuzuschauen und Preise zu verteilen. Genau um Viertel nach drei an jenem Nachmittag explodierte die Eisenhütte. Hundertundzwei Personen, darunter 88 Kinder, kamen ums Leben. Am nächsten Mittwoch, als die ganze Stadt von der Tragödie noch wie gelähmt war, fand eine Frau den Kopf eines neunjährigen Jungen, Robert Dohay, in ihrem Apfelbaum hinter dem Haus. Der Kopf hatte Schokolade an den Zähnen und Blut an den Haaren. Acht Kinder und ein Erwachsener wurden nie gefunden. Die Ursache der Tragödie – der schlimmsten in Derrys Geschichte, sogar noch schlimmer als das Feuer im ›Black Spot‹ 1930 – wurde nie geklärt. Alle vier Kessel der Eisenhütte waren verschlossen gewesen.

Aber:

Die Mordrate in Derry ist sechsmal so hoch wie in jeder anderen Stadt Neuenglands vergleichbarer Größe. Ich fand die zögernden Schlußfolgerungen in dieser Sache so unvorstellbar, daß ich die Zahlen einem hiesigen Computerfreak der High School gegeben habe, der die Zeit, die er nicht vor seinem Commodore verbringt, hier in der Bibliothek sitzt.

Er ist noch ein paar Schritte weiter gegangen – man sucht einen Computerfreak und bekommt einen Übereiferer –, indem er ein weiteres Dutzend Kleinstädte in den ›Stat-Pool‹, wie er es nannte, eingefügt hat und mir anschließend eine Computer-Grafik präsentierte, aus der Derry herausragt wie ein schmerzender Daumen. »Die Leute hier müssen elend cholerische Temperamente haben, Mr. Hanlon«, war sein einziger Kommentar. Ich antwortete nicht. Hätte ich es getan, hätte ich ihm vielleicht gesagt, daß *etwas* in Derry ein ziemlich cholerisches Temperament hatte.

Pro Jahr verschwinden durchschnittlich 40 bis 60 Kinder, die nie gefunden werden. Bei den meisten handelt es sich um Teenager, und die offizielle Version lautet, daß sie von zu Hause weglaufen. Vielleicht sind wirklich einige Ausreißer darunter. *Einige.*

Und in den Jahren 1930 und 1958 war die Rate viel höher. 1930 verschwanden laut Polizeiakten 170 Kinder. *Das ist ohne weiteres verständlich*, erklärte mir der jetzige Polizeichef, als ich ihm die Statistik zeigte. *Es war die Zeit der Depression. Die meisten hatten es vermutlich einfach satt, ständig Kartoffelsuppe zu essen oder hungrig ins Bett zu gehen; sie haben sich aus dem Staub gemacht, auf der Suche nach etwas Besserem.*

1958 verschwanden 127 Kinder im Alter von drei bis 19 Jahren in Derry. *Gab es 1958 auch eine Depression*, fragte ich Chief Rademacher. *Nein*, sagte er, *aber die Leute ziehen eben sehr oft um, Hanlon. Und Kinder laufen nun mal leicht von zu Hause fort. Sie bekommen Krach mit ihren Eltern, weil sie zu spät nach Hause gekommen sind – und schon sind sie auf und davon.*

Ich zeigte Chief Rademacher das Foto von Chad Lowe, das im April 1958 in den ›Derry News‹ veröffentlicht worden war. *Glauben Sie, daß dieser Junge auch nach einem Krach mit seinen Eltern weggelaufen ist? Er war gerade dreieinhalb Jahre alt, als er verschwand!*

Rademacher warf mir einen bösen Blick zu und sagte, es sei zwar sehr nett gewesen, mit mir zu plaudern, er habe aber sehr viel zu tun. Ich ging.

Heimgesucht, Heimsuchung, heimsuchen.

Häufig von Geistern oder Gespenstern besucht, wie die Rohre unter den Abflüssen; häufig wiederkehren, etwa alle fünfundzwanzig, sechsundzwanzig oder siebenundzwanzig Jahre; ein Futterplatz für Tiere, wie in den Fällen von George Denbrough, Adrian Mellon, Betty Ripsom, der kleinen Albrecht, dem Jungen der Johnsons.

Ein Futterplatz für Tiere. Ja, und genau das sucht mich heim, quält mich.

Noch *ein* Kind, und ich werde anrufen; aber erst, wenn es unbedingt sein muß. In der Zwischenzeit habe ich meine Vermutungen, meinen gestörten Schlaf und meine Erinnerungen. Diese verdammten Erinnerungen... Und ich habe dieses Notizbuch, nicht wahr? Ich sitze da, und meine Hand zittert so stark, daß ich kaum schreiben kann, ich sitze in der leeren Bücherei, wenn sie geschlossen ist, ich sitze da, lausche auf die leisen Geräusche in den dunklen Bücherregalen und beobachte die Schatten, um sicher zu sein, daß sie sich nicht bewegen, nicht verändern.

Ich sitze neben dem Telefon.

Ich lege meine freie Hand auf den Hörer... berühre die Löcher in der Wählscheibe... dieser Apparat könnte in Windeseile die Verbindung zu meinen alten Freunden herstellen.

Wir sind gemeinsam in die Tiefe gestiegen.

Wir sind gemeinsam in die Dunkelheit hinabgestiegen.

Würden wir aus dieser Dunkelheit wieder herauskommen, wenn wir ein zweites Mal hinabstiegen?

Ich glaube kaum.

Ich bete zu Gott, daß ich sie nicht anrufen muß.

Ich bete zu Gott.

Zweiter Teil

JUNI 1958

»Meine Oberfläche bin ich selbst
   Unter welcher
als Zeuge, die Jugend
   begraben ist. Wurzeln?

Jeder hat Wurzeln.«
                    – William Carlos Williams
                         Paterson

»Sometimes I wonder what I'm a-gonna do,
There ain't no cure for the summertime blues.«

                    – Eddie Cochran

Viertes Kapitel

Ben Hanscoms Sturz

1

Um 23.45 Uhr bekommt eine der Stewardessen, die auf dem Flug 41
der United Airlines von Omaha nach Chicago in der 1. Klasse Dienst
hat, einen furchtbaren Schreck. Ein paar Sekunden glaubt sie, daß
der Passagier auf Platz A 1 gestorben ist.

Als er in Omaha an Bord ging, dachte sie insgeheim: Mit dem
wird's Ärger geben. Der ist ja stockbesoffen. Seine Whiskyfahne erin-
nerte sie an die Staubwolke, die immer den schmutzigen kleinen Jun-
gen in ›Peanuts‹ umgibt — Pig Pen heißt er. Nervös dachte sie an den
Getränkeservice kurz nach dem Start — sie war sicher, daß der Mann
einen Drink bestellen würde, vermutlich sogar einen doppelten, und
dann würde sie sich entscheiden müssen, ob sie seinem Wunsch nach-
kommen sollte oder nicht. Für diese Route waren Gewitterstürme vor-
hergesagt worden, und sie war ganz sicher, daß sich der große
Mann in Jeans und kariertem Hemd übergeben würde.

Aber der große schlaksige Mann bestellte ein Soda und lehnte die
Nüsse dankend ab, so höflich, wie man es sich nur wünschen konnte.
Sein Bedienungslicht leuchtete nicht auf, und nach kurzer Zeit ver-
gaß ihn die Stewardeß völlig, denn sie hatte bei diesem Flug alle
Hände voll zu tun — es war einer jener Flüge, die man am liebsten so-
fort nach der Landung vergessen möchte, einer jener Flüge, bei denen
einem unwillkürlich Gedanken ans eigene Überleben durch den Kopf
schießen.

Der Mittelwesten wird in dieser Nacht von Gewitterstürmen heim-
gesucht, und das Flugzeug laviert zwischen ihnen hindurch wie ein
guter Skifahrer beim Slalom. Der Wind ist sehr stark, viele Passagiere
ängstigen sich beim Anblick der zuckenden Blitze in den Wolken
(»Mami, macht Gott Blitzlichtaufnahmen von den Engeln?« fragt ein
kleiner Junge, und seine Mutter, die ziemlich grün im Gesicht ist,
lacht unsicher), die Anzeige ›Bitte anschnallen‹ erlischt nicht, die Be-
dienungslichter der Passagiere blinken unaufhörlich.

Das Flugzeug schlingert, jemand schreit leise auf, und die Stewar-
deß muß sich festhalten, um nicht das Gleichgewicht zu verlieren;
dabei dreht sie sich etwas um und blickt direkt in die starren Augen
des Mannes auf Platz A 1.

154

O mein Gott, er ist tot, *denkt sie.* Der viele Alkohol und dann dieser unruhige Flug... sein Herz... ihn hat bestimmt der Schlag getroffen.

Die Augen des Mannes sind direkt auf sie gerichtet, nehmen sie aber nicht wahr. Sie bewegen sich nicht. Es sind bestimmt die Augen eines Toten.

Die Stewardeß wendet sich von diesem schrecklichen starren Blick ab; ihr Herz klopft laut, und sie überlegt, was sie jetzt tun soll, und sie dankt Gott, daß der Mann keinen Sitznachbarn hat, der schreien und damit eine Panik auslösen könnte. Sie wird als erstes die Chefstewardeß und dann die männliche Besatzung informieren müssen. Vielleicht kann man den Mann in eine Decke einhüllen und ihm die Augen schließen, damit es so aussieht, als schliefe er, für den Fall, daß die Anzeige ›Bitte anschnallen‹ doch noch erlischt und dann einer der Passagiere auf dem Weg zur Toilette an dem Toten vorbeikommt...

All diese Gedanken schießen ihr rasend schnell durch den Kopf, dann wirft sie ihm einen zweiten Blick zu. Die toten, starren Augen sind unverändert auf sie gerichtet... und dann greift die Leiche nach ihrem Glas Soda und trinkt einen Schluck.

Genau in diesem Moment schwankt das Flugzeug besonders heftig, und der leise Aufschrei der Stewardeß geht in anderen Angstschreien unter. Endlich bewegen sich die Augen des Mannes – kaum merklich, aber sie weiß, daß er sie nun endlich sieht. Und sie denkt: Er ist ja gar nicht so alt, wie ich dachte, als er an Bord ging, trotz seiner graumelierten Haare.

Sie geht zu ihm, obwohl sie hinter sich zahlreiche Passagiere klingeln hört (nach der perfekten Landung, die 30 Minuten später erfolgt, werden die Stewardessen über 70 Kotztüten wegzuwerfen haben).

»*Ist mit Ihnen alles in Ordnung, Sir?*« *fragt sie und weiß, daß ihr Lächeln gezwungen wirken muß.*

»*Völlig in Ordnung*«, *antwortet der schlaksige Mann. Sie wirft einen Blick auf den Kontrollabschnitt der ersten Klasse, der in dem kleinen Schlitz auf seiner Rückenlehne steckt, und sieht, daß er Hanscom heißt.* »*In bester Ordnung. Bißchen unruhiger Flug, was? Sie haben heute nacht wirklich viel um die Ohren. Machen Sie sich um mich keine Sorgen. Mir...*« *Er lächelt ihr zu, aber es ist ein gespenstisches Lächeln, bei dem sie unwillkürlich an Vogelscheuchen denken muß, die auf kahlen Novemberfeldern im Winde flattern.* »*Mir geht es ausgezeichnet.*«

»*Sie sahen...*«

(tot)

»*...ein wenig wettergeschädigt aus.*«

»*Ich dachte über die Vergangenheit nach*«, *sagt er.* »*Mir ist erst heute*

155

abend klargeworden, daß ich mich mit diesem Thema nie beschäftigt habe.«

Weitere Rufsignale der Passagiere. »Stewardeß!« ruft jemand nervös.

»Nun, wenn bei Ihnen alles in Ordnung ist...«

»Ich dachte an einen Damm, den ich einmal mit Freunden gebaut habe«, sagt Ben Hanscom. »Es waren die ersten Freunde, die ich überhaupt jemals hatte. Der Damm... Auf diese Weise habe ich sie kennengelernt. Sie stellten sich furchtbar ungeschickt dabei an. Ich habe ihnen geholfen.«

»Stewardeß?«

»Entschuldigen Sie mich bitte, Sir, ich muß jetzt wirklich gehen.«

»Aber selbstverständlich.«

Sie eilt zu den anderen Passagieren und ist heilfroh, diesem starren, leblosen, fast hypnotischen Blick zu entkommen. Ben Hanscom schaut aus dem Fenster. Etwa neun Meilen unter dem Flugzeug zucken Blitze in den Gewitterwolken, die wie riesige durchsichtige Gehirne voll schlechter Gedanken aussehen. Voll verrückter Gedanken.

Er greift in seine Jackentasche, aber die Silberdollarmünzen sind nicht mehr da. Aus seiner Tasche in die von Ricky Lee. Er wünscht plötzlich, er hätte einen zurückbehalten, wenigstens einen. Vielleicht hätte er ihnen allen noch von Nutzen sein können. Mit einer Susan-B.-Anthony-Münze konnte man nichts anfangen. Das war nur ein lausiges Kupferstück. Und man benötigte Silber, um einen Werwolf oder Vampir aufzuhalten. Man benötigte Silber, um ein Monster aufzuhalten. Man benötigte...

Er schließt die Augen. Die Luft ist vom Klingeln der Rufsignale erfüllt. Das Flugzeug schwankt und schlingert, und die Luft schwirrt von den vielen Rufsignalen. Rufsignale?... Nein, Glocken. Es sind Glocken, es ist die Glocke, auf die man das ganze Jahr hindurch wartet, sobald das Neue eines angebrochenen Schuljahres seinen Reiz verloren hat, was gewöhnlich schon nach einer Woche der Fall ist. Die Glocke, die für eine Weile Freiheit verheißt.

Ben Hanscom sitzt in der 1. Klasse, den Kopf dem Fenster zugewandt, mit geschlossenen Augen; über dem Mittelwesten ist soeben ein neuer Tag angebrochen, der 28. Mai 1985 ist soeben vom 29. Mai abgelöst worden, über dem in dieser Nacht so stürmischen westlichen Illinois; dort unten liegen die Farmer in tiefem Schlaf; wer weiß, was sich vielleicht in ihren Scheunen und in ihren Kellern und auf ihren Feldern bewegt, während die Blitze zucken und der Donner grollt. Niemand weiß so etwas; man weiß nur, daß in solchen Nächten Naturkräfte entfesselt *sind, im Innern von Wolken, die mit ihren Windungen riesigen Gehirnen gleichen.*

Aber es sind Glocken, die Ben Hanscom in 8000 Meter Höhe hört, als das Flugzeug schließlich die Sturmzone hinter sich hat und die Anzeigen ›Bitte anschnallen‹ endlich erlöschen; es ist die Glocke, die Ben Hanscom im Schlafe hört; und während er schläft, stürzt er durch die Zeit in die Vergangenheit wie in einen tiefen Brunnen, tiefer und immer tiefer in das Land der Morlocks, wo in dunklen Tunneln der Nacht Maschinen dröhnen. Es ist ein Zeitbrunnen. Es wird 1981, 1977, 1969; und plötzlich ist es Juni 1958, alles strahlt in hellem Sommerlicht, und hinter den geschlossenen Augenlidern ziehen sich Ben Hanscoms Pupillen auf Befehl seines Gehirns zusammen, das heftig träumt und nicht die Dunkelheit sieht, die über dem westlichen Illinois liegt, sondern den hellen Sonnenschein eines Junitags in Derry, Maine, vor siebenundzwanzig Jahren.

Glocken.

Die *Glocke.*

Die Schule.

Die Schule ist.

Die Schule ist

2

aus!

Der Klang der Glocke, die in den Korridoren der Schule von Derry erscholl, einem großen Ziegelgebäude in der Jackson Street, ließ die Kinder in Ben Hanscoms Klassenzimmer in lauten Jubel ausbrechen – und diesmal wurden sie von der strengen Mrs. Douglas nicht getadelt.

»Kinder!« rief sie, als das Geschrei sich ein wenig gelegt hatte. »Dürfte ich noch einen Augenblick um eure Aufmerksamkeit bitten?«

Nun ging ein aufgeregtes Raunen, vermischt mit einigen tiefen Seufzern, durch das Klassenzimmer dieser fünften Klasse, denn Mrs. Douglas hatte die Zeugnisse in die Hand genommen.

»Hoffentlich bin ich durchgekommen«, sagte Sally Mueller leise zu Bev Marsh, die in der nächsten Reihe saß. Sally war blond, hübsch und lebhaft. Bev war ebenfalls hübsch, aber an diesem Nachmittag hatte sie nichts Lebhaftes an sich, letzter Schultag hin oder her. Sie saß da und betrachtete nachdenklich ihre Schuhe. Auf einer Wange hatte sie einen verblassenden Bluterguß.

»Mir ist das scheißegal«, erwiderte Bev.

Sally rümpfte die Nase – Damen drücken sich nicht so ordinär aus, bedeutete dieses Naserümpfen – und wandte sich Greta Bowie zu. Vermutlich war es ohnehin nur der Aufregung über die Glocke zuzuschreiben, die das Ende eines Schuljahres ankündigte, daß Sally sich herabgelassen hatte, mit Beverly zu reden, dachte Ben. Sally Mueller und Greta Bowie stammten aus reichen Familien mit Häusern am West Broadway, und Bev kam aus einem der verwahrlosten Mietshäuser in der Lower Main Street. Lower Main Street und West Broadway lagen nur eineinhalb Meilen auseinander, aber selbst ein Junge wie Ben wußte, die wirkliche Entfernung war etwa so groß wie die zwischen der Erde und dem Planeten Pluto. Das konnte man schon an ihrem schäbigen Sweatshirt, ihrem viel zu großen Rock (billiges Zeug von der Heilsarmee) und ihren ausgetretenen Schuhen erkennen. Außerdem waren Sally Mueller und Greta Bowie dumme Rotznasen, und Ben konnte Bev viel besser leiden. Sally und Greta hatten hübsche Kleider an, und er vermutete, sie ließen sich jeden Monat das Haar wellen oder was auch immer, aber das änderte nichts am Grundsätzlichen. Sie konnten sich die Haare *jeden Tag* wellen lassen und würden trotzdem dumme Rotznasen bleiben.

Seiner Meinung nach war Beverly viel hübscher – obwohl er es nie wagen würde, ihr so etwas zu sagen. Aber manchmal, mitten im Winter, wenn draußen alles grau war und das gelbliche Licht im Klassenzimmer einschläfernd wirkte, wenn Mrs. Douglas das Dividieren erklärte oder Fragen aus ›Shining Bridges‹ vorlas oder über Zinnvorkommen in Paraguay sprach, an jenen Tagen, wo man das Gefühl hatte, daß die Schule nie enden würde, wo einem das aber nichts ausmachte, weil die ganze Welt ohnehin nur aus Matsch zu bestehen schien – an solchen Tagen betrachtete Ben verstohlen Beverlys Gesicht, und sein Herz schmerzte, aber gleichzeitig durchströmte ihn ein seltsames Glücksgefühl. Er vermutete, daß er für sie schwärmte oder in sie verknallt war oder wie man es auch immer nennen wollte, und das war der Grund, warum er immer an Beverly dachte, wenn die Penguins im Radio kamen und »Earth Angel« sangen – »my darling dear/love you all the time . . .« Ja, es war dumm, zugegeben, und so schmalzig wie ein Butterbrot, aber es war auch in Ordnung, weil er es nie jemandem sagen würde. Fette Jungen dürfen ein hübsches Mädchen nur heimlich lieben, dachte er. Wenn er jemandem seine Gefühle anvertrauen würde (er hatte aber ohnehin niemanden, dem er etwas anvertrauen konnte), so würde die betreffende Person bestimmt lachen. Und wenn er Beverly selbst gestehen würde, welche Gefühle er für sie hegte, so würde sie ihn bestimmt entweder auslachen (und das wäre schlimm) oder aber ihm zu verstehen geben, daß sie sich vor einem Fettkloß wie ihm ekelte (was noch viel schlimmer wäre).

»Paul Anderson... Carla Bordeaux... Greta Bowie... Calvin Clark... Cissy Clark...«

Mrs. Douglas rief in alphabetischer Reihenfolge die Namen ihrer Fünftkläßler auf, und die Kinder traten eins nach dem anderen vor (nur nicht die Clark-Zwillinge, die wie immer zusammen und Hand in Hand vor gingen und nur daran zu unterscheiden waren, daß ihr Haar länger war und er statt eines Rocks Jeans trug), nahmen ihre lederfarbenen Zeugnisse mit der amerikanischen Flagge und dem Treuegelöbnis auf dem vorderen und dem Vaterunser auf dem hinteren Einband in Empfang, gingen manierlich zur Tür... und sausten dann den Gang entlang, an dessen Ende die große Flügeltür weit offenstand. Und so rannten sie in den Sommer hinein – manche hüpfend und springend, andere auf unsichtbaren Pferden reitend, wobei sie sich mit den Händen auf die Schenkel schlugen, um das Hufgetrappel nachzuahmen, wieder andere auf Fahrrädern; manche hängten sich ein, bildeten Ketten und sangen: »Mine eyes have seen the glory of the burning of the school« nach der Melodie von ›The Battle Hymn of the Republic‹.

»Marcia Fadden... Frank Frick... Ben Hanscom...«

Er stand auf, warf einen letzten Blick auf Beverly Marsh – zumindest dachte er, daß es für diesen Sommer der letzte sein würde – und ging nach vorne, ein elfjähriger Junge mit einem Gesäß etwa von der Größe Neu-Mexicos in scheußlichen neuen Blue jeans, deren Kupfernieten im hellen Licht funkelten und die ein schabendes Geräusch von sich gaben, wenn seine fetten Schenkel beim Gehen aneinanderrieben. Seine Hüften wackelten wie bei einem Mädchen, und sein Bauch schwabbelte von einer Seite zur anderen. Er trug einen sackartigen Sweater, weil er sich seiner Brust furchtbar schämte, seit er am ersten Schultag nach den Weihnachtsferien eines seiner neuen Ivy-League-Hemden getragen hatte, und Belch Huggins, ein Sechstkläßler, gebrüllt hatte: »He, schaut euch nur mal Hanscom an! Der Weihnachtsmann hat Benny Hanscom tolle Titten geschenkt!« und sich vor Lachen über seinen eigenen Witz gebogen hatte. Andere hatten in sein Gelächter eingestimmt... darunter auch einige Mädchen. Ben wäre in jenem Augenblick vor Scham am liebsten im Erdboden versunken.

Deshalb trug er jetzt immer sackartige Sweater. In dieser einen Hinsicht hatte er sich gegenüber seiner Mutter durchgesetzt. Wenn an jenem Tag Beverly mit den anderen gekichert hätte, dann wäre er – so glaubte er – gestorben.

»Es war eine Freude, dich dieses Jahr zu unterrichten, Benjamin«, sagte Mrs. Douglas, als sie ihm sein Zeugnis überreichte.

»Danke, Mrs. Douglas.«

Aus dem Hintergrund des Klassenzimmers ertönte ein leises nachäffendes »Danke, Mrs. Douglas«.

Das war natürlich Henry Bowers. Henry war im Vorjahr sitzengeblieben; das war der Grund, weshalb er nicht zusammen mit seinen Freunden Belch Huggins und Victor Criss die sechste Klasse besucht hatte. Ben vermutete, daß Bowers auch diesmal wieder Probleme mit der Versetzung hatte, denn sein Name war vorhin bei der alphabetischen Zeugnisverteilung nicht aufgetaucht, und das bedeutete Schwierigkeiten. Das machte Ben nervös, denn wenn Henry wieder sitzenbleiben würde, wäre Ben teilweise dafür verantwortlich.

... und Henry wußte das.

Während der schriftlichen Prüfungsarbeiten in Mathematik, Geographie und Rechtschreibung, die vor einer Woche stattgefunden hatten, waren sie von Mrs. Douglas umgesetzt worden – sie hatte die Plätze ausgelost –, und dabei war Ben in der letzten Reihe gelandet, neben dem von allen gefürchteten Henry Bowers. Er hatte sich wie immer tief über seine Blätter gebeugt und sie mit dem linken Arm abgedeckt, weil das seine Lieblingsposition war.

Etwa nach der Hälfte der Mathematikprüfung am Dienstag hatte Ben über den Gang hinweg einen geflüsterten Befehl gehört, so leise und meisterhaft vorgebracht wie von einem erfahrenen alten Sträfling im Gefängnishof: »Laß mich abschreiben!«

Er hatte bestürzt einen Blick nach links geworfen und direkt in die schwarzen, wütenden Augen von Henry Bowers geschaut. Henry war für einen zwölfjährigen Jungen sehr groß, mit kräftigen Arm- und Beinmuskeln ausgestattet – sein Vater, von dem es hieß, er sei verrückt, hatte eine Farm am Ende der Kansas Street, in der Nähe der Stadtgrenze von Newport, und Henry mußte 30 Stunden wöchentlich harken, Unkraut jäten, pflanzen oder ernten. Wenn es nichts anderes zu tun gab, ließ Mr. Bowers Henry Steine auflesen. Davon gab es auf den Feldern immer eine ganze Menge.

Henrys Haare waren so kurz geschnitten, daß seine weiße Schädeldecke durchschimmerte. Die vorderste Reihe seiner Haarstoppeln stand immer hoch, denn er bestrich sie mit einem Gel, das er stets in der Hüfttasche seiner Jeans bei sich trug. Er roch immer nach Schweiß und Kaubonbons und trug mit Vorliebe eine pinkfarbene Motorradjacke mit einem Adler auf dem Rücken, und als ein Viertkläßler es einmal gewagt hatte, über diese Jacke zu lachen, war Henry blitzschnell über ihn hergefallen und hatte dem unglückseligen Jungen seine schmutzige Faust ins Gesicht geschmettert und ihm drei Vorderzähne ausgeschlagen. Daraufhin war er für zwei Wochen vom Schulbesuch ausgeschlossen worden.

Ben hatte damals die glühende Hoffnung der Unterdrückten und Terrorisierten gehegt, daß man Henry für immer von der Schule verweisen würde, aber dieses Glück war ihm nicht widerfahren. Zwei Wochen später war Henry wieder unheilverkündend auf den Schulhof stolziert, prächtig anzusehen in seiner pinkfarbenen Motorradjacke und mit den pomadisierten Haarstoppeln. Unter beiden Augen waren noch die Spuren der Prügel zu erkennen gewesen, die sein verrückter Vater ihm für ›Kämpfen im Schulhof‹ verabreicht hatte. Aber niemals mehr hatte es jemand gewagt, über Henrys pinkfarbene Motorradjacke zu spotten.

Als Henry Ben während der Prüfung aufgefordert hatte, ihn abschreiben zu lassen, waren Ben drei Gedanken durch den Kopf geschossen – sein Verstand arbeitete so schnell und präzise, wie sein Körper fett und schwerfällig war. Wenn Mrs. Douglas bemerkte, daß Henry von ihm abschrieb, würden sie beide für die Prüfungsarbeiten Sechser bekommen, war sein erster Gedanke gewesen, und der zweite: Wenn er Henry nicht abschreiben ließ, würde dieser ihm nach der Schule auflauern und *ihm* die berüchtigten Fausthiebe verpassen, wobei Belch Huggins und Victor Criss vermutlich seine Arme festhalten würden.

Sein dritter Gedankengang war komplizierter gewesen, fast schon der eines Erwachsenen.

Vielleicht kann ich ihm in der letzten Schulwoche aus dem Weg gehen. Und vielleicht vergißt er die Sache im Laufe des Sommers. Ja. Er ist sehr dumm. Und vielleicht wird er dann wieder sitzenbleiben. Er wird nicht mehr in meiner Klasse sein und mich nicht mehr schikanieren können... Ich werde dann auch vor ihm auf die Junior High School kommen. Ich werde vielleicht... frei sein.

»Laß mich abschreiben!« hatte Henry wieder geflüstert, fordernd, mit blitzenden Augen.

Ben hatte leicht den Kopf geschüttelt und seinen Arm schützend über seine Blätter gehalten.

»Du kriegst es mit mir zu tun, Fettkloß!« hatte Henry in seiner Verzweiflung etwas lauter geflüstert. Sein Blatt war noch völlig leer gewesen. »Laß mich abschreiben, oder du kriegst es mit mir zu tun!«

Ben hatte wieder den Kopf geschüttelt, ängstlich, aber – zum erstenmal in seinem Leben – fest entschlossen. Er hatte seinen Entschluß gefaßt und würde daran festhalten.

»Spricht jemand dahinten?« hatte Mrs. Douglas plötzlich laut und scharf gerufen. »Das muß *sofort* aufhören!«

In den folgenden zehn Minuten hatte absolute Stille geherrscht, und die jungen Köpfe hatten sich eifrig über die vervielfältigten Prüfungsblätter gebeugt. Dann hatte Ben wieder Henrys Flüstern vernommen, kaum hörbar, aber rasend vor Wut:

»Du bist ein toter Mann, Fettkloß!«

3

Ben nahm sein Zeugnis und flüchtete, und dabei dankte er den Göttern, die es eben für elfjährige Fettklöße gab, daß Henry Bowers einmal nicht durch Fügung der alphabetischen Ordnung vor Ben aus dem Klassenzimmer durfte und ihm auflauern konnte.

Er rannte nicht den Korridor entlang – er *konnte* rennen, aber er war sich überdeutlich bewußt, wie komisch er dann aussah –, aber er ging raschen Schrittes zur Tür, trat in die helle Junisonne hinaus und wandte ihr einen Augenblick das Gesicht zu, dankbar für die Wärme und für die vor ihm liegende Freiheit. Der September schien ihm eine Ewigkeit entfernt zu sein. Der ganze Sommer gehörte ihm, und er hatte das Gefühl, die ganze Welt umarmen zu können.

Jemand stieß ihn kräftig an. Die angenehmen Gedanken an einen Sommer, der so jungfräulich unberührt vor ihm lag wie frisch gefallener Schnee auf einer Wiese, verschwanden schlagartig, als er taumelte und auf der Kante der obersten Stufe verzweifelt versuchte, das Gleichgewicht zu halten. Es gelang ihm, das Eisengeländer zu umklammern und auf diese Weise einen schlimmen Sturz zu vermeiden.

»Geh mir aus dem Weg, Fettwanst!« Es war Victor Criss, der nun auf das Eingangstor zustolzierte, das pomadisierte Haar zurückgekämmt, Hände in den Hosentaschen, mit den Nägeln seiner Stiefel scharrend.

Mit laut pochendem Herzen sah Ben, daß Belch Huggins auf der anderen Straßenseite stand und eine Zigarette rauchte, die er Victor reichte, als dieser zu ihm trat. Criss zog daran und gab sie Belch zurück. Dann deutete er auf Ben, der auf halber Treppe wieder stehengeblieben war, und sagte etwas. Beide brachen in schallendes Gelächter aus. Bens Gesicht glühte plötzlich – sie erwischten einen immer. Das war Schicksal oder irgend so was.

»Liebst du diesen Ort so sehr, daß du den ganzen Tag hier stehenbleiben willst?« sagte jemand neben ihm.

Ben drehte sich um und errötete noch stärker. Es war Beverly Marsh mit ihren herrlichen graugrünen Augen und dem rotgoldenen Haar, das wie ein Heiligenschein ihr Gesicht umrahmte. Sie hatte die Ärmel ihres Sweatshirts bis zu den Ellenbogen hochgekrempelt; es war am Ausschnitt sehr abgetragen und so weit, daß man nicht sehen konnte, ob sie schon Ansätze von Brüsten hatte oder nicht, aber das war Ben ohnehin egal; auch vorpubertäre Liebe kennt Wogen von alles überwältigender Kraft, und in diesem Augenblick fühlte sich Ben sowohl tölpelhaft als auch hochgestimmt, so verwirrt und verlegen wie noch nie im Leben... und doch zugleich auch völlig selig. Diese komplizierten Gefühle verschlugen ihm die Sprache.

»Nein«, brachte er schließlich mühsam hervor und räusperte sich. »Bestimmt nicht.« Ein idiotisches Grinsen breitete sich auf seinem fetten Gesicht aus.

»Dann ist's ja gut. Die Schule ist nämlich aus, mußt du wissen. Gott sei Dank!«

»Ich wünsch' dir einen schönen Sommer, Beverly«, sagte er.

»Danke, gleichfalls. Ben. Also dann, bis zum Herbst.«

Und sie lief weiter die Treppe hinab, leichtfüßig und anmutig, und Ben nahm alles an ihr mit den Augen der Liebe wahr: die leuchtenden Schottenkaros ihres Rockes, die wippenden roten Haare auf dem Sweatshirt, den hellen, zarten Teint, die kleine, fast verheilte Schnittwunde an ihrer Wade, die Tatsache, daß sie keine Strümpfe trug und das goldene Fußkettchen direkt über ihrem rechten Schuh, das in der Sonne funkelte (aus irgendeinem Grunde überwältigte ihn besonders diese letzte Einzelheit; seine Gefühle wurden wieder so übermächtig, daß er sich am Geländer festhalten mußte; vielleicht war es eine Art sexuelle Vorahnung, obwohl sein Körper noch nicht bereit für solche Dinge war, bedeutungslos und doch so grell aufleuchtend wie ein Blitz in einer klaren, heißen Sommernacht).

Ein unartikulierter Laut kam aus seinem Mund. Er ging die Treppe hinab wie ein Schlafwandler, blieb unten stehen und blickte ihr nach, bis sie nach links abbog und hinter einer hohen Hecke verschwand, die den Schulhof vom Trottoir trennte.

4

Er stand nur einen Augenblick da, dann fiel ihm Henry Bowers ein, während die anderen Kinder noch in kreischenden Gruppen an ihm vorbeistürmten, und er lief um das Gebäude herum. Er überquerte den Spielplatz, verließ das Schulgelände durch die kleine Hinterpforte und ging die Charter Street entlang, ohne dem Steingebäude, in dem er während der letzten neun Monate jeden Werktag verbracht hatte, auch nur einen Blick zu gönnen. Die nächsten acht Blocks legte er – so schien es ihm – zurück, ohne daß seine Schuhsohlen den Boden berührten.

Heute war um die Mittagszeit Schulschluß gewesen; seine Mutter würde frühestens um sechs nach Hause kommen, denn freitags ging sie von der Fabrik aus immer direkt zum Einkaufen. Der Rest des Tages stand ihm zur Verfügung.

Er ging in den McCarron-Park und setzte sich eine Zeitlang unter einen Baum. Dort träumte er vor sich hin und flüsterte von Zeit zu Zeit: »Ich liebe Beverly Marsh«, wobei ihn jedesmal ein leichter romantischer Schauder durchlief. Einmal, als Jungen zum Baseballspielen in den Park gerannt kamen, flüsterte er auch vor sich hin: »Beverly Hanscom.« Danach drückte er sein Gesicht ins Gras, bis seine glühenden Wangen etwas abgekühlt waren.

Kurz darauf stand er auf und durchquerte den Park in Richtung Costello Avenue. Von dort waren es nur fünf Blocks bis zur öffentlichen Bücherei, zu der es ihn – wie er vermutete – schon die ganze Zeit über hinzog. Fast gelang es ihm, den Park unbemerkt zu verlassen, aber dann entdeckte ihn ein Sechstkläßler namens Peter Gordon und rief: »He, Wampe, willste mitspielen? Wir brauchen noch 'nen guten Torwart!« Ein schallendes Gelächter folgte diesen Worten, dem Ben mit eingezogenem Kopf so schnell wie möglich zu entkommen versuchte.

Heute schien ein Glückstag für ihn zu sein; die Jungen waren so in ihr Spiel vertieft, daß sie ihn nicht verfolgten, und auf der Costello Avenue entdeckte er unter einem Heckenzaun eine völlig durchweichte Tüte mit vier großen Sodaflaschen – zu fünf Cent Flaschenpfand pro Stück – und vier Bierflaschen. Das waren insgesamt 28 Cent, die nur darauf warteten, von irgendeinem Kind eingelöst zu werden. Ben hob die Flaschen auf und brachte sie in den Supermarkt auf der Costello Avenue, wo er sie abgab, sich das Geld dafür geben ließ und dann billige Bonbons kaufte.

Mit seiner braunen Papiertüte voll Bonbons trat er wieder auf die Straße hinaus. Von dem Flaschenpfandgeld waren nur noch vier Cent übrig. Er betrachtete die braune Tüte, und plötzlich stieg ein Gedanke in ihm auf:

Wenn du so weiterfrißt, wird Beverly Marsh dich nie lieben –
und er verdrängte ihn rasch wieder.

Wenn jemand ihn gefragt hätte: ›Ben, bist du einsam?‹ hätte er den Fragesteller überrascht angeschaut, denn dieser Gedanke war ihm noch nie gekommen. Er hatte keine Freunde, aber er hatte seine Bücher, seine Träume und seine Modellbaukästen. Zu seinem Geburtstag im Oktober würde er vielleicht sogar den Super-De-luxe-Baukasten bekommen, mit dem man eine Uhr bauen konnte, die richtig die Zeit anzeigte, oder ein

Auto mit richtiger Gangschaltung. ›Einsam?‹ hätte er vermutlich geantwortet, ehrlich verblüfft. ›Häh? Was?‹

Ein Kind, das von Geburt an blind ist, ist sich dessen nicht bewußt, bis jemand es darauf aufmerksam macht, und selbst dann hat es nur eine abstrakte Vorstellung davon, was Blindheit bedeutet; nur jene Menschen, die sehen konnten, begreifen wirklich, was es heißt, blind zu sein. Entsprechend hatte auch Ben Hanscom nicht das Gefühl, einsam zu sein, weil er es immer gewesen war. Wenn das ein neuer Zustand gewesen wäre, hätte er wahrscheinlich darunter gelitten; aber die Einsamkeit umgab von jeher sein Leben von allen Seiten. Deshalb spürte er sie kaum. Sie war einfach eine Realität, ebenso wie sein zweigliedriger Daumen oder die kleine Kerbe auf der Innenseite eines Vorderzahns, über die er unwillkürlich immer mit der Zunge fuhr, wenn er nervös war.

Beverly war ein süßer Traum; die Bonbons waren eine süße Realität. Die Bonbons waren seine Freunde. Deshalb verdrängte er den unangenehmen Gedanken sofort wieder, während er die Costello Avenue in Richtung Bücherei entlangging. Einen Teil der Bonbons wollte er sich für den Abend vor dem Fernseher aufsparen. ›Whirlybirds‹ kam heute, mit Kenneth Tobey als furchtlosem Hubschrauberpiloten. Und außerdem Broderick Crawford in ›Highway Patrol‹. Broderick Crawford war Bens persönliches Idol. Er war, wie Ben selbst, sehr dick. Aber dieser Teufelskerl war *schnell*, er war *hartgesotten* und ließ sich von niemandem etwas gefallen.

Mit solchen Gedanken beschäftigt, erreichte Ben die Ecke Costello Avenue und Kansas Street, wo er die Straße überquerte, um zur Bücherei zu kommen. Sie bestand aus zwei Gebäuden – dem alten Steinhaus, das 1890 mit Geldern reicher Holzhändler gebaut worden war, und dem neuen niedrigen Sandsteingebäude hinter dem Hauptgebäude, in dem die Kinderbücherei untergebracht war. Die beiden Abteilungen waren durch einen verglasten Korridor miteinander verbunden.

Auf diesem Abschnitt in der Nähe der Stadtmitte war die Kansas Street eine Einbahnstraße, deshalb schaute Ben nur nach rechts, bevor er die Straße überquerte. Hätte er einen Blick nach links geworfen, so hätte er einen Riesenschreck bekommen. Links von der Bücherei, etwa einen Block entfernt, erhob sich die Stadthalle. Auf dem Rasen neben der Stadthalle standen im Schatten einer großen alten Eiche Belch Huggins, Victor Criss und Henry Bowers.

5

»Kommt, jetzt schnappen wir ihn uns!« sagte Victor Criss begierig.

Henry beobachtete, wie der fette Dreckskerl rasch die Straße überquerte, mit schwabbelndem Bauch und wackelndem Hintern in den neuen Jeans, mit einer auf und ab wippenden abstehenden Haarsträhne am Hinterkopf. Er schätzte die Entfernung zwischen ihnen und Hanscom ab, danach die zwischen Hanscom und der Sicherheit bietenden Bücherei. Vermutlich würden sie ihn schnappen, bevor er hineinlaufen konnte, aber der fette Dreckskerl könnte ein Gebrüll loslassen. Ein Erwachsener könnte sich einmischen.

Henry wünschte keine Einmischung.

Der fette Dreckskerl hatte ihn nicht abschreiben lassen, obwohl er ihn dazu aufgefordert hatte, und vorhin hatte diese Hexe von Douglas ihm gesagt, daß er in Englisch und Mathematik durchgefallen war. Sie hatte ihm erklärt, daß er trotzdem versetzt würde, aber er müsse dazu vier Wochen lang die Sommer-Wiederholungskurse besuchen. Henry wäre lieber noch einmal sitzengeblieben, denn zur Sommerschule gehen zu müssen, bedeutete Prügel von seinem Vater. Henry wäre lieber zu Hause geblieben. Zu Hause bleiben bedeutete Prügel von seinem Vater. Da Henry nun während der Hauptsaison auf der Farm vier Wochen lang täglich vier Stunden in die Sommerschule mußte, würde sein Vater ihn höchstwahrscheinlich ein halbes dutzend Mal prügeln, möglicherweise noch häufiger. Einzig der Gedanke versöhnte ihn mit dieser trostlosen Zukunftsaussicht, daß er die Absicht hatte, es diesem kleinen Babyschwulen heute nachmittag heimzuzahlen.

Mit Zinsen.

»Ja, gehen wir«, meinte auch Belch.

»Nein, warten wir lieber, bis er wieder rauskommt«, sagte Henry.

Die drei standen im Schatten der Eiche und beobachteten, wie Ben einen Flügel der großen Tür öffnete und hineinging, dann setzten sie sich und rauchten Zigaretten und erzählten sich Vertreterwitze und warteten, bis er wieder herauskommen würde.

Henry wußte, einmal mußte er wieder herauskommen. Und wenn er kam, würde Henry dafür sorgen, daß es ihm leid tat, je geboren worden zu sein.

Ben liebte die Bücherei.

Er liebte die Tatsache, daß es dort selbst an den heißesten Sommertagen kühl war; er liebte die beruhigende Stille, die nur gelegentlich von einem Flüstern unterbrochen wurde, vom leisen Geräusch des Stempels auf Büchern und Leihkarten oder dem Rascheln von Seiten, die im Zeitschriftenlesesaal umgeblättert wurden, wo alte Männer saßen und Zeitungen lasen, welche in lange Stöcke eingeklemmt worden waren; er liebte das Licht, das nachmittags in staubigen Strahlen durch die hohen, schmalen Fenster einfiel oder an Winterabenden warm von den großen, an Ketten von der Decke herabhängenden Kugellampen ausging. Er liebte den Geruch von Büchern, und manchmal schlenderte er an den Regalen entlang, betrachtete die Tausende von Büchern für Erwachsene und malte sich aus, daß jedes eine Welt für sich war, von den verschiedensten Gestalten bevölkert; genauso malte er sich manchmal aus, wenn er in der Oktoberdämmerung seine Straße entlangging und die Sonne nur eine scharfe orangegelbe Linie am Horizont war, wie wohl das Leben hinter den Fenstern aussehen mochte – Menschen, die lachten oder sich stritten oder Karten spielten oder ihre Haustiere fütterten oder Fernsehen schauten. Er liebte es, daß es im Verbindungsgang zwischen der alten Bücherei und Kinderbücherei sogar im Winter immer heiß war, abgesehen von bewölkten Tagen; das sei der Gewächshauseffekt, hatte Mrs. Starrett, die Leiterin der Kinderbücherei, ihm erklärt, und Ben war fasziniert von dieser Idee. Jahre später baute er in London ein heißdiskutiertes Gebäude für den BBC, ein Gebäude, das fast nur aus Glas bestand, und niemand wußte (abgesehen von Ben selbst), daß das BBC-Kommunikationszentrum, das etliche Millionen Pfund verschlungen hatte, große Ähnlichkeit mit dem gläsernen Verbindungskorridor zwischen der Alten Bücherei und der Kinderbücherei von Derry hatte, wenn man sich diesen vertikal aufgerichtet vorstellte.

Ben liebte auch die Kinderbücherei, obwohl sie nichts von dem geheimnisvollen Zauber der Alten Bücherei mit ihren Kugellampen, den eisernen Wendeltreppen und den hohen Gleitleitern besaß. Die Kinderbücherei war hell und sonnig, und trotz der Hinweistafeln ›Bitte Ruhe‹ war es hier immer etwas lauter, hauptsächlich wegen ›Poohs Ecke‹, wo die kleinen Kinder Bilderbücher und ähnliches anschauen konnten. Heute las Miß Davies, die hübsche junge Bibliothekarin, gerade vor, und die Kleinen saßen ruhig da und lauschten gebannt dem Märchen »The Three Billy Goats Gruff«.

»*Wer trippelt und trappelt da über meine Brücke?*« las Miß Davies, als

Ben an ihr vorbeiging. Sie imitierte die tiefe, brummende Stimme des Trolls in der Geschichte, und einige Kinder hielten sich die Hand vor den Mund und kicherten, aber andere hingen gebannt an ihren Lippen, und ihre Augen spiegelten die ewige Faszination des Märchens: Würde das Ungeheuer besiegt werden... oder würde es die Guten auffressen?

In der Kinderbücherei hingen viele bunte Poster. Auf einem Cartoon war ein braves Kind dargestellt, das sich so intensiv die Zähne putzte, daß es Schaum vor dem Mund hatte wie ein tollwütiger Hund; auf einem anderen Cartoon war ein böses Kind dargestellt, das Zigaretten rauchte (WENN ICH GROSS BIN, WILL ICH SEHR KRANK WERDEN, GENAU WIE MEIN DADDY), stand darunter; da hing ein herrliches Foto, auf dem eine Milliarde winziger Lichter in der Dunkelheit flackerten, und darunter stand der Ausspruch:

EINE EINZIGE IDEE ENTZÜNDET TAUSENDE KERZEN.
Ralph Waldo Emerson

Ein Poster lud dazu ein, sich den Pfadfindern anzuschließen; ein weiteres behauptete: DIE MÄDCHENKLUBS VON HEUTE FORMEN DIE FRAUEN VON MORGEN. Es gab Einladungen zum Baseballspielen und zum Kindertheater in der Stadthalle. Und dann natürlich das Poster: BETEILIGT EUCH AM SOMMER-LESEPROGRAMM. Ben kam dieser Aufforderung jedes Jahr begeistert nach. Wenn man sich dazu einschrieb, erhielt man eine Karte der Vereinigten Staaten. Für jedes gelesene Buch, über das man einen kurzen Bericht schrieb, bekam man dann einen Aufkleber mit Informationen über einen Bundesstaat, sein Wappen und ähnliches. Wenn man alle 48 Staaten auf der Karte aufgeklebt hatte, gab es einen Buchpreis. Ben beabsichtigte, die Anregung auf dem Poster zu befolgen: Verliere keine Zeit, schreib dich noch heute ein.

Von all diesen farbenfrohen Postern stach ein einfaches Plakat ab (paßte aber irgendwie gut zu Miß Davies' brummender Stimme in ›Poohs Ecke‹ hinter ihm), das an der Ausleihtheke angebracht war, hinter der Mrs. Starrett gerade Benachrichtigungen wegen überfälliger Bücher schrieb. Auf dem Plakat stand nur:

DENKT AN DIE SPERRSTUNDE!
19 UHR
POLIZEIREVIER DERRY.

Ein kleiner Schauder lief Ben über den Rücken. Über der ganzen Aufregung – dem Beginn der Sommerferien, dem Zeugnis, den beiden Raufbolden Criss und Huggins gegenüber der Schule und der Unterhaltung mit Beverly Marsh – hatte er die Sperrstunde ganz vergessen... und die Morde.

Man war sich nicht ganz einig darüber, wieviel es eigentlich gewesen waren. Manche sagten, der kleine Denbrough, George, sei das erste Mordopfer gewesen, während andere behaupteten, daß dieser Mord im vergangenen Oktober mit den anderen nicht in Verbindung stehe, aber alle stimmten darin überein, daß sich seit dem Tag nach Weihnachten des Vorjahres mindestens vier Morde ereignet hatten; damals war Betty Ripsom an der Outer Jackson Street gefunden worden, in der Nähe der Baustelle für den neuen Autobahnabschnitt. Das dreizehnjährige Mädchen war teilweise in die schlammige Erde im Straßengraben eingefroren; sein Körper war übel verstümmelt gewesen. Das hatte nicht in der Zeitung gestanden, und keiner der Erwachsenen hatte es Ben erzählt. Er hatte es einfach aus verschiedenen Unterhaltungen an Straßenecken aufgeschnappt.

Etwa dreieinhalb Monate später, kurz nach Beginn der Forellenfangsaison, hatte ein Fischer, der etwa 20 Meilen östlich von Derry angelte, etwas an Land gezogen, das er zunächst für einen Stock gehalten hatte. Es hatte sich dabei aber um eine Hand mit einem Stück Unterarm eines Mädchens gehandelt. Der Angelhaken war ins Fleisch zwischen Daumen und Zeigefinger eingedrungen.

Die Polizei hatte den Rest von Cheryl Lamonicas Körper etwa 70 Meter weiter stromabwärts gefunden – er hatte sich in einem Baum verfangen, der im Winter umgestürzt und in den Fluß gefallen war. Zum Glück war der Leichnam während des Tauwetters im Frühling nicht in den Penobscot und weiter ins offene Meer gespült worden.

Cheryl Lamonica war 16 Jahre alt gewesen. Sie hatte keine Schule mehr besucht; mit 13 hatte sie ihre Tochter Andrea zur Welt gebracht und mit ihr im Hause ihrer Eltern gewohnt. »Cheryl war ein bißchen wild, aber im Grunde genommen war sie ein gutes Mädchen«, hatte ihr schluchzender Vater der Polizei berichtet. »Andi fragt ständig nach ihrer Mutter und ich weiß nicht, was ich ihr sagen soll.«

Das Mädchen war fünf Wochen vor Auffindung der Leiche als vermißt gemeldet worden. Die vorherrschende Meinung war damals gewesen, daß einer von Cheryls Freunden sie umgebracht hätte. Viele waren vom Luftwaffenstützpunkt droben am Bangor Way. »Sie waren nette Jungs, jedenfalls die meisten«, sagte Cheryls Mutter. Einer dieser ›netten‹ Jungs war ein vierzigjähriger Luftwaffenoberst mit Frau und drei Kindern in New Mexico gewesen. Ein anderer war derzeit in Shawshank wegen bewaffnetem Raubüberfall.

169

Ein Freund, dachte die Polizei. Oder möglicherweise ein Fremder. Ein Triebtäter.

Wenn es sich um einen Triebtäter handelte, so hatte er es offensichtlich auch auf Jungen abgesehen, denn Ende April hatte ein Lehrer der Junior High School, der mit seiner Klasse eine Wanderung machte, ein Paar rote Segeltuchschuhe und blaue Hosenbeine erspäht, die aus einem Abzugskanal an der Merit Street herausragten. Dieser Teil der Merit Street war im Herbst des Vorjahres abgesperrt und der Asphalt mit Bulldozern aufgerissen worden; die neue Autobahn nach Bangor sollte hier vorbeiführen.

Die Leiche erwies sich als die des dreijährigen Matthew Clements, der erst am Vortag von seinen Eltern als vermißt gemeldet worden war (sein Foto war auf der ersten Seite der ›Derry News‹ gewesen – ein Junge mit langen dunklen Haaren, der unter einer Mütze hervor frech in die Kamera gegrinst hatte). Die Clements wohnten in der Kansas Street, ziemlich am Stadtrand. Matthews Mutter, die vor Kummer so erstarrt war, daß sie eine unheimliche, jenseitige Ruhe ausstrahlte, hatte der Polizei erzählt, daß der Junge mit seinem Dreirad auf dem Gehweg neben dem Haus, das an der Ecke von Kansas Street und einer Sackgasse namens Kossuth Lane stand, auf und ab gefahren sei. Sie selbst habe nur kurz ihre Wäsche aus der Waschmaschine in den Trockner gepackt, und als sie dann wieder aus dem Fenster geschaut habe, sei nur noch sein Dreirad zu sehen gewesen, das umgestürzt im Rinnstein zwischen Gehweg und Straße lag. Eines der Hinterräder habe sich noch gedreht.

Daraufhin hatte Chief Borton die Sperrstunde verhängt. Alle Kinder mußten um sieben Uhr abends zu Hause sein. Kleine Kinder sollten ständig von einem ›qualifizierten Erwachsenen‹ beaufsichtigt werden. In Bens Schule hatte vor einem Monat eine Versammlung stattgefunden, bei der Chief Borton ihnen versichert hatte, sie brauchten keine Angst zu haben, sollten aber trotzdem vorsichtig sein: die Sperrstunde einhalten, nicht mit Fremden reden, nie zu unbekannten Männern oder Frauen ins Auto steigen und sich immer daran erinnern, daß die Polizei dein Freund und Helfer ist.

Vor zwei Wochen hatte ein Junge, den Ben oberflächlich kannte (er war in einer der beiden anderen fünften Klassen der Derry-Schule), in einen Gully in der Neibolt Street geschaut, und dort unten Haare schwimmen sehen. Eine Menge Haare. Dieser Junge, der entweder Frankie oder Freddy Ross (vielleicht auch Roth) hieß, war mit einer einfallsreichen Erfindung unterwegs gewesen, die er den SAGENHAFTEN KAUGUMMI-STOCK nannte. Es handelte sich dabei um einen langen, schmalen Birkenast, an dessen Spitze Frankie oder Freddy einen großen Klumpen Kaugummi be-

170

festigt hatte. In seiner Freizeit schweifte Freddy (oder Frankie) mit seinem SAGENHAFTEN KAUGUMMI-STOCK durch Derry und spähte in Gullys. Manchmal sah er dort unten Geld liegen – meistens Pennies, manchmal aber auch Zehn-Cent- oder Fünfundzwanzig-Cent-Münzen. Sobald er das Geldstück ausfindig gemacht hatte, trat sein SAGENHAFTER KAUGUMMI-STOCK in Aktion, und gleich darauf klimperte die Münze in Frankie-Freddys Tasche.

Ben hatte Gerüchte über Frankie-oder-Freddy gehört, lange bevor der Junge als Entdecker der Leiche von Veronica Grogan bekannt wurde. »Der Kerl ist wirklich unappetitlich«, hatte ein Junge namens Richie Tozier Ben eines Tages während der Pause anvertraut. Tozier war ein mageres Bürschchen, dessen Brillengläser so dick waren wie der Boden einer Coke-Flasche, und er hatte riesige Schneidezähne, die ihm den Spitznamen Bucky Beaver eingebracht hatten. Er war in derselben fünften Klasse wie Frankie-oder-Freddy. »Den ganzen Tag stochert er mit seinem Stecken in den Gullys herum, und abends nimmt er den Kaugummi vom Stecken ab und kaut ihn.«

»Igitt, das ist eklig«, rief Ben aus.

»Ganz recht, Wabbit«, sagte Tozier und ging davon. Frankie-oder-Freddy hatte mit dem SAGENHAFTEN KAUGUMMI-STOCK durch das Gitter des Gullys gestochert und geglaubt, er hätte eine Perücke gefunden. Er dachte sich, vielleicht könnte er sie trocknen und seiner Mutter zum Geburtstag schenken, oder so. Nach ein paar Minuten Stochern und Wühlen, als er gerade aufgeben wollte, schwebte ein Gesicht aus dem trüben Wasser empor, ein Gesicht, an dessen weißen Wangen abgefallene Blätter klebten und das Dreck in den offenen Augen hatte.

Frankie-oder-Freddy war schreiend nach Hause gerannt.

Veronica Grogan war in die vierte Klasse der Christlichen Tagesschule in der Neibolt Street gegangen, die von Leuten geleitet wurde, die Bens Mutter als ›Baptisten‹ bezeichnete. Am Tage ihrer Beerdigung wäre Veronica zehn Jahre alt geworden.

Nach diesem jüngsten Schrecken hatte Arlene Hanscom Ben eines Abends ins Wohnzimmer mitgenommen und sich neben ihn aufs Sofa gesetzt. Sie nahm seine Hände und sah ihm starr ins Gesicht. Ben sah sie auch ein wenig unbehaglich an.

»Ben«, sagte sie nach einer Weile. »Bist du ein Dummkopf?«

»Nein, Mama«, hatte Ben geantwortet. Ihm war etwas unbehaglich zumute gewesen. Er hatte keine Ahnung gehabt, worauf sie hinauswollte. Er konnte sich nicht daran erinnern, sie jemals so ernst erlebt zu haben.

»Nein«, wiederholte sie nachdenklich. »Das glaube ich auch nicht.«

Dann schwieg sie lange und schaute aus dem Fenster in die Nacht hinaus, und Ben fragte sich, ob sie ihn vielleicht vergessen hatte. Sie war noch eine junge Frau, erst 32, aber die Schwierigkeiten, allein für ihren Sohn sorgen zu müssen, waren ihr deutlich anzusehen. Sie arbeitete 40 Stunden pro Woche in Starks Textilfabrik in Newport, und manchmal, wenn besonders viele winzige Textilfasern und Staub im Raum herumschwirrten, hustete sie abends so lange und so stark, daß Ben Angst bekam. Es hatte Abende gegeben, an denen er nicht einschlafen konnte und darüber nachdachte, was wohl aus ihm werden würde, wenn sie starb. Er wäre dann eine Waise, und vermutlich würde man ihn ins Waisenhaus nach Bangor stecken. Das war ein schrecklicher Gedanke. Seine Mutter war eine strenge Frau, die darauf bestand, daß er ihr widerspruchslos gehorchte, aber sie war eine sehr gute Mutter. Er liebte sie sehr.

»Du weißt doch über diese Morde Bescheid«, sagte sie an jenem speziellen Abend schließlich.

Er nickte.

»Zuerst glauben die Leute, die Sache hätte...« Sie zögerte, denn sie hatte mit ihrem Sohn noch nie über dieses Thema gesprochen, aber die Umstände waren ungewöhnlich, und sie zwang sich weiterzureden. »...sexuelle Motive, und vielleicht stimmt das tatsächlich, vielleicht aber auch nicht. Niemand kann mehr irgendwas mit Sicherheit sagen, außer daß irgendein Verrückter frei herumläuft und kleine Kinder umbringt. Verstehst du mich, Ben?«

Er nickte wieder.

»Und du weißt, was ich meine, wenn ich sage, daß es vielleicht Sexualverbrechen waren?«

Er wußte es nicht – jedenfalls nicht genau –, aber er nickte wieder. Wenn seine Mutter der Meinung war, sie müßte jetzt nicht nur über diese Sache, sondern auch über die Bienen und Vögel mit ihm reden, würde er ganz sicher vor Verlegenheit sterben.

»Ich mache mir Sorgen um dich, Ben. Ich mache mir Sorgen, daß ich dich vernachlässige.«

Ben wand sich, sagte aber nichts.

»Du bist oft allein. Zu oft, glaube ich. Du...«

»Mama...«

»Unterbrich mich nicht«, sagte sie, und Ben verstummte. »Du mußt sehr vorsichtig sein, Benny. Bald ist Sommer, und ich möchte dir die Ferien nicht verderben, aber du mußt vorsichtig sein. Ich möchte, daß du jeden Abend um sechs Uhr zum Essen zu Hause bist. Wenn ich den Tisch decke und deine Milch eingieße und feststelle, daß kein Ben auf seinem Stuhl sitzt oder sich gerade die Hände wäscht, werde ich die Polizei anrufen und dich als vermißt melden. Verstehst du das?«

»Ja, Mom.«

»Und du glaubst, daß es mein Ernst ist?«

»Ja.«

»Nun würde es sich später höchstwahrscheinlich als überflüssig erweisen, wenn ich das tun müßte. Ich weiß ein wenig Bescheid, was Jungs so alles treiben. Ich weiß, daß sie während der Sommerferien immer mit irgendwas beschäftigt sind – Bienen bis zu ihren Bienenstöcken zu verfolgen oder Ball zu spielen oder was auch immer. Ich kann mir ziemlich gut vorstellen, womit du und deine Freunde euch die Zeit vertreibt, weißt du, Ben.«

Ben nickte nachdenklich und dachte insgeheim, daß sie nicht sehr viel von ihm wissen konnte, wenn sie nicht einmal wußte, daß er keine Freunde hatte. Aber es wäre ihm nicht einmal im Traum eingefallen, ihr das zu sagen.

Sie holte etwas aus der Tasche ihres Hauskleides und reichte es ihm. Es war eine kleine Plastikschachtel. Ben öffnete sie und riß vor Staunen den Mund auf. »Wow!« rief er, und seine Freude war nicht gespielt. »Danke, Mom!«

Es war eine Timex-Uhr mit kleinen silbernen Ziffern und einem Kunstleder-Armband. Sie hatte die Uhr aufgezogen und gestellt; er hörte sie ticken.

»Mann, o Mann, die ist ja super!« Er umarmte und küßte sie enthusiastisch auf die Wange.

Sie lächelte und freute sich über seine Begeisterung. Dann wurde sie wieder ernst. »Nimm sie, trage sie, zieh sie auf, verlier sie nicht. Nachdem du jetzt eine Uhr hast, gibt es für dich keinen plausiblen Grund mehr, zu spät nach Hause zu kommen. Denk daran, was ich dir gesagt habe, Ben: Sei pünktlich, sonst wird die Polizei nach dir suchen. Zumindest bis sie diesen Verbrecher schnappen, darfst du keine einzige Minute zu spät kommen, sonst rufe ich bei der Polizei an.«

»Ja, Mama.«

»Und noch etwas«, fuhr sie fort. »Ich möchte nicht, daß du allein herumläufst. Du weißt zwar, daß du von Fremden keine Süßigkeiten annehmen oder nicht zu ihnen ins Auto steigen darfst – du bist kein Dummkopf, darin stimmen wir überein –, und du bist groß für dein Alter, aber ein erwachsener Mann, besonders ein Verrückter, kann ein Kind leicht überwältigen, wenn er es darauf anlegt. Wenn du in den Park oder in die Bücherei gehst – geh mit einem deiner Freunde.«

»Ja, Mom.«

Sie sah ihn besorgt und traurig an. »Die Welt muß wirklich in einem schlimmen Zustand sein, wenn solche Dinge passieren können«, sagte sie. Sie wollte weiterreden, schüttelte dann aber den Kopf und wechselte das Thema. »Du läufst doch so viel herum, Ben. Du mußt so gut wie jedes Fleckchen in Derry kennen, stimmt's?«

Ben wußte nicht, ob er alle Fleckchen kannte, aber er kannte eine ganze Menge. Außerdem war er so aufgeregt über das unerwartete Geschenk, daß er seiner Mutter auch zugestimmt hätte, wenn sie vorgeschlagen hätte, daß John Wayne in einem Musical über den Zweiten Weltkrieg Hitler spielen sollte. Er nickte.

»Hast *du* nie etwas bemerkt?« fragte sie. »Irgend etwas oder irgend jemand... na ja, Verdächtiges? Etwas Außergewöhnliches? Etwas, das dich beunruhigte oder dir Angst einjagte?«

In seiner Freude über die Uhr, seiner Liebe zu seiner Mutter und seinem Glück über ihr Interesse an ihm hätte er ihr fast erzählt, was er im Januar erlebt hatte. Aber im letzten Moment beschloß er, doch lieber den Mund zu halten.

Weshalb? Weil sogar Kinder manchmal intuitiv erfassen, daß es besser ist, aus Liebe zu schweigen, um dem geliebten Menschen Kummer und Sorgen zu ersparen? Ja, das war einer seiner Gründe, nichts von seinem unheimlichen Erlebnis zu verraten. Aber es gab auch andere, weniger edle Gründe. Sie konnte sehr streng sein. Sie konnte ein richtiger Boß sein. Sie bezeichnete ihn nie als dick, sondern nur als ›groß‹, immer nur als ›groß‹ (manchmal abgewandelt in ›groß für dein Alter‹), und wenn vom Abendessen Reste übrigblieben, brachte sie sie ihm zum Fernseher, und er aß sie auf, und in seinem tiefsten Innern haßte er sich deswegen (Ben Hanscom hätte nie gewagt, seine Mutter zu hassen; für solche Gedanken würde Gott ihn mit einem Blitz erschlagen). Außerdem wußte sie nicht, daß er keine Freunde hatte. Dieser Mangel an Wissen ließ ihn ihr mißtrauen – er war sich nicht sicher, wie sie reagieren würde, wenn er ihr erzählte, was im Januar passiert war – vielleicht passiert war. Um sechs Uhr abends zu Hause sein zu müssen, war nicht so schlimm. Er konnte lesen, fernsehen,

(essen)

mit seinen Bauklötzen und dem Baukasten Sachen bauen. Aber den ganzen Tag im Haus bleiben zu müssen, wäre *sehr* schlimm – und es war durchaus möglich, daß sie darauf bestehen würde.

Aus diesen verschiedenen Gründen verschwieg er ihr sein Erlebnis.

»Nein, Mom«, sagte er. »Nur Mr. McKibbon, der in den Küchenabfällen anderer Leute herumwühlte.«

Das brachte sie zum Lachen – sie konnte Mr. McKibbon nicht leiden,

174

der sowohl Baptist als auch Republikaner war –, und ihr Lachen beschloß dieses ernsthafte Gespräch. An jenem Abend lag Ben im Bett noch lange wach, aber diesmal quälten ihn keine Gedanken daran, elternlos in einer rauhen Welt zurückzubleiben. Er fühlte sich geliebt und geborgen unter seiner Steppdecke. Er hielt seine Uhr abwechselnd ans Ohr, um ihrem Ticken zu lauschen, und dicht vor seine Augen, um das gespenstisch leuchtende Zifferblatt zu bewundern.

Schließlich schlief er ein, und im Traum spielte er mit den anderen Jungen Baseball auf dem leeren Parkplatz hinter dem Lastwagenpark der Gebrüder Tracker. Er hatte gerade einen tollen Treffer gelandet und wurde von seiner jubelnden Mannschaft umarmt und anerkennend auf den Rücken geklopft. Dann hoben sie ihn auf ihre Schultern und trugen ihn zu der Stelle, wo ihre Ausrüstung lag. Im Traum platzte er fast vor Stolz und Freude... und dann warf er einen Blick zurück auf den Parkplatz, der durch einen Kettenzaun von den dahinter beginnenden Barrens abgegrenzt war.

Von den Bäumen und Büschen hinter dem Zaun fast verdeckt, stand eine Gestalt. Sie winkte ihm mit einer Hand zu; in der anderen hielt sie eine Traube Luftballons – rote, gelbe, blaue, grüne. Ben konnte das Gesicht der Gestalt nicht sehen, aber er sah das glänzende, bauschige Kostüm mit großen orangefarbenen Pompons anstelle von Knöpfen. Er sah die große schlaffe Fliege und die weißen Handschuhe.

Es war ein Clown.

Ganz recht, Wabbit, sagte eine Geisterstimme.

Als Ben am nächsten Morgen aufwachte, hatte er den Traum vergessen, aber sein Kopfkissen fühlte sich feucht an... so als hätte er nachts geweint.

7

Ben schüttelte die Gedanken an das Sperrstundenschild und was damit zusammenhing von sich ab wie ein Hund den Regen und ging zur Ausleihtheke.

»Hallo, Benny«, sagte Mrs. Starrett. Sie hatte Ben sehr gern, genauso wie seine Lehrerin Mrs. Douglas. Erwachsene mochten ihn im allgemeinen, weil er höflich, rücksichtsvoll, still und manchmal sehr amüsant war. Aus eben diesen Gründen konnten die meisten Kinder ihn nicht leiden. »Hast du die Sommerferien schon satt?«

Ben lächelte. Das war ein Standardscherz von Mrs. Starrett. »Noch nicht«, antwortete er, »denn sie haben erst vor...« – er schaute auf seine

Uhr – »... einer Stunde und 17 Minuten begonnen. Eine Stunde wird's wohl schon noch dauern.«

Mrs. Starrett lachte hinter vorgehaltener Hand. Sie fragte Ben, ob er sich für das Sommer-Leseprogramm einschreiben wolle, und er bejahte. Sie gab ihm eine Karte der Vereinigten Staaten, und Ben bedankte sich.

Dann schlenderte er an den Regalen entlang, zog ab und zu ein Buch heraus, blätterte darin und stellte es wieder zurück. Bücher auszuwählen war eine schwierige Angelegenheit. Als Erwachsener konnte man soviel Bücher ausleihen, wie man wollte, aber als Kind nur drei. Und es war ärgerlich, wenn eines davon sich als langweilig erwies. Schließlich hatte er seine Auswahl getroffen – ›Bulldozer‹, ›The Black Stallion‹ und ein Buch, das eine Art Schuß ins Blaue war: ›Hot Rod‹ von Henry Gregor Felson.

»Das wird dir vielleicht nicht gefallen«, sagte Mrs. Starrett, während sie das Buch abstempelte. »Es ist ziemlich grausam. Ich empfehle es immer den Teenagern, weil es ihnen Stoff zum Nachdenken gibt. Manchmal habe ich das Gefühl, daß sie danach eine ganze Woche lang langsamer fahren.«

»Na, ich schau's mal durch«, sagte Ben und trug seine Bücher zu einem Tisch, der möglichst weit entfernt von ›Poohs Ecke‹ war, wo Big Billy Goat Gruff gerade dabei war, dem Troll unter der Brücke eine ordentliche Tracht Prügel zu verabreichen.

Er vertiefte sich in ›Hot Rod‹, und das Buch gefiel ihm sehr gut. Es handelte von einem Burschen, der ein wirklich toller Fahrer war, aber ein Bulle versuchte ihn ständig zu zwingen, langsamer zu fahren. Ben erfuhr aus dem Buch, daß es in Iowa, wo die Geschichte spielte, keine Geschwindigkeitsbegrenzungen gab. Das war wirklich interessant.

Nach drei Kapiteln schaute er hoch, und sein Blick fiel auf ein neues Poster an der Wand, auf dem ein glücklicher Postbote einem glücklichen Kind einen Brief aushändigte. BÜCHEREIEN SIND AUCH ZUM SCHREIBEN DA, stand auf dem Plakat. WARUM NICHT GLEICH HEUTE EINEM FREUND SCHREIBEN? ER FREUT SICH GARANTIERT!

Unter dem Poster hingen unter Klarsichtfolie vorgestempelte Postkarten, vorgestempelte Briefumschläge und Briefbögen, auf denen oben die Bücherei abgebildet war. Die Umschläge kosteten 5 Cent, die Postkarten 3 Cent, zwei Bogen Papier 1 Cent.

Ben griff in die rechte Vordertasche seiner Jeans. Die letzten vier Cent des Flaschenpfandgeldes waren noch da. Er legte ein Lesezeichen in ›Hot Rod‹, ging zur Ausleihtheke, gab Mrs. Starrett drei Cent und sagte: »Könnte ich bitte eine Postkarte haben?«

»Aber ja, Ben.« Sie freute sich – wie immer – über seine ernste Höflichkeit und bedauerte gleichzeitig, daß der Junge so dick war. Ihre Mutter würde sagen, daß er langsamen Selbstmord mit Messer und Gabel beging. Sie gab ihm eine Karte und beobachtete, wie er an seinen Platz zurückging. Er saß ganz allein an jenem Tisch. Sie hatte Ben Hanscom noch nie mit irgendeinem anderen Jungen gesehen. Das war jammerschade, denn sie war überzeugt davon, daß Ben große innere Reichtümer besaß. Er würde sie einem freundlichen, geduldigen Menschen offenbaren... wenn er jemals auf einen solchen Freund stoßen sollte.

8

Ben holte seinen Kugelschreiber heraus und adressierte die Karte an: Miß Beverly Marsh, Lower Main Street, Derry, Maine, 2. Bezirk. Er kannte ihre Hausnummer nicht, aber seine Mutter hatte ihm einmal gesagt, daß der Postbote die meisten Namen in seinem Bezirk kannte. Wenn der Postbote die Karte zustellen könnte, so wäre das toll. Andernfalls würde sie einfach im Büro für unzustellbare Briefe landen, denn seinen Absender würde er natürlich nicht angeben.

Die Karte so in der Hand haltend, daß die Adresse nicht zu sehen war (er wollte kein Risiko eingehen, obwohl er bisher kein bekanntes Gesicht in der Bücherei erspäht hatte), holte er sich einige Zettel aus der kleinen Schublade neben den Katalogkästen. Dann kehrte er zu seinem Platz zurück und begann etwas auf die Zettel zu kritzeln, auszustreichen, neu zu schreiben.

In der letzten Schulwoche hatten sie im Englischunterricht Haikus gelesen. Das war eine japanische Dichtkunst, kurz und straff. Ein Haiku, so hatte Mrs. Douglas erklärt, mußte aus genau 17 Silben bestehen – nicht mehr und nicht weniger. Es konzentrierte sich meistens auf ein klares Bild, das irgendeine Emotion ausdrückte: Trauer, Freude, Nostalgie, Glück... oder Liebe.

Diese Form faszinierte Ben und regte seine Fantasie an, obwohl er dem Englischunterricht im allgemeinen ein eher sachliches Interesse entgegenbrachte. Das Haiku weckte in ihm ein Glücksgefühl wie Mrs. Starretts Erklärung des Gewächshauseffekts. Haiku war gute Poesie, denn es war *strukturierte* Poesie. Es gab keine geheimnisvollen Regeln. Siebzehn Silben, und das Problem war gelöst. Ein mit irgendeiner Emotion verknüpftes Bild. Klar, ordentlich, auf das wichtigste reduziert, in sich geschlossen. Ihm gefiel sogar der Name: *Haiku*.

Ihre Haare fiel ihm plötzlich ein, und er sah sie deutlich vor sich:

Die Sonne verfing sich darin wie in einem Feuernetz, und es wippte um ihre Schultern, als sie die Treppe hinunterlief.

Zwanzig Minuten lang arbeitete er konzentriert (mit einer kurzen Unterbrechung, um neue Zettel zu holen), strich Wörter aus, die zu lang waren, änderte und brachte schließlich folgendes Haiku zustande:

Dein Haar gleicht Winterfeuer,
Funken im Januar.
Dort glüht mein Herz.

Er war von seinem Werk nicht sehr angetan, aber etwas Besseres brachte er nicht zustande. Er befürchtete, daß er nervös werden und die ganze Sache aufgeben würde, wenn er zu lange daran herumarbeitete. Und das wollte er nicht. Daß sie ihn angesprochen hatte, war für Ben etwas Überwältigendes gewesen, ein Augenblick, den er nie vergessen würde. Es war für ihn ein denkwürdiger Tag. Und vielleicht schwärmte Beverly für irgendeinen älteren Jungen – einen Sechst- oder sogar Siebtkläßler; sie würde vielleicht glauben, daß dieser Junge ihr das Haiku geschickt hatte, sie würde glücklich sein, und dadurch würde auch ihr dieser Tag unvergeßlich bleiben. Und obwohl sie nie erfahren würde, daß sie das Ben Hanscom zu verdanken hatte, so spielte das keine Rolle. *Er* wußte es, und das genügte ihm.

Er schrieb sein Gedicht auf die Postkarte (um kein Risiko einzugehen, in Druckbuchstaben, als handle es sich dabei um eine Lösegeldforderung und nicht um ein Liebesgedicht), schob seinen Kugelschreiber wieder in die Tasche und legte die Karte in ›Hot Rod‹.

Dann stand er auf und verabschiedete sich im Hinausgehen von Mrs. Starrett.

»Auf Wiedersehen, Ben«, sagte die Bibliothekarin. »Genieß deine Sommerferien und vergiß die Sperrstunde nicht.«

»Ich denk' daran«, sagte er und ging. Er genoß die Hitze in der verglasten Passage zwischen den beiden Gebäuden (*Gewächshauseffekt*, dachte er zufrieden) und die Kühle der Bücherei für Erwachsene. Ein alter Mann las Zeitung in einem der alten bequemen Polsterstühle des großen Lesesaals. Die Schlagzeile unter dem Titel verkündete: DULLES KÜNDIGT EINSATZ VON US-TRUPPEN IM LIBANON AN, FALLS ERFORDERLICH! Darunter ein Foto von Ike, der einem Araber im Rosengarten die Hand schüttelte. Bens Mutter sagte, daß 1960 Hubert Humphrey Präsident werden würde, und daß es dann mit Amerika wieder aufwärtsgehen würde. Ben wußte verschwommen, daß sich gegenwärtig eine Rezession abzeichnete und daß seine Mutter Angst vor einer Entlassung hatte.

FAHNDUNG NACH PSYCHOPATH GEHT WEITER lautete eine Schlagzeile auf der unteren Hälfte der ersten Seite.

Er stieß die große Eingangstür auf und trat hinaus.

Am Ende der Auffahrt zur Bücherei gab es einen Briefkasten. Ben warf seine Postkarte möglichst unauffällig ein. Er hatte dabei lautes Herzklopfen. *Was ist, wenn sie irgendwie weiß, daß ich ihr geschrieben habe?*

Sei doch nicht albern, sagte er sich, aber der erregende Gedanke ließ ihn nicht los.

Er schlenderte die Kansas Street hinauf, ohne sich dessen bewußt zu sein. In seiner Fantasie malte er sich eine wundervolle Szene aus: Beverly Marsh kam auf ihn zu; ihre graugrünen Augen strahlten, ihre roten Haare waren zum Pferdeschwanz gebunden. *Ich möchte dich etwas fragen, Ben,* sagte sie, *und du mußt nur schwören, die Wahrheit zu sagen.* Sie hielt die Postkarte hoch. *Hast du das geschrieben?*

Bens Gesicht glühte wieder; er wünschte, dieser herrliche Wachtraum würde niemals enden. Er hatte wieder das Gefühl, daß seine Schuhsohlen das Pflaster überhaupt nicht berührten, daß er schwebte. Er pfiff vor sich hin. *Du wirst mich vermutlich für ein schreckliches Mädchen halten,* sagte Beverly, *aber ich möchte dich küssen.* Ihre Lippen öffneten sich leicht.

Bens Lippen waren plötzlich zum Pfeifen viel zu trocken.

»Das möchte ich auch«, flüsterte er und lächelte ganz benommen. Es war ein wunderschönes Lächeln.

Wenn er in diesem Moment einen Blick auf den Gehweg geworfen hätte, hätte er außer seinem eigenen Schatten drei weitere gesehen; wenn er aufgepaßt hätte, so hätte er Victors Nagelschuhe auf dem Pflaster hören müssen. Aber er sah und hörte nichts. Er war weit entfernt – er fühlte Beverlys weiche Lippen auf den seinen, er hob schüchtern die Hände, um das Winterfeuer ihrer Haare zu berühren.

9

Wie so viele andere kleine oder große Städte war Derry nicht geplant worden – es war einfach gewachsen. Städteplaner hätten es nie dort angelegt, wo es tatsächlich lag, nämlich in einem vom Kenduskeag gebildeten Tal. Der Fluß führte diagonal durch die Stadt, von Südwesten nach Nordosten. Der Rest der Stadt hatte sich an den umliegenden Hügeln ausgebreitet.

Das Tal, in das die ersten Siedler der Stadt kamen, war sumpfig und überwuchert gewesen. Der Bach und der Penobscot River, in den der

Kenduskeag mündete, waren gut für Händler, aber schlecht für alle, die Getreide anbauten oder ihre Häuser zu nahe dort bauten – besonders am Kenduskeag, denn der trat alle drei oder vier Jahre über die Ufer. Die Stadt war trotz der Unsummen, die in den letzten fünfzig Jahren auf das Problem verwendet worden waren, immer noch von Hochwasser bedroht. Wären die Überschwemmungen nur von dem Bach selbst verursacht worden, dann hätten ein paar Dämme das Problem vielleicht beseitigt. Aber es gab noch andere Faktoren. Zum einen die niederen Ufer des Kenduskeag. Das gesamte baufällige Abwassersystem der Gegend ein anderer. Seit der Jahrhundertwende hatte es mehrere schwere Überschwemmungen in Derry gegeben, darunter eine katastrophale im Jahre 1931. Um alles noch zu verschlimmern, waren die Hügel, auf denen ein Großteil von Derry erbaut worden war, von kleinen Bächen durchzogen – dazu gehörte auch der Torrault Stream, in dem die Leiche von Cheryl Lamonica gefunden worden war. In schweren Regenzeiten war die Wahrscheinlichkeit groß, daß sie alle über die Ufer traten. »Wenn es zwei Wochen lang regnet, bekommt die ganze Scheißstadt Stirnhöhlenvereiterung«, hatte der Dad von Stotter-Bill einmal gesagt.

In der Innenstadt war der Kenduskeag in einen knapp zwei Meilen langen Kanal eingezwängt. Von der Kreuzung Main Street und Canal Street floß er etwa eine halbe Meile unterirdisch, dann kam er wieder beim Bassey Park an die Oberfläche. Die Canal Street führte am Fluß entlang stadtauswärts, und alle paar Wochen mußte die Polizei das Auto irgendeines Betrunkenen aus dem Kanal fischen, der von Abwässern und Fabrikabfällen verunreinigt war.

An der Nordostseite von Derry – der Kanalseite – war der Fluß begradigt worden. Hier herrschte immer geschäftiges Treiben; Leute schlenderten am Fluß entlang, manchmal Hand in Hand (ein solcher Spaziergang war allerdings nur angenehm, wenn der Wind den Gestank in die entgegengesetzte Richtung blies), und im Bassey Park, gegenüber der High School auf der anderen Kanalseite, wurden manchmal Pfadfinderlager oder Grillpartys veranstaltet. 1969 waren die Bewohner von Derry schockiert und empört darüber, daß Hippies dort draußen haschten und mit Drogen handelten. Ende der 60er Jahre wurde der Bassey Park zum regelrechten Umschlagplatz für Rauschgift, und bald darauf wurde dort ein siebzehnjähriger Junge am Kanal tot aufgefunden, mit schmerzverzerrtem Gesicht und vor Entsetzen weit aufgerissenen Augen. Sein Körper war mit Heroin vollgepumpt – eine tödliche Dosis. Danach begannen die jungen Leute die Kanalgegend zu meiden, und es gingen sogar Gerüchte um, daß der Geist des Siebzehnjährigen den Bassey Park unsicher mache.

Auf der südwestlichen Seite der Stadt bot der Fluß ein noch größeres Problem. Hier waren die Berge durch einen großen Gletscher tief eingeschnitten und weiter von der endlosen Wassererosion des Kenduskeag und seinem Netz von Nebenflüssen gegeißelt worden; an vielen Stellen trat das Urgestein zutage wie die halb freigelegten Gebeine von Dinosauriern. Veteranen des Derry Public Works Department wußten, nach dem ersten Frost im Herbst konnten sie mit zahlreichen Gehwegreparaturen im Südwesten der Stadt rechnen. Der Beton zog sich zusammen und wurde spröde, und dann brach das Urgestein plötzlich durch, als wollte die Erde etwas ausbrüten.

In der flachen verbliebenen Erdkrume gediehen am besten Pflanzen mit flachen Wurzeln und widerstandsfähiger Natur – Unkraut, mit anderen Worten: verkümmerte Bäume, dichtes Unterholz und wuchernde Pestbeulen von Giftsumach und Giftefeu wuchsen überall, wo man ihnen gestattete, Fuß zu fassen. Im Südwesten fiel das Land steil ab zu der Gegend, die in Derry als die Barrens bezeichnet wurde. Die Barrens – ein Ödland – waren ein chaotisches Landstück, etwa eineinhalb Meilen breit und drei Meilen lang. Es wurde auf der einen Seite von der Kansas Street begrenzt, auf der anderen von Old Cape. Old Cape war eine Siedlung für untere Einkommensstufen, und dort war die Kanalisation so schlecht, daß man sich tatsächlich Geschichten über Toiletten und Abflußrohre erzählte, die buchstäblich explodiert waren.

Der Kenduskeag floß mitten durch die Barrens, und die Stadt erstreckte sich zu beiden Seiten davon; aber dort unten befanden sich nur die städtische Abwasser-Pumpstation und die Mülldeponie. Aus der Luft sahen die Barrens wie ein großer grüner Dolch aus, dessen Spitze auf die Stadt zeigte.

Ben Hanscom bemerkte plötzlich, daß rechts und links von ihm keine Häuser mehr standen, daß er am Rande der Barrens angelangt war. Ein etwa taillenhohes, baufälliges, weiß getünchtes Geländer begrenzte den Gehweg – eine mehr symbolische Schutzmaßnahme. Er hörte das Plätschern von Wasser.

Er blieb stehen und betrachtete die Barrens und dachte immer noch an ihre Augen und an den frischen Geruch ihres Haares.

Von hier aus war der Kenduskeag kaum zu sehen, nur stellenweise schimmerte er zwischen dem dichten Laubwerk hindurch. Einige Kinder behaupteten, daß es um diese Jahreszeit dort unten im überwucherten Tiefland sperlinggroße Moskitos gäbe; andere berichteten von Treibsand. An die Riesenmoskitos glaubte Ben nicht, aber die Treibsandgeschichten fand er beunruhigend.

Zu seiner Linken sah er eine große Schar kreisender und herabschießender Möwen: die Mülldeponie. Das Kreischen der Vögel war bis hierher schwach zu hören. Auf der anderen Wegseite konnte er in der Ferne die Anhöhen von Derry erkennen und davor die niedrigen Dächer der Häuser von Old Cape. Rechts von der Siedlung erhob sich wie ein plumper weißer Finger der Wasserturm von Derry. Direkt unterhalb von Bens Standort ragte ein rostiges Kanalrohr ein Stück aus der Erde heraus, aus dem ein schmales funkelndes Bächlein den Hügel hinabfloß und in einem Gewirr von Büschen und verkümmerten Bäumen verschwand.

Ein unangenehmer Gedanke schoß Ben durch den Kopf. Was wäre, wenn plötzlich, in diesem Augenblick, die Hand einer Leiche aus dem Rohr auftauchen würde? Ein weiteres Opfer des Verrückten? Angenommen, er würde diese Hand sehen und wegrennen wollen, um ein Telefon zu suchen und die Polizei anzurufen, und plötzlich würde ein Clown vor ihm stehen, ein lustiger Clown in einem bauschigen Kostüm mit orangefarbenen Pompons als Knöpfen? Angenommen...

Eine Hand legte sich auf seine Schulter, und er schrie auf.

Er hörte Gelächter, wirbelte herum und lehnte sich gegen das weiße Geländer, das den sicheren Gehweg der Kansas Street von den wilden Barrens trennte (er fühlte deutlich, wie das Geländer unter seinem Gewicht schwankte). Vor ihm standen Henry Bowers, Belch Huggins und Victor Criss.

»Hallo, Titte«, sagte Henry.

»Was willst du von mir?« fragte Ben und versuchte, mutig zu klingen.

»Ich will dich verprügeln«, erwiderte Henry bedächtig. Er wirkte ganz nüchtern, ganz ruhig und gelassen. Aber seine schwarzen Augen funkelten wild. »Muß dir ein bißchen was beibringen, Fettkloß. Du bist doch gut in der Schule? Du lernst doch gern, nicht wahr?«

Er streckte die Hand nach Ben aus. Ben wich ein Stück zur Seite.

»Packt ihn, Jungs!« rief Henry.

Belch und Victor traten in Aktion. Ben quiekte – es war ein schrecklich feiger Laut, aber er konnte ihn nicht zurückhalten. *Bitte, lieber Gott, laß sie mich nicht zum Heulen bringen,* und laß sie nicht meine Uhr kaputtmachen, dachte Ben verzweifelt, aber er wußte, daß er heulen würde. Er würde vermutlich eine ganze Menge heulen, bevor das hier vorbei war.

»Hört sich an wie ein Schwein, was?« sagte Victor lachend. Er drehte Ben das Handgelenk um. »Hört sich an wie ein Schwein.«

»Und ob!« kicherte Belch und packte Bens anderen Arm.

Ben versuchte auszubrechen, erst in die eine, dann in die andere Richtung. Belch und Victor ließen ihn aber nicht los und zerrten ihn zurück.

Henry Bowers zog mit einem Ruck Bens weiten Sweater hoch und entblößte damit Bens Bauch, der weit über seinen Gürtel hinabhing.

»Schaut euch nur mal diesen Wanst an!« sagte Henry erstaunt und an-gewidert. »Mein Gott!«

Victor und Belch lachten. Ben schaute wild um sich, in der Hoffnung, in der Nähe jemanden zu sehen, den er zu Hilfe rufen konnte. Aber kein Mensch war da. Hinter ihm, unten in den Barrens, zirpten Grillen und kreischten Möwen über der Müllhalde.

»Du solltest mich lieber in Ruhe lassen«, sagte er. »Es wäre besser für dich.«

»Was passiert denn sonst?« fragte Henry in einem Ton, als wäre er daran wirklich interessiert. »Häh?«

Ben mußte plötzlich an Dan Matthews als Broderick Crawford in ›Highway Patrol‹ denken – der Bursche war stark und hartgesotten –, und er brach in Tränen aus. Dan Matthews hätte diese Kerle einfach mit seinem Bauch vor sich hergeschoben und über das Geländer geworfen.

»Mann o Mann, schaut euch nur mal das Baby an!« lachte Victor, und Belch stimmte in sein Gelächter ein. Henry Bowers lächelte ein wenig, aber sein Gesicht behielt jenen ernsten, nachdenklichen – fast traurigen – Ausdruck. Dieser Ausdruck machte Ben angst. Er deutete an, daß mehr als nur Prügel fällig sein könnten.

Wie um diesen Gedanken zu bestätigen, griff Henry in die Tasche seiner Jeans und holte ein Klappmesser heraus.

In seiner Verzweiflung versuchte Ben unter Aufbietung aller Kräfte erneut einen Ausfall, und einen Augenblick sah es so aus, als würde er tatsächlich entkommen können. Er schwitzte jetzt so stark, daß seine Arme glitschig waren und die beiden Jungen ihn nicht richtig festhalten konnten. Seinen linken Arm bekam er völlig frei; Belch hielt zwar noch sein rechtes Handgelenk fest, aber auch sein Griff war nur noch sehr lok-ker. Noch ein kräftiger Ruck und...

Aber dazu kam er nicht mehr, denn Henry trat einen Schritt vor und versetzte ihm einen Stoß. Ben flog nach rückwärts. Das Geländer knarrte bedenklich bei seinem Aufprall. Belch und Victor packten ihn wieder.

»Jetzt haltet ihr ihn mir aber ordentlich fest«, sagte Henry. »Habt ihr verstanden?«

»Klar, Henry«, sagte Belch etwas unbehaglich. »Sei ganz unbesorgt.«

Henry stand jetzt so dicht vor Ben, daß sein flacher Bauch Bens Wanst fast berührte. Ben starrte ihn an, und unwillkürlich liefen ihm wieder Tränen aus den Augen. *Gefangen! Ich bin gefangen!* jammerte ein Teil seines Verstandes. Er versuchte dieses Gejammer abzustellen, das ihn am klaren Nachdenken hinderte – aber die Stimme gellte immer weiter in seinem Kopf: *Gefangen! Gefangen! Gefangen!*

Henry ließ das Messer aufschnappen, auf dessen langer und breiter

Klinge sein Name eingraviert war. Die Spitze glitzerte im Licht der Nachmittagssonne.

»Jetzt werd' ich dich mal testen, Fettkloß«, sagte Henry – immer noch in jenem bedächtigen Ton. »Es ist ein wichtiges Examen. Du solltest es lieber bestehen!«

Ben weinte. Er hatte wahnsinniges Herzklopfen. Aus seiner Nase tropfte Rotz und sammelte sich auf seiner Oberlippe. Seine Bücher lagen verstreut zu seinen Füßen. Henry Bowers trat auf ›Bulldozer‹, warf einen flüchtigen Blick darauf und beförderte es mit einem Tritt in den Rinnstein.

»Erste Frage: Wenn jemand während der Schlußprüfungen sagt ›Laß mich abschreiben‹ – was antwortest du dann, Fettkloß?«

»Klar!« rief Ben sofort. »Klar, geht in Ordnung! Schreib ab, soviel du willst.«

Die Messerspitze bohrte sich in Bens Magengegend, und er zog keuchend den Bauch ein. Einen Moment lang verschwamm ihm alles vor den Augen. Henrys Mund bewegte sich, aber er konnte kaum verstehen, was Henry sagte.

Du darfst nicht ohnmächtig werden! gellte jene panische Stimme in seinem Kopf. *Wenn du in Ohnmacht fällst, bekommt er vielleicht so eine irre Wut, daß er dich umbringt!*

Die Welt nahm allmählich wieder etwas klarere Konturen an. Er sah, daß Belch und Victor inzwischen ziemlich nervös waren, und plötzlich konnte er wieder scharf denken: *Plötzlich wissen sie nicht mehr, was er machen oder wie weit er gehen wird. Was du immer gedacht hast, wie schlimm es werden könnte, so schlimm ist es wirklich... vielleicht noch etwas schlimmer. Du mußt nachdenken. Wenn du noch nie nachgedacht hast und nie nachdenken wirst, jetzt mußt du es. Denn seine Augen sagen, daß du zu Recht nervös aussiehst. Seine Augen sagen, er ist verrückt wie eine Bettwanze.*

»Das ist die falsche Antwort, Titte«, sagte Henry. »Wenn *irgend jemand* sagt ›Laß mich abschreiben‹, ist es mir scheißegal, was du tust, kapiert?«

»Ja«, schluchzte Ben. »Ja, ich hab's kapiert.«

»Okay«, sagte Henry. »Eine Antwort war also schon mal falsch, aber die wichtigsten Fragen kommen erst noch. Bist du bereit?«

»Ich... ich glaube schon.«

Ein Auto näherte sich, ein staubiger alter Ford mit einem alten Mann und einer alten Frau auf den Vordersitzen. Ben sah, daß der Alte zu ihnen herüberschaute. Henry trat noch dichter an ihn heran, so daß das Messer nicht zu sehen war. Ben fühlte, wie sich die Spitze über seinem Bauchnabel in sein Fleisch bohrte.

»Wenn du einen Laut von dir gibst, schlitz' ich dich auf!« zischte Henry, sein Gesicht so dicht vor Bens, als wollte er ihn küssen. Sein Atem roch betäubend nach Fruchtgummi.

Das Auto fuhr an ihnen vorbei, die Kansas Street entlang, so langsam und zierlich wie der Schrittmacher beim Tournament-of-Roses-Turnier.

»In Ordnung«, sagte Henry und trat einen Schritt zurück. »Hier ist also die nächste Frage, Fettwanst. Wenn *ich* sage ›Laß mich abschreiben‹ – was antwortest du dann?«

»Ja«, sagte Ben. »Ich antworte: ja.«

Henry Bowers lächelte. »Ausgezeichnet. Und nun die dritte Frage, Fettkloß. Wie kann ich dafür sorgen, daß du das nie wieder vergißt?«

»Ich... ich weiß nicht«, flüsterte Ben.

Henry grinste. Sein Gesicht hellte sich auf. »Aber ich weiß es!« sagte er, als hätte er gerade eine wichtige Wahrheit entdeckt. »Ich werde meine Initialen auf deinen dicken fetten Wanst eingravieren!«

Er trat wieder einen Schritt vor; sein Messer funkelte. Victor und Belch lachten, und Ben wurde schlagartig zweierlei klar: Victor und Belch dachten, daß Henry nur Spaß machte, daß er ihm nur noch mehr Angst einjagen wollte, und vielleicht hoffte, daß er sich vor Angst in die Hose machen würde. Aber Henry scherzte nicht. Er meinte es völlig ernst.

Das Messer stieß aufwärts, weich wie Butter. Blut quoll in einer breiten roten Linie auf Bens blasse Haut.

»He«, schrie Victor. Das Wort kam gedämpft heraus, ein verblüfftes Keuchen.

»Haltet ihn fest!« zischte Henry, und jetzt hatte sein Gesicht nichts Nachdenkliches und Feierliches mehr an sich; jetzt war es die verzerrte Fratze eines Teufels.

»Um Himmels willen, Henry, hör auf damit!« kreischte Belch mit hoher Stimme, wie ein Mädchen.

Alles ging jetzt sehr schnell vor sich, weil Henry Bowers sich sehr schnell bewegte, aber Ben Hanscom kam es sehr langsam vor, wie eine Serie von Momentaufnahmen in einem Bildbericht der Zeitschrift ›Life‹. Seine Panik war verschwunden. Er hatte plötzlich etwas in sich entdeckt. Etwas Stählernes, wie Henrys Messerklinge. Aber im Gegensatz zu Henrys Klinge war es kein billiger Stahl.

Erste Momentaufnahme: Henry schob seinen Sweater ungeduldig wieder hoch und entblößte seinen Bauch, der jetzt von einem vertikalen Schnitt dicht über seinem Nabel blutig war.

Zweite Momentaufnahme: Henrys Messer schnitt wieder in seinen

Bauch. Henry arbeitete sehr schnell, wie ein irrsinniger Stabsarzt bei einem Luftangriff. Wieder floß Blut.

Rückwärts, dachte Ben kaltblütig, während sein Blut ihm über den Bauch in die Jeans floß. *Mir bleibt nur der Weg nach rückwärts.* Belch und Victor hielten ihn nicht mehr fest. Sie hatten sich entsetzt ein Stückchen zurückgezogen. Aber wenn er losrannte, würde Bowers ihn fangen. Er selbst war langsam. Bowers war schnell.

Dritte Momentaufnahme: Henry verband die beiden vertikalen Schnitte auf Bens schwabbelndem Bauch. Ben fühlte, wie ihm das Blut jetzt in die Unterhose rann, klebrig wie der Schleim von Schneckenspuren.

Wieder streckte Henry die Hand mit dem Messer aus. *Nach H kommt B,* dachte Ben, und er lehnte sich mit seinem ganzen Gewicht gegen das Geländer, das den Gehweg von der steilen Böschung trennte, die in die Barrens führte. Er hob den rechten Fuß und stieß ihn in Henrys Magen. Das Geländer krachte und zersplitterte, und plötzlich flog er durch die Luft nach hinten. Er sah, wie Henry, der überhaupt nicht mit Widerstand gerechnet hatte, rückwärts taumelte, mit völlig perplexem, komischem Gesichtsausdruck. Sein Klappmesser fiel auf das Pflaster der Kansas Street. Und während Ben noch durch die Luft flog und nicht wußte, ob er sich gleich den Schädel aufschlagen oder die Wirbelsäule verletzen würde, verspürte er doch ein wildes Triumphgefühl, und der Schrei, den er während des Fallens ausstieß, war zur Hälfte ein Lachen.

Er landete knapp unterhalb des vorstehenden Kanalrohrs mit Rücken und Gesäß auf dem Abhang. *Glück gehabt,* schoß es ihm durch den Kopf. Wenn er gegen dieses rostige Rohr geprallt wäre, hätte er sich leicht das Rückgrat brechen können.

So aber hatte er den Aufprall kaum gespürt, weil der Abhang dicht mit Gras und Farnkraut bewachsen war. Er machte unfreiwillig eine Rolle rückwärts, dann glitt er den steilen Abhang hinab wie ein Kind auf einer großen grünen Rutschbahn; er versuchte vergeblich, mit den Händen irgendwo Halt zu finden und riß dabei nur Büschel von Gras und Farnkraut aus.

Er sah, daß er sich mit rasender Geschwindigkeit immer weiter von der Stelle entfernte, wo er noch vor wenigen Sekunden seinem Peiniger hilflos ausgeliefert gewesen war. Er sah Victor und Belch; mit weit aufgerissenen Mündern verfolgten sie seine Rutschpartie. Seine Büchereibücher fielen ihm ein, die dort oben verstreut auf dem Gehweg und im Rinnstein lagen, und fast geriet er wieder in Panik – wie sollte er sie nur zurückbekommen? –, und dann blieb sein linkes Bein irgendwo hängen, und er biß sich beinahe die Zunge durch.

Es war ein umgestürzter Baum, der seine Rutschpartie beendet und ihm fast das Bein gebrochen hätte. Ben kroch ein Stück zurück und befreite es, stöhnend vor Schmerz. Er befand sich etwa auf halber Höhe des Abhangs. Unter ihm wurde das Gebüsch dichter. Aus dem Rohr über ihm rannen dünne Wasserbäche über seine Hände.

Er hörte über sich einen Schrei, blickte hoch und sah, wie Henry Bowers mit dem Messer im Mund vom Gehweg nach unten sprang. Er landete auf beiden Beinen und rannte mit selbstmörderischer Geschwindigkeit den Steilabhang hinab, wobei er vor Wut die Zähne fletschte.

»Ich inggich ung, Itte!« kreischte Henry Bowers um das Messer in seinen Zähnen herum, und Ben brauchte keinen U. N.-Dolmetscher, um zu wissen, daß Henry sagte: *Ich bring dich um, Titte*.

»Erganggt, ich inggich ung, Itte!«

Mit der gleichen Kaltblütigkeit wie zuvor erkannte Ben, was er tun mußte. Er rappelte sich mühsam hoch und nahm ganz unterbewußt wahr, daß sein linkes Hosenbein zerrissen und blutig war; aber immerhin hatte er sich das linke Bein nicht gebrochen.

Ben ging etwas in die Knie, um sein Gleichgewicht besser halten zu können, und als Henry ihn mit einer Hand packen und mit der anderen mit seinem Messer zustoßen wollte, machte er einen Schritt zur Seite. Dabei verlor er das Gleichgewicht, aber im Fallen streckte er sein linkes Bein aus, und Henry stolperte darüber. Es sah so aus, als würden ihm die Füße nach hinten weggezogen, und er flog über den umgestürzten Baum hinweg wie Superman; er hatte sogar beide Arme vor sich ausgestreckt, so wie sie George Reeves in der Fernsehserie ausstreckte. Nur sah George Reeves immer aus, als wäre das Fliegen etwas so Natürliches wie ein Bad nehmen oder auf der Veranda zu Mittag essen. Henry dagegen sah aus, als hätte ihm jemand einen heißen Schürhaken in den Arsch gerammt. Er machte den Mund auf und zu. Ein Speichelfaden hing aus einem Mundwinkel, und Ben konnte sehen, wie dieser gegen Henrys Ohrläppchen klatschte.

Dann schlug er auf dem Boden auf, wobei er sein Messer verlor. Er rollte den Abhang hinab und verschwand im dichten Gebüsch. Ben hörte das Bersten von Zweigen, dann ein dumpfes Dröhnen ... dann gespenstische Stille.

Größere und kleinere Steine rollten an ihm vorbei. Er blickte wieder hoch und sah, daß Victor und Belch den Abhang hinabkletterten, wesentlich vorsichtiger als ihr verrückter Anführer.

Ben stöhnte. Würde dieser Alptraum denn nie ein Ende nehmen?

Ohne sie aus den Augen zu lassen, begann er den Abhang hinabzusteigen. Er keuchte laut und hatte heftiges Seitenstechen. Die Büsche um ihn herum wurden größer und dichter; von irgendwoher hörte er das Plätschern von Wasser.

Sein Fuß glitt aus, er rollte wieder bergabwärts und riß sich den Handrücken an einem scharfen Stein auf; Fetzen seines ruinierten Sweaters blieben im Dornengestrüpp hängen.

Schließlich landete er ziemlich unsanft am Fuße des Abhangs, mit den Beinen im Wasser. Rechts von ihm schlängelte sich ein schmaler Bach ins dichte Unterholz hinein, das so dunkel aussah wie eine tiefe grüne Höhle. Er schaute nach links und sah Henry Bowers auf dem Rücken in demselben Bach liegen. In seinen halb geöffneten Augen war nur das Weiße zu sehen. Aus einem Ohr sickerte Blut und floß in dünnen Rinnsalen den Bach hinab.

O mein Gott, ich habe ihn umgebracht! O mein Gott, ich bin ein Mörder! O mein Gott!

Ohne daran zu denken, daß Belch und Victor hinter ihm her waren, platschte Ben etwa zwanzig Fuß den Bach hoch, bis zu der Stelle, wo Henry Bowers mit völlig zerfetztem Hemd und durchweichten Jeans lag. Ben war sich vage bewußt, daß von seinen eigenen Kleidern nicht mehr viel übrig war, und daß ihm jeder Knochen im Leibe weh tat. Am schlimmsten war sein linker Knöchel; er war dick geschwollen, und Ben konnte nur noch so vorsichtig mit diesem Fuß auftreten, daß sein Gang große Ähnlichkeit mit dem eines Seemanns hatte, der nach einer langen Schiffsreise den ersten Tag an Land war.

Er beugte sich über Henry Bowers. In diesem Augenblick riß Henry die Augen weit auf und packte ihn mit einer zerkratzten blutigen Hand an der Wade. Seine Lippen bewegten sich, und zwischen den pfeifenden Atemzügen konnte Ben ihn mühsam flüstern hören: ». . . dich umbringen, du fetter Scheißkerl!«

Henry versuchte, sich an Bens Bein hochzuziehen. Ben riß es mit einem Ruck zurück, und Henrys Hand glitt ab. Mit den Armen wild um sich schlagend, flog Ben rückwärts und landete zum dritten Mal in den letzten vier Minuten auf dem Arsch, was sicher ein Rekord war. Außerdem biß er sich wieder auf die Zunge. Wasser spritzte um ihn hoch. Einen Moment funkelte ein Regenbogen vor Bens Augen. Ben kümmerte sich einen Scheißdreck um den Regenbogen. Er hätte einen Scheißdreck auf den Topf Gold am Ende des Regenbogens gegeben. Er wäre mit seinem kläglichen fetten Leben zufrieden gewesen.

Henry drehte sich um. Versuchte aufzustehen. Fiel wieder hin. Konnte sich auf Hände und Knie aufrichten. Er starrte Ben mit seinen schwarzen Augen an. Seine Frisur zeigte mittlerweile hierhin und dorthin, wie Maishalme nach einem schweren Sturm.

Plötzlich war Ben wütend. Nein.– mehr als wütend. Er war *rasend*. Er war mit seinen Büchern aus der Bibliothek friedlich hier entlang geschlendert und hatte einen unschuldigen Tagtraum gehabt, wie er Beverly Marsh küßte und niemanden behelligte. Und jetzt das. Hose zerrissen. Linker Knöchel vielleicht gebrochen, sicher aber schlimm verstaucht. Das Bein aufgeschürft, die Zunge zerbissen, Henrys Monogramm auf dem Bauch. Was sagt ihr zu dieser heißen Scheiße, Sportsfreunde? Vielleicht war es der Gedanke an die ausgeliehenen Bücher, für die er verantwortlich war, der ihn zum Handeln trieb; die Bücher und Mrs. Starretts vorwurfsvoller Blick, den er vor seinem geistigen Auge deutlich sah. Vielleicht war es auch der Gedanke daran, was seine Mutter sagen würde, wenn sie seine ruinierten Kleidungsstücke oder sein Zeugnis sah, das er sorgfältig in seiner Hüfttasche verstaut hatte – die ordentlich mit Tinte geschriebenen Noten würden jetzt total verschmiert sein. Möglicherweise war es sogar die plötzliche Erkenntnis, daß es auf der Welt ungerecht zugeht, die ihn jetzt zum entschlossenen Handeln trieb.

Jedenfalls machte er einen Schritt vorwärts, als Henry gerade mühsam auf die Beine kam, und trat ihn kräftig in die Hoden.

Henry stieß einen gräßlichen verrosteten Schrei aus, so daß Vögel aus den Bäumen aufstoben. Er stand einen Moment breitbeinig da, hielt sich mit den Händen den Schritt und starrte Ben fassungslos an. »Ugh«, sagte er mit leiser Stimme.

»Stimmt«, sagte Ben.

»Ugh«, sagte Henry mit noch leiserer Stimme.

»Stimmt«, sagte Ben noch einmal.

Henry sank langsam wieder auf die Knie, aber er fiel nicht, vielmehr faltete er sich zusammen. Er sah Ben immer noch mit diesen fassungslosen schwarzen Augen an.

»Ugh.«

»Stimmt *genau*«, sagte Ben.

Henry kippte auf die Seite, hielt sich unablässig die Hoden und wälzte sich hin und her.

»Ugh!« stöhnte Henry. »Ugh! Meine Eier. Du hast mir die Eier zerquetscht! Ugh-ugh!« Er schien wieder ein wenig Kraft zu bekommen, und Ben wich zurück, einen Schritt nach dem anderen. Es ekelte ihn, was er gemacht hatte, aber zugleich war er von einer Art rechtschaffener, gelähmter Faszination erfüllt. »*Ugh* – mein Sack – *ugh-*UGH*!* – oh, meine armen EIER!«

Ben wich langsam einige Schritte zurück und blieb dann wie angewurzelt stehen. Er wäre vielleicht so lange wie gelähmt dort stehengeblieben, bis Henry sich wieder soweit erholt hätte, um ihn verfolgen zu können,

189

wenn ihn nicht plötzlich ein Stein mit solcher Wucht über dem rechten Ohr getroffen hätte, daß er im ersten Moment glaubte, der Schmerz käme von einem Wespenstich, bis er spürte, daß ihm warmes Blut über die Schläfe rann.

Er drehte sich um und sah Belch und Victor in der Mitte des Baches auf sich zukommen. Beide hatten eine Handvoll Kieselsteine bei sich, und im selben Moment schwirrten die Geschosse auch schon durch die Luft. Zwei Steinen konnte er ausweichen, ein dritter traf ihn am Oberschenkel, ein vierter am linken Backenknochen, und automatisch füllte sich das linke Auge mit Tränen.

Er rannte zum anderen Ufer und kletterte, so rasch er konnte, die steile Böschung empor, wobei er sich an vorstehenden Wurzeln und Ästen festhielt. Oben angelangt (ein letzter Stein traf ihn am Gesäß, als er sich hochzog), riskierte er rasch einen Blick über die Schulter hinweg.

Belch kniete neben Henry im Bach, währen Victor danebenstand und immer noch Steine schleuderte. Einer flog durch das Gebüsch und schlug dicht neben Ben auf. Er hatte genug gesehen – mehr als genug. Henry Bowers versuchte schon wieder aufzustehen. Ben zwängte sich ins dichte Gebüsch und schlug eine Richtung ein, von der er hoffte, daß sie nach Westen führte. Er mußte versuchen, die Barrens zu durchqueren und irgendwo in Old Cape herauszukommen. Dort würde er dann versuchen, von jemandem Geld für den Bus zu bekommen und nach Hause zu fahren. Und wenn er dort war, würde er die Tür hinter sich abschließen und die zerrissenen, blutigen Kleidungsstücke in den Müll werfen, und der verrückte Traum würde endlich vorbei sein. Ben sah vor sich, wie er im Wohnzimmer saß, frisch geschrubbt, mit seinem flauschigen roten Morgenmantel, Trickfilme mit Daffy Duck in *The Mighty Ninety* sah und Erdbeermilch trank. *Halt diesen Gedanken fest*, sagte er sich grimmig und stolperte weiter. Büsche versperrten ihm den Weg, und er schob sie ungeduldig zur Seite. Dornengestrüpp versuchte ihn aufzuhalten, aber er riß sich immer wieder los. Er gelangte an einen dunklen Ort, der schwarz und schmutzig aussah. Bambusartige Gewächse sprossen hier und da aus dem Boden, und von der Erde stieg ein Gestank auf. Ein bedrohlicher Gedanke

(Treibsand!)

schoß ihm durch den Kopf, während er auf das seichte stehende Wasser zwischen den Gewächsen starrte, und er bog rasch nach rechts ab.

Kurze Zeit danach befand er sich in einem dichten Wald. Die dicken Bäume kämpften grimmig um ein wenig Platz und Sonne, aber zumindest gab es hier weniger Gestrüpp, und er kam rascher vorwärts. Das einzige Problem war, daß er nicht mehr wußte, in welcher Richtung er sich eigentlich bewegte... allerdings beunruhigte ihn das nicht allzusehr. Die Barrens waren auf drei Seiten von Derry begrenzt und auf der vierten Seite von der neuen Autobahn, die gerade gebaut wurde. Früher oder später würde er *irgendwo* herauskommen.

Sein Bauch schmerzte, und er schob den zerfetzten Sweater hoch, um sich die Bescherung einmal anzusehen. Unwillkürlich zuckte er bei diesem Anblick zusammen und zog zischend die Luft ein. Sein Bauch sah aus wie eine groteske Weihnachtskugel, rot von Blut (das inzwischen Gott sei Dank schon trocknete und verkrustete), mit grünen Grasflecken von seiner Rutschpartie. Er zog den Sweater schnell wieder herunter, denn dieser Anblick verursachte ihm eine leichte Übelkeit.

Er hörte ein seltsames summendes Geräusch von irgendwoher aus der Nähe – ein stetiges, eintöniges, leises Geräusch. Ein Erwachsener in derselben Situation wie Ben hätte es einfach ignoriert, nur von dem einzigen Gedanken beseelt, so schnell wie möglich aus den Barrens herauszukommen (die Moskitos hatten Ben inzwischen entdeckt, und obwohl sie natürlich nicht die Größe von Sperlingen hatten, so waren sie doch ziemlich groß). Aber Ben war ein Junge, der seine Angst jetzt zum größten Teil überwunden hatte. Er schwenkte links ab und zwängte sich durch einige niedrige Lorbeerbüsche. Dahinter entdeckte er einen Zementzylinder von etwa vier Fuß Durchmesser und drei Fuß Höhe. Der Deckel war aus Metall, hatte Löcher für die Belüftung und trug die Aufschrift: DERRY KANALISATION. Dieses Geräusch – so nahe war es mehr ein Dröhnen als ein Summen – kam von irgendwo tief drinnen.

Ben preßte ein Auge an eines der runden Luftlöcher, konnte aber nichts erkennen. Nur das Summen drang jetzt etwas lauter an sein Ohr, und er hörte in der Dunkelheit Wasser rauschen. Es war also nichts weiter als ein Teil der städtischen Kanalisation, aber trotzdem war es ein bißchen unheimlich. Zum Teil, weil er nicht erwartet hatte, in dieser wuchernden Wildnis etwas von Menschenhand Geschaffenes zu finden, hauptsächlich aber wegen der Form dieses Dings. Ben hatte im Vorjahr H. G. Wells' ›Die Zeitmaschine‹ gelesen, zuerst die Comic-Fassung, dann die Erzählung. Und dieser aus dem Boden emporragende Zylinder mit seinem durchlöcherten Eisendeckel erinnerte ihn stark an die Brunnen, die ins unterirdische Land der schrecklichen Morlocks führten.

Er entfernte sich rasch in – wie er hoffte – westlicher Richtung, erreichte nach kurzer Zeit eine kleine Lichtung und drehte sich, bis sich sein Schatten direkt hinter ihm befand. Dann ging er geradeaus weiter.

Fünf Minuten später hörte er irgendwo vor sich das Plätschern von Wasser und Stimmen. Kinderstimmen.

Er blieb lauschend stehen, und in diesem Augenblick hörte er hinter sich raschelnde Zweige und andere Stimmen. Diese Stimmen kannte er nur allzu gut. Sie gehörten Victor, Belch und Henry. Der Alptraum schien demnach immer noch nicht vorüber zu sein.

Ben sah sich nach einer Zuflucht um.

10

Etwa zwei Stunden später kam Ben Hanscom aus seinem Versteck heraus, schmutziger denn je, aber ein wenig ausgeruht. Es kam ihm zwar unglaublich vor, aber er mußte eine Zeitlang geschlafen haben.

Als er die drei Jungen hinter sich gehört hatte, die ihn offensichtlich immer noch unermüdlich verfolgten, war er einer totalen Erstarrung gefährlich nahe gekommen, wie ein Tier im Scheinwerferlicht eines nahenden Lastwagens. Eine lähmende Schläfrigkeit überfiel ihn, und er verspürte den Drang, sich einfach hinzulegen, wo er war, sich zu einem Ball zusammenzurollen und die anderen einfach alles tun zu lassen, was sie ihm antun wollten.

Es gelang ihm jedoch, dieses Gefühl zu überwinden, und er bewegte sich in Richtung des plätschernden Wassers. Ja – dort unten waren Kinder; er konnte ihre Stimmen jetzt deutlicher hören. Sie schienen über irgendein Projekt zu reden, platschten im Wasser umher und lachten ab und zu. Dieses Lachen weckte in Ben plötzlich eine törichte Sehnsucht, brachte ihm aber gleichzeitig seine gefährliche Lage stärker zu Bewußtsein als alles bisher Geschehene.

Er kam ziemlich rasch voran und vermied jedes Geräusch. Wie viele dicke Menschen, so bewegte auch er sich erstaunlich leichtfüßig und anmutig. Er ging auf das Wasser zu (er konnte jetzt durch das Laubwerk hindurch sehen, wie die Sonne sich im Wasser spiegelte), und die Kinderstimmen kamen von rechts.

Er gelangte zu einem schmalen Pfad zwischen den Büschen, überquerte ihn und bahnte sich weiterhin vorsichtig einen Weg durchs Gebüsch. Vor ihm lag nun der Bach. Er war etwas breiter als der, in den er und Henry gefallen waren.

Zu seiner Linken sah er einen weiteren Zylinder, der friedlich vor sich hin summte, und dahinter, wo die Böschung zum Bach hin abfiel, neigte sich eine alte, knorrige Ulme zum Wasser hinab. Ihre aus dem Boden herausragenden Wurzeln sahen aus wie wirre, schmutzige braunschwarze Haare.

Ben zwängte sich durch die Wurzeln und kroch in eine enge Ausbuchtung. Er hoffte, daß es hier keine Insekten oder Schlangen gab, aber er war so müde und so von dumpfer Angst erfüllt, daß er sich nicht weiter darum kümmerte. Er lehnte sich zurück, und eine Wurzel bohrte sich in seinen Rücken wie ein drohender Finger. Er änderte seine Position ein wenig, und nun diente ihm dieselbe Wurzel als Rückenstütze.

Er hörte Henry, Belch und Victor näher kommen... und dann weitergehen. Höchstwahrscheinlich benutzten sie den Pfad. Dann hörte er, wie Henry brüllte: »Was zum Teufel, macht ihr denn da, verdammt noch mal!«

Die Antwort konnte er nicht verstehen, aber die Stimme des Kindes klang ängstlich, was Ben nur allzugut verstehen konnte.

Nun rief Victor Criss etwas, dessen Sinn Ben nicht sofort verstand: »Was für ein blödsinniger Kleinkinderdamm! Ihr Babys könntet ja noch nicht einmal Wasser kochen!«

»Los, machen wir ihn kaputt!« regte Belch an.

Ben hörte ein Protestgemurmel, dann einen Schmerzensschrei – jemand begann zu weinen. Auch das war Ben nur allzu verständlich. Die drei Rohlinge hatten ihn nicht erwischt (zumindest bisher noch nicht), und nun ließen sie ihre Wut an ein paar anderen Kindern aus.

»Ja, los, machen wir ihn kaputt!« rief Henry.

Lautes Platschen. Gelächter. Dann ein einzelner wütender Aufschrei.

»Komm mir ja nicht in die Quere, du stotternde kleine Mißgeburt!« brüllte Henry. »Heute lass' ich mir von niemandem mehr etwas gefallen!«

Man hörte ein Knacken und Splittern, und mit einem Male plätscherte das Wasser lauter als zuvor. Ben runzelte die Stirn. Kurz darauf glättete sie sich wieder. Er begriff jetzt, was da unten los war. Die Kinder – es mußten, nach den Geräuschen zu schließen, zwei oder drei sein – hatten einen Damm gebaut, und Henry und seine Freunde hatten ihn soeben zerstört. Ben glaubte sogar zu wissen, wer einer der Jungen war. Die einzige ›stotternde kleine Mißgeburt‹ in der Derry-Schule war Bill Denbrough von der Parallelklasse.

»Das hättet ihr nicht tun dürfen!« schrie eine dünne, ängstliche, wütende Stimme, die Ben ebenfalls bekannt vorkam, obwohl er sie im Augenblick nicht mit einem Gesicht oder Namen verbinden konnte. »Warum habt ihr das gemacht?«

»Weil es mir Spaß macht, Pißkopf!« brüllte Henry zurück. Man hörte ein fleischiges Platschen. Dem folgte ein Schmerzensschrei. Dem folgte Weinen.

»Sei still«, sagte Victor. »Hör auf zu flennen, sonst zieh ich dir die Ohren runter und mach dir unterm Kinn einen Knoten rein.«

Das Weinen wurde zu ersticktem Schniefen.

»Wir gehen«, sagte Henry. »Aber vorher will ich noch eines wissen. Hast du in den letzten zehn Minuten einen Jungen vorbeikommen sehen? Einen dicken Jungen, blutig und zerlumpt?«

Die Antwort war so kurz, daß sie nur nein sein konnte.

»Bist du sicher?« fragte Belch. »Solltest du besser sein, Memme.«

»I-I-I-ch bin s-s-sicher«, antwortete Bill Denbrough.

»Gehen wir«, sagte Henry. »Er hat wahrscheinlich einen anderen Weg genommen.«

»Ta-ta, Jungs«, rief Victor Criss. »Glaubt mir, es war ein richtiger Babydamm. Ohne seid ihr besser dran.«

Erneutes Platschen. Dann war wieder Belchs Stimme zu hören, aber weiter entfernt, so daß Ben die Worte nicht verstehen konnte. Büsche raschelten, Äste knirschten... die Geräusche wurden schwächer... immer schwächer... verstummten schließlich ganz. Nur das Weinen des Jungen, der einen Schlag abbekommen hatte, war noch zu hören. Und das tröstende Gemurmel des anderen Jungen – Stotter-Bills, wenn Ben mit seiner Vermutung recht hatte.

Er blieb, wo er war, halb sitzend, halb liegend, an die Wurzel gelehnt. Er war schläfrig, völlig erschöpft und konnte sich kaum noch bewegen. Hier war es schmutzig, aber hier war er in Sicherheit... er fühlte sich geborgen. Das gleichmäßige Plätschern des Wassers wirkte beruhigend. Sogar seine Schmerzen hatten etwas nachgelassen. Er würde eine Zeitlang abwarten – um sicher zu sein, daß die großen Jungen wirklich nicht mehr in der Nähe waren... und dann würde er so schnell wie möglich nach Hause laufen.

Ben konnte das leise Summen des Kanalisations-Zylinders hören – er konnte es sogar fühlen, eine stetige leichte Vibration, die sich von der Erde in die Wurzel und von dort in seinen Rücken fortsetzte. Er dachte wieder an die Morlocks, an tiefe Brunnen, die unter die Erde führten, Brunnen mit rostigen Leitern an den Innenwänden. Er schlummerte ein, und an einem bestimmten Punkt wurden seine Gedanken zu einem Traum.

11

Er träumte jedoch nicht von Morlocks, sondern von dem, was ihm im Januar zugestoßen war, und was er seiner Mutter nicht hatte anvertrauen können.

Es war der erste Schultag nach den langen Weihnachtsferien gewesen. Mrs. Douglas hatte nach einem Freiwilligen gefragt, der ihr helfen könne, nach der Schule die vor den Ferien zurückgegebenen Bücher zu zählen, und Ben hatte sich gemeldet.

»Danke, Ben«, sagte Mrs. Douglas.

»Streberarschloch!« murmelte Henry Bowers vor sich hin.

Es war einer jener Wintertage, die sowohl wunderschön als auch sehr unangenehm sind: ein wolkenloser, strahlend blauer Himmel – aber beängstigend kalt; dazu kam noch ein starker, schneidender Wind.

Ben zählte Bücher, Mrs. Douglas notierte sich die Nummern, und dann trugen sie die Bücher gemeinsam in den Lagerraum hinab, durch Korridore mit einschläfernd surrenden Heizkörpern. Zuerst war die Schule noch voll von Geräuschen gewesen: laut zugeschlagene Türen, das Klappern von Mrs. Thomas' Schreibmaschine im Büro, die etwas disharmonischen Klänge von einer Chorprobe im oberen Stockwerk, der laute Aufprall von Bällen aus der Turnhalle, wo Basketball trainiert wurde.

Aber allmählich verstummten all diese Geräusche, bis zuletzt – als der letzte Bücherstapel gezählt und notiert war (ein Buch fehlte, aber das spielte kaum eine Rolle, seufzte Mrs. Douglas – die Bücher fielen sowieso schon fast auseinander) – nur noch das Surren der Heizkörper, das schwache Fegen von Mr. Fazios Besen und das Heulen des Windes vor den Fenstern zu hören war.

Ben blickte aus dem einzigen schmalen Fenster des Lagerraums und sah, daß das Licht draußen rasch schwächer wurde. Es war vier Uhr – die Dämmerung brach an diesem Wintertag schon sehr früh herein. Schneeflocken wirbelten im Wind über den vereisten Sportplatz und über die Wippen, die so fest am Boden angefroren waren, daß diese Schweißnähte des Winters erst im lang anhaltenden Apriltauwetter aufgehen würden. Auf der Jackson Street war kein Mensch zu sehen.

Ben schaute zu Mrs. Douglas hinüber und sah, daß sie ebenfalls aus dem Fenster starrte. Mit leichter Angst registrierte er, daß sie in vieler Hinsicht sehr ähnliche Gefühle haben mußte wie er. Ihr Gesicht war bleich und nachdenklich, ihr Blick leer. Sie hatte die Arme unter der Brust verschränkt, als sei ihr kalt. Was war an diesem Augenblick, das Ben ängstigte? Daß ein Erwachsener seine geheimen Gedanken teilen konnte? Oder daß er die geheimen Gedanken eines Erwachsenen teilte?

Dann wandte sie sich ihm zu und stieß ein kurzes, fast verlegenes Lachen aus. »Ich habe dich viel zu lange aufgehalten, Ben«, sagte sie. »Es tut mir leid.«

»Das macht nichts«, erwiderte er und schaute auf seine Schuhe. Er

liebte sie ein bißchen – es war nicht die rückhaltlose Liebe, die er Miß Thibodeau, seiner Lehrerin in der ersten Klasse, entgegengebracht hatte...
aber er liebte sie.

»Wenn ich ein Auto hätte, würde ich dich nach Hause fahren«, sagte
sie. »Hat deine Mutter vielleicht eins, Ben?«

»Nein«, antwortete Ben, »aber es ist wirklich nicht schlimm. Ich hab'
nur etwa eine Meile zu gehen.«

»Das ist ein weiter Weg, wenn es so kalt ist«, meinte Mrs. Douglas.
»Wenn dir unterwegs zu kalt wird, mußt du dich irgendwo aufwärmen,
okay?«

»Na klar. In Costellos Laden oder sonstwo. Außerdem habe ich meine
Schneehosen und meine Kapuzenjacke. Und meinen Schal.«

Mrs. Douglas wirkte nun ein bißchen beruhigter... und dann blickte
sie wieder aus dem Fenster. »Es sieht so kalt da draußen aus«, sagte sie.
»So... so feindselig.«

Ben kam plötzlich zu Bewußtsein, daß er in ihr auf einmal einen Menschen sah, nicht nur eine Lehrerin wie bisher; er dachte im Zusammenhang mit ihr plötzlich an ganz neue Dinge. Er sah sie heimgehen zu einem Mann, den er nicht kannte, er sah sie das Abendessen zubereiten.
Und ein seltsamer Gedanke schoß ihm durch den Kopf, eine Frage, wie sie
auf Cocktail-Partys üblich ist: *Haben Sie Kinder, Mrs. Douglas?*

»Um diese Jahreszeit denke ich manchmal, daß die Winter in Maine
nichts für Menschen sind«, sagte sie. Dann sah sie ihn lächelnd an. »Ich
werde mich bis zum Frühling alt fühlen, und dann werde ich wieder jung
sein. Bist du sicher, daß du gut nach Hause kommen wirst, Ben?«

»Ganz sicher«, sagte er.

»Ja«, meinte sie. »Ich nehme es eigentlich auch an. Du bist ein guter
Junge, Ben.«

Er errötete und schaute verlegen zur Seite. Er liebte sie mehr denn je.

Im Korridor fegte Mr. Fazio rote Sägespäne zusammen. »Paß auf, daß
du keine Frostbeulen kriegst, Junge.«

»Mach' ich.«

Ben zog seine Schneehosen an. Er war immer furchtbar unglücklich
gewesen, daß er sie tragen mußte, weil es in seinen Augen Babyklamotten waren, aber an diesem Spätnachmittag freute er sich, sie zu haben,
seine Stiefel, seine Jacke, seine Fausthandschuhe und seinen Schal. Er
schloß seinen Schrank und ging hinaus. Der Wind unternahm sofort eine
Attacke auf Bens warmes, unvorbereitetes Gesicht und ließ seine Wangen vor Kälte erstarren.

Rasch zog er seinen Schal hoch, bis er aussah wie eine kleine, gedrungene Karikatur von Red Ryder. Der dunkle Himmel war von einer fantastischen Schönheit, aber Ben nahm sich keine Zeit, sie zu bewundern. Dazu war es zu kalt. Er machte sich auf den Weg.

Zuerst blies der Wind ihm in den Rücken, und das war nicht so schlimm; er schien ihn sogar richtig voranzutreiben. Aber als er an der Canal Street rechts abbog, blies der Wind ihm direkt ins Gesicht, so als versuchte er ihn aufzuhalten... so als hätte er einen eigenen Willen. Seine Nase fror. Seine Fingerspitzen waren ohne jedes Gefühl, und er schob seine behandschuhten Hände immer wieder in die Achselhöhlen, um sie zu wärmen. Der Wind heulte und tobte und klang manchmal direkt menschlich.

Bens Stimmung war eine Mischung aus Furcht und Heiterkeit. Ängstlich war ihm zumute, weil er jetzt erst Geschichten richtig verstand, die er gelesen hatte – Geschichten wie Jack Londons ›To Build a Fire‹, wo Menschen tatsächlich erfroren. In einer Nacht wie dieser, wenn die Temperatur auf minus 25 Grad sinken würde, wäre es nur zu leicht möglich zu erfrieren.

Die Heiterkeit war schwerer zu erklären. Sie war verbunden mit einem Gefühl der Einsamkeit, der Melancholie. Er war draußen; er kämpfte mit dem Wind, und niemand von den Menschen hinter den hell erleuchteten Fenstern sah ihn vorübergehen. Sie waren drinnen, in der Wärme, im Licht. Sie wußten nicht, daß er an ihren Häusern vorbeiging, nur er wußte das. Es war sein Geheimnis.

Sein Gesicht brannte wie von tausend Nadelstichen, aber die Luft war klar und rein. Weiße Atemwolken kamen aus seiner Nase.

Und als dann die Sonne unterging, der Tag sich mit einer kalten gelborangefarbenen Linie am Horizont verabschiedete und die ersten Sterne wie Diamanten am Himmel funkelten, erreichte Ben den Kanal. Jetzt war er nur noch drei Häuserblocks von zu Hause entfernt, und er freute sich, bald ins Warme zu kommen, wo seine erstarrten Glieder wieder auftauen würden.

Trotzdem blieb er stehen.

In Richtung Innenstadt sah der Kanal in seinem Betonbett wie ein gefrorener Rosenmilchfluß aus; in den eigenartigen Schattierungen des Wintersonnenuntergangs wirkte die Oberfläche irgendwie lebendig, krachte und stöhnte.

Ben drehte sich um und blickte in die andere Richtung, nach Südwesten. Zu den Barrens hinüber. Nun hatte er den Wind wieder im Rücken. Etwa eine halbe Meile weit war der Kanal noch von seinen Betonmauern umschlossen; dann endeten sie, der vereiste Fluß breitete sich aus, und ging unmerklich in die Barrens über, die um diese Jahreszeit eine skelettartige Eislandschaft bildeten.

Dort unten auf dem Eis stand eine Gestalt.

Ben betrachtete sie und dachte: ›*Das da unten mag ein Mann sein, aber kann er wirklich anhaben, was ich zu sehen glaube? Das ist doch unmöglich, oder?*‹

Der Mann trug ein weites weißsilbernes Clownkostüm. An den Füßen hatte er ulkige, viel zu große Schuhe. Sie waren orangefarben, ebenso wie die großen Pomponknöpfe vorne auf seinem Kostüm. In einer Hand hielt er eine Traube von Luftballons, und als Ben feststellte, daß die Ballons in seiner Richtung wehten, überkam ihn ein Gefühl des Unwirklichen, das noch stärker war. Er machte die Augen zu, rieb sie, machte sie auf. Die Ballons schienen immer noch auf ihn zuzuschweben.

Er hörte Mr. Fazios Stimme in seinem Kopf: *Paß auf, daß du keine Frostbeulen kriegst.*

Es mußte eine Halluzination sein oder eine unheimliche Fata Morgana, die das Wetter verursachte. Da unten konnte ein Mann auf dem Eis sein; er schätzte, daß es sogar technisch möglich war, daß er ein Clownskostüm trug. Aber die Ballons konnten nicht auf Ben zuschweben – *gegen* den Wind. Aber genau das schienen sie zu machen.

Ben! rief der Clown auf dem Eis. Ben dachte, daß die Stimme nur in seinem Verstand war, obwohl er sie mit den Ohren zu hören schien. *Möchtest du einen Ballon, Ben?*

Und in dieser Stimme schwang etwas so Böses, so Schreckliches mit, daß Ben wegrennen wollte... aber seine Füße schienen an den Boden angefroren zu sein wie die Wippen auf dem Spielplatz.

Sie schweben, Ben... sie schweben und fliegen alle... versuch's doch selbst einmal!

Der Clown begann übers Eis zu gehen, auf die Kanalbrücke zu. Ben stand regungslos da und beobachtete ihn angsterfüllt; er beobachtete ihn, so wie ein Vogel eine näher kommende Schlange beobachtet. Die Ballons hätten in der schlimmen Kälte platzen müssen, aber sie platzten nicht; sie schwebten über dem Clown und ihm voraus, obwohl sie hinter ihm hätten wehen und versuchen müssen, Richtung Barrens davonzufliegen... woher diese Kreatur überhaupt erst gekommen war, versicherte ein Teil von Bens Verstand ihm.

Und jetzt fiel Ben noch etwas auf.

Obwohl das letzte Tageslicht einen rosigen Schimmer über das Eis des Kanals warf, hatte der Clown keinen Schatten. Überhaupt keinen.

Dir gefällt es hier, Ben, sagte der Clown. Jetzt war er so nahe, daß Ben das *Klapp-klapp* seiner komischen Schuhe hören konnte, die über das unebene Eis kamen. *Es gefällt dir ganz bestimmt hier, das verspreche ich dir, allen Jungs und Mädchen, denen ich begegne, gefällt es hier, denn es* ist *wie die Freudeninsel in* Pinocchio *oder Niemals-Niemals-Land in Pe*-ter Pan. *Sie müssen nie erwachsen werden, und das wollen alle Kinder! Also komm! Sieh, was es zu sehen gibt, nimm einen Ballon, füttere die Elefanten, fahr Karussell! Oh, es wird dir hier gefallen, Ben, und du wirst* schweben...

Und trotz seiner Angst stellte Ben fest, daß er einen solchen Ballon *wollte* – wer hatte schon einen Ballon, der in Gegenrichtung des Windes flog? Wer hatte jemals von so etwas gehört? Ja, er wollte einen Luftballon... und er wollte auch das Gesicht des Clowns sehen, der den Kopf gesenkt hielt, so als wollte er sich vor dem Wind schützen.

Was geschehen wäre, wenn es in diesem Augenblick nicht von der Rathausuhr fünf geschlagen hätte, wußte Ben nicht... und er *wollte* es auch gar nicht wissen. Aber sie schlug, und der Clown blickte auf, und Ben sah sein Gesicht.

Es ist die Mumie! Oh, mein Gott, es ist die Mumie! war sein erster Gedanke, der ihn mit solchem Entsetzen erfüllte, daß er sich an der niedrigen Steinbrüstung der Brücke festhalten mußte, um nicht ohnmächtig zu werden. Natürlich war es nicht die Mumie, das war nur ein Film, Boris Karloff mit einer Menge Make-up und Farbe im Gesicht, jeder wußte, daß diese Filmmonster nicht echt waren, aber...

Nein, es war nicht *die* Mumie, das konnte sie nicht sein, Filmungeheuer waren nicht echt, das wußten alle, sogar kleine Kinder. Aber...

Der Clown trug kein Make-up. Und der Clown war auch nicht einfach nur in Binden gehüllt. Er hatte Bandagen, hauptsächlich um Hals und Handgelenke, wo sie im Wind wehten, aber Ben konnte das Gesicht des Clowns deutlich sehen. Es hatte tiefe Falten, die Haut war wie Pergament, die Wangen verfault, das Fleisch verwest. Die Haut der Stirn war aufgerissen, aber nicht blutig. Tote Lippen grinsten an einem Maul, dessen Zähne wie schiefe Grabsteine waren. Das Zahnfleisch war runzlig und schwarz. Ben konnte keine Augen sehen, aber *etwas* funkelte tief in diesen eingefallenen schwarzen Löchern, etwas wie die kalten Juwelen in den Augen ägyptischer Skarabäen. Und obwohl der Wind aus der falschen Richtung wehte, schien er Zimt und Gewürze riechen zu können, mit unheimlichen Drogen behandelte Stoffbandagen, Sand und so altes Blut, daß es zu Schuppen und Rostkörnchen getrocknet war.

»Wir alle schweben hier unten, Ben«, krächzte der Clown, und Ben stellte mit neuem Entsetzen fest, daß er schon die Brücke erreicht hatte, daß er sich direkt unter ihm befand, und er sah eine verdorrte, gekrümmte Hand, von der Hautfetzen herabhingen wie schreckliche Fähnchen, eine Hand, durch die wie gelbes Elfenbein die Knochen hindurchschimmerten.

Ein Finger fast ohne Fleisch liebkoste die Spitze seines Stiefels. Bens Lähmung brach. Er trampelte den Rest des Weges über die Brücke, und die Fünf-Uhr-Sirene hallte immer noch in seinen Ohren; sie hörte erst auf, als er die andere Seite erreichte. Es mußte eine Fata morgana sein, *mußte.* Der Clown konnte in den fünfzehn Sekunden, seit die Sirene ertönt war, nicht so weit gekommen sein.

Aber seine Angst war keine Fata morgana; und auch nicht die heißen Tränen, die aus seinen Augen quollen und eine Sekunde später auf seinen Wangen gefroren. Seine Stiefel hallten auf den Gehweg, und hinter sich konnte er hören, wie die Mumie im Clownskostüm vom Kanal heraufkletterte, ihre uralten, versteinerten Fingernägel kratzten über Eisen, alte Sehnen quietschten wie trockene Scharniere. Er konnte ihren ätzenden Atem hören, der durch Nasenlöcher pfiff, die so trocken waren wie die Tunnels unter der Cheopspyramide. Er konnte ihr Leichentuch sandiger Gewürze riechen und wußte, in wenigen Augenblicken würden sich fleischlose Hände, so geometrisch wie die Formen, die er mit seinem Baukasten baute, auf seine Schultern legen. Sie würden ihn umdrehen, und er würde in das runzlige, faltige Gesicht sehen. Der tote Fluß ihres Atems würde über ihn hinwegstreichen. Die schwarzen Augenhöhlen mit ihren funkelnden Tiefen würden sich über ihn beugen. Der zahnlose Mund würde gähnen, und er würde seine Ballons bekommen. O ja. Soviel Ballons, wie er nur wollte.

Aber als er schluchzend und atemlos die Ecke seiner Straße erreichte, mit rasend pochendem Herzen, das in seinen Ohren zu dröhnen schien, als er es endlich wagte, einen Blick über die Schulter zu werfen, war die Straße leer. Auch die Brücke mit ihren Pfeilern, dem niedrigen Geländer und dem altmodischen Kopfsteinpflaster war leer. Den Kanal konnte er von seinem Standort aus nicht sehen, aber er war überzeugt davon, daß dort jetzt ohnehin nichts mehr zu sehen wäre. Wenn die Mumie überhaupt existiert hatte (und er begann schon daran zu zweifeln: kein Schatten? Luftballons, die gegen den Wind flogen?), so war sie jetzt unter der Brücke wie der Troll im Märchen ›The Three Billy Goats Gruff‹.

Unter der Brücke. Versteckt unter der Brücke.

Schaudernd lief Ben schnell nach Hause. Er erklärte seiner Mutter (die nach einem besonders anstrengenden Tag in der Fabrik so müde war, daß sie ihn kaum vermißt hatte), daß er Mrs. Douglas geholfen habe. Zum Abendessen gab es Nudeln und Reste des Truthahns vom Sonntag. Er stopfte drei Portionen in sich hinein, und mit jeder Portion verblaßte die Mumie mehr, schien traumgleicher zu sein. Sie war nicht real, so etwas war nie real, sie erwachten nur zwischen den Werbespots der Spätfilme im Fernsehen oder in den Samstagsmatineen zum Leben, wo man, wenn man Glück hatte, für einen Vierteldollar zwei Monster bekommen konnte – und wenn man noch einen Vierteldollar übrig hatte, konnte man soviel Popcorn kaufen, wie man nur wollte.

Nein, sie waren nicht real, Fernseh-Monster und Film-Monster und Comic-Monster gab es nicht in Wirklichkeit. Zumindest nicht, bis man dann im Bett lag, die letzten vier Bonbons aufgegessen hatte und das Bett sich in einen See der Träume verwandelte, draußen der Wind heulte und man Angst hatte, zum Fenster hinüberzuschauen, weil dort ein Gesicht sein könnte, ein uraltes, grinsendes Gesicht, das verdorrt war wie ein altes Blatt, anstatt zu vermodern, mit eingesunkenen Diamantaugen in tiefen schwarzen Höhlen, und eine klauenartige Hand, die eine Traube Luftballons hielt: *Komm mit mir, Ben, komm mit in den Zirkus, füttere die Elefanten, fahr Karussell, Ben, o Ben, wie du schweben wirst...*

12

Ben fuhr keuchend aus dem Schlaf hoch, noch ganz im Banne seines Traums von der Mumie, und er geriet fast in Panik über die Enge und Dunkelheit um sich herum, über die dumpfen Schmerzen im ganzen Körper.

Er sah Licht und taumelte darauf zu. Einen schrecklichen Augenblick lang glaubte er, daß Traum und Wirklichkeit ineinander übergegangen waren, daß die Mumie ihn gefangen und in ihre Gruft verschleppt hatte. Er trat in die Nachmittagssonne hinaus, hörte das Plätschern des Bachs, und plötzlich fiel ihm alles wieder ein. Die drei Raufbolde. Henry Bowers. Die unglaubliche Rutschpartie über den Steilabhang in die Barrens. Die Kinder, die im Wasser gespielt hatten. *Glaubt mir, Jungs, es war ein richtiger Kleinkinderdamm.*

Ben betrachtete niedergeschlagen seine ruinierten Kleider. Seine Mutter würde ihm die Hölle heiß machen.

Er humpelte mühsam zum Bach hinunter. Jeder Schritt tat höllisch weh – sein Bein, sein Knöchel, sein Bauch, der außer den Schnittwunden auch noch diverse Kratzer von der Rutschpartie abbekommen hatte. Die Kinder, die den Damm gebaut hatten, würden bestimmt nicht mehr hier sein, tröstete er sich selbst. Er wußte nicht genau, wie lange er geschlafen hatte, aber wenn es auch nur eine halbe Stunde gewesen war, so hatte die Begegnung mit Henry Bowers und seinen Kumpanen die Kinder doch mit Sicherheit davon überzeugt, daß irgendein anderer Ort – vielleicht Timbuktu – ihrer Gesundheit zuträglicher sein würde.

Mit schmerzverzerrtem Gesicht ging Ben am Ufer des Baches entlang;

wenn Henry und die anderen jetzt zurückkämen, so hätte er nicht die geringste Chance, ihnen zu entkommen, das wußte er genau.

Der Bach machte eine ellenbogenförmige Biegung, und hier blieb Ben unschlüssig stehen. Die Kinder waren doch noch da. Eines war wirklich Stotter-Bill aus der Parallelklasse. Er kniete neben dem zweiten Jungen, der ans Ufer gelehnt dasaß, mit zurückgeworfenem Kopf, mühsam nach Atem ringend. Unter seiner Nase und an seinem Kinn war eine Menge getrockneten Blutes. Auch sein Hemd war blutbefleckt. Mit einer Hand umklammerte er etwas Weißes.

Stotter-Bill blickte hoch und sah Ben unschlüssig dastehen. Ben bemerkte bestürzt, daß Denbrough Todesängste auszustehen schien, und er dachte verzweifelt: *Wird dieser Tag denn nie ein Ende nehmen?*

»K-K-K-Könntest du m-m-mir vielleicht h-h-h-helfen?« fragte Bill Denbrough. »Sein A-A-Aspirator ist l-leer. Ich b-befürchte, daß er st-st-t-t-...«

Sein Gesicht lief vor Anstrengung rot an. Er stotterte wie ein Maschinengewehr an dem Wort herum. Speichel flog ihm von den Lippen, und es dauerte fast dreißig Sekunden, bis Ben verstand, daß Denbrough sagen wollte, er befürchte, daß der Junge sterben könnte.

Fünftes Kapitel

Bill Denbrough schlägt den Teufel – I (1958)

1

Bill Denbrough denkt: Das ist ja schon der reinste Weltraumflug. Ich könnte ebensogut in einer Kanonenkugel reisen. *Dieser Gedanke ist zwar durchaus wahr, aber er findet ihn nicht sehr tröstlich. Tatsächlich hat er in der ersten Stunde nach dem Start der Concorde einen leichten Anfall von Klaustrophobie. Das Flugzeug ist schmal – beängstigend schmal. Das Essen ist beinahe vorzüglich, aber die Stewardessen müssen sich krümmen und winden beim Servieren; sie sehen wie eine Gruppe Turnerinnen aus. Diesen angestrengten Dienst zu beobachten, nimmt Bill etwas von der Freude am Essen, aber seinem Sitznachbarn scheint es nicht viel auszumachen.*

Dieser Sitznachbar ist ein weiterer Grund für Mißstimmung. Er ist dick und nicht besonders sauber: er mag Ted Lapidus Parfüm auf die Haut geschüttet haben, aber darunter nimmt Bill den unverwechselbaren Geruch von Schweiß und Dreck wahr. Auf seinen linken Ellbogen paßt er auch nicht besonders auf. Ab und zu rempelt er Bill leise platschend an.

Er sieht immer wieder zu der Digitalanzeige im vorderen Teil der Kabine. Sie zeigt an, wie schnell diese britische Kanonenkugel fliegt; der Höchstwert liegt knapp über Mach 2. Bill nimmt den Füller aus der Tasche und drückt damit auf die Tasten der Digitaluhr, die ihm Audra letztes Weihnachten geschenkt hat. Wenn der Geschwindigkeitsmesser stimmt – und Bill hat keinen Grund zu der Annahme, daß es nicht so ist –, rasen sie mit einer Geschwindigkeit von achtzehn Meilen pro Minute dahin. Er ist nicht sicher, ob er das so genau wissen wollte.

Vor dem Fenster, das so klein und dick wie in einer der alten Mercury-Raumkapseln ist, kann er einen Himmel sehen, der nicht blau ist, sondern purpurn und dämmerig, obwohl es erst Mittag ist. Dort, wo Meer und Himmel zusammentreffen, kann er den leicht gekrümmten Horizont sehen. Ich sitze hier, *denkt Bill,* eine Bloody Mary in der Hand, während mich der Ellbogen eines schmutzigen Mannes anrempelt, und betrachte die Erdkrümmung.

Er lächelt und denkt, ein Mann, der das ertragen kann, sollte vor nichts Angst haben. Aber er hat Angst, nicht nur, weil er mit achtzehn Meilen pro Minute in dieser schmalen, zerbrechlichen Hülle fliegt. Er

203

kann fast spüren, wie Derry ihm entgegenrast. Und genau das ist der richtige Ausdruck dafür. Achtzehn Meilen pro Minute hin oder her, er hat genau das Gefühl, daß er vollkommen reglos ist, während Derry wie ein großes Raubtier auf ihn zurast, das lange gelauert hat und endlich aus seiner Deckung hervorgebrochen ist. Derry, ah, Derry! Sollen wir ein Sonett an Derry schreiben? Den Gestank seiner Fabriken und Flüsse? Die würdige Stille seiner Alleen? Die Bibliothek? Der Wasserturm? Bassey Park? Die Grundschule?

Die Barrens?

In seinem Kopf gehen Lichter an: große Scheinwerfer. Ihm ist, als hätte er siebenundzwanzig Jahre in einem dunklen Kino gesessen und gewartet, daß etwas passiert, das nun endlich anfängt. Aber die Kulisse, die langsam, aber sicher von einer Glühbirne nach der anderen erhellt wird, ist nicht harmlos wie die von Arsen und Spitzenhäubchen, Bill Denbrough findet, sie sieht mehr nach Das Kabinett des Dr. Caligari aus.

Die vielen Geschichten, die ich geschrieben habe, denkt er, mit einer Art alberner Begeisterung. Die vielen Romane. Sie kommen alle aus Derry; Derry war ihr Ursprung. Sie kommen aus diesem Sommer und von dem, was George im Herbst davor zugestoßen ist. Alle Interviewer, die mir jemals DIE FRAGE gestellt haben... ich habe ihnen die falsche Antwort gegeben.

Der Ellbogen des dicken Mannes rempelt ihn wieder an, er verschüttet etwas von seinem Drink. Bill sagt fast etwas, überlegt es sich dann aber anders.

DIE FRAGE war natürlich »Woher haben Sie Ihre Einfälle?« Es war eine Frage, vermutete Bill, die alle Schriftsteller beantworten mußten – oder vorgeblich beantworten mußten –, und zwar mindestens zweimal pro Woche, aber Leute wie er, die über Sachen schrieben, die es nie gab und nie geben würde, mußten sie viel häufiger beantworten – oder so tun – als andere.

»Alle Schriftsteller haben eine direkte Leitung ins Unterbewußtsein«, hat er ihnen gesagt und dabei verschwiegen, daß er die Existenz eines Unterbewußtseins von Jahr zu Jahr mehr anzweifelte. »Aber Männer oder Frauen, die Horror schreiben, haben eine Verbindung, die noch tiefer reicht... vielleicht in das Unter-Unterbewußtsein, wenn Sie so wollen.«

Elegante Antworten, aber er hatte sie nie selbst geglaubt. Unterbewußtsein? Nun, da unten war etwas, das war schon richtig, aber Bill fand, die Leute machten viel zuviel Aufhebens um eine Funktion, die wahrscheinlich das geistige Äquivalent von Tränen war, wenn einem Staub ins Auge geriet, oder einem Wind etwa eine Stunde nach einem guten Essen. Der zweite Vergleich war wahrscheinlich der bessere von beiden, aber das konnte man Interviewern natürlich nicht gut sagen – daß man der Meinung war, Träume und vage Sehnsüchte und Empfindungen wie déjà-vu waren nichts weiter als ein paar geistige Fürze. Aber sie schienen etwas zu brauchen, diese Journalisten mit ihren Notizblocks und kleinen japanischen Kassettenrecordern, und Bill wollte ihnen so gut er konnte helfen. Er wußte, Schreiben war ein harter Job, ein verdammt harter Job. Man mußte ihn nicht noch härter machen, indem man sagte: »Mein Freund, ebensogut könnten Sie mich fragen: ›Wer hat die Löcher in den Käse gemacht?‹« und es dabei bewenden ließ.

Jetzt dachte er: Du hast immer gewußt, daß sie die falschen Fragen gestellt haben, auch bevor Mike angerufen hat; jetzt weißt du auch, was die richtige Frage war. Nicht *woher* hat man seine Einfälle, sondern *warum* hat man seine Einfälle. Es gab eine Verbindung, schon richtig, aber nicht zur Freudschen oder Jungschen Version des Unterbewußtseins; kein inneres Abwassersystem des Geistes; keine unterirdische Höhle voller Morlocks. Am anderen Ende dieser Verbindung war nur Derry. Nur Derry. Und...

...und wer trippelt und trappelt da über meine Brücke?

Er setzt sich mit einem Ruck aufrecht hin, und diesmal ist sein Ellenbogen an der Reihe: Er bohrt sich einen Augenblick lang tief in die Fettschicht seines Sitznachbarn.

»Passen Sie doch auf, Mann!« knurrt der Fette. »Bleiben Sie mir mit Ihrem Ellenbogen vom Leibe!«

»Halten Sie Ihren von meinen Rippen fern, dann h-halt ich meinen von Ihrem Wanst f-fern«, sagt Bill, und der Fette wirft ihm einen vernichtenden Blick zu. Bill hält diesem Blick ruhig stand, bis der Fette sich murrend abwendet.

Wer ist dort?

Wer trippelt und trappelt über meine Brücke?

Er blickt wieder aus dem Fenster und denkt: Wir schlagen den Teufel!

Er verspürt ein Prickeln in den Armen und trinkt den Rest seines Drinks in einem Zug aus. Sein Fahrrad fällt ihm ein – ›Silver‹ *hatte er es genannt, nach dem Pferd von Lone Ranger. Ein großes Fahrrad Marke Schwinn.* »Du wirst dir damit den Hals brechen, Billy«, *hatte sein Vater gesagt, aber ohne aufrichtige Sorge in der Stimme. Seit Georges Tod zeigte er für wenig echte Sorge. Vorher war er hart gewesen. Gerecht, aber hart. Seither konnte man ihm ausweichen. Er machte väterliche Gesten, erfüllte väterliche Pflichten, aber mehr als Gesten und Pflichterfüllung war es nicht. Es war, als würde er immer lauschen, ob George wieder ins Haus kommen würde.*

Bill hatte es im Schaufenster des Bike and Cycle Shoppe in der Center Street gesehen. Es lehnte düster auf dem Klappständer, größer als das größte andere Rad im Fenster, stumpf, wo sie glänzend waren, gerade an Stellen, wo die anderen Kurven hatten. An den Vorderreifen war ein Schild gelehnt:

GEBRAUCHT
Machen Sie ein Angebot

Tatsächlich war es so gewesen, Bill war hineingegangen und hatte sich vom Besitzer selbst ein Angebot machen lassen, das er angenommen hatte – er hätte nicht gewußt, wie er mit dem Inhaber feilschen sollte, wenn sein Leben davon abhängig gewesen wäre, und der Preis, den der Mann nannte – vierundzwanzig Dollar – kam Bill fair vor; sogar großzügig. Er bezahlte Silver mit Geld, das er in den vergangenen sieben oder acht Monaten gespart hatte – Geburtstagsgeld, Weihnachtsgeld, Geld fürs Rasenmähen. Das Fahrrad im Schaufenster war ihm schon an Thanksgiving aufgefallen. Er hatte es in jenem Frühjahr gekauft, sobald der Schnee geschmolzen war. Eigentlich sonderbar, denn bis dahin hatte ihm nichts an einem Fahrrad gelegen. Es schien ihm ziemlich plötzlich eingefallen zu sein, vielleicht an einem jener endlosen Tage während des endlosen Winters nach Georgies Tod. Nach Georgies Ermordung.

Bei seinen ersten Fahrversuchen hatte Bill sich ein paarmal wirklich fast den Hals gebrochen. Einmal hatte er es absichtlich umstürzen lassen, um nicht in den Bretterzaun am Ende der Kossuth Lane zu rasen; dabei hatte er sich einen Arm verletzt. Ein anderes Mal hatte er nicht schnell genug bremsen können und war mit etwa 35 Meilen pro Stunde über die Kreuzung von Witcham Street und Jackson Street gesaust, ein kleiner Junge auf einem riesigen Fahrrad von langweilig silberweißer Farbe, mit Spielkarten an den Speichen von Vorder- und Hinterrad, die beim Fahren ein maschinengewehrartiges Knattern erzeugten; wenn in jenem Augenblick gerade ein Auto gekommen wäre, wäre von Bill nur noch totes Fleisch übriggeblieben. Genau wie Georgie.

Im Laufe des Frühjahrs hatte er dann allmählich gelernt, richtig mit Silver umzugehen. Weder seine Mutter noch sein Vater hatten bemerkt, daß er mit seinem Fahrrad den Tod direkt herausforderte. Vielleicht hatten sie es auch völlig vergessen, dieses alte Ding, dessen Farbe teilweise abgeblättert war, und das an regnerischen Tagen an der Garagenwand lehnte. Aber obwohl Silver nach nichts aussah, fuhr er wie der Wind. Bills einziger Freund, Eddie Kaspbrak, hatte ihm gezeigt, wie man es pflegen mußte – wo es geölt werden mußte, welche Bolzen regelmäßig überprüft werden mußten, wie die Kette gespannt werden mußte.

»Du solltest es neu streichen«, hatte Eddie eines Tages gesagt, aber Bill wollte Silver nicht neu streichen. Aus Gründen, die er sich selbst nicht hätte erklären können, wollte er, daß das Fahrrad genauso blieb, wie es war. Es sah erbärmlich aus, so als hätte es ein nachlässiger Besitzer regelmäßig im Regen stehengelassen, als würde es quietschen und klappern und sich nur noch im Schneckentempo vorwärtsbewegen. Aber es war – seinem Aussehen zum Trotz – schnell wie der Wind. Es hätte sogar…

»Es hätte sogar den Teufel geschlagen«, sagt Bill Denbrough laut vor sich hin und lacht. Der Fette wirft ihm einen scharfen Blick zu; sein Lachen hat jenen heulenden Unterton, der Audra schon am Vorabend aufgefallen ist.

Ja, es sah ziemlich schäbig aus mit der alten Farbe und dem altmodischen Gepäckträger über dem Hinterrad und der altmodischen Tut-Tuut-Tröte mit ihrem schwarzen Gummiball – diese Hupe war für alle Zeiten mit einer verrosteten Schraube so groß wie eine Babyfaust an der Lenkstange angebracht. Ziemlich schäbig.

Aber konnte Silver fahren? Konnte er? Wie der Teufel!

Und das war verdammt gut, daß er fahren konnte, denn Silver hatte Bill Denbrough in der vierten Juniwoche das Leben gerettet – der Woche, nachdem er Ben Hanscom zum ersten Mal begegnet war, der Woche, nachdem er und Ben und Richie ›Schandmaul‹ Tozier und Beverly Marsh nach der Samstagsmatinee in den Barrens aufgetaucht waren. Richie saß hinter ihm auf Silvers Gepäckträger, an dem Tag, als Silver Bills Leben gerettet hatte… daher ging er davon aus, daß Silver auch das Leben von Richie gerettet hatte. Und er erinnerte sich an das Haus, aus dem sie geflohen waren. Er erinnerte sich genau daran. Das verfluchte Haus in der Neibolt Street.

An jenem Tag hatte er wirklich den Teufel geschlagen. Einen Teufel mit silbrigen Augen, die alten Münzen glichen. Aber sogar schon früher hatte er vielleicht Eddie das Leben gerettet, an jenem Tag, als Ben Hanscom in ihr Leben getreten war, mit zerrissenen Kleidern, verkratztem Gesicht, geschwollenem Knöchel und blutverkrustetem Bauch. An jenem Tag, als Henry Bowers – der ebenfalls ziemlich ramponiert ausgesehen hatte – Eddie einen kräftigen Schlag auf die Nase versetzt hatte, worauf Eddie einen schweren Asthmaanfall bekommen hatte und sein Aspirator leer gewesen war. Auch damals war Silver die Rettung gewesen.

Bill Denbrough, der seit fast 17 Jahren auf keinem Fahrrad mehr ge-
sessen hat, schaut aus dem Fenster eines Flugzeugs, das im Jahre 1958
noch unvorstellbar war. Hi-yo, Silver, los! denkt er und schließt die Au-
gen, die plötzlich vor unterdrückten Tränen brennen.

Was ist später aus Silver geworden? Er kann sich nicht daran erin-
nern. Dieser Teil des Bühnenbilds ist noch dunkel – und das ist vielleicht
gut so. Dieser Scheinwerfer muß erst noch eingeschaltet werden.

Hi-yo.
Hi-yo, Silver.
Hi-yo, Silver...

2

»Looos!« brüllte er, und die Worte wurden vom Wind über seine Schulter hinweg nach hinten getragen. Sie kamen groß und stark heraus, als
triumphierender Schrei. Nur sie vermochten das. Bei diesen Worten
mußte er nie stottern.

Er fuhr die Kansas Street hinab, auf die Stadt zu, und wurde allmählich
immer schneller. Das silberfarbene Fahrrad zu beobachten, wenn es an
Tempo zunahm, war ein bißchen so, als beobachte man ein großes Flugzeug auf der Rollbahn. Zuerst schien es einem unglaublich, daß ein so
riesiges, schwerfälliges Ding jemals die Erde verlassen könnte – und dann
konnte man seinen Schatten zuerst unter ihm und gleich darauf hinter
ihm sehen.

So ähnlich war es auch mit Silver.

Bill trat immer schneller in die Pedale; seine Beine bewegten sich auf
und ab, während er sich stehend über die Fahrradstange beugte. Er hatte
ziemlich schnell gelernt – nachdem ihn diese Stange ein paarmal an der
schlimmsten Stelle gequetscht hatte, wo ein Junge gequetscht werden
konnte –, daß er die Unterhose immer so weit wie möglich hochziehen
mußte, bevor er auf Silver aufstieg. Später im Sommer hatte Richie bemerkt, nachdem er einmal Zeuge dieses Vorgangs geworden war: *Bill*
macht das, weil er denkt, daß er eines Tages einmal Kinder machen will.
Ich finde, das ist eine ausgesprochen schlechte Idee, aber he! vielleicht
geraten sie ja nach seiner Frau, richtig?

Der Sattel, den Eddie und er so niedrig wie möglich gestellt hatten,
stieß gegen den unteren Teil seines Rückens, während er in die Pedale
trat. Eine Frau, die in ihrem Blumengarten Unkraut jätete, wandte den
Kopf und blickte ihm nach. Er erinnerte sie ein wenig an einen Affen, den
sie einmal im Zirkus Barnum & Bailey auf einem Einrad hatte fahren se-

hen. *Dieser Junge wird sich noch den Hals brechen, wenn er nicht langsamer fährt*, dachte sie, bevor sie ihr Interesse wieder ihren Blumen zuwandte. *Dieses Fahrrad ist zu groß für ihn.* Obwohl, das war nicht ihr Problem.

Eddie war übel dran. Stotter-Bill hatte soviel Verstand gehabt, sich nicht mit den großen Jungen anzulegen, als diese aus den Büschen hervorgestürzt waren wie schlechtgelaunte Jäger auf der Spur eines Tieres, das die Frechheit besessen hatte, einen von ihnen zu verletzen. Aber Eddie hatte protestiert, und Henry Bowers, der aussah, als wäre er durch die Mangel gedreht worden, hatte seine Wut an ihm ausgelassen.

Bill kannte die Burschen. Es waren üble, heruntergekommene Strolche, wie sein Vater sagen würde. Sie hatten auch schon Richie Tozier verprügelt, einen Jungen, mit dem Bill manchmal spielte, und das nicht nur einmal, denn Richie schien einfach seinen Mund nicht halten zu können. Es war fast so, als würde sein Mund manchmal ganz von alleine spöttische Bemerkungen machen. Im April hatte Richie etwas gesagt, als die drei Burschen auf dem Spielplatz an ihnen vorbeigegangen waren; er hatte über ihre Kragen eine Bemerkung gemacht, die hochgestellt waren wie bei Vic Morrow in dem Film ›The Blackboard Jungle‹. Er hatte es eigentlich ganz leise sagen wollen – das Dumme war nur, daß Richie Tozier anscheinend einfach nicht leise reden *konnte.*

Victor Criss hatte sich umgedreht und gerufen: »Was hast du gesagt, du vieräugiger Knirps?«

»Ich hab' gar nichts gesagt«, erklärte Richie schnell, aber obwohl sein Gesicht ganz erschrocken und ängstlich aussah, fügte sein Mund plötzlich hinzu: »Ihr solltet euch mal das Wachs aus den Ohren holen, ihr Burschen. Wollt ihr ein bißchen Sprengpulver?«

Daraufhin sausten die drei hinter Richie her, und Stotter-Bill stand unglücklich im Schatten des Schulhauses und verfolgte das ungleiche Rennen.

Richie rannte diagonal über den Spielplatz, sprang über die Wippen und erkannte erst, als er am Drahtzaun zwischen dem Spielplatz und dem daran angrenzenden Park angelangt war, daß er in eine Sackgasse geraten war. Er versuchte, den Zaun zu erklimmen, und hatte es zu zwei Dritteln geschafft, als Henry Bowers und Victor Criss ihn herunterzerrten, Henry am Saum seiner Jacke, Victor an seinen Jeans. Richie war schreiend heruntergefallen, und als er auf dem Asphalt aufschlug, flog ihm die Brille von der Nase. Henry hatte sie verächtlich beiseite gekickt, und ei-

209

ner der Bügel war dabei abgebrochen, und jetzt war er mit Leukoplast geflickt.

Bill war zusammengezuckt und zur Vorderfront des Gebäudes gegangen. Er hatte Mrs. Moran, die Lehrerin der vierten Klasse, dabei beobachtet, wie sie schon hinübereilte, um dazwischenzugehen, aber er wußte, bis sie hinkam, würden sie Richie schon hart in die Mangel genommen haben. Richie würde weinen, bis sie dort war. Heulsuse, Heulsuse, seht euch die Heulsuse an.

Bill hatte bisher nur kleinere Probleme mit diesen Burschen gehabt. Natürlich machten sie sich über sein Stottern lustig, aber das war nicht weiter schlimm. Gelegentlich spielten sie ihm auch irgendeinen gemeinen Streich; so hatte eines Tages während der Pause Belch Huggins ihm das Lunchpaket aus der Hand geschlagen und es zertrampelt.

»T-T-Tut m-m-m-mir l-leid um d-d-dein L-L-L-Lunchpaket, d-du A-A-A-Arschloch«, sagte Belch und schlenderte grinsend zu den Kletterstangen, wo Victor Criss lehnte und schallend lachte. Außer Victor hielt sich niemand in der Nähe der Kletterstangen auf; sobald Criss, Bowers und Huggins irgendwo auftauchten, verzogen sich lieber alle anderen Kinder.

Aber auch dieser Vorfall war nicht so schlimm gewesen. Bill hatte von Eddie Kaspbrak ein halbes Erdnußbutterbrot bekommen, und Richie hatte ihm mit Freuden seine hartgekochten Eier abgetreten, die seine Mutter ihm jeden zweiten Tag einpackte und die ihm schon zum Hals raushingen.

Man mußte diesen üblen Kerlen aus dem Wege gehen.

Eddie hatte sich noch ganz ordentlich gefühlt, als die Burschen sich wieder verzogen, obwohl seine Nase heftig blutete. Bill gab ihm sein Taschentuch, als Eddies eigenes mit Blut vollgesogen war; er sagte ihm, er solle sich hinsetzen und den Kopf zurücklehnen. Bill erinnerte sich, daß seine Mutter das immer bei Georgie so gemacht hatte, denn Georgie hatte manchmal Nasenbluten gehabt...

Oh, aber es tat so weh, an Georgie zu denken!

Erst nachdem die Büsche wieder zur Ruhe gekommen und die Geräusche der büffelartig durch die Barrens trampelnden Burschen verklungen waren, erst als Eddies Nase aufgehört hatte zu bluten, begann der Junge nach Luft zu schnappen; sein Atem ging pfeifend, und seine Hände öffneten und schlossen sich krampfartig.

»Scheiße!« keuchte Eddie. »Asthma! Verdammt!«

Er zog seinen Aspirator aus der Tasche – das Ding hatte etwas Ähnlichkeit mit einer Sprühflasche Windex – und schob ihn sich in den Mund. Nichts tat sich.

»Er ist leer«, japste Eddie. Seine Augen waren riesengroß und angsterfüllt. Der Bach plätscherte fröhlich dahin; ihm war es egal, daß Eddie kaum Luft bekam. Bill dachte flüchtig, daß die Raufbolde in einem Punkt recht gehabt hatten: es war ein richtiger Kleinkinderdamm gewesen. Aber, verdammt, es hatte ihnen Spaß gemacht, ihn zu bauen, und plötzlich überkam ihn ein dumpfer Zorn über die Zerstörungswut der großen Jungen.

»N-N-Nimm's leicht, E-E-Eddie«, sagte er.

Etwa vierzig Minuten saß er dann neben seinem Freund und wußte nicht, was er tun sollte. Er kannte den Drugstore in der Center Street, wo Eddie seine Asthmamedizin immer holte, aber bis dorthin waren es drei Meilen. Wenn er nun losfuhr, um das Zeug zu holen, und bei seiner Rückkehr würde Eddie bewußtlos daliegen? Bewußtlos oder *(mach keinen Scheiß, denk so was nicht)* vielleicht sogar tot, beharrte sein Verstand *(tot wie Georgie)*.

Sei doch kein Arschloch! Er wird nicht sterben! Wenn Eddie im Koma lag oder so was Ähnliches? Bill kannte sich mit Koma aus; in den Arztfilmen lagen Leute immer im Koma.

Er saß da und wußte nicht, ob er bleiben oder fahren sollte; er hoffte inbrünstig, daß Eddies Atmung sich normalisieren würde, aber das war nicht der Fall. Eddies Gesicht verfärbte sich besorgniserregend: Auf seinen Wangen waren rotblaue Flecken, alles übrige war aschfahl. Sein Atem war ein lautes Pfeifen; aus seiner Kehle und Nase kamen Geräusche, die an das Heulen des Windes im Winter erinnerten. Bill hatte gerade beschlossen, daß er *irgend etwas* tun mußte, daß er wahrscheinlich doch losfahren sollte, als er aufschaute und Ben Hanscom ein Stück weiter oben am Bach stehen sah. Dem Namen nach kannte er ihn natürlich; Ben war der fetteste Junge in der ganzen Schule. Er war in seiner Parallelklasse, und manchmal sah Bill ihn während der Pausen in irgendeiner Ecke stehen, an einem Sandwich kauend, ein Buch in der Hand.

Bill dachte, daß Ben womöglich noch schlimmer aussah als Henry Bowers; er überlegte, was zwischen den beiden vorgefallen sein mochte. Seine Haare standen ihm wild und schmutzverkrustet vom Kopf ab. Sein Sweater (zumindest war es vermutlich ein Sweater gewesen; genau ließ sich das nicht mehr sagen) hing in verfilzten Fetzen herunter und war außerdem voller Blut- und Grasflecken. Seine Jeans waren ebenfalls zerrissen.

Er bemerkte, daß Bill ihn gesehen hatte, und wich beunruhigt ein wenig zurück.

»G-G-Geh nicht w-w-weg!« rief Bill und hob die Hände mit gespreizten Fingern, um zu zeigen, daß er harmlos war. »W-W-Wir b-brauchen H-H-Hilfe.«

Ben kam näher, war aber immer noch auf der Hut. Er schaute sich nach allen Seiten um. »Sind sie weg? Bowers und die anderen?«

»J-Ja«, antwortete Bill. »K-K-Kannst d-du bei m-meinem Freund b-bleiben, bis ich s-seine M-M-Medizin hole? Er hat A-A-A-A...«

»Asthma?«

Bill nickte.

Ben ließ sich neben Eddie auf ein Knie nieder, der weit zurückgelehnt dasaß, die Augen fast geschlossen. Sein Brustkorb hob und senkte sich hektisch.

»Wer hat ihn geschlagen?« fragte er schließlich und blickte zu Bill empor, der auf Bens Gesicht den gleichen dumpfen Zorn sah, den er selbst verspürte. »Bowers?«

Bill nickte.

»Geh ruhig. Ich bleibe bei ihm.«

»D-D-Danke.«

»Keine Ursache«, sagte Ben. »Wenn sie nicht hinter mir hergewesen wären, wäre das hier nicht passiert. Los. Beeil dich! Ich muß zum Abendessen zu Hause sein.«

Bill machte sich auf den Weg, ohne noch etwas zu sagen. Wenn er hätte sprechen können, hätte er Ben geraten, er solle sich die Sache nicht so zu Herzen nehmen, Burschen wie Bowers seien eben eine Krankheit, so etwas wie Krebsgeschwüre, oder eine Naturkatastrophe wie Überschwemmungen oder Wirbelstürme. Aber er konnte nicht sprechen; es war immer schwierig, aber wenn er – wie jetzt – sehr aufgeregt war, wurde das Stottern besonders schlimm.

Er eilte am Bach entlang, und als er sich einmal umblickte, sah er, wie Ben Hanscom grimmig am Bachrand Steine aufsammelte und sie zu einem Stapel Munition aufhäufte. Vorsichtshalber.

4

Bill kannte sich in den Barrens ziemlich gut aus. Er hatte in diesem Frühling sehr oft hier gespielt, manchmal mit Eddie, manchmal mit Richie, manchmal auch allein. Natürlich hatte er nicht das ganze Gelände gründlich erforscht, aber er hatte keine Schwierigkeiten, den Weg zur Kansas Street zu finden. Er rannte eine Viertelmeile bachabwärts, schlug dann einen Trampelpfad ein, den er mit Eddie und Richie ausgetreten hatte, und kam bei der kleinen Brücke heraus, wo die Kansas Street einen jener namenlosen Bäche kreuzte, die aus dem Kanalisationssystem von Derry entsprangen und durch die Barrens flossen, bevor sie im Kenduskeag mündeten. Unter dieser Brücke hatte er Silver versteckt.

Er schob das Fahrrad keuchend die Uferböschung hinauf.

Oben angelangt, stieg er auf, und wie immer, sobald er Silver unter sich spürte, ging mit ihm eine seltsame Verwandlung vor.

5

»Hi-yo, Silver, Looos!«

Bei diesen Worten hatte seine Stimme immer einen tieferen Klang als gewöhnlich; es war eine Art Kampfruf. Silver gewann langsam an Geschwindigkeit – das schnellere Klappern der Spielkarten war der beste Beweis dafür. Bill trat stehend in die Pedale, seine Hände umklammerten die Griffe, seine Halsmuskeln traten hervor, und der Mund war vor Anstrengung leicht geöffnet, während er den üblichen Kampf gegen Gewicht und Trägheit führte.

Die Anstrengung lohnte sich wie immer.

Silver bewegte sich schneller und schneller. Häuser flogen vorbei. Und schon war er an der Stelle, wo links von ihm der Kenduskeag zum Kanal wurde, wo die Kansas Street die Jackson Street kreuzte und danach bergabwärts führte, auf Derrys Geschäftsviertel zu.

Hier gab es viele Querstraßen, aber Bill hatte Vorfahrt, und es war ihm nie in den Sinn gekommen, daß ein Autofahrer einmal eines der Halteschilder mißachten und ihn überfahren könnte. Doch selbst wenn ihn jemand auf diese Möglichkeit aufmerksam gemacht hätte, hätte er seine Fahrweise sicher nicht geändert, denn die rasante Fahrt die Kansas Street hinab zur Innenstadt – eine Fahrt, die große Ähnlichkeit mit einem selbstmörderischen Banzai-Angriff hatte – war während jenes Frühlings, der noch ganz im Zeichen von Georgies unerklärlicher Ermordung stand, zu einem Bestandteil seines Lebens geworden. Er träumte oft davon.

Dieser Abschnitt der Kansas Street, die hier am Kanal entlangführte, wurde von manchen älteren Einwohnern Up-Mile Hill genannt. Bill sauste mit voller Geschwindigkeit diesen Hügel hinab, tief über die Lenkstange gebeugt, um den Luftwiderstand möglichst gering zu halten, eine Hand an der Hupe, um Unvorsichtige warnen zu können, mit wehenden Haaren. Das Klappern der Spielkarten war in ein stetiges Dröhnen übergegangen. Die Geschäftshäuser auf der anderen Straßenseite (hauptsächlich Großhandelsfirmen und Großschlächtereien) flogen an ihm vorüber, ebenso wie der Kanal zu seiner Linken.

»Hi-yo, Silver, looos!« schrie er triumphierend. Silver sauste über den ersten Bordstein, und wie fast immer verlor er die Pedale und war einen Augenblick lang ganz besonders auf die Gunst jener Götter angewiesen, die kleine Jungen beschützen. Dann fanden seine Füße wieder die Pedale, und er schwenkte in die Straße ein, das Tempolimit von 25 Meilen pro Stunde um mindestens 15 Meilen pro Stunde überschreitend.

Nun lag alles hinter ihm: sein Stottern, der trostlos leere Blick seines Vaters, wenn er in seinem Hobbyraum herumwerkelte, der geschlossene Klavierdeckel – seine Mutter spielte nicht mehr; zuletzt hatte sie am Tag von Georgies Beerdigung gespielt, drei methodistische Hymnen. Nun hatte er das alles hinter sich gelassen. Georgie, der in seinem gelben Regenmantel in den Regen hinausgelaufen war, sein Boot aus Zeitungspapier mit dem leichten Paraffinglanz in der Hand. Und dann Mr. Gardener an der Tür, mit Georgies Leiche, die in eine Decke voller Schmutz- und Blutflecken gehüllt war. Der entsetzte Aufschrei seiner Mutter. Alles lag jetzt hinter ihm.

Silver flog dahin und Stotter-Bill Denbrough mit ihm. Sie rasten zusammen den Hügel hinab. Die Spielkarten dröhnten. Bill trat wild in die Pedale – er wollte *noch* schneller sein, er wollte eine hypothetische Geschwindigkeit erreichen, nicht die des Lichtes, sondern jene der Erinnerungen, er wollte diese Geschwindigkeitsgrenze überwinden und die Erinnerungen für immer hinter sich zurücklassen.

Über die Lenkstange gebeugt, sauste er dahin; er sauste dahin, um den Teufel zu schlagen.

Nun lag die große Kreuzung von Kansas Street, Center Street und Main Street vor ihm. Sogar 1958 war diese Kreuzung schon ein Horror für jeden Fahrer, ein einziges Durcheinander von Verkehrszeichen und Ampeln. Man hatte hier einen Verkehrsstrom im Gegenuhrzeigersinn für den gesamten Innenstadtbereich schaffen wollen. Das Ergebnis war aber, wie ein Redakteur der ›Derry News‹ im Vorjahr geschrieben hatte, eine in der Hölle ersonnene Verkehrsrotation.

Wie immer schweiften Bills Blicke rasch nach links und rechts, schätzten den Verkehrsstrom ab, suchten nach Lücken. Eine einzige Fehlleistung – ein einziges Stottern, sozusagen –, und er würde tot sein.

Er brauste mit voller Geschwindigkeit durch den nur langsam vorankommenden Verkehr an der verstopften Kreuzung, überfuhr eine rote Ampel, wich einem Buick aus und warf blitzschnell einen Blick über die Schulter nach hinten, um sich zu vergewissern, daß die mittlere Fahrbahn frei war. Als er wieder nach vorne schaute, stellte er fest, daß er in wenigen Sekunden in einen Lieferwagen hineinrasen würde, der mitten auf der Kreuzung stehengeblieben war, während der Fahrer sich den Hals verrenkte, um alle Verkehrszeichen zu studieren.

Die Fahrbahn rechts von Bill wurde von einem großen Intercitybus Derry–Bangor blockiert. Trotzdem schwenkte Bill in diese Richtung – immer noch mit 40 Meilen pro Stunde – und schloß die Lücke zwischen dem Lieferwagen und dem Bus. Er mußte den Kopf nach rechts werfen, um den Seitenspiegel des Lieferwagens davon abzuhalten, ihm die Zähne einzuschlagen. Heißes Diesel aus dem Bus brannte ihm in der Kehle wie ein Schluck hochprozentigen Alkohols. Aus dem Augenwinkel sah er den erschrockenen, leichenblassen Busfahrer, der ihm mit der Faust drohte und die Lippen bewegte – höchstwahrscheinlich ließ er die wüstesten Schimpfwörter los, die Bill aber durch das geschlossene Fenster nicht hören konnte.

Drei alte Damen überquerten die Main Street. Sie sperrten Mund und Augen weit auf und boten einen sehr komischen Anblick, als plötzlich dicht vor ihnen ein Junge auf einem Fahrrad vorbeisauste.

Das Schlimmste – und das Beste – lag nun hinter ihm. Er hatte wieder einmal der sehr realen Möglichkeit seines Todes ins Auge geschaut. Aber der Bus hatte ihn nicht zermalmt, er hatte weder sich selbst noch die drei alten Damen umgebracht. Nun fuhr er wieder hügelaufwärts, und seine Geschwindigkeit nahm beträchtlich ab. Alle Gedanken, alle Erinnerungen holten ihn wieder ein, nahmen wieder ihre angestammten Plätze in seinem Kopf ein.

Er bog in die Richard's Alley und erreichte gleich darauf die Center Street. Jetzt trat er nur noch langsam in die Pedale und spürte den Schweiß auf seinem Rücken und in seinen Haaren. Er stellte Silver vor dem Drugstore ab und ging hinein.

6

Vor Georges Tod hätte Bill dem Apotheker Mr. Keene die Sachlage mündlich erklärt. Mr. Keene war ein freundlicher, geduldiger Mann, der nie dumme Witze machte oder ihn aufzog. Aber jetzt war sein Stottern viel schlimmer geworden, und er hatte wirklich Angst, daß Eddie sterben oder in ein Koma fallen könnte oder sonstwas, wenn er sich nicht beeilte.

Deshalb griff er, als Mr. Keene sagte: »Hallo, Bill, was kann ich für dich tun?«, nach einem Faltprospekt für Vitamine und schrieb auf die Rückseite: *Eddie Kaspbrak und ich haben in den Barrens gespielt. Er hat einen schlimmen Asthmaanfall bekommen, er kann kaum atmen. Können Sie mir einen neuen Aspirator für ihn geben?*

Er schob den Prospekt über die Glastheke zu Mr. Keene hinüber, der Bills Nachricht las, seine angsterfüllten blauen Augen sah und sagte: »Natürlich, Bill. Wart einen Moment.«

Bill trat ungeduldig von einem Bein aufs andere, während Mr. Keene hinter der hohen Trennwand beschäftigt war. Obwohl es in Wirklichkeit nicht einmal fünf Minuten dauerte (es war erst halb vier nachmittags), kam es Bill wie eine Ewigkeit vor, bis der Apotheker mit einer von Eddies Druckflaschen in der Hand zurückkam. Er reichte sie Bill, lächelte und sagte: »So, das dürfte Eddie helfen.«

»D-D-D-Danke«, brachte Bill hervor. »I-I-Ich hab' k-kein G-G-G...«

»Das ist schon in Ordnung«, sagte Mr. Keene. »Ich schreib's auf Mrs. Kaspbraks Rechnung. Ich bin sicher, daß sie dir sehr dankbar sein wird.«

Erleichtert bedankte sich Bill noch einmal und rannte hinaus. Mr. Keene beobachtete ihn durch das große Schaufenster. Er sah, wie der Junge den Aspirator vorsichtig in den Drahtkorb legte, mühsam aufs Fahrrad stieg – wie schafft er es überhaupt, auf einem so großen Rad zu fahren? wunderte sich Mr. Keene – und sich langsam in Bewegung setzte. Das Fahrrad, das für Mr. Keenes Begriffe so aussah, als würde es jeden Moment auseinanderfallen, schwankte bedenklich hin und her, und der Aspirator rollte im Drahtkorb von einer Seite zur anderen.

Mr. Keene lächelte ein wenig traurig vor sich hin. Ja, er würde Eddies Asthma-Medizin auf Sonia Kaspbraks Rechnung setzen, und sie würde wie immer überrascht – und etwas mißtrauisch – sein, wie billig dieses Medikament war ... Andere Arzneimittel sind doch so *teuer*, sagte sie jedesmal. Die Aufschrift auf dem Aspirator lautete: Hydrox Mist/nach Bedarf verwenden. Das Mittel hatte sich bei den quälenden Asthmaanfällen des Kaspbrak-Jungen als erstaunlich wirksam erwiesen. Und es war billig, weil – nur Mr. Keene wußte das – Hydrox Mist eine Mischung aus Wasserstoff und Sauerstoff war, der eine Spur von Kampfer beigefügt wurde, um dem Mittel einen leichten Medizingeruch zu verleihen.

Mit anderen Worten – Eddies Asthmamedikament war Leitungswasser.

7

Für den Rückweg brauchte Bill länger, weil er jetzt mühsam bergauf strampeln mußte. An einigen Stellen mußte er sogar absteigen und Silver schieben, weil ihm die Kraft fehlte, um größere Steigungen bewältigen zu können.

Bis er die kleine Brücke erreicht, sein Fahrrad darunter versteckt hatte, den Pfad entlanggerannt war und die Strecke am Bach entlang zurückgelegt hatte, war es zehn nach vier geworden. Unterwegs war er die ganze Zeit von allen möglichen Schreckensvisionen geplagt worden. Der fette Junge, Ben Hanscom, hatte Eddie einfach seinem Schicksal überlassen und sich aus dem Staub gemacht. Oder die Strolche waren zurückgekommen und hatten Ben und Eddie zu Brei geschlagen. Oder... die allerschlimmste Möglichkeit... der Mann, dessen Lieblingsbeschäftigung darin bestand, Kinder zu ermorden, hatte Ben oder Eddie oder auch beide erwischt. So wie er auch Georgie erwischt hatte.

Bill wußte, daß es über die Morde jede Menge Gerede gegeben hatte und noch immer gab. Er stotterte sehr stark, aber er war nicht taub – obwohl manche Leute das zu glauben schienen, weil er nur redete, wenn es unbedingt notwendig war. Er hatte Vermutungen gehört, daß kein Zusammenhang zwischen der Ermordung seines Bruders und den Morden an Betty Ripsom, Cheryl Lamonica, Matthew Clements und Veronica Grogan bestand. Andere behaupteten, daß George, das Ripsom-Mädchen und Cheryl von ein und demselben Mann ermordet wurden und die beiden anderen Kinder von einem ›Nachahmer-Killer‹. Eine dritte Gruppe behauptete, daß die Jungen von einer Person und die Mädchen von einer anderen ermordet wurden.

Bill glaubte, daß sie alle von ein und derselben Person ermordet worden waren... wenn es überhaupt eine *Person* war. Manchmal war er sich dessen nicht ganz sicher. Ebenso wie er sich in jenem Frühsommer seiner Gefühle in bezug auf Derry nicht sicher war. Lag das etwa an den Folgen von Georgies Tod, an der Tatsache, daß seine Eltern ihn seitdem zu ignorieren schienen, weil sie in ihrem Schmerz über den Verlust des jüngeren Sohnes völlig vergaßen, daß Bill noch am Leben war und ihre Hilfe brauchte? Oder lag es an diesen Dingen, verbunden mit den anderen Morden? Oder an jenen Stimmen, die jetzt manchmal in seinem Kopf zu sprechen schienen, die ihm etwas zuflüsterten (und es waren mit Sicherheit nicht Varianten seiner eigenen Stimme, denn diese Stimmen stotterten nicht; sie waren leise, aber eindringlich), ihm den Rat gaben, etwas zu tun oder zu unterlassen? Lag es an diesen Dingen, daß Derry ihm irgendwie verändert vorkam? Irgendwie bedrohlich, mit unerforschten Straßen, die nicht einladend, sondern furchterregend wirkten? Daß manche Gesichter ihm jetzt verschlossen und verängstigt vorkamen?

Er wußte es nicht, aber er glaubte – ebenso wie er glaubte, daß alle Morde auf ein und dasselbe Konto gingen –, daß Derry sich tatsächlich verändert hatte, und daß diese Veränderung mit dem Tod seines Bruders begonnen hatte. Die Schreckensvisionen in seinem Kopf hatten ihren Ursprung in seiner tief verborgenen Überzeugung, daß in Derry jetzt alles mögliche passieren konnte. *Alles.*

Als er jedoch um die letzte Kurve bog, sah er Eddie, der inzwischen mit gesenktem Kopf dasaß, die Hände auf dem Schoß; sein Atem ging immer noch stoßweise und pfeifend. Die Sonne stand jetzt so tief, daß sie lange grüne Schatten über den Bach warf, den Eddie und er einzudämmen versucht hatten, als Bowers und seine Freunde aufgetaucht waren.

»Mann, das war wirklich schnell!« sagte Ben und stand auf. »Ich habe frühestens in einer halben Stunde mit dir gerechnet.«

»Ich hab' ein sch-schnelles R-R-Rad«, sagte Bill mit einigem Stolz. Einen Augenblick lang musterten sie einander mißtrauisch. Dann lächelte Ben schüchtern, und Bill erwiderte sein Lächeln. Der Junge war fett, aber ansonsten schien er in Ordnung zu sein. Er war nicht abgehauen. Das mußte ganz schön viel Mut erfordert haben, nachdem es ja schließlich durchaus möglich war, daß Henry und seine Freunde sich immer noch in dieser Gegend herumtrieben.

Er winkte Eddie zu, der mit pfeifendem Atem dankbar zu ihm aufschaute. »Hier, Eddie.« Er warf ihm den Aspirator zu. Eddie schob das Ding in seinen Mund, drückte auf die Flasche und keuchte krampfhaft. Dann lehnte er sich mit geschlossenen Augen zurück. Ben betrachtete ihn besorgt.

»Es geht ihm echt schlecht, was?« sagte er. »Mann o Mann, ich hatte 'ne Zeitlang furchtbaren Bammel. Ich hab' überlegt, was ich tun soll, wenn er Krämpfe bekommt oder so was. Ich konnte mich überhaupt nicht mehr erinnern, was wir im Rot-Kreuz-Kurs gelernt haben. Hast du noch 'ne Ahnung?«

Bill nickte. »Er w-w-wird k-k-keine Krämpfe bekommen«, sagte er. »Diese M-M-Medizin w-wird ihm h-h-helfen. Schau!«

Eddie hatte die Augen geöffnet. Der pfeifende Atem hatte inzwischen aufgehört.

»Danke«, sagte er zu Bill. »Das war ein schlimmer Anfall.«

»Sie haben deine Nase ganz schön zugerichtet, was?« meinte Ben teilnahmsvoll.

»An meine Nase hab' ich gar nicht mehr gedacht«, sagte Eddie. Er stand auf und schob den Aspirator in seine Tasche. »Ich dachte daran, was meine Mutter sagen wird, wenn sie das Blut auf meinem Hemd sieht. Sie wird mit mir zum Arzt gehen wollen.«

»Warum denn?« fragte Ben. »Es hat doch aufgehört zu bluten. Ich erinnere mich an einen Jungen, mit dem ich zusammen im Kindergarten war. Scooter Morgan hieß er, und er holte sich eine blutige Nase, als er von den Kletterstangen runterfiel. Er mußte wirklich zum Arzt gebracht werden, aber nur, weil es nicht aufhörte zu bluten.«

»Ja?« fragte Bill interessiert. »Ist er g-g-g-gestorben?«

»Nein«, antwortete Ben. »Aber er hat eine Woche gefehlt.«

»Meine Mutter wird mich trotzdem hinschleppen«, sagte Eddie mürrisch. »Sie wird glauben, meine Nase sei gebrochen oder etwas Ähnliches. Sie schleift mich mindestens ein- bis zweimal im Monat zum Arzt. Es ist zum Verrücktwerden!«

»Wow!« sagte Ben, der so was noch nie gehört hatte. »Aber warum weigerst du dich nicht einfach?«

»Ach...«, sagte Eddie unbehaglich, gab aber keine weitere Erklärung dazu.

»Wie heißt du?« fragte Bill.

»Ben Hanscom. Ich bin in deiner Parallelklasse. Du bist Bill Denbrough.«

»Ja. Und das ist E-E-E-E...«

»Eddie Kaspbrak«, sprang Eddie ein.

»Freut mich, euch kennenzulernen.«

Ein kurzes Schweigen breitete sich aus, aber es war irgendwie ein behagliches Schweigen, das die Freundschaft der drei Jungen besiegelte.

»Warum waren diese Burschen hinter dir her?« fragte Eddie.

»Ach, die s-s-sind d-doch immer hinter jemandem h-her«, sagte Bill. »Ich h-h-hasse diese Arschlöcher.«

Ben verschlug es einem Moment lang die Sprache – hauptsächlich vor Bewunderung, weil Bill dieses verbotene Wort benutzt hatte. Er selbst hatte es letztes Jahr an Halloween an einen Telefonmast geschrieben (mit winzigen Buchstaben), aber noch nie laut gesagt.

»Bowers saß während der Examensarbeiten zufällig neben mir. Er wollte bei mir abschreiben, aber ich ließ das nicht zu.«

»Du mußt den Wunsch haben, jung zu sterben, Junge«, sagte Eddie bewundernd.

Stotter-Bill fing laut zu lachen an, und Eddie stimmte ein. Ben warf ihnen einen scharfen Blick zu, stellte fest, daß er nicht ausgelacht wurde, und lächelte ein wenig.

»Ich nehm's selbst fast an«, sagte er. »Na ja, und jetzt muß er die Sommerschule besuchen, und da hat er mir aufgelauert, er und seine beiden Kumpane, und das ist dabei herausgekommen.«

Er zuckte mit den Schultern und betrachtete den Bach.

»D-Du siehst aus, als h-h-hätten sie dich f-fast u-u-umgebracht«, sagte Bill.

»Ich bin von der Kansas Street die Böschung runtergefallen«, erklärte

219

Ben. »Und wenn meine Mutter meine Kleidung sieht, wird sie mir vermutlich den Rest geben.«

Bill und Eddie brachen wieder in schallendes Gelächter aus, und diesmal fiel Ben ein. Sein Bauch schmerzte beim Lachen, aber er lachte trotzdem, schrill und ein bißchen hysterisch. Schließlich mußte er sich hinsetzen, und das plumpsende Geräusch brachte ihn erneut zum Lachen. Es gefiel ihm, das gemeinsame Gelächer zu hören. Es war ein Geräusch, das er noch nie gehört hatte – gemeinsames Gelächter, von dem sein eigenes ein Teil war.

Er schaute zu Bill Denbrough hoch, ihre Blicke trafen sich, und schon mußten sie wieder lachen.

Bill zog seine Hose zurecht, stellte seinen Hemdkragen hoch und stolzierte mit geschwellter Brust umher. Mit tiefer Stimme gab er von sich: »Ich bring' dich um, Junge. Komm mir ja nich' in die Quere. Ich bin saudumm, aber ich bin groß und stark. Ich kann mit meiner Stirn Walnüsse knacken. Ich kann Essig pissen und Zement scheißen. Mein Name ist Henry Bowers, und ich bin das größte Arschloch in ganz Derry und Umgebung.«

Eddie wälzte sich auf dem Ufer hin und her und hielt sich den Bauch vor Lachen. Ben lachte Tränen.

Bill setzte sich neben sie. Allmählich beruhigten sie sich wieder.

»Die ganze Sache hat ein Gutes«, sagte Eddie. »Wenn Bowers in der Sommerschule ist, kann er uns hier unten nicht stören.«

»Kommt ihr oft hierher?« fragte Ben. Er war mehrmals am Kenduskeag spazierengegangen und auch schon beim Wasserturm gewesen, dessen Größe ihn faszinierte, aber in die Barrens war er heute zum erstenmal gekommen.

»K-K-Klar«, sagte Bill. »Es ist sch-sch-schön hier. N-N-Niemand stört uns h-h-h-hier. W-Wir haben eine M-M-Menge Spaß. Bowers und die a-a-a-anderen kommen n-n-nie hierher.«

»Du und Eddie?« fragte Ben.

»R-R-R-R-...« Bill schüttelte den Kopf. Ben bemerkte, daß sein Gesicht sich verzerrte, wenn er stotterte, und plötzlich fiel ihm etwas Seltsames ein: Bill hatte überhaupt nicht gestottert, als er Henry Bowers imitiert hatte. »R-R-Richie Tozier k-k-kommt normalerweise auch h-h-her. Aber er m-m- mußte heute seinem V-V-V-Vater helfen, den D-Dachboden aufzuräumen.«

»Oh, den kenn' ich«, sagte Ben. »Ihr kommt wohl sehr oft her?« Dieser Gedanke faszinierte ihn – und weckte in ihm eine törichte Sehnsucht.

»Z-Z-Ziemlich oft«, bestätigte Bill, und Ben war völlig perplex, als er beiläufig hinzufügte: »W-W-Willst d-du morgen nicht auch h-h-herkommen? E-E-Eddie und i-ich haben v-v-versucht, einen D-D-Damm zu bauen.«

»Er hat nicht viel getaugt«, sagte Eddie.

Ben stand auf und ging zum Bach hinunter. Am Rand waren noch einige verflochtene kleine Äste zu sehen; ein paar weitere lagen auf einer Sandbank 40 oder 50 Fuß bachabwärts. Sonst war von dem Damm nichts mehr übrig.

»Ihr müßtet ein paar Bretter haben«, sagte Ben. »Und sie hintereinander anordnen... wie die Brotscheiben in einem Sandwich.«

Bill und Eddie starrten ihn verwirrt an, und Ben ließ sich auf ein Knie nieder. »Seht mal her«, sagte er. »Bretter hier und hier. Ihr rammt sie möglichst fest ins Bachbett. Versteht ihr? Dann füllt ihr, bevor das Wasser sie wegschwemmen kann, die Zwischenräume mit Steinen und Sand...«

»W-W-Wir!« verbesserte Bill.

»Was?« fragte Ben und schaute verdutzt hoch.

»W-W-Wir w-werden das machen.«

»Oh«, war das einzige, was Ben herausbrachte; er kam sich furchtbar dumm vor... und dann war er auf einmal wahnsinnig glücklich. »Ja. *Wir.* Jedenfalls, wenn ihr... wenn wir die Zwischenräume mit Steinen, Sand und sonstigem Zeug füllen, wird der Damm halten. Das vorderste Brett wird sich gegen die Steine lehnen. Wenn wir dann noch ein drittes Brett hätten – seht mal.« Bill und Eddie beugten sich über folgende Zeichnung im Sand und betrachteten sie mit großem Interesse:

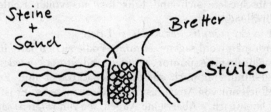

»Hast du schon mal einen Damm gebaut?« fragte Eddie. Sein Ton war respektvoll, fast ehrfürchtig.

»Nein.«

»W-W-Woher w-weißt du dann, daß er h-h-halten wird?« fragte Bill.

Ben sah ihn verwirrt an. »Klar wird er halten. Warum auch nicht?«

»A-A-Aber w-woher willst d-du das *w-w-wissen?*« fragte Bill wieder. Er grinste, aber es war ein sympathisches Grinsen.

»Ich weiß es einfach«, erwiderte Ben und betrachtete noch einmal seine Zeichnung, die ihm irgendwie Sicherheit gab. Er hatte noch nie im

Leben einen Kofferdamm gesehen, weder auf Bildern noch in Wirklichkeit, und er hatte keine Ahnung, daß er soeben einen gezeichnet hatte.

»O-Okay.« Bill klopfte Ben auf die Schulter. »Bis morgen dann.«

»Um wieviel Uhr?«

»E-E-Eddie und ich w-w-werden so g-gegen acht hier sein...«

»Wenn ich und meine Mutter um diese Zeit nicht beim Arzt sitzen«, sagte Eddie seufzend.

»Ich bring' ein paar Bretter mit«, sagte Ben. »Gleich bei mir um die Ecke wohnt so'n alter Kerl, der eine ganze Menge davon rumliegen hat. Ich werd' ihm ein paar klauen.«

»Bring auch ein paar Vorräte mit«, sagte Eddie. »Was zu essen. Du weißt schon, Sandwiches und so.«

»Okay.«

»H-H-Hast du ein G-Gewehr?« fragte Bill.

»Ich hab' ein Daisy-Luftgewehr«, sagte Ben. »Meine Mutter hat's mir zu Weihnachten geschenkt, aber sie kriegt Zustände, wenn ich im Haus damit schieße.«

»B-B-Bring's m-mit«, sagte Bill. »Vielleicht spielen w-wir mit G-G-Gewehren.«

»Okay«, sagte Ben glücklich. »Ich glaube, ich sollte mich jetzt lieber auf den Heimweg machen.«

Die drei Jungen verließen die Barrens gemeinsam. Ben half Bill, Silver die Uferböschung hinaufzuschieben. Eddie folgte ihnen langsam. Sein Atem ging wieder pfeifend, und er betrachtete sein blutbeflecktes Hemd.

Bill verabschiedete sich und fuhr los, aus voller Kehle »Hi-yo, Looos!« brüllend.

»Das ist ja ein *gigantisches* Rad!« rief Ben.

»Das kann man wohl sagen«, stimmte Eddie zu. Er hatte inzwischen noch einmal seinen Aspirator benutzt und atmete wieder normal. »Manchmal nimmt er mich auf dem Gepäckträger mit. Er fährt so schnell, daß ich mir vor Angst fast in die Hosen mache. Er ist ein guter Kerl – Bill, meine ich.« Aber seine Augen, die Bill folgten, sagten noch viel mehr. Sie drückten Verehrung aus. »Du weißt doch über seinen Bruder Bescheid?«

»Was meinst du?«

»Er wurde letzten Herbst ermordet«, sagte Eddie. »Jemand hat ihn umgebracht. Hat ihm einen Arm ausgerissen.«

»Herr-*gott!*«

»Ja. Vorher hat Bill nur ein bißchen gestottert. Jetzt ist es echt schlimm. Ist dir aufgefallen, daß er stottert?«

»Na ja... ein bißchen.«

»Jaaa«, sagte Eddie. »Jedenfalls, wenn du willst, daß Bill dein Freund wird, dann sprich nicht über seinen kleinen Bruder George. Er ist völlig verstört über Georgies Tod.«

»Mann, das wäre ich auch«, sagte Ben. Er erinnerte sich jetzt vage an den kleinen Jungen, der im vergangenen Herbst ermordet worden war. »Ist es direkt nach der Überschwemmung passiert?«

»Ja.«

Sie hatten die Ecke von Kansas Street und Jackson Street erreicht. Hier mußte Ben rechts und Eddie links abbiegen. Kinder rannten hin und her, spielten Fangen und Ball. Ein kleiner Junge trottete an Ben und Eddie vorbei; er hatte eine Waschbärmütze auf, deren Schwanz ihm zwischen den Augen baumelte, und er rollte einen Hula-Hoop-Reifen vor sich her.

Die beiden Jungen blickten ihm amüsiert nach, dann sagte Eddie: »Na, ich muß gehen. Bis morgen, Ben.«

»He«, sagte Ben. »Ich hab' eine Idee, wenn du wirklich nicht zum Arzt gehen möchtest.«

»Jaa?« Eddie sah Ben zweifelnd, aber doch mit schwacher Hoffnung an.

»Hast du ein Fünfcentstück?«

»Ein Zehncentstück. Was soll ich damit?«

Ben betrachtete die rotbraunen Flecken auf Eddies Hemd. »Geh in den Drugstore und bestell dir eine Schokoladenmilch. Gieß die Hälfte über dein Hemd und erzähl deiner Mutter, du hättest das ganze Glas verschüttet.«

Eddies Augen leuchteten auf. Seit dem Tod seines Vaters hatten die Augen seiner Mutter sehr nachgelassen. Aus Eitelkeit (und weil sie sowieso nicht Auto fahren konnte) weigerte sie sich, zum Augenarzt zu gehen und sich eine Brille verschreiben zu lassen. Getrocknete Blutflecken und Schokoladenmilchflecken sahen ziemlich ähnlich aus. Vielleicht...

»Das könnte hinhauen«, sagte er.

»Erzähl ihr nur nicht, daß es meine Idee war, wenn sie's rauskriegt.«

»Auf keinen Fall«, sagte Eddie. »Seeya later, alligator.«

»Okay.«

»Nein«, sagte Eddie geduldig. »Wenn ich das sage, mußt du antworten: ›After awhile, crocodile.‹«

»Oh. After awhile, crocodile.«

»Jetzt hast du's kapiert.« Eddie lächelte.

»Wißt ihr was?« sagte Ben. »Ihr Jungs seid echt klasse.«

Eddie sah nicht nur verlegen, sondern fast nervös aus. »*Bill* ist klasse.«

»Es tut mir leid, daß diese Kerle euren Damm kaputtgemacht und dich geschlagen haben.«

»Sie verprügeln immer irgend jemanden. Bis dann, Big Ben.«

Ben blickte Eddie noch ein Weilchen nach, dann machte er sich ebenfalls auf den Heimweg, aber schon nach drei Blöcken sah er an der Bushaltestelle Jackson Street und Main Street drei ihm nur allzu bekannte Rücken. Huggins, Criss und Bowers! Rasch versteckte er sich hinter einer Hecke. Sein Herz klopfte laut. Fünf Minuten später kam der Bus, und die drei Burschen traten ihre Zigaretten aus und stiegen ein.

Ben wartete, bis der Bus außer Sicht war, und eilte dann nach Hause.

8

An jenem Abend hatte Bill Denbrough ein schreckliches Erlebnis. Und das schon zum zweitenmal.

Seine Eltern saßen unten vor dem Fernseher, die Mutter an einem Couchende, der Vater am anderen – wie Buchstützen. Sie redeten nicht viel miteinander. Es hatte einmal eine Zeit gegeben, als im Fernsehzimmer, das sich ans Wohnzimmer anschloß, so viel geredet und gelacht wurde, daß man den Fernseher manchmal überhaupt nicht mehr hörte. »Halt die Klappe, Georgie!« schrie Bill beispielsweise. »Friß nicht das ganz Popcorn auf!« rief George. »Ma, sag Bill, er soll mir das Popcorn geben.« »Gib ihm das Popcorn, Bill. Und nenn mich nicht Ma, George.« Oder sein Vater erzählte Franzosenwitze, und alle lachten darüber, sogar seine Mutter.

In jener Zeit waren seine Eltern auch schon die Buchstützen auf der Couch gewesen (Vater mit einer Zeitschrift, Mutter mit ihrem Strick- oder Nähzeug) – aber er und Georgie waren die Bücher gewesen. Bill hatte nach Georgies Tod versucht, beim Fernsehen ein Buch zwischen ihnen zu sein, aber jetzt war es dort kalt. Sie strahlten von beiden Seiten Kälte aus, die seine Wangen erstarren ließ, und schließlich mußte er aufstehen, weil diese Art von Kälte ihm das Wasser in die Augen trieb.

»Soll ich euch einen Witz erzählen, den ich heute in der Schule gehört habe?« hatte er einmal, vor einem Monat, schüchtern gefragt.

Stille auf beiden Seiten. Auf dem Bildschirm bat ein Krimineller seinen Bruder, der Priester war, ihn zu verstecken.

Bills Vater schaute von seinem ›Life‹ auf und warf Bill einen erstaunten Blick zu, bevor er sich wieder in die Zeitschrift vertiefte. Seine Mutter reagierte überhaupt nicht.

»Es g-g-geht d-darum, wieviel F-F-Franzosen man benötigt, um eine G-G-Glühbirne einzuschrauben«, fuhr Bill verzweifelt fort. Er schwitzte. Seine Stimme war viel zu laut. Die Worte dröhnten in seinem

Kopf wie außer Kontrolle geratene Glocken, blieben stecken, kamen nur mühsam heraus.

»W-W-Wißt ihr, w-w-w-wieviel?«

»Einen, um die Glühbirne zu halten, und vier, um das Haus zu drehen«, sagte Zack Denbrough, ohne von seiner Zeitschrift aufzublicken.

»Hast du etwas gesagt, Liebling?« fragte seine Mutter, und im Fernseher sagte der Priester seinem Bruder, er solle umkehren und um Vergebung beten.

Bill saß schwitzend auf dem Sofa, zwischen seinen Eltern, aber ihm war kalt, furchtbar kalt. Ihn fror, weil George immer noch hier im Zimmer war, obwohl Bill ihn nicht sehen konnte, ein George, der nie mehr rief, Bill solle nicht das ganze Popcorn auffressen oder Bill habe ihn gezwickt. Irgendwie war Georgie trotzdem gegenwärtig, ein bleicher, einarmiger Georgie, der im matten weißbläulichen Licht des Fernsehers nachdenklich schwieg, ein Georgie, von dem eine betäubende, tödliche Kälte ausging; Bill rannte in sein Zimmer, warf sich aufs Bett und weinte in sein Kissen.

In Georges Zimmer war alles noch unverändert. Zack hatte eines Tages angefangen, es aufzuräumen, aber Sharon Denbrough hatte geschrien: »Rühr seine Sachen nicht an!«

Zack war heftig zusammengezuckt, die Arme voller Kartons – mit dem Inhalt von Georges Buchregal und den beiden oberen Schubladen seiner Kommode –, und dann war er mit den Sachen in Georges Zimmer zurückgeschlichen.

Bill war hereingekommen und hatte seinen Vater neben Georges Bett knien sehen (seine Mutter bezog es immer noch frisch, nur daß sie es jetzt einmal in der Woche machte anstatt zweimal wie zu Georgies Lebzeiten, den Kopf in seinen muskulösen, behaarten Armen vergraben. Erschrocken hatte Bill festgestellt, daß sein Vater weinte.

»D-D-Dad...«

»Geh, Billy«, hatte sein Vater gesagt. Seine Stimme klang erstickt und schwankte. Sein Rücken hob und senkte sich, und Bill hätte ihm gern die Hand auf den Rücken gelegt, traute sich aber nicht. »Laß mich allein.«

Er war durch den Flur geschlichen und hatte seine Mutter unten in der Küche weinen gehört. Es klang schrill und hilflos, und Bill hatte gedacht: *Warum weinen sie so weit voneinander entfernt?* Er hatte keine Antwort auf diese Frage gefunden.

Am ersten Abend der Sommerferien ging Bill in Georgies Zimmer. Sein Herz klopfte laut in seiner Brust, und seine Beine fühlten sich steif und bleischwer an. Er hielt sich nicht gern hier auf. Georgie war in diesem Zimmer noch so gegenwärtig, und manchmal hatte Bill das Gefühl, daß es dort spukte... daß die Schranktür sich eines Abends knarrend öffnen und Georgie zum Vorschein kommen würde, zwischen seinen Hemden und Hosen, ein Georgie in gelbem Regenmantel voller roter Flecken, von dem ein leerer Ärmel schlaff herabhing. Georgies Augen würden leer und schrecklich sein, wie die Augen eines Zombies in einem Horrorfilm, und seine Überschuhe würden quietschen und auf dem Teppich nasse Spuren hinterlassen, wenn er auf sein Bett zugehen würde, wo Bill schreckensstarr saß...

Diese Gedanken verfolgten und ängstigten ihn – wenn eines Tages der Strom ausfallen sollte, während er hier auf Georges Bett saß und auf die Bilder an den Wänden oder die Modelle auf der Kommode starrte, war er sicher, daß er einen Herzinfarkt, vermutlich einen tödlichen, erleiden würde –, aber trotzdem zog es ihn immer wieder dorthin. Gegen die Angst anzukämpfen, daß George als entsetzliches, auf Rache sinnendes Gespenst zurückkommen könnte, gehörte für Bill zu der Notwendigkeit, irgendwie mit Georges brutalem Tod fertig zu werden. Er begriff undeutlich, daß seine Eltern mit dieser Aufgabe nicht gut zurechtkamen, und er spürte, daß er das stellvertretend für sie tun mußte, wenn sie ihn je wieder lieben sollten.

Aber er kam nicht nur ihretwegen; er kam auch seinetwegen. Er hatte George gern gehabt, und für Brüder waren sie gut miteinander klargekommen. Oh, sie hatten ihre beschissenen Augenblicke gehabt – Bill verpaßte George manchmal einen Satz heiße Ohren, George verpetzte Bill, wenn er sich nachts noch zum Kühlschrank schlich und den Rest Zitronencreme aß –, aber sie waren weitgehend gut miteinander ausgekommen. Es war schlimm, daß George tot war. Daß sich George für ihn in eine Art Horrormonster verwandelte, das war noch schlimmer.

Er vermißte George. Er vermißte seine Stimme, sein Lachen, seine vertrauensvoll zum älteren Bruder aufblickenden Augen. Und obwohl er manchmal Angst vor Georges Zimmer hatte, spürte er zu anderen Zeiten, daß er George am meisten liebte, wenn er Angst hatte, denn sogar in seiner Angst – in dieser unheimlichen Vorstellung, daß George im Schrank oder unter dem Bett sein könnte – erinnerte er sich voller Liebe an den Ausdruck in den Augen seines Bruders. In der Kombination dieser beiden Gefühle glaubte Bill der Erkenntnis am nächsten zu sein, wie man das schreckliche Geschehen letztlich doch bewältigen konnte.

Das alles waren Gedanken, die er nicht aussprechen konnte; in seinem Verstand waren sie nur ein zusammenhangloses Durcheinander. Aber sein gütiges und liebendes Herz verstand sie, und das allein zählte.

Manchmal blätterte er in Georgies Büchern, manchmal stöberte er in Georgies Spielsachen.

Aber er hatte seit dem Ende des Vorjahres nicht mehr in Georgies Fotoalbum geschaut.

Am Abend des Tages, als er Ben Hanscom zum erstenmal getroffen hatte, öffnete Bill jedoch die Schranktür (wobei er sich wie immer darauf einzustellen versuchte, daß er im nächsten Augenblick George sehen würde, stocksteif in seinem Regenmantel zwischen den hängenden Kleidungsstücken stehend, daß eine weiße Hand mit Schwimmhäuten plötzlich aus dem Dunkeln hervorschießen und ihn am Arm packen würde) und holte das Album vom obersten Fach.

MEIN ALBUM, stand in goldenen Lettern auf dem Einband. Und darunter, in sorgfältig gemalten, kindlichen Druckbuchstaben, auf einem – inzwischen abblätternden und gelblichen – Klebestreifen: GEORGE ELMER DENBROUGH, 6 JAHRE ALT. Mit noch lauterem Herzklopfen als sonst trug Bill das Album zum Bett, in dem Georgie immer geschlafen hatte. Was ihn veranlaßt hatte, das Album wieder hervorzuholen, konnte er nicht sagen. Nach dem Erlebnis im Dezember...

Ein zweiter Blick, das ist alles. Nur um dich zu überzeugen, daß es beim ersten Mal nicht real gewesen ist. Daß dir beim ersten Mal dein Kopf einen Streich gespielt hat.

Nun, es war jedenfalls so eine Idee.

Vielleicht stimmte es sogar. Aber Bill vermutete, es war einfach das Album selbst. Es erfüllte ihn mit einer gewissen irren Faszination. Was er gesehen oder was er sich *eingebildet* hatte...

Er öffnete das Album mit Fotos, die Georgie seinen Eltern, Onkeln und Tanten abgebettelt und sorgfältig eingeklebt hatte. Es war Georgie egal gewesen, ob er die Personen kannte oder nicht; ihn hatte die Idee der Fotografie an sich interessiert, und wenn er keine neuen Fotos zum Einkleben hatte, war er im Schneidersitz auf seinem Bett gesessen und hatte sich die alten angeschaut; und nun saß Bill auf diesem Bett, blätterte behutsam die großen Seiten um und betrachtete die Schwarzweißfotos. Seine Mutter als junges, unglaublich hübsches Mädchen; sein Vater, nicht älter als achtzehn, ein Gewehr in der Hand, neben drei anderen lächelnden bewaffneten Männern über einem erlegten Hirsch stehend; Onkel Hoyt, der einen Hecht hochhielt; Tante Fortuna, die neben einem Korb Tomaten kniete; ein alter Buick; eine Kirche; ein Haus; eine Straße, die von hier nach da führte. Die vielen Bilder, Schnappschüsse, die vergessene Leute aus vergessenen Gründen gemacht hatten, hier oben, im Fotoalbum eines toten Jungen eingesperrt.

Auf einem Foto sah Bill sich selbst im Alter von drei Jahen in einem Krankenhausbett; ein Verband verbarg seine Haare; ein anderer führte über die Wangen um sein gebrochenes Kinn herum. Er war damals auf einem Parkplatz vor dem A & P Center in der Center Street von einem Auto angefahren worden. Er erinnerte sich kaum noch daran, nur daß er im Krankenhaus Eis bekommen hatte, und daß er tagelang furchtbares Kopfweh gehabt hatte.

Hier war die ganze Familie auf dem Rasen vor dem Haus – Bill stand neben seiner Mutter und hielt ihre Hand, George – ein Baby – schlief auf Zacks Armen. Und hier...

Es war das letzte Foto. Die übrigen Seiten des Albums waren leer. Georges Schulfoto, aufgenommen im Oktober des Vorjahres, weniger als zehn Tage vor seinem Tod. George trug ein Matrosenhemd, und sein weiches, normalerweise immer verstrubbeltes Haar war unter Zuhilfenahme von Wasser glatt an den Kopf gekämmt. Er grinste, wobei zwei Zahnlücken sichtbar wurden – nun würden dort nie mehr neue Zähne wachsen; es sei denn, daß sie auch nach dem Tod weiterwachsen, dachte Bill schaudernd.

Er starrte eine ganze Weile auf dieses Foto und wollte das Album gerade wieder schließen, als es passierte.

George rollte – wie beim letztenmal – mit den Augen und begegnete Bills Blick. Georges Fotolächeln verwandelte sich in ein entsetzliches Schielen.

Sein rechtes Auge schloß sich blinzelnd.

Bill Denbrough schleuderte das Album durchs Zimmer.

Er preßte die Hände vor den Mund. Seine Augen traten vor Entsetzen hervor.

Das Album prallte gegen die Wand und fiel aufgeschlagen zu Boden. Die Seiten blätterten sich um, obwohl es keinen Luftzug gab; Georges Fenster war fest geschlossen. Sie blätterten sich ganz von alleine um, bis zu jenem schrecklichen Foto, unter dem SCHULFREUNDE 1957–1958 stand.

Blut floß von dem Foto herab.

Bill saß wie versteinert da; seine Zunge war ein geschwollener würgender Klumpen im Mund, er hatte eine Gänsehaut, die Haare standen ihm zu Berge.

Er brachte nur ganz leise, wimmernde Geräusche hervor.

Das Blut floß über die Seite und begann auf den Boden zu tropfen und dort eine kleine Lache zu bilden.

Bill verließ fluchtartig das Zimmer und schlug die Tür fest hinter sich zu.

Sechstes Kapitel

Einer der Vermißten – eine Geschichte aus dem Sommer 1958

1

Nicht alle wurden gefunden. Nein, nicht alle wurden gefunden. Und von Zeit zu Zeit wurden falsche Schlußfolgerungen gezogen.

2

Aus ›Derry News‹, 21. Juni 1958, Seite 1:

VERMISSTER JUNGE GIBT ANLASS ZU NEUEN BEFÜRCHTUNGEN

Edward L. Corcoran, wohnhaft in Derry, Charter Street 73, wurde gestern von seiner Mutter, Monica Macklin, und seinem Stiefvater, Richard P. Macklin, als vermißt gemeldet. Der Junge ist zehn Jahre alt. Sein Verschwinden gibt Anlaß zu neuen Befürchtungen, daß die Kinder von Derry von einem Killer verfolgt werden.

Mrs. Macklin sagte, der Junge sei seit dem 19. Juni verschwunden, als er von seinem letzten Schultag vor den großen Sommerferien nicht nach Hause kam.

Auf die Frage der ›News‹, warum sie länger als 24 Stunden mit der Meldung von Edwards Verschwinden gewartet hätten, lehnten Mr. und Mrs. Macklin jeden Kommentar ab. Auch Chief Richard Borton lehnte jeden Kommentar ab, aber ein Informant vom Polizeirevier in Derry, der nicht genannt werden möchte, berichtete uns, daß der Corcoran-Junge die vorangegangene Nacht nicht zu Hause gewesen sei und daß das Verhältnis zwischen dem Jungen und seinem Stiefvater nicht gerade das beste gewesen sei. Der Informant spekulierte, die Zensuren des Jungen könnten eine Rolle beim Verschwinden des Jungen gespielt haben. Superintendent Harold Metcalf von der Derry School weigerte sich, etwas über die Zensuren des jungen Corcoran zu sagen, und wies darauf hin, sie wären nicht Sache der Öffentlichkeit.

»Ich hoffe, daß das Verschwinden dieses Jungen keine unnötigen Ängste auslösen wird«, sagte Chief Borton gestern abend. »Bei uns gehen jedes Jahr über 40 Vermißtenmeldungen von Minderjährigen ein. Die meisten davon tauchen ein, zwei Tage später gesund und munter wieder auf. So Gott will, wird das auch bei dem kleinen Corcoran der Fall sein.«

Borton wiederholte auch seine Überzeugung, daß die Morde an George Denbrough, Betty Ripsom, Cheryl Lamonica, Matthew Clements und Veronica Grogan nicht auf das Konto ein und derselben Person gehen. »Die einzelnen Verbrechen weisen beträchtliche Unterschiede auf«, erklärte Borton, weigerte sich aber, das näher zu erläutern. Er sagte, die Polizei verfolge immer noch gewisse Spuren. Auf die Frage, wie gut diese Spuren seien, äußerte Borton bei dem Telefoninterview gestern abend: »Ausgezeichnet.« Auf die Frage, ob in naher Zukunft mit einer Verhaftung zu rechnen sei, antwortete er: »Kein Kommentar.«

Aus ›Derry News‹, 22. Juni 1958, Seite 1:

BEZIRKSGERICHT DERRY ORDNET ÜBERRASCHEND EXHUMIERUNG AN

Richter Erhardt K. Moulton vom Bezirksgericht ordnete gestern eine Exhumierung an – in Zusammenhang mit dem Verschwinden von Edward L. Corcoran, wohnhaft in der Charter Street 73, berechtigt die Exhumierungsanordnung den Gerichtsmediziner, die Leiche Dorsey Corcorans, des jüngeren Bruders des Vermißten, auszugraben und zu untersuchen.

Dorsey Corcoran starb angeblich an den Folgen eines Unfalls im Mai 1957. Der Junge war mit Schädelbruch und Knochenbrüchen bewußtlos ins städtische Krankenhaus von Derry eingeliefert worden. Sein Stiefvater, Richard P. Macklin, hatte ausgesagt, Dorsey habe auf einer Trittleiter in der Garage gespielt und sei dabei von der obersten Stufe gestürzt. Der Junge war drei Tage später gestorben, ohne das Bewußtsein wiedererlangt zu haben.

Edward Corcoran, 10 Jahre alt, war am Mittwoch abend als vermißt gemeldet worden. Auf die Frage, ob Mr. oder Mrs. Macklin verdächtigt würden, etwas mit dem Verschwinden des Jungen zu tun zu haben, lehnte Chief Richard Borton jeden Kommentar ab.

Aus ›*Derry News*‹, 24. Juni 1958, Seite 1:

MACKLIN WEGEN TOTSCHLAGS VERHAFTET
Verdächtigt in ungeklärtem Verschwinden.

Chief Richard Borton berief gestern eine Pressekonferenz ein, um bekanntzugeben, daß Richard P. Macklin, wohnhaft in Derry, Charter Street 73, verhaftet und unter Anklage gestellt wurde, seinen Stiefsohn Dorsey Corcoran getötet zu haben, der am 31. Mai letzten Jahres angeblich an den Folgen eines Unfalls verstorben war.

»Die gerichtsmedizinische Untersuchung der Leiche Dorsey Corcorans hat zweifelsfrei ergeben, daß der Junge heftig geschlagen wurde«, erklärte Borton. Obwohl Macklin behauptet hatte, der Junge sei beim Spielen in der Garage von einer Trittleiter gefallen, sagte Borton, daß der gerichtsmedizinische Befund gezeigt habe, daß der Corcoran-Junge mit einem stumpfen Gegenstand, möglicherweise einem Hammer, heftig geschlagen worden sei. »Die festgestellten Verletzungen, besonders die Schädelverletzungen, können unmöglich die Folgen eines Sturzes sein«, zitierte Borton aus dem gerichtsmedizinischen Befund. Er fügte hinzu: »Dieser Junge wurde unerbittlich und grausam mißhandelt und dann zum Sterben ins Krankenhaus eingeliefert.«

Auf die Frage, ob die Ärzte, die den kleinen Dorsey behandelten, ihrer Meldepflicht bei Fällen von Kindesmißhandlung nicht nachgekommen seien, sagte Borton: »Sie werden bei der Gerichtsverhandlung sehr unangenehme Fragen beantworten müssen.«

Nach seiner Meinung befragt, in welchem Zusammenhang diese Entwicklungen mit dem kürzlichen Verschwinden von Dorseys älterem Bruder Edward stünden, der vor vier Tagen von Macklin und seiner Frau Monica als vermißt gemeldet wurde, sagte Chief Borton nur: »Ich glaube, die Sache sieht jetzt sehr viel ernster aus als zunächst angenommen.«

Aus ›*Derry News*‹, 25. Juni 1958, Seite 2:

LEHRERIN BERICHTET VON HÄUFIGEN VERLETZUNGEN EDWARD CORCORANS

Henrietta Dumont, die in der fünften Klasse der Derry-Volksschule in der Jackson Street unterrichtet, berichtete, daß Edward Corcoran, der nun seit einer Woche vermißt wird, oft »voller blauer Flecke und anderer Verletzungen« zur Schule kam.

Mrs. Dumont, die seit dem Ende des Zweiten Weltkrieges immer eine der fünften Klassen an der Derry-Schule unterrichtete, sagte, der Junge sei eines Montags, etwa drei Wochen vor seinem Verschwinden am letzten Schultag, »mit fast völlig zugeschwollenen Augen zur Schule gekommen. Auf meine Frage, was denn passiert sei, erklärte er, sein Vater habe ›ihn sich vorgenommen‹, weil er sein Abendessen nicht aufgegessen habe.«

Auf die Frage, weshalb sie diesen Vorfall nicht gemeldet habe, obwohl die Strafe ihr ›ziemlich streng‹ vorgekommen sei, erwiderte Mrs. Dumont: »Dies ist nicht das erste Mal in meiner Laufbahn als Lehrerin, daß ich so etwas erlebe. Beim ersten Mal hatte ich einen Schüler mit Eltern, die Prügel mit Disziplinarmaßnahmen verwechselten. Ich habe versucht, etwas dagegen zu unternehmen. Die stellvertretende Rektorin, damals Gwendolyn Rayburn, hat mir gesagt, ich sollte mich nicht einmischen. Sie sagte mir, wenn sich Schulangestellte in Fälle von Kindesmißhandlung einmischen, erinnert sich die Schulbehörde immer daran, wenn Steuern zugeteilt werden. Ich ging zum Rektor, und er sagte mir, ich sollte die Sache vergessen, andernfalls würde ich suspendiert werden. Ich fragte ihn, ob eine Suspendierung wegen so etwas in meinen Unterlagen auftauchen würde. Er sagte, eine Suspendierung müßte nicht im Zeugnis eines Lehrers auftauchen. Ich hatte verstanden.«

Auf die Frage, ob die Einstellung im Schulsystem von Derry heute noch dieselbe ist, antwortete Mrs. Dumont: »Nun, wie sieht es denn im Licht der momentanen Situation aus? Und ich möchte hinzufügen, ich würde jetzt nicht mit Ihnen reden, wenn ich nicht am Ende dieses Schuljahres pensioniert worden wäre.«

Mrs. Dumont fuhr fort: »Seit diese Sache ans Licht gekommen ist, knie ich jeden Abend hin und bete, daß Eddie Corcoran diese Bestie von Stiefvater einfach satt gehabt hat und weggelaufen ist. Ich hoffe, wenn Eddie in der Zeitung liest oder im Radio hört, daß Macklin festgenommen worden ist, wird er nach Hause kommen.«

In einem kurzen Telefongespräch widersprach Monica Macklin der Aussage von Mrs. Dumont aufs schärfste. »Rich hat Dorsey nie geschlagen, und Eddie auch nicht«, sagte sie. »Ich sage Ihnen das jetzt, und wenn ich sterbe und vor den Thron Gottes trete, werde ich Ihm dasselbe sagen.«

Aus ›*Derry News*‹, 28. Juni 1958, Seite 2:

»DADDY SAGT, ICH BIN BÖSE«, ERZÄHLTE DER KLEINE JUNGE
SEINER VORSCHULLEHRERIN WENIGE TAGE VOR SEINEM TOD

Eine hiesige Vorschullehrerin, die nicht genannt werden möchte, erzählte gestern einem unserer Reporter, daß der kleine Dorsey Corcoran knapp eine Woche vor seinem Tod durch einen angeblichen Unfall in der Garage mit schlimmen Verstauchungen von Daumen und drei Fingern der rechten Hand in den zweimal wöchentlich stattfindenden Vorschulunterricht gekommen sei.

»Es war so schlimm, daß der arme kleine Kerl nicht einmal sein Bild ausmalen konnte«, erzählte die Lehrerin. »Die Finger waren furchtbar geschwollen – sie sahen wie Würstchen aus. Als ich Dorsey fragte, was denn passiert sei, erzählte er, sein Vater (Stiefvater Richard P. Macklin) habe ihm die Finger nach hinten gebogen, weil er über den Boden ging, den seine Mutter gerade geschrubbt und gewachst hatte. ›Daddy sagt, ich bin böse‹, erklärte der Kleine. Ich hätte am liebsten geweint, als ich seine armen Fingerchen sah. Er konnte sie kaum bewegen, und es war ihm anzusehen, daß er Schmerzen hatte. Ich gab ihm zwei Kinder-Aspirin.

Als er starb, ist es mir überhaupt nicht in den Sinn gekommen, daß dieses Monster von Stiefvater dafür verantwortlich sein könnte. Ich hätte nie geglaubt, daß ein Erwachsener einem kleinen Kind etwas so Schreckliches antun kann. Jetzt weiß ich es besser. Ich wünschte bei Gott, ich wüßte es nicht.«

Dorsey Corcorans älterer Bruder Edward, 10 Jahre alt, wird immer noch vermißt. In seiner Zelle im Derry County Jail bestreitet Richard Macklin immer noch, etwas mit dem Tod seines jüngeren Stiefsohns oder dem Verschwinden des älteren Jungen zu tun zu haben.

Aus ›*Derry News*‹, 30. Juni 1958, Seite 5:

MACKLIN ÜBER TODESFÄLLE GROGAN UND CLEMENTS VERHÖRT
Laut Informationsquelle
unerschütterliche Alibis für die Mordzeiten

Aus ›*Derry News*‹, 6. Juli 1958, Seite 1:

BORTON: MACKLIN NUR WEGEN TOTSCHLAGS
AN STIEFSOHN DORSEY ANGEKLAGT
Edward Corcoran immer noch vermißt

Aus ›*Derry News*‹, 24. Juli 1958, Seite 1:

»ICH HABE ES GETAN, GOTT VERZEIH MIR«
GESTEHT MACKLIN WEINEND BEI VERHANDLUNG

In einer dramatischen Entwicklung bei der Gerichtsverhandlung gegen Richard P. Macklin, angeklagt des Totschlags an seinem Stiefsohn Dorsey Corcoran, brach Macklin beim Kreuzverhör von Bezirksstaatsanwalt Bradley Whitsun zusammen und gestand, den damals vierjährigen Dorsey wiederholt mit einem kugellagergefüllten Gummihammer mißhandelt zu haben, den er später am Rande des Gemüsegartens seiner Frau vergrub.

Im Gerichtssaal herrschte fassungsloses Schweigen, als der schluchzende Richard Macklin, der bislang zugegeben hatte, seine Stiefsöhne ›gelegentlich‹ geschlagen zu haben, ›wenn es nötig war, zu ihrem eigenen Besten‹ seine Geschichte erzählte.

»Ich weiß nicht, was über mich gekommen ist. Ich habe gesehen, wie er wieder auf die verdammte Leiter geklettert ist, habe den Gummihammer von der Werkbank geschnappt und einfach zugeschlagen. Ich wollte ihn nicht umbringen. Gott ist mein Zeuge, ich wollte ihn nicht umbringen.«

»Hat er etwas zu Ihnen gesagt, bevor er ohnmächtig wurde?« fragte Whitsun.

»Er sagte: ›Hör auf, Daddy. Es tut mir leid, ich hab' dich lieb‹«, antwortete Macklin.

»Und haben Sie aufgehört?«

»Nach einer Weile«, sagte Macklin. Er fing so hysterisch an zu weinen, daß Richter Moulton die Verhandlung vertagen mußte.

Aus ›*Derry News*‹, 18. September 1958, Seite 16:

WO IST EDWARD CORCORAN?

Sein Stiefvater, der wegen Totschlags an Edwards vierjährigem Bruder Dorsey zu einer Haftstrafe von zehn Jahren verurteilt wurde, ist zur Zeit in Shawshank inhaftiert. Er behauptet weiter, er habe keine Ahnung, wo Edward Corcoran steckt. Seine Mutter, die die Scheidung von Richard Macklin eingereicht hat, sagt, sie sei überzeugt, daß ihr zukünftiger Ex-Mann lügt.

Lügt er?

»Ich für meinen Teil glaube es nicht«, sagt Pater Ashley O'Brian, der die katholischen Insassen von Shawshank betreut. Macklin ließ sich kurz nach Antritt seiner Haftstrafe im katholischen Glauben unterrichten, und Pater O'Brian hat viel Zeit mit ihm verbracht. »Es tut ihm aufrichtig leid, was er getan hat«, fährt Pater O'Brian fort und fügt hinzu, als er Macklin fragte, weshalb dieser zum katholischen Glauben übertreten wollte, sagte er: »Ich habe gehört, daß man dort von seinen Sünden befreit werden kann, und das habe ich bitter nötig, sonst lande ich mit Sicherheit in der Hölle.«

»Er weiß, was er dem jüngeren Knaben angetan hat«, fährt Pater O'Brian fort. »Wenn er dem älteren auch etwas angetan hat, kann er sich nicht erinnern. Was Edward anbelangt, glaubt er, daß seine Hände unbefleckt sind.«

Wie unbefleckt die Hände von Macklin im Fall seines Stiefsohns Edward wirklich sind, beschäftigt die Einwohner von Derry immer noch, aber er wurde inzwischen unumstößlich von anderen Kindesmorden freigesprochen, die hier in der Gegend passiert sind. Für die ersten drei konnte er lückenlose Alibis nachweisen, und als Ende Juli und August sieben andere stattfanden, saß er im Gefängnis.

Alle zehn Morde sind unaufgeklärt.

In einem Exklusivinterview mit den *News* versicherte Macklin letzte Woche erneut, er wisse nichts über den Verbleib von Edward Corcoran. »Ich habe sie beide geschlagen«, erklärte er letzte Woche in einem Exklusivinterview mit den ›News‹. »Ich habe sie geliebt, aber ich habe sie geschlagen. Ich weiß nicht, warum, und noch weniger verstehe ich, warum Monica das zuließ oder warum sie mich nach Dorseys Tod im Krankenhaus deckte. Vermutlich hätte ich Eddie ebenso leicht töten können wie Dorsey, aber ich habe es nicht getan, Gott ist mein Zeuge. Ich glaube, er ist einfach weggelaufen. Ich danke Gott, daß Eddie das getan hat.«

Auf die Frage, ob er sich irgendwelcher Gedächtnislücken bewußt sei – ob er Edward Corcoran getötet und die Sache dann verdrängt haben könnte –, sagte Macklin: »Ich bin mir keiner Gedächtnislücken bewußt. Ich weiß nur zu gut, was ich getan habe. Ich habe mein Leben Christus übergeben, und ich beabsichtige, den Rest meines Lebens für meine Tat zu büßen.«

Aus ›*Derry News*‹, 27. Januar 1960, Seite 1:

BORTON: LEICHE NICHT DIE DES CORCORAN-JUNGEN

Chief Richard Borton erklärte heute morgen Reportern gegenüber, daß die sehr stark verweste Leiche eines Jungen etwa des gleichen Alters wie Edward Corcoran, der am 19. Juni 1958 aus seiner Heimatstadt Derry verschwand, definitiv nicht die des Corcoran-Jungen ist. Die Leiche war am Sonntag in einer Kiesgrube in Agnesford, Massachusetts, in einem flachen Grab gefunden worden. Die Staatspolizei sowohl von Maine als auch von Massachusetts glaubte zunächst, es könnte sich um die Leiche von Edward Corcoran handeln; man ging dabei von der Annahme aus, daß der Junge zu einem Kindsmörder ins Auto stieg, nachdem er von zu Hause ausgerissen war, wo der Stiefvater seinen jüngeren Bruder mißhandelt und getötet hatte.

Zahnärztliche Untersuchungen erwiesen nun eindeutig, daß es sich bei der Leiche nicht um Edward Corcoran handelt, der nun seit über neunzehn Monaten verschwunden ist.

Aus dem Portlander ›*Press Herald*‹, 19. Juli 1967, Seite 3:

ENTLASSENER STRÄFLING BEGING SELBSTMORD IN FAL-MOUTH

Richard P. Macklin, der vor neun Jahren wegen Totschlags, verübt an seinem vierjährigen Stiefsohn, verurteilt worden war, und der seit seiner Entlassung aus dem Shawshank-Gefängnis im Jahre 1964 ruhig in Falmouth gelebt und gearbeitet hatte, wurde gestern am späten Abend in seinem kleinen Apartment im dritten Stock eines Hauses in der Foreside Street tot aufgefunden. Nach Aussage von Chief Brandon K. Roche beging Macklin offensichtlich Selbstmord.

»Der Brief, den er hinterließ, deutet darauf hin, daß sein Geisteszustand verwirrt war«, erklärte Roche. Der Inhalt des Briefes wird bis zur gerichtlichen Untersuchung nicht bekanntgegeben, aber einer gut informierten Quelle im Portlander Bezirksanwaltsbüro zufolge bestand dieser Brief aus zwei Sätzen: ›Ich habe Eddie letzte Nacht gesehen. Er war tot.‹

Bei diesem Eddie könnte es sich durchaus um Edward Corcoran handeln, den Bruder des Jungen, für dessen Totschlag im Jahre 1958 Macklin verurteilt worden war; das Verschwinden des älteren Corcoran-Jungen führte zur Exhumierung der Leiche von Dorsey Corcoran und zu Macklins anschließender Verhaftung und Verurteilung. Der ältere Corcoran-Junge ist seit neun Jahren verschwunden, und im Jahre 1966 ließ die Mutter ihren Sohn gerichtlich für tot erklären, um in den Besitz von Edwards Sparbuch zu gelangen; es handelte sich dabei um eine Summe von 16 Dollar.

3

Eddie Corcoran war tatsächlich tot.

Er starb am Abend des 19. Juni, und sein Stiefvater hatte überhaupt nichts damit zu tun. Er starb, als Ben Hanscom mit seiner Mutter vor dem Fernseher saß; als Eddie Kaspbraks ängstliche Mutter ihm die Stirn fühlte, um festzustellen, ob er nicht ›Phantom-Fieber‹ hatte; als Beverly Marshs Stiefvater (der – zumindest was das Temperament anging – eine bemerkenswerte Ähnlichkeit mit Edwards Stiefvater hatte) dem Mädchen einen kräftigen Tritt in den Hintern gab und es anbrüllte: »In die Küche mit dir und trockne das verdammte Geschirr ab, wie deine Mutter gesagt hat«; als Mike Hanlon von einigen High-School-Jungs gehänselt wurde, die in einem alten Dodge vorbeifuhren, während Mike im Garten neben dem kleinen Haus der Hanlons Unkraut jätete, an der Witcham Road, unweit der Farm, die Henry Bowers' verrücktem Vater gehörte; als Richie Tozier sich ins Schlafzimmer seiner Eltern schlich, um einen Blick auf die Herrenmagazine zu werfen, die sein Vater zwischen der Unterwäsche in seiner Kommode versteckte, und dort anschauliches Aufklärungsmaterial fand; als Bill Denbrough das Fotoalbum seines toten Bruders entsetzt quer durch das Zimmer schleuderte. Obwohl sich keiner später daran erinnern konnte, sahen alle zugleich in dem Augenblick auf, als Eddie Corcoran starb... als hätten sie einen fernen Schrei gehört.

Die *News* hatten in einer Hinsicht vollkommen recht gehabt: Eddies Zeugnis war so schlecht, daß er Angst gehabt haben könnte, nach Hause zu gehen und seinem Stiefvater unter die Augen zu treten. Seine Mutter und sein Stiefvater stritten sich in diesem Monat besonders viel und heftig. Wenn sie in Wut gerieten, kreischte seine Mutter Anschuldigungen, die meistens aus der Luft gegriffen waren, und sein Stiefvater antwortete darauf zuerst mit Grunzen, dann mit Geschrei und schließlich mit tobendem Gebrüll. Diese Streitigkeiten drehten sich immer um die gleichen Themen. Am meisten häuften sie sich gegen Ende des Monats, wenn die Rechnungen bezahlt werden mußten. Ab und zu, wenn es besonders heiß herging, rief irgendein Nachbar bei der Polizei an, und dann kam ein Polizist vorbei und sorgte dafür, daß der ruhestörende Lärm abgestellt wurde. Dann war normalerweise Schluß. Seine Mutter zeigte dem Polizisten möglicherweise noch den erhobenen Mittelfinger und forderte ihn heraus, sie doch einzubuchten, aber sein Stiefvater sagte nicht einmal Pieps.

Sein Stiefvater hatte Angst vor der Polizei, dachte Eddie.

Eddie bemühte sich, während dieser Szenen mucksmäuschenstill zu sein und ihnen aus dem Weg zu gehen. Das war vernünftiger. Man brauchte sich ja nur einmal anzuschauen, was mit Dorsey passiert war. Dorsey war zur falschen Zeit am falschen Ort gewesen, das war Eddies Meinung. Eddie war an jenem Tag in der Schule gewesen, und sie hatten ihm erzählt, Dorsey sei von einer Trittleiter gefallen, auf der er gespielt habe, aber seine Mutter hatte seinen Blick gemieden, und in ihren Augen hatte er Unruhe und Angst gelesen. Sein Vater war mit einer Flasche Rheingold am Küchentisch gesessen und hatte unter seinen buschigen Augenbrauen hervor ins Leere gestarrt. Er war an jenem Abend und auch an den folgenden ungewöhnlich still gewesen, und Eddie war ihm lieber aus dem Weg gegangen. Wenn sein Stiefvater herumbrüllte, war es noch nicht einmal so schlimm; auf der Hut mußte man besonders dann sein, wenn er unnatürlich still war.

Vor zwei Tagen hatte er einen Stuhl nach Eddie geworfen, als Eddie aufgestanden war, um im Fernsehen ein anderes Programm einzuschalten. Der alte Dreckskerl hatte einfach einen der Stahlrohr-Küchenstühle mit den pinkfarbenen Bezügen gepackt und nach ihm geworfen. Sein Rücken tat immer noch weh, und er hatte einen großen blauen Fleck über dem rechten Auge, wo er im Fallen gegen die Tischkante geprallt war.

Und da war jener Abend vor etwa zwei Jahren gewesen, als sein Stiefvater plötzlich aufgesprungen war und ihm grundlos eine Handvoll Kartoffelbrei in die Haare gerieben hatte. Ein anderes Mal hatte Eddie die Haustür laut zugeschlagen, während sein Stiefvater schlief. Macklin war aus dem Schlafzimmer gestürzt, in Shorts und einem vergilbten, abgetragenen Unterhemd, mit verstrubbelten, hochstehenden Haaren, mit Bartstoppeln im Gesicht – es war Wochenende, und er hatte sich seit zwei Tagen nicht rasiert – und einer Fahne vom vielen Biertrinken am Wochenende, und er hatte Eddie grün und blau geschlagen und schließlich auf den Flur geworfen. Dort hatte Eddies Mutter zwei niedrige Kleider-

239

haken angebracht, für Dorsey und ihn, damit sie ihre Mäntel aufhängen konnten. Diese Haken hatten ihre Stahlfinger in Eddies Rücken gebohrt, und er war vor Schmerz ohnmächtig geworden. Als er wieder zu Bewußtsein kam, hatte er kaum gehen können. Seine Mutter hatte ihn ins Krankenhaus bringen wollen.

»Nach dem, was mit Dorsey passiert ist?« hatte sein Stiefvater gesagt. »Willst du ins Gefängnis wandern?«

Danach hatte sie nichts mehr gesagt. Eddie hatte sich in sein Zimmer geschleppt. Drei Tage war er nicht zur Schule gegangen. Er hatte wahnsinnige Schmerzen gehabt und sich angewöhnt, am Whisky seines Stiefvaters zu nippen, wenn dieser nicht da war (er arbeitete als Mechaniker bei der Busgesellschaft), um den Schmerz ein wenig zu betäuben. Zehn Tage lang war sein Urin blutig gewesen.

All das... und der Hammer war nicht mehr in der Garage.

Was hatte das zu bedeuten, Freunde und Nachbarn?

Nicht der normale Hammer aus dem Werkzeugkasten, der war noch da. Aber der ›Spezialhammer‹ seines Stiefvaters, den Dorsey und er nicht anrühren durften (»Wenn ihr den auch nur anrührt, solltet ihr vorher eure Knochen numerieren – kapiert?«), war nach Dorseys Tod verschwunden. Es war ein sehr teurer Hammer gewesen, ein Gummihammer mit Kugellagerfüllung. Eddies Stiefvater hatte immer gesagt, daß man bei diesem Hammer keinen Rückstoß spürte, egal wie stark man damit zuschlug. Jetzt war er verschwunden.

Eddies Zeugnis war nicht das beste, weil er sehr oft in der Schule fehlte, seit seine Mutter wieder geheiratet hatte, aber er war alles andere als dumm. Er glaubte zu wissen, was mit dem Hammer passiert war. Wahrscheinlich hatte sein Stiefvater damit auf Dorsey eingedroschen und ihn hinterher im Garten oder sonstwo vergraben. So etwas kam in den Horror-Comics häufig vor, die Eddie so gern las und auf dem obersten Fach seines Schrankes versteckte.

Er ging näher an den Kanal heran, der friedlich zwischen seinen Betonwänden dahinströmte, vom Mondlicht sanft beschienen. Er setzte sich auf den Rand, ließ die Beine hinabhängen und trommelte mit den Absätzen seiner Leinenschuhe gegen den Beton. Nach einem trockenen Frühling plätscherte das Wasser etwa zweieinhalb Meter unterhalb seiner abgelaufenen Sohlen. Aber wenn man die Betonwände betrachtete, konnte man über dem Wasserspiegel bräunliche Streifen sehen, die nach oben hin zu hellem Gelb verblaßten und dann fast weiß wurden.

Das Wasser floß ruhig an der Stelle vorbei, wo Eddie saß, auf die schmale Holzbrücke zu, die von den Schülern benutzt wurde, um vom Bassey Park zur High School zu gelangen. Boden und Geländer dieser

Brücke waren mit eingeritzten Namen, Liebeserklärungen und Botschaften übersät, daß der-und-der Lust aufs ›Lutschen‹ oder ›Blasen‹ hatte; Ankündigungen, daß alle, die beim Lutschen oder Blasen erwischt wurden, die Vorhaut verlieren oder die Arschlöcher mit heißem Teer gefüllt bekommen würden; ab und zu exzentrische Erklärungen, die sich einer Definition entzogen. Eine, über die Eddie den ganzen Frühling über gerätselt hatte, lautete: RETTET RUSSISCHE JUDEN! GEWINNT WERTVOLLE PREISE!

Was genau bedeutete das? Überhaupt etwas? Spielte es eine Rolle?

Eddie betrat die Kußbrücke heute nicht; er verspürte nicht den Wunsch, auf die High-School-Seite zu gehen. Er überlegte sich, daß er wahrscheinlich im Park schlafen würde, vielleicht im Herbstlaub unter dem Musikpavillon, aber vorläufig genügte es, nur hier zu sitzen. Hier gefiel es ihm, und er kam oft hierher, wenn er über etwas nachdenken wollte. Manchmal hielten sich in einem der zahlreichen Weiden- und Ulmenwäldchen des Parks irgendwelche Leute auf, aber wenn er ein Stück am Kanal entlangging, hatte er seine Ruhe. Am meisten liebte er die Stelle, wo er jetzt gerade saß. Er liebte sie im Sommer, wenn das Wasser so niedrig stand, daß es die Steine umspülte und oft sogar zu schmalen Rinnsalen wurde, die sich durchs Flußbett schlängelten und sich irgendwo wieder vereinigten. Er liebte diese Stelle aber auch kurz nach der Schneeschmelze; dann stand er manchmal bis zu einer Stunde hier am Kanal (im März war es zum Sitzen noch viel zu kalt; er hätte sich den Hintern abgefroren), die Kapuze seines Parkas auf dem Kopf, die Hände in den Taschen vergraben, ohne zu bemerken, daß sein magerer Körper vor Kälte zitterte. Er liebte den mächtigen Strom im März, wenn das Wasser schäumend aus seinem unterirdischen Kanal hervorschoß und an ihm vorbeibrauste, Äste und allen möglichen Abfall mit sich führend. Mehr als einmal hatte er sich ausgemalt, wie er mit seinem Stiefvater im März am Kanal entlangging und dem Dreckskerl einen heftigen Stoß versetzte. Der Alte würde einen Schrei ausstoßen, verzweifelt mit den Armen rudern und in die schäumende Strömung fallen, und Eddie würde am Rand stehen und zusehen, wie er sich vergeblich abmühte, den Kopf über Wasser zu halten, er würde dastehen und rufen: DAS WAR FÜR DORSEY, DU VERDAMMTER HURENSOHN! WENN DU IN DER HÖLLE ANLANGST, ERZÄHL DORT, DASS ICH GESAGT HABE, DU SOLLTEST DIR JEMANDEN VON DEINER EIGENEN GRÖSSE VORNEHMEN! Natürlich würde das in Wirklichkeit nie passieren, aber es war ein herrlicher Wunschtraum. Ein toller W...

Eine Hand schloß sich plötzlich um Eddies Fuß.

Er hatte über den Kanal hinweg zur High School hinübergeschaut, verschlafen und selig gelächelt, während er sich vorstellte, wie sein Vater von der reißenden Strömung der Frühlingsschneeschmelze fortgerissen wurde, für immer aus seinem Leben hinaus. Der sanfte, aber doch feste Griff überraschte ihn so sehr, daß er fast das Gleichgewicht verloren hätte und in den Kanal gestürzt wäre.

Es ist einer von den Schwulen, von denen die großen Kinder immer sprechen, dachte er und sah nach unten. Er sperrte den Mund auf. Urin floß heiß an seinen Beinen hinab und färbte die Jeans im Mondlicht schwarz. Es war kein Schwuler.

Es war Dorsey.

Es war Dorsey in den Kleidern, in denen er beerdigt worden war – in seinem kleinen blauen Blazer und seiner grauen Hose –, aber jetzt war der Blazer zerrissen und schmutzig, das Hemd bestand nur noch aus gelben Fetzen, und die Hose klebte an Beinen, die so dünn wie Besenstiele waren. Sein Kopf sah furchtbar mißgestaltet aus, so als sei er von irgendeiner unvorstellbaren Kraft von hinten eingedrückt worden und als habe sich das Gesicht dadurch nach vorne verschoben.

Dorsey grinste.

»*Eddieeeee*«, krächzte sein toter Bruder grinsend. Gelbe Zähne schimmerten, und dahinter schien sich im Dunkeln etwas zu winden und zu krümmen.

»*Eddieeee... ich bin gekommen, um dich zu sehen, Eddieee...*«

Eddie versuchte zu schreien. Graue Schockwellen rollten über ihn hinweg, und er hatte das eigenartige Gefühl zu schweben. Aber es war kein Traum. Er war hellwach. Die Hand an seinem Schuh war weiß wie ein Fischbauch. Die nackten Füße seines Bruders fanden irgendwie Halt auf dem Beton.

»*Komm runter, Eddieeee...*«

Eddie konnte nicht schreien. Zum Schreien fehlte ihm die Luft. Dorseys Hand war klein, aber unerbittlich. Er versuchte, Eddie über die Kante zu ziehen. Eddies Gesäß geriet ins Rutschen.

Mit einem erstickten Schrei klammerte er sich an der Betonkante fest und riß seinen Fuß mit einem Ruck hoch. Die Hand rutschte ab, er hörte ein ärgerliches Zischen, und blitzartig durchfuhr ihn der Gedanke: *Das ist nicht Dorsey!*, bevor ein Adrenalinstoß durch seinen Körper ging, und er vom Ufer wegkroch und dann zu rennen versuchte, noch bevor er richtig auf den Beinen war; gleichzeitig versuchte er zurückzuschauen. Sein Atem ging stoßweise, pfeifend und quiekend.

Weiße Hände tauchten an der Betonkante des Kanals auf. Einen Moment später folgte Dorseys Gesicht. Seine eingesunkenen Augen waren rote Kerzenlichter. Sein nasses Haar klebte ihm am Kopf.

Endlich löste sich der Krampf um Eddies Brust. Er stieß einen lauten Schrei aus. Dann rannte er los, wobei er aber über die Schulter hinweg zurückschaute, um sehen zu können, wo Dorsey war; prompt rannte er mit voller Wucht gegen eine Ulme.

Ein heftiger Schmerz durchzuckte seine Schulter. Er sah Sterne vor den Augen und glitt zu Boden. Aus seiner linken Schläfe sickerte Blut. Etwa anderthalb Minuten war er halb bewußtlos. Dann taumelte er wieder hoch. Ein leises Stöhnen entfuhr ihm, und er preßte seine Hände gegen den dröhnenden Kopf.

Er blickte sich um.

Der Kanalrand zog sich schnurgerade hin und schimmerte im Mondlicht wie ein weißer Knochen. Keine Spur von dem Wesen aus dem Kanal. Er drehte sich langsam im Kreis. Der Bassey Park war still und so reglos, wie ein Schwarzweißfoto. Trauerweiden ließen ihre dünnen, unheimlichen Arme tief herabhängen, und in ihrem Schutz konnte sich alles mögliche verstecken.

Eddie ging weiter, wobei er versuchte, seine Augen überall zu haben. Sein laut pochendes Herz jagte Schmerzwellen durch seine ausgerenkte Schulter.

Eddieeee, raunten die Bäume in der leichten Brise, und Eddie spürte, wie schlaffe Leichenfinger seinen Nacken streichelten. Er wirbelte herum, stolperte über seine eigenen Füße und fiel wieder hin; im selben Augenblick erkannte er, daß es nur Weidenblätter waren, die ihn berührt hatten.

Er stand auf und versuchte zu rennen, aber dazu hatte er viel zu weiche Knie. Seine Schulter schmerzte, sein Kopf dröhnte, und er hatte das Gefühl, daß sein Herz vor Angst gleich platzen würde. Er brachte bestenfalls ein hinkendes Laufen zustande.

Er richtete seinen Blick auf die Straßenlaterne am Haupteingang des Parks. Er humpelte darauf zu und dachte: *Ich geh zum Licht und weiter nicht. Ich geh zum Licht und weiter nicht. Helles Licht, weiter nicht, Helles Licht, weiter nicht...*

Etwas folgte ihm.

Er konnte es hören. Es bahnte sich raschelnd einen Weg durch die Weiden. Wenn er sich umdrehte, würde er es sehen können; es kam immer näher; er hörte seine Füße, schlurfende, platschende Schritte, aber er würde sich nicht umdrehen, nein, er würde einfach weiterlaufen in das Licht, weiter nicht...

Es war der Geruch, der ihn dann doch zwang, sich umzudrehen. Der überwältigende Gestank, so als hätte man einen Haufen Fische einfach liegengelassen und sie wären in der Sommerhitze verwest.

243

Es war nicht mehr Dorsey, der ihn verfolgte; es war der Schrecken vom Amazonas. Das Wesen hatte einen langen Panzerrüssel. Aus langen schwarzen klaffenden Wunden in seinen Wangen tropfte eine grüne Flüssigkeit. Seine Augen waren weiß und gallertartig; die durch Schwimmhäute miteinander verbundenen Finger hatten rasiermesserartige Klauen. Sein Atem war ein entsetzliches Blubbern, und als es sah, daß Eddie es anstarrte, verzog es die grünschwarzen Lippen zu einem leeren, toten Grinsen und bleckte seine riesigen Fangzähne.

Es watschelte triefend hinter ihm her, und Eddie begriff plötzlich, daß es ihn zum Kanal zurückzerren, ihn in die feuchte Finsternis des unterirdischen Wasserlaufs hinabschleppen... und ihn dort fressen würde.

Die Angst trieb Eddie vorwärts. Die Laterne rückte näher. Schon konnte er die Fliegen und Mücken um das Licht herumschwirren sehen. Ein Lastwagen knatterte auf der Main Street vorbei, und in seinem verzweifelten Entsetzen schoß ihm der Gedanke durch den Kopf, daß dort ein Mann am Steuer saß, in Sicherheit, vielleicht Kaffee aus einem Pappbecher trinkend.

Der Gestank. Der überwältigende Gestank, der immer stärker wurde. Von allen Seiten auf ihn eindrang.

Es war eine Parkbank, über die er stolperte, eine Parkbank, die einige Kinder am Spätnachmittag umgeworfen hatten, in ihrer Eile, noch vor der Sperrstunde nach Hause zu kommen. Der Sitz ragte kaum sichtbar aus dem Gras hervor. Eddie spürte plötzlich einen rasenden Schmerz an den Schienbeinen und stürzte ins Gras.

Als er sich umschaute, beugte sich das Wesen schon über ihn; seine weißen Augen schimmerten im Mondlicht wie Alabaster, aus seinen Schuppen tropfte Schleim, die Kiemen an seinem gekrümmten dicken Hals und an den Wangen öffneten und schlossen sich.

»Ag!« krächzte Eddie. Es schien der einzige Laut zu sein, den er noch hervorbrachte. »Ag! Ag! Ag! Ag!«

Er kroch vorwärts, grub seine Finger in den Rasen. Seine Zunge hing heraus.

In der Sekunde, bevor sich die nach Fisch stinkenden Hornfänge um seine Kehle schlossen, hatte er einen tröstlichen Gedanken: *Dies ist ein Traum. Es muß ein Traum sein. Es gibt in* Wirklichkeit *keinen Schrekken und keine Schwarze Lagune am Amazonas, und selbst wenn es doch eine gibt, so nur in Südamerika oder in den Everglades in Florida oder sonstwo. Dies ist nur ein Traum, und ich werde gleich aufwachen und den Speck in der Bratpfanne riechen. Ich...*

Dann drückten die Fänge ihm die Kehle zu, und sein heiseres Krächzen verstummte; die Kreatur drehte ihn um und zerkratzte ihm dabei mit den

244

Hornhaken an ihren Fängen den Hals. Er starrte in ihre weißen, funkelnden Augen. Er fühlte, wie die Schwimmhäute zwischen ihren Fingern sich gegen seine Kehle preßten wie lebende Algen. Sein vor Entsetzen geschärfter Blick fiel auf die Flosse, eine Art Hahnenkamm, eine Art Hornhecht-Rückenflosse, die den gepanzerten Kopf der Kreatur krönte. Während ihre Hände fest zudrückten und ihm die Luftzufuhr abschnitten, konnte er sogar sehen, wie das weiße Licht der Straßenlaterne sich in ein trübes Grün verwandelte, während es durch diese Membranflosse fiel.

»Du bist... nicht... real«, keuchte Eddie, aber nun verschwamm alles in grauem Nebel, und er registrierte schwach, daß dieses Wesen überaus real war. Es brachte ihn nämlich um.

Und doch wurde er bis zuletzt von einem Rest rationalen Denkens beherrscht: Während die Kreatur ihre Klauen in das weiche Fleisch seines Halses grub, während seine Halsschlagader aufgeschlitzt wurde und das hervorschießende warme Blut den Reptilpanzer der Kreatur befleckte, tasteten Eddies Hände auf ihrem Rücken nach einem nicht vorhandenen Reißverschluß. Und sie fielen erst herab, als die Kreatur ihm mit einem tiefen, zufriedenen Grunzen den Kopf abriß.

Und als Eddies Bild von Es zu verblassen begann, verwandelte Es sich prompt in etwas anderes.

4

Ein Junge namens Michael Hanlon, der in dieser Nacht sehr schlecht geschlafen und Alpträume hatte, erhob sich am Morgen nach Eddies tödlicher Begegnung mit einem mythischen Wesen kurz nach der Morgendämmerung. Das erste Licht war bleich und wurde von einem Bodennebel verschluckt, der sich gegen acht Uhr auflösen und einen herrlich heißen Sommertag enthüllen würde.

Aber das kam später. Im Augenblick war die Welt noch grau und rosafarben und so leise wie eine Katze, die über einen Teppich geht.

Mike kam in Jeans, T-Shirt und hohen schwarzen Stiefeln nach unten, aß eine Schüssel Cornflakes, stieg dann auf sein Rad und fuhr in die Stadt. Wegen des Nebels fuhr er auf den Gehwegen. Die Welt um ihn herum sah sonderbar und geheimnisvoll aus. Man konnte Autos hören, aber nicht sehen, und aufgrund der merkwürdigen akustischen Eigenschaften des Nebels wußte man nicht, ob sie noch weit entfernt oder schon ganz nahe waren, bis sie dann aus dem Nebel auftauchten, mit gespenstischen Heiligenscheinen aus Feuchtigkeit um ihre Scheinwerfer.

Er bog nach rechts in die Jackson Street ab und gelangte über die Palmer Lane – eine Vorstadtallee, wo er später als Erwachsener leben würde – zur Main Street. Feuchtigkeit tropfte von den Bäumen. Nebelschwaden wanden sich um die Äste.

Auf der Main Street fuhr er zum Bassey Park; er fuhr einfach vor sich hin und genoß die Stille der frühen Morgenstunde. Im Park stellte er sein Rad ab und schlenderte auf den Kanal zu. Es war nichts weiter als eine Augenblickslaune, ein plötzlicher Einfall, der ihn gerade diesen Weg einschlagen ließ – zumindest glaubte er das selbst. Es war ihm nicht im geringsten bewußt, daß seine nächtlichen Träume etwas mit seinem Ziel zu tun hatten; er konnte sich überhaupt nicht mehr an sie erinnern, außer daß einer den anderen abgelöst hatte, und daß er um fünf Uhr morgens fröstelnd und doch verschwitzt aufgewacht war und plötzlich Lust gehabt hatte, eine Radfahrt zu unternehmen.

Der Nebel hatte hier einen Geruch, der Mike nicht gefiel; es roch nach Meer, salzig und irgendwie alt. Er hatte diesen Geruch schon häufig wahrgenommen; in den Morgennebeln konnte man in Derry oft den Ozean riechen, obwohl die Küste 40 Meilen entfernt war. Aber an diesem Morgen war der Geruch besonders intensiv. Irgendwie... ja, irgendwie fast bedrohlich.

Sein Blick fiel auf etwas. Er bückte sich und hob ein billiges Taschenmesser mit zwei Klingen auf. Auf einer Seite waren die Buchstaben E. C. eingeritzt. Mike betrachtete es nachdenklich, dann schob er es in die Tasche. Wer etwas verlor, hatte eben den Schaden.

Er schaute sich um. Eine umgestürzte Parkbank. Er richtete sie auf und schob ihre Eisenbeine genau in die Vertiefungen, die sie im Laufe von Monaten oder Jahren in den Rasen gedrückt hatten. Daneben war eine Stelle, wo das Gras total zerdrückt war... und zwei Furchen im Gras gingen von hier aus. Sie waren noch deutlich zu sehen, obwohl das Gras sich langsam wieder aufrichtete. Die Furchen führten in Richtung Kanal.

Und da war auch Blut.

(den Vogel denk an den Vogel denk an den)

Aber er wollte sich nicht an den Vogel erinnern, und so verdrängte er den Gedanken. *Ein Hundekampf*, dachte Mike, aber irgendwie war er doch nicht so ganz davon überzeugt. *Einer von ihnen muß den anderen sehr stark verletzt haben.*

Nur um etwas zu tun, folgte er den Spuren im Gras. Er dachte sich eine kleine Geschichte aus. Ein Kind ist noch spätabends hier, nach der Sperrstunde, und der Killer erwischt es. Er bringt das Kind um. Und wie läßt er den Leichnam verschwinden? Er schleppt ihn weg und wirft ihn in den Kanal, natürlich. Wie in *Alfred Hitchcock zeigt*!

Ein Schauder lief ihm über den Rücken, während er in den Nebel

246

blickte, der sich allmählich aufzulösen begann. Irgendwie war die Geschichte ein bißchen zu wahrscheinlich.

Angenommen, kein Mensch hat es getan, sondern ein Monster. Wie aus einem Horror-Comic oder einem Horror-Buch oder einem Horror-Film oder

(einem Alptraum)

einem Märchen oder so was.

Seine Geschichte gefiel ihm plötzlich gar nicht mehr. Er versuchte sie sich aus dem Kopf zu schlagen, aber es gelang ihm nicht. Die Geschichte war blödsinnig. Es war überhaupt blödsinnig gewesen hierherzukommen. Sein Vater würde heute jede Menge Arbeit für ihn haben. Er sollte lieber heimfahren. Und genau das würde er auch tun. Zurückgehen, sein Rad holen und heimfahren. Das würde er jetzt tun.

Statt dessen folgte er aber weiter den Spuren im Gras, das hier und da blutbefleckt war. Nicht sehr stark. Nicht so stark wie an jener Stelle neben der umgestürzten Bank.

Mike konnte jetzt den Kanal hören, der ruhig dahinfloß. Einen Augenblick später tauchte der Betonrand aus dem sich auflösenden Nebel auf.

Etwas lag im Gras.

Meine Güte, heute ist wirklich dein Glückstag, wenn es darum geht, Sachen zu finden, sagte sein Verstand mit zweifelhafter Freundlichkeit zu ihm, und dann schrie irgendwo eine Möwe, und Mike zuckte zusammen und dachte wieder an den Vogel, den er gesehen hatte, den er erst in diesem Frühjahr gesehen hatte.

Was auch immer das da im Gras ist, ich will es nicht einmal ansehen. Und das stimmte ja so sehr, aber er bückte sich trotzdem schon darüber, mit gleich oberhalb der Knie abgestützten Händen, um zu betrachten, was es war.

Ein Stoffetzen mit einem Tropfen Blut daran.

Die Möwe schrie wieder. Mike betrachtete das blutige Stück Stoff und erinnerte sich daran, was ihm im Frühjahr zugestoßen war.

5

Im April und Mai erwachte die Farm der Hanlons jedes Jahr aus dem Winterschlaf.

Die Gewißheit, daß es wieder einmal Frühling geworden war, überkam Mike nicht beim Aufbrechen der ersten Krokusse unter den Küchenfenstern seiner Mutter, auch nicht, wenn die Senatoren in Washington die Baseballsaison eröffneten, sondern erst, wenn sein Vater rief, er solle ihm helfen, ihren aus allen möglichen Bestandteilen zusammengebastelten Lieferwagen aus dem Schuppen zu schieben. Die vordere Hälfte war ein alter Ford, Modell A, die hintere ein Lieferwagen, dessen Wagenschlag aus den Überresten der alten Hühnerstalltür bestand.

Sie schoben ihn dann, jeder auf einer Seite, die Auffahrt hinab, und wenn er gut rollte, sprang Will Hanlon hinein – der Wagen hatte keine Türen, auch keine Windschutzscheibe – und ließ den Motor an. Dann durfte Mike einsteigen, und wenn er auf dem Beifahrersitz saß, es nach heißem Öl und Auspuffgasen stank, wenn der kräftige Wind ihm um die Nase wehte, dann dachte er frohlockend: *Der Frühling ist wieder da. Jetzt wachen wir alle auf.* Er verspürte Liebe zu allem, was ihn umgab, am meisten aber zu seinem Vater, der ihn angrinste und rief: »Halt dich fest, Mikey! Jetzt drehen wir mal voll auf! Die Vögel werden sich gleich wundern!«

Und dann brauste er den Weg entlang; die Hinterräder schleuderten Dreck und Erde hoch, und Mike und er wurden auf den Sitzen – einem alten Sofa, das Will von der Müllhalde geholt hatte – ordentlich durchgerüttelt und lachten wie närrisch. Will lenkte den Ford durch das hohe Gras des hinteren Feldes, das die Farm mit Heu versorgte, entweder in Richtung Südfeld (Kartoffeln) oder Westfeld (Mais und Bohnen) oder Ostfeld (Erbsen und Kürbisse). Aus dem Gras vor dem Wagen flatterten aufgescheuchte Vögel auf, die ängstlich und empört schrien. Einmal war ein Rebhuhn darunter gewesen, ein herrlicher Vogel, braun wie Eichenlaub im Spätherbst, und sein lauter, schwirrender Flügelschlag war trotz des dröhnenden Motors deutlich zu hören gewesen.

Mit diesen Fahrten begann für Mike der Frühling.

Sobald sie eines der Anbaufelder erreichten, bestand die erste Arbeit in der sogenannten ›Steinernte‹, wie Will das nannte. Eine Woche lang fuhren sie jeden Tag mit dem alten Lieferwagen hinaus und warfen Steine auf die Ladefläche, um später nicht die Egge zu beschädigen, wenn die Zeit zu pflanzen gekommen war. Manchmal blieb der Traktor in der schlammigen Frühlingserde stecken, und Will murmelte düster und verhalten... Flüche, vermutete Mike. Manche Worte und Ausdrücke kannte er; andere, wie etwa »Sohn einer Hure« verwirrten ihn. Er hatte das Wort schon in der Bibel gelesen, und seines Wissens war eine Hure eine Frau, die von einem Ort namens Babylon kam. Einmal hatte er seinen Vater fragen wollen, aber da steckte der Traktor bis zu den Stoßdämpfern im Schlamm, auf der Stirn seines Vaters zogen Gewitterwolken dahin, und er hatte beschlossen, auf einen günstigeren Zeitpunkt zu warten. Letztendlich hatte er später in diesem Jahr Richie Tozier gefragt, und Richie erzählte ihm, *sein* Vater hätte ihm gesagt, eine Hure war eine

Frau, die dafür bezahlt wurde, daß sie Sex mit Männern machte. »Was ist denn Sex machen?« hatte Mike gefragt, und Richie war davongelaufen und hatte sich den Kopf gehalten.

Zu einer anderen Gelegenheit hatte Mike seinen Vater gefragt, warum es jeden April mehr Steine gäbe, obwohl sie sie doch jeden Frühling aufsammelten und abtransportierten.

Will hatte sich eine Zigarette angezündet und geantwortet: »Mein Vater pflegte zu sagen, daß Gott Steine, Hausfliegen, Unkraut und arme Leute von Seiner ganzen Schöpfung am meisten liebte und deshalb so besonders viele davon schuf.«

»Aber es scheint so, als kämen sie jedes Jahr wieder zurück.«

»Ja, ich glaube, das tun sie auch«, sagte Will. »Für mich ist das jedenfalls die einzig mögliche Erklärung.«

Ein Haubentaucher schrie irgendwo am anderen Ufer des Kenduskeag; die Sonne ging gerade unter und färbte das Wasser dunkelorange. Es war ein irgendwie einsamer Laut, so einsam, daß Mikes müde Arme sich mit Gänsehaut überzogen.

»Ich liebe dich, Daddy«, hatte er plötzlich gesagt und seine Liebe so stark gespürt, daß er nur mit allergrößter Mühe die Tränen zurückhalten konnte.

»Ich liebe dich auch, Mikey«, hatte sein Vater gesagt und ihn mit seinen starken Armen ganz fest an sich gedrückt. Mike hatte den rauhen Stoff des Flanellhemdes an seiner Wange gespürt. »Na, was hältst du davon, wenn wir jetzt heimfahren? Wir haben dann gerade noch Zeit, beide ein Bad zu nehmen, bevor es Abendessen gibt.«

Es ist Frühling, hatte Mike an jenem Abend im Bett gedacht, während seine Eltern im Nebenzimmer vor dem Fernseher saßen. *Es ist endlich wieder Frühling; danke, Gott, ich danke Dir sehr.* Und im Halbschlaf hatte er noch einmal den Haubentaucher drüben im Sumpfgebiet schreien hören. Der Frühling war eine arbeitsreiche, aber sehr schöne Zeit.

Nach der Steinernte wurde der Traktor aus der Scheune geholt, es wurde gepflügt und gesät. Mikes Mutter *überholte* die drei Vogelscheuchen Larry, Moe und Curly, und Mike half seinem Vater, an den Köpfen der Strohpuppen Konservendosen zu befestigen, deren Deckel und Böden fehlten. Etwa auf halber Höhe war rechts und links je ein Loch in diese Dosen gebohrt, und durch diese Löcher wurde eine sehr straff gespannte eingewachste Schnur gezogen und auf den Außenseiten verknotet. Wenn der Wind durch diese Dosen pfiff, entstand ein unheimliches Geräusch – eine Art wimmerndes Krächzen und Heulen. Die Vögel gewöhnten sich immer sehr schnell an die Vogelscheuchen und begriffen,

249

daß sie keine Gefahr darstellten, aber vor dem Lärm der ›Vogelschreck‹-Dosen hatten sie solche Angst, daß sie davonflogen und das Getreide in Ruhe ließen. Ab Mitte Juli begann die Erntezeit: Zuerst kamen Erbsen und Radieschen an die Reihe, dann Kohl und Tomaten, im August und September Mais und Bohnen, anschließend die Kürbisse. Und wenn die Tage allmählich kürzer und kühler wurden, rief Will Norman Sadler an (der sich wie sein Sohn Moose nicht gerade durch Intelligenz auszeichnete, aber sehr gutmütig war), und Normie stellte sich mit seiner Kartoffelschleuder ein.

In den nächsten drei Wochen waren alle mit der Kartoffelernte beschäftigt. Will stellte sogar immer noch drei oder vier Jungen von der High School als Helfer ein, die pro Faß einen Vierteldollar erhielten. Aber nicht nur sie wurden bezahlt, auch Mike und seine Mutter bekamen Geld, und Will Hanlon fragte sie nie, was sie damit machten. Mike hatte einen Anteil von 5 Prozent an der Farm bekommen, als er fünf Jahre alt geworden war – alt genug, so hatte Will ihm damals erklärt, um eine Egge zu halten und zwischen Unkraut und Erbsenstauden unterscheiden zu können. Jedes Jahr wurde Mikes Anteil um ein Prozent erhöht, und am Tag nach Thanksgiving errechnete sein Vater alljährlich den Gewinn der Farm und Mikes Anteil... aber dieses Geld bekam Mike nie zu Gesicht. Es wurde am Montag nach den Feiertagen auf sein Sparkonto eingezahlt – für sein Studium auf dem College.

Schließlich kamen dann die ersten Fröste, und Mike stand mit roter Nase auf dem Hof und beobachtete, wie sein Vater zuerst den Traktor und anschließend den Lieferwagen wieder in die Scheune fuhr; und dann dachte er: *Wir bereiten uns wieder einmal auf den Winterschlaf vor. Frühling und Sommer sind vorüber. Die Ernte ist eingebracht.* Nun blieb nur noch das Ende des Herbstes übrig: entlaubte Novemberbäume, Bodenfröste, ein Streifen Eis entlang der Ufer des Kenduskeag. Auf den Feldern ließen sich jetzt manchmal Krähen häuslich auf den Vogelscheuchen nieder.

Der Gedanke, daß wieder ein Jahr sich dem Ende zuneigte, war Mike nicht gerade zuwider – es gab vieles, worauf er sich im Winter freute: Man konnte Schlitten fahren, Schlittschuh laufen, Schneeballschlachten veranstalten und Schneeburgen bauen. Da war die Vorfreude auf Weihnachten – bald würde er mit seinem Vater auf Schneeschuhen den Weihnachtsbaum holen; und dann die Geschenke – würde er die Nordica-Ski bekommen, die er sich gewünscht hatte? Der Winter war schön... aber wenn er sah, wie sein Vater den Lieferwagen in die Scheune fuhr

(Frühling und Sommer... vorüber... die Ernte... eingebracht)

und abdeckte, wurde ihm trotzdem immer traurig ums Herz, ebenso wenn er die Vogelscharen sah, die gen Süden zogen. *Wir bereiten uns wieder einmal auf den Winterschlaf vor…*

Obwohl es auf der Farm von Frühjahr bis Herbst immer viel zu tun gab, sorgte Will Hanlon dafür, daß Mike auch genügend Freizeit hatte. An mindestens einem Schultag pro Woche – manchmal auch an zweien – fand Mike, wenn er von der Schule heimkam, keine Zettel seines Vaters vor, auf denen stand, welche Arbeiten er zu erledigen hatte. An diesen Tagen konnte Mike tun und lassen, was er wollte, und das genoß er von ganzem Herzen.

Hin und wieder legte sein Vater ihm auch Zettel anderen Inhalts hin. ›Heute keine Arbeiten für dich‹, stand beispielsweise auf einem davon. ›Geh rüber nach Old Cape und schau dir die Straßenbahngleise an.‹ Mike ging in die Siedlung, fand die Straße, die sein Vater gemeint hatte, und staunte über die alten Gleise mitten darauf. Am Abend unterhielten sie sich dann über Straßenbahnen, und sein Vater zeigte ihm Fotos in seinem Album, auf denen die Straßenbahnen zu sehen waren – eine komische Stange führte vom Dach des Wagens zu einer elektrischen Oberleitung, und an den Wagenseiten waren Zigarettenreklamen. Ein anderes Mal hatte er Mike in den Memorial Park zum Vogelbad geschickt; und wieder ein anderes Mal war er mit ihm zusammen ins Gerichtsgebäude gegangen, um ihm eine grausige Vorrichtung zu zeigen, die Chief Borton auf dem Dachboden gefunden hatte. Es war ein sogenannter ›Landstreicher-Stuhl‹ aus Gußeisen. An den Armlehnen und Beinen waren Lederriemen angebracht, und aus Sitz und Rückenlehne ragten runde Köpfe hervor. Das Ding erinnerte Mike an ein Foto des elektrischen Stuhls in Sing Sing, das er in irgendeinem Buch gesehen hatte. Chief Borton erlaubte Mike, sich auf diesen Stuhl zu setzen, und schnallte ihn mit Hilfe der Lederriemen darauf fest.

Nachdem das aufregende Gefühl, in Fesseln gelegt zu sein, etwas abgeklungen war, hatte Mike seinen Vater und Chief Borton fragend angesehen, weil er nicht begreifen konnte, warum dieser Stuhl eine so schreckliche Strafe für die Vagabunden gewesen war, die in den 20er und 30er Jahren in die Stadt gekommen waren. Man saß wegen der Knöpfe zwar etwas unbequem, und die Fesseln an Hand- und Fußgelenken verhinderten, daß man eine bequemere Position einnehmen konnte, aber…

»Na ja, du bist ein kleiner Junge«, hatte Borton lachend gesagt (abends im Bett hatte Mike gehört, wie sein Vater seiner Mutter erzählte, er könne den Gedanken nicht loswerden, daß Borton gelacht habe, weil es ihm Spaß gemacht habe, einen Schwarzen auf diesem Stuhl zu sehen). »Wieviel wiegst du? So siebzig, achtzig Pfund? Die meisten Landstreicher, die Sheriff Sully in diesen Stuhl setzte, wogen etwa das Doppelte.

Nach einer Stunde wurde ihnen die Position etwas unbequem, nach zwei oder drei Stunden *sehr* unbequem, und nach vier oder fünf Stunden wurde es richtig schlimm. Nach sieben oder acht Stunden begannen sie meistens zu schreien, und spätestens nach sechzehn oder siebzehn Stunden heulten und brüllten sie. Und wenn sie dann ihre vierundzwanzig Stunden hinter sich hatten, schworen sie, einen weiten Bogen um Derry zu machen, wenn es sie wieder einmal nach Neuengland verschlug. Und soviel ich weiß, hielten die meisten sich auch daran. Vierundzwanzig Stunden in diesem Stuhl – das war eine sehr nachhaltige Erfahrung.«

Plötzlich hatte Mike den Eindruck gehabt, als hätte der Stuhl viel mehr Knöpfe, die sich tief in seinen Rücken und in sein Gesäß bohrten. »Können Sie mich jetzt bitte wieder herauslassen?« hatte er höflich gefragt, und Chief Borton hatte wieder gelacht. Einen schrecklichen Moment lang hatte Mike gedacht, der Chief würde nur mit den Schlüsseln für die Fesseln klimpern und sagen: *Na klar laß ich dich raus, Nigger ... wenn deine vierundzwanzig Stunden herum sind.*

»Weshalb hast du mir das gezeigt, Daddy?« hatte er auf dem Heimweg gefragt.«

»Das wirst du verstehen, wenn du älter bist.«

»Du magst Chief Borton nicht, Daddy, stimmt's?«

»Stimmt«, hatte sein Vater so kurz angebunden erwidert, daß Mike keine weiteren Fragen gestellt hatte.

Die meisten Orte in Derry, zu denen sein Vater ihn schickte, gefielen Mike jedoch, und als er zehn Jahre alt war, teilte er bereits Will Hanlons Interesse an der Geschichte von Derry.

Die erste Botschaft, die sein Vater ihm in jenem Frühling 1958 hinterließ, war auf die Rückseite eines Briefumschlags gekritzelt und mit einem Salzstreuer beschwert. Die Luft war warm und duftete herrlich, und seine Mutter hatte alle Fenster geöffnet. ›*Heute keine Arbeiten für dich*‹, stand auf dem Umschlag. ›*Fahr mit dem Rad zur Pasture Road, wenn du Lust dazu hast. Auf dem Feld links von der Straße wirst du einen Haufen eingestürzter Mauern und Reste alter Maschinen sehen. Schau dich um, und bring ein Andenken mit. Geh aber nicht in die Nähe des Kellerlochs! Und sei vor Einbruch der Dunkelheit wieder zu Hause ... du weißt ja, warum.*‹

Das wußte Mike natürlich: wegen der Morde.

Er sagte seiner Mutter, wohin er ging, und sie runzelte besorgt die Stirn. »Warum fragst du nicht Randy Robinson, ob er mitkommen möchte?«

»Okay, ich werde bei ihm reinschauen und ihn fragen«, sagte Mike.

Das hatte er auch tatsächlich getan, aber Randy war mit seinem Vater nach Bangor gefahren, um Saatkartoffeln zu kaufen, und so radelte Mike allein zur Pasture Road. Es war eine Strecke von etwas über fünf Meilen, und Mike schätzte, daß es ungefähr drei Uhr sein mußte, als er sein Rad an den alten Lattenzaun auf der linken Seite der Pasture Road lehnte und über den Zaun kletterte. Er hatte etwa eine Stunde Zeit, um sich auf dem Gelände umzusehen, dann würde er sich wieder auf den Heimweg machen.

Er ging auf die riesigen Ruinen in der Mitte des Geländes zu. Er wußte natürlich, daß das die Überreste der Kitchener-Eisenhütte waren – vorübergefahren war er hier schon öfter, aber es war ihm nie eingefallen, die Ruinen zu erforschen, und seines Wissens nach hatte auch keiner seiner Schulkameraden das je getan. Während er sich jetzt bückte und einen kleinen Ziegelsteinhaufen betrachtete, glaubte er auch zu verstehen, warum. Das Gelände wurde von der Frühlingssonne in strahlendes Licht getaucht, und trotzdem hatte es etwas Unheimliches an sich – hier herrschte ein brütendes Schweigen, das nur von gelegentlichen Windstößen unterbrochen wurde. Mike fühlte sich wie ein Entdecker, der soeben die letzten Reste einer märchenhaften untergegangenen Stadt gefunden hat.

Rechts vor sich sah er ein massives zylinderförmiges Ziegelgebilde aus dem hohen Lieschgras herausragen. Er rannte hin und stellte fest, daß es der Hauptschornstein der Eisenhütte war, der hier wie die größte Schlange der Welt im Gras lag. Mike spähte hinein, und unwillkürlich lief ihm ein Schauder über den Rücken. Der Durchmesser des Schornsteins war so groß, daß er ihn ohne weiteres hätte betreten können, wenn er nur ein bißchen den Kopf eingezogen hätte. Dazu verspürte er aber nicht die geringste Lust – wer konnte schon wissen, ob da drinnen nicht irgendwelche gräßlichen Insekten auf den rauchgeschwärzten Ziegeln saßen oder unheimliche Tiere hausten. Während er noch so dastand und mit großen, etwas ängstlichen Augen hineinspähte, erzeugte ein Windstoß im Innern des umgestürzten Schornsteins ein schauriges Gefühl. Mike wich nervös ein paar Schritte zurück; plötzlich war ihm der Film eingefallen, den er mit seinem Vater am Vorabend im Fernsehen angeschaut hatte. Er trug den Titel ›Rodan‹, und sie hatten einen Riesenspaß daran gehabt; sein Vater hatte jedesmal, wenn Rodan aufgetaucht war, lachend gerufen: »Knall den Vogel ab, Mikey!« Und Mike hatte mit dem Finger geschossen, bis seine Mutter die Tür einen Spaltbreit geöffnet und ihnen gesagt hatte, sie sollten nicht einen solchen Lärm machen, sie bekäme sonst noch Kopfweh.

In der Erinnerung kam der Film Mike jetzt nicht mehr so komisch vor. Rodan war von japanischen Kohlenbergwerksarbeitern, die den tiefsten

Schacht der Welt gruben, aus dem Erdinnern befreit worden. Und wenn man in das gähnende schwarze Rohr hineinblickte, konnte man sich nur allzu leicht vorstellen, daß am anderen Ende jener Vogel hockte, die lederartigen Fledermausflügel auf dem Rücken gefaltet, und mit seinen goldumrandeten Augen auf das kleine, runde, in die Dunkelheit blickende Kindergesicht starrte, starrte, starrte...

Zitternd wich Mike zurück.

Um die unheimliche Öffnung nicht mehr sehen zu müssen, lief Mike ein Stückchen am Schornstein entlang, der etwa zur Hälfte in die Erde eingesunken war. Der Boden stieg hier leicht an, und plötzlich kam ihm der Einfall, auf das Rohr hinaufzuklettern, dessen Ziegeloberfläche warm von der Sonne und überhaupt nicht beängstigend war. Mit ausgestreckten Armen balancierte er darauf (der Schornstein hatte zwar einen so großen Umfang, daß keinerlei Gefahr bestand abzustürzen, aber Mike stellte sich vor, er wäre ein Seiltänzer im Zirkus) und genoß den Wind, der ihm durch die Haare strich.

Am anderen Ende angelangt, sprang er hinab und begann sich gründlich umzusehen. Hier lag allerhand Zeug herum: Ziegel, deformierte Gußformen, Holzstücke, rostige Maschinenteile. *Bring ein Andenken mit*, hatte sein Vater ihm aufgetragen; er mußte etwas wirklich Interessantes finden.

Er schlenderte immer näher an das gähnende Kellerloch der Eisenhütte heran, während er die Überreste betrachtete, sorgfältig darauf bedacht, sich nicht an den Glasscherben zu schneiden, von denen es hier jede Menge gab.

Mike hatte die Warnung seines Vaters, vom Kellerloch wegzubleiben, durchaus nicht vergessen; ebensowenig hatte er vergessen, daß vor 50 Jahren der Tod an dieser Stelle schrecklich gewütet hatte – er hielt es für durchaus möglich, daß es an diesem Ort spukte. Aber trotzdem – oder gerade deshalb – war er fest entschlossen, so lange hierzubleiben, bis er etwas Lohnendes finden würde, das er mit nach Hause nehmen und seinem Vater zeigen konnte.

Langsam und vorsichtig ging er auf das Kellerloch zu, bis eine innere Stimme ihn warnte, daß er allmählich zu nahe herankam, daß eine von den heftigen Frühlingsregen aufgeweichte Seitenfläche abbröckeln und er in dieser Grube landen konnte, wo er dann vielleicht – wie ein Schmetterling von irgendeinem scharfen, rostigen Eisenstück aufgespießt – eines langsamen, qualvollen Todes sterben würde.

Er hob einen Fensterrahmen auf und warf ihn beiseite. Er entdeckte einen Schöpflöffel, der die richtige Größe für den Tisch eines Riesen gehabt hätte und dessen Griff von einer unvorstellbaren Hitzewelle verbogen worden war. Da lagen auch Kolbenteile herum, die so schwer waren, daß er sie nicht einmal von der Stelle bewegen, geschweige denn hochheben konnte. Er machte einen großen Schritt darüber hinweg, und dann...

Was ist, wenn ich einen Schädel finde? schoß es ihm plötzlich durch den Kopf. *Den Schädel von einem der Kinder, die hier ums Leben kamen, während sie nach Schokoladeneiern suchten – Ostern 19... wann auch immer.*

Er blickte ängstlich über das sonnenüberflutete, einsame Gelände. Der Wind sauste in seinen Ohrmuscheln, und für kurze Zeit verhüllte eine Wolke die Sonne und warf einen Schatten auf das Feld, wie den einer riesigen Fledermaus... oder eines riesigen Vogels. Mike kam jetzt wieder voll zu Bewußtsein, wie still es hier war, wie unheimlich das Gelände mit seinen Mauerruinen und den überall herumliegenden Metallteilen war – so als hätte hier vor langer Zeit einmal eine furchtbare Schlacht stattgefunden.

Nun sei mal kein solches Arschloch, versuchte er sich selbst zu beruhigen. *Alles, was hier zu finden war, ist schon vor 50 Jahren gefunden worden. Gleich nach der Katastrophe. Und selbst wenn damals etwas übersehen wurde, so hat es bestimmt irgendein Kind – oder auch ein Erwachsener – in der Zwischenzeit gefunden. Oder glaubst du etwa, daß du der erste und einzige bist, der hier nach Souvenirs sucht?*

Nein... nein, das glaube ich nicht... aber...

Was – aber? fragte der rationale Teil seines Gehirns, und Mike fand, daß sich diese Stimme etwas zu laut, zu hektisch anhörte. *Selbst wenn es hier wirklich noch etwas zu finden gibt, so ist es schon längst verwest. Also, was soll dieses blöde Aber?*

Mike entdeckte eine alte, zerstörte Schreibtischschublade im Unkraut. Er schob sie mit dem Fuß beiseite und ging etwas näher an den Keller heran. Dort lag am meisten Zeug herum. Bestimmt würde er da ein lohnendes Andenken finden.

Aber – was, wenn es dort Gespenster gibt? Das ist das große Aber. Was ist, wenn plötzlich Hände am Rand der Kellermauer auftauchen, wenn Kinder sich plötzlich hochstemmen, Kinder in den Fetzen ihrer Sonntagskleider, die ganz vermodert und zerrissen sind von 50 Jahren Frühlingsmorast und Herbstregen und verharschtem Schnee? Kinder ohne Köpfe (er hatte in der Schule gehört, daß eine Frau nach der Explosion den Kopf eines Opfers in einem Baum auf ihrem Hinterhof gefunden hatte), *Kinder ohne Beine, Kinder mit zerfetzten Bäuchen, Kinder, die vielleicht möchten, daß ich zu ihnen herunterkomme und mit ihnen spiele... dort unten, wo es dunkel ist... unter den eingestürzten Eisenträgern und den riesigen Rädern...*

Oh, hör auf damit, um Gottes willen, hör auf damit!

Aber wieder lief ihm ein Schauder über den Rücken, und er beschloß, daß es Zeit war, etwas aufzuheben – *irgend* etwas – und dann von hier zu verschwinden. Er bückte sich und griff aufs Geratewohl nach etwas – es erwies sich als Zahnrad von etwa fünfzehn Zentimeter Durchmesser. Er hatte einen Bleistift in der Tasche, und damit entfernte er rasch den Dreck aus den Zahnzwischenräumen. Dann steckte er sein Souvenir ein. Jetzt würde er gehen. O ja, jetzt würde er gehen...

Aber seine Füße bewegten sich langsam in die falsche Richtung, auf den Keller zu, und er begriff erschrocken, daß er einfach einen Blick hinunterwerfen *mußte*, daß er sehen *mußte*, wie es dort unten ausschaute.

Er hielt sich an einem aus dem Boden ragenden hölzernen Stützbalken fest, beugte sich weit vor und versuchte, einen Blick nach unten zu werfen. Aber es gelang ihm nicht. Er war nur noch etwa fünf Meter vom Rand entfernt, doch das war immer noch etwas zu weit, um auf den Boden des Kellers sehen zu können.

Das ist mir egal. Ich gehe jetzt. Mein Souvenir habe ich. Ich werde mir doch nicht ein blödes altes Loch anschauen. Außerdem hat Daddy extra geschrieben, ich solle davon wegbleiben.

Aber jene unglückselige, fieberhafte Neugierde ließ ihn nicht los. Er machte einen vorsichtigen Schritt nach dem anderen auf den Keller zu, obwohl er sich durchaus bewußt war, daß er sich an nichts mehr würde festhalten können, sobald der Holzbalken außer Reichweite war; er spürte auch, daß der Boden hier wirklich weich und bröckelig war. Entlang des Randes konnte er stellenweise Vertiefungen entdecken, die eingefallenen Gräbern glichen, und er wußte, daß es sich dabei um Erdrutsche handeln mußte.

Mit laut pochendem Herzen erreichte er den Rand und blickte hinab.

In einem Nest im Keller lag der Vogel und schaute zu ihm hinauf.

Im ersten Moment traute Mike seinen Augen nicht. Er stand da wie gelähmt. Es war nicht nur der Schock, einen Monster-Vogel zu sehen, einen Vogel, dessen Brust orangefarben wie die eines Rotkehlchens war, dessen Federn aber das unauffällige Grau eines Sperlings hatten. Teilweise rührte der Schock auch einfach davon her, plötzlich etwas völlig Unerwartetes zu sehen. Er hatte mit halb im Dreck versunkenen Maschinenteilen gerechnet; statt dessen blickte er auf ein riesiges Nest hinab, das den Keller der Länge und Breite nach ganz ausfüllte. Das zum Nestbau verwendete Timotheusgras hätte bestimmt mindestens ein Dutzend Ballen Heu ergeben, aber dieses Gras war silbrig und alt. Der Vogel saß mitten in seinem Nest, seine glänzenden Augen waren so schwarz wie frischer, warmer Teer, und in dem grausigen Moment, bevor Mikes Erstarrung sich löste, konnte er sein Spiegelbild in jedem dieser Augen erkennen.

Dann begann sich der Boden unter seinen Füßen zu bewegen und nachzugeben. Er spürte, wie er ins Rutschen kam.

Mit einem Aufschrei warf er sich nach hinten. Obwohl er verzweifelt mit den Armen ruderte, verlor er das Gleichgewicht und fiel hin. Ein hartes, stumpfes Metallstück bohrte sich schmerzhaft in seinen Rücken, und dann hörte er auch schon den lauten, schwirrenden Flügelschlag des Vogels.

Er stemmte sich auf die Knie hoch, kroch vorwärts, warf einen Blick über die Schulter hinweg und sah den Vogel aus dem Keller emporfliegen. Die schuppigen Krallen waren dunkelorange. Die schlagenden Flügel, jeder mehr als drei Meter lang, versetzten das dürre Timotheusgras in wirre Bewegung, so als wäre ein von Hubschrauberpropellern erzeugter Wind am Werke. Der Vogel stieß einen summenden, zwitschernden Schrei aus. Einige lose Federn fielen aus seinen Flügeln und schwebten langsam wieder ins Nest hinab.

Mike kam wieder auf die Beine und rannte los.

Er lief quer übers Gelände, ohne sich umzusehen – er hatte Angst zurückzusehen. Der Vogel sah nicht so aus wie Rodan, aber er war ebenso böse wie Rodan, das fühlte Mike. Er stolperte, fiel auf ein Knie, stand auf und rannte weiter.

Jener unheimliche summende, zwitschernde Schrei ertönte wieder. Ein Schatten fiel auf Mike, und als er hochblickte, sah er den Vogel: Er war knapp einen Meter fünfzig über seinen Kopf hinweggeflogen. Der schmutziggelbe Schnabel öffnete und schloß sich und zeigte ein pinkfarbenes Maulinneres. Der Vogel machte eine Kehrtwendung in der Luft, und der von seinen Flügeln erzeugte Wind blies Mike ins Gesicht und brachte einen herben, unangenehmen Geruch mit sich: nach staubigen Dachböden und schimmligen Polstern.

Mike schwenkte scharf nach links ab, und nun sah er wieder den umgestürzten Schornstein. Er rannte darauf zu, so schnell er nur konnte. Der Vogel schrie, und Mike vernahm die mächtigen Flügelschläge. Sie hörten sich an wie Segel, die im Wind flatterten. Etwas rammte seinen Hinterkopf, und der Schmerz breitete sich wie ein loderndes Feuer über seinen ganzen Nacken aus. Er spürte, wie ihm Blut in den Hemdenkragen rann.

Wieder machte der Vogel kehrt; diesmal kam er von vorne direkt auf Mike zugeflogen, und Mike begriff, daß er ihn mit seinen Krallen packen und ihn davontragen wollte wie eine Feldmaus, daß er mit ihm in das riesige Nest zurückfliegen und ihn dort auffressen wollte.

Das Monster schoß auf ihn herab und starrte ihn mit seinen schwar-

257

zen, grauenhaft *lebendigen* Augen an. Im letzten Moment schwenkte Mike scharf nach rechts ab. Der Vogel verfehlte ihn – aber nur ganz knapp. Der Staubgeruch seiner Flügel war überwältigend, unerträglich stark.

Jetzt rannte Mike parallel zum Schornstein, dessen Ziegel vor seinen Augen verschwammen. Wenn es ihm gelang, die Öffnung am Ende zu erreichen und hineinzulaufen, dann würde er vielleicht in Sicherheit sein, dachte er. Der Vogel war zu groß, um sich hineinzwängen zu können.

Um ein Haar hätte er es nicht geschafft. Der Vogel griff erneut an – schlug so heftig mit den Flügeln, daß er einen richtigen Wirbelsturm entfachte, fuhr die Schuppenkrallen gierig aus, schrie wieder, und diesmal glaubte Mike, in seiner Stimme einen furchtbaren Triumph zu hören.

Mike zog den Kopf ein, hob schützend den Arm und stürmte wild vorwärts. Die Krallen packten zu und erwischten ihn am Unterarm. Mike hatte das Gefühl, als hielten ihn unglaublich starke Finger mit scharfen Nägeln umklammert. Der Flügelschlag des Vogelmonsters dröhnte in seinen Ohren; Federn wirbelten um ihn herum, streiften seine Wangen. Dann begann der Vogel aufzusteigen, und Mike spürte, wie er emporgezogen wurde, wie er nur noch auf den Zehenspitzen stand... und wie er eine grauenhafte Sekunde lang auch diesen letzten Kontakt mit der Erde verlor.

»Laß mich los!« schrie er und riß seinen Arm nach unten. Einen Moment lang hielten die Krallen ihn weiter fest, dann zerriß der Ärmel seines Hemdes, und er plumpste zu Boden. Der Vogel kreischte vor Enttäuschung und Wut laut auf. Mike rannte weiter, bahnte sich seinen Weg durch die Schwanzfedern des Monsters, deren Gestank ihn zum Husten brachte.

Immer noch hustend, mit brennenden Augen – von Tränen ebenso wie von jenem bösartigen Staub auf den Federn des Vogels –, stolperte Mike auf die Schornsteinöffnung zu. Jetzt verlor er keinen Gedanken mehr daran, was sich dort drinnen wohl verbergen mochte. Er rannte einfach in die Dunkelheit hinein, und seine keuchenden, schluchzenden Atemzüge hallten im Tunnelinnern gespenstisch wider. Nach etwa 20 Schritten drehte er sich um und betrachtete den hellen Lichtkreis. Seine Brust hob und senkte sich stoßweise. Ihm kam plötzlich überdeutlich zu Bewußtsein, daß er – wenn er die Größe des Vogels oder den Schornsteindurchmesser falsch eingeschätzt hatte – sein eigenes Todesurteil unterschrieben hatte. Es gab kein Entrinnen – das andere Ende des Schornsteins war in der Erde vergraben.

Wieder schrie der Vogel, und dann wurde es vor der Öffnung wesentlich dunkler, und Mike sah die gelben, schuppigen Beine, die so dick waren wie die Waden eines Mannes. Gleich darauf schob sich der Kopf des Monsters etwas ins Rohr hinein, und jene gräßlich glänzenden Teeraugen starrten ihn wieder an. Der Schnabel öffnete und schloß sich unaufhörlich, und jedesmal, wenn er sich schloß, hörte Mike ein lautes Klicken, ähnlich dem Geräusch, wenn man kräftig mit den Zähnen aufeinanderschlägt. *Scharf*, dachte er. *Der Schnabel ist sehr scharf. Klar, Vögel müssen ja einen scharfen Schnabel haben... aber bis jetzt ist mir das nie... nie so richtig zu Bewußtsein gekommen.*

Das Vogelmonster kreischte erneut, und der Schrei hallte im Schornstein so laut wider, daß Mike sich die Ohren zupreßte.

Der Vogel begann sich durch die Öffnung zu schieben.

»Nein!« schrie Mike. »Nein, hier kommst du nicht rein!«

Das Licht wurde immer schwächer, als der Vogel seinen Körper immer weiter durch die Öffnung schob. *O mein Gott, warum habe ich nur nicht daran gedacht, daß er hauptsächlich aus Federn besteht? Warum habe ich nicht daran gedacht, daß er sich ja ganz schmal machen kann?* Es wurde immer dunkler, und schließlich verschwand auch der letzte Lichtschimmer. Nun war Mike von tintenschwarzer Finsternis umgeben; er nahm den erstickenden Dachbodengestank des Vogels wahr und hörte das Knistern der Federn.

Mike ließ sich auf die Knie fallen und tastete mit den Händen auf dem Boden des Schornsteins herum. Er fand ein angebrochenes Ziegelstück, dessen scharfe Kanten mit etwas bedeckt waren, das sich wie Moos anfühlte. Er schleuderte es nach dem Vogel, und wieder ertönte jener summende, zwitschernde Schrei.

»Mach, daß du hier *rauskommst!*« brüllte Mike.

Einen Augenblick lang herrschte Stille... dann setzte das knisternde, raschelnde Geräusch wieder ein – der Vogel zwängte sich weiter ins Rohr. Mike tastete weiter auf dem Boden herum, fand neue Ziegelscherben und warf damit. Sie trafen den Vogel, prallten von seinem Gefieder ab und fielen klirrend auf den Ziegelbogen des Schornsteins.

Bitte, Gott, dachte Mike verzweifelt. *Bitte, Gott, bitte, Gott, bitte, Gott...*

Ihm fiel ein, daß er sich tiefer in den Schornstein zurückziehen konnte, der sich vermutlich nach oben zu verjüngt hatte, als er noch nicht umgestürzt war; hineingerannt war Mike am ehemals unteren Ende, dort wo der Schornstein am breitesten war. Ja, er konnte sich zurückziehen und dabei auf das Knistern und Rascheln des ihn verfolgenden Vogels lauschen. Er konnte zurückweichen, und wenn er Glück hatte, würde der Vogel an irgendeiner Stelle nicht mehr weiterkommen.

259

Was aber, wenn das Monster steckenblieb?

Dann würden sie hier beide sterben.

»*Bitte, Gott!*« flehte er, ohne sich bewußt zu sein, daß er diesmal laut gerufen hatte. Wieder schleuderte er einen Ziegelbrocken, und diesmal war sein Wurf kraftvoller – er erzählte seinen Freunden, er hätte das Gefühl gehabt, als hätte jemand hinter ihm seinem Arm einen mächtigen *Stoß* gegeben. Der Vogel kreischte wieder – aber diesmal war es ein Schmerzensschrei. Das düstere Schwirren seiner Flügel dröhnte im Schornstein, stinkende Luft fegte an Mike vorbei, ließ seine Kleider flattern, brachte ihn zum Husten, und er wich keuchend in einer Wolke von Staub und Moos zurück.

Plötzlich begann es heller zu werden; zuerst war das Licht noch grau und schwach, dann wurde es immer strahlender, als der Vogel sich etwas von der Schornsteinöffnung entfernte. Mike brach in Tränen aus, fiel wieder auf die Knie und sammelte Ziegelbrocken, bis er beide Hände voll hatte (jetzt konnte er erkennen, daß sie mit blaugrauem Moos und Flechten bewachsen waren wie Grabsteine aus Schiefer). Dann rannte er nach vorne, fast bis zum Ende des Schornsteins. Er wollte, wenn irgend möglich, verhindern, daß das Monster sich noch einmal hineinzwängte.

Der Kopf des Vogels tauchte wieder vor der Öffnung auf, und Mike sah, wo das letzte Wurfgeschoß ihn getroffen hatte. Das rechte Auge des Vogels war nicht mehr da; statt des glänzenden teerschwarzen Augenrunds war nur noch ein mit Blut gefüllter Krater zu sehen. Eine weißgraue, klebrige Masse tropfte aus einem Winkel der Augenhöhle auf den Schnabel.

Das Vogelmonster erblickte ihn und schoß nach vorne. Mike begann Ziegelbrocken zu schleudern. Sie trafen es am Kopf und am Schnabel, und einen Moment lang zog es sich zurück, tauchte aber sofort wieder auf; sein Schnabel öffnete sich und enthüllte wieder jenes pinkfarbene Innere. Diesmal sah Mike aber auch noch etwas anderes; vor Entsetzen klappte ihm der Unterkiefer herunter, und mit weit aufgesperrtem Mund – eine unbeabsichtigte Parodie des Vogels – stand er wie zur Salzsäule erstarrt da. Das Monster hatte eine silberne Zunge, deren Oberfläche so rissig war wie eine Vulkanlandschaft.

Und auf dieser Zunge saßen eine Reihe orangfarbener Pompons wie unheimliche Steppenhexen, die vorübergehend Wurzeln geschlagen hatten.

Mit äußerster Willenskraft gelang es Mike, seine Starre zu überwinden, und er warf seine restlichen Ziegelstücke. Die beiden letzten flogen direkt in jenen aufgerissenen Schnabelrachen hinein, und der Vogel zog sich wieder zurück, vor Enttäuschung, Wut und Schmerz schreiend. Einen Moment lang sah Mike seine reptilartigen Beine und Klauen . . . dann schlug er schwerfällig mit den Flügeln und verschwand.

Gleich darauf landete er auf dem Schornstein.

Mike hob den Kopf und lauschte dem Herantappen der Krallen auf den Ziegeln; sein Gesicht war grau vor Entsetzen unter einer Kruste aus Dreck, Staub und Moosfetzen, die jene windmaschinenartigen Vogelflügel auf ihn geblasen hatten und die an seinem Schweiß haftengeblieben waren. Halbwegs sauber waren nur die Stellen, wo ihm die Tränen über die Wangen gerollt waren.

Über seinem Kopf lief der Vogel hin und her: *Tack-tack-tack-tack.*

Mike ging ein Stückchen zurück, sammelte Ziegelbrocken und häufte sie in der Nähe der Öffnung auf. Wenn das Monster zurückkehrte, wollte er aus einer günstigen Position heraus angreifen können. Noch war es draußen ganz hell – jetzt, im Mai, würde es noch lange nicht dunkel werden –, aber angenommen, der Vogel beschloß abzuwarten?

Mike schluckte mit trockener Kehle.

Über ihm: *Tack-tack-tack.*

Er hatte jetzt einen ganz ordentlichen Vorrat an Munition, der hier im trüben Licht, wo die Sonne nicht mehr hinkam, wie ein Haufen Geschirrscherben aussah, den eine Hausfrau zusammengefegt hatte. Mike wischte sich die schmutzigen Handflächen an seinen Jeans ab und wartete einfach darauf, was als nächstes passieren würde.

Zunächst geschah gar nichts; der Vogel tappte unermüdlich auf dem Schornstein hin und her; wie ein schlafloser Mensch, der um drei Uhr nachts ruhelos im Zimmer auf und ab läuft. Ob das fünf Minuten dauerte oder aber fünfundzwanzig, das konnte Mike danach nicht sagen.

Dann hörte er wieder jenen lauten Flügelschlag. Der Vogel ließ sich vor der Schornsteinöffnung nieder, und diesmal begann Mike, der hinter seinem Ziegelhaufen kniete, ihn mit Wurfgeschossen zu bombardieren, noch bevor er den Kopf senken konnte. Ein Ziegelbrocken prallte gegen eines der gelben schuppigen Beine, und aus der Wunde sickerte Blut, das fast so schwarz aussah wie die Teeraugen. Mike schrie triumphierend auf, aber seine dünne Stimme ging im wütenden Kreischen des Vogels fast unter.

»*Verschwinde!*« brüllte Mike. »*Ich werde dich immer weiter bombardieren, bis du von hier verschwindest, das schwöre ich bei Gott!*«

Das Vogelmonster flog wieder auf den Schornstein hinauf und setzte seine ruhelose Wanderung fort.

Mike wartete.

Schließlich hörte er es erneut mit den Flügeln schlagen und davonfliegen. Er rechnete damit, daß die gelben Beine, die große Ähnlichkeit mit

Hühnerbeinen hatten, abermals vor der Öffnung auftauchen würden. Doch das geschah nicht. Überzeugt davon, daß es sich um irgendeinen Trick handeln mußte, wartete er noch längere Zeit, bis ihm schließlich klar wurde, daß das gar nicht der wahre Grund für sein Ausharren im Schornstein war, sondern daß er ganz einfach Angst hatte, seinen sicheren Zufluchtsort zu verlassen.

Los, nun überwinde dich schon! Du bist doch kein Hasenfuß! machte er sich selbst Mut.

Er schob einige Ziegelstücke in sein Hemd und nahm in beiden Händen soviel mit, wie er nur tragen konnte. Dann trat er aus dem Schornstein heraus, wobei er versuchte, seine Augen überall gleichzeitig zu haben. In diesem Moment wünschte er sich sehnlichst, ein zweites Augenpaar im Hinterkopf zu haben. Vor ihm, rechts und links, erstreckte sich nur das öde Gelände, übersät mit den rostigen Überresten der Eisenhütte. Er wirbelte auf dem Absatz herum, überzeugt davon, den Vogel auf dem Schornstein zu erblicken wie einen auf Beute lauernden Geier, einen einäugigen Geier, der nur abwartete, bis der Junge ihn sah, um ihn dann zum letzten Mal anzugreifen und ihn mit seinem scharfen Schnabel zu zerfetzen und zu zerfleischen.

Aber der Vogel war nicht da.

Er war tatsächlich weggeflogen.

Jetzt erst ließen seine Nerven ihn fast im Stich.

Er stieß einen zittrigen Angstschrei aus und rannte auf den verwitterten Holzzaun zu, der das Feld von der Straße trennte. Unterwegs ließ er seine Munition fallen, und als sein Hemd aus der Hose rutschte, fielen auch die restlichen Ziegelvorräte heraus. Sich nur mit einer Hand festhaltend, setzte er über den Zaun, packte die Lenkstange seines Fahrrads und rannte eine ganze Weile mit ihm die Straße entlang, bevor er aufsprang. Dann trat er wie wild in die Pedale; er wagte weder sich umzusehen noch langsamer zu fahren, bis er die Kreuzung Pasture Road und Outer Main Street erreicht hatte, wo lebhafter Verkehr herrschte.

Als er nach Hause kam, wechselte sein Vater gerade die Zündkerzen an ihrem Traktor aus. Will betrachtete seinen Sohn von Kopf bis Fuß und meinte dann, er sehe furchtbar schmutzig und staubig aus. Mike zögerte den Bruchteil einer Sekunde, dann erzählte er seinem Vater, er wäre auf der Heimfahrt vom Rad gestürzt, als er einem Schlagloch ausweichen wollte.

»Hast du ein Andenken mitgebracht?« fragte Will.

Mike zog das Zahnrad aus seiner Tasche und zeigte es seinem Vater, der einen kurzen Blick darauf warf und dann nach einem kleinen Ziegelkörnchen auf der Hautpartie unterhalb von Mikes Daumen griff, das ihn mehr zu interessieren schien.

»Aus dem alten Schornstein?« fragte er.

Mike nickte.

»Bist du drin gewesen?«

Mike nickte wieder.

»Hast du da drin irgendwas gesehen?« fragte Will und fügte dann rasch hinzu, um der ursprünglich gar nicht scherzhaft gemeinten Frage ihren Ernst zu nehmen: »Irgendeinen verborgenen Schatz?«

Mühsam lächelnd schüttelte Mike den Kopf.

»Na ja, erzähl deiner Mutter nicht, daß du dich da herumgetrieben hast«, sagte Will. »Sie würde zuerst mich und dann dich umbringen.« Er betrachtete seinen Sohn noch einmal, aufmerksamer als zuvor, und Mike fühlte sich ziemlich unbehaglich unter seinen forschenden Blicken.

»Mikey, ist alles in Ordnung?«

»Häh?«

»Du siehst ein bißchen blaß um die Augen rum aus.«

»Wahrscheinlich bin ich nur müde«, sagte Mike. »Immerhin sind es hin und zurück zehn Meilen, vergiß das nicht. Soll ich dir beim Traktor helfen, Daddy?«

»Nein, ich bin fast fertig. Geh lieber rein und wasch dich.«

Mike machte sich auf den Weg, und dann rief sein Vater ihn noch einmal. Mike drehte sich um.

»Ich möchte nicht, daß du noch einmal jenen Ort aufsuchst«, sagte Will, »zumindest nicht, bis diese Mordfälle aufgeklärt sind und der Täter hinter Schloß und Riegel sitzt... Du hast da draußen niemanden gesehen, oder? Niemand hat dich belästigt oder verfolgt?«

»Ich habe keinen Menschen gesehen«, antwortete Mike wahrheitsgetreu.

Will nickte und zündete sich eine Zigarette an. »Na ja, trotzdem war's falsch von mir, dich dorthin zu schicken. Solche alten Orte... manchmal können sie gefährlich sein.«

Für einen kurzen Augenblick trafen sich ihre Blicke.

»Okay, Daddy«, sagte Mike. »Ich möchte sowieso nicht mehr dorthin. Es war... ein bißchen unheimlich.«

Will nickte wieder. »Je weniger du deiner Mutter davon erzählst, desto besser. Jetzt geh und wasch dich. Und sag ihr, sie soll drei oder vier Würste mehr als sonst heiß machen.«

Und das tat Mike dann auch.

Vergiß das jetzt, dachte Mike Hanlon und betrachtete die Spuren, die zum Betonrand des Kanals führten und dort aufhörten. *Vergiß das jetzt, es war möglicherweise sowieso nur ein Tagtraum, und...*

Am Rand des Kanals waren getrocknete Blutflecken.

Mike betrachtete sie, und dann blickte er in den Kanal hinab. Schwarzes Wasser strömte rasch dahin. Schmutziggelber Schaum haftete an den Betonwänden, wurde abgeschwemmt und trieb in trägen Kurven und Spiralen außer Sichtweite. Einen Augenblick – einen flüchtigen Augenblick lang vereinigten sich zwei Klümpchen dieses Industrieabwassers, wirbelten herum und schienen ein schmerzverzerrtes Gesicht zu bilden, ein Kindergesicht, mit Augen, die in unsagbarem Entsetzen verdreht waren.

Mike hatte plötzlich das Gefühl, keine Luft mehr zu bekommen.

Dann wurde der Schaum auseinandergetrieben und war nur noch schmutziges Abwasser, und im selben Moment hörte er rechts von sich ein lautes Platschen. Er wich ein wenig zurück und schaute in jene Richtung, und ganz flüchtig glaubte er, in dem Schatten des Tunnels, dort wo der Kanal wieder an die Erdoberfläche kam, etwas zu sehen.

Dann war es verschwunden.

Frierend und zitternd holte er das Messer, das er gefunden hatte, aus der Tasche. Er warf es in den Kanal. Ein leises Platschen, kreisförmige Wellen... und dann nichts mehr.

Nichts außer der Angst, die ihn mit überwältigender Heftigkeit überfiel. Er wußte mit einem Mal mit absoluter Sicherheit, daß etwas in der Nähe war, ihn beobachtete, seine Chancen abwägte und nur auf den richtigen Zeitpunkt wartete.

Er drehte sich um und beschloß, zu seinem Rad zurückzugehen, und dann hörte er wieder jenes platschende Geräusch, und plötzlich rannte er los, sprang auf sein Rad, schob mit dem Absatz den Ständer hoch und trat in die Pedale. Jener Ozeangeruch war nun noch viel intensiver – viel zu intensiv. Er war überall. Und das von den nassen Zweigen tropfende Wasser war viel zu laut.

Etwas kam hinter ihm her. Er hörte schlurfende, schlingernde Schritte im Gras.

Mike trat jetzt stehend in die Pedale, um schneller voranzukommen. Er schoß durch das Parktor auf die Main Street hinaus, ohne noch einmal zurückzuschauen, er fuhr nach Hause und fragte sich, welcher Teufel ihn geritten hatte, überhaupt an diesen Ort zu fahren... was ihn dorthin gezogen hatte.

Und dann versuchte er an seine Arbeit zu denken, die ganze Arbeit und nichts als die Arbeit. Nach einer Weile gelang es ihm sogar.

Und als er am nächsten Tag die Schlagzeile in der Zeitung sah (VERMISSTER JUNGE GIBT ANLASS ZU NEUEN BEFÜRCHTUNGEN), dachte er an das Taschenmesser, mit den Initialen E. C., das er in den Kanal geworfen hatte. Er dachte an das Blut, das er im Gras gesehen hatte.

Und er dachte an die Spuren, die am Kanal aufhörten.

Siebtes Kapitel

Der Damm in den Barrens

1

Um Viertel vor fünf Uhr morgens gleicht Boston einer riesigen Toten-stadt, einer antiken Stadt, die über irgendeine schreckliche Tragödie in ihrer Vergangenheit brütet – eine Seuche oder einen Fluch. Der inten-sive, unangenehme Salzgeruch dringt vom Meer her in die Stadt hinein, und dichter Bodennebel füllt die engen Straßen.

Eddie Kaspbrak, der am Steuer des schwarzen Cadillacs sitzt, den er bei Butch Carrington in der Firma ›Cape Cod Limousine‹ abgeholt hat, und in Richtung Storrow Drive fährt, denkt, daß man das Alter dieser Stadt ringsum spürt wie sonst nirgends in Amerika. Boston ist ein Kind, verglichen mit London, ein Säugling, verglichen mit Rom, aber wenig-stens nach amerikanischen Maßstäben ist es alt, alt. Dies ist eine alte Stadt, die sich schon vor dreihundert Jahren auf den Hügeln um den Charles River ausdehnte, als die amerikanische Revolution noch unvor-stellbar schien, als Patrick Henry und Paul Revere noch gar nicht gebo-ren waren.

Dieses Alter und die Stille – sie machen ihn nervös. Er greift nach sei-nem Aspirator und schiebt ihn in den Mund.

Einige wenige Leute sind doch schon auf den Straßen und strafen sei-nen Eindruck Lügen, daß er in eine Lovecraftsche Erzählung von ver-fluchten Städten und uralten Plagen hineingeraten ist; Kellnerinnen, Krankenschwestern, städtische Angestellte mit müden, unausgeschlafe-nen Gesichtern stehen an Bushaltestellen oder eilen die Treppen zu den Schächten hinab, um die ersten Untergrundbahnen zu erreichen, und Eddie denkt: Ich würde nicht dort hinabsteigen, wenn ich an eurer Stelle wäre. Nicht unter die Erde. Nicht in die Schächte und Tunnels.

Ein Schauder überkommt ihn, und er ist froh über den dichteren Ver-kehr am Storrow Drive in Richtung Mystic Bridge.

Er fährt unter einem grün beleuchteten Hinweisschild durch: MAINE, NEW HAMPSHIRE, ALLE ORTE IN NORD-NEUENGLAND, *und unwillkürlich fröstelt ihn wieder. Er würde nur allzugern glauben, daß es erste Anzei-chen für irgendeine Krankheit sind, daß er einen Virus aufgeschnappt hat oder eines der von seiner Mutter so gefürchteten ›Phantom-Fieber‹ bekommt, aber er weiß es besser. Es ist die Stadt, die lautlos auf der scharfen Kante zwischen Tag und Nacht schwebt, es ist der Ozeange-*

ruch, dieser intensive, übelkeitserregende Geruch nach Salz und Tang; und es ist ein gewisses düsteres Schweigen. Diese Dinge sind seine Krankheitserreger... sie und die Erinnerungen, die jetzt über ihn hereinbrechen, Erinnerungen, die er einfach nicht verdrängen kann.

Ich habe Angst, *denkt Eddie.* Das lag immer allem zugrunde – diese Angst. Sie beherrschte alles. Aber wie haben wir sie eingesetzt?

Daran kann er sich nicht erinnern. Er fragt sich, ob einer der anderen das kann.

Ein Lastwagen setzt zum Überholen an, und Eddie blendet kurz seine Scheinwerfer auf. Er macht das ganz automatisch; so etwas geht einem in Fleisch und Blut über, wenn man seinen Lebensunterhalt mit Autofahren verdient. Der Lastwagenfahrer bedankt sich durch zweimaliges kurzes Blinken mit dem Rücklicht für Eddies Höflichkeit. Wenn nur alles so einfach und klar sein könnte, *denkt Eddie.*

Er folgt den Hinweisschildern, die ihn zur I-95 führen sollen. Der Verkehr ist jetzt ziemlich stark, aber er hat einen Instinkt dafür, wann er auf welchen Fahrstreifen überwechseln muß, noch bevor die Schilder auftauchen. Auch das geschieht ganz automatisch – ebenso automatisch, wie er einst in Derry stets den richtigen Weg durch das Dickicht der Barrens fand. Die Tatsache, daß er noch nie durch die Innenstadt von Boston gefahren ist, die in puncto Straßenführung als eine der verwirrendsten Städte Amerikas gilt, macht ihm überhaupt nichts aus.

Eine Stimme spricht in seinem Kopf: die Stimme von Stotter-Bill, vor langer Zeit. »D-Du h-h-hast einen K-K-Kompaß im Kopf, E-E-Eddie.«

Wie ihm das damals gefallen hatte! Es gefällt ihm auch jetzt wieder, während er auf die Mautsperren auf der Mystic Bridge zufährt. Eddie lächelt ein wenig. Er wäre damals vermutlich für Bill Denbrough gestorben, wenn dieser es von ihm verlangt hätte. »E-E-E-Eddie, d-d-du mußt m-m-morgen für m-mich sterben, okay?« – »Na klar, Big Bill... um wieviel Uhr?«

Eddie lacht jetzt sogar, und das überrascht ihn selbst, denn er lacht in letzter Zeit nur noch selten. Und ganz bestimmt hat er nicht damit gerechnet, diesen seltenen Klang seines eigenen Lachens ausgerechnet auf dieser schwarzen Pilgerfahrt zu hören.

Die Mautanlage ist automatisch, und Eddie greift ohne nachzudenken nach den richtigen Münzen. Bevor er losgefahren ist, hat er sein ganzes Silbergeld auf dem Armaturenbrett aufgereiht: Fünfcent-, Zehncent- und Vierteldollarmünzen und Susan-B.-Anthony-Silberdollarstücke. Als er diese Dollarmünzen jetzt wieder sieht, fallen ihm plötzlich Ben Hanscom und dessen Silberdollarmünzen ein – echte Silberdollar, auf denen Lady Liberty eingeprägt war. Und das führt ihn wieder zu Bill zu-

rück, denn Bill hat ihnen einmal mit einem dieser Silberdollarmünzen das Leben gerettet – obwohl er sich um alles in der Welt nicht erinnern kann, auf welche Weise.

Es war dunkel da drinnen, denkt er plötzlich. *Ich erinnere mich. Es war dunkel da drinnen.*

Er kurbelt das Fenster herunter und wirft das Geld in den Automaten. Das rote Licht wird grün; DANKE *leuchtet auf. Er fährt weiter über die Brücke, in Richtung Revere, unter einem taubengrauen Himmel, über einen Fluß derselben Farbe.*

Boston liegt jetzt hinter ihm. Vor ihm liegt MAINE, NEW HAMPSHIRE, ALLE ORTE IN NORD-NEUENGLAND. *Vor ihm liegt* Derry *– und etwas in Derry, das seit siebenundzwanzig Jahren tot sein sollte und es doch nicht ist. Etwas mit unzähligen Gesichtern. Aber was ist es in* Wirklichkeit? *Haben Sie es zuletzt nicht unmaskiert gesehen? Und waren es nicht Bev Marsh und Ben Hanscom gewesen, die sie bei jener Gelegenheit gerettet hatten? Er weiß es nicht genau.*

Oh, er kann sich jetzt an so vieles erinnern... aber es reicht immer noch nicht aus.

Er erinnert sich daran, daß er Bill Denbrough liebte. Bill machte sich nie über sein Asthma lustig. Bill nannte ihn nie ein verweichlichtes Muttersöhnchen. Er liebte Bill, wie er einen großen Bruder geliebt hätte... oder einen Vater. Bill wußte gut Bescheid. Er wußte, was man tun konnte, wohin man gehen konnte, was man sich anschauen konnte, was man spielen konnte. Bill hatte ihm die Spielregeln von ›Scrabble‹ erklärt, und es war Bills Idee gewesen, den Damm in den Barrens zu bauen, und in gewisser Weise war es der Damm gewesen, der sie alle zusammengeführt hatte. Ben Hanscom hatte den Damm konstruiert – so gut konstruiert, daß sie um ein Haar Schwierigkeiten mit Mr. Nell, dem Streifenpolizisten, bekommen hätten –, aber die ursprüngliche Idee hatte Bill gehabt, und obwohl sie alle – mit Ausnahme von Richie – seit Jahresbeginn in Derry merkwürdige Dinge gesehen oder erlebt hatten, war es Bill gewesen, der als erster den Mut aufgebracht hatte, darüber zu reden.

Jener Damm.

Jener verdammte Damm.

Er erinnerte sich an Victor Criss' höhnische Bemerkung am Tage zuvor: »Es war ein richtiger Kleinkinderdamm.«

Und einen Tag später hatte Ben Hanscom ihn und Bill angegrinst und gesagt:

»Wir können
Wir können die
Wir können die ganzen

Barrens überfluten, wenn wir wollen.«

Bill und Eddie schauten zweifelnd von Ben zu dem Zeug, das er mitgebracht hatte: einige Bretter (von Mr. McKibbons Hinterhof geklaut, aber das war nicht schlimm, denn Mr. McKibbon hatte sie vermutlich selbst von irgendeinem Hinterhof geklaut), einen Schmiedehammer und eine Schaufel.

»Ich weiß nicht so recht«, sagte Eddie vorsichtig und schaute dabei Bill an. »Als wir's gestern probiert haben, hat's nicht sehr gut geklappt. Die Strömung hat unsere Stöcke dauernd weggeschwemmt.«

»Diesmal wird's klappen«, versicherte Ben. Auch er schaute Bill an – bei Bill lag die letzte Entscheidung.

»Also, v-v-v-versuchen wir's«, sagte Bill. »Ich hab' h-heute morgen R-R-Richie Tozier angerufen. Er k-k-k-kommt später rüber, hat er gesagt. Vielleicht w-w-werden er und Stanley L-L-L-Lust haben, uns zu h-h-hel- fen.«

»Wer ist Stanley?«

»Stan Uris«, antwortete Eddie. Er schaute immer noch Bill an, der ihm heute irgendwie verändert vorkam – stiller, nicht mehr so begeistert von der Idee, einen Damm zu bauen. Bill sah heute bleich aus. Abwesend.

»Ich glaube nicht, daß ich ihn kenne«, sagte Ben. »Geht er in die Derry-Schule?«

»Er ist so alt wie wir, aber er hat erst die vierte Klasse abgeschlossen«, antwortete Eddie. »Er war als kleiner Junge sehr krank und ist deshalb ein Jahr später in die Schule gekommen. Wenn du glaubst, Big Ben, daß du gestern von Bowers und seinen Kumpanen ordentlich was abbekommen hast, müßtest du mal Stan sehen. Irgend jemand schikaniert ihn immer.«

»Er ist jü-jü-jüdisch«, erklärte Bill. »V-V-V-Viele Kinder m-m-mögen ihn deshalb nicht. Aber er ist o-okay.«

»Jüdisch?« fragte Ben. »Tatsächlich?« Er war beeindruckt, hauptsächlich, weil er nicht wußte, was ein Jude war. »Ist das so was Ähnliches wie türkisch, oder ist es mehr, du weißt schon, ägyptisch?«

»Ich n-n-nehme an, eher tü-tü-türkisch«, sagte Bill. Er hob eines der Bretter auf, die Ben mitgebracht hatte, und betrachtete es. Es war etwa einen Meter achtzig lang und neunzig Zentimeter breit. »M-M-Mein V-V-Vater sagt, die m-meisten Juden hätten große N-N-N-Nasen und einen Haufen G-G-Geld, a-a-a-...«

»Aber Stan hat eine ganz normale Nase, und er ist immer pleite«, warf Eddie ein.

»Genau«, sagte Bill grinsend.

Ben grinste.

Eddie grinste.

Sie standen am Bach, dort wo Criss und Huggins und Bowers am Vortag Bill und Eddie überrascht hatten; die Bretter, der Hammer und die Schaufel lagen um sie herum, und Eddie war plötzlich sicher, daß Bill im nächsten Moment etwas Ernstes sagen würde. Er schaute jetzt nämlich von Ben zu Eddie, ohne zu lächeln, und Eddie hatte plötzlich Angst.

Aber Bill erkundigte sich nur: »H-H-Hast du deinen A-A-Aspirator, E-Eddie?«

Eddie klopfte gegen seine Tasche. »Alles klar.«

»Sag mal, wie hat eigentlich die Sache mit der Schokoladenmilch geklappt?« fragte Ben plötzlich.

Eddies Angst verging wieder. »Großartig!« sagte er und lachte, und Ben stimmte in sein Lachen ein, während Bill sie verwirrt anschaute. Eddie erklärte ihm die Sache, und nun grinste auch Bill.

»E-E-Eddies M-M-Mutter hat A-Angst, daß er k-k-k-kaputtgeht und sie k-k-keine Rückzahlung für ihn b-bekommt«, sagte er.

Eddie schnaubte und tat so, als wollte er Bill in den Bach werfen.

»Sieh dich vor, Arschloch!« imitierte Bill täuschend ähnlich Henry Bowers. »Ich dreh' dir den Hals um, so daß du deinen Arsch betrachten kannst, wenn du ihn dir abwischst!«

Ben mußte so lachen, daß er sich auf den Boden fallen ließ und sich den Bauch hielt. Bill stand da, die Hände in den Hosentaschen, warf ihm einen Blick zu, lächelte ein wenig, wandte sich dann an Eddie und sagte, mit dem Kopf auf Ben deutend.

»D-D-Der Junge ist nicht ganz d-d-d-dicht.«

»Ja«, stimmte Eddie zu, aber er spürte, daß sie nur so taten, als amüsierten sie sich gut. Etwas lag Bill auf der Seele. Na ja, vermutlich würde er es schon irgendwann ausspucken, wenn ihm danach zumute war. »Der Junge ist geistig zurückgeblieben.«

»Behindert«, kicherte Ben.

»W-W-Wirst du u-uns nun z-z-zeigen, w-wie man einen D-D-D-Damm baut, oder w-willst du den g-g-g-ganzen Tag auf deinem fetten H-H-Hintern rumsitzen?« fragte Bill.

Ben stand auf und betrachtete den Bach, der nicht besonders schnell dahinfloß. Er war nicht breit; sogar ein kleines Kind hätte von einer Seite zur anderen springen können, ohne nasse Füße zu bekommen. Aber der Bach war gestern trotzdem stärker gewesen als Bill und Eddie. Sie hatten beide nicht gewußt, wie sie die Strömung in den Griff bekommen konnten.

Ben wandte sich ihnen wieder zu, und Eddie dachte: *Er weiß, wie man's machen muß – ich glaube, er weiß es wirklich.*

»Okay«, sagte Ben. »Ihr solltet lieber eure Schuhe ausziehen, denn ohne nasse Füßchen wird's nicht abgehen.«

Sofort hörte Eddie im Geiste die Stimme seiner Mutter, resolut und überzeugt und ganz deutlich: *Tu das ja nicht, Eddie, nasse Füße führen zu Erkältungen, und aus einer Erkältung kann leicht eine Lungenentzündung werden. Tu's nicht, Eddie!*

Bill und Ben saßen schon am Ufer und zogen Schuhe und Socken aus. Ben rollte umständlich seine Hosenbeine hoch. Bill schaute zu Eddie.

»K-K-Kommst du?«

»Ja klar«, sagte Eddie. Er setzte sich am Bachufer hin und zog die Schuhe und Strümpfe aus, während in seinem Kopf seine Mutter tobte... aber ihre Stimme klang zunehmend ferner und hallender, wie er erleichtert feststellte, als hätte jemand einen Angelhaken in ihre Bluse geschlagen und wäre gerade dabei, sie von ihm weg in einen sehr langen Korridor zu ziehen.

3

Es war einer jener vollkommenen Sommertage, die man nie vergißt. Eine leichte Brise hielt die Moskitos fern. Der Himmel war strahlend blau, und die Temperatur bewegte sich so um die zwanzig Grad. Vögel zwitscherten und gingen im Gebüsch ihren Vogelgeschäften nach. Eddie mußte einmal seinen Aspirator benutzen, und dann wurde seine Brust frei, und sein Hals schien auf magische Weise so breit wie ein Freeway zu werden. Den Rest des Morgens hatte er den Aspirator in der Tasche stekken und dachte überhaupt nicht mehr daran.

Ganz in die Aufgabe vertieft, den Damm zu bauen, wurde Ben Hanscom, der am Vortag so unsicher und schüchtern gewesen war, zu einem selbstbewußten General, der ihnen genaue Anweisungen gab, was sie tun sollten. Ab und zu trat er ein paar Schritte zurück, betrachtete das Werk und murmelte etwas vor sich hin. Dabei fuhr er sich mit den Händen durch die Haare, und gegen elf Uhr standen sie nach allen Seiten wirr ab.

Zuerst zweifelte Eddie noch etwas am Gelingen des Werkes, aber dann überkam ihn Fröhlichkeit und schließlich ein völlig neues Gefühl – eines, das unheimlich, entsetzlich und berauschend zugleich war. Es war ein Gefühl, das seinem Wesen so durch und durch fremd war, daß er erst einen Namen dafür fand, als er in dieser Nacht im Bett lag, zur Decke sah und den Tag an sich vorbeiziehen ließ. *Macht.* Das war das Gefühl gewesen. Macht. Der Damm würde seinen Dienst tun, bei Gott, und zwar besser, als er und Bill – vielleicht sogar Ben selbst – sich je träumen ließen.

Er sah, daß auch Bill mitgerissen wurde – zuerst war er noch nicht richtig bei der Sache gewesen, hatte noch über sein Problem nachgegrübelt, das ihn sehr zu beschäftigen schien, was immer es auch sein mochte, aber allmählich konzentrierte er sich dann hundertprozentig auf ihre Arbeit. Ein paarmal klopfte er Ben auf die dick gepolsterte Schulter und sagte ihm, er sei einfach phänomenal. Ben errötete jedesmal vor Freude.

Er wies Bill und Eddie an, eines der Bretter hochkant quer über den Bach zu schieben und festzuhalten, während er es mit dem Hammer ins Bachbett hineinrammte. »Du wirst es festhalten müssen, sonst wirft die Strömung es sofort wieder um«, erklärte er Eddie, und Eddie stellte sich folgsam in die Bachmitte und hielt das Brett, während Bill und Ben ein zweites Brett etwa einen halben Meter unterhalb des ersten anbrachten. Bill mußte auf Bens Anweisung dieses zweite Brett halten, während er selbst den Zwischenraum mit Schlamm und Kieselsteinen aus dem Bachbett füllte.

»Wenn wir statt dieses Zeugs Zement hätten, dann müßten sie die ganze Stadt auf die Seite von Old Cape verlegen«, sagte Ben, während er ein wenig ausruhte. Bill und Eddie lachten, und Ben grinste ihnen zu. Wenn er lächelte, ließen seine Gesichtszüge ahnen, daß er einmal ein gutaussehender Mann sein würde.

Nach einer Weile wechselte Bill Ben beim Schaufeln ab, während Ben das untere Brett festhielt. Dann schaufelte Eddie, aber er kam schon nach kurzer Zeit völlig außer Atem, und Ben löste ihn wieder ab. Vor dem oberen Brett staute sich jetzt das Wasser, und Eddie wies darauf hin, daß ein Teil davon sich seitlich der Bretter einen neuen Weg bahnte.

»Darum werden wir uns später kümmern«, erklärte Ben so zuversichtlich, daß Eddie ganz beruhigt war.

Ben holte ein drittes Brett – das dickste der vier oder fünf, die er mühsam durch die Stadt geschleppt hatte – und lehnte es sorgfältig in einem bestimmten Winkel gegen das untere Brett.

»Okay«, sagte er mit einem prüfenden Blick auf sein Werk. »Jetzt müßtet ihr eigentlich loslassen können. Die Füllung zwischen den Brettern und dieses schräge Brett müßten eigentlich dafür sorgen, daß der Damm dem Wasserdruck standhält.«

»U-U-Und wenn n-nicht, werden w-wir dich l-l-l-lynchen«, sagte Bill.

»Okay«, meinte Ben.

Bill und Eddie ließen die Bretter los und traten ein Stück zur Seite. Ben gesellte sich zu ihnen. Die beiden Bretter, die den eigentlichen Damm bildeten, knarrten ein wenig, neigten sich ein bißchen ... das war aber auch schon alles.

»Sagenhaft!« rief Eddie aufgeregt.

»Toll«, sagte Bill grinsend.

»Kommt, jetzt wollen wir erst mal was essen«, meinte Ben.

4

Sie saßen am Ufer, aßen, ohne viel zu reden, und beobachteten, wie das Wasser sich staute. Es bildete einen fast kreisförmigen Teich vor dem Damm, und noch bevor sie ihre Sandwiches und Süßigkeiten aufgegessen hatten, überflutete es die Ufer, trotz der Schleusen seitlich des Dammes. Funkelnde Bächlein flossen überall ins Gras und ins Gebüsch. Weiter oben sah der Bach irgendwie geschwollen aus – ein besserer Ausdruck fiel Eddie dafür nicht ein. Das fröhliches Blubbern und Plätschern von seichtem Wasser, das über Steine und Kies floß, war verstummt. Der Bach sah jetzt wie eine geschwollene graue Vene über einer Aderpresse aus.

Unterhalb des Dammes war das Bachbett fast leer; einige Rinnsale in der Mitte – das war alles. Steine, die Gott weiß wie lange unter Wasser gewesen waren, trockneten jetzt in der Sonne. Wieder verspürte Eddie dieses unheimliche Machtgefühl. *Sie* hatten das geschafft, drei kleine Jungen.

Ben legte seine leeren Tüten ordentlich in den Lunchbeutel, den er mitgebracht hatte. Eddie und Bill hatten nur so über die Riesenmengen gestaunt, die Ben verdrücken konnte; zwei Sandwiches mit Erdnußbutter und Gelee, ein Wurstbrot, ein hartgekochtes Ei (er hatte sogar daran gedacht, etwas Salz mitzubringen), zwei Päckchen Feigen, drei große Schokoladenplätzchen und einen Schokoriegel.

»Was hat deine Mutter gesagt, als sie gesehen hat, wie übel du zugerichtet warst?« fragte Eddie ihn.

»Hmmm?« Ben wandte seinen Blick von dem immer größer werdenden Teich vor dem Damm und rülpste leise hinter vorgehaltener Hand. »Oh, nun, ich habe gewußt, daß sie gestern nachmittag einkaufen sein würde, daher konnte ich vor ihr daheim sein. Ich habe gebadet und mir die Haare gewaschen. Dann habe ich die Jeans und das Sweat-Shirt weggeworfen, die ich angehabt habe. Ich weiß nicht, ob sie merkt, daß sie feh-

len, oder nicht. Das Sweat-Shirt wahrscheinlich nicht, ich habe jede
Menge Sweat-Shirts, aber ich glaube, ich sollte mir ein neues Paar
Jeans kaufen, bevor sie in meinen Schubladen herumstöbert.«

Der Gedanke, sein Geld für so eine unwichtige Sache auszugeben,
warf einen vorübergehenden Schatten über Bens Gesicht.

»W-W-Was ist da-da-damit, daß d-d-du ga-ga-ganz grün und b-b-
blau gewesen b-b-bist?«

»Ich habe ihr gesagt, ich war so aufgeregt, daß die Schule aus ist, ich
bin rausgerannt und die Treppe runtergefallen«, sagte Ben und sah erstaunt und etwas gekränkt zugleich drein, als Eddie und Bill zu lachen
anfingen. Bill, der an einem Stück Kuchen seiner Mutter gekaut hatte,
spie einen Schwall brauner Krümel aus und bekam einen Hustenanfall. Eddie, der immer noch vor Lachen brüllte, schlug ihm auf den
Rücken.

»Nun, ich bin wirklich fast die Treppe runtergefallen«, sagte Ben.
»Aber nur, weil Victor Criss mich geschubst hat, und nicht, weil ich
gerannt bin.«

»Ich w-würde in einem S-S-Sweater vor H-H-Hitze umkommen«,
sagte Bill, nachdem er den letzten Bissen seines Sandwiches hinunter-
geschluckt und sich die Hände an seinen Jeans abgewischt hatte.

Ben zögerte. Einen Augenblick sah es so aus, als würde er darauf
nichts erwidern. Dann sagte er: »Wenn man fett ist, sind sie besser.
Sweater, meine ich.«

»Wegen deines Bauches?« fragte Eddie.

Bill schnaubte. »Wegen deiner B-B-B-...«

»Ja, wegen meiner Brüste«, sagte Ben ein wenig herausfordernd.
»Na und?«

Einen Moment lang herrschte betretenes Schweigen, dann sagte Eddie: »Mir gefällt nicht, wie das Wasser an den Seiten des Damms aussieht.«

Er deutete auf die Stelle, wo das Wasser an den Brettern vorbeifloß;
es war trübe und schlammig.

»Oh, verdammt!« rief Ben und sprang auf. »Die Strömung holt unsere Füllung raus! Ich wollte, wir hätten Zement!«

Wie sich herausstellte, war der Schaden bisher nicht groß, aber sogar Eddie konnte sehen, was passieren würde, wenn nicht jemand fast
ständig neues Füllungsmaterial hineinschaufelte: Erosion würde zuletzt dazu führen, daß das obere Brett umkippen, gegen das zweite stoßen und damit alles zum Einsturz bringen würde.

»Wir können das aber verhindern, indem wir die Seiten befestigen«,
sagte Ben.

»Wenn wir Lehm verwenden, wird der auch einfach weggeschwemmt«, erwiderte Eddie.

»Keinen Lehm. Rasenstücke.«

Bill nickte, lächelte und machte ein O mit Daumen und Zeigefinger der rechten Hand. »Also l-l-los. Ich steche sie aus, und du z-z-zeigst mir, wohin ich sie legen muß, Big B-B-Ben.«

Von hinten ertönte plötzlich eine Stimme: »Mein Gooooott, sie verlegen das Schwimmbad in die Barrens!«

Eddie drehte sich um, wobei er bemerkte, wie Ben sich beim Klang der fremden Stimme sofort wieder versteifte, wie seine Lippen zu einer dünnen Linie wurden. Über ihnen, ein Stückchen bachaufwärts, auf dem Pfad, den Ben am Vortag gekreuzt hatte, standen Richie Tozier und Stanley Uris.

Richie kam den Bach entlanggewatet, sah Ben interessiert zu und kniff Eddie dann in die Wange.

»*Laß das!* Es stinkt mir, wenn du das machst, Richie.«

»Im Gegenteil, es gefällt dir, Eds«, sagte Richie und strahlte ihn an. »Was meinst du? Hast du tolle Backen oder nicht?«

5

Einige Stunden später war der Damm fertig. Die fünf Jungen saßen jetzt viel höher auf der Uferböschung und betrachteten von dort ihr Werk. Sogar Ben konnte es kaum glauben. Er verspürte bei aller Müdigkeit eine tiefe Befriedigung, die aber mit leichtem Unbehagen vermischt war. Er mußte unwillkürlich an ›Fantasia‹ denken, wo Mickey Mouse zwar gewußt hatte, mit welchen Zauberworten er den Besen in Bewegung setzen konnte, wo seine Macht jedoch nicht ausgereicht hatte, um diesen wieder stillstehen zu lassen.

»Unglaublich«, sagte Richie Tozier leise.

Eddie warf einen Blick zu ihm hinüber, aber diesmal zog Richie keine seiner Nummern ab; seine Augen hinter den dicken Brillengläsern hatten einen nachdenklichen, fast feierlichen Ausdruck.

Die Stelle, wo Eddie, Ben und Bill ihr Mittagessen verzehrt hatten, stand jetzt unter Wasser. Auf der anderen Seite des Baches hatten sie eine Marschlandschaft geschaffen. Dornenbüsche und Farne standen fußtief unter Wasser, und sogar, während sie hier saßen, konnten sie beobachten, wie die Marsch sich nach Westen ausbreitete. Weiter oben sah der Bach immer noch geschwollen aus.

Gegen zwei Uhr hatte das gestaute Wasser den oberen Rand der Bretter erreicht, und alle außer Ben waren zu einer Expedition zur Müllhalde aufgebrochen, um weitere Bretter zu organisieren. Ben hatte unterdessen methodisch Lecke an den Seiten mit Rasenstücken gestopft, ohne sich um das über den oberen Bretterrand fließende Wasser zu kümmern. Die vier Müllmänner waren nicht nur mit Brettern zurückgekehrt, sondern auch mit vier kaputten Reifen und der rostigen Tür eines 1949er Hudson Hornet. Unter Bens Anleitung hatten sie sodann einen zweiten, höheren Damm unterhalb des ersten errichtet, der inzwischen total überflutet war.

»Du bist ein Genie, Ben«, sagte Richie jetzt.

Ben lächelte. »So schwer war's nun auch wieder nicht«, sagte er bescheiden.

»Ich hab' ein paar Winstons«, verkündete Richie. »Wer möchte eine?« Er holte eine zerknitterte Packung aus der Tasche und bot reihum Zigaretten an. Eddie dachte an sein Asthma und lehnte ab. Stan ebenfalls. Bill nahm eine, und auch Ben griff nach kurzem Zögern zu. Richie zog ein Streichholzheftchen mit der Aufschrift ROI-TAN heraus und zündete zuerst Bens, dann Bills Zigarette an. Als er gerade auch seine eigene anzünden wollte, blies Bill das Streichholz aus.

»Danke vielmals, Denbrough, du Trottel!« rief Richie.

Bill lächelte entschuldigend. »D-D-Drei mit einem Streichholz b-b-bringt U-Unglück.«

»Ein Unglück war für deine Leute der Tag deiner Geburt«, sagte Richie liebenswürdig und zündete seine Zigarette mit einem neuen Streichholz an. Er blinzelte Ben zu, der ihn mit einer Mischung aus Ehrfurcht und Vorsicht betrachtete.

Eddie konnte das gut verstehen. Er kannte Richie nun schon seit vier Jahren, kannte sich mit ihm aber immer noch nicht richtig aus. Er wußte, daß Richie in allen Schulfächern gute Noten hatte – hauptsächlich Einser und Zweier –, aber im Betragen regelmäßig eine Drei oder Vier bekam. Er konnte anscheinend nicht stillsitzen, und noch weniger konnte er seinen Mund halten. Hier unten in den Barrens brachte ihn das nicht in Schwierigkeiten, aber in der größeren Welt von Derry hatte er dadurch jede Menge Probleme – sowohl mit Erwachsenen, was schlimm war, als auch mit Burschen wie Henry Bowers, was noch viel schlimmer war.

Sein heutiger Auftritt war dafür ein perfektes Beispiel gewesen: Er war aufgeregt den Pfad hinabgesaust, während Stan Uris ihm gemächlicher folgte. Als Richie Ben Hanscom gesehen hatte, war er auf die Knie gefallen und hatte eine Reihe tiefer Verbeugungen gemacht, mit ausgestreckten Armen, die jedesmal im Schmutz landeten. Gleichzeitig hatte er mit einer seiner STIMMEN geredet.

Eddie wußte, daß Richie etwa ein Dutzend verschiedener Stimmen hatte. An einem regnerischen Nachmittag, als sie über der Garage der Kaspbraks Comics gelesen hatten, hatte er Eddie anvertraut, daß er den Ehrgeiz hatte, der größte Bauchredner der Welt zu werden, besser noch als Edgar Bergen. Eddie befürchtete allerdings, daß er Probleme mit der Verwirklichung dieses Wunschtraums haben würde. Erstens klangen sämtliche Stimmen Richies nämlich sehr nach Richie Tozier (was nicht ausschloß, daß Richie manchmal wirklich komisch sein konnte). Zweitens bewegte er beim Bauchreden die Lippen. Nicht nur ein bißchen, sondern sehr stark. Und drittens, wenn Richie erklärte, er werde jetzt seine Stimme verlagern, so kam sie danach doch immer noch aus seinem Mund und nirgendwo sonst her. Die meisten von Richies Freunden waren zu taktvoll – oder zu verwirrt von Richies manchmal bezauberndem, oft aber anstrengendem Charme –, um ihn auf diese kleinen Mängel hinzuweisen.

Während er sich wie wahnsinnig vor dem total verwirrten und verlegenen Ben verbeugte, redete Richie mit seiner – wie er das nannte – ›Nigger-Jim-Stimme‹.

»Pest und Hölle, es ist Haystack Calhoun!« schrie Richie. »Fallen Se nich' auf mich rauf, Mistah Haystack, Sör! Se machen mich jewiß zu Brei! Pest und Hölle, Pest und Hölle! Dreihunnert Pund Läbendjewicht, Hunnertsiebzig Zennimetah von Titte zu Titte, Haystack riecht sichah winne janze Ladung Pantherkacke! 'n enormer Brocken isser schonn, Mistah Haystack, Sör! 'n gewaltiger Brocken. Un falln Se nich aufen armen schwatten Jungen hia!«

»M-M-Mach dir nichts d-d-draus«, sagte Bill zu Ben. »So ist R-R-R-Richie nun mal. Er ist v-v-verrückt.«

Richie sprang auf. »Ich hab's vernommen, Denbrough. Du solltest lieber abhauen, sonst schmeiß' ich Haystack auf dich drauf.«

»Der b-b-beste Teil von dir ist am B-B-Bein deines V-Vaters runtergelaufen«, sagte Bill.

»Stimmt«, sagte Richie, »aber sieh mal, wieviel Gutes noch übriggeblieben ist. Wie geht's, Haystack? Richie Tozier ist der Mann, der Stimmen imitieren kann.« Er streckte seine Hand aus. Total verwirrt wollte Ben ihm die Hand schütteln, aber Richie zog sie im letzten Moment zurück. Ben errötete. Richie ließ sich davon nun doch erweichen und reichte ihm die Hand.

»Ben Hanscom«, stellte Ben sich vor.

»Ich hab' dich in der Schule schon gesehen«, sagte Richie. Er deutete auf den Teich. »Das muß deine Idee gewesen sein. Diese Trottel da könnten nicht mal einen Feuerwerkskörper mit einer brennenden Pechfackel zünden!«

»Du solltest nur für dich selbst sprechen«, sagte Eddie. »Ben hat uns gezeigt, wie man's machen muß, das stimmt.«

»Gute Arbeit.« Richie drehte sich um und entdeckte Stan, der immer noch hinter ihm stand. Er war schlank, dunkelhaarig und still. »Das da ist Stan Uris. Stan ist ein Jude. Er hat Christus umgebracht – zumindest hat mir Victor Criss das einmal erzählt. Seitdem halte ich mich immer an Stan. Wenn er nämlich so alt ist, sollte er uns eigentlich ein paar Bierchen spendieren können. Stimmt's, Stan?«

»Ich nehm' an, daß das mein Vater getan haben muß«, sagte Stan ruhig, und über diese Bemerkung mußten sie alle – einschließlich Ben – schallend lachen. Eddie lachte, bis er keine Luft mehr bekam.

»Ein toller Witz!« schrie Richie und stolzierte mit ausgebreiteten Armen umher. »Stan Uris läßt einen guten Witz los! Ein historischer Augenblick!«

»Hi«, sagte Stan.

»Hallo«, erwiderte Ben.

»Ich sag's nicht gern, aber es sieht ganz so aus, als würdest du deinen Damm verlieren«, rief Richie. »Das Tal wird bald überflutet sein. Frauen und Kinder zuerst!«

Und ohne sich die Mühe zu machen, seine Turnschuhe auszuziehen oder seine Jeans hochzukrempeln, sprang er ins Wasser und begann, Grasstücke seitlich des Damms festzudrücken, wo die beharrliche Strömung wieder die Füllung auszuwaschen versuchte. Ein Stück Pflaster stand an der geflickten Stelle seines Brillengestells ab. Bill fing Eddies Blick auf, lächelte ein wenig und zuckte mit den Schultern. Eddie zuckte ebenfalls die Achseln. Es war eben Richie. Er konnte einen zur Verzweiflung bringen . . . aber es war trotzdem schön, wenn er mit von der Partie war.

Die nächste Stunde war mit Arbeiten am Damm schnell verstrichen. Richie befolgte Bens schüchterne Kommandos mit überraschender Bereitwilligkeit, führte seine Aufgaben mit irrsinniger Geschwindigkeit aus und meldete sich sofort wieder zur Stelle, um neue Befehle entgegenzunehmen. Er war schon nach kürzester Zeit von der Taille abwärts völlig durchnäßt. Von Zeit zu Zeit hänselte er die anderen mit einer seiner Stimmen: der deutsche Kommandant, Toodles, der englische Butler, der Senator aus den Südstaaten, der Wochenschausprecher im Kino.

Die Arbeit hatte rasche Fortschritte gemacht. Und nun, während sie am Ufer saßen, schien der Bach völlig eingedämmt zu sein. Die Autotür bildete den dritten Dammabschnitt, abgestützt durch einen Riesenwall aus Lehm und Steinen. Bill, Ben und Richie rauchten; Stan lag auf dem Rücken, die Hände hinter dem Kopf verschränkt, und blickte zum Himmel empor. Eddie saß einfach da; er fühlte sich angenehm müde und lethargisch und zufrieden. Er hatte die tollsten Freunde, die ein Junge sich nur wünschen konnte. Sie fühlten sich zusammen *wohl*. Besser konnte er die allgemeine Stimmung nicht beschreiben.

Er schaute zu Ben hinüber, der seine halbgerauchte Zigarette linkisch hielt und häufig ausspuckte, als sage ihm der Geschmack nicht besonders zu. Dann drückte er sie verstohlen aus und vergrub sie. Als er bemerkte, daß Eddie ihn beobachtet hatte, schaute er verlegen zur Seite.

Eddies Blick schweifte weiter, und etwas in Bills Gesicht weckte sein Unbehagen. Bill blickte über das Wasser hinweg auf die Bäume und Büsche am anderen Ufer; seine blauen Augen waren sehr nachdenklich. Sein Gesicht hatte einen grübelnden Ausdruck, und Eddie dachte, daß Bill richtig gequält aussah.

Als hätte er seine Gedanken gelesen, blickte Bill plötzlich zu ihm hinüber. Eddie lächelte, aber Bill erwiderte sein Lächeln nicht. Er drückte seine Zigarette aus und schaute in die Runde. Sogar Richie war verstummt und hing seinen eigenen Gedanken nach, die Knie bis zum Kinn hochgezogen, die Arme um die Schienbeine geschlungen.

Eddie fiel plötzlich ein, daß Bill selten etwas Wichtiges sagte, es sei denn, daß es völlig still war – das lag daran, daß ihm das Sprechen so schwerfiel. Und Eddie wünschte auf einmal, daß ihm selbst irgendeine geistreiche Bemerkung einfiele, oder daß Richie etwas in einer seiner Stimmen von sich gäbe, denn er war sicher, daß Bill jeden Moment seinen Mund aufmachen und etwas Schreckliches sagen würde. Etwas, das er absolut nicht hören wollte.

Er hatte plötzlich Angst. Es gab überhaupt keinen Grund dafür. Trotzdem hatte er Angst. Instinktiv tastete er nach seinem Aspirator. Das zylinderförmige Ding in seiner rechten Vordertasche übte auf ihn eine beruhigende Wirkung aus.

»K-K-Kann ich euch etwas erzählen?« fragte Bill.

Sie schauten ihn alle an. *Laß einen Witz los, Richie*, dachte Eddie. *Mach irgendeinen Witz, sag irgendwas Abscheuliches, verwirr ihn, bring ihn zum Schweigen. Ich will es nicht hören. Was immer es sein mag, ich will es nicht hören!*

In seinem Verstand sagte eine belegte, krächzende Stimme: *Ich mach's für zehn Cent.*

Eddie erschauerte und versuchte, nicht an diese Stimme zu denken, ebensowenig wie an das Bild, das sie plötzlich wachrief: das Haus in der Neibolt Street, mit seinem unkrautüberwucherten Vorgarten, wo auf einer Seite hohe Sonnenblumen im Wind nickten.

Aber Richie sagte nur: »Na klar, Big Bill. Was ist los?«

279

Bill öffnete den Mund (Eddies Angst wurde noch größer), schloß ihn (Eddie war erleichtert), öffnete ihn wieder (neue Angst).

»W-W-Wenn ihr l-l-l-lacht, w-w-w-werde ich nie w-w-wieder mit euch r-r-r-r-reden«, sagte Bill. »Es hört sich v-v-verrückt an, aber es ist w-w-wirklich passiert, das sch-sch-schwöre ich.«

»Wir werden nicht lachen«, sagte Ben. Er blickte in die Runde. »Oder?« Stan schüttelte den Kopf, Richie ebenfalls. Auch Eddie schüttelte den Kopf, obwohl er am liebsten gerufen hätte: *Doch, Billy, wir werden lachen und sagen, du seist ein Riesendummkopf, also halt lieber gleich die Klappe!* Aber Bill war sein Freund, und er konnte ihm nicht etwas so Abscheuliches sagen. Also schüttelte er langsam den Kopf. Er hatte das Gefühl, als würden starke, aber unsichtbare Hände seinen Kopf bewegen.

Und während sie so über der Dammanlage saßen, die sie nach Bens Anleitung gebaut hatten, und von Bills Gesicht zum aufgestauten Wasser und wieder zurück in sein Gesicht blickten, erzählte Bill ihnen, was ihm am Vorabend passiert war. Er erzählte ihnen, daß seine Eltern – hauptsächlich seine Mutter – in Georges Zimmer nichts verändert hatten, seit George getötet worden war (»erm-m-m-mor-det«, brachte Bill mühsam hervor, in abgehackten Sprachfetzen). Er erzählte ihnen, daß er Angst hatte, dorthin zu gehen, daß er aber trotzdem manchmal hinging, um sich an Georgie zu erinnern. Und zuletzt erzählte er ihnen, wie Georgies Schulfoto sich bewegt und ihm zugeblinzelt hatte, und wie das Album geblutet hatte, als er es durchs Zimmer schleuderte.

Es war eine lange, qualvolle Erzählung, und noch bevor Bill zum Schluß kam, hatte er ein hochrotes Gesicht und schwitzte. Eddie hatte ihn noch nie so schlimm stottern gehört.

Zuletzt war er aber doch fertig und schaute sie der Reihe nach an, herausfordernd und zugleich ängstlich. Eddie sah auf allen Gesichtern den gleichen Ausdruck: eine Art feierlichen Ernst – und Angst. Niemand schaute ungläubig drein. Eddie wäre am liebsten aufgesprungen und hätte gebrüllt: *Was für eine verrückte Geschichte! Du glaubst doch wohl nicht im Ernst daran, Bill? Schulfotos können nicht blinzeln oder bluten! Du mußt den Verstand verloren haben, Bill!*

Aber das konnte kaum sein, denn der Ausdruck ernster Furcht war auch auf seinem Gesicht. Er konnte ihn nicht sehen, aber er spürte ihn.

Komm zurück, Junge, flüsterte eine heisere Stimme. *Ich blas' dir einen umsonst. Komm zurück!*

Nein, stöhnte Eddie. *Bitte geh weg, ich will nicht daran denken.*

Komm zurück, Junge.

Und jetzt sah Eddie noch etwas – nicht auf Richies Gesicht, jedenfalls glaubte er das nicht, aber auf denen von Stan und Ben ganz sicher –, er wußte, was es war, denn es war auch der Ausdruck seines eigenen Gesichts.

Wiedererkennen.

Ich blas' dir einen umsonst.

Das Haus Neibolt Street Nr. 29 lag gleich beim Bahnhof von Derry. Es war alt und vernagelt, die Veranda sank allmählich in den Boden ein, der Rasen war ein überwuchertes Feld. Ein altes Dreirad versteckte sich im hohen Gras, ein Rad ragte schräg in die Höhe.

Aber links von der Veranda war ein großer freier Fleck im Rasen, dort konnte man schmutzige Kellerfenster im verfallenen Backsteinfundament des Hauses sehen. In einem dieser Fenster hatte Eddie Kaspbrak vor sechs Wochen zum ersten Mal das Gesicht des Aussätzigen gesehen.

6

Manchmal, wenn Eddie niemanden hatte, mit dem er samstags spielen konnte, begab er sich zum Güterbahnhof draußen an der Neibolt Street.

Er fuhr mit dem Rad die Witcham Street entlang und bog dann nach Nordwesten ab. Die Christian Day School, die normalerweise nur Neibolt-Schule genannt wurde, stand hier draußen, an der Ecke Neibolt Street und Route 2. Es war ein etwas schäbiges, aber sauberes Fachwerkhaus mit einem großen Kreuz auf dem Dach, und über der Eingangstür stand in vergoldeten Lettern: LASSET DIE KINDER ZU MIR KOMMEN. Manchmal hörte Eddie samstags, daß dort Harmonium gespielt und dazu gesungen wurde – flotte Gospelmusik, von der Eddie kaum glauben konnte, daß es sich dabei um religiöse Lieder handelte. Manchmal stellte er dann sein Rad auf der anderen Straßenseite ab, setzte sich unter einen Baum und tat so, als lese er dort, während er in Wirklichkeit dieser Musik lauschte.

An anderen Samstagen fuhr er direkt zum Güterbahnhof am Ende der Neibolt Street und beobachtete die Züge. Seine Mutter hatte ihm erzählt, daß hier früher ein richtiger Bahnhof – Neibolt Station – gewesen war, wo Fahrgäste abfahren und ankommen konnten, aber damit war so um das Jahr 1950 herum Schluß gewesen. »In nördlicher Richtung konnte man nach Brownsville fahren«, hatte sie erzählt, »und von dort konnte man quer durch ganz Kanada fahren, wenn man wollte, bis zum Pazifik. In südlicher Richtung konnte man nach Portland und Boston fahren, und ab Bostoner South Station stand einem dann das ganz

Land offen, Eddie. Aber die Passagierzüge dürften jetzt passé sein. Das Auto ist ihr Tod. Vielleicht wirst du nie mit einem Zug fahren.«

Aber immer noch fuhren Züge durch Derry, lange Güterzüge, auf dem Weg nach Süden, beladen mit weichem Holz, Kartoffeln und Papier, auf dem Weg nach Norden beladen mit allen möglichen Waren für Bangor, Millinocket, Machias, Houlton und Presque Isle. Besonders liebte Eddie die langen Autozüge mit den unzähligen funkelnden Fords und Chevrolets. *Eines Tages werde ich ein solches Auto haben*, schwor er sich. *Ein funkelnagelneues. Vielleicht sogar einen Cadillac!*

Güter für Derry wurden hier abgeladen, manchmal direkt in bereitstehende Lastwagen, manchmal in die Wellblech-Lagerhäuser neben Gleis 1. Insgesamt waren es sechs Gleise, die hier zusammenliefen wie die Fäden eines Spinnennetzes in der Mitte: die Bangor- und die Great-Northern-Linie von Norden her, die Great Southern und die Western Maine von Westen her, die Boston und die Maine von Süden her und die Southern Seacoast von Osten her.

Eines Tages, als Eddie am Ende des Bahnhofs am Gleis der Southern Seacoast gestanden hatte, vor zwei Jahren, hatte ein betrunkener Eisenbahner, der in der geöffneten Tür eines langsam fahrenden Güterwaggons stand, eine Lattenkiste herausgeworfen, in der sich etwas bewegte. »Letzte Fahrt, Junge!« brüllte er, und der Hals der flachen braunen Flasche, die aus seiner Jackentasche herausschaute, funkelte in der Sonne. »Bring sie heim zu deiner Mutter! Mit besten Grüßen von der verfluchten Southern-Seacoast-Linie.« Er lehnte sich bei diesen letzten Worten weit hinaus, weil der Zug nun schneller fuhr, und einen Moment lang befürchtete Eddie, daß er herausfallen würde.

Dann verschwand der Zug außer Sichtweite. Eddie beugte sich über die Kiste. Er hatte Angst, ihr zu nahe zu kommen. Dort drin war etwas Lebendiges, etwas Schlüpfriges, Kriechendes. Bring sie heim zu deiner Mutter, hatte der Eisenbahner gerufen. Eddie klaute ein Stück Schnur aus einem der leeren Lagerhäuser und band die Kiste auf seinem Gepäckträger fest. Seine Mutter öffnete sie vorsichtig und stieß einen Schrei aus – nicht vor Angst, sondern vor Freude. Vier Hummer lagen in der Kiste, große Zweipfünder mit zusammengebundenen Scheren. Sie kochte sie zum Abendessen und ärgerte sich, daß Eddie nichts davon essen wollte.

»Was glaubst du, was die Rockefellers heute abend essen?« fragte sie empört. »Das gleiche wie wir! Nun komm schon, Eddie, probier mal!«

Aber Eddie konnte nicht. Er mußte dauernd an jene kriechenden, schlüpfrigen Geräusche in der Kiste denken. Seine Mutter schickte ihn daraufhin früh zu Bett, und er hörte, wie sie ihre Freundin Eleanor Dunton anrief. Eleanor kam herüber, und die beiden Frauen stopften sich mit kaltem Hummersalat voll. Als Eddie am nächsten Morgen aufstand, um zur Schule zu gehen, schnarchte seine Mutter noch und furzte häufig, was sich anhörte wie tiefe Klarinettentöne. Die Schüssel mit dem Hummersalat war leer, bis auf winzige Reste Mayonnaise.

Das war der letzte Zug der Southern Seacoast gewesen, den Eddie je gesehen hatte, und als er später Mr. Braddock, den Bahnhofsvorsteher, sah, fragte er ihn zögernd, was passiert sei. »Sie hat Pleite gemacht, weiter nichts«, sagte Mr. Braddock. »Liest du keine Zeitungen, Junge? So was passiert jetzt im ganzen Land. Und jetzt mach, daß du hier wegkommst. Hier ist nicht der richtige Ort für Kinder.«

Von nun an spazierte Eddie manchmal entlang der Gleise der Southern Seacoast – Gleis 4 –, die nach Osten führten, in Städte, die ein Schaffner mit monotoner Stimme in seinem Kopf auszurufen schien, Namen mit magischem Klang: Camden, Rockland, Bar Harbor, Wiscasset, Bath, Portland, Ogunquit, die Berwicks; er lief an den Gleisen entlang, bis er müde wurde, und es machte ihn traurig zu sehen, daß zwischen den Schwellen Unkraut wucherte. Einmal hatte er aufgeschaut und Möwen gesehen (vermutlich waren es nur fette, alte, bequeme Möwen gewesen, denen das Meer scheißegal war, aber daran hatte er damals nicht gedacht), die über seinem Kopf umherschwirrten und schrien, und der Klang ihrer Stimmen hatte ihm Tränen in die Augen getrieben, als müsse er um etwas Unwiederbringliches trauern.

Früher hatte es einmal am Bahnhofseingang ein Tor gegeben, aber es war bei einem heftigen Wintersturm vor Jahren umgestürzt, und niemand hatte sich die Mühe gemacht, es zu reparieren. Eddie konnte kommen und gehen, wie es ihm beliebte, obwohl Mr. Braddock ihn wegjagte, sobald er ihn – oder irgendein anderes Kind – sah und obwohl manchmal Lastwagenfahrer hinter ihm herliefen (aber nie sehr weit). Es gab auch ein Pförtnerhäuschen am Eingang zum Bahnhofsgelände, aber es war leer, die Scheiben waren mit Steinen eingeworfen worden. Seit 1950 oder so gab es hier keine Aufsicht mehr. Nur nachts machte ein Wachmann vier- oder fünfmal in seinem alten Studebaker die Runde.

Manchmal hielten sich hier Vagabunden und Landstreicher auf. Wenn Eddie vor etwas Angst hatte, so vor diesen Männern mit unrasierten Wangen und rissigen Lippen und Blasen und Frostbeulen; sie fuhren ein Stück mit den Güterzügen, blieben dann eine Zeitlang irgendwo und fuhren wieder weiter. Manchmal fehlten ihnen Finger. Meistens waren sie betrunken.

Eines Tages war einer dieser Landstreicher unter der Veranda des Hauses am Ende der Neibolt Street hervorgekrochen und hatte Eddie das Angebot gemacht, ihn für einen Vierteldollar fliegen zu lassen. Eddie war

283

erschrocken zurückgewichen, mit eiskalter Haut und trockenem Mund. Ein Nasenloch des Landstreichers war vom Aussatz zerfressen gewesen. Man konnte direkt in den roten, schorfigen Kanal sehen.

»Ich habe keinen Vierteldollar«, sagte Eddie und bewegte sich rückwärts auf sein Rad zu.

»Ich tu's auch für zehn Cent«, krächzte der Landstreicher und kam auf Eddie zu. Er trug alte grüne Hosen mit gelben Flecken im Schritt. Er versuchte zu grinsen. Aber das Schlimmste war diese rote, zerfressene Nase.

»Ich... ich hab' keine zehn Cent«, stammelte Eddie und dachte plötzlich: *O mein Gott, er hat Lepra! Wenn er mich berührt, steckt er mich an!* Er drehte sich um und rannte auf sein Fahrrad zu, und er hörte, daß der Landstreicher schlurfend hinter ihm herrannte.

»Komm zurück, Junge!« krächzte er. »Ich mach's umsonst. Komm zurück!«

Eddie sprang auf sein Rad. Er keuchte und bekam kaum noch Luft. Trotzdem trat er in die Pedale und fuhr los, aber plötzlich schwankte das Fahrrad, weil der Landstreicher versucht hatte, es am Gepäckträger festzuhalten. Eddie warf einen Blick über seine Schulter und sah, daß der Mann ihn verfolgte und nur wenige Schritte vom Hinterrad entfernt war (*er holte immer mehr auf!*). Er bleckte seine schwarzen Zahnstummel, und sein Gesichtsausdruck konnte sowohl Verzweiflung als auch Wut bedeuten.

Trotz seines Asthmaanfalls radelte Eddie immer schneller; er rechnete damit, daß eine der rauhen, trockenen Hände des Landstreichers ihn jeden Moment am Arm packen, vom Rad zerren und in den Straßengraben werfen würde, wo ihm dann Gott weiß was passieren würde. Er wagte erst, sich umzuschauen, als er schon an der Neibolt-Schule vorbei über die Kreuzung der Route 2 gesaust war. Der Landstreicher war verschwunden.

Eddie behielt dieses schreckliche Erlebnis fast eine Woche für sich und vertraute es dann Richie und Bill an, als sie eines Tages über der Garage Comics lasen.

»Er hatte nicht Lepra, du Dummkopf«, sagte Richie. »Der Kerl hatte Syphilis.«

Eddie schaute fragend zu Bill hinüber, um festzustellen, ob Richie ihn aufzog – er hatte das Wort Syphilis noch nie gehört; es klang so, als hätte Richie es eben erfunden – aber Bill nickte ernst.

»Was ist Syphilis?« fragte Eddie.

»Eine Krankheit, die du vom Ficken kriegst«, erklärte Richie. »Du weißt doch übers Ficken Bescheid, Eds, oder?«

»Na klar«, sagte Eddie und hoffte nur, daß er dabei nicht errötete. Er wußte, wenn man älter wurde, kam irgendein Zeug aus dem Penis heraus, wenn er steif war. Vincent ›Boogers‹ Taliendo hatte ihm den Rest eines Nachmittags in der Schule erklärt. Wenn man fickte, mußte man laut Boogers den Schwanz am Bauch eines Mädchens reiben, bis er hart wurde (der Schwanz, nicht der Bauch des Mädchens). Dann rieb man noch ein bißchen länger, bis man anfing ›das Gefühl‹ zu bekommen. Als Eddie gefragt hatte, was das bedeutete, hatte Boogers nur geheimnisvoll den Kopf geschüttelt. Boogers hatte gesagt, daß man es nicht beschreiben konnte, aber auf jeden Fall wußte, wenn man es bekam. Er sagte, man konnte üben, indem man in der Badewanne lag und sich den Schwanz mit Seife rubbelte (Eddie hatte es versucht, aber das einzige Gefühl, das er bekommen hatte, war nach einer Weile der Drang zu urinieren gewesen). Wie auch immer, fuhr Boogers fort, wenn man ›das Gefühl‹ bekam, kam ein Zeug aus dem Penis heraus. Die meisten Kinder nannten es ›Brühe‹, sagte Boogers, aber sein älterer Bruder hatte ihm erklärt, daß der wissenschaftlich korrekte Ausdruck dafür ›Saft‹ war. Und wenn man ›das Gefühl‹ bekam, mußte man seinen Schwanz packen und echt schnell zielen, damit man den Saft direkt in den Bauchnabel des Mädchens spritzen konnte, sobald er herauskam. Er floß dann in ihren Bauch rein und machte dort ein Baby.

Gefällt Mädchen das? hatte Eddie von Boogers Taliendo wissen wollen. Er selbst war fast abgeschreckt.

Muß wohl, hatte Boogers gesagt und wenig überzeugt dreingesehen.

»Jetzt hör gut zu, Eds, weil vielleicht später Fragen aufkommen«, sagte Richie. »Manche Frauen haben diese Krankheit. Manche Männer auch, aber es sind hauptsächlich Frauen. Ein Mann kann sich nur bei 'ner Frau anstecken...«

»O-O-Oder von-n-nem anderen Ma-Ma-Ma-Mann, wenn sie scha-scha-schawul sind«, fügte Bill hinzu.

»Richtig. Wichtig ist, man bekommt Syph, wenn man mit jemand vögelt, der sie schon hat.«

»Was passiert dann?« fragte Eddie.

»Man verfault«, sagte Richie nur.

Eddie sah ihn entsetzt an.

»Schlimm, ich weiß, aber es stimmt«, sagte Richie. »Deine Nase ist als erstes weg. Manchen Leuten mit der Syph fällt die Nase einfach ab. Und dann der Schwanz.«

»Bi-Bi-Bitte«, sagte Bill. »Ich ha-ha-hab' grad ge-ge-gegessen.«

»He, Mann, das ist Wissenschaft«, sagte Richie.

»Und was ist der Unterschied zwischen Lepra und Syph?« fragte Eddie.

»Lepra kriegt man nicht vom Ficken«, antwortete Richie prompt und stimmte auf der Stelle eine Lachsalve an, die sowohl Bill als auch Eddie vor Rätsel stellte.

7

Von jenem Tag an hatte das Haus am Ende der Neibolt Street – Nummer 29 – Eddies Fantasie immer mehr beschäftigt. Wenn er den verwilderten Garten und die eingesunkene Veranda und die mit Brettern vernagelten Fenster betrachtete, geriet er in den Bann einer krankhaften Faszination. Und vor knapp sechs Wochen hatte er sein Fahrrad am Straßenrand abgestellt (der Gehweg endete vier Häuser weiter vorne) und war durch das Gras zur Veranda gegangen.

Sein Herz hatte laut in seiner Brust geklopft, und sein Mund war wieder ganz trocken gewesen – als er Bills Geschichte von dem schrecklichen Foto hörte, dachte er, daß er bei seinem Erlebnis ganz ähnliche Gefühle gehabt hatte wie Bill, als dieser ins Zimmer seines toten Bruder George ging. Er hatte das Gefühl gehabt, nicht aus freiem Willen zu handeln, sondern unter Zwang.

Das stille Haus kam immer näher.

Vom Bahnhof hörte man schwach das Rattern einer Diesellok und das metallische Zusammenprallen von Puffern. Dort wurden wohl Waggons auf Nebengleise rangiert, andere wiederum angekoppelt. Man stellte einen Zug zusammen.

Er griff nach seinem Aspirator, aber seltsamerweise bekam er keinen Asthmaanfall wie an dem Tag, als er vor dem Landstreicher mit der zerfressenen Nase geflohen war. Er hatte nur das Gefühl, in ein schreckliches schwarzes Loch der Angst zu fallen.

Er schaute unter die Veranda. Es waren keine Landstreicher da – sie sprangen hauptsächlich im Herbst in Derry aus den Zügen, wenn sie wußten, daß sie auf den abgelegenen Farmen Tagesjobs wie Äpfel oder Kartoffeln ernten bekommen konnten. Aber es gab jede Menge Indizien dafür, daß sie hier gewesen waren. Leere Flaschen – Whisky, Bourbon und Wein – schimmerten im gelben Unkraut. Eine alte Wolldecke lag an der Ziegelmauer des Hauses wie ein toter Hund. Da lag auch zerknülltes Zeitungspapier und ein alter Schuh; es stank nach Abfällen. Der ganze Boden war mit einer dicken Schicht welker Blätter bedeckt.

Eddie wollte nicht unter die Veranda kriechen, tat es aber doch. Sein Herz pochte jetzt so laut, daß ihm der Kopf dröhnte und weiße Lichtfunken vor seinen Augen flimmerten.

Unter der Veranda war der Gestank noch schlimmer – nach Fusel, Schweiß, Schimmel und Laub. Die welken Blätter raschelten nicht einmal unter seinen Händen und Knien. Die Zeitungen seufzten.

Ich bin ein Landstreicher, stellte Eddie sich vor. *Ich fahre als blinder Passagier kreuz und quer durchs Land. Hab' kein Geld, hab' kein Heim. Aber ich hab' eine Flasche und einen Dollar und einen Platz zum Schlafen. Diese Woche werde ich Äpfel ernten und nächste Woche Kartoffeln, und wenn der Frost einsetzt, wenn der Frost die Erde verschließt wie Geld in einer Stahlkammer, dann springe ich auf einen Zug, setze mich in die Ecke eines leeren Waggons, der nach Zuckerrüben riecht, trinke etwas, esse etwas, und früher oder später gelange ich nach Portland oder Beantown, und wenn ich nicht von einem der Bahnhofsbullen geschnappt werde, springe ich auf einen anderen Zug und fahre in den Süden, und dort pflücke ich Zitronen, Limonen oder Orangen. Wenn ich aber wegen Landstreicherei aufgegriffen werde, baue ich Straßen, auf denen Touristen fahren können. Ich bin nur ein einsamer alter Vagabund, hab' kein Geld, hab' kein Heim, aber etwas habe ich doch. Ich habe eine Krankheit, die mich auffrißt, meine Haut bricht auf, ich spüre, wie's mir immer schlechter geht, sie frißt mich von innen her auf und...*

Er packte die alte Wolldecke vorsichtig mit Daumen und Zeigefinger, schnitt eine Grimasse, weil sie vor Dreck starrte und stank, und zog sie ein Stück zur Seite. Dahinter kam eines der kleinen Kellerfenster zum Vorschein; eine Scheibe war zerbrochen, die andere so schmutzig, daß sie undurchsichtig war. Eddie beugte sich vor; die Faszination war jetzt so stark, daß er sich fast wie hypnotisiert vorkam. Er kroch näher an jene Dunkelheit heran, die nach Alter und Moder und Trockenfäule roch, kroch immer näher an das schwarze Rechteck heran, und er wäre mit Sicherheit von dem Aussätzigen gefangen worden, wenn nicht sein Asthma ihn plötzlich überfallen und ihm die Brust mit einem schmerzlosen, aber beängstigenden Druck zusammengepreßt hätte, wodurch sein Atem den vertrauten pfeifenden Ton bekam.

Er lehnte sich etwas zurück, und in diesem Moment tauchte das Gesicht im Kellerfenster auf, das Gesicht des AUSSÄTZIGEN. Eddie konnte nicht einmal schreien. Ihm stockte der Atem. Seine Augen traten fast aus den Höhlen hervor. Sein Unterkiefer klappte herunter. Es war nicht der Landstreicher mit der zerfressenen Nase, aber es gab Ähnlichkeiten. Schreckliche Ähnlichkeiten. Und doch... dies hier konnte kein menschliches Wesen sein. Nichts konnte so zerfressen sein und trotzdem noch leben.

Die Haut auf der Stirn hing in Fetzen herab. Weißer Knochen, überzogen mit einer dünnen schleimigen Masse, schimmerte hervor. Die Nase war eine Brücke aus rohem Knorpel über zwei flammendroten Kanälen. Ein Auge war von funkelndem, heiterem Blau. Das andere war nur noch eine Masse von schwammigem braunschwarzem Gewebe. Die Unterlippe des Aussätzigen hing herab wie ein Stück Leber. Die Oberlippe fehlte völlig; die Zähne standen vor.

Eine Hand des Aussätzigen schoß durch die zerbrochene Scheibe vor. Die andere zerschmetterte die schmutzige Scheibe und schoß ebenfalls vor. Seine tastenden Hände waren mit schwärenden, eiternden Wunden bedeckt, auf denen Käfer herumkrochen.

Wimmernd und keuchend kroch Eddie rückwärts. Er bekam fast keine Luft. Sein Herz dröhnte in der Brust wie ein Motor. Diese Kreatur schien eine Art silbriges Kostüm zu tragen. In ihrem wirren, struppigen Haar kroch etwas herum.

»Wie wär's mit Fliegen, Eddie?« krächzte die Erscheinung und grinste mit ihrem halben Mund. Und dann trällerte sie: »Bobby tut's für nur zehn Cent, jederzeit gern bereit, länger kostet's 15 Cent. Das bin ich, Eddie – Bob Gray. Und nachdem ich mich jetzt korrekt vorgestellt habe...«

Eine Hand des Aussätzigen berührte Eddies rechte Schulter. Er schrie leise auf.

»Alles in Ordnung«, sagte der Aussätzige, und Eddie sah mit alptraumhaftem Entsetzen, daß er sich anschickte, aus dem Kellerfenster zu steigen. Der Knochenschild hinter seiner abblätternden Stirnhaut stieß gegen den dünnen Holzrahmen zwischen den beiden Scheiben. Seine Hände tasteten über die blätterbedeckte Erde unter der Veranda wie plumpe Spinnenbeine. Die silberbekleideten Schultern seines Anzugs – Kostüm, oder was immer es auch war – schoben sich durchs Fenster. Das eine funkelnde blaue Auge starrte Eddie an.

»Hier komme ich, Eddie, das ist ganz in Ordnung«, krächzte er. »Es wird dir hier unten bei uns gut gefallen. Einige deiner Freunde sind schon hier unten.«

Er streckte wieder die Hand aus, und mit einem winzigen Rest seines von panischer Angst beherrschten Verstandes begriff Eddie plötzlich, daß er selbst anfangen würde zu verfaulen, wenn diese Kreatur seine nackte Haut berührte. Dieser Gedanke riß ihn aus seiner Erstarrung. Er rutschte auf Händen und Knien ein Stück zurück, dann drehte er sich um und kroch so schnell er konnte auf das Ende der Veranda zu. Schmale Sonnenstrahlen, die durch Risse in den Verandabrettern fielen, zauberten ein Streifenmuster auf sein Gesicht. Sein Kopf zerriß staubige Spinnweben, die sich in seinem Haar verfingen. Er blickte über die Schulter hinweg und sah, daß der Aussätzige schon halb draußen war.

»Es wird dir nichts nützen wegzurennen, Eddie«, rief der Aussätzige.

Eddie hatte das Ende der Veranda erreicht. Hier war ein Drahtgeflecht angebracht. Ohne zu zögern, warf Eddie sich mit dem ganzen Körper dagegen. Rostige billige Nägel gaben knirschend nach, und das ganze Gitter flog heraus. Dahinter war ein Gestrüpp von Rosenbüschen, und Eddie bahnte sich einen Weg hindurch, ohne die Dornen zu spüren, die ihm Arme, Wangen und Hals zerkratzten.

Dann drehte er sich um und wich mit zitternden Knien weiter zurück. Er zog seinen Aspirator aus der Tasche, schob ihn in den Mund und drückte auf die Flasche. Das war doch bestimmt nicht wirklich passiert? Er hatte an jenen Landstreicher gedacht, und seine Fantasie hatte... hatte ihm einfach...

(einen Streich gespielt)

... einen Film gezeigt, einen Horrorfilm wie die bei den Samstagsmatineen im ›Bijou‹ oder ›Aladdin‹, wo man Frankenstein und den Wolfsmenschen sehen konnte. Na klar, das war die Erklärung. Du hast einfach Angst gehabt, du Arschloch!

Er hatte sogar noch Zeit, über seine unerwartet blühende Fantasie den Kopf zu schütteln und etwas zittrig zu lachen, bevor die verfaulten Hände unter der Veranda hervorschossen und mit unvernünftiger Heftigkeit die noch ziemlich frühlingskahlen Rosenbüsche umklammerten, daran zogen, rissen und Blutstropfen darauf zurückließen.

Eddie stieß einen quiekenden Schrei aus.

Der Aussätzige kroch unter der Veranda hervor. Eddie sah, daß er ein Clownskostüm trug – ein Clownskostüm mit großen orangefarbenen Pompons auf der Vorderseite. Er entdeckte Eddie und grinste. Sein halber Mund öffnete sich, die Zunge kam hervor. Eddie quiekte wieder auf, aber niemand hätte den atemlosen leisen Schrei des Jungen durch das Dröhnen der Diesellok auf dem Bahnhof hindurch hören können. Die Zunge des Aussätzigen war etwa einen Meter lang und aufgerollt wie eine Luftschlange. Sie lief nach unten hin pfeilförmig zu, und die Spitze schleifte im Schmutz. Schaum, dicker, klebriger, gelber Schaum, tropfte von ihr herab. Insekten krabbelten auf ihr herum.

Die Rosenbüsche hatten die ersten Spuren von Frühlingsgrün gezeigt, als Eddie sich einen Weg hindurch gebahnt hatte. Jetzt war das Grün vollständig verschwunden; ihre grünen Blätter waren verdorrt und schwarz.

»Fliegen«, flüsterte der Aussätzige und richtete sich auf.

Eddie rannte auf sein Fahrrad zu. Es war fast die gleiche Situation wie damals, als er vor dem Landstreicher davongerannt war, nur hatte sie jetzt etwas von einem Alptraum an sich, wo man nur entsetzlich langsam vorankommt, obwohl man versucht, ganz schnell zu rennen...

und wo man hört, daß einem etwas – ein Es – immer näher kommt. Roch man nicht seinen stinkenden Atem, so, wie Eddie ihn gerade roch?

Eine wilde Hoffnung durchzuckte ihn plötzlich: Vielleicht *war* das ein Alptraum. Er würde in seinem Bett aufwachen, schweißgebadet, zitternd, vielleicht sogar schreiend... aber lebendig. *In Sicherheit.* Rasch verwarf er diesen Gedanken wieder. Ein solcher Trost war verhängnisvoll, tödlich. Es *war* kein Traum.

Er versuchte nicht, sofort auf sein Rad zu steigen; er packte es an der Lenkstange und rannte damit, den Kopf tief vornübergebeugt.

»Fliegen«, krächzte der Aussätzige wieder. »Komm jederzeit zurück, Eddie.«

Kalte, verfaulende Hände schienen seinen Nacken zu berühren, aber vielleicht waren das nur die Spinnweben, die sich in seinem Haar verfangen hatten. Er sprang aufs Rad und trat in die Pedale, so schnell er nur konnte, ohne darauf zu achten, daß ihm die Kehle wieder eng wurde, ohne sich im geringsten um sein Asthma zu kümmern, ohne sich umzuschauen. Erst als er fast zu Hause war, wagte er einen Blick zurück, und natürlich war niemand hinter ihm her.

Und in jener Nacht, als er steif im Bett lag und ängstlich in die Dunkelheit starrte, hörte er den Aussätzigen flüstern: *Es wird dir nichts nützen wegzurennen, Eddie.*

8

»Wow!« entwich es Richie respektvoll. Es war das erste Wort, das jemand sagte, nachdem Bill seine Geschichte beendet hatte.

»H-H-Hast du noch eine Z-Z-Z-Zigarette, Richie?«

Richie gab ihm die letzte aus der halbvollen Packung, die er aus dem Schreibtisch seines Vaters geklaut hatte, und hielt ihm Feuer hin.

»Du hast das alles nicht nur geträumt, Bill?« fragte Stan plötzlich.

Bill schüttelte den Kopf. »Es war k-k-kein T-T-T-Traum.«

»Eine Realität«, sagte Eddie leise.

Bill warf ihm einen scharfen Blick zu. »W-W-Was?«

»Eine Realität, sagte ich.« Eddie sah ihn fast vorwurfsvoll an. »Es ist wirklich passiert. Es war *real.*« Und bevor er richtig wußte, was er tat, erzählte Eddie ihnen die Geschichte vom Aussätzigen unter dem Haus in der Neibolt Street 29, am Güterbahnhof. Mitten in seiner Erzählung begann er zu keuchen und mußte seinen Aspirator benutzen. Am Ende brach er in Tränen aus und zitterte am ganzen Leibe.

Alle sahen ihn unbehaglich an, und dann legte Stan ihm eine Hand auf

290

den Rücken, und Bill tat es ihm nach und umarmte Eddie linkisch, während die anderen verlegen zur Seite blickten.

»Ist schon gut, Eddie. Ist ganz o-okay.«

»Ich habe ihn auch gesehen«, sagte plötzlich Ben Hanscom. Seine Stimme war heiser, tonlos und ängstlich.

Eddie blickte auf; sein Gesicht war immer noch tränenüberströmt, seine Augen vom Weinen rot und geschwollen. »Wen?«

»Den Clown«, sagte Ben. »Nur sah er anders aus, nicht so, wie du ihn beschrieben hast. Er war nicht... nicht aussätzig. Er wirkte ganz und gar ausgedörrt.« Er verstummte, senkte den Kopf und betrachtete seine Hände (sie lagen bleich auf seinen Elefantenschenkeln). Dann blickte er wieder hoch und sah sie der Reihe nach herausfordernd an. »Ich glaube, es war die Mumie.«

»Wie in den Filmen?«

»So ähnlich und doch anders«, antwortete Ben langsam. »In den Filmen ist es eine Maskierung. Sie jagt einem Angst ein, aber man kann sich sagen, daß alles nicht echt ist, nicht wahr? Diese ganzen Bandagen – sie sehen zu sauber und neu aus und all so was. Aber dieser Clown... er sah so aus, wie eine echte Mumie aussehen muß, nehme ich an. Abgesehen von seinem Kostüm.«

»W-W-Was für ein K-Kostüm?«

Ben schaute Eddie an. »Ein Silberkostüm mit großen orangefarbenen Pompons auf der Vorderseite.«

Eddie sperrte den Mund weit auf. »Sag's bitte, wenn du mich nur aufziehst«, bat er. »Scherz nicht darüber. Ich... träume immer noch von diesem Kerl unter der Veranda.«

»Ich scherze nicht«, sagte Ben und begann, seine Geschichte zu erzählen. Er erzählte langsam, fing damit an, wie er sich erboten hatte, Mrs. Douglas mit den Büchern zu helfen, und endete mit seinen eigenen schlechten Träumen. Er redete langsam, ohne die anderen anzuschauen. Er redete so, als schämte er sich seines Benehmens. Er hob den Kopf erst wieder, als er seine Geschichte beendet hatte.

»Du mußt geträumt haben«, sagte Richie schließlich. Er sah, wie Ben zusammenzuckte und fuhr hastig fort: »Nimm's nicht persönlich, Big Ben, aber du weißt doch selbst, daß Ballons, na ja, daß Ballons nicht gegen den Wind fliegen können...«

»Bilder können auch nicht blinzeln«, sagte Ben.

Richie sah betrübt zu Bill hinüber. Ben zu beschuldigen, er hätte nur geträumt, war *eine* Sache; Bill zu beschuldigen, eine ganz andere. Bill war ihr Anführer, der Junge, zu dem sie alle aufschauten. Niemand sagte das laut; das war auch gar nicht notwendig. Aber Bill hatte Ideen, er konnte sich immer etwas Interessantes ausdenken, was man an einem regnerischen Tag tun konnte, er erinnerte sich an Spiele, die andere längst vergessen hatten. Und in gewisser Weise spürten sie alle, daß Bill etwas beruhigend Erwachsenes an sich hatte – vielleicht war es das Gefühl, daß man sich auf Bill verlassen konnte, daß er die Verantwortung übernehmen würde, wenn es notwendig wäre. Die Wahrheit war, daß Richie Bills Geschichte glaubte, so verrückt sie sich auch anhörte. Und daß er Bens Geschichte vielleicht nicht glauben *wollte*... und Eddies ebensowenig.

»Dir selbst ist so was Ähnliches noch nie passiert, was?« fragte Eddie.

Richie schüttelte den Kopf. »Das Schlimmste, was ich in letzter Zeit gesehen habe, war Mark Prenderlist, der im McCarron Park gepißt hat. Der häßlichste Schweinepriester, den ihr euch vorstellen könnt.«

»Und was ist mit dir, Stan?« fragte Ben.

»Nein«, antwortete Stan und wandte den Blick ab. Sein schmales Gesicht war bleich, seine Lippen so fest zusammengepreßt, daß sie weiß waren.

»W-W-War da v-v-v-vielleicht doch was, Stan?« fragte Bill.

»Nein, hab' ich gesagt.« Stan stand auf und ging zum Ufer.

»Nun komm schon, Stan-*lee*«, rief Richie in schrillem Falsett. Auch das war eine seiner Stimmen: die ›Zeternde Oma‹. Wenn er mit der Stimme der ›Zeternden Oma‹ sprach, humpelte Richie herum, eine Faust auf dem Rücken, und schwatzte eine Menge. Dabei hörte er sich allerdings immer noch fatal wie Richie Tozier an.

»Nun beicht schon, Stanley, erzähl deiner Oma von dem *böööösen* Clown, und ich werd' dir ein Schokoladenplätzchen geben. Nun komm schon, erzähl's...«

»*Halt die Klappe!*« brüllte Stan plötzlich und wirbelte herum, so daß Richie vor Erstaunen ein paar Schritte zurückwich. »*Halt doch endlich deine Klappe!*«

»Okay, Boß«, sagte Richie und setzte sich wieder. Er sah Stan mißtrauisch an. Stan hatte hektische Flecken auf den Wangen, aber er sah immer noch eher verängstigt als verrückt aus.

»Ist schon gut, Stan«, sagte Eddie leise. »Mach dir nichts draus.«

»D-D-Du kannst es uns r-r-r-r-ruhig erzählen«, sagte Bill, ebenfalls leise. »W-Wir haben es ja auch g-g-getan.«

»Es war kein Clown. Es war...«

In diesem Augenblick wurden sie unterbrochen. Sie sprangen alle wie von einer Tarantel gestochen auf, als sie Mr. Nells whiskyheisere Stimme brüllen hörten: »Himmel, Arsch und Zwirn. Schau sich einer mal diese Scheiße an.«

Achtes Kapitel

Georgies Zimmer und das Haus
an der Neibolt Street

1

Richard Tozier schaltet das Radio aus, aus dem Madonna über WZON (einen Sender, der mit einer Art hysterischer Häufigkeit von sich behauptet, ›Bangors UKW-Stereo-Rocker!‹ zu sein) lautstark ›Like a virgin‹ geplärrt hat, fährt an den Straßenrand, stellt den Motor des Mustang ab, den Carol am internationalen Flughafen von Bangor für ihn bei Avis vorbestellt hat, und steigt aus. Er hört seine Atemzüge — kurzes, tiefes Luftholen, und er spürt die Gänsehaut auf seinem Rükken.

Er geht nach vorne und legt eine Hand auf die Motorhaube des Wagens. Er hört das leise Knacken des Motors, während dieser sich abkühlt. Ein Eichelhäher schreit, verstummt aber gleich wieder. Ansonsten herrscht völlige Stille.

Er hat das Schild gesehen, er fährt daran vorbei, und plötzlich ist er wieder in Derry. Nach 25 Jahren ist Richie ›Schandmaul‹ Tozier heimgekehrt. Er ist...

Ein scharfer, brennender Schmerz in seinen Augen reißt ihn aus seiner Nachdenklichkeit heraus. Er stößt einen Schrei aus und will sich unwillkürlich an die Augen greifen. Den Bruchteil einer Sekunde lang verspürt er Angst. Das einzige Mal, daß er etwas Ähnliches wie diesen brennenden Schmerz verspürt hat, war im College, als eine Wimper unter seine Kontaktlinse geriet — und auch das war nur in einem Auge gewesen.

Noch bevor seine Hände sein Gesicht erreicht haben, ist der Schmerz vorüber.

Langsam läßt er sie wieder sinken und blickt die Route 7 entlang. Er hat die Autobahn an der Ausfahrt Etna-Haven verlassen; aus irgendeinem ihm selbst unverständlichen Grund wollte er nicht direkt bis Derry auf der Autobahn fahren, die auf jenem Abschnitt noch im Bau gewesen war, als seine Familie und er den Staub dieser Stadt von sich abschüttelten und wegzogen. Nein, er wollte nicht auf der Autobahn zurückkehren, obwohl es schneller gegangen wäre, aber das wäre nicht richtig gewesen.

Deshalb ist er an der Ausfahrt Etna-Haven abgebogen und hat zuerst

Route 2, Maines wichtigsten Ost-West-Highway, und dann Route 7 ein-
geschlagen.

Langsam ist die Dunkelheit gewichen, und kurz darauf hat er am Stra-
ßenrand das kleine Schild auf grünem Pfosten gesehen. Es war genauso
wie all die andern, die an den Stadtgrenzen der mehr als 600 Städte
Maines aufgestellt sind, und doch – wie hat dieses Schild ihm plötzlich
ans Herz gegriffen!

Penobscot
County

D
E
R
R
Y

Maine

Darunter eine ›Elks‹-Plakette, ein Schild des ›Rotary Club‹ und – aller
guten Dinge sind drei – ein ›Lions‹-Schild. Dahinter führte die Route 7
unverändert geradeaus, durch den Nadelwald. In diesem seltsamen
stummen Licht bei Tagesanbruch sahen die Bäume so unwirklich aus wie
blaugrauer Zigarettenrauch in der stehenden Luft eines stillen Zimmers.

Derry, *dachte Rich.* Gott steh mir bei. Derry. Hol's der Geier.

Er befindet sich auf Route 7. Noch fünf Meilen (die Route 7 wird dabei
zur Witcham Road und schließlich zur Witcham Street), und er wird an
der Farm der Rhulins vorbeifahren – wenn es sie noch gibt –, wo seine
Mutter immer Eier und Gemüse kaufte. Zwei Meilen weiter ging die
Route 7 in die Witcham Road über, und kurz danach würde er die Farm
der Bowers zur Rechten und das alte Haus der Hanlons zur Linken pas-
sieren. Und nach weiteren ein, zwei Meilen würde er links von sich den
Kenduskeag funkeln sehen, und dann würde das grüne Dickicht in Sicht
kommen. Die Barrens.

Ich weiß nicht, ob ich das alles ertragen kann, *denkt Richie. Die ganze*
Nacht ist wie im Traum vergangen; solange er unterwegs gewesen ist,
sich vorwärtsbewegt hat, hielt dieser Traum an. Aber nun ist er vorüber;
die Wirklichkeit bricht wieder über ihn herein.

Er kann sich der Erinnerungen nicht erwehren, und diese Erinnerun-
gen werden ihn schließlich um den Verstand bringen, denkt er, und er
beißt sich auf die Unterlippe und preßt seine Hände fest gegeneinan-
der, so als wollte er damit verhindern, gespalten zu werden. Er fühlt,

daß das bald geschehen wird, und obwohl ein kleiner, verrückter Teil von ihm sich direkt auf die bevorstehenden Ereignisse freut, wird er doch im wesentlichen von der wahnsinnigen Angst beherrscht, wie er die nächsten Tage überstehen soll. Er ...

Ein Hirsch tritt auf die Straße heraus.

Rich hält einen Augenblick lang den Atem an. Er betrachtet das Tier, und irgendwie kommt ihm dieses plötzliche Auftauchen wie ein Wunder vor.

Der Hirsch erweist sich als Reh, das aus dem Wald rechts von der Straße gekommen ist. Mitten auf der Route 7 bleibt es stehen, die Vorderläufe auf einer Seite der durchbrochenen gelben Linie, die Hinterläufe auf der anderen. Mit seinen sanften dunkelbraunen Augen betrachtet es Rich Tozier aufmerksam, aber ohne Angst.

Vielleicht ist das ein Zeichen oder ein Omen oder irgend so was, denkt Rich. Und plötzlich fällt ihm völlig unerwartet Mr. Nell ein. Wie hat der Mann sie an jenem Tag erschreckt, als er im Anschluß an Bills Geschichte und Bens Geschichte und Eddies Geschichte plötzlich wie ein Donnergott vor ihnen stand! Die ganze Bande wäre beinahe in den Himmel gekommen.

Die Augen immer noch auf das Reh gerichtet, holt Rich tief Luft und spricht plötzlich mit einer seiner STIMMEN ... zum erstenmal seit über 25 Jahren mit der Stimme-des-irischen-Bullen, die er nach jenem denkwürdigen Tag in sein Repertoire aufgenommen hatte.

Sie zerreißt die Stille lauter und mächtiger, als Rich je geglaubt hätte: »Jesus, Maria und Josef! Verdammt noch mal! Was macht ein so hübsches Rehmädchen wie du nur hier draußen in dieser Wildnis? Jesus, Maria und Josef!«

Noch bevor das Echo verklungen ist, noch bevor der erste aufgeschreckte Eichelhäher sich lautstark über sein Sakrileg empört, hat das Reh seinen Spiegel hochgestellt und ist zwischen den gespenstischen Kiefern auf der linken Straßenseite verschwunden; nur ein kleines dampfendes Häuflein Kot ist zurückgeblieben, sozusagen als Beweis dafür, daß Richie Tozier auch mit 37 Jahren noch zu beeindruckenden Leistungen imstande ist.

Rich beginnt zu lachen. Zuerst schmunzelt er nur, und dann kommt ihm sein lächerliches Benehmen voll zu Bewußtsein – hier steht er in der Morgendämmerung in Maine, 3400 Meilen von seinem Wohnort entfernt, und brüllt mit der Stimme eines irischen Bullen ein Reh an. Das Schmunzeln wird zum Kichern, das Kichern wird zum schallenden Gelächter, und schließlich lacht er Tränen und muß sich an seinem Auto festhalten. Jedesmal, wenn er sich gerade ein wenig unter Kontrolle gebracht zu haben glaubt, fällt sein Blick auf das kleine Häuflein Kot, und er bekommt einen neuen hysterischen Lachanfall.

Schnaubend und immer noch kichernd steigt er schließlich wieder in den Mustang und läßt den Motor an. Ein mit Holz beladener Lastwagen braust in einer Staubwolke vorbei. Danach fährt Richie los, auf Derry zu; er fühlt sich jetzt besser, er hat sich wieder unter Kontrolle... vielleicht liegt das aber auch nur daran, daß er sich wieder vorwärtsbewegt, Meilen zurücklegt.

Seine Gedanken schweifen wieder zurück zu Mr. Nell und jenem Tag am Damm. Er hört Mr. Nell fragen, wer von ihnen der Schlaumeier gewesen sei, der sich dieses Ding ausgedacht habe. Er sieht sich selbst und die anderen dastehen und unbehaglich Blicke wechseln, und er erinnert sich genau, wie Ben schließlich vortrat, mit bleichen Wangen und gesenkten Augen; sein Gesicht zitterte vor Anstrengung, nicht in Tränen auszubrechen. Der arme Kerl dachte vermutlich, daß ihm fünf bis zehn Jahre Gefängnis blühten, denkt Richie jetzt, aber er bekannte sich trotzdem dazu. Er übernahm die Verantwortung. Und indem er das tat, zwang er sie alle irgendwie dazu, sich auch zu dieser Tat zu bekennen. Andernfalls wären sie schlechte Kameraden gewesen. Feiglinge. All das, was ihre Fernsehhelden nicht waren. Und das hatte sie zusammengeschweißt, für gute und für böse Zeiten. Es hatte sie offenbar für 27 Jahre oder noch länger zusammengeschweißt. Manchmal sind Ereignisse wie Dominosteine. Der erste stößt den zweiten um, der zweite den dritten, und los geht's.

Wann, fragt sich Richie, war es zu spät umzukehren, als er und Stan aufgekreuzt waren und geholfen hatten, den Damm zu bauen? Als Bill ihnen gezeigt hatte, wie das Bild seines Bruders den Kopf gedreht und geblinzelt hatte? Vielleicht... aber Rich Tozier glaubt, die Dominosteine haben angefangen zu kippen, als Ben Hanscom vorgetreten ist und gesagt hat: »Ich habe ihnen gezeigt,

2

wie man es machen muß. Es ist meine Schuld.«

Mr. Nell stand da und starrte ihn an, die Hände an seinem schwarzen Ledergürtel, so als könne er das alles nicht glauben. Er war ein stämmiger Ire, mittelgroß, in blauer Uniform. Obwohl er erst 43 oder 44 Jahre alt war, hatte er schon graues Haar, das in ordentlichen Wellen zurückgekämmt war. Er hatte blaue Augen und eine rote Nase. Auf seinen Wangen waren geplatzte Äderchen zu sehen.

Er setzte gerade zum Sprechen an, als Bill Denbrough ebenfalls vortrat und sich neben Ben stellte.

»Es w-w-war m-m-m-m-meine Idee«, stammelte er. Dann holte er tief Luft, und während Mr. Nell dastand und ihn mit unbewegtem Gesicht anschaute, stotterte Bill mühsam hervor, was er noch zu sagen hatte: daß Ben nur zufällig vorbeigekommen sei und ihnen gezeigt habe, wie man es richtig machen müsse. Sie seien aber schon vorher damit beschäftigt gewesen, einen Damm zu bauen.

»Ich auch«, sagte Eddie.

»Was heißt dieses ›ich auch‹?« fragte Mr. Nell. »Ist das dein Name oder deine Adresse?«

Eddie errötete heftig bis zu den Haarwurzeln. »Ich war mit Bill zusammen«, erklärte er. »Noch bevor Ben kam.«

Nun trat auch Richie vor. Ihm fiel plötzlich ein, Mr. Nell mit einer seiner Stimmen aufzuheitern, auf andere – fröhliche – Gedanken zu bringen, aber nach einem zweiten Blick auf Mr. Nells Gesicht entschied er, daß das keine sehr gute Idee war. So beschränkte er sich auf ein: »Ich habe auch mitgemacht.«

»Und ich ebenfalls«, fügte Stan hinzu.

Die fünf Jungen standen in einer Reihe nebeneinander. Ben schaute sie an, völlig fassungslos über ihre Unterstützung. Einen Augenblick lang glaubte Richie, der gute alte Haystack würde in Tränen der Dankbarkeit ausbrechen.

»Mein Gott«, sagte Mr. Nell und sah aus, als müßte er sich mühsam das Lachen verkneifen. »Ihr fünf Jungs seid ja das reinste Häuflein Elend. Wenn eure Leute wüßten, was ihr hier getrieben habt, dürften heute abend ein paar Riemen ganz schön was zu tun haben!«

Richie konnte sich einfach nicht länger beherrschen. In Augenblicken wie diesem wußte er normalerweise – nicht immer, aber doch meistens –, daß es besser wäre, still zu sein, aber er brachte das einfach nicht fertig. Es war so, als seien er und Stotter-Bill auf eine eigenartige Weise verbale Negative voneinander.

»Wie steh'n die Dinge in der alten Heimat, Mister Nell? Ach, Sie sind 'ne Augenweide, wirklich ein Prachtkerl, ein Trost für meine arme heimwehkranke Seele...«

»In etwa drei Sekunden werde ich dir einen hübschen Trost verabreichen, Tozier«, sagte Mr. Nell trocken.

»Um G-G-Gottes w-w-willen, R-Richie, halt die K-K-Klappe!«

»Ein guter Rat, Bill«, meinte Mr. Nell. »Ich wette, dein Vater weiß nicht, daß du hier unten in den Barrens bist, stimmt's?«

Bill senkte die Augen und schüttelte den Kopf.

Mr. Nell wandte sich Ben zu. »Wie heißt du?«

»Ben Hanscom, Sir«, antwortete er kläglich.

Mr. Nell nickte und betrachtete Bens Damm. »Deine Idee war das also?«

Ben blickte zu Boden und nickte.

»Nun, du bist ein fantastischer Ingenieur, Junge«, sagte Mr. Nell, »aber du hast wahrscheinlich keine Ahnung von den Barrens und dem Abwassersystem von Derry, stimmt's?«

Ben schüttelte den Kopf.

Nicht unfreundlich fuhr Mr. Nell fort: »Es besteht aus zwei Teilen. Feste menschliche Ausscheidungen – im Klartext Scheiße, wenn ich damit deine zarten Ohren nicht beleidige – werden in den Kenduskeag gepumpt und gelangen von dort in den Penobscot. Du hast doch bestimmt schon einmal die Pumpstationen gesehen? Runde Betondinger mit durchlöcherten Deckeln?« Ben nickte wieder, den Blick immer noch zu Boden gerichtet.

»Nun, dort hast du Gott sei Dank keine Probleme verursacht, weil es nicht der Kenduskeag war, den du eingedämmt hast. Aber alle anderen Abwasserkanäle arbeiten nach dem Prinzip der Schwerkraft. Dort fließt der größte Teil des städtischen Abwassers. Wasser aus den Toiletten und Badewannen und Spülen und so weiter. All diese Abwasserkanäle verlaufen hügelabwärts. Und ich brauche dir wohl nicht zu erzählen, wo sie enden?«

»In den Barrens«, flüsterte Ben heiser. Dicke Tränen rollten ihm langsam über die Wangen. Mr. Nell tat so, als sähe er das nicht.

»Stimmt genau, Junge. In den Barrens. Das Abwasser fließt aus den Kanälen in diese Bäche und dann in den Kenduskeag, und das ohne jede Pumpe; die Schwerkraft erledigt die ganze Arbeit. Nun, dieses Wasser, in dem ihr herumgewatet seid, besteht zu mindestens zehn Prozent aus menschlicher Pisse. Was sagt ihr dazu?«

Alle Jungen schauten angeekelt an sich herunter. Das heißt, alle außer Ben, der ein Bild totalen Elends bot. Eddie holte seinen Aspirator hervor und drückte auf die Flasche.

»Ihr habt nun mit eurem Damm das Wasser in etwa sechs Rohren aufgestaut, in welche die Witcham Street, die Jackson Street und vier oder fünf kleine Straßen dazwischen ihr Abwasser leiten«, fuhr Mr. Nell fort. Er warf Bill Denbrough einen trockenen Blick zu. »Euer Haus gehört auch dazu, mein Junge. Und da haben wir dann die Bescherung – Spülen, die nicht ablaufen, Toiletten, die überlaufen und in denen die Scheiße rumschwimmt, Waschmaschinen, die nicht arbeiten, Abflußrohre, deren Brühe sich fröhlich in Keller ergießt...«

Ben schluchzte laut auf. Die anderen blickten verlegen beiseite. Mr. Nell legte dem Jungen sanft seine große Hand auf die Schulter.

»Nimm's dir nicht so zu Herzen, mein Junge. Man hat mich hergeschickt, damit ich nachschaue, ob ein großer Baum umgestürzt ist und sich quer über den Bach gelegt hat. Das passiert nämlich ab und zu. Ich werde diese Sache nicht an die große Glocke hängen. Wir haben wirklich ernstere Sorgen als ein bißchen gestautes Wasser.« Die fünf Jungen verstanden sofort die Anspielung auf die Mordserie. »Ich werde einfach berichten, daß einige Jungs gerade vorbeigekommen sind und mir geholfen haben, den Baum zu entfernen. Eure Namen werde ich nicht erwähnen. Ihr braucht keine Angst zu haben, Vorladungen zu bekommen.«

Er betrachtete die fünf Jungen. Ben wischte sich mit seinem Taschentuch das Gesicht ab; Bill blickte nachdenklich zum Damm hinüber; Eddie hielt seinen Aspirator in einer Hand; Stan stand dicht neben Richie und hatte ihm eine Hand auf den Arm gelegt, um sofort fest zupacken zu können, wenn Richie den Mund aufmachen wollte.

»Ihr Jungs habt hier unten sowieso nichts zu suchen«, sagte Mr. Nell und schaute sich um. »Vermutlich kann man sich hier unten sechzig verschiedene Krankheiten holen. Drüben die Müllhalde; diese Bäche voll Abwasser, Spülwasser und Unrat; Insekten, Moskitos... es ist ein schlechter Platz zum Spielen, Jungs.«

»U-U-Uns g-gefällt es h-h-hier«, sagte Bill plötzlich trotzig. Die anderen schauten überrascht und etwas besorgt auf, aber Mr. Nell wurde nicht ärgerlich. Er nickte Bill zu, und um seine Lippen spielte ein kleines Lächeln.

»Ja«, sagte er. »So ging's mir auch, als ich ein Junge war. Ich verbiet's euch ja auch nicht. Aber sperrt jetzt mal eure Ohren auf. Paßt gut auf, was ich euch jetzt sage.« Er hob den Zeigefinger, und sie sahen ihn alle ernst an, sogar Ben. »Wenn ihr zum Spielen hierherkommt, so dürft ihr das nur zusammen tun, habt ihr mich verstanden?«

Sie nickten.

»Das bedeutet wirklich *zusammen*«, fuhr Mr. Nell fort. »Kein Verstecken-Spielen, bei dem ihr euch trennt. Ihr wißt alle, was in dieser Stadt vorgeht. Irgendwer – irgendein gemeiner perverser Mörder hat eine besondere Vorliebe für junges Gemüse, wie ihr es seid. Ich verbiete euch nicht herzukommen, weil ihr es trotzdem tun würdet. Aber ich sag' euch zu eurem eigenen Wohl – bleibt zusammen, wenn ihr irgendwo hier unten seid.« Er schaute Bill an. »Haben Sie irgendwelche Einwände, Mr. Stotter-Bill Denbrough?«

»N-N-Nein, Sir«, sagte Bill. »W-W-Wir w-werden z-z-zu...«

»Das genügt mir«, fiel Mr. Nell ihm ins Wort. »Gib mir deine Hand drauf.«

Bill streckte seine Hand aus, und Mr. Nell schüttelte sie.

Richie gelang es, Stans Hand abzuschütteln. Er trat vor. »Ein Pfundskerl sind Sie, Mr. Nell, eine Seele von Mensch, das sind Sie wirklich! Ein feiner Mann! Ein wirklich feiner, feiner Kerl!« Er packte Mr. Nells große Pranke und schwenkte sie wild, wobei er die ganze Zeit grinste. Dem verwirrten Mr. Nell kam er wie eine gräßliche Parodie von Franklin Roosevelt vor.

»Danke, Junge«, sagte er und zog seine Hand zurück. »Du solltest noch ein bißchen daran arbeiten. Bis jetzt klingst du in etwa so irisch wie Groucho Marx.«

Die anderen Jungen lachten erleichtert. Aber Stan warf Richie trotzdem einen vorwurfsvollen Blick zu.

Mr. Nell schüttelte ihnen allen die Hand, Ben zuletzt.

»Du brauchst dich wirklich nicht zu schämen, Junge. Du hast einfach nicht gewußt, was für Konsequenzen dein Handeln haben würde, das ist alles. Hast du in einem Buch gesehen, wie man so was macht?«

Ben schüttelte den Kopf.

»Du hast es dir einfach so ausgedacht?«

»Ja, Sir.«

»Na, da schnall doch einer ab! Du wirst eines Tages große Dinge vollbringen, daran zweifle ich nicht. Aber die Barrens sind nicht der richtige Ort dafür.« Er blickte nachdenklich in die Runde. »Hier wird nie etwas Großes vollbracht werden. Gräßlicher Ort.« Er seufzte. »Also, Jungs, reißt alles nieder. Ich glaube, ich setz' mich einfach unter diesen Busch und ruh' mich ein bißchen aus.«

Die Jungen machten sich an die Arbeit; sie ließen sich wieder von Ben Anweisungen geben, wie man am schnellsten niederreißen konnte, was sie gebaut hatten. Mr. Nell holte inzwischen eine kleine braune Flasche aus seinem Hemd und trank einen großen Schluck. Dann stieß er zischend die Luft aus.

»Und was ist das wohl, Sir?« fragte Richie vorwitzig von seinem Platz aus – er stand knietief im Wasser.

»Richie, *halt die Klappe!*« zischte Eddie.

»Das?« sagte Mr. Nell und betrachtete die kleine Flasche, die keinerlei Aufschrift trug. »Das ist die Hustenmedizin der Götter, mein Junge. Und jetzt beweg mal deine lahmen Knochen!«

3

Einige Stunden später gingen Bill und Richie die Witcham Street entlang. Bill schob Silver; er war zu müde, um zu fahren. Beide Jungen waren schmutzig und zerzaust und ziemlich erschöpft.

Stan fragte, ob sie Lust hätten, mit ihm zu kommen und Monopoly oder Parcheesi oder sonstwas zu spielen, aber sie lehnten alle ab. Es wurde spät. Ben, der sich müde und niedergeschlagen anhörte, sagte ihnen, er wolle nach Hause gehen und nachsehen, ob jemand seine Bibliotheksbücher abgegeben hatte. Er hatte Hoffnung, da die Bibliothek von Derry vorschrieb, daß der Ausleiher nicht nur seinen Namen in den Beizettel jedes Buches eintrug, sondern auch seine Anschrift. Eddie sagte, er würde sich die *Rock Show* im Fernsehen ansehen, weil Neil Sedaka auftrat und er wissen wollte, ob Neil Sedaka ein Neger war. Stan sagte Eddie, er solle sich nicht lächerlich machen. Neil Sedaka war weiß, das wußte man, wenn man ihn nur hörte. Eddie behauptete, man wüßte gar nichts, wenn man ihn hörte. Bis letztes Jahr war er überzeugt gewesen, daß Chuck Berry weiß war, aber als *er* in *Bandstand* auftrat, war er ein Neger gewesen.

»Meine Mutter glaubt *noch*, daß er weiß ist, und das ist gut«, sagte Eddie. »Wenn sie rauskriegt, daß er ein Neger ist, läßt sie mich vielleicht nicht mehr seine Songs anhören.«

Stan wettete um vier Comics mit Eddie, daß Neil Sedaka weiß war, dann machten sich die beiden zu Eddies Haus auf, um diese Frage zu klären.

Richie ging weiter neben Bill her. Sie redeten nicht viel. Richie dachte über Bills Geschichte von dem Foto nach, auf dem Georgie den Kopf gedreht und gezwinkert hatte. Und trotz seiner Müdigkeit kam ihm plötzlich eine Idee. Sie war verrückt... aber auch faszinierend.

»Billy«, rief er. »Halt mal einen Augenblick an. Ich muß mal verschnaufen.«

Sie kamen gerade am Theologischen Seminar von Derry vorbei. Bill legte Silver vorsichtig auf den grünen Rasen, und die beiden Jungen setzten sich auf die breiten Steinstufen, die zu dem ausgedehnten roten viktorianischen Gebäude führten, in dem die Verwaltung des Seminars untergebracht war.

»W-W-Was für ein Tag!« sagte Bill verdrießlich. Er hatte dunkle Ringe unter den Augen. Sein Gesicht sah bleich und abgespannt aus. »Du rufst be-be-besser zu Ha-Ha-Hause an, wenn wir zu mir ge-ge-gehen. Damit deine A-A-Alten nicht du-du-durchdrehen.«

»Ja. Das kann man wohl sagen. Hör mal, Big Bill...«

Richie schwieg einen Moment und dachte an Bens Mumie, Eddies Aussätzigen... und an das, was Stan Uris ihnen fast erzählt hätte. Flüchtig schoß ihm noch etwas anderes durch den Kopf, und er hatte die Statue von Paul Bunyan vor Augen. Aber das war nur ein *Traum* gewesen, weiter nichts.

»Gehen wir zu euch und werfen einen Blick in Georgies Zimmer. Ich möchte dieses Foto sehen. Was hältst du davon?«

Bill sah Richie entsetzt an. Er versuchte zu sprechen, brachte aber kein Wort hervor. Statt dessen schüttelte er heftig den Kopf.

»Du hast Bens Geschichte gehört. Und Eddies. Glaubst du an das, was sie gesagt haben?«

Bill dachte darüber nach. »I-I-Ich w-w-weiß n-nicht«, sagte er schließlich. »Ich d-d-denke, daß sie e-etwas g-g-gesehen haben m-m-m-müssen.«

»Ja«, sagte Richie. »Das glaube ich auch. Und all die Kinder, die ermordet worden sind. Ich denke mir, daß sie vielleicht auch etwas gesehen haben. Vielleicht jenen Clown. Und vielleicht besteht der einzige Unterschied zwischen diesen Kindern und Eddie und Ben darin, daß Eddie und Ben nicht erwischt wurden.«

Bill hob die Augenbrauen, zeigte aber keine große Überraschung. Das hatte Richie auch nicht erwartet. Er hatte vermutet, daß Bill mit seinen Überlegungen selbst schon so weit gekommen war. Er konnte zwar nicht gut reden, aber er war alles andere als ein Dummkopf.

»Und jetzt denk mal weiter, Big Bill«, sagte Richie. »Ein Mann könnte sich in ein Clownskostüm verkleiden und Kinder ermorden. Ich weiß zwar nicht, wozu er das tun sollte, aber es wäre möglich. Der Unterschied zum Joker in einem Batman-Comic oder zum Penguin oder irgend so was ist nicht allzu groß.« Darüber zu reden, seine eigenen Ideen auszusprechen, erregte Richie. Er fragte sich kurz, ob er tatsächlich etwas zu beweisen versuchte oder nur einen Wortschwall von sich gab, um das Zimmer und jenes Schulfoto sehen zu können. Um festzustellen, ob es seine verrückten Tricks auch bei ihm versuchen würde. Aber seine Motive waren letztlich vielleicht gar nicht so wichtig. Er sah, daß eine Erregung, die seiner eigenen sehr ähnlich war, in Bills Augen aufglomm, und das verlieh ihm ein Gefühl der Macht.

»A-A-Aber wie p-paßt das F-F-Foto da hinein?« fragte Bill.

»Genau das habe ich mir auch gerade überlegt«, sagte Richie. »Was glaubst denn *du*, Billy?«

Leise, ohne Richie anzuschauen, erwiderte Bill, er glaube, daß es überhaupt nicht dazu passe. »Ich g-g-glaube, daß ich Georgies G-G-G-Geist gesehen habe.«

»Auf einem *Foto*?« fragte Richie nachdenklich.

Bill nickte.

Richie dachte darüber nach. Die Vorstellung von Geistern bereitete seinem kindlichen Verstand nicht die geringsten Schwierigkeiten. Er war sicher, daß es so etwas gab. Seine Eltern waren Methodisten, und Richie ging jeden Sonntag in die Kirche und donnerstags abends obendrein zum Treffen der Methodistischen Jugend. Er wußte schon viel über die Bibel, auch, daß die Bibel an alle möglichen unheimlichen Sachen glaubte. Laut der Bibel war Gott selbst zumindest zu einem Drittel Geist, und das war nur der Anfang. Man konnte sehen, daß die Bibel an Dämonen glaubte, weil Jesus einem Typen ein paar davon austrieb. Und echt oberaffengeil waren sie auch. Als Jesus den Typ, der sie hatte, nach seinem Namen fragte, antwortete dieser ihm, er solle doch zur Fremdenlegion gehen. Oder so ähnlich. Die Bibel glaubte an Hexen, warum sonst stand darin »Du sollst eine Hexe nicht dulden«? Manches in der Bibel war sogar besser als das Zeug in den Horror-Comics. Leute wurden in Öl gekocht oder hängten sich auf wie Judas Ischariot; die Geschichte, wie der böse König Ahaz vom Turm fiel und die Hunde kamen und sein Blut aufleckten; die Massenmorde an Babys, welche die Geburt von Moses und Jesus begleitet hatten; Typen, die aus den Gräbern kamen oder durch die Luft flogen; Soldaten, die Mauern einhexten; Propheten, die die Zukunft sahen und gegen Ungeheuer kämpften. Das stand alles in der Bibel, und jedes Wort davon stimmte, sagte Reverend Craig, sagten Richies Eltern, sagte Richie. Er war durchaus bereit, Bills Erklärung zu glauben; nur die Logik machte ihm Probleme.

»Aber du sagtest doch, du hättest Angst gehabt«, sagte Richie. »Warum sollte Georgie dir denn Angst einjagen wollen, Bill?«

Bill fuhr sich mit der Hand über den Mund. Seine Hand zitterte dabei. »Er ist w-w-wütend auf mich«, sagte er. »W-W-Weil er ermordet wurde. Es war m-m-m-meine Schuld. Ich hab' ihn m-mit dem B-B-B-B...« Er brachte das Wort ›Boot‹ nicht heraus, aber Richie verstand ihn auch so. Er nickte.

»Das glaube ich nicht«, wandte er dann ein. »Wenn du ihn von hinten erstochen oder ihn erschossen hättest, wäre es etwas anderes. Oder wenn du ihn rausgeschickt hättest, damit er umgebracht wird. Aber in Wirklichkeit« – Richie hob einen Finger wie ein Rechtsanwalt – »in Wirklichkeit wolltest du doch nur, daß er rausgeht und Spaß hat und sich freut. Stimmt's?«

Bill dachte zurück – dachte angestrengt. Nach Richies Worten fühlte er sich besser als seit Monaten, was Georges Tod betraf, aber ein Teil von ihm bestand ziemlich hartnäckig darauf, daß er sich nicht besser fühlen

303

sollte. Natürlich war es deine Schuld, beharrte dieser Teil; vielleicht nicht ganz, aber zumindest teilweise.

Wenn nicht, wie kommt es dann, daß diese kalte Stelle auf dem Sofa zwischen deiner Mutter und deinem Vater ist? Wenn nicht, warum sagt dann keiner mehr etwas beim Mittagstisch? Heute klappern nur noch Messer und Gabel, bis du es nicht mehr aushältst und fragst, ob du bi-bi-bit-tte vom Tisch aufstehen darfst.

Es war, als wäre *er* der Geist, ein Wesen, das sprach und sich bewegte, aber nie richtig gehört oder gesehen wurde, ein Ding, das man vage spürte, aber dennoch nicht als real anerkannte.

Der Gedanke, daß er die Schuld hatte, gefiel ihm nicht, aber die einzige Alternative, ihr Verhalten zu erklären, war noch viel schlimmer: daß alle Liebe und Aufmerksamkeit, die seine Eltern ihm zuteil werden ließen, irgendwie die Folge von Georges Anwesenheit gewesen waren, und nachdem George nun weg war, blieb für ihn nichts mehr übrig... und das alles war zufällig geschehen, ohne ersichtlichen Grund. Und wenn man das Ohr an diese Tür lehnte, konnte man draußen den Wahnsinn heulen hören.

Deshalb überlegte er verzweifelt, was er an Georgies Todestag getan, was er gefühlt hatte; er suchte nach den negativen Gefühlen, die es gegeben haben mußte, nach Eifersucht, nach Haß. Sie hatten oft Streit gehabt, Georgie und er; bestimmt hatten sie sich auch an jenem Tag gestritten.

Nein. Kein Streit. Zunächst einmal, weil er immer noch zu elend gewesen war, einen Zank mit George vom Zaun zu brechen. Er hatte geschlafen und geträumt, etwas geträumt von

(einer Schildkröte)

einem komischen kleinen Tier, er konnte sich nicht mehr genau erinnern, und als er aufgewacht war, hatte draußen der Regen nachgelassen und George hatte im Eßzimmer unglücklich vor sich hin gemurmelt. Georgie hatte gesagt, er versuche, ein Boot zu machen, wie es in seinem Bastelbuch gezeigt würde, er könne es aber nicht richtig falten. Und Bill, der im Bett lag, ein wenig Fieber hatte und sich furchtbar langweilte, hatte Georgie gesagt, er solle ihm sein Buch bringen. Und während er jetzt neben Richie auf den Stufen saß, konnte er sich noch genau erinnern, wie Georgies Augen geleuchtet hatten, als das Boot aus Zeitungspapier gelang, und wie gut ihm dieser Blick getan hatte, der besagte, daß Georgie ihn für einen tollen Kerl hielt, für einen patenten Bruder, der alles konnte. Jenes Boot hatte Georgie umgebracht, aber Bill hatte nicht gewußt, daß das passieren würde. Er hatte nur gewußt, daß Georgie sich über das Boot freute, daß es ihn glücklich machte.

Ganz plötzlich brach Bill in Tränen aus.

Erschrocken schaute sich Richie nach allen Seiten um, ob jemand in der Nähe war; dann legte er den Arm um Bills Schultern.

»Ist schon gut«, murmelte er. »Ist schon gut, Billy. Beruhige dich.«

»Ich w-w-w-wollte nicht, d-daß er e-e-erm-m-mordet wird!« schluchzte Bill. »Das w-war nicht m-meine Absicht!«

»Mein Gott, Billy, das weiß ich doch«, sagte Richie. Er tätschelte ungeschickt Bills Schulter. »Nun komm, hör auf zu weinen. Ist schon gut.«

Allmählich beruhigte sich Bill wieder. Er litt immer noch, aber es war ein irgendwie reiner Schmerz: Es war ein Schmerz, der dadurch entstanden war, daß er etwas von überwältigender Bedeutung herausgefunden hatte.

»Ich w-w-wollte nicht, daß er g-g-getötet wird«, wiederholte er seine Erkenntnis noch einmal. »U-U-Und wenn du je-je-jemandem erzählst, daß ich g-g-geheult habe, schlag ich d-dir die N-N-Nase ein.«

»Ich erzähl's keinem«, versicherte Richie. »Mach dir keine Sorgen. Um Gottes willen, er war doch dein Bruder. Wenn mein Bruder ermordet würde, käme ich aus dem Heulen gar nicht mehr raus.«

»D-Du hast doch gar k-k-keinen B-Bruder.«

»Ja, aber wenn ich einen hätte, würde ich mir die Augen ausheulen.«

»J-Ja?«

»Na klar.« Richie schwieg ein Weilchen, betrachtete Bill bekümmert und versuchte zu erkennen, ob er sich wieder gefaßt hatte. Obwohl sich Bill immer noch mit dem Taschentuch die roten Augen rieb, entschied Richie, daß er jetzt wieder aufnahmefähig war. »Ich wollte nur sagen, daß ich nicht weiß, warum Georgie versuchen sollte, dir Angst einzujagen. Vielleicht hängt das Foto also irgendwie mit dem ... na ja, mit dem anderen zusammen. Mit diesem Clown.«

»V-V-Vielleicht weiß Georgie es nicht b-besser. V-V-Vielleicht g-g-glaubt er ...«

Richie schob diesen Einwand ungeduldig beiseite. »Wenn man tot ist, weiß man *alles*, was die Leute über einen dachten, Big Bill«, sagte er mit der nachsichtigen Miene eines Lehrers, der den Grammatikfehler eines dummen Schülers verbessert. »So steht's in der Bibel. Es heißt da: ›Wir sehen jetzt durch einen Spiegel in einem dunklen Wort; dann aber von Angesicht zu Angesicht.‹ Und das bedeutet ...«

»Ich v-v-verstehe, was es b-bedeutet«, sagte Bill.

»Und was meinst du nun?«

»W-W-Wozu?«

»Gehen wir in sein Zimmer und schauen nach? Vielleicht finden wir etwas heraus.«

305

»Ich habe A-A-Angst davor.«

»Ich auch«, sagte Richie. Im ersten Moment glaubte er, daß er das nur so dahingesagt hatte, um Bill zu trösten, aber gleich darauf hatte er ein ganz komisches Gefühl im Magen und erkannte, daß es stimmte: Er hatte Angst.

4

Die beiden Jungen schlichen sich ganz leise ins Haus der Denbroughs.

Bills Vater war noch nicht von der Arbeit nach Hause gekommen. Sharon Denbrough las am Küchentisch ein Taschenbuch. Im Eingangsflur roch es nach Kabeljau, den es zum Abendessen geben sollte.

»Wer ist da?« rief Sharon, als die Jungen auf halber Treppe waren.

Sie blieben ertappt stehen, schauten einander einen Augenblick mit großen Augen an, und dann rief Bill: »I-I-Ich, Mom. Und R-R-R-R...«

»Richie Tozier, Madam«, rief Richie und legte seine kalte Hand auf Bills Unterarm.

»Hallo, Richie«, rief Mrs. Denbrough zurück; es hörte sich völlig geistesabwesend an.

»K-Komm«, flüsterte Bill.

Sie gingen nach oben, in Bills Zimmer. Es war nicht gerade perfekt aufgeräumt, aber auch nicht allzu unordentlich: Bücher, Comics, Spielsachen und Modellfahrzeuge lagen herum, außerdem ein paar Kleidungsstücke, die zwar zusammengelegt, aber noch nicht weggeräumt waren. Auf der Kombination von Schreibtisch und Bücherschrank gegenüber Bills Bett stand ein Plattenspieler, und auf einem Regal direkt darüber lag ein Stapel zerkratzter 45er Schallplatten.

Bill legte sie auf die Spindel, mit der man zehn Platten hintereinander abspielen konnte, und schaltete das Gerät ein. Das erste Lied war ›Come Softly, Darling‹ von den Fleetwoods. Richie rümpfte die Nase. Trotz seines Herzklopfens mußte Bill grinsen.

»S-S-Sie mögen keinen Rock and Roll«, erklärte er. »I-Ich hab' auch Pat B-B-Boone und T-T-Tommy S-Sands. Aber meine M-Mutter wird glauben, daß w-w-wir hier im Z-Z-Zimmer sind. K-Komm.«

»Schließen sie es nicht ab?« flüsterte er Bill zu. Plötzlich *hoffte* er, daß es abgeschlossen war. Er konnte kaum noch glauben, daß das Ganze seine eigene Idee gewesen war.

Mit bleichem Gesicht schüttelte Bill den Kopf und öffnete die Tür. Er ging in Georgies Zimmer hinein, und nach flüchtigem Zögern folgte Richie ihm. Bill schloß hinter ihm die Tür, und Richie zuckte zusammen, als sie leise einklinkte. Die Fleetwoods waren jetzt nur noch gedämpft zu hören.

Richie schaute sich um, ängstlich, aber zugleich auch außerordentlich neugierig. Als erstes nahm er die dumpfe, abgestandene Luft wahr. *Hier ist schon lange kein Fenster mehr geöffnet worden*, dachte er. *Verdammt, hier drin hat schon lange niemand mehr geatmet*. Ein Schauder lief ihm über den Rücken, und er fuhr sich wieder mit der Zunge über die Lippen.

Sein Blick fiel auf Georgies Bett, und er dachte daran, daß Georgie jetzt unter einer Erddecke auf dem Mount Hope Cemetery schlief. Dort verweste. Und seine verwesenden Hände waren nicht gefaltet, denn er hatte nur noch einen Arm, eine Hand. Die andere war verschwunden.

Bill schaute ihn an.

»Du hast recht«, sagte Richie heiser. »Es ist unheimlich hier. Ich kapier' nicht, wie du's ausgehalten hast, allein hier zu sein.«

»E-Er w-w-war mein B-B-Bruder«, erwiderte Bill schlicht. »M-M-Manchmal m-m-m-möchte ich h-hier sein.«

An den Wänden hingen Poster – Poster für kleine Kinder, wie Richie registrierte. Eines zeigte Tom Terrific, den Cartoon-Helden aus Captain Kangaroo. Ein anderes zeigte Donald Ducks Neffen Tick, Trick und Track, die in ihren Waschbärmützen in ein Dickicht marschierten. Auf Georgies Kommode standen aufgeklappt seine Fleißkärtchen aus dem Kindergarten und der ersten Schulklasse. Als Richie sie betrachtete und daran dachte, daß Georges Ausbildung mit diesen wenigen Kleinkind-Kärtchen unwiderruflich und für immer geendet hatte, begriff er zum erstenmal in seinem Leben die Realität des Todes. Ein lähmendes Entsetzen überkam ihn. *Ich könnte sterben!* dröhnte es in seinem Kopf. *Jeder kann sterben! Jeder kann sterben!*

»Mann o Mann«, murmelte er mit zittriger Stimme. Mehr brachte er einfach nicht heraus.

»Jaaa«, sagte Bill und setzte sich auf Georgies Bett. »Schau.«

Richie folgte seinem Finger und sah das Fotoalbum auf dem Boden liegen. MEIN ALBUM, las er.

»Es w-war offen«, sagte Bill. »G-G-Gestern.«

»Dann ist es eben wieder zugeklappt«, sagte Richie. Er setzte sich neben Bill und blickte auf das Album. »Viele Bücher tun das.«

»D-Die S-S-Seiten vielleicht«, widersprach Bill. »N-Nicht der E-E-Ein band. Es h-hat sich g-g-geschl-l-lossen.« Er sah Richie ernst an, und seine Augen wirkten in dem bleichen, müden Gesicht ungewöhnlich dunkel. »Es w-w-will, daß du es öffnest! D-Das ist es, w-w-was ich glaube!«

307

Richie stand langsam auf und ging zu dem Album hinüber. Es lag unter einem Fenster mit hellen, fröhlichen Vorhängen. Draußen konnte er den Apfelbaum im Hinterhof der Denbroughs sehen. Von einem dicken, knorrigen Ast hing eine Schaukel herab, die sich langsam im Wind bewegte.

Er schaute auf das Album. Georgie Denbroughs Album.

Die mittleren Seiten des Schnitts waren rotbraun. Es hätte alter Ketchup sein können, die Visitenkarte, die ein kleiner Junge hinterlassen hatte, der seine Fotos anschaute, während er einen Hot dog oder Hamburger aß – aber Richie wußte, daß das nicht der Fall war.

Er berührte das Album und zog seine Hände rasch wieder zurück. Es fühlte sich kalt an. Kalt.

Er schaute Bill an, und Bill erwiderte seinen Blick und schüttelte ganz langsam den Kopf.

Ach was, dachte Richie, *ich lasse es einfach liegen. Ich hab' sowieso keine Lust, in sein dummes altes Album zu schauen und einen Haufen Leute zu sehen, die ich nicht kenne. Ich werde jetzt einfach aufstehen, und Bill und ich können in sein Zimmer gehen und Comics lesen, und spätestens morgen früh werde ich sicher sein, daß es Ketchup und kein Blut ist. Das werde ich tun. Genau das.*

Seine Hände schienen meilenweit von ihm entfernt zu sein, am Ende langer Kunststoffarme, als er das Album öffnete, und er betrachtete die Gesichter und Landschaften in Georges Album: Tanten, Onkel, Fremde, Babys, Häuser, alte Autos, Holzzäune, ein Riesenrad auf dem Jahrmarkt, den Wasserturm, die alte Kitchener-Eisenhütte...

Er wendete die Seiten immer schneller um, und plötzlich waren sie leer. Er blätterte zurück; eigentlich wollte er es nicht tun, aber irgend etwas zwang ihn dazu. Ein Foto aus der Innenstadt von Derry – Main Street und Canal Street, aufgenommen etwa 1930...

»Es ist verschwunden!« rief Richie.

»Was?«

»Wenn du's nicht genommen hast, ist es einfach verschwunden. Hier ist kein Schulfoto deines kleinen Bruders, Bill!«

Bill stand auf und ging zu Richie hinüber. Er betrachtete das Foto von Derrys Innenstadt, wie sie vor etwa dreißig Jahren ausgesehen hatte – altmodische Autos und Lastwagen und Fußgänger, die am Kanal entlanggingen und auf dem Foto für immer mitten in einem Schritt versteinert waren. Dann blätterte er um. Eine leere eierschalenfarbene Seite bot sich ihm dar – abgesehen von einer einzigen Fotoecke eine absolut leere Seite.

»Es w-w-war h-hier«, sagte Bill. »Ich schwör's bei Gott.« Er starrte Richie offenen Blickes, erstaunt und ängstlich an.

»Ich glaube dir, Bill«, sagte Richie. »Mein Gott, was denkst du, was damit passiert ist?«

»Ich w-w-weiß es n-nicht.«

Bill nahm Richie das Album aus der Hand. Er blätterte die Seiten um
und suchte nach Georgies Schulfoto. Als er damit aufhörte, blätterten sie
sich ganz von allein weiter um. Die beiden Jungen tauschten einen erschrockenen Blick, dann starrten sie wieder auf das Album.

Es hatte sich wieder auf der letzten Seite geöffnet. Die Innenstadt von
Derry, ein sepiafarbenes Foto, das jemand Georgie geschenkt hatte, und
das Derry zu einer Zeit lange vor ihrer aller Geburt zeigte.

»Na so was!« rief Richie plötzlich und nahm das Album wieder an sich.
In seiner Stimme lag keine Angst, nur verblüfftes Staunen. »Heiliger
Strohsack, Bill...!«

»Was?« fragte Bill. »W-W-Was ist l-los?«

»Heiliger Strohsack! Das sind ja *wir*! Mein Gott, sieh doch nur!«

Über Georgies Fotoalbum gebeugt, sahen sie aus wie zwei Jungen, die
sich bei einer Chorprobe ein Buch teilen. Richie hörte, wie Bill zischend
Luft holte, und erkannte daran, daß er es ebenfalls gesehen hatte.

Auf diesem alten Schwarzweißfoto gingen zwei Jungen die Main
Street entlang, auf die Kreuzung Central Street zu, wo der Kanal für etwa
einerviertel Meilen unter die Erde verschwand. Die beiden Jungen hoben sich deutlich von der niedrigen Betonmauer am Kanalrand ab. Einer
der beiden trug Knickerbocker. Der andere trug etwas, das fast wie ein
Matrosenanzug aussah. Er hatte eine Tweedkappe auf dem Kopf. Sie waren etwa im Dreiviertelprofil der Kamera zugewandt, so als hätte sie gerade jemand von der anderen Straßenseite her gerufen. Der Junge in den
Knickerbockers war Richie Tozier. Und der Junge mit der Tweedkappe
war Stotter-Bill. Daran konnte gar kein Zweifel bestehen.

Wie hypnotisiert starrten sie auf das fast dreißig Jahre alte Foto, auf
dem sie selbst zu sehen waren. Einige Schritte vor ihnen hielt ein Mann
die Krempe seines Filzhutes fest, und ein Windstoß hatte im Moment der
Aufnahme gerade seinen Mantel aufgebläht. Auf der Straße waren Autos, ein Modell T, ein Pierce-Arrow, einige Packards und Chevrolets mit
Trittbrettern.

»I-I-Ich g-g-g-glaub' n-nicht...«, begann Bill, und in diesem Augenblick bewegte sich das Foto.

Das Modell T, das eigentlich ewig in der Mitte der Kreuzung hätte bleiben müssen (oder zumindest so lange, bis die Chemikalien des alten Fotos
sich völlig zersetzt hätten und es total verblaßt und verschwunden wäre),
überquerte sie und fuhr in Richtung Up-Mile Hill weiter. Eine kleine
weiße Hand schoß aus dem Fenster neben dem Fahrersitz heraus und si-

309

gnalisierte, daß das Auto nach links abbiegen wollte. Es bog in die Court Street ein, fuhr über den weißen Bildrand hinaus und verschwand auf diese Weise außer Sicht.

Der Pierce-Arrow, die Chevrolets und Packards – sie alle rollten in verschiedenen Richtungen über die Kreuzung. Die Mantelschöße des Mannes flatterten im Wind. Er setzte seinen Hut fester auf und ging weiter.

Die beiden Jungen drehten ihre Köpfe vollends, und jetzt waren ihre Gesichter ganz von vorne zu sehen, und einen Moment später erkannte Richie, wohin sie schauten: ein räudiger Hund überquerte die Straße. Der Junge im Matrosenanzug – Bill – schob sich zwei Finger in die Mundwinkel und pfiff. Wie vom Donner gerührt, nahm Richie wahr, daß er den Pfiff *hören* konnte, daß er das unregelmäßige Tuckern der Automotoren *hören* konnte. Die Geräusche waren zwar nur schwach, wie durch dickes Glas, zu hören – aber sie *waren* zu hören.

Der Hund schaute zu den Jungen hinüber und trottete dann weiter. Sie wechselten einen Blick und lachten. Sie wollten gerade weitergehen, als Richie Bill am Arm packte und auf den Kanal deutete. Sie gingen darauf zu.

Nein, dachte Richie entsetzt, *tut das nicht, tut...*

Sie gingen zu der niedrigen Betonmauer, und plötzlich tauchte über dem Rand der Clown auf, wie ein schreckliches Schachtelmännchen, ein Clown mit Georgie Denbroughs Gesicht, die Haare glatt nach hinten gekämmt, der Mund ein gräßliches Grinsen voll blutender Fettfarbe, die Augen schwarze Löcher. In einer Hand hielt er drei Ballons an einer Schnur. Mit der anderen packte er den Jungen im Matrosenanzug an der Kehle.

»N-N-N-Nein!« schrie Bill gequält auf und griff nach dem Bild.

»*Nicht, Bill!*« schrie Richie und packte ihn am Arm.

Es war fast schon zu spät. Er sah Bills Fingerspitzen durch das Foto hindurch in jene andere Welt eintreten. Sie wurden klein und schienen gar nicht mehr zu Bills Hand zu gehören. Es war so ähnlich wie bei jener optischen Täuschung, die eintritt, wenn man eine Hand in stehendes Wasser hält: Der sich im Wasser befindliche Teil der Hand scheint zu schweben, abgelöst und ein Stückchen entfernt von jenem Teil der Hand, der aus dem Wasser herausragt.

Eine Reihe diagonaler Schnitte zog sich über Bills Finger, so als hätte er seine Hand zwischen die Flügel eines Ventilators gesteckt.

Richie zog mit aller Kraft, und sie fielen beide dröhnend auf den Rükken. Das Buch schlug auf dem Boden auf und klappte laut zu. Bill steckte seine Finger in den Mund. Vor Schmerz hatte er Tränen in den

Augen. Richie konnte sehen, daß dünne Blutrinnsale über seine Hand zum Gelenk flossen.

»Zeig mal«, sagte er.

»T-T-Tut h-höllisch weh«, flüsterte Bill. Er streckte Richie seine Hand hin, mit der Handfläche nach unten. Über Zeige-, Mittel- und Ringfinger zogen sich sprossenartige tiefe Schnitte. Der kleine Finger hatte die Oberfläche des Fotos kaum berührt (wenn es eine Oberfläche hatte!), und obwohl er keine Schnittwunden aufwies, so erzählte Bill Richie später doch, daß der Nagel säuberlich abgeschnitten war wie mit einer Nagelschere.

»Mein Gott, Bill!« sagte Richie. Verbandszeug. Das war das einzige, woran er denken konnte. »Komm, wir müssen das verbinden. Deine Mutter...«

»M-Meine M-M-Mutter wird das g-gar nicht m-merken«, sagte Bill. Er griff wieder nach dem Album. Blutstropfen fielen auf den Boden.

»Öffne es nicht!« schrie Richie und packte Bill verzweifelt bei den Schultern. »Mein Gott, Billy, du hättest um ein Haar deine *Finger* verloren!«

Bill schüttelte ihn ab. Er blätterte die Seiten um. Sein Gesicht war bleicher denn je, hatte aber einen grimmig entschlossenen Ausdruck, der Richie mehr ängstigte als alles andere. Bills Augen sahen fast wie die eines Wahnsinnigen aus. Seine verletzten Finger beschmierten Georgies Album mit Blut.

Und da war wieder die Innenstadt von Derry.

Das Modell T stand mitten auf der Kreuzung. Die anderen Autos waren ebenfalls an ihren ursprünglichen Positionen erstarrt. Der auf die Kreuzung zugehende Mann hielt die Krempe seines Filzhutes fest, und sein Mantel war vom Wind gebläht.

Die beiden Jungen waren verschwunden.

Nirgends auf dem Foto waren Jungen zu sehen. Aber...

»Schau«, flüsterte Richie und deutete auf eine Stelle des Bildes, wobei er sorgfältig darauf achtete, der Oberfläche nicht zu nahe zu kommen. Direkt über der niedrigen Betonmauer am Kanalrand war ein Bogen zu sehen – der obere Teil von etwas Rundem.

Etwas wie einem Luftballon.

5

Sie verließen das Zimmer und konnten gerade noch rechtzeitig die Tür schließen. Bills Mutter kam die Treppe hinauf. »Habt ihr gerauft?« fragte sie scharf. »Ich habe Lärm gehört...«

»N-N-ur ein bißchen, Mom«, sagte Bill und warf Richie einen warnenden Blick zu: *Sei still.*

»Nun, ich möchte, daß ihr sofort damit aufhört«, sagte Sharon Denbrough. »Es hat sich so angehört, als würde mir gleich die Decke auf den Kopf fallen.«

»O-Okay, M-Mom.«

Sie hörten Hausschuhe auf der Treppe. Dann entfernten sich ihre Schritte. Bill hielt seine blutende Hand. Sie gingen ins Bad am Korridorende, und er hielt sie unter kaltes Wasser, wobei er sich vor Schmerz auf die Unterlippe biß. Richie suchte inzwischen nach Verbandszeug. Nachdem die Schnittwunden von Blut gesäubert waren, sah man erst, daß sie dünn, aber entsetzlich tief waren. Beim Anblick der weißen Ränder und des roten Fleisches im Innern wurde Richie fast übel. Rasch verband er jeden Finger einzeln mit Pflaster.

»B-B-Brennt höllisch!« flüsterte Bill.

»Warum mußtest du aber auch deine Hand dort hineinstecken, du nasser Sack?«

Bill nickte, betrachtete ernst seine verpflasterten Finger und schaute dann Richie an.

»E-E-Es war der Cl-Cl-Clown«, sagte er. »E-E-Es war der Cl-Cl-Clown, der v-v-vorgab, Ge-Ge-Georgie zu sein.«

»Das stimmt«, sagte Richie. »Wie es ein Clown war, der so getan hat, als wäre er eine Mumie, als Ben ihn gesehen hat. Und ein Clown, der sich für den kranken Landstreicher ausgegeben hat, den Eddie sah.«

»Der Au-Au-Aussätzige.«

»Richtig.«

»Aber ist er wi-wi-wirklich ein Klau-Klau-Clown?«

»Es ist ein Monster«, sagte Richie nüchtern. »Irgendein Monster. Irgendein Monster hier in Derry. Und es bringt Kinder um.«

6

Am Samstag sahen sich Richie, Ben und Beverly Marsh zwei Monstern gegenüber – aber in völliger Sicherheit, im Aladdin-Kino auf der oberen Main Street. Eines der Monster war ein Werwolf (gespielt von Michael

Landon), das andere eine von einem Nachkommen Victor Frankensteins geschaffene Kreatur (gespielt von Gary Conway). Außerdem wurde noch gezeigt: eine tönende Wochenschau mit der neuesten Pariser Mode und der letzten Vanguard-Raketenexplosion in Cape Canaveral; zwei Cartoons der Warner Brothers; ein Cartoon von Popeye und VORANZEIGEN, unter denen zumindest zwei Filme waren, die Richie unbedingt sehen wollte: ›I Married a Monster from Outer Space‹ und ›The Blob‹.

Ben war während der ganzen Vorstellung sehr still. Richie, der keine Ahnung davon hatte, daß Ben über die unmittelbare Nähe von Bev Marsh völlig aus dem Häuschen war, daß ihm vor Liebe abwechselnd heiß und kalt wurde, während sie in die Popcorntüte griff – Richie, der von alledem nichts ahnte, nahm einfach an, daß der alte Haystack vielleicht an diesem Tag nicht ganz auf dem Posten war. Richie selbst fühlte sich großartig. Das einzige, was seiner Meinung nach noch besser war als zwei Filme über Francis the Talking Mule, waren zwei Horrorfilme in einem Kino voller Kinder, die bei den blutrünstigen Szenen schrien und kreischten und Popcorntüten nach den großen Bildern auf der Leinwand warfen.

Er sah keinen Zusammenhang zwischen den Ereignissen in den beiden Filmen und dem, was in Derry vorging. Zumindest damals nicht.

Richie hatte die Voranzeige der Samstagsmatinée ›Twin Shock Show‹ am Freitag morgen in den ›Derry News‹ gesehen und sofort vergessen, wie schlecht er in der vergangenen Nacht geschlafen hatte (und wie er schließlich aufgestanden war und Licht gemacht hatte – natürlich war das ein richtiges Baby-Verhalten, aber er hatte zuvor kein Auge zutun können). Aber am Morgen war ihm alles wieder ganz normal vorgekommen – oder doch fast normal. Er überlegte, ob Bill und er nicht einfach gemeinsam einer Halluzination zum Opfer gefallen waren. Natürlich waren da noch Bills Finger. Aber vielleicht hatte er sich nur an den scharfen Papierkanten des Albums geschnitten. Oder irgend so was.

Und so vertilgte Richie nach einem Erlebnis, das einen Erwachsenen leicht in den Wahnsinn hätte treiben können, ein üppiges Frühstück mit Pfannkuchen, entdeckte die Anzeige für die beiden Horrorfilme und begann, seinen Vater um Geld anzubetteln.

Sein Vater, der schon im weißen Zahnarztkittel zum Frühstückstisch gekommen war, legte den Sportteil weg und schenkte sich eine zweite Tasse Kaffee ein. Er war ein freundlicher Mann mit schmalem Gesicht. Er trug eine Nickelbrille, bekam am Hinterkopf eine kahle Stelle und sollte 1973 an Kehlkopfkrebs sterben. Er betrachtete die Anzeige, auf die Richie deutete.

»Horrorfilme«, sagte Wentworth Tozier.

»Ja«, sagte Richie grinsend.

»Und du meinst, du mußt hin«, sagte Wentworth Tozier.

»Ja!«

»Du meinst, du wirst wahrscheinlich an Krämpfen der Enttäuschung sterben, wenn du diese Schundfilme nicht sehen kannst.«

»Ja, ja, das werde ich! Ich weiß es! *Arrggghh!*« Richie ließ sich vom Stuhl auf den Boden fallen und umklammerte den Hals; er streckte die Zunge heraus. Das war Richies zugegeben bizarrer Anfang des Rituals.

»Meine Güte, Richie, würdest du bitte damit aufhören?« fragte seine Mutter vom Herd, wo sie ihm Spiegeleier als Nachtisch zu den Pfannkuchen briet.

»Himmel, Rich«, sagte sein Vater, als Rich sich wieder auf den Stuhl gesetzt hatte. »Ich muß vergessen haben, dir am Montag dein Taschengeld zu geben. Einen anderen Grund kann ich mir nicht vorstellen, warum du am Freitag schon wieder Geld brauchst.«

»Ah...«

»Ausgegeben?«

»Ah...«

»Dies ist ein außerordentlich tiefschürfendes Thema für einen Jungen mit deiner oberflächlichen Denkweise«, sagte Wentworth Tozier. Er stützte den Ellbogen auf den Tisch und dann das Kinn auf die Handfläche, dann betrachtete er seinen Sohn mit scheinbar großer Faszination. »Was hast du damit gemacht?«

Richie verfiel sofort in seine Toodles-der-englische Butler-Stimme. »Nun, ich hab's ausgegeben, oder nicht, Guv'ner? Piep-piep-cherio, und so weiter! Mein Beitrag zum Endsieg. Wir müssen alle Opfer bringen, um die elenden Deutschmänner zu besiegen, was? Bißchen heikeles Thema, odda? Bißchen kitzliche Angelechenheit, woss? Bißchen...«

»Bißchen viel Bockmist auf einmal«, sagte Went liebenswürdig und griff nach der Erdbeermarmelade.

»Verschon mich am Frühstückstisch mit diesem vulgären Gerede«, sagte Maggie Tozier zu ihrem Mann, als sie Richies Eier brachte. Und zu Richie: »Ich verstehe sowieso nicht, warum du dir diesen fürchterlichen Mist ansehen willst.«

»Ach, Mom«, sagte Richie. Er war äußerlich zerknirscht, innerlich aber frohlockte er. Er konnte seine Eltern lesen wie Bücher – vielgelesene, geliebte Bücher –, und er war ziemlich sicher, daß er bekommen würde, was er wollte: Taschengeld und die Erlaubnis, am Samstagvormittag ins Kino zu gehen.

Went beugte sich nach vorne zu Richie und grinste breit. »Ich glaube, ich habe dich genau da, wo ich dich haben will«, sagte er.

»Meinst du, Dad?« sagte Richie und lächelte zurück... ein wenig unbehaglich.

»O ja. Kennst du unseren Rasen, Richie? Ist dir unser Rasen ein Begriff?«

»Wahrhaftig, Guv'ner«, sagte Richie und wurde wieder zu Toodles – oder versuchte es zumindest. »Etwas verfilzt, ei nicht?«

»Woll woll«, stimmte Went bei. »Und du, Richie, wirst diesem Zustande ein schröcklich Ende bereiten.«

»Fürwahr?«

»Fürwahr. Mäh ihn, Richie.«

»Klar, Dad, sicher«, sagte Richie, aber eine schreckliche Möglichkeit war gerade in seinem Kopf erblüht. Vielleicht meinte sein Dad nicht nur den Vorgarten.

Wentworth Toziers Lächeln wurde zu einem raubtierhaften Haigrinsen. »Den *ganzen* Rasen, o verblödeter Sproß meiner Lenden. Vorne. Hinten. Seiten. Und wenn du damit fertig bist, werde ich deine Handflächen mit zwei grünen Stücken Papier bedecken, welche das Antlitz des erhabenen George Washington auf der einen Seite tragen und das Bildnis einer Pyramide mit dem ewig wachsamen Augäpfelchen darüber auf der anderen.«

»Ich verstehe dich nicht, Dad«, sagte Richie, fürchtete aber, daß er nur zu gut verstand.

»Zwei Piepen.«

»Zwei Piepen für den *ganzen* Rasen?« schrie Richie aufrichtig verletzt. »Das ist der größte Rasen im ganzen *Block*! Himmel, Dad!«

Went seufzte und hob die Zeitung wieder auf. Richie konnte die Schlagzeile lesen: VERMISSTER JUNGE SORGT FÜR NEUE ÄNGSTE. Er dachte kurz an George Denbroughs seltsames Album – aber das war sicher eine Halluzination gewesen... und selbst wenn nicht, das war gestern, und heute war ein neuer Tag.

»Ich glaube, du willst diese Filme doch nicht so gern sehen, wie ich dachte«, sagte Went hinter der Zeitung. Einen Augenblick später lugten seine Augen über den oberen Rand und betrachteten Richie. Betrachteten ihn ein wenig hämisch, um genau zu sein. So wie ein Mann mit einem Vierer auf der Hand sein Gegenüber beim Poker über die Karten hinweg betrachten würde.

»Wenn die Clark-Zwillinge ihn ganz mähen, gibst du *jedem* zwei Dollar!«

»Das stimmt«, gab Wentworth zu. »Aber soweit ich weiß, wollen sie morgen nicht ins Kino. Und falls doch, scheinen sie über ausreichende Mittel zu diesem Behufe zu verfügen, sind sie doch nicht vorbeigekommen, um sich nach dem Zustand der grünen Blattpflanzen zu erkundigen, welche unser Domizil umgeben. Du dagegen *möchtest* gehen und mußt feststellen, daß es dir an den erforderlichen Mitteln fehlt. Der Druck, welchen du in der Leibesmitte verspürst, mag von den fünf Pfannkuchen und zwei Eiern herrühren, welche du als morgendliche Labsal zu verspeisen geruhtest, möglicherweise ist es aber auch die Zwickmühle, in der ich dich habe. Wot-wot?« Wents Augen verschwanden wieder hinter der Zeitung.

»Er erpreßt mich«, sagte Richie zu seiner Mutter, die trockenen Toast knabberte. Sie versuchte wieder einmal abzunehmen. »Das ist Erpressung. Ich hoffe, ihr seid euch beide darüber im klaren.«

»Ja, Liebes, das weiß ich«, sagte seine Mutter. »Du hast Ei am Kinn.«

Richie wischte sich das Ei vom Kinn. »Drei Piepen, wenn ich alles fertig habe, bis du heute abend heimkommst?« fragte er die Zeitung.

Die Augen seines Vaters wurden wieder kurz sichtbar. »Zweifünfzig.«

»O Mann«, sagte Richie. »Du und Jack Benny.«

»Mein Vorbild«, sagte Went hinter der Zeitung. »Entscheide dich, Richie. Ich möchte gerne die Boxergebnisse lesen.«

»Abgemacht«, sagte Richie und seufzte. Wenn einen die Eltern an den Eiern hatten, verstanden sie wirklich zuzudrücken. Eigentlich ziemlich oberaffengeil, wenn man genau darüber nachdachte.

Beim Mähen übte er seine Stimmen.

7

Am Samstag morgen hatte Richie zweieinhalb Dollar in seiner Jeanstasche – ein halbes Vermögen. Er rief Big Bill Denbrough an, aber Bill erzählte ihm mürrisch, er müsse nachmittags zu einem Sprachtherapietest in Bangor sein.

Richie drückte sein Mitgefühl aus, dann fügte er in seiner besten Stotter-Bill-Stimme hinzu: »G-G-Gib ihnen S-S-S-Saures, B-Big Bill!«

»D-D-Dein Ge-Ge-Gesicht und mein A-A-Arsch kö-kö-könnten Br-Br-Brüder sein, T-T-Tozier«, sagte Bill und legte auf.

Als nächstes rief Richie Eddie an, aber Eddie hörte sich noch deprimierter als Bill an. Seine Mutter wollte heute ein volles Programm absolvieren; sie würden mit dem Bus die Schwestern seiner Mutter – seine Tanten – in Newport, Bangor und Hampden besuchen. Alle drei waren fett wie Mrs. Kaspbrak, und alle drei waren alleinstehend.

»Sie werden mir in die Wangen kneifen und mir sagen, wie sehr ich gewachsen bin«, klagte Eddie.

»Das liegt daran, weil du so niedlich bist, Eds – genau wie ich. Ich habe schon beim ersten Mal gesehen, was für ein Süßer du bist!«

»Manchmal bist du echt ein Arsch, Richie!«

»Gleich und gleich gesellt sich gern. Eds, du bist mir von Anfang an sympathisch gewesen. Bist du nächste Woche in den Barrens?«

»Wenn ihr auch da seid. Wollt ihr mit Gewehren schießen?«

»Ich glaube, daß Big Bill und ich euch was zu erzählen haben.«

»Was denn?«

»Es ist Bills Geschichte. Bis nächste Woche dann. Viel Spaß bei deinen Tanten.«

»Sehr witzig!« sagte Eddie kläglich und hängte ein.

Sein dritter Anruf galt Stan the Man, aber Stan lag im Clinch mit seinen Alten, weil er ihr Panoramafenster zerdeppert hatte. Er hatte mit einem Kuchenteller Fliegende Untertasse gespielt, und der Teller hatte eine falsche Biegung gemacht. Klirr! Er mußte das ganze Wochenende über Aufgaben erledigen, und das nächste wahrscheinlich auch. Richie kondolierte und fragte, ob Stan nächste Woche in die Barrens kommen würde. Stan sagte, wahrscheinlich schon, wenn sein Vater ihm nicht Hausarrest erteilte.

»Himmel, Stan, es ist doch nur ein Fenster«, sagte Richie.

»Ja, aber ein *großes*«, sagte Stan und legte auf.

Richie wollte schon aus dem Wohnzimmer gehen, da fiel ihm Ben Hanscomb ein. Er blätterte das Telefonbuch durch und fand eine Arlene Hanscomb. Da sie die einzige weibliche Hanscomb war, ging Richie davon aus, daß es Bens Nummer sein mußte, und rief an.

»Ich würde gerne mitgehen, aber ich habe mein Taschengeld schon ausgegeben«, sagte Ben. Das Eingeständnis hörte sich beschämt und deprimiert an – er hatte alles für Süßigkeiten, Limonade, Chips und Dörrfleischsnacks ausgegeben.

Richie, der dabei war, Knete reinzuschaufeln (und der nicht gern allein ins Kino ging) sagte: »Ich hab' genügend Geld. Ich kann dir was leihen.«

»Oh! Echt? Das würdest du tun?«

»Klar«, sagte Richie verwirrt. »Warum nicht?«

»Okay?« sagte Ben glücklich. »Okay, das wäre toll! Zwei Horrorfilme. Hast du gesagt, einer ist ein Werwolffilm?«

»Ja.«

»Mann. Ich *liebe* Werwolffilme.«

»Himmel, Haystack, mach dir nicht in die Hose.«

Ben lachte. »Dann sehen wir uns vor dem Aladdin, okay?«

»Ja, prima.«

Richie legte auf und betrachtete nachdenklich das Telefon. Plötzlich dachte er, daß Ben Hanscomb einsam war. Und damit fühlte er sich ziemlich heldenhaft. Er pfiff fröhlich, während er nach oben lief, um vor dem Kinobesuch noch ein paar Comics zu lesen.

8

Der Tag war sonnig, aber windig und kühl. Richie schlenderte gutgelaunt die Center Street entlang, auf das Aladdin zu. Ins Kino zu gehen versetzte ihn immer in gute Laune – er liebte diese magische Welt, diese Traumwelt. Er bemitleidete jeden, der an einem solchen Tag zu Hause bleiben oder unangenehme Dinge verrichten mußte – armer alter Bill, armer alter Eddie, die zu einem Nachmittag im Sprechzimmer beziehungsweise zu altbackenen Pfefferminzplätzchen auf Silbertabletts verurteilt waren, armer alter Stan, der die Verandastufen putzen mußte.

Richie hatte sein Jo-Jo dabei und versuchte wieder, es zum Schlafen zu bringen, aber das blöde Ding wollte einfach nicht. Es verwickelte sich nur in seiner eigenen Schnur.

Auf halber Höhe des Center Street Hill sah er ein Mädchen in beigefarbenem Faltenrock und weißer ärmelloser Bluse auf einer Bank vor dem Shook's Drugstore sitzen. Es aß ein Eis – dem Aussehen nach zu schließen Pistazieneis. Rotbraunes Haar, das in der Sonne kupferfarben leuchtete und zu einem Pferdeschwanz zusammengebunden war, fiel ihm über den Rücken. Richie kannte nur ein Mädchen mit einer so wunderschönen Haarfarbe. Und das war Beverly Marsh.

Richie hatte Bev sehr gern. Na ja, er hatte sie gern, aber nicht *so*. Er bewunderte ihr Aussehen (und er wußte, daß er damit nicht allein stand – Mädchen wie Sally Mueller und Greta Bowie haßten Beverly wie die Pest; es war ihnen unbegreiflich, daß sie – die ansonsten alles hatten, was sie sich nur wünschen konnten – in puncto Aussehen mit der Tochter eines Slumbewohners von der unteren Main Street nicht konkurrieren konnten), aber er mochte sie so gern, weil sie ihm stark und humorvoll vorkam. Meistens hatte Bev Zigaretten bei sich. Einoder zweimal hatte er sich zwar bei dem Gedanken ertappt, welche Farbe wohl ihr Slip unter der kleinen Auswahl ziemlich abgetragener Röcke haben mochte, aber im allgemeinen konnte er sie einfach wie einen guten Kumpel behandeln – einen sehr hübschen Kumpel, das stand außer Frage.

Sofort zog Richie den Gürtel eines unsichtbaren Mantels enger, schob einen unsichtbaren Schlapphut nach vorne und verwandelte sich in Humphrey Bogart. Wenn er dazu noch die richtige Stimme einsetzte, *war* er Humphrey Bogart. Nur hörte er sich an wie ein leicht erkälteter Richie Tozier.

»Hallo, Schätzchen«, rief er und schlenderte auf die Bank zu, wo sie saß und den Verkehr beobachtete. »Sinnlos, hier auf 'nen Bus zu warten. Die Nazis haben uns den Rückzug abgeschnitten. Letztes Flugzeug startet um Mitternacht. Du wirst mit von der Partie sein. Er *braucht* dich, Schätzchen. Ich auch, aber ich werd's schon irgendwie allein schaffen.«

»Hallo, Richie«, sagte Bev, und als sie sich ihm zuwandte, sah er einen großen blauen Fleck auf ihrer rechten Wange. Ihm fiel wieder auf, wie hübsch sie aussah ... nur erkannte er jetzt plötzlich, daß sie nicht einfach hübsch aussah, sondern wirklich schön war. Vielleicht war es der blaue Fleck, dem er diese Erkenntnis verdankte – der starke Gegensatz, der besonders ins Auge fiel und die Schönheit ihrer graublauen Augen, der roten Lippen, der makellosen hellen Haut besonders hervorhob. Auf ihrer Nase tummelten sich winzige Sommersprossen.

»Du bist ein Arschloch, Richie. Das hört sich kein bißchen nach Humphrey Bogart an.« Aber sie lächelte ein wenig.

Richie setzte sich neben sie auf die Bank. »Gehst du auch ins Kino?«

»Ich hab' kein Geld«, sagte sie. »Kann ich mal dein Jo-Jo haben?«

Er gab es ihr. »Ich will's zurückbringen«, berichtete er. »Es soll angeblich schlafen, tut's aber nicht. Man hat mich reingelegt.«

Sie steckte ihren Finger durch die Schlinge, drehte ihre Handfläche nach oben, das Jo-Jo mit dem rechten Daumen festhaltend. Dann ließ sie es los. Es rollte sich ab, schlief und schnellte gehorsam wieder hoch, als sie ihre Finger bewegte.

»Oh, Scheiße!« rief Richie und schloß die Augen.

»Schau mal«, sagte Bev. Sie stand auf, rollte das Jo-Jo wieder ab und ließ es ein paarmal gekonnt bis zur halben Höhe hochschnellen und wieder abrollen.

»Oh, hör auf!« stöhnte Richie. »Ich kann Angeberei nicht ausstehen.«

»Und wie findest du das?« fragte Beverly mit süßem Lächeln. Sie ließ das Jo-Jo nach vorne und hinten schnellen und beendete ihre Vorführung mit zwei eleganten Schlenkern (wobei sie um ein Haar eine vorbeischlurfende alte Dame getroffen hätte, die den Kindern einen mißbilligenden Blick zuwarf). Zuletzt landete das Jo-Jo säuberlich aufgerollt wieder in ihrer Handfläche. Bev gab es Richie zurück, setzte sich wieder und kreuzte anmutig die Beine. Richie starrte sie mit offenem Mund in ungespielter Bewunderung an. Sie warf ihm einen Blick zu und kicherte.

»Mach den Mund zu, es zieht!«

Richie klappte laut vernehmlich seinen Mund zu. Kinder gingen vorbei, die ebenfalls auf dem Weg ins Aladdin waren. Peter Gordon näherte sich mit Marcia Fadden. Es hieß, die beiden gingen miteinander, aber Richie war der Ansicht, es läge nur daran, daß sie am West Broadway direkt gegenüber wohnten und beide solche Arschlöcher waren, daß sie sich gegenseitig unterstützen und schützen mußten. Obwohl er erst zwölf war, hatte Gordon schon jede Menge Pickel im Gesicht. Er trieb sich manchmal mit Bowers, Criss und Huggins herum, aber allein war er nicht allzu mutig. Er sah zu Richie und Bev, die nebeneinander auf der Bank saßen, und sang: »Richie und Beverly, lieben sich so wie noch nie, Liebe, Hochzeit, nicht verzagen...«

»...und Richie bringt den Kinderwagen«, rief Marcia und lachte wiehernd.

»Setz dich da drauf, Herzblatt«, sagte Bev und zeigte ihnen den Mittelfinger. Marcia sah angewidert weg, als könnte sie nicht glauben, daß jemand so ordinär sein konnte. Gordon legte ihr einen Arm um die Taille und rief Richie über die Schulter zu: »Vielleicht sehen wir uns später, Brillenschlange!«

»Vielleicht siehst du auch die Strapse deiner Mutter«, erwiderte Richie schlagfertig, wenn auch nicht besonders geistreich. Beverly mußte so lachen, daß sie sich einen Augenblick an Richies Schulter lehnte, und Richie stellte fest, daß es alles andere als unangenehm war, ihre Berührung zu spüren. Dann rückte sie wieder ein Stückchen zur Seite.

»Was für Arschlöcher!« sagte sie.

»Ja, ich nehm' an, daß Marcia Fadden Rosenwasser pißt«, sagte Richie, und Beverly kicherte wieder.

»Chanel Nummer Fünf«, sagte sie, sich die Hand vor den Mund haltend.

»Genau«, stimmte Richie zu, obwohl er keine Ahnung hatte, was Chanel Nummer Fünf war. »Bev?«

»Hmmm?«

»Kannst du mir zeigen, wie man das Jo-Jo zum Schlafen bringt?«

»Ich glaub' schon. Ich hab' noch nie versucht, es jemandem beizubringen.«

»Wie hast du's denn gelernt? Wer hat's dir gezeigt?«

Sie warf ihm einen erstaunten Blick zu. »Niemand hat's mir gezeigt. Ich hab's mir selbst beigebracht. So wie das Taktstock-Wirbeln. Darin bin ich ganz groß, aber ich hab' keinen Unterricht gehabt oder so was.«

»Du kannst Taktstock-Wirbeln?«

»Klar.«

»Dann wirst du wohl in der Junior High School Cheerleader sein?«

Sie lächelte, und Richie hatte noch nie im Leben ein solches Lächeln gesehen. Es war weise, traurig und zynisch zugleich, und er zuckte angesichts dieser unbewußten Stärke unwillkürlich zusammen wie beim Anblick des Fotos in Georgies Album, das sich plötzlich bewegt hatte.

»Das ist etwas für Mädchen wie Sally Mueller und Greta Bowie und Marcia Fadden«, sagte sie. »Ihre Väter spenden 'ne Menge Geld für die Football-Ausrüstung, und dadurch haben sie's leicht, Cheerleader zu werden. Ich werd' nie eine sein.«

»Mein Gott, Bev, das ist keine Einstellung...«

»Es ist aber so. Na ja, doch wer möchte ohnehin Purzelbäume schlagen und einer Million Leuten seine Unterwäsche zeigen? So, Richie, und nun paß mal auf.«

In den nächsten zehn Minuten versuchte sie Richie beizubringen, wie er sein Jo-Jo zum Schlafen bringen konnte, und zuletzt hatte er den Dreh fast heraus, obwohl es nur bis zur halben Höhe hochschnellte, wenn er es wieder aufweckte.

Richie schaute auf die Uhr am Merrill Trust auf der anderen Straßenseite und sprang auf. »Du lieber Himmel, ich muß mich beeilen, Bev. Ich treff' mich mit dem guten alten Haystack. Er wird glauben, ich sei verschollen oder so was Ähnliches.«

»Mit wem?«

»Oh. Ben Hanscom. Ich nenne ihn Haystack. Nach dem Ringer Haystack Calhoun.«

Bev runzelte die Stirn. »Das ist nicht nett von dir. Ich mag Ben.«

»Oh, bitte, peitschen Sie mich nicht aus, Herrin«, kreischte Richie mit seiner Negerstimme, rollte wild die Augen und faltete die Hände. »Bitte nicht peitschen. Ich schwör', ich tu's nicht wieder, Herrin, ich...«

»Richie«, sagte Bev leise.

Richie hörte sofort auf. »Ich mag ihn auch«, sagte er. »Wir haben vor ein paar Tagen draußen in den Barrens einen Damm gebaut und...«

»Ihr geht in die Barrens?« fragte Bev bestürzt. »Ben geht dorthin?«

»Na klar«, sagte Richie. »Wir...« Er schaute wieder auf die Uhr. »Ich muß gehen. Ben wird bestimmt schon warten.«

»Okay.«

Er schwieg einen Moment, dann rief er: »He, komm doch mit, wenn du nichts Besseres vorhast!«

»Ich hab' dir doch schon gesagt, daß ich kein Geld habe.«

»Ich zahl' für dich. Ich hab' ein paar Dollar.«

Sie warf die Überreste ihrer Eistüte in einen Abfallkorb. Dann schaute sie mit ihren schönen klaren blaugrauen Augen leicht amüsiert zu ihm auf. »Du lieber Himmel, werde ich zu einem Rendezvous eingeladen?« fragte sie und tat so, als richte sie ihr Haar.

Einen Augenblick lang war Richie sehr verlegen – was ihm nur sehr selten passierte. Er spürte, wie ihm Röte in die Wangen stieg. Er hatte sein Angebot gemacht, ohne sich etwas dabei zu denken, genau wie bei Ben (*nein*, flüsterte eine leise innere Stimme, *Haystack hast du versprochen, ihm Geld zu leihen... ich hab' aber nicht gehört, daß du Bev gegenüber das Wörtchen ›leihen‹ erwähnt hast*), aber nun war ihm ein bißchen... na ja, sonderbar zumute. Plötzlich nahm er ihre knospenden Brüste wahr – sie bekam tatsächlich schon welche! – und überlegte, wie ihre Beine unter dem Faltenrock wohl geformt sein mochten.

»Ja, ein Rendezvous!« rief er, fiel vor ihr auf die Knie und faltete flehend die Hände. »Bitte, komm mit! Komm mit! Ich bring' mich um, wenn du nein sagst!«

»Oh, Richie, du bist so ein Superarschloch!« sagte sie kichernd. Aber waren nicht auch ihre Wangen ein bißchen gerötet? Wenn ja, so sah sie dadurch nur noch reizender aus. »Steh auf, bevor du verhaftet wirst.«

Er stand auf. »Kommst du mit?«

»Klar«, sagte sie. »Herzlichen Dank. Na so was – mein erstes Rendezvous!«

»Ich wollte, du würdest aufhören, es so zu nennen.«

Sie seufzte. »Du hast keine sehr romantische Seele, Richie.«

»Stimmt haargenau.«

Aber er war in sehr gehobener Stimmung. Die ganze Welt kam ihm mit einem Male wunderschön vor. Von Zeit zu Zeit warf er ihr scheue Seitenblicke zu. Sie betrachtete im Vorbeigehen die Schaufensterauslagen – die Kleider und Nachthemden im ›Cortell-Siegel‹, die Handtücher und Töpfe im ›Discount Barn‹, und er betrachtete währenddessen ihre Haare und die Linie ihres Kinns und ihre nackten Arme, und alles entzückte ihn. Er wußte selbst nicht, warum, aber die Ereignisse in Georgie Denbroughs Zimmer waren ihm plötzlich unendlich fern.

9

Kinder bezahlten an der Kasse ihren Vierteldollar und gingen in den Vorführsaal hinein. Mit einem Blick durch die Glastür stellte Richie fest, daß an der Süßwarentheke ein Riesengedränge herrschte. Die alte Popcornmaschine arbeitete auf Hochtouren. Ben war nirgends zu sehen.

Auch Beverly hielt nach ihm Ausschau. »Ich seh' ihn nicht. Vielleicht ist er schon reingegangen.«

»Er hat mir erzählt, er hätte kein Geld. Und die Tochter von Frankenstein dort drüben würde ihn ohne Karte nie reinlassen.« Richie deutete mit dem Daumen auf Mrs. Cole, die etwa seit der Zeit, da Gott Himmel und Erde geschieden hatte, im Aladdin an der Kasse saß. Ihr rotgefärbtes Haar war so dünn, daß ihre Kopfhaut hindurchschimmerte. Sie hatte wulstige Lippen und trug eine Schmetterlingsbrille mit falschen Edelsteinen an den Ecken der Fassung. Sie war eine perfekte Demokratin – sie haßte alle Kinder in gleichem Maße.

»Mann, gleich beginnt die Vorstellung«, sagte Richie. »Wo bleibt er nur?«

»Du kannst ihm eine Karte kaufen und an der Kasse für ihn hinterlegen«, sagte Bev vernünftig. »Wenn er dann kommt...«

Aber in diesem Augenblick bog Ben um die Ecke Center und Macklin Street. Er schnaufte, und sein Bauch schwabbelte unter seinem Sweater. Er sah Richie und winkte ihm zu. Dann entdeckte er Bev. Seine Augen wurden riesengroß. Seine Hand erstarrte mitten in der Bewegung, dann ließ er sie langsam sinken, und er kam ein wenig zaudernd auf sie zu.

»Hallo, Richie.« Er zögerte und schaute dann ganz kurz zu Bev hinüber, so als hätte er Angst, eine Verbrennung durch Hitzestrahlung oder so was Ähnliches zu bekommen, wenn er seine Blicke zu lange auf ihr ruhen ließ.

»Hallo, Ben«, sagte sie, und ein seltsames Schweigen breitete sich zwischen den beiden aus – kein unangenehmes Schweigen, dachte Richie, sondern ein irgendwie bedeutungsvolles. Er verspürte einen Anflug von Eifersucht.

»Tag, Haystack«, sagte er dann. »Ich glaubte schon, du hättest mich versetzt. Bei diesen Filmen wirst du dir mindestens zehn Pfund abschwitzen. Du wirst bestimmt den ganzen Sommer über Alpträume haben.«

Richie wollte zur Kasse gehen, aber Ben griff nach seinem Arm. Richie drehte sich um.

Ben setzte zum Sprechen an, warf Bev einen Seitenblick zu (sie lächelte ihn an) und machte dann einen neuen Anlauf. »Ich bin um die Ecke gegangen, weil diese Kerle anmarschiert kamen«, sagte er. »Henry Bowers und Criss. Belch Huggins. Und noch ein paar andere.«

Richie pfiff durch die Zähne. »Sind sie ins *Kino* gegangen?«

Ben nickte.

»Wenn ich an ihrer Stelle wäre, würde ich zu Hause bleiben und einfach in den Spiegel schauen«, sagte Richie. »Horrorfilme ganz gratis.«
Bev lachte, aber Ben lächelte nur ein wenig. Henry Bowers hatte ihn neulich umbringen wollen. Dessen war er sich ganz sicher.

»Na ja, wir gehn einfach auf den Balkon«, meinte Richie. »Sie werden bestimmt in der zweiten Reihe sitzen und ihre Füße hochlegen.«

»Bist du sicher?«

»Ja.« Richie schwieg einen Moment. »Na ja, ganz sicher bin ich nicht. Aber wenn sie irgendwas anfangen wollen, sagen wir einfach Foxy Bescheid, und der schmeißt sie dann raus.« Foxy war Mr. Foxworth, der magere, blasse, verdrießlich aussehende Manager des Aladdin. Er verkaufte jetzt gerade Süßigkeiten und Popcorn und leierte dabei unaufhörlich »Nicht drängeln! Nicht vordrängen!« In seinem fadenscheinigen Smoking und dem vergilbten Hemd sah er wie ein Leichenbestatter aus.

Ben schaute zweifelnd Foxy und dann wieder Richie an.

»Du darfst dein Leben nicht total von ihnen beherrschen lassen, Mann«, sagte Richie leise. »Weißt du das nicht?«

»Eigentlich schon«, seufzte Ben. Er hatte sich bisher nie Gedanken darüber gemacht... aber Beverlys Anwesenheit gab für ihn den Ausschlag. Zum einen wollte er nicht, daß sie ihn für einen Feigling hielt, zum anderen übte der Gedanke, auf dem Balkon im Dunkeln in ihrer Nähe zu sein – selbst wenn Richie zwischen ihnen sitzen würde, was sehr wahrscheinlich war –, auf ihn eine ungeheure Anziehungskraft aus.

»Wir gehen rein, sobald die Vorstellung anfängt«, sagte Richie. »Dann ist es dunkel. Nur Mut, Haystack.«

»Nenn mich bitte nicht so, okay?«

»Okay, Haystack.«

Ben runzelte flüchtig die Stirn, dann prustete er los. Auch Richie lachte, und Bev stimmte in ihr Lachen ein.

Richie ging zur Kasse. Wulstlippe Cole musterte ihn mürrisch.

»Guten Tag, schöne Frau«, sagte Richie. »Ich hätt' 'nen dringenden Bedarf an drei hübschen Kärtchen für unsre guten alten amerikanischen Schinken.«

»Was?« schnauzte Wulstlippe so barsch durch die runde Öffnung im Glas und zog so drohend ihre dünnen Brauen hoch, daß Richie hastig einen zerknitterten Dollarschein durch den Schlitz schob und murmelte: »Dreimal bitte.«

Drei Karten fielen in den Schlitz. Richie nahm sie an sich. Mrs. Cole warf ihm eine Vierteldollarmünze zu. »Keinen Unsinn machen, nicht mit Popcorntüten werfen, nicht schreien und kreischen«, kommandierte sie.

»Nein, Madam«, sagte Richie und zog sich zurück. »Es wärmt mir immer das Herz, eine alte Kuh zu sehen, die so 'ne Schwäche für Kinder hat«, sagte er zu Bev und Ben.

Sie standen draußen herum und warteten auf den Beginn der Vorstellung. Wulstlippe starrte sie hinter ihrer Glasbarrikade hervor mißtrauisch an. Richie gab für Bev die Geschichte vom Dammbau in den Barrens zum besten und trompetete Mr. Nells Partien mit seiner Stimme-des-irischen-Bullen. Bald lachte Bev schallend, und sogar Ben grinste, obwohl seine Blicke weiterhin zwischen der Glastür des Aladdin und Beverlys Gesicht hin und her schweiften.

10

Der Balkon war okay. Gleich zu Beginn von ›I Was a Teenage Franken-stein‹ entdeckte Richie – wie er vorhergesagt hatte – Henry Bowers und seine Scheißfreunde in der zweiten Reihe Parterre. Es waren fünf oder sechs Burschen, Fünft-, Sechst- und Siebtkläßler; alle hatten ihre Motor-radstiefel auf die Lehnen vor ihnen gelegt. Foxy ging hin und befahl ih-nen, die Füße auf den Boden zu stellen. Sie gehorchten. Foxy entfernte sich. Die Stiefel wurden wieder auf die Lehnen gelegt. Fünf oder zehn Minuten später tauchte Foxy wieder bei ihnen auf, und das Spielchen wiederholte sich. Foxy hatte nicht genug Mumm, um sie hinauszuwer-fen.

Die Filme waren wirklich gut. Der Teenage-Frankenstein sah richtig schön gruselig aus. Trotzdem war der Teenage-Werwolf irgendwie furchterregender... vielleicht, weil er auch ein bißchen traurig war. Er war eigentlich nicht schuld an dem, was passierte. Der Hypnotiseur hatte ihn zu dem gemacht, was er war.

Beverly saß zwischen den beiden Jungen, aß Popcorn aus ihren Tüten, schrie, hielt sich die Augen zu, lachte manchmal. Als der Werwolf das Mädchen schnappte, das nach der Schule in der Turnhalle trainierte, preßte sie ihr Gesicht gegen Bens Arm, und Richie hörte Bens überrasch-tes Keuchen sogar durch das Kreischen der zweihundert Kinder hinweg.

Zuletzt wurde der Werwolf getötet. Ein Bulle sagte zum anderen, dies würde den Leuten hoffentlich eine Lehre sein, nicht mit Dingen herum-zuspielen, die man am besten Gott überlassen solle. Die Lichter im Saal gingen an. Richie war hundertprozentig zufrieden, obwohl er leichtes Kopfweh hatte. Vermutlich würde er bald wieder zum Augenarzt gehen und sich eine stärkere Brille verschreiben lassen müssen. Bis er auf die High School käme, würden seine Gläser so dick wie Cola-Flaschen sein, dachte er niedergeschlagen.

Er wurde aus seinen Gedanken gerissen, als Ben ihn am Ärmel zupfte.

»Sie haben uns gesehen«, flüsterte er.

»Häh?«

»Bowers und Criss. Sie haben beim Rausgehen hochgeschaut. Sie ha-ben uns *gesehen*, Richie!«

»Okay, okay«, sagte Richie. »Beruhige dich, Haystack. Beruhige dich.

Wir gehen einfach durch den Seitenausgang raus. Kein Grund zur Sorge.«

Sie gingen die Treppe hinab, Richie als Vorhut, Beverly in der Mitte, Ben als letzter – er schaute immer wieder beunruhigt zurück.

»Sind diese Kerle hinter dir her, Ben?« fragte Beverly.

»Ich nehm's stark an«, antwortete Ben. »Ich hab' am letzten Schultag mit Henry Bowers einen Kampf gehabt.«

»Hat er dich verprügelt?«

»Nicht so sehr, wie er wollte«, sagte Ben. »Deshalb ist er jetzt wahrscheinlich wütender denn je.«

Richie stieß die Ausgangstür auf, und sie traten auf das Gäßchen zwischen dem Kino und Nan's Luncheonette hinaus. Eine Katze, die in Mülltonnen gewühlt hatte, fauchte und rannte an ihnen vorbei auf einen Bretterzaun am Ende der Gasse zu. Sie kletterte behend am Zaun hoch und verschwand auf der anderen Seite. Ein Mülltonnendeckel klapperte. Bev machte einen Satz und packte Richie am Arm. »Ich bin von den Filmen her noch ein bißchen nervös«, erklärte sie.

»Du brauchst...«, setzte Richie zu einer Antwort an.

»Hallo, Dreckskerl!« rief Henry Bowers.

Bestürzt drehten sich die drei Kinder um. Henry, Victor und Belch standen am Anfang der Gasse, und hinter ihnen zwei weitere Burschen.

»O Scheiße, ich wußte, daß so was passieren würde«, stöhnte Ben.

»Sprich am besten rasch noch ein Gebet, Dreckskerl«, sagte Henry und rannte auf sie zu.

Die folgenden Ereignisse kamen Richie sowohl damals als auch später immer unwirklich vor, wie aus einem Film – im wirklichen Leben passierte so etwas einfach nicht. Im wirklichen Leben bezogen die Kleinen ihre Prügel, sammelten dann ihre Zähne auf und humpelten nach Hause.

Aber diesmal lief es nicht so ab.

Beverly machte einige Schritte vorwärts, als wollte sie Henry entgegengehen, ihm die Hand schütteln oder einen Kuß geben. Richie hörte deutlich seine Stiefelnägel auf dem Pflaster. Victor und Belch folgten ihrem Anführer. Die beiden anderen Jungen standen am Eingang zur Gasse Schmiere.

»Laß ihn in Ruhe!« schrie Beverly. »Halt dich an jemanden von deiner eigenen Größe!«

»Geh mir aus dem Weg, du Hexe!« brüllte Henry, der alles andere als ein Gentleman war. »Sonst walz' ich dich pl...«

Richie streckte sein Bein aus, ohne richtig zu wissen, was er tat. Henry stolperte darüber und fiel hin. Die Pflastersteine waren hier sehr glitschig, weil überall Abfall aus den überquellenden Mülltonnen der Luncheonette herumlag.

»Ich bring' euch um, ihr Scheißkerle!« schrie er, während er sich wieder hochrappelte. Sein Hemd war mit Kaffeesatz, Dreck und Kohlresten beschmiert.

Irgend etwas setzte bei Ben aus. Er brüllte auf wie ein Löwe und packte eine der Mülltonnen. Einen Augenblick lang, als er sie hochstemmte, wobei er jede Menge Abfall verschüttete, sah er *wirklich* wie Haystack Calhoun aus. Sein Gesicht war bleich und zornig. Er schleuderte die Mülltonne. Sie traf Henry im Rücken, etwa in Taillenhöhe und warf ihn platt zu Boden.

»Machen wir, daß wir hier rauskommen!« schrie Richie.

Sie rannten auf den Eingang der Gasse zu. Victor Criss versperrte Ben den Weg. Ben brüllte wieder auf, senkte den Kopf, nahm einen Anlauf und rammte seinen Kopf in Victors Magen.

»Urgh!« schrie Victor und setzte sich auf den Hintern.

Belch packte Beverly am Pferdeschwanz und schleuderte sie gegen die Ziegelmauer des Kinos. Bev riß sich los und rannte die Gasse hinunter. Richie folgte ihr, einen Mülltonnendeckel in der Hand. Belch holte zu einem Fausthieb aus. Richie hielt den Metalldeckel wie einen Schild hoch. Belchs Faust landete mit voller Wucht darauf, mit einem lauten *Bong*! Richie spürte den Aufprall bis in die Schulter hinein. Belch schrie auf, hüpfte jammernd hin und her und hielt sich die anschwellende Hand.

Richie rannte hinter Ben und Beverly her.

Einer der Jungen am Anfang der Gasse hatte Bev gefangen. Ben kämpfte mit ihm. Der andere Junge schlug auf seinen Rücken ein. Richie holte mit dem Bein weit aus und trat den Jungen in den Hintern. Der heulte vor Schmerz auf. Richie packte mit einer Hand Beverly, mit der anderen Ben am Arm.

»Rennt!« schrie er.

Der Junge, mit dem Ben gekämpft hatte, ließ Bev los und landete einen Haken auf Richies Ohr. Ein heftiger Schmerz durchzuckte ihn, dann wurde das Ohr taub und sehr warm. In seinem Kopf summte es wie im Fernseher nach Sendeschluß.

Sie rannten die Center Street entlang. Leute drehten sich nach ihnen um. Bens Bauch bewegte sich auf und ab. Beverlys Pferdeschwanz wippte. Richie hielt mit dem linken Daumen seine Brille fest. Sein Kopf dröhnte immer noch, und er spürte, wie sein Ohr anschwoll, aber er fühlte sich großartig. Er begann zu lachen. Beverly stimmte ein, und kurz darauf lachte auch Ben.

Sie bogen in die Court Street ab und ließen sich auf eine Bank vor der

Polizeistation fallen. Das schien ihnen im Augenblick der sicherste Ort zu sein. Beverly schlang ihre Arme um Bens und Richies Nacken und drückte beide fest an sich.

»Das war Spitze!« sagte sie mit funkelnden Augen. »Habt ihr diese Kerle gesehen? Habt ihr sie *gesehen?*«

»Ich hab' sie gesehen«, keuchte Ben. »Und ich möchte sie nie wieder sehen.«

Sie brachen erneut in ein fast hysterisches Gelächter aus. Richie rechnete immer noch damit, daß sie jeden Augenblick um die Ecke biegen und die Verfolgung wieder aufnehmen würden, Polizeistation hin, Polizeistation her. Trotzdem konnte er nicht aufhören zu lachen. Beverly hatte recht. Es war einfach Spitze gewesen.

»Der Verlierer-Klub hat 'ne tolle Leistung hingelegt!« rief er überschwenglich. »Wacka-wacka-wacka!«

Ein Polizist streckte seinen Kopf aus einem offenen Fenster im zweiten Stock und brüllte: »Macht, daß ihr hier wegkommt, Kinder! Ihr habt hier nichts verloren! Weg mit euch!«

Richie öffnete den Mund zu einer geistreichen Antwort – eventuell sogar in seiner brandneuen Stimme-eines-irischen-Bullen. Ben trat ihm ans Schienbein. »Halt die Klappe, Richie!« sagte er und konnte gleich darauf kaum glauben, daß er wirklich so was gesagt hatte.

»Ganz recht«, stimmte Bev zu und schenkte Ben einen beifälligen Blick.

»Okay«, sagte Richie. »Und was machen wir jetzt? Sollen wir Henry Bowers suchen und ihn fragen, ob er den Streit bei einer Runde Monopoly beilegen möchte?«

»Beiß dich auf die Zunge«, sagte Bev.

»Häh? Was soll das heißen?«

»Ach, nichts«, meinte Bev. »Manche Jungs sind so ahnungslos.«

Schüchtern, mit hochrotem Kopf, wagte Ben die Frage: »Haben sie dir sehr weh getan, als sie dich an den Haaren zerrten, Bev?«

Sie lächelte ihm zu und war plötzlich von etwas überzeugt, was sie bisher nur vermutet hatte – daß es Ben Hanscom gewesen war, der ihr die Postkarte mit dem wunderschönen kleinen Haiku geschickt hatte. »Nein, es war nicht schlimm«, antwortete sie.

»Gehen wir in die Barrens«, schlug Richie vor.

Und das taten sie wirklich – sie flüchteten in die Barrens. Richie dachte später, daß das der Auftakt für jenen Sommer war. Die Barrens wurden *ihr* Ort. Wie Ben bis zum Tag seines ersten Kampfes mit Henry Bowers, so war auch Beverly noch nie dort unten gewesen. Sie gingen hintereinander den Pfad hinab, Bev in der Mitte. Ihr Rock wippte anmutig, und so-

328

bald Ben sie anschaute, wurde er von Gefühlen überwältigt, die so heftig wie Magenkrämpfe waren. Sie trug wieder ihr Fußkettchen. Es glitzerte und funkelte in der Nachmittagssonne.

Sie überquerten den Bach, wo die Jungen ihren Damm gebaut hatten, auf Steinen, die im Bachbett herumlagen, entdeckten einen neuen Pfad und gelangten schließlich ans Ostufer des Kenduskeag. Ohne einengenden Kanal war der Fluß breit und seicht. Er funkelte im Licht. Zu seiner Linken sah Ben zwei jener Betonzylinder mit den durchlöcherten Deckeln. Etwas unterhalb endeten große Betonrohre. Dünne Ströme von Schmutzwasser ergossen sich aus diesen Rohren in den Kenduskeag. *Oben in der Stadt scheißt jemand, und hier kommt das Zeug raus,* dachte Ben, der sich noch genau an Mr. Nells Erklärungen erinnerte. Er verspürte einen hilflosen Zorn. Früher hatte es im Kenduskeag bestimmt Fische gegeben. Jetzt dürften die Chancen, hier eine Forelle zu fangen, gleich null sein. Viel wahrscheinlicher war es, daß man einen Fetzen Klopapier herausfischen würde.

»Hier ist es wunderschön«, seufzte Beverly glücklich.

»Ja, es ist wirklich nicht schlecht«, stimmte Richie ihr zu. »Die Schnaken sind verschwunden, und die Moskitos sind erträglich.« Er sah sie hoffnungsvoll an. »Hast du Zigaretten?«

»Nein«, antwortete sie. »Ich hatte ein paar, aber ich hab' sie gestern geraucht.«

»Jammerschade«, meinte Richie.

Ein lautes Pfeifen ertönte, und sie sahen einen langen Güterzug, der am anderen Ende der Barrens auf den Bahnhof zuratterte. Wenn das ein Personenzug wäre, hätten die Fahrgäste wirklich eine fantastische Aussicht, dachte Richie. Zuerst die armseligen Häuser von Old Cape, dann die Bambussümpfe auf der anderen Seite des Kenduskeag und schließlich, ziemlich am Ende der Barrens, die rauchende Kiesgrube, die der Stadt als Müllhalde diente.

Einen Augenblick lang fiel ihm Eddies Geschichte von dem Aussätzigen unter dem leerstehenden Haus in der Neibolt Street ein. Er verdrängte diesen Gedanken rasch wieder und wandte sich an Ben.

»Welche Szene hat dir am besten gefallen, Haystack?«

»Was?« Ben zuckte schuldbewußt zusammen. Während Beverly gedankenverloren über den Fluß hinwegblickte, hatte er ihr Profil betrachtet... und den blauen Fleck auf ihrer Wange.

»Welche Szene von den Filmen dir am besten gefallen hat?«

»Oh«, sagte Ben. »Als Dr. Frankenstein anfing, die Leichen den Krokodilen unter seinem Haus vorzuwerfen – das fand ich am tollsten.«

»Das war echt gruselig«, stimmte Beverly schaudernd zu. »Ich hasse solches Zeug wie Krokodile und Piranhas und Haie.«

»Was sind denn Piranhas?« erkundigte sich Richie interessiert.

»Kleine Fische«, erklärte Bev. »Sie haben kleine Zähne, die aber wahnsinnig scharf sind. Und wenn man in einen Fluß gerät, wo welche sind, fressen sie einen bis auf die Knochen auf.«

»Wow!«

»Ich hab' einmal einen Film gesehen, wo Eingeborene einen Fluß überqueren wollten, aber die Brücke war kaputt«, berichtete Bev. »Sie trieben dann eine Kuh an einer langen Schnur ins Wasser, und während die Piranhas damit beschäftigt waren, die Kuh zu fressen, überquerten sie den Fluß. Als sie sie dann rauszogen, war von ihr nur noch das Skelett übrig. Ich hab' eine Woche lang Alpträume gehabt.«

»Ich wünschte, ich hätte ein paar von diesen Fischen«, sagte Richie fröhlich. »Ich würde sie Henry Bowers in die Badewanne legen.«

Ben begann zu kichern. »Ich glaube nicht, daß er jemals badet.«

»Wir sollten lieber auf der Hut vor diesen Burschen sein«, sagte Beverly und strich mit dem Finger über den blauen Fleck auf ihrer Wange. »Mein Dad hat mich vorgestern verprügelt, weil ich ein paar Teller zerbrochen habe. Einmal pro Woche ist genug.«

Ein kurzes Schweigen trat ein, das aber nichts Betretenes oder Peinliches an sich hatte. Dann erzählte Richie, ihm habe am meisten die Szene gefallen, als der Werwolf den bösen Hypnotiseur erwischte. Sie unterhielten sich länger als eine Stunde über die Filme – und über andere Horrorfilme, die sie gesehen hatten, und über *Alfred Hitchcock zeigt* im Fernsehen. Bev entdeckte am Ufer Gänseblümchen und pflückte eines. Sie hielt es zuerst unter Richies und dann unter Bens Kinn, um festzustellen, ob sie Butter mochten. Sie erklärte, das sei bei beiden der Fall. Als sie ihnen die Blume unters Kinn hielt, war jeder der beiden Jungen sich der leichten Berührung auf der Schulter und des frischen Geruchs ihrer Haare stark bewußt. Ihr Gesicht war nur ganz flüchtig Bens Gesicht sehr nahe, aber in der folgenden Nacht träumte er von ihren Augen.

Die Unterhaltung geriet gerade etwas ins Stocken, als sie auf dem Pfad hinter sich Schritte und Gesprächsfetzen hörten. Sie drehten sich rasch um, und Richie schoß es plötzlich durch den Kopf, daß hinter ihnen der Fluß war, daß sie keine Rückzugsmöglichkeit hatten.

Die Stimmen wurden lauter. Unwillkürlich stellten sich Ben und Richie schützend vor Beverly.

Die Büsche am Ende des Pfades bewegten sich... und plötzlich kam Bill Denbrough zum Vorschein. Ein anderer Junge war bei ihm, den Richie flüchtig kannte. Er hieß Bradley Sowieso und lispelte furchtbar.

Wahrscheinlich war er zusammen mit Bill bei diesem Sprachtherapiedingsbums gewesen, dachte Richie.

»Big Bill!« rief er, dann fuhr er in seiner gewählten britischen Stimme fort: »Wir sind sehr glücklich, Sir, Sie hier begrüßen zu dürfen, Mr. Denbrough.«

Bill grinste fröhlich – und als seine Blicke von Richie zu Ben und Beverly und dann zu Bradley Wieimmererauchheißenmochte schweiften, überkam Richie plötzlich eine unheimliche Gewißheit. Beverly gehörte irgendwie zu ihnen. Bills Augen verrieten es deutlich. Aber Bradley nicht. Er würde heute vielleicht ein Weilchen hierbleiben und sogar wieder einmal in die Barrens kommen – niemand würde ihm sagen, tut uns leid, der Klub der Verlierer ist schon voll, wir haben bereits unser sprachbehindertes Mitglied –, aber er gehörte einfach nicht dazu.

Dieser Gedanke machte Richie plötzlich angst. Sie überwältigte ihn mit solcher Kraft, daß er einen Augenblick lang befürchtete zu ersticken. Es war ein Gefühl, wie wenn man plötzlich erkennt, daß man zu weit hinausgeschwommen ist und den Kopf nicht mehr über Wasser halten kann. Es war eine blitzartige intuitive Erkenntnis: *Wir werden in irgend etwas hineingezogen. Werden sorgfältig ausgewählt – auserwählt. Nichts von alldem ist Zufall. Sind wir schon komplett?*

Dann verschwand die Angst wieder, und die Intuition zerfiel in bedeutungslose Gedankenfetzen – wie die Splitter einer zerbrochenen Glasscheibe. Bill war hier, und Bill bot Sicherheit; er war physisch der größte von ihnen, und er sah auch am besten aus. Er brauchte nur einen Seitenblick auf Bev zu werfen, die Bill fasziniert anschaute, und dann Bens Augen zu sehen, der Bev unglücklich und wissend betrachtete, um sich dessen sicher zu sein. Aber Bill sah nicht nur am besten aus, er war auch am stärksten von ihnen allen, und Richie vermutete, daß Ben nicht eifersüchtig sein würde, wenn Beverly sich in Bill verknallte oder wie immer man das nennen wollte (wenn sie sich hingegen in mich verknallen würde, dachte Richie, wäre Ben bestimmt eifersüchtig). Er würde das als etwas völlig Natürliches akzeptieren. Und da war auch noch etwas anderes: Bill war *gut*. Es war dumm, so was zu denken (er dachte es auch nicht richtig; vielmehr *spürte* er es), aber er konnte es nicht ändern. Bill hatte nun mal diese Ausstrahlung. Stark und gut, wie ein Ritter in einem alten Film, der kitschig ist, der einen aber trotzdem zum Weinen bringt. Stark und gut. Und fünf Jahre später, als seine Erinnerungen an das, was in Derry in jenem Sommer und auch zuvor passiert war, rasch verblaßten, würde der Teenager Richie Tozier entdecken, daß John F. Kennedy ihn an Stotter-Bill erinnerte.

An wen? würde eine innere Stimme fragen.

Er würde verwirrt aufschauen und den Kopf schütteln. *An einen Jungen, den ich einmal gekannt habe,* würde er denken und ein vages Unbehagen verdrängen, indem er seine Brille hochschieben und sich wieder seinen Hausaufgaben zuwenden würde. *An einen Jungen, den ich vor langer Zeit gekannt habe.*

Jetzt stemmte Bill seine Hände in die Hüften, lächelte fröhlich und sagte: »N-N-Na, d-da wären w-wir a-also... u-u-und was m-m-machen wir jetzt?«

»Hast du Zigaretten?« fragte Richie hoffnungsvoll.

11

Fünf Tage später, als der Juni sich dem Ende zuneigte, erzählte Bill Richie, er wolle zur Neibolt Street fahren und sich unter der Veranda umschauen, wo Eddie den Aussätzigen gesehen hatte.

Sie waren fast vor Richies Haus angekommen, und Bill schob Silver. Richie hatte die ganze Strecke auf dem Gepäckträger zurückgelegt – es war eine aufregend schnelle Fahrt quer durch Derry gewesen –, aber einen Block vor Richies Haus hatte Bill lieber angehalten, und sie waren abgestiegen. Wenn Richies Mutter sehen würde, daß er auf dem Gepäckträger mitfuhr, würde sie einen Herzschlag kriegen.

In Silvers Drahtkorb lagen Spielzeuggewehre – zwei gehörten Bill, drei Richie. Sie hatten den größten Teil des Nachmittags in den Barrens verbracht und mit Gewehren gespielt. Beverly war gegen drei Uhr aufgetaucht, in verblichenen Jeans, mit einem uralten Daisy-Luftgewehr, das nicht mehr viel taugte – wenn man den abblätternden Drücker betätigte, gab es ein erschöpftes Schnauben von sich. Bevs Spezialität war japanisches Heckenschießen, und sie konnte ausgezeichnet auf Bäume klettern und von dort Unvorsichtige erschießen, die unten vorbeigingen. Der blaue Fleck auf ihrer Wange war zu einem hellen Gelb verblaßt.

»Was hast du gesagt?« fragte Richie. Er war geschockt... aber auch ein wenig neugierig.

»I-Ich m-m-möchte einen B-B-Blick unter jene V-V-Veranda werfen«, wiederholte Bill. Seine Stimme klang eigensinnig, aber er vermied es, Richie anzuschauen. Auf seinen Backenknochen brannten kleine rote Flecken. Sie standen jetzt vor Richies Haus. Richies Mutter saß auf der Veranda und las ein Buch. Sie winkte ihnen zu und rief: »Hallo, Jungs! Wollt ihr Eistee haben?«

»Wir kommen gleich, Mom«, rief Richie, dann wandte er sich wieder Bill zu: »Es wird dort nichts zu sehen geben. Er hat einen Landstreicher

332

gesehen und ist darüber zu Tode erschrocken. Mein Gott, du kennst doch Eddie!«

»Ja-Ja, ich k-kenne Eddie. Aber d-d-denk mal an das Foto im A-A-Album.«

Richie trat unbehaglich von einem Bein aufs andere. Bill zeigte ihm seine rechte Hand. Die Finger waren nicht mehr verpflastert, aber Richie konnte die verheilenden Schnittwunden noch deutlich erkennen.

»Ja, aber...«

»H-H-Hör mal zu«, fiel Bill ihm ins Wort. Er redete sehr langsam und schaute Richie unverwandt in die Augen. Er wies wieder auf die Ähnlichkeiten zwischen Bens und Eddies Geschichten hin... und verknüpfte sie mit dem, was sie in dem sich bewegenden Foto gesehen hatten. Er wiederholte die Vermutung, daß der Clown die Jungen und Mädchen ermordet hatte, die seit Dezember des Vorjahres in Derry tot aufgefunden worden waren. »Und vielleicht n-nicht nur s-sie«, endete er. »W-Was ist mit all jenen, die v-v-verschwunden sind? W-w-was ist mit E-E-Eddie Corcoran?«

»Scheiße, sein Stiefvater hat ihn umgebracht«, sagte Richie.

»N-Na ja, v-v-vielleicht hat er's getan, v-vielleicht aber auch n-n-nicht«, meinte Bill. »I-Ich kannte ihn ein b-b-bißchen, und ich w-weiß daß sein D-D-Dad ihn oft prügelte. U-U-Und ich w-weiß auch, daß er m-m-manchmal n-nachts nicht heimging, um vor ihm in S-S-Sicherheit zu sein.«

»Und du glaubst, daß der Clown ihn erwischt hat«, sagte Richie nachdenklich. »So ist es doch?«

Bill nickte.

»Und was willst du — sein Autogramm?«

»W-W-Wenn der Clown die a-a-anderen e-e-erm-m-mordet hat, d-dann hat er auch G-G-Georgie e-ermordet«, sagte Bill und schaute Richie an. Seine Augen waren wie aus Stein — hart, kompromißlos, unversöhnlich. »Ich w-w-will ihn t-t-t-töten.«

»Mein Gott«, rief Richie ängstlich. »Wie willst du denn das machen?«

»Mein D-D-Dad hat eine P-Pistole«, erklärte Bill. Etwas Speichel flog ihm aus dem Mund, aber Richie bemerkte es kaum. »E-Er weiß n-n-nicht, daß ich's w-weiß, a-aber sie liegt g-g-ganz oben in s-seinem Schrank.«

»Das könnte funktionieren, wenn es ein Mann ist«, sagte Richie, »und wenn wir ihn auf einem Haufen Kinderknochen sitzend finden...«

»Ich hab' den Tee eingeschenkt, Jungs!« rief Richies Mutter. »Kommt her!«

»Sofort, Mom!« rief Richie zurück und lächelte strahlend, aber dieses

333

gezwungene Lächeln verschwand sofort aus seinem Gesicht, als er sich wieder Bill zuwandte. »Ich würde nämlich niemanden erschießen, nur weil er ein Clownskostüm anhat, Billy. Du bist mein bester Freund, aber das würde ich nicht tun, und ich würde auch dich daran hindern, wenn ich könnte.«

»U-U-Und w-was, w-w-wenn t-tatsächlich ein H-H-Haufen Knochen daliegen w-würde?«

Richie fuhr sich mit der Zunge über die Lippen und schwieg einen Moment lang. Dann fragte er: »Und was willst du tun, wenn es kein Mensch ist, Billy? Wenn es irgendein Monster ist? Wenn es so was tatsächlich gibt? Ben sagt, es sei eine Mumie gewesen, und die Luftballons seien gegen den Wind geflogen, und die Mumie habe keinen Schatten geworfen. Das Foto in Georgies Album... entweder wir haben uns das alles nur eingebildet, oder es war Magie. Was willst du machen, wenn es kein Mensch ist, Billy?«

»D-D-Dann w-werden wir uns was a-a-anderes ausdenken.«

»O ja«, sagte Richie, »ich verstehe. Wenn du vier- oder fünfmal geschossen hast, und es kommt immer noch auf uns zu wie der Werwolf in diesem Film, den Ben und Bev und ich neulich gesehen haben, probierst du dein Glück mit einer Schleuder. Und wenn das auch nichts nützt, schmeiß' ich ihm Niespulver ins Gesicht. Und wenn es uns dann immer noch verfolgt, sagen wir einfach: ›Jetzt bleiben Sie mal stehen, Mr. Monster. So klappt's nicht. Hören Sie mal, ich muß erst in der Bücherei nachlesen, wie man Ihnen beikommen kann. Ich komme demnächst wieder. Entschuldigung.‹ – Willst du's so anfangen, Big Bill?«

Er schaute seinen Freund mit laut pochendem Herzen an. Es war durchaus möglich, daß Bill sich jetzt einfach von ihm abwenden und ihm erklären würde, wenn es so sei, dann verzichte er gern auf Richie. Ein Teil von ihm lehnte sich unglücklich gegen eine solche Möglichkeit auf, aber ein anderer Teil von ihm *wollte* direkt, daß Bill genau das sagte; diese Sache war nämlich nicht gefahrlos wie ein Horrorfilm, wo man wußte, daß zuletzt alles gut ausging, und selbst wenn es einmal nicht gut ausging, machte es nichts, denn es war ja nur ein Film. Aber das Foto in Georgies Zimmer – es war etwas ganz anderes als ein Film gewesen. Er hatte gedacht, daß der Vorfall in seiner Erinnerung schon verblaßt war, aber offenbar hatte er sich das nur einreden wollen, denn jetzt sah er wieder genau vor sich, wie Billys Finger in das Foto eingetaucht waren, er sah die Schnittwunden. Wenn er Bill nicht zurückgerissen hätte...

Aber anstatt sich abzuwenden, grinste Bill. »D-Du w-w-wolltest das A-Album sehen, und ich hab's d-dir gezeigt«, sagte er. »Jetzt m-m-möchte ich, daß du z-zusammen mit m-mir einen B-B-B-Blick auf das H-

Haus wirfst. W-Wie du m-m-mir, so ich d-dir. M-Morgen vormittag.«
So, als sei es schon eine beschlossene Sache.

»Und wenn es nun ein Monster ist?« fragte Richie wieder und schaute
Bill fest in die Augen. »Wenn die Pistole deines Vaters es nicht aufhalten
kann, Big Bill? Wenn es trotzdem immer näher kommt?«

»W-Wir denken uns sch-sch-schon was aus«, erwiderte Bill, warf den
Kopf zurück und lachte, als hätte er plötzlich den Verstand verloren. Richie stimmte in sein Gelächter ein. Es war einfach unwiderstehlich.

Sie schlenderten zu Richies Veranda. Seine Mutter, eine etwas um-
ständliche kleine Frau mit einem lieben Gesicht, hatte ihnen riesige Gläser Eistee mit Pfefferminzblättern und eine Schüssel Vanillewaffeln hingestellt.

»D-D-Du k-kommst also m-m-mit?«

»Ja«, sagte Richie. »Ich will es zwar nicht, aber ich komme trotzdem
mit.«

Bill klopfte ihm fest auf die Schulter, und das machte die Angst etwas
erträglicher – obwohl Richie sicher war (und er irrte sich nicht), daß der
Schlaf in dieser Nacht lange auf sich warten lassen würde.

»Es sah eben so aus, als würdet ihr da draußen eine sehr ernste Bespre-
chung abhalten«, sagte Mrs. Tozier, während sie sich mit ihrem Buch
und einem Glas Eistee zu ihnen setzte. Erwartungsvoll blickte sie von einem zum anderen.

»Ach, Denbrough hat die verrückte Idee, daß die Red Sox in die erste
Liga aufsteigen werden«, erklärte Richie.

»M-M-Mein D-Dad und ich g-g-glauben, daß s-sie auf den d-d-dritten
Platz k-kommen können«, sagte Bill und schlürfte seinen Eistee. »D-D-
Das schmeckt sehr g-gut, Mrs. T-Tozier.«

»Danke, Bill.«

»Die Sox kommen im selben Jahr in die erste Liga, in dem du aufhörst
zu stottern, du Stammler!« sagte Richie liebenswürdig.

»*Richie!*« schrie Mrs. Tozier entsetzt und ließ fast ihr Glas fallen. Aber
Richie und Bill lachten schallend, fast hysterisch. Sie schaute fassungslos
von ihrem Sohn zu Bill und wieder zurück zu ihrem Sohn; sie war total
perplex, aber da war auch noch etwas anderes – eine unbestimmte Angst,
die in ihrem Herzen vibrierte wie eine Stimmgabel aus purem Eis.

Ich verstehe keinen von den beiden, dachte sie. *Wohin sie gehen, was
sie treiben, was sie wollen ... oder was aus ihnen einmal wird. Manchmal
– manchmal sind ihre Augen so wild, und manchmal habe ich solche
Angst um sie, und manchmal habe ich direkt Angst vor ihnen ...*

Nicht zum erstenmal dachte sie, wie schön es doch wäre, wenn sie und
ihr Mann auch noch eine Tochter hätten, ein hübsches blondes Mädchen,

dem sie sonntags Röckchen und schwarze Lederschuhe anziehen und passende Schleifen ins Haar binden könnte. Ein hübsches kleines Mädchen, das nach der Schule Kuchen backen und sich Puppen wünschen würde anstatt Bücher über das Bauchreden und schnelle Automodelle.

Ein kleines hübsches Mädchen könnte sie verstehen.

12

»Hast du sie?« fragte Richie eifrig.

Sie schoben ihre Räder die Kansas Street entlang den Barrens hoch. Es war zehn Uhr vormittags am nächsten Tag. Der Himmel war bewölkt und grau, und für den Nachmittag war Regen vorhergesagt worden. Richie dachte, daß Big Bill mit seinen Tränensäcken, so groß wie Samsonite-Koffer unter jedem Auge so aussah, als hätte auch er sehr schlecht geschlafen.

»J-Ja«, sagte Bill und klopfte an die Tasche seines grünen Dufflecoats.

»Zeig mal«, sagte Richie fasziniert.

»N-Nicht hier«, sagte Bill. »Jemand k-k-könnte sie sehen.« Er grinste plötzlich. »Aber sieh m-mal, w-w-was ich noch dabeih-h-abe.« Er griff unter seinen Dufflecoat und zog seine Schleuder aus der Gesäßtasche der Jeans.

»Oh, Scheiße, Mann!« rief Richie lachend.

Bill tat so, als wäre er beleidigt. »Es w-war doch d-deine Idee, T-Tozier.«

Bill hatte die Aluminiumschleuder letztes Jahr zum Geburtstag bekommen. Das war Zacks Kompromiß gewesen zwischen der 22er, die Bill sich gewünscht hatte, und der strikten Weigerung seiner Mutter, einem Jungen in Bills Alter eine Schußwaffe in die Hand zu geben. In der Bedienungsanleitung hatte gestanden, daß eine Schleuder eine gute Jagdwaffe sein könne, wenn man sie zu handhaben verstünde. ›In den richtigen Händen ist diese Schleuder eine ebenso wirksame und tödliche Waffe wie ein guter Bogen aus Eschenholz oder eine Feuerwaffe‹, hieß es dort. Und dann wurde gewarnt, der Besitzer dürfe damit ebensowenig auf Menschen zielen wie mit einer geladenen Pistole.

Bill konnte noch nicht besonders gut mit der Schleuder umgehen (und glaubte insgeheim, daß er es nie richtig lernen würde), aber er hielt die Warnung für gerechtfertigt – die breite, dicke Schlinge ließ sich nur schwer spannen, und wenn man mit einer Kugel – zwanzig dieser Kugellager-Geschosse waren gleich mitgeliefert worden – eine Blechdose traf, schlug sie ein großes Loch hinein.

»Kannst du inzwischen besser damit schießen, Big Bill?«

»Ein b-b-bißchen«, sagte Bill. Das stimmte nur teilweise. Nachdem er die Anleitungen im Buch genau studiert und danach im Derry Park geübt hatte, bis er einen lahmen Arm bekam, traf er die ebenfalls mitgelieferte Zielscheibe von zehn Schüssen etwa dreimal, und einmal hatte er sogar ins Schwarze getroffen – *fast.*

Richie spannte die Schleuder einmal, dann gab er sie Bill zurück. Er bezweifelte insgeheim, daß sie gegen Monster etwas ausrichten konnte.

»Na gut«, sagte er. »Du hast also deine Schleuder mitgebracht. Ausgezeichnet. Aber das ist noch gar nichts. Sieh mal, was *ich* dabei habe, Denbrough.« Er zog aus seiner Jackentasche eine Tüte, auf der ein glatzköpfiger Mann mit aufgeblasenen Backen HATSCHI! machte. DR. WACKYS NIESPULVER stand darunter.

Die beiden Jungen starrten einander lange an, dann brachen sie in schallendes Gelächter aus und klopften sich gegenseitig auf den Rücken.

»W-W-Wir sind auf alles v-vorbereitet«, rief Bill schließlich kichernd und wischte sich mit einem Ärmel die Tränen aus den Augen.

»Dein Gesicht und mein Arsch, Stotter-Bill«, sagte Richie.

»I-I-Ich da-da-dachte, es war a-a-andersrum. W-Wir w-w-werden dein Rad in den B-Barrens verstecken«, sagte Bill. »D-Du fährst h-hinten bei mir mit, f-für den F-F-Fall, daß wir uns sch-schnell aus dem Staub m-achen müssen.«

Richie nickte. Sein Raleigh (an dessen Lenkstange er sich manchmal, wenn er schnell fuhr, die Knie anschlug) sah neben Silver wie ein Zwergenrad aus. Er wußte, daß Bill kräftiger und Silver schneller war.

Sie kamen zu der kleinen Brücke, und Bill lehnte Silver ans Holzgeländer und half Richie, sein Rad den schmalen Trampelpfad hinabzuschieben. Sie versteckten Richies Rad am Ufer des Baches, setzten sich unter die Brücke – hin und wieder hörten sie über ihren Köpfen das Rumpeln eines Fahrzeuges –, und Bill öffnete den Reißverschluß seines Dufflecoats und zog die Pistole seines Vaters heraus.

»D-Du mußt verdammt v-v-vorsichtig sein«, sagte er, während er sie Richie reichte, der anerkennend pfiff. »D-D-Diese P-Pistolen haben keine Si-Si-Sicherung.«

»Ist sie geladen?« fragte Richie ehrfürchtig. Die Pistole, eine Walther PPK, die Zack Denbrough während der Besatzung erstanden hatte, kam ihm unglaublich schwer vor.

»N-Noch nicht«, sagte Bill. Er klopfte auf seine Tasche. »I-Ich hab' ein paar K-K-Kugeln bei mir. Aber mein D-Dad sagt, w-w-wenn die P-Pistole glaubt, du seist nicht v-vorsichtig genug, l-l-lädt sie sich von a-a-allein. U-Und erschießt d-d-dich.« Sein Gesicht zeigte ein sonderbares Lächeln; es drückte aus, daß er etwas so Absurdes natürlich nicht glauben konnte, daß er es aber dennoch glaubte.

Richie verstand das sehr gut. Dieses Ding sah irgendwie bedrohlicher aus als die drei Gewehre und die Schrotflinte seines Vaters. Diese Pistole sah aus, als diene sie nur einem einzigen Zweck: Menschen zu erschießen.

Ganz vorsichtig, ohne dem Abzug zu nahe zu kommen, drehte er die Mündung zu sich, und nach einem einzigen Blick in das schwarze lidlose Auge der Walther verstand er Bills eigenartiges Lächeln noch besser. Er erinnerte sich an die Worte seines Vaters: *Geh mit einer Schußwaffe immer so um, als sei sie geladen, Richie.* Jetzt konnte er das verstehen. Er gab Bill die Pistole zurück und war froh, sie los zu sein.

Bill verstaute sie wieder in der Innentasche seines Dufflecoats. Das Haus an der Neibolt Street hatte für Richie jetzt einen Teil des Schrekkens verloren... aber dafür kam es ihm nun viel wahrscheinlicher vor, daß es tatsächlich zu irgendeiner Gewalttat kommen, daß Blut fließen würde.

Er schaute Bill an und wollte diesen Gedanken Ausdruck verleihen, aber Bill las in seinem Gesicht und fragte: »B-B-Bist du soweit?«

»Ich glaube schon«, antwortete Richie verdrießlich. »Ich glaube schon, Big Bill.«

13

Wie jedesmal, wenn Bill auch den zweiten Fuß aufs Pedal stellte, war Richie überzeugt davon, daß sie gleich umstürzen und sich die Schädel einschlagen würden. Das große Fahrrad schwankte bedenklich von einer Seite zur anderen. Die beiden Pik-Asse an den Speichen hörten sich an wie Maschinengewehre. Silver schwankte immer stärker, wie ein total betrunkener Mann. Richie schloß die Augen und wartete auf den unvermeidlichen Sturz.

Dann brüllte Bill: »*Hi-yo, Silver*, LOOOS!«

Das Fahrrad wurde noch schneller, aber das Schwanken hörte auf. Richie lockerte seine verzweifelte Umklammerung von Bills Taille und hielt sich statt dessen vorne am Gepäckträger, über dem Hinterrad, fest. Bill überquerte waghalsig die Kansas Street und sauste auf Seitenstraßen hügelabwärts. Sie rasten mit einer irrsinnigen Geschwindigkeit von der Strapham Street auf die Witcham Street hinaus, und Richie lachte in den Wind hinein, als Silver sich gefährlich zur Seite neigte und Bill wieder sein »*Hi-yo, Silver!*« brüllte.

»Ja, los, Big Bill!« schrie Richie; er machte sich vor Angst fast in die Hose, aber gleichzeitig lachte er wild. »Los!«

Bill ließ sich nicht zweimal bitten. Über die Lenkstange gebeugt, trat er stehend wie wild in die Pedale. Und während er Bills Rücken betrachtete, der für einen noch nicht zwölfjährigen Jungen erstaunlich breit war, überkam Richie plötzlich die Gewißheit, daß sie unverwundbar waren... daß sie immer und ewig leben würden. Na ja... vielleicht nicht *sie*, aber Bill bestimmt. Bill selbst hatte keine Ahnung, wie stark er war, wie sicher und vollkommen.

Sie sausten dahin; die Abstände zwischen den Häusern wurden größer, die Querstraßen, die in die Witcham Street mündeten, seltener.

Kurz darauf fuhren sie an grünen Feldern vorbei, die unter dem grauen Himmel seltsam flach und leblos aussahen. In der Ferne konnte Richie jetzt schon den alten Bahnhof erkennen und rechts davon die Wellblech-Lagerhäuser.

Und da war auch schon die Kreuzung Neibolt Street. Unter dem Straßenschild war ein blaues Wegweiserschild: BAHNHOF DERRY. Es war rostig und hing schief. Darunter war ein wesentlich größeres gelbes Schild angebracht, auf dem mit schwarzen Buchstaben stand: SACKGASSE.

Bill bog in die Neibolt Street ein und stellte einen Fuß auf den Gehweg. »Von hier aus gehen wir am besten zu Fuß«, sagte er.

Mit einer Mischung aus Erleichterung und Bedauern glitt Richie vom Gepäckträger. »Okay«, sagte er.

Sie gingen auf dem Gehweg, aus dessen Rissen Unkraut herauswuchs. Vor ihnen, auf dem Bahnhofsgelände, schnaubte eine Diesellok, verstummte, schnaubte dann wieder. Ab und zu war auch das metallische Klirren von Waggons zu hören, die aneinandergekoppelt wurden.

»Hast du Angst?« fragte Richie.

Bill, der Silver neben sich her schob, warf Richie einen flüchtigen Blick zu und nickte dann. »Ja. Und d-du?«

»Und wie!« sagte Richie.

Zur Ablenkung erzählte Bill, daß er seinen Vater am Vorabend über die Neibolt Street ausgefragt habe. Sein Vater habe berichtet, daß bis zum Ende des Zweiten Weltkrieges sehr viele bei der Bahn Beschäftigte hier gewohnt hätten – Lokomotivführer, Schaffner, Weichensteller, Gepäckträger, Bahnarbeiter. Als der Bahnhof dann für den Personenverkehr geschlossen wurde, ging es auch mit der Straße bergab. Und als Bill und Richie sie jetzt entlanggingen, wurden die Häuser immer schäbiger und heruntergekommener. Die letzten drei oder vier auf beiden Straßenseiten standen leer; die Fenster waren mit Brettern vernagelt, die Gärten total verwildert. An der Veranda eines dieser Häuser hing ein uraltes

Schild: ZU VERKAUFEN. Dann endete der Gehweg, und sie mußten auf einem von Unkraut überwucherten Trampelpfad weitergehen.

Bill blieb stehen. »D-Da ist es«, sagte er leise und deutete auf ein Haus.

Nr. 29 mußte früher ein hübsches rotes Haus gewesen sein. Vielleicht hatte hier einmal ein Lokführer gewohnt, dachte Richie, ein Junggeselle, der nur ein- oder zweimal im Monat für drei oder vier Tage nach Hause gekommen war und dann Radio gehört hatte, während er in seinem Garten arbeitete; ein Mann, der sich hauptsächlich von Tiefkühlkost ernährt hatte (obwohl er im Garten für seine Freunde Gemüse anbaute), und der in windigen Nächten sehnsüchtig an das Mädchen-das-er-zurückließ gedacht hatte.

Jetzt war die rote Farbe zu einem verwaschenen Rosa verblaßt, das in großen häßlichen Brocken abblätterte. Die Fenster waren mit Brettern vernagelt. Die meisten Ziegel waren vom Dach herabgefallen. Auf beiden Seiten des Hauses wucherte Unkraut, und der verwilderte Rasen war mit Löwenzahn bedeckt. Ein hoher Bretterzaun, der früher vermutlich ordentlich weiß gestrichen gewesen war, jetzt aber ebenso grau aussah wie der Himmel, ragte zwischen verwilderten Obststräuchern hervor. Ein Stück weiter unten am Zaun wuchsen riesige Sonnenblumen. Richie fand, daß sie irgendwie aufgeblasen und bedrohlich aussahen. Sie bewegten sich im Wind und schienen einander zuzuraunen: *Die Jungen sind hier, ist das nicht schön? Neue Jungen.* Ein Schauder lief Richie über den Rücken.

Während Bill sein Rad behutsam an eine Ulme auf der anderen Seite des Pfades lehnte, ließ Richie das Haus nicht aus den Augen. Er entdeckte ein Rad, das aus dem dichten Gras in der Nähe der Veranda herausragte und zeigte es Bill. Dieser nickte. Es war das umgestürzte Dreirad, das Eddie erwähnt hatte.

Sie schauten in beide Richtungen der Neibolt Street. Die Diesellok schnaubte, verstummte, schnaubte wieder. Die Straße war völlig verlassen. Auf der Route 2 fuhren Autos, aber Richie konnte sie nur hören, nicht sehen.

Die Diesellok schnaubte und verstummte, schnaubte und verstummte.

Die riesigen Sonnenblumen raunten einander zu: *Neue Jungen. Ausgezeichnet.*

»B-B-Bist du soweit?« fragte Bill, und Richie zuckte ein wenig zusammen.

Sie gingen durch das hohe Gras auf die Veranda zu.

»Sch-Sch-Schau mal«, sagte Bill.

Am linken Ende der Veranda war das Drahtgeflecht losgerissen und ragte ins Gebüsch hinein. Beide Jungen konnten die rostigen Nägel sehen, die aus dem Holz gerissen worden waren. Hier wuchsen alte Rosenbüsche, und während die Rosen rechts und links von dem abgerissenen Verandasaum prachtvoll blühten, waren die Büsche direkt davor verdorrt und abgestorben.

Bill und Richie tauschten einen erschrockenen Blick. Alles, was Eddie erzählt hatte, schien völlig wahr zu sein; nach sieben Wochen war der Beweis dafür immer noch vorhanden.

»Du willst doch nicht etwa drunterkriechen?« fragte Richie. Seine Stimme klang flehend.

»N-N-Nein«, erwiderte Bill. »A-Aber ich t-t-tu's trotzdem.«

Und Richie erkannte schweren Herzens, daß er das völlig ernst meinte. Seine Augen hatten wieder jenen harten, leidenschaftlichen Ausdruck, und seine Gesichtszüge waren von einer wilden Entschlossenheit, die ihn älter aussehen ließ. *Ich glaube, er hat wirklich vor, es zu töten, wenn es noch hier ist*, dachte Richie. *Es zu töten, ihm vielleicht den Kopf abzuschneiden, seinem Vater zu bringen und zu sagen: ›Sieh mal, das war Georgies Mörder. Wirst du dich jetzt abends wieder mit mir unterhalten, mir erzählen, was bei dir tagsüber los war, wer gewonnen hat, als ihr ausgelost habt, wer den Morgenkaffee bezahlen muß?‹*

»Bill . . .«, setzte er zum Sprechen an, aber Bill stand nicht mehr neben ihm. Er ging schon auf das rechte Ende der Veranda zu, dort wo Eddie daruntergekrochen sein mußte. Richie rannte hinter ihm her, wobei er fast über das Dreirad gefallen wäre, das im Gras langsam vor sich hin rostete.

Bill kauerte vor der Veranda nieder und blickte darunter. Hier gab es überhaupt kein Drahtgeflecht; wahrscheinlich hatte irgendein Landstreicher es vor langer Zeit entfernt, um unter die Veranda kriechen zu können, die Schutz vor dem Januarschnee oder dem kalten Novemberregen oder einem Sommergewitter bot.

Richie ging neben Bill in die Hocke. Sein Herz trommelte in der Brust. Unter der Veranda waren nur Haufen halbverfaulter Blätter, gelber Zeitungen – und Schatten. Viel zuviel Schatten.

»Bill«, sagte er leise.

»W-W-Was?« Bill hatte die Walther seines Vaters hervorgeholt und lud sie vorsichtig mit vier Kugeln. Richie sah fasziniert zu, dann schaute er wieder unter die Veranda. Diesmal sah er noch etwas anderes. Glasscherben. Sein Magen zog sich schmerzhaft zusammen. Er war alles andere als dumm, und er begriff, daß das die endgültige Bestätigung von Eddies Geschichte war. Glassplitter auf den verfaulenden Blättern unter der Veranda bedeuteten, daß das Fenster von innen eingeschlagen worden war. Vom Keller.

341

»W-Was?« fragte Bill noch einmal und schaute Richie an. Sein Gesicht war bleich und grimmig. Als Richie dieses weiße, zu allem entschlossene Gesicht sah, resignierte er.

»Nichts«, sagte er.

»K-Kommst du?«

»Ja«, sagte Richie. Sie krochen unter die Veranda.

Der Geruch fauliger Blätter war stark und alles andere als angenehm, obwohl Richie diesen Geruch normalerweise liebte. Die Blätter fühlten sich unter seinen Händen und Füßen schwammig an, und er hatte das Gefühl, als könnten sie sich jeden Augenblick um zwei oder drei Fuß senken. Er fragte sich plötzlich, was er wohl tun würde, wenn aus diesen Blättern plötzlich eine Hand oder eine Tatze auftauchen und nach ihm greifen würde.

Bill untersuchte das zerbrochene Fenster. Überall lagen Glassplitter herum. Der Holzrahmen zwischen den Scheiben lag in zwei zersplitterten Stücken unter den Verandastufen. Der obere Rahmen ragte vor wie ein zerbrochener Knochen.

»Jemand hat hier ganz schön gewütet«, flüsterte Richie. Bill, der durchs Fenster spähte, nickte.

Richie schob ihn etwas beiseite, um auch hineinschauen zu können. Im düsteren Keller herrschte ein Durcheinander von Schachteln und Lattenkisten. Der Boden bestand aus Lehm. Wie die Blätter, so verströmte auch er einen feuchten, schlammigen Geruch. Links war ein großer Ofen, von dem runde Rohre zur niedrigen Decke führten. Daneben, in der Ecke, konnte Richie einen großen Holzverschlag erkennen. Eine Pferdebox, war sein erster Gedanke, aber wer könnte auf die Idee kommen, ein Pferd im Keller unterzubringen? Dann dämmerte ihm, daß es ein Kohlenverschlag sein mußte, daß der Ofen mit Kohle und nicht mit Öl geheizt worden war. Das ergab einen Sinn; das Haus war alt. Ganz rechts konnte er eine Treppe erkennen, die ins Erdgeschoß führen mußte.

Jetzt setzte sich Bill... schob sich vorwärts... und bevor Richie noch so richtig begriffen hatte, was los war, verschwanden die Beine seines Freundes im Fenster.

»Bill!« zischte er. »Um Himmels willen, was *machst* du? Komm zurück!«

Bill gab keine Antwort. Er glitt durch das Fenster, und eine Sekunde später hörte Richie, wie seine Turnschuhe auf dem harten Lehmboden aufprallten.

»Scheiß drauf«, murmelte Richie verzweifelt vor sich hin, während er auf das schwarze Rechteck starrte, durch das sein Freund verschwunden war. »Bill, hast du den *Verstand* verloren?«

Bills Stimme ertönte von unten: »D-Du k-k-kannst ruhig oben b-b-b-bleiben, wenn du w-willst, R-R-Richie. Halt da oben W-W-Wache!«

Statt dessen legte er sich auf den Bauch, hoffte, daß er sich nicht an den Glassplittern schneiden würde, und schob seine Beine durch das Kellerfenster.

Etwas packte ihn an den Beinen. Er schrie auf.

»I-Ich b-b-bin's nur«, flüsterte Bill, und einen Augenblick später stand Richie neben ihm im Keller und zog sein Hemd und seine Jacke zurecht. »W-Was d-d-dachtest denn du, w-wer das ist?«

»Der Buhmann«, sagte Richie und lachte unsicher.

»D-Du gehst d-d-dort lang, und i-i-ich...«

»Nein, verdammt noch mal«, sagte Richie. Sein rasendes Herzklopfen war sogar seiner Stimme anzuhören – sie klang holperig und schwankte auf und ab. »Ich bleibe bei dir, Big Bill.«

Sie gingen zuerst auf den Kohlenverschlag zu, Bill voran, die Pistole in der Hand, Richie dicht hinter ihm. Er versuchte, seine Augen überall gleichzeitig zu haben. Bill blieb einen Moment lang vor der Holzwand des Kohlenverschlags stehen, dann sprang er mit einem Satz um die Ecke, die Walther mit beiden Händen umklammernd. Richie drückte seine Augen fest zu und wappnete sich gegen die Explosion. Sie kam nicht. Vorsichtig öffnete er wieder die Augen.

»N-N-Nichts als K-Kohle«, sagte Bill und kicherte nervös.

Richie trat neben ihn und schaute. Vorne, in der Nähe ihrer Füße, lagen nur einzelne Kohlenstücke, aber nach hinten zu stieg der Kohlenberg fast bis zur Decke an. Er war so schwarz wie ein Krähenflügel.

»Gehn wir...«, begann Richie, und dann prallte die Tür am oberen Ende der Kellertreppe mit einem lauten Knall gegen die Wand, und schwaches weißes Tageslicht überflutete die Stufen.

Beide Jungen schrien entsetzt auf.

Richie hörte Knurrlaute. Sie waren sehr laut – sie hätten von einem im Käfig eingesperrten wilden Tier stammen können. Er sah Mokassins die Treppe herunterkommen. Darüber verblichene Jeans... schwingende Hände...

Aber es waren keine Hände... es waren Tatzen. Riesige unförmige Tatzen.

»K-K-Kletter die K-Kohle rauf!« schrie Bill, aber Richie stand da wie gelähmt; er wußte plötzlich, was sich ihnen hier näherte, was sie in diesem Keller mit seinem Gestank nach feuchtem Lehm und billigem, irgendwo in der Ecke verschüttetem Wein gleich töten würde. »Ü-Ü-Über der K-Kohle ist ein F-F-Fenster!«

Die Tatzen waren mit dichtem, rauhem, braunem Haar bewachsen; die

Finger endeten in langen, gezackten Nägeln. Jetzt sah Richie ein Seidenjackett. Es war schwarz, mit orangefarbenen Borten – die Farben der Derry High School.

»L-L-Los!« Bill versetzte Richie einen kräftigen Stoß, und er fiel auf die Kohle. Die scharfen Kanten und Zacken schnitten ihm schmerzhaft in die Haut, und dadurch erwachte er aus seiner Erstarrung. Kohlenstücke rollten ihm über die Hände. Kohlenstaub stieg ihm in die Nase. Er nieste. Dieses irrsinnige Knurren hörte und hörte nicht auf.

Richie Tozier geriet in Panik.

Kaum wissend, was er tat, kletterte er den Kohlenberg hinauf, rutschte dabei ab, kroch weiter. Er schrie. Das Fenster unter der Decke war mit Kohlenstaub bedeckt und ließ kaum Licht durch. Richie packte den Fenstergriff und versuchte ihn mit aller Kraft zu drehen. Er bewegte sich nicht. Das Knurren kam jetzt schon aus der Nähe.

Plötzlich ging unter ihm die Pistole los; sie machte in dem geschlossenen Raum einen ohrenbetäubenden Lärm. Scharfer, beißender Rauch stieg Richie in die Nase. Er stellte fest, daß er in seiner Panik den Griff in die falsche Richtung gedreht hatte. Er drehte in die Gegenrichtung. Mit einem rostigen Quietschlaut bewegte sich der Griff. Kohlenstaub rieselte wie Pfeffer auf seine Hände.

Wieder ging unten die Pistole mit ohrenbetäubendem Knall los. Bill Denbrough brüllte: »Du hast meinen Bruder ermordet, du Wichser!«

Und einen Moment lang schien die Kreatur, die die Treppe herabgekommen war, zu lachen und zu sprechen – es war so, als würde ein bösartiger Hund plötzlich entstellte Wörter bellen, und Richie glaubte zu hören, wie diese Kreatur in ihrem High-School-Jackett knurrte: *Ich werde auch dich töten.*

»Richie!« schrie Bill, und Richie hörte die Geräusche hinabrollender Kohlestücke, während Bill hochkletterte. Das Knurren und Brüllen hörte nicht auf. Holz splitterte. Bellen und Heulen – Geräusche aus einem furchtbaren Alptraum.

Richie versetzte dem Fenster mit aller Kraft einen Stoß, ohne daran zu denken, daß es zerbrechen und ihm die Hände zerschneiden könnte. Um solche Kleinigkeiten konnte er sich jetzt nicht kümmern. Aber das Fenster zerbrach nicht; es flog an einer alten rostigen Metallangel auf. Diesmal rieselte der Kohlenstaub auf Richies Gesicht. Er wand sich auf den Hof hinaus wie ein Aal, atmete herrlich frische Luft und spürte das hohe Gras an seinem Gesicht. Es regnete. Er konnte die dicken Stengel der Riesensonnenblumen sehen, grün und haarig.

Die Walther explodierte ein drittesmal, und die Kreatur im Keller brüllte – ein primitiver Laut rasender Wut. Und gleich darauf schrie Bill: »*Es hat mich geschnappt, Richie! H-H-Hilfe! Es hat mich geschnappt!*«

Richie drehte sich auf Händen und Knien um und sah das emporgewandte Gesicht seines Freundes im Rechteck des großen Kellerfensters, durch das einst jedes Jahr im Oktober die Kohlen in den Keller geschüttet worden waren.

Bill lag auf dem Kohlenhaufen. Seine Hände versuchten vergeblich, den Fensterrahmen zu erreichen. Sein Hemd und sein Dufflecoat waren bis zur Brust hochgerutscht. Und er glitt abwärts... nein, er wurde abwärts *gezogen*. Es war nur ein riesiger Schatten hinter Bill. Ein Schatten, der knurrte und plärrte und sich fast menschlich anhörte.

Richie brauchte ihn gar nicht zu sehen. Er hatte ihn am Samstag zuvor im Aladdin gesehen. Es war zwar verrückt, total verrückt, aber Richie zweifelte keinen Augenblick daran – weder an seinem Verstand noch an seiner Erkenntnis.

Der Teenage-Werwolf hatte Bill Denbrough erwischt. Nur war dies hier nicht Michael Landon mit einer Maske und viel Schminke im Gesicht und jeder Menge falschem Fell. Es war real.

Wie zum Beweis schrie Bill wieder.

Richie streckte beide Arme durchs Fenster und packte Bills Hände. Mit einer Hand hielt Bill die Walther umklammert, und zum zweitenmal an diesem Tag blickte Richie in ihre schwarze Mündung... nur war sie diesmal geladen.

Sie kämpften um Bill... Richie zog an seinen Händen, der Werwolf an seinen Knöcheln.

»*R-R-Rette dich, Richie!*« schrie Bill. »*R-Rette...*«

Plötzlich tauchte das Gesicht des Werwolfs aus der Dunkelheit auf. Seine Stirn war niedrig und gewölbt, mit kurzen Haaren bedeckt. Seine pelzigen Wangen waren hohl. Die Augen waren dunkelbraun und verrieten eine schreckliche Wachsamkeit, eine fürchterliche Intelligenz. Er öffnete den Mund und begann wieder zu knurren. Weißer Schaum rann ihm aus den Winkeln der dicken Unterlippe am Kinn hinab. Sein Kopfhaar war zur grausamen Parodie einer Teenagerfrisur zurückgekämmt. Er warf den Kopf zurück und brüllte, ohne Richie aus den Augen zu lassen.

Bill kroch ein Stückchen höher. Richie packte ihn an den Unterarmen und zog. Das Gesicht des Werwolfs verschwand, und plötzlich wurde Bill wieder zurückgezerrt, auf die Dunkelheit zu. Der Werwolf war stärker. Er hatte Bill erwischt und dachte nicht daran, seine Beute entkommen zu lassen.

Und plötzlich hörte Richie sich mit der Stimme-des-irischen-Bullen brüllen, ohne daß er diese Absicht gehabt hatte. Nur war es diesmal nicht Richie Tozier, der eine schlechte Imitation lieferte, und es war auch nicht direkt Mr. Nell. Es war die Stimme aller irischen Polizisten, die je gelebt und auf ihren nächtlichen Streifen den Knüppel an ihren Lederriemen geschwungen hatten, während sie nach Mitternacht die Türen geschlossener Läden prüften:

»*Laß ihn sofort los, Bürschchen, oder ich schlag' dir deinen dicken Schädel ein! Ich schwör's bei Gott! Laß ihn sofort los, sonst präsentier' ich dir deinen Arsch auf 'nem Tablett!*«

Die Kreatur im Keller stieß ein lautes Wutgebrüll aus... aber es kam Richie so vor, als schwinge in diesem Brüllen noch etwas anderes mit. Vielleicht Angst. Oder Schmerz.

Er zog wieder mit aller Kraft, und Bill flog durchs Fenster und landete im Gras. Er starrte Richie mit dunklen, entsetzten Augen an. Sein Dufflecoat war vorne mit schwarzem Kohlenstaub beschmiert.

»Sch-Sch-Schnell!« keuchte Bill, und es hörte sich fast wie ein Stöhnen an. Er packte Richie am Hemd. »W-W-Wir m-m-müssen...«

Richie hörte, wie unten wieder Kohle hinabrollte. Einen Augenblick später füllte die Fratze des Werwolfs das Kellerfenster aus. Er heulte und knurrte. Seine Tatzen landeten auf dem Gras.

Bill hatte immer noch die Pistole in der Hand – er hatte sie die ganze Zeit über nicht losgelassen. Nun richtete er sie mit ausgestreckten Armen auf das Monster, preßte die Augen zu Schlitzen zusammen und drückte auf den Abzug. Wieder ertönte der ohrenbetäubende Knall. Ein Blutstrom floß über die Wange des Werwolfs, verfärbte sein Fell und tropfte auf den Kragen des Jacketts.

Brüllend begann er aus dem Fenster zu klettern.

Langsam zog Richie die Tüte mit dem Niespulver aus der Tasche. Er riß sie auf, während das brüllende, blutende Monster sich durch das Fenster zwängte und dabei mit seinen Pfoten tiefe Furchen in die Erde grub. *Zurück mit dir, Bürschchen,* schrie Richie mit der Stimme-des-irischen-Bullen und drückte die Tüte zusammen. Eine weiße Wolke flog dem Werwolf ins Gesicht. Sein Gebrüll verstummte abrupt. Er starrte Richie mit fast komischer Überraschung an und stieß ein ersticktes Schnauben aus. Seine roten Triefaugen schienen sich Richie für immer genau einprägen zu wollen.

Dann begann er zu niesen.

Er nieste und nieste und nieste. Speichel schoß aus seinem Maul, grünlichschwarzer Rotz aus der Nase. Etwas von diesem Schleim landete auf Richies Haut und brannte wie Feuer. Er schrie vor Schmerz und Ekel auf und wischte das Zeug rasch ab.

Die Fratze des Werwolfs drückte jetzt neben rasender Wut auch Schmerz aus – das war unübersehbar. Bill hatte ihn mit der Pistole seines Vaters verwundet – aber Richie hatte ihn stärker verletzt, zuerst mit der Stimme-des-irischen-Bullen und dann mit dem Niespulver.

Mein Gott, wenn ich auch noch Juckpulver und eine schrille Trillerpfeife hätte, könnte ich ihn vielleicht töten, dachte Richie, und dann packte ihn Bill am Kragen und riß ihn zurück.

Das war auch gut so, denn der Werwolf hatte plötzlich aufgehört zu niesen und versuchte, Richie zu packen – und er war schnell, unglaublich schnell.

Vielleicht wäre Richie einfach dagesessen, zur Salzsäule erstarrt, hätte das Monster mit einer Art betäubter Verwunderung angesehen und gedacht, wie braun sein Fell und wie rot sein Blut war, und daß es solche Farben im wirklichen Leben überhaupt nicht gäbe... vielleicht wäre er so dagesessen, bis die Tatzen seinen Hals umklammert und die langen Krallen ihm die Kehle aufgeschlitzt hätten, aber Bill packte ihn wieder und zog ihn auf die Beine.

Richie stolperte hinter Bill her. Sie rannten zur Vorderseite des Hauses, und Richie dachte: *Es wird nicht wagen, uns weiter zu verfolgen, wir sind jetzt auf der Straße, es wird nicht wagen, uns zu verfolgen, das wagt es nicht, wagt es nicht...*

Aber das Monster folgte ihnen. Er hörte es hinter sich, knurrend und heulend und brüllend.

Da stand Silver, an den Baum gelehnt. Bill sprang auf den Sattel und warf die Pistole seines Vaters in den Drahtkorb. Richie riskierte einen Blick zurück, während er sich auf den Gepäckträger schwang. Der Werwolf überquerte den Rasen, er war weniger als sechs Meter von ihnen entfernt. Sein High-School-Jackett war mit Blut und Kohlenstaub verschmutzt. Über der rechten Schläfe schimmerte weißer Knochen durch das Fell. Und dann sah Richie zwei weitere Dinge, die den Horror vervollständigten: Das Jackett hatte keinen Reißverschluß; statt dessen hatte es große flaumige orangefarbene Knöpfe, die aussahen wie Pompons. Aber die zweite Einzelheit war noch schlimmer; sie gab ihm das Gefühl, daß er gleich ohnmächtig werden oder einfach aufgeben und sich umbringen lassen würde. Auf das Jackett war in Goldfäden ein Name aufgesteppt, so wie man das im Machen's für einen Dollar machen lassen konnte.

Auf der linken Brusttasche des Jacketts stand in blutgetränkten Buchstaben: Richie Tozier.

Das Monster kam immer näher.

»*Los, Bill!*« schrie Richie.

Silver setzte sich in Bewegung, aber langsam... viel zu langsam. Bill brauchte so lange, um richtig in Fahrt zu kommen...

Der Werwolf überquerte gerade den Trampelpfad, als Bill in die Mitte der Neibolt Street radelte. Seine verblichenen Jeans waren blutbefleckt, und Richie – der in einer schrecklichen Faszination, wie in Hypnose, über die Schulter hinweg nach hinten starrte – sah, daß die Nähte der Jeans stellenweise aufgerissen waren und zottiges braunes Fell hervorschaute.

Silver schwankte wild von einer Seite zur anderen. Bill trat jetzt stehend in die Pedale, den Kopf dem bewölkten Himmel zugewandt, die Lenkstange von unten her umklammernd. Seine Adern im Nacken traten hervor. Aber immer noch gaben die Spielkarten an den Speichen nur einzelne Schüsse ab.

Eine Tatze griff nach Richie. Er schrie auf und duckte sich. Der Werwolf knurrte und grinste ihn an. Er war jetzt so nahe, daß Richie die gelbliche Hornhaut seiner Augen sehen und den süßlichen, fauligen Gestank seines Atems riechen konnte. Er hatte große krumme Fangzähne.

Richie schrie wieder auf, als die Tatze erneut ausholte. Er war sicher, daß sie ihm den Kopf zerschmettern würde, aber sie sauste dicht vor ihm vorbei, so dicht, daß Richies verschwitzte Haare ihm aus der Stirn nach hinten flogen.

»Hi-yo, Silver, looos!« brüllte Bill, so laut er konnte.

Er hatte einen kleinen, ziemlich flachen Hügel erreicht, aber die Neigung genügte, um Silver richtig in Gang zu bringen. Die Spielkarten begannen ihr Maschinengewehrtrommeln. Bill trat wie wahnsinnig in die Pedale. Silver hörte auf, hin und her zu schwanken, und sauste geradeaus die Neibolt Street hinab, auf die Route 2 zu.

Danke, lieber Gott, danke, lieber Gott, danke, dachte Richie. *Dan...*

Der Werwolf brüllte wieder – *o mein Gott, es klingt, als sei er* DIREKT NEBEN MIR – und Richies Luftzufuhr wurde plötzlich abgeschnitten, weil sein Hemd so heftig zurückgerissen wurde, daß es ihm die Luftröhre zudrückte. Er stieß einen röchelnden Laut aus und konnte im letzten Moment, bevor er vom Gepäckträger gezerrt worden wäre, Bills Taille umklammern. Bill wurde ein Stückchen zurückgezogen, aber er hielt sich an den Griffen seines Fahrrades fest, und einen Moment lang dachte Richie, daß Silver sich gleich auf das Hinterrad stellen und sie beide nach hinten herunterfallen würden. Dann gab der Stoff seines Hemdes, das alt und morsch und reif für den Lumpensack war, nach, und der Hemdrücken zerriß mit einem lauten durchdringenden Ton, der sich fast wie ein Schluckauf anhörte. Richie konnte wieder atmen.

Er warf einen Blick zurück und starrte direkt in jene trüben, mörderischen Augen.

»*Bill!*« schrie er, aber kein Laut kam aus seinem Mund.

Trotzdem schien Bill ihn irgendwie gehört zu haben, denn er trat noch schneller in die Pedale, so schnell wie noch nie. Er spürte dickes, metallisch schmeckendes Blut in seiner Kehle. Seine Augen traten aus den Höhlen hervor. Sein Mund war weit geöffnet. Er war erfüllt von einem aberwitzigen wilden Jubel.

Silver steigerte die Geschwindigkeit immer mehr, und Bill hatte das Gefühl zu fliegen.

»*Hi-yo, Silver,* LOOOS!« schrie er wieder.

Aber Richie hörte noch ein anderes Geräusch: das schnelle Tappen von Schuhen auf dem Pflaster. Er drehte sich wieder um. Die Tatze des Werwolfs traf ihn mit betäubender Wucht über den Augen, und einen Moment lang glaubte Richie, der obere Teil seines Kopfes wäre abgerissen worden. Alles kam ihm plötzlich unwichtig und trübe vor. Die Welt büßte jede Farbe ein. Alle Geräusche drangen nur noch verschwommen an sein Ohr. Er drehte den Kopf wieder nach vorne und klammerte sich verzweifelt an Bill. Warmes Blut rann ihm ins rechte Auge.

Erneut holte die Pranke zum Schlag aus. Diesmal traf sie das Fahrrad. Einen Augenblick schwankte das Rad wie verrückt hin und her und drohte umzukippen, dann hatte Bill es aber unter Kontrolle. Er brüllte wieder *Hi-yo, Silver,* LOS! Doch Richie hörte das nur noch wie aus weiter Ferne, wie ein verklingendes Echo.

Er schloß die Augen, hielt sich mit letzter Kraft an Bill fest und erwartete sein Ende.

14

Auch Bill hatte die schnellen Schritte gehört und begriffen, daß der Clown immer noch nicht aufgegeben hatte; aber er wagte es nicht, sich umzuschauen. Wenn der Clown sie einholte, würde er es schon früh genug merken.

Los, Junge, dachte er. *Gib jetzt dein Letztes. Los, Silver,* LOS!

Und so befand sich Bill Denbrough wieder in einem Wettlauf mit dem Teufel, nur war der Teufel jetzt ein gräßlich grinsender Clown, an dessen Gesicht Schweiß und Schminke herabliefen, dessen Mund sich in einem verzerrten roten Vampirgrinsen nach oben zog, dessen Augen funkelnden Silbermünzen glichen. Ein Clown mit roten Haarbüscheln. Ein Clown, der aus irgendeinem unbegreiflichen Grund ein Derry-High-School-Jackett über dem silbrigen Kostüm mit der orangefarbenen Halskrause und den gleichfarbigen Pompon-Knöpfen trug.

Los, *Silver, los, Junge, gib dein Bestes!*

Silver sauste dahin wie der Wind. Die Neibolt Street flog an ihm vorbei. Klangen die sie verfolgenden Schritte jetzt etwas ferner? Bill wagte es immer noch nicht zurückzuschauen. Richie hielt ihn so fest umklammert, daß er kaum Luft bekam, und Bill wollte ihm zurufen, er solle seinen Griff etwas lockern, aber er durfte darauf keinen Atem verschwenden.

Und da tauchte vor ihm plötzlich das Halteschild auf, das die Kreuzung Neibolt und Witcham Street anzeigte. Auf der Witcham Street herrschte in beiden Richtungen lebhafter Verkehr. In seinem Zustand erschöpften Schreckens kam das Bill wie ein Wunder vor.

Weil er jetzt ohnehin bremsen mußte, wagte Bill einen Blick zurück.

Was er sah, ließ ihn die Pedale mit eihem einzigen Ruck zurückdrehen. Silver schleuderte durch die plötzliche Blockierung des Hinterrads, und Richies Kopf prallte unsanft gegen Bills Schulter.

Die Straße hinter ihnen war leer.

Aber etwa 25 Meter entfernt, auf der Höhe des ersten leerstehenden Hauses, war ein heller orangefarbener Fleck. Was immer es auch sein mochte, es lag jedenfalls neben einem Gully.

»Uhhh...«

Erst im letzten Moment merkte Bill, daß Richie vom Gepäckträger glitt. Er hatte die Augen so verdreht, daß Bill nur die unteren Ränder seiner Iris unter den Lidern sehen konnte. Der geflickte Bügel seiner Brille hing an der Bruchstelle durch. Aus seiner Schläfe sickerte Blut.

Bill packte ihn am Arm, wurde von seinem Gewicht nach rechts gezogen, Silver kam aus dem Gleichgewicht, und sie stürzten auf die Straße. Bill schlug sich den Musikantenknochen so stark an, daß er vor Schmerz aufschrie. Richies Lider flatterten.

»Ich werd' Ihnen gleich zeigen, wie Sie zu dem Schatz kommen, Señor«, sagte Richie röchelnd. Es sollte seine Mexikaner-Stimme sein, aber sie hörte sich so tonlos und fern an, daß Bill erschrak. »Nur noch ein Tequila...« Bill schlug Richie auf die Wangen. Er sah, daß an der Schläfenwunde einzelne braune Haare klebten. Sie waren leicht gelockt, wie die Schamhaare seines Vaters. Ihr Anblick steigerte seine Angst noch mehr, und er gab Richie eine kräftige Ohrfeige.

»Auah!« schrie Richie. Seine Lider flatterten, dann riß er die Augen weit auf. »Warum schlägst du mich, Big Bill? Du wirst noch meine Brille kaputtmachen.«

»I-I-Ich d-dachte, du stirbst«, sagte Bill.

Richie setzte sich langsam auf und griff nach seinem Kopf. Er stöhnte. »Was...« Und dann fiel ihm ein, was passiert war, er riß vor Entsetzen die Augen weit auf, rang nach Luft und blickte in panischer Angst um sich.

»N-N-Nicht«, beruhigte ihn Bill. »E-Es ist f-f-fort, R-Richie. Es ist v-v-verschwunden.«

Richie sah die leere Straße, auf der sich nichts bewegte, und plötzlich brach er in Tränen aus. Bill legte die Arme um ihn und drückte ihn fest an sich. Richie umklammerte seinen Hals und umarmte ihn ebenfalls.

»N-N-Nicht, Richie«, sagte Bill, »n-n-n...« Dann brach er selbst in Tränen aus, und sie hielten einander fest und weinten am Straßenrand, neben Bills umgestürztem Rad, und ihre Tränen hinterließen helle Streifen auf ihren mit Kohlenstaub beschmierten Gesichtern.

Neuntes Kapitel

Aufwasch

1

Irgendwo hoch oben über dem Bundesstaat New York beginnt Beverly Rogan am Nachmittag des 29. Mai 1985 wieder zu lachen. Sie hält sich beide Hände vor den Mund, weil man sie für verrückt halten könnte, aber sie kann das Lachen nicht unterdrücken.

Wir haben damals sehr viel gelacht, *denkt sie, und dieser Gedanke ist ein tröstliches Licht in der Finsternis.* Wir hatten ständig Angst, aber wir *konnten nicht aufhören zu lachen, ebensowenig wie jetzt ich.*

Der Mann, der neben ihr auf dem Platz am Gang sitzt, ist jung, langhaarig und gutaussehend. Seit das Flugzeug um 14.30 Uhr in Milwaukee gestartet ist (vor nunmehr fast zweieinhalb Stunden, mit Zwischenlandungen in Cleveland und Philly), hat er ihr bewundernde Blicke zugeworfen, aber die Tatsache respektiert, daß sie sich nicht unterhalten möchte; nach einigen mißlungenen Versuchen, ein Gespräch zu beginnen, hat er einen Roman von Robert Ludlum aus seiner Reisetasche geholt.

Jetzt legt er seinen Finger als Lesezeichen hinein, klappt es zu und erkundigt sich: »Alles in Ordnung?«

Sie nickt und versucht, ein ernsthaftes Gesicht zu machen, aber statt dessen muß sie wieder lachen. Er lächelt ein wenig verwirrt und fragend.

»Es ist nichts«, *sagt sie und bemüht sich wieder, ernst zu sein, aber es gelingt ihr nicht; je mehr sie versucht, ein ernstes Gesicht zu machen, desto mehr muß sie lachen. Genau wie in alten Zeiten.* »Es ist nur – mir ist plötzlich eingefallen, daß ich nicht einmal weiß, mit welcher Linie ich fliege. Nur daß an der Seite des Flugzeugs eine große fette E-Ente w-w-war...« *Aber der Gedanke an die Ente ist zuviel. Sie lacht wieder ausgelassen. Leute drehen sich nach ihr um; manche runzeln die Stirn.*

»Republic«, *sagt er.*

»Bitte?« *fragt sie.*

»Sie rasen mit vierhundertsiebzig Meilen pro Stunde durch die Luft, dank Republic Airlines. Steht in dem KYAG-Prospekt in der Sitztasche.«

»KYAG?«

Er zieht den Prospekt aus der Sitztasche heraus. Hier wird erklärt, wo die Notausgänge sind, wo die Schwimmwesten liegen, wie man die Sau-

352

erstoffmasken bedienen muß, wie man sich bei einer Bruchlandung zu verhalten hat. »Der Gib-Deinem-Hintern-einen-Abschiedskuß-Prospekt«, erklärt er, und diesmal brechen sie beide in schallendes Gelächter aus.

Er sieht wirklich gut aus, denkt sie plötzlich... Er trägt einen Wollsweater und verblichene Jeans. Sein dunkelblondes Haar ist mit einem Lederband zusammengebunden, und plötzlich fällt ihr der Pferdeschwanz ein, den sie als Kind getragen hat. Sie denkt: Ich wette, er hat einen hübschen Schwanz. Lang genug, damit abzuheben, nicht dick genug, wirklich arrogant zu sein.

Sie beginnt wieder zu lachen; sie kann einfach nicht anders. Ihr fällt ein, daß sie nicht einmal ein Taschentuch hat, mit dem sie sich die nassen Augen trocknen könnte, und bei diesem Gedanken muß sie noch mehr lachen.

»Sie sollten jetzt lieber aufhören, sonst wirft die Stewardeß Sie noch aus dem Flugzeug«, sagt er feierlich, aber sie schüttelt nur lachend den Kopf; vor Lachen tut ihr schon alles weh.

Er gibt ihr ein sauberes weißes Taschentuch, und sie benutzt es. Irgendwie hilft ihr das, sich endlich zu beruhigen, obwohl es ihr nicht auf einen Schlag gelingt. Sobald ihr die große Ente am Flugzeug einfällt, kichert sie wieder los.

Als sie sich endlich völlig unter Kontrolle hat, gibt sie ihm das Taschentuch zurück. »Danke.«

»Mein Gott, Madam, was haben Sie nur mit Ihrer Hand gemacht?« Betroffen hält er sie einen Augenblick fest.

Sie schaut auf ihre Hand und sieht die abgebrochenen und tief eingerissenen Fingernägel, die sie sich beim Hochstemmen des Toilettentisches eingehandelt hat. Die Erinnerung an diese Szene schmerzt mehr als die Fingernägel. Sie entzieht ihm sanft ihre Hand.

»Ich hab' sie am Flughafen in die Wagentür eingeklemmt«, erklärt sie und denkt an die unzähligen Male, da sie schon Lügen erzählt hat – um zu verschweigen, was Tom ihr antat und – viel früher – was ihr Vater ihr antat. Ist dies jetzt das letztemal, die letzte Lüge? Wie herrlich wäre das... fast zu schön, um wahr zu sein. Sie muß an einen Arzt denken, der zu einem Krebspatienten kommt und erklärt: Die Röntgenuntersuchung zeigt, daß der Tumor zurückgeht. Wir haben keine Ahnung, warum, aber es ist so.

»Das muß ja höllisch weh tun«, sagt der junge Mann.

»Ich habe ein paar Aspirin genommen.« Sie öffnet den Flugprospekt wieder, obwohl er bestimmt gemerkt hat, daß sie ihn schon zweimal von A bis Z gelesen hat.

353

»Wohin fliegen Sie?«

Sie schließt den Prospekt und schaut ihn lächelnd an. »Sie sind sehr nett«, sagt sie, »aber ich möchte mich nicht unterhalten. Okay?«

»Okay«, sagt er und erwidert ihr Lächeln. »Aber wenn Sie in Boston etwas auf das Wohl der großen Ente trinken möchten, lade ich Sie dazu ein.«

»Herzlichen Dank, aber ich muß dort einen Anschlußflug erreichen.«

»Mann o Mann, war mein Horoskop für heute falsch!« sagt er und schlägt sein Buch wieder auf. »Aber Sie haben ein herrliches Lachen. Ein Mann könnte sich allein deshalb in Sie verlieben.«

Sie öffnet den Prospekt wieder, stellt jedoch gleich darauf fest, daß sie auf ihre eingerissenen Nägel anstatt auf den Artikel über die Vergnügungsmöglichkeiten in New Orleans schaut. Zwei sind blutunterlaufen. Sie hört im Geiste Tom brüllen: »Ich bring' dich um, du Drecksluder! Du verdammtes Drecksluder!« Sie friert plötzlich. Ein Luder in Toms Augen, ein Luder in den Augen jener Näherinnen, die vor wichtigen Modenschauen Pfuscharbeit lieferten, ein Luder in den Augen ihres Vaters, lange bevor Tom oder die unglückseligen Näherinnen, die für geringen Lohn ihre Augen ruinierten, in ihr Leben getreten waren.

Ein Luder.

Du Luder.

Du verdammtes Luder.

Sie schließt für kurze Zeit die Augen.

Ihr Fuß, den sie sich bei ihrer Flucht aus dem Schlafzimmer an der Glasscherbe geschnitten hat, tut mehr weh als ihre Finger. Kay hat ihr die Wunde verpflastert, nachdem sie sich vergewissert hatte, daß keine Glassplitter darin steckten. Kay hat ihr ein Pflaster, ein Paar Schuhe und einen Scheck über 1000 Dollar gegeben, den Beverly gleich um neun Uhr morgens bei der First Bank of Chicago am Watertower Square eingelöst hat.

Ungeachtet Kays Proteste hat sie ihr auf einem Blatt Schreibmaschinenpapier ebenfalls einen Scheck über 1000 Dollar ausgeschrieben. »Ich hab' einmal gelesen, daß sie einen Scheck annehmen müssen, ganz egal, worauf er geschrieben ist«, hat sie Kay erklärt. »Jemand hat einmal einen Scheck eingereicht, der auf ein Artilleriegeschoß geschrieben war. Ich glaub', ich hab's im ›Book of the Lists‹ gelesen.« Nach kurzer Pause hat sie dann gezwungen gelacht. »Lös ihn möglichst schnell ein, bevor Tom daran denkt, die Konten sperren zu lassen.«

Obwohl sie keine Müdigkeit spürt (sie ist sich jedoch bewußt, daß ihre Nerven zum Zerreißen gespannt sind), kommt ihr die vergangene

Nacht wie ein Traum vor. Vielmehr der Teil nach der Nacht im Schlafzimmer. An den Kampf selbst erinnert sie sich mit fürchterlicher Klarheit; jede Einzelheit hat sich ihr tief eingeprägt.

Sie erinnert sich daran, daß ihr drei Teenager folgten; die Jungen pfiffen und riefen hinter ihr her, wagten es aber nicht, sie direkt zu belästigen. Sie erinnert sich an ihre Erleichterung, als sie an einer Kreuzung aus einem ›Seven-Eleven‹ weißes Neonlicht auf den Gehsteig fallen sah. Sie ging hinein und ließ den pickeligen Mann an der Theke einen Blick in ihre alte Bluse werfen, und er lieh ihr 40 Cent zum Telefonieren.

Sie rief Kay McCall an. Die Nummer kannte sie auswendig. Das Telefon klingelte ein dutzendmal, und sie befürchtete schon, daß Kay in New York sein könnte. Schließlich wurde der Hörer aber doch abgenommen, und Kays verschlafene Stimme murmelte: »Wer immer Sie auch sind – müssen Sie zu einer so gottverdammten Zeit anrufen?«

»Ich bin's, Kay – Bev«, sagte sie, zögerte einen Moment und überwand ihre Hemmungen. »Ich brauche deine Hilfe.«

Nach kurzem Schweigen rief Kay hellwach: »Wo bist du? Was ist passiert?«

»Ich bin im ›Seven-Eleven‹ an der Ecke Streyland Avenue und irgendeiner anderen Straße. Ich... Kay, ich habe Tom verlassen.«

Kay, nachdrücklich und aufgeregt: »Gut! Endlich! Hurra! Ich komme und hole dich ab! Dieser Dreckskerl! Dieses verdammte Stück Scheiße! Ich hol' dich mit meinem Mercedes ab! Ich engagiere eine vierzigköpfige Musikkapelle! Ich...«

»Ich nehme ein Taxi«, sagte Bev, die beiden restlichen Münzen in der verschwitzten Hand. In dem runden Spiegel im Hintergrund des Geschäfts konnte sie sehen, daß der pickelige Verkäufer auf ihren Hintern starrte. »Aber du wirst für mich bezahlen müssen. Ich hab' kein Geld. Keinen Cent.«

»Ich werd' dem Fahrer fünf Dollar Trinkgeld geben«, rief Kay. »Das ist die beste Neuigkeit seit Nixons Rücktritt! Komm so schnell wie möglich her, Mädchen! Und...« Sie verstummte, und als sie dann fortfuhr, klang ihre Stimme ernst und so fürsorglich und liebevoll, daß Beverly fast die Tränen kamen. »Und Gott sei Dank, daß du's endlich getan hast, Bev. Ich meine es so, wie ich sage: Gott sei gedankt.«

Kay McCall war eine ehemalige Designerin, die reich geheiratet hatte, durch die Scheidung noch reicher geworden war und im Jahre 1972 plötzlich ihr Interesse für feministische Bestrebungen entdeckt hatte – drei Jahre, bevor Bev sie kennenlernte. Zur Zeit ihrer größten Popularität (oder Kontroversen) wurde sie beschuldigt, sich dem Feminismus zugewandt zu haben, nachdem sie sich zuvor chauvinistischer Gesetze bedient hatte, um ihren Fabrikanten-Ehemann legal um jeden nur möglichen Cent zu erleichtern.

»Blödsinn!« hatte sich Kay einmal gegenüber Bev Luft gemacht. »Die Leute, die diesen Scheiß verzapfen, mußten nie mit Sam Chacowicz ins Bett gehen. Zwei Stöße, ein Kribbeln und ein Abspritzen, das war Sammys Motto. Auf mehr als 70 Sekunden brachte er's nur, wenn er sich selbst in der Badewanne einen abwichste. Ich hab' ihn nicht ausgenommen; ich hab' mir nur rückwirkend meinen Anteil geholt.«

Sie schrieb drei Bücher, von denen die beiden ersten ziemlich populär wurden. In den letzten drei Jahren war sie ein wenig aus der Mode gekommen, und Beverly glaubte, daß sie insgeheim darüber erleichtert war. Sie hatte ihr Geld gut investiert (›Feminismus und Kapitalismus schließen einander nicht zwangsläufig aus, meine Liebe‹), und nun war sie eine reiche Frau mit Stadthaus, Landhaus und zwei oder drei Liebhabern, die männlich genug waren, um sie im Bett befriedigen zu können, die aber nicht männlich genug waren, sie im Tennis zu besiegen. »Wenn sie das schaffen, lasse ich sie fallen«, erklärte Kay einmal.

Beverly rief ein Taxi, und als es kam, setzte sie sich mit ihrem Koffer auf den Rücksitz, froh, den lüsternen Blicken des Verkäufers zu entkommen.

Kay wartete am Ende der Auffahrt. Über ihrem Nachthemd trug sie einen Nerzmantel. An den Füßen hatte sie pinkfarbene Pantöffelchen mit großen Pompons. Zum Glück waren diese Pompons nicht orange – sonst wäre Bev wahrscheinlich wieder schreiend in die Nacht gelaufen. Auf der Fahrt zu Kays Haus hatte sie zwischen Angst und Heiterkeit geschwankt: Erinnerungen brachen über sie herein, in so rascher Folge und so klar, daß es sie ängstigte. Namen, an die sie seit Jahren nicht mehr gedacht hatte: Ben Hanscom, Richie Tozier, Greta Bowie, Henry Bowers, Eddie Kaspbrak, Stan Uris... Bill Denbrough. Besonders Bill – Stotter-Bill, wie sie ihn damals mit jener kindlichen Offenheit genannt hatten, die manchmal als Aufrichtigkeit, manchmal als Grausamkeit bezeichnet wird. Er war ihr so groß vorgekommen, so vollkommen (das heißt, bis er den Mund aufmachte).

Namen... Orte... Ereignisse...

Ihr wurde abwechselnd heiß und kalt, als sie sich an die Stimmen im Ablauf erinnerte... und an das, was sie gesehen hatte. Sie hatte geschrien, und ihr Vater hatte sie geschlagen. Ihr Vater... Tom...

Sie drohte in Tränen auszubrechen... und dann bezahlte Kay den Taxifahrer und gab ihm ein so hohes Trinkgeld, daß er überrascht ausrief: »Wow! Danke, gnädige Frau!«

Kay führte sie ins Haus, gab ihr einen Morgenrock, untersuchte ihre

Verletzungen und verpflasterte ihre Schnittwunde am Fuß. Sie gab Beverly ein großes Glas Whisky und bestand darauf, daß sie ihn bis zum letzten Tropfen austrank. Dann briet sie für sich und Bev Steaks und dünstete dazu frische Pilze.

»All right«, sagte sie. »Was ist passiert? Sollen wir die Polente anrufen oder dich einfach nach Reno schicken, damit du in der nächsten Zeit dort deinen Wohnsitz aufschlägst?«

»Ich kann dir nicht allzuviel erzählen«, sagte Beverly. »Es würde sich viel zu verrückt anhören. Aber es war größtenteils meine Schuld...«

Kay schlug mit der Hand so fest auf die polierte Mahagoniplatte des Tisches, daß es sich anhörte wie ein Schuß aus einer Kleinkaliberpistole. Bev zuckte zusammen.

»Sag so was nicht!« rief Kay. Auf ihren Wangen glühten rote Flecken, und ihre braunen Augen funkelten. »Wie lange sind wir jetzt befreundet? Neun Jahre? Zehn? Wenn ich dich noch einmal sagen höre, daß es deine Schuld war, muß ich kotzen. Hörst du? Ich werde dann einfach kotzen. Es war nicht deine Schuld, diesmal nicht, und letztes Mal nicht, und vorletztes Mal nicht, und überhaupt nie. Weißt du denn nicht, daß die meisten deiner Freunde glaubten, daß er dich früher oder später zum Krüppel schlagen oder töten würde?«

Beverly sah sie mit großen Augen an.

»Und das wäre deine Schuld gewesen, zumindest teilweise«, fuhr Kay fort. »Weil du bei ihm geblieben bist und das zugelassen hast. Aber jetzt hast du ihn endlich verlassen. Gott sei Dank! Aber sitz nicht da, mit deinen aufgerissenen Fingernägeln, dem aufgeschnittenen Fuß und Striemen auf den Schultern, und erzähl mir, es sei deine Schuld gewesen!«

»Er hat mich nicht mit dem Riemen geschlagen«, sagte Bev. Die Lüge kam ihr ganz automatisch über die Lippen... und ebenso automatisch färbte eine tiefe Schamröte ihr Gesicht.

»Wenn du mit Tom fertig bist, solltest du's auch mit den Lügen sein«, sagte Kay ruhig und sah Bev so lange und liebevoll an, daß Bev die Augen senken mußte. »Wen glaubtest du denn täuschen zu können?« fragte Kay, immer noch in diesem ruhigen Ton. Sie nahm Bevs Hände in die ihrigen. »Die dunklen Brillen, die Blusen mit Stehkragen und langen Ärmeln... vielleicht konntest du ein paar Käufer täuschen. Aber nicht deine Freunde, Liebling. Nicht jene Menschen, die dich lieben.«

Und dann weinte Bev lange, und Kay hielt sie in den Armen, und später, bevor sie endlich zu Bett gingen, erzählte sie Kay, soviel sie durfte: daß ein alter Freund aus Derry in Maine, wo sie aufgewachsen war, sie angerufen und an ein Versprechen erinnert hatte, das sie vor langer Zeit gegeben hatte. Nun sei die Zeit gekommen, dieses Versprechen einzulö-

sen, hatte er gesagt. Ob sie kommen würde? Ja... sie würde kommen. Und dann hatten die Schwierigkeiten mit Tom begonnen.

»Was für ein Versprechen war das?« fragte Kay.

Beverly schüttelte langsam den Kopf. »Ich kann es dir nicht erzählen, Kay. So gern ich es auch tun würde.«

Kay dachte darüber nach, dann nickte sie. »In Ordnung. Was wirst du wegen Tom unternehmen, wenn du aus Maine zurückkommst?«

Und Bev, die immer stärker das Gefühl hatte, daß sie nie aus Derry zurückkehren würde, sagte nur: »Ich werde zuerst zu dir kommen, und wir werden es uns gemeinsam überlegen. Einverstanden?«

»Mehr als einverstanden«, sagte Kay. »Ist das auch ein Versprechen?«

»Sobald ich zurück bin«, versicherte Bev ruhig. »Du kannst dich auf mich verlassen.« Und sie umarmte Kay.

Mit Kays eingelöstem Scheck und Kays Schuhen an den Füßen hatte sie einen Greyhound-Bus nach Milwaukee genommen, weil sie Angst hatte, daß Tom auf dem Flughafen O'Hare nach ihr suchen könnte. Kay, die sie zum Busbahnhof begleitete, versuchte ihr das auszureden.

»Im O'Hare wimmelt es nur so von Sicherheitsbeamten, Liebling«, sagte sie. »Du brauchst vor ihm keine Angst zu haben. Wenn er in deine Nähe kommt, brauchst du nur wie am Spieß zu schreien.«

Beverly schüttelte den Kopf. »Ich möchte ihm völlig aus dem Weg gehen. Und auf diese Weise kann ich das.«

Kay warf ihr einen forschenden Blick zu. »Du hast Angst, daß er dir die ganze Sache doch noch ausreden könnte, stimmt's?«

Und Beverly dachte daran, wie sie zu siebt im Bach gestanden hatten, wie Stanleys Colaflaschen-Scherbe in der Sonne gefunkelt hatte; sie dachte an den schwachen Schmerz, als er ihr die Hand diagonal geritzt hatte, sie dachte daran, wie sie sich im Kreis stehend an den Händen gefaßt und versprochen hatten zurückzukehren, wenn es jemals wieder anfangen sollte... zurückzukehren und es endgültig zu töten.

»Nein«, sagte sie. »Er könnte mir das nicht ausreden. Aber er könnte mich verletzen, trotz der Sicherheitsbeamten. Du hast ihn letzte Nacht nicht gesehen, Kay. Er...«

»Ich habe ihn bei anderen Gelegenheiten genügend kennengelernt«, sagte Kay mit zusammengezogenen Brauen. »Das Arschloch, das sich für einen Mann ausgibt.«

»Er hat sich wie ein Wahnsinniger aufgeführt«, fuhr Bev fort. »Auch Sicherheitsbeamte könnten ihn vielleicht nicht aufhalten. Und ich muß fahren. Es ist besser so. Glaub mir.«

»In Ordnung«, sagte Kay widerwillig, und Bev dachte amüsiert, daß

Kay enttäuscht war, weil es nicht zu einer Konfrontation kommen würde, zu einer großen Abrechnung.

»Lös den Scheck rasch ein«, riet Bev ihr noch einmal. »Bevor er die Konten sperren läßt. Das wird er nämlich mit Sicherheit tun.«

»Wenn er das tut, statte ich ihm einen Besuch ab und sorge dafür, daß dieses Dreckschwein mir das Geld persönlich gibt...«

»Du bleibst weg von ihm, hast du verstanden?« sagte Beverly scharf. »Er ist gefährlich, Kay. Glaub mir bitte. Er ist verrückt. Er hat sich aufgeführt wie...« – wie mein Vater, lag ihr auf der Zunge. Statt dessen sagte sie: »...wie ein Besessener.«

»In Ordnung«, sagte Kay. »Du kannst ganz beruhigt sein. Fahr und erfüll dein Versprechen. Und denk schon mal darüber nach, wie es dann weitergehen soll.«

»Das tu' ich«, versicherte Bev, aber es war eine Lüge. Sie hatte über zuviel anderes nachzudenken: beispielsweise, was sich ereignet hatte, als sie ein elfjähriges Mädchen gewesen war. Beispielsweise über Stimmen aus dem Ablauf. Und über etwas, das sie gesehen hatte und das so schrecklich gewesen war, daß sie es immer noch zu verdrängen versuchte, als sie Kay neben dem langen silberfarbenen Greyhound-Bus zum letztenmal umarmte.

Jetzt, während das Flugzeug mit der Ente seinen langen Abstieg in die Bostoner Gegend beginnt, kehren ihre Gedanken wieder zu diesen Dingen zurück... und zu Stan Uris... und zu einem Haiku auf einer Postkarte ohne Unterschrift... und zu den Stimmen, und zu jenem Moment, als sie etwas Ungeheurem ins Auge geschaut hatte.

Sie blickt aus dem Fenster, blickt hinab und denkt, daß Toms Bösartigkeit klein und unbedeutend ist im Vergleich zu dem Bösen, das sie in Derry erwartet. Wenn es dafür eine Entschädigung gibt, so die, daß Bill Denbrough auch dort sein wird... und es gab einmal eine Zeit, als ein elfjähriges Mädchen namens Beverly Marsh Bill Denbrough liebte. Sie erinnert sich an jene Postkarte mit dem schönen Gedicht, und sie erinnert sich daran, daß sie einmal gewußt hat, wer ihr diese Karte geschickt hatte. Aber es fällt ihr nicht ein, und auch an das Gedicht selbst kann sie sich nicht mehr genau erinnern... aber vielleicht hatte Bill es geschrieben. Ja, es ist durchaus möglich, daß es Stotter-Bill Denbrough gewesen war.

Ihr fällt plötzlich ein, wie sie sich am Abend jenes Tages, als sie mit Richie und Ben im Kino gewesen war und die beiden Horrorfilme gesehen hatte, zum Schlafengehen fertigmachte. Sie hatte mit Richie darüber Witze gerissen – in jener Zeit war das ihre Verteidigungswaffe gewesen –, aber ein Teil von ihr war aufgeregt, gerührt und ein bißchen ängstlich gewesen. Es war in gewisser Weise wirklich ihr erstes Rendezvous gewesen, obwohl sie es mit zwei Jungen anstatt mit einem gehabt hatte. Richie hatte ihre Eintrittskarte und alles bezahlt, genau wie bei einem richtigen Rendezvous. Und hinterher hatten dann jene großen Burschen sie verfolgt... und sie hatten den Rest des Nachmittags in den Barrens verbracht... und Bill Denbrough war mit irgendeinem anderen Jungen auch dorthin gekommen, sie erinnerte sich nicht, wie der andere geheißen hatte, aber sie erinnerte sich daran, wie Bills Blick sich für einen Moment mit ihrem getroffen hatte, und sie erinnerte sich an den elektrischen Schlag, den ihr dieser Blick versetzt hatte... und an den heißen Schauder am ganzen Körper.

Sie erinnert sich daran, daß sie an all diese Dinge dachte, als sie ihr Nachthemd anzog und ins Bad ging, um sich das Gesicht zu waschen und die Zähne zu putzen. Sie dachte, daß es bestimmt lange dauern würde, bis sie einschlief, weil sie über so vieles nachdenken mußte... und daß es schön war, daran zu denken, denn es schienen sehr nette Jungen zu sein, Kinder, mit denen man spielen und denen man vielleicht sogar ein bißchen vertrauen konnte. Das wäre schön. Es wäre... nun ja, es wäre einfach himmlisch.

Und während sie all das dachte, griff sie nach ihrem Waschlappen und beugte sich über das Waschbecken, und die Stimme

2

kam flüsternd aus dem Ablauf:

»Hilf mir!«

Beverly fuhr erschrocken zurück, der trockene Waschlappen fiel auf den Boden. Ihre Augen waren riesengroß. Sie schüttelte den Kopf, so als wollte sie ihn klar bekommen, dann beugte sie sich wieder über das Becken. Das Bad befand sich am Ende ihrer Vierzimmerwohnung. Sie hörte schwach, daß im Fernsehen irgendein Western gezeigt wurde. Danach würde ihr Vater wahrscheinlich auf ein Baseballspiel oder einen Boxkampf umschalten und in seinem Sessel einschlafen.

Die Badtapete hatte ein scheußliches Muster: Frösche auf Wasserlilienblättern. Sie wellte sich über dem unregelmäßigen Verputz, hatte Wasserflecken und löste sich stellenweise. Die Badewanne hatte Rostflecken, der Toilettendeckel war gesprungen. Eine nackte 40-Watt-Birne war in die Porzellanfassung über dem Waschbecken eingeschraubt. Beverly erinnerte sich vage daran, daß es hier einmal eine richtige Lampe gegeben hatte, aber der Schirm war vor einigen Jahren zerbrochen und nie ersetzt worden. Der Fußboden war mit Linoleum bedeckt, dessen Muster völlig ausgeblichen war, abgesehen von einem kleinen Stück unter dem Waschbecken.

Es war kein sehr ansprechendes Bad, aber Beverly benutzte es schon so lange, daß ihr das nicht mehr auffiel.

Auch das Waschbecken hatte Flecken. Der Abfluß war rund und hatte einen Durchmesser von etwa fünf Zentimeter. Früher hatte er noch eine Chromeinfassung gehabt, aber auch die war schon seit langer Zeit kaputt. Ein Gummistöpsel hing an einer Kette ins Waschbecken. Das Abflußloch war schwarz, und als Beverly sich dicht darüberbeugte, fiel ihr zum erstenmal der unangenehme Geruch auf – ein leichter Fischgestank –, der aus dem Abflußrohr aufstieg. Sie rümpfte angeekelt die Nase.

»Hilf mir...«

Sie schnappte nach Luft. Das war eine *Stimme*. Sie hatte an ein Rasseln in den Rohren gedacht... oder es für reine Einbildung gehalten... hervorgerufen durch die Horrorfilme...

»Hilf mir, Beverly...«

Ihr wurde abwechselnd heiß und kalt. Sie hatte das Gummiband aus ihrem Haar gelöst, und nun fiel es ihr in roten Locken über die Schultern. Sie spürte, wie es sich an den Wurzeln sträubte.

Ohne zu überlegen, was sie tat, beugte sie sich wieder über das Becken und flüsterte halblaut: »H-Hallo! Ist dort jemand?« Die Stimme aus dem Abfluß hatte einem Kind gehört, einem sehr kleinen Kind, das vermutlich erst vor kurzem sprechen gelernt hatte. Und trotz der Gänsehaut auf ihren Armen suchte sie nach einer rationalen Erklärung. Dies hier war ein Mietshaus. Die Marshs hatten die hintere Wohnung im Erdgeschoß. Es gab noch vier weitere Wohnungen. Vielleicht vergnügte sich in einer dieser Wohnungen ein Kind damit, in die Abflußrohre zu rufen. Und irgendein akustischer Trick...

»Ist dort jemand?« rief sie wieder in den Abfluß, diesmal etwas lauter. Plötzlich fiel ihr ein, daß ihre Eltern sie für verrückt halten würden, wenn sie jetzt hereinkämen. Ihre Mutter würde fragen, was in aller Welt sie treibe; und ihr Vater würde vermutlich zuerst zuschlagen und dann erst Fragen stellen.

Es kam keine Antwort aus dem Abfluß, aber der unangenehme Geruch schien stärker zu werden. Er erinnerte sie an den Bambusstreifen in den Barrens und an die Müllhalde; an langsam aufsteigende beißende Rauchwolken und schwarzen Morast, der einem die Schuhe von den Füßen ziehen wollte.

Es gab im ganzen Haus keine kleinen Kinder, das war die Sache. Die Tremonts hatten einen fünfjährigen Jungen und zwei Mädchen – eines drei Jahre, das andere sechs Monate alt – gehabt, aber Mr. Tremont hatte seine Arbeitsstelle im Schuhgeschäft in der Tracker Avenue verloren, sie waren mit der Miete in Rückstand geraten und eines Tages kurz vor Schulschluß in Mr. Tremonts rostigem altem Buick verschwunden. In der vorderen Wohnung im zweiten Stock gab es noch Skipper Bolton, aber er war 14 Jahre alt und besuchte die High School.

»*Wir alle wollen dich kennenlernen, Beverly*...«

Sie hielt sich die Hand vor den Mund und riß entsetzt die Augen auf. Einen Augenblick – Bruchteile von Sekunden – lang glaubte sie, dort unten eine *Bewegung* gesehen zu haben. Ihr wurde plötzlich bewußt, daß ihre Haare ihr in zwei dicken Garben über die Schultern fielen und nahe – sehr nahe – über dem Abflußloch hingen. Irgendein Instinkt riet ihr plötzlich, sich aufzurichten und sie zurückzustreichen.

Sie schaute sich um. Die Badtür war fest geschlossen. Sie hörte, wie im Fernseher Cheyenne Bodie den Bösewicht gerade aufforderte, die Pistole wegzustecken, bevor jemand verletzt würde. Sie war allein. Abgesehen von jener Stimme.

»Wer bist du?« rief sie leise in den Abfluß hinein.

»Matthew Clements«, flüsterte die Stimme. »Ich bin mit dem Clown gegangen. Der Clown hat mich hierher in die Abflußrohre mitgenommen, und ich bin gestorben, und sehr bald wird er kommen und auch dich holen, Beverly, und Ben Hanscom und Bill Denbrough und Eddie...«

Sie preßte ihre Hände an die Wangen. Ihre Augen wurden immer größer. Sie spürte, wie ihr ganzer Körper unter der weißen Haut eiskalt und schwach wurde. Die Stimme im Abfluß veränderte sich. Nun klang sie alt und erstickt... aber immer noch war da dieser Unterton einer verderbten Fröhlichkeit.

»*Du wirst hier unten mit deinen Freunden schweben, Beverly, wir alle schweben hier unten, sag Bill, daß Georgie ihn grüßt, sag Bill, daß Georgie ihn vermißt, daß sie sich aber bald wiedersehen werden, sag ihm, daß Georgie eines Abends im Schrank sein wird, um ihm ein Stück Klaviersaite ins Auge zu stechen, sag ihm*...«

Die Stimme ging in einen erstickten Schluckauf über, und plötzlich stieg eine grellrote Blase aus dem Ablauf und zersprang; Blutstropfen spritzten auf das Porzellanbecken.

Dann ertönte die erstickte Stimme von neuem, und mitten im Reden *veränderte* sie sich: Einmal war es die Stimme des kleinen Kindes, die sie zuerst gehört hatte, dann die eines Mädchens im Teenageralter, dann – und das war besonders schrecklich! – die eines Mädchens, das Beverly gekannt hatte... Veronica Grogan. Aber Veronica war *tot*, sie war tot in einem Abwasserkanal gefunden worden...

»*Ich bin Matthew... ich bin Betty... ich bin Veronica... wir sind hier unten mit dem Clown... und dem Schrecken vom Amazonas... und der Mumie... und dem Werwolf... und mit dir, Beverly, wir sind hier unten mit dir, und wir schweben und fliegen, und wir verändern uns...*«

Eine schreckliche Blutfontäne stieg aus dem Ablauf hoch und bespritzte das Waschbecken und den Spiegel und die Tapete mit dem Frosch-auf-Lilienblättern-Muster. Beverly schrie plötzlich gellend auf. Sie wich von dem Waschbecken zurück, prallte gegen die Tür, riß sie auf und rannte blindlings ins Wohnzimmer, wo ihr Vater gerade aufgesprungen war.

»Was zum Teufel ist denn mit *dir* los?« fragte er mit hochgezogenen Brauen. Die beiden waren an diesem Abend allein zu Hause. Beverlys Mutter hatte in dieser und der nächsten Woche die Schicht von drei bis elf im ›Greens Farm‹, Derrys bestem Restaurant.

»Das Bad!« schrie Beverly hysterisch. »Das Bad, Daddy, im Bad...«

»Hat jemand durchs Fenster geschaut, Beverly? War's so?« Sein Arm schoß vor, und seine Hand packte sie schmerzhaft fest am Oberarm.

»Nein... der Abfluß... im Abfluß... die... die...« Aber sie brachte nichts mehr hervor; sie brach in hysterische Tränen aus. Ihr Herz dröhnte so laut in ihrer Brust, daß sie zu ersticken glaubte.

Al Marsh schob sie mit einem ›O-mein-Gott-was-kommt-als-nächstes‹-Gesichtsausdruck beiseite und ging ins Bad. Er hielt sich so lange dort auf, daß Beverly wieder Angst bekam.

Dann brüllte er: »*Beverly! Komm sofort her, Mädchen!*«

Unmöglich, dem Befehl nicht Folge zu leisten. Die psychische Macht von Beverlys Vater über sie war unheimlich groß; wenn sie zusammen am Rand eines hohen Felsens gestanden hätten, und er ihr befohlen hätte hinabzuspringen – jetzt gleich, Mädchen! –, so hätte ihr instinktiver Gehorsam sie bestimmt dazu getrieben, wirklich hinabzuspringen, noch bevor ihr Verstand sie daran hätte hindern können.

Die Badezimmertür war geöffnet. Da stand ihr Vater, ein großer Mann, dem die kastanienbraun-roten Haare allmählich ausfielen, die er Beverly vererbt hatte. Er trug immer noch seine graue Arbeitshose und sein graues Hemd (er war Hausmeister im Derry Home Hospital), und er sah Beverly streng an. Er trank nicht, er rauchte nicht, er hatte keine Weibergeschichten. *Ich habe alle Weiber, die ich brauche, zu Hause,* pflegte er zu sagen. *Sie kümmern sich um mich, und wenn es nötig ist, kümmere ich mich um sie.*

»Na, was soll das, zum Teufel noch mal?« fragte er, als sie hereinkam.

Beverly hatte das Gefühl, als wäre ihre Kehle zugeschnürt. Ihr Herz hämmerte dumpf in der Brust. Sie glaubte, sich jeden Moment übergeben zu müssen. Lange Blutstropfen liefen am Spiegel herab. Die Glühbirne über dem Waschbecken war blutbefleckt, und sie konnte es kochen riechen. Blut floß über die Porzellanseiten des Beckens und fiel in dicken Tropfen auf den Linoleumboden.

»Daddy...«, flüsterte sie heiser.

Er wandte sich angewidert von ihr ab und begann sich in dem blutigen Waschbecken die Hände zu waschen. »Großer Gott, Mädchen, mach den Mund auf. Du hast mir einen Mordsschreck eingejagt. Jetzt erklär mir mal, was los war.«

Er wusch seine Hände, und sie sah, wie seine graue Hose dort, wo sie das Waschbecken berührte, Blutflecken bekam; und wenn er mit der Stirn den Spiegel berühren sollte (er war nur wenige Millimeter davon entfernt), würde Blut auf seine *Haut* kommen. Ein erstickter Laut drang aus ihrer Kehle.

Er drehte den Hahn zu, griff nach einem Handtuch, das auch zwei große Blutspritzer abbekommen hatte, und begann sich die Hände abzutrocknen. Sie war einer Ohnmacht nahe, als sie sah, daß er sich die Knöchel mit Blut beschmierte. Auch unter seinen Fingernägeln und Handflächen war Blut.

»Na? Ich warte.« Er warf das blutige Handtuch über den Handtuchhalter.

Überall war Blut... Blut... *und ihr Vater sah es nicht.*

»Daddy...« Sie hatte keine Ahnung, was sie sagen sollte, aber ihr Vater unterbrach sie ohnehin.

»Ich mache mir Sorgen um dich«, sagte Al Marsh. »Ich glaube nicht, daß du je erwachsen wirst, Beverly. Du rennst ständig draußen herum, kümmerst dich nicht um den Haushalt, du kannst nicht kochen, du kannst nicht nähen. Die Hälfte der Zeit steckst du deine Nase in Bücher und schwebst irgendwo in den Wolken, und die andere Hälfte machst du dich dünn. Du hast nur Grillen im Kopf. Ich mache mir Sorgen um dich.«

Er holte plötzlich weit aus, und seine Hand landete schmerzhaft auf ihrem Gesäß. Sie schrie auf, konnte aber immer noch nicht den Blick von ihm abwenden. In seiner buschigen rechten Augenbraue hing ein winziger Blutstropfen. *Wenn ich lange genug hinschaue, werde ich einfach verrückt werden, und dann wird mich nichts von alldem mehr berühren,* dachte sie verschwommen.

»Ich mache mir *große* Sorgen«, sagte er und schlug wieder zu, noch stärker als beim erstenmal; er traf ihren Arm dicht über dem Ellbogen. Ein heftiger Schmerz durchzuckte sie, dann wurde der Arm taub. Sie wußte, daß sie dort am nächsten Tag einen großen blauen Fleck haben würde.

»Ich mache mir *schreckliche* Sorgen«, sagte er und boxte sie in den Magen. In der letzten Sekunde milderte er die Wucht des Schlages etwas ab, und dadurch blieb Beverly nur die Hälfte der Luft weg. Sie keuchte, und Tränen traten ihr in die Augen. Ihr Vater betrachtete sie ungerührt. Er schob seine blutigen Hände in die Hosentaschen.

»Du mußt erwachsen werden, Beverly«, sagte er, und jetzt klang seine Stimme freundlich und mild. »Hab' ich recht?«

Sie nickte. Ihr Kopf dröhnte. Sie weinte, aber nur ganz still vor sich hin. Wenn sie laut schluchzte – in ›Baby-Geheul‹ ausbrach, wie ihr Vater das nannte –, würde er sie eventuell erst richtig verprügeln. Al Marsh hatte sein ganzes Leben in Derry verbracht und erzählte Leuten, die ihn danach fragten (und manchmal auch jenen, die nicht fragten), daß er hier auch begraben werden wollte – möglichst erst mit 110 Jahren. »Kein Grund, warum ich nicht ewig leben sollte«, erklärte er häufig Roger Aurlette, der ihm einmal im Monat die Haare schnitt. »Ich habe keine Laster.«

»Und jetzt erzähl mal, warum du gebrüllt hast«, sagte er. »Und mach's kurz.«

»Da war...« Sie schluckte, und das tat weh, weil ihre Kehle völlig trokken war. »Da war eine Spinne. Eine große, fette schwarze Spinne. Sie... sie kroch aus dem Ablauf, und ich... ich nehme an, daß sie wieder runtergekrochen ist.«

»Oh!« Jetzt lächelte er ihr zu. Diese Erklärung schien ihm zu gefallen. »Das war's also? Verdammt! Wenn du mir das gleich erzählt hättest, Beverly, hätte ich dich nicht geschlagen. Alle Mädchen haben Angst vor Spinnen. Warum hast du denn den Mund nicht aufgemacht?«

Er beugte sich über den Ablauf, und sie mußte sich auf die Lippe beißen, um ihm keine Warnung zuzurufen... aber tief in ihrem Innern hörte sie noch eine andere Stimme, eine schreckliche Stimme, die nicht ihr gehören konnte; es mußte die Stimme des Teufels höchstpersönlich sein: *Laß es ihn packen, wenn es ihn haben will. Dann bist du ihn los!*

Sie war entsetzt über diese Stimme. Solche Gedanken in bezug auf den eigenen Vater zu haben war sündhaft; sie würde dafür bestimmt in die Hölle kommen.

Al Marsh beugte sich tief über das Waschbecken und starrte in den Ablauf. Seine Hände faßten in das Blut am Waschbeckenrand. Beverly konnte nur mit Mühe einen Schrei unterdrücken. Ihr Magen schmerzte von dem Boxhieb ihres Vaters.

»Ich kann nichts sehen«, sagte er. »Diese ganzen Häuser sind alt, Beverly. Große dicke Abflußrohre. In der alten High School schwammen ab und zu ertrunkene Ratten in den Kloschüsseln. Es machte die Mädchen ganz verrückt.« Er lachte über diese weibliche Schwäche. »Hauptsächlich, wenn der Kenduskeag viel Wasser führte. Es ist besser geworden, seit wir das neue Abwassersystem haben.«

Er legte einen Arm um sie und drückte sie fest an sich.

»Du gehst jetzt am besten ins Bett und denkst nicht mehr daran. Okay?«

Sie spürte deutlich ihre Liebe zu ihm. *Ich schlage dich nie, wenn du es nicht verdient hast, Beverly*, hatte er ihr einmal gesagt, als sie es wagte, eine Bestrafung als ungerecht zu bezeichnen. Und sicher stimmte das, denn er *konnte* liebevoll sein, und wenn er manchmal einen Tag mit ihr verbrachte, ihr zeigte, wie dieses oder jenes gemacht wurde oder ihr alles mögliche erzählte, glaubte sie, daß ihr vor Glück das Herz zerspringen würde. Sie liebte ihn, und sie verstand, daß er sie oft bestrafen mußte, weil es – wie er sagte – seine Pflicht war, seine von Gott aufgetragene Pflicht. »Töchter«, erklärte er, »brauchen mehr Strafen als Söhne.« Er hatte keine Söhne, und manchmal hatte sie das Gefühl, daß auch das teilweise ihre Schuld sein könnte.

»Okay, Daddy«, sagte sie. Sie gingen zusammen in ihr kleines Zimmer; ihr rechter Arm tat von dem Schlag furchtbar weh. Sie warf über die Schulter hinweg einen Blick auf das Bad und sah das blutige Waschbecken, den blutigen Spiegel, die blutige Tapete, den blutigen Fußboden... das blutige Handtuch. Und sie dachte: *Wie soll ich mich nur je wieder dort waschen? Bitte, Gott, lieber Gott, es tut mir leid, wenn ich das über meinen Vater doch selbst gedacht habe, du kannst mich bestrafen, wenn du willst, laß mich hinfallen und mich verletzen oder laß mich die Grippe bekommen wie letzten Winter, aber bitte, lieber Gott, laß das Blut morgen früh verschwunden sein, laß es nicht mehr da sein, bitte, lieber Gott, okay? Laß das alles nur Einbildung sein; keine Stimmen, kein Blut, okay?*

Ihr Vater deckte sie zu und küßte sie wie immer auf die Stirn. Dann stand er kurze Zeit einfach da, in der für ihn typischen Haltung, die für Bev immer ›seine‹ Haltung bleiben würde: leicht vorgebeugt, Hände in den Hosentaschen, die blauen Augen in seinem traurigen Hush-Puppy-Gesicht auf sie gerichtet. In späteren Jahren, lange nachdem sie aufgehört hatte, überhaupt noch an Derry zu denken, sah sie manchmal einen Mann im Bus oder an irgendeiner Ecke stehen, manchmal in der Abenddämmerung, manchmal im Mittagslicht eines klaren Herbsttages im Watertower Square, und wurde an ihren Vater erinnert; oder Tom, der ihrem Vater so ähnlich sah, wenn er sein Hemd auszog und vor dem Badspiegel stand und sich rasierte. Ein ganz bestimmter Typ von Mann.

»Manchmal mache ich mir Sorgen um dich, Beverly«, sagte er, aber jetzt lag keine Drohung in seiner Stimme. Er strich ihr zärtlich übers Haar.

Das Badezimmer ist voller Blut, Daddy! hätte sie ihm in diesem Moment fast anvertraut. *Hast du es denn nicht gesehen? Es ist überall! Es kocht sogar auf der Glühbirne! Hast du es denn nicht* GESEHEN?

Aber sie schwieg, und er ging hinaus und schloß hinter sich die Tür. Sie blieb allein in ihrem dunklen Zimmer zurück. Sie lag immer noch wach und starrte in die Dunkelheit, als ihre Mutter um halb zwölf nach Hause kam und der Fernseher ausgeschaltet wurde. Sie hörte, wie ihre Eltern ins Schlafzimmer gingen, sie hörte die Bettfedern quietschen, als sie jene Sex-Sache machten, von der Greta Bowie einmal Sally Mueller erzählt hatte, sie brenne wie Feuer und kein anständiges Mädchen wolle dabei mitmachen (»Zuletzt pißt der Mann dir auf den Bauch«, sagte Greta, und Sally schrie: »Oh, ich würde *nie* zulassen, daß ein Junge so was mit mir macht!«). Dann hörte Beverly ihre Mutter ins Bad gehen. Sie hielt den Atem an und wartete, ob ihre Mutter aufschreien würde.

Aber es ertönte kein Schrei – sie hörte nur, wie Wasser ins Waschbecken floß, kurz darauf gurgelnd ablief, und wie ihre Mutter sich die Zähne putzte. Dann quietschten wieder die Bettfedern im Schlafzimmer ihrer Eltern, als ihre Mutter sich niederlegte.

Fünf Minuten später begann ihr Vater zu schnarchen.

Eine düstere Angst überkam sie und schnürte ihr die Kehle zu. Sie hatte Angst, sich auf die rechte Seite zu drehen – ihre Lieblingsposition zum Einschlafen –, weil sie dann vielleicht sehen würde, daß etwas sie durchs Fenster anstarrte. Einige Zeit später – Minuten oder Stunden – fiel sie in einen leichten, unruhigen Schlaf.

3

Beverly wachte wie immer auf, als im Schlafzimmer ihrer Eltern der Wecker klingelte. Sie mußte rasch reagieren, denn gleich nach den ersten Tönen stellte ihr Vater ihn ab. Während er ins Bad ging, zog sie sich schnell an. Dazwischen betrachtete sie – wie neuerdings fast immer – im Spiegel ihre Brüste und versuchte zu entscheiden, ob sie über Nacht größer geworden waren. Ende des Vorjahres hatte sie die ersten Ansätze entdeckt, und zuerst hatte sie leichte Schmerzen gehabt, aber jetzt nicht mehr. Sie waren noch sehr klein – nicht einmal apfelgroß –, doch ihr Vorhandensein ließ sich nicht leugnen. Bald würde sie eine Frau sein.

Sie lächelte ihrem Spiegelbild zu, schob mit einer Hand von hinten ihre Haare hoch und streckte ihre Brust heraus. Sie lachte leise vor sich hin.

Es war ein ganz natürliches Kleinmädchenlachen... aber plötzlich fiel ihr ein, was am Vorabend im Bad passiert war, und ihr Lachen endete abrupt.

Sie betrachtete ihren Arm, und da war die Schwellung, ein häßlicher großer blauer Fleck zwischen Ellbogen und Schulter.

Der Toilettendeckel knallte, die Spülung wurde betätigt.

Beverly schlüpfte rasch in verblichene Jeans und ein Sweatshirt mit dem Aufdruck Derry High School. Sie beeilte sich, um ihren Vater heute morgen nicht gleich wieder zu verärgern. Und dann konnte sie es nicht länger hinausschieben – sie mußte ins Bad. Im Wohnzimmer traf sie ihren Vater, der ins Schlafzimmer zurückging, um sich anzuziehen. Er hatte einen blauen Pyjama an. Er knurrte ihr etwas zu, ohne sie dabei anzuschauen.

Sie stand einen Augenblick vor der geschlossenen Badtür und versuchte, sich seelisch auf das einzustellen, was sie vielleicht gleich sehen würde. *Wenigstens ist es jetzt hell,* dachte sie, und das tröstete sie ein wenig. Sie benetzte sich die Lippen und ging hinein.

4

Beverly hatte an diesem Tag viel zu tun. Sie machte ihrem Vater das Frühstück – Orangensaft, zwei weiche Eier, Toast nach seinem Geschmack... das Brot mußte heiß, durfte aber nicht stark getoastet sein. Er setzte sich an den Tisch, verbarrikadierte sich hinter der Zeitung und aß alles auf.

»Wo ist der Speck?«

»Den haben wir gestern aufgegessen, Daddy.«

»Dann mach mir einen Hamburger.«

»Es ist nur noch ein kleiner Rest...«

Die Zeitung raschelte. Ihr Vater schaute sie über den Rand hinweg an. »Was?« fragte er leise.

»Okay«, rief sie rasch. Sie briet ihm einen Hamburger – sie klopfte den Rest Hackfleisch so flach wie nur möglich, damit er größer aussah. Ihr Vater aß ihn, während er die Sportseite las; währenddessen machte Beverly sein Mittagessen zurecht – zwei Sandwiches mit Erdnußbutter und Marmelade, ein großes Stück von dem Kuchen, den ihre Mutter gestern abend mitgebracht hatte, und eine Thermoskanne mit heißem Kaffee.

»Richte deiner Mutter aus, daß die Wohnung heute geputzt werden muß«, brummte er, während er nach seinem Lunchpaket griff. »Hier sieht's aus wie im Schweinestall. Ich muß drüben im Krankenhaus den ganzen Tag aufräumen. Wenn ich heimkomme, möchte ich keinen Saustall vorfinden. Vergiß es nicht, Beverly.«

»Okay, Daddy.«

Er küßte sie, umarmte sie ziemlich rauh und ging. Wie jeden Tag schaute Bev ihm aus dem Fenster in ihrem Zimmer nach. Sie sah ihn die Straße entlanggehen und verspürte wie immer eine große Erleichterung... und haßte sich dafür.

Sie spülte das Geschirr, dann setzte sie sich mit einem Buch auf die Stufen am Hinterausgang. Lars Thermaenius, dessen lange blonde Haare wunderschön schimmerten, kam vom Nebenhaus herübergewatschelt, um ihr seinen neuen Spielzeuglaster und seine aufgeschürften Knie zu zeigen. Beverly bewunderte beides gebührend. Dann rief ihre Mutter.

Sie ging ins Haus und half ihrer Mutter, die noch im Morgenrock war, die Betten frisch zu beziehen und die Böden zu schrubben. Ihre Mutter übernahm den Boden im Bad, wofür Bev sehr dankbar war. Elfrida Marsh war eine kleine Frau mit ergrauendem Haar. Die Falten in ihrem Gesicht und ihr grimmiger Ausdruck verrieten der Welt, daß sie schon ein Weilchen gelebt hatte und beabsichtigte, noch ein Weilchen länger zu leben... daß es aber nicht leicht gewesen war, und daß sie auch nicht damit rechnete, etwas könnte in Zukunft leichter werden.

»Kannst du die Wohnzimmerfenster putzen, Beverly?« fragte sie, als sie etwas später in ihrer Kellnerinnenkleidung und weißen Schuhen in die Küche kam. »Ich muß nach Bangor, ins Saint Joe's und dort Cheryl Tarrent besuchen. Sie hat sich gestern abend das Bein gebrochen.«

»O Gott«, sagte Bev. »Ist sie hingefallen?« Cheryl Tarrent war eine Frau, mit der ihre Mutter im Restaurant zusammenarbeitete – sie war etwa zehn Jahre jünger als Elfrida Marsh, und sie strahlte eine Lebensfreude aus, die Beverly sehr gefiel. Sie hatte immer noch etwas Mädchenhaftes an sich; die Welt war mit ihr noch nicht so rauh umgesprungen wie mit Bevs Mutter.

»Sie und ihr nichtsnutziger Ehemann hatten einen Autounfall«, berichtete Mrs. Marsh grimmig. »Er war betrunken. Du mußt stets Gott danken, daß dein Vater nicht trinkt, Bev.«

»Das tu' ich«, sagte Beverly, und es war ihr damit ernst.

»Sie wird jetzt vermutlich ihren Job verlieren, und er hält es bei keiner Arbeitsstelle lange aus. Wahrscheinlich werden sie sich an die Sozialfürsorge wenden müssen.« In der Stimme ihrer Mutter klang eine grimmige Furcht mit. Das war in etwa das Schlimmste, was sie sich vorstellen konnte: zur Sozialfürsorge gehen und sich für Almosen tausendmal bedanken müssen. »Wenn du die Fenster geputzt und den Abfall rausgebracht hast, kannst du spielen gehen, wenn du möchtest. Dein Vater hat heute seinen Kegelabend, du brauchst ihm also kein Essen zu kochen, aber ich möchte, daß du vor Dunkelheit zu Hause bist. Du weißt ja, warum.«

»Okay, Mom.«

»Mein Gott, du wächst so schnell!« sagte ihre Mutter. »Eh wir's uns versehen, wirst du schon aus dem Haus gehen, nehm' ich an. Und dabei kommt es mir wie gestern vor, daß die Krankenschwester dich mir brachte und in die Arme legte. Du wächst wie Unkraut.«

»Ich werde immer hier sein«, sagte Beverly lächelnd.

Ihre Mutter, die es besser wußte, umarmte sie. »Ich liebe dich, Bevvie.«

Sie erwiderte die Umarmung und spürte die kleinen Brüste ihrer Mutter, das einzig Weiche an diesem harten, sehnigen Körper. »Ich liebe dich auch, Mom.«

Und als ihre Mutter gerade zur Tür hinausgehen wollte, sagte Beverly (sie hoffte, daß ihre Stimme beiläufig klang): »Hast du im Bad irgendwas Seltsames gesehen, Mom?«

Mrs. Marsh drehte sich noch einmal um und runzelte leicht die Stirn. »Etwas Seltsames?«

Beverly spürte das Pochen ihrer Halsschlagader. »Na ja, ich hab' dort gestern abend 'ne Spinne gesehen. Sie kroch aus dem Abfluß. Hat Daddy es dir nicht erzählt?«

»Nein. Er hat nichts gesagt. Hast du deinen Vater gestern abend geärgert, Bevvie?«

»Nein«, erwiderte Bev rasch. »Ich hab's ihm erzählt, und er hat gesagt, daß in der alten High School manchmal Ratten – ertrunkene Ratten – in den Kloschüsseln schwammen. Wegen der Abflußrohre. Ich hab' nur überlegt, ob du die Spinne auch gesehen hast.«

»Nein, ich hab' nichts gesehen. Ich wünschte, wir könnten uns neues Linoleum fürs Bad leisten. Vermutlich ist die Spinne sofort wieder in den Abfluß gekrochen, Bevvie.« Sie betrachtete den blauen, wolkenlosen Himmel. »Es heißt, es gibt Regen, wenn man eine Spinne sieht. Aber es schaut nicht sehr danach aus, findest du nicht auch?«

»Nein«, stimmte Beverly zu.

»Du hast sie doch nicht totgetreten, oder?«

»Nein«, sagte Beverly. »Ich habe sie nicht totgetreten.«

Ihre Mutter sah sie an und preßte die Lippen so fest zusammen, daß sie fast nicht mehr da waren. »Bist du sicher, daß dein Dad gestern abend nicht böse auf dich war?«

»*Nein!*«

»Bevvie, faßt er dich manchmal an?«

»Was?« Beverly sah ihre Mutter durch und durch verwirrt an. Herrgott, ihr Vater faßte sie jeden *Tag* an. »Ich verstehe nicht, was du...«

»Vergiß es«, sagte Elfrida kurz angebunden. »Vergiß nicht den Müll. Und wenn die Fenster Streifen haben, brauchst du nicht deinen *Vater*, wenn du blaue Striemen haben willst.«

»Ich werde
(faßt er dich manchmal an)
es nicht vergessen.«

»Und komm zurück, bevor es dunkel wird.«

»Mach' ich.«
(faßt er)
(macht sich große Sorgen)

Ihre Mutter verließ das Haus. Von ihrem Zimmer aus blickte Bev auch ihr nach und sah sie die Main Street entlanggehen, auf die Bushaltestelle zu. Als sie nicht mehr zu sehen war, holte Beverly Eimer, Windex und einige Lappen, um die Fenster zu putzen. Die Wohnung kam ihr viel zu still vor. Jedesmal, wenn der Fußboden knarrte oder irgendwo eine Tür zugeschlagen wurde, fuhr sie zusammen. Als in der Wohnung der Boltons über ihr die Toilettenspülung zu hören war, stieß sie einen leisen Schrei aus.

Und immer wieder schweiften ihre Blicke zur geschlossenen Badtür.

Schließlich ging sie hin und riß die Tür weit auf. Nachdem ihre Mutter heute morgen hier geputzt hatte, war der größte Teil des Blutes, das auf den Boden getropft war, verschwunden... ebenso das Blut am Waschbeckenrand. Aber im Becken selbst waren immer noch rotbraune trokkene Blutflecken, und auch auf dem Spiegel und auf der Tapete.

Beverly betrachtete ihr weißes Gesicht im Spiegel und stellte mit plötzlichem abergläubischen Entsetzen fest, daß das Blut auf dem Glas den Eindruck hervorrief, als blute *ihr* Gesicht, und sie dachte wieder: *Was soll ich nur tun? Bin ich verrückt geworden? Bilde ich mir das alles nur ein?*

Aus dem Ablauf kam plötzlich ein rülpsendes Kichern.

Beverly schrie auf und schlug die Tür zu, und fünf Minuten später zitterten ihre Hände immer noch so stark, daß sie fast die Flasche Windex fallen ließ, während sie die Fenster im Wohnzimmer putzte.

Nachdem Beverly Marsh gegen drei Uhr nachmittags die Wohnung abgeschlossen und ihren Schlüssel sorgfältig in die Jeanstasche gesteckt hatte, ging sie die Richard's Alley entlang, ein enges Sträßchen, das die Main Street mit der Center Street verband, und stieß dort zufällig auf Ben Hanscom, Eddie Kaspbrak und einen Jungen namens Bradley Donovan, die ›Pennywerfen‹ spielten.

»Hallo, Bev«, rief Eddie. »Na, hast du von den Filmen Alpträume bekommen?«

»Nee«, sagte Beverly und setzte sich auf eine leere Kiste. »Woher weißt du denn, daß ich im Kino war?«

»Haystack hat's mir erzählt«, antwortete Eddie und deutete mit dem Daumen auf Ben, der ohne ersichtlichen Grund heftig errötete.

»Waf für Filme?« fragte Bradley, und nun erkannte Beverly ihn: Er war zusammen mit Bill Denbrough in die Barrens gekommen. Sie machten zusammen irgendeine Sprechtherapie. Beverly widmete ihm kaum Aufmerksamkeit. Wenn man sie gefragt hätte, würde sie wohl geantwortet haben, daß er ihr irgendwie weniger wichtig als Ben und Eddie vorkam — sogar weniger *real*.

»Zwei Monsterfilme«, antwortete sie kurz angebunden und kniete sich zwischen Ben und Eddie hin. »Spielt ihr Pennywerfen?«

»Ja«, sagte Ben. Er schaute sie an, wandte dann aber wieder rasch seinen Blick von ihr ab.

»Wer gewinnt?«

»Eddie«, antwortete Ben. »Er spielt echt gut.«

Sie schaute Eddie an, der sich feierlich am Hemd die Nägel polierte und verlegen kicherte.

»Darf ich mitspielen?«

»Von mir aus gern«, meinte Eddie. »Hast du Pennys?«

Sie stöberte in ihren Taschen und brachte drei zum Vorschein.

»Du lieber Himmel, wie kannst du es wagen, mit so einem Vermögen herumzulaufen?« fragte Eddie.

Ben und Bradley Donovan lachten.

»Auch Mädchen können mutig sein«, sagte Bev todernst, und einen Augenblick später lachten sie alle.

Bradley warf als erster, dann Ben, dann Beverly. Eddie kam, weil er am Gewinnen war, als letzter dran. Sie zielten auf die Rückwand des Center Street Drugstores. Manchmal flogen die Pennys nicht so weit, manchmal prallten sie gegen die Wand und flogen ein Stück zurück. Am Ende jeder Runde durfte der Spieler, dessen Penny der Wand am nächsten war, alle vier Pennys kassieren. Fünf Minuten später besaß Bev 24 Cent. Sie hatte nur eine Runde verloren.

»Mädchen mogeln!« rief Bradley wütend und stand auf. Seine gute Laune war verschwunden, und er starrte Beverly mit einer Mischung aus Zorn und Demütigung an. »Mädchen follten gar nicht mitfpielen dürfen.«

Ben sprang auf. Es war erschreckend, Ben Hanscom aufspringen zu sehen. »Nimm das sofort zurück!«

Bradley riß den Mund weit auf. »Waf?«

»Nimm das sofort zurück, hab' ich gesagt! Sie hat nicht gemogelt.«

Bradley schaute von Ben zu Eddie und dann zu Beverly, die noch kniete. Dann schweifte sein Blick zu Ben zurück. »Willft du eine dicke Lippe fu deiner grofen Klappe, Arfloch?«

»Na klar«, sagte Ben und grinste. Irgend etwas in seinem Verhalten veranlaßte Bradley, einen Schritt zurückzuweichen. Vielleicht entnahm er diesem Grinsen, daß Ben sich verändert hatte, daß er – nachdem er nicht nur einmal, sondern sogar zweimal siegreich aus Kämpfen mit Henry Bowers hervorgegangen war – vor dem schmächtigen Bradley Donovan (der Warzen auf den Händen hatte) keine Angst mehr hatte.

»Ja, und dann fallt ihr alle über mich her«, sagte Bradley und wich noch einen Schritt zurück. Seine Stimme zitterte jetzt, und er hatte Tränen in den Augen. »Ihr feid doch alle Betrüger!«

»Du sollst nur zurücknehmen, was du über Bev gesagt hast«, sagte Ben.

Beverly stand auf und berührte Bens dicke Schulter. »Laß ihn doch, Ben«, sagte sie. Dann hielt sie Bradley eine Handvoll Münzen hin. »Du kannst deine gern zurückhaben. Ich hab' sowieso nicht um Geld gespielt.«

Jetzt rollten Tränen der Demütigung über Bradleys Wangen. Er schlug Beverly die Münzen aus der Hand und rannte davon. Die anderen standen da und starrten ihm mit offenen Mündern nach. In sicherer Entfernung drehte Bradley sich um und schrie: »Du bift doch nur ein kleinef Miftftück, daf ift allef! Moglerin! Und deine Mutter ift eine *Hure*!«

Beverly schnappte nach Luft. Ben wollte Bradley verfolgen, warf aber nur eine Mülltonne um. Bradley war nicht mehr zu sehen, und Ben wußte genau, daß er ihn nicht einholen konnte. Deshalb wandte er sich lieber Beverly zu, um zu sehen, wie's ihr ging. Das Wort hatte ihn genauso schockiert wie sie.

Sie sah seinen besorgten Gesichtsausdruck. Sie machte den Mund auf, um zu sagen, daß alles in Ordnung war, keine Bange, Schläge tun weh, aber Worte können nicht verletzen... und die seltsame Frage, die ihre Mutter gestellt hatte, fiel ihr

(faßt er dich manchmal an)

wieder ein. Seltsame Frage, ja – einfach und doch unfaßbar, voll geheimnisvoller Untertöne, trüb wie alter Kaffee. Statt zu sagen, daß Worte sie nicht verletzen konnten, brach sie in Tränen aus.

Eddie schaute sie unbehaglich an, holte seinen Aspirator aus der Tasche und drückte auf die Flasche. Dann bückte er sich und begann die verstreuten Pennys aufzusammeln.

Ben trat instinktiv zu ihr; er wollte den Arm um sie legen und sie trösten, aber dann traute er sich doch nicht. Sie war viel zu hübsch. Angesichts ihrer Schönheit fühlte er sich hilflos. »Mach dir nichts draus«, sagte er; er wußte, daß es eine dumme Bemerkung war, aber er fand keine anderen Worte. Er berührte leicht ihre Schultern (sie hatte die Hände vors Gesicht geschlagen), zog seine Hände aber gleich wieder zurück, als hätte er sich verbrannt. Sein Gesicht war so hochrot, als würde er jeden Moment einen Schlaganfall bekommen. »Mach dir doch nichts draus, Beverly.«

Sie ließ die Hände sinken. Ihre Augen waren rot, und Tränen liefen ihr über die Wangen. Mit schriller, zorniger Stimme rief sie: »Meine Mutter ist keine Hure! Sie... sie ist *Kellnerin*!«

Tiefes Schweigen folgte ihren Worten. Ben starrte sie an. Eddie schaute zu ihr hoch, die Hände voller Pennys. Und plötzlich brachen sie alle drei in hysterisches Gelächter aus.

»Kellnerin!« kicherte Eddie. Er hatte nur sehr verschwommene Vorstellungen davon, was eine Hure war, aber etwas an diesem Vergleich kam ihm furchtbar komisch vor. »*Das* ist sie also!«

»Ja! Ja, das ist sie!« rief Beverly, die gleichzeitig weinte und lachte.

Ben lachte so, daß er nicht mehr stehen konnte. Er ließ sich auf eine Mülltonne fallen. Aber der Deckel kippte, und Ben landete auf dem Boden. Eddie schüttelte sich vor Lachen. Beverly half Ben aufzustehen.

Irgendwo über ihnen wurde ein Fenster aufgerissen, und eine Frau schrie: »Macht, daß ihr hier wegkommt. Manche Leute müssen Nachtschicht arbeiten, wißt ihr. Verschwindet!«

Die drei Kinder faßten sich bei den Händen, Beverly in der Mitte, und rannten in Richtung Center Street. Sie lachten immer noch.

Sie legten ihr Geld zusammen und stellten fest, daß sie 40 Cent hatten. Das reichte für zwei Milchshakes aus der Eisdiele. Weil der Besitzer ein alter Griesgram war, der nicht erlaubte, daß Kinder unter zwölf in der Eisdiele herumsaßen (er behauptete, der Pinball-Automat im Hinterzimmer könnte sie verderben), nahmen sie die Shakes in zwei großen Pappbechern mit zum Bassey Park und setzten sich dort ins Gras. Ben hatte einen Mokka-, Eddie einen Erdbeershake. Beverly saß zwischen ihnen und labte sich mit einem Strohhalm abwechselnd an den Getränken, wie eine Biene an Blumen. Zum erstenmal, seit am Vorabend die Blutfontäne aus dem Abfluß hochgespritzt war, fühlte sie sich wieder okay – gefühlsmäßig erschöpft und leer, aber okay. Im Frieden mit sich selbst.

»Ich kapier' einfach nicht, was in Bradley gefahren ist«, sagte Eddie schließlich. Es klang wie eine linkische Entschuldigung. »So habe ich ihn noch nie erlebt.«

»Du hast mich verteidigt«, sagte Beverly und küßte Ben auf die Wange. »Danke.«

Ben wurde sofort wieder scharlachrot. »Du hast nicht gemogelt«, murmelte er und trank in drei riesigen Schlucken die Hälfte seines Mokkashakes, worauf er einen gewaltigen Rülpser ausstieß.

»Tolle Leistung, Haystack!« sagte Eddie, und Beverly hielt sich vor Lachen den Bauch.

»Nicht«, kicherte sie. »Mir tut schon alles weh. Bitte keine Späße mehr.«

Ben lächelte. An diesem Abend, vor dem Einschlafen, würde er immer wieder den Moment vor seinem geistigen Auge ablaufen lassen, als sie ihn geküßt hatte.

»Geht es dir jetzt wirklich wieder gut?« erkundigte er sich.

Sie nickte. »Es war eigentlich nicht *Bradley*. Es war etwas anderes. Etwas, das gestern abend passiert ist.« Sie zögerte und schaute von Ben zu Eddie und zurück zu Ben. »Ich... ich muß es einfach jemandem erzählen. Oder zeigen. Oder irgendwas. Ich glaube, ich habe geweint, weil ich Angst habe, in der Klapsmühle zu landen.«

»Worüber redet ihr – von Klapsmühlen?« ertönte plötzlich eine neue Stimme.

Sie drehten sich bestürzt um. Es war Stanley Uris. Er sah wie immer klein, schmal und unnatürlich korrekt aus. Viel zu gepflegt für einen elfjährigen Jungen. In seinem weißen Hemd, das ordentlich in den frisch gewaschenen Jeans steckte, den tadellos sauberen Schuhen, mit dem sorgfältig gekämmten Haar sah er eher wie der kleinste Erwachsene der Welt aus. Dann lächelte er, und dieser Eindruck verging.

Sie wird jetzt nicht mehr erzählen, was sie uns anvertrauen wollte, dachte Eddie, *weil er nicht dabei war, als Bradley ihre Mutter mit jenem Namen beschimpfte.*

Aber nach kurzem Zögern erzählte Beverly es doch, denn irgendwie war Stanley anders als Bradley – im Gegensatz zu Bradley war er wirklich *vorhanden*, war er *real*.

Stanley ist einer von uns, dachte sie und wunderte sich, warum sie von diesem Gedanken plötzlich eine Gänsehaut bekam. *Ich tu' keinem von ihnen einen Gefallen, wenn ich es ihnen erzähle,* dachte sie. *Ihnen nicht, und mir selbst auch nicht.*

Aber es war schon zu spät. Sie hatte schon angefangen zu reden. Stan setzte sich zu ihnen. Sein Gesicht war ernst und wie versteinert. Eddie bot ihm den Rest seines Erdbeershakes an, aber Stan schüttelte nur den Kopf, ohne Beverly aus den Augen zu lassen. Niemand unterbrach sie bei ihrem Bericht.

Sie erzählte ihnen von den Stimmen. Wie sie Ronnie Grogans Stimme erkannt hatte. Sie wußte genau, daß Ronnie tot war, aber es war ihre Stimme gewesen. Sie erzählte ihnen von dem Blut, und daß ihr Vater es nicht gesehen oder gerochen hatte, und daß auch ihre Mutter es an diesem Morgen nicht bemerkt hatte.

Als sie geendet hatte, sah sie die anderen der Reihe nach an. Sie hatte Angst vor dem, was sie vielleicht in ihren Gesichtern lesen würde . . . aber sie sah keine Ungläubigkeit. Sie sahen alle erschrocken, aber nicht ungläubig aus.

Schließlich sagte Ben: »Schauen wir uns die Sache doch mal an.«

7

Sie betraten die Wohnung durch die Hintertür, nicht nur deshalb, weil Bevs Schlüssel zu dieser Tür paßte, sondern auch, weil sie sagte, daß ihr Vater sie umbringen würde, wenn Mrs. Bolton ihm erzählte, daß sie in Abwesenheit ihrer Eltern drei Jungen mitgebracht hatte.

»Warum denn?« fragte Eddie verwundert.

»Das verstehst du nicht, Dummchen«, sagte Stan. »Sei lieber still.«

Eddie wollte etwas erwidern, aber nach einem Blick auf Stans bleiches, angespanntes Gesicht hielt er lieber den Mund.

Die Hintertür führte in die Küche, die von Nachmittagssonne überflutet und sehr still war. Das Frühstücksgeschirr funkelte im Ständer auf der

Spüle. Die vier Kinder rückten am Küchentisch eng zusammen, und als im oberen Stock eine Tür laut zufiel, durchzuckte es sie alle, und sie lachten nervös.

»Wo ist es?« fragte Ben flüsternd.

Mit pochenden Schläfen führte Beverly sie den schmalen Flur entlang, an dessen Ende sich das Bad befand. Sie öffnete die Tür, lief rasch hinein und steckte den Gummistöpsel in den Abfluß des Waschbeckens. Dann ging sie zurück und stellte sich zwischen Ben und Eddie. Das Blut war zu fürchterlichen rotbraunen Flecken auf dem Spiegel, auf der Tapete und im Waschbecken getrocknet. Sie starrte darauf, weil ihr das immer noch leichter fiel, als einen der Jungen anzuschauen.

Schließlich fragte sie mit einer schwachen Stimme, die sie kaum als ihre eigene erkannte: »Seht ihr es? Sieht es *jemand* von euch?«

Ben trat vor, und sie war von neuem überrascht, wie leichtfüßig er sich für so einen dicken Jungen bewegte. Er berührte einen der Blutflecken; dann einen zweiten; dann einen langen Tropfen auf dem Spiegel. »Hier. Hier. Und hier«, sagte er.

»Es sieht so aus, als hätte jemand hier ein Schwein geschlachtet«, sagte Stan erschrocken.

»Und es kam aus dem Abfluß?« fragte Eddie. Der Anblick des Blutes verursachte ihm leichte Übelkeit. Er atmete schwer und umklammerte seinen Aspirator.

Beverly hatte Mühe, die Tränen zurückzuhalten. Sie wollte nicht wieder weinen; sie befürchtete, daß die anderen sie sonst als typische Heulsuse ansehen könnten. Aber sie mußte die Türklinke fest umklammern, weil sie vor überwältigender Erleichterung plötzlich ganz weiche Knie hatte. Erst jetzt wurde ihr so richtig bewußt, wie überzeugt sie gewesen war, Halluzinationen zu haben oder verrückt zu werden.

»Und deine Eltern haben es nicht gesehen«, staunte Ben. Er berührte einen trockenen Blutfleck im Waschbecken, zog aber rasch seine Hand weg und wischte sie an seinem Hemdsaum ab. »Du lieber Himmel!«

»Ich weiß nicht, wie ich je wieder reingehen soll«, sagte Beverly, »um mich zu waschen, meine Zähne zu putzen oder... na ja, ihr wißt schon.«

»Wir können hier doch gründlich saubermachen«, schlug Stan plötzlich vor.

Beverly starrte ihn an. »Saubermachen?«

»Na klar. Vielleicht kriegen wir von der Tapete nicht alles runter – sie sieht... na ja, sie sieht so aus, als liege sie ohnehin in den letzten Zügen –, aber den Rest können wir bestimmt abwaschen. Hast du ein paar Putzlappen?«

377

»Unter der Spüle«, sagte Beverly. »Aber meine Mutter wird sich wundern, wohin sie verschwunden sind, wenn wir sie benutzen.«

»Ich habe 50 Cent«, sagte Stan ruhig, ohne den Blick von den Blutflekken zu wenden. »Wir säubern jetzt alles, so gut es geht, dann bringen wir die Putzlappen in die Münzwäscherei, waschen und trocknen sie, und du kannst sie wieder an Ort und Stelle legen.«

»Meine Mutter sagt, daß Blut aus Stoff nicht mehr rausgeht«, wandte Eddie ein. »Sie sagt, es setzt sich im Gewebe fest oder irgend so was.«

Ben kicherte hysterisch. »Es macht nichts, wenn die Flecken aus den Lappen nicht ganz rausgehen«, sagte er. »*Sie* können sie ja ohnehin nicht sehen.«

Niemand mußte fragen, wen er mit ›sie‹ meinte.

»Okay«, sagte Beverly, »versuchen wir's.«

8

In der nächsten halben Stunde waren sie eifrig mit Putzen beschäftigt, und als das Blut allmählich von den Wänden, vom Spiegel und vom Waschbecken verschwand, wurde Beverly immer leichter ums Herz. Ben und Eddie kümmerten sich um das Waschbecken und den Spiegel, während sie den Boden schrubbte. Stan arbeitete mit größter Sorgfalt an der Tapete. Er verwendete dazu einen fast trockenen Lappen. Die anderen benutzten Mrs. Marshs Putzeimer, ihr Putzmittel und jede Menge heißes Wasser, das sie häufig wechselten, weil es sie ekelte hineinzulangen, wenn es blutig war. Zuletzt wechselte Ben die Glühbirne über dem Waschbecken aus. Das würde nicht auffallen, weil Mrs. Marsh letzten Herbst zu stark herabgesetztem Preis gleich einen Zweijahresvorrat gekauft hatte.

Endlich trat Stanley ein paar Schritte zurück, betrachtete das Bad mit dem kritischen Auge eines Jungen, dem Sauberkeit und Ordnungsliebe einfach angeboren sind, und erklärte: »Ich glaube, wir haben unser Bestes getan.«

An der Wand links vom Waschbecken waren immer noch schwache Blutspuren zu erkennen; dort war die Tapete so dünn und abgenutzt, daß Stanley nicht gewagt hatte, sie kräftig abzureiben. Aber sogar dort waren die Flecken nur noch schwach pastellfarben und sahen nicht mehr bedrohlich aus.

»Danke«, sagte Beverly. Sie konnte sich nicht daran erinnern, ein Dankeschön jemals so aufrichtig empfunden zu haben. »Ich danke euch allen.«

»Ist schon in Ordnung«, murmelte Ben errötend.

»War doch selbstverständlich«, sagte Eddie.

»Kommt, wir bringen diese Putzlappen weg«, meinte Stan. Sein Gesicht war starr, fast düster. Und viel später dachte Beverly, daß Stan damals vielleicht als einziger erkannt hatte, daß sie einer unausdenkbaren Konfrontation wieder um einen Schritt näher gekommen waren.

9

Sie legten die blutigen Putzlappen in eine Tragetasche, nahmen etwas Waschpulver mit und begaben sich in die Kleen-Kloze-Wäscherei an der Ecke Main und Cony Street. Zwei Blöcke weiter konnten sie den Kanal in der heißen Nachmittagssonne leuchtend blau funkeln sehen.

Bis auf eine Frau in weißer Schwesterntracht, die ihre Sachen gerade trocknete, war die Wäscherei leer. Die Frau warf den Kindern einen argwöhnischen Blick zu und schaute dann wieder in ihr Taschenbuch – *Peyton Place*.

»Kaltes Wasser«, sagte Ben leise. »Meine Mutter sagt, daß Blutflecken am besten mit kaltem Wasser rausgehen.«

Sie legten die Lappen in die Waschmaschine, während Stan seine zwei Vierteldollar gegen vier Zehncent- und zwei Fünfcentmünzen einwechselte. Nachdem Bev das Waschpulver über die Lappen geschüttet hatte, steckte er zwei Zehncentstücke in den Münzschlitz. Bev schloß das Bullauge, und Stanley setzte die Waschmaschine in Gang.

Beverly hatte die meisten Pennys, die sie gewonnen hatte, für die Milchshakes ausgegeben, aber nach langem Suchen fand sie doch noch vier in ihrer linken Jeanstasche. Sie bot sie Stan an, der ganz verlegen aussah. »Mein Gott«, sagte er, »da lade ich nun ein Mädchen zu einem Rendezvous in die Wäscherei ein, und plötzlich will es selbst bezahlen.«

Beverly mußte lachen. »Bist du sicher?«

»Ich bin *ganz* sicher«, sagte Stan trocken. »Es bricht mir zwar fast das Herz, auf deine vier Pennys zu verzichten – aber ich bin ganz sicher.«

Die vier Kinder gingen zu der Reihe harter Plastikstühle an der hinteren Wand der Wäscherei, setzten sich und schwiegen. Die Putzlappen wirbelten in der Waschmaschine herum. Seifenlauge spritzte gegen das dicke Glas des runden Bullauges. Zuerst war das Wasser rötlich, und es verursachte Beverly ein leichtes Übelkeitsgefühl, aber sie konnte trotzdem nicht wegschauen. Die Frau in der Krankenschwe-

sterntracht blickte immer häufiger über ihr Taschenbuch zu ihnen hinüber. Vielleicht hatte sie zuerst befürchtet, daß sie herumlärmen würden; nun schien ihr aber das Schweigen der Kinder auf die Nerven zu gehen.

Als die Trockenschleuder stillstand, holte sie ihre Sachen heraus, faltete sie zusammen, legte sie in einen blauen Wäschesack aus Plastik, warf
den Kindern einen letzten verwirrten Blick zu und ging weg.

Sobald sie draußen war, sagte Ben abrupt, fast barsch: »Du bist nicht
die einzige.«

»Was?« fragte Beverly.

»Du bist nicht die einzige«, wiederholte Ben. »Weißt du ...«

Er verstummte und schaute Eddie an, der nickte. Dann schaute er Stan
an, der ein unglückliches Gesicht machte ... der aber nach momentanem
Zögern ebenfalls achselzuckend nickte.

»Was ist los?« fragte Beverly wieder und packte Ben am Unterarm.
»Wenn ihr irgendwas darüber wißt, so sagt es mir bitte!«

»Willst du's erzählen?« fragte Ben Eddie.

Eddie schüttelte den Kopf, holte seinen Aspirator aus der Tasche und
drückte darauf.

Langsam erzählte Ben Beverly, wie er zufällig am letzten Schultag
nachmittags Bill Denbrough und Eddie Kaspbrak in den Barrens getroffen hatte. Er erzählte ihr, wie er, Eddie, Bill, Richie Tozier und Stan am
nächsten Tag den Damm gebaut hatten. Er erzählte ihr Bills Geschichte
von dem Foto seines toten Bruders, auf dem Georgie sich bewegt und ihm
zugezwinkert hatte. Er erzählte sein eigenes Erlebnis mit der Mumie, die
mitten im Winter mit Luftballons, die gegen den Wind flogen, auf dem
vereisten Kanal auf ihn zugekommen war. Beverly hörte mit wachsendem Schrecken zu. Sie spürte, wie ihre Hände und Füße kalt und ihre Augen immer größer wurden.

Ben kam zum Schluß und schaute Eddie an. Eddie drückte noch einmal
auf seinen Aspirator, dann erzählte er sein Erlebnis mit dem Aussätzigen. Er überschlug sich dabei fast vor Hektik, um die Sache möglichst
schnell hinter sich zu bringen. Er endete mit einem leisen Aufschluch-
zen, aber diesmal brach er nicht in Tränen aus.

»Und du?« fragte Beverly Stan.

»Ich ...«

Plötzlich trat eine Stille ein, die sie alle zusammenfahren ließ wie eine
Explosion.

»Der Waschvorgang ist beendet«, sagte Stan.

Er stand auf, ging zur Waschmaschine, holte die Lappen heraus, die in
einem Klumpen zusammenklebten, und betrachtete sie genau.

»Ein paar Flecken sind noch drauf«, bemerkte er, »aber es ist nicht schlimm. Sieht aus wie Preiselbeersaft.«

Er zeigte sie ihnen, und sie nickten feierlich wie über wichtige Dokumente. Beverly verspürte eine ähnliche Erleichterung wie kurz zuvor, als das Bad gesäubert war. Sie konnte die schwachen hellen Flecken auf der abblätternden Tapete ertragen, und auch die schwachen rötlichen Spuren auf den Putzlappen ihrer Mutter konnte sie ertragen. Sie hatten etwas dagegen *getan*, das schien wichtig zu sein. Vielleicht hatte es nicht völlig funktioniert, aber sie hatte festgestellt, es hatte immerhin so gut geklappt, daß sie beruhigt war, und das genügte Al Marshs Tochter Beverly.

Stan legte sie in eine der großen Trockenschleudern und warf seine beiden Fünfcentmünzen ein. Die Maschine kam in Bewegung, und Stan ging zurück und setzte sich wieder zwischen Eddie und Ben.

Einen Augenblick lang saßen sie alle schweigend da und betrachteten die Lappen, die in der Trockenschleuder umherwirbelten. Das Summen der gasbetriebenen Maschine wirkte auf sie beruhigend, sogar etwas einschläfernd. Eine Frau fuhr draußen mit einem Wägelchen voller Lebensmittel vorbei. Sie warf im Vorbeigehen einen Blick in die Wäscherei.

»Ich *habe* etwas gesehen«, sagte Stan plötzlich. »Ich wollte nicht darüber reden, weil ich es für einen Traum oder so was Ähnliches halten wollte. Vielleicht sogar für einen Anfall, wie der Stavier-Junge sie manchmal hat. Kennt ihr ihn?«

Ben und Bev schüttelten den Kopf, aber Eddie sagte: »Der Junge, der Epileptiker ist?«

»Genau. Es war so schlimm, daß ich lieber glauben wollte, auch krank zu sein, als die Sache für real zu halten.«

»Was war es denn?« fragte Bev, aber sie war sich nicht sicher, ob sie es auch wirklich hören wollte. Das hier war etwas ganz anderes, als um ein Lagerfeuer zu sitzen und sich Gespenstergeschichten anzuhören, während man Rosinenbrötchen aß und Marshmallows grillte, bis sie schwarz und runzelig waren. Hier saßen sie in einer stickigen Wäscherei, und sie konnte unter den Waschmaschinen große Staubflocken sehen (Geisterscheiße, wie ihr Vater das nannte, in der Luft umherwirbelnde Stäubchen und alte Zeitschriften mit zerrissenen Titelblättern. Und sie hatte Angst. Schreckliche Angst. Denn keine dieser Geschichten war erfunden, es waren keine erfundenen Monster, um die es hier ging: Bens Mumie, Eddies Aussätziger... jedes konnte heute abend, wenn es dunkel war, irgendwo lauern. Oder Bill Denbroughs Bruder, einarmig und furchterregend.

Trotzdem fragte sie, als Stan nicht gleich antwortete, noch einmal: »Was war es?«

381

Langsam begann Stan: »Ich war drüben in dem kleinen Park in der Nähe des Wasserturms...«

»O Gott, das ist ein schrecklicher Ort«, sagte Eddie bekümmert. »Wenn es in Derry einen verhexten Ort gibt, dann den.«

»Was?« rief Stan scharf. »Was hast du da gesagt?«

»Weißt du denn über diesen Ort nicht Bescheid?« fragte Eddie. »Meine Mutter hat mir immer verboten, dort hinzugehen, sogar bevor die ganzen Kinder ermordet wurden. Sie... sie paßt wirklich gut auf mich auf.« Er grinste ihnen verlegen zu und packte seinen Aspirator etwas fester. »Einige Kinder sind da drin ertrunken. Drei oder vier. Sie... Stan? Stan, geht's dir nicht gut?«

Stans Gesicht hatte sich grau verfärbt. Sein Mund öffnete und schloß sich wie bei einem Fisch auf dem Trockenen. Er verdrehte die Augen, bis die anderen nur noch die unteren Bögen seiner Iris sehen konnten. Eine Hand griff ins Leere und fiel dann kraftlos auf seinen Schoß.

Eddie tat das einzige, was ihm einfiel. Er beugte sich vor, legte einen Arm um Stans schlaffe Schultern, schob ihm seinen Aspirator in den Mund und drückte auf die Flasche.

Stan hustete und würgte. Er richtete sich auf, seine Augen nahmen wieder ihren normalen Ausdruck an, er hielt sich die Hand vor den Mund. Schließlich keuchte er nur noch etwas und lehnte sich in seinen Stuhl zurück.

»Was war das?« brachte er mühsam hervor.

»Meine Asthmamedizin«, sagte Eddie entschuldigend.

»Mein Gott, die schmeckt ja wie Hundescheiße.«

Sie lachten alle darüber, aber es war ein nervöses Lachen. Sie schauten Stan besorgt an. Langsam kam wieder etwas Farbe in seine Wangen.

»Sie schmeckt wirklich ziemlich scheußlich«, stimmte Eddie mit einigem Stolz zu.

»Ja, aber ist sie auch koscher?« fragte Stan, und wieder lachten sie, obwohl keiner von ihnen – einschließlich Stan – genau wußte, was ›koscher‹ bedeutete.

Stan schaute Eddie an. »Erzähl mir, was du von dem Wasserturm weißt«, sagte er.

Eddie fing an, aber Ben und Beverly trugen auch ihren Teil dazu bei. Der Wasserturm stand an der Kansas Street, etwa anderthalb Meilen von der Stadtmitte entfernt, am Südrand der Barrens. Im vorigen Jahrhundert hatte er ganz Derry mit Wasser versorgt. Er hatte ein Fassungsvermögen von knapp 8 Millionen Liter. Weil man von der ringförmigen offenen Plattform direkt unter dem Dach des Wasserturms einen herrlichen Blick auf die Stadt und ihre Umgebung hatte, war das bis um 1930

382

herum ein beliebter Ausflugsort gewesen. Bei schönem Wetter kamen Familien an Samstag- oder Sonntagnachmittagen in den kleinen Memorial Park, machten dort ein Picknick und kletterten dann die 160 Stufen zur Plattform empor, wo sie den Ausblick genossen.

Die schmale Wendeltreppe befand sich zwischen der Außenmauer des Wasserturms, die aus blendend weißen Schindeln bestand, und dem riesigen rostfreien Stahlzylinder von 40 Metern Höhe.

Dicht unterhalb der Aussichtsplattform führte eine dicke Holztür im inneren Stahlkorsett auf eine Plattform über der Wasseroberfläche, die von nackten Glühbirnen angestrahlt wurde. Wenn der Frischwassertank voll war, hatte das Wasser eine Tiefe von 35 Metern.

»Woher kam denn dieses Wasser?« fragte Stan.

Bev, Eddie und Ben schauten einander an. Keiner von ihnen wußte es.

»Und was ist mit den Kindern, die damals ertrunken sind?«

Auch darüber wußten sie nicht genau Bescheid. Anscheinend war die Tür, die zur Plattform über dem Wasser führte, damals (›in jenen alten Zeiten‹, wie Ben es pathetisch ausdrückte) immer unverschlossen. Eines Abends hatten ein paar Kinder – oder auch nur eines – oder drei – festgestellt, daß auch die untere Tür nicht abgeschlossen war. Sie waren hinaufgestiegen und im Dunkeln über den Rand der Plattform ins Wasser gestürzt.

»Ich hab' das von Vic Crumly gehört, der sagte, sein Vater hätte es ihm erzählt«, berichtete Beverly. »Vielleicht stimmt es also. Vic sagte, nachdem sie reingefallen waren, gab es nichts, woran sie sich festhalten konnten. Die Plattform war knapp außer Reichweite. Sie konnten also nur herumpaddeln und um Hilfe schreien, aber niemand hörte sie, weil es spätabends war. Und sie wurden immer erschöpfter, bis sie dann...«

Sie verstummte und spürte, wie Entsetzen sie überfiel. Sie sah jene Jungen vor sich, sie sah sie herumpaddeln wie triefend nasse Hundebabys. Untergehen und heftig um sich schlagend wieder hochkommen. Je größer ihre Panik wurde, desto wilder strampelten sie im Wasser. Ihre Schuhe sogen sich mit Wasser voll. Sie tasteten vergeblich nach irgendeinem Halt auf den glatten Stahlwänden. Beverly konnte fast das Wasser schmecken, das sie geschluckt haben mußten. Sie konnte ihre Schreie hören, die in dem Wasserturm gespenstisch widerhallten. Wie lange hatte es wohl gedauert? Fünfzehn Minuten? Eine halbe Stunde? Wie lange mochte es gedauert haben, bis die letzten Schreie verstummten und die Jungen nur noch mit dem Gesicht nach unten auf dem Wasser trieben, eigenartige Fische, die der Wärter am nächsten Morgen gefunden haben mußte?

»Mein Gott!« sagte Stan mit trockener Kehle.

»Ich hab' gehört, daß eine Frau dort einmal ihr Baby verlor«, sagte Eddie plötzlich, »und daß danach der Turm für Besucher gesperrt wurde. Früher konnten Leute dort raufgehen, das weiß ich. Und einmal ist also diese Frau mit einem Baby raufgegangen; ich weiß nicht, wie alt es war. Jedenfalls ist sie auf diese Plattform über dem Wasser gegangen, bis zum Geländer; sie hatte das Baby auf dem Arm, und entweder ließ sie es fallen, oder aber es strampelte sich los. Ich hab' gehört, daß ein Mann ihm nachgesprungen ist und versucht hat, es zu retten. Er wollte wohl den Helden spielen. Aber das Baby war verschwunden. Vielleicht hatte es ein Jäckchen an. Wenn Kleider naß werden, ziehen sie einen runter.«

Eddie griff plötzlich in seine Tasche und holte ein kleines braunes Glasfläschchen heraus. Er öffnete es, schüttelte zwei weiße Tabletten heraus und schluckte sie trocken.

»Was ist das?« fragte Beverly.

»Aspirin. Ich hab' Kopfweh.« Er schaute sie an, als wollte er sich verteidigen, aber Beverly sagte nichts.

Ben führte den Bericht zu Ende. Nach dem Zwischenfall mit dem Baby (er selbst hatte allerdings gehört, es sei ein kleines dreijähriges Mädchen gewesen) hatte der Stadtrat beschlossen, beide Türen des Wasserturms immer abgeschlossen zu halten. Und das war bis jetzt so geblieben. Natürlich hatte der Wärter jederzeit Zutritt, und ab und zu kamen die Wartungsleute, und einmal im Jahr wurden Führungen veranstaltet. Interessierte Bürger konnten hinter einer Dame von der Historischen Vereinigung die Wendeltreppe erklimmen, auf der offenen Plattform ›Ohs‹ und ›Ahs‹ über die herrliche Aussicht ausstoßen und Fotos machen. Aber die Tür zur Plattform über dem Wasser blieb immer geschlossen.

»Ist der Turm immer noch voll Wasser?« erkundigte sich Stan.

»Ich nehm's an«, antwortete Ben. »Ich hab' jedenfalls gesehen, wie Feuerwehrautos während der Grasbrandsaison dort vollgetankt wurden. Sie befestigten einen Wasserschlauch an den Rohren am Boden und füllten ihre Tanks.«

Stanley betrachtete wieder die Trockenschleuder, in der die Putzlappen umherwirbelten. Einige schwebten schon wie Fallschirme.

»Was hast du dort gesehen?« fragte Bev ihn sanft.

Einen Moment lang schien es so, als würde er überhaupt nicht antworten. Dann holte er tief Luft und sagte etwas, das ihnen zuerst völlig abwegig vorkam. »Er erhielt den Namen Memorial Park nach dem 23sten Maine-Regiment im Bürgerkrieg. Den Derry Blues. Früher gab's auch ein Denkmal, aber es ist in den 40er Jahren bei einem Sturm umgestürzt. Sie hatten nicht genug Geld, um die Statue zu restaurieren, deshalb haben sie ein Vogelbad daraus gemacht. Ein großes steinernes Vogelbad.«

Sie starrten ihn alle erstaunt an. Stan schluckte. Man konnte richtig hören, daß er einen Kloß in der Kehle hatte.

»Ich beobachte Vögel, müßt ihr wissen«, erzählte er. »Ich habe ein Album, ein Fernglas und all so Zeug.« Er verstummte wieder, dann fragte er Eddie: »Hast du noch Aspirin?«

Eddie reichte ihm das Röhrchen. Stan nahm zwei Tabletten heraus, zögerte und nahm dann noch eine dritte. Er gab Eddie das Röhrchen zurück und schluckte grimassenschneidend die Pillen, eine nach der anderen. Dann erzählte er ihnen seine Geschichte.

10

Stans Begegnung hatte vor zwei Monaten an einem regnerischen April- abend stattgefunden. Stan Uris hatte seinen Regenmantel angezogen und war mit seinem Vogelalbum und dem Fernglas in den Memorial Park gegangen. Normalerweise ging er immer mit seinem Vater dorthin, aber der Vater mußte an jenem Abend Überstunden machen und hatte Stan deshalb sogar extra angerufen.

Einer seiner Kunden in der Agentur, der ebenfalls Vögel beobachtete, behauptete, im Vogelbad im Memorial Park einen männlichen Kardi- nalsvogel – *Fringillidae Richmondena* – gesehen zu haben. Diese Vögel aßen, tranken und badeten gern in der Dämmerung. So weit nördlich von Massachusetts sah man selten einen Kardinal. Ob Stan hingehen und da- nach Ausschau halten möchte, hatte sein Vater gefragt.

Stan hatte sich gefreut. Seine Mutter nahm ihm das Versprechen ab, seine Kapuze aufzubehalten, aber das hätte Stan sowieso gemacht. Er war ein pedantischer Junge. Er machte niemals Schwierigkeiten, wenn er Gummischuhe oder Schneehosen anziehen sollte.

Er legte die anderthalb Meilen bis zum Park in einem Regen zurück, der so fein war, daß man ihn nicht einmal als Nieselregen bezeichnen konnte; eher als konstanten Nebel. Trotz des trüben Wetters löste die Luft frohe Erwartungen aus; unter Büschen und im Gehölz lagen zwar noch die letzten schmutzigen Schneehaufen, aber trotzdem war schon der Geruch neuen Naturerwachens in der Luft. Stan betrachtete die Zweige der Ulmen, Ahorne und Eichen, die sich vom bewölkten Himmel abhoben, und dachte, daß ihre Silhouetten jetzt auf geheimnisvolle Weise dicker aussahen. Das lag natürlich an den schwellenden Knospen, die in ein, zwei Wochen aufbrechen und zartgrüne, fast durchsichtige Blätter enthüllen würden.

Die Luft *riecht heute abend grün*, dachte er und lächelte ein wenig.

385

Er ging schnell, denn in höchstens einer Stunde würde es dunkel werden, und er war ein Perfektionist: Wenn das Licht nicht ausreichen würde, um hundertprozentig sicher zu sein, würde er niemals behaupten, den Kardinal gesehen zu haben, selbst wenn er tief im Herzen genau wissen würde, daß es wirklich einer gewesen war.

Er durchquerte den Memorial Park. Der weiße Wasserturm ragte links von ihm empor, aber Stan hatte kaum einen Blick für ihn übrig. Der Wasserturm interessierte ihn nicht.

Der Memorial Park war in etwa ein Rechteck, das sich hügelabwärts erstreckte. Das Gras – um diese Jahreszeit ausgeblichen und tot – war im Sommer ein gepflegter Rasen, und es gab viele runde Blumenbeete. Einen Spielplatz suchte man hier vergeblich; dies war ein Park für Erwachsene.

Am Ende des Parks, kurz bevor er dann abrupt in die Barrens überging, war ein ebenes Gelände, und dort stand das Vogelbad. Es war eine flache Steinwanne auf einer quadratischen gemauerten Säule, die für diesen bescheidenen Zweck viel zu wuchtig war. Stans Vater hatte ihm erzählt, bevor das Geld ausgegangen war, hatten sie vorgehabt, die Statue des Soldaten wieder aufzustellen.

»Das Vogelbad gefällt mir aber besser, Daddy«, hatte Stan gesagt.

Mr. Uris hatte ihm übers Haar gestrichen. »Mir auch, Stanny«, hatte er gesagt. »Mehr Bäder und weniger Kugeln, das ist mein Motto.«

Im Sockel war eine Inschrift in den Stein gemeißelt. Stanley las sie, verstand sie aber nicht; das einzig Lateinische, das er verstand, waren die Namen der Vögel in seinem Buch.

Apparebat eidolon senex.

Plinius

lautete die Inschrift.

Stan setzte sich auf eine Bank, holte sein Vogelalbum aus der Regenmanteltasche und schlug noch einmal das Foto des Kardinalsvogels auf. Er betrachtete es aufmerksam und prägte sich alle besonderen Merkmale des Vogels ein. Einen männlichen Kardinalsvogel konnte man schwerlich mit etwas anderem verwechseln – er war so rot wie ein Feuerwehrauto, wenn auch nicht so groß –, aber Stan war ein Gewohnheitsmensch; diese Sachen beruhigten ihn und gaben ihm das Gefühl, irgendwo hinzugehören. Daher studierte er das Bild gut drei Minuten, ehe er das Buch zuklappte (die Luftfeuchtigkeit wellte die Seiten nach oben), und steckte es wieder in die Tasche. Er nahm das Fernglas aus dem Behälter und hielt es an die Augen. Er mußte die Entfernung nicht einstellen, denn als er es das letzte Mal benutzt hatte, hatte er auch auf dieser Bank gesessen und dasselbe Vogelbad betrachtet.

Er war ein ruhiger, geduldiger Junge. Er wurde nicht nervös. Er stand nicht auf und lief herum, er schwenkte das Fernglas nicht in eine andere Richtung, um festzustellen, was es dort zu sehen gab. Er saß ganz still da, das Fernglas auf das Vogelbad gerichtet, und der feine Regen tropfte auf seinen Mantel.

Es wurde ihm auch nicht langweilig. Was er sah, war so eine Art Marktplatz für Vögel. Vier braune Sperlinge saßen eine Weile da, tauchten ihre Schnäbelchen ins Wasser und ließen von Zeit zu Zeit Tropfen über ihre Schultern und Rücken perlen. Ein Eichelhäher störte ihre gemütliche Runde – wie ein Polizist, der eine Schar von Müßiggängern auseinandertreibt. In Stans Fernglas sah er riesengroß aus, und seine dünnen, zänkischen Schreie paßten irgendwie nicht zu ihm. Die Sperlinge flogen fort. Der Eichelhäher stolzierte eine Zeitlang hochmütig herum, dann wurde es ihm langweilig, und er flog davon. Die Sperlinge kehrten zurück, entfernten sich aber wieder, als drei Rotkehlchen sich häuslich niederließen, um zu baden und – vielleicht – wichtige Angelegenheiten zu besprechen. Jetzt kam ein neuer Vogel hinzu. Er war rot. Stan richtete sein Fernglas ein klein wenig mehr nach links. Einen Augenblick lang war er fast sicher... aber es war eine scharlachrote Prachtmeise. Die Meise war ein regelmäßiger Besucher des Vogelbads. Stan erkannte sie an ihrem zerfetzten rechten Flügel und überlegte wie immer, was dem Vogel zugestoßen sein mochte: Hatte er vielleicht nähere Bekanntschaft mit einer Katze gemacht? Andere Vögel kamen und gingen, und zuletzt wurde Stan mit einer neuen Vogelart belohnt: nicht mit dem Kardinalsvogel, aber mit einem – ja, er war sich fast sicher – mit einem Kuhstar.

Er senkte das Fernglas und holte sein Album wieder aus der Tasche, wobei er betete, daß der Kuhstar nicht wegfliegen würde, während er sich vergewisserte, wie er aussah. Wenn es einer war, würde er seinem Vater wenigstens etwas Neues berichten können. Und es wurde allmählich Zeit heimzugehen. Es dunkelte rasch, und ihm war kalt. Er schaute in seinem Buch nach, dann setzte er wieder sein Fernglas an die Augen. Der neue Vogel war noch da, und es war ziemlich sicher ein Kuhstar. Bei dem schwachen Licht war es schwer, es hundertprozentig zu sagen, aber wenn er noch einmal verglich... Er warf wieder einen Blick in sein Album und richtete danach sein Fernglas gerade wieder auf das Vogelbad, als ein hohles, rollendes *Wwumm!* alle Vögel erschrocken aufflattern ließ. Stan versuchte, den Weg des vermeintlichen Kuhstars mit dem Fernglas zu verfolgen, wußte aber, daß seine Chancen in der tiefen Dämmerung sehr gering waren. Er verlor den Vogel aus den Augen und stieß ein enttäuschtes Zischen aus. Na ja, aber wenn er einmal hergekommen war, würde er vielleicht wiederkommen. Und außerdem war es ja nur ein Kuhstar gewesen,

(wahrscheinlich ein Kuhstar)

mit Sicherheit kein Goldadler oder großer Alk.

Stan schob sein Fernglas ins Futteral, steckte das Album in die Tasche und schaute sich um, weil er herausfinden wollte, woher der plötzliche laute Knall gekommen war. Er hatte sich nicht wie ein Gewehr oder ein Autoauspuff angehört. Eher wie eine Tür, die in einem unheimlichen Film mit Schlössern, Verliesen und gespenstischen Echoeffekten weit auffliegt.

Aber er konnte nichts sehen.

Er stand auf, hängte sein Fernglas um und ging den Hügel hinauf, auf die Kansas Street zu. Der Wasserturm befand sich jetzt zu seiner Rechten, ein kalkig-weißer Zylinder, der im Nebel und in der Dämmerung gespenstisch aussah. Er schien fast... ja, er schien fast zu schweben.

Das war ein seltsamer Gedanke, der ihm so gar nicht wie sein eigener vorkam. Er glaubte natürlich, daß er aus seinem eigenen Kopf gekommen sein mußte – wo sollte ein Gedanke sonst herkommen –, aber irgendwie schien es doch nicht sein eigener zu sein.

Er betrachtete den Wasserturm genauer und ging auf ihn zu, ohne zu überlegen, was er tat. In regelmäßigen Abständen war das Gebäude mit Fenstern versehen, die versetzt nach oben angeordnet waren. Die knochenweißen Schindeln ragten über jedes dieser dunklen Fenster hinaus wie Brauen über Augen. *Wie sie das wohl gemacht haben?* überlegte Stan, und dann entdeckte er am unteren Ende des Wasserturms eine viel größere dunkle Fläche – ein Rechteck.

Er blieb mit gerunzelter Stirn stehen und dachte, das sei ein komisches Fenster – überhaupt nicht symmetrisch zu den anderen angebracht –, und dann begriff er, daß es kein Fenster, sondern eine Tür war. Sie stand weit offen.

Jener laute Knall, dachte Stan. Es mußte diese Tür gewesen sein, die aufgegangen war. Er sah sich um. Frühe, düstere Dämmerung. Weißer Himmel, der zu einem dumpfen, trüben Purpur wurde, der Nebel dickte etwas mehr ein und ließ den Regen voraussahnen, der fast die ganze Nacht fallen sollte. Dämmerung und Nebel und fast kein Wind.

Also... wenn sie nicht aufgeweht worden war, hatte sie jemand aufgestoßen? Warum? Und es schien eine ungeheuer schwere Tür zu sein, wenn sie so einen Knall erzeugen konnte. Er vermutete, eine ziemlich große Person... vielleicht...

Neugierig ging er näher darauf zu.

388

Die Tür war sogar noch größer, als er zuerst gedacht hatte – sie war über zwei Meter hoch, siebzig Zentimeter dick und mit Messingbeschlägen verstärkt. Stan versetzte ihr einen Stoß, und trotz ihrer Größe bewegte sie sich leicht in ihren Angeln, ohne zu quietschen. Er wollte nachsehen, wie stark die Beschädigungen an den Schindeln waren, die der heftige Aufprall der Tür verursacht haben mußte. Aber es gab keine Beschädigungen. Nicht die geringsten. Unheimelich, wie Richie sagen würde.

Nun, du hast eben nicht die Tür gehört, das ist alles, dachte er. *Vielleicht ist ein Jet von Loring über Derry gedüst, oder so was. Die Tür war wahrscheinlich die ganze Zeit auf...*

Er stieß mit dem Fuß gegen etwas. Stan sah nach unten und stellte fest, daß es ein Vorhängeschloß war... Korrektur. Es waren die *Überreste* eines Vorhängeschlosses. Es war aufgerissen worden. Es sah sogar aus, als hätte jemand das Schlüsselloch des Schlosses mit Schießpulver gefüllt und ein Streichholz drangehalten. Tödlich scharfe Blütenblätter aus Metall standen von dem Schloß ab. Stan konnte die Stahlschichten im Inneren sehen. Das dicke Schließband hing schief an einem Bolzen, der zwei Drittel aus dem Holz herausgerissen worden war. Die drei anderen Bolzen lagen auf dem nassen Gras. Sie waren verbogen wie Brezeln.

Stirnrunzelnd stieß Stan die Tür wieder weit auf und schaute in den Wasserturm hinein.

Eine schmale Wendeltreppe führte in die Höhe. Die äußere Wand des Treppenhauses war aus Holz, verstärkt durch riesige Querbalken, die zum Teil dicker waren als Stans Oberarm. Die innere Wand war aus Stahl, aus dem große Nieten hervorragten.

»Ist hier jemand?« fragte Stan.

Es kam keine Antwort.

Stan ging hinein und blickte in das dunkle, schmale Treppenhaus empor. Er konnte nichts sehen. Er drehte sich um und wollte wieder gehen; ihm war jetzt etwas unbehaglich, etwas ängstlich zumute... aber dann hörte er Musik.

Sie war sehr leise, aber sofort erkennbar.

Drehorgelmusik.

Er hob lauschend den Kopf. Er täuschte sich nicht – es war tatsächlich Drehorgelmusik, die Musik von Jahrmärkten und Karnevalsveranstaltungen, die herrliche Assoziationen hervorrief: Popcorn, Zuckerwatte, Karussellfahrten...

Er lächelte ein wenig und stieg eine Stufe hinauf, dann eine zweite. Er blieb stehen. Als hätte der Gedanke an all die verlockenden Dinge sie tatsächlich hergezaubert, konnte er das Popcorn und die Zuckerwatte jetzt *riechen* – und noch vieles andere. Da war der scharfe Geruch von weißem

Essig, den man durch ein Loch in der Packung über seine Pommes frites gießen konnte; Hot Dogs und gelber Senf, den man mit einem Holzstäbchen auf ihnen verteilen konnte; Pfannkuchen, gebratene Zwiebeln und Paprika.

Das war erstaunlich... unglaublich.

Er ging noch eine Stufe höher, und in diesem Moment hörte er über sich schlurfende Schritte, die die Treppe herabkamen. Wieder hob er lauschend den Kopf. Die Drehorgelmusik war jetzt lauter, so als sollte sie die Schritte übertönen. Er konnte sogar die Melodie erkennen: ›Camptown Races‹.

Schritte: Aber eigentlich waren es keine *schlurfenden* Schritte. Sie hörten sich eher platschend an, so als ginge jemand in Gummischuhen voller Wasser. Und sie waren langsam, so als bereite das Gehen Mühe und Schmerzen.

Camptown ladies sing dis song, doodah, doodah
(platschplatsch)
Camptown Racetrack nine miles long, doodah day
(platschplatsch – jetzt schon näher)
Ride around all night
Ride around all day

(Schatten bewegten sich über ihm an der Wand)
Das Entsetzen schnellte Stan mit einem Mal den Hals hinunter – es war, als würde er etwas Heißes und Schreckliches schlucken, widerliche Medizin, die einen plötzlich wie Elektrizität galvanisierte.

Er sah sie nur einen Augenblick. Er hatte gerade genügend Zeit zu erkennen, daß es zwei waren, daß sie gebückt und irgendwie unnatürlich gingen. Er hatte nur diesen einen Augenblick, weil das Licht hier drinnen langsam schwand, und als er sich umdrehte, fiel die schwere Tür des Wasserturms langsam hinter ihm zu.

Stanley rannte die Treppe hinab (er hatte schon mehr als zwölf Stufen erklommen, obwohl er sich nur an zwei oder drei erinnern konnte!). Es war zu dunkel, um etwas sehen zu können. Er hörte seine eigenen lauten Atemzüge, er hörte die Drehorgelmusik irgendwo über sich...

(Was macht ein Drehorgelspieler überhaupt dort oben im Dunkeln? Wer spielt da?)
... und er hörte jene nassen Schritte. Sie kamen immer näher.

Mit gespreizten Händen drückte er gegen die Tür; er drückte so fest, daß ein prickelnder Schmerz sich bis zu den Ellbogen ausbreitete. Vorhin war die Tür so leicht aufgegangen . . . und nun bewegte sie sich überhaupt nicht.

Nein, das stimmte nicht ganz. Zuerst hatte sie sich ein klein wenig bewegt, gerade genug, daß er an der linken Seite einen schmalen vertikalen Streifen graues Licht sehen konnte, der ihn zu verhöhnen schien. Dann war auch dieser Streifen verschwunden. Es war so, als drücke jemand die Tür von außen zu.

Er wirbelte im Dunkeln herum und preßte seinen Rücken und die gespreizten Hände gegen die Tür. Er spürte, wie ihm heißer, öliger Schweiß über die Stirn lief. Die Drehorgelmusik war noch lauter geworden. Sie hallte im spiralförmigen Treppenhaus wider. Jetzt hatte sie nichts Fröhliches mehr an sich. Sie hatte sich verändert. Jetzt war sie ganz in Moll, wie klagende Trauermusik. Sie heulte wie Wind und Wasser, und Stan sah vor seinem geistigen Auge einen Jahrmarkt gegen Ende des Herbstes – Wind und Regen fegten über einen öden Rummelplatz, Wimpel flatterten, Zelte blähten sich, stürzten ein, flogen weg wie Fledermäuse aus Leinwand. Er verstand plötzlich, daß an diesem Ort der Tod lauerte, daß der Tod aus der Dunkelheit auf ihn zukam und er nicht wegrennen konnte.

Er hörte das Rauschen von Wasser. Es rieselte und tropfte die Stufen hinab. Jetzt roch es nicht mehr nach Popcorn, sondern nach Verwesung, nach totem Fleisch, das irgendwo im Verborgenen verfaulte und in dem es von Maden nur so wimmelte.

»*Wer ist dort?*« schrie er mit hoher, zitternder Stimme.

Und er erhielt eine Antwort – von einer leisen, blubbernden Stimme, die von Schlamm und fauligem Wasser fast erstickt zu werden schien.

»Die Toten, Stanley. Wir sind die Toten. Wir sind untergegangen, aber jetzt schweben wir . . . und auch du wirst schweben.«

Er spürte, wie Wasser seine Füße umspülte. Er drückte sich in Todesangst noch enger an die Tür. Sie waren jetzt ganz nahe. Er fühlte ihre Nähe. Er konnte sie *riechen*. Etwas preßte sich in seine Hüfte, als er immer wieder vergeblich versuchte, die Tür aufzudrücken, um ins Freie zu entkommen.

»Wir sind tot, aber manchmal albern wir ein bißchen herum, Stanley. Manchmal . . .«

Es war sein Vogelalbum.

Ohne zu überlegen, griff Stanley danach. Es hatte sich in seiner Manteltasche festgeklemmt. Es ließ sich nicht herausziehen. Einer der beiden Toten war jetzt schon unten angelangt. Stanley hörte ihn über den Steinboden schlurfen. Im nächsten Augenblick würde der Tote seine Hände ausstrecken, und er würde das kalte Fleisch auf seiner Haut spüren.

Er zerrte heftig, und dann hatte er das Vogelbuch in der Hand. Er hielt es mit beiden Händen vor sich wie einen winzigen Schild, ohne darüber nachzudenken, was er tat; er war plötzlich *sicher*, daß es das Richtige war.

»Rotkehlchen!« schrie er in die Dunkelheit hinein, und einen Moment lang zögerte das Wesen, das sich ihm näherte (es war nicht einmal mehr fünf Schritte von ihm entfernt) – er war fast sicher, daß es zögerte. Und hatte er nicht auch gespürt, daß die Tür ein klein wenig nachgab?

Er leckte sich die trockenen Lippen und begann zu singen: »Rotkehlchen! Graureiher! Seetaucher! Scharlachrote Prachtmeisen! Stare! Buntspechte! Rotspechte! Meisen! Zaunkönige! Peli...«

Die Tür öffnete sich mit einem lauten, protestierenden Schrei und schleuderte ihn in die letzten Reste einer grauen, regnerischen Dämmerung. Er fiel der Länge nach ins feuchte Gras. Er hatte das Vogelalbum so weit auseinandergebogen, daß es beinahe in zwei Hälften zerfiel, und später am Abend stellte er anhand der deutlichen Fingerabdrücke fest, daß er seine Finger richtiggehend in den festen Einband gekrallt haben mußte.

Er landete auf dem Rücken, stemmte sich mit den Beinen ab und begann, durch das nasse Gras rückwärts zu kriechen. Er fletschte die Zähne. In dem schwarzen Rechteck konnte er zwei Beinpaare sehen, unter der diagonalen Schattenlinie der halboffenen Tür. Er konnte Jeans erkennen, die rötlichschwarz verfärbt waren. Orangefarbene Fusseln klebten an den Säumen, Wasser tropfte von den Aufschlägen und bildete Pfützen um Schuhe, die größtenteils verfault waren so daß er aufgequollene, purpurne Zehen darin erkennen konnte.

Die Hände hingen schlaff an ihren Seiten herab, viel zu lang und wachsweiß. An jedem Finger hing ein orangefarbener Pompon.

Sein Vogelalbum immer noch aufgeschlagen vor sich, das Gesicht von Sprühregen, Schweiß und Tränen überströmt, flüsterte Stan heiser und monoton vor sich hin: »Hühnerhabicht... Kernbeißer... Kolibris... Albatrosse... Kiwis...«

Eine jener Hände drehte sich und zeigte eine Handfläche, von der endloses Wasser sämtliche Linien ausgewaschen und etwas so absurd Glattes zurückgelassen hatte wie die Hand einer Schaufensterpuppe.

Ein Finger krümmte sich... streckte sich... krümmte sich. Der Pompon baumelte hin und her.

Man winkte ihn zu sich.

Stan Uris, der 27 Jahre später mit aufgeschnittenen Pulsadern in einer Badewanne sterben würde, kam irgendwie auf die Beine und rannte.

Er überquerte die Kansas Street, ohne auf den Verkehr zu achten, und blieb keuchend auf dem Gehweg stehen, um einen Blick zurückzuwerfen.

Von seinem Standort aus konnte er die Tür des Wasserturms nicht sehen; nur den Turm selbst, der sich dick und doch anmutig von der Dunkelheit abhob.

»Sie waren tot!« flüsterte Stan entsetzt vor sich hin.

Er wandte sich rasch ab und rannte nach Hause.

11

Die Trockenschleuder stand still. Und Stan hatte seinen Bericht beendet.

Die drei anderen schauten ihn lange schweigend an. Seine Haut war fast so grau wie der Aprilabend, von dem er ihnen soeben erzählt hatte.

»Wow!« sagte Ben schließlich und stieß den Atem in einem abgerissenen, pfeifenden Seufzer aus.

»Es ist alles wahr«, sagte Stan leise. »Ich schwöre bei Gott, daß es stimmt.«

»Ich glaube dir«, versicherte Beverly. »Nach dem, was in unserem Badezimmer passiert ist, würde ich *alles* glauben.«

Sie stand so abrupt auf, daß sie fast ihren Stuhl umgeworfen hätte, und ging zur Trockenschleuder. Sie holte die Putzlappen heraus und faltete sie ordentlich zusammen. Sie wandte den anderen dabei den Rücken zu, aber Ben glaubte, daß sie weinte. Er wäre am liebsten zu ihr hingegangen, aber dazu fehlte ihm der Mut.

»Wir sollten mit Bill darüber sprechen«, meinte Eddie. »Bill wird wissen, was wir tun sollen.«

»Tun?« sagte Stan und starrte ihn an. »Was meinst du mit *tun*?«

Eddie schaute ihn unbehaglich an. »Na ja...«

»Ich will nichts *tun*«, rief Stan. Er sah Eddie mit einem so starren und harten Blick an, daß dieser verwirrt auf seinem Stuhl hin und her rutschte. »Ich will die Sache *vergessen*. Das ist alles, was ich *tun* will.«

»Das ist aber nicht so einfach«, wandte Beverly ruhig ein, während sie sich wieder den anderen zuwandte. Ben hatte recht gehabt; das grelle Sonnenlicht, das durch die schmutzigen Fensterscheiben der Münzwäscherei einfiel, enthüllte die Tränenspuren auf ihren Wangen. »Es geht nicht nur um *uns*. Ich habe Ronnie Grogan gehört. Und andere. Der kleine Junge, den ich zuerst gehört habe... vielleicht war das der kleine Clements, der von seinem Dreirad verschwunden ist.«

»Na *und*?« sagte Stan herausfordernd.

»Was ist, wenn es noch mehr sind?« fragte sie. »Wenn es noch mehr Kinder umbringt?«

Seine braunen Augen blickten in ihre graublauen und beantworteten wortlos ihre Frage: *Na und? Was könnten wir schon dagegen tun?*

Aber Beverly hielt seinem Blick ruhig stand, und zuletzt senkte Stan die Augen... vielleicht nur deshalb, weil sie immer noch weinte und dadurch irgendwie stärker war als er.

»Eddie hat recht«, sagte sie. »Wir sollten mit Bill reden. Und dann vielleicht zum Polizeichef gehen...«

»Großartig«, erwiderte Stan. Wenn er versuchte, sarkastisch zu sein, so gelang ihm das nicht; seine Stimme klang nur müde und resigniert. »Tote Kinder im Wasserturm. Blut, das nur Kinder sehen können, nicht aber Erwachsene. Clowns, die auf dem Kanal herumlaufen. Mumien. Aussätzige unter Veranden. Bolton wird uns einen Orden verleihen... und uns ins Irrenhaus schicken.«

»Wenn wir *alle* zu ihm gehen würden«, meinte Ben niedergeschlagen. »Wenn wir alle zusammen hingehen würden...«

»Haha!« sagte Stan. »Sprich ruhig weiter, Haystack. Schreib mir ein Buch.« Er stand auf und ging zum Fenster, die Hände in den Hosentaschen. Er sah ärgerlich, verwirrt und ängstlich aus. »Schreib mir ein verdammtes Buch.«

»Nein«, erwiderte Ben ruhig. »Die Romane wird Bill eines Tages schreiben.«

Stan drehte sich überrascht um, und auch die anderen starrten Ben an, der selbst ganz erschrocken aussah. Dann schüttelte er den Kopf, so als könnte er sich nicht mehr daran erinnern, was er gerade gesagt hatte.

Bev faltete die letzten Putzlappen zusammen.

»Vögel«, murmelte Eddie plötzlich.

»Was?« fragten Bev und Ben gleichzeitig.

Eddie schaute Stan an. »Du bist rausgekommen, weil du ihnen Vogelnamen zugerufen hast.«

»Vielleicht«, sagte Stan widerwillig. »Vielleicht klemmte die Tür aber auch einfach und ging in jenem Moment zufällig wieder auf.«

»Ich glaube, es waren die Vogelnamen, die du ihnen zugerufen hast«, sagte Eddie. »Aber warum? In den Filmen hält man im allgemeinen ein Kreuz hoch...«

»...oder betet das Vaterunser...«, fiel Ben ein.

»...oder den dreiundzwanzigsten Psalm«, fügte Beverly hinzu.

»Ich kenne den dreiundzwanzigsten Psalm«, sagte Stan wütend,

»aber ich glaube, das olle Kruzifix würde bei mir nicht so gut funktionieren. Ihr wißt ja, ich bin Jude.«.

Sie schauten verlegen weg, weil sie das ganz vergessen hatten.

»Vögel«, wiederholte Eddie. »Jesus!« Dann warf er Stan wieder einen schuldbewußten Seitenblick zu, aber Stan starrte düster aus dem Fenster.

»Bill wird wissen, was zu tun ist«, sagte Ben plötzlich, als stimme er endlich Beverly und Eddie zu. »Ich wette, daß ihm etwas einfällt. Ja, ich wette um alles in der Welt.«

»Seht mal«, sagte Stan und wandte sich ihnen wieder zu. »Das ist okay. Wir können mit Bill darüber reden, wenn ihr wollt. Ich hab' nichts dagegen. Aber damit hört die Sache für mich auch auf. Ihr könnt mich einen Feigling oder eine elende Memme oder sonstwas schimpfen, das ist mir egal. Aber diese Sache im Wasserturm...«

»Wenn du dich vor so was nicht fürchten würdest, müßtest du verrückt sein, Stan«, sagte Beverly sanft.

»Ja, ich hatte Angst, aber darum geht es nicht«, erwiderte Stan hitzig. »*Begreift* ihr denn nicht...«

Sie blickten ihn erwartungsvoll an; er las in ihren Augen Unruhe und zugleich auch einen schwachen Hoffnungsschimmer, doch er konnte seine Empfindungen nicht ausdrücken. Ihm fehlten einfach die Worte. Seine Gefühle erdrückten ihn fast, aber er konnte sie nicht artikulieren. Trotz seiner Gewissenhaftigkeit und Klugheit war er letztlich doch nur ein elfjähriger Junge, der gerade erst die vierte Klasse abgeschlossen hatte.

Er wollte ihnen erklären, daß es Schlimmeres gab, als sich zu fürchten. Man konnte Angst vor einem Autounfall, vor Kinderlähmung, vor Gehirnhautentzündung haben. Man konnte Angst vor diesem Irren Chruschtschow, vor dem Ertrinken und vor allen möglichen Sachen haben und trotzdem weiterleben.

Er wollte ihnen sagen, daß jene Geschehnisse im Wasserturm, jene toten Jungen, die in ihren tropfenden Jeans und verfaulten Schuhen die Wendeltreppe hinabgewatschelt waren, etwas Schlimmeres getan hatten, als ihn zu ängstigen: Sie hatten ihn *verletzt.*

Verletzt, ja, das war das einzige Wort, das ihm einfiel, und wenn er das sagte, würden sie ihn auslachen. Aber es gab Dinge, die nicht sein *sollten.* Sie verletzten die Weltordnung, jene zentrale Idee, daß Gott als letztes die Erdachse schief auf die Umlaufbahn gesetzt hatte, so daß die Dämmerung am Äquator nur etwa zwölf Minuten dauerte, während sie dort, wo die Eskimos ihre Iglus bauten, länger als eine Stunde anhielt; daß Er das getan und danach gesagt hatte: »Okay, wenn ihr diese Neigung der Erdachse entdecken und berechnen könnt, so könnt ihr auch alles andere entdecken und berechnen. Denn sogar Licht hat ein Gewicht, und wenn der Ton einer pfeifenden Lokomotive tiefer wird, wenn sie sich entfernt, so ist das der Doppler-Effekt, und wenn ein Flugzeug die Schallmauer durchbricht, so ist der Knall kein Applaus der Engel, sondern nur freigesetzte Schallenergie. Ich habe die Erdachse schräg auf die Umlaufbahn gesetzt, und dann habe ich mich in den Zuschauerraum begeben, um die Show zu verfolgen. Ich brauchte euch nichts anderes zu sagen, als daß zwei und zwei vier ist, und wenn irgendwo Blut ist, so können Erwachsene es ebenso sehen wie Kinder, und tote Jungen bleiben tot.« Mit der Angst kann man leben, hätte Stan gesagt, wenn er sich hätte artikulieren können. Vielleicht nicht ständig, aber doch sehr lange Zeit. Mit einer *Verletzung der Ordnung* kann man möglicherweise nicht leben, weil diese einen Riß im eigenen Denken aufreißt, und wenn man in diesen Riß hinuntersieht, erblickt man vielleicht Lebewesen da unten, und sie haben kleine gelbe Augen, die nicht blinzeln, und es ist ein Gestank da unten in der Dunkelheit, und nach einer Weile denkt man, vielleicht ist ein ganz anderes Universum da unten in der Dunkelheit, ein Universum, in dem ein viereckiger Mond aufgeht, wo die Sterne mit kalten Stimmen lachen, wo manche Dreiecke vier Seiten haben und manche fünf und manche fünf in die fünfte Potenz erhoben. In diesem Universum wachsen vielleicht singende Rosen. Alles führt zu allem, hätte er ihnen gesagt, wenn er gekonnt hätte. Geht in eure Kirche und hört euch Geschichten an, wie Jesus auf dem Wasser wandelte, aber wenn ich einen Mann sehen würde, der das macht, würde ich schreien und schreien und schreien. Denn für mich würde es wie ein Wunder aussehen. Für mich würde es wie eine *Verletzung der Ordnung* aussehen.

Weil er nichts von alledem in Worte fassen konnte, wiederholte er nur: »Angst ist nicht das größte Problem. Ich möchte nur nicht in etwas verstrickt werden, das mich ins Irrenhaus bringen kann.«

»Wirst du wenigstens mit uns kommen und mit Bill reden?« fragte Beverly. »Und dir anhören, was er sagt?«

»Klar«, sagte Stan und lachte plötzlich. »Vielleicht sollte ich mein Vogelalbum mitbringen.«

Alle stimmten in sein Lachen ein, und dadurch wurde ihnen ein wenig leichter ums Herz.

12

Beverly verabschiedete sich vor der Münzwäscherei von den anderen und ging allein nach Hause. Die Wohnung war immer noch leer. Sie legte die Putzlappen unter die Spüle in der Küche und schloß das Schränkchen. Dann schaute sie zum Badezimmer hinüber.

Ich gehe nicht dorthin, dachte sie. *Ich werde mir im Fernsehen ›Bandstand‹ ansehen. Vielleicht kann ich dabei lernen, wie man die Sau rausläßt.*

Sie ging ins Wohnzimmer, schaltete den Fernseher ein, und fünf Minuten später schaltete sie ihn wieder aus, während Dick Clark vorführte, wieviel Fett *ein einziges* Stri-Dex Medicated Pad vom Gesicht eines durchschnittlichen Teenagers entfernte. (»Wenn du glaubst, nur mit Seife und Wasser sauber werden zu können«, sagte Dick und hielt das schmutzige Tüchlein dicht vor die Kamera, damit jeder Teenager in Amerika es genau sehen konnte, »solltest du dir dies hier einmal genau ansehen.«)

Sie ging in die Küche und öffnete den Schrank über der Spüle, wo ihr Vater seine Werkzeuge aufbewahrte. Darunter befand sich auch ein Taschen-Meßband, so ein aufrollbares Ding, dessen schmale gelbe Stahlzunge in Zoll eingeteilt war. Sie nahm es in ihre kalte Hand und ging ins Bad.

Das Bad strahlte vor Sauberkeit und war sehr still. Irgendwo hörte sie Mrs. Doyon rufen, Jim – ihr Sohn – solle ins Haus kommen.

Bev ging zum Waschbecken und schaute in den dunklen Abfluß.

Einige Zeit stand sie so da; ihre Beine in den Jeans waren kalt wie Marmor, ihre Brustwarzen ganz hart, ihre Lippen völlig trocken. Sie wartete auf die Stimmen.

Es waren keine zu hören.

Sie stieß einen leisen, zittrigen Seufzer aus und begann das dünne Stahlband in den Ablauf zu schieben. Es glitt mühelos hinab, wie ein Schwert in die Kehle eines Jahrmarktartisten. Zwölf Zentimeter, sechzehn Zentimeter, zwanzig... und dann stockte das Meßband im Knie des Siphons unter dem Waschbecken. Sie bewegte es vorsichtig hin und her, und schließlich ließ es sich weiterschieben: Dreißig Zentimeter, siebzig Zentimeter, einen Meter.

Sie beobachtete, wie das gelbe Band aus dem Stahlgehäuse glitt, das von der großen Hand ihres Vaters abgegriffen war. Vor ihrem geistigen Auge sah sie, wie das Meßband durch das schwarze Loch des Rohres fuhr, schmutzig wurde und Rostschichten zerkratzte. Dort unten, wo nie die Sonne scheint, dachte sie. Dort unten, wo die Nacht nie endet.

Sie stellte sich vor, wie die Spitze des Meßbands mit dem kleinen Stahlring immer tiefer in die Dunkelheit hinabglitt, und sie vernahm eine innere Stimme, die ihr zurief: *Was tust du?* Sie ignorierte diese Stimme nicht, aber sie war nicht imstande, auf sie zu hören. Sie stellte sich vor, wie die Spitze jetzt in den Keller hinabwanderte, wie sie das Abwasserrohr erreichte... und in diesem Moment stockte das Meßband wieder.

Sie bewegte es wieder vorsichtig hin und her, und der biegsame dünne Stahl gab ein schwaches unheimliches Geräusch von sich.

Sie sah direkt vor sich, wie der Kopf des Meßbandes gegen den Boden dieses größeren Rohres stieß, wie es sich durchbog... und dann konnte sie es weiterschieben.

Zwei Meter. Zwei Meter vierzig. Drei...

Und plötzlich spulte sich das Band von allein ab, als ziehe jemand unten daran. Nein, es war auch kein einfaches Ziehen – es war so, als *renne* jemand damit. Mit weit aufgerissenen Augen und herabhängendem Unterkiefer starrte sie auf das hinabsausende Band; sie hatte Angst, natürlich hatte sie Angst, aber sie war nicht überrascht. Hatte sie es nicht *gewußt*? Hatte sie nicht *gewußt*, daß irgend so was passieren würde?

Das Meßband war jetzt völlig ausgezogen: Glatte sechs Meter.

Ein leises Kichern kam aus dem Ablauf, gefolgt von einem Flüstern, das sich fast vorwurfsvoll anhörte: »*Beverly, Beverly, Beverly... du kann uns nicht bekämpfen... du wirst sterben, wenn du's versuchst... sterben, wenn du's versuchst... Beverly... Beverly... ly-ly-ly...*«

Etwas klickte im Gehäuse des Meßbands, und es begann sich schnell wieder aufzurollen; die Zahlen und Markierungen verschwammen. Die letzten zwei Meter war es nicht mehr gelb, sondern dunkelrot und naß, und sie schrie auf und ließ es fallen, als hätte es sich plötzlich in eine lebendige Schlange verwandelt.

Frisches Blut tropfte auf das saubere weiße Porzellanbecken und zurück ins große Auge des Abflusses. Weinend packte sie das Meßband mit Daumen und Zeigefinger der rechten Hand. Sie trug es in die Küche. Blutstropfen markierten ihren Weg. Sie hielt es weit von sich ab, und ihr Gesicht hatte den angeekelten, ängstlichen und zugleich grimmigen Ausdruck einer Frau, die eine tote Ratte am Schwanz zur Mülltonne trägt. In der Küche legte sie das Meßband auf die Spüle.

Sie machte sich selbst Mut, indem sie daran dachte, was ihr Vater sagen würde – was er mit ihr *tun* würde –, wenn er bemerkte, daß sie sein Meßband blutig gemacht hatte. Natürlich würde er das Blut nicht sehen können, aber der Gedanke an mögliche Folgen verlieh ihr jetzt Kraft.

Sie nahm einen der sauberen Lappen – er war noch warm von der Trokkenschleuder, wie frisches Brot – und kehrte ins Bad zurück. Als erstes steckte sie den Gummistöpsel in den Ablauf, um dieses düstere Auge zu verschließen. Das frische Blut ließ sich leicht wegputzen. Sie folgte ihrer Spur und wischte die Blutstropfen auf dem alten Linoleum in Flur und Küche auf. Dann spülte sie den Lappen, wrang ihn aus und legte ihn beiseite.

Mit einem zweiten Lappen säuberte sie das Meßband ihres Vaters. Das Blut war dick und klebrig. An zwei Stellen waren richtige Klumpen, schwarz und dick und schwammig.

Obwohl nur die ersten zwei Meter blutig waren, putzte sie das ganze Meßband, beseitigte alle Spuren von Dreck und Unrat. Danach legte sie es ordentlich an seinen Platz im Schrank über der Spüle und trug die beiden schmutzigen Lappen zur Hintertür hinaus. Mrs. Doyon rief wieder nach Jim. Ihre Stimme gellte durch den stillen, heißen Spätnachmittag.

Im Hinterhof mit seinem Dreck, dem Unkraut und den Wäscheleinen stand ein rostiger Verbrennungsofen. Beverly warf die Lappen hinein, dann setzte sie sich auf die Hintertreppe. Plötzlich kamen ihr mit überraschender Heftigkeit die Tränen, und jetzt versuchte sie nicht, sie zurückzuhalten.

Sie legte die Arme um ihre Knie, verbarg den Kopf in ihnen und weinte, während Mrs. Doyon schrie, Jim solle sofort von der Straße weggehen – oder ob er vielleicht von einem Auto angefahren und getötet werden wolle?

Derry:

DAS ZWEITE ZWISCHENSPIEL

»Quaeque ipsa miserrima vidi,
Et quorum pars magna fui.«

– Vergil

»Man scheißert nicht mit dem
Unendlichen herum.«

– *Mean Streets*

14. Februar 1985, Valentinstag

Zwei weitere Vermißte in der vergangenen Woche – beides Kinder. Gerade als ich anfing, mich ein wenig zu entspannen. Bei den Vermißten handelt es sich um den sechzehnjährigen Dennis Torrio und um ein fünfjähriges Mädchen, das hinter seinem Elternhaus am West Broadway Schlitten fuhr. Die hysterische Mutter fand den Schlitten, eine dieser blauen fliegenden Untertassen aus Plastik, aber sonst nichts. In der Nacht zuvor hatte es frisch geschneit – etwa acht Zentimeter hoch. Keine Spuren außer denen des Mädchens, sagte Chief Rademacher, als ich ihn anrief. Ich glaube, er hat allmählich von mir die Schnauze voll. Aber *das* wird mir bestimmt keine schlaflosen Nächte bereiten; mich hält weitaus Schlimmeres wach.

Ich habe ihn gefragt, ob ich die Polizeifotos sehen dürfte. Er hat abgelehnt.

Ich habe ihn gefragt, ob die Spuren des Mädchens zu einem Gully oder Abzugskanal führten. Nach langem Schweigen sagte Rademacher: »Ich frage mich allmählich, ob Sie nicht zum Arzt gehen sollten, Hanlon. Zum Psychiater. Die Kleine wurde von ihrem Vater entführt. Lesen Sie denn keine Zeitungen?«

»Wurde der Torrio-Junge auch von seinem Vater entführt?« fragte ich.

Wieder eine lange Pause.

»Lassen Sie die Sache auf sich beruhen, Hanlon«, sagte er schließlich. »Und lassen Sie *mich* endlich in Ruhe.«

Er legte den Hörer auf.

Natürlich lese ich Zeitungen – schließlich lege ich sie jeden Morgen höchstpersönlich im Lesesaal aus. Das kleine Mädchen, Laurie Ann Winterbarger, war in der Obhut seiner Mutter, nachdem es ihr im Frühjahr 1982 nach erbitterten gerichtlichen Auseinandersetzungen zugesprochen worden war. Die Polizei vertritt die Auffassung, daß Horst Winterbarger, der irgendwo in Florida als Maschinist arbeiten soll, nach Maine gefahren ist und seine Tochter entführt hat. Man vermutet, daß er sein Auto neben dem Haus geparkt und seine Tochter gerufen hat – das ist die Erklärung der Polizei für das Fehlen weiterer Fußspuren. Viel weniger äußert die Polizei sich zu der Tatsache, daß das Mädchen seinen Vater nicht mehr gesehen hatte, seit es zwei Jahre alt gewesen war. Die Mutter hatte bei der Scheidung gebeten, das Gericht solle ihrem Mann jedes Besuchsrecht absprechen, weil er das kleine Mädchen sexuell belästigt habe; und obwohl Horst Winterbarger das energisch bestritten hatte, war dem Antrag der Mutter stattgegeben worden. Rademacher vertritt die Ansicht, daß Winterbarger durch diesen Gerichtsbeschluß, der ihn völlig von seinem einzigen Kind abschnitt, zu der Entführung getrieben wurde. Diese Möglichkeit ist nicht auszuschließen, aber urteilen Sie selbst: Hätte die kleine Laurie Ann ihren Vater nach drei Jahren wiedererkannt und wäre zu ihm gelaufen, als er sie rief? Rademacher behauptet das, obwohl sie erst zwei Jahre alt war, als sie ihren Vater zuletzt sah. Ich halte das für ausgeschlossen, besonders da Laurie Anns Mutter auch noch sagt, sie habe der Kleinen beigebracht, nicht mit Fremden zu reden – eine Lektion, die die meisten Kinder in Derry frühzeitig lernen. Rademacher sagt, die Polizei von Florida suche jetzt nach Winterbarger, und damit falle die Sache nicht mehr in seine Zuständigkeit.

»Für das Sorgerecht sind in erster Linie Anwälte zuständig, nicht die Polizei«, soll dieses großkotzige fette Arschloch wörtlich von sich gegeben haben.

Aber der Torrio-Junge... da ist die Lage ganz anders. Wunderbares Elternhaus. Spielte Football für die Derry Tigers. Hervorragender Schüler. Hatte im Sommer 1984 die Outward Bound Survival School mit Auszeichnung absolviert. Kein Drogenkonsum. Hatte eine Freundin, in die er offensichtlich mächtig verknallt war. Hatte alles, wofür es sich zu leben lohnt. Alles, um in Derry zu bleiben, wenigstens die nächsten paar Jahre. Trotzdem ist er weg.

Nun, was ist mit ihm passiert? Ein plötzlicher Anfall von Wanderlust? Ein betrunkener Autofahrer, der ihn vielleicht angefahren, tödlich verletzt und dann irgendwo begraben hat? Oder ist er vielleicht immer noch in Derry, irgendwo dort unten, und leistet Betty Ripsom und Patrick Hockstetter und Eddie Corcoran und all den anderen Gesellschaft? Ist es...

(später)

Ich bin schon wieder dabei, immer und immer dasselbe durchzukauen, nichts Konstruktives zu tun, mich nur total verrückt zu machen. Ich zucke zusammen, wenn die Treppe zum Büchermagazin knarrt. Die Schatten da oben sind mir unheimlich. Ich ertappe mich bei dem Gedanken, wie ich wohl reagieren würde, wenn ich dort mit meinem gummibereiften Bücherwägelchen Bücher einsortierte und plötzlich zwischen zwei Regalen hindurch eine Hand zum Vorschein käme, eine Hand, die nach mir greifen wollte...

Heute nachmittag überkam mich erneut das fast unwiderstehliche Verlangen, die anderen anzurufen. Ich habe sogar schon 404 gewählt, die Vorwahl von Atlanta; Stanley Uris' Nummer lag vor mir. Dann legte ich den Hörer wieder auf und vergrub mein Gesicht in den Händen; ich überlegte, ob ich sie anrufen wollte, weil ich mir wirklich sicher war – *hundertprozentig sicher* –, daß Es zurückgekehrt ist, oder einfach deshalb, weil ich inzwischen solche Angst habe, daß ich mit jemandem sprechen muß, mit jemandem, der weiß (oder wissen *wird*), weshalb ich so fürchterliche Angst habe.

Ich stellte fest, daß letzteres der Fall war, und widerstand dem Verlangen, nach dem Telefonhörer zu greifen. Tatsache ist, daß ich mir nicht sicher bin. Wenn noch eine Leiche aufgefunden werden sollte, werde ich sie anrufen... aber im Augenblick darf ich die Möglichkeit nicht ausschließen, daß sogar ein so großkotziges Arschloch wie Rademacher recht haben könnte, wenn auch nur rein zufällig. Laurie Ann *könnte* sich an ihren Vater erinnert haben; vielleicht hat sie Fotos von ihm gesehen. Und vermutlich könnte ein wortgewandter Erwachsener ein Kind überreden, in sein Auto zu steigen, auch wenn man dem Kind hundertmal erklärt hat, es dürfe so etwas niemals tun.

Und da ist noch eine andere Angst, die mich verfolgt. Rademacher hat mir deutlich zu verstehen gegeben, daß er mich für verrückt hält oder doch zumindest auf dem besten Wege dazu, verrückt zu werden. Ich glaube das nicht, keineswegs, aber wenn ich sie jetzt anrufe, könnten *sie* ebenfalls glauben, ich sei verrückt. Ja, noch schlimmer, ich habe das schreckliche Gefühl, daß sie sich überhaupt nicht an mich erinnern würden. *Mike Hanlon? Wer? Ich kenne keinen Mike Hanlon. Ich erinnere mich überhaupt nicht an Sie. Ein Versprechen? Was für ein Versprechen?*

Ich fühle, daß einmal die richtige Zeit kommen wird, um sie anzurufen... und wenn es soweit ist, werde ich *wissen*, daß es richtig ist. Ihre eigenen Schaltkreise werden sich zur selben Zeit öffnen. So, als kämen zwei große Räder ganz langsam in Konvergenz zueinander – ich und ganz Derry einerseits, die Freunde meiner Kindheit andererseits.

Wenn die Zeit gekommen ist, werden sie die Stimme der Schildkröte hören.

Deshalb werde ich abwarten, und früher oder später werde ich es wissen. Ich glaube nicht, daß es jetzt noch fraglich ist, ob ich sie anrufen soll oder nicht.

Jetzt ist es nur noch die Frage des richtigen Zeitpunkts.

20. Februar 1985

Das Feuer im ›Black Spot‹.

»Ein perfektes Beispiel dafür, wie die Mächtigen versuchen, Geschichte umzuschreiben, Mike«, hätte der alte Albert Carson vermutlich krächzend gesagt. »Sie versuchen's immer, und manchmal gelingt es ihnen fast... aber die Alten erinnern sich noch daran, wie es tatsächlich war. Und sie werden es dir erzählen, wenn du ihnen die richtigen Fragen stellst.«

Es gibt Leute, die seit zwanzig Jahren in Derry wohnen und nicht wissen, daß es auf dem alten Militärstützpunkt von Derry früher einmal eine ›spezielle‹ Kaserne für Unteroffiziere gab, eine Kaserne, die eine gute halbe Meile vom übrigen Stützpunkt entfernt war – und Mitte Februar, wenn die Temperaturen um minus zwanzig Grad schwankten, wenn der Wind mit einer Geschwindigkeit von vierzig Meilen pro Stunde über die ebenen Flugschneisen pfiff, bedeutete diese zusätzliche halbe Meile Frostbeulen, Erfrierungen, ja manchmal sogar den Tod.

Die übrigen Kasernen – es waren insgesamt sieben – hatten Ölheizung und Doppelfenster und waren gut isoliert. Sie waren warm und gemütlich. Die ›spezielle‹ Kaserne, in der die 27 Männer von Kompanie E untergebracht waren, wurde mit einem vorsintflutlichen Holzofen beheizt. Die Holzvorräte waren Gegenstand heftiger Kämpfe. Die einzige Isolierung bestand aus den breiten Wällen aus Kiefern- und Fichtenstämmen, die die Männer um die Außenwände herum aufschichteten. Einer der Männer organisierte Doppelfenster, aber die 27 Bewohner der ›speziellen‹ Kaserne wurden nach Bangor abkommandiert, um auf dem dortigen Stützpunkt zu helfen. Als sie abends müde und durchgefroren zurückkamen, waren alle Fenster eingeschlagen. Ausnahmslos alle.

Das war im Jahre 1930, als Amerikas Luftwaffe noch zur Hälfte mit Doppeldeckern ausgerüstet war. In Washington war der hitzige Billy Mitchell zur Büroarbeit degradiert worden, weil sein beharrliches Drängen auf den Aufbau einer moderneren Luftwaffe seinen Vorgesetzten zu lästig geworden war. Kurze Zeit später kam er vors Kriegsgericht.

Aus diesem Grunde wurden auf dem Militärstützpunkt Derry sehr wenig Flüge durchgeführt, trotz der drei Startbahnen (eine davon war sogar geteert). Meistens wurden die Soldaten mit irgendwelchen Verlegenheitsarbeiten beschäftigt.

Einer der Soldaten von Kompanie E war mein Vater. Er erzählte mir folgende Geschichte:

»Eines Tages im Frühjahr 1930 – etwa sechs Monate vor dem Feuer im ›Black Spot‹ – kehrte ich mit vier Kumpels von einem dreitägigen Kurzurlaub in Boston zurück.

405

Na ja, wie dem auch sei, jedenfalls stand da dieser große weiße Bursche, gleich hinter der Wache, stützte sich auf eine Schaufel und starrte Löcher in die Luft. Ein Feldwebel irgendwo aus dem Süden. Picklig. Karottenrote Haare. Schlechte Zähne. So 'ne Art Affe ohne Körperhaare, wenn du verstehst, was ich meine. Zur Zeit der Depression gab es jede Menge solcher Typen in der Armee.

Wir kamen also daher, vier schwarze Jungs, vom Urlaub zurück, und wir sahen ihm sofort an den Augen an, daß er nur so darauf lauerte, uns was anhängen zu können. Deshalb salutierten wir vor ihm, als sei er General Black Jack Pershing höchstpersönlich. Auch ich salutierte schneidig, und vermutlich wäre alles gutgegangen, aber es war ein schöner Tag Ende April, die Sonne schien, und ich Dummkopf riskierte 'ne Lippe. ›Einen schönen Nachmittag wünsche ich Ihnen, Sergeant‹, sagte ich, und er fiel natürlich sofort über mich her. ›Habe ich dir erlaubt, mich anzusprechen?‹ brüllte er.

›Nein, Sir‹, sagte ich.

Er schaute die anderen der Reihe nach an – Trevor Dawson, Carl Roone und Henry Whitsun, der dann im Herbst bei dem Feuer ums Leben kam – und sagte: ›Diesen Klugscheißer von Nigger werde ich mir jetzt mal vornehmen. Und wenn ihr anderen Hottentotten keine Lust habt, mit ihm einen angenehmen, lehrreichen Nachmittag zu verbringen, so rate ich euch dringend, schleunigst in eure Kaserne zu gehen, dort eure Klamotten abzuladen und euch beim wachhabenden Offizier zu melden. Kapiert?‹

Sie setzten sich also in Bewegung, und Wilson brüllte ihnen nach: ›Tempo, ihr verfluchten Nigger! Schwingt mal eure Ärsche!‹

Sie machten, daß sie wegkamen, und Wilson ging mit mir zu einem der Lagerschuppen und holte für mich einen Spaten. Dann führte er mich auf das große Feld, dort, wo heute der Northeast Airlines Airbus Terminal ist. Schaute mich an, grinste, deutete auf den Boden und fragte: ›Siehst du diese Grube da, Nigger?‹

Es war keine Grube da, aber ich hielt es für besser, ihm zuzustimmen, ganz egal, was er sagte, also schaute ich auf die Stelle, wohin er deutete, und erklärte, natürlich sähe ich sie. Daraufhin knallte er mir seine Faust auf die Nase, und ich landete auf dem Boden, und das Blut floß über mein letztes frisches Hemd.

›Du kannst sie nicht sehen, weil irgend so ein großmäuliger Niggerbastard sie zugeschüttet hat!‹ brüllte er. Auf seinen mageren Wangen glühten zwei große rote Flecken, aber zugleich grinste er, und es war nicht zu übersehen, daß er sich bestens amüsierte. ›Was du jetzt also tun wirst, Mr. Einen-schönen-Nachmittag, ist, den Dreck aus meiner Grube rauszuschaufeln. Und zwar ein bißchen schnell!‹

Ich schaufelte also fast zwei Stunden, und bald stand ich bis zum Kinn in dieser Grube. Die letzten paar Zentimeter waren nasser, schwerer Lehm, und als ich fertig war, stand ich bis zu den Knöcheln im Wasser, und meine Schuhe waren völlig durchweicht.

›Komm raus, Hanlon!‹ befahl Wilson. Er saß gemütlich im Gras und rauchte eine Zigarette. Natürlich half er mir nicht dabei, aus der Grube rauszuklettern. Ich war von Kopf bis Fuß total verdreckt, von dem Blut auf meinem Hemd ganz zu schweigen. Er stand auf und schlenderte auf mich zu. Er deutete auf die Grube.

›Was siehst du da, Nigger?‹ fragte er mich.

›Ihre Grube, Herr Feldwebel‹, sagte ich.

›Ja, aber ich habe beschlossen, daß ich sie nicht haben will‹, erklärte er. ›Ich will keine Grube, die von einem Nigger gegraben wurde. Zuschaufeln, Gefreiter Hanlon.‹

Also schaufelte ich sie wieder zu, und als ich damit fertig war, ging die Sonne schon fast unter, und es wurde langsam kühl. Er kam rüber und schaute sich die Sache an, nachdem ich mit der Rückseite des Spatens alles glattgeklopft hatte.

›Na, und was siehst du jetzt, Nigger?‹ fragte er mich.

›Einen Haufen Dreck, Sir‹, sagte ich, und er schlug wieder zu. Mein Gott, Mikey, ich war nahe daran, ihm die Schaufel auf den Schädel zu knallen. Aber wenn ich das getan hätte, hätte ich nie wieder die Sonne gesehen, außer durch Gitterstäbe hindurch. Und trotzdem glaube ich manchmal fast, daß die Sache es wert gewesen wäre. Aber irgendwie schaffte ich es, mich zu beherrschen.

›Das ist kein Haufen Dreck, du verdammter Niggerschwanz!‹ brüllte er, und der Speichel flog ihm nur so von den Lippen. ›Das ist MEINE GRUBE, und du wirst jetzt sofort den Dreck aus meiner Grube rausschaufeln. *Und zwar ein bißchen schnell!*‹

Also schaufelte ich den Dreck aus seiner Grube, und dann mußte ich sie wieder zuschütten, und als ich damit fertig war, fragte er mich, warum ich seine Grube zugeschaufelt hätte, wo er doch gerade reinscheißen wollte. Also schaufelte ich sie noch einmal aus, und er ließ seine Hosen runter und hängte seinen dünnen, verschissenen Spießerarsch über die Grube und grinste zu mir hoch, während er sein Geschäft verrichtete, und fragte: ›Wie geht es dir, Hanlon?‹

›Mir geht's ganz prima, Sir‹, sag' ich sofort, weil ich beschlossen hab', daß ich nicht aufgeben würde, bis ich bewußtlos oder tot umfalle.

›Nun, das werd' ich ändern‹, sagt er. ›Zuerst füllst du mal das Loch wieder zu, Gefreiter Hanlon. Und ich will ein bißchen Leben sehen. Du schläfst ja ein.‹

Also hab' ich sie wieder zugeschaufelt, und an seinem Grinsen konnte ich ablesen, daß er vorhatte, sie mich wieder ausheben zu lassen und dieses Spielchen weiterzutreiben, bis ich umkippen würde. Aber in diesem Moment kam einer seiner Freunde mit einer Gaslaterne in der Hand quer übers Feld auf ihn zugelaufen und berichtete ihm, daß eine überraschende Inspektion stattgefunden hätte, und Wilson Schwierigkeiten bekommen würde, weil er nicht dagewesen wäre.

Daraufhin ließ er mich gehen, und am nächsten Tag schaute ich mehrmals nach, ob sein Name auf der Strafliste stand, aber dem war nicht so. Ich nehme an, er hat einfach erzählt, daß er die Inspektion versäumt hätte, weil er einem großmäuligen Nigger beibringen mußte, wem all die Gruben auf dem Militärstützpunkt Derry gehörten, jene, die schon ausgehoben waren, und all jene, die noch nicht ausgehoben waren. Vermutlich haben sie ihm daraufhin einen Orden verliehen, anstatt ihn strafweise Küchendienst machen zu lassen. Ja, so war die Lage für Kompanie E hier in Derry.«

Es muß so um 1958 herum gewesen sein, daß mein Vater mir diese Geschichte erzählte, und er ging damals schon auf die Fünfzig zu, obwohl meine Mutter erst knapp 40 war. Ich fragte ihn, warum er denn in Derry geblieben sei, wenn dort solche Zustände geherrscht hätten.

»Na ja, ich war erst 16, als ich zum Militär ging«, erklärte er mir. »Geboren und aufgewachsen bin ich in Burgaw, North Carolina, und Fleisch bekamen wir nur direkt nach der Tabakernte und höchstens noch ab und zu im Winter zu sehen, wenn mein Vater einen Waschbären oder eine Beutelratte schoß. Meine einzige schöne Erinnerung an Burgaw – das ist die Beutelrattenpastete, die mit Maisbrot wunderschön verziert wurde.

Und als dann mein Vater bei einem Unfall mit irgendeiner landwirtschaftlichen Maschine ums Leben kam, sagte meine Mutter, daß sie mit Philly Loubird nach Corinth umziehen würde, wo sie Verwandte hatte. Philly Loubird war das Nesthäkchen der Familie.«

»Sprichst du von Onkel Phil?« fragte ich. Ich mußte bei dem Gedanken lächeln, daß jemand ihn Philly Loubird nennen konnte. Er war Rechtsanwalt in Tucson, Arizona, und er hatte sechs Jahre lang dem Stadtrat angehört. Als Kind hielt ich ihn für einen reichen Mann. Für einen Schwarzen war er das vermutlich auch. Er verdiente 1958 so an die 20000 Dollar im Jahr.

»So ist es«, sagte mein Vater. »Aber damals war er nur ein zwölfjähriger Junge, der eine Mütze aus Reispapier aufhatte und gestopfte Hosen trug und keine Schuhe besaß. Er war der jüngste, ich war der zweitjüngste. Alle anderen waren fort – zwei tot, zwei verheiratet, einer im Gefängnis. Das war Howard. Der hat nie was getaugt.

408

›Du gehst zur Armee‹, hat deine Großmutter zu mir gesagt. ›Ich weiß nicht, ob sie dich gleich von Anfang an bezahlen oder nicht, aber wenn, dann schickst du mir jeden Monat eine Abzahlung. Ich schick' dich nicht gern weg, Junge, aber wenn du dich nicht um mich und Philly kümmerst, weiß ich nicht, was aus uns werden soll.‹ Sie gab mir die Geburtsurkunde, damit ich sie dem Rekrutierungsoffizier zeigen konnte, und ich sah, daß sie das Jahr darauf irgendwie geändert und mich achtzehn gemacht hatte.

Also ging ich zum Amtsgebäude, wo der Rekrutierungsmensch saß, und bat, in die Armee aufgenommen zu werden. Er zeigte mir die Papiere und die Zeile, wo ich meine drei Kreuzchen hinmachen sollte. ›Ich kann meinen Namen schreiben‹, protestierte ich, und er lachte nur, so als ob er mir nicht glaubte.

›Also los, dann unterschreib, Junge‹, meinte er.

›Einen Augenblick‹, sagte ich. ›Ich möchte Ihnen vorher noch ein paar Fragen stellen.‹

›Nur raus damit‹, sagte er. ›Ich kann jede Frage beantworten.‹

›Gibt es in der Armee zweimal wöchentlich Fleisch?‹ fragte ich.

›Nein‹, sagte er. ›Jeden Abend gibt's welches.‹

›Sie müssen mich für einen totalen Dummkopf halten‹, sagte ich.

›Da hast du nicht mal so unrecht, Nigger‹, erwiderte er.

›Wenn ich Soldat werde, muß ich etwas für meine Mutter und für Philly Loubird tun können‹, sagte ich.

›Dafür ist gesorgt‹, meinte er und deutete auf das Soldformular. ›Sonst noch Fragen?‹

›Na ja‹, sagte ich, ›wie steht's mit einer Offiziersausbildung?‹

Er warf den Kopf zurück und lachte schallend. Er lachte so lange, daß ich schon dachte, er würde gleich an seinem eigenen Speichel ersticken. Dann sagte er: ›Mein Sohn, der Tag, an dem man Niggeroffiziere in der Armee haben wird, wird derselbe Tag sein, an dem man den blutenden Jesus im Birdland Charleston tanzen sehen kann. Und jetzt unterschreib, oder laß es bleiben. Du verpestest hier die Luft.‹

Ich unterschrieb, da ich dachte, man würde mich nach New Jersey raufschicken, wo die Armee damals Brücken baute, weil es ja nirgends Kriege zu führen gab. Statt dessen kam ich nach Derry, Maine, in die Kompanie E.«

Er seufzte und rutschte auf seinem Stuhl hin und her, ein großer Mann mit weißen lockigen Haaren. Damals gehörte uns eine der größeren Farmen in Derry und der vermutlich beste Straßenverkaufsstand südlich von Bangor. Wir drei arbeiteten schwer, und mein Vater stellte zur Erntezeit Hilfskräfte ein, aber im allgemeinen schafften wir es allein ganz gut.

»Ich bin hiergeblieben, weil ich sowohl den Süden als auch den Norden gesehen hatte, und weil es da keinen Unterschied gab«, sagte er. »Es war nicht Feldwebel Wilson, der mich zu dieser Überzeugung brachte. Er war nichts weiter als ein Habenichts aus Georgia, der durch und durch Südstaatler blieb, wohin er auch ging. Er brauchte nicht südlich der Mason-Dixie-Linie zu leben, um Nigger zu hassen. Dieser Haß begleitete ihn überall hin. Nein, es war das Feuer im ›Black Spot‹, das mich davon überzeugte. In gewisser Weise...«

Er warf einen Blick zu meiner Mutter hinüber, die strickte und ihm zuhörte, ohne jedoch von ihrer Beschäftigung aufzuschauen.

»In gewisser Weise war es dieses Feuer, das mich zum Mann machte. Sechzig Menschen kamen bei dem Brand ums Leben, und achtzehn davon waren aus der Kompanie E. Nach diesem Brand gab es keine Kompanie E mehr. Henry Whitsun... Stork Anson... Alan Snopes... Everett McCaslin... Horton Sartoris... alle meine Freunde waren dabei ums Leben gekommen. Und dieses Feuer war nicht von Feldwebel Wilson und seinen Freunden gelegt worden, sondern von der ›Maine Legion of White Decency‹, Ortsgruppe Derry. Einige der Kinder – nicht die armen –, mit denen du zur Schule gehst, mein Sohn –, deren Väter waren es, die das ›Black Spot‹ in Brand setzten.«

»Warum, Daddy?«

»Na ja, zum Teil war einfach die Atmosphäre in Derry dafür verantwortlich«, sagte mein Vater stirnrunzelnd. Er zündete langsam seine Pfeife an und blies das Streichholz aus. »Ich weiß nicht, warum es gerade hier passierte; ich kann es nicht erklären.

Die ›Legion of White Decency‹ war die Nordstaaten-Version des Ku-Klux-Klans, weißt du. Sie liefen in der gleichen weißen Kapuzentracht herum, sie hatten das gleiche Symbol des Flammenkreuzes, sie schrieben die gleichen haßerfüllten Drohbriefe an Schwarze, die ihrer Meinung nach zu hoch hinauswollten oder Jobs annahmen, die eigentlich Weißen vorbehalten waren. In Kirchen, wo die Prediger über die Gleichberechtigung der Schwarzen sprachen, legten sie manchmal Dynamit. In den meisten Geschichtsbüchern ist mehr vom Ku-Klux-Klan die Rede als von der ›Legion of White Decency‹, und viele Leute wissen nicht einmal, daß es so was gab. Ich nehme an, daß es daran liegt, daß die meisten Geschichtsbücher von Nordstaatlern geschrieben werden, die sich dieser Sache schämen.

Na ja, den größten Zulauf hatte die ›Legion of White Decency‹ in den Großstädten und in Industriegebieten. New York, New Jersey, Detroit, Baltimore, Boston, Portsmouth – überall gab es Ortsgruppen. Sie versuchten sich auch in Maine zu organisieren, aber Derry war der einzige

Ort, wo sie wirklich Erfolg damit hatten. O ja, eine Zeitlang gab es auch in Lewiston eine ziemlich starke Gruppe, aber sie kümmerte sich nicht um Nigger, die angeblich weiße Frauen vergewaltigten oder Jobs innehatten, die Weißen vorbehalten sein sollten, denn es gab hier oben kaum Neger. In Lewiston beschäftigten sie sich mit Landstreichern und Vagabunden; sie befürchteten, daß ehemalige Soldaten sich mit der – wie sie sich ausdrückten – ›kommunistischen Proletenarmee‹ verbünden könnten, womit die Arbeitslosen gemeint waren. Die ›Legion of White Decency‹ pflegte verdächtige Elemente dieser Art sofort aus der Stadt zu vertreiben, sobald sie nur dort auftauchten.

Mitte 1931 hatte sich die Ortsgruppe in Lewiston aber schon so gut wie aufgelöst, und auch in Derry zerfiel sie nach dem Brand im ›Black Spot‹. Weißt du, sie war einfach außer Kontrolle geraten. In dieser Stadt scheint so etwas öfters vorzukommen.«

Er paffte eine Zeitlang schweigend vor sich hin.

»Man könnte sagen, Mikey«, fuhr er schließlich fort, »die ›Legion of White Decency‹ sei eine Saat gewesen, die in Derry einen guten Boden für ihr Gedeihen gefunden hat. Sie war hier ein regelrechter Klub reicher Männer. Und nach dem Brand legten sie alle ihre Kapuzentrachten einfach ab und deckten sich gegenseitig mit ihren Lügen, und die Sache wurde vertuscht.« Jetzt lag in seiner Stimme eine so heftige Verachtung, daß meine Mutter stirnrunzelnd aufblickte. »Wer war denn schließlich ums Leben gekommen? Achtzehn Nigger aus der Armee, vierzehn oder fünfzehn Nigger aus der Stadt, vier Mitglieder einer Nigger-Jazzband... und etliche Nigger-Liebchen. Was spielte das schon für eine Rolle?«

»Will«, sagte meine Mutter sanft. »Das reicht.«

»Nein«, rief ich, »ich will es hören!«

»Für dich ist eigentlich schon Schlafenszeit, Mikey«, sagte er und strich mir mit seiner großen, rauhen Hand übers Haar. »Eines möchte ich dir aber doch noch sagen, obwohl ich nicht glaube, daß du es verstehen wirst – ich bin mir nicht einmal sicher, daß *ich* es verstehe. Was in jener Nacht im ›Black Spot‹ geschah, so schlimm es auch war... ich glaube eigentlich nicht, daß es passierte, weil es sich um Schwarze handelte. Nicht einmal deshalb, weil das ›Black Spot‹ direkt hinter dem West Broadway war, wo damals die reichen Weißen von Derry wohnten – und wo sie heute noch wohnen. Ich glaube nicht, daß die ›Legion of White Decency‹ hier soviel Zulauf und Erfolg hatte, weil der Haß auf Schwarze in Derry größer war als in Portland oder Lewiston oder Brunswick. Es liegt an diesem Boden. Es hat den Anschein, als gedeihe das Böse auf dem Boden dieser Stadt besonders gut. Ich habe in all den Jahren immer wieder darüber nachgedacht. Ich weiß nicht, warum es so ist... aber es *ist* so.

Doch es gibt hier auch gute Menschen, und die gab es auch damals. Zu den Begräbnissen nach dem Brand kamen Tausende, und sie kamen zu den Begräbnissen der Schwarzen ebenso wie zu jenen der Weißen. Die Geschäfte blieben fast eine Woche lang geschlossen. In den Krankenhäusern wurden die Verletzten unentgeltlich behandelt. Es gab Eßkörbe und Beileidsbriefe, die ehrlich gemeint waren. Und es gab helfende Hände, die sich uns entgegenstreckten. Ich lernte damals meinen Freund Dewey Conroy kennen, der so weiß wie Vanilleeis ist, aber für mich ist er wie ein Bruder. Ich würde für Dewey sterben, wenn er mich darum bitten würde, und obwohl kein Mensch einem anderen wirklich ins Herz schauen kann, glaube ich, daß auch er für mich sterben würde.

Na ja, jedenfalls schickte die Armee uns nach dem Feuer alle weg, so als schämten sie sich... und ich vermute, daß sie sich tatsächlich schämten. Ich landete in Fort Hood, und da blieb ich sechs Jahre lang. Dort lernte ich deine Mutter kennen, und wir heirateten in Galveston, in ihrem Elternhaus. Aber in all den Jahren war mir Derry nie aus dem Kopf gegangen. Und nach dem Krieg kehrten wir hierher zurück. Und dann kamst du auf die Welt. Und da sind wir nun, keine drei Meilen von der Stelle entfernt, wo einst das ›Black Spot‹ stand. Und jetzt mußt du wirklich ins Bett, mein Junge.«

»Ich will aber alles über das Feuer hören!« rief ich. »Erzähl mir davon, Daddy!«

Er sah mich mit gerunzelter Stirn ernst an, was mich immer zum Schweigen brachte... vielleicht weil er nur selten so dreinschaute. Meistens lächelte er. »Das ist keine Geschichte für einen kleinen Jungen«, sagte er. »Ein anderes Mal, Mikey. Wenn wir beide ein paar Jährchen mehr auf dem Buckel haben.«

Und ich erfuhr erst vier Jahre später, was in jener Nacht geschehen war. Mein Vater erzählte es mir, als er im Krankenhaus lag, oft halb betäubt von den schmerzstillenden Mitteln, während der Krebs in seinen Eingeweiden rastlos arbeitete und ihn langsam zerfraß.

26. Februar 1985

Ich habe meine letzten Aufzeichnungen soeben noch einmal gelesen und war selbst ganz überrascht, daß ich plötzlich beim Gedanken an meinen Vater, der nun schon seit 23 Jahren tot ist, in Tränen ausbrach. Ich erinnere mich noch gut an meine Trauer über seinen Tod – sie hielt fast zwei Jahre an. Und als ich dann 1965 die High School abschloß, sagte meine Mutter: »Wie stolz wäre dein Vater auf dich gewesen!«, und wir weinten gemeinsam, und ich dachte, mit diesen späten Tränen hätten wir ihn nun endgültig begraben. Aber wer weiß schon, wie lange ein Schmerz anhalten kann? Ist es nicht möglich, daß man sogar 30 oder 40 Jahre nach dem Tod eines Kindes, eines Bruders oder einer Schwester plötzlich beim Gedanken an sie das gleiche Gefühl der Trauer und Verlassenheit verspürt, das Gefühl eines Platzes, der für immer leer bleibt... vielleicht sogar nach dem Tod?

Er verließ die Armee 1937 mit einer Invalidenpension. Zu jener Zeit war es beim Militär schon wesentlich kriegerischer zugegangen; er erzählte mir einmal, daß jeder, der nicht völlig blind war, damals schon sehen konnte, daß es wieder zum Krieg kommen würde. Er war inzwischen zum Feldwebel befördert worden, und er büßte einen Großteil seines linken Fußes ein, als ein neuer Rekrut, der sich vor Angst fast in die Hose machte, eine Handgranate zündete und dann fallen ließ. Sie rollte auf meinen Vater zu und explodierte mit einem Geräusch, das sich – wie er sagte – anhörte ›wie ein Husten mitten in der Nacht‹.

Ein großer Teil der Waffen, mit denen die damaligen Soldaten üben mußten, war entweder schadhaft oder hatte so lange in irgendwelchen halbvergessenen Depots herumgelegen, daß sie nicht mehr funktionierten. Gewehre gingen nicht los oder explodierten manchmal in ihren Händen. Die Navy hatte Torpedos, die gewöhnlich erheblich von der Zielrichtung abwichen oder nicht explodierten. Die Luftwaffe hatte Flugzeuge, deren Tragflächen bei harten Landungen abfielen, und – wie ich gelesen habe – 1939 stellte in Pensacola ein Versorgungsoffizier fest, daß eine ganze Reihe von Jeeps nicht funktionierten, weil Küchenschaben die Gummischläuche und sogar die Treibriemen aufgefressen hatten.

Mein Vater blieb nur durch ein Zusammenwirken von bürokratischem Hickhack und schadhafter Ausrüstung am Leben – die Handgranate explodierte nicht richtig, und so verlor er nur einen Teil des linken Fußes.

Mit Hilfe des Invalidengeldes konnte er meine Mutter ein Jahr früher als geplant heiraten. Sie zogen nach Houston, wo sie bis 1945 in der Rüstungsindustrie arbeiteten. Mein Vater war Vorarbeiter in einer Fabrik, in der Bombenzylinder hergestellt wurden, und meine Mutter war Nieterin. Aber Derry war ihm ›nie aus dem Kopf gegangen‹, wie er mir an jenem Abend erzählte, als ich elf Jahre alt war. Und heute frage ich mich, ob dieses blinde Etwas nicht vielleicht schon damals am Werk war und ihn zurückzog, nur damit ich an jenem gewittrigen Nachmittag im August meinen Platz in jenem Kreis in den Barrens einnehmen konnte. Wenn die Räder des Universums richtig eingestellt sind, dann kompensieren sich Gut und Böse – aber auch das Gute kann furchtbar sein.

Sie hatten eine ganz hübsche Geldsumme gespart. Eine Farm wurde zum Kauf angeboten. Die beiden fuhren mit dem Bus von Texas nach

Maine, schauten sie sich an und kauften sie noch am selben Tag. Die First Merchants of Penobscot County räumten meinem Vater eine Zehn-Jahres-Hypothek ein, und meine Eltern ließen sich in Derry nieder.

»Zuerst hatten wir gewisse Probleme«, erzählte mein Vater. »Es gab Leute, die keine Neger in der Nachbarschaft haben wollten. Wir hatten gewußt, daß es so sein würde – ich hatte das ›Black Spot‹ nicht vergessen –, und wir waren fest entschlossen auszuharren. Kinder warfen im Vorbeigehen mit Steinen oder Bierdosen. Ich mußte in jenem ersten Jahr etwa zwanzig Fensterscheiben neu einsetzen. Und es waren nicht nur Kinder. Als wir eines Morgens aufstanden, war ein Hakenkreuz auf eine Seitenwand des Hühnerschuppens geschmiert, und alle Hühner waren tot. Jemand hatte ihr Futter vergiftet. Das war mein letzter Versuch, Hühner zu halten.

Aber der County-Sheriff – damals gab es hier noch keinen Polizeichef, dafür war Derry nicht groß genug – nahm sich der Sache an, und er leistete gute Arbeit. Das ist es, was ich meine, Mikey, wenn ich sage, daß es hier neben dem Bösen auch das Gute gibt. Für jenen Sheriff Sullivan spielte es keine Rolle, daß meine Haut braun und mein Haar kraus war. Er kam ein halbes Dutzend Mal zu uns, er redete mit den Leuten, und schließlich fand er heraus, wer es getan hatte. Und was glaubst du, wer es war?«

»Ich weiß nicht«, sagte ich.

Mein Vater lachte Tränen. Er holte ein großes weißes Taschentuch aus seiner Hosentasche und wischte sie ab. »Es war Butch Bowers – der Vater jenes Jungen, der, wie du sagst, der schlimmste Raufbold weit und breit ist. Der Vater ist ein Scheißhaufen und der Sohn ein kleiner Furz.«

»Die anderen Kinder meinen, Henrys Vater sei verrückt«, erwiderte ich.

»Nun, meiner Meinung nach haben sie gar nicht so unrecht. Es heißt, daß er nach seiner Rückkehr aus dem Pazifik nie mehr ganz normal war. Er war dort bei der Marine. Aber wie dem auch sei, jedenfalls verhaftete ihn der Sheriff, und Butch brüllte herum, das Ganze sei ein abgekartetes Spiel, und sie seien alle nichts weiter als ein Haufen Niggerfreunde. Oh, er wollte alle verklagen. Ich bezweifle, daß er auch nur eine einzige ordentliche Unterhose hatte, aber er wollte mich, Sheriff Sullivan, die Stadt Derry und den Kreis Penobscot verklagen und Gott allein weiß, wen noch.

Wie mir berichtet wurde, hat ihm der Sheriff dann im Gefängnis von Bangor einen Besuch abgestattet. ›Es ist höchste Zeit für dich, den

Mund zu halten und zuzuhören, Butch‹, hat er zu ihm gesagt. ›Der Schwarze besteht nicht auf einer Anklage. Er möchte nur Schadenersatz für seine Hühner haben, sonst nichts. Mit 200 Dollar wäre er zufrieden.‹

Worauf Butch dem Sheriff erklärt hat, wohin er sich seine 200 Dollar stecken könne.

Und darauf hat Sullivan zu ihm gesagt: ›Drüben im Shawshank gibt's eine Kalkgrube, und es heißt, wenn man zwei Jahre dort verbringt, hat man eine grüne Zunge. Du hast die Wahl: Zwei Jahre oder 200 Dollar. Was ist dir lieber?‹

›Kein Geschworenengericht in Maine wird mich verurteilen‹, prahlte Butch, ›nur weil ich die Hühner eines Niggers vergiftet habe.‹

›Sie werden dich nicht wegen der Hühner verurteilen‹, erwiderte Sullivan, ›sondern wegen des Hakenkreuzes, das du nach der Tat an die Schuppenwand geschmiert hast.‹

Daraufhin klappte Butch glatt der Unterkiefer runter, und Sullivan ging und ließ ihm Zeit, darüber nachzudenken. Drei Tage später beauftragte Butch seinen Bruder – den, der etwa drei Jahre später erfroren ist, als er betrunken auf der Jagd war – damit, seinen neuen Mercury zu verkaufen, den er sich von der Abfindung angeschafft hatte, die er bei der Abmusterung vom Militär erhalten hatte. Ich bekam meine 200 Dollar, aber Butch schwor, er würde mich ausräuchern. Das posaunte er bei allen seinen Freunden herum. Deshalb schnappte ich ihn mir eines Nachmittags. Er hatte sich nach dem Verkauf des Mercurys einen alten Vorkriegsford zugelegt, und ich war mit meinem Lieferwagen unterwegs. Draußen auf der Witcham Street, in der Nähe des Bahnhofsgeländes, schnitt ich ihm den Weg ab und stieg mit meiner Winchester aus.

›Wenn du bei mir irgendwo Feuer legst, knall' ich dich ab!‹ erklärte ich ihm.

›In diesem Ton kannst du nicht mit mir reden, Nigger‹, sagte er, und vor Wut und Angst war er fast am Heulen. ›So kannst du nicht mit einem Weißen reden, du verdammter Niggerbastard!‹

Nun, ich hatte die Schnauze gestrichen voll. Kein Mensch war in der Nähe. Ich packte ihn mit einer Hand bei den Haaren, stützte meinen Flintenschaft auf meine Gürtelschnalle und hielt ihm die Mündung direkt unters Kinn. ›Wenn du mich noch ein einziges Mal Nigger oder Niggerbastard nennst, wird dir das Gehirn aus deinem Schädel rausspritzen‹, sagte ich. ›Und ich geb dir mein Wort, Butch: Die geringste Brandstiftung auf meinem Grund und Boden, und ich knall dich ab. Und eventuell auch noch deinen Balg, deine Frau und deinen Taugenichts von Bruder. Ich hab' jetzt genug.‹.

Daraufhin *begann* er tatsächlich zu heulen, und ich habe nie im Leben

415

etwas Abstoßenderes gesehen. ›Soweit ist es hier also schon gekommen‹, plärrte er. ›Ein Nig – ein Mann kann am hellichten Tag am Straßenrand einen arbeitenden Menschen mit einer Flinte bedrohen... schöne Zustände sind das!‹

›Die Welt muß wirklich zum Teufel gehen, wenn so was möglich ist‹, stimmte ich ihm zu. ›Aber das spielt jetzt keine Rolle. Ich möchte nur eines wissen: Haben wir uns verstanden, oder möchtest du ausprobieren, ob es möglich ist, durch die Stirn zu atmen?‹

Er war der Ansicht, wir hätten uns verstanden, und seitdem hatte ich keinerlei Ärger mehr mit Butch Bowers – vielleicht abgesehen von der Vergiftung deines Hundes Mr. Chips. Aber ich habe keinen Beweis dafür, daß Bowers dabei seine Hand im Spiel gehabt hat. Der Hund könnte auch einfach einen Giftköder oder so was Ähnliches gefressen haben.

Ja, seit jenem Tag hatten wir so ziemlich unsere Ruhe und konnten unserer Wege gehen, und wenn ich heute zurückblicke, gibt es nicht viel, was ich bereue. Wir hatten hier ein gutes Leben, und wenn es auch Nächte gibt, in denen ich von jenem Feuer träume – niemand lebt wohl sein Leben, ohne ein paar Alpträume zu haben.«

28. Februar 1985

Es ist nun schon wieder Tage her, daß ich mich hinsetzte, um die Geschichte vom Feuer im ›Black Spot‹ aufzuschreiben, so wie ich sie von meinem Vater gehört habe, aber ich bin immer noch nicht dazu gekommen. Ich glaube, es ist in ›*The Lord of the Rings*‹, wo jemand sagt, daß ›ein Weg zum anderen führt‹ und daß man, sobald man erst einmal den Weg von der eigenen Vordertreppe zum Gehsteig hinter sich gebracht hat, überallhin gehen könne. Vermutlich ist es mit Geschichten ebenso. Eine führt zur anderen, und diese wieder zur nächsten, und vielleicht gehen sie in die Richtung, die man ursprünglich einschlagen wollte, vielleicht aber auch nicht. Vielleicht sind aber letzten Endes die Geschichten selbst wichtiger als die Richtung.

Ich glaube, es ist seine Stimme, an die ich mich am besten erinnere: die tiefe Stimme meines Vaters, seine langsame Sprechweise, wie er manchmal kicherte oder laut lachte. Die Pausen, um seine Pfeife anzuzünden oder sich zu schneuzen oder eine Dose Narragansett aus dem Kühlfach zu holen. Jene Stimme, die für mich irgendwie die Stimme all der Jahre ist, die ausschlaggebende Stimme dieses Ortes – eine Stimme, die ich weder in den Interviews von Ives noch in den paar armseligen Geschichtsbüchern über diesen Ort wiederfinde... und ebensowenig auf meinen eigenen Tonbändern.

Die Stimme meines Vaters.

Jetzt ist es zehn Uhr abends, die Bücherei ist seit einer Stunde geschlossen, draußen heult der Wind, und der Schneeregen trommelt gegen die Fenster und auf den verglasten Korridor, der zur dunklen, stillen Kinderbücherei führt. Ich höre auch wieder jene anderen Geräusche – leises Knarren außerhalb des Lichtkreises, wo ich sitze und auf gelbes Kanzleipapier schreibe. Ich sage mir, daß es nur die üblichen Geräusche in einem alten Gebäude sind... aber ich bin mir nicht ganz sicher. Und ich frage mich, ob irgendwo dort draußen im Sturm heute abend ein Clown Ballons an den Mann bringt.

Nun, wie dem auch sei, ich werde jetzt endlich die letzte Geschichte meines Vaters zu Papier bringen. Ich hörte sie in seinem Krankenhauszimmer, knapp sechs Wochen vor seinem Tod.

Ich besuchte ihn jeden Nachmittag direkt nach der Schule zusammen mit meiner Mutter und jeden Abend noch einmal allein. Abends mußte meine Mutter daheim bleiben und die Hausarbeit erledigen, aber sie bestand darauf, daß ich hinging. Ich fuhr immer mit dem Rad. Ich traute mich nicht, per Anhalter zu fahren, obwohl die Morde schon vor vier Jahren aufgehört hatten.

Das waren schwere sechs Wochen für einen erst fünfzehnjährigen Jungen. Ich liebte meinen Vater, aber es kam soweit, daß ich diese Abendbesuche haßte – ihn zusammenschrumpfen zu sehen, zu beobachten, wie sein Gesicht von immer tieferen Falten durchfurcht wurde. Manchmal weinte er vor Schmerzen, obwohl er sich krampfhaft bemühte, die Tränen zu unterdrücken. Und auf dem Heimweg wurde es dunkel, und ich dachte zurück an den Sommer von 1958, und ich hatte Angst, mich umzudrehen, weil hinter mir jener Clown sein konnte... oder der Werwolf... oder Bens Mumie. Aber welche Gestalt Es auch immer annehmen würde – Es würde das vom Krebs gezeichnete Gesicht meines Vaters haben. Deshalb trat ich immer schneller in die Pedale und kam mit hochrotem Kopf, total verschwitzt und völlig außer Atem zu Hause an, und meine Mutter fragte dann: »Warum fährst du nur so schnell, Mikey? Du wirst mir noch krank werden.« Und ich antwortete: »Ich wollte möglichst schnell heimkommen, um dir noch bei der Hausarbeit helfen zu können«, und dann umarmte und küßte sie mich und sagte, ich sei ein guter Junge.

Im Laufe der Zeit wußte ich kaum noch, worüber ich mich mit meinem Vater unterhalten sollte. Auf dem Weg in die Stadt zerbrach ich mir den Kopf über mögliche Gesprächsthemen. Ich hatte riesige Angst vor jenem Moment, wenn wir beide nicht mehr wußten, was wir sagen sollten. Sein Sterben machte mich zornig und betrübte mich sehr, aber es war mir

417

auch *unangenehm*; damals wie heute war ich der Meinung, daß – wenn die Menschen schon sterben müssen – es wenigstens schnell gehen sollte. Der Krebs brachte meinen Vater nicht nur um – er erniedrigte ihn auch noch.

Wir sprachen nie darüber, und jedesmal, wenn sich zwischen uns jenes bedrückende Schweigen ausbreitete, hatte ich das Gefühl, als müßten wir nun gleich darüber sprechen, und ich bemühte mich krampfhaft, etwas zu sagen – irgend etwas –, nur damit wir nicht über jene Krankheit sprechen mußten, die meinen Vater vernichtete, der doch einst Butch Bowers bei den Haaren gepackt und ihm eine Flintenmündung unters Kinn gepreßt hatte. Gleich würden wir gezwungen sein, davon zu reden, dachte ich, und dann würde ich weinen. Ich würde meine Tränen nicht unterdrücken können. Und mit meinen fünfzehn Jahren war mir der Gedanke, vor meinem Vater zu weinen, einfach unerträglich.

Während einer dieser endlosen, bedrückenden Gesprächspausen fragte ich ihn also wieder nach dem Feuer im ›Black Spot‹. Man hatte ihn an jenem Abend mit Betäubungsmitteln vollgepumpt, weil die Schmerzen besonders schlimm waren, und er war zeitweise nicht bei vollem Bewußtsein – manchmal redete er ganz klar und deutlich, manchmal murmelte er unverständlich vor sich hin. Ab und zu erkannte er mich, dann wieder schien er mich mit seinem Bruder Phil zu verwechseln. Ich hatte keinen besonderen Grund für meine Frage; sie war mir einfach plötzlich eingefallen, und ich war heilfroh, ein Gesprächsthema gefunden zu haben.

Seine Augen wurden klarer, und er lächelte ein wenig. »Du hast das nie vergessen, was, Mikey?«

»Nein«, sagte ich, obwohl ich seit mindestens drei Jahren nicht mehr daran gedacht hatte.

»Nun, ich werde es dir jetzt erzählen«, meinte er. »Mit fünfzehn bist du wohl alt genug dazu, und deine Mutter ist nicht hier – sie würde vielleicht etwas dagegen haben. Aber es ist wichtig, daß du darüber Bescheid weißt. Ich glaube manchmal, daß so etwas nur in Derry möglich war, und auch das solltest du wissen, damit du dich vorsehen kannst. Die Voraussetzungen für solche Ereignisse waren hier offenbar immer besonders gut. Du bist doch vorsichtig, Mikey, nicht wahr?«

»Ja«, sagte ich.

»Gut«, flüsterte er und ließ den Kopf auf sein Kissen sinken. »Das ist gut.« Ich glaubte schon, er würde wieder eindösen – er hatte die Augen geschlossen –, aber statt dessen begann er zu erzählen.

»Als ich 1929 und 1930 auf dem hiesigen Militärstützpunkt stationiert war«, sagte er, »gab es auf dem Hügel, wo heute die Stadthalle von Derry ist, ein Militärkasino. Es befand sich direkt hinter dem PX-Laden, wo man für sieben Cent eine Packung Lucky Strike Greens bekommen konnte. Das Kasino war in einer großen alten Nissenhütte untergebracht, aber im Innern war es wirklich hübsch eingerichtet – Teppich auf dem Fußboden, gemütliche Sitznischen und so weiter –, und am Wochenende konnte man dort Drinks bekommen – das heißt, wenn man weiß war. Samstagabends spielten dort meistens Musikkapellen, und es war wirklich ein toller Treffpunkt.

Wir Jungs von Kompanie E durften natürlich nicht mal in die Nähe dieses Kasinos kommen. Wenn wir abends Ausgang hatten, gingen wir deshalb in die Stadt. Zu jener Zeit war Derry immer noch so 'ne Art Holzfällerstadt, und es gab acht bis zehn Bars, die meisten davon in einem Stadtteil, den sie Hell's Half-Acre nannten. Keine Flüsterkneipen, das wäre zu vornehm gewesen. Geflüstert hat sowieso keiner drin. Sie waren das, was die meisten Menschen ›Saustall‹ nannten, und das war zutreffend, denn es waren größtenteils Säue drinnen. Der Sheriff wußte es, und die Bullen wußten es, aber die Kneipen hatten trotzdem die ganze Nacht durch Hochbetrieb, wie seit den Holzfällertagen um 1890. Wer gut schmiert, der gut fährt, schätze ich, aber in Derry haben die Leute so eine Art, einfach wegzusehen. Manche haben nicht nur Bier, sondern auch harte Sachen ausgeschenkt, und soweit ich gehört habe, war der Fusel, den man in der Stadt kaufen konnte, immer zehnmal besser als der Whiskyverschnitt, den sie freitags und samstags abends im NCO der weißen Jungs ausschenkten. Der Fusel in der Stadt kam mit Holzlastwagen über die Grenze von Kanada, und in den meisten Flaschen war, was auf den Etiketten stand. Der gute Stoff war teuer, aber es gab auch jede Menge Gesöff, von dem man zwar einen Kater bekam, das einen aber nicht umbrachte, und wenn man *doch* blind davon wurde, dann nur vorübergehend. Man mußte sich in jeder beliebigen Nacht einmal ducken, wenn Flaschen flogen. Da gab es Nan's, das Pardise, Wally's Spa, den Silver Dollar und eine Bar, das Powderhorn, wo man manchmal eine Hure bekommen konnte. Oh, man konnte in jedem Saustall eine Frau aufreißen und mußte sich nicht mal besonders anstrengen – viele wollten rausfinden, ob schwarze Dinger irgendwie anders waren –, aber für Bengel wie mich und Trevor Dawson und Carl Roone, meine damaligen Freunde, war der Gedanke, eine Hure zu kaufen – eine *weiße* Hure – etwas, worüber man lange und gründlich nachdenken mußte.

Wie gesagt, man hatte ihn an jenem Abend mit Betäubungsmitteln vollgepumpt. Ich glaube nicht, daß er andernfalls so etwas erzählt hätte – seinem fünfzehnjährigen Sohn ganz bestimmt nicht.

»Na ja, es dauerte nicht sehr lange, bis ein Großteil des Stadtrats auf dem Stützpunkt auftauchte und Major Fuller sprechen wollte. Du wirst unschwer erraten können, was sie wollten, jene fünf ehrenwerten weißen Männer. Sie erklärten Major Fuller, sie wollten in ihren Bars keine Armeenigger haben, die weiße Frauen belästigten oder an der Bar standen, wo nur Weiße stehen und den nur für Weiße bestimmten Whisky trinken sollten.

Natürlich war das alles völlig lächerlich. Bei der Auswahl weißer Weiblichkeit, um die sie so besorgt waren, handelte es sich größtenteils um Bar-Nutten, und was die Männer anging, denen wir angeblich die Plätze wegnahmen... Nun, dazu kann ich nur sagen, daß ich nie ein Mitglied des Stadtrats von Derry im ›Silver Dollar‹ oder im ›Powderhorn‹ gesehen habe. Die Männer, die in jenen Spelunken verkehrten, waren Holzfäller in schweren, rotschwarz karierten Jacken, mit verkratzten, vernarbten Händen; manchen fehlte ein Auge oder Finger, alle hatten kaum noch Zähne im Mund, und alle rochen nach Holzspänen, Sägemehl und Schweiß. Sie trugen grüne Flanellhosen und hohe grüne Gummistiefel. Es waren Riesenkerle, unheimlich stark, mit sehr kräftigen, lauten Stimmen. Ich war eines Abends mal in Wally's Spa, da habe ich gesehen, wie ein Mann sein Hemd den ganzen Arm runter aufgerissen hat, so sehr sind ihm beim Armdrücken die Muskeln vorgetreten. Der Ärmel ist nicht einfach nur gerissen – wahrscheinlich denkst du, daß ich das gemeint habe –, aber das habe ich nicht. Der Hemdsärmel des Mannes ist regelrecht explodiert – in Fetzen von seinem Arm geknallt. Und alle haben gejubelt und applaudiert, und einer hat mir auf den Rücken geschlagen und gesagt: ›Das nennt man einen Armdrückerfurz, Schwarzer.‹

Ich will dir damit sagen, wenn die Männer, die freitags und samstags abends aus dem Wald kamen, um Whisky zu trinken und Frauen zu ficken statt mit Harz eingeschmierte Astlöcher, wenn diese Männer uns nicht gewollt hätten, dann hätten sie uns am Arsch gepackt und rausgeworfen. Aber Tatsache ist, Mikey, es schien ihnen so oder so scheißegal zu sein.

Einer nahm mich eines Nachts beiseite – er war einsachtzig groß, und das war damals verdammt groß –, und er war stockbesoffen und hat gestunken wie ein Korb schimmlige Pfirsiche.

Wenn er aus den Kleidern gestiegen wäre, wären sie wahrscheinlich alleine stehengeblieben. Er sieht mich an und sagt: ›Mister, ich muß was fragen. Sind Sie ein Neger?‹

›Ganz recht‹, sag' ich.

›Comment ça va!‹ sagt er in dem Saint-John-Valley-Französisch und grinst so breit, daß ich seine sämtlichen vier Zähne sehen konnte. ›Wußte ich's doch! He! Ich hab' schon mal einen in einem Buch gesehn!

Hatte dieselben . . .‹ er wußte nicht, was er sagen wollte, daher hat er einfach die Hand ausgestreckt und über meine Lippen gestrichen.

›Großen Lippen‹, sag' ich.

›Ja, ja!‹ sagt er und lacht wie ein Kind. ›Grohse Liepen! *Epais lèvres!* Grohse Liepen!‹ Ich, ich spendier' dir 'n Bier!‹

›Immer spendiert‹, sag' ich, weil ich ihn nicht von seiner schlechten Seite kennenlernen wollte.

Darüber hat er auch gelacht und mir auf den Rücken geschlagen – und drängte sich zu der Bretterbar, wo sich siebzig Männer und etwa fünfzehn Frauen rumgedrückt haben müssen. ›Ich brauch' zwei Bier, sonst nehm' ich den Laden auseinander!‹ schreit er den Barkeeper an, der ein großer, grober Klotz mit gebrochener Nase war und Romeo Dupree hieß. ›Eins für mich und eins für *l'homme avec les épais lèvres!*‹ Und darüber haben sie alle gelacht wie der Teufel, aber nicht gemein, Mikey.

Er nimmt also die Biere und gibt mir meins und sagt: ›Wie heißt du? Ich will dich nicht Grohse Liepen nennen, das macht sich nicht gut.‹

›William Hanlon‹, sag' ich.

›Nun, auf dein Wohl, Wihlum Anlong‹, sagt er.

›Nein, auf deins‹, sag' ich. ›Du bist der erste Weiße, der mir je ein Bier spendiert hat.‹ Was stimmte.

Wir tranken die Biere leer, und dann noch zwei, und er sagt: ›Sicher, daß du 'n Neger bist? Ich finde, abgesehen von den *épais* Liepen siehst du wie 'n weißer Mann mit brauner Haut aus.‹«

Mein Vater lachte, und ich ebenfalls. Er lachte so sehr, daß sein Bauch zu schmerzen begann, und er hielt ihn sich mit verzerrtem Gesicht und verdrehten Augen und biß sich auf die Unterlippe.

»Soll ich nach der Krankenschwester läuten, Daddy?« fragte ich beunruhigt.

»Nein . . . nein. Es geht schon wieder«, versicherte er. »Das Schlimmste an dieser Sache ist, Mikey, daß man nicht einmal mehr lachen kann, wenn einem danach zumute ist. Was verdammt selten der Fall ist.«

Er verstummte für kurze Zeit, und erst jetzt wird mir bewußt, daß es das einzige Mal war, wo wir nahe daran waren, über seine tödliche Krankheit zu sprechen. Vielleicht wäre es besser gewesen, besser für uns beide, wenn wir es tatsächlich getan hätten.

Mein Vater trank einen Schluck Wasser und erzählte dann weiter.

»Jedenfalls waren es nicht die paar Frauen, die sich in den Bars herumtrieben, und ebensowenig die Hauptkundschaft dieser Spelunken – die Holzfäller. In Wirklichkeit waren es nur jene ehrenwerten Mitglieder des Stadtrats, die etwas gegen unseren Aufenthalt in den Bars einzuwenden hatten, sie und noch etwa ein Dutzend Männer, die hinter ihnen standen,

Derrys alte Führungsschicht sozusagen. Keiner von ihnen hatte jemals einen Fuß ins ›Paradise‹ oder ›Wally's Spa‹ gesetzt; sie zechten im Country Club, der damals drüben auf den Derry Heights stand, aber sie wollten ganz sichergehen, daß niemand mit den Schwarzen der Kompanie E in Berührung kam.

Major Fuller erklärte ihnen: ›Ich wollte sie von Anfang an hier nicht haben. Ich glaube immer noch, daß es sich um ein Versehen handelt und daß sie bald in den Süden oder vielleicht nach New Jersey zurückgeschickt werden.‹

›Das ist nicht mein Problem‹, sagte daraufhin ihr Wortführer. Mueller hieß der Kerl, glaube ich...«

»*Sally* Muellers Vater?« fragte ich bestürzt. Sally Mueller ging in dieselbe Klasse wie ich.

Mein Vater lächelte – es war ein bitteres, verzerrtes Lächeln. »Nein, es war ihr Onkel. Sally Muellers Vater war damals irgendwo im College. Aber wenn er in Derry gewesen wäre, hätte er seinen Bruder bestimmt begleitet.

›Das ist nicht mein Problem‹, erklärte dieser Kerl also Major Fuller. ›Ich bin nur hier, um Ihnen zu sagen, daß es Schwierigkeiten geben wird, wenn sie sich weiterhin in den Bars herumtreiben. Wie Sie vielleicht wissen, haben wir in dieser Stadt die Legion of White Decency.‹

›Aber ich bin ein bißchen in der Zwickmühle. Ich kann sie nicht drüben im Militärkasino trinken lassen. Das würde gegen die Vorschriften verstoßen – und außerdem würden die anderen Soldaten es nicht dulden‹, sagte Fuller.

›Sie werden schon eine Lösung finden, Herr Major. Ich setze vollstes Vertrauen in Sie. Ein hoher Dienstgrad ist nun einmal immer mit Verantwortung verbunden.‹ Und mit diesen Worten zog er ab.

Na ja, Fuller fand tatsächlich eine Lösung für dieses Problem. Das Militärgelände von Derry war damals verdammt groß, alles in allem mehr als 40 Hektar. Im Norden grenzte es direkt an den West Broadway, wo eine Art Grüngürtel angepflanzt worden war. Und das ›Black Spot‹ stand da, wo heute der Memorial Park ist.

Anfang 1930 war es nur ein alter Requisitionsschuppen, aber Major Fuller ließ unsere Kompanie E antreten und erklärte, dies sei jetzt ›unser‹ Klub, und die Bars in der Stadt seien für uns von nun an tabu.

Wir waren darüber sehr verbittert, aber was konnten wir schon machen? Wir hatten ja keinerlei Einfluß. Es war dann dieser junge Bursche, ein Mannschaftskoch namens Dick Hallorann, der anregte, wir sollten versuchen, etwas daraus zu machen, den Schuppen nett herzurichten.

Wir probierten es, und – kurz gesagt – wir machten unsere Sache sehr

gut. Als ein paar von uns zum erstenmal reingingen, waren wir ganz
schön deprimiert. Der Schuppen war dunkel und stank bestialisch; er war
mit alten Werkzeugen und mit Schachteln vollgestopft, in denen vermoderte Papiere lagen. Es gab nur zwei kleine Fenster und keinen elektrischen Strom. Der Fußboden war aus Lehm. Carl Roone lachte bitter und
sagte – ich erinnere mich noch genau daran –: ›Der alte Major ist doch ein
richtiger Fürst – schenkt uns da einen Klub ganz für uns allein!
Scheiße!‹

Und George Brannock, der bei dem Feuer im Herbst ebenfalls ums Leben kam, meinte: ›Ja, es ist wirklich ein finsteres Loch.‹ Und so wurde der
Klub von nun an genannt – ›Black Spot‹, finsteres Loch.

Aber Hallorann ermutigte die anderen... Hallorann, Carl und ich.
Gott möge uns verzeihen, was wir taten, aber wir konnten schließlich
nicht wissen, was für Konsequenzen es haben würde.

Nach kurzer Zeit legten sich auch die übrigen ins Zeug. Wir konnten ja
ohnehin nicht viel anderes tun, nachdem die Bars in der Stadt für uns
jetzt tabu waren. Wir hämmerten und putzten also drauflos. Trev Dawson war ein ausgezeichneter Hobby-Zimmermann, und er zeigte uns,
wie man einige zusätzliche Fenster auf einer Seite einbauen konnte, und
Alan Snopes organisierte verschiedenfarbige Glasscheiben dafür.

›Wo hast du denn das Glas her?‹ fragte ich ihn. Alan war der älteste von
uns – 42 oder so, alt genug, daß die meisten von uns ihn Pop Snopes
nannten.

Er schob sich eine Camel in den Mund und blinzelte mir zu. ›Mitter-
nächtliche Requirierungen‹, sagte er, ließ sich aber nicht näher darüber
aus.

Wir machten rasche Fortschritte, und Mitte des Sommers konnten wir
den Klub schon benutzen. Trev Dawson und einige andere hatten das
hintere Viertel des Schuppens abgeteilt und dort eine kleine Küche eingerichtet – viel mehr als einen Grill und ein paar große Friteusen gab es dort
allerdings nicht, aber es reichte, um Hamburger und Pommes frites herstellen zu können. Auf einer Längsseite wurde die Bartheke gebaut, aber
die war nur für Sodas und Drinks wie Virgin Marys gedacht – Scheiße,
wir wußten, wo wir hingehörten. Hatte man es uns nicht beigebracht?
Wenn wir harte Sachen trinken wollten, haben wir es im Dunkeln gemacht.

Den Lehmboden putzten wir gründlich und ölten ihn immer gut ein.
Trev und Pop Snopes verlegten eine Stromleitung – weitere ›mitter-
nächtliche Requirierungen‹, nehme ich an. Im Juli konnte man an Samstagabenden hingehen, sich gemütlich hinsetzen, Cola trinken und einen
Hamburger essen. Es war ein schöner Klub. Er wurde nie richtig fertigge-

stellt – wir arbeiteten immer noch daran, als er niederbrannte, das war so eine Art Hobby für uns geworden... oder eine Möglichkeit, Fuller und dem Stadtrat ein Schnippchen zu schlagen – aber wir wußten, daß es *unser* Klub war, als Ev McCaslin und ich eines Freitagabends ein Schild befestigten, auf dem THE BLACK SPOT stand und darunter KOMPANIE E UND GÄSTE. So als seien wir was ganz Exklusives, weißt du!

Unser ›Black Spot‹ sah so gut aus, daß die weißen Jungs zu murren begannen. Aber Fuller sorgte dafür, daß das rasch aufhörte. Ans Kasino der Weißen wurde in Windeseile eine kleine Cafeteria und ein spezieller Gesellschaftsraum angebaut. Es war so, als wollten sie mit uns wetteifern. Aber wir hatten keine Lust, uns an diesem Wettlauf zu beteiligen.«

Mein Vater lächelte mir von seinem Bett aus zu.

»Wir waren zwar jung, mit Ausnahme von Snopesy, aber wir waren keine kompletten Narren. Wir wußten genau, daß die weißen Jungs es zulassen, daß wir gegen sie antreten, aber sobald es dann so aussieht, als könnten wir gewinnen, bricht uns jemand einfach die Beine, damit wir nicht so schnell rennen können. Wir hatten, was wir wollten, und das genügte uns. Aber dann... dann passierte etwas.« Er runzelte die Stirn und verstummte.

»Was denn, Daddy?«

»Wir entdeckten, daß wir eine ganz ordentliche Jazzband in unseren Reihen hatten«, sagte er langsam. »Martin Devereaux, ein Korporal, spielte die Trommel. Ace Stevenson spielte Horn. Pop Snopes konnte ganz ordentlich auf dem Klimperkasten spielen. Er war nicht erstklassig, aber auch alles andere als schlecht. Ein anderer Bursche spielte Klarinette, und George Brannock spielte Saxophon. Manchmal beteiligten sich auch noch andere von uns, spielten Gitarre oder Mundharmonika oder auch einfach auf einem Kamm, über den wir ein Stück Wachspapier legten.

Natürlich ging das nicht so von einem Tag auf den anderen, aber Ende August spielte im ›Black Spot‹ an Freitag- und Samstagabenden eine ganz schön heiße Dixieland-Combo. Im Laufe der Zeit wurden sie immer besser, und obwohl sie nie wirklich erstklassig waren – ich möchte nicht, daß du das glaubst –, spielten sie doch irgendwie anders... heißer... irgendwie...« Er schwenkte seine magere Hand über der Decke.

»Sie spielten hingebungsvoll«, schlug ich grinsend vor.

»Genau!« rief er und grinste zurück. »Das ist der richtige Ausdruck. Sie spielten hingebungsvoll die Dixieland-Musik der Schwarzen. Und es kam so weit, daß Leute aus der Stadt in *unserem* Klub aufkreuzten. Und sogar einige der weißen Soldaten unseres Stützpunkts. Jedes Wochenende war das ›Black Spot‹ regelrecht überfüllt. Natürlich passierte auch das nicht von einem Tag auf den anderen. Zuerst nahmen sich die weißen Gesichter wie Salzkörner in einer Pfefferbüchse aus, aber im Laufe der Zeit wurden es immer mehr.

Wenn die Weißen auftauchten, da vergaßen wir, vorsichtig zu sein. Sie brachten ihren eigenen Fusel in braunen Papiertüten mit, meistens das beste Hochprozentige, was man bekommen konnte, dagegen wirkte das Zeug, was man in den Sauställen bekam, wie Brause. Ich meine Country-Club-Fusel, Mikey. Reiche-Leute-Fusel. Chivas. Glenfiddich. Champagner, wie er Erste-Klasse-Passagieren auf Dampfern serviert wurde. ›Champers‹ haben manche dazu gesagt, so wie wir zu Hause zu bösartigen Maultieren. Wir hätten einen Weg finden sollen, das zu beenden, wußten aber nicht, wie. Sie waren die *Stadt!* Verflucht, sie waren *weiß!*

Wie gesagt — wir waren jung und stolz auf das, was wir geleistet hatten. Und wir unterschätzten die möglichen Folgen ganz erheblich. Wir wußten natürlich, daß die Entwicklung im ›Black Spot‹ Leuten wie diesem Mueller nicht behagen konnte, aber keiner von uns begriff, daß sie ihn wahnsinnig machte — und ich meine das im buchstäblichen Sinne: Sie machte ihn *wahnsinnig.* Und er war nicht der einzige. Das ›Black Spot‹ stand direkt am Rand des Grüngürtels, und da saßen sie nun keine Viertelmeile davon entfernt in ihren großen viktorianischen Häusern am West Broadway und mußten sich Musikstücke wie ›Aunt Hagar's Blues‹ und ›Diggin My Potatoes‹ anhören. Das war schon schlimm genug, aber zu wissen, daß ihre jungen Leute sich dort aufhielten und Seite an Seite mit den Schwarzen die Musiker anfeuerten — das muß noch viel schlimmer gewesen sein. Denn es waren nicht nur die Holzfäller und die Bar-Nutten, die bei uns aufkreuzten, als es Oktober wurde. Unser Klub wurde so eine Art Stadtattraktion. Junge Leute kamen, tranken und tanzten zur Musik unserer namenlosen Dixieland-Jazzband, bis zur Sperrstunde um ein Uhr nachts. Sie kamen nicht nur aus ganz Derry, sondern auch aus Bangor, Newport, Haven, Cleaves Mills, Old Town und all den kleinen Ortschaften in dieser Gegend. Verbindungsstudenten von der University of Maine in Orono machten mit ihren Freundinnen wilde Luftsprünge, und als die Band eine Ragtime-Version von ›The Maine Stein Song‹ einstudierte, kannte ihre Begeisterung keine Grenzen. Natürlich war es offiziell ein Militärklub, und Zivilisten ohne Einladung war der Zutritt eigentlich verboten. Aber praktisch öffneten wir um sieben einfach die Tür und ließen sie bis eins offenstehen. Wir verwehrten keinem den Eintritt, und Mitte Oktober war es so voll, daß man sich auf dem Tanzboden kaum noch bewegen konnte. Richtig tanzen war unmöglich... man konnte nur noch dastehen und sich auf der Stelle wiegen und winden. Aber ich hab' nie gehört, daß jemand sich darüber aufgeregt hätte. Gegen Mitternacht war es so, als würde ein ganzer Untergrundbahnwaggon zur Zeit des Spitzenverkehrs hin und her wogen und schwanken. Das ist das einzige Bild, das mir einfällt, damit du's dir vorstellen kannst.«

Er trank wieder einen Schluck Wasser, dann erzählte er weiter. Seine Augen waren jetzt ganz klar.

»Na ja, früher oder später hätte Fuller diesem Zustand natürlich ein Ende gesetzt. Wenn es früher gewesen wäre, wären sehr viel weniger Leute ums Leben gekommen. Ich nehme an, irgendwann hätte er die Militärpolizei zu uns geschickt, die dann all die Flaschen Alkohol konfisziert hätte, die von den Leuten mitgebracht wurden. Das hätte eine gute, saubere Schließung des Klubs zur Folge gehabt. Das Kriegsgericht hätte einiges zu tun gehabt, und ein paar von uns wären im Gefängnis in Rye gelandet, und alle anderen hätte man versetzt. Aber Fuller war langsam. Ich glaube, er hatte vor demselben Angst wie manche von uns – daß ein paar Stadtbewohner verrückt waren. Mueller hatte sich nicht bei ihm zurückgemeldet, und ich glaube, Major Fuller hat Angst gehabt, in die Stadt zu gehen und Mueller zu besuchen. Er hat große Worte geführt, dieser Fuller, aber nicht mehr Rückgrat als eine Qualle gehabt.

Und so wurde die Sache eben nicht durch eine Verordnung von oben beendet, womit die ganzen Leute, die verbrannt sind, am Leben geblieben wären, sondern die Legion of White Decency hat ein Ende gemacht. Sie kamen Anfang November mit ihren weißen Laken und haben ein Grillfest gemacht.«

Er verstummte wieder, aber diesmal nicht, um Wasser zu trinken. Er starrte auf die weiße Wand seines Zimmers, und vom Korridor her ertönte ein leises Klingeln. Eine Krankenschwester eilte vorbei – ich hörte das Quietschen ihrer Schuhsohlen auf dem Linoleum. Ich hörte auch von irgendwo her einen Fernseher; und woanders spielte ein Radio. Die Augen meines Vaters waren sehr ruhig, und ich erinnere mich, daß draußen der Wind pfiff. Obwohl es August war, hörte er sich irgendwie kalt an.

»Einige von ihnen kamen durch jenen Grüngürtel, von dem ich vorhin sprach«, fuhr mein Vater schließlich fort. »Sie müssen sich in irgendeinem Haus am West Broadway getroffen haben, vielleicht im Keller, um ihre Kapuzentrachten anzuziehen und die Fackeln herzurichten.

Man hat auch erzählt, daß andere über die Ridgeline Road, wo der Haupteingang zum Militärstützpunkt war, direkt aufs Gelände fuhren. Ich habe gehört – ich sage nicht, wo –, daß sie in einem brandneuen Pakkard kamen, in ihren weißen Gewändern, die Kapuzen auf dem Schoß, die Fackeln auf dem Boden. Die Fackeln waren aus Baseballschlägern hergestellt; sie waren an den breiten Teilen mit großen Leinwandstücken umwickelt, die mit roten Gummiringen, wie Frauen sie zum Einmachen verwenden, befestigt waren. Es gab eine Kontrollbude an der Stelle, wo die Ridgeline Road von der Witcham Road abzweigte, und der Wachtposten ließ den Packard einfach passieren.

Nun, Mikey, es war Samstag abend, und im überfüllten Klub wurde eifrig getanzt. Vielleicht waren 200 Leute da, vielleicht auch 300. Und da kamen nun diese Weißen, sechs oder acht Männer in einem flaschengrünen Packard, und sehr viel mehr kamen wie große weiße Gespenster durch diesen Baumgürtel zwischen dem Militärgelände und den Luxushäusern am West Broadway. Die meisten waren alles andere als jung, und manchmal überlege ich, wieviel Fälle von Angina und blutenden Magengeschwüren es wohl am nächsten Tag gegeben haben mag. Ich hoffe, eine ganze Menge. Diese verdammten, dreckigen mörderischen Schweine!

Der Packard hielt auf dem Hügel und blinkte zweimal mit den Scheinwerfern. Etwa vier Männer stiegen aus und gesellten sich zu den anderen. Einige hatten Zehn-Liter-Kanister Benzin bei sich. Alle hatten Fakkeln. Der Anführer blieb am Steuer des Packards sitzen. Mueller hatte so einen Wagen, mußt du wissen. Ja, er hatte einen flaschengrünen Pakkard.

Sie versammelten sich hinter dem ›Black Spot‹ und tränkten ihre Fakkeln mit Benzin. Vielleicht wollten sie uns nur Angst einjagen. Ich habe teilweise etwas anderes gehört, aber manchmal auch diese Version. Ich möchte lieber glauben, daß sie uns nur einen Schrecken einjagen wollten – vermutlich bin ich immer noch zu anständig, um das Schlimmste glauben zu wollen.

Vielleicht ist das Benzin auf die Griffe einiger Fackeln herabgetropft, und diese Männer sind in Panik geraten, als sie sie anzündeten, und haben sie einfach wild drauflosgeschleudert, nur um sie loszuwerden. Jedenfalls loderten in jener dunklen Novembernacht plötzlich überall Fakkeln. Manche hielten sie hoch und schwenkten sie durch die Luft. Kleine glühende Leinwandfetzen flogen umher. Einige der Männer lachten. Aber, wie gesagt, ein paar andere schleuderten die Fackeln durch die hinteren Fenster in unsere Küche. In wenigen Minuten brannte sie lichterloh.

Die Männer draußen trugen alle ihre spitzen weißen Kapuzen. Einige riefen im Chor: ›Kommt raus, Nigger! Kommt raus, Nigger! Kommt raus, Nigger!‹ Manche taten es vielleicht, um uns Angst einzujagen, aber ich möchte lieber glauben, daß die meisten versuchten, uns zu warnen – ebenso wie ich glauben möchte, daß jene Fackeln nur versehentlich in der Küche unseres Klubs landeten.

Aber wie dem auch sei, es spielte ohnehin keine Rolle. Die Band spielte laut, und die Leute klatschten und feuerten sie an und amüsierten sich prächtig. Wir merkten erst, was los war, als Gerry McCrew, der an jenem Abend dem Koch half, die Tür zur Küche öffnete und um ein Haar verschmort wäre. Drei Meter hohe Flammen schossen heraus und versengten sein blaues Jackett. Und auch im Gesicht erlitt er schwere Brandwunden.

Ich saß mit Trev Dawson und Dick Hallorann etwa in der Mitte der Ostwand, als das passierte, und im ersten Moment glaubte ich, der Gasofen wäre explodiert. Ich sprang auf, und dann wurde ich von Leuten, die zur Tür stürzten, über den Haufen gerannt. Sie trampelten einfach über meinen Rücken hinweg, und ich glaube, das war der Moment, in dem ich während der ganzen Katastrophe am meisten Angst hatte. Ich hörte Menschen schreien, es brenne, man müsse schleunigst hier raus. Aber jedesmal, wenn ich versuchte, auf die Beine zu kommen, trampelte jemand über mich hinweg. Ein großer Fuß landete direkt auf meinem Hinterkopf, und ich sah Sterne vor den Augen. Meine Nase wurde auf dem eingeölten Lehmboden plattgedrückt, ich atmete Staub ein und begann gleichzeitig zu husten und zu niesen. Jemand trat mir in Taillenhöhe auf den Rücken. Der hohe Absatz eines Frauenschuhs bohrte sich zwischen meine Arschbacken, und ich kann dir versichern, mein Junge – ein solches Klistier möchte ich nie wieder bekommen. Wenn meine Hose geplatzt wäre, würde ich vermutlich bis heute bluten.

Es hört sich vermutlich komisch an, aber ich wurde wirklich fast zu Tode getrampelt. Ich bekam am ganzen Leibe so viel Stöße und Tritte ab, daß ich am nächsten Tag kaum laufen konnte. Ich schrie, aber niemand hörte mich oder achtete auf mich.

Es war Trev, der mir das Leben rettete. Plötzlich tauchte seine große braune Hand direkt vor mir auf, und ich griff danach wie ein Ertrinkender nach dem Schwimmgürtel. Ich klammerte mich an seiner Hand fest, und er zog mit aller Kraft, und ich kam ein Stück hoch. Ein Fuß landete mit voller Wucht auf meinem Hals, genau hier...« Er strich sich über die Stelle, wo der Kiefer zum Ohr aufsteigt, und ich nickte.

»...und das tat so weh, daß mir einen Moment lang das Bewußtsein schwand. Aber ich ließ Trevs Hand nicht los, und er hielt mich ebenfalls fest. Schließlich kam ich dann doch noch auf die Beine, gerade als die Wand, die wir zwischen der Küche und dem Saal errichtet hatten, zusammenbrach. Es gab ein Geräusch, als ob man ein brennendes Streichholz in eine Benzinlache geworfen hätte. Sie brach in einem Funkenregen zusammen, und die Leute stoben in panischer Angst auseinander. Einige schafften es, andere hingegen nicht. Einer unserer Kameraden wurde unter ihr begraben, und eine Sekunde lang kam seine Hand unter dem lodernden Holz zum Vorschein und öffnete und schloß sich krampfhaft. Ich erinnere mich auch noch genau an ein weißes Mädchen, das bestimmt nicht älter als zwanzig war, und dessen Kleid im Rücken Feuer fing. Es war mit einem Verbindungsstudenten da, aber nach einem flüchtigen Versuch, die Flammen zu ersticken, rannte er mit den anderen davon. Und das Mädchen stand da und schrie, und dann fing auch sein Haar Feuer.

Unsere Küche war jetzt die reinste Hölle. Die Flammen waren so grell, daß man nicht hinschauen konnte. Die Hitze war mörderisch, Mikey, wie im Backofen. Man spürte direkt, wie die Haare in der Nase sich kräuselten.

›Komm!‹ schrie Trev und zog mich vorwärts, an der Wand entlang.

Dann packte Dick Hallorann ihn am Arm. Er kann nicht älter als neunzehn gewesen sein, und seine Augen waren so groß wie Teller, aber er behielt den Kopf besser als wir. Er rettete uns das Leben. ›Nicht dorthin!‹ schrie er. ›*Hier* entlang!‹ Und er deutete zurück auf das Podium der Musikkapelle... in Richtung des Feuers, weißt du.

›Du bist verrückt!‹ brüllte Trevor. Er hatte eine sehr kräftige Stimme, aber wir konnten ihn kaum hören, so laut war das Tosen des Feuers und das Geschrei der Leute. ›Verbrenn, wenn du willst, aber ich und Will möchten rauskommen!‹

Er hielt mich immer noch bei der Hand und begann wieder, mich in Richtung Tür zu ziehen, obwohl sie inzwischen von so viel Menschen umlagert war, daß man sie gar nicht mehr sehen konnte. Ich hätte mich von ihm mitschleppen lassen. Ich konnte vor Entsetzen keinen klaren Gedanken fassen. Ich wußte nur eines – daß ich nicht bei lebendigem Leibe wie ein Truthahn gebraten werden wollte.

Dick packte Trev bei den Haaren, so fest er konnte, und als Trev sich umdrehte, schlug Dick ihm ins Gesicht. Ich erinnere mich daran, daß Trevs Kopf gegen die Wand prallte und daß ich dachte, Dick hätte den Verstand verloren. Dann schrie er Trev ins Gesicht: ›Wenn du zur Tür gehst, stirbst du! Sie haben sie eingekeilt!‹

›Das kannst du nicht wissen!‹ brüllte Trev, und dann war da plötzlich dieses laute PENG! wie von einem Feuerwerkskörper – nur war es kein Feuerwerkskörper, sondern Marty Devereaux' große Baßtrommel, die vor Hitze explodiert war. Inzwischen hatten auch die Balken über unseren Köpfen schon Feuer gefangen.

›Ich weiß es genau!‹ schrie Dick. ›Ich weiß es!‹

Er packte mich bei der anderen Hand, und einen Moment lang kam ich mir vor wie das Seil beim Tauziehen. Dann, nach einem Blick zur Tür hinüber, gab Trev nach. Dick führte uns zu einem Fenster und wollte die Scheibe mit einem Stuhl einschlagen, aber die Hitze nahm ihm diese Arbeit ab – das Glas flog heraus. Dick packte Trev hinten an der Hose und stemmte ihn etwas hoch. ›Raus mit dir!‹ brüllte er. ›Los, du Arschloch!‹ Und Trev kletterte Hals über Kopf übers Fensterbrett.

Dann leistete Dick mir Hilfestellung, und ich klammerte mich an den seitlichen Rahmen des Fensters fest und zog mich hoch. Am nächsten Tag waren meine Hände voller Brandblasen – das Holz glimmte schon. Ich kam kopfüber raus, und wenn Trev mich nicht aufgefangen hätte, hätte ich mir leicht den Hals brechen können.

Dieses Feuer war wie der schlimmste Alptraum, den man sich überhaupt vorstellen kann, Mikey. Das Fenster war nur noch ein gelbes loderndes Lichtrechteck. An Dutzenden von Stellen schossen Flammen durch das Blechdach. Wir hörten drinnen die Menschen schreien.

Ich sah zwei braune Hände dicht vor dem Feuer herumfuchteln – Dicks Hände. Trev sah mich an und nickte. Er bildete mit den Händen eine Stufe, und ich streckte meine Arme durchs Fenster und packte Dicks Hände. Sein Gewicht drückte meinen Bauch gegen die Wand, und es war ein Gefühl, wie wenn man sich an einen Ofen lehnt, der gerade so richtig schön heiß geworden ist. Dicks Gesicht tauchte auf, und einige Sekunden lang glaubte ich nicht, daß wir es schaffen würden, ihn rauszuholen. Er hatte ziemlich viel Rauch geschluckt und war nahe daran, ohnmächtig zu werden. Seine Lippen waren aufgesprungen. Das Rückenteil seines Hemdes schwelte schon.

Und dann hätte ich ihn um ein Haar losgelassen, denn ich roch etwas... es war wie... nun, manche Leute sagen, dieser Geruch gleiche dem von Schweinerippchen, die zu lange gegrillt werden, aber das stimmt nicht. Es hat eher Ähnlichkeit mit etwas, das nach Kastrationen von Pferden gemacht wird. Das ganze Zeug wird in ein großes Feuer geworfen, und wenn es heiß genug ist, hört man, wie die Pferdehoden platzen wie Kastanien, und genauso riecht es, wenn Menschen anfangen, in ihren Kleidern zu schmoren. Dieser Gestank stieg mir also in die Nase, und dann zog ich noch einmal mit aller Kraft, und Dick kam raus. Er verlor dabei einen Schuh.

Ich rutschte auf Trevs Hand aus und fiel hin. Dick flog direkt auf mich drauf, und dieser Nigger hatte einen verdammt harten Schädel. Ich bekam kaum noch Luft und rollte kurze Zeit auf dem Dreck hin und her und hielt mir den Bauch.

Schließlich rappelte ich mich aber wieder hoch, zuerst auf die Knie, dann kam ich auf die Beine. Und da sah ich jene umrißhaften Gestalten auf den Grüngürtel zurennen. Zuerst dachte ich, ich sähe Gespenster, aber dann sah ich Schuhe. Inzwischen war es um das ›Black Spot‹ herum so hell wie am Tage. Ich sah Schuhe und begriff, daß es Männer in weißen Kutten waren. Einer von ihnen war ein Stück zurückgeblieben, und ich sah . . . «

Er verstummte plötzlich und fuhr sich mit der Zunge über die Lippen.

»Was hast du gesehen, Daddy?« fragte ich.

»Ach, unwichtig«, murmelte er. »Gib mir bitte mein Wasser, Mikey. « Ich reichte ihm das Glas. Er trank es fast aus und begann zu husten. Eine Krankenschwester schaute im Vorbeigehen herein und fragte: »Brauchen Sie etwas, Mr. Hanlon?«

»Neue Därme«, sagte mein Vater. »Haben Sie welche zur Hand, Rhoda?«

Sie lächelte nervös und unsicher und ging weiter. Mein Vater gab mir das Glas, und ich stellte es auf seinen Tisch zurück. »Erzählen dauert länger als sich erinnern«, sagte er. »Füllst du mir das Glas wieder, bevor du gehst?«

»Na klar, Daddy. «

»Wirst du von dieser Geschichte Alpträume bekommen, Mikey?«

Ich wollte zuerst eine Lüge vorbringen, aber dann änderte ich meine Meinung. Und heute glaube ich – wenn ich gelogen hätte, hätte er nicht weitererzählt. Er war inzwischen sehr erschöpft, aber meine Lüge hätte er bestimmt gemerkt.

»Vielleicht schon«, sagte ich deshalb.

»Vielleicht ist das gar nicht mal so schlecht«, meinte er. »In Alpträumen können wir das Schlimmste denken. Ich nehme an, daß sie dazu dienen. «

Er streckte seine Hand aus, ich legte meine hinein, und wir hielten uns bei den Händen, während er zu Ende erzählte.

»Ich drehte mich gerade noch rechtzeitig um, um zu sehen, daß Trev und Dick zur Vorderseite des Klubs gingen, und ich lief hinter ihnen her, immer noch nach Luft schnappend. Dort vorne standen etwa 40 oder 50 Leute; manche weinten, andere schrien. Wieder andere lagen im Gras – sie waren durch den Rauch in Ohnmacht gefallen. Die Tür war verschlossen, und wir hörten auf der anderen Seite Menschen schreien; sie schrien, man solle sie um Himmels willen rauslassen, sie würden bei lebendigem Leibe verbrennen.

Es war die einzige Tür, abgesehen von der, die von der Küche zu den Mülltonnen führte. Beim Hineingehen stieß man die Tür auf. Beim Hinausgehen mußte man an ihr ziehen.

Einige Leute waren rausgekommen, und dann waren alle zur Tür gestürzt, und sie war in dem Gedränge zugedrückt worden. Die Leute wei-

431

ter hinten schoben und drückten, um dem Feuer zu entkommen, und dadurch wurden alle total eingeklemmt. Die vordersten wurden einfach zerquetscht. Sie hatten keine Möglichkeit, die Tür aufzuziehen – das Gewicht der von hinten schiebenden Masse war zu groß. So saßen sie also alle in der Falle, und das Feuer wütete.

Es war Trev Dawson, der dafür sorgte, daß nur 80 oder so ums Leben kamen anstatt 100 oder vielleicht auch 200. Aber das brachte ihm nicht etwa 'nen Orden ein, sondern zwei Jahre im Pfahlwerk Rye. Gerade war ein Jeep vorgefahren, und am Steuer saß kein anderer als mein alter Freund, Sergeant Wilson, der Kerl, dem alle Gruben auf dem Gelände gehörten.

Er stieg aus und begann, Befehle zu brüllen, die ziemlich sinnlos waren und die ohnehin niemand hören konnte. Trev packte mich am Arm, und wir rannten zu ihm hin. Dick Halloran hatte ich inzwischen völlig aus den Augen verloren – ich hab ihn erst am nächsten Tag wiedergesehen.

›Sergeant, ich brauche Ihren Jeep!‹ schrie Trev.

›Geh mir aus dem Weg, Nigger!‹ rief Wilson und stieß ihn zu Boden. Dann fing er wieder an, seinen sinnlosen Scheiß zu brüllen. Niemand achtete auf ihn. Und plötzlich kam Trev wieder hoch, wie ein Stehaufmännchen, und knallte Wilson seine Faust ins Gesicht.

Dieses Arschloch war hart im Nehmen, alles was recht ist. Er stand auf, aus Nase und Mund blutend, und schrie: ›Dafür bring ich dich um!‹ Trev boxte ihn mit voller Wucht in den Magen, und als er zusammenklappte, hieb ich ihm in den Nacken, so fest *ich* nur konnte. Natürlich war es feige, einen Mann so von hinten zu schlagen, aber in verzweifelten Situationen sind verzweifelte Maßnahmen notwendig. Und, um die Wahrheit zu sagen, Mikey – ich genoß es richtig, diesem großkotzigen Dreckskerl eins zu verpassen.

Er brach zusammen wie ein Ochse unter einem Axthieb. Trev rannte zum Jeep, ließ den Motor an und wendete in Richtung Klubeingang, aber etwas links von der Tür. Dann legte er den ersten Gang ein und fuhr los.

›Vorsicht!‹ brüllte ich den Herumstehenden zu. ›*Macht, daß ihr dem Jeep aus dem Weg kommt!*‹

Sie stoben auseinander wie aufgescheuchte Hühner, und es war eigentlich direkt ein Wunder, daß Trev niemanden überfuhr. Er rammte die Wand des Klubs mit einer Geschwindigkeit von etwa 30 Meilen pro Stunde, und sein Gesicht prallte gegen den Rahmen der Windschutzscheibe. Ich sah, wie er kurz den Kopf schüttelte, und wie ihm das Blut aus der Nase schoß. Er legte den Rückwärtsgang ein, fuhr 50 Yards zurück und dann wieder auf die Wand zu. WUMM! Das ›Black Spot‹ bestand nur aus Wellblech, und der zweite Aufprall brachte die Wand zum Ein-

432

sturz, und die Flammen schossen heraus. Ich weiß nicht, wie jemand da drin noch am Leben sein konnte, aber Menschen sind wohl viel zäher, als man denkt, Mikey. Es war der reinste Schmelzofen, eine Hölle aus Flammen und Rauch, und trotzdem rannte ein ganzer Menschenschwarm heraus. Es waren so viele, daß Trev den Jeep nicht zurücksetzen konnte, aus Angst, einige von ihnen zu überfahren. Er sprang einfach heraus, ließ den Jeep stehen und rannte zu mir.

Zusammen verfolgten wir das Ende des Dramas. Es dauerte keine fünf Minuten, aber uns kam es vor wie eine Ewigkeit. Die letzten, die es schafften rauszukommen – ein Dutzend oder so – standen schon in Flammen. Leute packten zu und rollten sie auf dem Gras herum, um die Flammen zu ersticken. Wir konnten sehen, daß noch weitere Leute im Innern versuchten, dem Inferno zu entkommen, aber uns war klar, daß sie es nicht mehr schaffen würden.

Trev griff nach meiner Hand, und ich drückte sie ganz fest. So standen wir da und hielten uns bei den Händen, so wie jetzt du und ich, Mikey. Trevs Nase war gebrochen, und Blut lief ihm übers Gesicht, und seine Augen schwollen zu, und wir standen da und starrten in die Flammenhölle. Diese Leute da drinnen – *das* waren die richtigen Gespenster, die wir in jener Nacht sahen; es waren schimmernde Schatten im Feuer, die auf die Öffnung zutaumelten, die Trev mit Wilsons Jeep geschaffen hatte. Einige streckten die Arme aus, als erwarteten sie, daß jemand sie retten würde. Die anderen wankten einfach vorwärts, aber sie schienen nicht von der Stelle zu kommen. Ihre Kleider brannten lichterloh. Ihre Gesichter zerschmolzen. Und einer nach dem anderen fiel einfach um, und man sah sie nicht mehr.

Die letzte war eine Frau. Ihr Kleid war verbrannt. Sie hatte nur noch ihren Slip an, und sie brannte wie eine Kerze. Zuletzt schien sie mich anzuschauen... und ich sah, daß ihre Lider brannten.

Als auch sie umfiel, war es vorbei. Alles war nur noch ein einziges Flammenmeer. Als die Militärfeuerwehr und zwei weitere Löschwagen von der Feuerwehrstation auf der Main Street anrückten, war es schon fast ausgebrannt.«

Er trank den letzten Schluck Wasser und gab mir das Glas, damit ich es wieder füllen sollte. »Heute nacht mach' ich bestimmt ins Bett, Mikey.«

Ich küßte ihn auf die Wange und ging auf den Korridor hinaus. Als ich mit dem vollen Wasserglas zurückkam, waren seine Augen glasig, und er schien nicht mehr ganz da zu sein. Als ich das Glas auf den Nachttisch stellte, murmelte er ein kaum verständliches Dankeschön. Ich warf einen Blick auf die Uhr auf seinem Tischchen und sah, daß es schon fast acht war. Zeit für mich heimzufahren.

Ich beugte mich über ihn, um ihm einen Abschiedskuß zu geben...
und hörte mich statt dessen flüstern: »Was hast du gesehen?«

Seine Augen, die allmählich zufielen, bewegten sich kaum merklich in
Richtung meiner Stimme. Vielleicht wußte er, daß ich es war, vielleicht
glaubte er auch, die Stimme seiner eigenen Gedanken zu hören.
»Hmmm?«

»Das, was du gesehen hast«, flüsterte ich. Ich wollte es nicht hören,
aber ich *mußte* es wissen. Mir war heiß und kalt, meine Augen brannten, meine Hände waren eisig. Aber ich mußte es hören. So wie Lots Frau
vermutlich einfach zurückblicken und die Zerstörung von Sodom sehen
mußte.

»Es war ein Vogel«, murmelte er. »Vielleicht ein Falke. Ein Turm-
falke. Aber er war groß. Ich hab's nie jemandem erzählt. Man hätte mich
in die Klapsmühle gesteckt. Der Vogel war von Flügelspitze zu Flügelspitze etwa zwanzig Meter groß. Er hatte die Größe eines japanischen
Zeros. Aber ich hab'... ich hab' seine Augen gesehen... und ich
glaube... er hat mich auch gesehen...«

Sein Kopf fiel zur Seite, in Richtung Fenster, wo die Dämmerung hereinbrach.

»Er schoß herab und packte jenen zurückgebliebenen Mann bei seiner
Kutte... und ich hörte den Flügelschlag des Vogels... es hörte sich an
wie Feuer... und er schien in der Luft zu stehen... und ich dachte, Vögel
können doch nicht in der Luft stehen... aber dieser Vogel konnte es,
weil... weil...«

Er verstummte.

»Warum, Daddy?« flüsterte ich. »Warum konnte er in der Luft stehen?«

»Er stand nicht in der Luft«, sagte er.

Ich saß schweigend da und dachte, er wäre eingeschlafen. Ich hatte nie
zuvor im Leben solche Angst gehabt... denn vier Jahre zuvor hatte ich
jenen Vogel gesehen. Irgendwie, auf eine unvorstellbare Weise, hatte ich
diesen Alptraum fast vergessen. Mein Vater hatte ihn mir wieder in Erinnerung gebracht.

»Er stand nicht in der Luft«, murmelte er. »Er schwebte. Er schwebte.
An jedem Flügel waren riesige Trauben von Luftballons befestigt, und er
schwebte.«

Mein Vater schlief ein.

1. März 1985

Es ist zurückgekommen. Ich weiß es jetzt. Ich werde noch warten, aber tief im Herzen weiß ich es. Ich bin nicht sicher, ob ich es ertragen kann. Als Kind war ich imstande, es zu verkraften, aber bei Kindern ist das etwas anderes. Etwas grundlegend anderes.

Ich habe das alles letzte Nacht in einem Anflug von Raserei niedergeschrieben – ich hätte aber ohnehin nicht nach Hause gehen können. Derry wurde mit einer dicken Eisschicht überzogen, und obwohl die Sonne schien, bewegte sich nichts.

Ich schrieb bis drei Uhr nachts; meine Feder glitt immer schneller übers Papier. Ich wollte mir endlich alles von der Seele schreiben. Ich hatte den Vogel vergessen gehabt. Erst die Geschichte meines Vaters brachte ihn zurück... und seitdem vergaß ich ihn nie wieder. Ihn nicht, und all das andere auch nicht. In gewisser Weise war es das letzte Geschenk, das mein Vater mir machte. Ein schreckliches Geschenk, möchte man meinen, aber auf eine ganz besondere Art auch wunderbar.

Ich schlief ein, wo ich war, den Kopf in den Armen, mein Notizbuch und den Füllfederhalter vor mir auf dem Tisch. Heute morgen wachte ich mit taubem Hintern und schmerzendem Rücken auf, fühlte mich aber herrlich frei... befreit von jener alten Geschichte.

Und dann sah ich, daß ich in der Nacht, während ich schlief, Besuch gehabt hatte.

Die Spuren, schwache eingetrocknete Dreckabdrücke, führten von der Eingangstür der Bücherei (die ich abgeschlossen hatte; ich schließe sie immer ab) zum Schreibtisch, wo ich schlief.

Zurück führten keine Spuren.

Was immer es auch gewesen sein mag... es kam in der Nacht, hinterließ seinen Talisman... und verschwand dann einfach.

An meine Leselampe war ein einzelner Luftballon gebunden. Mit Helium gefüllt, schwebte er, beleuchtet von einem Sonnenstrahl, der durch eines der hohen Fenster einfiel.

Auf dem Ballon war mein Gesicht, augenlos – Blut rann aus den Augenhöhlen; und ein Schrei verzerrte den Mund auf der dünnen, gewölbten Gummihaut des Ballons.

Ich starrte ihn an, und ich schrie auf. Der Schrei hallte durch die Bücherei, kam als Echo wieder zurück, versetzte die eiserne Wendeltreppe, die zum Magazin führt, in Vibration.

Der Ballon zerplatzte mit einem lauten Knall.

Dritter Teil

———

ERWACHSENE

»Der Abstieg
          aus Verzweiflung vollzogen
             und ohne etwas zu erreichen
löst ein neues Erwachen aus :
               es ist Umkehr
der Verzweiflung
   Denn was wir nicht erreichen können, was
der Liebe verweigert wird,
   was wir in der Erwartung verloren haben
            – ein Abstieg folgt
endlos und unzerstörbar«

         – William Carlos Williams
          Paterson

»Don't it make you wanta go home, now?
Don't it make you wanta go home?
All God's children get weary when they roam,
Don't it make you wanta go home?
Don't it make you wanta go home?«

         – Joe South

Zehntes Kapitel

Das Treffen (1985)

1. Bill Denbrough nimmt ein Taxi

Das Telefon klingelte und riß ihn aus einem tiefen, traumlosen Schlaf. Er tastete nach dem Hörer, ohne die Augen zu öffnen. Wenn das Klingeln aufgehört hätte, wäre er mühelos wieder in Schlaf versunken, so mühelos, wie er einmal auf seinem Flexible-Flyer-Schlitten die verschneiten Hügel im McCarron Park hinuntergeglitten wäre. Man lief mit dem Schlitten, warf sich darauf, und ab ging die Post – scheinbar mit Schallgeschwindigkeit. Als Erwachsener konnte man das nicht mehr; es ging einem zu sehr an die Eier.

Er hatte eine dunkle Vorahnung, daß es Mike Hanlon sein würde, Mike Hanlon, der aus Derry anrief, um ihm zu sagen, er müsse zurückkommen, er müsse sich erinnern, weil sie einmal ein Versprechen abgegeben hätten, weil Stan Uris ihre Handflächen mit der Scherbe einer Colaflasche geritzt hätte und sie ein Versprechen abgegeben hätten...

Nur, daß das alles bereits geschehen war.

Er war gestern am Spätnachmittag angekommen – kurz vor sechs Uhr. Er vermutete, wenn er der letzte Anruf auf Mikes Liste gewesen war, mußten alle zu verschiedenen Zeiten eingetroffen sein; manche hatten vielleicht sogar den ganzen Tag hier verbracht. Er selbst hatte keinen gesehen und verspürte auch keinen Drang dazu. Er hatte sich einfach eingetragen, war auf sein Zimmer gegangen, hatte vom Zimmerservice ein Essen kommen lassen, das er, wie er feststellen mußte, nicht essen konnte, als es vor ihm ausgebreitet wurde, und dann war er ins Bett gefallen und hatte bis eben tief und traumlos geschlafen.

Er öffnete ein Auge und griff nach dem Hörer. Doch der glitt ihm aus der Hand und fiel auf den Tisch. Nun öffnete Bill auch das zweite Auge. Er hatte das Gefühl einer totalen Leere in seinem Kopf – der Stecker war rausgezogen, er lief auf Batterien.

Es gelang ihm endlich, den Hörer in die Hand zu nehmen. Er stützte sich auf einen Ellbogen und hielt ihn ans Ohr. »Hallo?«

»Bill?« Es *war* Mike Hanlons Stimme. Noch vor einer Woche hatte er sich überhaupt nicht an Mike erinnert, und nun genügte ein einziges Wort, und er erkannte ihn an der Stimme. Es war erstaunlich... und ziemlich unheimlich.

»Ja, Mike.«

»Ich habe dich wohl aufgeweckt?«

»Ja, das hast du. Macht aber nichts.« An der Wand über dem Fenster hing ein Gemälde, das Hummerfänger in gelben Regenmänteln und -mützen darstellte, die Hummerfallen auslegten, und als Bill es sah, fiel ihm ein, wo er sich befand. Dies war das Derry Town House auf der oberen Main Street. Eine halbe Meile weiter oben war auf der anderen Straßenseite der Bassey Park... und der Kanal. »Wieviel Uhr ist es, Mike?«

»Viertel vor zehn.«

»Welches Datum?«

»Der 30.« Mike klang ein bißchen amüsiert.

»Ja. Okay.«

»Ich habe ein kleines Treffen arrangiert«, sagte Mike etwas unsicher.

»Ja?« Bill schwang seine Beine aus dem Bett. »Sind alle gekommen?«

»Alle außer Stan Uris«, sagte Mike, und jetzt klang etwas Undefinierbares in seiner Stimme mit. »Bev war die letzte. Sie kam gestern am späten Abend an.«

»Warum sagst du, sie war die letzte, Mike?« fragte Bill. »Stan könnte doch heute noch kommen.«

»Bill, Stan ist tot.«

»Was? Wie ist das passiert? Ist sein Flugzeug...?«

»Nichts Derartiges«, sagte Mike. »Hör mal, wenn es dir recht ist, würde ich lieber bis zum Treffen warten. Es wäre besser, wenn ich es euch allen gleichzeitig erzählen könnte.«

»Hat es damit etwas zu tun?«

»Ich glaube schon.« Nach kurzem Schweigen verbesserte er sich: »Ich bin mir da ganz sicher.«

Bill spürte, wie die vertraute Klammer der Angst wieder sein Herz zusammenpreßte – war sie demnach etwas, an das man sich so rasch gewöhnen konnte? Oder hatte er sie immer mit sich herumgetragen und sie einfach nicht bemerkt, nicht an sie gedacht – ebensowenig wie an die unausweichliche Tatsache seines eigenen Todes?

Er griff nach seinen Zigaretten, zündete eine an und blies das Streichholz aus.

»Haben sich gestern keine getroffen?«

»Nein – ich glaube nicht.«

»Und du hast noch keinen von uns gesehen.«

»Nein – ich habe nur mit euch telefoniert.«

»Okay«, sagte er. »Wo findet unser Treffen statt?«

»Erinnerst du dich noch, wo die alte Eisenhütte war?«

»Na klar – Pasture Road.«

»Du bist leider nicht auf dem laufenden, alter Junge. Sie heißt jetzt

Mall Road. Wir haben hier das drittgrößte Einkaufszentrum des ganzen Staates. ›48 verschiedene Geschäfte unter einem Dach, damit Sie bequem einkaufen können‹. «

»Hört sich wirklich sehr a-a-amerikanisch an. «

»Bill? «

»Was? «

»Geht's dir gut? «

»Ja. « Aber er hatte Herzklopfen, und das Ende seiner Zigarette zitterte etwas. Er hatte gestottert. Und Mike hatte es gehört.

Einen Moment lang herrschte Schweigen, dann sagte Mike: »Gleich hinter dem Einkaufszentrum gibt es ein Restaurant namens ›Jade of the Orient‹. Sie haben dort Räume für geschlossene Gesellschaften. Ich habe gestern einen reservieren lassen. Wir können den ganzen Nachmittag dort bleiben, wenn wir wollen. «

»Glaubst du, daß es so lange dauern wird? «

»Ich weiß es nicht. «

»Wird ein Taxifahrer wissen, wie man hinkommt? «

»Klar. «

»Okay«, sagte Bill und notierte sich den Namen des Restaurants. »Warum ausgerechnet dort? «

»Weil es neu ist, glaube ich«, antwortete Mike langsam. »Ich hatte das Gefühl, es sei... wie soll ich es ausdrücken...«

»Neutraler Boden? « schlug Bill vor.

»Ja. Ich glaube, das war's. «

»Ist das Essen dort gut? «

»Keine Ahnung«, gab Mike zu. »Wie steht's denn nun mit deinem Appetit? «

Bill stieß eine Rauchwolke aus, hustete und lachte. »Nicht besonders, alter Freund. «

»Ja«, sagte Mike. »Das hört man. «

»Um zwölf? «

»Eher so gegen eins. Beverly soll noch ein bißchen ausschlafen können. «

Bill drückte die Zigarette aus. »Ist sie verheiratet? «

Mike zögerte wieder. »Das werden wir alles bald hören. «

»Ganz, wie wenn man nach zehn Jahren zum High-School-Klassentreffen geht, was? « sagte Bill. »Interessant zu sehen, wer fett geworden ist, wer eine Glatze bekommen hat, wer Kinder in die Welt gesetzt h-hat. «

»Ich wünschte, es wäre so. «

»Ja, ich auch, Mikey. Ich auch. «

Er legte den Hörer auf, duschte ausgiebig und bestellte ein Frühstück, auf das er gar keinen Appetit hatte und das er kaum anrührte.

Bill hatte bei der Yellow Cab Company angerufen und für Viertel vor eins ein Taxi bestellt, das ihn im Town House abholen sollte. Er hatte gedacht, daß eine Viertelstunde leicht ausreichen würde, um zur Pasture Road zu gelangen (er konnte sich an den Namen Mall Road einfach nicht gewöhnen, nicht einmal, als er das Einkaufszentrum dann sah), aber er hatte das hohe Verkehrsaufkommen zur Mittagszeit unterschätzt... und das Wachstum von Derry in den vergangenen 25 Jahren.

1958 war es eine große Kleinstadt gewesen. Innerhalb der eingetragenen Stadtgrenzen hatte es etwa 30000 Einwohner gezählt, und außerhalb in den Randbezirken weitere 7000.

Jetzt war es eine kleine Großstadt – sehr klein im Vergleich zu London oder New York, aber ganz ordentlich für Maine, wo Portland, die größte Stadt des Staates, nicht ganz 300000 Einwohner hatte.

Während das Taxi langsam die Main Street hinabfuhr *(wir sind jetzt über dem Kanal*, dachte Bill; *man kann ihn nicht sehen, aber er ist da unten, fließt im Dunkeln dahin)* und dann in die Center Street abbog, registrierte er erstaunt, wieviel sich hier verändert hatte, und er verspürte darüber ein Bedauern, das ihn selbst überraschte. Er hatte seine hier verbrachte Kindheit als problematische, angsterfüllte Zeit in Erinnerung... nicht nur wegen des Sommers 1958, als sie zu siebt mit dem Bösen konfrontiert worden waren, sondern auch wegen Georgies Tod, des ständigen Spotts über sein Stottern, der Verfolgungen durch Bowers, Huggins und Criss nach jener Steinschlacht in den Barrens *(Bowers und Huggins und Criss, Herrgott, Bowers und Huggins und Chris, Herrgott)* und wegen des allgemeinen Gefühls, daß Derry kalt und unfreundlich war, daß Derry sich einen Dreck darum kümmerte, ob sie lebten oder starben, ob sie Pennywise, den Clown, besiegten oder nicht. Derry hatte schon so lange mit Pennywise gelebt... und vielleicht hatte die Stadt mit der Zeit – so verrückt sich das auch anhören mochte – sogar Verständnis für ihn aufgebracht. Vielleicht mochte sie ihn, brauchte sie ihn. *Liebte* ihn gar? Ja, vielleicht liebte sie ihn sogar.

Weshalb dann also dieses Bedauern über die Veränderungen?

Vielleicht nur, weil es so *stupide* Veränderungen waren. So sinnlos und doch zugleich so typisch. Oder vielleicht auch deshalb, weil Derry für ihn sein charakteristisches Aussehen verloren hatte.

Das ›Bijou Theater‹ war verschwunden – ein Parkplatz befand sich jetzt an dieser Stelle (PARKEN NUR MIT GENEHMIGUNG, stand auf einem Schild. UNBEFUGTE WERDEN ABGESCHLEPPT). Auch das ›Shoe-Boat‹ und daneben

441

›Bailey's Lunch‹ gab es nicht mehr. Eine Filiale der Northern National Bank machte sich dort jetzt breit. Über ihrem Eingang prangte eine riesige Digitaltafel mit Zeit- und Temperaturanzeige, letztere sowohl in Fahrenheit als auch in Celsius. Der Center Street Drugstore, das Reich von Mr. Keene, wo Bill einst Eddies Asthmamedizin besorgt hatte, war auch verschwunden, ebenso wie die Richard's Alley, ein Gäßchen zwischen Center und Main Street. Da war jetzt etwas entstanden, das ›Mini-Einkaufscenter‹ hieß. Während das Taxi an einer Ampel halten mußte, entdeckte Bill unter anderem ein Schallplattengeschäft, einen Naturkostladen und eine Spielzeughandlung, der DUNGEONS AND DRAGONS-Zubehör im Angebot hatte.

Mit einem Ruck fuhr das Taxi wieder an. »Wird 'n Weilchen dauern«, sagte der Fahrer. »Ich wünschte, diese ganzen gottverdammten Banken würden nicht alle zur selben Zeit Mittagspause machen. Nichts für ungut, falls Sie 'n frommer Mensch sind.«

»Macht nichts«, sagte Bill. Draußen war es bewölkt, und ein paar Regentropfen fielen auf die Windschutzscheibe des Wagens. Im Radio wurde etwas von einem aus einer Anstalt für Geisteskranke Entflohenen gemurmelt, der angeblich sehr gefährlich war, und dann etwas von den Red Sox, die es nicht waren. Als Barry Manilow anfing, etwas von Mandy zu stöhnen, die kam und gab, ohne zu nehmen, schaltete der Taxifahrer das Radio aus. »Wann sind die denn gebaut worden?« fragte Bill.

»Was? Die Banken?«

»Hm-hmm.«

»Oh, die meisten Ende der 60er, Anfang der 70er Jahre«, antwortete der Fahrer. Er war ein großer, kräftiger Mann mit einem Stiernacken. Er trug ein rotschwarz kariertes Jagdjackett. Auf dem Kopf hatte er eine leuchtend orangefarbene Kappe, die mit Maschinenöl beschmutzt war. »Sie haben diese Geldmittel zur Stadtsanierung bekommen und alles einfach abgerissen. Und dann sind die Banken reingekommen. Ich nehm' an, sie waren die einzigen, die sich das leisten konnten. Eine Schande ist das! Und so was nennt sich Stadtsanierung! Ich nenne es einfach totale gottverdammte Scheiße! Nichts für ungut, falls Sie 'n frommer Mensch sind. Was haben sie nicht alles geredet von wegen toller Belebung der Innenstadt und all so was. Schöne Belebung! Die meisten alten Geschäfte haben sie niedergerissen und 'n Haufen Banken und Parkplätze hingestellt. Und trotzdem findet man nirgends 'n gottverdammten Parkplatz. An den Schwänzen aufhängen sollte man den ganzen Stadtrat! Mit Ausnahme dieses Polock-Weibes – das müßte man an den Titten aufhängen! Aber wenn ich's mir genau überleg', glaub' ich, sie hat gar keine. Platt wie 'ne gottverdammte Flunder. Nichts für ungut, falls Sie 'n frommer Mensch sind.«

»Bin ich«, sagte Bill grinsend.

»Dann machen Sie, daß Sie aus mei'm Taxi rauskommen, und gehn Sie in Ihre gottverdammte Kirche«, sagte der Fahrer, und sie brachen beide in schallendes Gelächter aus.

»Leben Sie schon lange hier?« fragte Bill.

»Seit meiner Geburt im Derry Home Hospital. Und eines Tages wird man meine gottverdammten Überreste auf dem Mount Hope Friedhof einbuddeln.«

»Nicht schlecht«, sagte Bill.

»Find' ich auch«, meinte der Taxifahrer. Er räusperte sich, kurbelte sein Fenster herunter und spuckte einen außerordentlich großen, gelbgrünen Schleimklumpen in die regnerische Luft. Sein Verhalten, widersprüchlich aber anziehend, fast witzig, drückte düstere gute Laune aus. »Wer den auffängt, braucht 'ne ganze Woche keinen Kaugummi mehr zu kaufen. Nichts für ungut, wenn Sie 'n frommer Mann sind.«

»Alles hat sich aber doch nicht verändert«, sagte Bill, während er die deprimierende Ansammlung von Banken und Parkplätzen auf der rechten Seite der Center Street betrachtete. Auf der Höhe des Hügels angelangt, kam das Taxi endlich etwas schneller vorwärts. »Das ›Aladdin‹ existiert immer noch.«

»Jaaa«, mußte der Fahrer zugeben. »Aber auch das wollten diese Superarschlöcher niederreißen.«

»Für ein weiteres Bankgebäude?« fragte Bill, und ein Teil von ihm amüsierte sich darüber, daß ein anderer Teil von ihm empört war. Er konnte nicht glauben, daß jemand, der bei Verstand war, diesen prächtigen Vergnügungspalast abreißen lassen wollte, dieses Wunderwerk mit seinem funkelnden Kronleuchter aus Glas, den breiten Treppen rechts und links, die zum Balkon emporführten, und dem grünen Vorhang, der bei Beginn der Vorstellung nicht einfach aufgezogen wurde, sondern sich in großen Falten wie durch Zauberei hob. *Nicht das Aladdin*, rief jener empörte Teil von ihm. *Wie konnten sie jemals auch nur im Traum daran denken, das Aladdin für eine* BANK *abzureißen?*

»O ja, für 'ne Bank«, sagte der Fahrer. »Sie kapieren wirklich verdammt schnell, Mister. Nichts für ungut, falls Sie 'n frommer Mensch sind. Es war die First Merchants of Penobscot County. Wollten hier was hinstellen, was sie ›Komplettes Bankzentrum‹ nannten. Hatten schon sämtliche Genehmigungen vom Stadtrat bekommen, und es sah ganz so aus, als wär's um das Aladdin geschehen. Dann haben aber Leute so'n Komitee gegründet – Leute, die schon lange hier wohnen – und 'ne Peti-

443

tion eingereicht und protestiert und demonstriert, und schließlich gab's 'ne öffentliche Stadtratsitzung, und Hanlon hat's diesen Arschlöchern gezeigt.« Der Taxifahrer schien darüber sehr befriedigt zu sein.

»Hanlon?« fragte Bill erstaunt. »*Mike* Hanlon?«

»Genau der«, sagte der Fahrer und warf Bill einen flüchtigen Blick zu. Er hatte ein rundes Gesicht mit vielen Falten und trug eine Hornbrille mit alten Spritzern weißer Farbe auf dem Gestell. »Der Bibliothekar. Ein Schwarzer. Kennen Sie ihn?«

»Ich habe ihn früher mal sehr gut gekannt«, sagte Bill und dachte daran, wie er Mike im Juli 1958 kennengelernt hatte. Es waren Bowers, Criss und Huggins gewesen... natürlich! Bowers, Criss und Huggins
  (Herrgott)
auf Schritt und Tritt – die drei Rowdies, die ihre eigenen Ziele verfolgt und damit doch, ganz gegen ihren Willen, sieben Kinder fest zusammengeschmiedet hatten... fest, fester, am festesten. »Wir haben als Kinder zusammen gespielt.«

»Na so was!« sagte der Taxifahrer. »Die Welt ist doch gottverdammt klein, nichts für ungut...«

»Falls Sie 'n frommer Mensch sind«, stimmte Bill mit ein.

»Ja, so ist das alles«, meinte der Fahrer behaglich, und eine Zeitlang fuhren sie schweigend dahin, bis der Taxifahrer sagte: »Ja, in Derry hat sich viel verändert, alles was recht ist. Aber einiges ist doch noch stehengeblieben. Das Town House, wo ich Sie abgeholt hab'. Der Wasserturm im Memorial Park. Erinnern Sie sich noch daran, Mister? Als Kinder glaubten wir, daß es dort spukt.«

»Ja, ich erinnere mich.«

»Sehn Sie mal, das ist das Krankenhaus. Erkennen Sie's wieder?«

Rechts von ihnen lag jetzt das Derry Home Hospital. Dahinter floß der Kenduskeag auf seine Mündung in den Penobscot zu. Unter dem wolkenverhangenen, regnerischen Frühlingshimmel hatte er die Farbe von mattem Silber. Das Krankenhaus, an das Bill sich erinnerte – ein dreistöckiges weißes Fachwerkgebäude mit zwei Seitenflügeln –, stand noch, aber es war jetzt umgeben von einem ganzen Gebäudekomplex – etwa einem Dutzend. Links davon konnte er einen großen Parkplatz erkennen, auf dem mindestens 500 Autos parkten.

»Mein Gott, das ist ja kein Krankenhaus mehr, sondern ein ganzer gottverdammter College-Campus!« rief Bill.

Der Taxifahrer kicherte. »Nachdem ich kein frommer Mensch bin, nehm' ich Ihnen Ihre Ausdrucksweise nicht übel. O ja, es ist jetzt so groß wie das Eastern Maine in Bangor. Sie haben Bestrahlungslabors und 'n Therapiezentrum und 600 Krankenzimmer und ihre eigne Wäscherei und Gott weiß was sonst noch alles. Aber das alte Gebäude gibt's immerhin auch noch. Da drin ist jetzt die Verwaltung.«

Bill hatte ein eigenartiges Gefühl der Gespaltenheit im Kopf, ein ähnliches Gefühl wie damals, als er zum erstenmal einen dreidimensionalen Film gesehen hatte. Der Versuch, zwei Bilder, die nicht völlig übereinstimmten, zusammenzusetzen. Man konnte Augen und Gehirn dazu bringen, diesen Trick auszuführen, aber man bekam davon irrsinniges Kopfweh, daran erinnerte er sich noch genau... und auch jetzt bekam er leichte Kopfschmerzen. Das neue Derry, großartig. Aber das alte Derry gab es trotzdem noch, genauso wie das Fachwerkgebäude des Krankenhauses. Es wirkte unter den vielen neuen Bauwerken fast wie begraben... aber irgendwie wurden die Blicke magisch vom Alten angezogen.

»Der Güterbahnhof ist wahrscheinlich verschwunden, oder nicht?« fragte Bill.

Der Fahrer lachte erfreut. »Für einen, der als Kind hier wegzog, haben Sie ein verdammt gutes Gedächtnis, Mister«, sagte er, und Bill dachte: *Du hättest mich letzte Woche sehen müssen, mein fluchender Freund.* »Doch, den gibt's noch, aber die Gleise sind rostig, und alles ist verfallen. Die Güterzüge halten dort nicht mal mehr. Irgend so 'n Kerl wollte das Gelände kaufen und dort so 'n Vergnügungspark hinstellen – mit Minigolf, Baseballfeld, Übungsplatz zum Autofahren, Go-Karts, Buden und Gott weiß was sonst noch allem –, aber es ist noch nicht geklärt, wem das Grundstück überhaupt gehört. Ich nehm' an, daß der Bursche es schließlich kriegen wird – er ist verdammt hartnäckig, aber momentan gibt's noch jede Menge gerichtlicher Auseinandersetzungen.«

»Und der Kanal«, murmelte Bill, als sie von der Outer Center Street in die Pasture Road abbogen – die jetzt, wie Mike gesagt hatte, Mall Road hieß, was auch auf einem grünen Straßenschild zu lesen war. »Der Kanal ist doch noch da?«

»O ja«, sagte der Fahrer. »Den wird's immer geben, nehm' ich an.«

Links von ihnen lag jetzt das Einkaufszentrum, und als sie daran vorbeifuhren, hatte Bill wieder jenes eigenartige Gefühl der Gespaltenheit. Als sie Kinder gewesen waren, war hier nur ein großes, langgestrecktes Feld mit hohem Gras und riesigen Sonnenblumen gewesen – das nordöstliche Ende der Barrens. Dahinter, etwas westlich, erstreckte sich die Arme-Leute-Siedlung Old Cape. Bill erinnerte sich daran, wie sie dieses Feld erforscht hatten, sehr vorsichtig, um nicht in das große gähnende Kellerloch der Kitchener-Eisenhütte zu stürzen, die am Ostersonntag 1906 explodiert war. Mit dem feierlichen Interesse von Archäologen, die ägyptische Ruinen erforschen, hatten sie hier alle möglichen Überreste der Eisenhütte ausgegraben: Ziegelsteine, Schwimmer, Eisenstücke mit

445

rostigen Riegeln, Glasscheiben, Flaschen mit irgendwelchem undefinier-
barem Zeug, das bestialisch stank. Irgendwas war hier draußen auch mal
passiert; aber er konnte sich noch nicht erinnern. Er konnte sich nur an
einen Namen erinnern, Patrick Humboldt, und daß es etwas mit einem
Kühlschrank zu tun hatte. Und etwas mit einem Vogel, der Mike Hanlon
verfolgt hatte. »Was...?«

Er schüttelte den Kopf. Fragmente. Strohhalme im Wind. Das war alles.

Das Feld war jetzt verschwunden, ebenso wie die Überreste der Eisenhütte. Plötzlich erinnerte Bill sich an den großen Schornstein der Eisenhütte. Mit Ziegeln verkleidet, die letzten dreieinhalb Meter seiner Länge
mit dickem Ruß verkrustet, hatte er im hohen Gras gelegen wie eine riesige Pfeife. Irgendwie waren sie raufgeklettert und oben lachend entlang-
gelaufen, mit ausgebreiteten Armen, wie Seiltänzer...

Er schüttelte wieder den Kopf, als wollte er das Trugbild des Einkaufszentrums verscheuchen, eines häßlichen Gebäudekomplexes mit Auf-
schriften wie SEARS und J. C. PENNY und WOOLWORTH und CVS und
YORK'S STEAK HOUSE und WALDEN-BOOKS und so weiter und so fort. Seitenstraßen führten zu unzähligen Parkplätzen. Das Einkaufszentrum
verschwand nicht, denn es war kein Trugbild. Die Kitchener-Eisenhütte
war verschwunden, und ebenso das Feld, das ihre Ruinen überwuchert
hatte. Das Einkaufszentrum war die Realität, nicht seine Erinnerungen.

Und doch konnte er das nicht so recht glauben.

»Da wär'n wir, Mister«, sagte der Taxifahrer und steuerte auf den
Parkplatz eines Gebäudes zu, das wie eine große Plastikpagode aussah.
»Bißchen spät, aber besser zu spät als nie. Stimmt's oder hab' ich recht?«

»Stimmt haargenau«, sagte Bill und gab ihm einen Fünf-Dollar-
Schein. »Behalten Sie den Rest.«

»Verdammt gutes Geschäft!« rief der Fahrer. »Wenn Sie wieder mal 'n
Taxi brauchen, rufen Sie bei Yellow an und fragen Sie nach Dave. Fordern Sie ausdrücklich mich an.«

»Ich werd' einfach nach dem frommen Kerl fragen«, sagte Bill grinsend, »der sich auf dem Mount Hope Cemetary schon ein schönes Plätzchen rausgesucht hat.«

»Tun Sie das«, sagte Dave lachend. »Alles Gute, Mister.«

»Ihnen auch, Dave.«

Er stand einen Augenblick im Nieselregen und blickte dem Taxi nach.
Ihm fiel ein, daß er den Fahrer noch etwas hatte fragen wollen, es dann
aber vergessen hatte – vielleicht absichtlich.

Er hatte Dave fragen wollen, ob er *gern* in Derry lebte.

Bill Denbrough drehte sich abrupt um und betrat das ›Jade of the

Orient‹. Mike saß im Foyer in einem Korbstuhl mit übertrieben hoher Rückenlehne. Zuerst dachte Bill, daß nur der große Korbstuhl Mike so klein wirken ließ, aber als Mike aufstand, spürte Bill wieder, wie dieses Gefühl des Unwirklichen über ihn kam – ihn *durchdrang*. Das Gefühl, doppelt zu sehen, war wieder da, aber jetzt war es viel, viel schlimmer.

Er hatte immer noch einen Jungen vor Augen gehabt, der einen Meter sechzig groß, hübsch und sehr flink war. Und jetzt stand ein Mann vor ihm, der etwa einen Meter siebzig groß und sehr mager war. Die Kleider schlotterten ihm am Leibe. Und die Falten in seinem Gesicht deuteten eher auf Ende Vierzig als auf Ende Dreißig hin.

Mike mußte ihm seinen Schrecken am Gesicht angesehen haben, denn er sagte ruhig: »Ich weiß, wie ich aussehe.«

Errötend widersprach Bill. »Das ist es nicht, Mike. Es ist einfach so, daß ich dich immer noch als Jungen vor Augen hatte. Weiter nichts.«

»Wirklich nicht?«

»Du siehst etwas müde aus.«

»Ich *bin* etwas müde«, sagte Mike, »aber ich werd's überleben, nehm' ich an.« Er lächelte; es war ein warmes Lächeln, das sein ganzes Gesicht verwandelte, und nun erkannte Bill den Jungen wieder, den er vor 27 Jahren gekannt hatte. So wie das alte Fachwerkgebäude des Krankenhauses zwischen den modernen Glas- und Betonbauten fast verschwand, so war auch der Junge, den Bill einst gekannt hatte, unter den unausweichlichen Accessoires des Erwachsenseins fast verschwunden. Er hatte Stirnfalten, tiefe Linien führten von den Mundwinkeln zum Kinn, und über den Ohren wurde sein Haar schon grau. Aber ebenso wie das alte Krankenhaus immer noch da war, immer noch zu sehen war, so auch der Junge, den Bill gekannt hatte.

Mike streckte die Hand aus und sagte: »Willkommen in Derry, Big Bill.«

Bill achtete nicht weiter auf die ausgestreckte Hand und umarmte Mike. Auch Mike umarmte ihn nun kräftig, und Bill spürte sein festes, krauses Haar an seiner Schulter und an seinem Hals.

»Was auch immer los sein mag, Mike, wir werden uns darum kümmern«, sagte Bill. Er hörte, daß seine Stimme rauh vor Tränen war, aber das machte ihm nichts aus. »Wir haben Es schon einmal besiegt, und wir k-k-können es w-wieder b-b-besiegen.«

Mike löste sich aus der Umarmung, und obwohl er immer noch lächelte, hatten seine Augen jetzt einen verdächtigen Glanz. Er zog ein Taschentuch heraus und wischte sie ab. »Klar, Bill«, sagte er. »Jede Wette.«

»Würden die Herren mir bitte folgen?« fragte die Empfangsdame. Sie war eine lächelnde Orientalin in einem aparten pinkfarbenen Kimono mit gesticktem Drachen, dessen Schwanz paillettenbesetzt war. Ihr dunkles Haar war kunstvoll hochgesteckt und wurde von Elfenbeinkämmen gehalten.

»Ich kenne den Weg, Rose«, sagte Mike.

»Ausgezeichnet, Mr. Hanlon.« Sie lächelte die beiden Männer an. »Sie sind wohl sehr gute Freunde?«

»Ich glaube schon«, sagte Mike. »Hier entlang, Bill.«

Er führte ihn einen matt beleuchteten Korridor entlang, vorbei am großen Speisesaal, auf eine Tür zu, die durch einen Perlenschnurvorhang halb verdeckt war.

»Sind die anderen...?«

»Sie sind alle da«, erwiderte Mike. »Alle, die kommen konnten.«

Bill blieb einen Augenblick lang zögernd vor der Tür stehen. Plötzlich hatte er Angst. Nicht vor dem Unbekannten, dem Übernatürlichen. Es war einfach das Bewußtsein, daß er seit 1958 um 30 Zentimeter gewachsen war und den größten Teil seiner Haare verloren hatte. Es war ein plötzliches Unbehagen – fast schon Schrecken – bei dem Gedanken, sie alle wiederzusehen, die Kindergesichter durch den Zahn der Zeit fast verschwunden, fast begraben, so wie das alte Krankenhaus begraben war. Banken waren in ihren Köpfen errichtet worden, wo einstmals magische Kinos gestanden hatten.

Wir sind erwachsen geworden, dachte er. *Wir hätten damals nicht gedacht, daß es passieren würde, nicht uns. Aber es ist passiert, und wenn ich da reingehe, werde ich feststellen, daß es stimmt: Wir sind jetzt alle Erwachsene.*

Er sah Mike verunsichert und ängstlich an. »Wie sehen sie aus?« hörte er sich fragen. »Mike... wie sehen sie aus?«

»Geh rein, dann weißt du's«, sagte Mike sanft und führte Bill in den kleinen Nebenraum.

2. Bill Denbroughs erste Eindrücke

Vielleicht bewirkte die matte Beleuchtung jene Illusion, die nur ganz kurz anhielt, aber Bill fragte sich später, ob es nicht eine ausschließlich für ihn bestimmte Botschaft gewesen war: daß das Schicksal auch gütig sein konnte.

In jenem kurzen Moment kam es ihm so vor, als wäre *keiner* erwachsen geworden, als hätten seine Freunde irgendwie eine Peter-Pan-Nummer abgezogen und wären Kinder geblieben.

Richie Tozier räkelte sich ungezwungen auf seinem Stuhl und sagte gerade etwas zu Beverly Marsh, die sich eine Hand vor den Mund hielt, um ein Kichern zu verbergen; Richie grinste wie früher unverschämt übers ganze Gesicht. Links von Beverly saß Eddie Kaspbrak, und vor ihm auf dem Tisch, neben seinem Wasserglas, lag eine Druckflasche mit einem pistolengriffartigen Aufsatz. Ein Aspirator. An einem Ende des Tisches saß Ben Hanscom und beobachtete das Trio mit jenem altvertrauten Ausdruck, der eine Mischung von Eifer, Amüsement und Konzentration war.

Er wollte sich mit der Hand an den Kopf greifen und erkannte mit melancholischer Belustigung, daß er nahe daran gewesen war zu glauben, er könnte durch ein Wunder sein Haar wieder haben – jenes dünne rote Haar, das schon in seinem zweiten Collegejahr begonnen hatte, sich zu lichten.

Das brach den Zauber. Richie trug keine Brille mehr, stellte er fest und dachte: *Vermutlich hat er jetzt Kontaktlinsen – er haßte seine Brille von jeher.* Anstelle der früheren T-Shirts und Kordhosen trug er jetzt einen Anzug, der bestimmt nicht von der Stange war – Bill schätzte diesen Maßanzug auf gut und gern 900 Dollar.

Beverly Marsh (*wenn* ihr Name noch Marsh war) war eine hinreißend schöne Frau geworden. Statt des einstigen Pferdeschwanzes fiel ihr das Haar – sie hatte fast die gleiche Haarfarbe wie er – offen über die Schultern. Bei dieser schummerigen Beleuchtung glänzte es nur matt und weich; bei Tageslicht – sogar an einem bewölkten Tag wie diesem – mußte es jedoch einer lodernden Flamme gleichen. Und er ertappte sich bei dem Gedanken, wie es wohl wäre, die Hände in diesem Haar zu vergraben. *Die älteste Geschichte der Welt,* dachte er ironisch. *Ich liebe meine Frau, aber Mann o Mann.*

Eddie hatte als Erwachsener eine frappierende Ähnlichkeit mit Anthony Perkins. Sein Gesicht war zerfurchter, als es seinem Alter entsprach (obwohl seine Bewegungen jugendlicher waren als Richies und Bens), und die randlose Brille ließ ihn noch älter erscheinen – es war eine Brille, die gut zu einem angesehenen britischen Rechtsanwalt gepaßt hätte, der gerade in den Akten blättert oder zur Richterbank schreitet. Sein Haar war kurz und altmodisch frisiert; Ende der 50er und Anfang der 60er Jahre war dieser Schnitt unter dem Namen ›Ivy League‹ sehr verbreitet gewesen. Er trug ein grell kariertes Sportjackett, das aussah, als stammte es aus dem Ausverkauf eines Herrenbekleidungsgeschäfts, das kurz vor der Schließung stand... aber die Digitaluhr an seinem Handgelenk war eine Patek Philippe, und der Ring am kleinen Finger seiner rechten Hand war ein Rubin. Der Stein war so vulgär groß und auffallend, daß er nur echt sein konnte.

Ben war derjenige, der sich am meisten verändert hatte, und als Bill ihn jetzt genauer betrachtete, gewann die Realität endgültig Oberhand in ihm. Bens Gesicht war noch das alte; seine Haare waren jetzt zwar länger, doch er hatte immer noch denselben ungewöhnlichen Rechtsscheitel. Aber er war schlank geworden. Er saß ganz leger da, in einer schlichten dunkelbraunen Strickweste über dem blauen Baumwollhemd, Levis-Jeans, Cowboystiefeln und einem Ledergürtel mit gehämmerter Silberschnalle. Diese Kleidung paßte ausgezeichnet zu seiner schlanken, schmalhüftigen Figur. An einem Handgelenk hatte er ein Armband aus schweren Gliedern – nicht aus Gold, sondern aus Kupfer. *Er ist schlank geworden*, dachte Bill. *Er ist sozusagen nur noch ein Schatten seiner selbst... der gute alte Ben ist schlank geworden. Wunder gibt es immer wieder...*

Zwischen den sechs Menschen herrschte einen Moment lang Schweigen. Es war ein unbeschreiblicher Moment, ein Moment, der zu den seltsamsten gehörte, die Bill bisher erlebt hatte. Stan Uris war nicht hier, aber ein Siebenter war dennoch anwesend – die Zeit, deren Gegenwart in diesem Nebenzimmer eines Restaurants so greifbar war, als stünde sie personifiziert vor ihnen – doch nicht als alter Mann in weißem Gewand mit einer Sense über der Schulter. Es war der weiße Fleck auf der Landkarte, der zwischen 1958 und 1985 lag, ein Gebiet, das ein Forscher vielleicht das Große Unbekannte genannt haben würde. Bill fragte sich, was genau dort sein mochte. Beverly Marsh in einem kurzen Rock, der ihre langen prachtvollen Beine zur Schau stellte, eine Beverly Marsh in weißen Go-Go-Stiefeln, mit in der Mitte gescheitelten, glattgekämmten Haaren? Richie Tozier mit einem Plakat, das die Aufschrift BEENDET DEN KRIEG trug? Ben Hanscom mit einem gelben Helm auf dem Kopf, einen Bulldozer fahrend, ohne Hemd, der über seiner Hose hängende Bauch immer kleiner werdend? War diese siebente Person schwarz? Keinerlei Ähnlichkeit mit entweder H. Rap Brown oder Grandmaster Flash, nicht dieser junge Mann; er trug weiße Hemden und verblichene weite Hosen aus dem Kaufhaus, und er saß in der Bibliothek der University of Maine und schrieb Abhandlungen über die Entstehung von Fußnoten und über die möglichen Vorteile von ISBN-Nummern bei der Katalogisierung von Büchern, während draußen Protestmärsche stattfanden, Phil Ochs sang: »Richard Nixon, find yourself another country to be part of«, und Männer mit heraushängenden Gedärmen starben, für Dörfer, deren Namen sie nicht einmal aussprechen konnten; er saß da, eifrig über seine Arbeit gebeugt (Bill sah ihn förmlich vor sich), die im harschen weißen Wintersonnenschein lag, sein Gesicht war ernst und vertieft, er wußte, als Bibliothekar kam man dem besten Platz in der Lokomotive der Ewigkeit so nahe, wie ihm ein Mensch nur kommen konnte. War das der siebente? Oder war es ein junger Mann, der vor dem Spiegel stand und seine immer höher werdende Stirn betrachtete, der die zahlreichen ausgekämmten roten Haare betrachtete, der im Spiegel den Stapel Notizbücher auf dem Schreibtisch betrachtete, Notizbücher, die den fertiggestellten wirren ersten Entwurf eines Romans mit dem Titel ›Joanna‹ enthielten, der ein Jahr später veröffentlicht wurde?

Einiges davon, alles oder auch nichts davon.

Eigentlich spielte das auch keine Rolle. Jener siebente war mit ihnen in diesem Zimmer, und in diesem Moment spürten sie das alle... und verstanden die schreckliche Macht von dem, was sie zurückgeführt hatte. Es *lebt*, dachte Bill, und ihn fröstelte. *Was immer* Es *auch gewesen sein mag,* Es *ist wieder hier, in Derry.* Es.

Und er spürte plötzlich, daß Es der siebente war; daß Es und Zeit irgendwie austauschbare Größen waren, daß Es auch ihre Gesichter annehmen konnte, ebenso wie die tausend anderen, unter denen Es Entsetzen verbreitet und gemordet hatte... und der Gedanke, daß Es ihre Gestalt annehmen könnte, war irgendwie am erschreckendsten. *Wieviel von uns blieb hier zurück?* dachte er mit plötzlich aufsteigendem Entsetzen. *Wieviel von uns hat nie die Abflußkanäle verlassen, in denen* Es *lebte... in denen* Es *sich ernährte? Haben wir deshalb vergessen? Weil ein Teil von jedem von uns nie erwachsen wurde, Derry nie verließ? Ist das der Grund?*

Er sah keine Antwort in den Gesichtern der anderen... nur Fragen.

Gedanken kommen und gehen innerhalb von Sekunden oder Millisekunden, und dies alles schoß Bill Denbrough in nicht mehr als fünf Sekunden durch den Kopf.

Dann grinste Richie Tozier wieder und sagte: »Oh, schaut euch das nur mal an! Das ist doch tatsächlich Rundschädel Bill Denbrough. Wie lange hast du deinen Kopf poliert, Big Bill?«

Und Bill, der keine Ahnung hatte, was er darauf erwidern sollte, öffnete den Mund und hörte sich sagen: »Ach, beiß dich selbst in den Arsch, und ebenso den Gaul, auf dem du hergeritten bist, Schandmaul.«

Einen Moment lang herrschte Schweigen... und dann dröhnte das Zimmer vor schallendem Gelächter. Bill ging auf sie zu und schüttelte Hände, und obwohl sein Gefühl dabei etwas Schreckliches an sich hatte, so war es doch zugleich auch angenehm und tröstlich: dieses Gefühl, heimgekehrt zu sein. Für immer heimgekehrt zu sein.

3. Ben Hanscom wird schlank

Mike Hanlon bestellte Getränke, und nun begannen alle durcheinanderzureden, so als wollten sie das kurze Schweigen wettmachen. Es stellte sich heraus, daß Beverly Marsh jetzt Beverly Rogan hieß. Sie sei, erzählte sie, mit einem wunderbaren Mann in Chicago verheiratet, der ihr ganzes Leben verändert habe und dem es wie durch Zauberei gelungen sei, das einfache Nähtalent seiner Frau in ein erfolgreiches Bekleidungsgeschäft zu verwandeln. Eddie Kaspbrak hatte ein Mietwagen-Unternehmen in New York. »Soviel ich weiß, könnte meine Frau jetzt gerade mit Al Pacino im Bett liegen«, sagte er mit leichtem Lächeln, und alle lachten schallend.

Alle wußten natürlich, was Bill und Ben erreicht hatten, aber Bill wurde das Gefühl nicht los, daß sie diese Namen – Bens als Architekt, seinen eigenen als Schriftsteller – bis vor ganz, ganz kurzer Zeit nicht mit ihren Freunden der Kindheit assoziiert hatten. Beverly hatte Taschenbuchausgaben von zwei seiner Romane in ihrer Handtasche und bat ihn, sie zu signieren. Bill tat es und stellte dabei fest, daß beide Bücher in tadellosem Zustand waren – als hätte Beverly sie nach der Landung in einem Flughafen-Buchladen gekauft.

In ähnlicher Weise sagte Richie zu Ben, wie sehr er das BBC-Kommunikationszentrum in London bewundere... aber seine Augen hatten dabei einen etwas verwirrten Ausdruck, so als könnte er jenes Gebäude nicht ganz in Einklang mit diesem Mann bringen... oder mit dem fetten, ernsthaften Jungen, der ihnen gezeigt hatte, wie man einen Teil der Barrens mit geklauten Brettern und einer rostigen Autotür überschwemmen konnte.

Richie war Disc-Jockey in Kalifornien. Er erzählte ihnen, er sei bekannt als ›Mann der tausend Stimmen‹, und Bill stöhnte. »O Gott, Richie, deine Stimmen waren immer so *schrecklich*.«

Als Beverly Richie fragte, ob er jetzt Kontaktlinsen hätte, sagte er leise: »Komm ein bißchen näher. Schau mir in die Augen, Kleines.« Er legte den Kopf ein wenig schief, und sie rief begeistert, daß sie den unteren Rand der Kontaktlinsen sehen könne.

»Ist in der Bücherei noch alles beim alten?« fragte Ben Mike Hanlon.

Mike holte aus seiner Brieftasche eine Luftaufnahme der Bücherei. »Ein Bekannter hat's von einem Sportflugzeug aus gemacht«, erklärte er, während das Foto von Hand zu Hand ging. »Ich hab' versucht, den Stadtrat oder irgendeinen wohlbetuchten Privatmann dazu zu bringen, eine Spende zu machen, um es für die Kinderbücherei auf Wandgröße abziehen zu lassen. Bisher ohne Erfolg. Aber es ist ein gutes Foto, nicht wahr?«

Alle stimmten ihm zu. Ben betrachtete das Foto am längsten. Schließlich deutete er auf den Glaskorridor zwischen den beiden Gebäuden. »Hast du so was schon mal woanders gesehen, Mike?«

Mike lächelte. »Bei deinem Kommunikationszentrum«, sagte er, und wieder mußten alle sechs lachen.

Die Getränke wurden serviert, und sie setzten sich.

Plötzlich breitete sich wieder jenes verwirrende Schweigen aus. Sie schauten einander etwas verlegen an.

»Nun«, fragte Beverly mit ihrer verführerischen, etwas heiseren Stimme. »Worauf trinken wir?«

»Auf uns«, sagte Richie. Er lächelte nicht. Er schaute Bill an, und mit schier unerträglicher Intensität überfiel Bill plötzlich die Erinnerung daran, wie er und Richie einander am Straßenrand umarmt und zusammen geweint hatten, nachdem jenes Wesen – vielleicht ein Clown, vielleicht aber auch ein Werwolf – verschwunden war. Als er sein Glas hob, zitterte seine Hand so, daß er etwas von seinem Drink aufs Tischtuch verschüttete.

Richie stand langsam auf, und die anderen folgten seinem Beispiel: zuerst Bill, dann Ben und Eddie, dann Beverly und zuletzt Mike. »Auf uns«, wiederholte Richie, und auch seine Hand zitterte etwas. »Auf den Klub der Verlierer von 1958.«

»Auf die Verlierer«, sagte Beverly leicht amüsiert.

»Auf die Verlierer«, sagte Eddie. Sein Gesicht war bleich und wirkte alt.

»Auf die Verlierer«, wiederholte Ben. Ein schwaches Lächeln spielte um seine Mundwinkel.

»Auf die Verlierer«, sagte Mike leise.

»Auf die Verlierer«, wiederholte Bill als letzter den Toast.

Sie stießen miteinander an und tranken.

Wieder trat Schweigen ein, und diesmal brach Richie es nicht. Diesmal schien es notwendig zu sein.

Sie setzten sich wieder, und Bill sagte: »Also los, Mike, spuck's aus. Erzähl uns, was hier vorgeht, und was wir tun können.«

»Zuerst wollen wir essen«, meinte Mike. »Danach werden wir dann über alles sprechen.«

Also aßen sie... und sie aßen ausgiebig und mit Genuß. Wie jener alte Witz über den zum Tode Verurteilten, dachte Bill, aber auch sein eigener Appetit war besser als seit ewigen Zeiten... seit Kindertagen. Das Essen war zwar nicht außergewöhnlich gut, aber auch alles andere als schlecht, und es war sehr reichlich. Sie reichten sich die Platten über den Tisch hinweg zu – Spareribs, *Moo-goo-gai-pan*, delikat geschmorte Hühnerflügel, Eierrollen, in Speck gehüllte Maronen, Rindfleischscheiben auf dünnen Holzspießen.

Sie begannen mit *Pu-pu*-Platten, und Richie machte eine kindische, aber amüsante Angelegenheit daraus, ein Stückchen von allem über dem brennenden Topf in der Mitte der Platte zu rösten, die er sich mit Beverly teilte – einschließlich einer halben Frühlingsrolle und ein paar roten Kidneybohnen. »*Flambé* am Tisch, das gefällt mir«, sagte er zu Ben. »Ich würde Scheiße auf Toast essen, wenn ich sie am Tisch flambiert bekäme.«

»Ist es wahrscheinlich«, meinte Bill. Beverly mußte so sehr lachen, daß sie einen Mundvoll Essen in die Serviette spucken mußte.

»Mein Gott, ich glaub', ich muß reihern«, sagte Richie, eine unheimliche Imitation von Don Pardo, und Beverly lachte noch mehr und lief ganz rot an.

»Hör auf, Richie«, sagte sie. »Ich warne dich.«

»Die Warnung wird zur Kenntnis genommen«, sagte Richie. »Laß es dir munden, Teuerste.«

Rose persönlich brachte ihnen den Nachtisch – eine große Schüssel gebackenes Alaska, das sie am Kopfende, wo Mike saß, flambierte.

»Wieder *flambé* am Tisch«, sagte Richie mit der Stimme eines Mannes, der gestorben und in den Himmel gekommen ist. »Ich glaube, das war das beste Essen, das ich in meinem Leben gegessen habe.«

»Aber selbstverständlich«, sagte Rose bescheiden.

»Wenn ich das ausblase, bekomme ich dann einen Wunsch erfüllt?« fragte er sie.

»Im Jade of Orient werden alle Wünsche erfüllt, Sir.«

Plötzlich verschwand Richies Lächeln. »Ich weiß die Freundlichkeit zu schätzen«, sagte er, »aber wissen Sie, das glaube ich eigentlich nicht.«

Sie vernichteten das gebackene Alaska fast völlig. Als sich Bill zurücklehnte, weil sein Magen den Bund der Hose spannte, bemerkte er die Gläser auf dem Tisch. Es schienen Hunderte zu sein. Er grinste ein wenig und bedachte, daß er selbst zwei Martini vor dem Essen gekippt hatte, und Gott allein wußte, wieviel Flaschen Kirin-Bier dazu. Die anderen standen ihm nicht nach. In ihrem Zustand hätten wahrscheinlich Stücke panierter Bowlingkugeln geschmeckt. Und trotzdem fühlte er sich nicht betrunken.

»Mein Gott«, sagte Ben hinterher, »so viel habe ich seit meiner frühen Jugend nicht mehr gegessen.« Alle schauten ihn an, und er errötete etwas. »Wirklich«, sagte er. »Das war die üppigste Mahlzeit, die ich seit meinem zweiten Jahr auf der High School gegessen habe.«

»Hast du eine Schlankheitskur gemacht?« fragte Eddie.

»Ja«, antwortete Ben, »die Ben-Hanscom-Freiheits-Diät.«

»Was hat dich dazu veranlaßt?« erkundigte sich Richie.

»Ihr wollt doch bestimmt nicht diese uralte Geschichte hören...« Ben rückte unbehaglich auf seinem Stuhl hin und her.

»Ich kann natürlich nicht für die anderen sprechen«, sagte Bill, »aber ich würde sie gern hören. Nun komm schon, Ben. Erzähl's uns! Wie kam es, daß aus Haystack dieser Mann mit der Idealfigur wurde, den wir jetzt vor uns sehen?«

Richie kicherte. »Haystack, stimmt ja! Ich hatte das ganz vergessen.«

»Die Geschichte hat wirklich nichts Sensationelles an sich«, sagte Ben. »Nach jenem Sommer – nach 1958 – blieben wir noch zwei Jahre in Derry. Dann wurde meine Mutter arbeitslos, und wir zogen nach Nebraska, weil sie dort eine Schwester hatte, die sich erboten hatte, uns aufzunehmen, bis meine Mutter wieder auf eigenen Füßen stehen würde. Es war keine schöne Zeit. Tante Jean war eine sehr geizige Person, die uns ständig vorhielt, wie glücklich wir sein müßten, daß meine Mutter eine Schwester hätte, die so nächstenliebend sei; wie dankbar wir sein müßten, nicht auf das Sozialamt angewiesen zu sein. Na ja, all so 'n Gerede. Ich haßte sie, weil sie ständig über meine Fettleibigkeit herzog. ›Ben, du solltest wirklich mehr Sport treiben. Ben, du wirst an Herzschlag sterben, bevor du vierzig bist, wenn du nicht abnimmst. Ben, wo so viel kleine Kinder auf der Welt verhungern, solltest du dich wirklich schämen.‹ Diese armen verhungernden Kinder warf sie mir aber auch dann vor, wenn ich meinen Teller nicht leer aß, das war das Perverse daran.«

Richie lachte und nickte verständnisvoll.

»Na ja, es dauerte fast ein Jahr, bis meine Mutter wieder eine Dauerbeschäftigung fand. Das war 1961, als das Land sich allmählich von der Rezession erholte. Als wir endlich bei Tante Jean ausziehen konnten und in Omaha eine eigene Wohnung bezogen, hatte ich gegenüber der Zeit, als ihr mich kanntet, etwa neunzig Pfund zugenommen. Ich glaube, ich hatte so viel in mich hineingestopft, nur um meine Tante zu ärgern.«

Eddie pfiff leise vor sich hin. »Dann mußt du ja etwa...«

»Ja, ich habe etwa 210 Pfund gewogen«, sagte Ben ernst. »Na ja, ich ging auf die East Side High School in Omaha, und die Turnstunden waren... ziemlich schlimm. Die anderen Jungs nannten mich ›Tonne‹ und lachten mich aus.

Das ging etwa sieben Monate so, und dann eines Tages, als wir uns nach dem Turnunterricht umzogen, fingen zwei oder drei Jungen an, mir... mir auf den Bauch zu klatschen. Schinkenklopfen nannten sie das. Bald beteiligten sich zwei, drei andere. Es wurden immer mehr, und schließlich jagten sie alle hinter mir her, hetzten mich durch den Umkleideraum und den Korridor und schlugen mich auf den Bauch, auf den Hintern, auf den Rücken, auf die Schenkel. Na ja, und ich bekam's mit der Angst zu tun und fing an zu heulen. Und das fanden sie natürlich irrsinnig komisch. Sie lachten sich halb tot.

Wißt ihr«, sagte er mit gesenktem Kopf und spielte mit seinem Besteck, »das war, soviel ich weiß, das letzte Mal, daß ich an Henry Bowers gedacht habe, bis Mike mich vor zwei Tagen anrief. Der Junge, der mit dem Schinkenklopfen angefangen hatte, war so ein kräftiger Bauernbursche mit großen Händen, und während sie mich jagten, dachte ich, Henry wäre zurückgekommen. Ich glaube... nein, ich *weiß*, daß ich darum so in Panik geriet.

Sie jagten mich also den Korridor entlang. Ich war nackt und krebsrot. Ich hatte jedes Schamgefühl verloren... vermutlich überhaupt jedes Selbstwertgefühl. Ich schrie um Hilfe. Und sie rannten hinter mir her und brüllten: ›Schinkenklopfen, Fettkloß! Schinkenklopfen! Schinkenklopfen, Tonne!‹ Da war eine Bank...«

»Ben, du brauchst diese quälenden Erinnerungen nicht wieder wachzurufen«, fiel Beverly ihm plötzlich ins Wort. Ihr Gesicht war aschfahl. Sie spielte mit ihrem Wasserglas und warf es fast um.

»Laß ihn zu Ende erzählen«, sagte Bill.

Ben schaute ihn einen Moment lang an und nickte dann. »Da war eine Bank am Ende des Korridors, und ich stolperte über sie und schlug mir den Kopf an. Gleich darauf umringten sie mich wieder alle, und dann rief plötzlich eine Stimme: ›Okay. Jetzt reicht's, Jungs. Geht euch umziehen.‹

Es war der Turnlehrer, der da in seinem weißen T-Shirt und den blauen Shorts mit den weißen Seitenstreifen auf der Schwelle stand. Ich weiß nicht, wie lange er schon dort gestanden hatte. Sie schauten ihn alle an, einige grinsend, einige etwas schuldbewußt, einige einfach völlig ausdruckslos. Sie zerstreuten sich. Und ich heulte.

Der Turnlehrer stand dort in der Tür zur Sporthalle und betrachtete mich, diesen nackten Fettkloß, dessen Haut vom Schinkenklopfen krebsrot war und der heulend auf dem Boden saß.

Und schließlich sagte er: ›Benny, hör auf zu flennen, verdammt noch mal!‹

Und ich war so überrascht, ihn fluchen zu hören, daß ich tatsächlich aufhörte. Er kam herüber und setzte sich auf eine der Bänke. Er beugte sich über mich, und die Pfeife um seinen Hals schlug mir gegen die Stirn. Im ersten Moment dachte ich, er wollte mich küssen oder irgend so was, und ich wich etwas zurück, aber statt dessen griff er nach meinen Titten und drückte fest zu. Dann wischte er sich die Hände an seinen Hosen ab, so als hätte er etwas Schmutziges angefaßt.

›Du glaubst wohl, daß ich dich trösten werde?‹ sagte er. ›Das tu' ich nicht. Die Jungs ekeln sich vor dir, und mir geht's genauso. Nur haben wir dafür verschiedene Gründe, denn im Gegensatz zu mir sind sie noch Kinder. Sie wissen nicht, warum sie sich vor dir ekeln. *Ich* weiß es. Ich ekle mich, weil ich sehe, daß du den dir von Gott gegebenen Körper unter riesigen Fettmassen begräbst. Du bist einfach zu nachsichtig dir selbst gegenüber, ein dummer Schwächling, weiter nichts, und das finde ich zum Kotzen. Und jetzt hör mir mal gut zu, Benny, denn ich sag's dir nur einmal. Ich bin Turnlehrer, Trainer für Football und Basketball und Leichtathletik, und dazwischen muß ich auch noch Schwimmkurse abhalten. Deshalb sag' ich's dir nur einmal. Du bist hier oben fett.‹ Und er klopfte mir auf die Stirn. ›Hier oben sitzt bei dir das Fett, genau hier. Setz das, was zwischen deinen Ohren ist, auf Diät, dann magerst du ab. Aber Schwächlinge wie du schaffen das nie.‹«

»Was für ein Arschloch!« rief Beverly empört.

»Ja«, sagte Ben grinsend. »Aber er war so dumm, daß er gar nicht wußte, was für ein Arschloch er war. Er glaubte mir einen Gefallen zu tun. Und wie sich herausstellen sollte, stimmte das auch. Denn damals fiel mir etwas ein. Ich dachte...«

Er senkte den Blick und runzelte die Stirn, und eigenartigerweise wußte Bill, was jetzt kommen würde, noch bevor Ben es aussprach.

»Ich habe euch erzählt, daß ich zum letztenmal an Henry Bowers dachte, als die Jungen mich jagten und Schinkenklopfen mit mir machten. Na ja, und als der Turnlehrer dann aufstand, da dachte ich zum letztenmal an das, was wir im Sommer 1958 getan hatten. Ich dachte...«

Er verstummte wieder und schaute sie der Reihe nach aufmerksam an, als wollte er in ihren Gesichtern lesen. Dann fuhr er langsam fort:

»Ich dachte daran, was für gute Arbeit wir gemeinsam geleistet hatten, was wir getan hatten, und wie wir es getan hatten, und mir wurde plötzlich klar, daß der Turnlehrer, wenn er mit etwas Derartigem konfrontiert worden wäre, schlagartig graue Haare und einen Herzinfarkt bekommen hätte. Natürlich war es nicht fair, aber er war zu mir auch nicht fair gewesen. Was dann passierte, könnt ihr euch vielleicht vorstellen...«

»Dich hat die Wut gepackt«, sagte Bill.

Ben lächelte. »Ja, so war's«, sagte er. »Ich rief: ›Herr Lehrer!‹

Er drehte sich nach mir um. ›Sie sind doch auch Trainer für Wettläufe?‹ fragte ich.

›Stimmt‹, erwiderte er. ›Aber dir kann das doch völlig egal sein.‹

›Jetzt hören Sie mir mal zu, Sie blöder gehirnamputierter Kerl‹, sagte

457

ich, und ihm klappte glatt der Unterkiefer runter, und er riß die Augen sperrangelweit auf. ›Im März werde ich zur Mannschaft gehören. Was halten Sie davon?‹

›Ich finde, du solltest schleunigst den Mund halten, bevor du große Schwierigkeiten bekommst‹, sagte er.

›Ich werde jeden Läufer besiegen, den Sie aussuchen‹, sagte ich. ›Ich werde Ihren besten Läufer besiegen. Und dann erwarte ich von Ihnen eine Entschuldigung.‹

Er ballte die Fäuste, und einen Moment lang dachte ich, er würde mich verprügeln. Aber dann entspannte er sich wieder. ›Große Töne spucken ist kinderleicht, Fettkloß‹, sagte er sanft. ›Du bist nur ein Großmaul. Aber an dem Tag, an dem du meinen besten Läufer besiegst, werde ich hier meine Koffer packen und wieder Mais ernten gehen.‹ Und damit verzog er sich.«

»Und du hast daraufhin wirklich abgenommen?« fragte Richie.

»Das hab' ich«, sagte Ben. »Aber der Trainer hatte unrecht. Es fing nicht in meinem Kopf an. Es fing mit meiner Mutter an. Ich kam an jenem Abend nach Hause und erklärte ihr, ich wolle abnehmen. Es gab einen Riesenkrach, und zuletzt heulten wir beide. Sie wiederholte ihr altes Lied: Ich sei nicht *fett*, ich hätte nur schwere Knochen, und ein großer Junge, der ein großer, starker Mann werden wolle, müsse viel essen, um bei Kräften zu bleiben. Ich glaube, es war bei ihr so 'ne Art... so 'ne Art Sicherheitsgefühl. Es war schwierig für sie, einen Jungen allein aufzuziehen. Sie hatte keine große Bildung und keine besonderen Fähigkeiten, nur eine Bereitschaft, hart zu arbeiten. Und wenn sie mir eine zweite Portion geben konnte... oder wenn sie mich über den Tisch hinweg anschaute und sah, daß ich kräftig war...«

»Dann hatte sie das Gefühl, den Kampf zu gewinnen«, fiel Mike ein.

»Jaaa.« Ben trank sein Bier aus und wischte sich mit dem Handrücken einen kleinen Schnurrbart-Schaum von der Oberlippe. »Mit ihr hatte ich die größten Probleme. Monatelang weigerte sie sich, meinen Entschluß zu akzeptieren. Sie machte mir die Kleidung weder enger, noch kaufte sie mir neue. Ich hatte angefangen, mich im Rennen zu trainieren, ich legte sämtliche Wege rennend zurück, und manchmal hatte ich dabei so starkes Herzklopfen, daß ich glaubte, im nächsten Moment umzukippen. Als ich zum erstenmal eine Meile gerannt war, übergab ich mich und wurde dann ohnmächtig. Übergeben hab' ich mich nach meinen Läufen noch 'ne ganze Weile. Und dann mußte ich allmählich beim Rennen meine Hose festhalten.

Ich besorgte mir 'nen Job als Zeitungsausträger, und ich rannte mit der Tasche um den Hals, während ich gleichzeitig meine Hose festhielt.

Meine Hemden flatterten an mir herum wie Segel. Und wenn ich abends heimkam und meinen Teller nur zur Hälfte leer aß, heulte meine Mutter und sagte, ich liebte sie nicht mehr, es sei mir ganz egal, wie schwer sie die ganze Zeit für mich geschuftet hätte.«

»Mein Gott«, murmelte Richie und zündete sich eine Zigarette an. »Ich weiß nicht, wie du das alles ausgehalten hast, Ben.«

»Ich hielt mir immer das Gesicht des Turnlehrers vor Augen«, sagte Ben, »so wie er damals ausgesehen hatte, nachdem er mich an der Brust gepackt hatte. Das half mir durchzuhalten. Mit dem Geld vom Zeitungsaustragen kaufte ich mir neue Klamotten, und der alte Mann aus der Wohnung im ersten Stock machte mir mit seiner Ahle neue Löcher in meinen Gürtel – ich glaube, es waren fünf oder so. Ich glaube, dabei fiel mir die andere Gelegenheit ein, als ich mir ein neues paar Jeans kaufen mußte – das war, als Henry mich in den Barrens gestoßen hat und ich mir die Hose zerrissen hatte.«

»Ja«, sagte Eddie grinsend. »Und du hast mir von Schokoladenmilch erzählt, weißt du noch?«

Ben nickte. »Falls ich mich erinnerte«, fuhr er fort, »dann nur einen Augenblick – es war gleich wieder weg. Etwa zur gleichen Zeit hatten wir in der Schule Nahrungsmittelkunde, und ich erfuhr, daß man von Rohkost soviel essen konnte, wie man wollte, ohne zuzunehmen. Und als meine Mutter dann eines Abends einen Salat aus Lattich, rohem Spinat, Apfelstückchen und Schinkenresten machte, aß ich davon drei Portionen und versicherte ihr immer wieder, wie großartig das schmecke – obwohl ich mir aus Kaninchenfutter nie viel gemacht habe.

Das verkleinerte meine Schwierigkeiten ganz beträchtlich. Vermutlich war es ihr nicht so wichtig, *was* ich aß, solange ich nur *viel* aß. Sie stopfte mich mit Salaten voll. Ich aß sie drei Jahre lang. Manchmal mußte ich direkt in den Spiegel schauen, um mich zu vergewissern, daß meine Nase noch nicht zuckte.«

»Und wie ging die Sache mit dem Turnlehrer aus?« fragte Eddie. »Bist du zum Wettlauf angetreten?«

»O ja«, sagte Ben. »Beim Zwei-Zwanziger und beim Vier-Vierziger. Bis dahin hatte ich 70 Pfund verloren und war um vier Zentimeter gewachsen, so daß sich die restlichen Pfunde besser verteilten. Ich gewann das Zwei-Zwanziger um sechs Längen und das Vier-Vierziger um acht. Dann ging ich zum Turnlehrer rüber, der völlig fassungslos aussah, und ich sagte zu ihm: ›Sieht ganz so aus, als müßten Sie wieder raus aufs Maisfeld. Wann machen Sie sich auf den Weg nach Kansas?‹

Na ja, er holte aus und versetzte mir 'nen Kinnhaken. ›Mach, daß du hier rauskommst!‹ brüllte er. ›Ich will dich nicht in meiner Mannschaft haben, du großschnäuziger kleiner Dreckskerl!‹

›Ich würde auch nicht in Ihrer Mannschaft mitmachen – nicht mal auf ausdrückliche Bitte von Präsident Kennedy hin‹, erwiderte ich und wischte mir das Blut aus dem Mundwinkel. ›Und weil ich Ihnen den Anstoß zum Abnehmen verdanke, will ich Sie auch nicht beim Wort nehmen... aber denken Sie mal wenigstens kurz an mich, wenn Sie nächstes Mal vor einer großen Schüssel Maiskolben sitzen.‹

Er sagte, wenn ich nicht sofort verschwände, würde er Kleinholz aus mir machen.« Ben lächelte ein wenig... aber es war kein frohes Lächeln. »Das waren seine genauen Worte. Inzwischen spitzten alle schon die Ohren, einschließlich der beiden Jungen, die ich besiegt hatte. Beide sahen total verwirrt und verlegen aus. Deshalb sagte ich nur: ›Ich werde Ihnen mal was sagen, Herr Lehrer. Ich halte Ihnen einiges zugute, weil Sie einfach ein lausiger Verlierer sind, aber zu alt, um sich noch ändern zu können. Doch wenn Sie mir noch einmal ein Haar krümmen, werde ich alles daransetzen, daß Sie Ihren Job verlieren. Ich bin nicht sicher, ob ich das schaffe, aber versuchen könnte ich's jedenfalls. Ich habe abgenommen, um etwas Ruhe und Achtung genießen zu können. Für solche Dinge lohnt es sich zu kämpfen.‹«

Bill hörte sich sagen: »Das klingt ja alles großartig, Ben... aber der Schriftsteller in mir fragt sich, ob ein Kind wirklich jemals so geredet hat.«

Ben nickte, immer noch mit jenem freudlosen Lächeln. »Ich bezweifle auch, daß ein Kind das je getan hat – jedenfalls ein Kind, das nicht das durchgemacht hat, was wir durchgemacht hatten. Aber ich hab's gesagt... und ich habe es völlig ernst gemeint.«

Bill dachte darüber nach, dann nickte er seinerseits. »Okay, das leuchtet mir ein.«

»Der Turnlehrer stand da, die Hände auf die Hüften gestemmt«, fuhr Ben fort. »Er öffnete den Mund, dann schloß er ihn wieder. Niemand sagte etwas. Ich entfernte mich, und seitdem hatte ich mit ihm nichts mehr zu schaffen. Auf diese Weise hab' ich also abgenommen. Den Anstoß dazu gab mir der Turnlehrer Woodleigh. Als mir mein Privatlehrer das Zeugnis für das Junior-Jahr gegeben hat, hatte jemand das Wort ›Entschuldigt‹ neben *Turnen* getippt, und der hatte es eingefädelt.«

»Du hast ihn geschlagen!« rief Richie und schüttelte die geballten Fäuste über dem Kopf. »Echte Leistung, Ben!«

Ben schüttelte den Kopf. »Ich glaube, ich habe mich selbst geschlagen. Der Turnlehrer war der Auslöser... aber nur, weil ich an euch gedacht habe, war ich überzeugt, daß ich es konnte. Und ich konnte es.«

Ben zuckte die Achseln, aber Bill glaubte, an seinem Haaransatz feine Schweißperlen zu erkennen. »Ende der Beichte. Jetzt könnte ich noch ein Bier vertragen. Reden macht durstig.«

»Bittet, so wird euch gegeben«, sagte Mike und winkte der Kellnerin.

Alle bestellten noch etwas zu trinken und redeten über Nebensächlichkeiten, bis die Drinks kamen. Bill sah in sein Bier und beobachtete, wie die Luftbläschen an den Seiten des Glases emporkrochen. Er stellte amüsiert und abgestoßen zugleich fest, daß er hoffte, jemand anders würde mit der Geschichte über die Jahre dazwischen anfangen – er wünschte, Beverly würde ihnen von dem wunderbaren Mann erzählen, den sie geheiratet hatte (sogar wenn er langweilig war, wie die meisten wunderbaren Männer das zu sein pflegen), oder Richie würde sich über ›Lustige Zwischenfälle im Rundfunkstudio‹ verbreiten, oder Eddie würde ihnen erzählen, wie Teddy Kennedy in Wirklichkeit ist, wieviel Trinkgeld Robert Redford gibt... oder ihnen irgendwie verständlich machen, warum er immer noch von seinem Aspirator abhängig war, während Ben es geschafft hatte, sein Übergewicht loszuwerden.

Tatsache ist, dachte Bill, *daß Mike jetzt jeden Moment das Wort ergreifen wird, und ich bin mir nicht sicher, ob ich hören will, was er zu sagen hat. Tatsache ist, daß mein Puls etwas zu schnell ist und meine Hände etwas zu kalt sind. Tatsache ist, daß ich 25 Jahre zu alt bin, um solche Schreckensnachrichten zu hören. Wir alle sind zu alt dazu. Also sagt schon was, irgendwer, irgendwas. Reden wir über Karrieren und Ehepartner und wie es ist, alte Kinderfreunde wiederzusehen und zu erkennen, daß man von der Zeit ein paar ganz ordentliche Schläge auf die Nase abbekommen hat. Reden wir über Sex, Baseball, die Benzinpreise, die Zukunft der Staaten des Warschauer Pakts. Über alles mögliche, nur nicht über das, was uns hierhergeführt hat. So sag doch jemand was!*

Und jemand sagte tatsächlich etwas – Eddie Kaspbrak. Aber es war nicht das, was Bill sich gewünscht hatte.

»Wann ist Stan Uris gestorben, Mike?«

»Vor zwei Tagen.«

»Hatte es etwas mit... mit dem zu tun, weshalb wir jetzt hier sind?«

»Ich könnte natürlich ausweichend antworten, daß niemand das genau wissen kann, weil Stan keinen Brief hinterlassen hat«, sagte Mike. Er sprach langsam und mit großem Ernst. »Aber da es kurz nach meinem Anruf passiert ist, glaube ich es mit fast hundertprozentiger Sicherheit annehmen zu dürfen.«

»Er hat sich umgebracht, nicht wahr?« fragte Beverly tonlos. »O mein Gott, armer Stan!«

Die anderen schauten alle Mike an, der sein Bier austrank und dann sagte: »Ja, er hat Selbstmord begangen. Offenbar hat er sich kurz nach meinem Anruf ins Bad begeben, hat Wasser in die Wanne eingelassen, sich hineingesetzt und sich die Pulsadern aufgeschnitten.«

Bill blickte in die Runde und sah nur bleiche, entsetzte Gesichter am Tisch – keine Körper, nur diese Gesichter. Wie weiße Kreise. Wie weiße Ballons, gebunden durch ein altes Versprechen, das eigentlich schon längst hätte verjähren müssen.

»Wie hast du es erfahren?« fragte Richie. »Stand es in den hiesigen Zeitungen?«

»Nein«, erwiderte Mike. »Ich beziehe schon seit längerem die Zeitungen eurer Wohnorte. Ich habe euch über all die Jahre hinweg nicht aus den Augen verloren.«

»›Ich, der Spion‹«, kommentierte Richie säuerlich. »Danke, Mike.«

»Es war meine Pflicht«, sagte Mike schlicht.

»Armer Stan«, wiederholte Beverly. Sie schien die Nachricht nicht verkraften zu können, war wie betäubt. »Aber er war doch so tapfer... damals. So... so entschlossen.«

»Die Menschen verändern sich«, meinte Eddie.

»Wirklich?« fragte Bill. »Stan war...« Er strich mit den Händen übers Tischtuch und versuchte, die richtigen Worte zu finden. »Er war ein ordnungsliebender Mensch. Er gehörte zu jener Kategorie, die ihre Bücher auf den Regalen streng nach Belletristik und Sachbüchern trennt... und jede Abteilung alphabetisch ordnet. Vielleicht war es einfach zuviel für ihn, als Mike anrief. Vielleicht verändern sich die Menschen gar nicht so sehr, wie wir oft glauben. Vielleicht werden sie nur unflexibler.«

Nach kurzem Schweigen sagte Richie: »Okay, Mike. Was passiert hier in Derry? Erzähl's uns.«

»Ich kann euch einiges erzählen«, sagte Mike. »Ich kann euch beispielsweise erzählen, was zur Zeit passiert – und ich kann euch ein paar Dinge über euch selbst erzählen. Aber ich kann euch nicht alles erzählen, was damals im Sommer 1958 passiert ist, und ich glaube auch nicht, daß das notwendig sein wird. Es wird euch schließlich von allein einfallen. Und ich glaube, wenn ich euch jetzt zuviel erzählen würde, bevor ihr in der Lage seid, euch selbst zu erinnern, dann könnte...«

»...uns das gleiche passieren wie Stan?« fragte Ben ruhig.

Mike nickte. »Ja. Genau davor habe ich Angst.«

»Dann erzähl uns, soviel du kannst, Mike«, forderte Bill ihn auf.

»In Ordnung«, sagte Mike.

4. Der Klub der Verlierer wird aufgeklärt

»Die Morde haben wieder angefangen«, begann Mike leise.

Er schaute jeden an, dann heftete er seinen Blick auf Bill.

»Der erste der neuen Morde – wenn ich sie so nennen darf, obwohl es sich gräßlich anhört – begann auf der Main Street Bridge und endete unter dieser Brücke. Das Opfer war ein homosexueller und etwas kindlicher Mann namens Adrian Mellon. Er litt unter Asthma.«

Eddie streckte die Hand aus und berührte seinen Aspirator.

»Es geschah am Abend des 21. Juli, dem letzten Abend des Kanal-Festivals, einer Art Stadtfest...«

»Ein Ritual von Derry«, sagte Bill mit leiser Stimme. Er massierte mit den Fingern langsam die Schläfen, und man konnte sich unschwer vorstellen, daß er an seinen Bruder George dachte... George, der mit ziemlicher Sicherheit den Auftakt gemacht hatte, als es damals anfing.

»Ein Ritual«, sagte Mike leise. »Ja.«

Er berichtete ihnen in Kurzform, was Adrian Mellon zugestoßen war, und sah, wie ihre Augen immer größer, ihre Gesichter immer bestürzter wurden. Er erzählte ihnen, was in den ›Derry News‹ gestanden hatte und was nicht... er erzählte ihnen von den ersten Aussagen Don Hagartys und Chris Unwins, sie hätten unter der Brücke einen Clown gesehen, der – Hagarty zufolge – ausgeschaut hätte wie eine Mischung zwischen Ronald McDonald und Bozo.

»Das war er«, sagte Ben mit belegter, heiserer Stimme. »Das war dieser verdammte Pennywise.«

»Da ist auch noch etwas anderes«, sagte Mike und blickte Bill an. »Einer der Polizeibeamten, die den Mord untersuchten, war Harold Gardener. Er war es, der Adrian Mellon aus dem Kanal holte.«

»O mein Gott«, murmelte Bill erschüttert.

»Bill?« Beverly legte ihm eine Hand auf den Arm. Ihre Stimme klang bestürzt und beunruhigt. »Bill, was ist los?«

»Harold mußte damals etwa fünf gewesen sein«, sagte Bill benommen und sah Mike fragend an.

»Ja.«

»Was ist, Bill?« fragte nun auch Richie.

»H-H-Harold Gardener war der S-Sohn von Dave Gardener«, erklärte Bill. »Dave wohnte in unserer Nähe. Er war damals als erster bei G-G-G-G... bei meinem Bruder, und er brachte ihn in eine De-Decke gehüllt zu uns zurück.«

Sie saßen wortlos da. Beverly legte kurz eine Hand über ihre Augen.

»Es paßt alles ein bißchen zu gut, nicht wahr?« sagte Mike schließlich.

»Ja«, murmelte Bill. »Das kann man wohl sagen.«

»Ich habe euch sechs in all den Jahren immer im Auge behalten, wie ich euch schon erzählt habe«, fuhr Mike fort, »aber erst damals begann ich zu verstehen, warum ich das getan hatte – daß ich dafür einen ganz konkreten Grund hatte. Trotzdem beschloß ich abzuwarten, wie sich die Dinge entwickeln würden. Wißt ihr, ich hatte das Gefühl, absolut sicher sein zu müssen, bevor ich... bevor ich euer Leben durcheinanderbrachte. Nicht zu 90 Prozent sicher, auch nicht zu 99 Prozent. Ich mußte *hundertprozentig* sicher sein.

Im Dezember des Vorjahres wurde ein achtjähriger Junge namens Steven Johnson tot im Memorial Park gefunden. Wie Adrian Mellon war auch er gräßlich verstümmelt, und zwar kurz vor oder kurz nach seinem Tod. Er sah aus, als wäre er einfach vor Angst gestorben.«

»Sexualdelikt?« fragte Eddie.

»Nein. Nur verstümmelt.«

»Wieviel insgesamt?« fragte Eddie. Er sah nicht so aus, als wollte er es wirklich wissen.

»Es ist schlimm«, sagte Mike.

»Wieviel?« wiederholte Bill.

»Bisher neun.«

»Das kann doch nicht sein!« schrie Beverly. »Das hätte ich doch in der Zeitung gelesen – in den Fernsehnachrichten gesehen... Als dieser verrückte Polizist die Frauen in Castle Rock ermordet hat... und die Kindermorde in Atlanta...«

»Ja, das«, sagte Mike. »Darüber habe ich viel nachgedacht. Es kommt dem, was hier vor sich geht, wirklich am nächsten, und Bev hat recht, das waren wirklich nationale Schlagzeilen. In mancher Hinsicht macht mir der Vergleich mit Atlanta am meisten angst. Neun Kinder ermordet... wir hätten Fernsehreporter hier haben müssen, scheinheilige Hellseher und Reporter vom *Atlantic Monthly* und dem *Rolling Stone*... kurz gesagt, der ganze Medienrummel.«

»Aber nichts ist passiert«, sagte Bill.

»Nein«, antwortete Mike. »Nichts. Oh, in Portland stand etwas darüber in der Sonntagsbeilage des *Telegram,* und über die beiden letzten Morde etwas im *Boston Globe.* Eine Sendung in Boston mit dem Titel *Good Day!* hat im Februar eine Sendung über unaufgeklärte Morde gemacht, und ein Experte hat die Morde in Derry erwähnt, aber nur nebenbei... und er sagte nichts darüber, daß 1957–58 eine ähnliche Mordserie passierte, und davor 1929–30.

Natürlich könnte man dafür einige scheinbar einleuchtende Erklärungen anführen – Atlanta, New York, Chicago, Detroit... das sind Städte mit Medien aller Art, und wenn in solchen Städten etwas passiert, gibt es sofort einen großen Wirbel. In Derry hingegen gibt es keine einzige Rundfunkstation – es sei denn, man wollte den kleinen FM-Sender der Englischen Fakultät unserer High School mitzählen – und keine einzige TV-Station. Was die Medien angeht, hat Bangor das große Sagen.«

»Abgesehen von den ›Derry News‹«, warf Eddie ein, und alle lachten.

»Aber wir wissen, daß das in der Welt von heute eigentlich keine Rolle spielen dürfte«, fuhr Mike fort. »Wir haben ein so dichtes Kommunikationsnetz, daß diese Vorfälle irgendwann nationale Aufmerksamkeit hätten erregen müssen. Aber das ist nicht geschehen. Und ich glaube, dafür gibt es nur *eine* Erklärung: Es will das nicht.«

»Es«, murmelte Bill leise vor sich hin.

»Es«, wiederholte Mike. »Irgendwie müssen wir Es doch nennen, und da können wir es doch gleich bei dieser Bezeichnung belassen. Wißt ihr, ich glaube allmählich, daß Es jetzt schon so lange hier ist – was immer Es auch in Wirklichkeit sein mag –, daß Es ein Teil von Derry geworden ist, daß Es ebenso zur Stadt gehört wie der Wasserturm, der Kanal, Bassey Park oder die Bücherei. Nur hat Es natürlich nichts mit äußerer Geographie zu tun. Es ist... innen. Irgendwie ist Es ins Innere eingedrungen. Nur so kann ich mir all das Schreckliche erklären, das hier immer wieder passiert – das scheinbar Erklärbare als auch das Unerklärliche. Im Jahre 1930 gab es einen Brand im ›Black Spot‹, einem Negerklub. Ein Jahr zuvor wurde eine Banditenbande am hellen Tag auf der Canal Street erschossen.«

»Die Bradley-Bande«, sagte Bill. »Das FBI hat sie zur Strecke gebracht, stimmt's?«

»So steht's in den Geschichtsbüchern«, sagte Mike, »aber es stimmt nicht. Soviel ich feststellen konnte – und ich würde viel darum geben zu glauben, daß es nicht so war, denn trotz allem liebe ich diese Stadt –, wurde die Bradley-Bande, alle sieben, in Wirklichkeit von den braven Bürgern der Stadt niedergeschossen. Irgendwann erzähl' ich euch Näheres darüber.

Im Jahre 1906 explodierte die Kitchener-Eisenhütte während einer Ostereiersuche für Kinder. Im selben Jahr gab es eine schreckliche Serie von Tierverstümmelungen. Schließlich wurde festgestellt, daß Andrew Rhulin dafür verantwortlich war – der Großonkel des Mannes, der jetzt die Rhulin-Farm leitet. Er wurde von den drei Schutzmännern, die ihn verhaften sollten, zu Tode geprügelt. Keiner der drei kam jemals vor Gericht.«

465

Mike zog ein kleines Notizbuch aus der Tasche und blätterte darin. Ohne aufzuschauen, berichtete er weiter. »Im Jahre 1877 gab es innerhalb der Stadtgrenzen vier Fälle von Lynchjustiz. Einer der Männer, die aufgeknüpft wurden, war der Laienprediger der Methodistenkirche, der anscheinend seine vier Kinder wie junge Katzen in der Badewanne ertränkt und anschließend seiner Frau einen Kopfschuß verpaßt hatte. Er hatte ihr danach die Pistole in die Hand gedrückt, damit es wie Selbstmord aussehen sollte, aber auf diesen Schwindel fiel niemand rein. Ein Jahr zuvor wurden vier Holzfäller in einer Hütte am Kenduskeag tot aufgefunden – sie waren buchstäblich in Stücke gerissen. In alten Tagebüchern findet man Aufzeichnungen über das Verschwinden von Kindern, von ganzen Familien... aber in keinem öffentlichen Dokument. Das geht endlos so weiter, doch vermutlich versteht ihr schon, worauf ich hinauswill.«

Er schloß das Notizbuch, schob es wieder in die Tasche und schaute sie ruhig an.

»Wenn ich nicht Bibliothekar, sondern Versicherungsagent wäre«, fuhr er fort, »würde ich es euch vielleicht grafisch aufzeichnen. Dieses Diagramm würde eine außergewöhnlich hohe Rate aller uns bekannter Verbrechen aufzeigen – einschließlich Vergewaltigung, Inzest, Einbruch und Raubmord, Autodiebstahl, Kindesmißhandlung, Mißhandlung von Ehefrauen und Sittlichkeitsverbrechen aller Art.

In Texas gibt es eine mittlere Großstadt, wo die Verbrechensrate wesentlich niedriger ist, als man bei einer Stadt dieser Größe und Rassenstruktur erwarten dürfte. Die ungewöhnliche Ausgeglichenheit und Sanftmut der Einwohner wird auf irgendeinen Bestandteil des dortigen Wassers zurückgeführt. In Derry ist genau das Gegenteil der Fall – auch in ganz normalen Jahren gibt es hier ungewöhnlich viele Gewalttaten. Aber alle 27 Jahre schnellt diese Gewalttätigkeit enorm hoch – obwohl dieser Zyklus immer nur annähernd stimmt –, und dieses Phänomen hat *niemals* nationale Aufmerksamkeit erregt.«

»Du willst damit sagen, daß hier eine Art Krebskrankheit am Werk ist«, sagte Beverly.

»Keineswegs«, widersprach Mike. »Wenn Krebs nicht behandelt wird, führt er unweigerlich zum Tod. Derry ist nicht ausgestorben; ganz im Gegenteil, es wächst und gedeiht... natürlich auf unauffällige Weise, die kein Aufsehen erregt. Es ist einfach eine ziemlich reiche, blühende kleine Großstadt in einem verhältnismäßig schwach besiedelten Staat; eine Stadt, in der viel zu häufig schlimme Dinge passieren... und in der etwa jedes Vierteljahrhundert besonders schlimme, grausame Dinge geschehen.«

»Läßt sich das wirklich genau zurückverfolgen?« fragte Ben.

Mike nickte. »Über mehrere Jahrhunderte hinweg. 1715/16, dann – besonders schlimm – 1743, dann 1769/70, bis hin zur Gegenwart. Und es scheint immer schlimmer zu werden, vielleicht weil die Einwohnerzahl von Derry stetig wächst, vielleicht auch aus irgendeinem anderen Grund. Und 1958 scheint der Zyklus ein vorzeitiges Ende gefunden zu haben. Und das war unser Werk.«

Bill Denbrough beugte sich vor. Seine Augen strahlten plötzlich. »Bist du dessen sicher? *Ganz* sicher?«

»Ja«, sagte Mike. »Alle anderen Zyklen erreichten ihren Höhepunkt ungefähr im September und flauten dann allmählich ab, so daß sich bis Weihnachten – spätestens bis Ostern – das Leben wieder mehr oder weniger normalisierte... mit anderen Worten, etwa alle 27 Jahre dauerte der Schrecken 14 bis 20 Monate. Aber das Schreckensjahr, das mit der Ermordung deines Bruders im Oktober 1957 begann, endete ganz abrupt im August 1958.«

»Warum?« fragte Eddie eindringlich. Sein Atem ging pfeifend, und Bill wußte aus früherer Erfahrung, daß Eddie jetzt bald seinen Aspirator benutzen würde. »Was haben wir denn *getan?*«

Die Frage hing in der Luft. Mike schien sie zu prüfen... und schließlich schüttelte er den Kopf. »Ihr werdet euch von selbst daran erinnern«, sagte er. »Es wird euch zur richtigen Zeit von selbst einfallen.«

»Und wenn nicht?«

»Dann... gnade Gott uns allen.«

»Neun Kinder in diesem Jahr ermordet«, murmelte Richie. »Gütiger Himmel!«

»Lisa Albrecht und Steven Johnson Ende 1984«, sagte Mike. »Im Februar verschwand ein Junge namens Dennis Torrio, der die High School besuchte. Seine Leiche fand man Mitte März in den Barrens. Verstümmelt. Dies hier wurde in der Nähe gefunden.«

Er hatte ein Foto aus derselben Tasche geholt wie zuvor das Notizbuch. Jetzt nahm er es, und es machte seine Runde um den Tisch. Beverly und Eddie betrachteten es nur leicht verwirrt, aber Rich Tozier reagierte heftig. Er ließ es fallen wie eine heiße Kartoffel. »Mein Gott! Mein Gott, Mike!« Mit weit aufgerissenen Augen schaute er auf. Dann reichte er das Bild an Bill weiter.

Bill warf einen Blick darauf und spürte, wie alles um ihn herum verschwamm, und einen Augenblick lang war er sicher, daß er ohnmächtig werden würde. Er hörte ein Stöhnen und wußte, daß er selbst dieses Geräusch verursacht hatte. Er ließ das Foto fallen.

»Was ist los?« hörte er Beverly fragen. »Was bedeutet das, Bill?«

»Es ist das Schulfoto meines Bruders«, sagte Bill schließlich. »Es ist G-G-Georgie. Das Foto aus seinem Album. Das sich bewegt hat. Auf dem mir mein Bruder zugezwinkert hat.«

Alle betrachteten es daraufhin noch einmal, während Bill regungslos am Kopfende des Tisches saß und ins Leere starrte. Es war ein Foto jenes Fotos. Das zerrissene Schulfoto hob sich darauf von einem weißen Hintergrund ab – es handelte sich um ein Polizeifoto. Auf dem Schulbild war tatsächlich George Denbrough zu sehen, die Haare mit Wasser angefeuchtet und glattgekämmt, die lächelnden Lippen etwas geöffnet, so daß zwei Zahnlücken zum Vorschein kamen, die nie durch neue Zähne geschlossen worden waren (*es sei denn, daß sie noch im Sarg wachsen*, dachte Bill schaudernd). Auf dem unteren Rand von Georgies Bild stand: SCHULFREUNDE 1957/58.

»Und es wurde *dieses* Jahr gefunden?« fragte Beverly. Mike nickte, und sie wandte sich Bill zu. »Wann hast du es zuletzt gesehen, Bill?«

Er fuhr sich mit der Zunge über die Lippen, versuchte zu sprechen. Er brachte kein Wort heraus. Er versuchte es noch einmal – er war sich bewußt, daß er jetzt wieder stotterte, und er kämpfte dagegen an, kämpfte gegen das lähmende Entsetzen an.

»Ich habe dieses Foto seit Oktober 1958 nicht mehr gesehen«, sagte er. »Ein Jahr nach Georgies Tod. Als ich es Richie zeigen wollte, war es f-fort.«

Ein lautes Keuchen lenkte die Aufmerksamkeit aller plötzlich auf Eddie. Er legte gerade seinen Aspirator auf den Tisch zurück und sah ein bißchen verlegen aus.

»Gibst du den Geist auf, Big Ed?« fragte Richie, und dann kam gespenstisch die Stimme des ›Tönende-Wochenschau‹-Reporters aus Richies Mund: »Heute ist in Derry die ganze Stadt auf den Beinen, um die Parade der Asthmatiker zu sehen, und der Star der Show ist Big Ed, die Rotznase, der in ganz Neuengland bekannt ist als...«

Er brach abrupt ab, und seine Hände schnellten zum Gesicht hoch, so als wollte er seine Augen damit bedecken, und Bill dachte plötzlich mit neuem Entsetzen: *Nein, nein, das ist es nicht. Nicht um seine Augen zu bedecken, sondern um seine Brille hochzuschieben. Die Brille, die nicht mehr da ist. O mein Gott, was geht hier nur vor?*

»Eddie, es tut mir leid«, sagte Rich. »Das war gemein von mir. Ich weiß nicht, was in mich gefahren ist.« Er schaute bestürzt in die Runde.

Mike Hanlon brach das Schweigen.

»Ich hatte mir nach der Entdeckung von Steven Johnsons Leiche geschworen, euch anzurufen, sobald noch etwas passierte – sobald noch ein klarer Fall vorlag –, und dann habe ich diese Anrufe doch zwei Monate lang immer wieder aufgeschoben. Es war so, als sei ich hypnotisiert von den Ereignissen. Georges Foto wurde neben einem umgestürzten Baum, keine drei Meter von der Leiche des Torrio-Jungen entfernt, gefunden. Es war nicht versteckt – ganz im Gegenteil. Es war so, als hätte der Mörder gewollt, daß es gefunden würde. Und ich bin überzeugt davon, daß das tatsächlich in seiner Absicht lag.«

»Wie bist du an das Polizeifoto herangekommen, Mike?« fragte Ben. »Denn es ist doch eins, oder?«

»Ja. Es gibt einen Burschen bei der Polizei, der nicht abgeneigt ist, sich ein bißchen was dazuzuverdienen. Ich zahle ihm so an die 20 Dollar monatlich – mehr könnte ich mir nicht leisten. Er ist meine geheime Informationsquelle.

Die Leiche von Dawn Roy wurde vier Tage nach der des Torrio-Jungen gefunden«, berichtete Mike weiter. »Im McCarron-Park. Das Mädchen war 13 Jahre alt. Die Leiche war verstümmelt.

23. April dieses Jahres. Adam Terrault. Sechzehn. Er wurde als vermißt gemeldet, nachdem er vom Üben mit einer Band nicht zurückkam. Am nächsten Tag wurde er dicht neben dem Weg gefunden, der durch den Grüngürtel hinter West Broadway führt. Auch er war verstümmelt.

Weiter – 6. Mai. Ein Junge namens Frederick Cowan. Zweieinhalb Jahre alt. Er wurde in einem Klo gefunden, mit dem Kopf in der Toilette.«

»O Mike!« schrie Beverly.

»Ja, es ist schlimm«, sagte er fast ärgerlich. »Glaubt ihr, ich wüßte das nicht?«

»Ist die Polizei überzeugt davon, daß es nicht... na ja, ein Unfall gewesen sein könnte?« fragte Bev.

Mike schüttelte den Kopf. »Seine Mutter hängte auf dem Hinterhof Wäsche auf. Sie hörte Geräusche von einem Kampf... hörte ihren Sohn schreien. Sie rannte ins Haus, so schnell sie konnte. Das Bad war im ersten Stock, und auf der Treppe hörte sie mehrmals die Toilettenspülung – und ein Lachen. Sie sagte, es hätte nicht wie das Lachen eines Menschen geklungen.«

»Und sie sah überhaupt nichts?« fragte Eddie.

»Ihren Sohn. Seine Wirbelsäule war gebrochen, und er hatte eine Schädelfraktur. Die Glastür der Dusche war eingeschlagen. Überall war Blut. Und die zerbrochene Brille neben der Toilette. Die Frau befindet sich jetzt in der Nervenklinik in Bangor. Mein... mein Mann bei der Polizei sagt, sie hätte völlig den Verstand verloren.«

»Kein Wunder«, murmelte Richie heiser. »Wer hat eine Zigarette für mich?«

Beverly gab ihm eine, und er zündete sie mit zitternder Hand an.

469

»Die Polizei behauptet, der Mörder wäre durch die Vordertür hereingekommen, während die Mutter des Jungen auf dem Hinterhof ihre Wäsche aufhängte. Und als sie dann die Treppe hinaufrannte, wäre er aus dem Badezimmerfenster auf den Hof gesprungen und auf diese Weise entkommen. Aber das Fenster ist sehr klein; ein siebenjähriges Kind müßte sich schon sehr verrenken, um rauszukommen. Und dann ein Sprung aus knapp acht Metern Höhe auf eine mit Steinfliesen ausgelegte Veranda! Aber über solche Dinge redet Rademacher nicht gern, und niemand von der Presse hat ihn richtig in die Zange genommen.«

Mike trank einen Schluck Wasser und ließ dann ein weiteres Foto von Hand zu Hand gehen, ausnahmsweise keine Polizeiaufnahme. Es war wieder ein Schulfoto, diesmal das eines etwa dreizehnjährigen grinsenden Jungen. Er hatte für dieses Schulfoto vermutlich seine beste Kleidung angezogen, und seine Hände waren sauber und auf dem Schoß gefaltet... aber seine Augen funkelten verschmitzt. Er war schwarz.

»Jeffery Holly«, kommentierte Mike. »13. Mai. Eine Woche nach der Ermordung des Cowan-Jungen. Tatort – Bassey-Park, dicht am Kanal. Neun Tage später, am 22. Mai, wurde ein Fünftkläßler namens John Feury auf der Neibolt Street tot aufgefunden...«

Eddie stieß einen schrillen Schrei aus. Er tastete nach seinem Aspirator und warf ihn dabei vom Tisch. Bill hob ihn auf. Eddies Gesicht war krankhaft gelb. Sein Atem pfiff in seiner Kehle.

»Holt ihm was zu trinken«, rief Richie. »Holt doch...«

Aber Eddie schüttelte den Kopf. Er schob sich den Aspirator in den Mund, und sein Brustkorb dehnte sich, als er gierig Luft einsaugte. Dann lehnte er sich keuchend, mit halbgeschlossenen Augen, zurück.

»Es wird mir gleich wieder bessergehen«, japste er. »Nur noch 'n Augenblick, dann bin ich wieder okay.«

»Eddie, bist du ganz sicher?« fragte Beverly besorgt. »Vielleicht solltest du dich etwas hinlegen?«

»Mir geht's schon wieder ganz gut«, sagte er eigensinnig. »Es war nur... nur der Schock. Der Schock, wißt ihr. Ich hatte die Neibolt Street total vergessen.«

Niemand erwiderte etwas darauf; es war auch nicht notwendig. Bill dachte: *Man glaubt, man kann nicht mehr ertragen, und dann bringt Mike noch einen Namen daher, und noch einen, wie ein schwarzer Magier mit einem Zylinder voll schlimmer Tricks, und schon sitzt man wieder auf dem Arsch.*

Es war einfach zuviel des Schrecklichen auf einmal, ein unglaublicher Strom unerklärlicher Gewalt – und direkt für die hier Versammelten bestimmt; zumindest legte Georges Foto diese Vermutung sehr nahe.

470

»Beide Beine John Feurys waren verschwunden«, fuhr Mike leise fort, »aber der Gerichtsmediziner sagt, er sei erst nach seinem Tod verstümmelt worden. Er scheint buchstäblich vor Angst gestorben zu sein – Herzschlag. Er wurde vom Briefträger gefunden, der unter der Veranda eine Hand herausragen sah...«

»Es war Nummer 29, nicht wahr?« sagte Richie, und Bill schaute rasch zu ihm hinüber. Richie erwiderte seinen Blick und nickte, dann wandte er sich wieder Mike zu. »Neibolt Street Nummer 29.«

»Ja«, bestätigte Mike ruhig. »Es war Nummer 29.« Er trank wieder einen Schluck Wasser. »Bist du wieder okay, Eddie?«

Eddie nickte. Seine Atmung hatte sich fast wieder normalisiert.

»Einen Tag nachdem man Feurys Leiche gefunden hatte, nahm Rademacher eine Verhaftung vor«, berichtete Mike. »An jenem Tag war in einem Leitartikel auf der ersten Seite der ›News‹ sein Rücktritt gefordert worden.«

»Nach acht Morden«, sagte Ben. »Ganz schön radikal von den Leuten, findet ihr nicht auch?«

»Wer wurde denn verhaftet?« fragte Beverly.

»Ein Mann, der in einer kleinen Hütte an der Route 7 wohnt, fast schon an der Stadtgrenze zwischen Derry und Newport«, sagte Mike. »Er ist so 'ne Art Eremit. Verbrennt Abfallholz in seinem Ofen, hat das Dach seiner Hütte mit weggeworfenen Schachteln gedeckt. Heißt Harold Earl. Sieht vermutlich in einem ganzen Jahr nicht mal 200 Dollar an Bargeld. Ein Autofahrer sah ihn auf seinem Hof stehen und den Himmel betrachten, an dem Tag, als John Feurys Leiche gefunden wurde. Seine Kleidung war mit Blut befleckt.«

»Vielleicht ist dann...«, begann Richie hoffnungsvoll.

»Er hatte drei erlegte Hirsche in seinem Schuppen«, berichtete Mike. »Er hatte das Wild nachts mit Feuer angelockt. Das Blut auf seinen Kleidern war Hirschblut. Rademacher fragte ihn, ob er John Feury ermordet hätte, und Earl soll geantwortet haben: ›O ja, ich hab' 'ne Menge Leute ermordet. Die meisten hab' ich erschossen – im Krieg.‹ Er sagte auch, er hätte nachts in den Wäldern etwas gesehen. Blaue Lichter, die einige Zentimeter vom Boden entfernt schwebten. Leichenlichter nannte er sie. Und Bigfoot.

Man brachte ihn in die psychiatrische Klinik in Bangor, und dem medizinischen Befund zufolge ist seine Leber fast hin. Er hat Farbenverdünner getrunken...«

»O mein Gott!« murmelte Beverly.

»...und neigt zu Halluzinationen. Bis vor drei Tagen klammerte sich Rademacher an seine Idee, daß Earl der wohl Verdächtigste sei. Er schickte acht seiner Leute raus, die seine Hütte auf den Kopf stellten und überall nach fehlenden Leichenteilen, Lampenschirmen aus Menschenhaut und Gott weiß was suchten.«

Mike schwieg ein Weilchen mit gesenktem Kopf und fuhr dann fort, seine Stimme war jetzt etwas heiser. »Ich habe die Anrufe immer wieder aufgeschoben. Aber als ich dies hier sah, rief ich euch an. Ich wünschte bei Gott, ich hätte es früher getan.«

»Zeig uns das Foto«, sagte Ben abrupt.

»Das Opfer war wieder ein Fünftkläßler«, sagte Mike. »Ein Klassenkamerad des Feury-Jungen. Er wurde dicht neben der Kansas Street gefunden, in der Nähe der Stelle, wo Bill immer sein Fahrrad versteckte, wenn wir in den Barrens waren. Sein Name war Jerry Bellwood. Er war in Stücke gerissen. Was... was von ihm übrig war, wurde neben einer Stützmauer aus Beton gefunden, die vor etwa 20 Jahren entlang der Kansas Street errichtet wurde, um die Bodenerosion zu stoppen. Dieses Polizeifoto jenes Teils der Mauer wurde weniger als eine halbe Stunde nach Entfernung der Leiche des Jungen aufgenommen. Hier.«

Er reichte das Foto Richie Tozier, der es betrachtete und an Beverly weitergab. Sie warf einen kurzen Blick darauf, zuckte zusammen und gab es Eddie, der es lange versunken studierte, bevor er es Ben zeigte. Dieser gab es nach einem ganz flüchtigen Blick Bill.

In schiefen Druckbuchstaben war auf der Betonmauer zu lesen:

KOMMT HEIM KOMMT HEIM KOMMT HEIM

Bill sah Mike grimmig an. Langsam stieg Zorn in ihm auf, und darüber war er froh – Zorn war nicht gut, aber besser als der Schock, besser als die elende Angst. »Ist es das, was es zu sein scheint?«

»Ja«, sagte Mike. »Die Kreatur, die Jerry Bellwood ermordete, schrieb diese Worte mit dem Blut des Jungen.«

5. Richie Tozier wird ausgepiept

Mike hatte die Fotos zurückgenommen. Er dachte, Bill würde nach dem letzten Schulbild von George fragen, aber er fragte nicht. Mike steckte die Fotos in die Innentasche seines Jacketts, und als sie weg waren, fühlten sich alle – einschließlich Mike – erleichtert.

»Neun Kinder«, sagte Beverly leise. »Ich kann's einfach nicht glauben. Ich meine... ich glaub's schon, aber was ich nicht glauben kann, ist... neun Kinder und – *nichts?*«

»Ganz so ist es nicht«, erwiderte Mike. »Die Leute sind zornig und beunruhigt... scheint es. Man kann unmöglich sagen, welche tatsächlich
so empfinden und welche nur so tun.«

»*So tun?*«

»Beverly, weißt du noch, als du ein Kind warst, und der Mann auf der
Veranda hat einfach die Zeitung zugeschlagen und ist ins Haus gegangen,
als du um Hilfe gerufen hast?«

Einen Moment leuchtete etwas in ihren Augen, sie schien entsetzt und
wissend zugleich zu sein. Dann sah sie ihn nur verwirrt an. »Nein...
wann war das, Mike?«

»Vergiß es. Mit der Zeit wird es dir einfallen. Ich kann nur sagen, daß
in Derry alles so aussieht, wie es aussehen sollte. Angesichts der grausamen Morde machen die Leute alles, was man von ihnen erwartet, wie
1958, als Kinder ermordet wurden und verschwanden. Das Rettet-unse-
re-Kinder-Komitee tagt wieder, nur eben nicht in der Grundschule, sondern in der High School. Sechzehn Kriminalbeamte vom Justizministe-
rium halten sich in der Stadt auf, und ein Kontingent von FBI-Leuten –
ich weiß nicht, wieviel es sind, Rademacher rückt nicht raus damit. Die
Sperrstunde ist wieder eingeführt worden...«

»O ja, die berühmte Sperrstunde!« sagte Ben sarkastisch und rieb sich
langsam den Nacken. »Die hat 1958 ja wahre Wunder bewirkt.«

»... und es gibt Müttergruppen, die dafür sorgen sollen, daß die kleineren Kinder auf dem Schulweg von jemandem begleitet werden. Die
›*News*‹ haben in den letzten drei Wochen über 2000 Leserbriefe bekommen, in denen eine Erklärung verlangt wird. Und die Stadtflucht hat auch
wieder begonnen.«

»Was für eine Stadtflucht?«

»Es hat jedesmal eine gegeben, sobald diese Ereignisse anfingen. Meiner Meinung nach sind es ziemlich viele. Sie rennen davon wie Kinder,
die versuchen, aus einem Haus rauszukommen, in dem es spukt.«

»Kommt heim, kommt heim, kommt heim«, flüsterte Beverly. Ihr
ängstlicher, fragender Blick heftete sich auf Bill, nicht auf Mike. »Es
wollte, daß wir zurückkommen. Warum?«

»Ich nehme an, daß Es – was immer Es auch sein mag – sich an uns rächen will«, beantwortete Mike ihre Frage. »Wir haben Es einmal behindert.«

»Es will sich rächen... oder einfach die alte Ordnung wiederherstel-
len.«

Mike nickte. »Ist euch eigentlich bewußt, daß euer aller Leben ebenfalls nicht ordnungsgemäß, nicht in den richtigen Bahnen verläuft? Keiner von euch hat Derry unbeeinflußt verlassen. Ihr hattet alle vergessen,

was 1958 hier geschehen ist, und selbst jetzt sind eure Erinnerungen an jenen Sommer äußerst bruchstückhaft. Habe ich recht?«

Sie schauten von Mike zu Bill, der für sie alle nickte.

»Dann ist da die äußerst merkwürdige Tatsache, daß ihr alle reich seid«, fuhr Mike fort.

»Na hör mal!« rief Richie. »Reich würde ich mich...«

»Sachte, sachte«, sagte Mike und lächelte leicht. »Reich nach den Maßstäben eines Bibliothekars, der netto im Jahr knapp elf Riesen verdient. Okay?«

Rich zuckte ein wenig verlegen die Achseln. Ben war scheinbar ganz damit beschäftigt, seine Papierserviette zu zerreißen. Außer Bill schaute niemand Mike direkt an.

»Ihr seid alle sogar nach den Maßstäben der oberen Mittelschicht sehr wohlhabend«, fuhr Mike fort. »Wenn jemand von euch auf seiner Einkommensteuererklärung für 1984 weniger als 90 000 Dollar eingetragen hat, so möge er die Hand heben.«

Sie warfen einander verstohlene Blicke zu, verlegen, wie Amerikaner es über ihren Erfolg immer zu sein scheinen. Bill spürte, wie ihm das Blut in die Wangen schoß, aber er konnte nichts dagegen machen. Er hatte allein für den ersten Entwurf des Drehbuchs von ›Attic Room‹ 10 000 Dollar mehr als die von Mike erwähnte Summe bekommen, und weitere 20 000 Dollar für jede der beiden abgeänderten Fassungen. Angesichts von Mikes Einkommen von knapp 11 000 Dollar im Jahr wirkte dieses leicht verdiente Geld fast ungeheuerlich.

»Bill Denbrough, ein erfolgreicher Schriftsteller in einer Gesellschaft, in der nur ganz, ganz wenige Schriftsteller vom Schreiben leben können«, sagte Mike. »Beverly Rogan, die sich als Modedesignerin auf einem Gebiet betätigt, wo noch weniger Leute Erfolg haben. Und trotzdem ist sie inzwischen wohl die gefragteste Designerin im mittleren Drittel des Landes.«

»Das ist Toms Verdienst«, fiel Beverly ihm ins Wort. Sie lachte nervös und zündete sich an der glimmenden Kippe einer Zigarette die nächste an. »Ohne ihn würde ich immer noch Säume heften und nähen. Ich habe überhaupt keinen Geschäftssinn, das sagt sogar Tom. Es ist einfach... na ja, einfach Glück, wißt ihr.« Sie zog an ihrer Zigarette und drückte sie aus.

»Ich glaub', die Lady protestiert 'n bißchen zu sehr«, sagte Richie verschmitzt.

Sie drehte sich abrupt zu ihm um und warf ihm mit hochroten Wangen einen scharfen Blick zu. »Was soll denn das heißen, Richie Tozier?«

»Nicht schlagen, Miß Scarlett!« schrie Richie mit hoher, zitternder

Stimme – und in diesem Moment konnte Bill den Jungen von einst mit gespenstischer, unheimlicher Deutlichkeit sehen; es war keine verborgene Gegenwart, die unter Richies Backenknochen oder der Form seines Kinns lauerte – nein, sie war realer als der erwachsene Mann. »Nicht schlagen! Lassen Sie mich Ihnen noch 'nen Pfefferminztee bringen, Miß Scarlett! Nur nicht mich armen schwarzen Jungen auspeitschen, bitte nicht!«

»Du bist einfach unmöglich!« sagte Beverly kühl. »Du solltest endlich erwachsen werden, Richie.«

Richie schaute sie an, nun wieder ganz ernst. »Ich hielt mich dafür – bis ich hierher zurückkam!«

»Richie, du bist der vielleicht erfolgreichste Discjockey in den Vereinigten Staaten«, ergriff Mike wieder das Wort. »Los Angeles frißt dir jedenfalls aus der Hand. Außerdem moderierst du auch noch zwei Shows, die von anderen Sendern übernommen werden.

Eddie, du hast ein sehr erfolgreiches, lukratives Mietwagen-Unternehmen in einer Großstadt, in der es vor derartigen Unternehmen nur so wimmelt.

Ben, du bist vielleicht der erfolgreichste junge Architekt der ganzen Welt.«

Ben öffnete den Mund, so als wollte er protestieren, schloß ihn aber wortlos wieder.

Mike lächelte ihnen zu. »Ich möchte niemanden in Verlegenheit bringen, aber diese Dinge müssen einfach gesagt werden. Natürlich – es gibt Menschen, die schon in jungen Jahren erfolgreich sind, es gibt Menschen, die als Spezialisten auf irgendeinem besonderen Gebiet Erfolg haben, und es gibt Menschen, die gegen alle Wahrscheinlichkeit erfolgreich sind. Wenn nur einer oder zwei von euch so erfolgreich wären, brauchten wir es nicht zu erwähnen. Aber ihr seid es *alle* – und das schließt auch Stan Uris ein. Er war der wohl erfolgreichste Marktforscher in der ganzen Gegend von Atlanta. Die logische Schlußfolgerung daraus ist für mich, daß euer Erfolg eng mit den Ereignissen vor 27 Jahren zusammenhängt. Es hat euch alle tief geprägt. Es hat euch SEIN Siegel aufgedrückt. Will jemand von euch das bestreiten?«

Er blickte sie der Reihe nach an. Niemand antwortete.

»Nur dich nicht«, sagte Bill schließlich. »Was ist mit dir passiert?«

»Was mit mir passiert ist?« wiederholte Mike leise. »Liegt das nicht auf der Hand? Ich bin hiergeblieben.«

»Du hast hier die Stellung gehalten«, murmelte Ben. »Das bereitet mir ziemliches Unbehagen, Mike.«

»Amen«, meinte Beverly.

Mike schüttelte geduldig den Kopf. »Ihr braucht absolut keine Schuldgefühle zu haben. Keiner von euch. Glaubt ihr, es sei meine freie Entscheidung gewesen, hier in Derry zu bleiben – oder eure freie Wahl, es zu verlassen? Verdammt, wir waren *Kinder*. Aus diesen oder jenen Gründen sind eure Eltern weggezogen – und euch haben sie natürlich mitgenommen. Meine Eltern sind hiergeblieben. Und war das wirklich ihre freie Wahl – war es die freie Wahl eurer Eltern? Ich glaube nicht. Auf welche Weise wurde entschieden, wer hierbleiben und wer fortgehen würde? War es Zufall? Schicksal? Es? Irgendein ANDERER? Ich weiß es nicht. Aber jedenfalls waren es nicht wir Kinder. Also macht euch keine Vorwürfe.«

»Du bist nicht... nicht verbittert?« fragte Eddie schüchtern.

»Dazu habe ich viel zuviel zu tun«, sagte Mike. »Ich beobachte und warte nun schon sehr lange... *bewußt* seit etwa fünf Jahren. Und seit Jahresbeginn führe ich so eine Art Tagebuch. Und wenn jemand schreibt, so denkt er schärfer nach, glaube ich... vielleicht konzentriert man sich aber auch nur besser auf ein bestimmtes Thema. Es verändert sich, das wissen wir. Ich glaube, daß Es auch manipuliert, und daß Es einfach durch SEINE Natur den Menschen SEIN Siegel aufdrückt – so wie man den Gestank eines Skunks in den Haaren behält, selbst nach dem Waschen, wenn es sein Drüsensekret in unmittelbarer Nähe verspritzt hat. Wie einem ein Grashüpfer Saft in die Hand spritzt, wenn man ihn fängt.«

Mike knöpfte langsam das Hemd auf und zog es auseinander. Sie konnten alle das rosa Gewebe von Narben auf der Brust zwischen den Brustwarzen sehen.

»Wie Krallen Spuren hinterlassen«, sagte er.

»Der Werwolf«, stöhnte Richie fast. »O Himmel, Big Bill, der Werwolf! Als wir wieder in die Neibolt Street gegangen sind!«

»Was?« fragte Bill. Er hörte sich wie ein Mann an, der aus einem Traum geweckt worden ist. »Was, Richie?«

»Kannst du dich nicht *erinnern?*«

»Nein... du?«

»Ich... fast...« Richie, der verwirrt und ängstlich zugleich aussah, verstummte.

»Willst du damit sagen, daß Es nicht böse ist?« fragte Eddie plötzlich. Er starrte wie hypnotisiert auf die Narben. »Daß Es ein Teil der... der natürlichen Weltordnung ist?«

»Es ist nicht Teil einer natürlichen Ordnung, die wir verstehen oder gelten lassen«, sagte Mike und knöpfte das Hemd wieder zu, »und ich sehe keinen Grund, auf einer anderen Grundlage vorzugehen als dem, was wir wissen: Es tötet. Es tötet Kinder, und das ist falsch. Bill hat das vor uns anderen begriffen. Erinnerst du dich, Big Bill?«

Bill nickte. »Ich wollte Es töten«, sagte er. »Weil Es meinen Bruder ermordet hatte. Weil Es Georgie ermordet hatte.«

»Und willst du das immer noch?« fragte Mike.

Bill dachte intensiv darüber nach. Er betrachtete seine auf dem Tisch liegenden Hände und dachte an George im gelben Regenmantel mit Kapuze, das Papierboot mit der dünnen Paraffinschicht in der Hand haltend. Dann schaute er Mike an.

»M-M-Mehr denn je!« sagte er.

Mike nickte, als wäre das genau das, was er erwartet hatte. »Es hat seine Spuren an uns hinterlassen. Es hat uns seinen Willen aufgeprägt, wie Es dieser ganzen Stadt seinen Willen aufgeprägt hat, tagein, tagaus, selbst in den langen Perioden, wenn Es geschlafen oder überwintert hat oder was auch immer zwischen SEINEN... SEINEN Wachperioden.«

Mike hob einen Finger.

»Aber wenn Es uns seinen Willen aufgeprägt hat, dann haben wir IHM irgendwie auch einmal unseren Willen aufgeprägt. Wir haben Es aufgehalten, bevor Es fertig war – das weiß ich. Haben wir Es geschwächt? Verletzt? Haben wir Es vielleicht sogar fast getötet? Ich glaube, so war es. Wir waren so nahe dran, Es zu töten, daß wir in dem Glauben weggegangen sind, wir hätten es getan.«

»Aber an den Teil kannst du dich auch nicht erinnern, oder?« fragte Ben.

»Nein. Ich kann mich völlig deutlich an alles bis zum 15. August 1958 erinnern. Aber von da an bis zum 4. September, als die Schule wieder angefangen hat, ist alles weg. Nicht verschwommen oder vage; vollständig weg. Mit einer Ausnahme: Ich kann mich erinnern, wie Bill etwas von Totenlichtern geschrien hat.«

Bills Arm zuckte konvulsivisch. Er schlug gegen eine der leeren Bierflaschen, die auf dem Boden zerschellte wie eine Bombe.

»Hast du dich geschnitten?« fragte Beverly. Sie war halb aufgestanden.

»Nein«, sagte er. Seine Stimme klang schroff und trocken. Er hatte Gänsehaut auf den Armen. Ihm war, als wäre sein Kopf irgendwie gewachsen; er konnte spüren

(die Totenlichter)

wie der Schädel konstant und betäubend gegen die Gesichtshaut pochte.

»Ich heb' sie auf...«

»Nein, setz dich wieder.« Er wollte sie ansehen, konnte es aber nicht. Er konnte keinen Blick von Mike nehmen.

»Erinnerst du dich an die Totenlichter, Bill?« fragte Mike leise.

»Nein«, sagte er. Sein Mund fühlte sich an, als wäre ein Zahnarzt etwas zu enthusiastisch mit Novocain gewesen.

»Du wirst.«

»Bei Gott, ich hoffe nicht.«

»Du wirst dich trotzdem erinnern«, sagte Mike. »Aber vorerst... nein. Ich auch nicht. Einer von euch?«

Sie schüttelten einer nach dem anderen den Kopf.

»Etwas *haben* wir getan«, sagte Mike ruhig. »Wir waren imstande, irgendeinen Willen durchzusetzen, eine gewisse Macht auszuüben. Zu einem bestimmten Zeitpunkt erlangten wir ein gewisses Verständnis – entweder bewußt oder unbewußt.« Er rutschte unruhig auf seinem Stuhl hin und her. »Ich wünschte, Stan wäre hier. Ich hatte stets das Gefühl, daß Stan... Stan mit seiner logischen Denkweise... eine Ahnung haben könnte.«

»Vielleicht stimmt das tatsächlich«, sagte Beverly. Alle Blicke richteten sich auf sie. »Vielleicht hat er *deshalb* Selbstmord begangen. Vielleicht begriff er, daß – wenn uns damals irgendwelche magischen Kräfte zur Verfügung standen – Erwachsene nicht mehr darüber verfügen.«

»*Ich* glaube dennoch, daß wir immer noch darüber verfügen können«, erwiderte Mike langsam. »Wir sechs haben nämlich noch etwas Gemeinsames. Ich frage mich, ob es einem von euch schon aufgefallen ist.«

Bill öffnete den Mund, schloß ihn aber wieder, ohne ein Wort gesagt zu haben.

Er schaute Bill an. »Also, Bill, sag's laut. Du weißt, was es ist, glaube ich.« Er grinste – es war ein überraschend warmes, sonniges Lächeln. »Du warst schon immer schnell von Begriff.«

»Ich bin nicht *sicher*, daß ich's weiß«, sagte Bill. »Aber ich glaube, wir sind alle kinderlos, stimmt's?«

Einen Moment lang herrschte bestürztes Schweigen.

»Ja, das stimmt«, bestätigte Mike.

»Was hat denn das mit der Sache zu tun?« fragte Eddie. »Allmächtiger Gott! Wer hat dich nur auf die Idee gebracht, daß jeder auf der Welt Kinder haben muß? Das ist doch völliger Blödsinn!«

»Haben deine Frau und du *versucht*, Kinder zu bekommen?« fragte ihn Mike.

»Wir verwenden keine Verhütungsmittel, wenn du das meinst«, sagte Eddie würdevoll, aber mit hochrotem Kopf. Er schaute die anderen fast ärgerlich an. »Zufälligerweise hat meine Frau ein bißchen... nein, *sehr viel* Übergewicht. Wir waren bei einer Ärztin, und sie sagte, daß wir wahrscheinlich nie Kinder haben werden, wenn sie nicht abnimmt. Sind wir deshalb Verbrecher?«

»Keine Panik, Eds«, beschwichtigte Eddie und beugte sich zu ihm.

»Nenn mich nicht Eds und *wage* es nicht, mich in die Wange zu kneifen!« schrie er und wandte sich an Richie. »Du weißt, daß ich das nicht leiden kann und noch *nie* leiden konnte!«

Richie wich blinzelnd zurück.

»Was ist mit dir und Tom, Beverly?« fragte Mike.

»Keine Kinder«, antwortete sie. »Keine Verhütungsmittel. Tom möchte Kinder haben... und ich natürlich auch«, fügte sie hastig hinzu und warf einen raschen Blick in die Runde. Bill dachte, daß ihre Augen etwas zu sehr strahlten – wie bei einer guten Schauspielerin, die eine tolle Vorstellung gibt. »Es hat einfach noch nicht geklappt.«

»Habt ihr medizinische Tests machen lassen?« fragte Ben.

»O ja, selbstverständlich«, sagte sie und lachte, als wollte sie demonstrieren, was für eine dumme Frage das war... Und plötzlich wurde Bill – wie das bei Menschen, die von Natur aus neugierig sind, manchmal der Fall ist – schlagartig so manches über Beverly und ihren Mann klar, jenen wundervollen, fantastischen Tom. Vielleicht hatte *sie* sich Fruchtbarkeitstests unterzogen. Aber Bill war überzeugt davon, daß Tom sich geweigert hatte.

»Was ist mit dir und deiner Frau, Big Bill?« fragte Rich. »Habt ihr es versucht?« Sie sahen ihn alle neugierig an... weil seine Frau jemand war, die sie kannten. Audra war keineswegs die bekannteste oder beliebteste Schauspielerin der Welt, aber sie gehörte auf jeden Fall in die Klasse der Berühmtheiten, die irgendwie in der zweiten Hälfte des zwanzigsten Jahrhunderts Talent als Tauschmedium verdrängt hatten; ihr Bild war im Magazin *People* gewesen, als sie sich die Haare kurzgeschnitten hatte, und während eines besonders langweiligen Aufenthalts in New York (das Stück, das sie abseits des Broadway hatte aufführen wollen, war durchgefallen), hatte sie eine Woche Gastauftritte in *Hollywood Squares* gemacht, gegen die Einwände ihres Agenten. Sie war eine Fremde, deren reizendes Gesicht sie alle kannten. Er fand, daß Beverly besonders neugierig aussah.

»Wir haben es in den vergangenen sechs Jahren immer wieder versucht«, sagte Bill. »In den letzten acht Monaten oder so nicht mehr, weil wir einen Film machen – er heißt *Das Dachzimmer.*«

»Ihr wißt ja, daß wir eine kleine Unterhaltungssendung mit dem Titel *Seein' Stars* haben, die jeden Nachmittag von viertel bis halb fünf ausgestrahlt wird«, sagte Richie. »Da ist erst letzte Woche ein Feature über den

479

verdammten Film gekommen – Mann und Ehefrau arbeiten glücklich zusammen, oder so was. Sie haben eure beiden Namen genannt, aber ich habe keinen Zusammenhang hergestellt. Komisch, was?«

»Sehr«, sagte Bill. »Wie dem auch sei, Audra hat gesagt, es wäre Scheiße, wenn sie ausgerechnet schwanger wird, während wir in der Vorproduktionsphase stecken und sie sechs Wochen vor der Kamera stehen muß und ihr jeden Morgen schlecht ist. Aber wir wollen Kinder, ja. Und wir haben es ziemlich angestrengt versucht.«

»Fruchtbarkeitstests?« fragte Ben.

»Hm-hmm. Vor vier Jahren in New York. Die Ärzte haben einen sehr kleinen gutartigen Tumor in Audras Gebärmutter festgestellt, was ziemliches Glück war, denn die Ärzte haben gesagt, er hätte keine Schwangerschaft verhindert, aber möglicherweise zu einer Eileiterschwangerschaft geführt. Sie und ich sind jedenfalls beide fruchtbar.«

»Das *beweist* nicht das Geringste«, beharrte Eddie eigensinnig.

»Aber es gibt einem doch sehr zu denken«, sagte Ben.

»Keine kleinen Pannen, was dich angeht, Ben?« fragte Bill.

Er lächelte ein wenig. »Ich war nie verheiratet«, antwortete er, »und ich war immer sehr vorsichtig. Deshalb eigne ich mich nicht sehr gut für irgendwelche Beweise.«

»Wollt ihr was Komisches hören?« fragte Richie. Er lächelte, aber seine Augen waren ernst.

»Na klar«, meinte Bill. »Als Komiker warst du schon immer gut, Tozier.«

»Dein Gesicht und mein Arsch, Junge«, sagte Richie mit der Stimme des irischen Bullen. Es war eine *fantastische* Imitation. *Du hast sagenhafte Fortschritte gemacht, Richie,* dachte Bill. *Als Junge hast du keinen irischen Polizisten machen können, wie du dir auch das Gehirn zermartert hast. Nur einmal... oder zweimal... wann*

(die Totenlichter)

war das?

»Dein Gesicht und mein Arsch, min Jung; vergiß nur diesen Vergleich nicht.«

Ben Hanscom hielt sich plötzlich die Nase zu und rief: »Piep-piep! Piep-piep! Piep-piep!«

Einen Augenblick später hielten auch Eddie und Beverly sich die Nasen zu und fielen ein.

»Schon gut! Schon gut!« rief Richie. »Ich hör' ja auf.«

»Das Piep-piep hat dir auch schon früher dein freches Mundwerk gestoppt, Tozier!« schrie Eddie und warf sich in seinem Stuhl zurück. Vor Lachen rannen ihm Tränen über die Wangen.

»Piep-piep«, sagte Beverly kichernd. »Mein Gott, *das* hatte ich total vergessen. Wir haben immer gesagt, du hättest 'nen Vogel, Richie.«

»Ihr Jungs habt eben wahres Talent noch nie zu schätzen gewußt«, sagte Richie unbekümmert. Man konnte ihn wie früher aus dem Gleichgewicht bringen, aber er war eine aufblasbare Joe-Palooka-Puppe mit Sand unten drin – er richtete sich fast augenblicklich wieder auf. »Das war unser kleiner Beitrag zum Klub der Verlierer, oder nicht, Haystack?«

»Ja, wahrscheinlich schon.«

»Was für ein Mann!« sagte Richie mit zitternder, ehrfürchtiger Stimme, dann verbeugte er sich über dem Tisch und steckte dabei jedesmal fast die Nase in die Teetasse. »Was für ein Mann! O meine Fresse, welch ein Mann!«

»Piep-piep, Richie«, sagte Ben feierlich und brüllte dann vor Lachen – ein tiefer Bariton, der keinerlei Ähnlichkeit mit seiner piepsigen Kinderstimme hatte. »Immer noch der alte Taugenichts.«

»Wollt ihr meine Geschichte nun hören oder nicht?« fragte Richie. »Ihr dürft mich auch ruhig mit eurem ›Piep-piep‹ zum Schweigen bringen, wenn's euch zuviel wird. Ich kann einiges vertragen. Schließlich habt ihr hier einen Mann vor euch, der einmal ein Interview mit Ozzy Osborne gemacht hat.«

»Erzähl«, sagte Bill. Er warf einen Blick auf Mike und stellte fest, daß Mike jetzt glücklicher aussah – oder entspannter – als bisher. Kam das daher, daß er – wie Bill selbst – eine fast unbewußte Annäherung, ein neu erwachendes Zusammengehörigkeitsgefühl der Anwesenden spürte, was bei alten Freunden, die sich nach Jahren wiedersehen, kaum je der Fall ist? Höchstwahrscheinlich war es so, dachte Bill... und ihm fiel ein, was Mike vor kurzem gesagt hatte: *...wenn es bestimmte Voraussetzungen... für den Glauben an magische Kräfte gibt, der es ermöglicht, die erforderlichen magischen Kräfte auszuüben, so werden sich diese Voraussetzungen unweigerlich einstellen.* Es war kein besonders tröstlicher Gedanke. Er kam sich vor wie ein Mann, der auf den Sprengkopf eines Marschflugkörpers geschnallt ist.

»Nun, ich könnte eine lange, sentimentale Geschichte daraus machen, aber ich werde euch nur die Readers-Digest-Fassung servieren«, sagte Richie. »In dem Jahr, in dem ich nach Kalifornien umzog, lernte ich ein Mädchen kennen. Wir verliebten uns irrsinnig ineinander. Zogen zusammen. Anfangs nahm meine Freundin die Pille, aber sie vertrug sie schlecht, und außerdem konnte man gerade damals überall lesen, daß die Pille wohl doch nicht das Idealrezept, der Weisheit letzter Schluß wäre.

Wir unterhielten uns sehr oft über Kinder und stimmten völlig überein, daß wir keine wollten, selbst wenn wir unsere Beziehung legalisiert hätten. Es wäre verantwortungslos, Kinder in so eine beschissene, gefährliche, überbevölkerte Welt zu setzen... blah-blah-blah... rhabarber-rhabarber-rhabarber, gehen wir und legen wir eine Bombe im Männerklo der Bank of America und dann wieder zurück auf die Matratze, ein bißchen Dope und eine Diskussion über den Unterschied zwischen Maoismus und Trotzkismus, wenn ihr versteht, was ich meine.

Vielleicht bin ich auch uns beiden gegenüber zu hart. Scheiße, wir waren jung und einigermaßen idealistisch. Tatsache ist jedenfalls, ich hab' mir die Drähte durchschneiden lassen, wie es die Leute in Beverly Hills mit ihrem unnachahmlichen vulgären Chic ausdrücken. Die Operation verlief problemlos, ich hatte keine Nachwirkungen. Die kann es nämlich geben, wißt ihr. Ich hatte einen Freund, dessen Eier sind etwa zur Größe der Reifen eines 1959er Cadillac angeschwollen. Ich wollte ihm zum Geburtstag zwei Fässer als Sackhalter schenken, aber leider sind sie vorher wieder abgeschwollen.«

»Das hast du sehr schön mit deinem sprichwörtlichen Takt- und Anstandsgefühl ausgedrückt, Richie«, bemerkte Bill trocken, und Beverly begann sofort wieder zu kichern.

Richie grinste. »Herzlichen Dank, Bill, für diese anerkennenden Worte aus so berufenem Munde. In deinem letzten Buch kam zweihundertsechsmal das Wort ›ficken‹ vor. Ich hab's nachgezählt.«

»Piep-piep, Schandmaul«, sagte Bill feierlich, und wieder lachten alle. Bill konnte kaum glauben, daß sie vor weniger als zehn Minuten über ermordete Kinder gesprochen hatten.

»Erzähl weiter, Richie«, sagte Ben. »Aber fasse dich möglichst kurz. Die Zeit steht nicht still.«

»Wir lebten zweieinhalb Jahre zusammen«, fuhr Richie fort. »Zweimal hätten wir fast geheiratet. Gut, daß wir's letzten Endes doch gelassen haben – dadurch sind uns die ganzen Probleme mit Aufteilung des gemeinsamen Besitzes etc. erspart geblieben. Sie bekam ein sehr günstiges Angebot, in einer auf Körperschaftsrecht spezialisierten Kanzlei in Washington zu arbeiten, und ich bekam das Angebot, bei KLAD als Wochenend-Disc-Jockey einzusteigen – das war zwar nicht viel, aber immerhin ein Anfang. Sie sagte mir, das wäre ihre große Chance, und ich müßte das größte chauvinistische Arschloch der Vereinigten Staaten sein, wenn ich sie hindern wollte, und außerdem hatte sie Kalifornien sowieso dicke. Ich sagte ihr, ich hätte *auch* eine Chance. Also haben wir einander Vorwürfe gemacht, sie mir, ich ihr, und dann ist Sandy gegangen.

Etwa ein Jahr später beschloß ich, die Vasektomie, wenn möglich, rückgängig zu machen. Ich hatte eigentlich keinen besonderen Grund dafür, und ich hatte gelesen, daß die Chancen für einen solchen Eingriff nicht überwältigend waren, aber ich wollt's probieren.«

»Hattest du damals 'ne feste Freundin?« fragte Bill.

»Nein, das ist ja das Komische an der Sache«, sagte Richie mit gerunzelter Stirn. »Ich wachte einfach eines schönen Tages mit dieser Schnapsidee auf, es rückgängig zu machen.«

»Ich hab' gehört, daß eine solche Operation ganz schön kompliziert ist«, sagte Eddie. »Vollnarkose statt örtlicher Betäubung wie bei der Vasektomie, und all so was.«

»Das alles schreckte mich nicht ab«, sagte Richie. »Ich... ich weiß auch nicht, ich hatte es mir nun einmal in den Kopf gesetzt. Also ging ich zu dem Arzt, der mich operiert hatte, und sprach mit ihm darüber. Ich... ich tischte ihm allerdings Lügen über meine Gründe auf, denn in Wirklichkeit *hatte* ich ja keinen plausiblen Grund, zumindest keinen, den ich hätte anführen können. Ich erzählte ihm also, daß ich vorhätte zu heiraten und meine Ansichten über Kinder geändert hätte. Er fragte mich, ob ich wüßte, daß die Operation ein Glücksspiel sei. Ich bejahte. Er sagte, als erstes müsse er eine Spermauntersuchung vornehmen, um ganz sicher zu sein, daß die Operation notwendig sei. Er erklärte mir, die Chancen für eine spontane Regeneration der durchtrennten Samenleiter seien zwar sehr gering, aber überprüfen müsse er es doch. Also ging ich aufs Klo und wichste in einen Glaszylinder...«

»Piep-piep, Richie«, rief Beverly vorwurfsvoll.

»Ja, ja, ich weiß schon«, sagte Richie, nicht im geringsten verlegen. »Also drücken wir's folgendermaßen aus: Ich hatte eine absolut klinische Ejakulation in ein steriles Gefäß, okay? Drei Tage später rief der Arzt mich an und sagte: ›Was möchten Sie zuerst hören, die gute oder die schlechte Nachricht?‹

›Zuerst die gute‹, sagte ich.

›Also – die Operation ist überflüssig‹, erklärte er. ›Und die schlechte Nachricht ist, daß jede Frau, mit der Sie in den letzten drei Jahren geschlafen haben, gegen Sie eine Vaterschaftsklage einreichen könnte.‹

›Du lieber Himmel!‹ rief ich. ›Wollen Sie damit sagen, daß ich nicht unfruchtbar bin?‹

›Genau das‹, sagte er. ›In der Spermaprobe waren Millionen Samenzellen. Ihre Tage des sorglosen Geschlechtsverkehrs sind vorüber, Richard.‹

Ich dankte ihm und legte auf. Dann rief ich Sandy in Washington an.

›Rich!‹ sagt sie zu mir«, und Richies Stimme *wurde* plötzlich zu der seiner Freundin Sandy, die keiner von ihnen je kennengelernt hatte. Es war keine Imitation oder eine Ähnlichkeit, es war mehr wie ein Hör-Gemälde. »›Schön, von dir zu hören! Ich habe geheiratet!‹

›Ja, toll‹, sagte ich. ›Hättest es mich wissen lassen sollen. Ich hätte dir einen Kranz geschickt.‹

Sie sagt: ›Ganz der alte Richie, immer einen Scherz auf den Lippen.‹

Und ich sagte: ›Klar, der alte Richie, immer einen Scherz auf den Lippen. Übrigens, Sandy, du hast nicht zufällig ein Kind bekommen, als du L. A. verlassen hast, oder?‹

›Das ist nicht komisch, Richie‹, sagte sie, und ich hatte das Gefühl, sie würde gleich auflegen, daher sagte ich ihr, was passiert war. Sie fing an zu lachen, aber dieses Mal echt laut, wie ich immer mit euch gelacht habe, als hätte ihr jemand den größten Heuler der Welt erzählt. Als sie schließlich wieder auf den Boden kommt, frage ich sie, was denn so verdammt komisch ist. ›Es ist so herrlich‹, sagte sie. ›Dieses Mal geht der Witz auf deine Kosten. Nach all den Jahren geht einmal ein Witz auf Richard Toziers Kosten. Wie viele Illegitime hast du auf dem Gewissen, seit ich nach Osten gegangen bin, Rich?‹

›Ich entnehme dem, daß du immer noch nicht die Freuden der Mutterschaft erlebt hast?‹ sage ich.

›Ich habe im Juli Termin‹, sagt sie. ›Noch Fragen?‹

›Ja‹, sagte ich, ›wann hast du deine Meinung geändert, daß es unmoralisch ist, Kinder in so eine beschissene Welt zu setzen?‹

›Als ich endlich einen Mann kennengelernt habe, der kein Scheißkerl ist‹, sagte sie und legte auf.«

Bill lachte, bis ihm Tränen über die Wangen liefen.

»Ja«, sagte Richie. »Ich glaube, sie hat nur so schnell aufgelegt, damit sie wirklich das letzte Wort hat, aber sie hätte den ganzen Tag in der Leitung bleiben können. Ich weiß, wann ich angeschmiert worden bin. Eine Woche später war ich wieder beim Arzt und habe ihn gefragt, ob er ein wenig deutlicher über die Chancen gegen eine spontane Regeneration werden könnte. Er sagte, er hätte mit ein paar Kollegen über die Sache gesprochen. Es stellte sich heraus, daß im Zeitraum von drei Jahren 1980–82 der kalifornische Zweig der AMA dreiundzwanzig Meldungen über spontane Regeneration bekam. Sechs davon waren einfach verpatzte Operationen. Sechs andere waren entweder Streiche oder Fälschungen – Typen, die das Bankkonto ihres Arztes ein wenig anzapfen wollten... Also elf echte in drei Jahren.«

»Elf von wieviel?« fragte Beverly.

»Achtundzwanzigtausendsechshundertundachtzehn«, sagte Richie gelassen.

Schweigen am Tisch.

»Ich habe also die Chancen der Irischen Lotterie geschlagen«, sagte Richie, »und trotzdem keine Kinder. Gibt dir das zu denken, Eds?«

Eddie begann störrisch: »Es beweist *trotzdem* nicht...«

»Nein«, sagte Bill. »Aber immerhin legt es einen ursächlichen Zusammenhang sehr nahe. Die Frage ist – was tun wir jetzt? Hast du darüber nachgedacht, Mike? Was kommt als nächstes?«

»Ich habe darüber nachgedacht«, sagte Mike. »Aber ihr versteht bestimmt, daß es für mich unmöglich war, den nächsten Schritt genau festzulegen, bevor ihr alle wieder hier wart, bevor wir miteinander geredet hatten. Ich konnte schließlich nicht mit Sicherheit vorhersagen, wie dieses Treffen verlaufen würde, für euch oder für mich.«

Er schwieg lange und schaute sie nachdenklich an.

»Ich habe eine Idee«, sagte er schließlich, »aber bevor ich sie euch mitteile, sollten wir, glaube ich, klären, ob wir hier eine Aufgabe haben oder nicht. Wollen wir versuchen, das zu tun, was wir schon einmal versucht haben? Wollen wir noch einmal versuchen, Es zu töten? Oder wollen wir einfach die Essensrechnung durch sechs teilen und wieder auseinandergehen?«

»Es sieht so aus, als ob...«, begann Beverly, aber Mike schüttelte den Kopf.

»Ihr müßt verstehen, daß unsere Erfolgschancen sich unmöglich vorhersagen lassen«, sagte er. »Ich glaube, sie wären viel, viel besser gewesen, wenn auch Stan gekommen wäre. Ohne Stanley ist der Kreis, den wir an jenem Tag bildeten, unterbrochen. Ich glaube nicht, daß wir Es mit einem unterbrochenen Kreis vernichten oder auch nur für eine gewisse Zeit besiegen können. Wenn wir das versuchen, wird Es uns töten, einen nach dem anderen, und zwar höchstwahrscheinlich auf besonders scheußliche Art, davon bin ich überzeugt. Auf irgendeine Weise, die ich bis heute nicht verstehe, bildeten wir als Kinder einen perfekten Kreis. Wenn wir beschließen weiterzumachen, müssen wir versuchen, einen kleineren vollständigen Kreis zu bilden. Ich weiß nicht, ob das möglich ist. Wir könnten eventuell *glauben*, es wäre uns gelungen, nur um dann festzustellen – wenn es zu spät ist –, daß wir uns getäuscht haben.«

Mike sah sie wieder der Reihe nach an. Seine Augen in dem braunen Gesicht waren tief eingesunken und wirkten sehr müde. »Ich glaube also, wir müssen abstimmen. Wollen wir hierbleiben und es wieder versuchen, oder gehen wir einfach nach Hause? Ich habe euch kraft eines alten Versprechens hergeholt; ich war mir nicht sicher, ob ihr euch überhaupt noch daran erinnern würdet. Aber ich kann euch nicht gegen euren Willen hier festhalten. Ich würde es auch gar nicht versuchen, denn es würde unweigerlich zu einer Katastrophe führen.«

Er schaute Bill an, und Bill begriff sofort, was jetzt kommen würde. Er hatte Angst davor, schreckliche Angst, und dann akzeptierte er es mit

485

demselben Gefühl, das ein Selbstmörder haben muß, wenn er die Hände vom Lenkrad seines rasend dahinfahrenden Autos wegnimmt und einfach die Augen damit bedeckt. Mike hatte sie nach Derry geholt, doch nun gab er die Führungsrolle ab, gab sie an jene Person, die sie 1958 innegehabt hatte.

»Also, Big Bill, was sagst du? Führ du die Abstimmung durch.«

»Ist jedem klar, worum es geht?« fragte Bill. »Bev, du wolltest vorhin was sagen.«

Sie schüttelte den Kopf.

»Okay«, sagte Bill. »Die Frage ist also – bleiben wir hier und kämpfen, oder lassen wir die ganze Sache sein? Wer stimmt für den Kampf?«

Etwa fünf Sekunden lang saßen alle völlig regungslos da, und Bill wurde an Auktionen erinnert, bei denen der Preis für irgendeinen Gegenstand so hochgeschnellt war, daß jene, die nicht mehr mitsteigern wollten, buchstäblich zu Statuen erstarrten und Angst hatten, eine jukkende Stelle zu kratzen oder eine Fliege von der Nase zu scheuchen, weil der Auktionär ihre Bewegung mißverstehen und für ein neues, höheres Angebot halten könnte.

Bill dachte an Georgie, Georgie, der niemandem etwas zuleide getan hatte, Georgie, der in einer Hand sein Boot gehalten und mit der anderen die Druckknöpfe seines gelben Regenmantels geschlossen hatte.

Danke, Billy. Es ist ein tolles Boot.

Er spürte, wie der alte Zorn in ihm hochstieg, aber jetzt war er älter und hatte einen weiteren Horizont. Eine gräßliche Kette von Namen zog sich durch seinen Kopf: sein Bruder George; Betty Ripsom; Cheryl Lamonica, die aus dem Kenduskeag gefischt worden war; Matthew Clements, der von seinem Dreirad gezerrt worden war; die neunjährige Veronica Grogan, die man in einem Abzugskanal gefunden hatte; Steven Johnson; Lisa Albrecht; all die anderen und Gott weiß wie viele, die in den Polizeiakten von Derry als vermißt geführt wurden.

Langsam hob er die Hand und sagte: »Laßt uns Es töten. Bringen wir Es diesmal wirklich um!«

Einen Moment lang war seine Hand allein, wie die Hand des einzigen Schülers in der Klasse, der die richtige Antwort weiß und den die übrigen Kinder deswegen hassen. Dann seufzte Richie Tozier, hob die Hand und sagte: »Ach, scheiß drauf. Es kann auch nicht schlimmer sein, als Ozzy Osbourne zu interviewen.«

Beverly Rogan hob die Hand. Sie hatte hektisch rote Flecken auf den Wangen und sah sowohl furchtbar aufgeregt als auch zu Tode geängstigt aus.

Mike hob die Hand.

Ben hob die Hand.

Eddie Kaspbrak lehnte sich in seinem Stuhl zurück und erweckte den Eindruck, als würde er am liebsten hineinkriechen und auf diese Weise unsichtbar werden. Sein schmales, zartes Gesicht sah mitleiderregend ängstlich aus, als er zuerst nach rechts und dann nach links auf die erhobenen Hände starrte. Einen Moment lang war Bill überzeugt davon, daß Eddie einfach aufspringen und ohne zurückzuschauen aus dem Zimmer stürzen würde; aber dann hob er eine Hand und umklammerte mit der anderen seinen Aspirator.

»Weite Wege vor uns, Eds«, sagte Richie. »Diesmal werden wir echt ein paar Lacher bekommen, wette ich.«

»Piep-piep, Richie«, sagte Eddie mit zitternder Stimme.

6. Der Klub der Verlierer bekommt ein Dessert

»So, Mike, und nun erzähl mal, was für 'ne Idee du hast«, sagte Bill. Sie waren von der Kellnerin gestört worden, die auf einer Platte sechs Glückskuchen gebracht hatte. Sie hatte die sechs Personen, die ihre Hände in die Höhe streckten, mit höflichem Mangel an Neugier betrachtet. Sie hatten hastig die Hände gesenkt und geschwiegen, bis die Kellnerin wieder gegangen war.

»Sie ist ganz einfach«, sagte Mike, »aber sie könnte auch verdammt gefährlich sein.«

»Laß hören«, forderte Richie ihn auf.

»Ich dachte, daß wir uns für den Rest des Nachmittags trennen sollten«, sagte Mike, »und jeder von uns sollte den Ort aufsuchen, an den er oder sie sich am besten erinnert . . . das heißt, abgesehen von den Barrens. Ich glaube, dorthin sollte keiner von uns gehen . . . noch nicht. Man könnte es vielleicht einfach als eine Reihe Spaziergänge betrachten.«

»Und welchen Sinn soll das haben, Mike?« fragte Ben.

»Ich bin mir selbst nicht sicher«, erwiderte Mike. »Ihr müßt verstehen – ich verlasse mich ganz auf meine Intuition. Das ist schwierig, aber genau deshalb glaube ich, daß es richtig sein könnte. Kinder neigen dazu, völlig ihrer Intuition zu vertrauen. Erwachsene gewöhnen sich das im allgemeinen ab. Ich habe diese Tatsache mit dem verknüpft, was ich vorhin gesagt habe . . . daß die Voraussetzungen sich *einstellen*.«

»Du meinst, wir sollten uns in die damalige Situation zurückversetzen«, sagte Eddie.

»Ich glaube schon. Meine Idee – mein Vorschlag, oder wie immer ihr es nennen wollt – besteht einfach darin, daß jeder von uns diesen kleinen

Spaziergang macht und daß wir uns dann heute abend in der Bücherei treffen und unsere Erlebnisse austauschen... falls überhaupt etwas passiert.«

»Falls *irgendwas* passiert«, sagte Ben.

»Oh, ich glaube, es wird etwas passieren.«

»Was denn?« fragte Bill.

Mike schüttelte den Kopf. »Ich habe keine Ahnung. Vielleicht gar nichts. Das andere Extrem wäre, daß einer von euch heute abend einfach nicht in der Bücherei auftaucht. Ich habe keine plausible Begründung für solche Annahmen... nur wieder meine Intuition.«

Nach diesen Worten trat ein längeres Schweigen ein.

»Aber warum allein?« fragte Beverly schließlich. »Wenn wir diese Aufgabe als Gruppe ausführen wollen – weshalb sollen wir dann *allein* spazierengehen?«

»Ich glaube, diese Frage kann ich beantworten«, sagte Bill.

»Dann tu's, Bill.« Mike hörte sich sehr erleichtert an.

»Jeder von uns war allein, als die Sache damals anfing«, erklärte Bill, an Beverly gewandt. »Ich erinnere mich nicht an alles – noch nicht –, aber soviel weiß ich noch. Das Foto in Georgies Zimmer, das sich bewegte. Bens Mumie. Der Aussätzige, den Eddie unter der Veranda auf der Neibolt Street sah. Mike, der in der Nähe des Kanals, im Bassey-Park, auf die Blutspur stieß. Und der Vogel... da war etwas mit einem Vogel, nicht wahr, Mike?«

Mike nickte grimmig.

»Ein großer Vogel. Big Bird.«

»Aber nicht so freundlich wie der in der Sesamstraße.«

Richie kicherte unbeherrscht. »Derrys Antwort auf James Brown und sein Gets Off A Good One! Meine Güte, können wir uns nicht glücklich schätzen!«

»Piep-piep, Richie«, sagte Mike, und Richie verstummte.

»Für dich war es die Stimme aus dem Abfluß und das Blut«, sagte Bill zu Beverly. »Und für Richie...« Aber hier verstummte er verwirrt.

»Ich muß die Ausnahme sein, die die Regel bestätigt, Big Bill«, sagte Richie. »Das erste Mal in diesem Sommer, als ich Kontakt mit etwas Unheimlichem hatte, war... war bei dir in Georgies Zimmer. Als wir beide im Haus waren und das Fotoalbum durchgesehen haben. Als das Bild von Center Street und Canal Street sich bewegt hat. Erinnerst du dich?«

»Ja«, sagte Bill. »Bist du sicher, daß vorher nichts war, Richie? Gar nichts?«

»Es *muß* davor etwas anderes gegeben haben«, sagte Bill. »Erinnerst

488

du dich an gar nichts Außergewöhnliches, das sich vor jenem Tag ereignet hat?«

»Ich . . .« Richies Augen flackerten ein wenig. Langsam sagte er: »Aber an dem Tag, als Henry und seine Freunde mich gejagt haben – das war vor Ende der Schule – und ich ihnen in der Spielwarenabteilung von Freese's entkommen bin. Ich war beim City Center und saß eine Weile auf einer Parkbank, und da sah ich . . . oder glaubte zu sehen . . . aber ich habe es nur *geträumt.*«

»Was war es, Richie?« fragte Beverly.

»Nichts«, erwiderte Richie kurz. Er schaute Mike an. »Aber ich hab' nichts gegen einen Spaziergang. Es ist ein guter Zeitvertreib für den Nachmittag. Ein Streifzug durch die alte Heimatstadt.«

»Sind alle damit einverstanden?« fragte Bill.

Sie nickten.

»Und wir treffen uns dann um sieben in der Bücherei?«

»Klingelt, wenn ihr zu spät kommt«, sagte Mike. »Werktags schließt die Bücherei um sieben, bis in den Schulen die Sommerferien beginnen.«

»Und seid vorsichtig«, mahnte Bill. »Denkt daran, daß keiner von uns richtig weiß, was wir eigentlich t-t-tun. Dies ist nur so eine Art Erkundungsgang. Wenn ihr irgendwas seht, kämpft nicht. Rennt weg.«

»I'm a lover, not a fighter«, sagte Richie mit einer verträumten Michael-Jackson-Stimme.

»Wenn wir diesen Spazier- oder Erkundungsgang machen wollen, sollten wir allmählich aufbrechen«, sagte Ben. Er verzog den linken Mundwinkel zu einem angedeuteten Lächeln, das halb amüsiert und halb bitter war. »Obwohl ich nicht die geringste Ahnung habe, wohin ich gehen soll, wenn die Barrens tabu sind. Das war für mich das Tollste – mit euch dorthin zu gehen.« Seine Blicke schweiften zu Beverly und blieben einen Moment lang auf ihr haften. Dann schaute er wieder weg. »Mir fällt kein anderer Ort ein, der mir viel bedeutet hätte. Vermutlich werde ich einfach ein paar Stunden durch die Stadt schlendern, mir Gebäude anschauen und nasse Füße bekommen.«

»Du wirst schon 'nen Ort finden, alter Haystack«, sagte Richie. »Besuch doch einfach ein paar deiner alten Futterplätze und stärk dich ein bißchen.«

Ben lachte. »Ich kann bei weitem nicht mehr so viel essen wie als Elfjähriger. Ich bin schon jetzt so voll, daß ihr mich gleich hier rausrollen müßt.«

»Also dann, gehen wir!« sagte Eddie.

»Wartet!« rief Beverly, als sie ihre Stühle zurückzuschieben begannen. »Unsere Glückskuchen!«

»Ja«, sagte Richie. »Ich kann mir den Inhalt von meinem gut vorstellen. Du wirst bald von einem riesigen Monster gefressen werden. Einen schönen Tag!«

Sie lachten, und Mike gab Richie die kleine Platte, der sie dann weiterreichte. Bill fiel auf, daß niemand seinen Kuchen öffnete, bevor nicht alle versorgt waren; jeder saß da, einen kleinen hutförmigen Kuchen vor sich auf dem Teller, und als Bev ihren lächelnd in die Hand nahm und in zwei Hälften brach, hätte er fast geschrien: *Tu's nicht, leg ihn zurück, rühr ihn nicht an!*

Aber es war schon zu spät. Beverly brach ihren Kuchen in zwei Hälften, Ben ebenfalls, Eddie zerteilte seinen sorgfältig mit der Gabel, und gerade als Beverlys Lächeln sich in eine Grimasse des Entsetzens verwandelte, dachte Bill: *Und wir wußten es, irgendwie* wußten *wir es, denn niemand von uns hat einfach in den Kuchen gebissen, was das Normalste gewesen wäre. Irgendwie erinnern wir uns immer noch... an alles.*

Und dieses unterbewußte Wissen war eigentlich das Allerschlimmste; es war ein überzeugender Beweis für Mikes Worte, wie tief Es sie geprägt hatte... und daß sie sein Siegel immer noch trugen.

Blut spritzte aus Beverlys Kuchen wie aus einer aufgeschnittenen Arterie. Es rann an ihren Fingern herab und tropfte auf das weiße Tischtuch, färbte es rot, sickerte ein... und breitete sich immer mehr aus.

Eddie Kaspbrak stieß einen erstickten Schrei aus und schob seinen Stuhl so heftig vom Tisch weg, daß dieser fast umkippte. Ein großes Insekt mit häßlich gelb-braunem Rückenpanzer schob sich aus seinem Glückskuchen wie aus einem Kokon. Die schwarzen Augen starrten blind nach vorne. Als es auf Eddies Brotteller taumelte, rieselten Kuchenkrumen von seinem harten Panzer; Bill hörte es ganz deutlich, und das Geräusch verfolgte ihn in jener Nacht im Traume. Als es sich ganz aus dem Kuchen befreit hatte, rieb es seine dünnen Hinterbeine aneinander, wodurch ein leises Summen entstand, und Bill erkannte, daß es eine Art schrecklich verändertes Heimchen war. Es rutschte über den Tellerrand und fiel auf den Rücken.

»O mein Gott!« brachte Richie mit erstickter Stimme hervor. »O mein Gott, Big Bill, es ist ein Auge, gütiger Gott, es ist ein Auge, es ist ein *Auge*...«

Bill drehte sich um und sah, daß Richie wie hypnotisiert auf seinen Glückskuchen starrte, in dem ein menschlicher Augapfel lag. Kuchenkrumen waren auf der blanken braunen Iris verstreut und in die weiße Augenhaut eingebettet.

Ben Hanscom schleuderte seinen Kuchen entsetzt von sich. Er rollte über den Tisch, und Bill sah im hohlen Innern zwei Zähne, deren Wur-

490

zeln von altem, geronnenem Blut dunkel verfärbt waren. Sie rasselten gegeneinander wie Samen in einem hohlen Kürbis.

Bill blickte hoch und sah, daß Beverly den Atem anhielt und gleich schreien würde. Sie starrte auf das Insekt, das aus Eddies Kuchen gekrochen war und jetzt hilflos auf dem Tischtuch zappelte.

Bill reagierte blitzartig, ohne nachzudenken. *Intuition,* schoß es ihm durch den Kopf, während er aufsprang und Beverly mit seiner Hand den Mund zuhielt, bevor sie schreien konnte. *Ich handle rein intuitiv. Mike müßte stolz auf mich sein.*

Anstatt eines Schreis war nur ein ersticktes *Mmmpf!* zu hören.

Eddie gab jene pfeifenden Töne von sich, an die Bill sich von früher so gut erinnerte. Von dieser Seite drohten also keine Schreie. Bill sah die anderen scharf an. »*Hört auf! Alle! Haltet den Mund!*«

Rich fuhr sich mit der Hand über den Mund. Mikes Gesicht war ganz grau, aber er nickte Bill anerkennend zu. Sie waren alle vom Tisch weggesprungen. Bill hatte seinen eigenen Glückskuchen nicht geöffnet, aber nun sah er, daß die Seiten sich langsam bewegten – sich auswölbten und wieder einsanken –, während die ihm zugedachte Überraschung versuchte herauszukommen.

»*Mmmpf!*«

Bill löste seine Hand von Bevs Mund. »Sei still!« warnte er sie.

Ihr Gesicht schien nur aus Augen zu bestehen. Ihr Mund zuckte. »Bill... Bill, hast du gesehen...« Sie starrte wieder auf das Heimchen, das dem Tode nahe war. Die schwarzen, runzeligen Augen schienen ihren Blick direkt zu erwidern, und Beverly begann zu stöhnen.

»H-H-Hör auf!« sagte Bill scharf. »Und setz dich wieder an den Tisch!«

»Ich kann nicht, Billy, ich kann nicht...«

»Du *kannst!* Du m-m-mußt!« Er hörte leichte Schritte auf dem Gang, die sich dem Perlenvorhang an der Tür näherten. »Das gilt für euch alle! Setzt euch wieder an den Tisch! Redet! Benehmt euch völlig normal!«

Beverly warf ihm einen flehenden Blick zu, aber Bill schüttelte den Kopf. Er setzte sich, zog seinen Stuhl an den Tisch heran und bemühte sich, nicht den Kuchen auf seinem Teller anzustarren, der pulsierte wie ein Herz kurz vor dem Stillstand. *Ich hätte hineinbeißen können,* dachte er entsetzt.

Eddie schob seinen Aspirator wieder in den Mund und inhalierte tief.

»Was glaubst du – wer wird den Sieg davontragen?« sagte Bill an Mike gewandt und lächelte verzerrt, gerade als Rose mit höflich fragendem Gesichtsausdruck hereinkam. Aus dem Augenwinkel heraus sah er, daß Bev wieder am Tisch saß. *Braves Mädchen,* dachte er.

»Ich glaube, die Chicago Bears«, sagte Mike.

»Ist alles in Ordnung?« erkundigte sich Rose.

»Alles b-bestens«, sagte Bill und deutete mit dem Daumen auf Eddie. »Unser Freund hatte einen Asthmaanfall. Aber es geht ihm schon wieder besser, seit er seine Arznei genommen hat.«

Rose schaute Eddie besorgt an.

»Mir geht's wirklich schon viel besser«, keuchte Eddie.

Rose warf einen Blick auf den Tisch. »Soll ich abräumen?«

»In Kürze«, sagte Mike mit breitem, unechten Lächeln.

»Hat's Ihnen geschmeckt?« fragte sie. Ihre Blicke glitten wieder über den Tisch. Sie sah weder das Heimchen noch den großen Blutfleck auf dem Tischtuch, noch das Auge, noch die Zähne in einem der anderen Kuchen; sie sah auch nicht, daß Bills Kuchen rhythmisch pulsierte.

»Ausgezeichnet«, sagte Beverly und lächelte – es war ein wesentlich natürlicheres Lächeln als Mikes und Bills. *Mädchen können sich fantastisch beherrschen*, dachte Bill.

»Waren die Glückskuchen gut?« fragte Rose.

»Bei den anderen weiß ich's nicht«, sagte Richie, »aber ich für meinen Teil hab' schon ein Auge voll abbekommen.«

Bill hörte ein leises Geräusch. Er warf einen Blick auf seinen Kuchen und sah ein Insektenbein herausragen und blindlings auf seinem Teller herumtasten.

Ich hätte hineinbeißen können, dachte er wieder, behielt aber sein starres Lächeln bei. »Sehr gut«, sagte er.

Richie starrte auf Bills Teller. Eine große grauschwarze Fliege kroch aus dem Kuchen, den sie aufgebrochen hatte wie ein gräßliches Ei. Gelblicher Glibber floß zäh aus dem Kuchen und bildete eine Pfütze auf der Tischdecke. Und jetzt war ein Geruch da, der widerliche, durchdringende Geruch einer eiternden Wunde. Sie summte schwach.

»Na dann...«, sagte Rose mit unsicherem Lächeln.

»Ein wunderbares Essen«, lobte Richie. »Höchst ungewöhnlich.«

Ihr Lächeln wurde natürlicher. »Dann verlasse ich Sie jetzt wieder«, sagte sie und ließ ihren Worten die Tat folgen.

»Was ist das?« flüsterte Ben heiser, während er das Insekt auf Bills Teller anstarrte.

»Eine Fliege«, sagte Bill. »Oder vielmehr eine Fliegen-Mutation. Die Erfindung eines Schriftstellers namens George Langelaan. Er schrieb eine Geschichte mit dem Titel ›Die Fliege‹. In letzter Zeit habe ich sehr oft daran gedacht. Es wendet wieder SEINE alten Tricks an.«

»Ich glaube, ich muß mich übergeben«, sagte Beverly. »Entschuldigt mich bitte.«

Sie ging rasch hinaus, noch bevor einer der Männer aufstehen konnte.

Bill warf seine Serviette über die Fliege, die etwa die Größe eines jungen Spatzes hatte. Es war eigentlich unmöglich, daß etwas so Großes aus einem kleinen chinesischen Glückskuchen geschlüpft war... und doch war es so. Sie summte wütend unter der Serviette, dann verstummte sie.

»Mein Gott«, murmelte Eddie.

»Wir können im Foyer auf Beverly warten«, sagte Mike. »Machen wir, daß wir hier schleunigst rauskommen.«

Beverly kam aus der Damentoilette, als sie gerade im Foyer angelangt waren. Sie war bleich, aber gefaßt. Mike stellte einen Scheck aus, küßte Rose auf die Wange, und sie traten in den regnerischen Nachmittag hinaus.

»Hat jemand durch diesen Vorfall seine Meinung geändert?« fragte Mike.

»Ich nicht«, sagte Ben.

»Nein«, sagte Eddie.

»*Welche* Meinung?« sagte Richie.

Bill schüttelte den Kopf und schaute Beverly an.

»Ich bleibe«, sagte sie. »Bill, was hast du gemeint, als du sagtest, daß Es SEINE alten Tricks anwendet?«

»Ich habe daran gedacht, eine Geschichte über Insekten zu schreiben«, sagte er. »Diese Langelaan-Geschichte hat sich meinem Denken eingeprägt. Und darum sah ich eine Fliege. Bei dir war es Blut, Beverly. Warum hattest du Blut im Sinn?«

»Vermutlich wegen des Blutes aus dem Abfluß«, sagte Beverly sofort. »Damals im Bad, als wir Kinder waren.« Aber stimmte das wirklich? Eigentlich glaubte sie selbst nicht an diese Erklärung. Denn als das warme Blut ihr über die Finger geflossen war, hatte sie sofort an jenen blutigen Fußabdruck gedacht, den sie hinterlassen hatte, nachdem sie in die Scherbe getreten war. Tom. Und

(Bevvie, manchmal mache ich mir schreckliche *Sorgen)*

ihr Vater.

Bill wandte sich Eddie zu. »Warum war es ein Heimchen?«

»Unser Keller«, erklärte Eddie. »Wir haben Heimchen im Keller. Sie machen uns nachts total verrückt. Ein paar Nächte vor Mikes Anruf hatte ich einen schrecklichen Alptraum. Mir träumte, daß ich aufwachte und das ganze Bett von Heimchen nur so wimmelte. Ich versuchte, sie mit meinem Aspirator zu erschießen, aber als ich draufdrückte, kam nur Zirpen heraus, und kurz bevor ich aufgewacht bin, wurde mir klar, daß *er* auch voller Heimchen war.«

»Rose hat nichts gesehen«, sagte Ben. »Sie schaute direkt auf diese...

diese ganze Schweinerei und sah nichts.« Er schaute Beverly an. »So wie deine Eltern das Blut aus dem Abfluß nicht gesehen haben.«

»Ja«, flüsterte sie. »Genauso.«

Sie standen in dem feinen Frühlingsregen und sahen einander an.

Mike warf einen Blick auf seine Uhr. »In 20 Minuten oder so fährt ein Bus«, sagte er, »ich kann aber auch Taxis bestellen. Was euch lieber ist.«

»Ich glaube, ich gehe gleich von hier aus zu Fuß«, sagte Bill. »Ich kann jetzt etwas frische Luft gut gebrauchen.«

»Ich glaub', ich nehm' ein Taxi«, meinte Ben.

»Ich fahr' mit, wenn du mich in der Innenstadt aussteigen läßt«, sagte Richie.

»Okay. Wohin willst du?«

Richie zuckte mit den Schultern. »Ich weiß es noch nicht.«

Die anderen beschlossen, auf den Bus zu warten.

»Heute abend um sieben«, erinnerte Mike. »Und seid vorsichtig.«

Sie stimmten alle überein, vorsichtig zu sein, obwohl Bill nicht wußte, wie sie das Versprechen geben konnten, wo sie es mit so vielen unbekannten Faktoren zu tun hatten.

Er wollte es sagen, aber dann sah er in ihre Gesichter und stellte fest, daß sie es bereits wußten.

Er schlenderte davon, die Hände in den Taschen, froh über die frische Luft, froh darüber, den feinen nebelartigen Regen auf seinem Gesicht zu spüren, hauptsächlich aber heilfroh darüber, daß das Treffen jetzt vorüber war und daß jetzt Taten folgen konnten.

Elftes Kapitel

Sechs Spaziergänge

1. Ben Hanscom leiht ein Buch aus

Richie Tozier stieg an der Kreuzung Kansas, Center und Main Street aus dem Taxi und Ben oben auf dem Up-Mile Hill. Eigentlich hätte er genausogut mit Richie aussteigen können, aber es war vielleicht besser, von Anfang an allein loszugehen.

Er stand an der Ecke Kansas Street und Daltrey Close, seine Hände in den Hosentaschen, blickte dem Taxi nach, das sich wieder in den Verkehr einordnete, und versuchte, den gräßlichen Abschluß des Mittagessens aus seinen Gedanken zu verscheuchen. Aber es gelang ihm nicht; immer wieder hatte er jene grauschwarze Fliege vor Augen, die aus dem Glückskuchen auf Bills Teller gekrochen war, und deren Flügel am Rücken geklebt hatten. Er bemühte sich immer wieder, an etwas anderes zu denken, und jedesmal, wenn er gerade glaubte, es wäre ihm gelungen, stellte er fest, daß seine Gedanken schon wieder um diese entsetzliche Szene kreisten.

Ich versuche, irgendeine logische Erklärung dafür zu finden, dachte er. Wenn man Bauwerke errichtete, mußte man bestimmte Naturgesetze beachten; Naturgesetze lassen sich in Gleichungen fassen; Gleichungen sind logisch aufgebaut. Wo lag die logische Erklärung für das, was vor einer knappen halben Stunde geschehen war?

Denk nicht mehr daran, sagte er sich zum x-ten Male. *Du kannst es nicht erklären, also laß es sein.*

Aber dazu war er nicht imstande. Er erinnerte sich daran, daß sein Leben am Tag nach seiner Begegnung mit der Mumie auf dem vereisten Kanal ganz normal weitergegangen war. Er hatte immer noch das Gefühl gehabt, daß jene Kreatur ihn um ein Haar erwischt hätte, aber sein Leben ging ganz normal weiter: Er war zur Schule gegangen, hatte eine Klassenarbeit im Rechnen geschrieben, war nach der Schule in die Bücherei gegangen und hatte mit seinem üblichen herzhaften Appetit gegessen. Er hatte die Erscheinung auf dem Kanal einfach in sein Leben integriert, und wenn sie ihn auch um ein Haar getötet hätte ... nun, Kinder waren dem Tod immer sehr nahe. Sie überquerten Straßen, ohne nach links und rechts zu schauen, sie paddelten auf dem See herum und stellten plötzlich fest, daß sie auf ihren Gummiflößen viel zu weit hinausgetrieben waren, sie fielen von Kletterstangen auf ihre Ärsche und von Bäumen auf ihre Köpfe herunter.

Während Ben jetzt im Nieselregen vor einem Eisenwarengeschäft stand – 1958 war hier ein Pfandleihhaus gewesen, erinnerte er sich –, wurde ihm klar: Kinder konnten das Unerklärliche besser in ihr Leben integrieren. Sie glaubten ohnehin an die unsichtbare Welt. Über wundersame Ereignisse – ob positiver oder negativer Art – wurde zwar durchaus nachgedacht, aber die Welt stand dadurch keineswegs still. Ein plötzliches überwältigendes Ereignis schöner oder schrecklicher Art verschlug einem Zehnjährigen nicht im geringsten den Appetit.

Aber das änderte sich, wenn man älter wurde. Als Erwachsener lag man nicht mehr wach im Bett und war überzeugt davon, daß im Schrank etwas lauerte oder unermüdlich am Fenster kratzte ... aber wenn dann *tatsächlich* etwas passierte, etwas außerhalb einer vernünftigen Erklärung, war man völlig überfordert, geriet ins Schleudern, die Vorstellungskraft versagte. Man konnte das unerklärliche Ereignis nicht so ohne weiteres mit der Lebenserfahrung in Übereinstimmung bringen. Es war unverdaulich. Der Verstand beschäftigte sich immer wieder damit ... bis man schließlich entweder verrückt oder zumindest völlig unfähig zum Handeln wurde.

Und wenn das passiert, dachte Ben, *hat Es gewonnen. Dann bin ich – sind wir – verloren.*

Er spazierte die Kansas Street hinauf, scheinbar ohne festes Ziel. Und plötzlich dachte er: *Was haben wir nur mit dem Silberdollar gemacht?*

Er konnte sich immer noch nicht daran erinnern.

Der Silberdollar, Ben ... Beverly hat dir mit ihm das Leben gerettet ... dir ... höchstwahrscheinlich auch allen anderen. Es hat mir fast die Eingeweide rausgerissen, bevor Beverly ... Was? Was hat sie nur gemacht? Und wie war es möglich, daß sie damit Erfolg hatte? Sie hat Es irgendwie in die Flucht geschlagen, und wir alle haben ihr dabei geholfen. Aber wie?

Ihm fiel plötzlich ein Wort ein, mit dem er nichts anfangen konnte, das ihm aber unwillkürlich eine Gänsehaut verursachte: *Chüd.*

Er sah auf den Gehweg und erblickte dort kurz die Kreidezeichnung einer Schildkröte; die Welt vor seinen Augen schien zu verschwimmen. Er machte sie fest zu, und als er wieder hinsah, war es keine Schildkröte; nur ein Himmel-und-Hölle-Gitter, das der Regen halb ausradiert hatte.

Chüd.

Was bedeutete das?

»Ich weiß es nicht«, sagte er laut, und als er sich rasch umschaute, ob jemand sein Selbstgespräch gehört hatte, stellte er fest, daß er von der Kansas Street in die Costello Avenue abgebogen war. Beim Mittagessen hatte er den anderen erzählt, die Barrens seien der einzige Ort in Derry gewesen, wo er sich als Kind wirklich glücklich gefühlt hätte... aber das stimmte nicht ganz, fiel ihm jetzt ein. Es hatte noch einen zweiten Ort gegeben. Entweder zufällig oder unbewußt war er an diesen anderen Ort gegangen: zur Bücherei von Derry.

Ein, zwei Minuten stand er davor, die Hände in den Taschen. Hier hatte sich nichts verändert; es war immer noch dasselbe alte graue Steingebäude, und er bewunderte es jetzt wieder genauso wie als Kind. Wie so viele andere gut entworfene Steinbauten, so verwirrte auch dieses den scharfen Beobachter durch Widersprüchlichkeiten: Trotz des soliden Steingefüges wirkte es durch die Bögen und die schlanken Säulen nicht plump, sondern eher grazil; es sah vertrauenerweckend stabil aus, zugleich aber auch anmutig, und die in schmale Eisenstreifen gefaßten, oben abgerundeten Fenster verliehen ihm eine gewisse Leichtigkeit. Diese widersprüchlichen Elemente bewahrten es davor, häßlich zu wirken, und Ben stellte überrascht fest, daß er dieses Gebäude liebte.

Er blickte die Straße entlang und sah die Stadthalle. Hier auf der Costello Avenue schien sich demnach nicht viel verändert zu haben.

Er durchquerte den Rasen und bemerkte nicht einmal, daß seine Schuhe naß wurden – er wollte einen Blick auf jenen Glaskorridor zwischen Erwachsenen- und Kinderbücherei werfen. Auch er war unverändert, und als Ben neben den tiefhängenden Zweigen einer Trauerweide stehenblieb, konnte er in dem Korridor Leute hin und her laufen sehen. Die alte verzückte Begeisterung ergriff von ihm Besitz, und jetzt vergaß er zum erstenmal, was zum Abschluß des Mittagessens geschehen war. Er erinnerte sich daran, daß er als Kind manchmal an dieser Stelle gestanden hatte, nur war es damals Winter gewesen, und er hatte sich durch fast hüfthohen Schnee einen Weg gebahnt und oft eine Viertelstunde hier verweilt. Er war in der Dämmerung hergekommen, erinnerte er sich, und auch damals hatte ihn der Kontrast so fasziniert, daß er darüber seine vor Kälte tauben Fingerspitzen und den schmelzenden Schnee in seinen grünen Gummistiefeln vergaß. Draußen, wo er stand, wurde es allmählich dunkel, der Himmel war im Osten aschfarben, im Westen purpurrot. Draußen, wo er stand, war es kalt, zehn Grad minus oder noch mehr, wenn der Wind – wie es oft der Fall war – von den vereisten Barrens her pfiff.

Aber dort, keine 40 Meter von seinem Standort entfernt, liefen die Leute hemdsärmelig hin und her. Dort, keine 40 Meter von seinem Standort entfernt, war ein heller Lichttunnel. Kleine Kinder tuschelten und kicherten da, verliebte Pärchen aus der High School hielten Händchen (und wenn die Bibliothekarin sie sah, rief sie sie zur Ordnung). Für ihn war das so etwas wie Zauberei, herrliche Zauberei – er war damals zu

497

jung gewesen, um diese Zauberwirkung mit so nüchternen Dingen wie elektrischem Strom und Ölheizung zu erklären. Für ihn war jener strahlende Zylinder voll Licht und Leben, der die beiden Gebäude wie eine Rettungsleine miteinander verband, ein Wunder; es war ein Wunder, daß dort Leute umhergingen, unberührt von Dunkelheit und Kälte. Irgendwie wurden sie dadurch zu etwas Besonderem – zu gottähnlichen Wesen.

Wenn er dann schließlich seinen Standort verließ (was er auch jetzt tat) und um das Gebäude herum zum Vordereingang ging (was er auch jetzt tat), blieb er immer noch einmal stehen und warf einen Blick zurück (was er auch jetzt tat), bevor die vorragende Steinmauer der Erwachsenenbücherei ihm die Sicht nahm.

Leicht amüsiert über den nostalgischen Schmerz in seinem Herzen ging er die Stufen zur Tür der Erwachsenenbücherei hinauf und blieb einen Augenblick auf der schmalen, offenen Veranda hinter den Pfeilern stehen, wo es immer so herrlich kühl gewesen war, auch an den heißesten Sommertagen. Dann zog er die große eisenbeschlagene Holztür mit dem Buchschlitz in der Mitte auf und tauchte in die Stille ein.

Einen Moment lang war ihm fast schwindelig, mit solcher Kraft brach die Erinnerung über ihn herein, als das gedämpfte Licht der Kugellampen ihn umfing. Es war jenes seltsame Gefühl, das die Menschen in Ermangelung eines besseren Ausdrucks ›Déjà-vu-Erlebnis‹ nennen. Ben hatte dieses Gefühl auch früher schon erlebt, aber nie mit derart überwältigender Intensität; während er so dastand, wußte er buchstäblich nicht mehr genau, wie alt er wirklich war – 38 Jahre oder 11.

Hier herrschte immer noch dieselbe behagliche Stille, die nur von einem gelegentlichen Flüstern, den schwachen Geräuschen beim Stempeln von Büchern oder Leihkarten, dem leisen Rascheln beim Umblättern von Zeitungen oder Zeitschriften durchbrochen wurde. Heute wie damals liebte er das Licht, das durch die hohen, schmalen Fenster einfiel; an diesem regnerischen Nachmittag war es so grau wie ein Taubenflügel, einschläfernd und irgendwie gemütlich.

Er ging über den Fußboden mit dem rotschwarz gemusterten Linoleumbelag und versuchte wie früher, möglichst geräuschlos aufzutreten – die Bücherei hatte in der Mitte eine Kuppel, in der jedes Geräusch laut widerhallte.

Er sah, daß die eisernen Wendeltreppen zum Büchermagazin noch da waren, auf beiden Seiten der hufeisenförmigen Ausleihtheke, aber er entdeckte auch etwas Neues – einen kleinen käfigartigen Aufzug. Er fühlte sich richtig erleichtert, denn das trieb einen Keil in jenes übermächtige Gefühl.

Während er den großen Saal durchquerte, kam er sich wie ein Eindringling, wie ein Spion aus einem anderen Land vor, und er erwartete fast, daß die Bibliothekarin an der Ausleihtheke den Kopf heben, ihn mustern und sodann mit lauter Stimme – jeder Leser würde aufschrecken, und alle Blicke würden sich auf ihn richten – rufen würde: »Sie! Ja, Sie! Was machen Sie hier? Sie haben hier nichts zu suchen – Sie sind ein Fremder! Gehen Sie dorthin zurück, woher Sie gekommen sind! Gehen Sie sofort, bevor ich die Polizei rufe!«

Sie schaute tatsächlich auf, ein hübsches junges Mädchen, und einen absurden Moment lang glaubte Ben, daß seine Fantasiegespinste gleich Wirklichkeit würden, und sein Herz pochte laut, als ihre hellblauen Augen ihn musterten. Dann wandte sie ihren Blick gleichgültig ab, und Ben erwachte aus seiner Erstarrung. Wenn er ein Spion war, so war er unentdeckt geblieben.

Er ging an einer der schmalen und selbstmörderisch steilen Wendeltreppen vorbei und stellte amüsiert fest, daß er schon wieder in eine alte Kindergewohnheit verfallen war. Er hatte hochgeschaut, in der Hoffnung, ein Mädchen im Rock die Treppe herabkommen zu sehen. Er erinnerte sich daran, daß er eines Tages im Alter von acht oder neun Jahren rein zufällig den Kopf gehoben und plötzlich einem hübschen jungen Mädchen direkt unter den Rock geschaut und den sauberen rosa Slip gesehen hatte. Ebenso wie das Funkeln von Beverlys Fußkettchen in der Sonne an jenem letzten Schultag 1958 sein Herz mit einem Pfeil von etwas anderem als einfacher Liebe oder Zuneigung durchbohrt hatte, so auch jener Slip des jungen Mädchens. Er erinnerte sich daran, daß er mindestens 20 Minuten in der Kinderbücherei gesessen und diesen unerwarteten Anblick vor Augen gehabt hatte, mit hochrotem Kopf, ein Buch über die Geschichte der Eisenbahn aufgeschlagen auf dem Tisch; aber anstatt darin zu lesen hatte er sich ausgemalt, daß er jenes Mädchen heiraten würde, daß sie beide in einem kleinen Haus am Rande der Stadt wohnen und unglaubliche Wonnen erleben würden – obwohl er sich darunter überhaupt nichts Konkretes vorstellen konnte.

Diese Gefühle waren ebenso plötzlich wieder verschwunden, wie sie gekommen waren, aber seitdem war er nie wieder unter der Treppe durchgegangen, ohne hinaufzuschauen. Er hatte nie wieder etwas so Interessantes und Erregendes gesehen (einmal war eine fette Frau schwerfällig die Treppe heruntergewatschelt, doch von diesem Anblick hatte er sich hastig und irgendwie beschämt abgewandt), aber er hatte die Angewohnheit beibehalten – und selbst jetzt, nach all den vielen Jahren, hatte er als Erwachsener hochgeschaut.

Er ging langsam durch den Glaskorridor zur Kinderbücherei. Als er diese Liliput-Welt mit ihren kleinen Tischen und Stühlen aus hellem Holz betrat, diese Welt, wo der Trinkbrunnen nur vier Fuß hoch war, fiel ihm eine weitere Veränderung ins Auge: Das gerahmte Bild an der Wand gegenüber zeigte nicht Dwight D. Eisenhower und Richard Nixon, sondern Ronald Reagan und George Bush.

Aber...

Wieder überkam ihn jenes übermächtige Gefühl. Er war ihm hilflos ausgeliefert, und diesmal verspürte er das dumpfe Entsetzen eines Mannes, der nach einer halben Stunde unbeholfener Schwimmversuche schließlich erkennt, daß das Ufer nicht näher gerückt ist, daß er ertrinken wird.

Es war gerade Vorlesestunde, und drüben in der Ecke saßen etwa zwölf kleine Kinder auf ihren Miniaturstühlchen im Halbkreis und lauschten aufmerksam. »*Wer trippelt und trappelt da über meine Brücke?*« las die Bibliothekarin mit der tiefen, brummenden Stimme des Trolls in der Geschichte, und Ben dachte: *Wenn sie den Kopf hebt, werde ich sehen, daß es Miß Davies ist, es wird Miß Davies sein, und sie wird keinen Tag älter aussehen als damals...*

Aber als sie dann wirklich den Kopf hob, sah er eine Frau, die noch viel jünger war als damals Miß Davies.

Einige der Kinder hielten sich die Hand vor den Mund und kicherten, aber andere hingen gebannt an ihren Lippen, und ihre Augen spiegelten die ewige Faszination des Märchens wider: Würde das Ungeheuer besiegt werden... oder würde es die Guten auffressen?

»Ich bin's, Billy Goat Gruff, der über deine Brücke trippelt und trappelt«, las die Bibliothekarin weiter, und Ben ging bleich an ihr vorbei.

Aber wie kann es nur dieselbe Geschichte sein? Genau dieselbe Geschichte? Soll ich das vielleicht für reinen Zufall halten? Das tu' ich nicht... nein, verdammt, das kann ich einfach nicht!

Ich müßte mit jemandem sprechen, dachte er in panischem Schrecken. *Mit Mike... Bill... mit irgend jemandem. Wenn es diese Voraussetzungen tatsächlich gibt – ist das Vermischen von Gegenwart und Vergangenheit dann ein Bestandteil davon? Denn ich bin mir nicht sicher, ob ich das verkrafte. Ich...*

Sein Blick fiel auf die Ausleihtheke, und ihm blieb einen Moment lang fast das Herz stehen, bevor es rasend zu pochen begann. Das Plakat war einfach, knapp... und altvertraut. Es stand darauf:

DENKT AN DIE SPERRSTUNDE!
19 UHR
POLIZEIREVIER DERRY.

Und in diesem Moment wurde ihm schlagartig, alles klar – er erkannte, daß ihre Abstimmung ein Witz gewesen war. Sie hatten keine Wahl, hatten nie eine gehabt. Sie befanden sich auf einer vorherbestimmten Bahn...

»Mein Gott«, murmelte er und rieb sich die Wange.

»Kann ich Ihnen helfen, Sir?« fragte eine Stimme dicht neben ihm, und er zuckte zusammen. Es war ein etwa siebzehnjähriges Mädchen, dessen dunkelblonde Haare mit Spangen aus dem hübschen Gesicht gehalten wurden. Eine Büchereihilfskraft, wie es sie auch 1958 schon gegeben hatte – Mädchen und Jungen von der High School, die Bücher einordneten, den Kindern zeigten, wie man die Katalogkästen benutzte und über Buchbesprechungen und Schülerzeitungen diskutierten. Sie wurden erbärmlich schlecht bezahlt, aber es fanden sich trotzdem immer Interessenten, denn die Arbeit war leicht und angenehm.

Als er den zwar freundlichen, aber fragenden Blick des Mädchens sah, wurde ihm bewußt, daß er hier im Kinderland ein Fremdling war, ein Riese im Zwergenland. Ein Eindringling. In der Erwachsenenbücherei hatte der Gedanke, gemustert oder angesprochen zu werden, ihm Unbehagen bereitet, aber jetzt fühlte er sich dadurch direkt erleichtert. Zum einen bewies es, daß er ein Erwachsener war, und auch die Tatsache, daß das Mädchen unter seinem dünnen Westernhemd ohne jeden Zweifel keinen BH trug, war eher erleichternd als erregend: Die deutlich sichtbaren Brustwarzen unter dem Baumwollhemd waren Beweis genug – jetzt war 1985 und nicht 1958.

»Nein, danke«, erwiderte er, und plötzlich hörte er sich aus unerfindlichem Grund sagen: »Ich habe nach meinem Sohn Ausschau gehalten.«

»Oh! Wie heißt er denn? Vielleicht habe ich ihn gesehen.« Das Mädchen lächelte. »Ich kenne die meisten Kinder.«

»Sein Name ist Ben Hanscom«, sagte er. »Aber ich sehe ihn hier nicht.«

»Sagen Sie mir, wie er aussieht, dann richte ich ihm gern etwas aus.«

»Na ja«, sagte Ben, der sich inzwischen etwas unbehaglich fühlte, »er ist ziemlich stämmig, und er sieht mir ein bißchen ähnlich. Aber es ist nichts Wichtiges. Wenn Sie ihn sehen sollten, richten Sie ihm bitte nur aus, sein Vater hätte auf dem Heimweg hier reingeschaut.«

»Das tu' ich«, sagte das Mädchen und lächelte, aber es lächelte nicht mit den Augen, und plötzlich begriff Ben, was los war. Das Mädchen war Hilfskraft in der Kinderabteilung der öffentlichen Bücherei in einer Stadt, in der innerhalb von acht Monaten neun Kinder brutal ermordet worden waren. Das Mädchen hatte einen seltsamen Mann in dieser Liliput-Welt gesehen, wohin sich kaum ein Erwachsener verirrte, es sei denn, um sein Kind hinzubringen oder abzuholen. Du bist verdächtig, Ben... ganz klar.

Er kehrte durch den Glaskorridor zur Erwachsenenbücherei zurück und ging zur Ausleihtheke, einem Impuls folgend, den er nicht verstand... aber vielleicht war das unwichtig. Er hatte das Gefühl, daß sie an diesem Nachmittag einfach ihren Impulsen folgen und sehen sollten, wohin sie das führte.

Das Namensschildchen auf der Ausleihtheke wies die junge, hübsche Bibliothekarin als Carole Danner aus. Hinter ihr konnte Ben eine Tür mit Milchglasscheibe sehen, auf der zu lesen stand: MICHAEL HANLON, LEITER DER BÜCHEREI.

»Kann ich Ihnen behilflich sein?« fragte Miß Danner.

»Ich glaube schon«, sagte Ben. »Das heißt, ich hoffe es. Mein Name ist Benjamin Hanscom. Ich hätte gern eine Leihkarte.«

»Ausgezeichnet«, sagte sie und holte ein Formular heraus. »Wohnen Sie hier in Derry?«

»Nein.«

»Wie lautet dann Ihre Heimatadresse?«

»Rural Star Route 2, Hemingford Home, Nebraska.«

»Soll das ein Scherz sein?« fragte sie mit einem schwachen Lächeln.

»Keineswegs.«

»Ein ziemlich weiter Weg, um Bücher auszuleihen, meinen Sie nicht? Gibt es in Nebraska keine Büchereien?«

»Es ist pure Sentimentalität«, sagte Ben. Wider Erwarten machte es ihn nicht verlegen, das einer wildfremden Person zu erklären. »Ich bin in Derry aufgewachsen, müssen Sie wissen, und jetzt bin ich zum erstenmal seit meiner Kindheit wieder hier. Ich bin herumgeschlendert und habe geschaut, was sich hier verändert hat und was nicht. Und plötzlich ist mir eingefallen, daß ich etwa zehn Jahre meines Lebens – von drei bis dreizehn – hier verbracht und doch keinen einzigen Erinnerungsgegenstand an all diese Jahre habe. Nicht einmal eine Postkarte. Ich hatte ein paar Silberdollars, aber einen habe ich verloren, und die anderen habe ich einem Freund geschenkt. Ich glaube, ich möchte einfach ein Andenken an meine Kindheit haben. Ein bißchen spät – aber besser spät als gar nicht, heißt es nicht so?«

Miß Danner lächelte, und das Lächeln verschönte noch ihr ohnehin hübsches Gesicht. »Das ist wirklich sehr süß«, sagte sie. »Wenn Sie ein bißchen schmökern möchten, werde ich inzwischen die Karte ausstellen.«

Ben grinste ein wenig. »Vermutlich muß ich eine Gebühr bezahlen«, sagte er. »Nachdem ich ja kein Einwohner von Derry bin und so.«

»Hatten Sie als Junge eine Karte?«

»Aber ja«, sagte Ben und fügte wahrheitsgetreu hinzu: »Abgesehen von meinen Freunden war das wohl das wichtigste...«

»Ben, willst du nicht raufkommen?« rief plötzlich eine laute Stimme, die die Stille der Bücherei abrupt durchbrach.

Er zuckte schuldbewußt zusammen, wie Leute das so an sich haben, wenn jemand in einer Bücherei schreit, und drehte sich rasch um. Er sah niemanden, den er kannte... und einen Moment später bemerkte er, daß niemand aufgeschaut hatte. Die alten Männer lasen immer noch ihre Zeitungen und Zeitschriften: ›Derry News‹, ›Globe‹, ›National Geographic‹, ›Time‹ und ›Newsweek‹, U.S. News & World Report. An den Tischen im Raum mit den Nachschlagewerken steckten zwei High-School-Mädchen immer noch ihre Köpfe über einem Stoß Zeitungen und einem Stapel Karteikarten zusammen. Mehrere Personen schmökerten in den Büchern auf den Regalen mit der Aufschrift Neuerscheinungen Belletristik, nur für eine Woche ausleihbar. Ein alter Mann mit einer lächerlichen Taxifahrermütze, eine kalte Pfeife zwischen den Zähnen, blätterte in einem Band Kurzgeschichten von Luis de la Varga.

Ben wandte sich wieder der jungen Frau zu, die ihn verwirrt betrachtete.

»Ist etwas nicht in Ordnung?«

»Nein«, sagte Ben lächelnd. »Ich glaubte nur, was gehört zu haben. Vermutlich hat der Flug mich doch mehr angestrengt, als ich dachte. Was wollten Sie vorhin sagen?«

»Wenn Sie eine Leihkarte hatten, als Sie hier wohnten, wird Ihr Name im Mikrofilmarchiv sein«, erklärte sie. »Ich kann nachschauen und Ihnen dann eine neue Karte geben. Das kostet keine Gebühr.«

»Das ist...«, begann Ben, und dann durchbrach jene Stimme wieder die geheiligte Stille der Bücherei, diesmal noch lauter und gräßlich fröhlich: »Komm doch rauf, Ben! Komm doch rauf, du fettes kleines Dreckschwein! Es geht um dein Leben, Ben Hanscom!«

Ben räusperte sich. »Das ist sehr praktisch«, sagte er.

»Ja.« Sie schaute ihn aufmerksam an. »Ist es draußen warm geworden?«

»Ein wenig«, erwiderte er. »Warum?«

»Sie...«

»Ben Hanscom hat es getan!« schrie die Stimme. Sie kam von oben — vom Büchermagazin. »Ben Hanscom hat die Kinder ermordet! Packt ihn! Schnappt ihn!«

»...schwitzen!« sagte die Bibliothekarin.

»Wirklich?« fragte er völlig verwirrt.

»Ich werde Ihre Karte gleich fertigmachen«, sagte sie.

»Vielen Dank.«

Sie ging zu der alten Schreibmaschine am Ende der Ausleihtheke.

Ben entfernte sich langsam; er hatte rasendes Herzklopfen. Ja, er schwitzte; er spürte jetzt, daß ihm der Schweiß von der Stirn und aus den Achselhöhlen rann, und daß die Haare auf seiner Brust schweißnaß waren. Er schaute hoch und sah den Clown, Pennywise, der oben an der linken Wendeltreppe stand und auf ihn herabblickte. Sein Gesicht war dämonisch weiß, der blutrot gemalte Mund zu einem mörderischen Grinsen verzogen. Anstelle der Augen gähnten nur leere Höhlen. Er hielt eine Traube Ballons in der einen, ein Buch in der anderen Hand.

Nicht er, dachte Ben. Es. *Ich stehe hier mitten in der Stadtbücherei von Derry; es ist Spätfrühling 1985, ich bin ein erwachsener Mann, und ich werde mit dem schlimmsten Alptraum meiner Kindheit konfrontiert. Ich stehe Es von Angesicht zu Angesicht gegenüber.*

»Komm rauf, Ben«, rief Pennywise ihm zu. »Ich tu' dir nichts. Ich habe ein Buch für dich... und einen Ballon. Komm rauf zu mir.«

Ben öffnete den Mund und wollte rufen: *Du bist verrückt, wenn du glaubst, daß ich raufkomme*, als ihm gerade noch rechtzeitig einfiel, daß dann alle ihn anstarren und denken würden: *Wer ist denn dieser Wahnsinnige?*

»Oh, ich weiß, daß du nicht antworten kannst«, rief Pennywise und kicherte. »Aber ich hätte dich fast aufs Glatteis geführt, stimmt's?«

Der Clown am oberen Ende der Treppe warf den Kopf zurück und bog sich vor Lachen. Es dröhnte und hallte in der Kuppel, und Ben brachte es nur mit äußerster Willenskraft fertig, sich nicht die Ohren zuzuhalten.

»Komm rauf, Ben«, rief Pennywise wieder. »Wir werden uns unterhalten. Neutraler Boden. Was meinst du dazu?«

Ich gehe nicht rauf, dachte Ben. *Wenn ich schließlich zu dir komme, wirst du mich bestimmt nicht sehen wollen. Wir werden dich nämlich töten.*

Der Clown lachte wieder schallend. »Mich töten? Mich *töten*?« Und plötzlich imitierte er Richie Toziers Stimme, oder vielmehr nicht Richies *eigene* Stimme, sondern seine Niggerjungen-Stimme. »Nicht töten, Herr, ich bin ein guter Nigger, nicht mich schwarzen Jungen töten, Haystack.« Und dann erneut dieses schrille Gelächter.

Zitternd, mit leichenblassem Gesicht durchquerte Ben den Saal, der vom schrecklichen Lachen des Clowns widerhallte. Er hatte das Gefühl, sich demnächst übergeben zu müssen. Vor einem Regal blieb er stehen und zog aufs Geratewohl ein Buch heraus. Mit eiskalten Händen blätterte er darin, ohne auch nur das geringste aufzunehmen.

»Du hast nur eine einzige Chance, Haystack!« rief die Stimme von hinten, immer noch lachend. »Verlaß diese Stadt! Verlaß sie noch heute vor Einbruch der Dunkelheit! Heute nacht werde ich dich schnappen... dich und die anderen. Du bist zu alt, um mir etwas antun zu können, Ben. Ihr seid *alle* viel zu alt dazu. Zu alt, um irgend etwas anderes zu erreichen als euren eigenen Tod. Verschwinde aus dieser Stadt, Ben! Oder willst du heute nacht dies hier sehen?«

Ben drehte sich langsam um, das Buch immer noch in den eiskalten Händen. Er wollte nicht hinschauen, aber es war so, als würde eine unsichtbare Hand ihm das Kinn nach oben drücken.

Der Clown war verschwunden. Am oberen Ende der Wendeltreppe stand Dracula, aber es war kein Film-Dracula: Es war nicht Bela Lugosi oder Christopher Lee oder Frank Langella oder Francis Lederer oder Reggie Nalder. Ein uraltes menschenähnliches Wesen mit einem Gesicht wie eine verkrümmte Wurzel stand dort oben. Dieses Gesicht war leichenblaß; die Augen waren purpurrot, mit Blut gefüllt. Der Mund war weit geöffnet und enthüllte eine Menge stählerner Rasierklingen, die in Winkeln zueinander aus dem Zahnfleisch herausragten. Es war, als blicke man in ein tödliches Spiegellabyrinth, wo ein falscher Schritt zur Folge hat, daß man in zwei Hälften zerschnitten wird.

»KRRRR!« knurrte es und ließ seinen Kiefer zuschnappen. Ein rotschwarzer Blutstrom ergoß sich aus seinem Mund. Abgeschnittene Lippenfetzen fielen auf sein blendend weißes Seidenhemd und glitten die Brust hinab, Blutspuren hinterlassend.

»*Was hat Stan Uris gesehen, bevor er starb?*« brüllte der Vampir zu Ben hinab und lachte durch seine blutige Mundöffnung. »Was hat er gesehen, Ben? Willst auch du es sehen? Was hat er gesehen? Was hat er gesehen?« Dann wieder jenes quiekende Lachen, und Ben wußte, daß er gleich losschreien würde, o ja, es war unmöglich, diesen Schrei zu unterdrücken. Blut prasselte in einer Art gräßlicher Dusche von der Treppe hinab, und ein Tropfen war auf die gelbliche, arthritisverkrümmte Hand eines alten Mannes gefallen, der das ›Wall Street Journal‹ las, und rann jetzt zwischen seinen Knöcheln, ohne daß der Mann das Blut sah oder spürte.

Ben hielt den Atem an, überzeugt davon, daß im nächsten Moment sein Schrei die Stille dieses regnerischen Frühlingstages grell durchschneiden würde wie ein Messer... oder eine Rasierklinge.

Was statt dessen mit zittriger, schwankender Stimme herauskam, leise vor sich hingesprochen wie ein Gebet, waren die Worte: »Wir haben Kugeln daraus gemacht, genau. Wir haben aus den Silberdollars Silberkugeln gemacht.«

Der Mann mit der Taxifahrermütze, der in den Kurzgeschichten von de la Varga gelesen hatte, blickte hoch und warf ihm einen scharfen Blick zu. »Unsinn!« sagte er. Jetzt schauten die Leute *tatsächlich* auf; jemand zischte verärgert: »Pssst!«

»Es tut mir leid«, sagte Ben mit leiser, zitternder Stimme. Ganz am Rande nahm er wahr, daß sein Gesicht jetzt schweißüberströmt war und daß sein Hemd am Körper klebte. »Ich habe laut gedacht...«

»Unsinn!« wiederholte der alte Mann noch lauter. »Man kann keine Silberkugeln aus Silberdollars machen. Weitverbreiteter Irrtum. Taucht in Schundliteratur immer wieder auf. Das Problem besteht im spezifischen Gewicht...«

Plötzlich stand die Bibliothekarin, Miß Danner, neben ihnen. »Mr. Brockhill, Sie müssen leise sein«, sagte sie freundlich. »Die Leute wollen lesen...«

»Der Mann da ist krank«, sagte Brockhill scharf und schaute wieder in sein Buch. »Geben Sie ihm ein Aspirin, Carole.«

Carole Danner warf Ben einen Blick zu und machte ein sehr besorgtes Gesicht. »*Sind* Sie krank, Mr. Hanscom? Ich weiß, es ist furchtbar unhöflich, so etwas zu sagen, aber Sie sehen schrecklich aus.«

»Ich... ich habe chinesisch zu Mittag gegessen«, erwiderte Ben. »Ich glaube, das ist mir nicht gut bekommen.«

»Wenn Sie sich hinlegen möchten – in Mr. Hanlons Büro steht eine Couch. Sie könnten...«

»Nein, vielen Dank, das ist nicht nötig.« Er wollte jetzt nur noch eins – so schnell wie möglich aus der Bücherei herauskommen. Er blickte hoch. Der Clown war verschwunden. Ebenso der Vampir. Aber an das niedrige Treppengeländer war ein Luftballon gebunden. Auf der blauen Kugel standen die Worte: ICH WÜNSCHE EINEN SCHÖNEN TAG! HEUTE NACHT STIRBST DU!

»Ich habe Ihre Leihkarte ausgestellt«, sagte die Bibliothekarin und legte ihm eine Hand auf den Arm. »Möchten Sie sie noch?«

»Ja, vielen Dank.« Ben holte tief Luft. »Es tut mir sehr leid.«

»Ich hoffe nur, daß es keine Lebensmittelvergiftung ist«, sagte sie.

»Sache würde nicht funktionieren!« brummte Mr. Brockhill, ohne von seinem Buch aufzuschauen oder seine Pfeife aus dem Mund zu nehmen. »Eine Erfindung der Schundliteratur. Kugel würde nicht richtig fliegen.«

Und Ben antwortete ganz automatisch, ohne es vorher zu wissen: »Es war keine Munition für eine Schußwaffe, sondern für eine Schleuder. Wir haben rasch erkannt, daß wir keine Pistolenkugeln herstellen konnten. Schließlich waren wir Kinder. Und deshalb...«

»Pssst!« zischte wieder jemand.

Brockhill warf Ben einen leicht verwirrten Blick zu, bevor er sich erneut in seine Kurzgeschichten vertiefte.

An der Ausleihtheke händigte Miß Danner ihm eine kleine orangefarbene Karte mit der Aufschrift STADTBÜCHEREI DERRY aus. Immer noch leicht benebelt, aber doch schon wieder etwas gefaßt, dachte Ben, daß dies die erste Erwachsenen-Leihkarte seines Lebens war. Seine Kinderkarte war kanarienvogelgelb gewesen.

»Sind Sie ganz sicher, daß Sie sich nicht etwas hinlegen möchten, Mr. Hanscom?«

»Ich fühle mich schon wieder etwas besser, danke.«

»Bestimmt?«

Ben brachte ein kleines Lächeln zustande. »Ganz bestimmt.«

»Sie sehen ein bißchen besser aus«, sagte sie, aber es klang nicht sehr überzeugt.

Dann legte sie ein Buch unter das Mikrofilmgerät, mit dem neuerdings Ausleihen registriert wurden, und Ben verspürte eine fast hysterische Belustigung. *Sie hat das Buch registriert, das ich aus dem Regal geholt habe, als der Clown mit Richies Stimme redete,* dachte er. *Ich habe zum erstenmal seit 25 Jahren ein Buch aus der Stadtbücherei Derry entliehen, und ich weiß nicht einmal, was es ist. Aber es ist mir auch ganz egal. Ich will nur hier rauskommen – dann bin ich schon zufrieden.*

»Danke«, sagte er und klemmte sich das Buch unter den Arm.

»Nichts zu danken, Mr. Hanscom. Sind Sie sicher, daß Sie kein Aspirin möchten?«

»Ganz sicher«, antwortete er, zögerte etwas und fuhr dann fort: »Sie wissen nicht zufällig, was aus Mrs. Starrett geworden ist? Barbara Starrett. Sie war die Leiterin der Kinderbücherei.«

»Sie ist gestorben«, berichtete Miß Danner. »Vor drei Jahren. Es war ein Herzschlag, soviel ich weiß. Wirklich ein Jammer – sie war noch verhältnismäßig jung... 58 oder 59, glaube ich. Mr. Hanlon hat damals die Bücherei für einen Tag geschlossen.«

»Oh!« sagte Ben tief betroffen. Das kam dabei heraus, wenn man nach langer Zeit an einen vertrauten Ort zurückkehrte. Der Guß auf dem Kuchen war süß, aber darunter schmeckte er bitter. Menschen vergaßen einen, oder sie starben, oder sie verloren ihre Haare und Zähne – in manchen Fällen auch den Verstand. Oh, das Leben war wirklich großartig.

»Es tut mir leid«, sagte sie. »Sie hatten sie gern, nicht wahr?«

»Alle Kinder mochten Mrs. Starrett«, sagte Ben und stellte bestürzt fest, daß er den Tränen nahe war.

»Geht es Ihnen...«

Wenn sie mich noch einmal fragt, ob es mir gutgeht, kriege ich wirklich noch das große Heulen, glaube ich. Oder einen Schreikrampf.

Mit einem Blick auf seine Armbanduhr sagte er rasch: »Ich muß mich beeilen, Miß Danner. Danke dafür, daß Sie so nett waren.«

»Einen schönen Tag noch, Mr. Hanscom.«

Na klar doch. Und heute nacht sterbe ich dann.

Er winkte ihr zu, brachte mühsam ein Lächeln zustande und durchquerte den Saal. Mr. Brockhill warf ihm, als er vorbeiging, einen scharfen, mißtrauischen Blick zu.

Er schaute ein letztes Mal auf die linke Wendeltreppe. Der Ballon schwebte immer noch oben am Ende der Treppe, ans Geländer gebunden. Aber die Aufschrift lautete jetzt:

ICH HABE BARBARA STARRETT UMGEBRACHT!
PENNYWISE DER CLOWN

Er sah rasch weg, weil er fühlte, daß sein Puls schon wieder raste. Er trat ins Freie und wurde von Sonnenschein begrüßt. Nur noch kleine Wölkchen waren am Himmel zu sehen, und eine warme Maisonne schien und ließ das Gras unglaublich grün und üppig erscheinen. Ben wurde leichter ums Herz. Ihm war, als hätte er in der Bücherei eine unerträgliche Last zurückgelassen... und dann warf er einen Blick auf das Buch, das er unbeabsichtigt entliehen hatte, und seine Zähne schlugen klappernd aufeinander. Es war ›Bulldozer‹ von Stephen W. Meader, eines jener Bücher, die er an dem Tag ausgeliehen hatte, als er in die Barrens hinabgestürzt war, um Henry Bowers und seinen Freunden zu entkommen.

Mit zitternden Händen klappte er das Buch hinten auf. Die Bücherei war inzwischen zum Mikrofilmsystem bei der Ausleihe übergegangen, das hatte er *gesehen*. Aber innen auf dem hinteren Einband dieses Buches klebte immer noch eine Tasche, in der eine Karte steckte. Auf jeder Linie stand ein Name und der Stempel mit dem Rückgabetermin. Ben las folgendes:

NAME DES ENTLEIHERS	LETZTER RÜCKGABETERMIN
Charles N. Brown	14. Mai 1958
David Hartwell	1. Juni 1958
Joseph Brennan	17. Juni 1958

Und auf der letzten benutzten Linie der Karte stand mit Bleistift in seiner eigenen kindlichen Schrift:

Benjamin Hanscom	9. Juli 1958

Quer über diese Karte, quer übers Vorsatzblatt, quer über den Falz der

Seiten war mit verschmierter roter Farbe, die aussah wie Blut, ein Wort gestempelt: AUSSORTIERT.

»O mein Gott!« murmelte Ben. Er wußte nicht, was er sonst sagen sollte; das schien die gesamte Situation am treffendsten auszudrücken. »O mein Gott, mein Gott!«

Er stand in der warmen Frühlingssonne und fragte sich plötzlich, was mit den anderen passierte.

2. Eddie Kaspbrak fängt einen Ball auf

Eddie Kaspbrak stieg an der Ecke Kansas Street und Kossuth Lane aus dem Bus. Die Kossuth Lane war eine Sackgasse, die eine Viertelmeile hügelabwärts führte und dann abrupt endete, am Rande eines Steilabhangs, der ins Dickicht der Barrens überging. Eddie hatte nicht die leiseste Ahnung, warum er gerade jetzt ausgestiegen war; weder hatte er sich als Kind hier besonders oft herumgetrieben, noch jemanden gekannt, der in der Kossuth Lane oder in diesem Abschnitt der Kansas Street wohnte. Aber es schien die richtige Stelle zu sein. Beverly hatte den Bus schon in der unteren Main Street verlassen, und Mike war mit dem Auto zur Bibliothek zurückgefahren.

Während er jetzt dem kleinen Mercedes-Bus nachblickte, fragte er sich, was er eigentlich hier wollte, an einer obskuren Kreuzung in einer obskuren Stadt, fast 500 Meilen von Myra entfernt, die sich bestimmt wahnsinnige Sorgen um ihn machte. Ihm wurde etwas schwindelig, er griff in seine Jackentasche, und dann fiel ihm ein, daß er sein ›Dramamine‹ im Town House gelassen hatte, zusammen mit seiner übrigen Hausapotheke. Aber Aspirin hatte er bei sich. Er schluckte zwei Tabletten, und dann ging er die Kansas Street entlang. Er überlegte, ob er der Bücherei einen Besuch abstatten oder vielleicht die Costello Avenue entlangbummeln sollte. Es klärte sich jetzt allmählich auf, und er dachte, daß er sogar zum West Broadway spazieren und dort die alten viktorianischen Häuser bewundern könnte – die beiden einzigen wirklich vornehmen Häuserblocks in Derry. Das hatte er als Kind manchmal getan – er war den West Broadway entlanggebummelt, hatte dabei aber immer so getan, als wäre er irgendwohin anders unterwegs. In der Nähe der Ecke Witcham Street und West Broadway war Sally Muellers Haus, ein großes rotes Gebäude mit Türmchen, das von Hecken umgeben war. Die Muellers hatten einen Gärtner, der Eddie immer mißtrauisch betrachtete, bis er weiterging.

Dann war da Greta Bowies Haus, vier Häuser weiter auf derselben

Straßenseite. Es war mit grünen Schindeln gedeckt und hatte ebenfalls Türmchen – aber während die Türmchen am Haus der Muellers oben abgeflacht waren, hatten die am Haus der Bowies komische kegelförmige Aufsätze, die Eddie an Dummkopf-Mützen erinnerten. Im Sommer standen immer Gartenmöbel auf dem Rasen neben dem Haus – ein Tisch, über dem ein gelber Sonnenschirm aufgespannt war, Korbstühle, eine Hängematte zwischen zwei Bäumen. Weiter hinten gab es auch ein Krocketspielfeld. Eddie wußte das, obwohl er nie zum Krocketspielen zu Greta Bowie eingeladen worden war; und wenn Eddie vorbeischlenderte, hörte er manchmal das Klicken der Bälle, Gelächter oder auch Geschimpfe, wenn ein Ball danebenging. Einmal hatte er Greta selbst gesehen. Eine Limonade in einer Hand, den Krocketschläger in der anderen, war sie auf der Suche nach ihrem abgeschlagenen Ball – er war gegen einen Baum geprallt und ziemlich weit weggeflogen, und deshalb bekam Eddie Greta zufällig zu Gesicht. Sie sah unbeschreiblich schön aus, fand Eddie (sogar ihre von der Sonne verbrannten Schultern kamen ihm wunderschön vor); er war damals neun Jahre alt und hatte gerade die vierte Klasse abgeschlossen.

An jenem Tag hatte er sich ein bißchen in sie verliebt – sie war schlank, und ihr glänzendes blondes Haar fiel offen auf die Schultern. Sie schaute in der Gegend herum, und einen Moment lang glaubte Eddie, sie hätte ihn gesehen, aber das erwies sich als Irrtum, denn als er seine Hand zu einem schüchternen Gruß hob, winkte sie nicht zurück, sondern schlug ihren Ball in Richtung des Spielfeldes und rannte hinterher. Er war weitergegangen, ohne sich darüber zu ärgern, daß sie seinen Gruß nicht erwidert hatte (er glaubte wirklich, sie hätte ihn nicht gesehen) oder daß er nie zu einem der Krocketspiele an Samstagnachmittagen eingeladen wurde: Warum sollte ein wunderschönes Mädchen wie Greta Bowie einen Jungen wie ihn auch einladen? Er war schmächtig, asthmatisch und hatte ein Gesicht wie eine ertränkte Wasserratte.

Ja, dachte er, während er ziellos die Kansas Street hinabschlenderte, *ich hätte zum West Broadway gehen und mir jene Häuser wieder einmal anschauen sollen ... das der Muellers, das der Bowies, das von Dr. Hale, das der Trackers ...*

Er wurde jäh aus seinen Gedanken gerissen, als er bemerkte, daß er direkt vor dem LKW-Fuhrunternehmen der Gebrüder Tracker stand.

»Das gibt's also immer noch«, sagte Eddie laut und lachte.

Das Haus am West Broadway, das Phil und Tony Tracker gehörte (beide waren Junggesellen), war vielleicht das schönste der großen Häuser in dieser Straße, ein makellos weißes viktorianisches Gebäude, das von grünen Rasenflächen und prachtvollen Blumenbeeten umgeben war.

Die Auffahrt wurde jeden Herbst frisch geteert, das mit Schiefer gedeckte Dach befand sich in einem tadellosen Zustand, und manchmal blieben Leute stehen und fotografierten die mit Mittelpfosten versehenen Fenster, die sehr alt und schön waren.

»Zwei Männer, die ihr Haus so in Ordnung halten, müssen andersherum gepolt sein«, hatte Eddies Mutter einmal verstimmt gesagt, und Eddie hatte sich nicht getraut zu fragen, was das bedeutete. Jetzt verstand er es natürlich.

Aber das LKW-Fuhrunternehmen war das genaue Gegenteil des Hauses am West Broadway. Es war ein niedriges Ziegelgebäude; die Ziegel waren alt und bröckelten stellenweise ab, und in Bodennähe ging ihre schmutzig-orange Farbe in ein rußiges Schwarz über. Sämtliche Fenster waren schmutzig, mit Ausnahme einer kleinen runden Stelle an einer der unteren Scheiben des Lademeisterbüros; diese eine Stelle wurde von Kindern immer fleckenlos sauber geputzt, denn der Lademeister hatte über seinem Schreibtisch einen ›Playboy‹-Kalender hängen, und kein Junge kam zum Baseballspielen auf dem hinteren Parkplatz, ohne zuvor mit seinem Spielhandschuh über das Glas zu reiben und sich das nackte Pin-up-Girl des Monats anzuschauen.

Den Parkplatz hinter dem Gebäude versuchten die Trackers soweit wie möglich freizuhalten, denn beide waren große Baseballfans und liebten es, wenn Kinder dort spielten. Phil Tracker beförderte selbst Frachtgut, deshalb bekamen die Jungen ihn selten zu Gesicht, aber Tony Tracker führte die Bücher, und Eddie (der selbst nie mitspielte – seine Mutter hätte ihn gelyncht, wenn sie erfahren hätte, daß er Baseball spielte, herumrannte und Staub in seine zarte Lunge bekam, gebrochene Beine und Gehirnerschütterungen riskierte) gewöhnte sich richtig an seinen Anblick, und seine Stimme gehörte für ihn irgendwie schon zum Spiel dazu. Tony Tracker, groß und dick und doch irgendwie gespenstisch, wenn sein weißes Hemd in der Sommerdämmerung schimmerte und ringsum Leuchtkäfer durch die Luft schwirrten; Tony Tracker, der die Spieler anfeuerte und ihnen gute Ratschläge zubrüllte: »Du mußt unter den Bahl gelangen, bevor du ihn fangen kannst, Roter!... Du hast den Bahl aus den Augen gelassen, Halbe Portion! Du kannst ihn nicht treffen, wenn du nicht hinschaust!... Rennen, Pferdefuß, rennen!«

Er hatte nie jemanden mit Namen angeredet, fiel Eddie ein, immer nur mit »He, Red«, »He, Blonder«, He, Brillenschlange«, »He, Halbe Portion«. Es war nie ein Ball, es war immer ein Bahl.

Grinsend trat Eddie ein bißchen näher... und dann verschwand das Grinsen von seinem Gesicht. Das lange Ziegelgebäude, wo Aufträge ausgeführt, Lastwagen repariert und kurzfristig auch Waren gelagert worden waren, war jetzt dunkel und verlassen. Unkraut wucherte zwischen dem Kies, und nirgends war ein LKW zu sehen... nur eine einzelne verrostete Karosserie.

Als er noch näher kam, sah er, daß im Fenster ein Plakat Zu VERKAUFEN hing, mit Namen und Telefonnummer eines Grundstücksmaklers.

Die Trackers sind nicht mehr im Geschäft, dachte er und war selbst überrascht, wie traurig ihn das stimmte... so als wäre jemand gestorben. Jetzt war er froh, daß er nicht zum West Broadway gegangen war. Wenn es schon die Gebrüder Tracker nicht mehr gab – diese Firma hatte für ihn Ewigkeitscharakter gehabt –, was mochte sich dann alles in einer Straße verändert haben, die er als Kind so gern entlanggeschlendert war? Er stellte mit Unbehagen fest, daß er es nicht wissen wollte. Er wollte nicht Greta Bowie mit vereinzelten grauen Haaren oder dicken Hüften und Beinen (vom vielen Sitzen, Essen und Trinken) sehen; es war besser – sicherer –, einfach von dort fernzubleiben.

Genau das hätten wir alle auch tun sollen. Einfach fernbleiben. Wir haben hier nichts mehr verloren. An den Ort zurückzukehren, wo man aufgewachsen ist, hat große Ähnlichkeit mit verrückten Yoga-Kunststücken, wie die Füße in den eigenen Mund stecken und sich irgendwie selbst verschlucken, so daß nichts von einem übrigbleibt; so etwas ist unmöglich, und jeder halbwegs vernünftige Mensch sollte darüber verdammt froh sein... aber was mag wohl Tony und Phil Tracker zugestoßen sein?

Tony hatte vielleicht einen Herzschlag erlitten; er hatte mindestens 75 Pfund Übergewicht gehabt. Man mußte gut aufpassen, was das Herz aushalten konnte. Die Dichter mochten gebrochene Herzen romantisieren, Barry Manilow wunderschön davon singen (Myra hatte sämtliche Schallplatten von Barry Manilow), aber Eddie bevorzugte denn doch alljährlich ein gründliches EKG. Ja, vermutlich hatte Tonys Herz versagt. Und Phil? Vielleicht ein Unfall. Pech auf der Autobahn. Eddie, der seinen Lebensunterhalt selbst am Steuer verdiente (vielmehr früher verdient hatte; inzwischen chauffierte er nur noch die Berühmtheiten und verbrachte die übrige Zeit am Schreibtisch), wußte über Pech auf der Straße gut Bescheid. Vielleicht war der gute alte Phil Tracker mit seinem Wagen auf vereister Fahrbahn ins Schleudern geraten, irgendwo in New Hampshire oder in den Wäldern im Norden von Maine, oder die Bremsen hatten auf irgendeinem steilen Hügel südlich von Derry versagt, als er im stürmischen Frühlingsregen nach Haven gefahren war.

»Scheiße, die Zeit vergeht!« sagte Eddie Kaspbrak seufzend und war sich nicht einmal bewußt, daß er laut gesprochen hatte.

Resigniert und unglücklich – ein Gemütszustand, der ihm neuerdings vertrauter war, als er früher je für möglich gehalten hätte – ging Eddie um das Gebäude herum, um einen Blick auf den Parkplatz zu werfen, wo die Jungen in seiner Kindheit Baseball gespielt hatten, als es schien, die Welt würde zu neunzig Prozent aus Kindern bestehen.

Der Platz hatte sich nicht sehr verändert, aber Eddie sah auf den ersten Blick, daß hier nicht mehr Baseball gespielt wurde – aus irgendwelchen Gründen war diese Tradition in den dazwischenliegenden Jahren eingeschlafen.

Während seiner Kindheit in Derry war das rautenförmige Spielfeld nicht durch Kalkstreifen markiert gewesen, sondern durch mit Füßen gezogene und ausgetrampelte Linien. Sie hatten keine richtigen Schlag- und Standmale, jene Jungen, die hier Baseball spielten (Jungen, die fast alle älter gewesen waren als die Mitglieder des Klubs der Verlierer, obwohl Eddie sich daran erinnerte, daß Stan Uris manchmal mitgespielt hatte; als Schläger war er nur mittelmäßig, aber er konnte im Außenfeld sehr schnell rennen und hatte ein hervorragendes Reaktionsvermögen), doch es gab vier große steife, schmutzige Segeltuchplanen, die immer unter der Laderampe hinter dem langen Ziegelgebäude lagen, feierlich hervorgeholt wurden, wenn sich genügend Kinder eingefunden hatten, und ebenso feierlich zurückgetragen wurden, wenn es abends zu dunkel wurde, um weiterspielen zu können.

Jetzt konnte Eddie keine Spur von den ausgetrampelten Markierungslinien mehr erkennen, und überall zwischen dem Kies wucherte Unkraut. Zerbrochene Soda- und Bierflaschen funkelten in der Sonne; in alten Zeiten waren solche Glasscherben von den Kindern stets entfernt worden. Unverändert war einzig und allein der hohe Kettenzaun hinter dem Parkplatz, drei Meter fünfzig hoch und rostig, der den Himmel in Hunderte kleiner Rauten unterteilte.

Hier waren die Schlägerfelder, dachte Eddie, während er mit den Händen in den Taschen auf jener Stelle stand, wo vor 27 Jahren das Schlagmal gewesen war. *Über den Zaun und in die Barrens.* Er lachte laut auf und schaute sich dann nervös um, so als hätte ein Gespenst und nicht er selbst gelacht.

In Wirklichkeit hatte er nur zweimal gesehen, daß ein Ball über den hohen Zaun hinter dem Parkplatz geflogen war, und in beiden Fällen war Henry Bowers' Freund Belch Huggins der Schläger gewesen. Belch war ein außergewöhnlich kräftiger Junge gewesen; mit zwölf Jahren schon fast einsachtzig groß und etwa 170 Pfund schwer. Den Spitznamen Belch hatte er bekommen, weil er Rülpser – belches – von phänomenaler Länge und Lautstärke zustande brachte. Wenn er gut in Form war, hörte er sich wie eine Kreuzung zwischen Ochsenfrosch und Grille an. Manchmal

513

klopfte er sich beim Rülpsen auch rasch mit der Hand gegen den offenen Mund, was sich dann anhörte wie der Kampfruf eines wilden Indianers.

Belch war ein Mordsbrocken gewesen, aber nicht eigentlich dick, dachte Eddie jetzt; wenn er nicht in jenem Sommer zusammen mit Victor Criss gestorben wäre, hätte er vermutlich mit Leichtigkeit eine Größe von einem Meter neunzig oder noch mehr erreicht und mit der Zeit vielleicht gelernt, mit seinem übergroßen Körper in einer Welt voll kleinerer Menschen zurechtzukommen. Aber mit zwölf war er langsam und schwerfällig gewesen, nicht geistig zurückgeblieben, obwohl er oft diesen Eindruck erweckte, weil seine Bewegungen so plump und unkoordiniert waren. Man hatte das Gefühl, als bestünde zwischen Belchs Körper und seinem Gehirn überhaupt keine Verbindung, als führte sein Körper ein eigenes Dasein. Eddie fiel jener Abend ein, als ein Schmetterball direkt zu Belchs Position im Außenfeld geschlagen wurde – Belch brauchte sich nicht einmal von der Stelle zu rühren. Er stand einfach da, schaute hoch und hob plump seinen Fanghandschuh, aber anstatt im Handschuh war der Ball auf seinem Kopf gelandet und hatte ein hohles *Boing!* erzeugt, so als wäre er aus großer Höhe auf ein Autodach gefallen. Er prallte von Belchs Kopf ab, flog etwa einen Meter in die Höhe... und fiel dann genau in Belchs Handschuh. Ein unglückseliger Junge namens Owen Phillips hatte über dieses hohle *Boing!* gelacht, und Belch war zu ihm rübergegangen und hatte ihm so kräftig in den Hintern getreten, daß der Junge heulend nach Hause gerannt war. Niemand mehr wagte daraufhin zu lachen... das heißt, Richie Tozier hätte es sich bestimmt nicht verbeißen können, wenn er dagewesen wäre, dachte Eddie, und dann hätte Belch ihn vermutlich krankenhausreif geschlagen. Ähnlich schwerfällig war Belch als Läufer gewesen, aber wenn er als Schläger einen Ball traf, dann mit ungeheurer Wucht, und die beiden Bälle, die Eddie ihn über den Zaun hatte schlagen sehen, waren einfach phänomenal gewesen. Der erste Ball war nie gefunden worden, obwohl über ein Dutzend Jungen den Steilabhang abgesucht hatten, der in die Barrens führte. Die Wahrscheinlichkeit war allerdings auch gering gewesen, denn der Abhang war mit dichtem Gebüsch und Gestrüpp bedeckt.

Den zweiten Ball *hatte* man jedoch wiedergefunden. Er gehörte einem Sechstkläßler (alle Kinder nannten ihn Snuffy, weil er dauernd Schnupfen hatte, und Eddie fiel nicht ein, wie er wirklich geheißen hatte), und mit ihm wurde im Frühling und Frühsommer 1958 gespielt. Deshalb hatte er auch nur noch entfernte Ähnlichkeit mit dem makellos weißen runden Gebilde aus dem Verpackungskarton; er hatte Dellen und Grasflecken und war an vielen Stellen vom scharfen Kies zerschnitten. Die roten Nähte begannen sich an einer Stelle aufzulösen, und Eddie, der über die Grenzlinie geflogene Bälle zurückwarf, wenn sein Asthma es ihm erlaubte (er genoß jedes beiläufige *Danke, Kleiner!*), wußte, daß jemand demnächst eine Rolle Leukoplast mitbringen und den Ball damit verkleben würde, damit man ihn noch ein, zwei Wochen länger verwenden konnte.

Aber dazu kam es dann nicht mehr. Ein Siebtkläßler mit dem unmöglichen Namen Stringer Dedham warf Belch den Ball zu, und Belch schlug ihn mit seiner Schlagkeule mit solcher Wucht zurück, daß der Überzug sich löste und zu Boden flatterte. Der Ball flog immer höher in einen prächtigen Abendhimmel, und alle Kinder verfolgten den Flug mit stummem Staunen; Eddie erinnerte sich daran, daß jemand andächtig »Heilige Scheiße!« gerufen hatte, als der Ball hoch über den Zaun hinwegflog, wobei die Schnur, mit der er fest umwickelt war, sich langsam abrollte. Sofort kletterten sechs Jungen affenartig am Zaun hoch, und Tony Trakker lachte schallend und schrie: »Der wär' sogar aus dem Yankee-Stadion rausgeflogen! Hört ihr? Der wär' sogar aus dem gottverdammten Yankee-Stadion rausgeflogen!«

Peter Gordon hatte den Ball gefunden, nicht weit von jenem Bach entfernt, den der Klub der Verlierer knapp drei Wochen später eindämmte (allerdings wurde der Damm ein ganzes Stück bachaufwärts errichtet). Was noch von ihm übrig war, maß kaum mehr als sechs Zentimeter im Durchmesser; es war ein Wunder, daß die Schnur nicht gerissen war.

In unausgesprochener Übereinstimmung hatten die Jungs die Überreste von Snuffys Ball zu Tony Tracker gebracht, der ihn wortlos in die Hand genommen und aufmerksam betrachtet hatte, umgeben von ebenfalls völlig sprachlosen Jungen. Belch Huggins stand etwas verloren zwischen den anderen herum, als wüßte er nicht so recht, wo er sei. Was Tony Tracker ihm dann feierlich überreichte, war kleiner als ein Tennisball.

Ganz in seine Erinnerungen versunken, schlenderte Eddie zum Kettenzaun, der jetzt noch rostiger als früher und mit häßlichen Schlingpflanzen bewachsen war. Aber immerhin – es gab ihn noch. Dahinter konnte Eddie den steil abfallenden giftgrünen Abhang sehen.

Die Barrens wirkten dschungelartiger denn je, und Eddie fragte sich zum erstenmal in seinem Leben, wie man überhaupt auf den Gedanken gekommen war, dieses Stück Land mit seinem wild wuchernden Pflanzenreichtum ausgerechnet ›Barrens‹ zu nennen... warum nicht Wildnis? Oder Dschungel?

Barrens.

Das Wort hatte einen düsteren Klang, aber es beschwor nicht Bilder von dichtem Gestrüpp und dicken, um das Sonnenlicht kämpfenden Bäumen herauf, sondern von endlosen Sanddünen oder grauen Schieferebenen und Wüste. Ödes, unfruchtbares Land. Unfruchtbar... Mike hatte vorhin gesagt, sie seien alle unfruchtbar, und er hatte vermutlich recht. Keiner von ihnen hatte ein Kind. Sogar in dieser Zeit der Geburtenplanung verstieß das gegen jede Wahrscheinlichkeit.

Eddie schaute durch die rostigen Drahtrauten des Zaunes, hörte den fernen Verkehrslärm von der Kansas Street und das gleichfalls ferne Rauschen von Wasser unten in den Barrens. Auch die Bambusgewächse gab es dort immer noch; zwischen all dem kräftigen Grün sahen sie unnatürlich und ungesund weiß aus, wie Schwämme. Dahinter, in dem Sumpfgebiet beiderseits des Kenduskeag, sollte es angeblich Treibsand geben.

Dort unten habe ich die glücklichste Zeit meiner Kindheit verlebt, dachte er, aber dieser Gedanke war von einem Schauder begleitet.

Er wollte sich gerade abwenden, als etwas anderes seine Blicke auf sich zog: ein Zylinder mit schwerem Metalldeckel. Morlock-Brunnen hatte Ben sie genannt und dabei gelacht – aber nur mit dem Mund, nicht mit den Augen. Wenn man dicht heranging, waren diese Zylinder etwa taillenhoch (für ein Kind), und man konnte die halbkreisförmige Aufschrift DERRY KANALISATION lesen. Und aus der Tiefe hörte man ein summendes Geräusch von irgendwelchen Maschinen.

Morlock-Brunnen.

Dorthin sind wir gegangen. Im August. Zum Schluß. Wir sind in Bens Morlock-Brunnen gestiegen, in die Abwasserkanäle, aber weiter unten waren es dann keine Abwasserkanäle mehr, es waren... waren... was?

Patrick Hockstetter war dort unten. Bevor Es ihn erwischte, sah Beverly, wie er etwas Abstoßendes machte. Sie mußte zwar darüber lachen, aber sie wußte, daß es etwas Häßliches war, was Patrick trieb. Irgendwie war auch Henry Bowers damals mit von der Partie, oder? Ja, ich glaube schon. Und...

Er wandte sich abrupt ab und wollte sich auf den Rückweg machen. Er wollte nicht mehr in die Barrens hinabschauen – die damit verbundenen Erinnerungen gefielen ihm überhaupt nicht. Er wollte zu Hause sein, bei Myra. Er wollte nicht hier in Derry sein. Er...

»Fang auf, Junge!«

Er fuhr herum, und da kam auch schon ein Ball angeflogen, über den Zaun hinweg; er schlug auf dem Boden auf, prallte ab und sprang hoch... und Eddie streckte völlig reflexartig die Hand aus und fing ihn geschickt auf.

Ihm wurde eiskalt, als er sah, was er da in der Hand hielt: Einst war es ein Baseball gewesen – vor etwa 27 Jahren. Jetzt war es nur noch eine mit Schnur umwickelte Kugel, denn der Überzug war von einer Schlagkeule heruntergerissen worden. Auch die Schnur hatte sich teilweise abgewickelt. Sie zog sich über den Zaun wie eine Spinnwebe und verschwand unten in den Barrens.

O Gott, dachte Eddie. *O mein Gott*, Es *ist hier*, Es *ist hier bei mir* … JETZT.

»Komm und spiel mit mir, Eddie«, rief die Stimme jenseits des Zaunes, und Eddie erkannte entsetzt diejenige von Belch Huggins, der im Sommer 1958 grausam ermordet worden war. Es war Belchs Stimme … und nun kam Belch den Steilabhang hochgestolpert.

Er trug ein gestreiftes Baseball-Trikot der New York Yankees, das grüne Flecken hatte und mit Herbstlaub behaftet war. Es war Belch, aber es war auch der Aussätzige, eine gräßliche Kreatur, die nach langen Jahren im nassen Grab auferstanden war. Das Fleisch des breiten Gesichts hing in verwesten Fetzen herab. Eine Augenhöhle war leer. In seinen Haaren krochen Würmer herum. Er trug einen moosbewachsenen Handschuh an einer Hand. Die verwesten Finger der rechten Hand schob er durch die Rauten des Kettenzauns, und als er sie krümmte, gab es ein fürchterliches knarrendes Geräusch, das Eddie fast den Verstand raubte.

»Der wär aus dem Yankee-Stadion rausgeflogen!« sagte Belch grinsend. Eine weiße Kröte fiel aus seinem Mund und purzelte zu Boden. »Hörst du? Der wär sogar aus dem gottverdammten Yankee-Stadion rausgeflogen! Ach, und übrigens, Eddie, wie wär's mit Fliegen? Ich mach's für einen Zehner. Ach was, ich mach's umsonst.«

Belchs Gesicht veränderte sich. Die gallertartige Knollennase löste sich auf und enthüllte zwei rohe rote Kanäle, die Eddie in seine Träume verfolgt hatten. Belchs Haar wurde spinnwebfarben und dünn, die faulige Stirnhaut riß auf und entblößte weiße Knochen, überzogen mit einer schleimigen Masse. Belch war verschwunden; an seine Stelle war die Kreatur getreten, die einst unter der Veranda des Hauses Nummer 29 in der Neibolt Street gewesen war.

»Bobby tut's für nur zehn Cent«, krächzte der Aussätzige und begann, am Zaun hochzuklettern. Kleine Fleischfetzen blieben in den Drahtrauten hängen. Der Zaun quietschte unter seinem Gewicht, und wenn er die Schlingpflanzen berührte, wurden sie sofort schwarz. »Jederzeit gern bereit, länger kostet's 15 Cent.«

Eddie versuchte zu schreien, brachte aber nur ein leises Quieken hervor. Seine Lungen glichen der Welt ältester Okarina. Er betrachtete den Ball in seiner Hand, und plötzlich schoß zwischen den Schnüren Blut hervor und tropfte auf den Kies und auf seine Schuhe.

Er schleuderte ihn weg, machte zwei große taumelnde Schritte nach rückwärts und wischte sich die Hand am Hemd ab. Der Aussätzige hatte den oberen Rand des Zauns erreicht. Sein Kopf hob sich silhouettenartig vom Himmel ab, alptraumhaft wie ein zum Leben erwachter ausgehöhlter Halloween-Kürbis. Seine Zunge schoß hervor, eineinhalb Meter lang, vielleicht auch zwei. Sie rollte sich vom grinsenden Mund des Aussätzigen am Zaun hinab wie eine Schlange.

Im nächsten Moment war die Kreatur verschwunden.

Sie löste sich nicht allmählich auf; sie verschwand schlagartig, mit einem *Pop!*, als würde eine Champagnerflasche entkorkt. Es war die Luft, die dieses Geräusch verursachte, als sie den Raum des Aussätzigen einnahm.

Eddie drehte sich um und rannte los, aber er hatte noch keine sechs Schritte getan, als vier steife Formen aus der Dunkelheit unter der Laderampe des verlassenen Ziegelgebäudes hervorflogen. Er dachte zuerst, es wären Fledermäuse, und er schrie und hielt sich die Arme schützend vor den Kopf... aber dann sah er, daß es Segeltuchplanen waren, jene Planen, die als Male gedient hatten, als die großen Jungen hier Baseball spielten.

Sie wirbelten durch die Luft, und er mußte sich ducken, um einer davon auszuweichen. Dann nahmen sie alle gleichzeitig ihre Plätze ein: Schlagmal, Standmal I, Standmal II, Standmal III.

Keuchend, nach Luft schnappend, rannte Eddie am Schlagmal vorbei. Sein Mund war verzerrt, sein Gesicht so weiß wie Hüttenkäse.

»WACK!« Das Geräusch einer Keule, die einen Phantomball schlägt. Und dann...

Eddie blieb wie angewurzelt stehen, und ein Stöhnen entrang sich seiner Brust. Der Boden wölbte sich in einer geraden Linie vom Schlagmal zum Standmal I, so als rase ein riesiger Maulwurf direkt unter der Erdoberfläche dahin. Kies rollte hinab. Die Wölbung erreichte das Standmal I, und die Plane flog ein Stück hoch. Dann begann sich der Boden zwischen Standmal I und II zu wölben, und gleich darauf flog die Plane an Standmal II hoch; weiter raste das Etwas unter der Erdoberfläche, passierte Standmal III – wieder flog eine Plane hoch – und sauste auf das Schlagmal zu.

Auch diese Plane wurde in die Luft geschleudert, aber noch bevor sie wieder zu Boden fiel, sprang das Etwas aus der Erde hervor wie eine gruselige Partyüberraschung – und dieses Etwas erwies sich als Tony Trakker, von dessen Schädel noch einige schwärzliche Fleischfetzen herabhingen und dessen weißes Hemd sich in verfaulte gelbe Fäden aufgelöst hatte. Er ragte bis zur Taille aus der Erde heraus und schwankte hin und her wie ein grotesker Wurm.

»Ist doch egal, Knirps. Wir werden dich kriegen. Dich und deine Freunde. Wir werden den Bahl haben!«

Schreiend stolperte Eddie davon. Eine Hand legte sich auf seine Schulter. Er versuchte sich loszureißen. Die Hand grub sich einen Moment lang in seine Schulter, dann gab sie ihn frei. Er drehte sich um. Es war Greta Bowie. Sie war tot. Eine Hälfte ihres Gesichts war verschwunden. In dem zerfressenen roten Fleisch der anderen Hälfte krochen Maden herum. Sie hielt einen grünen Ballon in einer Hand.

»Autounfall«, sagte die erkennbare Gesichtshälfte und grinste. Das Grinsen verursachte ein unsagbar scheußliches Dehngeräusch, und Eddie konnte sehen, wie rohe Sehnen sich bewegten. »Ich war achtzehn, Eddie. Betrunken. Deine Freunde sind hier, Eddie.«

Kreischend wich Eddie vor ihr zurück. Sie folgte ihm. Ihre Beine waren blutverkrustet.

Und dann sah er hinter ihr etwas noch viel Schrecklicheres: Patrick Hockstetter kam über das Außenfeld stolpernd und taumelnd auf ihn zu. Auch er trug das Trikot der New York Yankees, aber in seiner Brust war ein großes schwarzes Loch.

Eddie rannte. Greta griff wieder nach ihm und zerriß ihm das Hemd; irgendeine schreckliche Flüssigkeit rann ihm den Rücken hinab. Tony Tracker stemmte sich aus seinem mannsgroßen Maulwurfsloch. Patrick Hockstetter stolperte und schlurfte hinter ihm her. Eddie rannte; er wußte nicht, woher er die Puste zum Rennen nahm, aber er rannte. Und während er rannte, tanzten Wörter vor seinen Augen, jene Sätze, die auf dem grünen Ballon standen, den Greta Bowie in der Hand gehalten hatte:

ASTHMAMEDIZIN VERURSACHT LUNGENKREBS!
GRÜSSE VOM CENTER STREET DRUGSTORE

Eddie rannte. Er rannte und rannte und rannte, und irgendwo in der Nähe des McCarron Parks brach er ohnmächtig zusammen. Einige Kinder sahen ihn, hielten sich aber in sicherer Entfernung von ihm, weil er aussah wie ein Betrunkener oder wie jemand, der irgendeine unheimliche Krankheit hat; sie dachten, daß er vielleicht sogar der gesuchte Mörder sein könnte und überlegten, ob sie ihn bei der Polizei anzeigen sollten, ließen es dann aber doch bleiben.

3. Bev Rogan macht einen Besuch

Beverly Rogan ging geistesabwesend die Main Street hinab. Sie hatte sich gerade im Derry Town House umgezogen und trug jetzt Bluejeans und eine hellgelbe Bluse. Sie machte sich keine Gedanken darüber, wohin sie gehen sollte. Statt dessen dachte sie an jenes Haiku:

> *Dein Haar gleicht Winterfeuer,*
> *Funken im Januar.*
> *Dort glüht mein Herz.*

Sie hatte die Postkarte in der untersten Schublade zwischen ihrer Unterwäsche versteckt. Vielleicht hatte ihre Mutter sie gesehen, aber das war nicht schlimm. Wichtig war damals nur, daß das die einzige Schublade war, in die ihr Vater nie hineinschaute. Wenn er das Gedicht gesehen hätte, hätte er sie vermutlich mit jenem klaren, fast freundlichen und sie total lähmenden Blick angeschaut und in seinem fast freundlichen Ton gefragt: »Hast du etwas getan, was du nicht tun dürftest, Bev? Mit den Jungen?« Und ob sie nun ja oder nein sagte, war ganz egal – er hätte auf jeden Fall zugeschlagen, so rasch und heftig, daß es im ersten Moment nicht einmal weh tat – der Schmerz setzte erst später ein, wenn die Taubheit verging. Und dann wieder seine fast freundliche Stimme: »Ich mache mir große Sorgen um dich, Beverly. Ich mache mir *schreckliche* Sorgen. Du mußt erwachsen werden, Beverly. Habe ich recht?«

Sie dachte an ihren Vater, der vielleicht noch hier in Derry wohnte. Er hatte hier gelebt, als sie zuletzt etwas von ihm gehört hatte, aber das lag... wie lange lag es zurück? Zehn Jahre? Jedenfalls war es lange vor ihrer Heirat gewesen. Sie hatte damals eine Postkarte von ihm erhalten, nicht eine einfache Postkarte wie jene mit dem Haiku, sondern eine Ansichtskarte mit der riesigen, scheußlichen Kunststoffstatue von Paul Bunyan, die vor dem City Center stand. Diese Statue war irgendwann in den 50er Jahren aufgestellt worden und hatte sie als Kind sehr beeindruckt, aber die Karte ihres Vaters hatte trotzdem keine nostalgischen Erinnerungen in ihr wachgerufen.

›Ich hoffe, es geht Dir gut und Du bist anständig‹, hatte er geschrieben. ›Ich hoffe, daß Du mir etwas schicken wirst, wenn Du kannst, denn ich habe nicht viel. Ich liebe Dich. Dad.‹

Er *hatte* sie geliebt, und sie vermutete, daß sie sich hauptsächlich deshalb in jenem langen Sommer 1958 so wahnsinnig in Bill Denbrough verliebt hatte – weil Bill als einziger von den Jungen eine Autorität ausstrahlte, die sie mit ihrem Vater assoziierte... aber gleichzeitig war es eine andere Art von Autorität . . . eine Autorität, die nicht einengte, nicht unterdrückte wie die ihres Vaters, der sie erzog, als wäre sie ein Haustier, der sie abwechselnd verhätschelte und streng bestrafte.

Aus welchen Gründen auch immer – jedenfalls war sie gegen Ende ihres ersten Treffens als vollständige Gruppe im Juli 1958 wahnsinnig verliebt in Bill gewesen. Es einfach einen Schulmädchenschwarm zu nennen wäre das gleiche, als würde man einen Rolls-Royce als Fahrzeug mit vier Rädern bezeichnen, als Heuwagen. Sie kicherte nicht, und sie wurde auch nicht rot, wenn sie ihn sah; sie schrieb seinen Namen weder auf Bäume noch auf den Steg, der vom Bassey Park zur High School führte. Sie lebte einfach die ganze Zeit mit seinem Bild im Herzen – es war eine Art süßer Schmerz. Sie wäre für ihn gestorben.

Und deshalb war es nur allzu verständlich, wenn sie sich damals einreden wollte, daß *Bill* ihr das Liebesgedicht geschickt hatte . . . obwohl es ihr nie gelungen war, sich selbst hundertprozentig zu überzeugen. Und später hatte sie dann erfahren, daß es Ben Hanscom gewesen war, der jenes Haiku geschrieben hatte. Ja, Ben hatte es geschrieben, er hatte es ihr erzählt (obwohl sie sich absolut nicht erinnern konnte, wann, unter welchen Umständen er es zugegeben hatte), aber als er es ihr erzählte, war ihr bewußt geworden, daß sie das fast von Anfang an in ihrem Innersten geahnt hatte. Er hatte seine Liebe zu ihr fast ebensogut verborgen wie sie ihre Gefühle für Bill.

(aber du hast es ihm gesagt, Bevvie, du hast ihm gesagt, du liebst ihn)
Aber für einen scharfen Beobachter war es trotzdem ganz offenkundig – es war an tausend Kleinigkeiten zu erkennen: wie ängstlich er immer bemüht war, ihr nicht zu nahe zu kommen; wie er den Atem anhielt, wenn sie seinen Arm oder seine Hand berührte; wie er sich anzog, wenn er wußte, daß er sie sehen würde. Lieber süßer dicker Ben.

Und das Ende der Geschichte? . . . Es war gar nicht mal so schlecht gewesen . . . aber was nun eigentlich genau passiert war, daran konnte sie sich immer noch nicht erinnern. Sie glaubte, daß Ben zugegeben hatte, das kleine Liebesgedicht, das fast ein Haiku war, verfaßt und ihr geschickt zu haben. Sie glaubte Bill gesagt zu haben, daß sie ihn liebte und immer und ewig lieben würde. Und irgendwie hatten diese beiden Geständnisse ihnen allen das Leben gerettet . . . war es wirklich so gewesen? Sie konnte sich nicht erinnern. Diese Erinnerungen (oder vielmehr Erinnerungen an Erinnerungen, das traf wohl eher zu) glichen Inseln, die in Wirklichkeit gar keine Inseln waren, sondern einzelne Wirbel eines großen Korallenrückgrats, die zufällig aus dem Wasser herausragten; sobald sie jedoch versuchte, tief hinabzutauchen und auch den Rest, die unter Wasser verborgenen Teile, zu sehen, schob sich ein verrücktes Bild dazwischen: die

Stare, die jedes Frühjahr nach Neuengland zurückkehrten, in dichten Scharen auf den Telefonleitungen, Bäumen und Dächern saßen und mit ihren heiseren Unterhaltungen die Tauwetterluft im März erfüllten. Dieses Bild stellte sich unverständlicherweise immer und immer wieder störend ein.

Sie stellte plötzlich erschrocken fest, daß sie vor der Kleen-Kloze-Münzwäscherei stand, in die sie, Stan, Ben und Eddie an jenem Tag Ende Juni die blutbefleckten Putzlappen gebracht hatten – Blut, das nur sie sehen konnten. Die Fenster waren eingeseift, und an einer abblätternden Außenwand klebte ein handgeschriebener Zettel: VOM EIGENTÜMER ZU VERKAUFEN. Beverly spähte durch die Seifenlauge und sah einen leeren Raum mit helleren Rechtecken auf den schmuziggelben Wänden, wo die Waschmaschinen gestanden hatten.

Ich gehe ja nach Hause, dachte sie erschrocken, setzte aber dennoch ihren Weg fort.

In der Nachbarschaft hatte sich nicht viel verändert. Ein paar Bäume waren gefällt worden, und die Häuser sahen noch ein bißchen schäbiger aus. Es gab mehr zerbrochene Fensterscheiben – manche waren durch Pappe ersetzt, andere nicht.

Und dann stand sie vor dem Mietshaus Nummer 127 der Lower Main Street. Es war noch da, unverwechselbar, obwohl es irgendwann neu gestrichen worden sein mußte – die abblätternde Farbe, in ihrer Kindheit weiß, war jetzt schokoladenbraun. Da war das Küchenfenster; und da war auch das Fenster ihres Zimmers.

(Jimmy, komm von der Straße runter! Komm sofort von der Straße runter, oder willst du vielleicht von einem Auto angefahren und getötet werden?)

Sie fröstelte plötzlich und verschränkte die Arme vor der Brust.

Es ist gut möglich, daß Daddy noch hier wohnt; o ja, das ist sehr gut möglich. Er würde nie umziehen, wenn es sich irgend vermeiden ließe. Du brauchst nur näher heranzugehen, Beverly. Wirf einen Blick auf die Briefkästen. Drei Briefkästen für drei Wohnungen, genau wie in alten Zeiten. Und wenn auf einem MARSH *steht, kannst du klingeln, und gleich darauf wirst du im Flur das Schlurfen von Pantoffeln hören, und die Tür wird sich öffnen, und er wird vor dir stehen, der Mann, dessen Samen dich rothaarig und linkshändig werden ließ und dem du dein Zeichentalent verdankst... erinnerst du dich noch daran, wie gut er zeichnen konnte? Wenn er wollte, konnte er alles mögliche zeichnen. Du hast stundenlang dagesessen, als du klein warst, und er saß neben dir und zeichnete Katzen und Hunde und Pferde und Kühe mit Blasen vor dem Mund, in denen ›Muh‹ stand; du hast gelacht, und dann hat er ge-*

sagt: Jetzt du, Beverly, und wenn du den Bleistift gehalten hast, hat er *dir die Hand geführt... geh jetzt weiter, Beverly. Drück auf die Klingel. Er wird kommen, und er wird alt sein, er wird tiefe Falten im Gesicht haben, und seine Zähne – jene, die noch übrig sind – werden gelb sein, und er wird dich anschauen und sagen: Na so was, das ist ja Bevvie, Bevvie ist heimgekommen, um ihren alten Vater zu besuchen, komm herein, Bevvie, ich freue mich so, dich zu sehen, ich freue mich, denn ich mache mir Sorgen um dich, Bevvie, ich mache mir* SCHRECKLICHE *Sorgen – und er wird grinsen...*

Sie ging langsam den Weg entlang, und das Unkraut, das zwischen den geborstenen Betonplatten wuchs, streifte ihre Knöchel. Sie warf einen Blick auf die Briefkästen. Zweiter Stock: STARKWETHER. Erster Stock: BURKE. Erdgeschoß – ihr stockte der Atem – MARSH.

Aber ich werde nicht klingeln. Ich will ihn nicht sehen, und ich werde nicht klingeln.

Das war endlich ein fester Entschluß! Der Entschluß, der ihr das Tor zu einem erfüllten und sinnvollen Leben voll solcher fester Entschlüsse eröffnete! Sie ging den Weg zurück! Zurück in die Innenstadt! Zum Hotel! Packte! Bestellte ein Taxi! Flog nach Hause! Sagte Tom, er solle sich zum Teufel scheren! Lebte erfolgreich! Starb zufrieden!

Sie drückte auf die Klingel.

Sie hörte das vertraute Läuten aus dem Eßzimmer: *Kling-klong.* Stille. Keine Reaktion. Sie trat auf der Veranda von einem Fuß auf den anderen, weil sie plötzlich aufs Klo mußte, obwohl sie bereits gewesen war, als sie sich in ihrem Hotelzimmer umgezogen hatte.

Niemand zu Hause, dachte sie erleichtert. *Jetzt kann ich gehen.*

Statt dessen klingelte sie wieder: *Kling-klong.* Keine Reaktion. Sie dachte an Bens schönes kleines Gedicht und versuchte sich zu erinnern, wann und wie er zugegeben hatte, es geschrieben zu haben, und warum das bei ihr eine Assoziation zu ihrer ersten Menstruation hervorrief. Hatte sie mit elf Jahren ihre erste Periode gehabt? Bestimmt nicht, obwohl ihre Brüste sich zu entwickeln begonnen hatten, als sie erst neuneinhalb gewesen war. Warum...? Und dann schob sich wieder das Bild Tausender schwatzender Stare auf Telefonleitungen und Dächern vor weißem Frühlingshimmel dazwischen.

Ich gehe jetzt. Ich habe zweimal geklingelt, das reicht.

Aber sie klingelte wieder.

Kling-klong.

Jetzt hörte sie Schritte, und sie hörten sich genauso an, wie sie es sich vorgestellt hatte: langsam und schlurfend. Einen Moment lang war sie sehr nahe daran wegzurennen. Konnte sie es den Betonweg hinab bis um die Ecke schaffen? Dann würde ihr Vater glauben, daß es nur Kinder gewesen waren, die Klingelputzen spielten.

Sie stieß heftig den Atem aus und mußte sich sehr beherrschen, um nicht in erleichtertes Lachen auszubrechen. Das war nicht ihr Vater. Auf der Schwelle stand eine große alte Frau, die Ende der Siebzig sein mochte. Sie hatte langes, glänzendes Haar, das größtenteils weiß, aber noch mit goldfarbenen Strähnen durchzogen war. Hinter der randlosen Brille strahlten Augen, die so blau waren wie das Wasser in Hochgebirgsseen oder in den Fjorden, aus denen ihre Vorfahren vielleicht stammten. Sie hatte ein purpurrotes Kleid aus Waschseide an, das etwas abgetragen, aber doch noch sehr eindrucksvoll aussah. Ihr runzeliges Gesicht war freundlich.

»Ja?« fragte sie.

»Es tut mir leid«, sagte Beverly. Das Bedürfnis zu lachen war so schnell vergangen, wie es sie überfallen hatte. Sie registrierte fasziniert, daß die alte Frau eine Kamee aus echtem Elfenbein, eingefaßt mit einem hauchdünnen Goldband, am Hals trug. »Ich muß aus Versehen auf die falsche Klingel gedrückt haben.« *Oder absichtlich auf die falsche Klingel gedrückt haben,* flüsterte eine innere Stimme. »Ich wollte bei Marsh klingeln.«

»Marsh?« Die Frau runzelte leicht die Stirn.

»Ja, wissen Sie...«

»Hier wohnt kein Marsh«, sagte die alte Frau.

»Aber...«

»Es sei denn... Sie meinen doch nicht *Alvin* Marsh, oder?«

»Doch!« sagte Beverly. »Das ist mein Vater!«

Die alte Frau tastete unwillkürlich nach ihrer Kamee. Sie schaute Beverly aufmerksam an, und Bev kam sich plötzlich lächerlich jung vor, so als sollte sie eigentlich noch eine Schachtel mit Pfadfinderinnen-Kuchen oder Bleistiften in der Hand haben – »Unterstützt die Derry High School, kauft Bleistifte!« Dann lächelte die alte Frau... aber es war ein trauriges Lächeln.

»Nun, Sie müssen schon lange Kontakt verloren haben mit ihm, Miß. Es tut mir leid, daß ich – eine Fremde – Ihnen sagen muß, aber Ihr Vater ist gestorben schon fünf Jahre.«

»Aber... auf der Klingel...« Sie schaute noch einmal genau hin, und dann lachte sie auf. Es war ein leises, verwirrtes Lachen, das sich fast anhörte wie ein Schluchzen. In ihrer Aufregung, in ihrer unterbewußten felsenfesten Überzeugung, daß der alte Mann noch hier sein würde, hatte sie KERSH als MARSH gelesen.

»Sind Sie Mrs. Kersh?« fragte sie, immer noch verwirrt. Sie war be-

524

troffen über die Mitteilung, daß ihr Vater tot war, aber sie ärgerte sich auch über ihren Irrtum – die Dame mußte sie ja für eine Analphabetin halten.

»Ja, die bin ich«, bestätigte die alte Frau.

»Sie... haben meinen Vater gekannt?«

»Nur ein bißchen ich ihn kannte«, erwiderte Mrs. Kersh. Sie hörte sich ein wenig an wie Yoda aus *Das Imperium schlägt zurück*, und Beverly war wieder zum Lachen zumute. Wann waren ihre Gefühlsumschwünge jemals so heftig gewesen? Um die Wahrheit zu sagen, sie konnte sich nicht erinnern... aber sie hatte große Angst, bald würde sie es können. »Die Erdgeschoßwohnung hatte er vor mir gemietet. Wir sahen einander, beim Einziehen ich, beim Ausziehen er, ein paar Tage lang. Er zog in die Roward Lane. Kennen Sie sie?«

»Ja«, sagte Beverly. Die Roward Lane zweigte vier Blocks weiter unten von der Lower Main Street ab, und die Mietshäuser waren dort kleiner und noch schäbiger.

»Im Supermarkt ich ihn getroffen habe manchmal«, berichtete Mrs. Kersh, »und in der Münzwäscherei, die es jetzt nicht mehr gibt. Wir haben gewechselt hin und wieder ein paar Worte. Wir... Mädchen, Sie sehen ja ganz blaß aus. Es tut mir leid. Kommen Sie herein und trinken Sie eine Tasse Tee.«

»Nein, das geht doch nicht«, sagte Beverly, aber in Wirklichkeit fühlte sie sich schwach und hatte das Gefühl, einen Tee und einen Stuhl gut gebrauchen zu können.

»Aber natürlich geht es«, sagte Mrs. Kersh herzlich. »Das ist doch das mindeste, was ich für Sie tun kann, wenn ich Ihnen schon eine so unerfreuliche Mitteilung machen mußte.«

Und bevor Beverly noch weiter protestieren konnte, wurde sie schon durch den dunklen Flur in ihre ehemalige Wohnung geführt, die ihr jetzt viel kleiner, aber dennoch nicht deprimierend vorkam – vermutlich, weil fast alles anders war. Statt des pinkfarbenen Küchentisches mit den drei Stühlen stand jetzt ein kleines rundes Tischchen da, mit Seidenblumen in einer Töpfervase. Und anstelle des alten Ungetüms von Kühlschrank, an dem ihr Vater immer herumgebastelt hatte, damit er dann wieder eine Weile funktionierte, gab es eine kupferfarbene moderne Kühlkombination. Der Herd war klein, sah aber sehr leistungsfähig aus; darüber war ein Dunstabzug angebracht. Hellblaue Vorhänge hingen an den Fenstern, Topfblumen schmückten die Fensterbretter. Der häßliche Linoleumbelag ihrer Kindheit war verschwunden, und der Holzboden war auf Hochglanz poliert.

Mrs. Kersh warf ihr vom Herd her, wo sie Teewasser aufsetzte, einen Blick zu.

525

»Sind Sie hier aufgewachsen?«

»Ja«, sagte Beverly. »Aber es ist jetzt alles ganz verändert hier... so hübsch und gemütlich... wundervoll!«

»Wie nett von Ihnen, das zu sagen!« rief Mrs. Kersh und lächelte strahlend, was sie viel jünger erscheinen ließ. »Wissen Sie, ich habe ein bißchen Geld. Nicht viel, aber zusammen mit dem Geld von meiner Sozialversicherung kann ich ganz gut leben. Ich bin in Schweden geboren und aufgewachsen. 1918 bin ich in dieses Land gekommen, mit vierzehn, ohne Geld – und auf diese Weise lernt man den Wert des Geldes am besten schätzen, finden Sie nicht auch?«

»O ja.«

»Ich habe im Krankenhaus gearbeitet«, erzählte Mrs. Kersh. »Jahrzehntelang, seit 1925. Schließlich arbeitete ich mich zur Wirtschafterin hoch. Hatte alle Schlüssel. Mein Mann hat unser Geld ganz gut angelegt. Und jetzt habe ich hier meinen kleinen Hafen gefunden. Schauen Sie sich doch um, Fräulein, bis das Wasser kocht!«

»O nein, das geht doch...«

»Bitte... ich würde mich freuen.«

Also schaute Beverly sich um. Das Schlafzimmer ihrer Eltern war nun Mrs. Kershs Schlafzimmer, aber der Unterschied war gewaltig. Das Zimmer sah jetzt größer und heller aus. Eine Kommode aus Zedernholz mit den eingelegten Initialen R. G. verströmte einen leisen angenehmen Duft. Eine riesige Tagesdecke war über das Bett gebreitet. Die aufgestickten Motive zeigten Frauen, die Wasser pumpten, viehtreibende Jungen und Männer, die Heuschober bauten. Eine herrliche Decke.

Beverlys Zimmer war jetzt als Nähzimmer eingerichtet. Eine schwarze Singer-Nähmaschine mit schmiedeeisernem Gestell stand unter zwei sehr hellen Lampen. An einer Wand hing ein Bild von Jesus, an der anderen eines von John F. Kennedy. Unter diesem stand ein sehr schönes geschnitztes Schränkchen mit Glasvitrine; ursprünglich wohl zum Aufbewahren von Porzellan gedacht, diente es als Bücherschrank.

Zuletzt ging Beverly ins Bad.

Es war jetzt in einem warmen Rosaton gekachelt und gestrichen. Die ganze Einrichtung war neu, doch trotzdem näherte sich Beverly dem Waschbecken mit dem Gefühl, daß der alte Alptraum gleich wieder beginnen würde. Sie würde in jenes schwarze lidlose Auge hinabspähen, das Flüstern würde einsetzen, dann würde das Blut...

Sie sah im Spiegel flüchtig ihr bleiches Gesicht, ihre dunklen Augen, als sie sich über das Becken beugte – und dann starrte sie in jenes Auge und wartete auf die Stimmen, das Lachen, das Stöhnen und das Blut.

Wie lange sie dort so stand, über das Waschbecken gebeugt, und auf die

Seufzer und Geräusche von vor 27 Jahren wartete, wußte sie selbst nicht; es war Mrs. Kershs Stimme, die sie aus der Halbhypnose riß: »Tee, Fräulein.«

Sie zuckte zusammen und verließ das Bad. Sie fühlte sich erleichtert – wenn irgendwo dort unten im Abfluß schwarze Magie am Werk gewesen war, so gab es sie jetzt nicht mehr – oder sie schlief.

»Sie hätten sich wirklich nicht soviel Mühe machen sollen!«

Mrs. Kersh schaute sie freundlich lächelnd an. »O Miß, wenn Sie wüßten, wie selten ich Besuch habe, würden Sie das nicht sagen. Ich tische ja sogar dem Zählerableser mehr auf.«

Zarte Tassen und Untertassen aus dünnem eierschalenfarbenem, mit Blau abgesetztem Porzellan standen auf dem runden Küchentisch. Auf einer Platte lagen kleine Kuchen und Kekse. Daneben verströmte eine dampfende Teekanne aromatischen Duft. Leicht amüsiert dachte Bev, daß das einzige, was noch fehlte, jene kleinen Sandwiches mit der abgeschnittenen Rinde waren, die sie immer ›Tantensandwiches‹ genannt hatte und von denen es drei Sorten gab: mit Frischkäse und Oliven, mit Brunnenkresse und mit Eiersalat.

»Setzen Sie sich«, sagte Mrs. Kersh. »Setzen Sie sich, Miß, dann werde ich den Tee einschenken.«

»Ich bin keine Miß«, sagte Beverly und hob die linke Hand, damit Mrs. Kersh ihren Ring sehen konnte.

Die alte Frau lächelte und machte eine abwehrende Geste. »Ich sage zu allen hübschen jungen Mädchen Miß«, erklärte sie. »Das ist so 'ne Angewohnheit von mir. Nehmen Sie's mir nicht übel.«

»Nein«, sagte Beverly. »Warum sollte ich?« Aber trotzdem verspürte sie plötzlich ein leichtes Unbehagen: Das Lächeln der alten Frau hatte etwas an sich gehabt – aber was? Etwas Unangenehmes? Falsches? Wissendes? Aber das war doch lächerlich, völlig absurd.

»Es gefällt mir, was Sie aus dieser Wohnung gemacht haben«, sagte sie.

»Wirklich?« sagte Mrs. Kersh und schenkte Tee ein. Er sah dunkel und trüb aus. Bev war sich nicht sicher, ob sie ihn trinken wollte... und auf einmal war sie auch gar nicht sicher, ob sie überhaupt hier sein wollte.

Es stand *Marsh auf der Klingel,* flüsterte plötzlich eine innere Stimme, und leichte Furcht überfiel sie.

Mrs. Kersh reichte ihr den Tee.

»Danke«, sagte Beverly. Er duftete wunderbar. Sie nippte vorsichtig daran. Er schmeckte gut. *Hör auf, überall Gespenster zu sehen,* sagte sie sich. »Besonders Ihre Zedernkommode ist ein herrliches Stück.«

»Eine Antiquität«, erwiderte Mrs. Kersh und lachte. »Sie ist sehr alt.«

527

Wieder lachte sie, und Beverly bemerkte einen Schönheitsfehler an ihr, der hier oben im Norden der USA weit verbreitet war: Sie hatte sehr schlechte Zähne – sie sahen zwar kräftig aus, waren aber ganz gelb. Die beiden Vorderzähne standen über Kreuz, und die Eckzähne waren sehr lang und erinnerten direkt an Stoßzähne.

Sie waren weiß ... als sie an die Tür kam, lächelte sie, und du dachtest noch, wie auffallend weiß sie seien.

Plötzlich fürchtete sie sich nicht mehr nur *ein bißchen*. Plötzlich wollte sie nichts wie weg.

»O ja, sie ist wirklich sehr alt«, wiederholte Mrs. Kersh und trank ihren Tee laut schlürfend mit einem Schluck aus. Sie lächelte Beverly zu – sie *grinste* sie an –, und Beverly stellte entsetzt fest, daß auch ihre Augen sich verändert hatten. Die Hornhaut war jetzt altersgelb, mit Rot durchzogen. Selbst ihr Haar war dünner geworden und sah plötzlich ungepflegt aus; die silberweißen, mit Gold durchsetzten Flechten waren schmutziggrau.

»Sehr alt«, murmelte Mrs. Kersh noch einmal über ihrer leeren Tasse und sah Beverly aus ihren gelben Augen verschlagen an. Das abstoßende Grinsen enthüllte wieder ihre schrecklichen Zähne. »Ich hab' sie von zu Hause mitgebracht. Sind Ihnen die Initialen aufgefallen?«

»Ja.« Beverly hatte das Gefühl, als käme ihre eigene Stimme von weither, und sie versuchte sich an einen Gedanken zu klammern: *Wenn sie nicht weiß, daß du die Veränderung bemerkt hast, bist du vielleicht noch in Sicherheit, wenn sie nicht weiß, nicht sieht ...*

»Mein Vater«, sagte die Alte – sie sprach es wie ›Vadder‹ aus –, und Beverly bemerkte, daß nun auch ihr Kleid sich verändert hatte. Es war glänzend schwarz. Und die Kamee war ein Schädel mit schaurig gähnendem Kiefer. »Sein Name war Robert Gray, besser bekannt als Bob Gray, noch besser bekannt als Pennywise der Tanzende Clown. Obwohl auch das nicht sein richtiger Name war. Aber mein Vadder *liebte* Späße.«

Sie lachte wieder. Einige ihrer Zähne waren so schwarz geworden wie ihr Kleid. Die Falten in ihrem Gesicht waren jetzt sehr tief. Ihr rosiger Teint hatte sich in krankhaftes Gelb verwandelt. Die Finger waren Klauen. Sie grinste Beverly an. »Essen Sie doch etwas, meine Liebe.« Ihre Stimme war um eine halbe Oktave höher geworden, schlug in dieser Tonlage aber dauernd um und klang jetzt wie eine knarrende Grufttür.

»Nein, danke«, hörte Beverly sich sagen. Die Worte schienen nicht ihrem Gehirn zu entspringen, sondern ihrem Mund, und mußten von dort erst den Weg bis zu ihren Ohren zurücklegen, bevor sie wahrnahm, was sie gesagt hatte.

»Nein?« fragte die Hexe und grinste wieder. Ihre Klauen kratzten über die Platte, und sie begann mit beiden Händen dünne Kekse und schmale Kuchenstücke mit Zuckerguß in ihren Mund zu stopfen. Ihre schrecklichen Zähne mahlten knirschend; ihre langen, schmutzigen Nägel gruben sich in die Kuchen; Krümel fielen auf ihr vorstehendes, knochiges Kinn. Ihr Atem war abstoßend. Es roch nach Totem, nach Verwestem. Ihr Kichern war ein tonloses Gackern. Ihr Haar wurde immer dünner; schuppige Kopfhaut schimmerte stellenweise hindurch.

»O ja, er liebte Späße, mein Vadder«, sagte sie. »Lieben Sie Späße und Witze, Miß? Hier ist einer: Mein Vadder hat mich geboren, nicht meine Mutter. Er hat mich aus seinem Arschloch geschissen. Ha! Ha! Ha!«

»Ich muß jetzt gehen«, hörte Beverly sich mit hoher, ängstlicher Kinderstimme sagen – der Stimme eines kleinen Mädchens, das auf seiner ersten Party boshaft gekränkt worden ist. Ihre Knie waren weich. Sie war sich vage bewußt, daß in ihrer Tasse kein Tee war, sondern Scheiße, flüssige Scheiße, eine kleine Überraschung aus den Abwasserkanälen unter der Stadt. Und sie hatte davon *getrunken*, nicht viel, aber einen Schluck; *o Gott, o Gott, o Jesus, bitte, bitte...*

Die Frau schrumpfte vor ihren Augen zusammen, wurde immer magerer; ihr Gesicht glich einem verschrumpelten Apfel, und sie kicherte mit hoher kreischender Stimme und wiegte sich auf ihrem Stuhl hin und her.

»Oh, mein Vadder und ich sind eins«, sagte sie. »Ich und er, er und ich, und – meine Liebe – wenn Sie klug sind, so sollten Sie wegrennen, schleunigst dorthin zurückkehren, woher Sie gekommen sind, Sie sollten sich wirklich sehr beeilen, denn wenn Sie hierbleiben, wird Ihnen Schlimmeres widerfahren als nur der Tod. Niemand, der in Derry stirbt, stirbt wirklich, müssen Sie wissen. Früher wußten Sie das; glauben Sie es jetzt.«

Im Zeitlupentempo kam Beverly auf die Beine. Sie bemerkte, daß der hübsche kleine runde Tisch nicht aus dunklem Eichenholz, sondern aus Lebkuchen gefertigt war. Und während sie noch fassungslos darauf starrte, brach die Hexe, immer noch kichernd, mit ihren gelben, schielenden Augen in eine Zimmerecke stierend, ein Stück vom Tisch ab und stopfte es sich in die schwarze Mundhöhle.

Beverly sah, daß die Tassen aus weißer Rinde waren, kunstvoll verziert mit blauem Zuckerguß. Die Bilder von Jesus und Kennedy an den Wänden im Nähzimmer waren aus fast durchsichtigem Zuckerwerk, und während sie hinschaute, streckte Jesus ihr die Zunge heraus, und Kennedy machte eine obszöne Handbewegung.

»Wir alle warten auf dich!« schrie die Hexe, und ihre Fingernägel kratzten über die Oberfläche des Lebkuchentisches und hinterließen tiefe Rillen. »O ja! O ja!«

Die Deckenlampen waren große Kugeln aus hartem Kandis. Die Wandverkleidung bestand aus Rahmbonbons. Beverly schaute hinab und sah, daß ihre Schuhe auf dem Boden tiefe Spuren hinterließen – er war nicht aus Holz, sondern aus langen, schmalen Schokoladenstücken. Der Geruch nach Süßigkeiten war ekelhaft.

O mein Gott, es ist die Hexe aus Hänsel und Gretel, vor der ich immer am meisten Angst hatte, weil sie die Kinder aufaß...

»Du und deine Freunde!« schrie die Hexe lachend. *»In den Käfig mit euch! In den Käfig, bis der Ofen heiß ist!«* Sie kreischte vor Lachen, und Beverly rannte auf die Tür zu, aber sie rannte im Zeitlupentempo. Das Gelächter der Hexe schwirrte dröhnend um ihren Kopf herum wie eine Schar von Fledermäusen. Beverly schrie. Der Flur stank nach Zucker und Nougat und Karamel und künstlichen Erdbeeren. Der Türknopf – eine Kristallimitation, als sie hereingekommen war – war jetzt eine monströse Zuckerkugel.

Ich mache mir Sorgen um dich, Bevvie... ich mache mir SCHRECKLICHE *Sorgen!*

Sie wirbelte mit vor Entsetzen weit aufgerissenen Augen und wehenden Haaren herum und sah, daß ihr Vater den Flur entlang auf sie zugestolpert kam; er trug das schwarze Kleid der Hexe und die Schädel-Kamee; teigig schlaffe Haut hing von seinem Schädel herab, seine Augen waren schwarz wie Obsidian, er ballte die Hände zu Fäusten und öffnete sie wieder. Sein Mund war zu einem gräßlichen breiten Grinsen verzerrt.

Ich habe dich geschlagen, weil ich dich FICKEN *wollte, Bevvie, nur das wollte ich, ich wollte dich* FICKEN, *ich wollte dich* LECKEN, *ich wollte deine* MÖSE *lecken, ich wollte deinen* KITZLER *zwischen die Zähne saugen,* MJAMM-MJAMM, *Bevvie, oooohhhh,* LECKER-SCHLECKER, *ich wollte dich in den Käfig sperren... und dich heiß machen... und deine* FOTZE *spüren... deine pralle* FOTZE... *und deine* FOTZE *spüren... deine pralle* FOTZE... *und wenn sie prall genug war zum* LECKEN... *zum lecken...* LECKEN...«

Schreiend drehte sie den großen, klebrigen Zuckerknopf und stürzte auf die Veranda hinaus, die mit Pralinen verziert war und deren Boden aus Lebkuchen bestand. In der Ferne sah sie verschwommen Autos fahren, und sie konnte auch eine Frau erkennen, die ein Lebensmittelwägelchen vom Supermarkt vor sich herschob.

Ich muß es bis dorthin schaffen, dachte sie. *Dort draußen ist die Realität, wenn es mir nur gelingt, den Gehweg zu erreichen...*

»Rennen wird dir auch nichts nützen, Bevvie«, rief ihr Vater
(mein Vadder)
lachend. *»Wir haben lange gewartet. Das wird ein* Mordsspaß *sein.«*

530

Sie schaute wieder zurück, und jetzt trug ihr toter Vater nicht mehr das schwarze Kleid der Hexe, sondern das Clownskostüm mit den großen orangefarbenen Pompons. Es hatte eine Waschbärmütze auf dem Kopf, wie sie Ende der 50er Jahre modern gewesen waren. In einer Hand hielt Es eine Traube Luftballons, in der anderen schwenkte Es ein Kinderbein wie einen Trommelschlegel. Jeder Ballon trug die Aufschrift: IT CAME FROM OUTER SPACE.

»Erzähl deinen Freunden, daß ich der letzte einer aussterbenden Rasse bin«, rief Es grinsend, während Es die Verandastufen hinabstolperte. »Der einzige Überlebende eines sterbenden Planeten. Ich bin gekommen, um alle Frauen zu rauben... alle Männer zu entführen... und um den Peppermint-Twist zu lernen!«

Es begann wie ein Verrückter, sich zu verrenken und zu zucken, die Ballons in einer Hand, das abgerissene, blutende Kinderbein in der anderen. Das Clownskostüm flatterte und wehte, aber Beverly spürte keinen Wind. Sie stolperte über ihre eigenen Beine und fiel der Länge nach hin, wobei sie die Wucht des Aufpralls mit ihren Händen gerade noch dämpfen konnte. Die Frau mit dem Lebensmittelwägelchen blieb stehen, warf einen unschlüssigen Blick zurück, dann setzte sie ihren Weg etwas schneller fort.

Der Clown warf das Kinderbein weg. Es landete mit einem unbeschreiblichen Geräusch auf dem Rasen. Sie lag immer noch ausgestreckt auf dem Pflaster und war insgeheim überzeugt davon, daß sie jetzt jeden Moment aufwachen mußte – dies alles konnte nicht Wirklichkeit sein, es mußte einfach ein Traum sein...

Erst im letzten Moment, als der Clown schon seine gekrümmten, klauenartigen Finger nach ihr ausstreckte, begriff sie, daß Es kein Traum war, daß Es sie töten konnte, so wie Es die Kinder getötet hatte.

»Die Stare kennen deinen wahren Namen«, schrie sie Es plötzlich an. Es fuhr etwas zurück, und es kam Bev so vor, als hätte sich das Grinsen auf den echten Lippen innerhalb des breiten, roten, aufgemalten Grinsens für eine Sekunde zu einer Grimasse des Hasses und Schmerzes verzerrt... ja sogar der Angst. Aber vielleicht hatte sie sich das auch nur eingebildet, und sie hatte jedenfalls absolut keine Ahnung, warum sie etwas so Verrücktes gerufen hatte – und doch gewann sie dadurch ein wenig Zeit.

Sie sprang auf und rannte, Bremsen quietschten, und eine heisere, sowohl wütende als auch erschrockene Stimme schrie: »Passen Sie doch auf, wo Sie hinrennen, Sie dumme Kuh!« Sie sah verschwommen den Bäckerei-Lieferwagen, in den sie fast hineingerannt war wie ein Kind, das seinem Ball nachläuft; und dann stand sie auf dem Gehweg der anderen

531

Straßenseite, keuchend, mit heftigen Herzstichen. Der Lieferwagen fuhr schon ein Stückchen weiter die Lower Main Street entlang.

Der Clown war verschwunden. Das Bein war verschwunden. Das Haus stand noch da, aber sie sah jetzt, daß es leer stand und allmählich verfiel; die Fenster waren mit Brettern vernagelt, die Verandastufen zerbrochen.

War ich wirklich dort drin, oder habe ich das alles nur geträumt? Aber ihre Jeans waren schmutzig, ihre gelbe Bluse staubbedeckt. Und sie hatte Schokolade an den Fingern.

Sie wischte sie an ihren Jeans ab und entfernte sich rasch. Ihr Puls raste, ihr Kopf fühlte sich heiß, ihr Rücken hingegen eiskalt an.

Wir können Es nicht besiegen. Was immer Es auch sein mag, wir können Es nicht besiegen. Es will sogar, daß wir es versuchen – Es will die alte Rechnung begleichen. Und Es wird sich nicht mit einem Unentschieden zufriedengeben, nehme ich an. Wir sollten von hier verschwinden... möglichst rasch verschwinden...

Etwas strich an ihrer Wade vorbei, sanft wie eine Katzenpfote.

Sie schrie leise auf und zuckte zusammen. Dann schaute sie hinunter und sprang zurück, eine Hand auf den Mund gepreßt.

Es war ein gelber Ballon, gelb wie ihre Bluse. In leuchtendem Blau stand darauf: DU HAST VÖLLIG RECHT, BEVERLY.

Und dann flog der Ballon in der leichten angenehmen Frühlingsbrise davon.

4. Richie Tozier nimmt seine Beine in die Hand

Nun, da war der Tag, als Henry und seine Freunde mich gejagt haben – vor Schulende, das war...

Richie ging am Bassey Park vorbei die Outer Canal Street entlang. Jetzt blieb er mit den Händen in den Taschen stehen, sah zur Kußbrücke, ohne sie richtig zu sehen.

Ich bin ihnen in der Spielzeugabteilung von Freeze's entwischt.

Seit der verrückten Schlußszene des Mittagessens im ›Jade of the Orient‹ war er ziellos herumgelaufen und hatte versucht, den fürchterlichen Inhalt der Glückskuchen geistig irgendwie zu verarbeiten. Höchstwahrscheinlich war überhaupt nichts aus diesen Dingern rausgekommen, versuchte er sich einzureden. Vermutlich war es so eine Art Gruppenhalluzination gewesen, hervorgerufen durch all das unheimliche Zeug, über das sie geredet hatten. Der beste Beweis für diese Hypothese war die Tatsache, daß Rose nichts gesehen hatte. Natürlich, Beverlys Eltern hatten damals das Blut im Badezimmer auch nicht gesehen, aber das war nicht dasselbe.

Nein? Und warum nicht?

»Weil wir jetzt erwachsen sind«, murmelte er, stellte aber fest, daß dieser Gedanke ihm weder logisch noch beruhigend vorkam; ebensogut hätte er irgendeine Zeile aus einem Kinder-Abzählreim aufsagen können.

Er ging wieder weiter.

Ich war beim City Center und setzte mich eine Weile auf die Parkbank und glaubte zu sehen...

Er blieb stirnrunzelnd wieder stehen.

Was zu sehen?

... aber das habe ich nur geträumt.

Oder nicht? War es Wirklichkeit?

Er warf einen Blick nach links und sah das große Gebäude aus Glas, Ziegeln und Stahl, das Ende der 50er Jahre so erhaben gewirkt hatte, jetzt aber ziemlich altmodisch und schäbig aussah.

Hier bin ich nun also wieder, dachte er, *am verdammten City Center Building, dem Schauplatz jener anderen Halluzination. Oder jenes Traums. Oder was zum Teufel es auch immer gewesen sein mag.*

Die anderen hatten in ihm immer den Klassenkasper, gesehen, und er war ganz leicht wieder in diese Rolle geschlüpft *Oh, aber wir sind alle wieder in unsere alten Rollen geschlüpft, ist dir das nicht aufgefallen?* Und das war nicht einmal so ungewöhnlich. Er dachte, daß man so etwas vermutlich bei jedem High-School-Klassentreffen nach zehn Jahren beobachten konnte – der Komiker, der im College seine Berufung zum Priester entdeckt hatte, würde nach zwei Drinks wieder der alte Klugscheißer sein; der Große-Englisch-Spezialist, aus dem ein geschickter Autoverkäufer geworden war, würde plötzlich Vorträge über John Irving oder John Cheever halten. Und der Junge, der an Freitag- und Samstagabenden in einer Band gespielt und sich zum Geschichtsprofessor gemausert hatte, würde plötzlich mit einer Gitarre in der Hand bei der Kapelle sitzen und mit betrunkener, ausgelassener Fröhlichkeit *›Gloria‹* oder *›Surfin' Bird‹* grölen.

Doch, so glaubte Richie, dieser Rückfall war eine Halluzination, nicht aber die jetzige Lebensweise. Vielleicht war das Kind der Vater des Mannes, aber Väter und Söhne hatten oft ganz verschiedene Interessen... und nur eine oberflächliche Ähnlichkeit. Sie...

Aber du sagst Erwachsene, *und es hört sich wie Unsinn an; es klingt wie Wischi-waschi. Warum ist das so, Richie? Warum?*

Weil Derry so unheimlich ist wie eh und je. Warum belassen wir's nicht einfach dabei?

Weil die Dinge nicht so einfach sind, deshalb.

Er selbst war ein Hanswurst gewesen, ein manchmal rüpelhafter, manchmal amüsanter Spaßvogel – es war für ihn die einzige Möglichkeit gewesen, irgendwie zurechtzukommen, ohne sich von Burschen wie Henry Bowers total fertigmachen zu lassen oder einfach überzuschnappen. Im nachhinein begriff er, daß die Tatsache, daß sein Verstand zehn- oder zwanzigmal schneller arbeitete als der seiner meisten Mitschüler, einen Großteil seiner Probleme ausgelöst hatte. Seine Klassenkameraden hatten ihn für komisch, sonderbar, etwas unheimlich oder schlichtweg selbstmörderisch gehalten, weil sie seinen geistigen Höhenflügen einfach nicht folgen konnten.

Später bekam man so was unter Kontrolle – entweder man bekam es unter Kontrolle, oder man fand dafür Ventile wie beispielsweise Kinky Briefcase oder Buford Kissdrivel. Das hatte Richie in jenen Monaten entdeckt, nachdem er – aus einer Laune – in den Rundfunksender seines Colleges geschlendert war und dort schon nach seiner ersten Woche am Mikrofon alles gefunden hatte, was er sich jemals gewünscht hatte. Er war anfangs nicht sehr gut gewesen; er war viel zu aufgeregt gewesen, um gut zu sein. Aber er hatte begriffen, daß er die Möglichkeit hatte, in diesem Beruf nicht nur gut, sondern hervorragend zu sein, und allein schon diese innere Gewißheit hatte ihn in Euphorie versetzt. Gleichzeitig hatte er auch begonnen, jenes wichtige Prinzip zu begreifen, das die Welt regiert – zumindest soweit es um Karriere und Erfolg geht: Man mußte den verrückten Kerl in seinem eigenen Innern finden, der einem das Leben schwermachte. Man mußte ihn in die Ecke treiben und packen. Aber man durfte ihn nicht umbringen, o nein. Für kleine Bastarde dieser Art wäre der Tod viel zu gut gewesen. Man mußte ihm ein Geschirr anlegen und dann anfangen zu pflügen. Der verrückte Kerl legte sich mächtig ins Zeug, sobald man ihn erst in die Spur gebracht hatte. Und er hielt einen bei Laune, amüsierte einen. Das war eigentlich auch schon das ganze Erfolgsrezept. Und das genügte vollständig.

Er war komisch gewesen, zugegeben, ein Lacher pro Minute, aber zuletzt hatte er die Alpträume überwunden, jene dunkle Rückseite seines vielen Lachens. Zumindest hatte er das geglaubt. Bis heute, als das Wort *erwachsen* plötzlich seinen Sinn für ihn verloren hatte. Und jetzt gab es noch etwas anderes, womit er sich auseinandersetzen mußte – mit dieser riesigen, idiotischen Statue von Paul Bunyan vor dem City Center.

Ich war die Ausnahme, die die Regel bestätigt, Big Bill.

Bist du sicher, daß da nichts war? Überhaupt nichts?

Beim City Center... dachte ich...

Zum zweitenmal an diesem Tag verspürte er plötzlich einen scharfen

Schmerz in den Augen, und er riß mit leisem Stöhnen die Hände hoch . . . und gleich darauf war der Schmerz schon wieder vorbei. Aber er hatte auch etwas gerochen, oder nicht? Etwas, das eigentlich gar nicht da war, aber *trotzdem* dagewesen war, etwas, das ihn an

(Ich bin hier bei dir Richie nimm meine Hand kannst du dich festhalten)

Mike Hanlon denken ließ. Es war *Rauch*, der in seinen Augen brannte, bis sie tränten. Siebenundzwanzig Jahre früher hatten sie diesen Rauch eingeatmet; zuletzt waren nur noch Mike und er übriggeblieben, und sie hatten gesehen . . .

Aber es war wieder weg.

Er ging einen Schritt näher zu der Plastikstatue von Paul Bunyan, deren billige Vulgarität ihn jetzt ebenso überwältigte wie als Kind ihre Größe. Der legendäre Paul hatte die stattliche Größe von 6 Metern, und der Sockel hob ihn noch einmal um 2 Meter empor. Er stand da und lächelte auf die Fußgänger und Autofahrer auf der Outer Canal Street hinab, von seinem Platz vor dem City Center, das in den Jahren 1954/55 für ein später nie zustande gekommenes Jugend-Basketballteam errichtet worden war. Der Stadtrat von Derry hatte ein Jahr später Gelder für die Statue bewilligt. Sie war damals heiß umstritten, sowohl in den Versammlungen des Stadtrats als auch in den Leserbriefen an die ›Derry News‹. Manche waren der Meinung, es würde eine *großartige* Statue sein. Viele glaubten, sie könnte zu einer Touristenattraktion werden. Andere aber hielten die Idee einer Plastikstatue von Paul Bunyan für entsetzlich kitschig, unglaublich geschmacklos. Die Kunstlehrerin der High School hatte – daran erinnerte sich Richie noch genau – einen Leserbrief an die ›News‹ geschrieben und gedroht, die Statue in die Luft zu sprengen, wenn diese Monstrosität tatsächlich in Derry aufgestellt werden würde. Grinsend dachte Richie jetzt, daß ihr Vertrag bestimmt nicht verlängert worden war.

Die Kontroverse – viel Lärm um nichts, was sehr typisch für solche Lokalangelegenheiten war – hatte etwa sechs Monate angedauert, und dann war die Statue, die in einer Plastikfabrik in Ohio einfach gegossen wurde, aufgestellt worden, zunächst allerdings noch in eine riesige Segeltuchplane gehüllt. Die Enthüllung hatte am 13. Mai 1957 stattgefunden, dem 150. Jahrestag der Stadterhebung Derrys, und wie es vorauszusehen gewesen war, brach ein Teil der Anwesenden in wüste Schmährufe, der andere in wahren Begeisterungstaumel aus.

Bei der Enthüllung hatte sich gezeigt, daß Paul Latzhosen und ein rotweiß kariertes Hemd trug (beides war vorherzusehen gewesen). Sein Bart war herrlich schwarz und herrlich dicht und herrlich holzfällerartig.

Über einer Schulter trug er eine wahrhaft riesige Axt, und er grinste unermüdlich vor dem Hintergrund des Himmels, der an jenem Tag so blau gewesen war wie die Haut von Pauls berühmtem Gefährten (der bei der Enthüllung nicht zutage kam; der Kostenvoranschlag für einen blauen Ochsen war umwerfend hoch gewesen).

Die bei der Enthüllungszeremonie anwesenden Kinder (es waren Hunderte, und der zehnjährige Richie Tozier – in Begleitung seines Vaters – war einer davon) waren völlig hingerissen von dem Plastikriesen. Eltern hoben ihre Kleinkinder auf den hohen, quadratischen Sockel, auf dem Paul stand, und beobachteten amüsiert – zugleich aber auch etwas besorgt –, wie die Kleinen lachend über Paul Bunyans riesige Plastikstiefel krabbelten und kletterten.

Es war im März des folgenden Jahres gewesen, als Richie Tozier sich erschöpft und verängstigt auf eine der Bänke vor der Statue fallen ließ, nachdem er während einer Verfolgungsjagd, die von seiner Schule durch einen Großteil der Innenstadt geführt hatte, Bowers, Criss und Huggins nur ganz knapp entkommen war. Es war ihm schließlich gelungen, sie in der Spielwarenabteilung von Freese's Department Store zu überlisten.

Diese Filiale von ›Freese‹ war natürlich im Vergleich zu dem riesigen Kaufhaus in Bangors Innenstadt ziemlich bescheiden, aber Henry Bowers war ganz dicht hinter ihm gewesen, und Richie – dessen Mundwerk ihn natürlich wieder einmal in Schwierigkeiten gebracht hatte – war schon total erschöpft. Deshalb erschien ihm das Kaufhaus als letzter Zufluchtsort, und mit einem plötzlichen Seitensprung rettete er sich durch die Drehtür ins Innere. Henry, der den Mechanismus solch komplizierter Vorrichtungen wie Drehtüren offensichtlich nicht kapierte, klemmte sich fast die Finger ein, als er ihn doch noch zu packen versuchte.

Während Richie mit wehendem Hemd einen Gang entlangsauste, hörte er die Drehtür ein paarmal laut knallen und begriff, daß die Großen Drei immer noch hinter ihm her waren. Er lachte, aber das war nur ein nervöser Tick; er war so angsterfüllt wie das Kaninchen in einer Drahtschlinge. Diesmal wollten sie ihn *richtig* verprügeln (damals hatte Richie noch keine Ahnung davon, daß die drei – insbesondere aber Henry – im Juni außer vor Mord vor kaum etwas zurückschrecken würden, und er wäre vor Angst erbleicht, wenn ihm jemand erzählt hätte, daß es im Juli zu der apokalyptischen Steinschlacht kommen würde, bei welcher der Klub der Verlierer einen gewissen Mike Hanlon in seiner Mitte willkommen heißen würde). Und dabei war es um eine so dumme, wirklich alberne Sache gegangen.

Die Fünftkläßler, unter ihnen auch Richie, waren in die Turnhalle gegangen; die sechste Klasse kam heraus, darunter auch Henry Bowers.

536

Obwohl er immer noch in der fünften Klasse war, trieb er Sport mit den älteren Jungs. Die Wasserrohre an der Decke tropften wieder einmal, aber Mr. Fazio war noch nicht dazu gekommen, sein Schild VORSICHT! NASSER FUSSBODEN! aufzustellen. Henry war ausgerutscht und mit aller Wucht auf seinem Hintern gelandet.

Und bevor er ihn daran hindern konnte, hatte Richies Verräter-Mund gerufen: »O weia, wenn der Arsch nur nicht aus dem Leim gegangen ist!«

Sowohl Henrys als auch Richies Klassenkameraden hatten natürlich schallend gelacht, aber Henry hatte nicht einmal gelächelt, als er sich hochrappelte; nur eine dumpfe Zornesröte war ihm vom Nacken in den Kopf gestiegen.

»Ich seh' dich später, Brillenschlange!« hatte er gesagt.

Das Gelächter war verstummt, und die Jungen hatten Richie wie einen Todeskandidaten angesehen. Henry hatte sich entfernt, mit einem großen nassen Fleck auf der Hose, und bei diesem Anblick hatte Richies selbstmörderisch witziger Mund sich schon wieder geöffnet... aber diesmal hatte Richie sich fast die Zungenspitze abgebissen, als er ihn mit aller Kraft wieder schloß.

Na ja, vielleicht vergißt er's, hatte er unbehaglich beim Umziehen gedacht. *Verdammt, soviel Gehirnzellen hat er ja schließlich nicht, ha, ha, HA HA.*

»Du bist ein toter Mann, Tozier!« hatte Vince Taliendo gesagt, während er seine Turnhose hochzog. Er hatte das mit einem gewissen traurigen Respekt gesagt, der nicht gerade zur Besserung von Richies Laune beitrug. »Aber mach dir nichts draus, ich bring' Blumen zur Beerdigung mit.«

»Schneid dir die Ohren ab, dann kannst du sogar Blumenkohl mitbringen«, hatte Richie schlagfertig erwidert, und alle hatten gelacht, sogar Taliendo. Sie hatten alle gut lachen, sie saßen jetzt gemütlich zu Hause, hörten ›Bandstand‹ oder schauten sich im Fernsehen ›The Mickey Mouse Club‹ an, während Richie schweißüberströmt durch die Abteilung für Damenwäsche hetzte.

Henry hatte es natürlich *nicht* vergessen. Richie hatte die Schule vorsichtshalber durch den Hinterausgang verlassen, aber Henry hatte dort – ebenfalls vorsichtshalber – Belch Huggins als Aufpasser postiert.

Richie hatte ihn zuerst gesehen – sonst hätte es überhaupt keine Verfolgungsjagd gegeben. Belch hatte gerade in die andere Richtung geschaut, eine Camel in einer Hand, während er sich mit der anderen verträumt am Hintern kratzte. Mit laut pochendem Herzen hatte Richie sich über den Spielplatz geschlichen und war schon fast auf der Charter Street gewesen, als Belch sich zufällig doch noch umgedreht und ihn gesehen hatte. Das war der Beginn dieser Verfolgungsjagd gewesen.

Die Spielzeugabteilung war fürchterlich leer. Nicht einmal ein Verkäufer war zu sehen – ein willkommener Erwachsener, der hätte eingreifen können. Er hörte sie näher kommen, die drei Elefanten der Apokalypse. Und er konnte einfach nicht mehr rennen. Bei jedem Atemzug durchzuckte ein scharfer Schmerz seine ganze linke Seite.

Sein Blick fiel auf den Notausgang, und er faßte neuen Mut. Auf einem Schild über der Türstange stand nämlich: NUR NOTAUSGANG! ALARM WIRD AUSGELÖST!

Richie rannte einen Gang entlang, vorbei an Donald-Duck-Schachtelmännchen, amerikanischen Armeepanzern, die in Japan, und Plastikaffen, die in Taiwan hergestellt worden waren. Dann drückte er mit aller Kraft gegen die Türstange. Die Tür öffnete sich, und kühle Märzluft flutete herein. Heulend ging die Alarmsirene los. Mit einem Satz sprang Richie zurück und ließ sich im nächsten Gang auf Hände und Knie fallen.

Henry, Belch und Victor stürzten gerade noch rechtzeitig in die Spielzeugabteilung, um zu sehen, wie die Notausgangstür zufiel und die Sirene verstummte. Sie rasten darauf zu, Henry als erster, das Gesicht vor Anstrengung und Wut verzerrt.

Jetzt kam auch ein Verkäufer angerannt. Er trug einen blauen Nylonkittel über einem buntkarierten Sportsakko und hatte eine Brille mit pinkfarbenem Gestell auf der Nase. Richie dachte, daß er eine unheimliche Ähnlichkeit mit Wally Cox in der Rolle des Mr. Peepers hatte, und er mußte sich den Arm vor seinen Verräter-Mund halten, um nicht in wildes, hysterisches Gelächter auszubrechen.

»He, Jungs!« schrie Mr. Peepers. »Ihr könnt dort nicht raus! Das ist ein Notausgang! Ihr... he... *ihr Jungs...*!«

Victor warf ihm einen etwas nervösen Blick zu, aber Henry und Belch drehten sich nicht einmal um, und Victor folgte ihnen. Erneut ging die Alarmsirene los, als die drei auf die Gasse hinter dem Kaufhaus hinausrannten. Sie war noch nicht wieder verstummt, als Richie schon aufgesprungen war und in die andere Richtung trabte, zurück zur Abteilung für Damenwäsche.

»Ihr Jungs bekommt hier alle Hausverbot!« schrie der Verkäufer hinter ihm her.

Richie rief ihm über die Schulter hinweg mit seiner ›Stimme der Zeternden Oma‹ zu: »Hat Ihnen schon mal jemand gesagt, daß Sie *genau* wie Mr. Peepers aussehen, junger Mann?«

Und da saß er nun, fast eine Meile vom Kaufhaus entfernt, und hoffte, in Sicherheit zu sein. Zumindest bis zum nächsten Tag. Er war sehr müde. Er saß auf der Bank, die etwas links von der Statue stand, und versuchte, sich ein wenig zu erholen. Gleich würde er aufstehen und nach Hause gehen, aber im Moment war es sehr angenehm, hier einfach in der Nachmittagssonne zu sitzen, die versprach, daß der Frühling nun bald wirklich anbrechen würde.

Jenseits des Rasens konnte er an der Überdachung des Eingangs zum City Center in großen, blauen, transparenten Leuchtbuchstaben folgende Ankündigung lesen:

HALLO TEENS!
KOMMT ALLE AM 28. MÄRZ!
ZUR ARNIE ›WOO-WOO‹ GINSBERG ROCK AND ROLL SHOW!
JERRY LEE LEWIS
THE PENGUINS
FRANKIE LYMON AND THE TEENAGERS
GENE VINCENT AND THE BLUE CAPS
FREDDY ›BOOM BOOM‹ CANNON

EIN ABEND VOLLER UNTERHALTUNG!

Das war eine Show, zu der er wirklich sehr gern gehen würde, dachte er schläfrig, aber er wußte, daß seine Mutter das nie erlauben würde. Sie gab zwar zu, in den 40er Jahren für Frank Sinatra geschwärmt zu haben, aber ebenso wie Bill Denbroughs Mutter wollte sie von Rock 'n' Roll nichts wissen. Chuck Berry war ihr ein Greuel, und sie erklärte, daß sich ihr bei Richard Penniman – unter seinen Fans besser bekannt als Little Richard – der Magen umdrehe.

Richies Vater war in bezug auf dieses Thema neutral, aber Richie wußte tief im Herzen, daß seine Mutter nicht mit sich reden lassen würde, was Rock 'n' Roll anging.

Ihm selbst gefiel das bißchen Rock 'n' Roll, das er bisher gehört hatte, großartig (seine beiden Hauptquellen waren ›American Bandstand‹ auf Kanal 7 und der WPTR aus Boston, der hier aber nur sehr schlecht zu empfangen war); er spürte in dieser Musik eine große Kraft, eine Macht, die eines Tages vielleicht allen schmächtigen Kindern und Verlierern dieser Welt gehören würde, eine verrückte, ausgelassene Kraft, die einen sowohl erschlagen als auch in Ekstase versetzen konnte. Seine besonderen Ideale waren Fats Domino, weil gegen den sogar Ben Hanscom mager aussah, und Buddy Holly, weil der eine Brille trug.

Na ja, eines Tages würde er seinen Rock 'n' Roll haben, wenn er wollte, aber nicht dieses oder nächstes Jahr. Mit solchen Gedanken beschäftigt, wandte Richie seine Blicke wieder der Statue von Paul Bunyan zu ... und dann ... na ja, er mußte eingeschlafen sein. Denn was dann geschehen war, konnte man einfach unmöglich glauben. Solche Dinge passierten nur in Träumen.

Und als Richie Tozier nun, 27 Jahre später – nachdem er soviel Rock and Roll bekommen hatte, wie er nur wollte, diese Musik aber immer noch heiß liebte – auf derselben Bank saß und zum City Center hinüberblickte, sah er, daß die blauen Leuchtbuchstaben mit gräßlicher Zufälligkeit verkündeten:

14. Juni

Heavy Metal Manie!

Judas Priest

Iron Maiden

Kartenverkauf hier oder an jeder Vorverkaufskasse

Er schaute wieder zu Paul Bunyan empor, dem Schutzpatron dieser Stadt, die – den alten Geschichten zufolge – entstanden war, weil die Baumstämme sich hier stauten und herausgeholt wurden, wenn sie flußabwärts trieben. Es hatte eine Zeit gegeben, da im Frühling sowohl der Penobscot als auch der Kenduskeag von einem Ufer bis zum anderen so mit nassen schwarzen Baumstämmen verstopft waren. Ein Mann, der gut zu Fuß war, konnte von Wally's Spa in Hell's Half-Acre bis zu Ramper's in Brewster laufen (Ramper's war eine so übel beleumundete Kneipe, daß sie unter der Bevölkerung meist nur ›Blutlache‹ genannt wurde), ohne sich die Stiefel weiter als bis zur dritten Lasche der Schnürsenkel naß zu machen. Das jedenfalls hatte man sich in Richies Jugend erzählt, und er vermutete, daß Paul Bunyan in all diesen Geschichten steckte.

Na, alter Paul, dachte er, während er die große Plastikstatue betrachtete. *Was hast du so alles getrieben, seit ich hier weggezogen bin? Hast du neue Flußbetten geschaffen, indem du deine Axt am Boden hinter dir hergeschleift hast, wenn du müde heimgingst? Hast du neue Seen geschaffen, weil du eine Badewanne haben wolltest, die groß genug war, damit du bis zum Hals in Wasser sitzen konntest? Hast du noch mehr Kindern Angst eingejagt? Du hast mir an jenem Tag nämlich Angst eingejagt, das kann ich dir sagen.*

Und plötzlich fiel ihm alles wieder ein, wie man sich manchmal an ein Wort erinnern kann, das einem auf der Zunge liegt.

Da hatte er in der warmen Märzsonne gesessen und daran gedacht, heimzugehen und ›Bandstand‹ einzuschalten, und plötzlich hatte ein kalter Windstoß ihm die Haare aus der Stirn geweht, und er hatte aufgeschaut, und Paul Bunyans riesiges Plastikgesicht war direkt vor ihm gewesen und hatte sein ganzes Blickfeld ausgefüllt, größer als eine Filmleinwand. Der Luftstoß war dadurch entstanden, daß Paul sich heruntergebeugt hatte.

Seine Axt ruhte nicht mehr auf seiner Schulter; er stützte sich auf ihren Stiel und blickte Richie direkt ins Gesicht. Er lächelte immer noch, aber es war kein freundliches Lächeln mehr, sondern ein unangenehmes, hämisches Grinsen.

»Ich werde dich auffressen«, sagte der Riese mit tiefer, dröhnender Stimme, die sich anhörte, als ob Felsbrocken bei einem Erdbeben gegeneinanderschlügen. »Wenn du mir nicht sofort meine Harfe und meine Henne und meine Goldsäcke zurückgibst, werde ich dich... auffressen!«

Der Atem bei diesen Worten glich einem Orkan und ließ Richies Hemd wild flattern. Dieser Atem war warm, stank aber süßlich nach Verwesung. Richie drückte sich an die Banklehne, mit schreckensweit aufgerissenen Augen und gesträubten Haaren.

Dann begann der Riese zu lachen, packte die Axt mit beiden Händen und hob sie langsam hoch, und Richie konnte *hören*, wie sie die Luft durchschnitt – sie verursachte ein tiefes, unheimlich pfeifendes Geräusch: Swopppppp! –, und Richie begriff plötzlich, daß der Riese ihn mit seiner Axt spalten wollte.

Er war wie gelähmt, und ihn überkam eine große Trägheit. Was spielte es schon für eine Rolle? Es war nur ein Traum. Gleich würde er aufwachen.

»Das stimmt«, brummte der Riese. »Du wirst aufwachen – in der *Hölle*!« Und im letzten Moment, als die Axt sich schon wieder senkte, mit einem schärferen Ton durch die Luft pfiff, begriff Richie entsetzt, daß es *kein* Traum war, und wenn doch, so war es ein Traum, der tödlich enden konnte.

Mit einem lautlosen Schrei ließ er sich von der Bank auf den Kies fallen und bemerkte nicht einmal, daß er sich den Arm aufschürfte. Das Geräusch der niedersausenden Axt war ohrenbetäubend, und das Grinsen des Riesen hatte sich in eine irre Grimasse aus Haß und Mordlust verwandelt. Er bleckte die Zähne, so daß das gräßlich rote Plastikzahnfleisch entblößt wurde.

Mit einem mörderischen Swiiipppppp! durchschnitt die scharfe Axt die Luft und traf genau die Bank, auf der Richie soeben noch gesessen hatte. Der Knall glich einem Kanonenschuß. Die grüne Bank war säuberlich in zwei Teile gespalten, aber die Wucht des Schlags war so groß, daß beide Teile in kleine Holzsplitter zerfielen, die in die Luft stoben und dann auf den Kies fielen wie kleine, grüne Grashalme.

Schreiend schob Richie sich mit den Absätzen weiter, während er sich einen Arm vors Gesicht hielt, um es vor den herniederregnenden Holzsplittern zu schützen. Als er ihn dann wieder sinken ließ, bot sich ihm ein Anblick, der hätte komisch sein können, wenn er nicht so fürchterlich gewesen wäre: Paul Bunyan stieg von seinem Sockel herab. Sein Kopf war zur Seite geneigt, und seine Augen – jedes so groß wie ein Kanalschachtdeckel – stierten den auf dem Boden liegenden Jungen an.

Die Erde bebte, als er seinen Stiefel aufsetzte. Kies stob hoch. Der Stiefel sank ein Stück in den Boden ein.

Richie rollte auf den Bauch und stemmte sich hoch. Seine Beine versuchten schon zu rennen, er verlor das Gleichgewicht und fiel wieder der Länge nach hin. Zwischen den ihm ins Gesicht fallenden Haaren hindurch konnte er den Verkehr auf der Canal Street sehen; die Autos fuhren dahin, so als wäre nichts geschehen; kein Mensch schien zu bemerken, daß die Statue plötzlich zum Leben erwacht war und mit einer fast hausgroßen Axt einen kleinen Jungen verfolgte.

Plötzlich war die Sonne weg, und er lag im Schatten – und dieser Schatten hatte die Form eines Mannes.

Irgendwie kam er wieder auf die Beine und rannte, was das Zeug hielt. Er rannte auf den Gehweg zu und hörte hinter sich wieder jenes schreckliche Geräusch, ein Geräusch wie von einem dahinrasenden Gespensterzug: Swiiiippppppp!

Die Erde bebte. Richies Ober- und Unterkiefer klapperten aufeinander wie Porzellanteller bei einem Erdbeben. Er mußte nicht hinsehen, um zu wissen, daß sich Pauls Axt Zentimeter hinter seinen Füßen tief in den Gehweg gebohrt hatte.

Es war Irrwitz, aber er hörte in Gedanken die Dovells: *Oh the kids in Bristol are sharp as a pistol when they do the Bristol Stomp...*

Er trat aus dem Schatten des Riesen wieder ins Sonnenlicht, und dabei fing er an zu lachen – dasselbe erschöpfte Lachen wie damals, als er im Freese's die Treppe hinuntergerannt war. Damals hatte er schwer atmend und mit Seitenstechen hinter sich über die Schulter gesehen.

Die Statue stand auf ihrem Sockel, die Axt auf der Schulter, und grinste zum Himmel empor. Die Bank, die in grüne Splitter gespalten worden war, stand heil und unversehrt da. Der Kies war nur an einer Stelle aufgewühlt – dort, wo er von der Bank gefallen war. Es waren auch keine tiefen Fußspuren von der Größe eines Dinosauriers, keine Einschläge von einer Axt zu sehen.

Richie lachte etwas zittrig und unsicher. Er stand noch eine Weile da und wartete, ob die Statue sich wieder bewegen würde – vielleicht blinzeln oder die Axt von einer Schulter auf die andere heben oder herabsteigen und ihn wieder verfolgen würde – aber natürlich tat sie nichts dergleichen.

Trotzdem reichte es Richie. Der Traum war sehr real gewesen. Er machte sich auf den Heimweg, und obwohl es eine Abkürzung gab, die an der Statue vorbeiführte, hatte er verständlicherweise beschlossen, lieber den weiteren Weg zu nehmen. Aber schon am Abend hatte er den Vorfall fast vergessen gehabt.

Bis jetzt.

Hier sitzt ein Mann, dachte er, *hier sitzt ein Mann im moosgrünen Sportsakko aus einem der teuersten Geschäfte am Rodeo Drive; hier sitzt ein Mann mit Bass Weejuns an den Füßen und Unterwäsche von Calvin Klein über dem Arsch; hier sitzt ein Mann mit weichen Kontaktlinsen und erinnert sich an den Traum eines Jungen, der dachte, ein Ivy-League-Hemd mit Obst-Emblem auf dem Rücken und ein Paar Snap-Jack-Schuhe wären der Gipfel des Modischen; hier sitzt ein Erwachsener und betrachtet dieselbe alte Statue, und, he, Paul, großer Paul, ich bin gekommen, um dir zu sagen, daß du immer noch ganz der alte bist, du siehst nicht einen Tag älter aus.*

Die alte Erklärung leuchtete ihm immer noch ein: Es war ein Traum gewesen.

Wenn es sein mußte, konnte er zwar vermutlich auch an Monster glauben – schließlich hatte er genügend von solchen Kerlen wie Idi Amin Dada und Reverend Jim Jones gehört und gelesen, und wenn er an sie glauben konnte, so konnte er wohl auch, zumindest eine Zeitlang, an Mike Hanlons Es glauben. Er konnte an ein Monster glauben, das die verschiedensten Gesichter annahm (warum auch nicht – im Dutzend billiger!), aber eine 6 Meter hohe Plastikstatue, die zuerst versuchte, einen mit ihrer Axt zu erschlagen, und die dann einfach von ihrem Sockel herabstieg, um einen ein bißchen zu jagen? Das war denn doch ein bißchen viel verlangt. Es...

Plötzlich überfiel ihn wieder ohne jede Vorwarnung jener messerscharfe Schmerz in den Augen, und er schrie gequält auf. Diesmal hielt der Schmerz länger an und war noch stärker als die beiden ersten Male. Instinktiv griff Richie sich mit den Zeigefingern an die Unterlider, um seine Kontaktlinsen herauszunehmen. *Vielleicht ist es irgendeine Infektion*, dachte er. *Mein Gott, wie das schmerzt!*

Er zog die Lider etwas nach unten und wollte die Linsen gerade durch einmaliges kurzes Blinzeln herausfallen lassen (die nächste Viertelstunde würde er dann zwar damit verbringen müssen, halbblind im Kies nach ih-

543

nen zu tasten, aber, mein Gott, das tat ja so weh, als hätte er *Spikes* in den Augen)... da war der Schmerz auf einmal wie weggeblasen. Seine Augen tränten noch einen Moment, dann war alles wieder völlig normal.

Langsam ließ er die Hand sinken. Er hatte starkes Herzklopfen. Und plötzlich fiel ihm der einzige Horrorfilm ein, der ihn als Kind wirklich geängstigt hatte, vielleicht weil er wegen seiner Brille und seiner schlechten Augen soviel Spott einstecken mußte, um sich zu fragen, warum Gott es für nötig gehalten hatte, ihn mit so beschissenen Augen zu strafen. Jener Film war ›*The Crawling Eye*‹ – ›*Das kriechende Auge*‹ – mit Forrest Tukker gewesen. Die anderen Kinder hatten sich halb totgelacht, aber er hatte sich bleich und kalt und entsetzt an seinen Sitz gepreßt, als das schreckliche gallertartige Ding aus dem künstlichen Nebel eines englischen Filmstudios hervorkam und seine Tentakel bewegte. Das war wirklich schlimm gewesen, die Verkörperung von hunderterlei vagen Ängsten. Eines Nachts nicht lange danach hatte er davon geträumt, wie er sich selbst in einem Spiegel betrachtete und eine lange Nadel hob und sie langsam in die schwarze Pupille seines Auges stach und eine taube, wäßrige Zähigkeit spürte, während sich sein Auge mit Blut füllte. Er erinnerte sich – *jetzt* erinnerte er sich –, wie er aufgewacht war und feststellte, daß er ins Bett gepinkelt hatte. Das beste Anzeichen dafür, wie schlimm der Traum gewesen war, war die Tatsache, daß er nicht Scham über diese nächtliche Peinlichkeit empfunden hatte, sondern Erleichterung; er hatte seinen Körper auf den warmen Fleck gepreßt und Gott dafür gedankt, daß er noch sehen konnte.

»Scheiß drauf«, sagte Richie Tozier mit einer leisen Stimme, die nicht ganz fest war, und stand auf.

Obwohl es warm war, seit die Wolkendecke sich aufgelöst hatte, fröstelte Richie plötzlich und beschloß, ins Town House zurückzugehen und ein Nickerchen zu halten. Er war fast die ganze Nacht hindurch geflogen und Auto gefahren, und die Schmerzen in seinen Augen rührten vermutlich von Übermüdung her. Für einen Tag hatte er wirklich genug Schocks erlebt, und er war auch weiß Gott genug herumgelaufen. Es gefiel ihm überhaupt nicht, wie er in Gedanken vom Hundertsten ins Tausendste kam, wie ihm Dinge einfielen, an die er seit Ewigkeiten nicht mehr gedacht hatte: die Statue, der alte Streit um Rock 'n' Roll, der bei ihm zu Hause von Zeit zu Zeit ausgebrochen war, seine Brille, jener Horrorfilm. Es wurde wirklich Zeit, ein paar Runden zu schlafen; anschließend würde er bestimmt wieder bei klarem Verstand sein.

Er erhob sich, und dann fiel sein Blick auf das Werbeplakat vor dem City Center, und er ließ sich wieder auf die Bank fallen und glaubte seinen Augen nicht zu trauen.

RICHIE TOZIER, MANN DER 1000 STIMMEN,
KOMMT ZURÜCK NACH DERRY, DER STADT DER 1000 TÄNZE

ZU EHREN DER HEIMKEHR VON SCHANDMAUL
PRÄSENTIERT DAS CITY-CENTER
DIE RICHIE TOZIER ›ROCK-SHOW DER TOTEN‹

BUDDY HOLLY	RICHIE VALENS	THE BIG BOPPER
FRANKIE LYMON	GENE VINCENT	MARVIN GAYE

HAUS-BAND

JIMI HENDRIX	LEAD G
JOHN LENNON	RHYTHMUS
PHIL LYNOTT	BASS
KEITH MOON	DRUMS

SPECIAL GUEST SÄNGER JIM MORRISON

WILLKOMMEN DAHEIM, RICHIE!
AUCH DU BIST TOT!

Er hatte das Gefühl, plötzlich keine Luft mehr zu bekommen... und dann hörte er wieder jenes Geräusch, jenes mörderische SWIIIPPPPP! Er ließ sich von der Bank auf den Kies fallen und dachte dabei: *Das versteht man also unter einem ›Déjà-vu-Erlebnis‹, jetzt weißt du es, du wirst nie wieder fragen müssen.*

Er prallte mit der Schulter auf und rollte sich ab. Dann warf er einen Blick auf die Statue von Paul Bunyan – nur war es nicht mehr Paul Bunyan. Statt dessen stand dort oben der Clown, 6 Meter Farbenpracht in Plastik; SEIN geschminktes Gesicht ragte bösartig aus einer komischen Halskrause empor. Auf der Vorderseite seines silbrigen Kostüms hatte es orangefarbene Pomponknöpfe, aus Plastik gegossen, jeder so groß wie ein Volleyball. Anstatt einer Axt hatte diese Erscheinung mit dem breiten roten Grinsen und den orangefarbenen Haarbüscheln à la Bozo eine Traube Plastikballons in der Hand, und auf jedem Ballon stand: FÜR MICH IMMER NOCH ROCK AND ROLL und darunter: RICHIE TOZIERS ROCK-SHOW DER TOTEN.

Richie kroch auf Händen und Füßen rückwärts. Eine Ärmelnaht an seinem Sportsakko platzte auf. Er kam mühsam auf die Beine, blickte hoch und sah, daß der Clown mit rollenden Augen auf ihn herabschaute.

»Ich hab' dir Angst eingejagt, was, Richie?« brummte er.

Und Richie hörte sich antworten: »Billige Überrumpelungstaktik, Bozo. Weiter nichts.«

Der Clown grinste. Die roten Lippen enthüllten hauerartige Zähne, rasierklingenscharf. »Ich könnte dich jetzt schnappen, wenn ich wollte«, sagte Es. »Aber ich möchte mir den Riesenspaß nicht verderben.«

»Auch mir wird es Spaß machen«, hörte Richie sich wieder sagen. »Und den größten Spaß werde ich haben, wenn wir dich schnappen und es dir endgültig an den Kragen geht, Baby.«

Das Grinsen des Clowns wurde immer breiter. Er hob eine weiß behandschuhte Hand, und wie an jenem Tag vor 27 Jahren spürte Richie, wie der dabei entstehende Luftzug ihm die Haare aus der Stirn blies. Der Clown streckte seinen Zeigefinger aus – er war so groß wie ein Balken.

Groß wie ein Balken, dachte Richie zusammenhanglos, und dann überfiel ihn wieder jener Schmerz – rostige Spikes, die brutal in seine Augen getrieben wurden –, und er schrie auf.

»Bevor du den Splitter aus dem Auge deines Nächsten entfernst, solltest du des Balkens in deinem eigenen gewahr werden«, rezitierte der Clown-Riese mit dröhnender Stimme, und Richie konnte seinen Atem riechen, einen süßen Verwesungsgestank.

Dann verebbte der Schmerz wieder.

Er blickte hoch und wich hastig einige Schritte zurück. Der Clown beugte sich herab, die behandschuhten Hände auf seine Knie in den lustigen Hosen gestützt.

»Sollen wir noch ein bißchen spielen, Richie?« fragte Es mit seiner dröhnenden Stimme. »Wie wär's, wenn ich auf deinen Unterleib deute und dir Prostatakrebs beschere? Ich kann auch auf deinen Kopf deuten und dich mit einem guten alten Gehirntumor beglücken. Oder ich kann auf deinen Mund deuten, und deine blöde Plapperzunge wird herausfallen. Ich kann das tun, Richie. Willst du's sehen?«

Seine Augen wurden immer größer, und in jenen schwarzen Pupillen, die so groß wie Korbbälle waren, sah Richie die wahnsinnige Dunkelheit, die jenseits des Universums herrschen mußte; er sah ein perverses Glück, das ihn um den Verstand zu bringen drohte. In diesem Moment verstand er, daß Es das alles vermochte, das alles und noch mehr.

Und trotzdem hörte er sich wieder sprechen, aber diesmal weder mit seiner eigenen Stimme noch mit einer der von ihm erfundenen, sondern mit einer Stimme, die er nie zuvor gehört hatte. Später erzählte er den anderen zögernd, es sei so eine Art Jazz-Nigger-Stimme gewesen, laut und stolz, kreischend und sich selbst parodierend. »Laß ja die Finger von mir, mein Bester!« brüllte er und lachte, so unglaublich das auch schien. »Mir kannst du nicht an die Karre pissen! Ich bin nämlich selbst unübertrefflich, ja geradezu einsame Spitze! Und deshalb kannst du mich mal am Arsch lecken, du widerwärtige Dooffresse!«

Richie glaubte zu sehen, daß der Clown etwas zurückschreckte, aber er hielt sich nicht lange damit auf, sich zu vergewissern. Er rannte mit wehendem Sakko, so schnell er nur konnte, und es war ihm völlig gleichgültig, daß ein Vater, der mit seinem zwei- oder dreijährigen Sohn stehengeblieben war, um Paul Bunyan zu bewundern, ihn anstarrte, als hätte er plötzlich den Verstand verloren. *Wenn ich ganz ehrlich sein soll, Leute,* dachte Richie, *kommt es mir sogar so vor, als hätte ich wirklich den Verstand verloren.*

Und dann donnerte die Stimme des Clowns hinter ihm her. Der Vater des kleinen Jungen hörte nichts, aber das Gesicht des Kindes verzerrte sich plötzlich vor Angst, und es begann zu weinen. Der Vater nahm den Kleinen auf den Arm und drückte ihn bestürzt an sich. Trotz seiner eigenen Angst beobachtete Richie diese kleine Nebenepisode sehr genau. Die Stimme des Clowns schien zwischen Ärger und Fröhlichkeit zu schwanken, vielleicht war sie aber auch *nur* ärgerlich: »*Wir haben hier unten das Auge... das kriechende Auge haben wir hier unten. Du kannst jederzeit runterkommen und es dir anschauen. Wann immer du willst. Hörst du mich, Richie? Bring dein Jo-Jo mit und ein paar Hula-Hoop-Reifen. Und sag Beverly, sie soll einen weiten, schwingenden Rock mit vier oder fünf Petticoats tragen. Und den Ring ihres Mannes soll sie um den Hals tragen! Und Eddie soll seine zweifarbigen Sportschuhe anziehen! Wir werden Be-Bop spielen, Richie! Wir werden* AAALLE HITS SPIELEN!«

Auf dem Gehweg angelangt, wagte Richie einen Blick zurück, und was er sah, war alles andere als beruhigend. Paul Bunyan war immer noch verschwunden, aber jetzt war auch der Clown verschwunden. An ihrer Stelle stand jetzt eine 6 Meter hohe Plastikstatue von Buddy Holly. Er trug eine runde Ansteckplakette auf dem schmalen Aufschlag seines Sportsakkos. RICHIE TOZIERS ROCK-SHOW DER TOTEN stand darauf.

Ein Bügel von Buddys Brille war mit Klebestreifen geflickt.

Der kleine Junge weinte noch immer, und sein Vater ging mit ihm rasch in Richtung Stadtmitte. Um Richie machte er dabei einen weiten Bogen.

Richie setzte sich wieder in Bewegung und *(feets don't fail me now)* versuchte, nicht über das nachzudenken, (wir werden AAALLE HITS SPIELEN!) was soeben geschehen war. Er wollte jetzt nur an *eines* denken: an den riesigen Scotch, den er in der Hotelbar trinken würde, bevor er sich dann ins Bett haute.

Bei diesem Gedanken fühlte er sich etwas besser. Er drehte sich noch einmal um, und angesichts der Tatsache, daß Paul Bunyan wieder grinsend auf seinem Sockel stand, die Plastikaxt über der Schulter, fühlte er sich noch besser. Richie nahm die Beine in die Hand, um möglichst rasch eine große Entfernung zwischen sich und der Statue zu schaffen. Er begann sogar schon wieder über die Möglichkeit von Halluzinationen und ähnlichem Zeug nachzudenken, als der Schmerz in den Augen ihn mit solcher Kraft überfiel, daß er heiser aufschrie. Ein hübsches junges Mädchen, das ein Stückchen vor ihm dahinschlenderte und verträumt die Wolken betrachtete, drehte sich um, zögerte kurz und ging dann auf ihn zu.

»Ist alles in Ordnung, Mister?«

»Es sind meine Kontaktlinsen«, sagte er gepreßt. »Meine verfluchten Kontaktlin... *o mein Gott, das brennt ja wahnsinnig!*«

Diesmal stieß er sich die Zeigefinger fast in die Augen, so rasch riß er seine Hände hoch. Er zog die Unterlider herunter und dachte: *Ich werde sie nicht rausbringen, ich weiß, daß ich sie nicht rausbringen werde, und es wird immer weiter so brennen und brennen und brennen...*

Aber nach einmaligem Blinzeln fielen sie wie immer heraus. Die klar umrissene Welt mit ihren deutlichen Gesichtern und scharf voneinander abgesetzten Farben löste sich in verschwommenen Nebel auf. Und obwohl er und das junge Mädchen, das sehr hilfsbereit und besorgt war, fast eine Viertelstunde den Gehweg absuchten, konnten sie nicht einmal eine der beiden Linsen finden.

Und in seinem Hinterkopf schien Richie den Clown lachen zu hören.

5. Bill Denbrough sieht ein Gespenst

Bill sah an jenem Nachmittag den Clown in keiner seiner Gestalten oder Erscheinungsformen. Aber er *sah* ein Gespenst... zumindest glaubte Bill das damals, und auch die späteren Ereignisse änderten nichts an seiner Meinung.

Als erstes ging er die Witcham Street hoch und blieb einige Zeit an jenem Gully stehen, wo Georgie an einem regnerischen Oktobertag des Jahres 1957 den Tod gefunden hatte. Er kniete nieder und spähte in den Gully, der in den Rinnstein eingelassen war. Sein Herz klopfte laut, aber er blickte trotzdem hinab.

»Komm heraus!« sagte er leise, und er hatte die nicht einmal ganz verrückte Idee, daß seine Stimme durch dunkle, tropfende Kanäle schwebte, nicht verklang, sondern immer weiter getragen wurde, sich durch ihre eigenen Echos immer wieder erneuerte, die von schleimigen Wänden widerhallten; er hatte das Gefühl, daß sie über stillen und trüben Wassern dahinschwebte und vielleicht aus hundert verschiedenen Abwasserrohren in den Barrens zur selben Zeit erscholl.

»Komm heraus, sonst kommen wir zu dir und ho-holen dich!«

Er wartete geduldig auf eine Antwort, kniend, die Hände zwischen den Oberschenkeln. Aber es kam keine Antwort.

Er wollte gerade aufstehen, als ein Schatten über ihn fiel.

Bill blickte hoch, auf alles gefaßt... aber es war nur ein kleiner Junge, zehn oder vielleicht elf Jahre alt. Er trug verwaschene Pfadfindershorts und hatte abgeschürfte Knie. In einer Hand hielt er einen leuchtend orangefarbenen Pappbecher, in der anderen ein leuchtend grünes Skateboard.

»Sprechen Sie immer in Gullys rein, Mister?« fragte der Junge.

»Nur in Derry«, erwiderte Bill.

Sie sahen einander einen Moment lang ernst an, dann brachen sie beide gleichzeitig in lautes Gelächter aus.

»Ich möchte dir eine dumme F-F-Frage stellen«, sagte Bill.

»Okay.«

»Hast du aus irgendeinem Gully schon mal w-was g-g-gehört?«

Der Junge starrte Bill wie einen Verrückten an, und Bill stand auf.

»O-Okay«, sagte er. »V-Vergiß es.«

Er war etwa zwölf Schritte gegangen – hügelaufwärts, weil er einen Blick auf sein ehemaliges Zuhause werfen wollte –, als der Junge rief: »Hallo, Mister!«

Bill drehte sich um. Er hatte sein Sportsakko über die Schulter gehängt, die Krawatte gelockert und den Kragen aufgeknöpft. Der Junge musterte ihn aufmerksam.

»Jaaa.«

»Ja?« fragte Bill.

»Jaaa.«

»Was hast du gehört?«

»Ich weiß nicht genau«, antwortete der Junge. »Es war eine Fremdsprache. Ich hab' die Stimme aus einer der Pumpstationen in den Barrens gehört. Aus diesen Dingern, die wie zylinderförmige Rohre aus dem Boden rausragen...«

»Ich weiß, was du meinst«, nickte Bill. »War es ein Kind, das du gehört hast?«

»Zuerst war es ein Kind, dann ein Mann.« Der Junge schwieg ein Weilchen, dann fuhr er fort: »Ich hatte zuerst ziemliche Angst. Ich bin nach Hause gerannt und hab's meinem Vater erzählt, und er hat gemeint, es könnte ein Echo in den Rohren gewesen sein, das aus irgendeinem Haus gekommen ist.«

»Und – glaubst du das?«

549

Der Junge lächelte bezaubernd. »Ich hab' in meinem Ob-du's-glaubst-oder-nicht-Buch gelesen, daß es mal einen Jungen gab, der mit seinen Zähnen Musik empfangen konnte. Radiomusik. Seine Plomben waren wie kleine Radios. Und wenn ich das geglaubt hab', kann ich vermutlich alles glauben.«

»J-Ja«, sagte Bill. »Aber *hast* du's geglaubt?«

Widerwillig schüttelte der Junge den Kopf.

»Hast du diese Stimmen jemals wieder gehört?« fragte Bill.

»Einmal, als ich gerade ein Bad nahm«, antwortete der Junge. »Es war eine Mädchenstimme. Sie sagte nichts. Sie weinte nur. Ich hatte Angst, den Stöpsel rauszuziehen, als ich fertig war, weil ich dachte, ich könnte das Mädchen... na ja, wissen Sie, ertränken.«

Bill nickte wieder.

Der Junge schaute Bill jetzt offen und fasziniert mit leuchtenden Augen an. »Sie wissen alles darüber, ja?« fragte er. »Sie haben diese Stimmen auch schon gehört?«

»Ja, ich habe sie gehört«, sagte Bill. »Vor langer, langer Zeit. Hast du irgendeins der K-Kinder gekannt, die hier ermordet worden sind, Junge?«

Die Augen des Jungen hörten auf zu leuchten und bekamen einen wachsamen, beunruhigten Ausdruck. »Mein Dad sagt, ich soll nicht mit Fremden reden«, antwortete er. »Er sagt, jeder könnte jener Mörder sein. Sie könnten es auch sein, Mister.« Er wich vorsichtshalber einen Schritt zurück, in den Schatten einer Ulme, in die Bill vor 27 Jahren einmal mit seinem Fahrrad hineingerast war. Er war in hohem Bogen vom Rad geflogen und hatte die Lenkstange etwas verbogen.

»Ich nicht, mein Junge«, erklärte er. »Ich war in den letzten vier Monaten in England,.und davor in Kalifornien. Ich bin erst gestern nach Derry gekommen.«

»Ich sollte trotzdem nicht mit Ihnen reden«, sagte er.

»Du hast völlig recht«, stimmte Bill zu.

Nach kurzem Schweigen sagte der Junge: »Ich hab' oft mit Johnny Feury gespielt. Er war ein guter Freund. Ich hab' geweint«, berichtete der Junge nüchtern und schlürfte den Rest seines Safts.

»Bleib weg von den Gullys und Abflußrohren«, sagte Bill ruhig. »Halte dich von einsamen Orten fern. Und vom alten Bahnhofsgelände. Aber in erster Linie – bleib weg von den Gullys und Abflußrohren.«

Die Augen des Jungen leuchteten wieder, und er schwieg lange Zeit. Schließlich sagte er: »Mister? Wollen Sie was Komisches hören?«

»Na klar.«

»Kennen Sie den Film, wo der Hai all die Leute auffrißt?«

550

»Klar«, sagte Bill. »Der Weiße Hai.«

»Na ja, ich hab' 'nen Freund, wissen Sie. Er heißt Tommy Vicananza, und er ist nicht der Hellste. Er hat sie nicht alle im Dachstübchen, verstehen Sie?«

»Ja.«

»Er glaubt, im Kanal diesen Hai gesehen zu haben. Er ist vor ein paar Wochen allein im Bassey-Park gewesen, und er sagt, er hätte die Flosse gesehen. Zweineinhalb bis drei Meter groß soll sie gewesen sein. Nur die *Flosse*, wissen Sie. Und er sagt: ›Das war's, was Johnny und die anderen Kinder umgebracht hat. Es war der Weiße Hai, ich weiß es, weil ich ihn gesehen habe.‹ Und ich sag' ihm: ›Der Kanal ist so verdreckt, daß da drin überhaupt nichts leben könnte, noch nicht mal 'ne Elritze. Und du behauptest, 'nen Hai gesehen zu haben. Du hast nicht alle im Dachstübchen, Tommy‹, sag' ich. Und Tommy sagt, der Hai wäre aus dem Wasser emporgeschossen wie am Ende des Films und hätte versucht, ihn zu beißen, und er hätte gerade noch rechtzeitig vom Rand zurückspringen können. Sehr komisch, finden Sie nicht auch, Mister?« Aber der Junge lächelte nicht.

»Sehr komisch«, stimmte Bill zu.

»Nicht alle im Dachstübchen, stimmt's?«

Bill zögerte. »Halt dich auch vom Kanal fern, Junge. Verstehst du?«

»Sie *glauben* es?«

Bill zögerte wieder, dann nickte er.

Der Junge stieß pfeifend den Atem aus. Er senkte den Kopf, so als schämte er sich. »Ja, ich glaub's auch«, sagte er. »Ich nehm' an, *ich hab'* sie nicht alle im Dachstübchen.«

»Ich verstehe, was du meinst«, sagte Bill und trat zu dem Jungen, der ihn ernst anschaute, aber diesmal nicht vor ihm zurückwich. »Du ruinierst mit diesem Skateboard deine Knie, mein Sohn.«

Der Junge warf einen Blick auf seine Schrammen und grinste. »Manchmal muß ich abspringen«, erklärte er.

»Kann ich's mal probieren?« fragte Bill plötzlich.

Der Junge starrte ihn mit offenem Mund an, dann lachte er. »Das wäre lustig«, rief er. »Ich hab' noch nie 'nen Erwachsenen auf 'nem Skateboard gesehen.«

»Ich geb' dir 'nen Vierteldollar dafür«, sagte Bill.

»Mein Dad sagt...«

»Ja, ich weiß schon, du sollst von Fremden kein Geld und keine Sü-Sü-Süßigkeiten annehmen. Ein guter Rat. Ich geb' dir trotzdem einen Vier-Vier-Vierteldollar. Was m-meinst du? Nur bis zur Ecke Ja-Jackson Street.«

»Vergessen Sie den Vierteldollar«, sagte der Junge und lachte wieder – es war ein fröhliches, unkompliziertes Lachen, so erfrischend wie dieser Spätfrühlingsnachmittag. »Ich hab' zwei Dollar. Aber das möcht' ich sehen. Nur dürfen Sie mir keine Vorwürfe machen, wenn Sie sich sämtliche Knochen brechen.« Er gab Bill sein Skateboard.

»Mach dir keine Sorgen«, sagte Bill. »Ich bin versichert.«

Er fuhr mit dem Finger über eines der Räder des Skateboards, und es gefiel ihm, wie leicht und schnell es sich bewegen ließ – es hörte sich so an, als hätte es etwa ein Dutzend Kugellager. Es war ein angenehmes Geräusch. Es weckte ein uraltes Gefühl in Bills Brust. Ein heißes Verlangen.

Er stellte das Skateboard auf den Gehweg und setzte einen Fuß darauf. Er rollte es versuchsweise hin und her. Der Junge beobachtete ihn. Im Geiste sah Bill sich auf dem grünen Skateboard die Witcham Street hinuntersausen, mit wehendem Jackett und mit gebeugten Knien, wie er das bei Skifahrern an ihrem ersten Tag auf der Piste beobachtet hatte. Diese Art von gebeugten Knien besagte immer, daß sie sich schon auf den Sturz einstellten. Bill hätte wetten können, daß der Junge nicht so Skateboard fuhr. Er hätte wetten können, daß der Junge so fuhr,

(als wollte er den Teufel schlagen)

als gäbe es für ihn kein morgen.

Jenes angenehme Gefühl erstarb in seiner Brust. Er sah nur allzu deutlich vor sich, wie das Brett ihm unter den Füßen wegrutschte, wie es herrenlos ohne ihn die Straße hinabsauste, dieses unwahrscheinlich grüne Ding – eine Farbe, die nur einem Kind gefallen konnte. Er sah sich selbst auf dem Hintern, vielleicht auch auf dem Rücken landen. Langsame Überblendung ins Krankenhaus von Derry. Bill Denbrough im Gipskorsett, ein Bein im Streckverband. Ein Arzt kommt herein, wirft einen Blick auf sein Krankenblatt, schaut ihn an und sagt: »Sie haben zwei Riesenfehler gemacht, Mr. Denbrough. Erstens sind Sie Skateboard gefahren, ohne es zu können. Und zweitens haben Sie vergessen, daß Sie inzwischen 37 Jahre alt sind.«

Er beugte sich hinab, hob das Skateboard auf und gab es dem Jungen zurück. »Ich glaube, ich laß es doch lieber sein«, sagte er.

»Angsthase!« sagte der Junge, aber nicht unliebenswürdig.

Bill ging in die Hocke und hoppelte ein paar Schritte. Der Junge lachte.

»Hören Sie, ich muß jetzt nach Hause«, sagte er dann.

»Sei vorsichtig!«

»Auf 'nem Skateboard kann man nicht vorsichtig sein, Mann«, erwiderte der Junge und schaute Bill an, als hätte er wirklich nicht alle im Dachstübchen.

»Das stimmt«, meinte Bill. »Aber bleib weg von Abflußrohren und Gullys. Und spiel lieber zusammen mit deinen Freunden.«

Der Junge nickte. »Ich wohn' ganz in der Nähe.«

Das war bei meinem Bruder auch der Fall, dachte Bill.

»Der Spuk wird sowieso bald vorüber sein«, sagte er zu dem Jungen.

»Wirklich?«

»Ich glaube schon.«

»Okay. Wiedersehn... Angsthase!«

Der Junge stellte einen Fuß auf das Skateboard und stieß sich mit dem anderen ab. Sobald er richtig rollte, stellte er auch den anderen Fuß drauf und sauste mit einer Geschwindigkeit, die Bill direkt selbstmörderisch vorkam, die Straße hinab. Aber er fuhr so, wie Bill es sich vorgestellt hatte: mit einer selbstverständlichen Anmut, die verriet, daß er keine Furcht kannte. Bill verspürte Liebe zu diesem Jungen, und ihn überkam eine wahnsinnige Angst um das Kind. Der Junge sauste dahin, so als gäbe es kein Älterwerden und keinen Tod. Und irgendwie wirkte er in seinen Khakishorts und seinen abgetretenen Segeltuchschuhen, mit seinen nackten, schmutzigen Knöcheln und den wehenden Haaren tatsächlich unverletzbar und unsterblich.

Paß auf, Kleiner, die Kurve schaffst du nie! dachte Bill besorgt, aber der Junge schwenkte seine Hüfte nach links wie ein Tänzer und brauste mühelos um die Ecke und auf die Jackson Street, einfach davon ausgehend, daß ihm kein Auto in die Quere kommen würde. *Junge,* dachte Bill traurig, *so wird es nicht immer sein.*

Er ging weiter zu seinem Elternhaus, blieb dort aber nicht stehen, sondern schlenderte nur ganz langsam daran vorbei. Vielleicht hätte er länger verweilt, aber auf dem Rasen waren Leute – eine Mutter mit einem Baby auf dem Arm saß in einem Gartenstuhl und beobachtete zwei Kinder, etwa zehn und acht Jahre alt, die ungeschickt im regennassen Gras Federball spielten.

Das Haus war immer noch dunkelgrün, und über der Tür war immer noch ein fächerförmiges Fenster, aber die Blumenbeete seiner Mutter gab es nicht mehr, und auch das Klettergerüst, das sein Vater im Hinterhof aus alten Rohren gebaut hatte, war nicht mehr da. Bill fiel ein, wie Georgie eines Tages von diesem Klettergerüst gestürzt und sich einen Zahn ausgeschlagen hatte. Wie er damals geschrien und geweint hatte!

Er überlegte, ob er zu der Frau mit dem schlafenden Baby im Arm gehen und sagen sollte: *Hallo, mein Name ist Bill Denbrough, und ich habe früher hier gewohnt.* Und die Frau würde dann bestimmt sagen: *Wie nett!* Aber was weiter? Konnte er sie fragen, ob das Gesicht, das er kunstvoll in einen Dachbodenbalken eingeritzt hatte, noch da war? Manchmal waren Georgie und er hinaufgeschlichen und hatten mit den Wurfpfeilen ihres Vaters auf dieses Gesicht gezielt. Oder konnte er sie fragen, ob ihre Kinder manchmal, in heißen Sommernächten, gern auf der überdachten hinteren Veranda schliefen und sich vor dem Einschlafen flüsternd unterhielten, während sie das Wetterleuchten am Horizont beobachteten? Vielleicht könnte er sie wirklich so was fragen, aber er wußte, daß er furchtbar stottern würde, wenn er versuchte, charmant zu sein... und außerdem war er nicht einmal sicher, ob er die Antworten überhaupt wissen wollte. Nach Georgies Tod war dies ein kaltes Haus geworden, und zu welchem Zweck er auch immer nach Derry zurückgekommen war – hier würde er nichts finden.

Deshalb ging er weiter und bog rechts ab, ohne sich noch einmal umzuschauen.

Kurz danach befand er sich auf der Kansas Street, die ihn in die Innenstadt zurückführen würde. Er blieb eine Zeitlang am Zaun neben dem Gehweg stehen und schaute in die Barrens hinab. Der Zaun war noch derselbe – morsches Holz mit abblätterndem weißen Anstrich –, und auch die Barrens sahen genauso aus wie früher... höchstens noch etwas wilder. Die einzigen Unterschiede, die er feststellen konnte, waren das Fehlen der schmutzigen Rauchwolke, die früher immer über der Müllhalde hing (sie war durch eine moderne Müllverbrennungsanlage ersetzt worden) sowie eine lange Brücke, die auf hohen Betonpfeilern quer über die Wildnis hinwegführte – die Autobahn. Alles übrige schaute noch so aus, als hätte er es zuletzt vor einem Jahr gesehen: dichtes Gestrüpp und wucherndes Unkraut auf dem Steilabhang, dahinter dann zur Linken das flache Sumpfgebiet, zur Rechten dichter Wald. Er konnte auch die silbrig-weißen, drei bis dreieinhalb Meter hohen bambusartigen Gewächse sehen. Ihm fiel ein, daß Richie einmal versucht hatte, dieses Zeug zu rauchen – er hatte behauptet, es wäre so ähnlich wie Marihuana und man könnte davon high werden. Aber dann war ihm nur schlecht geworden.

Bill hörte das leise Plätschern der vielen kleinen Bäche und sah den Widerschein der Sonne auf dem Kenduskeag. Und auch der Geruch war noch derselbe, obwohl die Müllhalde verschwunden war: ein Geruch nach Abfällen und Fäkalien, schwach, aber doch unverkennbar. Ein Geruch nach Fäulnis; ein Hauch von etwas Abgründigem.

Dort hat es damals geendet, und dort wird es auch diesmal enden, dachte Bill schaudernd. *Hier... oder unter der Stadt.*

Er blieb noch eine Weile stehen, überzeugt davon, irgendeine Manifestation des Bösen sehen zu müssen, das zu bekämpfen ihn nach Derry zurückgeführt hatte. Aber nichts geschah. Er hörte das Plätschern von Wasser, und es war ein fröhliches, frühlinghaftes Geräusch, das ihn an den Damm erinnerte, den sie dort unten gebaut hatten. Er konnte die Bäume und Büsche sehen, die in der leichten Brise raunten und wisperten. Sonst nichts. Kein Zeichen irgendeiner Art.

Er ging weiter in Richtung Innenstadt, verträumt und in Erinnerungen versunken, und dann begegnete ihm wieder ein Kind, diesmal ein etwa zehnjähriges Mädchen in Kordhosen und einer verblichenen roten Bluse. Es stieß einen Ball vor sich her und hielt eine Baby-Puppe bei den blonden Haaren.

»Hallo«, rief Bill.

Das Mädchen schaute hoch. »Was?«

»Welches ist der beste Laden in Derry?«

Es dachte darüber nach. »Für mich oder ganz allgemein?«

»Für dich«, sagte Bill, ohne auch nur die geringste Ahnung zu haben, warum er fragte.

»Secondhand Rose, Secondhand Clothes«, sagte das Mädchen ohne zu zögern.

»Wie bitte?« fragte Bill.

»Häh?«

»Heißt das Geschäft so?«

»Na klar«, antwortete das Mädchen. »Secondhand Rose, Secondhand Clothes. Meine Mom sagt, es sei ein Ramschladen, aber mir gefällt er. Sie haben dort alle möglichen alten Sachen wie Schallplatten, von denen man noch nie etwas gehört hat. Oder Ansichtskarten. Ich muß jetzt heim. Wiedersehn.«

Sie lief weiter, kickte ihren Ball vor sich her und hielt die Puppe immer noch bei den Haaren.

»Wo ist der Laden?« rief er dem Mädchen nach.

Über die Schulter hinweg antwortete sie: »Immer geradeaus. Am unteren Ende des Up-Mile Hill.«

Wieder überkam Bill jenes Frösteln, jenes unheimliche Gefühl, daß die Vergangenheit ihn einholte.

Er hatte überhaupt nicht vorgehabt, das kleine Mädchen etwas zu fragen; die Frage war einfach so aus seinem Mund herausgesprungen wie ein Korken aus der Flasche.

Und nun ging er den Up-Mile Hill hinab, in Richtung Innenstadt. Die Lagerhäuser und Großschlächtereien seiner Kindheit – düstere Ziegelgebäude mit schmutzigen Fenstern, aus denen es immer bestialisch gestunken hatte – waren bis auf wenige Ausnahmen verschwunden und durch Geschäfte und eine Bank ersetzt worden. Und am Fuße des Hügels sah er

555

dann wirklich ein Ladenschild, auf dem in altmodischer Schrift stand – genau wie das Mädchen gesagt hatte – SECONDHAND ROSE, SECONDHAND CLOTHES. Das ehemals rote Ziegelhaus, ein Nebengebäude der Gebrüder Tracker, war gelb gestrichen worden – und irgendwann einmal (vor zehn bis zwölf Jahren, vermutete Bill) hatte die gelbe Farbe bestimmt schmuck und fröhlich ausgesehen, aber jetzt war sie schmuddelig –, Audra hätte diese Farbe pißgelb genannt.

Langsam ging Bill auf den Laden zu, und wieder überkam ihn dieses Gefühl des bereits Bekannten. Später erzählte er den anderen, er hätte gewußt, was er sehen würde, noch bevor er es wirklich sah.

Das Schaufenster von Secondhand Rose, Secondhand Clothes war sehr schmutzig. Dies war kein Antiquitätengeschäft mit Stilmöbeln und kunstvoll indirekt angestrahlten kostbaren Gläsern. Dies war ein richtiger Ramschladen. Alle möglichen Sachen lagen kunterbunt durcheinander. Die Kleider waren teilweise von den Bügeln gerutscht, Gitarren waren am Hals aufgehängt wie hingerichtete Verbrecher. Da stand ein Karton von 45er Schallplatten – 10 Cent das Stück, 12 STÜCK FÜR 1 DOLLAR. ANDREWS SISTERS, JIMMY ROGERS, PERRY COMO UND ANDERE. Da lagen Babyausstattungen herum, und daneben fürchterlich aussehende Schuhe: GEBRAUCHT, ABER NICHT SCHLECHT! JEDES PAAR 1 DOLLAR! Zwei alte Fernseher sahen blind aus; ein dritter war eingeschaltet und lieferte verschwommene Bilder von ›The Brady Bunch‹. Eine Kiste voll alter Taschenbücher mit zerrissenen Einbänden (2 STÜCK – 25 CENT, 10 STÜCK – 1 DOLLAR) stand auf einem großen Radioapparat mit schmutzigem weißen Kunststoffgehäuse und riesiger Senderskala. Künstliche Blumensträuße waren in schmutzige Vasen gesteckt, die auf einem angeschlagenen, staubigen Eßtisch herumstanden.

All diese Dinge bildeten für Bill jedoch nur den chaotischen Hintergrund für jenen Gegenstand, auf den sein Blick sofort gefallen war und den er mit großen, ungläubigen Augen anstarrte. Er hatte eine Gänsehaut am ganzen Körper. Seine Stirn war heiß, seine Hände eiskalt, und einen Moment lang glaubte er, daß alle Türen in seinem Innern sich jetzt weit öffnen würden und daß er sich dann an alles erinnern würde.

Im rechten Schaufenster stand Silver.

Es hatte immer noch keinen Ständer und war nachlässig an einen ramponierten Kirschholzschrank voll alter staubiger Bücher gelehnt worden. Das Gestell war rostig; die Hupe befand sich noch an der Lenkstange, ihr schwarzer Gummibalg war jetzt aber viel rissiger als früher, und ihre Metallteile, die Bill immer sorgfältig poliert hatte, waren matt und auch rostig. Der Gepäckträger war verbogen und hing nur noch an einem Bolzen. Jemand hatte den Sattel irgendwann einmal mit einem Stoff, der wie

Tigerfell aussah, überzogen. Er war jetzt so abgewetzt und dünn, daß man die Streifen kaum noch erkennen konnte.

Silver.

Bill wollte lachen und bemerkte, daß ihm Tränen über die Wangen liefen.

Langsam holte er ein Taschentuch aus der Tasche seines Sportsakkos und wischte sie weg. Dann betrat er den Laden.

Es roch muffig im Secondhand Rose, Secondhand Clothes. Dies war nicht der angenehme Duft kostbaren alten Samtes und Plüschs, nicht der Geruch von Leinöl, mit dem Antiquitäten sorgsam gepflegt wurden. Hier roch es nach modrigen Bucheinbänden, schmutzigen Vorhängen, Staub und Mäusedreck.

Aus dem Fernseher im Schaufenster erscholl das Gejaule der Brady Bunch. Damit konkurrierte Rockmusik die irgendwo aus dem Hintergrund des Ladens kam. Das Radio stand auf einem hohen Regal zwischen einigen Porträts aus dem 19. Jahrhundert. Darunter saß der Besitzer, ein etwa vierzigjähriger Mann in Jeans und Netzhemd. Sein Haar war glatt zurückgekämmt, und er war furchtbar mager. Seine Füße lagen auf dem Schreibtisch, auf dem sich Kochbücher türmten und eine alte verschnörkelte Registrierkasse den meisten Platz einnahm. Er las einen Taschenbuchroman mit dem Titel ›Construction Site Studs‹, der bestimmt nie für den Pulitzer Preis vorgeschlagen worden war. Auf dem Boden vor dem Schreibtisch lag ein spiralförmig gestreifter Barbierstab, einstmals das Symbol dieses Handwerks. Seine abgenützte Kordel wand sich über den Boden wie eine müde Schlange, und auf dem dazugehörenden Schild stand: EINES DER LETZTEN EXEMPLARE! 250 DOLLAR.

Als die Glocke über der Tür klingelte, legte der Mann am Schreibtisch ein Streichholzheftchen als Lesezeichen in sein Buch und blickte hoch. »Kann ich Ihnen behilflich sein?«

»Ja«, sagte Bill und öffnete den Mund, um nach dem Fahrrad im Schaufenster zu fragen. Aber noch bevor er etwas sagen konnte, drängte sich ihm plötzlich ein einziger Satz auf und ließ keinen Raum mehr für irgendeinen anderen Gedanken.

Er schlägt die Faust hernieder, doch sieht lange er die Geister noch. Was in aller Welt...?

(schlägt)

»Suchen Sie etwas Bestimmtes?« fragte der Ladenbesitzer. Seine Stimme war äußerst höflich, aber er schaute Bill etwas mißtrauisch an.

»Ja, ich i-i-interessiere m-m-m-mich...«

(die Faust hernieder)

»f-f-für d-d-d-d-...«

»Für den Barbierstab?« fragte der Mann, und in seinen Augen las Bill etwas, an das er sich trotz seines momentan verwirrten Geisteszustands sofort erinnerte und das er von Kindheit an gehaßt hatte: die Ungeduld eines Menschen, der einem Stotterer zuhören muß und ihm rasch ins Wort fällt und seinen Satz beendet, um den armen Behinderten zum Schweigen zu bringen. *Ich stottere nicht!* schrie Bill lautlos. *Ich hab's überwunden! VERDAMMT, ICH BIN KEIN STOTTERER! Ich...*

(doch sieht lange)

Er hörte die Wörter so deutlich, als spreche jemand anderer in seinem Kopf, als hätte irgendeine fremde Macht von ihm Besitz ergriffen, wie es in biblischen Zeiten bei den von Dämonen Besessenen oder im Mittelalter bei jenen der Fall gewesen war, die glaubten, daß Gott durch ihren Mund redete. Und doch erkannte er diese Stimme und identifizierte sie als seine eigene. Er spürte, wie ihm Schweiß auf die Stirn trat.

»Ich könnte Ihnen dafür

(er die Geister noch)

einen guten Preis machen«, sagte der Ladenbesitzer. »Ich krieg' ihn für 250 nicht los. Wie wär's mit 175? Dieser Stab ist die einzige echte Antiquität, die ich habe.«

»Es ist n-n-nicht der Sch-Sch-Sch-STAB.« Als er das Wort endlich hervorbrachte, klang es fast wie ein Schrei, und der Mann zuckte zusammen. »An dem Stab b-b-bin ich n-nicht interessiert.«

»Sind Sie okay, Mister?« fragte der Ramschhändler, und seine linke Hand glitt plötzlich vom Schreibtisch. Bill begriff sogleich, daß weiter unten bestimmt eine offene Schublade war und daß der Mann jetzt irgendeine Schußwaffe griffbereit zur Hand hatte.

(Er schlägt die Faust hernieder, doch sieht lange er die Geister noch)

Dieser blödsinnige Satz machte ihn noch ganz verrückt! Wo war er nur hergekommen?

(er schlägt)

Immer wieder von vorne...

Mit enormer Willenskraft ging Bill plötzlich dagegen an. Er zwang sich, den unsinnigen Satz ins Französische zu übersetzen. Es war die gleiche Methode, die er als Teenager angewandt hatte, um sein Stottern zu überwinden. Und sie hatte auch jetzt Erfolg. Einen Moment später konnte er sich zwar noch an den Satz erinnern, aber er dröhnte nicht mehr in seinem Schädel. Ein Schauder überlief ihn...

Dann wurde ihm bewußt, daß der Händler etwas gesagt hatte.

»Wie b-b-bitte?«

»Ich sagte, bevor Sie einen Anfall bekommen, gehen Sie lieber raus auf die Straße. Ich kann hier drin so etwas nicht gebrauchen.«

Bill holte tief Luft.

»Fangen wir noch einmal ganz von vorne an«, sagte er. »Stellen Sie sich vor, ich wäre gerade erst reingekommen.«

»Okay«, meinte der Mann. »Sie sind also gerade erst reingekommen. Und was jetzt?«

»Das F-F-Fahrrad im F-Fenster«, sagte Bill. »Wieviel wollen Sie dafür?«

»Sagen wir mal – 20 Dollar«, erwiderte der Besitzer. Er hatte sich offensichtlich etwas beruhigt, aber seine linke Hand war noch nicht wieder zum Vorschein gekommen. »Es muß wohl vor langer Zeit ein ›Schwinn‹ gewesen sein, aber jetzt ist's nur noch ein alter Bastard.« Er maß Bill mit Blicken. »Es ist ein großes Rad. Sie könnten sogar selbst damit fahren.«

Bill dachte an das grüne Skateboard des Jungen und sagte: »Die Zeiten, in denen ich geradelt bin, sind, glaube ich, vorbei.«

Der Mann zuckte die Achseln. Seine linke Hand kam wieder zum Vorschein. »Haben Sie einen Jungen?«

»J-Ja.«

»Wie alt ist er denn?«

»Elf.«

»Bißchen großes Rad für 'nen Elfjährigen«, meinte der Ramschhändler.

»Nehmen Sie einen Traveller-Scheck?«

»Wenn er den Kaufpreis um nicht mehr als 10 Dollar übersteigt.«

»Ich kann Ihnen einen über 20 Dollar geben«, sagte Bill. Er machte eine Kopfbewegung in Richtung Schreibtisch. »Dürfte ich mal telefonieren?«

»Ja, wenn es ein Ortsgespräch ist.«

»Das ist es.«

»Bitte sehr.«

Bill rief in der Stadtbücherei an. Mike war gerade erst zurückgekommen. »Wo bist du, Bill?« fragte er und fügte sogleich hinzu: »Ist bei dir alles in Ordnung?«

»Alles bestens«, erwiderte Bill. »Bist du einem von den anderen begegnet?«

»Nein«, sagte Mike. »Wir werden sie heute abend sehen.« Kurze Pause. »Ich hoffe es wenigstens. Was kann ich für dich tun, Big Bill?«

»Ich bin gerade dabei, ein Fahrrad zu kaufen«, sagte Bill ruhig. »Und ich wollte fragen, ob ich's zu dir bringen kann. Hast du eine Garage oder irgend so was, wo ich's unterstellen könnte?«

Am anderen Ende der Leitung herrschte Schweigen.

»Mike? Bist du...«

»Ich bin noch dran«, sagte Mike. »Es ist Silver, nicht wahr?«

Bill warf einen Blick auf den Ramschhändler. Er las wieder... oder vielleicht schaute er auch nur pro forma ins Buch und hörte in Wirklichkeit aufmerksam zu.

»Ja«, sagte er deshalb nur.

»Wo bist du jetzt?«

»In einem Laden namens Secondhand Rose, Secondhand Clothes.«

»In Ordnung«, sagte Mike. »Ich wohne in der Palmer Lane 61. Du mußt die Main Street raufgehen und...«

»Ich find's schon«, sagte Bill.

»Gut. Wir treffen uns dort. Ich mache uns was zu essen, wenn du willst.«

»Ja, das wäre großartig«, meinte Bill. »Kannst du denn weg von der Arbeit?«

»Das ist kein Problem. Carole wird sich hier um alles kümmern.« Er zögerte wieder. »Sie hat mir erzählt, daß ein Mann hier war, etwa eine Stunde, bevor ich zurückgekommen bin. Als er wegging, hätte er wie eine Leiche ausgesehen. Sie hat ihn mir beschrieben. Ich glaube, daß es Ben war.«

»Bist du sicher?«

»Ja. Das Fahrrad – es gehört dazu, oder?«

»Ja. Ich glaube schon.«

»Also, bis gleich«, sagte Mike. »Nummer 61.«

»Gut. Danke, Mike.«

»Gott schütze dich, Big Bill«.

Bill legte den Hörer auf, und der Ladenbesitzer schloß sofort sein Buch. »Haben Sie Probleme mit dem Unterstellen?«

»Nein, nein«, antwortete Bill, holte seine Traveller-Schecks heraus und unterschrieb einen über 20 Dollar. Der Ramschhändler verglich die beiden Unterschriften so sorgfältig miteinander, daß Bill es unter normalen Umständen direkt beleidigend gefunden hätte, wenn er nicht Wichtigeres im Kopf gehabt hätte.

Schließlich stellte der Mann eine Rechnung aus und legte den Scheck in seine alte Registrierkasse. Dann stand er auf und schlängelte sich geschickt durch ganze Berge von Ramsch zum Schaufenster.

Er hob das Rad etwas an und drehte es vorsichtig herum. Bill packte es an der Lenkstange, um ihm behilflich zu sein, und dabei überlief ihn wieder ein Schauder. Silver... Wieder! Es war Silver und

(er schlägt die Faust hernieder, doch sieht lange er die Geister noch).

Er zwang sich, den Satz sofort wieder zu unterdrücken.

»Im Hinterreifen ist ein bißchen zuwenig Luft drin«, sagte der Laden-

560

besitzer entschuldigend. Es war eine Untertreibung – der Reifen war platt wie ein Pfannkuchen. Der Vorderreifen schien in Ordnung zu sein, nur war er sehr abgefahren.

»Kein Problem«, sagte Bill.

»Stets zu Diensten. Und wenn Sie sich's mit dem Barbierstab noch überlegen sollten, kommen Sie wieder.«

Er hielt Bill die Tür auf, und Bill schob das Rad hinaus und wandte sich nach links, in Richtung Main Street. Passanten warfen amüsierte und neugierige Blicke auf den großen, kahlköpfigen Mann, der ein riesiges Fahrrad mit plattem Hinterreifen und altmodischer Hupe über einem rostigen Drahtkorb schob, aber Bill bemerkte das kaum. Er staunte darüber, wie bequem die Gummigriffe immer noch für seine Hände waren, und er erinnerte sich daran, daß er als Kind immer vorgehabt hatte, in die Löcher auf jedem Griff verschiedenfarbige dünne Plastikstreifen zu knoten, die im Wind flattern sollten. Aber irgendwie war er dann doch nicht dazu gekommen.

An der Ecke Center und Main Street, vor dem Taschenbuchladen, legte Bill eine Verschnaufpause ein. Er lehnte das Rad an die Hauswand und zog sein Jackett aus. Ein Rad mit plattem Reifen zu schieben war harte Arbeit, und der Nachmittag war sehr warm geworden. Bill legte sein Jackett in den Drahtkorb, dann ging er weiter.

Die Kette ist rostig, dachte er. *Wem es auch gehört haben mag – der Betreffende hat sich nicht sehr gut um ihn gekümmert.*

Mit gerunzelter Stirn blieb er stehen und versuchte sich zu erinnern, was damals aus Silver geworden war. Hatte er das Rad verkauft? Weggegeben? Hatte er es vielleicht verloren? Es fiel ihm nicht ein. Statt dessen drängte sich jener idiotische Satz

(die Faust hernieder, doch sieht lange er)

ihm wieder auf, so sonderbar und völlig fehl am Platz wie ein Schaukelstuhl auf einem Schlachtfeld, wie ein Plattenspieler im Kamin.

Bill schüttelte den Kopf, und der Satz riß ab und löste sich auf wie Rauch. Bill schob Silver zu Mikes Haus.

6. Mike Hanlon kann eine Erklärung geben

Mike hatte ein Abendessen zubereitet – Hamburger mit gebratenen Pilzen und Zwiebeln, dazu einen Spinatsalat. Sie hatten ihre Arbeit an Silver beendet und hatten einen Bärenhunger.

Mike bewohnte ein hübsches kleines Haus im Cape-Cod-Stil, weiß mit grünem Fachwerk. Bill hatte das Fahrrad gerade die Palmer Lane hinaufgeschoben, als er von Mike kurz vor dessen Haus überholt worden war. Mike fuhr einen alten Ford mit rostigen Türen und gesprungenem Rückfenster, und Bill fühlte sich etwas schuldbewußt, als ihm die Tatsache einfiel, auf die Mike sie so ruhig hingewiesen hatte: Die sechs Mitglieder des Klubs der Verlierer, die Derry verlassen hatten, hatten aufgehört, Verlierer zu sein; nicht aber Mike, der in dieser Stadt geblieben war.

Die beiden Freunde schüttelten sich die Hände, dann schob Bill Silver in Mikes Garage, die einen sorgfältig eingeölten Lehmboden hatte und ebenso sauber und ordentlich war wie das ganze Haus. Werkzeuge hingen an Holznägeln, und die Deckenlampen hatten kegelförmige Metallschirme. Bill lehnte sein Rad an die Wand, und beide betrachteten es eine Zeitlang schweigend, die Hände in den Hosentaschen.

»Es ist tatsächlich Silver«, sagte Mike schließlich. »Ich dachte, du müßtest dich geirrt haben. Aber es ist *wirklich* Silver. Was willst du damit anfangen?«

»Ich weiß es nicht«, sagte Bill. »Hast du eine Fahrradpumpe?«

»Ja. Und ich hab' auch so 'n Zeug zum Reifenflicken. Aber man kann es nur verwenden, wenn der Reifen keinen Schlauch hat.«

»Silver hatte nie welche.« Bill beugte sich hinab, betrachtete den platten Reifen und richtete sich wieder auf. »Ja. Kein Schlauch.«

»Willst du wieder damit fahren?«

»Nein, natürlich nicht!« erwiderte Bill scharf. »Ich kann's nur nicht sehen, daß er einen Platten hat.«

»Wie du meinst, Big Bill«, sagte Mike ruhig. »Du bist der Boß.«

Bill drehte sich rasch um, aber Mike war schon nach hinten gegangen und nahm eine Luftpumpe von der Wand. Dann holte er aus einem der Schränke das Reifenflickzeug und gab es Bill, der es neugierig betrachtete. Es sah noch genauso aus, wie er es aus seiner Kindheit in Erinnerung hatte: eine kleine Metalldose mit körnigem Deckel, der zum Aufrauhen des Gummis um das Loch herum diente, bevor die Flickmasse aufgetragen wurde. Aber die Dose sah funkelnagelneu aus. Sogar das Preisschild war noch dran: 7,23 Dollar.

»Das hast du doch noch nicht lange«, sagte Bill. Es war keine Frage.

»Nein«, stimmte Mike zu. »Ich hab's letzte Woche gekauft. Im Einkaufszentrum, wenn du's genau wissen willst.«

»Hast du selbst ein Fahrrad?«

»Nein«, sagte Mike und schaute ihm in die Augen.

»Du hast es einfach so gekauft.«

»Ich kam plötzlich auf die Idee«, berichtete Mike, ohne den Blick von Bill zu wenden. »Wachte eines Morgens auf und dachte, es könnte vielleicht mal nützlich sein. Der Gedanke ließ mich den ganzen Tag nicht los. Also hab' ich das Zeug gekauft... und jetzt kannst du's tatsächlich gebrauchen.«

»Jaaa... ich kann's gebrauchen«, wiederholte Bill. »Aber was hat das zu bedeuten?«

»Frag die anderen«, sagte Mike. »Heute abend.«

»Was glaubst du – werden sie alle kommen?«

»Ich weiß es nicht, Big Bill.« Nach einer kurzen Pause fuhr er fort: »Ich glaube, wir müssen damit rechnen, daß nicht alle kommen. Einige könnten vielleicht beschließen, daß es das beste ist, die Stadt so schnell wie möglich wieder zu verlassen. Oder aber...« Er zuckte mit den Schultern.

»Und was machen wir in diesem Falle?«

»Ich weiß es nicht«, sagte Mike wieder. Dann deutete er auf die Flickmasse. »Ich hab' sieben Dollar für das Zeug bezahlt. Wirst du's nun benutzen, oder willst du's nur anstarren?«

Bill holte sein Sportsakko aus dem Drahtkorb und hängte es sorgsam auf einen freien Holznagel an der Wand. Dann kippte er das Rad, so daß es auf Sattel und Lenkstange stand, und drehte langsam das Hinterrad. Das rostige Quietschen der Achse mißfiel ihm. *Ein bißchen Öl würde Wunder wirken,* dachte er. *Und auch der Kette würde etwas Öl nicht schaden. Es ist verdammt rostig... Und Spielkarten. Es braucht Spielkarten an den Speichen. Ich wette, daß Mike Karten hat. Die guten, mit dem Zelluloid-Überzug, der sie so steif und glatt machte, daß sie einem beim ersten Mischen immer aus den Händen glitten und überall auf dem Fußboden verstreut lagen. Spielkarten, na klar, und Wäscheklammern, um sie zu befestigen...*

Er schüttelte den Kopf. Ihn fröstelte plötzlich.

Woran in aller Welt denkst du nur?

»Stimmt was nicht, Bill?« fragte Mike leise.

»Doch, doch, alles in Ordnung«, sagte Bill. Seine Finger ertasteten etwas Kleines, Rundes und Hartes. Er schob seine Nägel darunter und zog es heraus. Eine Reißzwecke. Er zeigte sie Mike. »Da haben wir den M-M-Missetäter«, sagte er lächelnd, und plötzlich war der Satz wieder da, unsinnig, aber mächtig: *Er schlägt die Faust hernieder, doch sieht lange er die Geister noch.* Aber nach seiner Stimme hörte er diesmal die Stimme seiner Mutter: *Versuch's noch einmal, Billy. Diesmal hast du's fast geschafft.* Und dann Andy Devine als Jingles: *He, Wild Bill, wart auf mich!*

Er schauderte.

(er schlägt die Faust)

Er schüttelte den Kopf. *Ich könnte das nicht einmal jetzt sagen, ohne zu stottern*, dachte er, und für den Bruchteil einer Sekunde hatte er das Gefühl, jetzt würde sich der Schleier heben, jetzt würde er gleich alles begreifen. Dann war es vorbei.

Er öffnete die Dose mit der Flickmasse und machte sich an die Arbeit. Mike lehnte an der Wand, ließ sich mit hochgekrempelten Hemdsärmeln und gelockerter Krawatte von einfallenden Strahlen der Spätnachmittagssonne bescheinen und pfiff eine Melodie, die Bill schließlich als ›She Blinded Me with Science‹ identifizierte.

Das Flicken war problemlos verlaufen, und während er wartete, daß die Masse fest wurde, ölte Bill Silvers Kette, Zahnkränze und Achsen – nur um die Zeit auszufüllen, redete er sich ein. Das Fahrrad sah dadurch nicht besser aus, aber als er die Räder bewegte, stellte er befriedigt fest, daß das Quietschen aufgehört hatte. Und einen Schönheitswettbewerb hätte Silver ohnehin nie – auch früher nicht – gewonnen. Sein einziger Vorzug bestand darin, daß er wie der Blitz sausen konnte.

Um diese Zeit, gegen halb sechs, hatte er Mikes Anwesenheit fast vergessen; er war völlig vertieft in die Arbeit am Fahrrad. Er pumpte den Hinterreifen auf und freute sich, als er feststellte, daß die geflickte Stelle dicht war.

Er war gerade damit fertig, als er hinter sich das schnelle Schnippschnapp von Spielkarten hörte. Er wirbelte so rasch herum, daß er um ein Haar Silver umgeworfen hätte, so als vermutete er eine Klapperschlange, die über den Garagenboden glitt.

Mike stand hinter ihm, ein Kartenspiel mit blauen Rückseiten in der Hand. »Willst du sie?« fragte er.

Bill stieß einen langen, zittrigen Seufzer aus. »Vermutlich hast du auch Wäscheklammern parat?«

Mike holte vier aus der Tasche und hielt sie ihm auf der offenen Handfläche hin.

»Die hast du wohl auch ganz zufällig?«

»Ganz zufällig«, sagte Mike.

Bill nahm die Karten und versuchte sie zu mischen. Seine Hände zitterten, und die Karten fielen ihm aus den Händen. Sie landeten überall auf dem Fußboden… aber nur zwei mit der Vorderseite nach oben. Bill warf einen Blick auf die Karten, dann schaute er Mike an, der auf die verstreuten Karten starrte. Sein braunes Gesicht war ganz grau geworden.

Die beiden Karten waren Pik-Asse.

»Das ist doch unmöglich«, flüsterte Mike. »Ich hab' das Spiel gerade erst geöffnet. Schau!« Er deutete auf den Abfallkorb in der Nähe der Garagentür, und Bill sah die Zellophanverpackung. »Wie kann *ein* Kartenspiel *zwei* Pik-Asse enthalten?«

Bill bückte sich und hob sie auf. »Wie können von einem ganzen Kartenspiel nur zwei Karten mit der Vorderseite nach oben landen?« fragte er. »Das ist eine noch bessere Fra...«

Er drehte die Karten um und zeigte sie Mike. Das eine Pik-As hatte eine blaue, das andere eine rote Rückseite.

»Mein Gott, Mikey, in was hast du uns da nur hineingezogen?«

»Was wirst du mit den Karten machen?« fragte Mike tonlos.

»Sie anbringen«, sagte Bill und begann zu lachen. »Das wird doch wohl von mir erwartet. ›Wenn es bestimmte Voraussetzungen für den Glauben an magische Kräfte gibt, der es ermöglicht, die erforderlichen magischen Kräfte auszuüben, so werden sich diese Voraussetzungen unweigerlich einstellen.‹ Das hast du doch selbst gesagt!«

Mike gab keine Antwort. Er beobachtete, wie Bill die Spielkarten an Silvers Hinterrad befestigte. Seine Hände zitterten immer noch, und er brauchte eine Weile dazu, aber schließlich schaffte er es doch. Er holte tief Luft und gab dem Hinterrad einen Stoß. Es begann sich rasch zu drehen, und das maschinengewehrartige Knattern der Karten durchbrach laut die Stille.

»Komm«, sagte Mike leise. »Komm mit ins Haus, Big Bill. Ich mach' uns was zu essen.«

Das hatte er getan, sie hatten gegessen, und nun saßen sie rauchend da. Bill sah an der Wand eine Tafel für Notizen mit einem Kreidestift. Er nahm den Stift zur Hand und schrieb etwas auf die Tafel.

»Sagt dir das irgend etwas?« fragte er Mike.

Mike las langsam vor: »Er schlägt die Faust hernieder, doch sieht lange er die Geister noch.« Er nickte. »Ja, ich weiß, was das ist.«

»Also, dann erklär's mir bitte. Aber sag nicht wieder, ich würde irgendwann von allein darauf kommen.«

»Okay«, sagte Mike, »ich werd's dir erklären. Es ist so 'ne Art Zungenbrecher, der als Sprechübung verwendet wird... unter anderem für Stotterer. Deine Mutter hat in jenem Sommer immer auf dich eingeredet, du solltest den Satz üben. Im Sommer 1958. Du bist herumgelaufen und hast ihn ständig vor dich hingemurmelt.«

»Hab' ich das?« sagte Bill, und dann beantwortete er selbst seine Frage: »Ja, das hab' ich.«

»Dir muß sehr viel daran gelegen haben, deiner Mutter eine Freude zu machen.«

Bill nickte nur. Er traute sich nicht zu reden, weil er befürchtete, in Tränen auszubrechen.

»Du hast es nie geschafft, diesen Satz fließend zu sprechen«, erzählte Mike. »Du bist immer irgendwo steckengeblieben.«

»Aber ich *habe* ihn zu Ende gebracht«, widersprach Bill plötzlich. »Zumindest einmal.«

»Wann?«

Bill schlug mit der Faust kräftig auf den Tisch. »*Ich erinnere mich nicht!*« rief er zornig. Und dann wiederholte er noch einmal, diesmal leise und fast tonlos: »Ich kann mich einfach nicht mehr daran erinnern.«

Zwölftes Kapitel

Drei ungebetene Gäste

1

Am Tag nach Mike Hanlons Anrufen begann Henry Bowers Stimmen zu hören. Den ganzen Tag über sprachen Stimmen zu ihm, und eine Zeitlang dachte Henry Bowers, sie kämen vom Mond. Das war, nachdem der Regen aufgehört und die Wolken sich verzogen hatten. Als er am Spätnachmittag vom Unkrautjäten im Garten aufblickte, konnte er den Mond am blauen Tageshimmel sehen, bleich und klein. Einen Geistermond.

Darum glaubte er, der Mond spreche zu ihm. Nur ein Geistermond konnte mit Geisterstimmen reden – den Stimmen seiner alten Freunde und den Stimmen jener kleineren Kinder, die vor so langer Zeit unten in den Barrens gespielt hatten. Und noch mit einer anderen Stimme... der er keinen Namen zu geben wagte.

Als erster sprach Victor Criss vom Mond zu ihm. *Sie sind zurückgekommen, Henry. Sie alle, Mann. Sie sind nach Derry zurückgekehrt.*

Dann sprach Belch Huggins vom Mond, vielleicht von der dunklen Seite des Mondes. *Du bist der einzige, Henry. Der einzige, der von uns übriggeblieben ist. Du wirst sie für mich und Victor erledigen müssen. Wir lassen uns doch nicht von kleinen Kindern besiegen. Wir nicht. Ich habe einmal einen Ball geschossen, unten bei Trackers, und Tony Trakker hat gesagt, der Ball wäre sogar aus dem Yankee-Stadion rausgeflogen.*

Er jätete weiter, während er zum Geistermond am Himmel emporblickte, und nach einer Weile kam Fogarty herüber und schlug ihm in den Nacken, und er fiel aufs Gesicht.

»Du jätest ja die Erbsen zusammen mit dem Unkraut aus, du Idiot!«

Henry stand auf und wischte sich den Dreck von Gesicht und Haaren. Fogarty stand neben ihm, ein großer Mann in weißer Jacke und weißer Hose mit einem Riesenbauch. Es war den Wärtern (sie wurden hier als ›Ratgeber‹ bezeichnet, in diesem Irrenhaus, das den Namen ›Juniper Hill Mental Facility‹ trug) verboten, Gummiknüppel bei sich zu haben, deshalb hatten einige von ihnen – Fogarty, Adler und Koontz waren die schlimmsten – Rollen mit Vierteldollarmünzen in den Taschen. Mit diesen Geldrollen in der Faust schlugen sie einen fast immer auf dieselbe Stelle, genau hinten auf den Nacken. Es gab keine Vorschrift, die das Bei-sich-Tragen von Geldrollen verbot, denn sie wurden im Juniper Hill, ei-

567

ner Anstalt für Geisteskranke am Stadtrand von Augusta, nicht als tödliche Waffe betrachtet.

»Tut mir leid, Mr. Fogarty«, sagte Henry und grinste breit, wobei eine lückenhafte Reihe gelber Zähne zum Vorschein kam. Sie sahen aus wie die Pfähle eines Zaunes um ein Spukhaus. Henrys Zähne hatten auszufallen begonnen, als er etwa vierzehn gewesen war.

»Das sollte es auch«, sagte Fogarty. »Und es wird dir noch viel mehr leid tun, wenn ich dich noch einmal dabei erwische, Henry.«

»Jawohl, Mr. Fogarty.«

Fogarty entfernte sich, und seine großen schwarzen Schuhe hinterließen braune Spuren in der Erde des Gartens. Weil der Wärter ihm gerade den Rücken zuwandte, sah Henry sich verstohlen um. Sobald die Wolken sich aufgelöst hatten, waren sie hinausgescheucht worden, um Unkraut zu jäten, die ganze Blaue Abteilung, das ist Abteilung 4, in die man gesteckt wurde, wenn man früher einmal sehr gefährlich gewesen war, jetzt aber nur noch als bedingt gefährlich galt. Im Prinzip waren alle Insassen von Juniper Hill bedingt gefährlich; es war eine Anstalt für geisteskranke Kriminelle. Henry Bowers war hier, weil er der Ermordung seines Vaters für schuldig befunden war, den er im Spätherbst des Jahres 1958 umgebracht hatte – es war ein berühmtes Jahr für Mordprozesse gewesen: Wenn es um Mordprozesse ging, war 1958 der Knüller.

Nur dachten sie natürlich, daß er nicht nur seinen *Vater* umgebracht hatte; wäre es nur sein Vater gewesen, hätte Henry nicht zwanzig Jahre im Augusta State Mental Hospital verbracht, größtenteils unter Psychopharmaka und ans Bett gebunden. Nein, nicht nur sein *Vater*; die Behörden waren der Meinung, daß er sie alle umgebracht hatte; jedenfalls die meisten.

Nach dem Urteil hatten die *News* ein Editorial auf Seite 1 mit der Schlagzeile ›Das Ende von Derrys langer Nacht‹ veröffentlicht. Dort hatten sie die ausschlaggebenden Indizien aufgelistet: Der Gürtel in Henrys Schrank gehörte dem vermißten Patrick Hockstetter; die Schulbücher waren teils auf den Namen des vermißten Belch Huggins ausgestellt, teils auf den des vermißten Victor Criss, beide bekanntermaßen Kumpel von Henry Bowers – auch sie waren in dem Schrank; ausschlaggebend aber war der Slip, der unter Henrys Matratze geschoben war und der anhand eines Monogramms als der von Veronica Grogan, vermißt, identifiziert worden war.

Henry Bowers, verkündete die *News,* war das Monster gewesen, das Derry im Frühling und Sommer des Jahres 1958 heimsuchte.

Aber die *News* hatten das Ende von Derrys langer Nacht in der Ausgabe vom 6. Dezember verkündet, und selbst ein Itzig wie Henry wußte, daß die Nacht in Derry *nie* aufhörte.

Sie hatten ihn mit Fragen bedrängt, waren im Kreis um ihn herumgestanden und hatten mit Fingern auf ihn gezeigt. Zweimal hatte ihm der Polizeichef ins Gesicht geschlagen, und einmal ein Polizist namens Lottman in den Bauch und hatte ihm gesagt, er solle ein Geständnis ablegen, aber plötzlich.

»Da draußen sind Leute, und die sind gar nicht glücklich, Henry«, hatte dieser Lottman gesagt. »Es ist schon lange keiner mehr in Derry gelyncht worden, aber das heißt nicht, daß es nicht mal wieder vorkommen könnte.«

Er ging davon aus, sie hätten so lange wie nötig weitergemacht, nicht weil einer von ihnen tatsächlich glaubte, die guten Leutchen von Derry würden ins Polizeirevier einbrechen, Henry hinaustragen und an einem Apfelbaum aufknüpfen, sondern weil sie verzweifelt diesen blutigen Sommer des Grauens abschließen wollten; sie *hätten* weitergemacht, aber Henry zwang sie nicht dazu. Nach einer Weile wurde ihm klar, sie wollten, daß er alles gestand. Henry war es einerlei. Nach dem Grauen in der Kanalisation, nach dem, was mit Belch und Victor passiert war, war ihm alles einerlei. Ja, er hatte seinen Vater umgebracht. Das stimmte. Ja, er hatte auch Victor Criss und Belch Huggins umgebracht. Das stimmte auch, jedenfalls in dem Sinn, daß er sie in den Tunnel geführt hatte, wo sie gestorben waren. Ja, er hatte Patrick ermordet. Ja, Veronica. Ja, einen, ja, alle. Es stimmte nicht, aber das war einerlei. Ein Schuldiger mußte gefunden werden. Vielleicht war er deshalb verschont worden. Und wenn er sich weigerte...

Er wußte, wie das mit Patricks Gürtel kam. Er hatte ihn eines Tages im April beim Kartenspielen von Patrick gewonnen, festgestellt, daß er nicht paßte, und in den Schrank geworfen. Auch das mit den Büchern war ihm klar – verdammt, sie drei hingen zusammen herum und scherten sich so wenig um ihre Schulbücher wie um ihre anderen Bücher, was heißen soll, sie scherten sich etwa soviel darum wie ein Waldmurmeltier ums Steptanzen. Wahrscheinlich waren in ihren Schränken ebenso viele seiner Bücher, und das wußten die Bullen wahrscheinlich auch.

Das Höschen... nein, er hatte keine Ahnung, wie das Höschen von Veronica Grogan unter seine Matratze gekommen war.

Aber er glaubte zu wissen, wer – oder *was* – sich darum gekümmert hatte.

Über so etwas sprach man am besten nicht.

Am besten stellte man sich dumm.

Und so hatten sie ihn nach Augusta geschickt, und 1979 war er schließlich nach Juniper Hill verlegt worden, und dort hatte er nur einmal am Anfang Ärger bekommen, weil niemand etwas begriff. Ein Typ hatte versucht, Henrys Nachttischlampe auszuschalten. Die Nachttischlampe war Donald Duck mit seiner kleinen Matrosenmütze. Donald war sein Beschützer, wenn die Sonne untergegangen war. Ohne Licht konnten *Wesen* hereinkommen. Die Schlösser an der Tür und der Maschendrahtzaun konnten sie nicht aufhalten. Sie kamen wie Nebel. *Wesen.* Sie redeten und lachten... und manchmal packten sie zu. *Haarige* Wesen, *glatte* Wesen, *Wesen* mit Augen. Die Art von Wesen, die Vic und Belch *in Wirklichkeit* getötet hatten, als die drei im August 1958 die Kinder in die Tunnel unter Derry verfolgt hatten.

Als er sich jetzt umsah, erblickte er die anderen von der Blauen Station. Da war George DeVille, der in einer Winternacht 1962 seine Frau und vier Kinder ermordet hatte. George hielt den Kopf ständig gebückt, sein weißes Haar wehte im Wind, Rotz floß ihm fröhlich aus der Nase, sein riesiges Holzkruzifix baumelte beim Jäten. Da war Jimmy Donlin, und über Jimmy stand nur in der Zeitung, daß er im Sommer 1965 seine Mutter ermordet hatte, aber die Zeitung hatte verschwiegen, daß Jimmy ein neues System der Leichenbeseitigung ausprobiert hatte: Als die Polizisten ihn holten, hatte Jimmy mehr als die Hälfte von ihr gegessen, einschließlich des Gehirns. »Das hat mich doppelt so schlau gemacht«, versicherte Jimmy Henry eines Nachts, nachdem das Licht gelöscht worden war.

In der Reihe hinter Jimmy war der kleine Franzose Benny Beaulieu und jätete wie verrückt. Benny war Pyromane gewesen, ein Feuerteufel. Jetzt sang er beim Jäten immer wieder eine Zeile der Doors: »Try to set the night on fire, try to set the night on fire, try to set the night on fire, try to...«

Nach einer Weile ging es einem auf die Nerven.

Hinter Benny war Franklin D'Cruz, der über fünfzig Frauen vergewaltigte, bevor sie ihn mit heruntergelassenen Hosen im Terrace Park von Bangor geschnappt hatten. Die Alter seiner Opfer schwankten zwischen drei und einundachtzig. Ein unscheinbarer Mann war Fran D'Cruz. Hinter ihm, aber total weit weg, kam Arlen Weston, der so oft verträumt auf die Harke starrte, wie er sie tatsächlich benützte. Fogarty, Adler und John Koontz hatten alle schon den Faust-Trick mit Weston versucht, um ihn dazu zu bringen, etwas schneller zu arbeiten, aber eines Tages hatte Koontz ihn vielleicht ein wenig zu fest geschlagen, denn es lief nicht nur Blut aus Arlen Westons Nase, sondern auch aus Arlens Ohren, und in jener Nacht hatte er einen Blutsturz. Keinen schlimmen; nur einen kleinen. Aber seither war Arlen immer tiefer in seine innere Schwärze abge-

570

rutscht, und jetzt war er ein hoffnungsloser Fall, fast völlig losgelöst von der Außenwelt. Hinter Arlen kam...

»Wenn du nicht sofort weiterarbeitest, Henry, mach' ich dir Beine!« rief Fogarty, und Henry begann wieder Unkraut zu jäten. Er wollte keine Krämpfe, nicht einmal solche, die nicht allzu schlimm verliefen.

Bald fingen die Stimmen erneut an. Die Geisterstimmen vom Geistermond. Aber diesmal waren es die Stimmen der anderen, die Stimmen jener Kinder, die hauptsächlich daran schuld waren, daß er hier war.

Du konntest nicht mal einen Fettkloß wie mich erwischen, Bowers, flüsterte einer von ihnen. *Jetzt bin ich reich, und du jätest Unkraut. Ha-ha, du Arschloch!*

B-B-Bowers, hast du g-g-gute B-Bücher gelesen, seit d-du hier drin b-bist? Ich hab' 'ne g-g-ganze M-Menge geschrieben! Ich b-b-bin reich, und d-d-du b-bist im I-I-Irrenhaus! Ha-ha, du d-dummes Arschloch!

Haltet die Klappe, flüsterte Henry den Geisterstimmen zu und jätete schneller, wobei er die jungen Erbsenstauden wieder zusammen mit dem Unkraut herausriß. Schweiß rollte ihm über die Wangen wie Tränen. *Haltet die Klappe, ihr alle. Wir hätten euch erledigen können. Ja, das hätten wir.*

Uns hast du's zu verdanken, daß du eingesperrt wurdest, du Arschloch! lachte eine andere Stimme. *O weia, wenn der Arsch nur nicht aus dem Leim gegangen ist!*

Hört auf, haltet die Klappe, SEID STILL!

Wolltest du mir zwischen die Schenkel greifen, Henry? lachte wieder eine andere Stimme. *Wie schlimm für dich! Ich hab's mir von allen gefallen lassen, ich war nichts weiter als eine kleine Nutte, aber dich nicht, weil du so ein Arschloch warst, und jetzt bin auch ich reich, und wir sind alle wieder beisammen, und wir treiben's wieder, aber du könntest nicht mal, selbst wenn ich dich ließe, wegen dem Zeug, das sie dir ins Essen tun, haha, Henry,* HAHA...

Er jätete jetzt so wild drauflos, daß die Erbsen und das Unkraut nur so flogen; die Geisterstimmen vom Geistermond waren nun sehr laut; sie dröhnten in seinem Kopf, und Fogarty rannte brüllend auf ihn zu, aber Henry konnte ihn nicht hören. Wegen der Stimmen.

Nicht mal einen Nigger wie mich konntest du erwischen, du weiße Niete! Wir haben euch in jener Steinschlacht zur Schnecke gemacht. Und wie! Haha, du Arschloch! Haha!

Dann stimmten sie alle ein, lachten ihn aus, fragten ihn, ob er Kuhscheiße an den Schuhen hätte, fragten ihn, wie ihm jene Elektroschocktherapie gefallen hatte, die er bekommen hatte, als er mit 18 hierher in die Rote Abteilung gekommen war, fragten ihn, ob es ihm hier im Irrenhaus gefiele, fragten und lachten, lachten und fragten, und Henry ließ seine Hacke fallen und schrie zum Geistermond am blauen Himmel empor, zuerst voll Wut, und dann veränderte sich der Mond – und wurde zum Gesicht des Clowns; es war ein pockennarbiges, halbverfaultes, käseweißes Gesicht, die Augen schwarze Löcher, das rote, blutige Grinsen so obszön wissend, daß es einfach unerträglich war, und nun schrie Henry nicht vor Wut, sondern vor Entsetzen, vor tödlichem Entsetzen, und dann sprach die Stimme des Clowns vom Geistermond zu ihm, und sie sagte: *Du mußt zurückkehren, Henry. Du mußt zurückkehren und das Werk vollenden. Du mußt nach Derry zurückkehren und sie alle umbringen. Für* MICH. *Für...*

Die anderen Insassen standen in ihren Reihen, umklammerten ihre Hacken und blickten zu Henry hinüber, nicht eigentlich interessiert, sondern fast *nachdenklich,* als verstünden sie, daß dies ein Teil jenes Mysteriums war, das sie alle hierhergeführt hatte, daß Henrys plötzlicher hysterischer Schreianfall gewissermaßen in technischer Hinsicht interessant war. Fogarty hatte mindestens zwei Minuten lang hinter Henry gestanden und auf ihn eingebrüllt, bevor es ihm zu dumm wurde, und er Henry mit seiner geldrollenbeschwerten Faust einen wirklich kräftigen Hieb versetzte und Henry wie ein Mehlsack zu Boden fiel. Aber die Stimme des Clowns verfolgte Henry sogar in jenen schrecklichen dunklen Strudel, rief immer und immer wieder; *Bring sie alle um, Henry, bring sie alle um, bring sie alle um, bring sie alle um...*

2

Henry Bowers lag wach.

Der Mond war untergegangen, und dafür war er äußerst dankbar. Bei Nacht war der Mond weniger geisterhaft, realer, und wenn er jenes schreckliche Clownsgesicht am Himmel sehen würde, wie es über Hügel, Felder und Wälder glitt, würde er – so glaubte er wenigstens – vor Angst sterben.

Er lag auf der Seite und starrte wie ein Mondsüchtiger auf seine Nachttischlampe. Auch hier hatte es vor Jahren eine Donald-Duck-Lampe gegeben, aber sie war durchgebrannt und durch Micky und Minnie ersetzt worden, die Polka tanzten; diese wiederum waren durch das grünschimmernde Gesicht von Oscar dem Nörgler aus ›Sesamstraße‹ ersetzt worden, und Ende letzten Jahres hatte Oscar dem Gesicht von Fozzie Bear aus der ›Muppet-Show‹ weichen müssen.

Henry konnte die Zeit seines Eingesperrtseins am besten an den durchgebrannten Nachttischlampen messen.

Genau um 2.04 Uhr in der Nacht ging seine Lampe aus. Er stöhnte leise auf, nahm sich ansonsten aber zusammen. Koontz hatte in dieser Nacht die Aufsicht über die Blaue Abteilung, John Koontz – und er war der Schlimmste von allen, sogar noch schlimmer als Fogarty, der ihn am Nachmittag so hart geschlagen hatte, daß er jetzt seinen Kopf kaum bewegen konnte.

Um ihn herum schliefen alle Insassen der Abteilung. Benny Beaulieu war in eine elastische Zwangsjacke gesteckt worden. Er hatte nach dem Unkrautjäten die Erlaubnis erhalten, sich im Fernsehen ›Emergency‹ anzuschauen, und gegen sechs Uhr begann er zu toben und ohne Unterlaß sein ›Try to set the night on fire!‹ zu brüllen. Er bekam eine Beruhigungsspritze, deren Wirkung etwa vier Stunden angehalten hatte, und gegen elf hatte er wieder angefangen, ›Try to set the night on fire!‹ zu kreischen und sein olles Ding zu wichsen, bis es zwischen seinen Fingern blutete, und ›Try to set the night on fire!‹ gekreischt. Deshalb hatte er eine zweite Beruhigungsspritze bekommen und war in die Zwangsjacke gesteckt worden. Jetzt schlief er, und sein verkniffenes, kleines Gesicht war im düsteren Licht so ernst wie das von Aristoteles.

Von allen Seiten hörte Henry leises und lautes Schnarchen, Grunzen, gelegentlich auch Furzen. Er hörte auch Jimmy Donlins Atemzüge; sie waren unverkennbar, obwohl Jimmy fünf Betten von Henry entfernt schlief. Sein Atem ging schnell und etwas pfeifend, und aus irgendeinem Grund mußte Henry dabei immer an eine Nähmaschine denken. Hinter der Tür konnte er den leisen Ton von Koontz' Fernseher hören, und er wußte, daß Koontz die Nachtfilme auf Kanal 38 anschaute, Texas Driver dazu trank und vielleicht etwas aß. Koontz liebte am meisten Sandwiches mit Erdnußbutter und Zwiebeln. Als Henry das zum erstenmal gehört hatte, war ihm fast übel geworden, und er hatte gedacht: *Und dann heißt es noch, alle Verrückten seien eingesperrt.*

Diesmal kam die Stimme nicht vom Mond.

Sie kam unter dem Bett hervor.

Und Henry erkannte sie sofort. Es war die Stimme von Victor Criss, dessen Kopf vor 27 Jahren irgendwo unter Derry abgerissen worden war. Das Frankenstein-Monster hatte ihm den Kopf abgerissen, Henry hatte es gesehen; und dann hatte er gesehen, wie die Blicke des Monsters umherschweiften, wie es *ihn* mit seinen wäßriggelben Augen anstarrte. Ja, das Frankenstein-Monster hatte Victor ermordet, aber hier war er wieder.

Und nun, da es geschehen war, da die Stimme erneut zu ihm sprach,

stellte Henry fest, daß er keine Angst hatte, daß er ganz ruhig war. Sogar
erleichtert.

»Henry«, sagte Victor.

»Vic!« rief Henry. »Was machst du da unten?«

Benny Beaulieu murmelte etwas im Schlaf. Jimmys nähmaschinenar-
tige Atemzüge verstummten für kurze Zeit. Im Flur wurde der Ton von
Koontz' kleinem Fernseher leiser gestellt, und Henry sah direkt vor sich,
wie Koontz mit etwas zur Seite geneigtem Kopf lauschend dastand, eine
Hand am Lautstärkenknopf des Fernsehers, die andere an der Geldrolle in
der rechten Tasche seiner weißen Hose.

»Du brauchst nicht laut zu reden, Henry«, sagte Vic. »Ich kann dich
auch hören, wenn du nur denkst. Und sie können mich überhaupt nicht
hören.«

Was willst du, Vic? fragte Henry.

Er bekam lange Zeit keine Antwort und dachte schon, daß Vic vielleicht wieder verschwunden war. Im Flur hatte Koontz den Fernseher
wieder etwas lauter gestellt. Dann war ein schabendes Geräusch unter
dem Bett zu hören, und die Federn quietschten, als ein dunkler Schatten
sich herausschob. Vic schaute zu ihm hoch und grinste. Henry grinste
zurück, obwohl ihm etwas unbehaglich zumute war. Vic sah jetzt selbst
ein bißchen wie das Frankenstein-Monster aus. Eine dicke rote Narbe zog
sich rings um seinen Hals – vermutlich war sie beim Wiederannähen des
Kopfes zurückgeblieben. Seine Augen hatten eine unheimliche grau-
grüne Farbe, und die Hornhaut schien auf einer wäßrigen, klebrigen Substanz zu schwimmen.

Vic war immer noch zwölf.

»Ich will dasselbe wie du«, sagte Vic. »Ich will es ihnen heimzahlen!«

Heimzahlen, wiederholte Henry Bowers verträumt.

»Aber zuerst mußt du hier rauskommen, um es tun zu können«, sagte
Vic. »Du mußt nach Derry zurückkehren. Ich brauche dich, Henry. Wir
alle brauchen dich.«

Dich können sie nicht verletzen, sagte Henry und begriff, daß er nicht
nur Vic damit meinte.

»Sie können mich nicht verletzen, wenn sie nur halb glauben«, sagte
Vic. »Aber es gibt einige beunruhigende Anzeichen, Henry. Wir haben
auch nicht gedacht, daß sie uns besiegen könnten, als wir alle noch am Leben waren. Doch der Fettkloß ist dir in den Barrens entwischt. Der Fettkloß und das Großmaul und die Nutte sind uns damals nach den Horrorfilmen entwischt. Und dann die Steinschlacht, als sie den Nigger rette-
ten...«

Sprich nicht darüber! befahl Henry, und einen Augenblick lang lag all

574

jene diktatorische Härte in seiner Stimme, die ihn früher zum Anführer gemacht hatte. Dann duckte er sich ängstlich, weil er glaubte, daß Vic ihm etwas tun würde – bestimmt konnte Vic jetzt alles tun, was er wollte, denn er war ja ein Geist –, aber Vic grinste nur.

»Ich kann sie erledigen, wenn sie nur halb glauben«, sagte er, »aber du bist am Leben, Henry. Du kannst sie dir schnappen, ob sie nun glauben, halb glauben oder überhaupt nicht glauben. Du kannst sie nacheinander erledigen oder alle auf einmal. Du kannst es ihnen... heimzahlen.«

Heimzahlen, wiederholte Henry verträumt.

Dann sah er Vic wieder zweifelnd an. *Aber ich kann hier nicht rauskommen, Vic. Die Fenster sind vergittert, und Koontz hat heute Nachtdienst. Koontz ist der Schlimmste. Vielleicht morgen nacht...*

»Mach dir wegen Koontz keine Sorgen«, sagte Vic und stand auf. Henry sah, daß er noch immer die Jeans trug, die er an jenem Tag angehabt hatte, und daß sie immer noch mit getrocknetem Kanaldreck bespritzt war, der bei dieser Beleuchtung grünlichschwarz aussah. »Um Koontz kümmere *ich* mich«, sagte Vic und streckte seine Hand aus.

Nach einem Augenblick nahm Henry sie, und sie gingen auf die Tür der Blauen Abteilung und auf den eingeschalteten Fernseher zu. Sie hatten die Tür schon fast erreicht, als Jimmy Donlin, der das Gehirn seiner Mutter verspeist hatte, aufwachte. Ihm traten fast die Augen aus den Höhlen, als er sah, wer neben Henry ging. Es war seine Mutter! Der obere Teil ihres Kopfes fehlte, sie rollte mit ihren fürchterlich roten Augen in seine Richtung, und als sie grinste, konnte Jimmy die Lippenstiftspuren auf ihren gelben Pferdezähnen sehen wie früher immer. Jimmy begann zu kreischen: »*Nein, Ma! Nein, Ma! Nein, Ma!*«

Draußen wurde der Fernseher sofort ausgeschaltet, und noch bevor die anderen sich regen konnten, riß Koontz die Tür auf und murmelte vor sich hin: »Okay, Arschloch, mach dich bereit, deine Knochen einzeln zusammenzusuchen. Ich hab' die Schnauze voll.«

»*Nein, Ma! Nein, Ma! Bitte, Ma! Nein, Ma...*«

Koontz stürzte in den Schlafsaal. Zuerst sah er Bowers, der groß und dickbäuchig dastand; in seinem Nachthemd und mit dem schlaff herabhängenden Fleisch, das im Lichtschein aus dem Flur teigig aussah, bot er einen lächerlichen Anblick. Dann schweifte Koontz' Blick etwas weiter nach links, und er schrie sich die Seele aus dem Leib. Neben Bowers stand ein Wesen im Clownskostüm. Es war etwa acht Fuß groß. Das Kostüm war silbrig. Vorne hatte es orangefarbene Pompons. An den Füßen trug ES übergroße komische Schuhe. Aber SEIN Kopf war nicht der eines Menschen; es war der Kopf eines Dobermannpinschers – und das war das einzige Tier auf Gottes weiter Erde, vor dem John Koontz sich fürchtete.

575

Seine Augen waren rot. Die seidigschwarze Schnauze öffnete sich und entblößte riesige weiße Zähne.

Eine Rolle Münzen fiel aus Koontz' Hand und kullerte über den Boden in die Ecke. Am nächsten Tag fand sie Benny Beaulieu, der alles verschlafen hatte, und versteckte sie in seinem Schrank. Mit diesen Vierteldollarmünzen konnte er sich einen Monat lang gute Zigaretten kaufen.

Koontz holte tief Luft und wollte gerade den nächsten Schrei ausstoßen, als der Clown auf ihn zusprang.

»Zeit für den Zirkus!« schrie der Clown mit knurrender Stimme, und seine weiß behandschuhten Hände fielen auf Koontz' Schultern.

Die Hände in den Handschuhen fühlten sich allerdings wie Pfoten an.

3

Zum drittenmal an diesem Tag – diesem langen, langen Tag – ging Kay McCall zum Telefon.

Diesmal kam sie etwas weiter als bei ihren vorherigen Versuchen; diesmal wartete sie, bis der Hörer am anderen Ende der Leitung abgenommen wurde und eine kräftige irische Polizistenstimme sagte: »Polizeiwache Sixth Street, Sergeant O'Bannon. Ja bitte, worum handelt es sich?« bevor sie auflegte.

Mein Gott, du machst wirklich tolle Fortschritte. Beim achten oder neunten Anruf wirst du dann vielleicht endlich den Mumm haben, ihm deinen Namen zu nennen.

Sie ging in die Küche und machte sich einen schwachen Scotch mit Soda, obwohl sie wußte, daß das in Verbindung mit dem Darvon wahrscheinlich nicht so gut war. Ein Stück aus einem Folk-Song aus den College-Cafeterias ihrer Jugend fiel ihr ein – *Got a headful of whiskey and a bellyful of gin / Doctor say it kill me but he don't say when* – und lachte abgehackt. Über der Bar verlief ein Spiegel. Sie sah ihr Spiegelbild und hörte unvermittelt auf zu lachen.

Wer ist diese Frau?

Ein Auge fast zugeschwollen.

Wer ist diese geprügelte Frau?

Die Nase eines Trunkenbolds nach etwa dreißig Jahren Fusel, und auf groteske Größe angeschwollen.

Wer ist diese Frau, die wie alle Frauen aussieht, welche sich schließlich in ein Frauenhaus schleppen, nachdem sie Angst genug oder Mut genug haben oder einfach durchgedreht genug sind, den Mann zu ver-

lassen, der sie kaputtmacht, der sie Woche für Woche systematisch kaputtgemacht hat, Monat für Monat, Jahr für Jahr?

Unregelmäßiger Kratzer auf einer Wange.

Wer ist sie, Kay-Bird?

Ein Arm in der Schlinge.

Wer? Bist du es? Kannst du es sein?

»Hier ist sie – Miß America«, sagte sie und wollte die Stimme hart und zynisch klingen lassen. Sie fing auch so an, aber bei der siebten Silbe wurde sie unsicher und bei der achten brach sie. Es war keine harte Stimme. Es war eine ängstliche Stimme. Sie wußte es; sie hatte früher schon Angst gehabt und war immer drüber weggekommen. Sie dachte, diesmal würde sie lange brauchen, um darüber hinwegzukommen.

Der Arzt, der sie in einer kleinen Kabine vor der Unfallaufnahme von Sisters of Mercy eine halbe Meile die Straße entlang behandelt hatte, war jung und gutaussehend gewesen. Unter anderen Umständen hätte sie müßig (oder nicht ganz so müßig) daran gedacht, ihn mit nach Hause zu nehmen und eine sexuelle Weltreise zu machen. Aber sie war nicht im mindesten geil gewesen. Schmerzen waren Geilheit nicht zuträglich. Angst auch nicht.

Er hieß Geffin, und ihr gefiel gar nicht, wie starr er sie ansah. Er nahm einen kleinen weißen Pappbecher zur Spüle im Zimmer, füllte ihn halb mit Wasser, holte eine Packung Zigaretten aus der Schreibtischschublade und bot ihr eine an.

Sie nahm eine, und er zündete sie ihr an. Er mußte der Spitze ein oder zwei Sekunden mit dem Streichholz nachjagen, weil ihre Hand so sehr zitterte. Er warf das Streichholz in den Pappbecher. *Zschschsch.*

»Wunderbare Gewohnheit«, sagte er. »Richtig?«

»Orale Fixierung«, antwortete Kay.

Er nickte, dann trat wieder Schweigen ein. Er betrachtete sie weiterhin aufmerksam, und das war ihr unangenehm. Sie hatte das Gefühl, als erwarte er, daß sie weinen würde, und auch das war ihr unangenehm. Sie spürte, daß sie wirklich den Tränen nahe war, und das war ihr am unangenehmsten von allem.

»Freund?« fragte er schließlich.

»Ich möchte lieber nicht darüber sprechen.«

»Hmmm.« Er rauchte, ohne den Blick von ihr zu wenden.

»Hat Ihre Mutter Ihnen nicht beigebracht, daß es unhöflich ist, jemanden anzustarren?« Es hätte ironisch klingen sollen, aber in Wirklichkeit hörte es sich wie eine flehende Bitte an: *Hören Sie auf, mich anzuschauen, ich weiß selbst, wie ich aussehe, ich hab's im Spiegel gesehen.* Diesem Gedanken folgte ein anderer, den ihre Freundin Beverly vermutlich mehr als einmal gehabt hatte: Die schlimmsten Folgen der Prügel waren innerer Art – man erlitt davon so etwas wie geistige Blutungen. O ja, sie wußte, wie sie aussah. Und was noch schlimmer war – sie fühlte sich auch entsprechend. Hundeelend fühlte sie sich. Und sie hatte Angst. Sie, die emanzipierte Kay McCall hatte Angst – und das empfand sie als beschämend.

»Ich sage Ihnen folgendes nur *einmal*«, sagte Dr. Geffin. Seine Stimme war tief und angenehm. »Wenn ich hier Dienst habe, sehe ich etwa zwei Dutzend mißhandelte Frauen pro Woche. Die Internisten behandeln etwa weitere zwei Dutzend. Hier auf dem Schreibtisch steht ein Telefon. Rufen Sie – auf meine Kosten – die Polizei an und erzählen Sie, was passiert ist und wer das getan hat. Danach hole ich dann die Flasche Bourbon raus, die dort drüben im Aktenschrank steht – ausschließlich für medizinische Zwecke, versteht sich –, und wir trinken darauf einen. Ich persönlich bin nämlich der Meinung, daß es nur ein Lebewesen gibt, das niedriger ist als ein Mann, der eine Frau schlägt – eine Ratte mit Syphilis.«

Kay lächelte schwach. »Ich weiß Ihr Angebot zu schätzen«, sagte sie, »aber ich will keine Anzeige erstatten. Zumindest nicht jetzt.«

»Hmmm«, sagte er. »Okay. Aber wenn Sie wieder zu Hause sind, sollten Sie sich genau im Spiegel betrachten, Mrs. McCall. Wer immer es auch gewesen sein mag – er hat gute Arbeit geleistet.«

Daraufhin brach sie wirklich in Tränen aus; sie konnte sie einfach nicht mehr zurückhalten.

Sie hatte Beverly morgens zum Bus gebracht und war dann nach Hause gegangen. Gegen Mittag hatte Tom Rogan angerufen und gefragt, ob sie Bev gesehen hätte. Er hatte sich ganz ruhig und vernünftig angehört, kein bißchen aufgeregt. Kay hatte ihm erklärt, sie hätte Beverly seit fast zwei Wochen nicht gesehen. Tom hatte sich bedankt und aufgelegt.

Gegen drei Uhr – sie war in ihrem Arbeitszimmer gewesen – hatte es an der Tür geklingelt.

»Wer ist da?« fragte sie.

»Cragin's Flowers, Madam – ich soll Blumen für Sie abgeben«, antwortete jemand, und sie war dumm genug gewesen, nicht zu erkennen, daß Tom seine Stimme verstellt hatte, sie war dumm genug gewesen zu glauben, daß Tom Rogan so leicht aufgegeben hatte, und sie war dumm genug gewesen, die Kette abzunehmen, bevor sie die Tür öffnete.

Er war hereingestürmt, und sie kam nur bis »Mach, daß du hier raus...«, bevor seine Faust auf ihrem rechten Auge landete und ein rasender Schmerz ihren Kopf durchfuhr. Sie war rückwärts durch die Eingangshalle getaumelt und hatte vergeblich versucht, sich an irgend etwas festzuhalten; dabei war eine zarte Rosenvase zu Bruch gegangen, ein Garderobenständer war umgestürzt, und sie selbst war doch auf dem Boden gelandet. Ihr rechtes Auge schwoll rasch zu, aber mit dem anderen sah sie, daß Tom die Eingangstür zuschmetterte.

»Mach, daß du hier rauskommst!« schrie sie.

»Sobald du mir gesagt hast, wo sie ist«, sagte Tom und kam auf sie zu. Ihr fiel auf, daß Tom nicht allzugut aussah – besser gesagt, *schrecklich* aussah –, und trotz ihrer Angst war sie erfüllt von einem wilden Triumphgefühl. Was auch immer Tom Beverly angetan hatte, es hatte ganz den Anschein, als hätte sie es ihm so gut wie möglich heimgezahlt. Dicht über der linken Augenbraue hatte Tom eine häßliche purpurrote Beule; etwas höher eine Schnittwunde. Eine weitere Schwellung war an der rechten Schläfe, direkt am Haaransatz (Kay konnte es natürlich nicht wissen, aber dort hatte der Toilettentisch ihn getroffen). Beide Wangen wiesen zickzackförmige Schnittwunden auf. Seine Lippen waren dick geschwollen. Und er hinkte sehr stark, so als hätte er eine Knieverletzung.

Kay rappelte sich hoch und wich vor ihm zurück, ohne den Blick von ihm zu wenden; sie behielt ihn im Auge wie ein wildes Tier, das aus seinem Käfig entkommen ist. Ihr rechtes, fast zugeschwollenes Auge schmerzte unerträglich.

»Ich hab' dir gesagt, daß ich sie nicht gesehen habe, und das ist die Wahrheit«, erklärte sie. »Und jetzt verschwinde, bevor ich die Polizei anrufe.«

»Du *hast* sie gesehen!« schrie Tom, und seine geschwollenen Lippen verzogen sich zu einem Grinsen. Seine Zähne sahen sonderbar gezackt aus, und sie begriff, daß ein paar Vorderzähne abgebrochen waren. »Ich rufe an und erzähle dir, daß ich nicht weiß, wo Bev ist. Du sagst, du hättest sie seit zwei Wochen nicht gesehen. Du fragst nichts, machst keine anzüglichen Bemerkungen, obwohl ich verdammt gut weiß, daß du mich haßt wie die Pest. Also – wo ist sie, du verdammte Drecksau? Sag's mir!«

Sie drehte sich um und rannte auf den Salon zu, dessen Schiebetüren aus Mahagoni einen Riegel hatten. Aber obwohl er mit seinem verletzten Bein nicht schnell laufen konnte, gelang es ihm, seinen Körper zwischen die Türen zu zwängen, bevor sie sie ganz schließen konnte. Sie drehte sich um und wollte wieder wegrennen; er packte sie am Kleid und zerrte so heftig daran, daß das ganze Rückenteil bis zur Taille aufriß. *Deine Frau hat dieses Kleid gemacht, du Scheißkerl!* dachte Kay, und dann wurde sie herumgerissen.

»Wo ist sie?«

Kay schlug ihm mit aller Kraft ins Gesicht, so daß die Schnittwunde auf der linken Wange wieder zu bluten begann. Er packte sie bei den Haaren und schmetterte ihren Kopf gegen seine Faust. Sie hatte im ersten Moment das Gefühl, als wäre ihre Nase explodiert. Sie schrie, holte Luft, um wieder zu schreien, und begann statt dessen zu husten, weil sie Blut geschluckt hatte. Sie hatte jetzt entsetzliche Angst; sie hatte bisher nie gedacht, daß man solche Angst haben konnte. Dieser wahnsinnige Scheißkerl würde sie ohne weiteres umbringen.

Sie schrie, und dann boxte er sie in den Magen, und sie konnte nur noch keuchen. Sie keuchte und hustete gleichzeitig, und einen fürchterlichen Moment lang glaubte sie, an ihrem eigenen Blut zu ersticken.

»Wo ist sie?«

Kay schüttelte den Kopf. »Hab'... hab' sie nicht gesehn«, japste sie. »Polizei... du landest im Kittchen... Arschloch...«

Er riß sie am Arm hoch, und ein wahnsinniger Schmerz durchzuckte ihre Schulter. Dann verrenkte er ihr den Arm nach hinten, und sie biß sich auf die Unterlippe und schwor sich, nicht mehr zu schreien.

»Wo ist sie?«

Kay schüttelte den Kopf.

Er riß ihren Arm wieder nach oben, mit solcher Kraft, daß sie ihn dabei grunzen hörte und seinen heißen Atem an ihrem Ohr spürte. Dann landete seine geballte rechte Faust auf ihrem linken Schulterblatt, und nun schrie sie doch wieder, weil der Schmerz schier unerträglich war.

»Wo ist sie?«

»... weiß...«

»Was?«

»Ich *weiß* es nicht.«

Er gab ihr einen Stoß und ließ sie los. Sie fiel schluchzend zu Boden; Blut und Schleim rann ihr aus der Nase. Dann hörte sie ein Krachen, und als sie den Kopf umdrehte, stand Tom über sie gebeugt da. Er hatte den oberen Rand einer Kristallvase abgeschlagen und hielt sie so, daß der gezackte Hals direkt vor ihrem Gesicht war. Sie starrte wie hypnotisiert darauf.

»Jetzt werde ich dir mal was sagen«, keuchte er. »Du erzählst mir schleunigst, wo sie hin ist, oder du kannst deine Visage auf dem ganzen Fußboden zusammensuchen, du großmäulige Nutte, du! Du hast drei Sekunden Zeit, vielleicht auch weniger. Wenn ich wütend bin, glaub' ich nämlich immer, daß die Zeit viel schneller vergeht!«

Mein Gesicht, dachte sie, und bei dem Gedanken, daß dieses Monster ihr Gesicht mit dem gezackten Hals der Kristallvase zerschneiden würde, gab sie endlich nach.

»Sie ist heimgefahren«, schluchzte sie. »In ihre Heimatstadt. Der Ort heißt Derry, in Maine. Mehr weiß ich auch nicht. Bitte geh jetzt. Bitte, Tom, bitte!«

»Wie kommt sie dorthin?«

»Sie hat einen Bus nach Milwaukee genommen. Von dort wollte sie fliegen.«

»So ein verdammtes *Drecksluder!*« brüllte Tom, richtete sich auf und lief ziellos im Halbkreis durchs Zimmer. Sein Gesichtsausdruck war der eines Wahnsinnigen. »Dieses *Drecksluder*, diese billige *Nutte*, diese verdammte *Fotze!*« Plötzlich packte er die zarte, kunstvoll geschnitzte Holzskulptur eines Paars beim Liebesakt, die Kay seit ihrem zweiundzwanzigsten Lebensjahr besaß, und schleuderte sie zu Boden, wo sie in vier Teile zerbrach. Er trat dicht an den Spiegel über dem großen Kamin heran und starrte sich einen Moment lang an wie ein Gespenst. Dann wandte er sich wieder nach ihr um. Er zog etwas aus der Tasche seines Sportsakkos hervor, und sie stellte überrascht fest, daß es ein Taschenbuch war. Der Einband war schwarz, abgesehen von den roten Buchstaben des Titels und dem Bild einiger junger Leute auf einer hohen Felsklippe über einem Fluß. ›*The Black Rapids*‹.

»Wer ist dieser Scheißkerl?«

»Was? Wen meinst du?«

»Denbrough. Denbrough.« Er schwenkte das Buch ungeduldig vor ihrem Gesicht hin und her, dann schlug er damit kräftig zu. Ihre Wange glühte vor Schmerz. »Wer ist dieser Kerl?«

Ihr ging ein Licht auf.

»Als Kinder waren sie Freunde. Sie sind beide in Derry aufgewachsen.«

Er schlug sie wieder mit dem Buch, diesmal auf die andere Wange.

»Bitte«, schluchzte sie. »Bitte, Tom.«

Er zog einen frühamerikanischen Stuhl mit dünnen Beinen zu sich her, setzte sich rittlings darauf und starrte sie über die Rückenlehne hinweg an. Der Stuhl knarrte bedenklich unter seinem Gewicht.

»Hör mir gut zu«, sagte er. »Hör deinem guten alten Onkel Tommy jetzt mal ganz gut zu. Hörst du zu, du Drecksau?«

Sie nickte. Sie hatte den Geschmack von Blut in der Kehle. Ihre Schulter brannte wie Feuer. Sie hoffte inbrünstig, daß sie nur ausgerenkt und nicht gebrochen war. Aber das war nicht das Schlimmste. *Mein Gesicht... er wollte mir das Gesicht zerschneiden...*

»Wenn du die Polizei anrufst und erzählst, ich sei hier bei dir gewesen, werde ich alles abstreiten. Du kannst nicht das geringste beweisen. Dein Dienstmädchen hat seinen freien Tag, wir sind ganz unter uns. Natürlich kann es sein, daß sie mich trotzdem verhaften, möglich ist schließlich alles, nicht wahr?«

Sie nickte wieder, so als wäre ihr Kopf an einer Schnur befestigt.

»Ja, möglich ist alles. Aber in diesem Falle würde ich gegen Kaution freikommen, und dann würde ich auf direktem Wege hierher eilen und dich kaltmachen wie Isebel. Deine Titten wird man auf dem Küchentisch finden, deine Augen in diesem verdammten Aquarium. Hast du mich verstanden? Hast du deinen guten alten Onkel Tommy verstanden?«

Kay brach wieder in Tränen aus. Jene Schnur an ihrem Kopf funktionierte noch: Sie nickte immer wieder.

»Warum ist sie dorthin gefahren?«

»Ich weiß es nicht«, schrie Kay.

Er schwenkte die abgebrochene Vase vor ihrer Nase hin und her.

»Ich weiß es nicht«, wiederholte sie leiser. »Bitte. Sie hat's mir nicht erzählt. Bitte... bitte tu mir nichts mehr.«

Er warf die Vase zerstreut in einen Papierkorb und stand auf. In diesem Moment hatte sie Gott mit heißer Inbrunst dafür gedankt, daß Tom ihr geglaubt hatte (und im nachhinein fand sie es mit am schrecklichsten, am beschämendsten, daß sie das wirklich geglaubt hatte und ihm noch *dankbar* gewesen war). Später war sie überzeugt davon, daß er die Waffe nur weggeworfen hatte, weil es ihn eigentlich gar nicht besonders interessierte, *warum* Bev nach Derry gefahren war. Wichtig war für ihn nur eins: daß sie es gewagt hatte, Tom Rogan zu verlassen, daß sie die Tollkühnheit besessen hatte, Tom Rogan zu verletzen.

Er ging.

Kay lief hinterher und verschloß die Tür. Danach ging sie in die Küche und schloß auch diese Tür ab. Daraufhin humpelte sie die Treppe hinauf, so schnell ihr schmerzender Magen es ihr erlaubte, und machte die Glastür zur oberen Veranda zu – es war immerhin nicht ganz auszuschließen, daß er an einem der Pfeiler hochklettern und auf diesem Wege wieder ins Haus kommen würde. Er war zwar verletzt – aber er war auch wahnsinnig.

Dann ging sie zum erstenmal zum Telefon und legte ihre Hand auf den Hörer.

In diesem Falle würde ich gegen Kaution freikommen, und dann würde ich auf direktem Wege hierher eilen und dich kaltmachen wie Isebel... deine Titten auf dem Küchentisch, deine Augen in diesem verdammten Aquarium.

Sie hatte ihre Hand vom Hörer zurückgerissen, als wäre er plötzlich glühend heiß.

Sie ging ins Bad und betrachtete ihre rote geschwollene Nase, ihr blaues Auge. Sie weinte nicht; ihre Scham und ihr Entsetzen waren für Tränen zu groß. *O Bev, Liebling, ich habe mein Bestes getan*, dachte sie. *Aber mein Gesicht... er drohte, mir das Gesicht zu zerschneiden...*

In ihrem Arzneimittelschränkchen war Darvon und Valium. Sie schwankte, was sie einnehmen sollte, und schluckte schließlich von beidem je eine Tablette. Danach suchte sie das Sisters of Mercy Hospital auf und ließ sich dort von Dr. Geffin verarzten, der im Augenblick der einzige Mann war, dem sie nicht die Pest an den Hals wünschte.

Und nun stand sie am Fenster und schaute hinaus. Die Sonne war schon tief am Horizont, und an der Ostküste würde es jetzt schon fast dunkel sein – fast sieben Uhr abends.

Du kannst später entscheiden, ob du die Bullen anrufen sollst. Das Wichtigste ist jetzt, Beverly zu erreichen. Sie zu warnen.

Sie rief in der öffentlichen Bücherei an und wurde mit der Abteilung für Nachschlagewerke verbunden. Während die Bibliothekarin nachschaute, blieb Kay am Apparat und spürte die Schmerzwellen in ihrer Schulter. Dann kam die Frau zurück und sagte, es täte ihr leid, sie hätten zwar das Telefonbuch von Bangor, aber keines von Derry und Umgebung. Kay bedankte sich und legte den Hörer auf.

Obwohl sie vor zwei Jahren das Rauchen aufgegeben hatte, bewahrte sie für Notfälle eine Packung Pall Mall in ihrer Schreibtischschublade auf. Nun, dies war bestimmt ein Notfall. Sie holte eine Zigarette heraus und zündete sie an. Sie hatte etwa im Dezember 1982 zuletzt aus dieser Packung geraucht, und die Zigarette schmeckte wie die bei Dr. Geffin schal. Sie zog trotzdem kräftig daran und kniff ihr gesundes Auge gegen den Rauch zu.

Mit der linken Hand – der Hundesohn hatte ihre rechte Schulter ausgerenkt – wählte sie ungeschickt die Nummer der Fernsprechauskunft in Maine und bat um Name und Nummer jedes Hotels und Motels in Derry.

»Madam, das würde etwa zehn Minuten in Anspruch nehmen«, sagte das Fräulein bei der Auskunft.

»Es wird sogar noch länger dauern, Schwester«, erwiderte Kay. »Ich muß mit der linken Hand schreiben. Meine rechte hat gerade Urlaub.«

»Es ist nicht üblich...«

»Hören Sie mal zu, Schwester«, erklärte Kay nicht unfreundlich. »Ich rufe aus Chicago an, und ich versuche eine Freundin zu erreichen, die gerade ihren Mann verlassen hat und in ihre Heimatstadt Derry gefahren ist. Ihr Mann weiß, wo sie ist. Und er ist auch der Grund dafür, daß meine rechte Hand jetzt Urlaub hat, aber das ist eine andere Geschichte. Dieser Mann ist ein Psychopath. Sie muß wissen, daß er kommt.«

Nach langer Pause sagte das Fräulein von der Auskunft: »Ich glaube, was Sie brauchten, wäre die Nummer der Polizei in Derry.«

»Wenn ich meine Freundin nicht anders erreichen kann, werde ich die

Polizei verständigen müssen«, sagte Kay. »Aber mir wär's lieber, wenn sie das selbst tun würde. Und...« Sie dachte an Toms Schnittwunden, die Schwellungen auf seiner Stirn und Schläfe, an sein Humpeln und die geschwollenen Lippen. »Und wenn sie weiß, daß er kommt, reicht das vielleicht schon.«

Wieder trat ein längeres Schweigen ein.

»Sind Sie noch da?« fragte Kay.

»Arlington Motor Lodge«, sagte das Fräulein. »943-8146. Bassey Park Inn. 948-4083. The Bunyan Motor Court...«

»Bitte etwas langsamer«, bat Kay, während sie ungeschickt mitschrieb. Sie hielt Ausschau nach einem Aschenbecher, sah keinen und drückte die Zigarette auf dem Löschpapier aus. »Okay, jetzt kann's weitergehen.«

»Das Clarendon Inn...«

4

Beim fünften Anruf konnte Kay wenigstens einen Teilerfolg verbuchen. Beverly Rogan war im Derry Town House gemeldet. Nur ein Teilerfolg war es, weil Beverly nicht in ihrem Zimmer war. Als Kay anrief, saß sie gerade mit Bill, Richie, Ben, Eddie und Mike an einem Tisch in der Bücherei. Kay hinterließ ihren Namen und ihre Telefonnummer und eine Nachricht, daß Beverly sie anrufen sollte, sobald sie ins Hotel zurückkommen würde, ganz egal, wie spät es sein mochte. Es wäre sehr dringend.

Der Mann am Empfang wiederholte ihre Nachricht, und dann ging Kay nach oben und schluckte noch ein Valium. Sie legte sich hin und versuchte einzuschlafen. Aber es gelang ihr nicht. *Es tut mir so leid, Bev,* dachte sie, vom Valium etwas benommen. *Als er das von meinem Gesicht sagte... das konnte ich einfach nicht ertragen. Ruf bald an, Bev. Bitte ruf bald an. Und sei auf der Hut vor dem verrückten Hundesohn, den du geheiratet hast.*

5

Der verrückte Hundesohn, den Bev geheiratet hatte, hatte bessere Flugverbindungen als sie, weil er vom O'Hare abflog, einem der drei großen Flughäfen der USA. Während des Fluges las er immer wieder die kurzen

Angaben über den Verfasser am Ende von ›*The Black Rapids*‹. Dort hieß es, daß William Denbrough aus Neuengland stamme und daß dies sein vierter Roman sei (die drei vorausgegangenen seien ebenfalls als Signet-Taschenbücher erschienen, stand hilfreich dabei). Er lebe mit seiner Frau, der Schauspielerin Audra Phillips, in Kalifornien. Er arbeite gerade an einem neuen Roman. Da die Taschenbuchausgabe von ›*The Black Rapids*‹ von 1978 war, vermutete Tom, daß der Kerl seitdem zahlreiche weitere Romane geschrieben hatte.

Audra Phillips... die hatte er doch schon im Kino gesehen, oder nicht? Er merkte sich Schauspielerinnen nur selten – seine Lieblingsfilme waren Krimis und Thriller mit wilden Verfolgungsszenen oder aber Horrorgeschichten mit unheimlichen Monstern –, aber Audra Phillips war ihm aufgefallen, weil sie große Ähnlichkeit mit Beverly hatte: lange rote Haare, prachtvolle Titten.

Er setzte sich aufrechter hin, klopfte sich mit dem Taschenbuch ans Bein und versuchte, die dumpfen Schmerzen im Kopf und im Mund einfach zu ignorieren. Ja, er war sich ganz sicher. Audra Phillips war die Rothaarige mit den tollen Titten. Er hatte sie in einem Clint-Eastwood-Film gesehen und etwa ein Jahr später – zusammen mit Beverly – in einem Horrorfilm namens ›*Graveyard Moon*‹. Nach der Vorstellung hatte er Beverly gesagt, daß die Schauspielerin ihr sehr ähnlich sehe. »Das finde ich nicht«, hatte Bev erwidert. »Ich bin größer, und sie ist hübscher. Und ihr Haar hat einen dunkleren Rotton.« Das war alles gewesen, und er hatte bis jetzt nicht mehr daran gedacht.

Denbrough und seine Frau, die Schauspielerin Audra Phillips...

Tom hatte gewisse Kenntnisse in Psychologie; er hatte sie dazu verwendet, seine Frau in all den Jahren ihrer Ehe zu manipulieren. Und nun verspürte er ein nagendes, bohrendes Unbehagen bei dem Gedanken, daß Bev und dieser Denbrough als Kinder zusammen gespielt hatten, und daß Denbrough eine Frau geheiratet hatte, die Beverly – trotz ihrer Einwände – verblüffend ähnlich sah.

Was für Spiele hatten Denbrough und Beverly als Kinder gespielt? Monopoly? Kaufladen? Post?

Oder andere Spiele?

Tom saß aufrecht in seinem Sitz und spürte, wie seine Schläfen zu pochen begannen.

Während Kay McCall vergeblich versuchte, Beverly telefonisch zu erreichen, landete der United Airlines Jet mit Tom an Bord schon auf dem Bostoner Logan Airport. Und um halb neun, als Ben Hanscom sich plötzlich in allen Einzelheiten daran erinnerte, was mit dem Silberdollar passiert war, bestieg Tom Delta Flug 703 nach Bangor.

Vierzig Minuten später war er auf dem Flughafen in Bangor und ging von einer Mietwagenagentur zur anderen. Die Mädchen betrachteten nervös sein zerschlagenes und gefährliches Gesicht und erklärten ihm (noch nervöser), sie hätten keine Mietwagen.

Tom begab sich zum Zeitungskiosk und kaufte eine Lokalzeitung. Er setzte sich und studierte die Seite mit den Verkaufsannoncen, ohne auf die neugierigen Blicke von Passanten zu achten. Er fand drei vielversprechende Anzeigen. Der erste Mann, den er anrief, war nicht zu Hause. Beim zweiten hatte Tom Glück.

»In der Zeitung steht, Sie hätten einen 76er LTD-Wagen zu verkaufen«, sagte Tom. »Für 1400 Dollar.«

»Das stimmt.«

»Ich mach' Ihnen einen Vorschlag«, fuhr Tom fort und tastete nach der Brieftasche in seinem Jackett, die mit Banknoten prall gefüllt war – 6000 Dollar. »Sie bringen ihn zum Flughafen, und wir schließen das Geschäft dort ab. Sie geben mir das Auto und eine Quittung, und ich bezahle bar.«

Der Mann, der seinen Kombiwagen verkaufen wollte, überlegte kurz und sagte dann: »Ich müßte aber meine Nummernschilder abnehmen.«

»Das ist mir klar.«

»Und wie erkenne ich Sie, Mr. ....?«

»Mr. Barr«, sagte Tom. Direkt vor ihm war ein großes Plakat mit der Aufschrift Bar Harbor Airlines legt Ihnen Neuengland zu Füssen – und die ganze Welt! »Ich werde am Seiteneingang stehen. Und mein Gesicht ist ganz verschwollen. Meine Frau und ich sind gestern Rollschuh gelaufen, und dabei bin ich böse gestürzt. Aber es hätte schlimmer kommen können. Ich habe mir wenigstens nichts gebrochen.«

»Oh, das tut mir aber leid, Mr. Barr.«

»Ich werd's überleben. Bringen Sie den Wagen möglichst schnell her.«

Er legte auf, ging zum Seiteneingang und trat in den warmen, duftenden Maiabend hinaus. Jetzt war er direkt froh, daß alles so gekommen war.

Der Bursche, der sein Auto verkaufen wollte, war zehn Minuten später schon zur Stelle. Er war noch blutjung. Sie machten das Geschäft perfekt; der Junge schrieb einen Verkaufsbrief aus, den Tom gleichgültig in seine Manteltasche schob. Dann sah er zu, wie der Bursche die Nummernschilder abschraubte.

»Ich geb' Ihnen drei Dollar extra für den Schraubenzieher«, sagte Tom, als der Junge fertig war.

Dieser sah ihn nachdenklich an, als erwarte er eine Erklärung. Als keine erfolgte, zuckte er die Achseln, gab Tom den Schraubenzieher und nahm die drei Dollar. Tom sah ihn in ein Taxi steigen, dann setzte er sich ans Steuer des Fords.

Es war ein Scheißkarren; die Triebwelle ächzte, die Bremsen funktionierten nicht richtig, die Karosserie klapperte. Aber das störte Tom nicht. Er fuhr auf den Parkplatz, stellte seinen Wagen neben einem Subaru ab, der so aussah, als stünde er schon ziemlich lange da, schraubte die Nummernschilder des Subarus ab und montierte sie an seinen Kombi. Er summte vergnügt bei der Arbeit.

Gegen zehn fuhr er auf der Route 2 ostwärts; auf dem Nebensitz lag eine Straßenkarte von Maine. Er hatte festgestellt, daß das Autoradio nicht funktionierte, aber das machte ihm nichts aus. Er hatte über vieles nachzudenken. Über all die wundervollen Dinge, die er mit Beverly anstellen würde, sobald er sie gefunden hatte.

Er war sich ganz sicher, daß Beverly irgendwo in der Nähe war. Und daß sie rauchte.

O mein liebes Mädchen, du hast dich mit dem falschen Mann eingelassen, als du mit Tom Rogan gefickt hast. O ja, das kann man wohl sagen. Die Frage ist jetzt nur: Was sollen wir mit dir machen?

Der Ford fuhr durch die Nacht, und als Tom Newport erreichte, das schon so gut wie ausgestorben war, wußte er, was er mit Beverly machen würde. Er entdeckte auf der Hauptstraße einen Laden, der gerade schließen wollte. Er ging hinein und kaufte eine Stange Camel-Zigaretten. Der Besitzer wünschte ihm einen guten Abend. Tom wünschte ihm das gleiche.

Er legte die Zigarettenstange auf den Nebensitz, fuhr langsam weiter auf der Route 2 und hielt Ausschau nach der richtigen Abzweigung. Da war sie, Route 3, mit einem Wegweiser, auf dem DERRY 15 MEILEN stand.

Er bog ab und fuhr dann wieder schneller. Er warf einen Blick auf die Zigaretten und lächelte ein wenig. Im grünen Schein des Armaturenbretts sah sein Gesicht eigenartig dämonisch aus. *Ich hab' Zigaretten für dich, Bevvie,* dachte Tom, während der Wagen mit etwas mehr als 60 Meilen pro Stunde zwischen Tannenwäldern auf Derry zufuhr. *O ja, meine Liebe. Eine ganze Stange. Nur für dich. Und wenn ich dich sehe, mein Schatz, werde ich dich zwingen, sie alle aufzuessen, mit Filter und allem. Und falls dieser Kerl, dieser Denbrough, ebenfalls ein bißchen Erziehung nötig hat, so läßt sich das leicht arrangieren. Kein Problem, Bevvie. Überhaupt kein Problem.*

Zum erstenmal, seit das verdammte Drecksluder ihn angegriffen hatte und weggelaufen war, fühlte Tom sich wieder hundertprozentig wohl.

587

6

Audra Denbrough saß in der ersten Klasse einer DC-10 der British Airways, hoch über dem Atlantik, den sie nicht einmal sehen konnte. Sie hatte Heathrow um zehn vor sechs nachmittags verlassen. Ein glücklicher Zufall wollte es, daß Flug 23 von London nach Los Angeles eine Zwischenlandung zum Auftanken machte... in Bangor.

Der Tag hatte etwas von einem verrückten Alptraum an sich gehabt. Freddie Firestone, der Regisseur von ›Attic Room‹, hatte natürlich Bill gebraucht. Es hatte Ärger mit der Stuntfrau gegeben, die anstelle von Audra die Dachbodentreppe hinunterstürzen sollte. Auch diese Ersatzleute hatten eine Gewerkschaft, und die Frau hatte anscheinend ihr Soll für diese Woche erfüllt oder irgend so was Ähnliches. Die Gewerkschaft forderte, daß Freddie entweder einen Wisch für höhere Bezahlung unterschreiben oder eine weitere Frau engagieren sollte – nur war gar keine andere verfügbar. Freddie erklärte dem Gewerkschaftsboß, daß dann eben ein Mann die Szene spielen sollte. Eine kastanienbraune Perücke war ohnehin vorhanden, weil die Stuntfrau kurzes, blondes Haar hatte, und der Stuntman könnte ja an den richtigen Stellen ein bißchen ausgepolstert werden – der Sturz sollte sowieso in voller Bekleidung und nicht etwa in Unterwäsche gefilmt werden.

Aber der Gewerkschaftsboß erklärte, das ginge nicht. Es verstieße gegen die Gewerkschaftsvorschriften. Ein Mann dürfe keine Frauenrolle übernehmen. Das wäre sexuelle Diskriminierung.

An dieser Stelle war Freddie der Geduldsfaden gerissen. Er erklärte dem Typen, einem fetten, schwitzenden Mann, der bestialisch stank, er könne ihn mal... Der Gewerkschaftsboß erwiderte darauf, Freddie solle lieber vorsichtig sein mit dem, was er sagte, sonst würden ihm für seinen Film keine Stunts mehr zur Verfügung stehen; dann machte er mit Daumen und Zeigefinger eine ›Bakschisch‹-Geste, die Freddie zur Weißglut trieb. Der Gewerkschaftsboß war zwar groß, aber weichlich; Freddie, der immer noch jede Gelegenheit zum Footballspielen ausnützte und früher auch ein erstklassiger Kricketspieler gewesen war, warf das Arschloch hinaus und zog sich zum Nachdenken in sein Büro zurück. Zwanzig Minuten später kam er wieder zum Vorschein und brüllte nach Bill. Er wollte die ganze Szene so umgeschrieben haben, daß der Sturz gestrichen werden konnte. Audra hatte ihm daraufhin mitteilen müssen, daß Bill nicht mehr in England war.

»Was?« sagte Freddie. Ihm klappte der Unterkiefer herunter, und er starrte Audra an, als hätte sie den Verstand verloren. »Was erzählst du da?«

588

»Er ist in die Staaten zurückgerufen worden, das sage ich dir doch.«

Freddie machte eine Geste, als wollte er sie packen, und Audra wich etwas erschrocken einen Schritt nach hinten. Freddie betrachtete seine Hände, schob sie in die Hosentaschen und starrte sie nur weiter an.

»Es tut mir leid, Freddie«, sagte sie leise. »Wirklich.«

Sie schenkte sich eine Tasse Kaffee aus der Glaskanne auf Freddies Wärmplatte ein. Ihre Hände zitterten leicht. Sie setzte sich und hörte, wie Freddie durch die Studiolautsprecher allen mitteilte, sie könnten nach Hause gehen; die Dreharbeiten seien für heute beendet. Audra zuckte zusammen. Da gingen mindestens 10000 Pfund einfach den Bach runter.

Freddie schaltete die Sprechanlage aus, stand auf, warf Audra einen prüfenden Blick zu und schenkte sich auch Kaffee ein. Er setzte sich und bot ihr eine Zigarette an.

Audra schüttelte den Kopf.

Freddie zündete sich eine an und betrachtete sie durch den Rauch. »Es ist etwas Ernstes, ja?«

»Ja«, antwortete Audra. Sie kämpfte mit den Tränen.

»Was ist passiert?«

Und weil sie Freddie wirklich gern hatte und ihm vertraute, erzählte Audra ihm alles wahrheitsgetreu. Freddie hörte sehr aufmerksam und ernst zu. Audras Bericht nahm nicht viel Zeit in Anspruch. Auf dem Parkplatz wurden immer noch Wagentüren zugeschlagen und Motoren angelassen, als sie schon fertig war.

Freddie schwieg länger und blickte nachdenklich aus dem Fenster. Schließlich wandte er sich wieder Audra zu. »Er muß einen Nervenzusammenbruch erlitten haben«, sagte er.

Audra schüttelte den Kopf. »Nein. So war es nicht. Er war völlig vernünftig.« Sie schluckte, dann fügte sie hinzu: »Vielleicht hättest du dabeisein müssen.«

Freddie lächelte schief. »Dir muß doch auch klar sein, daß erwachsene Männer sich im allgemeinen nicht an irgendwelche Versprechen gebunden fühlen, die sie als kleine Jungen gemacht haben. Und du hast doch Bills Bücher gelesen; du weißt, daß er unheimlich viel über Kinder schreibt, und das kann er ausgezeichnet. Die Idee, daß er alles vergessen hat, was in seiner Kindheit passiert ist, ist doch völlig absurd.«

»Diese Narben auf seiner Hand«, sagte Audra. »Sie waren nicht da. Bis gestern abend waren sie nie da.«

»Blödsinn! Sie sind dir nur nie aufgefallen.«

Sie zuckte hilflos mit den Schultern und konnte nur sagen: »Sie *wären* mir aufgefallen.«

An seinem Blick erkannte sie, daß er ihr nicht glaubte.

»Also, was machen wir jetzt?« fragte Freddie, aber sie konnte nur den Kopf schütteln. Freddie zündete sich eine neue Zigarette an. »Die Sache mit dem Gewerkschaftsboß läßt sich ausbügeln«, sagte er nachdenklich. »Mir selbst würde er natürlich im Moment um nichts in der Welt einen anderen Stunt geben. Ich werde am besten Teddy Rowland zu ihm schikken. Teddy ist ein wahrer Überredungskünstler. Aber was dann? Wir haben noch vier Wochen Dreharbeiten vor uns, und dein Mann macht sich einfach aus dem Staub, fliegt nach Massachusetts...«

»Maine...«

Er winkte ab. »Wohin auch immer. Und wirst du ohne ihn in Form sein?«

»Ich...«

Er beugte sich vor. »Ich hab' dich gern, Audra. Ich hab' dich aufrichtig gern. Und Bill mag ich ebenfalls – trotz dieser Scheiße, in die er mich reingeritten hat, mag ich ihn. Wir können's schaffen, glaube ich. Wenn das Drehbuch geändert werden muß, kann ich das tun. Früher habe ich so was oft gemacht. Und wenn das Resultat Bill nicht gefällt, so hat er das ausschließlich sich selbst zuzuschreiben. Ich kann zur Not also ohne Bill auskommen, aber nicht ohne dich. Ich kann nicht zulassen, daß du Hals über Kopf deinem Mann in die Staaten folgst, und ich muß mich darauf verlassen können, daß du hier dein Bestes gibst. Kannst du das?«

»Ich weiß es nicht.«

»Ich auch nicht«, sagte er. »Aber du darfst eines nicht vergessen, Audra: In diesem Geschäft sind sowohl Schriftsteller, die Drehbücher verfassen, als auch Schauspielerinnen alles andere als unersetzlich. Wir können eine Zeitlang jedes Aufsehen vermeiden, vielleicht sogar während der ganzen restlichen Dreharbeiten, wenn du wirklich deinen Mann stehst und dein Bestes gibst. Aber wenn auch du abhaust, gibt's einen Skandal. Ich bin kein rachsüchtiger Mensch; ich drohe dir nicht damit, daß ich dafür sorgen werde, daß du nie wieder in dieser Branche arbeitest, wenn du mich jetzt einfach im Stich läßt und abhaust. Aber du solltest wissen, daß dir das Etikett der Launenhaftigkeit und Unzuverlässigkeit für immer anhaften wird, wenn du's erst einmal hast. Ich rede mit dir wie ein väterlicher Freund, ich weiß. Nimmst du's mir übel?«

»Nein«, sagte sie apathisch. Es war ihr, offen gesagt, ziemlich egal, was und wie er es vorbrachte. Sie konnte nur an eines denken – an Bill. Freddie war ein sehr netter Mensch, aber er verstand sie nicht. Netter Mensch hin, netter Mensch her, alles woran *er* letztlich dachte, waren die Auswirkungen für seinen Film. Er hatte den Ausdruck in Bills Augen nicht gesehen... er hatte ihn nicht stottern gehört.

»Also gut.« Er stand auf. »Komm mit ins ›Hare and Hounds‹. Wir können beide einen Drink gebrauchen.«

Aber sie schüttelte den Kopf. »Ich fahre nach Hause«, erwiderte sie. »Ich muß über all das nachdenken.«

»Ich lass' das Auto kommen«, sagte er.

»Nein. Ich nehme den Zug.«

Er schaute sie aufmerksam an, eine Hand auf dem Telefonhörer. »Ich glaube, du beabsichtigst, ihm nachzureisen. Und ich sage dir, das wäre ein Fehler, Audra. Er hat sich da irgendeinen Floh ins Ohr setzen lassen, aber er ist ein zäher Kerl, und sobald er ihn abgeschüttelt hat, kommt er zurück. Wenn er gewollt hätte, daß du ihn begleitest, hätte er es gesagt.«

»Ich habe noch nichts entschieden«, sagte sie, aber sie wußte, daß das nicht stimmte; in Wirklichkeit hatte sie ihren Entschluß schon gefaßt, bevor sie morgens mit dem Auto abgeholt worden war.

»Tu nichts, was du später bereuen würdest, Liebling«, sagte Freddie und schaute sie dabei eindringlich an. »Laß diesen Film nicht ins Wasser fallen.«

Sie spürte die Kraft seiner Persönlichkeit, die er in die Waagschale warf, um sie zum Nachgeben zu bewegen, um ihr das Versprechen abzuringen hierzubleiben, ihre Rolle zu spielen und passiv darauf zu warten, daß Bill zurückkam ... oder wieder in jenem Loch der Vergangenheit verschwand, aus dem er herausgekrochen war.

Sie ging zu Freddie und küßte ihn auf die Wange. »Ich ruf' dich an, Freddie«, sagte sie.

Sie ging zum Bahnhof und stellte fest, daß der nächste Zug mit Halt in Fleet um 10.23 Uhr abfuhr. Es war erst zehn vor zehn. Von einer Telefonzelle rief sie British Airways an und erklärte, sie wolle möglichst schnell eine Stadt in Maine namens Derry erreichen. Die Angestellte zog ihren Computer zu Rate ... und teilte Audra dann mit, daß Flug 23 eine Zwischenlandung in Bangor mache. Für Audra war das wie ein Zeichen des Himmels.

»Soll ich den Flug für Sie buchen, Madam?« fragte die Angestellte höflich.

Audra schloß die Augen und sah Freddies schroffes und doch freundliches, ehrliches Gesicht vor sich, hörte ihn sagen: *Tu nichts, was du später bereuen würdest.*

Und dann sah sie Bills geliebtes Gesicht vor sich und hörte ihn sagen: *Versprich es mir, Audra. Wenn du mich liebst, versprich es mir.* Sie hatte es ihm versprochen, aber nur, weil sie es nicht ertragen konnte, ihn so stottern zu hören. Und wenn es Versprechen gab, die unbedingt gehalten werden mußten – wie jenes, das Bill in seiner Kindheit gegeben hatte, worum es sich dabei auch immer handeln mochte –, so gab es auch Versprechen, die gebrochen werden mußten.

»Madam? Sind Sie noch am Apparat?«

»Buchen Sie bitte«, sagte Audra abrupt und wühlte in ihrer Handtasche nach ihrer American-Express-Karte. »Erster Klasse, wenn es möglich ist.«

Anschließend rief sie Freddie an, weil sie glaubte, ihm wenigstens das schuldig zu sein. Sie kam nicht weit. Sie versuchte gerade, ihm stockend zu erklären, wie stark sie das Gefühl hatte, daß Bill sie brauchte – als sie am anderen Ende der Leitung ein leises Klicken hörte. Freddie hatte einfach aufgelegt, ohne nach dem ersten ›Hallo‹ auch nur ein Wort zu sagen.

Aber in gewisser Weise, dachte Audra, drückte dieses leise Klicken alles aus, was gesagt werden mußte.

<h1 style="text-align:center">7</h1>

Das Flugzeug landete um 19.09 Uhr ostamerikanischer Zeit in Bangor. Audra war der einzige Passagier, der hier ausstieg, und die anderen warfen ihr neugierige Blicke zu und fragten sich vermutlich, welchen Grund jemand haben konnte, in dieser gottverlassenen kleinen Stadt auszusteigen. Wenn sie es ihnen erzählen würde, dachte Audra, wenn sie ihnen folgendes erzählen würde: *Wissen Sie, ich suche meinen Mann. Er ist hierher zurückgekommen, weil einer seiner Kinderfreunde angerufen und ihn an ein Versprechen erinnert hat, an das er überhaupt nicht mehr gedacht hatte. Der Anruf brachte ihm auch die Tatsache in Erinnerung, daß er seit über 20 Jahren nicht mehr an seinen toten Bruder gedacht und seine Kindheit fast völlig vergessen hatte. O ja, und dieser Anruf hat auch sein Stottern zurückgebracht ... und einige seltsame weiße Narben auf seinen Handflächen.*

Und dann, dachte sie, würde der Mann vom Zoll die Jungs mit den weißen Mänteln herbeipfeifen.

Sie holte ihr einziges Gepäckstück ab – es sah auf dem Kofferkarussell sehr verloren aus – und begab sich zu den Mietwagenagenturen, wie Tom Rogan es etwa zwei Stunden später ebenfalls tun würde. Aber sie hatte mehr Glück als er: National Rent-a-Car hatte einen Datsun für sie.

Das Mädchen füllte ein Formular aus, und Audra unterzeichnete es.

»Ich dachte mir schon, daß Sie es sind«, sagte das Mädchen – und dann schüchtern: »Könnte ich ein Autogramm haben?«

Audra gab es ihr – schrieb es auf die Rückseite eines Formulars – und dachte dabei: *Freu dich dran, solange du es noch kannst, Mädchen.*

Wenn Freddie Firestone recht hat, wird es in fünf Jahren keinen Scheiß-
dreck mehr wert sein.

Sie besorgte sich eine Straßenkarte, und das Mädchen, das vor Ehrfurcht kaum ein Wort hervorbrachte, zeigte ihr den günstigsten Weg
nach Derry.

Zehn Minuten später war Audra unterwegs. Sie mußte sich an jeder
Kreuzung in Erinnerung rufen, daß sie jetzt wieder in Amerika war und
nicht links fahren durfte, weil sie sonst in einem buchstäblicheren Sinne,
als es Freddie gemeint hatte, Selbstmord begehen würde.

Und während sie so dahinfuhr, kam ihr zu Bewußtsein, daß sie mehr
Angst als je zuvor in ihrem Leben hatte.

8

Durch eine jener seltsamen Schicksalsfügungen oder Zufälle, die es
manchmal gibt (in Derry allerdings häufiger als anderswo), hatte Tom
sich ein Zimmer im Koala Inn auf der Outer Jackson Street genommen,
und Audra hatte sich im Holiday Inn einquartiert – die beiden Motels
standen nebeneinander, und ihre Parkplätze waren nur durch einen Be-
ton-Gehweg voneinander getrennt. Und wie der Zufall so spielt, standen
Audras gemieteter Datsun und Toms gekaufter Kombi einander direkt
gegenüber, nur durch jenen Gehweg getrennt. Jetzt schliefen beide jedenfalls, Audra ruhig auf der Seite liegend, Tom auf dem Rücken, so laut
schnarchend, daß seine geschwollenen Lippen zitterten.

9

Henry versteckte sich den Tag über – er versteckte sich im Dickicht am
Rand der Route 9. Manchmal schlief er. Manchmal sah er Streifenwagen
wie Jagdhunde vorbeischleichen. Während die Verlierer zu Mittag aßen,
lauschte Henry den Stimmen vom Mond.

Als es dunkel wurde, ging er zum Straßenrand und streckte den Daumen aus.

Nach einer Weile hielt ein Dummkopf an und nahm ihn mit.

Derry:

DAS DRITTE ZWISCHENSPIEL

———

»A bird came down the walk –
He did not know I saw –
He bit an angle-worm in halves
And ate the fellow, raw –«

– Emily Dickinson
»A Bird Came
Down The Walk«

17. März 1985

Der Brand im ›Black Spot‹ ereignete sich im Spätherbst 1930. Soweit ich feststellen konnte, beendete das Feuer im ›Black Spot‹ – dem mein Vater mit knapper Not entkommen ist – den Zyklus von Morden und Vermißtenmeldungen der Jahre 1929/30 ebenso wie die Explosion der Eisenhütte den Zyklus 25 Jahre vorher abschloß. Was hier auch etwa alle 27 Jahre geschehen mag, was für eine schreckliche Kraft hier auch immer am Werk sein mag, es sieht jedenfalls ganz so aus, als sei am Ende eines jeden Zyklus ein riesiges Opfer notwendig, um die schreckliche Macht zu beschwichtigen, die hier haust... um ES für ungefähr ein Vierteljahrhundert in Schlaf zu versetzen.

Es sieht aber auch so aus, als sei nicht nur zum Abschluß eines jeden Zyklus solch ein Opfer notwendig, sondern als sei ein ähnliches Geschehnis auch Voraussetzung dafür, einen Zyklus auszulösen.

Das bringt mich zur Bradley-Bande.

Es begann im Oktober des Jahres 1929 – dreizehn Monate vor dem Brand im ›Black Spot‹ – mit der Exekution der Bradley-Bande an der Kreuzung Canal, Main und Kansas Street –, unweit jener Stelle, die auf dem Foto zu sehen war, das an einem Junitag 1958 vor Bills und Richies Augen zum Leben erwachte.

Viele Einwohner Derrys behaupten – wie auch beim Thema Brand im ›Black Spot‹ –, sich an die Ereignisse jenes Tages nicht erinnern zu können. Oder sie behaupten, an jenem Tag gar nicht in der Stadt gewesen zu sein. Oder sie haben ein Nachmittagsschläfchen gehalten und erst am Abend in den Nachrichten im Radio gehört, was vorgefallen war. Oder aber sie lügen einem einfach frech ins Gesicht.

In den Polizeiakten ist zu lesen, daß Sullivan damals nicht einmal in der Stadt war (*Na klar erinnere ich mich noch daran*, erzählte mir Aloysius Nell auf der Sonnenterrasse der Paulson-Privatklinik in Bangor. *Es war mein erstes Jahr bei der Polizei, deshalb weiß ich's noch so genau. Sullivan war an jenem Tag auf Vogeljagd in West-Maine. Als er zurückkam, waren die Leichen alle schon abtransportiert. Jim Sullivan war ganz schön sauer.*); aber auf einem Foto in einem Buch über Gangster, ›*Bloodletters and Badmen*‹, ist ein grinsender Mann zu sehen, der im Leichenschauhaus neben dem von Kugeln durchsiebten Al Bradley steht – und dieser grinsende Mann ist Sullivan.

Die einzige unumstößliche Tatsache schien zu sein, daß es an jenem Tag an jener Kreuzung wirklich eine Schießerei gegeben hatte. Und erst von Mr. Keene erfuhr ich schließlich die Wahrheit – zumindest glaube ich, daß er mir die authentische Version der Ereignisse lieferte. Norbert Keene war der Besitzer des Center Street Drugstores von 1925 bis 1975, als er sich zur Ruhe setzte. Der Fünfundachtzigjährige erzählte mir alles bereitwillig; aber ebenso wie Betty Ripsoms Vater bestand er darauf, daß ich zuvor meinen Kassettenrecorder ausschaltete.

»Warum sollte ich es dir nicht erzählen?« sagte er. »Niemand würde diese Geschichte veröffentlichen, und selbst wenn, so würde sie kein Mensch glauben.« Er hielt mir ein altmodisches Apothekerglas hin. »Magst du eine Lakritzstange? Wenn ich mich recht erinnere, mochtest du die roten immer am liebsten, Mikey.«

Ich nahm mir eine. »War Chief Sullivan an jenem Tag in der Stadt?«

Mr. Keene lachte und nahm sich selbst ebenfalls eine Lakritzstange. »Aha, darüber hast du dir wohl den Kopf zerbrochen?«

»Ja«, sagte ich und kaute ein Stück der roten Lakritzstange. Ich hatte keine mehr probiert, seit ich ein Kind war und meine Pennies über die Theke einem wesentlich jüngeren und beweglicheren Mr. Keene hinschob. Die Lakritze schmeckte sehr gut.

»Du bist viel zu jung, um dich an den Home Run von Bobby Thompson für die Giants beim Baseball-Endspiel zu erinnern«, sagte Mr. Keene. »Das war 1951, und du warst damals erst vier Jahre alt. Na ja! Ein paar Jahre später stand in der Zeitung ein Artikel über dieses Spiel, und etwa eine Million New Yorker behauptete, an jenem Tag im Stadion gewesen zu sein.«

Ich wartete. Mr. Keene kaute auf seiner Lakritzstange herum, und dunkler Speichel rann ihm aus dem Mundwinkel. Er wischte ihn mit seinem Taschentuch ab, faltete es wieder und schob es in die Tasche.

»Genau das Gegenteil ist der Fall, wenn es um die Bradley-Bande geht«, fuhr Keene fort. Er lächelte, aber es war kein frohes Lächeln – es war zynisch und bitter. »Etwa 20 000 Menschen wohnten damals in der Innenstadt von Derry«, sagte er. »Die Main Street und die Canal Street waren schon gepflastert – die Main Street erst seit vier Jahren –, aber die Kansas Street noch nicht. Im Sommer staubte sie furchtbar, und im März und November war sie ein einziges Schlammloch. Jedes Jahr am 4. Juli spuckte der Bürgermeister große Töne, daß demnächst die Kansas Street gepflastert würde, aber erst 1942 kam es dann tatsächlich dazu. Es... aber wovon habe ich eben gesprochen?«

»Sie sagten, in der Innenstadt hätten damals etwa 20 000 Leute gewohnt«, sagte ich.

»Ach ja. Nun, von diesen 20 000 dürfte inzwischen die Hälfte gestorben sein, vielleicht sogar mehr – 55 Jahre sind eine lange Zeit, und außerdem sterben in Derry komischerweise sehr viele Leute in jungen Jahren. Vielleicht ist die Luft schuld daran. Aber von denen, die noch am Leben sind, würde kaum mehr als ein Dutzend zugeben, in der Stadt gewesen zu sein, als die Bradley-Bande zur Hölle fuhr. Metzger Rowden drüben vom Fleischmarkt würde es wahrscheinlich zugeben – er hat immer noch ein Foto von einem der Wagen der Gangster an jener Wand hängen, wo er Fleisch schneidet. Wenn du das Foto sehen würdest, kämst du kaum darauf, daß es sich um ein Auto handelt. Charlotte Littlefield würde dir wohl auch einiges erzählen, wenn du sie richtig behandelst. Sie unterrichtet drüben an der High School. Sie kann damals nicht viel älter als zehn oder zwölf gewesen sein, aber sie erinnert sich an sehr vieles. Carl Snow... Aubrey Stacey... Eben Stampnell... und der alte Mummelgreis, der diese komischen Bilder malt und die ganze Nacht in Wally's säuft – Pickman heißt er, glaube ich. Sie würden sich noch erinnern. Sie waren alle dabei...«

Er verstummte und betrachtete die Lakritzstange in seiner Hand. Ich überlegte, ob ich ihn durch Fragen zum Weiterreden bringen sollte, unterließ es jedoch lieber.

Schließlich sagte er: »Die meisten anderen aber würden lügen, ebenso wie jene Leute, die behaupten, dabeigewesen zu sein, als Bobby Thompson seinen Home Run gemacht hat. In jenem Fall logen sie, weil sie wünschten, sie wären dabei anwesend gewesen. Was aber den Tag angeht, als die Bradley-Bande zum zweitenmal nach Derry kam, so würden die Leute dich anlügen, weil sie vergessen wollen, daß sie dabeigewesen sind. Verstehst du mich, mein Junge?«

Ich nickte.

»Bist du wirklich sicher, daß du diese Geschichte hören willst?« fragte Mr. Keene. »Du siehst ein bißchen blaß aus, Mr. Mikey.«

»Ich *will* sie nicht hören«, sagte ich, »aber trotzdem *sollte* ich sie mir anhören, glaube ich.«

»Der Sheriff *war* an jenem Tag in der Stadt. Er hatte vorgehabt, auf die Vogeljagd zu gehen, aber er änderte seine Meinung verdammt rasch, als Lal Machen ihm erzählte, daß er für den Nachmittag Al Bradley in Derry erwartete.«

»Woher wußte Machen das?« fragte ich.

»Nun, das ist ebenfalls eine sehr lehrreiche Geschichte«, sagte Mr. Keene mit jenem zynischen Lächeln. »Bradley war auf der Hitparadenliste des FBI nie der Volksfeind Nr. 1; aber seit 1928 stand er auf allen Fahndungslisten. Al Bradley und sein Bruder George überfielen sechs oder sieben Banken im Mittelwesten, und schließlich entführten sie dann einen Bankier und verlangten Lösegeld – ich komme im Moment nicht auf seinen Namen, obwohl er damals Schlagzeilen machte. Na ja, das Lösegeld wurde gezahlt – 30 000 Dollar, eine hohe Summe für jene Zeit –, aber sie brachten den Bankier trotzdem um, weil sie ihn eines Tages dabei ertappt hatten, wie er sie über seine Augenbinde hinweg beobachtete, während sie in ihrem Versteck Karten spielten.

Nun, der Mittelwesten wurde um diese Zeit für die dort agierenden Banden ein ziemlich heißes Pflaster. Die Bradley-Bande begab sich nach Maine und bezog Quartier in einem alten Bauernhaus an der Stadtgrenze von Newport... nicht weit von der Stelle, wo heute die Rhulin-Farm ist.

Na ja, das war in den Hundstagen 1929, im Juli oder August, vielleicht auch Anfang September, so genau weiß ich's nicht mehr. Als die Bande in jenes Haus in Newport zog, waren sie zu acht – Al Bradley, George, Bradley, Joe Conklin mit seinem Bruder Cal, ein Ire namens Arnold Malloy, der den Spitznamen ›Creeping Jesus‹ Malloy hatte, weil er kurzsichtig war, seine Brille aber nur aufsetzte, wenn es unbedingt notwendig war, da sie sein gutes Aussehen beeinträchtigte; außerdem noch Patrick Caudy, ein junger Bursche aus Chicago, der schön wie Adonis war, aber überaus mordlustig gewesen sein soll. Sie hatten auch zwei Frauen bei sich, Kitty Donahue, die mit George Bradley richtig verheiratet war, und Marie Hauser, die zu Caudy gehörte, manchmal aber auch herumgereicht wurde.

Sie gingen von einer verhängnisvoll falschen Annahme aus, als sie hierher kamen, Mikey – und das kostete sie schließlich das Leben. Sie hatten die Idee, so weit von Indiana und Ohio entfernt, wo sie ihre Verbrechen begangen hatten, in absoluter Sicherheit zu sein. Vermutlich glaubten sie, daß wir hier oben in Maine keine Zeitungen hätten – keine Zeitungen und keine Steckbriefe in den Postämtern. Aber sie irrten sich gewaltig.

Die erste Zeit nach ihrem Einzug verhielten sie sich sehr ruhig, und dann muß es ihnen langweilig geworden sein, und sie beschlossen, daß es bestimmt Spaß machen würde, auf die Jagd zu gehen. Schußwaffen hatten sie jede Menge, aber sie waren ziemlich knapp an Munition. Deshalb kamen sie alle am 7. Oktober in zwei Autos nach Derry. Patrick Caudy machte mit den beiden Frauen einen Einkaufsbummel, und die anderen fünf Männer begaben sich in Machens Geschäft für Sport- und Jagdartikel. Kitty Donahue kaufte sich im Freese's ein Kleid, in dem sie zwei Tage später starb.

Die Männer wurden von Lal Machen höchstpersönlich bedient. Er ist 1959 gestorben. Viel zu fett ist er gewesen. Das menschliche Herz hält

599

ein solches Gewicht auf Dauer nicht aus. Doch seine Augen waren in Ordnung, und er sagte, er hätte Al Bradley auf Anhieb erkannt. Er glaubte auch einige der anderen zu erkennen, war sich bei Malloy aber erst sicher, als dieser seine Brille aufsetzte, um sich Messer in einer Vitrine anzusehen.

Al Bradley erklärte: ›Wir möchten Munition kaufen.‹

›Da sind Sie bei mir genau richtig‹, sagte Lal Machen.

Bradley gab ihm einen Zettel, und Machen studierte die lange Liste. Soviel ich weiß, ist der Zettel verlorengegangen, aber Lal sagte, daß einem davon das Blut in den Adern gerinnen konnte. Sie wollten 500 Schuß Munition Kaliber .38, 800 Schuß Kaliber .45, 60 Schuß Kaliber .50, das heute nicht mal mehr hergestellt wird, ferner Schrotflintenpatronen und je 1000 Schuß Kaliber .22 für kurze und lange Gewehre. Außerdem – paß gut auf! – 16 000 Schuß Munition für Maschinenpistolen Kaliber .45.«

»Allmächtiger Himmel!« murmelte ich.

Mr. Keene lächelte wieder zynisch und hielt mir das Apothekerglas hin. Zuerst schüttelte ich den Kopf, aber dann nahm ich mir doch noch eine Lakritzstange.

»›Das ist ja 'ne ganz schöne Einkaufsliste‹, meinte Lal.

›Komm, Al‹, sagte Creeping Jesus Malloy. ›Ich habe dir doch gleich gesagt, daß wir das Zeug in diesem gottverlassenen Nest nicht kriegen werden. Fahren wir lieber nach Bangor. Dort werden sie's zwar auch nicht haben, aber ich habe Lust auf einen kleinen Ausflug.‹

›Nicht so eilig, meine Herren‹, sagte Lal ganz kaltblütig. ›Das hier ist ein verdammt gutes Geschäft, und ich will nicht, daß der Jude drüben in Bangor es macht. Ich kann Ihnen die Munition Kaliber .22 gleich mitgeben, ebenso die Schrotflintenpatronen und jeweils 100 Schuß Kaliber .38 und .45. Den Rest könnte ich Ihnen bis . . .‹ – Lal kratzte sich am Kinn und schloß kurz die Augen, so als würde er scharf nachdenken – ›bis übermorgen besorgen. Wie wäre das?‹

Bradley grinste breit, drehte sich um und sagte, das wäre astrein. Cal Conklin sagte, er würde trotzdem lieber nach Bangor fahren, aber er wurde überstimmt. ›Wenn Sie aber nicht hundertprozentig sicher sind, das Zeug beschaffen zu können, sagen Sie's lieber gleich‹, sagte Al Bradley zu Lal. ›Ich bin zwar ein friedliebender Mensch, aber wenn ich wütend werde, ist mit mir nicht gut Kirschen essen. Verstehen Sie?‹

›Vollkommen‹, sagte Lal, ›ich werde für Sie so viel Munition besorgen, wie Sie sich nur wünschen können, Mr. . . . .?‹

›Rader‹, sagte Bradley. ›Richard D. Rader.‹ Er streckte seine Hand aus, und Lal schüttelte sie grinsend. ›Sehr erfreut, Mr. Rader.‹

›Um wieviel Uhr sollen wir vorbeikommen und das Zeug abholen?‹ fragte Bradley.

›Wie wär's mit zwei Uhr?‹ sagte Lal, und sie waren damit einverstanden. Sie gingen, und Lal blickte ihnen nach, und draußen auf dem Gehweg trafen sie die beiden Frauen und Caudy. Lal erkannte auch Caudy sofort.

Nun, und was glaubst du, was Lal dann getan hat?« fragte Mr. Keene und sah mich strahlend an. »Glaubst du, er hat die Polizei verständigt?«

»Vermutlich nicht«, antwortete ich, »nach dem zu schließen, was dann passierte. Aber *ich* hätte jedenfalls geschaut, daß ich zum Telefon gekommen wäre.«

»Nun, vielleicht hättest du's getan, vielleicht aber auch nicht«, sagte Mr. Keene mit jenem stets gleichen zynischen Lächeln, und mich überlief ein Schauder, denn ich wußte, was er meinte... und er wußte, daß ich es wußte. Wenn etwas Schweres erst einmal ins Rollen kommt, läßt es sich nicht mehr aufhalten; es rollt immer weiter, bis es auf eine ebene Strecke gerät, die so lang ist, daß die Antriebskraft schließlich gleich Null wird. Man kann sich diesem Etwas in den Weg stellen und sich davon überrollen lassen... aber auch das wird es nicht aufhalten.

»Vielleicht hättest du's getan, vielleicht aber auch nicht«, wiederholte Mr. Keene. Der Satz schien ihm zu gefallen. »Aber ich werde dir sagen, was Lal Machen getan hat. Sobald an jenem Tag und am nächsten irgendein Mann in sein Geschäft kam, den er kannte, erzählte er ihm, die Bradley-Bande hätte bei ihm Munition gekauft. Er hätte drei von ihnen aufgrund der Steckbriefe erkannt und bei einem vierten genügend Familienähnlichkeit entdeckt, um bei Gott dem Allmächtigen schwören zu können, daß es Als Bruder George sei. Er berichtete allen seinen Kunden, daß Bradley und seine Männer wiederkommen würden, um den Rest ihrer Bestellung abzuholen, daß er Bradley versprochen hätte, ihm so viel Munition zu besorgen, wie er sich nur wünschen könne, und daß er beabsichtige, dieses Versprechen auch zu halten.«

»Wie vielen...«, setzte ich zum Reden an, aber ich war wie gelähmt, wie hypnotisiert von seinen funkelnden Augen. Ich hatte das Gefühl, jeden Moment hier im Zimmer ersticken zu müssen... aber ich konnte auch nicht einfach aufstehen und weggehen; es war ebenso unmöglich wie der Versuch, sich durch Anhalten der Luft umzubringen.

»Wie vielen Männern Lal das erzählte?« fragte Mr. Keene.

Ich wollte bejahen, aber meine Kehle war plötzlich zu trocken, so daß ich nur nicken konnte.

»So genau weiß ich das natürlich nicht«, sagte Mr. Keene. »Schließlich habe ich ja nicht neben ihm gestanden und hab' sie gezählt. Ich hatte ja meine eigene Arbeit. Aber ich nehme an, daß er es allen erzählte, denen er vertrauen konnte.«

»Denen er vertrauen konnte«, murmelte ich. Meine Stimme klang etwas heiser.

»O ja«, sagte Mr. Keene. »Männer aus Derry. Nicht alle haben Kühe gezüchtet, weißt du.« Er lachte über den alten Witz, dann fuhr er fort. Ich kam so gegen zehn Uhr morgens am Tag nach dem ersten Besuch der Bradley-Bande in Lals Geschäft, und ich nehme an, daß meine Geschichte ziemlich typisch ist. Lal erzählte mir von der Sache, und dann fragte er mich, womit er mir dienen könne. Ich war ursprünglich nur hergekommen, um zu fragen, ob mein letzter Film schon entwickelt wäre – in jener Zeit hatte Machen auch die Vertretung für alle Kodakfilme und Kameras –, aber als ich meine Fotos dann bekommen hatte, sagte ich, daß ich auch noch zwanzig oder dreißig Patronen für meine Winchester gebrauchen könne.

›Hast du vor, auf die Jagd zu gehen, Norb?‹ fragte Lal, während er mir die Patronen gab.

›Na ja, vielleicht kann ich einiges an Ungeziefer erledigen‹, sagte ich, und wir kicherten darüber. Ich bezahlte und ging.

An jenem Vormittag erzählte ich die Geschichte drei Leuten – Bob Tanner, der damals mein Gehilfe war und später in Castine seinen eigenen Drugstore aufgemacht hat, Jake Devereaux, der zu jener Zeit im ›Aladdin‹ Platzanweiser war, und Kenny Borton, dem Onkel des Mannes, der in deiner Kindheit Polizeichef war, Mike. Mittags erzählte ich's Allan Vincent vom Postamt. Und am Nachmittag wollte ich Nell davon berichten... erinnerst du dich noch an Nell, Mike?«

»O ja«, sagte ich und dachte an die Barrens und an Richie Toziers Stimme-eines-irischen-Bullen.

»Er wußte aber schon bestens Bescheid, von Sheriff Sullivans Eilboten Jimmy Gordon«, sagte Mr. Keene und lachte und schlug sich auf die mageren Schenkel, so als wäre das der beste Witz, den er je gehört hatte. »Und als ich später am Nachmittag in Nan's Luncheonette ging, um ein Stück Apfelkuchen zu essen und 'ne Tasse Kaffee zu trinken, da wollte Linc Vincent, Allans Bruder, der dort bediente, *mir* die Geschichte erzählen.« Er beugte sich vor und klopfte mir aufs Knie. »Was ich sagen will, mein Junge, ist, daß die Geschichte sehr schnell die Runde gemacht hatte. Kleinstädte sind nun mal so. Wenn man etwas den richtigen Leuten erzählt, verbreitet sich die Nachricht in Windeseile... möchtest du noch eine Lakritzstange?«

Ich nahm mit tauben Fingern eine.

»Die Dinger machen dick«, sagte Mr. Keene und kicherte. Er sah in diesem Moment alt aus... unglaublich alt... seine Brille rutschte ihm den schmalen Nasenrücken hinab, und seine Haut spannte sich so straff und so dünn über die Backenknochen, daß sie keine Falten bilden konnte.

»Na ja, am nächsten Tag brachte ich meine Winchester in den Drugstore mit, und Bob Tanner hatte seine Knallbüchse dabei. Ich erinnere mich noch genau, daß so gegen elf Gregory Cole reinkam, um doppeltkohlensaures Natron zu kaufen, und der Bursche hatte doch tatsächlich 'nen Colt im Gürtel stecken.

›Paß nur auf, daß du dir damit nicht die Eier wegschießt, Greg‹, sagte ich.

›Ich bin wegen dieser Sache extra aus den Wäldern von Milford hergekommen, und ich hab' 'nen mordsmäßigen Kater‹, sagte Greg, ›und vor Sonnenuntergang werd' ich ganz bestimmt noch jemandem die Eier wegschießen.‹

So gegen halb zwei hängte ich mein Schild KOMME BALD ZURÜCK, BITTE UM ETWAS GEDULD an die Tür, nahm mein Gewehr und ging durch die Hintertür hinaus auf die Richard's Alley. Ich fragte Bob Tanner, ob er mitkommen wolle, und er sagte, er wolle erst noch Mrs. Emersons Medizin abfüllen, dann würde er nachkommen. ›Lassen Sie mir noch einen lebendig übrig, Mr. Keene‹, sagte er, aber ich erwiderte, ich könne nichts versprechen.

Man konnte auf den ersten Blick sehen, daß die ganze Canal Street Bescheid wußte. Es herrschte kaum Verkehr, und Fußgänger waren auch nicht unterwegs. Ab und zu fuhr ein Lieferwagen vorbei, das war auch schon alles. Ich sah Jake Devereaux die Straße überqueren, in jeder Hand ein Gewehr. Er traf Andy Criss, sie redeten kurz miteinander, und Andy schnorrte von Jake eine Zigarette. Dann gingen sie rüber zu einer der Bänke, die um das Kriegerdenkmal herumstanden – du weißt schon, dort wo der Kanal unter die Erde verschwindet.

Petie Vanness und Al Nell und Jimmy Gordon saßen auf den Stufen vor dem Gerichtsgebäude, wo in jener Zeit, als wir noch keinen Polizeichef hatten, auch das Büro des Sheriffs war. Sie aßen Sandwiches und Obst aus ihren Lunchpaketen und tauschten eifrig miteinander, wie Kinder und Männer das nun mal gern tun, und alle drei waren bewaffnet. Sogar Jimmy Gordon, der eher 'ne ausgestopfte Vogelscheuche als ein Mann war, hatte eine Springfield aus dem Ersten Weltkrieg bei sich, die größer als das ganze Bürschchen aussah.

Ein Junge ging auf den Up-Mile Hill zu – ich glaube, es war Zack Denbrough, der Vater deines Freundes, der jetzt Schriftsteller ist –, und Kenny Borton rief ihm aus dem Fenster des Christian-Science-Leseraums zu: ›Mach, daß du hier wegkommst, Junge, hier wird's bald 'ne

Schießerei geben!‹ Und Zack rannte nach einem einzigen Wink von Kenny so, als wäre der Teufel hinter ihm her.

Auf den ersten Blick sah die Straße verlassen aus, weil nicht viele Autos und kaum Fußgänger unterwegs waren, aber wenn man eine Weile dastand, stellte man fest, daß dieser Eindruck sehr täuschte. Überall waren Männer mit Schußwaffen – sie standen in Torwegen, saßen auf Treppen oder schauten aus den Fenstern. Greg Cole stand ein Stück links von mir die Straße runter; er hatte seine 45er in der Hand, und neben sich hatte er etwa zwei Dutzend Patronen aufgebaut wie Zinnsoldaten. Bruce Jagermeyer und Olaf Theramenius, der Schwede, standen im Schatten unter dem Vordach des ›Bijou‹.«

Mr. Keene sah mich an, aber er blickte durch mich hindurch. Jetzt funkelten seine Augen nicht mehr; sie waren verschleiert, wie die Augen eines Mannes es nur werden, wenn er sich an die besten Zeiten seines Lebens erinnert... an seinen ersten Home Run, an die erste große Forelle an seiner Angel oder an das erste Mal mit einer willigen Frau.

»Ich erinnere mich, daß ich den Wind hörte, mein Sohn«, sagte er verträumt. »Ich erinnere mich, daß ich den Wind hörte und sah, wie er ein Blatt der ›Derry News‹ die Straße hinauftrieb. Sah ganz so aus wie 'ne große Fledermaus, nur weiß. Ich erinnere mich auch daran, wie die Uhr am Gerichtsgebäude zwei schlug, und wie das hallte. Bob Tanner tauchte plötzlich hinter mir auf, und ich war so aufgeregt, daß ich ihm fast 'nen Kopfschuß verpaßt hätte. Er nickte mir nur zu und ging dann rüber zu Vannock's Dry Goods.

Man hätte meinen können, daß die Leute sich wieder zerstreuten, als es zehn nach zwei wurde und nichts passierte, dann Viertel nach und zwanzig nach zwei. Aber das war nicht der Fall. Alle blieben, wo sie waren. Denn...«

»Denn alle wußten, daß die Bande kommen würde, stimmt's?« sagte ich. »Es stand für euch völlig außer Frage.«

Er strahlte mich an wie ein Lehrer, der über die Antwort eines Schülers entzückt ist. »Stimmt genau«, sagte er. »Wir wußten es. Wir brauchten nicht darüber zu reden, keiner brauchte zu sagen: ›Na ja, ich warte bis zwanzig nach, und wenn sie bis dahin nicht aufgetaucht sind, geh' ich wieder an meine Arbeit.‹ Alles blieb ruhig, und so gegen fünf vor halb drei tauchten die beiden Autos – eines war rot, das andere dunkelblau – auf dem Up-Mile Hill auf und fuhren auf die Kreuzung zu. Ein Chevrolet und ein LaSalle. Die Brüder Conklin, Patrick Caudy und Marie Hauser saßen im Chevrolet, die Bradleys, Malloy und Kitty Donahue im LaSalle.

Mitten auf der Kreuzung trat Al Bradley dann so plötzlich auf die Bremse, daß Caudy ihm fast hinten draufgefahren wäre. Die Straße war zu ruhig, und das fiel Bradley auf. Er war vielleicht nichts weiter als ein wildes Tier, aber ein Tier hat eine feine Witterung, wenn es jahrelang wie ein Wiesel im Weizenfeld gejagt worden ist.

Er öffnete die Tür des LaSalles, stellte sich aufs Trittbrett und blickte kurz in die Runde. Dann machte er Caudy eine Geste, die ›Zurück!‹ bedeutete. Caudy rief: ›Was ist, Boß?‹ Ich hörte es ganz deutlich – es war das einzige, was ich sie sagen hörte, nur diese drei Worte von Caudy: ›Was ist, Boß?‹ Und ich erinnere mich an einen Sonnenstrahl, der von einem Spiegel reflektiert wurde – die Hauser puderte sich die Nase.

In diesem Moment kamen Lal Machen und sein Gehilfe Biff Marlowe aus Machens Geschäft herausgerannt. ›Hände hoch, Bradley, ihr seid umzingelt!‹ brüllte Lal, und noch bevor Bradley den Kopf wenden konnte, ballerte Lal schon los. Seine ersten beiden Kugeln verfehlten ihr Ziel, aber die dritte traf Bradley in die Schulter. Er trug ein weißes Hemd mit Ärmelhaltern, und ich sah, wie die Kugel ihn am Oberarm traf und ein Loch ins Hemd riß. Sofort schoß Blut hervor, und die Wucht des Schusses hätte ihn auf die Straße geschleudert, wenn er sich nicht an der Tür des LaSalles festgehalten hätte und dann ins Auto zurückgesprungen wäre. Er wollte anfahren, und in diesem Moment fingen alle an zu schießen.

In vier oder fünf Minuten war alles vorüber, aber damals kam's uns verdammt viel länger vor. Petie und Al und Jimmy Gordon saßen einfach auf der Treppe des Gerichtsgebäudes, gingen nicht einmal in Deckung und feuerten auf den Chevrolet. Einer der Hinterreifen platzte, dann auch der zweite. Ich sah Bob Tanner unter dem Sonnendach von Vannock's auf einem Bein knien; er drückte wie verrückt auf den Abzug seiner alten Flinte. Jagermeyer und Theramenius schossen vom Kino aus auf die rechte Seite des LaSalles, und Greg Cole stand im Rinnstein, hielt seine 45er mit beiden Händen fest und feuerte, so schnell er nur konnte. Ich sah die Patronenhülsen in der Sonne funkeln.

Der Lärm war unglaublich. So fünfzig oder sechzig Mann müssen gleichzeitig geschossen haben, und später schickte Lal Machen dann Biff Marlowe und seine Söhne raus, und sie holten 36 Kugeln aus der Vordermauer des Geschäfts. Und das war drei Tage später, nachdem so ziemlich jeder in der Stadt, der ein Souvenir haben wollte, vorbeigekommen war und sich mit dem Taschenmesser eine Kugel aus der Ziegelmauer gebohrt hatte. Lal machte damals ein verdammt gutes Geschäft, denn danach kamen sie alle in den Laden und kauften Filme oder sonst was. Sehr viele kauften auch Schußwaffen, so als glaubten sie, die Sache würde sich wiederholen, und gegen Ende der Woche hatte Lal so gut wie jede vorrätige Pistole verkauft und wer weiß wie viele Gewehre und Schrotflinten.

Auf dem Höhepunkt hörte es sich so an, als fände die Marne-Schlacht plötzlich in Derry statt. In der näheren Umgebung von Machens Laden gingen zahlreiche Fensterscheiben durch Gewehrfeuer zu Bruch.

Bradley wollte den LaSalle wenden, und er war nicht eben langsam, aber als er gerade erst einen Halbkreis beschrieben hatte, fuhr er auf vier Platten. Beide Scheinwerfer waren zerschmettert, und die Windschutzscheibe war total zerstört. Ich sah Bradley am Steuer sitzen, mit blutüberströmtem Gesicht. Malloy und George Bradley feuerten aus den hinteren Fenstern. Ich sah, wie eine Kugel Malloy oben am Hals traf. Er schoß noch zweimal, dann brach er im Fenster zusammen, und seine Arme baumelten herab.

Caudy versuchte den Chevrolet zu wenden, fuhr dabei aber hinten in Bradleys LaSalle hinein. Und damit war ihr Untergang eigentlich endgültig besiegelt, mein Junge. Die vordere Stoßstange des Chevrolets verhedderte sich mit der hinteren Stoßstange des LaSalles, und somit war ihnen die letzte Fluchtmöglichkeit genommen.

Joe Conklin sprang aus dem Wagen, in jeder Hand eine Pistole, stellte sich mitten auf die Kreuzung und begann auf Jake Devereaux und Andy Criss zu schießen. Die beiden ließen sich von ihrer Bank zu Boden fallen und landeten im Gras, und Criss schrie immer wieder: ›Mich hat's erwischt! Mich hat's erwischt!‹, obwohl ihm überhaupt nichts passiert war, ebensowenig wie Jake.

Die Kugeln flogen nur so um Conklin herum, aber er konnte seine beiden Pistolen leerfeuern, bevor er getroffen wurde. Er trug einen Strohhut, und er wurde ihm vom Kopf geschossen, so daß man genau sehen konnte, daß er einen Mittelscheitel hatte. Er hatte gerade eine seiner Pistolen unter den Arm geklemmt und versuchte, die andere wieder zu laden, als jemand ihn am Bein erwischte und er hinfiel. Kenny Borton behauptete später, es wäre *seine* Kugel gewesen, aber genau ließ sich das nicht feststellen. Sie hätte auch von jedem anderen stammen können.

Conklin versuchte wegzukriechen, und sein Bruder Cal wollte ihm zu Hilfe kommen. Ich sah, wie eines von Cal Conklins Ohren weggeschossen wurde und auf dem Trittbrett des Chevrolets landete. Es wurde später nicht gefunden; so makaber es sich auch anhört – jemand muß es wohl als Souvenir mitgenommen haben.

Er gelangte bis zu seinem Bruder, packte ihn unter den Armen und begann ihn zum Chevrolet zu schleppen. Marie Hauser sprang heraus, um ihm dabei zu helfen. Sie hielt immer noch die Puderdose in der Hand. Sie schrie, glaube ich, aber man konnte sie kaum hören. Kugeln schwirrten nur so um sie herum. Die Puderdose wurde ihr aus der Hand geschossen. Inzwischen zielten unsere Jungs schon viel besser, denn Cal Conklin wurde getroffen, aus so vielen verschiedenen Richtungen, daß es zehn oder zwölf Sekunden dauerte, bis er zu Boden fiel. In dieser Zeit tanzte er auf der Kreuzung herum wie ein eingefleischter Sünder, der soeben bei einer Erweckungspredigt bekehrt wurde. Er hatte die Arme ausgestreckt, sein Mantel flog um ihn herum, und er *tanzte*.

Joe wollte aufstehen, aber die Kugeln warfen ihn sofort wieder zu Boden. Die Hauser versuchte ihn zu packen und wegzuschleppen, doch dann wurde sie selbst in die Hüfte getroffen. Sie taumelte zurück zum Chevrolet, und es gelang ihr hineinzukriechen.

Al Bradley brachte den Motor des LaSalles wieder auf volle Touren, und er schaffte es tatsächlich, ihn von der Stelle zu bewegen. Er schleppte den Chevrolet etwa zehn Fuß weit mit, und dann brach dessen vordere Stoßstange ab.

Die Jungs begannen Blei in den LaSalle zu pumpen. Alle Fenster waren zerschmettert. Ein Kotflügel lag abgerissen auf der Straße. Malloy hing tot aus dem Fenster, die beiden Bradleys waren noch am Leben. George Bradley feuerte vom Rücksitz aus. Seine Frau war neben ihm, aber sie war tot – sie hatte zwei Kugeln im Rücken, eine in der Seite und eine im Kopf.

Al Bradley schaffte es bis dahin, wo heute die Taschenbuchhandlung ist. Dann fuhr das Auto gegen den Bordstein und blieb stehen. Al Bradley sprang heraus und rannte die Canal Street hinauf. Aber er kam höchstens acht Schritt weit, bevor er wie ein Sieb durchlöchert wurde. Er versuchte noch einmal aufzustehen, dann rollte er auf den Rücken und starrte mit weit aufgerissenen toten Augen in die Sonne.

Inzwischen war die ganze Innenstadt in dichte blaue Rauchwolken gehüllt, und der Pulvergestank war so durchdringend, daß man bei jedem Atemzug husten mußte.

Patrick Caudy stieg aus dem Chevrolet, und einen Moment lang sah es so aus, als wollte er sich ergeben, aber dann zog er plötzlich eine 38er aus seiner Achselhöhle. Er drückte vielleicht dreimal ab, aber er schoß blindlings drauflos, und dann wurde ihm das Hemd einfach vom Leib geschossen, und einen Moment lang konnte man sehen, wie sein Unterhemd sich rot mit Blut färbte. Er prallte gegen die Seite des Chevrolets und glitt langsam daran herab, eine Blutspur hinter sich lassend, bis er auf dem Trittbrett saß. Er schoß noch einmal, und soviel ich weiß, war das die einzige Kugel, die jemanden traf; sie prallte von etwas ab – ich nehme an, von einem Laternenpfahl – und streifte Gregory Coles Handrücken. Er behielt davon eine Narbe zurück, und wenn er betrunken war, zeigte er sie den Leuten und prahlte damit, bis jemand – ich glaube, es war Nell – ihn einmal beiseite nahm und ihm erklärte, es wäre besser, den Mund über das Ende der Bradley-Bande zu halten.

Dann zerschmetterte eine Kugel Caudys Kinn und Unterkiefer, und er fiel aufs Gesicht. Ich habe ihn etwa fünf Minuten später aus nächster Nähe gesehen, und wenn er wirklich mal, wie es hieß, ein hübscher Kerl gewesen war, so hätte das nun kein Mensch mehr geglaubt.

Die Hauser kam mit erhobenen Händen aus dem Wagen, und ich glaube eigentlich nicht, daß jemand sie umbringen wollte, aber sie geriet direkt ins Kreuzfeuer. Sie zuckte krampfhaft ein paarmal mit den Schultern, und dann fiel sie auf Caudy.

Gleichzeitig versuchte George Bradley zu flüchten. Er kam etwas weiter als sein Bruder. Doch als er an der Bank beim Kriegerdenkmal vorbeirannte, wurde er von mindestens sechs Kugeln getroffen. Er fiel gegen die Steinbrüstung und versuchte sich daran hochzuziehen. Ich nehme an, daß er beabsichtigte drüberzuklettern und ins Wasser zu springen, aber dazu lebte er nicht lange genug. Jemand schoß seinen Hinterkopf mit einer Schrotflinte zu Brei, und er fiel tot zu Boden, die Hose voll Pisse... Lakritze, mein Sohn?«

Fast ohne zu wissen, was ich tat, nahm ich mir wieder eine Lakritzstange.

»Ein, zwei Minuten wurde noch weiter voll in die Autos geschossen, dann ließ der Kugelregen langsam nach«, berichtete Mr. Keene. »Wenn das Blut erst mal so richtig in Wallung ist, beruhigt sich ein Mann nicht so rasch wieder. In diesem Augenblick schaute ich mich um, und da sah ich Chief Sullivan hinter Nell und den anderen auf der Gerichtstreppe stehen und mit einer Remington in den Chevrolet ballern. Laß dir also von keinem weismachen, daß er damals nicht in der Stadt war. Hier sitzt Norbert Keene vor dir und schwört, daß Sullivan mit von der Partie war.

Als das Schießen schließlich aufhörte, hatten die beiden Autos keine Ähnlichkeit mehr mit Autos. Es waren nur noch zwei Haufen Altmetall, von jeder Menge Glasscherben umgeben. Männer begannen vorsichtig darauf zuzugehen, ihre Gewehre immer noch in der Hand. Niemand sagte etwas. Es war sehr still geworden. Nur der Wind war zu hören, das Knacken der abkühlenden Motoren und das Knirschen von Schritten auf zerbrochenem Glas. Und dann ging das Fotografieren los – die meisten Filme stammten aus Machens Laden. Aber du mußt wissen, mein Junge: Wenn es erst einmal ans Fotografieren geht, ist die eigentliche Geschichte schon vorbei. Sie waren tot, alle acht. Die meisten Schüsse hatte Cal Conklin abgekommen; der Leichenbeschauer holte 23 Kugeln aus ihm raus. Eine steckte sogar zwischen seinen Zähnen, so als hätte er sie aus der Luft aufgefangen und draufgebissen, wie manche Jahrmarktskünstler das machen.«

Mr. Keene schaukelte mit seinem Stuhl hin und her und betrachtete mich aufmerksam.

»Das alles war in den ›Derry News‹ nicht zu lesen«, war alles, was ich zunächst herausbrachte. Die Schlagzeile hatte damals gelautet: Staatspolizei und FBI erschiessen bei heftigem Kampf die Bradley-Bande. Und als Untertitel stand da: *Ortspolizei leistete tatkräftige Unterstützung.*

»Natürlich nicht«, sagte Mr. Keene und lachte amüsiert. »Ich habe schließlich mit eigenen Augen gesehen, wie Mack Laughlin, der Herausgeber der Zeitung, Joe Conklin selbst zwei Kugeln verpaßte.«

»Mein Gott!« murmelte ich.

»Hast du genug Lakritze gegessen, mein Junge?«

»Ja, das reicht wirklich«, sagte ich. Ich leckte mir die Lippen. »Mr. Keene, wie konnte ein Ereignis dieser . . . dieser Größenordnung . . . vertuscht werden?«

»Es wurde nicht vertuscht«, erwiderte er und sah aufrichtig überrascht aus. »Es war ganz einfach so, daß niemand viel Worte darüber verlor. Das ist ein großer Unterschied, weißt du. Und außerdem, Junge, wer kümmerte sich schon viel darum? Schließlich waren an jenem Tag ja nicht Hoover, Mrs. Hoover und ein halbes Dutzend seiner engsten Berater umgelegt worden. Es war nicht viel anders, als hätten wir tollwütige Hunde erschossen, die einen mit einem einzigen Biß töten, wenn sie nur die geringste Chance dazu bekommen.«

»Aber die Frauen?« wandte ich ein.

»Huren«, sagte er gleichgültig. »Und außerdem passierte es in *Derry*, nicht in New York oder Chicago. Der Schauplatz des Geschehens ist ebenso wichtig wie das Geschehen selbst, mein Junge. Deshalb sind die Schlagzeilen viel größer, wenn bei einem Erdbeben in Los Angeles zwölf Menschen ums Leben kommen, als wenn es bei einer derartigen Naturkatastrophe in irgendeinem unzivilisierten Land voller Eingeborener im mittleren Osten 3 000 Tote gibt.«

Außerdem passierte es in Derry.

Ich habe dieses Argument auch früher schon gehört, und vermutlich werde ich es, wenn ich mit meinen Ermittlungen fortfahre, wieder und immer wieder hören. Sie führen es so an, als müßten sie es einem geistig Behinderten verständlich machen. Sie bringen es so, als würden sie sagen, *aufgrund der Schwerkraft*, wenn man sie fragen würde, warum sie beim Gehen am Boden haften. Sie sagen es so, als handle es sich um ein Naturgesetz, das jeder normale Mensch verstehen muß. Und das Schlimmste ist, daß ich es *tatsächlich* verstehe.

Ich mußte Norbert Keene noch eine letzte Frage stellen.

»Haben Sie an jenem Tag, nachdem die Schießerei begonnen hatte, jemanden gesehen, den Sie nicht kannten?«

Und Mr. Keenes Antwort erfolgte so prompt, daß ich direkt spürte, wie meine Bluttemperatur sank. »Du mußt jenen Clown meinen«, sagte er. »Wie hast du denn davon erfahren, mein Sohn?«

»Oh, ich hab' so was läuten gehört«, sagte ich mit tauben Lippen.

»Ich habe ihn nur flüchtig gesehen«, berichtete Mr. Keene. »Als es so richtig heiß herging, war ich ganz in meine eigene Beschäftigung vertieft... noch eine Lakritzstange, Junge?«

Ich schüttelte den Kopf.

»Ich habe nur einmal einen Blick in die Runde geworfen, und da stand er unter dem Vordach des ›Bijou‹«, sagte Mr. Keene. »Er trug kein Clownskostüm oder irgendwas in dieser Art. Nein, er hatte ein Baumwollhemd und so 'ne Latzhose an, wie die Farmer sie tragen. Aber sein Gesicht war mit der weißen Schminke bedeckt, wie sie im Zirkus benutzt wird, und ein breites Clownsgrinsen war draufgemalt. Und außerdem hatte er diese Büschel falscher Haare, weißt du – orangefarben. Er sah wirklich komisch aus.

Ich habe später Lal Machen gefragt, aber der hatte den Kerl nicht gesehen, dafür aber Biff. Nur muß Biff etwas durcheinander gewesen sein, denn er behauptete, den Clown in einem der Wohnungsfenster über der Buchhandlung gesehen zu haben; und als ich einmal Jimmy Gordon danach fragte – er kam in Pearl Harbor ums Leben, ging mit seinem Schiff unter, ich glaub', es war die ›California‹ –, sagte der mir, er hätte den Clown direkt hinter dem Kriegerdenkmal bemerkt.«

Mr. Keene schüttelte lächelnd den Kopf. »Es ist schon komisch, was Menschen in so einer Situation wahrzunehmen glauben, und noch merkwürdiger ist es, woran sie sich hinterher zu erinnern glauben. Du kannst dir sechzehn verschiedene Geschichten anhören, und keine zwei davon werden übereinstimmen. Nimm nur mal beispielsweise das Gewehr, das jener Kerl mit dem Clownsgesicht bei sich hatte...«

»Gewehr?« fiel ich ihm ins Wort. »*Er* schoß also auch?«

»Aber ja«, sagte Mr. Keene. »Auch er schoß. Bei dem einen Blick, den ich auf ihn warf, kam es mir so vor, als hätte er eine Winchester, und erst später konnte ich mir erklären, wie ich darauf gekommen bin.«

»Wie denn?«

»Weil *ich* eine Winchester hatte«, sagte Mr. Keene und sah mich an, als wäre ich total vertrottelt. »Biff Marlowe glaubte, der Clown hätte eine Remington gehabt, weil *er* eine hatte. Und als ich Jimmy

fragte, erklärte der mir, jener Kerl hätte mit einer alten Springfield geschossen, die genauso ausgesehen hätte wie seine eigene. Komisch, nicht
wahr?«

»Sehr komisch«, brachte ich mühsam hervor. »Mr. Keene... hat sich
denn niemand gewundert, was in aller Welt ein Clown zu dieser Zeit an
diesem Ort zu suchen hatte?«

»Natürlich haben wir uns gewundert«, sagte Mr. Keene. »Weißt du,
so wichtig war uns die Sache zwar nicht, aber gewundert haben wir uns
schon. Die meisten von uns erklärten es sich so, daß es sich um jemanden
handelte, der gehört hatte, was passieren würde, und dabeisein wollte,
der aber gleichzeitig Wert darauf legte, nicht erkannt zu werden. Vielleicht ein Mitglied des Stadtrats. Horst Mueller oder Tom Dickson oder
sogar Trace Naugler, der damals Bürgermeister war. Aber es könnte
ebensogut auch ein Arzt oder Anwalt oder sonst ein angesehener Bürger
gewesen sein. Ich hätte in dieser Aufmachung nicht mal meinen eigenen
Vater erkannt.«

Er lachte ein wenig, und ich fragte ihn, was so komisch sei.

»Es besteht auch die Möglichkeit, daß es ein richtiger Clown war«,
sagte er. »In den 20er und 30er Jahren fand der Jahrmarkt in Esty viel früher statt als heutzutage, und in jener Woche, als wir die Bradley-Bande
zur Strecke brachten, war er gerade in vollem Gange. Dort gab's auch
Clowns. Vielleicht ist einer von ihnen hergefahren, weil er gehört hatte,
daß wir unseren eigenen kleinen Jahrmarktsspaß haben würden.«

Ich sah ihn starr an. Er lächelte mir zu.

»Ich bin fast am Ende meiner Geschichte angelangt«, sagte er; »aber
eine Sache werde ich dir noch erzählen, weil du so aufmerksam zugehört
hast und so interessiert an allem zu sein scheinst. Es war etwas, das Biff
Marlowe etwa 16 Jahre später sagte, als wir im Pilot's Grill in Bangor ein
paar Bierchen tranken. Er sagte es ganz plötzlich, aus heiterem Himmel
heraus. Er sagte, jener Clown hätte sich so weit aus dem Fenster gelehnt,
daß Biff nicht verstehen konnte, warum er nicht herausfiel. Nicht nur
sein Kopf, seine Schultern und Arme wären draußen gewesen, nein, Biff
sagte, der Kerl hätte bis zu den Knien draußen in der Luft gehangen und
auf die Autos der Bande geschossen, mit jenem breiten roten Grinsen im
Gesicht.«

»Als würde er schweben«, murmelte ich.

»Ja, genauso«, stimmte Mr. Keene zu. »Und Biff sagte, da wäre auch
noch was anderes gewesen, das ihn wochenlang sehr beunruhigt hätte, so
wie etwas, das einem auf der Zunge liegt, man es aber nicht herausbringt.
Er sagte, schließlich wäre es ihm dann doch noch eingefallen, als er eines
Nachts aufs Klo mußte. Er hätte dagestanden, hätte seine Blase entleert

und an nichts Besonderes gedacht, und mit einem Schlag wäre ihm eingefallen, was ihm solches Unbehagen bereitete: Die Schießerei habe um
fünf vor halb drei begonnen, und es sei ein sonniger Tag gewesen. Er erinnere sich noch genau an die Schatten auf der Ziegelmauer der Buchhandlung, aber jener Clown habe keinen Schatten geworfen. Überhaupt
keinen Schatten.«

Vierter Teil

JULI 1958

»Du Lethargische, wartest auf mich, wartest auf
das Feuer und ich
harre deiner, erschüttert von deiner Schönheit
Erschüttert.«

– William Carlos Williams
Paterson

»Well I was born in my birthday suit
The doctor slapped my behind
He said ›You gonna be special
You sweet little toot toot‹.«

– Sidney Simien
»My Toot Toot«

Dreizehntes Kapitel

Die apokalyptische Steinschlacht

1

Bill ist als erster da, und er setzt sich in einen der Ohrensessel im Lesezimmer und beobachtet, wie Mike die letzten Bibliotheksbesucher dieses Abends abfertigt – eine alte Dame mit einem Stapel Schauerromane, einen Mann mit einem riesigen Wälzer über den Bürgerkrieg und einen großen, mageren Teenager, der einen Roman ausleihen will, auf dessen Schutzhülle in der oberen Ecke ein Aufkleber besagt, daß die Leihfrist auf sieben Tage beschränkt ist. Bill registriert ohne jede Überraschung, daß es sein eigenes letztes Werk ist. Scheinbar seltsame Zufälle sind für ihn inzwischen eine Realität, an die er glaubt, nachdem das, was er bisher als Realität angesehen hat, letzten Endes nur ein Traum gewesen zu sein scheint.

Ein hübsches Mädchen in einem Schottenrock, der mit einer großen goldenen Sicherheitsnadel zusammengehalten wird (Du lieber Himmel, die habe ich ja seit Jahren nicht mehr gesehen, werden die jetzt wieder modern?), steckt Münzen in das Xerox-Gerät und fotokopiert einen Sonderdruck, wobei es immer wieder unruhig zur großen Pendeluhr hinter der Ausleihtheke hinüberschaut. Die Geräusche sind gedämpft und angenehm, wie das in Büchereien immer der Fall ist: leise Schritte auf dem rotschwarzen Linoleumboden; das gleichmäßige Ticken der Uhr; das katzenartige Schnurren des Kopiergeräts.

Der junge Mann nimmt seinen Roman von William Denbrough und geht zu dem Mädchen, das gerade fertig geworden ist und jetzt die Blätter ordentlich zusammenlegt.

»Du kannst mir den Sonderdruck einfach auf die Theke legen, Mary«, sagt Mike. »Ich räume ihn dann schon weg.«

Sie schenkt ihm ein strahlendes Lächeln. »Danke, Mr. Hanlon.«

»Gute Nacht. Gute Nacht, Val. Ihr beide solltet jetzt am besten direkt nach Hause gehen.«

»Der schwarze Mann wird euch schnappen, wenn ihr… nicht… aufpaßt!« trällert Val, der magere Teenager, und schlingt dem Mädchen besitzergreifend seinen Arm um die Taille.

»Nun, ich glaube zwar nicht, daß er es auf ein so häßliches Paar wie euch beide abgesehen hat«, sagt Mike, »aber trotzdem solltet ihr lieber vorsichtig sein.«

»Das werden wir auch, Mr. Hanlon«, beteuert das Mädchen und tippt dem Jungen leicht auf die Schulter. »Komm, du häßlicher Kerl«, sagt es kichernd und verwandelt sich dadurch plötzlich für einen Moment aus einer hübschen, begehrenswerten High-School-Schülerin in die ausgelassene, etwas linkische Zehnjährige, die Beverly Marsh einst gewesen ist ... und als die beiden an ihm verbeigehen, hat Bill plötzlich Angst, und er verspürt das Bedürfnis, dem Jungen eindringlich zu raten, nur auf hell beleuchteten Straßen nach Hause zu gehen und sich nicht umzudrehen, wenn er irgendwelche Stimmen hört.

Aber er bleibt ruhig sitzen und beobachtet, wie der Junge seiner Freundin die Tür aufhält. Sie treten in den Vorraum hinaus, rücken etwas näher zusammen, und Bill hätte um die Tantiemen des Buches, das Val unter den Arm geklemmt hat, wetten können, daß sie sich küssen, bevor er ihr die äußere Tür aufhält. Du wärst ja auch ein Narr, wenn du sie nicht geküßt hättest, Val, denkt Bill. Und jetzt bring sie sicher nach Hause.

Mike ruft: »Ich komme gleich, Bill. Ich muß hier nur noch ein bißchen Ordnung schaffen.«

Bill nickt und schlägt die Beine übereinander. Die Papiertüte auf seinem Schoß knistert ein wenig. In der Tüte ist eine Flasche Bourbon, und Bill glaubt, noch nie in seinem Leben so heftiges Verlangen nach einem Drink verspürt zu haben. Mike wird Wasser, vielleicht sogar Eiswürfel hier haben.

Er denkt an Silver, an sein altes Fahrrad, das jetzt an der Wand von Mikes Garage in der Palmer Lane lehnt. Und dann schweifen seine Gedanken verständlicherweise zu jenem Tag, als sie sich alle in den Barrens getroffen hatten – alle bis auf Mike, der erst später an jenem Tag zu ihnen gestoßen war – und jeder noch einmal seine Geschichte erzählt hatte. Aussätzige unter Veranden; Mumien, die auf dem Eis wandelten; Blut aus Abflüssen; Tote Jungen im Wasserturm; Fotos, die zum Leben erwachten, und Werwölfe, die kleine Jungen auf menschenleeren Straßen verfolgten.

Sie waren an jenem Vortag des 4. Juli tiefer als sonst in die Barrens vorgedrungen. Es war heiß gewesen, aber im Dickicht am Ostufer des Kenduskeag war es angenehm kühl gewesen. Er erinnert sich daran, daß in der Nähe einer jener Betonzylinder mit Deckel gestanden hatte und daß sie daraus ein Summen gehört hatten, ähnlich dem Summen des Xerox-Gerätes, an dem das hübsche Mädchen vorhin fotokopiert hatte.

Und er erinnert sich noch sehr genau daran, wie die anderen ihn erwartungsvoll angeschaut hatten, nachdem alle Geschichten erzählt waren.

Er erinnert sich daran, wie er verzweifelt gedacht hatte, daß sie von ihm hören wollten, was sie jetzt tun, wie sie vorgehen sollten, und daß er es selbst nicht gewußt hatte.

Während Bill jetzt Mikes Schatten betrachtet, der sich groß und dunkel von der holzgetäfelten Wand der Abteilung für Nachschlagewerke abhebt, kommt ihm eine plötzliche Erleuchtung: Er hatte damals nicht gewußt, was sie tun sollten, weil sie noch nicht vollständig gewesen waren, weil an jenem frühen Nachmittag des 3. Juli einer noch gefehlt hatte.

Später am Nachmittag war der Klub der Verlierer dann komplett beisammen gewesen, in der verlassenen Kiesgrube hinter der Müllhalde, wo man nach beiden Seiten hin leicht aus den Barrens hinausklettern konnte – auf die Kansas Street oder auf die Merit Street. Dort wo heute die Autobahnbrücke war. Die Kiesgrube hatte keinen Namen; sie war alt, und ihre Abhänge waren mit Büschen und Unkraut überwuchert. Aber es hatte dort immer noch jede Menge Munition gegeben – mehr als genug für eine apokalyptische Steinschlacht.

Aber vorher, am Ufer des Kenduskeag, hatte er nicht so recht gewußt, was er sagen sollte – was sie von ihm hören wollten, was er selbst sagen wollte. Er erinnert sich daran, daß er von einem zum anderen geschaut hatte – Ben, Bev, Eddie, Stan, Richie. Und er erinnert sich an Musik. Little Richard. »Whomp-bomp-a-lomp-bomp...«

Musik. Leise Musik. Und Lichtstrahlen in seinen Augen. Lichtstrahlen, weil

2

Richie sein Transistorradio über den untersten Zweig des Baumes gehängt hatte, an den er sich lehnte. Obwohl sie im Schatten saßen, wurden die Sonnenstrahlen von der Wasseroberfläche des Kenduskeag reflektiert, prallten auf das Chromgehäuse des Radios und gelangten von dort direkt in Bills Augen.

»N-N-Nimm dieses D-Ding r-runter, R-R-R-Richie«, sagte Bill. »Es b-blendet m-m-mich.«

»Okay, Big Bill«, sagte Richie sofort und nahm das Radio von dem Zweig runter. Er stellte es ab, und Bill wünschte, er hätte das nicht getan, denn nun schien das Schweigen, das nur vom leise plätschernden Wasser und vom Surren der Abwasserpumpe unterbrochen wurde, sehr laut zu sein. Ihre Augen hingen an ihm, und er hätte ihnen am liebsten zugeschrien, sie sollten woanders hinschauen, schließlich sei er ja keine Mißgeburt.

Aber natürlich tat er das nicht, denn sie erwarteten von ihm ja nur, daß er ihnen sagte, was sie jetzt tun sollten. Sie hatten schreckliche Erlebnisse hinter sich, und sie brauchten jemanden, der ihnen sagte, wie es jetzt weitergehen sollte. *Warum gerade ich?* wollte er ihnen wieder zuschreien, aber auch das war ihm im tiefsten Inneren klar. Er war für die Führungsrolle auserwählt worden, ob es ihm nun paßte oder nicht. Weil er einen Bruder an dieses Es verloren hatte, was immer Es auch sein mochte, weil er der ideenreiche Junge war, hauptsächlich aber, weil er auf irgendeine ihm selbst unverständliche Weise für sie Big Bill geworden war.

Er schaute zu Beverly hinüber, wandte seinen Blick aber rasch wieder ab, als er das ruhige, feste Vertrauen in ihren Augen las. Wenn er Beverly anschaute, hatte er immer so ein komisches Gefühl in der Magengrube.

»W-Wir k-k-k-önnen nicht zur P-P-Polizei gehen«, sagte er schließlich. Seine eigene Stimme kam ihm viel zu rauh, viel zu laut vor. »W-Wir k-k-können auch n-nicht zu unseren E-Eltern gehen. Es s-sei denn...« Er sah Richie hoffnungsvoll an. »W-Was ist m-m-mit d-deinem V-V-Vater und deiner M-Mutter, B-B-Brillenschlange? Sie sch-sch-scheinen doch in Ordnung zu s-sein.«

»Mein lieber Mann«, sagte Richie in seiner Toodles-der-Butler-Stimme, »Sie haben offensichtlich nicht die geringste Ahnung von meinem Padre und meiner Madre. Sie...«

»Red gefälligst wie ein vernünftiger Mensch, Richie«, sagte Eddie von seinem Platz aus. Er saß ganz bequem in Bens großem Schatten. Sein Gesicht sah klein und schmal und besorgt aus – es war das Gesicht eines alten Mannes. Er hielt seinen Aspirator fest in der Hand.

»Meine Leute würden mich für verrückt halten«, sagte Richie. »Sie würden glauben, ich sei reif für die Klapsmühle.« Er trug an diesem 3. Juli eine alte Brille. Am Vortag war plötzlich ein Freund von Henry Bowers – Gard Jagermeyer – hinter Richie aufgetaucht, als dieser mit einem Pistazieneis aus der Eisdiele kam. »Klopf-klopf, du bist's!« hatte Jagermeyer gerufen, der gut vierzig Pfund mehr als Richie wog, und ihm mit beiden Händen einen kräftigen Stoß in den Rücken versetzt. Richie war in den Rinnstein geflogen und hatte dabei sein Eis und seine Brille verloren. Das linke Brillenglas war zerbrochen, und seine Mutter war darüber sehr wütend gewesen und hatte seinen Erklärungen nur sehr wenig Glauben geschenkt.

»Ich weiß nur, daß du dich ständig Gott weiß wo herumtreibst«, hatte sie gesagt. »Ehrlich, Richie, glaubst du eigentlich, daß es irgendwo einen Baum gibt, auf dem Brillen wachsen und von dem wir sie nur zu pflücken brauchen, wenn du wieder einmal eine zerbrochen hast?«

»Aber, Mom, dieser Junge hat mich gestoßen, er hat mich von hinten gestoßen, dieser große Junge...« Richie war den Tränen nahe gewesen. Die Verständnislosigkeit seiner Mutter tat ihm viel mehr weh als der Stoß selbst – Gard Jagermeyer war so dumm, daß die Lehrer sich sogar die Mühe sparten, ihn zur Sommerschule zu schicken.

»Ich will nichts mehr davon hören«, hatte Maggie Tozier tonlos gesagt. »Aber wenn du nächstes Mal siehst, daß dein Vater total übermüdet ist, weil er tagelang bis spät in die Nacht hinein gearbeitet hat, solltest du mal ein bißchen nachdenken, Richie.«

»Aber, Mom...«

»Ich will nichts mehr hören, das habe ich dir doch gerade gesagt.« Ihre Stimme hatte kurz angebunden und endgültig geklungen – was aber viel schlimmer war, sie hatte sich so angehört, als sei auch sie den Tränen nahe. Sie hatte die Küche verlassen und den Fernseher im Wohnzimmer viel zu laut eingestellt. Richie hatte niedergeschmettert allein am Küchentisch gesessen.

Es war hauptsächlich diese Erinnerung, die Richie nun den Kopf schütteln ließ. »Meine Leute sind zwar einigermaßen in Ordnung, aber so was würden sie nie im Leben glauben.«

»Und w-w-was ist mit anderen K-K-K-Kindern?«

Und sie hatten sich alle umgesehen, erinnerte sich Bill viele Jahre später, so als suchten sie jemanden, der nicht da war.

»Wer denn?« fragte Stan zweifelnd. »Mir fällt außer euch niemand ein, dem ich vertraue.«

»M-M-Mir auch n-nicht...«, meinte Bill betrübt, und Schweigen breitete sich aus, während Bill überlegte, was er als nächstes sagen sollte.

3

Wenn jemand ihn gefragt hätte, so hätte Ben Hanscom geantwortet, daß Henry Bowers ihn mehr haßte als die anderen Mitglieder des Klubs der Verlierer, und zwar wegen der Ereignisse jenes Tages, als er und Henry von der Kansas Street in die Barrens gerast waren, wegen der Ereignisse jenes Tages, als er, Richie und Beverly den Raufbolden nach den Horrorfilmen im ›Aladdin‹ entwischt waren (hatte er wirklich mit einer Mülltonne nach Henry Bowers geworfen und ihn zu Fall gebracht? War er wirklich so tollkühn gewesen?), hauptsächlich aber aufgrund der Tatsache, daß er Henry während der Prüfung nicht hatte abschreiben lassen, was zur Folge gehabt hatte, daß Henry die Sommerschule besuchen mußte und sich den Zorn seines Vaters zugezogen hatte, des gerüchteweise wahnsinnigen Butch Bowers.

Wenn man ihn gefragt hätte, so hätte Richie Tozier geantwortet, daß Henry *ihn* mehr als die anderen haßte, weil er Henry und die beiden anderen Musketiere damals im Freese's überlistet hatte (am selben Tag hatte er ihn ja auch schon vor dem Turnsaal verspottet!), weil er Henry in der Sackgasse neben dem ›Aladdin‹ ein Bein gestellt hatte, hauptsächlich aber, weil Henry ihn einfach haßte... sein Mundwerk, seine Brille, seine Büchertasche haßte.

Stan Uris hätte geantwortet, daß Henry *ihn* am meisten haßte, weil er Jude war (als Stan in der dritten Klasse gewesen war, hatte Henry Stans Gesicht einmal mit Schnee gewaschen, bis es blutete und er vor Angst und Schmerz schrie.

Bill Denbrough glaubte, daß Henry *ihn* am meisten haßte, weil er mager war, weil er stotterte, und weil er sich gern hübsch anzog (»Sch-Schaut euch n-n-n-nur mal den v-v-verdammten H-H-Homo an!« hatte Henry gebrüllt, als Bill zum Schulfest im April eine Krawatte getragen hatte; noch bevor der Tag vorüber war, hatte er Bill die Krawatte abgerissen und sie an einen Baum auf der Charter Street gehängt).

Henry haßte diese vier *tatsächlich*, aber am meisten haßte er einen Jungen, der an jenem 3. Juli noch nicht einmal zum Klub der Verlierer gehörte, einen schwarzen Jungen namens Michael Hanlon, der eine Viertelmeile unterhalb der heruntergekommenen Bowers-Farm wohnte.

Henrys Vater, Oscar ›Butch‹ Bowers, der so verrückt war, wie behauptet wurde, haßte die Hanlons schon seit langer Zeit; er assoziierte seinen sozialen Abstieg mit der Familie Hanlon im allgemeinen und mit Will Hanlon, Mikes Vater, im besonderen. Seinen wenigen Freunden und seinem Sohn erzählte er immer wieder, Will Hanlon hätte ihn damals, als seine ganzen Hühner krepierten, ins Kittchen sperren lassen. »Damit er das Geld von der Versicherung kassieren konnte, kapiert ihr«, sagte Butch und betrachtete sein Publikum mit der gehässigen Unterbrecht-mich-doch-wenn-ihr-euch-traut-Dreistigkeit von Kapitän Billy Bones im Admiral Benbow. »Er hat ein paar Freunde, die für ihn lügen, darum habe ich meinen Merc'ry verkaufen müssen.«

»Wer hat denn für ihn gelogen, Daddy?« hatte Henry ihn gefragt, als er acht Jahre alt und leidenschaftlich empört über die Ungerechtigkeit gewesen war, die seinem Vater widerfahren war. Er malte sich aus, wie er, sobald er erwachsen war, diese Männer finden und umbringen würde. Er würde sie mit Honig einschmieren und sie über Ameisenhügeln pfählen, wie er es in einigen Western gesehen hatte, die samstags nachmittags im ›Bijou‹ gezeigt wurden.

619

Und weil sein Sohn ihm unermüdlich zuhörte, lag Bowers senior ihm in den nächsten vier Jahren ständig in den Ohren mit einer ewigen Litanei, die zu gleichen Teilen aus Haß und Unglück bestand; er erklärte seinem Sohn, der Nigger hätte höchstwahrscheinlich seine verdammten Hühner selbst vergiftet, um von der Versicherung Geld zu kassieren, nachdem er zuvor gemerkt hätte, daß sie an irgendeiner Krankheit litten, und dann hätte er beschlossen, ihm – Bowers – die Schuld dafür in die Schuhe zu schieben, weil sein Verkaufsstand an der Straße dem des Niggers am nächsten war. Hanlon hatte es getan, und dann hatte er ein paar weiße Nigger aus der Stadt dazu gebracht, für ihn zu lügen und ihm – Bowers – mit dem Staatsgefängnis zu drohen, wenn er dem Nigger nicht seine Hühner bezahlte. Und danach war dann ein Unglück nach dem anderen über ihn hereingebrochen – bei seinem Traktor war ein Gestänge gebrochen; seine gute Egge war auf dem nördlichen Feld steckengeblieben und dadurch unbrauchbar geworden; der Nigger hatte damit angefangen, mit seinem unrechtmäßig erworbenen Geld Butchs Preise zu unterbieten, wodurch Butchs Kunden weggeblieben waren.

Es war eine ständige Litanei in Henrys Ohren: der Nigger, der Nigger, der Nigger. Alles war die Schuld des Niggers. Der Nigger hatte ein hübsches weißes Haus mit einem oberen Stockwerk und Ölheizung, während Butch und Henrietta Bowers und ihr Sohn Henry in einer Bruchbude lebten, die nicht viel besser als ein Schuppen aus Dachpappe war. Als Butch mit seiner Farm nicht genug Geld verdiente und eine Zeitlang in den Wäldern arbeiten mußte, war auch daran der Nigger schuld. Als ihr Brunnen 1956 austrocknete, war der Nigger ebenfalls schuld daran.

Noch im selben Jahr begann der damals zehnjährige Henry, Mikes Hund, Mr. Chips, mit alten Knochen und Kartoffelchips zu füttern, und nach einer Weile wedelte der Hund mit dem Schwanz und kam angerannt, wenn Henry ihn rief. Als der Hund sich gut an ihn gewöhnt hatte, gab Henry ihm eines Tages ein Pfund Hamburgerfleisch, in das er Insektengift gemischt hatte.

Der Hund fraß die Hälfte des vergifteten Fleisches und hörte dann auf. »Komm, friß dein Futter brav auf, Niggerhund«, sagte Henry, und der wedelte mit dem Schwanz. Henry hatte ihn von Anfang an so genannt, und Mr. Chips glaubte, dies wäre sein zweiter Name. Er fraß das restliche Fleisch auf, obwohl es nicht gut schmeckte, um DEM JUNGEN einen Gefallen zu tun. Und als die Schmerzen begannen, band Henry Mr. Chips mit einem Stück Wäscheleine an einer Birke an, damit er nicht nach Hause laufen konnte. Dann setzte er sich auf einen flachen Stein in der Sonne, stützte sein Kinn auf die Hände und beobachtete, wie der Hund starb. Es dauerte ganz schön lange, aber Henry war der Meinung, daß es ein lohnender Zeitaufwand war. Zuletzt bekam Mr. Chips heftige Krämpfe, und grünlicher Schaum rann ihm aus dem Maul.

»Na, wie gefällt dir das, Niggerhund?« fragte Henry, und beim Klang seiner Stimme verdrehte der sterbende Hund die Augen und versuchte, mit dem Schwanz zu wedeln. »Hat dir dein Mittagessen geschmeckt, du Scheißköter?«

Als der Hund tot war, entfernte Henry die Wäscheleine, nahm sie mit nach Hause und erzählte seinem Vater, was er getan hatte. Zu dieser Zeit war Oscar Bowers schon völlig verrückt, und ein Jahr später verließ ihn seine Frau, nachdem er sie fast totgeprügelt hatte. Auch Henry hatte Angst vor seinem Vater und haßte ihn manchmal furchtbar... aber gleichzeitig liebte er diesen Mann. Und an jenem Nachmittag stellte er fest, daß er endlich den Schlüssel zur Zuneigung seines Vaters gefunden hatte, denn nachdem er ihm von der Vergiftung des Hundes erzählt hatte, schlug sein Vater ihm auf den Rücken, nahm ihn mit ins Wohnzimmer und gab ihm ein Bier zu trinken. Es war Henrys allererstes Bier, und selbst Jahre später rief dieser Geschmack in ihm noch angenehme Assoziationen hervor: Triumph und Liebe.

»Das hast du großartig gemacht!« hatte Henrys verrückter Vater gesagt, und sie hatten sich mit den braunen Flaschen zugeprostet und getrunken. Soviel Henry wußte, hatten die Nigger nie herausgefunden, wer ihren Hund vergiftet hatte (ebenso wie Henry selbst gewisse andere bedeutsame Tatsachen nie erfahren hatte: beispielsweise das auf den Hühnerstall geschmierte Hakenkreuz oder jene Szene, als sein Vater heulend am Steuer seines Wagens saß und Will Hanlon ihm die Mündung seines Gewehrs unters Kinn hielt), aber Henry vermutete, daß sie so ihren Verdacht hatten. Er hoffte zumindest, daß das der Fall war.

Die Mitglieder des Klubs der Verlierer kannten Mike vom Sehen – in einer Stadt, wo er das einzige Negerkind war, fiel er natürlich auf –, aber das war auch schon alles, denn Mike besuchte nicht die Grundschule von Derry. Seine Mutter, Jessica Hanlon, war eine fromme Baptistin, und Mike ging deshalb in die Christliche Tagesschule an der Ecke Neibolt und Witcham Street. Neben Erdkunde, Lesen und Rechnen gab es Unterricht in Bibelkunde und Stunden, in denen Themen wie ›Die Bedeutung der Zehn Gebote in einer gottlosen Welt‹ behandelt wurden, sowie Diskussionsgruppen über alltägliche Moralprobleme (beispielsweise, was man tun sollte, wenn man einen Freund beim Ladendiebstahl beobachtete oder hörte, wie ein Lehrer den Namen Gottes mißbrauchte).

Mike ging gern in die Christliche Tagesschule. Manchmal hatte er zwar das vage Gefühl, daß ihm dadurch einiges entging, etwa ein größerer Freundeskreis mit gleichaltrigen Kindern, aber er war bereit, damit bis zur High School zu warten. Die Aussicht auf die High School machte ihn ein bißchen nervös, weil seine Haut braun war, aber soweit er sehen konnte, waren die Leute in der Stadt nett zu seinen Eltern (die Geschichte vom ›Black Spot‹ hatte er damals ja noch nicht gehört), und Mike glaubte, daß man ihn einigermaßen gut behandeln würde, wenn er selbst die anderen gut behandelte.

Henry Bowers war natürlich eine Ausnahme.

Obwohl er es möglichst wenig zu zeigen versuchte, lebte Mike in ständiger Angst vor Henry. Mit zehn Jahren war Mike schlank, aber kräftig, größer als Stan Uris, wenn auch nicht ganz so groß wie Bill Denbrough. Er war schnell und geschickt, und das hatte ihn mehrmals vor Henrys Prügeln gerettet. Außerdem rettete ihn natürlich die Tatsache, daß er in eine andere Schule ging, eine Schule, die knapp zwei Meilen von seinem Elternhaus entfernt war. Wegen der verschiedenen Schulen und des Altersunterschieds von zwei Jahren (was sich im Alter von zehn und zwölf etwa mit der Entfernung zwischen Sol und einem verhältnismäßig nahen Stern wie Alpha Centauri vergleichen läßt) kreuzten ihre Wege sich nur selten. Mike bemühte sich immer, Henry aus dem Weg zu gehen. Die Ironie lag also darin, daß Mike von allen Kindern am wenigsten unter Henry zu leiden gehabt hatte, obwohl Henry ihn am meisten haßte.

Oh, ganz unbehelligt war er natürlich auch nicht geblieben. Im Frühjahr nach der Vergiftung von Mikes Hund war Henry eines Tages plötzlich aufgetaucht, als Mike gerade unterwegs in die Stadt war, um in die Bücherei zu gehen. Es war Ende März und warm genug zum Radfahren, aber die Witcham Road war unterhalb der Bowers-Farm noch nicht geteert, was bedeutete, daß sie im März eine einzige Schlammgrube war – Radfahren war da nicht zu empfehlen.

»Hallo, Nigger«, sagte Henry, als er grinsend hinter den Büschen hervorsprang.

Mike wich etwas zurück und hielt blitzschnell Ausschau nach einer Fluchtmöglichkeit. Wenn es ihm gelang, einen Haken zu schlagen, so würde er Henry abhängen können, das wußte er. Henry war groß und stark, aber er war zugleich auch ziemlich langsam.

»Ich werd' mir mal 'n Teerpüppchen machen«, rief Henry, während er auf den kleineren Jungen zukam. »Du bist nicht schwarz genug, aber dem werd' ich jetzt mal abhelfen.«

Mike drehte Kopf und Oberkörper etwas nach links, und Henry schluckte den Köder und rannte in diese Richtung. Blitzschnell wandte sich Mike mit natürlicher Geschmeidigkeit nach rechts, und er wäre mit Leichtigkeit an Henry vorbeigekommen, wenn der Schlamm ihm nicht einen Strich durch die Rechnung gemacht hätte. Er rutschte aus und fiel auf die Knie. Bevor er wieder auf die Beine kommen konnte, fiel Henry über ihn her.

»*Niggerniggernigger!*« brüllte Henry in einer Art religiöser Ekstase, während er Mike im Dreck herumwälzte. Schlamm geriet unter Mikes T-Shirt und Hose, und er spürte ihn auch in seinen Schuhen. Aber er fing erst an zu weinen, als Henry ihm Schlamm ins Gesicht zu schmieren begann und ihm beide Nasenlöcher damit zustopfte.

»*Jetzt bist du schwarz!*« schrie Henry begeistert, während er Schlamm in Mikes krause Haare rieb. »Jetzt bist du WIIIIIRKLICH schwarz!« Er riß Mikes Popelinejacke und sein T-Shirt hoch und schleuderte einen Dreckklumpen auf seinen Bauchnabel. »Jetzt bist du so schwarz wie die Mitternacht in einem BERGWERKSCHACHT!« brüllte Henry triumphierend und stopfte Schlamm in Mikes Ohren. Dann richtete er sich auf, hakte die lehmverschmierten Hände in seinen Gürtel und erklärte: »*Ich habe deinen Köter getötet, Schwarzer!*« Aber das hörte Mike nicht, zum einen, weil seine Ohren mit Dreck verstopft waren, zum anderen, weil er laut schluchzte.

Henry schleuderte mit dem Fuß einen letzten Lehmklumpen auf Mike, drehte sich um und schlenderte nach Hause, ohne sich noch einmal umzuschauen. Kurz darauf lief auch Mike, immer noch weinend, heim.

Seine Mutter war natürlich wütend; sie wollte, daß Will Hanlon Polizeichef Borton anrief, damit dieser den Bowers einen Besuch abstattete. »Er ist auch schon früher hinter Mikey hergewesen«, hörte Mike sie sagen. Er saß in der Badewanne, und seine Eltern waren in der Küche. Es war das zweite Badewasser; das erste hatte sich sofort schwarz gefärbt. In ihrem Zorn verfiel seine Mutter in einen breiten texanischen Dialekt, den Mike nur mit Mühe verstehen konnte: »Ich will, daß du gesetzlich gegen sie vorgehst, Will Hanlon! Gegen den alten Dreckskerl und gegen sein Früchtchen! Bring sie *vor Gericht*, hörst du!«

Will hörte, kam aber der Aufforderung seiner Frau nicht nach. Als sie sich schließlich beruhigt hatte (inzwischen war es schon Nacht, und Mike schlief seit zwei Stunden), erklärte er ihr die Realitäten des Lebens. Polizeichef Borton war nicht Sheriff Sullivan. Wenn Borton Sheriff gewesen wäre, als die Sache mit den vergifteten Hühnern passierte, hätte Will nie seine 200 Dollar bekommen und hätte sich damit einfach abfinden müssen. Manche Männer unterstützten einen eben, andere hingegen nicht. Borton war ein Schlappschwanz.

»Mike hat schon früher Schwierigkeiten mit diesem Jungen gehabt, das stimmt«, sagte er zu Jessica. »Aber ziemlich selten – weil er Henry nämlich möglichst aus dem Weg geht. Und nach diesem Vorfall wird er noch mehr vor ihm auf der Hut sein.«

»Heißt das, daß du *gar* nichts unternehmen wirst?«

»Ich nehme an, daß Bowers seinem Sohn alles mögliche über mich erzählt hat«, sagte Will, »und darum haßt der Junge uns drei; hinzu kommt noch, daß sein Vater ihm vermutlich eingeredet hat, die einzig richtige Einstellung Niggern gegenüber sei Haß. Darauf läuft letztlich alles hinaus. Ich kann nichts an der Tatsache ändern, daß unser Sohn ein Neger ist. Er wird sein Leben lang Probleme wegen seiner Hautfarbe haben – ebenso wie du und ich. Sieh mal, sogar in dieser Christlichen Schule, die er besucht, weil du es unbedingt so haben wolltest, hat die Lehrerin ihnen erzählt, Schwarze seien nicht so gut wie Weiße, weil Noahs Sohn Ham seinen Vater angesehen hätte, als dieser betrunken und nackt war, während seine beiden Brüder ihre Blicke abgewandt hätten. Und aus diesem Grund seien Hams Söhne dazu verurteilt, immer Holzhauer und Wasserträger zu sein. Mikey sagt, sie habe ihn angesehen, während sie diese Geschichte vortrug.«

Jessica blickte ihren Mann wortlos und kläglich an. Zwei Tränen rollten ihr über die Wangen. »Läßt sich denn gar nichts dagegen machen?«

Seine Antwort war freundlich, aber alles andere als tröstlich; damals glaubten Frauen ihren Männern noch, und Jessica sah keinen Grund, an Wills Worten zu zweifeln.

»Nein. Es gibt kein Entrinnen vor dem Wort Nigger, zumindest nicht in der Welt, wie sie heute ist, nicht in dieser Zeit, in der wir nun einmal leben. Nigger sind und bleiben Nigger, auch in Maine. Manchmal glaube ich, daß ich zum Teil nach Derry zurückgekehrt bin, weil es keinen besseren Ort gibt, um diese Wahrheit nie zu vergessen. Aber ich werde mit dem Jungen reden.«

Am nächsten Tag rief er Mike, der gerade im Stall die Kühe fütterte. Er setzte sich auf das Joch seiner Egge und bedeutete ihm, sich neben ihn zu setzen.

»Du solltest diesem Henry Bowers aus dem Weg gehen«, sagte er.

Mike nickte.

»Sein Vater ist verrückt.«

Mike nickte wieder. Er hatte das schon oft in der Schule gehört, und das Aussehen und Benehmen des Mannes, soweit Mike ihn zu Gesicht bekam, bestätigte diese allgemeine Meinung.

»Ich meine, nicht nur ein bißchen verrückt«, fuhr Will fort, während er sich eine Zigarette anzündete. Er sah seinen Sohn ernst an. »Der Mann ist fast reif fürs Irrenhaus. Er ist so geistesgestört aus dem Krieg zurückgekommen.«

»Ich glaube, Henry ist auch verrückt«, sagte Mike mit leiser, aber fester Stimme, was Will sehr freute... allerdings konnte er – trotz allem, was ihm im Leben schon widerfahren war, sogar trotz des Brandes im ›Black Spot‹ – einfach nicht glauben, daß ein zehnjähriger Junge verrückt sein könnte.

»Na ja, er hat seinem Vater zu oft aufmerksam zugehört, aber das ist schließlich nur natürlich«, sagte Will. Doch in diesem Punkt war sein Sohn scharfsichtiger. Entweder aufgrund seines ständigen Zusammenseins mit seinem Vater oder aber aufgrund irgendeines inneren Defektes wurde Henry langsam, aber sicher verrückt.

»Ich will nicht, daß du dein Leben mit Davonrennen verbringst«, sagte Will Hanlon. »Aber weil du ein Neger bist, wirst du vermutlich einiges durchmachen müssen. Verstehst du, was ich meine?«

»Ja, Daddy«, murmelte Mike und dachte an seinen Mitschüler Bob Gautier, der versucht hatte, Mike zu erklären, daß Nigger unmöglich ein Schimpfwort sein könne – schließlich verwende sein Vater es ständig. Es sei sogar ein positives Wort, hatte Bob erklärt. Wenn ein Boxer besonders viel einstecken müsse und trotzdem auf den Beinen bleibe, würde sein Daddy sagen: »Der Kerl hat einen so harten Schädel wie ein Nigger«, und wenn sich jemand bei der Arbeit besonders anstrenge, würde sein Daddy sagen: »Der Mann schuftet wie ein Nigger«. »Und mein Vater ist ebensogut Christ wie deiner«, hatte Bob geendet. Mike erinnerte sich daran, daß er beim Anblick von Bobs weißem, aufrichtig bedrücktem Gesicht unter der von billigem Pelz gesäumten Kapuze keinen Zorn empfunden hatte, sondern nur eine schreckliche Traurigkeit, daß er am liebsten geweint hätte. Bob hatte es wirklich gut gemeint, aber Mike hatte sich plötzlich sehr einsam gefühlt... ein breiter, unüberbrückbarer Abgrund hatte sich zwischen ihm und dem anderen Jungen aufgetan.

»Ja, ich sehe, daß du mich verstehst«, sagte Will und strich seinem Sohn übers Haar. »Und das bedeutet, daß du dir sorgfältig von Fall zu Fall überlegen mußt, wo sich Widerstand lohnt. Du mußt dich fragen, ob es überhaupt etwas bringt, sich mit Henry Bowers anzulegen. Was meinst du?«

»Nein«, antwortete Mike. »Nein, ich glaube, es bringt wirklich nichts.«

Es dauerte noch eine Weile, bis er seine Meinung änderte; genau gesagt, am 3. Juli 1958.

4

Während etwa anderthalb Meilen entfernt Henry Bowers, Victor Criss, Belch Huggins, Peter Gordon und ein geistig etwas zurückgebliebener Junge namens Steve Sadler, der die High School besuchte (sein Spitzname war Moose, nach der Figur in den Archie-Comics), einen erschöpften Mike Hanlon über das Bahnhofsgelände in Richtung Barrens verfolgten, saßen Bill und die anderen Mitglieder des Klubs der Verlierer immer noch am Ufer des Kenduskeag und dachten über ihr alptraumhaftes Problem nach.

»I-Ich w-w-weiß, w-wo ES ist, g-g-glaube ich«, brach Bill schließlich das Schweigen.

»Es ist in den Abflußkanälen«, sagte Stan, und sie zuckten alle zusammen, als plötzlich ein rauhes, rasselndes Geräusch ertönte. Schuldbewußt lächelnd legte Eddie seinen Aspirator wieder auf den Schoß.

Bill nickte. »Ich h-h-habe m-meinen Vater vor ein paar T-T-Tagen über die A-Abfluß-k-k-kanäle ausgefragt.« Er erzählte ihnen, was Zack ihm erklärt hatte: daß Derry nicht nur über ein auf der Schwerkraft beruhendes Abflußsystem verfügte, das den größten Teil des städtischen Abwassers in den Kenduskeag und seine zahlreichen Zuflüsse schwemmte, sondern daneben auch noch über ein separates Kanalisationssystem mit elektrischen Pumpen.

»Diese ganze Gegend war ursprünglich sehr sumpfig«, erklärte Zack seinem Sohn, »und die Stadtväter brachten es fertig, das heutige Stadtzentrum im schlimmsten Teil des Sumpfgebietes anzulegen. Der unter der Center und Main Street verlaufende und im Bassey Park endende Teil des Kanals ist eigentlich nichts anderes als ein Abflußrohr, durch das zufällig der Kenduskeag fließt. Diese Kanalrohre sind den größten Teil des Jahres über leer, aber sie sind wichtig, wenn im Frühling das Tauwetter einsetzt oder wenn es zu Überschwemmungen kommt...« Er hielt an dieser Stelle für kurze Zeit inne, weil ihm vermutlich eingefallen war, daß er seinen jüngeren Sohn während der Überschwemmung im Herbst des Vorjahres verloren hatte. »...und zwar wegen der Pumpen«, beendete er schließlich seinen Satz.

»P-P-Pumpen?« fragte Bill und drehte unwillkürlich den Kopf etwas zur Seite, weil er spuckte, wenn er bei den Verschlußlauten stotterte.

»Die Abwasserpumpen«, sagte sein Vater. »Sie sind in den Barrens. Betonzylinder, die etwa drei Fuß hoch aus der Erde herausragen...«

»B-B-Ben H-H-H-Hanscom nennt sie M-Morlock-Löcher«, sagte Bill grinsend.

Zack grinste ebenfalls... aber es war nur ein Schatten seines früheren fröhlichen Grinsens. Sie waren in Zacks Werkstatt, wo er ohne großes Interesse Stuhlbeine drechselte. »Es sind Senkgruben-Pumpen«, sagte er. »Sie befinden sich in etwa dreieinhalb Meter Tiefe, und sie pumpen das Abwasser auf ebenen Strecken weiter. Es sind alte Maschinen, und die Stadt brauchte dringend neue Pumpen, aber der Stadtrat behauptet, kein Geld dafür zu haben. Wenn ich für jedes Mal, das ich dort unten bis zu den Knien in der Scheiße rumgewatet bin, um einen der Motoren zu reparieren, einen Vierteldollar bekommen hätte... aber das alles interessiert dich bestimmt nicht, Bill. Warum gehst du nicht rein und siehst fern? Ich glaube, heute abend kommt ›Sugarfoot's‹.«

»Ich m-m-möchte es aber hören«, sagte Bill, nicht nur, weil er inzwischen sicher war, daß irgendwo unter Derry etwas Schreckliches hauste, sondern auch, weil sein Vater mit ihm redete und es herrlich war, den Klang seiner Stimme zu hören.

»Weshalb interessierst du dich für Abwasserpumpen?« fragte Zack.

»Sch-Sch-Schulaufgabe.«

»Jetzt sind doch Ferien.«

»F-Für n-n-nächstes Jahr.«

»Nun, viel gibt's da nicht zu erzählen«, sagte Zack. »Sieh mal, hier ist der Kenduskeag...« – er zog eine gerade Linie durch die Sägespäne auf dem Werktisch – »und hier sind die Barrens. Weil nun die Innenstadt tiefer liegt als die Wohngegenden wie Kansas Street, Old Cape oder West Broadway, muß von dort mehr weggepumpt werden. Aus den meisten Wohnhäusern fließt das Abwasser dagegen so ziemlich von allein in die Barrens. Verstehst du?«

»J-J-Ja«, sagte Bill und rückte ein bißchen näher an seinen Vater heran, um die Linien zu betrachten... rückte an ihn heran, bis seine Schulter den Arm seines Vaters berührte.

»Eines Tages werden sie damit aufhören, ungeklärtes Abwasser in den Fluß zu pumpen, und dann ist die ganze Sache vorbei. Aber vorerst haben wir diese Pumpen noch in den... wie hat dein Freund sie genannt?«

»Morlock-Löchern«, sagte Bill ganz ohne zu stottern; weder ihm noch seinem Vater fiel es auf.

»Ja, dafür sind die Pumpen in den Morlock-Löchern jedenfalls da, und sie funktionieren ziemlich gut, wenn es nicht zu stark regnet und der Fluß anschwillt. Abflußlöcher und Kanalisation und die Pumpen sollten eigentlich voneinander unabhängig sein, aber in Wirklichkeit kreuzen sie sich ständig. Siehst du?« Er zeichnete ein paar Kreuze um die Linie, die den Kenduskeag darstellen sollte, und Bill nickte. »Nun, du mußt über das Abwasser nur wissen, daß es hinfließt, wo es eben kann. Wenn Hochwasser ist, füllt es die Kanalisation und die Abwasserschächte. Wenn das

Wasser in der Kanalisation so hoch steigt, daß es die Pumpen erreicht, schließt es sie kurz. Das ist schlecht für mich, weil ich sie reparieren muß.«

»Dad, wie g-g-g-groß sind die Kanalisationsrohre?«

»Meinst du den Durchmesser?«

Bill nickte.

»Die Hauptrohre haben einen Durchmesser von etwa zwei Metern. Die Nebenrohre aus den Wohngegenden von einem Meter bis einszwanzig. Und glaub mir eines, Billy, und sag es ruhig auch deinen Freunden weiter: Bleibt diesen Kanalisationsrohren auf jeden Fall fern, kommt ja nicht auf die Idee, sie erkunden zu wollen!«

»Warum?«

»Weil seit 1885 unter etwa einem Dutzend verschiedener Stadtverwaltungen daran gebaut worden ist. Während der Weltwirtschaftskrise hat die WPA ein komplettes sekundäres Abwasser- und ein tertiäres Kanalisationssystem eingebaut; damals stand eine Menge Geld für öffentliche Arbeiten zur Verfügung. Aber der Leiter dieser Projekte ist im Zweiten Weltkrieg gefallen, und etwa fünf Jahre später hat die Stadtverwaltung herausgefunden, daß die meisten Pläne verschwunden waren. Pläne, die zusammen neun Pfund gewogen haben, sind irgendwann zwischen 1937 und 1950 einfach verschwunden. Ich will damit sagen, daß kein Mensch mehr weiß, wo die ganzen verdammten Abwasser- und Kanalisationsrohre hinführen, oder warum.

Wenn alles funktioniert, spielt das natürlich keine Rolle. Wenn aber etwas kaputt ist, werden drei oder vier arme Leutchen vom städtischen Wasserwerk losgeschickt, um herauszufinden, welche Pumpe versagt hat oder wo etwas verstopft ist. Und wenn sie runtersteigen, nehmen sie sich vorsichtshalber viel Proviant mit, das kannst du mir glauben. Es ist dunkel dort unten, und es stinkt, und es gibt Ratten. Das sind alles gute Gründe, um wegzubleiben, der Hauptgrund ist aber, daß man sich dort unten leicht verirren oder sogar verlorengehen kann. So was ist alles schon passiert.«

Unter Derry verlorengegangen. In der Kanalisation verloren! Im Dunkel verloren! Der Gedanke war so schrecklich, so furchterregend, daß Bill kurze Zeit schwieg. Dann fragte er: »A-A-Aber hat man d-denn n-n-nie Leute r-r-runtergeschickt, um K-K-K-Karten v-von...«

»Ich muß diese Stuhlbeine fertigmachen«, sagte Zack abrupt und drehte ihm den Rücken zu. »Geh rein und sieh lieber fern.«

»A-A-Aber, D-Dad...«

»Nun geh schon, Bill«, sagte Zack, und Bill spürte wieder die Kälte – jene Kälte, die jedes Abendessen zur Qual machte, weil sein Vater in

Elektrozeitschriften blätterte (er hoffte, im nächsten Jahr befördert zu werden) und seine Mutter einen ihrer ewigen britischen Kriminalromane las: Marsh, Sayers, Innes, Allingham. In dieser kalten Atmosphäre essen zu müssen, nahm jedem Gericht den Geschmack, es war so, als würde man tiefgefrorene Nahrungsmittel essen. Hinterher ging er manchmal in sein Zimmer, legte sich aufs Bett, hielt sich den schmerzenden Magen und dachte: *Er schlägt die Faust hernieder, doch sieht lange er die Geister noch.* Seit Georgies Tod dachte er mehr und mehr daran, obwohl seine Mutter ihm den Satz schon vor zwei Jahren beigebracht hatte. Inzwischen hatte er für ihn aber eine Art magischer Bedeutung bekommen: An jenem Tag, wenn er es schaffen würde, zu seiner Mutter zu gehen, ihr in die Augen zu schauen und diesen Satz ohne das geringste Stottern zu sagen, würde das Eis brechen. Ihre Augen würden aufleuchten, sie würde ihn fest umarmen und rufen: »Großartig, Billy! Was für ein guter Junge! Was für ein guter Junge!«

Er hatte das natürlich niemandem verraten; lieber hätte er sich die Zunge abgebissen, als diesen Traum preiszugeben. Wenn er diesen Satz fehlerfrei sprechen konnte, den seine Mutter ihm eines Samstagmorgens ganz nebenbei beigebracht hatte, als er und Georgie sich im Fernsehen ›*The Adventures of Wild Bill Hickock*‹ mit Guy Madison und Andy Devine ansahen, dann würde das jenem Kuß gleichen, der Dornröschen aus ihren kalten Träumen erweckt und in die wärmere Welt der Liebe versetzt hatte.

Er schlägt die Faust hernieder, doch sieht lange er die Geister noch.

Natürlich erzählte er seinen Freunden auch an jenem 3. Juli nichts *davon*, aber er erzählte ihnen, was sein Vater ihm über die Abflußkanalisation in Derry berichtet hatte. Er war ein Junge mit sehr viel Fantasie (manchmal fiel es ihm leichter, etwas zu erfinden, als die Wahrheit zu sagen), und die Szene, die er schilderte, unterschied sich beträchtlich von der Wirklichkeit: In seiner Erzählung hatten sein alter Herr und er zusammen in die Röhre geschaut und dabei Kaffee getrunken.

»Läßt dein Dad dich Kaffee trinken?« fragte Eddie.

»Na k-k-klar«, sagte Bill.

»Mann!« meinte Eddie. »Meine Mutter würde mir nie erlauben, Kaffee zu trinken. Sie sagt, das Koffein sei gefährlich.« Nach kurzem Schweigen fügte er hinzu: »Selbst trinkt sie aber welchen.«

»Mein Dad läßt mich Kaffee trinken, wenn ich möchte«, sagte Beverly. »Aber er würde mich glatt umbringen, wenn er wüßte, daß ich rauche.«

»Weshalb seid ihr so sicher, daß Es in den Abflußkanälen haust?« fragte Richie und blickte von Bill zu Stan Uris und dann wieder zurück zu Bill.

»A-A-Alles d-deutet darauf hin«, erklärte Bill. »Die Sch-Sch-Stim-
men, die B-Beverly g-g-gehört hat, kamen aus dem Abfluß. Ebenso das
B-B-B-Blut. Als der Clown uns v-v-verfolgte, waren jene orangefarbenen K-K-Knöpfe n-neben einem G-G-Gully. Und Georgie...«

»Es *war* kein Clown, Big Bill«, sagte Richie. »Ich hab's dir doch schon
gesagt: Ich weiß, daß es sich verrückt anhört, aber es war ein Werwolf.«
Er blickte in die Runde, als müßte er sich verteidigen. »Ich schwör's euch.
Ich habe ihn *gesehen*.«

Bill sagte: »Für d-d-dich war es ein W-W-W-Werwolf.«

»Häh?«

Bill sagte: »K-Kapierst du d-denn nicht? Es war ein W-Werwolf für
dich, weil du im A-A-A-Aladdin diesen b-b-blöden Film g-gesehen
hast.«

»Das kapier' ich nicht«, sagte Richie.

»Ich glaube doch«, erklärte Ben ruhig.

»Ich w-w-war in der B-B-Bibliothek und hab' nachgelesen«, sagte Bill.
»Ich glaube, es ist ein Glah-Glah« – er machte eine Pause, strengte sich an
und spie es aus – »ein *Glamour*.«

»Glammer?« fragte Eddy zweifelnd.

»G-G-Glamour«, sagte Bill und buchstabierte es. Er erzählte ihnen
von dem Artikel in der Enzyklopädie und von einem anderen Artikel, den
er in einem Buch mit dem Titel ›Night's Truth‹ gefunden hatte. Glamour, erzählte er ihnen, war der gälische Name für die Kreatur, die
Derry heimsuche; andere Rassen und Kulturen verschiedener Epochen
hätten Es anders genannt, aber in etwa das gleiche darunter verstanden.
Die Prärieindianer würden Es als Manitu bezeichnen, der manchmal die
Gestalt eines Berglöwen, manchmal die Gestalt eines Elchs oder eines
Adlers annehmen könne. Diese Indianer glaubten auch, daß der Geist eines Manitu manchmal in sie eindringen könne, und daß es ihnen dann
möglich sei, in den Wolken die Gestalten jener Tiere zu sehen, denen ihre
Häuser geweiht seien. Die Himalaya-Bewohner nannten Es ›tallus‹ oder
›taelus‹; sie verstünden darunter ein böses Zauberwesen, das die menschlichen Gedanken lesen und dann jede Gestalt annehmen könne – jeweils
die, vor der man am meisten Angst habe. In Mitteleuropa hätte man Es
›eylak‹, Bruder des ›wurdelak‹, oder Vampir genannt. In Frankreich sei
Es als ›le loup-garou‹ bezeichnet worden, was dann grob übersetzt worden sei als ›Werwolf‹. Der ›loup-garou‹ könne indessen *alles*, alles nur
Erdenkliche sein: ein Wolf, ein Habicht, ein Schaf, sogar eine Wanze.

»Stand in einem dieser Artikel auch drin, wie man einen Glamour bekämpfen kann?« fragte Beverly.

Bill nickte, aber er sah nicht allzu hoffnungsvoll aus. »Die H-Himalaya-Bewohner h-hatten ein R-R-R-Ritual, um Es loszuwerden, a-aber es ist z-z-z-ziemlich sch-schauerlich.«

Alle blickten ihn an, wollten es nicht hören, aber andererseits – sie *mußten* es wissen.

»Es h-h-hieß ›R-Ritual von Chüd-Chüd‹«, sagte Bill und erklärte nun, worum es sich handelte. Einer, der von den Himalaya-Bewohnern als heilig verehrt wurde, verfolgte den ›taelus‹ bis in dessen Höhle. Mann und ›taelus‹ standen dicht voreinander. Der ›taelus‹ streckte seine Zunge heraus; der Mann ebenfalls. Die beiden Zungen überlappten sich, und beide bissen zu, so kräftig sie nur konnten, wobei sie sich in die Augen sahen.

»O Gott, ich muß gleich kotzen!« rief Beverly und rollte sich auf den Bauch. Ben tätschelte ihr leicht den Rücken, bekam sofort einen hochroten Kopf und schaute sich um, ob jemand ihn beobachtet hatte. Aber das war nicht der Fall; die anderen hingen gebannt an Bills Lippen.

»Und was dann?« fragte Eddie.

»N-Na ja«, sagte Bill, »es h-h-hört sich v-verrückt an, a-aber im Buch h-h-heißt es, daß sie dann anf-f-fangen, einander Witze und R-R-Rätsel zu erzählen.«

»*Was?*« fragte Stan. »*Witze und Rätsel?*«

Bill nickte mit unglücklicher Miene. »Ja. Zuerst erzählte das M-M-M-Monster einen W-Witz, dann m-m-mußte der M-Mensch einen erzählen, und so g-g-ging es abw-w-w-wechselnd immer w-weiter...«

Beverly hatte sich wieder aufgesetzt, die Knie an die Brust gezogen und die Arme um die Schienbeine gelegt. »Ich kapiere nicht, wie man reden kann, während man jemandem in die Zunge beißt und er einem ebenfalls in die Zunge beißt.«

Richie streckte sofort seine Zunge heraus, hielt sie mit den Fingern fest und gab von sich: »Mein Vater arbeitet in einem Scheißhaus.« Darüber mußten alle lachen, obwohl es ein blöder Kleinkinderwitz war.

»V-V-Vielleicht war's so was Ähnliches w-w-wie T-T-T-Telepathie«, sagte Bill. »Jedenfalls, w-wenn der M-M-Mann zuerst l-lachen m-m-mußte, trotz des Sch-Sch-Sch-Sch...«

»Schmerzes?« fragte Stan.

Bill nickte. »...dann d-durfte der ›taelus‹ ihn t-t-t-töten und f-fressen. W-Wenn aber der M-Mann den ›taelus‹ zuerst zum L-L-Lachen bringen konnte, m-m-m-mußte das M-Monster für hundert Jahre v-v-verschwinden.«

»Stand in dem Buch auch, woher so ein Monster stammt?« fragte Ben.

Bill schüttelte den Kopf.

»Glaubst du diesen Unsinn wirklich?« fragte Stan. Es hörte sich so an, als hätte er spotten wollen, aber nicht ganz den richtigen Ton erwischt.

Bill zuckte mit den Schultern, dann sagte er: »F-F-Fast glaube ich d-daran.« Er schien noch etwas hinzufügen zu wollen, schüttelte aber schließlich den Kopf und schwieg.

»Es würde jedenfalls eine Menge erklären«, sagte Eddie langsam. »Den Clown, den Aussätzigen, den Werwolf...« Er blickte zu Stan hinüber. »Auch deine toten Jungen, nehme ich an.«

»Das hört sich ganz nach einer Aufgabe für Richard Tozier an«, sagte Richie mit der Stimme-des-Sprechers-der-›Tönenden Wochenschau‹. »Der Mann der tausend Witze und sechstausend Rätsel.«

»Wenn wir *dich* hinschicken würden, wäre es um uns alle geschehen«, sagte Ben, und sie lachten wieder.

»Und was sollen wir jetzt tun?« fragte Stan, und auch diesmal konnte Bill nur den Kopf schütteln... obwohl er spürte, daß er es *fast* wußte. Stan stand auf. »Gehen wir woanders hin«, sagte er. »Mir tut vom vielen Sitzen schon der Hintern weh.«

»Mir gefällt's hier«, widersprach Beverly. »Es ist ein hübsches, schattiges Plätzchen.« Sie sah Stan an. »Vermutlich möchtest du irgendwas ganz *Kindisches* machen, wie auf der Müllhalde mit Steinen Flaschen zertrümmern.«

»*Mir* macht Flaschenzertrümmern auch Spaß«, kam Richie Stan zu Hilfe.

»Ich hab' ein paar Feuerwerkskörper«, sagte Stan, und als er aus der Hüfttasche seiner sauberen Jeans eine Packung Black-Cat-Schwärmer zog, vergaßen sie augenblicklich Werwölfe, Manitus und das Ritual von Chüd. Sogar Bill war beeindruckt.

»Du l-l-lieber H-Himmel, wo hast du die denn h-h-her, Stan?«

»Von dem dicken Jungen, mit dem ich manchmal in die Synagoge gehe«, antwortete Stan. »Ich habe über unserer Garage eine Schachtel mit Heftchen gefunden – hauptsächlich Wildwest- und Science-fiction-Geschichten –, und mein Dad sagte, ich könne sie haben. Ich hab' ein Dutzend davon mit Charlie gegen die Schwärmer getauscht.«

»Auf geht's, feuern wir sie ab!« rief Richie begeistert. »Feuern wir sie ab, Stanny, und ich werd' auch keinem Menschen verraten, daß du und dein Dad Christus umgebracht habt, das versprech' ich dir! Was sagst du dazu? Und ich werd' ihnen klarmachen, daß du 'ne ganz kleine Nase hast, Stanny! Und ich werd' ihnen sagen, daß du nicht krumm bist! Ich werd'...«

An dieser Stelle begann Beverly so zu lachen, daß sie violett anlief und sich dann die Hände vors Gesicht hielt. Bill stimmte ein, dann Eddie und

632

Ben und zuletzt sogar Stan. Ihr Gelächter schallte über den breiten, flachen Kenduskeag, und es war ein sommerliches Geräusch, so fröhlich wie die auf dem Wasser tanzenden Sonnenstrahlen, und keines der Kinder sah die tief in den Höhlen sitzenden orangefarbenen Augen, die sie durch ein Brombeergestrüpp hindurch anstarrten. Dieses Dornengestrüpp säumte etwa 10 Meter breit das Ufer, und in seiner Mitte befand sich eines von Bens Morlock-Löchern. Aus diesem Rohr heraus starrten die Augen, von denen jedes einen Durchmesser von mehr als einem halben Meter hatte.

5

Der Grund, weshalb Mike Hanlon vor Henry Bowers und dessen Bande auf der Flucht war, war der, daß der nächste Tag der ruhmreiche vierte Juli war. Mikes Schule hatte ein Orchester, in dem er Posaune spielte, und am 4. Juli marschierte dieses Orchester in der alljährlichen Parade mit und spielte ›The Battle Hymn of the Republic‹, ›Onward, Christian Soldiers‹ und ›America the Beautiful‹. Darauf freute sich Mike schon seit über einem Monat. Er verließ gegen ein Uhr mittags zur Generalprobe das Haus. Die Probe fing zwar erst um halb drei an, aber er wollte vorher noch seine Posaune, die im Musikzimmer der Schule aufbewahrt wurde, auf Hochglanz polieren. Obwohl sein Posaunenspiel, um die Wahrheit zu sagen, nicht viel besser war als Richies Stimmenimitationen, war er unheimlich stolz darauf, und wenn er deprimiert war, heiterte er sich oft damit auf, daß er Märsche von Sousa, Hymnen oder patriotische Lieder spielte. Er hatte eine Dose Messingpolitur in einer der Taschen seines Khakihemdes, und aus der Jeanstasche hingen zwei oder drei saubere Lappen heraus. Er ging zu Fuß, weil die Kette an seinem alten Fahrrad wieder einmal abgesprungen war, doch an diesem warmen, sonnigen Tag machte es direkt Spaß zu laufen, obwohl er schon seit langem auf ein neues Rad sparte. Er pfiff beim Gehen vergnügt ›The Battle Hymn of the Republic‹ vor sich hin und dachte nicht im geringsten an Henry Bowers.

Ein Blick zurück, als er sich Neibolt Street und der Kirchenschule näherte, und er hätte sich eiligst anders besonnen, denn Henry, Victor, Belch, Peter Gordon und Moose Sadler nahmen hinter ihm die ganze Straßenbreite ein. Hätten sie das Haus der Bowers' fünf Minuten später verlassen, wäre Mike hinter der nächsten Hügelkuppe nicht mehr zu sehen gewesen; die apokalyptische Steinschlacht und alles, was danach geschah, wäre vielleicht ganz anders verlaufen oder überhaupt nicht passiert.

Aber Mike selbst hatte Jahre später darauf hingewiesen, daß wahrscheinlich keiner von ihnen in diesem Sommer Herr seines Geschicks gewesen war; wenn Glück und freier Wille eine Rolle gespielt hatten, dann höchstens eine kleine. Er legte den anderen beim Wiedersehensessen eine Reihe dieser verdächtigen Zufälle dar, aber es gab mindestens einen, von dem er nichts wußte. Die Versammlung in den Barrens löste sich an diesem Tag auf, als Stan Uris seine Kracher hervorholte und der Club der Verlierer zur Müllhalde ging, um sie loszulassen. Und Victor, Belch und die anderen waren zur Bowers-Farm gekommen, weil Henry Kracher, Schwärmer und M-80-Kanonenschläge hatte (deren Besitz ein paar Jahre später strafbar werden sollte). Die großen Jungs hatten vor, zur Kohlengrube hinter dem Sportplatz zu gehen und Henrys Kostbarkeiten dort zu zünden.

Keiner, nicht einmal Belch, ging unter normalen Umständen zur Bowers-Farm – hauptsächlich wegen Henrys verrücktem Vater, aber auch, weil sie letztendlich immer Henry bei seinen Aufgaben halfen: Jäten, endloses Steineaufheben, Holz hacken, Wasser holen, Heu gabeln, ernten, was eben immer gerade um die Jahreszeit reif war – Erbsen, Gurken, Tomaten, Kartoffeln. Die Jungs waren nicht gerade allergisch gegen Arbeit, aber sie hatten bei sich zu Hause genug zu tun, auch ohne sich den Rücken für Henrys meschuggen Vater krummzuschuften, dem es einerlei war, wen er verprügelte (einmal hatte er es Victor Criss mit einem Holzscheit gegeben, als dieser einen Korb Tomaten fallen ließ, den er zum Stand am Straßenrand schleppte). Mit einem Birkenscheit verprügelt zu werden, war schlimm genug; schlimmer war, daß Butch Bowers dabei gesungen hatte: »Ich kille alle Nips! Ich kille alle elenden Nips!«

So dumm er war, Belch Huggins hatte es am besten ausgedrückt: »Ich mach' nicht mit Irren rum«, hatte er Victor eines Tages vor zwei Jahren gesagt. Victor hatte lachend zugestimmt.

Aber der Sirenengesang der ganzen Kracher war zu verlockend und unwiderstehlich gewesen.

»Ich sag' dir was, Henry«, sagte Victor, als Henry ihn an diesem Morgen um neun anrief und einlud. »Wir treffen uns gegen eins an der Kohlengrube, was meinst du?«

»Wenn du um eins bei der Kohlengrube bist, bin ich nicht da«, sagte Henry. »Ich hab' zuviel zu tun. Wenn du um drei zur Kohlengrube kommst, *dann* bin ich da. Und den ersten M-80 werd' ich dir höchstpersönlich in deinen braunen Hintern stecken, Vic.«

Vic zögerte, dann willigte er ein, zu ihm zu kommen und ihm bei seinen Aufgaben zu helfen.

Die anderen kamen auch, und zu fünft – fünf große Jungs, die sich auf der Bowers-Farm abrackerten wie die Teufel – hatten sie alle Aufgaben am frühen Nachmittag erledigt. Als Henry seinen Vater fragte, ob er gehen dürfe, winkte Bowers der Ältere lediglich träge mit der Hand. Butch hatte sich auf der Veranda für den Nachmittag eingerichtet, eine Milchflasche mit Apfelschnaps neben dem Schaukelstuhl, ein tragbares Philco-Radio auf dem Geländer (am Nachmittag spielten die Red Sox gegen die Washington Senators, eine Vorstellung, die schon einem Mann, der *nicht* verrückt war, eine Gänsehaut verschafft hätte). Ein japanisches Schwert lag über Butchs Schoß, ein Souvenir aus dem Krieg, das Butch, wie er behauptete, einem sterbenden Nip auf der Insel Tarawa abgenommen hatte (tatsächlich hatte er das Schwert auf Honululu gegen sechs Flaschen Budweiser und drei Joysticks getauscht). In letzter Zeit holte Butch fast immer das Schwert heraus, wenn er trank. Und da alle Jungs überzeugt waren, Henry eingeschlossen, daß er es früher oder später benützen würde, war es das Beste, wenn man das Weite suchte, sobald es auf Butchs Schoß auftauchte.

Die Jungs waren kaum auf die Straße getreten, als Henry Mike Hanlon voraus erblickte. »Der Nigger!« sagte er, und seine Augen leuchteten wie die eines kleinen Kindes, das sich an Weihnachten auf die Ankunft des Weihnachtsmanns freut.

»Der Nigger?« Belch Huggins sah verwirrt drein – er hatte die Hanlons nur selten gesehen –, dann leuchteten auch seine trüben Augen. »Ach ja! Der Nigger! Schnappen wir ihn uns, Henry!«

Belch verfiel in einen donnernden Trott. Die anderen folgten auf dem Fuß, als Henry Belch packte und zurückriß. Henry hatte mehr Erfahrung als die anderen, wenn es darum ging, Mike Hanlon zu verfolgen, und er wußte, ihn zu fangen war leichter gesagt als getan. Dieser schwarze Bengel konnte *laufen*.

»Er sieht uns nicht. Gehen wir einfach schneller, bis er uns sieht. Entfernung verringern.«

Das machten sie. Ein Beobachter wäre vielleicht amüsiert gewesen: Die fünf sahen aus, als würden sie die komische olympische Disziplin des Gehens ausführen. Moose Saddlers beachtlicher Schmerbauch hüpfte in seinem T-Shirt mit der Aufschrift Derry High School auf und ab. Schweiß rann über Belchs Gesicht, das bald rot wurde. Aber die Entfernung zwischen ihnen und Mike wurde geringer – zweihundert Meter, hundertfünfzig Meter, hundert Meter –, und bis jetzt hatte der kleine schwarze Bimbo sich noch nicht umgedreht. Sie konnten ihn pfeifen hören.

»Was machst'n mit ihm, Henry?« fragte Victor Criss mit leiser Stimme. Er hörte sich nur interessiert an, aber in Wirklichkeit machte er sich Sorgen. In letzter Zeit machte ihm Henry immer mehr Sorgen. Es würde ihm nichts ausmachen, wenn Henry wollte, daß sie den Hanlon-Bengel verprügelten, vielleicht sogar das Hemd vom Leib rissen oder seine Unterwäsche auf einen Baum warfen, aber er war nicht sicher, ob Henry nur das vorhatte. Dieses Jahr hatte es mehrere unangenehme Vorfälle mit den Kindern der Grundschule von Derry gegeben, die Henry ›die kleinen Scheißer‹ nannte. Henry war daran gewöhnt, die kleinen Scheißer zu unterdrücken und zu terrorisieren, aber seit März waren sie ihm immer mehr ausgebüchst. Henry und seine Freunde hatten einen, die Brillenschlange Tozier, zu Freese's verfolgt und aus den Augen verloren, als es ausgesehen hatte, als hätten sie ihn schon todsicher am Arsch. Und dann am letzten Schultag der junge Hanscom...

Aber daran wollte Victor nicht denken.

Ihm machte einfach folgendes Sorgens: Henry könnte ZU WEIT gehen. Einfach ZU WEIT, und daran wollte Victor lieber nicht denken... aber sein nervöses Herz hatte die Frage trotzdem gestellt.

»Wir schnappen ihn und bringen ihn runter in die Kohlengrube«, sagte Henry. »Ich hab' mir gedacht, wir stecken ihm ein paar Kracher in die Schuhe und sehen, ob er tanzen kann.«

»Aber keine M-80, Henry, oder?«

Wenn Henry das vorhatte, würde Victor kneifen. Ein M-80 in jedem Schuh würde dem Nigger die Füße abreißen, und das ging *viel* ZU WEIT.

»Davon hab' ich nur vier«, sagte Henry, der keinen Blick von Mike Hanlons Rücken nahm. Sie hatten die Entfernung mittlerweile auf fünfundsiebzig Meter verringert, und auch er sprach mit gedämpfter Stimme. »Glaubst du, ich würde zwei für einen elenden Brikett vergeuden?«

»Nein, Henry. Natürlich nicht.«

»Nur ein paar Kracher in die Schuhe«, sagte Henry, »und dann ziehen wir ihn nackt aus und werfen seine Kleider in die Barrens. Vielleicht gerät er in Giftsumach, wenn er sie holen will.«

»Wir sollten ihn auch in Kohle rollen«, sagte Belch, dessen zuvor trübe Augen jetzt fröhlich leuchteten. »Okay, Henry? Geht das klar?«

»Klar wie Kloßbrühe«, sagte Henry auf eine beiläufige Weise, die Victor gar nicht gefiel. »Wir rollen ihn in Kohle, wie ich ihn damals im Schlamm gerollt habe. Und...« Henry grinste und entblößte Zähne, die schon im Alter von zwölf Jahren zu faulen anfingen. »Und ich muß ihm was sagen. Ich glaub' nicht, daß er das schon gehört hat.«

»Was denn, Henry?« fragte Peter Gordon interessiert und aufgeregt. Er stammte aus einer der ›guten Familien‹ in Derry; er wohnte am West Broadway und würde in zwei Jahren aufs Internat in Groton kommen –

zumindest glaubte er das an jenem 3. Juli noch. Er war klüger als Victor, aber er kannte Henry noch nicht lange genug, um sich Sorgen zu machen.

»Das wirst du schon noch hören«, sagte Henry. »Und jetzt haltet die Klappe! Wir sind ihm schon dicht auf den Fersen!«

Sie waren 25 Meter hinter Mike, und Henry wollte gerade den Befehl zum Angriff erteilen, als Moose Sadler den ersten Feuerwerkskörper des Tages losließ. Er hatte am Vorabend drei Teller gebackene Bohnen gegessen, und der Furz war fast so laut wie ein Schuß aus der Schrotflinte.

Mike drehte sich um. Henry sah, daß seine Augen sich vor Schreck weiteten.

»Schnappt ihn euch!« brüllte Henry.

Einen Moment lang war Mike starr vor Schreck; dann rannte er um sein Leben.

6

Die Verlierer bahnten sich in folgender Reihenfolge einen Weg durch das Bambusdickicht in den Barrens: Bill, Richie, Beverly, die in ihren Jeans, einer weißen ärmellosen Bluse und mit Sandalen an den nackten Füßen wie immer sehr hübsch aussah; dann Ben, der sich bemühte, nicht zu laut zu keuchen (trotz der Hitze trug er wieder einen seiner unförmigen Sweater); Stan; Eddie, dessen Aspirator aus seiner rechten Hosentasche herausragte, bildete die Nachhut.

Bill stellte sich wieder einmal – wie meistens, wenn er diesen Teil der Barrens durchquerte – vor, er befände sich auf Dschungel-Safari. Der Bambus war hoch und weiß und machte ihren Trampelpfad fast unsichtbar. Die Erde war schwarz und weich; größtenteils war sie trocken, aber stellenweise mußte man ausweichen oder springen, wenn man nicht im Sumpf einsinken wollte. Das stehende Wasser hier und dort hatte seltsam schillernde Regenbogenfarben. Die Luft stank immer ein wenig nach Müllhalde und verwesender Vegetation.

Bill bog um eine Kurve und drehte sich abrupt nach Richie um. »V-Vorsicht, Tozier, da vorne ist ein T-T-Tiger.«

Richie nickte und gab die Botschaft an Beverly weiter.

»Ein Tiger!« flüsterte sie Ben zu.

»Ein menschenfressender?« fragte Ben und hielt den Atem an, um nicht zu keuchen.

»Er ist ganz mit Blut beschmiert«, sagte Beverly.

»Ein menschenfressender Tiger«, raunte Ben Stan zu, der die Neuigkeit Eddie verkündete, dessen schmales Gesicht vor Aufregung rot war.

Sie verkrochen sich im Bambus; der Tiger lief auf dem Pfad majestätisch an ihnen vorbei, und sie sahen ihn alle fast richtig vor sich: groß, etwa 200 Pfund schwer, geschmeidig und muskulös unter dem seidigen, gestreiften Fell. Sie glaubten fast, wirklich seine grünen Augen zu sehen und die Blutflecke um das Maul herum, die noch von seiner letzten Mahlzeit – einem bei lebendigem Leibe verschlungenen Pygmäenkrieger – zeugten.

»Er ist weg«, flüsterte Bill, stieß den angehaltenen Atem aus und trat wieder auf den Pfad hinaus. Die anderen folgten dicht hintereinander.

Richie war als einziger bewaffnet: Er brachte eine Zündhütchenpistole zum Vorschein, deren Griff mit Klebeband umwickelt war. »Ich hätte ihn wunderbar erschießen können, wenn du mir ein bißchen aus dem Weg gegangen wärst, Big Bill«, sagte er vorwurfsvoll und schob seine Brille mit der Pistolenmündung die Nase hoch.

»In der g-ganzen G-G-Gegend w-wimmelt es nur so von W-W-Watussis«, entgegnete Bill mit leiser Stimme. »W-W-Wir können Sch-Sch-Schüsse nicht riskieren.«

»Oh!« flüsterte Richie beeindruckt und überzeugt.

Bill forderte sie durch eine Geste zum Weitergehen auf, und sie schlichen auf dem Pfad voran, der sich am Ende des Bambusdickichts verengte. Kurz darauf standen sie wieder am Ufer des Kenduskeag. An dieser Stelle ermöglichten Steine im Flußbett eine Überquerung trockenen Fußes. Ben hatte ihnen gezeigt, wie man einen solchen Übergang schaffen konnte. Man besorgte sich einen großen Stein und ließ ihn ins Wasser fallen, dann holte man einen zweiten und warf ihn ins Wasser, während man auf dem ersten stand, dann holte man einen dritten und warf ihn vom zweiten aus ins Wasser, und so weiter, bis man ans andere Ufer gelangen konnte, ohne nasse Füße zu kriegen. Eigentlich war es so einfach, daß jedes Kleinkind darauf hätte kommen müssen, aber keiner von ihnen war auf die Idee gekommen, bevor Ben es ihnen vorgemacht hatte. In solchen Dingen war er sehr geschickt, und er besaß auch die Gabe, es anderen zu zeigen, ohne daß sie sich wie Vollidioten vorkamen.

Hintereinander begannen sie, den Fluß auf den trockenen Steinoberflächen zu überqueren.

»Bill!« rief Beverly eindringlich.

Er blieb sofort stehen und hielt mit ausgebreiteten Armen das Gleichgewicht. Um ihn herum plätscherte das seichte Wasser. »Was ist los?«

»Hier wimmelt es nur so von Piranhas«, sagte sie. »Ich habe erst vor zwei Tagen gesehen, wie sie eine ganze Kuh aufgefressen haben. Eine

Minute, nachdem sie reingefallen war, war von ihr nur noch das Skelett übrig. Paß auf, daß du nicht abrutschst!«

»Sehr richtig«, sagte Bill. »Seid vorsichtig, Männer.«

Sie balancierten über die Steine. Ein Güterzug fuhr auf der Eisenbahnbrücke vorbei, als Eddie den Fluß etwa zur Hälfte überquert hatte, und das plötzliche Pfeifen brachte ihn ein wenig aus dem Gleichgewicht. Er blickte ins Wasser, das in der Sonne funkelte, und einen Moment lang *sah* er dort die umherschwimmenden Piranhas. Sie gehörten nicht einfach zu jenen Fantasiebildern aus dem Dschungel-Safari-Spiel, dessen war er sich ganz sicher. Die Fische sahen wie zu groß geratene Goldfische aus, hatten aber die häßlich breiten Mäuler von Katzenwelsen oder Seebarschen. Scharfe gezackte Zähne ragten zwischen wulstigen Lippen hervor... und sie waren orange wie Goldfische. So orange wie die flauschigen Pompons, die man manchmal auf den Kostümen von Zirkusclowns sah.

Sie schwammen im seichten Wasser herum und fletschten ihre Zähne.

Eddie ruderte wild mit den Armen. *Gleich falle ich rein*, dachte er, *ich fall' rein, und dann fressen sie mich bei lebendigem Leibe auf...*

Und dann packte ihn Stan Uris fest am Handgelenk, und er erlangte das Gleichgewicht zurück.

»Paß auf«, sagte Stan, »wenn du reinfällst, macht deine Mutter ein Riesentheater.«

Ausnahmsweise war die Vorstellung, daß seine Mutter zetern und jammern würde, Eddie momentan völlig egal. Die anderen waren inzwischen am anderen Ufer angekommen und zählten Autos auf dem Güterzug. Eddie starrte verzweifelt in Stans Augen und dann wieder in den Fluß. Er sah eine leere Kartoffelchips-Tüte, die auf dem Wasser tanzte, aber das war auch schon alles. Er richtete seinen Blick wieder auf Stan.

»Stan, ich hab' gesehen, daß...«

»Was?«

Eddie schüttelte den Kopf. »Ach, nichts«, murmelte er. »Ich bin nur ein bißchen

(aber sie waren da, o ja, sie waren da, und sie hätten mich bei lebendigem Leibe aufgefressen)

nervös, glaube ich. Gehen wir weiter.«

Das Westufer des Kenduskeag – das Old-Cape-Ufer – war im Frühling bei Tauwetter oder nach heftigen Regenfällen ein einziger Sumpf, aber seit dem 15. Juni hatte es in Derry nicht mehr stark geregnet, und das Ufer war trocken und wie mit einer eigenartigen rissigen Glasur überzogen, aus der mehrere jener Betonzylinder hervorragten wie Maschinen, die irgendeinem unbekannten, aber finsteren Zweck dienten. Etwa 20

Yards weiter unten floß aus einem großen Rohr ein dünnes Rinnsal stinkenden braunen Wassers in den Fluß.

Ben sagte leise: »Hier ist es unheimlich«, und die anderen nickten zustimmend.

Bill führte sie die trockene Uferböschung empor, und sie verschwanden wieder in dichtem Gebüsch, wo Insekten surrten und Sandflöhe hüpften. Ab und zu war der laute Flügelschlag eines Vogels zu hören. Ein Eichhörnchen kreuzte ihren Pfad, und etwa fünf Minuten später, als sie sich dem Hügel am Rande der Müllhalde näherten, sauste eine fette Ratte mit einem Stückchen Zellophan im Schnurrbart an Bill vorbei und verschwand auf ihrem eigenen Geheimpfad durch den Mikrokosmos der Wildnis.

Der Gestank der Müllhalde war jetzt deutlich und durchdringend; eine schwarze Rauchsäule stieg in den Himmel. Der Boden, der immer noch dicht bewachsen war, abgesehen von ihrem kleinen Pfad, war zunehmend von Abfall übersät. Bill hatte die Gegend ›Abfallrasen‹ getauft, und Richie war entzückt gewesen; er hatte gelacht, bis ihm fast die Tränen kamen. »Das mußt du aufschreiben, Big Bill«, sagte er. »Das ist wirklich gut.«

Papiere hatten sich in den Ästen verfangen und wehten und flatterten wie behelfsmäßige Wimpel; dort wurde silbernes Leuchten der Sommersonne von Blechdosen reflektiert, die in einer grünen, zugewucherten Senke lagen; dort gleißten heiße Sonnenstrahlen von einer zerschellten Bierflasche. Beverly erspähte eine Babypuppe, deren Plastikhaut so rosa war, daß sie fast gekocht wirkte. Sie hob sie auf und ließ sie kreischend wieder fallen, als sie grau-weiße Käfer sah, die unter dem schimmligen Rock und den verfaulenden Beinen krabbelten. Sie rieb sich die Finger an den Jeans ab.

Sie kletterten den Hügel hinauf und blickten von dort auf die Müllhalde hinab.

»Scheiße!« rief Bill und schob die Hände in seine Hosentaschen, während die anderen sich um ihn scharten.

Heute wurden Abfälle im nördlichen Teil der Müllhalde verbrannt, aber auf der Seite, wo die Kinder standen, schob Armando Fazio, der Müllwart, mit einer aus dem Zweiten Weltkrieg stammenden Schuttramme den Müll zum Verbrennen zu großen Haufen zusammen.

»Stimmt, da können wir jetzt nicht hin«, stellte Ben betrübt fest. Mandy Fazio war kein übler Bursche, aber wenn er Kinder auf der Müllhalde entdeckte, vertrieb er sie sofort – wegen der Ratten, wegen des Rattengiftes, das er in regelmäßigen Zeitabständen ausstreute, wegen der Gefahr, hinzufallen und sich Schnitt- oder Brandwunden zuzuziehen...

hauptsächlich aber einfach deshalb, weil er der Meinung war, daß eine Müllhalde kein Kinderspielplatz ist.

»Nein«, stimmte auch Richie zu. »Die Müllhalde können wir für heute vergessen.«

Sie setzten sich hin und beobachteten Mandy eine Weile bei der Arbeit, in der vagen Hoffnung, daß er aufhören und weggehen würde. *So 'ne Hundsgemeinheit*, dachte Bill. Es gab keinen besseren Ort als die Müllhalde, um Schwärmer abzufeuern. Man konnte sie unter Konservendosen legen und zusehen, wie die Dosen in die Luft flogen, wenn der Schwärmer losging, oder man konnte ihn anzünden, in eine Flasche werfen und dann schnell wegrennen. Die Flaschen explodierten nicht immer, aber manchmal hatte man doch Glück.

»Ich wollte, wir hätten auch ein paar M-80«, seufzte Richie, ohne zu ahnen, daß ihm schon sehr bald einer beschert werden würde.

»Meine Mutter sagt immer, man müsse mit dem zufrieden sein, was man hat«, verkündete Eddie so feierlich, daß alle lachen mußten.

Als ihr Gelächter verebbte, wandten sich alle Blicke wieder erwartungsvoll Bill zu.

Bill dachte nach, dann sagte er: »Ich w-w-weiß einen g-guten P-P-Platz. Am Ende der B-B-B-Barrens, neben dem B-Bahnhof, ist eine alte K-K-Kiesgrube...«

»Ja!« rief Stan begeistert und sprang auf. »Die kenn' ich auch! Du bist einfach Spitze, Big Bill!«

»Dort werden sie ein wirklich tolles Echo erzeugen«, stimmte Beverly freudig zu.

»Also, dann nichts wie hin!« sagte Richie.

Die sechs Kinder – eines fehlte noch, um die magische Zahl vollzumachen – schlenderten den Hügelkamm entlang, der sich um die Müllhalde zog. Mandy Fazio schaute einmal hoch und sah ihre Silhouetten, die sich vom blauen Himmel abhoben. Er überlegte, ob er ihnen zubrüllen sollte zu verschwinden, die Barrens seien für Kinder kein geeigneter Aufenthaltsort, ließ es dann aber doch bleiben und machte sich wieder an die Arbeit. Wenigstens trieben sie sich nicht auf seiner Müllhalde herum.

7

Mike Hanlon lief an der Schule vorbei, ohne anzuhalten, und die Neibolt Street hinauf Richtung Bahnhof Derry. Die Schule hatte einen Hausmeister, aber Mr. Gendron war sehr alt und noch tauber als Mandy Fazio. Außerdem schlief er sommers tagsüber fast immer im Keller neben dem abgeschalteten Heizkessel auf einem alten Liegestuhl und mit den *Derry News* auf dem Schoß. Mike würde immer noch an die Tür klopfen und brüllen, der alte Mann sollte ihn reinlassen, wenn Henry Bowers schon hinter ihm war und ihm den Kopf abreißen würde.

Also rannte Mike eben.

Aber nicht blindlings; er versuchte, sich zu beruhigen, seinen Atem zu kontrollieren, noch nicht alles herzugeben. Moose Sadler, Belch Huggins und Henry stellten kein Problem dar – sie rannten wie fußkranke Büffel. Aber Victor Criss und Peter Gordon waren wesentlich schneller, und als Mike an dem Haus vorbeikam, wo Bill Denbrough und Richie Tozier den Clown gesehen hatten, der ebensogut auch ein Werwolf gewesen sein konnte, blickte er rasch über die Schulter hinweg nach hinten und sah besorgt, daß Peter ihm dicht auf den Fersen war. Peter grinste so glücklich, als wäre er bei einem Hindernisrennen dem Ziel schon sehr nahe. *Vielleicht würde er nicht so grinsen,* dachte Mike, *wenn er wüßte, was passiert, wenn sie mich schnappen... glaubt er, daß sie nur rufen »Gefangen, du bist dran!« und dann nach allen Richtungen davonrennen?*

Als das Tor zum Bahnhofsgelände mit seinem Schild PRIVATEIGENTUM – KEIN ZUTRITT – ZUWIDERHANDLUNGEN WERDEN BESTRAFT in Sicht kam, mußt Mike sein Letztes hergeben. Noch tat es nicht weh – er atmete schnell, aber regelmäßig –, doch er wußte, daß die Schmerzen bald einsetzen würden, wenn er dieses Tempo noch lange durchhalten mußte.

Das Tor stand halb offen. Er riskierte wieder einen Blick zurück und sah, daß Peter etwas zurückgefallen war. Victor war etwa zehn Schritt hinter Peter, die anderen waren noch gut vierzig oder fünfzig Meter dahinter. Obwohl er nur flüchtig zurückblickte, sah Mike deutlich die rasende Wut in Henrys Gesicht.

Er schlüpfte durch das Tor und warf es hinter sich zu. Erleichtert hörte er das Klicken, als es ins Schloß fiel. Einen Augenblick später rüttelte Peter Gordon am Kettenzaun, und gleich darauf war auch Victor Criss zur Stelle. Peters Lächeln war verschwunden; er sah jetzt verdrossen und erstaunt drein. Er suchte nach der Klinke, aber es gab keine – das Tor ließ sich nur von innen öffnen.

Unglaublicherweise rief er: »Los, Junge, mach das Tor auf! So was ist unfair!«

»Was ist denn deiner Meinung nach fair?« fragte Mike keuchend. »Fünf gegen einen?«

»So was ist unfair«, wiederholte Peter, als hätte er Mike überhaupt nicht gehört.

Mike warf einen Blick auf Victor und bemerkte den besorgten Ausdruck in seinen Augen. Er wollte gerade etwas sagen, als die anderen am Tor anlangten.

»Los, aufmachen, Nigger!« brüllte Henry und begann so wild am Zaun zu rütteln, daß Peter ihn bestürzt ansah. »Aufmachen, sag' ich! Los, mach sofort auf!«

»Nein«, erwiderte Mike ruhig.

»Mach auf!« schrie Belch. »Mach auf, du verfluchter Dreckskerl!«

Mike wich mit rasend pochendem Herzen etwas vom Zaun zurück. Er konnte sich nicht erinnern, jemals so verwirrt, so *erschrocken* gewesen zu sein. Sie rüttelten am Zaun und warfen ihm alle möglichen Schimpfnamen für Nigger an den Kopf, Schimpfnamen, von deren Existenz er nicht einmal etwas geahnt hatte – Brikett, Ubangi, Hottentotte, viele andere. Er nahm kaum wahr, daß Henry etwas aus der Tasche holte, daß er am Daumennagel ein Streichholz anzündete – und dann kam etwas Rundes, Rotes über den Zaun geflogen, und Mike wich instinktiv gerade noch rechtzeitig aus, bevor der Feuerwerkskörper links von ihm explodierte und eine Staubwolke hochwirbelte.

Der Knall brachte alle für einen Augenblick zum Schweigen – Mike starrte sie durch den Zaun hindurch ungläubig an, und sie starrten zurück. Sogar Belch sah ganz verdattert aus.

Jetzt jagt Henry auch ihnen Angst ein, dachte Mike. Und plötzlich meldete sich eine neue Stimme in seinem Innern zu Wort, eine verwirrend erwachsene Stimme. *Er jagt ihnen Angst ein, aber das wird sie nicht abhalten. Du mußt machen, daß du hier wegkommst, Mike, sonst passiert noch etwas Schlimmes. Vielleicht werden einige es nicht gewollt haben – Victor, eventuell auch Peter Gordon –, aber es wird trotzdem passieren, weil Henry dafür sorgen wird. Also verschwinde lieber. Mach dich schleunigst aus dem Staub.*

Er wich wieder einige Schritte zurück, und dann rief Henry: »*Ich* habe deinen Hund umgebracht, Nigger!«

Mike hatte das Gefühl, als hätte eine Kegelkugel ihn genau in der Magengrube getroffen. Er starrte Henry in die Augen und begriff, daß Henry die Wahrheit sagte: Er hatte Mr. Chips vergiftet.

In Wirklichkeit dauerte es natürlich nur den Bruchteil einer Sekunde, aber Mike kam es wie eine Ewigkeit vor – während er in Henrys dunkle, wahnsinnige Augen und das wutverzerrte, hochrote Gesicht blickte, hatte er das Gefühl, sehr vieles zum erstenmal im Leben zu begreifen, und die Tatsache, daß Henry ebenso verrückt war wie sein Vater, war dabei noch verhältnismäßig unwichtig. Viel bedeutsamer war die Erkenntnis, daß die Welt nicht gut, nicht freundlich ist; diese neue Erkenntnis war es hauptsächlich, die ihn brüllen ließ: »Du hundsgemeiner *Scheißbastard!*«

Henry stieß einen Wutschrei aus und begann am Zaun hochzuklettern, mit einer erschreckenden, brutalen Kraft. Mike blieb noch einen Moment stehen, weil er sehen wollte, ob jene erwachsene Stimme in seinem Innern recht gehabt hatte. Sie hatte nicht getrogen: Nach kaum merklichem Zögern machten die anderen es ihrem Anführer nach und begannen ebenfalls am Zaun hochzuklettern.

Mike drehte sich um und rannte los, quer über das Bahnhofsgelände. Der Güterzug, den die Mitglieder des Klubs der Verlierer in den Barrens gesehen hatte, war schon lange wieder weg, und außer Mikes lautem Atem war nur noch das metallische Klirren des Kettenzauns zu hören, den Henry und die anderen Jungen erklommen.

Beim Überqueren des zweiten Gleises stolperte Mike und fiel hin. Ein Schmerz im Knöchel durchzuckte ihn. Er kam wieder auf die Beine und rannte weiter. Er hörte hinter sich einen lauten Plumps – Henry war vom Zaun runtergesprungen. Gleich darauf hörte Mike ihn brüllen: »*Jetzt geht's dir an den Kragen, Nigger!*«

Mike hatte entschieden, daß die Barrens seine einzige Chance waren. Wenn es ihm gelang, dorthin zu entkommen, konnte er sich im dichten Unterholz verstecken, oder im Bambus ... schlimmstenfalls, in der allergrößten Not, sogar in einem der Abflußrohre.

Das alles konnte er tun ... aber jetzt brannte heiße Wut in seinem Herzen. Er konnte noch verstehen, daß Henry *ihn* jagte, wenn sich ihm irgendeine Gelegenheit dazu bot, aber Mr. Chips ...? Was hatte Mr. Chips ihm getan? *Mein Hund war doch kein Nigger, du verdammter Scheißbastard*, dachte Mike beim Rennen und geriet immer mehr in Rage.

Er hörte plötzlich die Stimme seines Vaters: *Ich will nicht, daß du dein Leben mit Davonrennen verbringst ... und das bedeutet, daß du dir sorgfältig überlegen mußt, wo Widerstand sich lohnt. Du mußt dich fragen, ob es überhaupt etwas bringt, sich mit Henry Bowers anzulegen ...*

Mike war bisher geradeaus auf die Lagerschuppen am Ende des Bahnhofsgeländes zugerannt, das durch einen Kettenzaun hinter den Schuppen von den Barrens getrennt wurde. Mike hatte vorgehabt, über den Zaun zu klettern und ins Dickicht hinabzuspringen. Aber nun machte er plötzlich eine scharfe Wendung nach rechts, in Richtung Kohlengrube.

Vor langer Zeit, vermutlich noch vor der Jahrhundertwende, war auch diese Kohlengrube eine Kiesgrube gewesen. Dann hatte sie den durch Derry fahrenden Dampfloks als Kohlendepot gedient, bis diese nach dem Zweiten Weltkrieg von den Dieselloks verdrängt worden waren. Die zur Kohlengrube führenden Gleise waren jetzt rostig, und zwischen den halbverfaulten Schwellen wucherte Unkraut, ebenso wie in der Grube selbst, wo es mit Goldruten und großen Sonnenblumen um die Wette emporwuchs. Aber zwischen den Pflanzen lagen immer noch jede Menge Kohlenstücke herum.

Während des Rennens zog Mike sein Hemd aus; am Rand der Kohlengrube angelangt, warf er einen Blick zurück. Henry war noch ein ganzes Stück entfernt, bei den Bahngleisen, und seine Kumpel waren neben und hinter ihm. Also war noch Zeit.

Mike machte aus seinem Hemd eine Art Bündel und füllte es so rasch wie möglich mit großen Kohlebrocken. Dann rannte er zum Zaun, aber anstatt daran hochzuklettern, wandte er ihm den Rücken zu, schüttete die Kohle aus seinem Hemd auf den Boden, bückte sich und hob einige große Stücke auf.

Henry Bowers sah die Kohle nicht; er sah nur, daß der Neger am Zaun in der Falle saß. Brüllend rannte er auf ihn zu.

»Das ist für meinen Hund, du Schwein!« schrie Mike und warf mit aller Kraft einen Kohlebrocken, der Henry mitten auf die Stirn traf. Henry taumelte und fiel auf die Knie. Er griff sich an die Stirn, und sofort sickerte Blut zwischen seinen Fingern hindurch.

Die anderen blieben stehen, und ihre Gesichter hatten alle den gleichen Ausdruck fassungsloser Ungläubigkeit. Henry stieß einen grellen Schmerzensschrei aus und rappelte sich wieder hoch, eine Hand immer noch auf die Stirn gepreßt. Mike warf ein zweites Kohlestück, aber Henry duckte sich und begann, auf Mike zuzugehen, und als Mike einen dritten Brocken schleuderte, nahm Henry die Hand von der Stirn, wo eine häßliche blutende Wunde zum Vorschein kam, und schlug die Kohle zur Seite. Er grinste bösartig.

»Oh, du wirst jetzt dein blaues Wunder erleben!« rief er. *»Dein... o Gott!«*

Mikes nächster Wurf hatte seine Hoden getroffen, und er ging erneut zu Boden. Peter Gordon brachte vor Verwunderung den Mund nicht mehr zu, und Moose Sadler runzelte die Stirn, als brüte er über einer schwierigen Rechenaufgabe.

»Worauf wartet ihr denn?« schrie Henry. *»Schnappt ihn! Schnappt euch den kleinen Scheißkerl!«*

Mike wartete nicht ab, ob sie gehorchen würden oder nicht. Er ließ sein Hemd liegen, wo es war, drehte sich um und begann am Zaun hochzuklettern. Einen Augenblick später spürte er, wie große Hände ihn am Fuß packten. Er schaute nach unten und sah Henrys verzerrtes, kohlenbeschmiertes Gesicht. Mike riß seinen Fuß mit einem Ruck hoch, und Henry hielt plötzlich nur noch einen Turnschuh in der Hand. Dann stieß Mike seinen nackten Fuß Henry ins Gesicht und hörte etwas knirschen.

Henry schrie wieder auf und taumelte rückwärts – jetzt hielt er sich die blutende Nase.

Eine andere Hand – sie gehörte Belch – packte Mike am Saum seiner Jeans, aber es gelang ihm, sich loszureißen. Er schwang ein Bein über den Zaun, und dann traf ihn etwas mit betäubender Wucht an der Wange. Andere Geschosse trafen seine Hüfte, seinen Unterarm, seinen Oberschenkel. Sie warfen mit seiner eigenen Munition nach ihm.

Einen Moment lang hing er mit den Händen am Zaun, dann ließ er sich fallen und überschlug sich dabei zweimal. Der an dieser Stelle ziemlich steile Hang rettete ihm das Augenlicht, vielleicht sogar das Leben. Henry war nämlich wieder an den Zaun getreten und hatte eine seiner vier M-80 geschleudert, die mit einem fürchterlichen Knall explodierte und eine große kahle Stelle im Gras hinterließ.

Mit heftigem Ohrensausen machte Mike einen letzten Purzelbaum rückwärts und kam dann auf die Beine. Er stand im hohen Gras am Rand der Barrens. Er strich sich über die rechte Wange und betrachtete die blutbeschmierte Hand. Das Blut störte ihn aber nicht allzusehr; er hatte nicht erwartet, ganz unverletzt davonzukommen.

Henry warf wieder mit einem Feuerwerkskörper nach ihm, aber diesmal sah Mike ihn kommen und konnte leicht ausweichen.

»Los, ihm nach!« schrie Henry und begann am Zaun hochzuklettern.

»Du lieber Himmel, Henry, ich weiß nicht so recht . . .«, begann Peter. Diese Geschichte ging für seine Begriffe jetzt wirklich zu weit. Er hätte nie gedacht, daß eine Situation sich so schnell in eine blutige Angelegenheit verwandeln konnte. So etwas durfte eigentlich nicht passieren, wenn man in einer so günstigen Ausgangsposition – fünf gegen einen – gewesen war.

»Du solltest es aber lieber wissen«, sagte Henry und starrte Peter aus halber Zaunhöhe herab mit blutigem Gesicht grimmig an. Mikes Fußtritt hatte ihm den Nasenrücken gebrochen, obwohl er das erst einige Zeit später registrieren würde. »Du solltest es wirklich lieber wissen«, wiederholte Henry. »Sonst bekommst du's mit mir zu tun, du gottverdammter Feigling!«

Gehorsam kletterten die Jungen den Zaun hoch. Peter und Victor widerwillig, Belch und Moose so eifrig und angriffslustig wie eh und je.

Mike hatte genug gesehen. Er machte auf dem Absatz kehrt und rannte ins Dickicht. Henry brüllte ihm nach: »*Ich find' dich schon noch, Nigger! Ich find' dich.*«

Die Verlierer hatten die Kiesgrube erreicht, die jetzt, drei Jahre, nachdem die letzte Fuhre Kies abtransportiert worden war, nicht viel mehr als eine unkrautüberwucherte Erdvertiefung war. Alle scharten sich gerade um Stan und betrachteten voll Bewunderung seine Schwärmer, als die erste Explosion erfolgte. Eddie machte vor Schreck einen Satz – er war immer noch verstört über die Piranhas, die er glaubte gesehen zu haben (er wußte nicht genau, wie *richtige* Piranhas aussahen, war sich aber ziemlich sicher: nicht wie zu groß geratene Goldfische mit scharfen Zähnen).

»Immer mit der Ruhe, Eddie-san«, sagte Richie mit seiner Stimme-eines-chinesischen-Kulis. »Es sind nur irgendwelche anderen Kinder, die Feuerwerkskörper zünden.«

»Na s-s-so was, R-Richie, d-darauf wären wir von allein n-nie g-g-gekommen«, bemerkte Bill, und alle lachten fröhlich, selbst Eddie.

»Komm, mach die Packung auf, Stan«, sagte Beverly. »Ich habe Streichhölzer.«

Sie scharten sich wieder um Stan, der behutsam die Schachtel öffnete. Auf dem schwarzen Etikett waren exotische chinesische Buchstaben und eine nüchterne Warnung auf englisch, über die Richie sofort wieder kichern mußte: ›Nicht in der Hand halten, wenn die Zündschnur brennt.‹

»Gut, daß sie darauf hinweisen«, sagte er. »Ich hab' sie nämlich bisher immer nach dem Anzünden festgehalten, weil ich glaubte, es wäre die beste Methode, um lästig lange Fingernägel loszuwerden.«

Langsam und feierlich entfernte Stan die rote Zellophanhülle und legte den Satz roter, blauer und grüner Pappröhrchen auf seine Handfläche. Die Zündschnüre waren zusammengeflochten.

»Ich werd'…«, begann Stan, und dann erfolgte eine sehr viel lautere Explosion als zuvor, deren Echo durch die ganzen Barrens hallte. Eine Möwenschar stieg schreiend von der Ostseite der Müllhalde auf. Diesmal fuhren alle erschrocken zusammen. Stan ließ die Schwärmer fallen und mußte sie vom Boden aufheben.

»War das Dynamit?« fragte Beverly nervös und sah dabei Bill an, der lauschend den Kopf zurückgelegt hatte. Seine Augen waren riesengroß, und Bev dachte, daß er noch nie so schön ausgesehen hatte – aber seine Kopfhaltung hatte etwas zu Wachsames, zu Sprungbereites an sich. Er glich einem witternden Reh.

»Das war, glaube ich, eine M-80«, sagte Ben ruhig. »Letztes Jahr am 4. Juli war ich im Park, und einige Jungs von der High School hatten ein paar M-80. Sie warfen eine davon in eine Mülltonne aus Metall. Die Detonation hörte sich genauso an wie diese hier.«

»Hat die Mülltonne ein Loch bekommen, Haystack?« fragte Richie interessiert.

Ben schüttelte den Kopf. »Nein. Aber eine Seite wurde stark ausgebeult, so als hätte ihr jemand von innen einen heftigen Boxhieb versetzt. Die Jungs sind weggerannt.«

»Dieser Knall hat sich näher angehört«, sagte Eddie. Auch er sah Bill fragend an.

»Wollen wir die Schwärmer jetzt abfeuern oder nicht?« erkundigte sich Stan. Er hatte etwa ein Dutzend von dem Satz abgetrennt und den Rest für später weggepackt.

»Na klar...«, begann Richie.

»P-P-Pack sie w-wieder ein«, sagte Bill abrupt.

Alle sahen ihn fragend an.

»P-P-Pack sie ein!« wiederholte er. Sein Gesicht verzerrte sich vor Anstrengung, die Wörter herauszubringen. »G-G-Gleich w-w-w-wird w-was p-p-p-passieren.«

Sie schauten ihn nervös an. Eddie leckte sich die Lippen, und Ben stellte sich unwillkürlich schützend vor Beverly.

Richie öffnete den Mund, um etwas zu sagen, und dann erfolgte eine dritte, aber leisere Detonation.

»Sch-Sch-Sch-Steine«, sagte Bill.

»Was ist, Bill?« fragte Stan.

»Sch-Sch-Steine. M-M-Munition.« Bill begann plötzlich, Steine aufzuheben und in seine Taschen zu stopfen, bis sie ganz ausgebeult waren. Die anderen starrten ihn an, als hätte er den Verstand verloren... und dann spürte Eddie plötzlich, wie ihm Schweiß auf die Stirn trat. An jenem Tag, als er und Bill Bens Bekanntschaft gemacht hatten, als Henry Bowers ihm die Nase blutig geschlagen hatte, hatte er eine Vorahnung gehabt, daß etwas passieren würde. Und jetzt hatte er wieder jenes Gefühl.

Nun sammelte auch Ben Steine, und gleich darauf Richie – er bewegte sich rasch und hielt erstaunlicherweise den Mund. Seine Brille rutschte ihm von der Nase und fiel zu Boden. Geistesabwesend schob er sie unter sein Hemd.

»Warum machst du das, Richie?« fragte Beverly beunruhigt.

»Weiß ich selbst auch nicht«, erwiderte Richie und sammelte weiter Steine auf.

»Beverly, vielleicht solltest du lieber – na ja, für ein Weilchen zur Müllhalde zurückkehren«, schlug Ben vor. Er hatte die Hände voller Steine.

»Ich *scheiß'* drauf«, sagte sie und begann ihrerseits, Steine aufzusammeln.

Stan betrachtete nachdenklich seine Freunde, die wie sonderbare, ver-

648

rückte Farmer Steine auflasen. Dann preßte er die Lippen zu einer schmalen Linie zusammen und machte sich selbst an die Arbeit.

Eddie spürte, wie ihm wieder einmal die Kehle eng wurde.

Diesmal nicht, verdammt noch mal! dachte er. *Nicht, wenn meine Freunde mich brauchen ... nicht diesmal, verdammt noch mal!*

Er begann ebenfalls, Steine aufzusammeln.

9

Henry Bowers war viel zu rasch zu groß geworden, um sich unter normalen Umständen schnell und gewandt bewegen zu können. Aber dies waren eben keine normalen Umstände. Er war völlig außer sich vor Wut und Schmerz. Jeder bewußte Gedanke war dadurch ausgeschaltet. Er raste hinter Mike Hanlon her wie ein Stier hinter einem wehenden roten Tuch. Mike rannte einen schmalen, gewundenen Pfad entlang, der in die Barrens, in Richtung Müllhalde führte, aber das war Henry viel zu umständlich: Er stürmte quer durchs Gebüsch wie eine Dampfwalze und spürte weder Dornen, die ihm die Haut aufrissen, noch biegsame Äste, die ihm ins Gesicht, auf den Nacken und die Arme schlugen. Das einzige, was für ihn zählte, war der sich verringernde Abstand zwischen ihm und dem Krauskopf des Niggers. Henry hatte einen M-80 in der rechten Hand, in der linken ein Streichholz. Er wollte den Nigger fangen, den M-80 anzünden und ihn ihm vorne in die Hose stecken.

Mike wußte, daß Henry Bowers jetzt aufholte und daß auch die anderen nicht weit hinter Henry waren. Er versuchte schneller voranzukommen. Er hatte wahnsinnige Angst und mußte seine ganze Willenskraft aufwenden, um nicht in totale Panik zu geraten. Er hatte sich beim Überqueren der Gleise den Knöchel stärker verstaucht, als er zuerst angenommen hatte, und jetzt hüpfte er hinkend vorwärts. Er hatte das unangenehme Gefühl, vor einem riesigen mörderischen Hund oder einem wilden Bär verfolgt zu werden, so laut rumorte Henry im Dickicht.

Der Pfad wurde plötzlich breiter und ging in die Kiesgrube über. Mike hatte sie schon halb durchquert, bevor er bemerkte, daß sich Kinder dort aufhielten, sechs an der Zahl.

»Hilfe!« keuchte Mike, während er auf sie zuhinkte. Sie sahen aus, als hätten sie fast soviel Angst wie er selbst, aber daneben las er in ihren Gesichtern noch etwas anderes ... war es Entschlossenheit? Er hoffte es von ganzem Herzen.

»Hilfe!« rief er wieder, wobei er sich instinktiv an den großen rothaarigen Jungen wandte. »Ich werde ...«

In diesem Moment kam Henry Bowers aus dem Gebüsch in die Kiesgrube gestürmt. Das Blut auf seiner Stirn glich einer Kriegsbemalung. Er sah die sechs Kinder und blieb abrupt stehen. Einen Moment lang spiegelte sein Gesicht eine gewisse Unsicherheit wider, und er warf einen Blick über die Schulter hinweg. Er sah, daß seine Truppe sich näherte, und als er sich daraufhin wieder dem Klub der Verlierer zuwandte (Mike stand jetzt keuchend etwas seitlich hinter Bill Denbrough), grinste er breit.

»Dich kenn' ich doch, du stotternde Mißgeburt!« sagte er zu Bill. Dann wandte er sich Richie zu. »Und dich ebenfalls. Na, wo ist denn heute deine Brille, Brillenschlange?« Bevor Richie etwas erwidern konnte, hatte Henry Ben gesichtet. »Na so was! Der Fettkloß ist ja auch hier! Ist das deine Freundin, Fettkloß?«

Ben zuckte zusammen, als wäre er erschrocken.

In diesem Moment tauchte Peter Gordon neben Henry auf. Danach erschien Victor auf der anderen Seite. Dann waren auch Belch und Moose zur Stelle und nahmen neben Peter und Victor ihre Position ein. Die beiden gegnerischen Gruppen standen sich nun in geordneten Linien gegenüber.

»Ich habe mit einigen von euch noch ein Hühnchen zu rupfen«, rief Henry. Er war ganz außer Atem und schnaubte wie ein Stier. »Aber das braucht nicht unbedingt heute zu sein. Jetzt will ich den Nigger haben. Verschwindet also, ihr kleinen Scheißer!«

»Richtig!« bekräftigte Belch.

»Er hat meinen Hund umgebracht!« rief Mike mit schriller, zittriger Stimme. »Er hat es selbst gesagt!«

»Du kommst jetzt sofort hierher!« kommandierte Henry. »Vielleicht werde ich dich dann nicht umbringen.«

Mike zitterte, bewegte sich aber nicht von der Stelle.

Ruhig und sehr deutlich sagte Bill: »Die B-B-Barrens g-gehören uns. M-Macht, daß ihr hier w-wegkommt.«

Henry riß die Augen weit auf, als hätte er unerwartet eine Ohrfeige bekommen.

»Wer soll mich denn von hier vertreiben?« fragte er. »Du etwa, Hasenfuß?«

»W-W-Wir alle«, erwiderte Bill. »Wir h-haben es s-s-s-satt, uns von dir r-rumk-k-kommandieren zu lassen, B-B-Bowers. Hau ab!«

»Du stotternde Mißgeburt!« schrie Henry. Er senkte den Kopf und griff an.

Bill hatte eine Handvoll Steine, ebenso wie alle anderen außer Mike und Beverly, die nur einen Stein in der Hand hielt. Bill begann ohne übertriebene Hast, Henry damit zu bewerfen. Der erste Stein verfehlte sein Ziel; der zweite traf Henry an der Schulter; wenn der dritte Wurf danebengegangen wäre, hätte Henry eventuell Zeit gehabt, Bill über den Haufen zu rennen; aber Bill hatte diesmal besonders gut gezielt, und der Stein traf Henry mitten auf die gesenkte Stirn.

Henry schrie vor Überraschung und Schmerz auf, blickte hoch... und mußte gleich noch vier weitere Treffer einstecken: einen kleinen Gruß von Richie auf die Brust, einen von Eddie aufs Schulterblatt und einen von Stan aufs Schienbein; Beverlys Stein traf seinen Bauch.

Er starrte sie fassungslos an, und plötzlich war die ganze Luft nur so von Wurfgeschossen erfüllt. Henry wich etwas zurück. Sein Gesicht drückte immer noch äußerste Bestürzung aus. »Los, Jungs!« brüllte er. »Worauf wartet ihr denn? Helft mir!«

»G-G-Greift sie an«, sagte Bill leise, und ohne abzuwarten, ob sie ihm folgen würden, stürzte er vorwärts.

Sie folgten ihm und bewarfen jetzt nicht nur Henry mit Steinen, sondern auch dessen Freunde, die nun ihrerseits Munition vom Boden aufzuheben begannen. Aber bevor sie viel sammeln konnten, ging die erste schwere Angriffswelle auf sie nieder. Peter Gordon schrie auf, als ein von Ben geworfener Stein heftig gegen seinen Backenknochen prallte und eine blutende Wunde verursachte. Er wich zurück, blieb stehen, warf blindlings ein, zwei Steine... und dann flüchtete er. Er hatte jetzt endgültig genug; so etwas war er vom West Broadway her nicht gewöhnt.

Henry bückte sich und hob in wilder Hast eine Handvoll Steine auf. Zum Glück für den Klub der Verlierer hatte er aber hauptsächlich Kiesel erwischt. Mit einem der größeren Steine warf er nach Bev und traf sie am Arm. Sie schrie auf.

Brüllend stürzte sich Ben auf Henry, der ihn zwar kommen sah, ihm aber nicht mehr ausweichen konnte. Ben wog mehr als 150 Pfund – das Resultat war demnach nicht verwunderlich: Henry flog durch die Luft, landete auf dem Rücken und schlitterte noch ein Stück über den Kies. Ben verfolgte ihn und registrierte nur am Rande einen scharfen Schmerz am Ohr, als Belch mit einem Stein von der Größe eines Golfballs einen Treffer landete.

Henry war gerade mühsam auf die Beine gekommen, als Ben ihn mit voller Wucht in die linke Hüfte traf. Henry fiel erneut auf den Rücken. Seine Augen schleuderten Blitze in Richtung Ben.

»Man wirft nicht mit Steinen nach Mädchen!« brüllte Ben. Er konnte sich nicht erinnern, jemals so wütend gewesen zu sein. »Man wirft nicht...«

Er sah eine Flamme in Henrys Hand – Henry hatte das Streichholz an-

651

gezündet und hielt es an die dicke Zündschnur des M-80. Dann schleuderte er diesen auf Ben. Er hatte auf sein Gesicht gezielt, aber Ben holte mit der Hand wie mit einem Schläger aus und traf sie im Fluge. Wie ein Schmetterball schoß sie wieder nach unten. Henry sah sie kommen. Seine Augen weiteten sich vor Entsetzen, und er rollte schreiend zur Seite. Den Bruchteil einer Sekunde später explodierte der M-80, schwärzte den Rücken von Henrys Hemd und zerfetzte es an mehreren Stellen.

Einen Moment später gelang Moose Sadler ein Volltreffer auf Bens Hinterkopf, und Ben landete auf allen vieren und biß sich dabei auf die Zunge. Halb betäubt schaute er sich um. Moose kam auf ihn zugerannt, aber bevor er Ben erreichen konnte, begann Bill ihn von hinten mit Steinen zu bombardieren. Brüllend wirbelte Moose auf dem Absatz herum.

»Du hast mich von hinten angegriffen, du Feigling!« schrie Moose. »Du verdammtes Dreckschwein!«

Er wollte sich auf Bill stürzen, aber Richie eilte Bill zu Hilfe und schleuderte seinerseits Steine auf den unglückseligen Moose. Einer davon riß die Haut über Mooses linker Braue auf, und er heulte vor Schmerz.

»Nennst du fünf gegen einen etwa einen fairen Kampf, du Arschloch?« schrie Richie und warf weitere Steine. Moose war gezwungen zurückzuweichen.

Eddie und Stan gesellten sich zu Bill und Richie. Auch Bev war mit von der Partie; ihr Arm blutete, aber ihre Augen funkelten wild. Steine flogen. Belch Huggins schrie auf, als einer davon seinen Musikantenknochen traf; vor Schmerz tänzelte er auf der Stelle herum. Henry kam taumelnd auf die Beine; sein Hemd hing ihm in Fetzen herunter, aber sein Rücken war wie durch ein Wunder unverletzt geblieben. Noch bevor er sich umdrehen konnte, traf Ben ihn mit einem Stein am Hinterkopf, und er landete wieder auf allen vieren.

Es war Victor Criss, der von den großen Jungen an diesem Tag am erfolgreichsten kämpfte, teilweise weil er ein ausgezeichneter Ballwerfer war, hauptsächlich aber (paradoxerweise!), weil er emotional am unbeteiligtsten war. Ihm mißfiel diese Sache immer mehr; bei Steinschlachten konnte jemand ernsthaft verletzt werden – man konnte eine gefährliche Kopfverletzung davontragen, mehrere Zähne oder sogar ein Auge verlieren. Aber nachdem er nun einmal darin verwickelt worden war, gab er auch sein Bestes.

Er hatte sich besonnen die Zeit genommen, eine Handvoll ziemlich großer Steine zu sammeln. Einer davon traf Eddie am Kinn, als der Klub der Verlierer sich gerade wieder zum Angriff formierte. Eddie schrie auf und fiel hin. Ben wollte ihm helfen, aber Eddie war schon auf den Beinen; sein blutendes Kinn hob sich leuchtend von der blassen Haut ab, doch seine zu Schlitzen verengten Augen funkelten entschlossen.

Victor nahm Richie aufs Korn und traf ihn am Brustkorb. Richie warf nach Victor, aber Victor wich mit Leichtigkeit aus und richtete das nächste Wurfgeschoß von der Seite her auf Bill Denbrough. Bill warf den Kopf zurück, aber nicht schnell genug – der Stein riß ihm die Wange auf.

Bill konzentrierte sich jetzt auf Victor. Ihre Blicke trafen sich, und Victor sah in den Augen des stotternden Jungen etwas, das ihm plötzlich wahnsinnige Angst einjagte. Absurderweise lagen ihm einen Augenblick lang die Worte *Ich nehme alles zurück!* auf den Lippen... aber natürlich sagte man so was nicht zu einem kleineren Jungen. Nicht, wenn man seine Freunde behalten wollte.

Bill begann auf Victor zuzugehen, und Victor begann auf Bill zuzugehen. Wie auf irgendein telepathisches Signal hin fingen sie genau gleichzeitig an, einander mit Steinen zu bewerfen. Um sie herum verebbte die Schlacht, weil alle – sogar Henry – fasziniert diesen Zweikampf beobachteten.

Victor versuchte den Geschossen auszuweichen; Bill hingegen machte sich diese Mühe nicht. Victors Steine trafen seinen Brustkorb, die Schulter und den Magen. Einer flog dicht an seinem Ohr vorbei. Scheinbar völlig unbeeindruckt schleuderte Bill mit mörderischer Kraft einen Stein nach dem anderen. Der dritte prallte mit voller Wucht gegen Victors Knie, und Victor konnte ein leises Stöhnen nicht unterdrücken. Er hatte keine Munition mehr. Bill hatte noch einen Stein übrig. Er war glatt und weiß, mit Quarz durchsetzt, und hatte etwa die Größe eines Enteneis. Victor fand, daß er sehr hart aussah.

Bill war jetzt nur noch knapp fünf Schritte von ihm entfernt.

»V-V-Verschwinde s-sofort von hier«, sagte Bill, »s-s-sonst sch-schspalte ich dir den Sch-Sch-Schädel. Ich m-m-meine es ernst.«

Victor las in seinen Augen, daß er es wirklich ernst meinte. Er drehte sich wortlos um und verschwand.

Belch und Moose sahen sehr verunsichert drein. Aus Sadlers Mundwinkel sickerte Blut, und über Belchs Wange floß Blut aus einer Kopfwunde. Henrys Lippen bewegten sich, aber es war kein Laut zu hören.

»H-H-Hau ab!« wandte Bill sich an Henry.

»Was ist, wenn ich das nicht tu?« fragte Henry. Er bemühte sich um einen groben Ton, aber seine Augen verrieten Bill etwas anderes: Henry hatte jetzt Angst, und er würde abziehen. Eigentlich hätte Bill ein Gefühl des Triumphs verspüren müssen, aber er fühlte sich nur sehr müde. Traditionsgemäß hätte es sich jetzt gehört, Henry einen ehrenhaften Rückzug zu gestatten, doch dazu war Bill nicht bereit, weil er wußte, daß Henry sie dann irgendwann wieder angreifen würde... und sie hatten genügend andere Probleme.

»D-D-Dann w-werden wir dich zur Sch-Sch-Schnecke machen. Ich d-d-denke, daß wir s-sechs dich ins K-K-K-Krankenhaus bringen können.«

»Sieben«, sagte Mike Hanlon und schloß sich ihnen an. Er hielt in jeder Hand einen baseballgroßen Stein. »Ich würde mich mit Freuden bei dir revanchieren.«

»*Du verfluchter* NIGGER!« schrie Henry. Seine Stimme zitterte jetzt, und er war den Tränen bedenklich nahe. Diese Stimme raubte Belch und Moose den letzten Kampfgeist; sie wichen zurück und ließen ihre restliche Munition fallen.

»Lieber bin ich schwarz als so wie du!« rief Mike. »Ich wäre sogar noch lieber *gepunktet* als so wie du!«

»Hau ab!« rief Beverly.

»Halt die Klappe, Fotze!« schrie Henry. »Du...« Sofort flogen vier Steine durch die Luft; sie trafen Henry an vier verschiedenen Stellen. Er schrie auf und fiel auf den steinigen, unkrautüberwucherten Boden. Er blickte von den grimmigen Gesichtern seiner Gegner zu Belch und Moose. Aber von dort war keine Hilfe zu erwarten. Belch wich seinem Blick aus, und Moose wandte sich verlegen ab.

Henry stand auf. Er schniefte und schluchzte durch seine gebrochene Nase. »Ich bring' euch alle um!« schrie er noch, bevor er auf den Pfad zurannte. Einen Augenblick später war er verschwunden.

»L-L-Los!« sagte Bill zu Belch. »H-Haut ab! Und k-k-kommt nie mehr her. Die B-B-B-Barrens gehören uns!«

»Ihr werdet noch bereuen, euch mit Henry angelegt zu haben«, rief Belch. »Komm, Moose.«

Sie entfernten sich wie geprügelte Hunde, ohne sich noch einmal umzusehen.

Die sieben Kinder standen etwa im Halbkreis; alle bluteten irgendwo. Die apokalyptische Steinschlacht hatte knapp vier Minuten gedauert, aber Bill fühlte sich so erschöpft, als hätte er den ganzen Zweiten Weltkrieg mitgemacht, im pausenlosen Einsatz.

Das Schweigen wurde durch Eddies Keuchen unterbrochen. Ben wollte zu ihm gehen, spürte, daß ihm die drei Twinkies und die vier Ding-Dongs, die er auf dem Weg in die Barrens gegessen hatte, hochkamen, und rannte an Eddie vorbei in die Büsche, wo er sich so leise wie möglich übergab.

Nun eilten Richie und Bev Eddie zu Hilfe. Bev legte dem schmächtigen Jungen einen Arm um die Taille, während Richie Eddies Aspirator aus

654

dessen Hosentasche zog, ihm in den Mund schob und auf die Flasche drückte.

Eddie holte tief Luft und brachte schließlich hervor: »Danke, Richie.«

Ben kam mit rotem Kopf aus dem Gebüsch und wischte sich mit einer Hand den Mund ab. Beverly lief zu ihm hin und nahm ihn bei den Händen.

»Danke, daß du dich so für mich eingesetzt hast«, sagte sie und blickte ihm ganz ruhig in die Augen.

Ben bewegte lautlos die Lippen, bevor er schließlich stammelte: »W-W-War d-doch selbstverständlich.«

»Stotter-Bill, wie hast du dich verändert!« rief Richie, und alle mußten lachen, selbst Mike.

Als das Lachen verebbte, wandten sich nach und nach alle Blicke Mike zu, dessen Haut soviel dunkler war als die ihre. Für Mike war diese Neuigkeit natürlich nichts Neues – sie war ihm seit frühester Kindheit vertraut; gelassen hielt er ihren Blicken stand.

Bill schaute von Mike zu Richie, und Richie erwiderte seinen Blick. Bill glaubte fast, ein Klicken zu hören – das letzte Teilchen war soeben in eine Maschine unbekannter Funktion eingefügt worden. Er bekam eine Gänsehaut, und ein kalter Schauder lief ihm über den Rücken. *Jetzt sind wir komplett,* dachte er, und dieser Gedanke war so kraftvoll, so *richtig,* daß er einen Moment lang glaubte, ihm laut Ausdruck verliehen zu haben. Aber das wäre natürlich völlig überflüssig gewesen; er konnte diesen Gedanken in Richies Augen lesen, in Bens, in Eddies, in Stans, in Beverlys.

Jetzt sind wir komplett, dachte er wieder. *O Gott, steh uns bei. Jetzt geht es erst richtig los. Bitte, Gott, hilf uns.*

»Wie heißt du?« fragte Beverly.

»Mike Hanlon.«

»Möchtest du ein paar Kracher abfeuern?« fragte Stan, und Mikes Grinsen sagte alles.

Vierzehntes Kapitel

Das Album

1

Wie sich herausstellt, ist Bill nicht der einzige; alle haben etwas zu trinken mitgebracht.

Bill den Bourbon, Beverly Wodka und Orangensaft, Richie Bier, Ben Hanscom eine Flasche Wild Turkey. Mike hat bereits Bier in den kleinen Kühlschrank im Personalaufenthaltsraum getan.

Eddie Kaspbrak kommt als letzter und hält eine kleine braune Tüte in der Hand.

»Was hast du denn da drin, Eddie?« fragt Richie. »Za-Rex oder Kool-Aid?«

Eddie lächelt nervös und bringt eine Flasche Gin zum Vorschein... und eine Flasche Pflaumensaft.

Alle sitzen völlig perplex da, bis schließlich Richie das Schweigen bricht: »Jemand muß die Männer in weißen Kitteln anrufen. Eddie Kaspbrak hat nun endgültig den Verstand verloren.«

»Gin und Pflaumensaft sind sehr gesund«, verteidigt sich Eddie... und dann bricht ein allgemeines fröhliches Gelächter aus, das in der stillen Bücherei laut widerhallt. »Nur zu«, ruft Ben noch lachend und wischt sich die Tränen aus den Augen. »Nur zu, Eddie. Ich wette, daß die Mixtur auch gut für die Verdauung ist.«

Lächelnd füllt Eddie einen Pappbecher zu drei Vierteln mit Pflaumensaft und fügt dann sorgfältig zwei Verschlußkappen voll Gin hinzu.

»O Eddie, ich liebe dich!« sagt Beverly, und Eddie sieht verwirrt hoch, lächelt aber erfreut. Bev blickt in die Runde. »Ich liebe euch alle«, sagt sie.

»W-Wir lieben dich auch, B-Bev«, sagt Bill.

»Ja«, bestätigt Ben. »Wir lieben dich.« Er macht große Augen und lacht. »Ich glaube, wir alle lieben einander immer noch... wißt ihr, wie selten so etwas ist?«

Einen Augenblick lang herrscht Schweigen, und Mike registriert ohne Erstaunen, daß Richie eine Brille trägt.

»Meine Augen begannen von den Kontaktlinsen zu brennen; ich mußte sie rausnehmen«, erklärt Richie ziemlich kurz angebunden auf Mikes Frage hin. »Vielleicht sollten wir allmählich zur Sache kommen?«

Alle Blicke wenden sich nun Mike zu – wie damals in der Kiesgrube –, und er denkt: Sie sehen Bill an, wenn sie einen Anführer brauchen, und mich sehen sie an, wenn sie einen Steuermann brauchen. Zur Sache kommen – was sich hinter dieser Redensart doch alles verbergen kann! Soll ich ihnen sagen, daß die Kinderleichen – die jetzigen wie die von damals – keine Spuren sexuellen Mißbrauchs aufwiesen, daß sie auch nicht eigentlich verstümmelt, sondern vielmehr teilweise aufgegessen waren? Soll ich ihnen sagen, daß ich in meinem Haus sieben Grubenhelme liegen habe, jene mit den starken elektrischen Lampen – daß einer davon für einen Mann namens Stan Uris vorgesehen war, der es nicht geschafft hat? Oder genügt es vielleicht, ihnen einfach zu sagen, sie sollten ins Hotel gehen und sich ordentlich ausschlafen, weil morgen früh oder morgen nacht das endgültige Ende kommt – entweder für *Es* oder für uns?

Vielleicht mußte nichts von alldem gesagt werden, und der Grund, weshalb es überflüssig sein mochte, war schon genannt worden: Sie liebten einander immer noch. Sehr vieles hatte sich in den letzten 27 Jahren verändert, aber dieses eine wie durch ein Wunder nicht. Und darin bestand ihre einzige Hoffnung.

Das einzige, was wirklich noch zu tun blieb, war, fehlende Erinnerungen wachzurufen, die Vergangenheit mit der Gegenwart zu verknüpfen, damit der Streifen der Erfahrungen sich zu einem Rad biegen ließ. Ja, denkt Mike, das ist es. Heute abend besteht unsere Aufgabe darin, das Rad herzustellen; morgen werden wir dann sehen, ob es sich noch dreht... so wie es sich gedreht hat, als wir – als sie – die großen Jungen aus der Kiesgrube und aus den Barrens vertrieben.

»Ist dir inzwischen alles übrige wieder eingefallen?« fragt Mike Richie.

Richie trinkt einen Schluck Bier und schüttelt den Kopf. »Ich erinnere mich daran, daß du uns von dem Vogel erzählt hast... und ich erinnere mich an das Rauchloch.« Richie grinst übers ganze Gesicht. »Das Rauchloch ist mir eingefallen, als ich vorhin mit Bevvie und Ben auf dem Wege hierher war. War das eine gottverdammte Horrorshow...«

»Piep-piep, Richie!« unterbricht Beverly ihn lachend.

»Na, ihr wißt schon«, sagt er, immer noch lächelnd, und schiebt seine Brille hoch, mit einer Geste, die gespenstisch an den alten Richie erinnert. Er blinzelt Mike zu. »Du und ich – stimmt's, Mikey?«

Mike muß wider Willen lachen. Er nickt.

»Miß Scarlett! Miß Scarlett!« quiekt Richie mit seiner Stimme-eines-Negermädchens. »'s wird 'n bißchen warm in dem Rauchloch, Miß Scarlett!«

Lachend sagt Bill: »Das war ein weiterer architektonischer Geniestreich von Ben Hanscom.«

»Wir waren gerade dabei, das Klubhaus zu graben, als du das Album deines Vaters in die Barrens mitgebracht hast, Mike«, stellt Beverly fest.

657

»O Gott!« Bill setzt sich mit einem Ruck aufrecht hin. »Und die Bilder...«

Richie nickt grimmig. »Der gleiche Trick wie in Georgies Zimmer. Nur daß es damals alle sahen.«

»Mir ist eingefallen, was aus dem letzten Silberdollar geworden ist«, sagt Ben.

Alle Blicke wenden sich ihm zu.

»Die anderen drei habe ich einem Freund geschenkt, bevor ich herkam«, erklärt Ben ruhig. »Für seine Kinder. Ich erinnerte mich daran, daß es einmal vier gewesen waren, aber mir fiel nicht ein, was aus ihm geworden ist. Jetzt weiß ich es.« Er sieht Bill an. »Wir haben Silberkugeln für die Schleuder daraus gemacht, stimmt's? Du, ich und Richie. Zuerst wollten wir Pistolenkugeln machen...«

»Du warst ziemlich sicher, daß du es schaffen würdest«, wirft Richie ein. »Aber dann...«

»Dann haben wir doch kalte Füße bekommen.«

Bill nickt langsam. Das Teilchen fügt sich nahtlos ins Puzzle seiner Erinnerungen ein, und er glaubt wieder, jenes leise Klicken zu hören. Wir kommen der Sache allmählich immer näher, denkt er.

»Und dann sind wir wieder in die Neibolt Street gegangen«, sagt Richie. »Diesmal alle zusammen.«

»Du hast mir das Leben gerettet, Beverly«, sagt Ben plötzlich, und Bev schüttelt den Kopf. »Doch, hast du«, beharrt Ben, und nun schüttelt Bev nicht mehr den Kopf. Vermutlich hat sie das wirklich getan, obwohl sie sich nicht daran erinnert.

»Entschuldigt mich bitte einen Augenblick«, sagt Mike. »Ich hab' mein Bier hinten...«

»Du kannst doch eins von mir haben«, sagt Richie.

»Hanlon trinkt kein Bier von weißem Mann«, erklärt Mike. »Und deins schon gar nicht, du verdammter Rassist.«

»Piep-piep, Mikey!« ruft Richie feierlich, und unter allgemeinem herzhaftem Gelächter geht Mike sein Bier holen.

Er schaltet das Licht im Aufenthaltsraum ein, einem schäbigen kleinen Zimmer mit abgewetzten Stühlen, einer Kaffeemaschine, die dringend entkalkt werden müßte, und einem schwarzen Brett voll uralter Notizen, Gehalts- und Arbeitszeitinformationen und einigen vergilbten Cartoons aus dem ›New Yorker‹. Er öffnet den kleinen Kühlschrank und spürt, wie eiskaltes Entsetzen ihn bis auf die Knochen erstarren läßt, ähnlich wie jene grimmige Februarkälte, bei der man den Eindruck hat, daß es nie April werden wird. Dutzende blauer und orangefarbener Luftballons fliegen heraus, streifen an seinem Gesicht vorbei und steigen zur *Decke empor. Ganz wie bei einer Silvesterparty, denkt er trotz seiner Angst.* Jetzt fehlt nur noch, daß Guy Lombardo und seine Royal Canadians ›Auld Lang Syne‹ blasen. *Er versucht zu schreien, bringt aber keinen Laut hervor, als er sieht, was hinter den Luftballons verborgen ist, was Es in den Kühlschrank, neben sein Bier, gelegt hat.*

Er macht einen Schritt zurück und schlägt die Hände vors Gesicht, um die Vision loszuwerden. Er stolpert über einen Stuhl, fällt beinahe hin und läßt die Hände wieder sinken. Das grauenvolle Ding ist immer noch da. Neben Mikes Bier liegt immer noch Stans Kopf – der Kopf eines zehnjährigen Jungen. Der Mund ist zu einem lautlosen Schrei geöffnet, aber Mike kann weder Zähne noch Zunge sehen, weil der Mund mit Federn vollgestopft ist. Die Federn sind hellbraun und unsagbar groß. Er weiß nur allzugut, von welchem Vogel diese Federn stammen. O ja. Er hat den Vogel im Mai 1958 gesehen, und sie alle haben ihn Anfang August 1958 gesehen, und vier Jahre später hat er dann, als er seinen sterbenden Vater im Krankenhaus besuchte, erfahren, daß Will Hanlon einmal, während des Feuers im ›Black Spot‹, ebenfalls so etwas Ähnliches gesehen hatte. Vom zerfetzten Halsansatz des Kopfes ist Blut auf das unterste Kühlschrankfach getropft, wo es jetzt eine geronnene Pfütze bildet. Es funkelt dunkelrot wie Rubine im grellen Licht der Kühlschrankglühbirne.

»Uh... uh... uh...« – das ist der einzige Laut, den Mike hervorbringt; und dann öffnet der Kopf seine Augen, und es sind die silberhellen Augen von Pennywise, dem Clown. Sie blicken genau in Mikes Richtung, und die Lippen beginnen sich um den mit Federn vollgestopften Mund herum zu bewegen, so als versuche der Kopf zu sprechen, als wolle er wie das Orakel in einem griechischen Stück eine Prophezeiung verkünden.

Ich habe gedacht, ich sollte mich euch anschließen, Mike, denn ohne mich könnt ihr nicht gewinnen. Ihr könnt ohne mich nicht gewinnen, und das wißt ihr auch genau, nicht wahr? Alles, was ihr sechs ohne mich machen könnt, ist, einige alte Geschichten wieder aufzuwärmen und euch dann umbringen zu lassen. Stimmt's, Mike? Habe ich recht, alter Mikey?

Du bist nicht wirklich! schreit Mike, aber kein Laut kommt aus seiner Kehle; er gleicht einem Fernseher mit abgestelltem Ton.

So unglaublich und grotesk es ist, aber der Kopf blinzelt ihm zu.

O doch, ich bin wirklich, Mikey. Und du weißt auch genau, weshalb ihr nicht gewinnen könnt. Weil es den Weg zurück nicht gibt, weil ihr spätestens auf halbem Wege steckenbleiben werdet. Willst du eine Warnung hören? Ich gebe sie dir. Was ihr sechs vorhabt, ist etwa das gleiche, wie wenn jemand mit einer Lockheed L-1011 ohne Fahrwerk startet. Es ist

659

sinnlos, vom Boden abzuheben, wenn man nicht wieder landen kann, Mikey. Ebenso sinnlos ist es zu landen, wenn man nicht wieder abheben kann. Ihr werdet nie auf den letzten Witz kommen. Mich werdet ihr nie zum Lachen bringen. Auf den letzten Witz werdet ihr nie kommen. Ihr alle habt vergessen, wie ihr eure Schreie auf den Kopf stellen könnt. Piep-piep, Mikey, was sagst du dazu? Erinnere dich an den Vogel. Nichts weiter als ein Sperling, aber von der Größe einer Scheune, von der Größe jener blödsinnigen japanischen Filmmonster, die dir als Kind Angst eingejagt haben. Die Zeiten, als du wußtest, wie du jenen Vogel loswerden konntest, sind für immer vorbei. Glaub es mir, Mikey. Wenn du deinen Kopf zu gebrauchen verstehst, wirst du schleunigst von hier verschwinden. Wir brauchen in Derry keine Leute wie dich. Keine Nigger. Deine Lippen sind zu wulstig, und du stinkst penetrant wie ein Stinktier, selbst wenn du viermal am Tag duschst. Dein Schwanz ist zu lang, und dein ganzer Lebensrhythmus ist zu primitiv. Benütz also deinen Kopf, Mikey. Und den hier kannst du auch benützen!

Der Kopf rollt auf SEIN *Gesicht (die Feder in* SEINEM *Mund erzeugen ein fürchterliches knirschendes Geräusch) und fällt aus dem Kühlschrank heraus. Er prallt auf dem Boden auf und kommt auf Mike zu wie eine grausige Kegelkugel; einmal ist das blutdurchtränkte Haar oben, dann wieder das grinsende Gesicht; Es rollt auf Mike zu und hinterläßt eine klebrige Blutspur und abgebrochene Federstückchen.* SEINE *Lippen bewegen sich um die Federn herum.*

Piep-piep, Mikey! *schreit* Es, *während Mike entsetzt zurückweicht und abwehrend die Hände ausstreckt.* Piep-piep, piep-piep, piep-piep.

Dann gibt es plötzlich ein lautes Plopp, so als hätte man einen Plastikkorken aus einer billigen Flasche Sekt gezogen. Der Kopf verschwindet (real, denkt Mike und hat das Gefühl, sich jeden Moment übergeben zu müssen, das war nichts Übernatürliches, das war das Geräusch von Luft, die in ein plötzlich entstandenes Vakuum zurückströmt... real, o mein Gott, real). Ein paar Blutspritzer fliegen hoch und fallen dann wieder zu Boden. Trotzdem wird es nicht nötig sein, das Zimmer zu säubern; Carole wird morgen nichts bemerken, wenn sie hereinkommt, um sich ihre erste Tasse Kaffee zu kochen, selbst wenn der ganz Raum voller Luftballons ist. Wie praktisch! Er kichert schrill.

Er blickt hoch und sieht, daß die Ballons noch da sind. Auf den blauen steht: ZU NIGGERN IN DERRY KOMMT DER VOGEL. *Auf den orangefarbenen steht:* DIE VERLIERER VERLIEREN IMMER NOCH, ABER STANLEY URIS HAT ES BISHER ALS EINZIGER EINGESEHEN. *Spätestens auf halbem Wege werdet ihr steckenbleiben, hat der sprechende Kopf ihm versichert. Stimmt das? Und plötzlich fällt ihm jener Tag ein, als er zum erstenmal nach der apo-*

660

kalyptischen Steinschlacht in die Barrens gegangen war. Am 6. Juli war das gewesen, zwei Tage, nachdem er in der Parade zum 4. Juli mitmarschiert war... zwei Tage, nachdem er den Clown Pennywise zum erstenmal in Person gesehen hatte. An jenem Tag in den Barrens, nachdem er den Geschichten der anderen gelauscht und dann zögernd seine eigene erzählt hatte, war er nach Hause gegangen und hatte seinen Vater gefragt, ob er sich dessen Fotoalbum anschauen dürfe.

Warum war er an jenem 6. Juli eigentlich in die Barrens gegangen? Hatte er gewußt, daß er sie dort vorfinden würde? Offenbar hatte er das gewußt, und zwar nicht nur, daß sie dort sein würden, sondern auch, wo sie sein würden. Er erinnert sich daran, daß sie sich über ein geplantes Klubhaus unterhalten hatten, daß er aber den Eindruck gehabt hatte, sie würden nur deshalb darüber reden, weil es da noch etwas anderes gab, von dem sie nicht wußten, wie sie darüber reden sollten.

Mike starrt auf die Ballons, aber jetzt nimmt er sie kaum wahr; er versucht, sich jede Einzelheit jenes sehr heißen Tages in Erinnerung zu rufen. Plötzlich scheint es ihm sehr wichtig, sich auch an die geringste Kleinigkeit zu erinnern.

Denn damals hatte eigentlich alles erst richtig begonnen. Zwar hatten die anderen schon vorher davon gesprochen, Es zu töten, doch sie hatten keinen festen Plan gehabt. Aber mit Mikes Ankunft hatte sich der Kreis geschlossen, das Rad war ins Rollen gekommen. Noch am selben Tag waren Bill, Richie und Ben in die Bücherei gegangen und hatten mit gründlichen Nachforschungen über die Idee begonnen, die Bill einen Tag, eine Woche oder einen Monat zuvor gekommen war. Alles war damals ins...

»Mike!« ruft Richie aus dem Konferenzraum, in dem alle sitzen. »Bist du da drin gestorben?«

Fast, denkt Mike, während er die Ballons, das Blut und die Federn im Kühlschrank betrachtet.

Er ruft zurück: »Ich glaube, ihr solltet lieber alle mal herkommen.«

Er hört, wie Stühle zurückgeschoben werden, vernimmt Stimmengemurmel; er hört Richie sagen: »O Gott, was ist denn nun schon wieder los?«; und mit dem Ohr der Erinnerung hört er Richie etwas anderes sagen, und plötzlich fällt ihm ein, wonach er die ganze Zeit in seinem Gedächtnis gekramt hat, und er begreift auch, warum es so schwer faßbar gewesen ist. Die Reaktion, als er an jenem Tag auf die Lichtung im dunkelsten, entlegensten und wildnisartigsten Teil der Barrens getreten war... sie war gleich Null gewesen. Keinerlei Überraschung, keine Fragen, wie er hergefunden hatte, keine Aufregung. Ben hatte ein Twinkie gegessen, erinnert er sich, Beverly und Richie hatten Zigaretten ge-

raucht, Bill hatte auf dem Rücken gelegen, die Hände hinter dem Kopf gefaltet und in den Himmel hinaufgeblickt, und Eddie und Stan hatten skeptisch die in den Boden gerammten Stöcke betrachtet, die mit Schnüren verbunden waren und ein Quadrat von etwa fünf Fuß Seitenlänge ergaben.

Keine Überraschung, keine Fragen, keine Aufregung. Er war aufgetaucht und sofort einfach akzeptiert worden. Es war so, als hätten sie, ohne sich dessen bewußt zu sein, auf ihn gewartet. Und mit dem Ohr der Erinnerung hört er Richies schrille Stimme-eines-Negermädchens kreischen: »Herrin, Miß Scarlett! Herrin, Miß Scarlett! Da kommt

2

jener schwarze Junge wieder! Himmelherrjemine, ich weiß gar nicht, was aus den Barrens geworden ist! Schau dir nur mal diesen Krauskopf an, Big Bill!« Bill drehte sich nicht einmal um; er blickte weiter verträumt zu den dicken Sommerwolken empor, die über den blauen Himmel zogen, und dachte dabei intensiv über eine äußerst wichtige Frage nach. Richie ließ sich von diesem Mangel an Aufmerksamkeit jedoch nicht stören und plärrte weiter. »Wenn ich diesen Krauskopf nur sehe, hab' ich schon das Gefühl, noch 'nen Pfefferminztee zu brauchen! Am besten auf der Veranda, wo's ein bißchen kühler ist...«

»Piep-piep, Richie«, sagte Ben mit vollem Mund, und Bev lachte.

»Hallo«, sagte Mike unsicher. Er hatte heftiges Herzklopfen, aber er war fest entschlossen, die Sache durchzustehen. Er war ihnen sehr zu Dank verpflichtet, und sein Vater hatte ihm beigebracht, daß man sich in solchen Fällen höflich zu bedanken hatte.

Stan drehte sich kurz um, rief »Hallo, Mike« und wandte seine Aufmerksamkeit dann wieder dem Quadrat in der Mitte der Lichtung zu. »Ben, bist du sicher, daß das funktionieren wird?«

»Es wird«, sagte Ben. »Hallo, Mike.«

»Willst du eine Zigarette?« fragte Beverly. »Ich hab' noch zwei.«

»Nein, danke.« Mike holte tief Luft und erklärte: »Ich wollte mich bei euch allen noch einmal für eure Hilfe neulich bedanken. Diese Kerle wollten Kleinholz aus mir machen. Ein paar von euch haben, glaube ich, bei dem Kampf ganz schön was abbekommen. Das tut mir sehr leid.«

Bill winkte ab. »M-M-Mach dir darüber k-keine G-G-Gedanken. Sie h-hatten es schon das g-g-ganze Jahr über auf uns abgesehen.« Er setzte sich auf und betrachtete Mike mit plötzlichem Interesse. »D-D-Darf ich dich etwas f-f-f-fragen?«

»Na klar«, sagte Mike und setzte sich hin, sorgfältig darauf bedacht, keinem der weißen Kinder zu nahe zu kommen. Er glaubte, sie zu mögen, aber er war sich noch nicht sicher, welche Gefühle sie für ihn hegten, ungeachtet der Tatsache, daß sie ihm neulich zu Hilfe gekommen waren.

Bill öffnete den Mund und begann schrecklich zu stottern. Er verstummte und räusperte sich, und Mike dachte: *Gleich wird er mich fragen, wie es ist, schwarz zu sein, wette ich.* Es war ein deprimierender Gedanke. Diese Frage war ihm schon so oft gestellt worden, und dabei glaubten die Leute immer, sie wären die ersten, die das wissen wollten.

Aber statt dessen sagte Bill, diesmal kaum stotternd: »G-Glaubst du, daß L-Larsen, als ihm vor zwei Jahren bei der B-Baseball-Weltmeisterschaft jener S-S-Superwurf gelang, ganz einfach nur G-G-Glück hatte?«

»Ja«, antwortete Mike. »Ich glaube, jeder Superwurf beruht mehr auf Glück als auf Geschicklichkeit.«

»Ich auch«, sagte Bill. Mike wartete auf weitere Fragen, aber Bill schien zufriedengestellt zu sein. Er legte sich wieder hin, faltete die Hände unter dem Kopf und betrachtete erneut die Wolken am Himmel.

»Was habt ihr denn hier vor?« fragte Mike und betrachtete das mit Stöcken abgesteckte und mit Schnüren verbundene Quadrat.

»Oh, das ist eine von Haystacks glorreichen Ideen«, erklärte Richie. »Letzten Monat hat er die Barrens überschwemmt. Diesen Monat hat er unter das Motto gestellt: ›Schachtet euch euer eigenes Klubhaus aus!‹ Nächsten Monat...«

»Laß B-Ben in Ruhe«, sagte Bill. »Das K-Klubhaus wird bestimmt großartig.«

»Um Himmels willen, Bill, ich hab' doch nur Spaß gemacht.«

»M-M-Manchmal r-redest du zuviel dummes Zeug daher, R-Richie.« Richie nahm den Vorwurf widerspruchslos hin.

»Ich kapier' immer noch nichts«, sagte Mike.

»Nun, die Sache ist eigentlich ganz einfach«, schaltete Ben sich ein. »Sie wollten ein Baumhaus haben, und natürlich könnten wir eins bauen, aber Leute haben die dumme Angewohnheit, sich die Knochen zu brechen, wenn sie aus Baumhäusern stürzen, und deshalb werden wir das Quadrat, das ich dort drüben markiert habe, etwa einen Meter fünfzig tief ausschachten. Viel tiefer können wir nicht graben, weil wir sonst vermutlich auf Grundwasser stoßen, das hier unten ziemlich nahe an der Oberfläche ist. Dann werden wir die Seiten abstützen, damit sie nicht einstürzen können.«

An dieser Stelle sah er Eddie bedeutungsvoll an, aber Eddie machte immer noch einen besorgten Eindruck.

»Und dann?« fragte Mike interessiert.

»Nun, dann werden wir das Ding abdecken.«

»Häh?«

»Wir werden Bretter über das Loch legen«, erklärte Ben geduldig. »Wir können eine Falltür zum Rein- und Raussteigen einbauen und sogar Fenster, wenn wir wollen...«

»Wir werden dazu einige Sch-Sch-Scharniere brauchen«, sagte Bill, ohne seinen Blick von den Wolken zu wenden.

»Die bekommen wir in Reynolds Eisenwarenhandlung«, sagte Ben.

»Sch-Sch-Spart also euer T-Taschengeld«, sagte Bill.

»Ich habe fünf Dollar«, sagte Beverly. »Die hab' ich mir von meinem Babysitter-Lohn zusammengespart.«

Richie kroch sofort auf allen vieren auf sie zu. »Ich liebe dich, Bevvie«, rief er und sah sie mit flehenden Hundeaugen an. »Willst du mich heiraten? Wir werden in einem Bungalow aus Fichtenholz wohnen... Fünf Dollar sind mehr als genug, Süße... nur wir drei, du und ich und das Baby...«

Beverly errötete, lachte und zog sich etwas von ihm zurück, während Ben die Szene mit einer Mischung von Amüsement und leichter Eifersucht beobachtete.

»W-w-wir t-teilen uns die K-K-K-Kosten«, sagte Bill. »D-Dazu haben wir ja einen K-K-Klub gegründet.«

»Wenn wir die Grube mit Brettern abgedeckt haben«, fuhr Ben fort, »werden wir Erde drüberschaufeln, glätten und vielleicht noch mit Tannennadeln bestreuen. Dann können wir dort unten sitzen, und Leute wie Henry Bowers und Co. werden nicht einmal wissen, daß wir dort sind, selbst wenn sie direkt über uns hinweglaufen.«

»Und das alles hast *du* dir ausgedacht?« rief Mike. »Das ist ja fantastisch!«

Ben lächelte und errötete.

Bill setzte sich plötzlich auf und sah Mike an. »W-W-Willst du uns h-helfen?«

»Na klar«, antwortete er. »Das würde mir viel Spaß machen.«

Die anderen tauschten Blicke.

Wir sind sieben, dachte Mike, und ohne jeden ersichtlichen Grund überlief ihn ein Schauder.

»Wann werdet ihr anfangen?«

»Sch-Sch-Schon s-sehr b-b-bald«, sagte Bill, und Mike wußte plötzlich – er *wußte* es –, daß Bill nicht Bens unterirdisches Klubhaus meinte. Auch Ben wußte es. Ebenso Richie, Beverly, Eddie und Stan. »W-Wir werden sehr b-b-bald anf-f-fangen.«

Schweigen trat ein, und Mike wurde sich plötzlich zweier Dinge be-

664

wußt: Sie wollten etwas sagen, ihm etwas erzählen... und er war sich nicht ganz sicher, ob er es hören wollte. Ben stocherte mit einem Stecken in der Erde herum, und seine Haare verbargen sein Gesicht. Richie kaute an seinen ohnehin schon abgebissenen Fingernägeln. Nur Bill sah Mike offen ins Gesicht.

»Stimmt was nicht?« fragte Mike unbehaglich.

Sehr langsam sagte Bill: »W-W-Wir sind ein K-Klub. Du k-k-kannst M-Mitglied w-w-werden, wenn du w-willst, aber du d-d-d-darfst unsere Geh-h-h-heimnisse n-niemandem p-p-preisgeben.«

»Du meinst, solche Dinge wie das Klubhaus?« fragte Mike und fühlte sich noch unbehaglicher als zuvor. »Na klar...«

»Wir haben noch ein anderes Geheimnis«, sagte Richie, ohne Mike anzuschauen. »Und Big Bill sagt, wir hätten in diesem Sommer etwas Wichtigeres zu tun, als unterirdische Klubhäuser zu bauen.«

»Und er hat völlig recht«, meinte Ben.

Plötzlich ertönte ein pfeifendes Keuchen, und Mike zuckte zusammen. Aber es war nur Eddie, der nach Luft schnappte. Er sah Mike entschuldigend an, zuckte die Achseln und nickte dann.

»Also los«, sagte Mike. »Spannt mich nicht so auf die Folter.«

Bill warf einen Blick in die Runde. »Hat jemand w-w-was dagegen, daß er M-M-Mitglied in unserem K-Klub wird?«

Niemand hob die Hand oder sagte etwas.

»W-W-Wer w-will es ihm s-s-sagen?« fragte Bill.

Wieder trat ein längeres Schweigen ein.

Schließlich seufzte Beverly und sah Mike ernst an.

»Die Kinder, die ermordet worden sind«, sagte sie. »Wir wissen, wer es getan hat. Aber Es ist kein menschliches Wesen.«

3

Nacheinander berichteten sie ihm alles: vom Clown auf dem Eis, vom Aussätzigen unter der Veranda, von dem Blut und den Stimmen aus dem Abfluß, von den toten Jungen, die die Treppe im Wasserturm herabgestiegen waren. Richie erzählte, was passiert war, als er und Bill in die Neibolt Street gegangen waren, und zuletzt berichtete Bill von dem Schulfoto, auf dem Georgie ihm zugezwinkert hatte, und von jenem anderen Foto, in das er seine Hand gesteckt hatte. Schließlich erklärte er Mike, daß Es seinen Bruder George ermordet hätte, und daß der Klub der Verlierer fest entschlossen sei, das Monster zu töten... was immer dieses Monster in Wirklichkeit auch sein mochte.

665

Auf dem Nachhauseweg an jenem Abend dachte Mike, daß er eigentlich beim Zuhören zuerst ungläubig und dann entsetzt hätte sein müssen, daß er eigentlich hätte wegrennen müssen, so schnell er nur konnte, ohne sich noch einmal umzuschauen, daß er eigentlich hätte überzeugt sein müssen, entweder von einer Gruppe weißer Kinder, die etwas gegen Schwarze hatten, zum Narren gehalten zu werden (und das war sogar noch die tröstlichere der beiden Hypothesen) oder mit sechs total Verrückten zusammenzusitzen, die sich auf irgendeine Weise gegenseitig mit ihren Wahnvorstellungen angesteckt hatten, so wie sich in einer Klasse jeder beim anderen mit einer bösartigen Grippe anstecken kann.

Aber er war nicht weggerannt, denn trotz seiner Angst, seines Entsetzens, fühlte er sich in ihrer Mitte seltsam wohl und geborgen. Und außerdem hatte er das Gefühl, nun endlich heimgekehrt zu sein. *Wir sind sieben*, dachte er wieder, nachdem Bill geendet hatte.

Er öffnete den Mund, ohne genau zu wissen, was herauskommen würde.

»Ich habe diesen Clown gesehen«, hörte er sich sagen.

»Was?« fragten Richie und Stan gleichzeitig, und Beverly drehte so rasch ihren Kopf nach ihm um, daß ihr Pferdeschwanz über die linke Schulter flog.

»Ich habe ihn am 4. Juli gesehen«, sagte Mike langsam, hauptsächlich zu Bill gewandt. Bills scharfer, äußerst konzentrierter Blick ließ ihn nicht los, verlangte von ihm fortzufahren. »Ja, am 4. Juli...« Er verstummte für kurze Zeit und dachte: *Aber das war nicht das erste Mal, daß ich ihn gesehen habe. Ich habe ihn wiedererkannt. Und es war auch nicht das erste Mal, daß ich etwas... etwas Eigenartiges gesehen habe.*

Er dachte an den Vogel – zum erstenmal seit Mai erlaubte er es sich, bewußt daran zu denken. Bisher hatte der Vogel ihn nur in seinen Alpträumen heimgesucht. Er hatte geglaubt, verrückt zu werden. Es war eine Erleichterung festzustellen, daß er *nicht* verrückt war... aber es war eine furchterregende Erleichterung. Er benetzte die Lippen.

»Erzähl endlich weiter!« rief Bev ungeduldig.

»Na ja, es war folgendermaßen. Ich bin in der Parade mitmarschiert. Ich...«

»Ich hab' dich gesehen«, sagte Eddie etwas schüchtern. »Du hast Saxophon gespielt. Ich hab' dir zugewinkt.«

»Genaugenommen ist es eine Posaune«, erklärte Mike. »Ich spiele im Orchester der Christlichen Tagesschule. Na ja, jedenfalls hab' ich diesen Clown gesehen. Er verteilte Luftballons an Kinder, auf der großen Kreuzung in der Innenstadt. Er sah genauso aus, wie ihr ihn beschrieben habt, Ben und Bill. Das Silberkostüm, die großen orangefarbenen Pompons die

666

weiße Schminke auf dem Gesicht und das breite rote Grinsen. Ich weiß nicht, ob es Lippenstift oder Farbe ist, aber es sah wie Blut aus.«

Die anderen nickten aufgeregt, aber Bill sah Mike nur weiter aufmerksam an. »H-H-Hatte er orangefarbene H-H-H-Haarbüschel?« fragte er Mike und deutete sie mit den Fingern über seinen eigenen Ohren an.

Mike nickte.

»Ihn zu sehen ... es jagte mir irgendwie Angst ein. Und während ich ihn noch betrachtete, drehte er sich um und winkte mir zu, als hätte er meine Gedanken oder Gefühle oder was sonst auch immer gelesen. Und das ... na ja, das hat mir noch mehr Angst eingejagt. Ich wußte damals nicht warum, aber ich hatte solche Angst, daß ich ein paar Sekunden lang nicht weiterblasen konnte. Ich hatte einen total trockenen Mund, und ich hatte das Gefühl ...« Er blickte kurz zu Beverly hinüber. Er erinnerte sich so deutlich an alles: wie ihm die Sonne auf seiner Posaune und auf dem Chrom der Autos plötzlich unerträglich grell und blendend vorgekommen war, die Musik viel zu laut, der Himmel viel zu blau. Der Clown hatte eine Hand im weißen Handschuh gehoben (in der anderen hielt er unzählige Ballons) und langsam gewinkt, und sein blutiges Grinsen war viel zu rot und zu breit gewesen, ein auf den Kopf gestellter Schrei. Er erinnerte sich an das Kribbeln seiner Hoden, und wie sein Gedärm plötzlich schlaff und heiß gewesen und er schon Angst gehabt hatte, daß er gleich in die Hose scheißen würde. Aber so etwas konnte er unmöglich vor Beverly sagen. So etwas sagte man nicht vor Mädchen, nicht einmal vor solchen, in deren Anwesenheit man Ausdrücke wie ›Hurensohn‹ oder ›Bastard‹ benutzen konnte.

»Na ja, ich hatte Angst«, wiederholte er deshalb einfach, obwohl er fühlte, daß das ein viel zu schwacher Ausdruck war. Aber sie nickten, als verstünden sie ihn genau, und er verspürte eine grenzenlose Erleichterung. Der Blick jenes Clowns, das breite rote Grinsen, die langsam winkende Hand im weißen Handschuh ... irgendwie war das sogar noch schlimmer gewesen, als von Henry Bowers und den anderen verfolgt zu werden. Sehr viel schlimmer.

»Dann waren wir an ihm vorbei«, fuhr er fort. »wir marschierten den Main Street Hill hinauf. Und dort sah ich ihn *wieder*, wie er Ballons an Kinder verteilte. Nur wollten viele der Kinder sie nicht nehmen. Einige kleine Kinder weinten.«

»Das w-w-wundert mich nicht«, sagte Bill Denbrough grimmig.

»Ich konnte mir nicht erklären, wie er so schnell dort hinaufgekommen war«, fuhr Mike fort. »Ich dachte zuerst, es müßten zwei verschiedene sein, wißt ihr, völlig gleich gekleidet und so. Ein Team. Aber dann drehte er sich um und winkte mir wieder zu, und ich wußte, daß es derselbe war. Er winkte, und dann zwinkerte er mir zu. So als hätten wir ein

667

Geheimnis miteinander, oder so als... als wüßte er, daß ich ihn wieder-erkannt habe.«

»Du h-hast ihn w-w-wiedererkannt?«

»Ich glaube schon«, sagte Mike. »Aber ich möchte noch einmal nach-schauen, um ganz sicher zu sein. Wißt ihr, mein Vater hat Bilder und Fo-tos... er sammelt sie... Hört mal, ihr spielt doch sehr oft hier unten?«

»Na klar«, antwortete Ben. »Wir wollen doch das Klubhaus bauen, vergiß das nicht.«

Mike nickte. »Ich werde nachschauen und feststellen, ob ich recht hatte. Wenn ja, werde ich das Album mitbringen.«

»Sind es alte F-F-Fotos?« fragte Bill.

Mike nickte, und Bill nickte ebenfalls, so als hätte er das erwartet. Dann fragte er: »Und w-w-was sonst n-noch?«

Mike sah sie alle nacheinander forschend an, räusperte sich und sagte: »Ich habe einen Vogel gesehen. Im Mai. Ich habe einen Vogel gesehen.«

Stan Uris fuhr zusammen. »Was für einen Vogel?«

Nur sehr widerwillig fuhr Mike in seinem Bericht fort. »Er sah aus wie so 'ne Art Sperling, aber auch wie ein Rotkehlchen. Er hatte eine orange-farbene Brust.«

»Was ist denn so Besonderes an einem Vogel?« fragte Ben. »Es gibt jede Menge Vögel in Derry.« Aber ihm war unbehaglich zumute, und er war sich ganz sicher, als er Stan ansah, daß Stan sich jetzt wieder daran erinnerte, was im Wasserturm geschehen war, wie er entkommen war, indem er die Namen von Vögeln gerufen hatte. Doch als Mike weiterre-dete, vergaß Ben alles andere.

»Dieser Vogel war größer als ein Wohnwagen«, sagte Mike.

Er betrachtete ihre erschrockenen, fassungslosen Gesichter. Er wartete auf ihr Gelächter, aber niemand lachte. Stan sah aus, als wäre ihm ein Ziegelstein auf den Kopf gefallen. Er war leichenblaß geworden.

»Ich schwöre, daß es wahr ist«, sagte Mike. »Es war ein riesiger Vogel, wie die Vögel in den Monsterfilmen, die angeblich prähistorisch sind...«

»Klar, wie in *The Giant Claw*«, sagte Richie. Er dachte, der Vogel hatte irgendwie nach einer Attrappe ausgesehen, aber als er nach New York ge-kommen war, war Richie immer noch so aufgeregt gewesen, daß er im Aladin sein Popcorn übers Balkongeländer verschüttet hatte. Foxy Fox-worth hätte ihn rausgeworfen, aber da war der Film sowieso schon vorbei gewesen. Manchmal wurde man windelweich geprügelt, aber wie Big Bill sagte, manchmal landete man auch selber einen.

»Ja, nur sah er nicht prähistorisch aus«, sagte Mike. »Und er sah auch nicht aus wie jener Vogel — wie heißt er doch gleich? —, der in den Ge-schichten der Griechen und Römer auftaucht...«

»Ro-Ro-Rock?« schlug Bill vor.

»Ja, genau. Aber so sah er auch nicht aus. Er sah einfach wie eine Kreuzung zwischen Rotkehlchen und Sperling aus. Die beiden häufigsten Vogelarten. Nichts Besonderes.« Er lachte etwas unsicher.

»W-W-Wo...«, begann Bill.

»Erzähl uns alles«, sagte Beverly ruhig, und nachdem er einen Moment lang seine Gedanken geordnet hatte, kam Mike ihrer Aufforderung nach. Und während er erzählte und beobachtete, wie ihre Gesichter zwar Unruhe und Angst, aber keinen Unglauben oder Spott widerspiegelten, spürte er, wie ihm ein riesiger Stein von der Seele fiel. Wie Ben mit seiner Mumie oder Eddie mit seinem Aussätzigen oder Stan mit seinen ertrunkenen Jungen im Wasserturm, so hatte auch er etwas erlebt, das einen Erwachsenen um den Verstand gebracht hätte, nicht einfach aus Angst und Entsetzen, sondern wegen der enormen Kraft einer Unwirklichkeit, für die es keine logische Erklärung gab, die aber gleichzeitig zu mächtig war, um einfach ignoriert zu werden. Das Gesicht des Propheten Elias war vom Licht der göttlichen Liebe verkohlt, jedenfalls hatte Mike das gelesen; aber Elias war schon ein alter Mann gewesen, als das geschehen war, und vielleicht machte das den Unterschied aus. Hatte nicht ein anderer Typ aus der Bibel, der kaum mehr als ein Kind war, tatsächlich mit einem Engel gerungen und immerhin ein Unentschieden geschafft?

Er hatte Es gesehen und sein normales Leben weitergeführt; er hatte die Erinnerung daran in sein Weltbild integriert. Er war noch so jung, daß dieses Weltbild ungeheuer groß und weit war. Und doch hatte das, was an jenem Tag geschehen war, die dunkleren Schichten seines Geistes heimgesucht, und in seinen Träumen rannte er manchmal vor jenem grotesken Vogel davon, während er seinen Schatten von oben über ihn warf. An einige dieser Träume erinnerte er sich, an andere nicht, aber sie waren da, Schatten, die sich von selbst bewegten.

Wie wenig von allem er vergessen und wie sehr es ihn gequält hatte (während er seinen normalen Beschäftigungen nachgegangen war: seinem Vater helfen, zur Schule gehen, Fahrrad fahren, eine Schleuder schnitzen, Aufträge seiner Mutter erledigen, nach der Schule darauf warten, daß in ›American Bandstand‹ die schwarzen Gruppen auftraten), ließ sich vielleicht nur daran ermessen, wie erleichtert er sich fühlte, sein schreckliches Erlebnis jetzt mit den anderen zu teilen. Dabei wurde ihm klar, daß er zum ersten Mal seit dem Morgen beim Kanal, wo er die seltsamen Spuren sah... und das Blut, selbst wieder zugelassen hatte, daß er daran dachte.

669

4

Mike erzählte die Geschichte von dem Vogel in der alten Fabrik und wie er in das Rohr gelaufen war, um ihm zu entkommen. Später an jenem Nachmittag waren drei der Verlierer – Ben, Richie, Bill – auf dem Weg zur Stadtbücherei von Derry. Ben und Richie hielten aufmerksam Ausschau nach Bowers und dessen Kumpanen, aber Bill starrte mit gerunzelter Stirn auf den Gehweg, ganz in Gedanken versunken. Mike war etwa eine Stunde, nachdem er ihnen von dem Vogel berichtet hatte, aufgebrochen, weil er um vier Uhr zu Hause sein mußte, um seinem Vater beim Erbsenpflücken zu helfen. Beverly mußte noch einkaufen und für ihren Vater das Abendessen kochen, und auch Eddie und Stan hatten noch zu tun. Aber bevor sie alle aufgebrochen waren, hatten sie noch damit begonnen, ihr zukünftiges unterirdisches Klubhaus zu graben. Für Bill – und er vermutete, auch für alle anderen – war das fast so etwas wie eine symbolische Handlung gewesen. Sie hatten ihr Werk begonnen.

»Hast du die Geschichte geglaubt, die er uns erzählt hat, Bill?« fragte Ben. Sie gingen gerade an der Stadthalle vorüber. Die Bücherei lag direkt vor ihnen; die alten Ulmen um sie herum spendeten dem Steingemäuer Schatten.

»Ja«, sagte Bill. »Ich g-g-glaube, er h-hat die W-W-Wahrheit gesagt. V-V-Verrückt, aber w-wahr. Was m-m-m-meinst du, Richie?«

Richie nickte. »Ich glaube ihm«, sagte er. »Ich hasse es, eine solche Geschichte glauben zu müssen, wenn ihr versteht, was ich meine – aber ich glaube ihm. Wißt ihr noch, was er über jene orangefarbenen Dinger auf der Zunge des Vogels sagte?« Bill und Ben nickten. Orangefarbene Zotteln darauf.

»Das ist der Knüller«, sagte Richie. »Es ist wie ein Comic-Schurke. Lex Luthor oder der Joker oder so jemand. Er hinterläßt immer sein Markenzeichen.«

Bill nickte nachdenklich. Es *war* wie ein Comic-Schurke. Weil sie es so sahen? Ja, vielleicht. Es war Kinderkram, aber davon schien dieses Ding zu gedeihen – von Kinderkram.

Sie überquerten die Straße zur Bücherei.

»Ich h-h-habe Stan g-gefragt, ob er sch-sch-schon mal w-was von einem s-solchen V-V-V-Vogel gehört hat«, sagte Bill. »N-Nicht unbedingt von einem so g-g-großen, s-sondern einfach v-v-v-v-...«

»Von einem ganz normalen?« schlug Richie vor.

Bill nickte. »Er s-s-s-sagte, v-vielleicht gäbe es in S-Südamerika oder in A-A-Afrika so einen V-Vogel, aber k-k-k-keinesfalls hier b-bei uns.«

»Er glaubt die Geschichte also nicht?« fragte Ben.

»D-D-D-Doch«, erwiderte Bill. Und dann erzählte er ihnen, was Stan sonst noch gesagt hatte, als Bill mit ihm zu jener Stelle gegangen war, wo sie ihre Räder versteckt hatten. Stan hatte ihm erklärt, daß keiner von ihnen jenen Vogel hätte sehen können, bevor Mike ihnen davon erzählt hatte. Etwas anderes, ja, aber das nicht. Der Vogel war Mike Hanlons persönliches Monster gewesen. Jetzt aber... nun ja, jetzt war jener Vogel sozusagen das gemeinsame Eigentum des Klubs der Verlierer, und *jeder* von ihnen könnte Es in dieser Vogelgestalt sehen. Vielleicht würde Es für sie etwas anders aussehen – für Bill könnte es eine Krähe sein, für Richie ein Habicht, für Beverly vielleicht sogar ein goldener Adler –, aber Es würde irgendein Vogel sein. Darauf hatte Bill Stan gesagt, daß sie nun alle irgendeine Version des Aussätzigen, der Mumie, der toten Jungen sehen könnten.

»Und das bedeutet, daß wir rasch handeln müssen, wenn wir überhaupt dazu entschlossen sind«, hatte Stan geantwortet. »Es weiß...«

»Wa-was?« hatte Bill schneidend gefragt. »A-Alles, was wir wi-wissen?«

»Mann, wenn Es das weiß, sind wir im Eimer«, hatte Stan geantwortet. »Aber ihr könnt sicher sein, Es weiß, daß wir Bescheid wissen. Es wird versuchen, uns zu schnappen. Denkst du immer noch daran, wovon wir gestern gesprochen haben?«

»Ja.«

»Ich wollte, ich könnte dich begleiten.«

»B-B-Ben und R-Richie b-b-b-begleiten mich ja. Ben ist w-w-wirklich g-gescheit, und R-R-Richie auch, w-wenn er nicht gerade sch-spinnt.«

Als sie jetzt vor der Bücherei standen, fragte Richie Bill, was er nun eigentlich genau vorhätte. Bill erzählte es ihnen – er sprach ganz langsam, um nicht zu stark zu stottern. Die Idee sei ihm seit zwei Wochen im Kopf herumgegangen, aber sie sei ganz verschwommen gewesen. Seltsamerweise habe sie sich nach Mikes Geschichte von dem Vogel schärfer herauskristallisiert.

Was machte man, wenn man einen Vogel loswerden wollte?

Nun, ihn erschießen war ziemlich endgültig.

Was machte man, wenn man ein Monster loswerden wollte?

Nun, in Filmen hieß es immer, daß eine Silberkugel ziemlich endgültig war.

Richie und Ben hörten beeindruckt zu. Dann fragte Richie: »Woher willst du aber eine Silberkugel nehmen, Big Bill? Schicken lassen?«

»Sehr witzig. S-S-Selber m-machen.«

»Aber wie?«

671

»Ich nehme an, daß wir hierher in die Bücherei gekommen sind, um das herauszufinden«, sagte Ben.

Richie nickte und schob seine Brille den Nasenrücken hinauf. Seine Augen hinter den Brillengläsern waren lebhaft und nachdenklich – *er ist aufgeregt*, dachte Bill. *Aber jedenfalls nicht zu allerhand dummen Späßen aufgelegt. Und das ist gut.*

»Denkst du an die Walther deines Vaters?« fragte Richie. »Die wir in die Neibolt Street mitgenommen haben?«

»G-Genau«, sagte Bill.

»Selbst wenn wir wüßten, wie man Silberkugeln herstellt«, brachte Richie einen neuen Einwand, »woher sollen wir denn das Silber nehmen?«

»Das laßt *meine* Sorge sein«, sagte Ben ruhig.

»Okay... gut«, sagte Richie. »Lassen wir das Haystacks Sorge sein. Und dann? Wieder in die Neibolt Street?«

Bill nickte. »W-Wieder in die N-N-Neibolt Street. Und d-dann machen wir Ihm den G-G-G-Garaus.«

Die drei Jungen blieben noch einen Moment stehen und sahen einander feierlich an, dann gingen sie zusammen in die Bücherei hinein.

5

»Na, da schau einer an, da ist ja wieder dieser schwarze Kerl!« rief Richie mit seiner Irischer-Polizist-Stimme.

Eine Woche war vergangen, es war fast Mitte Juli, und das unterirdische Klubhaus näherte sich der Vollendung.

»Einen wunderschönen Morgen, Mr. O'Hanlon! Es ist ein herrlicher, herrlicher Tag, wie meine alte Mutter zu...«

»Es ist zwei Uhr nachmittags, Richie!« sagte Ben und streckte seinen Oberkörper aus der Grube heraus. Er und Richie hatten die Seiten des Klubhauses mit Brettern verkleidet. Ben hatte seinen Sweater ausgezogen, weil der Tag heiß und die Arbeit schwer war. Sein T-Shirt war durchgeschwitzt und klebte an seinem fetten Oberkörper und an seinem Hängebauch. Sobald aber Beverly auftauchte, dachte Mike, würde Ben seinen Sweater (der ordentlich an einem Ast hing) rasch wieder anziehen und aus Liebe mit Freuden schwitzen.

»Sei nicht so pingelig – du hörst dich wie Stan the Man an«, sagte Richie. Er war fünf Minuten vorher aus der Grube herausgeklettert, weil es Zeit für eine Zigarettenpause war, wie er Ben gesagt hatte.

»Ich dachte, du hast keine Zigaretten«, hatte Ben gesagt.

»Hab' ich auch nicht«, hatte Richie geantwortet. »Aber das Prinzip bleibt dasselbe.«

Mike hatte das Fotoalbum seines Vaters unter dem Arm. »Wo sind den die anderen?« fragte er. Er wußte, Bill mußte irgendwo in der Nähe sein, denn er hatte sein eigenes Fahrrad unter der Brücke neben Silver abgestellt.

»Bill und Eddie sind vor etwa 'ner halben Stunde zur Müllhalde gegangen, um Bretter fürs Dach zu holen«, berichtete Richie. »Und Stan und Bev sind in der Stadt, um die Scharniere zu besorgen. Übrigens, du schuldest uns 23 Cent, wenn du immer noch Klubmitglied sein willst. Dein Anteil an den Scharnieren.«

Mike nahm das Album vom rechten in den linken Arm und kramte in seiner Hosentasche, zählte 23 Cent ab (danach war er noch im stolzen Besitz von ganzen 10 Cent) und gab sie Richie. Dann trat er näher an die Grube heran und blickte hinab.

Das ist ja gar keine einfache Grube mehr, dachte er beeindruckt. Die Wände bildeten korrekte Quadrate und waren sorgfältig verkleidet. Die dazu verwendeten Bretter waren zwar unterschiedlichster Herkunft – von einem halben Dutzend verschiedener Orte zusammengeklaut –, aber Ben, Bill und Stan hatten sie ordentlich zurechtgesägt, und Ben und Beverly hatten dann noch Querlatten angenagelt. Eddie war zwar immer noch ein bißchen nervös, aber das lag einfach in seiner Natur. An den oberen Kanten war die Erde ringsherum rechtwinklig ausgestochen worden, und Mike vermutete, daß die Deckenbretter dort genau eingepaßt würden.

»Ich glaube, du weißt wirklich, was du tust«, sagte Mike.

»Na klar«, meinte Ben und deutete auf das Album unter Mikes Arm. »Was ist das?«

»Das Derry-Album meines Vaters«, erklärte Mike. »Er sammelt alte Bilder und Zeitungsausschnitte über diese Stadt. Das ist sein Hobby. Ich hab's mir schon vor einigen Tagen angeschaut – ich hab' euch doch erzählt, daß ich glaubte, jenen Clown schon vor dem 4. Juli irgendwo gesehen zu haben –, aber ich konnte es erst heute herbringen. Ich dachte, ihr solltet lieber alle selbst einen Blick darauf werfen.«

»Laß sehen«, sagte Richie.

»Warten wir lieber, bis alle da sind. Ich glaube, das ist besser.«

»Okay.« Richie hatte ehrlich gesagt sowieso keine allzu große Lust, sich Fotos von Derry anzusehen. Nicht nach jenem Vorfall in George Denbroughs Zimmer. »Magst du Ben und mir beim Abstützen der Wände helfen?«

»Klar«, sagte Mike. Er legte das Album behutsam auf den Boden, in ei-

673

nigem Abstand zur Grube, damit es nicht schmutzig wurde; dann nahm er Bens Schaufel zur Hand.

»Du mußt genau hier graben«, erklärte Ben und zeigte ihm die Stelle. »Etwa dreißig Zentimeter tief. Dann setze ich das Brett ein und presse es gegen die Wand, während du das Loch wieder zuschaufelst.«

»Ein ausgezeichneter Plan, Mann«, kommentierte Richie weise von seinem Sitzplatz auf der Grubenkante her.

»Warum arbeitest *du* denn nicht mit?« fragte Mike.

»Ich hab' 'nen Knochen im Bein«, erklärte Richie gemütlich.

»Und wie steht's mit Bills Plan?« erkundigte sich Mike beim Schaufeln. Er unterbrach die Arbeit für einen Moment, um sein Hemd auszuziehen. Es war heiß, sogar hier unten. Grillen zirpten schläfrig im Unterholz.

»Gut«, antwortete Richie, und Mike glaubte zu sehen, daß er Ben einen warnenden Blick zuwarf. »Glaube ich.«

»Warum machst du nicht dein Radio an, Richie?« fragte Ben. Er stellte das Brett in das von Mike ausgeschachtete Loch und hielt es fest. Richies Transistorradio hing wie immer an seinem Band vom dicken Ast eines Busches herab. »Im WABI kommt jetzt Rock and Roll.«

»Die Batterien sind leer«, sagte Richie. »Und du mußtest ja unbedingt meine letzten 23 Cent für deine Scharniere haben, wenn du dich noch daran erinnerst. Gemein von dir, Haystack, sehr gemein. Und das nach allem, was ich für dich getan habe. Und außerdem – ist für dich Tommy Sands etwa Rock and Roll? Oder Pat Boone? Du hast sie ja nicht alle, Mann! Elvis, *das* ist Rock and Roll. Ernie K. Doe, *das* ist Rock and Roll. Carl Perkins, *das* ist Rock and Roll. Buddy Holly, ›Ah-ow, Peggy ... my Peggy-Sue-ah-oo...‹«

»*Bitte*, Richie«, sagte Ben.

»Fats Domino«, fuhr Mike fort, auf seine Schaufel gestützt. »Frankie Lymon, Hank Ballard and the Midnighters, Jackie Wilson, Muddy Waters, LaVerne Baker, Chuck Berry, Little Richard, die Crests, die Chords, Shep and the Limelights...«

Sie sahen ihn so verblüfft an, daß er lachen mußte.

»Nach Little Richard bin ich nicht mehr mitgekommen«, klagte Richie. Er mochte Little Richard, aber wenn er diesen Sommer einen heimlichen Rock-and-Roll-Helden hatte, war es Jerry Lee Lewis. Seine Mutter war zufällig ins Wohnzimmer gekommen, als Jerry Lee Lewis in *American Bandstand* aufgetreten war. Es war der Teil der Vorstellung, als Jerry Lee tatsächlich auf das Klavier kletterte und verkehrt herum mit ins Gesicht hängenden Haaren spielte. Er hatte ›High School Confidential‹ gesungen. Einen Augenblick dachte Richie, seine Mutter würde

674

ohnmächtig werden. Das geschah nicht, aber das Erlebnis war so traumatisch gewesen, daß sie beim Abendessen davon sprach, Richie den Rest des Sommers in ein Militärlager zu schicken. Jetzt schüttelte Richie das Haar in die Stirn und fing an zu singen: »Come on over baby all the cats are at the high school rockin...«

Ben hielt sich den stattlichen Bauch, taumelte in der Grube umher und tat so, als müßte er sich übergeben. Mike hielt sich die Nase zu und lachte so, daß ihm Tränen über die Wangen rollten.

»Was ist denn los?« fragte Richie. »Ich meine, was ficht euch an? Das war *gut*! Das war ganz große Klasse!«

»O Mann!« rief Mike, der vor Lachen kaum reden konnte. »Das war unvorstellbar, das war echt unvorstellbar.«

»Neger haben keinen Geschmack«, sagte Richie. »Ich glaube, das steht sogar in der Bibel.«

»Yo mamma«, sagte Mike und lachte mehr denn je. Als Richie aufrichtig verwirrt fragte, was *das* nun wieder heißen sollte, setzte sich Mike plumpsend hin, wippte hin und her und hielt sich den Magen.

»Wahrscheinlich denkst du, ich bin eifersüchtig«, sagte Richie. »Wahrscheinlich denkst du, ich *möchte* ein Neger sein.«

Jetzt ließ sich auch Ben fallen und lachte unbeherrscht. Seine Augen quollen aus den Höhlen. »Aufhören, Richie«, sagte er. »Ich scheiß' mir in die Hose. Ich sterbe, wenn du nicht aufhörst...«

»Ich will *kein* Neger sein, sagte Richie. »Wer will schon rosa Unterhosen tragen und in Boston wohnen und Pizza stückchenweise kaufen? Ich will Jude sein, wie Stan. Ich will eine Pfandleihe besitzen und den Leuten Klappmesser und Hundekotze aus Plastik und gebrauchte Gitarren verkaufen.«

Jetzt brüllten Ben und Mike regelrecht vor Lachen. Ihr Gelächter hallte durch die grüne, dschungelartige Wildnis mit dem irreführenden Namen ›Barrens‹, schreckte Vögel auf und ließ Eichhörnchen auf Ästen für einen Moment erstarren. Es waren junge Laute, durchdringend, lebendig, kraftvoll, ungekünstelt, frei. Fast alle Lebewesen, die dieses Lachen hörten, reagierten in irgendeiner Weise darauf, aber jenes Etwas, das vor kurzem aus einem großen Abflußrohr in den Kenduskeag geschwemmt worden war, lebte nicht mehr. Am Vortag hatte es nachmittags ein heftiges Gewitter mit Wolkenbruch gegeben (dem im Bau befindlichen Klubhaus war nicht viel passiert; seit Beginn der Ausschachtungsarbeiten hatte Ben es jeden Abend sorgfältig mit einer alten Plane abgedeckt, die Eddie hinter einer Kneipe – Wally's Spa – entdeckt und geklaut hatte; sie stank zwar, aber sie erfüllte ihren Zweck), und einige Stunden lang hatte in der unterirdischen Kanalisation von Derry eine starke Strömung ge-

675

herrscht. Und diese starke Wasserströmung hatte eine gräßliche Überraschung ans Sonnenlicht befördert, die nur den Fliegen sehr willkommen war.

Es war die Leiche eines neunjährigen Jungen namens Jimmy Cullum. Abgesehen von der Nase war sein Gesicht nicht mehr zu erkennen. Übriggeblieben war davon nur eine weiche, konturenlose Masse – konturenlos bis auf einige rotschwarze Löcher, die Stan Uris bestimmt hätte identifizieren können – es waren Schnabelhiebe eines riesigen Vogels.

Wasser plätscherte über Jimmy Cullums schmutzige Baumwollhose. Die weißen Leichenhände trieben dahin wie tote Fische. Auch sie waren zerfleischt, wenn auch nicht so stark wie das Gesicht.

Bill und Eddie, die mit Brettern von der Müllhalde schwer beladen waren, überquerten den Kenduskeag auf den nach Bens Patent im Wasser verteilten Steinen, nicht einmal 40 Meter von der Leiche entfernt, aber dank einer Biegung des Flußbettes blieb ihnen dieser grausige Anblick erspart. Sie hörten Richie, Ben und Mike lachen, lächelten selbst ein wenig und eilten am unsichtbaren Kadaver von Jimmy Cullum vorbei, um herauszufinden, was so komisch war.

6

Die drei lachten immer noch, als Bill und Eddie die Lichtung erreichten. Beide schwitzten, und sogar Eddie hatte etwas Farbe im Gesicht. Sie warfen ihre Bretter auf einen Haufen, und Ben kletterte aus der Grube heraus, um sie zu begutachten.

»Gut«, sagte er. »Sehr gut. Ausgezeichnet.«

Bill ließ sich erschöpft zu Boden fallen. »K-K-Kann ich meinen H-H-H-Herzinfarkt gleich b-bekommen, oder m-muß ich bis sch-sch-später w-w-warten?«

»Wart lieber bis später«, sagte Ben zerstreut. Er hatte einige Werkzeuge in die Barrens mitgebracht, und nun kontrollierte er jedes einzelne Brett sorgfältig, zog Nägel heraus und entfernte Schrauben. Eines warf er weg, weil es zersplittert war, ein zweites prüfte er mit der Faust auf seine Stabilität.

»Man kann Tetanus bekommen, wenn man sich an einem rostigen Nagel schneidet«, wandte sich Eddie an Ben.

»Ach ja?« sagte Richie. »Was ist denn Tittnuß? Klingt nach 'ner Frauenkrankheit.«

»Schwachkopf«, sagte Eddie. »Es heißt *Tetanus*, nicht *Tittnuß*, und das heißt Maulsperre. Weißt du, es gibt spezielle Mikroben, die wachsen in Rost, und wenn du dich schneidest, kommen sie in deinen Körper und, äh, versauen deine Nerven.« Eddie wurde noch dunkelroter und nahm einen hastigen Zug aus seinem Aspirator.

»Maulsperre, ach du Scheiße«, sagte Richie beeindruckt. »Klingt schlimm.«

»Worauf du Gift nehmen kannst. Zuerst verkrampfen sich deine Kiefer so sehr, daß du den Mund nicht mehr aufmachen kannst, nicht mal zum Essen. Sie müssen dir ein Loch in die Wange schneiden und dich mit einem Schlauch flüssig ernähren.«

»O Mann«, sagte Mike und stand in dem Loch auf. Seine Augen waren aufgerissen, das Weiße in dem dunklen Gesicht deutlich zu sehen. »Sicher?«

»Hat mir meine Mom gesagt«, meinte Eddie. »Dann geht einem der Hals zu, und man kann nichts mehr essen und verhungert.«

Sie stellten sich dieses schreckliche Los schweigend vor.

»Es gibt kein Heilmittel«, setzte Eddie noch einen drauf.

Schweigen.

»Darum«, sagte Eddie geflissentlich, »achte ich immer auf rostige Nägel und so 'ne Scheiße. Ich hab' einmal eine Tetanusspritze bekommen, und das tut echt weh.«

»Warum gehst du dann mit Bill zur Müllhalde und bringst die ganze Scheiße mit?« fragte Richie.

Eddie sah rasch zu Bill, der in das Klubhaus starrte, und in seinem Blick lagen soviel Liebe und Heldenverehrung, daß keine Antwort mehr nötig gewesen wäre, aber Eddie sagte trotzdem leise: »Manches muß man tun, auch wenn es gefährlich ist – das ist das erste Wichtige, das ich nicht von meiner Mutter gelernt habe.«

Ein weiteres, nicht ganz so unbehagliches Schweigen folgte. Dann begann Ben wieder, rostige Nägel herauszuklopfen, und nach einer Weile half ihm Mike Hanlon.

Richies Transistorradio, das seiner Stimme beraubt war, bis Richie wieder Taschengeld bekommen oder irgendwo einen Rasen zum Mähen finden würde, schwankte in der leichten Brise hin und her. Bill mußte plötzlich daran denken, wie merkwürdig es doch war, daß sie in diesem Sommer alle hier waren. Manche Kinder besuchten Verwandte in anderen Gegenden des Landes. Kinder, die er kannte, verbrachten die Ferien in Disneyland in Kalifornien oder auf Cape Cod oder, im Falle eines Kumpels, an einem unvorstellbar fern klingenden Ort mit dem seltsamen, aber verheißungsvollen Namen Gstaad. Andere waren in kirchlichen Ferienlagern oder in Pfadfinderlagern oder in jenen Ferienlagern für Kinder reicher Leute, wo man segeln und Golf spielen lernen konnte. Sehr viele

677

Kinder waren in diesem Sommer nicht in Derry, und Bill kannte auch den Grund dafür. Ihre Eltern wollten sie aus der Stadt heraushaben. Viele Leute, die ursprünglich geplant hatten, ihren Urlaub zu Hause zu verbringen, waren doch lieber weggefahren.

(*Gstaad? Lag das in Schweden? Argentinien? Spanien?*)

Es war so ähnlich wie bei der Angst vor Kinderlähmung im Jahre 1956; damals waren vier Kinder, die im Pederson-Park-Teich geschwommen waren, daran erkrankt. Eines war fast gestorben, ein zweites würde den Rest seines Lebens im Rollstuhl verbringen müssen. Plötzlich waren alle, die es sich irgendwie leisten konnten, weggefahren. Und jetzt war es ebenso; nur war es diesmal keine Kinderlähmung, sondern eine andere Art von Gefahr.

Aber keiner von uns ist weggefahren, dachte er, während Ben Nägel aus den Brettern herauszog und Eddie sich ins Gebüsch verzog, um zu pinkeln (man mußte so schnell man konnte gehen, um die Blase nicht unnötig zu überanstrengen, hatte er Bill einmal gesagt, aber man mußte auch auf Giftsumach achtgeben, denn wer wollte schon einen Ausschlag am Pimmel?). *Wir sind alle hier in Derry. Kein Ferienlager, keine Urlaubsreise, nichts. Wir sind zur Stelle. So als müßte es so sein.*

»Da unten ist eine Tür«, sagte Eddie, der den Reißverschluß hochzog, als er zurückkam.

»Ich hoffe, du hast gut abgeschüttelt, Eds«, sagte Richie. »Wenn man nicht jedesmal abschüttelt, kann man Krebs kriegen. Das hat mir meine Mom gesagt.«

Eddie sah verblüfft und etwas besorgt auf, dann sah er Richies Grinsen. Er vernichtete ihn (versuchte es zumindest) mit einem Babysmüssen-spielen-Blick, dann sagte er: »Sie war zu schwer für uns. Aber Bill sagt, wenn wir alle runtergehen, können wir sie holen.«

»Natürlich kann man nie *ganz* abschütteln«, fuhr Richie fort. »Willst du wissen, was mir einmal ein kluger Mann gesagt hat, Eds?«

»Nein«, sagte Eddie. »Und ich möchte nicht, daß du mich Eds nennst, Richie. Es ist mein Ernst. Ich nenne dich ja auch nicht Dick, wie in ›Hast du 'nen Gummi überm Dick?‹ – ich sehe also wirklich nicht ein, warum...«

»Dieser weise Mann«, fuhr Richie fort, »hat mir gesagt: ›Du kannst schütteln oder stoßen, der letzte Tropfen geht immer in die Hosen.‹ Und darum gibt es soviel Krebs auf der Welt, Eddie, mein Schatz.«

»Der Grund, warum es soviel Krebs auf der Welt gibt, ist der, daß Dummbeutel wie du und Beverly Marsh Zigaretten rauchen«, sagte Eddie.

»Beverly ist kein Dummbeutel«, sagte Ben mit bedrohlicher Stimme. »Paß bloß auf, was du sagst, Schandmaul.«

»Piep-piep, Leute«, sagte Bill abwesend. »Und da wir gerade von Beverly sprechen, die ist ziemlich kräftig. Sie könnte uns mit der To-Tür helfen.«

Ben fragte, was es für eine Tür war.

»Ma-Ma-Mahagoni, glaube ich.«

»Jemand hat eine *Mahagonitür* weggeworfen?« fragte Ben überrascht, aber nicht ungläubig.

»Die Leute werfen *alles* weg«, sagte Mike. »Die Müllhalde? Es macht mich fertig, dorthin zu gehen. Echt *fertig*.«

»Ja«, stimmte Ben zu. »Vieles könnte man leicht reparieren. Und in China und Südamerika leben Menschen, die haben nichts. Sagt *meine* Mutter.«

»Es gibt hier in Maine Leute, die nichts haben, Sunny Jim«, sagte Richie grimmig.

»W-W-Was ist das?« fragte Bill, dem das Album aufgefallen war, das Mike mitgebracht hatte. Mike sagte es ihm und versprach, er würde ihnen die Bilder des Clowns zeigen, wenn Stan und Beverly mit den Scharnieren zurückkamen.

Bill und Richie sahen sich an.

»Was ist denn?« fragte Mike. »Ist es das, was im Zimmer deines Bruders passiert ist, Bill?«

»J-Ja«, sagte Bill, aber sonst nichts mehr.

Sie arbeiteten an ihrem Klubhaus weiter, bis Stan und Bev auftauchten, beide mit einer braunen Tüte voller Scharniere in der Hand. Während Mike erzählte, saß Ben im Schneidersitz da und machte in zwei der langen Bretter glaslose Fenster, die man richtig öffnen und schließen konnte. Bill beobachtete bewundernd, wie rasch, sicher und geschickt sich Bens Finger bewegten – wie die eines Chirurgen.

»Einige dieser Bilder sind mehr als hundert Jahre alt, sagt mein Vater«, erzählte Mike, während er das Album auf dem Schoß liegen hatte. »Er kauft sie bei Altwarenhändlern oder auf Flohmärkten. Und manchmal tauscht er mit anderen Sammlern. Er hat nämlich auch einige von diesen Stereoskopbildern, wo auf einer langen Karte immer zwei genau gleich sind.«

»Was findet er denn an diesem Zeug?« fragte Beverly. Sie trug gewöhnliche Levis, hatte aber etwas Komisches mit den Säumen gemacht, nämlich die letzten vier Zentimeter mit einem bunten Paisley-Stoff aufgebauscht, so daß sie wie Hosen aus dem Traum eines Matrosen aussahen.

»Kapier' ich auch nicht«, meinte Eddie. »Die meiste Zeit ist Derry doch stinklangweilig.«

»Na ja, ich glaube, es liegt daran, daß er nicht hier geboren ist«, erklärte Mike ein bißchen schüchtern. »Es ist alles so... ich weiß auch nicht, wie ich sagen soll... so neu für ihn oder so, als käme man erst in der Mitte eines Films ins Kino...«

»K-K-Klar, man möchte w-wissen, was am Anfang l-l-los war«, kam Bill ihm zu Hilfe.

»Ja, das ist es.« Mike nickte dankbar. »Die Geschichte von Derry ist wirklich sehr interessant. Und ich glaube, einiges davon steht in Zusammenhang mit diesem... diesem Es, wenn ihr es so nennen wollt.«

Er blickte Bill an, und Bill nickte mit schmalen, nachdenklichen Augen.

»Ich habe das Album nach der Parade vom 4. Juli wieder einmal durchgesehen, weil ich *wußte*, daß ich diesen Clown schon vorher gesehen hatte. Ich *wußte* es. Ich bin eines Morgens aufgewacht und wußte es einfach. Seht mal!«

Er öffnete das Album, schlug es an einer bestimmten Stelle auf und reichte es Ben, der rechts neben ihm saß.

»R-R-Rührt die S-S-S-Seiten nicht an!« rief Bill scharf, und seine Stimme war so eindringlich, daß alle zusammenzuckten. Er hatte eine Hand zur Faust geballt; Richie sah, daß es die Hand war, die er sich in Georgies Zimmer verletzt hatte.

»Bill hat recht«, sagte er mit einer so gedämpften, besorgten Stimme, wie man sie von ihm überhaupt nicht gewöhnt war. »Seid vorsichtig. Wenn wir es damals gesehen haben, könntet ihr es auch sehen.«

Das Album ging von Hand zu Hand; alle hielten es nur ganz vorsichtig an den Kanten fest, so als könnte es jeden Moment explodieren.

»Daddy sagt, man könnte nicht mehr feststellen, aus welcher Zeit dieses Bild genau stammt, aber vermutlich vom Anfang oder von der Mitte des 18. Jahrhunderts«, erklärte Mike. »Er hat einem Mann für einen Karton alter Bücher und Bilder die Bandsäge repariert. Dieses Bild war darunter. Daddy sagt, daß es 40 Dollar oder noch mehr wert sein könnte.«

Es war ein Holzschnitt von der Größe einer großen Postkarte, und als Bill an die Reihe kam, es zu betrachten, stellte er erleichtert fest, daß Mikes Vater ein Album verwendet hatte, in dem die Bilder unter einer durchsichtigen Schutzfolie eingelegt wurden. Er starrte fasziniert auf den Holzschnitt und dachte: *Da! Ich sehe ihn – oder vielmehr* Es. *Ich sehe* Es *wirklich. Das ist das Gesicht des Feindes.*

Das Bild zeigte einen komischen Kauz, der mitten auf einer morastigen Straße mit etwas jonglierte, das wie Kegelkugeln aussah. Rechts und

680

links der Straße standen einige Häuser und ein paar Gebäude, bei denen es sich vermutlich um Läden handelte. Das Ganze hatte keinerlei Ähnlichkeit mit Derry, von einer Ausnahme abgesehen: Der Kanal war schon da, auf beiden Seiten ordentlich mit Kopfsteinen gepflastert. In der oberen Ecke waren im Hintergrund Maultiere zu sehen, die auf einem Treidelweg ein Boot zogen.

Etwa ein halbes Dutzend Kinder stand um den komischen Kauz herum. Eines trug einen pastoralen Strohhut. Ein Junge hatte einen Reifen in der Hand, und in der anderen einen Stock, um ihn damit anzutreiben. Der komische Kauz grinste übers ganze Gesicht. Er war nicht geschminkt (doch Bill fand, daß sein ganzes *Gesicht* wie eine geschminkte Maske aussah), aber er war kahlköpfig, bis auf zwei Haarbüschel, die wie Hörner über seinen Ohren hochstanden, und Bill erkannte mühelos *ihren* Clown. *Vor zweihundert Jahren oder mehr*, dachte er und verspürte eine eigenartige Mischung aus Angst, Zorn und Erregung. Als er 25 Jahre später in der Stadtbücherei von Derry saß und sich an diesen ersten Blick in das Album von Mikes Vater erinnerte, dachte er, daß er sich damals gefühlt hatte wie ein Jäger, der die erste frische Spur eines alten Killertigers gefunden hat. *Vor zweihundert Jahren... so lange schon, und nur Gott weiß, wieviel länger.* Dieser Gedanke brachte ihn auf die Frage, wie lange der Geist von Pennywise, dem Clown, schon in Derry sein mochte – aber er stellte fest, daß er sich mit dieser Frage lieber nicht ausführlich beschäftigen wollte.

»Gib's mir, Bill«, sagte Richie, aber Bill hielt das Album noch einen Augenblick in den Händen und starrte auf den Holzschnitt, überzeugt davon, daß er gleich zum Leben erwachen würde. Die Kugeln, mit denen der komische Kauz jonglierte, würden durch die Luft fliegen, die Kinder würden lachen und Beifall klatschen (vielleicht würden einige statt dessen aber auch schreien und weglaufen), die Maultiere würden jenseits des Bildrandes verschwinden.

Aber nichts von alldem geschah, und Bill reichte das Album weiter an Richie.

Als es zu Mike zurückkam, blätterte er einige Seiten um. »Hier«, sagte er. »Dieses Bild ist von 1856, vier Jahre, bevor Lincoln Präsident wurde.«

Wieder machte das Album die Runde. Es handelte sich um ein farbiges Scherzbild, das eine Schar Betrunkener darstellte, die vor einem Saloon herumstanden (oder herumtaumelten), während ein fetter Politiker mit Kotelettenbart auf einem Brett eine Rede hielt – besagtes Brett lag auf zwei großen Fässern und bog sich unter seinem Gewicht bedenklich durch. Aus einiger Entfernung betrachtete eine Gruppe von Frauen in Häubchen angewidert diese Trunksüchtigen. Das Bild trug die Unterschrift: POLITIK IN DERRY MACHT DURSTIG, SAGT SENATOR GARNER!

»Daddy sagt, solche Bilder seien in den 40er und 50er Jahren des 19. Jahrhunderts sehr beliebt gewesen«, erklärte Mike. »Man nannte sie ›Narren-Karten‹ und verschickte sie gern an Freunde und Bekannte. Ich nehme an, sie waren so was Ähnliches wie heute manche Karikaturen in ›Mad‹.«

»S-S-S-Satire.«

»Ja«, sagte Mike. »Aber schaut euch mal die untere Ecke der Karte genauer an.«

Aber sie hätten den Clown auch ohne Mikes Hinweis nicht übersehen. Er trug einen grellkarierten, eng anliegenden Anzug, wie manche Handlungsreisende sie liebten, und er spielte mit einigen betrunkenen Holzfällern das Spiel ›Eine-Erbse-drei-Nußschalen‹. Er zwinkerte einem Holzfäller zu, der – seinem offenen Mund und dem ganzen überraschten Gesichtsausdruck nach zu schließen – gerade die falsche Nußschale erwischt hatte. Der Handlungsreisende/Clown nahm eine Münze von ihm entgegen. Diese Szene war nur eine von vielen. Auf der Karte war auch ein grinsender dicker Mann zu sehen, der einem gefleckten Hund ein Glas Bier in die Kehle schüttete; eine Frau, die hingefallen war und mitten in einer Pfütze auf dem Hintern saß; zwei boshafte Straßenbengel, die einem wohlhabend aussehenden Geschäftsmann Schwefelhölzer in die Schuhsohlen steckten; und ein Mädchen, das mit dem Kopf nach unten in einer Ulme schaukelte.

»Wieder er – Es«, sagte Ben. »Wann war das – 100 Jahre später?«

»In etwa«, antwortete Mike. »Und hier ist eins von 1891.«

Diesmal war es ein Zeitungsausschnitt aus den ›Derry News‹: der Leitartikel auf der ersten Seite. HURRA!! lautete die überschwengliche Überschrift. EISENHÜTTE ERÖFFNET! Und direkt darunter: *Die ganze Stadt strömt zum Galapicknick.* Das Zeitungsfoto war ein Holzschnitt, der die Zeremonie des Band-Zerschneidens in der Kitchener-Eisenhütte zeigte; der Stil erinnerte Bill an die Drucke von Currier und Ives, die seine Mutter im Eßzimmer aufgehängt hatte, obwohl dieses Bild hier bei weitem nicht so künstlerisch gestaltet war. Ein mit Cut und Zylinder herausgeputzter Mann hielt eine große, mit Bändern geschmückte Schere geöffnet an das Band, während eine riesige Menschenmenge zuschaute. Links davon vollführte ein Clown – *ihr* Clown – gerade einen Handstand für eine Gruppe von Kindern. Der Künstler hatte ihn auf dem Kopf stehend eingefangen, und auf diese Weise war sein Grinsen diesmal wirklich zum Schrei geworden.

Bill reichte das Album rasch an Richie weiter.

Das nächste Bild war ein Foto, das Will Hanlon mit der Unterschrift *1933: Aufhebung der Prohibition in Derry* versehen hatte. Obwohl keines der Kinder viel über die Prohibition und deren Aufhebung wußte, waren die ins Auge springenden Tatsachen aus dem Foto noch deutlich zu erkennen. Er zeigte ›Wally's Spa‹ unten in Hell's Half-Acre. Die Spelunke war buchstäblich zum Brechen voll mit Männern: Männer in weißen Hemden mit offenen Kragen und steifen Strohhüten, Männer in Unterhemden, Holzfäller in karierten Hemden, Männer in Bankiersanzügen. Sie alle hielten triumphierend Gläser und Flaschen hoch. Im Fenster hingen zwei Plakate: WILLKOMMEN DAHEIM, JOHN BARLEYCORN! stand auf dem einen, auf dem anderen: HEUTE ABEND FREIBIER. Der Clown, diesmal wie ein richtiger Dandy gekleidet (weiße Schuhe, kurze Gamaschen, gestreifte Hosen), hatte einen Fuß auf das Trittbrett eines Reo-Autos gestellt und trank aus einem Bierkrug, den er mit beiden Händen hielt.

»1945«, sagte Mike.

Wieder ein Ausschnitt aus den ›Derry News‹. Die Schlagzeile lautete: JAPAN KAPITULIERT! – DER KRIEG IST AUS! ES IST ÜBERSTANDEN! Eine Parade marschierte die Main Street hinab, auf den Up-Mile Hill zu. Und da war wieder der Clown in seinem Silberkostüm mit den orangefarbenen Pompons im Hintergrund des körnigen Zeitungsfotos, das aus einer Punktmatrize bestand.

Aber als Bill das Album in der Hand hielt, verschwanden die einzelnen Punkte plötzlich, und das Foto erwachte zum Leben.

»Das...«, begann Mike.

»S-S-S-Seht mal!« brachte Bill mühsam hervor. »S-S-Seht euch das a-a-alle mal an.«

Sie scharten sich um ihn.

»O mein Gott!« flüsterte Beverly entsetzt.

»*Das ist Es!*« rief Richie und schlug Bill vor Aufregung auf den Rücken. Er drehte sich um und blickte in Eddies leichenblasses, angespanntes Gesicht und in Stans zur Maske erstarrtes Antlitz. »Das ist es, was wir in Georges Zimmer gesehen haben, *genau das haben wir...*«

»Pssst!« sagte Ben. »So hört doch nur!« Und fast schluchzend: »Man kann sie hören! *Mein Gott, man kann sie hören!*«

Und in der Stille, die nur vom ganz leisen Rascheln des Laubs in der leichten Sommerbrise unterbrochen wurde, konnten sie es alle hören. Die Kapelle spielte einen Militärmarsch, der kraftlos und blechern klang... durch die Entfernung... oder aber den Zeitabstand... oder warum sonst auch immer. Der Jubel der Menge hörte sich an, als würde er von einer unscharf eingestellten Rundfunkstation übertragen. Auch schwaches Knallen war zu hören, so als schnalzte jemand mit den Fingern.

»Feuerwerkskörper«, flüsterte Beverly und rieb sich mit zitternden Händen die Augen. »Das sind doch Feuerwerkskörper, nicht wahr?«

Niemand antwortete. Sie starrten gebannt auf das Foto, und ihre Gesichter schienen nur noch aus riesigen Augen zu bestehen.

Die Parade marschierte direkt auf sie zu, aber kurz bevor die Teilnehmer den äußersten Vordergrund erreichten – an dem Punkt, wo es so aussah, als müßten sie jeden Moment aus dem Foto herausmarschieren, hinein in eine Welt dreizehn Jahre später – verschwanden sie, so als wären sie um eine unsichtbare Kurve gebogen. Zuerst die Soldaten des Ersten Weltkriegs, deren Gesichter unter ihren Helmen eigentümlich alt aussahen und die ein Transparent mit sich trugen: DIE KRIEGSVETERANEN VON DERRY HEISSEN UNSERE TAPFEREN JUNGS WILLKOMMEN. Dann die Soldaten aus Derry, die am Zweiten Weltkrieg teilgenommen hatten, und schließlich die Kapelle der High School. Die Zuschauermenge wogte hin und her. Konfetti flog aus den Fenstern der oberen Stockwerke der Geschäftshäuser entlang der Strecke. Der Clown paradierte und stolzierte entlang der Gehwege, schlug Purzelbäume und Räder, tat so, als hielte er ein Gewehr, tat so, als salutiere er. Und Bill bemerkte jetzt zum erstenmal, daß die Menschen sich von ihm abwandten – aber nicht so, als würden sie ihn wirklich *sehen*, sondern vielmehr so, als spürten sie einen kalten Windhauch und oder nähmen einen üblen Geruch wahr.

Nur die Kinder sahen ihn wirklich, und sie wichen erschrocken vor ihm zurück.

Ben streckte seine Hand nach dem Foto aus, wie Bill es in Georges Zimmer getan hatte.

»N-N-N-N-EIN!« schrie Bill.

»Ich glaube, mir kann nichts passieren, Bill«, sagte Ben. »Sieh mal.« Und er legte seine Hand einen Moment lang auf die Schutzfolie über dem Bild; dann zog er sie wieder zurück. »Aber wenn man diese Folie abheben würde...«

Beverly stieß einen schrillen Schrei aus. Der Clown hatte plötzlich aufgehört, Possen zu reißen, und kam direkt auf sie zu. Sein blutrot geschminkter Mund lachte. Bill zuckte zusammen, hielt das Album aber weiter fest, überzeugt davon, daß der Clown gleich aus dem Foto verschwinden würde wie die Parade und die Marschkapelle und die Pfadfinder und das Cadillac-Kabriolett mit Miß Derry 1945.

Aber der Clown bog nicht um jene unsichtbare Kurve; ER verschwand nicht. Statt dessen sprang ER mit furchterregender Geschicklichkeit auf einen Laternenpfahl im äußersten linken Vordergrund des Fotos und

684

kletterte wie ein Affe daran hoch. Und plötzlich preßte ER SEIN Gesicht gegen die starke Plastikfolie, mit der die Bilder im Album bedeckt waren. Beverly schrie wieder auf, und diesmal schrie auch Eddie, obwohl sein Schrei eher ein rasselndes Japsen war. Die Folie wölbte sich – später stimmten sie alle darin überein, daß sie es genau gesehen hatten. Bill sah, wie die rote Nase des Clowns platt wurde, als ob jemand seine Nase gegen eine Fensterscheibe drückt.

»*Ich bringe euch alle um!*« rief der Clown lachend. »*Wenn ihr versucht, euch mir in den Weg zu stellen, bringe ich euch alle um! Erst treibe ich euch in den Wahnsinn, und dann bringe ich euch um! Ihr könnt gegen mich nichts ausrichten, ich bin der Pfefferkuchenmann! Ihr könnt nichts gegen mich ausrichten, ich bin der Teenage-Werwolf!*«

Und für einen Moment war Es der Teenage-Werwolf, dessen behaarte Fratze aus dem Kragen des Silberkostüms herausragte und sie mit ge-bleckten weißen Zähnen anglotzte.

»*Ihr könnt nichts gegen mich ausrichten, ich bin der Aussätzige!*«

Jetzt war es das gequälte zerfressene und vermodernde Gesicht des Aussätzigen, das sie mit seinen Augen eines lebendigen Toten anstarrte.

»*Ihr könnt nichts gegen mich ausrichten, ich bin die Mumie!*«

Das Gesicht des Aussätzigen wurde uralt und zerfurcht. Zerfallene Bandagen schwammen aus seiner Haut empor und gewannen Konturen. Ben wandte sich mit totenblassem Gesicht ab, eine Hand gegen Hals und Ohr gepreßt.

»*Ihr könnt nichts gegen mich ausrichten, ich bin die toten Jungen!*«

»*Nein!*« schrie Stan Uris. Seine Augen traten fast aus den Höhlen, die von dunklen, krankhaft aussehenden Ringen umgeben waren. *Schock-haut,* dachte Bill flüchtig bei diesem Anblick, und 20 Jahre später verwen-dete er dieses Wort in einem Roman, ohne auch nur die geringste Ah-nung zu haben, woher er es hatte.

Stan entriß Bill das Album und schlug es zu. Er hielt es mit beiden Händen so fest umklammert, daß die Sehnen an seinen Handgelenken und Unterarmen hervortraten. Er starrte die anderen mit fast irren Au-gen an. »Nein«, sagte er gehetzt. »Nein, nein, nein.«

Und plötzlich stellte Bill fest, daß Stans wiederholtes Leugnen ihn mehr beunruhigte als der Clown, und er begriff, daß das genau die Reak-tion war, die der Clown bewirken wollte, weil...

Weil ER – *weil* ES – *vielleicht beunruhigt ist... weil* ES *vielleicht zum erstenmal in* SEINEM *langen, langen Leben sogar richtig Angst hat.*

Er packte Stan bei den Schultern und schüttelte ihn kräftig. Stans Zähne schlugen aufeinander, und er ließ das Album fallen. Mike hob es auf und legte es rasch beiseite; nach allem, was er soeben gesehen hatte,

685

hätte er es am liebsten überhaupt nicht mehr angerührt, aber immerhin war es das Album seines Vaters, und er begriff intuitiv, daß sein Vater das, was er selbst gerade gesehen hatte, darin nie sehen würde.

»Nein«, sagte Stan leise.

»Ja«, sagte Bill.

»Nein«, sagte Stan wieder.

»Ja. W-W-Wir ha-haben es...«

»*Nein!*«

»...a-alle geseh-hen, Stan«, sagte Bill. Er sah die anderen an.

»Ja«, sagte Ben.

»Ja«, sagte Richie.

»Ja«, sagte Mike. »O Gott, ja.«

»Ja«, sagte Beverly.

»Ja«, sagte Eddie keuchend; selbst dieses kleine Wörtchen brachte er nur mühsam hervor, weil er kaum noch Luft bekam.

Bill suchte Stans Blick und hielt ihn eindringlich fest. »D-D-Du hast es a-auch g-g-gesehen.«

»*Ich wollte es aber nicht sehen!*« schrie Stan. Seine Stirn war schweißüberströmt, und Schweißperlen hingen ihm in den Augenbrauen.

»Aber du hast es gesehen?«

Stan blickte die anderen einen nach dem anderen an. Er fuhr sich mit den Händen durch die kurzen Haare und holte tief Luft – es hörte sich an wie ein zittriger Seufzer. Allmählich wich jener irre Glanz, der Bill so beunruhigt hatte, aus seinen Augen.

»Ja«, sagte er. »Ja. Okay. Yo. Zufrieden? Ja.«

Bill dachte: *Wir sind immer noch vereint.* Es *hat uns nicht aufgehalten. Wir können* Es *immer noch töten. Wir können* Es *immer noch töten... wenn wir tapfer sind.*

Bill betrachtete die anderen und sah in jedem Augenpaar einen Teil von Stans Hysterie. Nicht ganz so schlimm, aber da.

»J-J-Ja«, sagte er und lächelte Stan zu. Nach einem Augenblick lächelte Stan zurück und ein Teil des schlimmen Schocks verschwand aus seinem Gesicht. »Da-da-das ha-b-b-b ich hören wollen, d-du n-na-nasser Sack.«

»Piep-piep, Dumbo«, sagte Stan, und sie lachten alle. Es war ein hysterisches, kreischendes Lachen, aber besser als gar kein Lachen, überlegte Bill.

»K-K-Kommt«, sagte er, weil jemand etwas sagen mußte. »M-machen wir das K-K-Klubhaus fertig. Was m-m-meint ihr?«

Er sah die Dankbarkeit in ihren Augen und empfand ein Glücksgefühl... aber ihre Dankbarkeit konnte sein eigenes Entsetzen nicht heilen. Ihre Dankbarkeit hatte sogar etwas an sich, daß er sie hassen wollte.

Würde er jemals sein eigenes Entsetzen ausdrücken können, daß die zarten Bande, die sie zusammenhielten, reißen könnten? Allein so etwas zu denken war unfair, nicht? Denn zu einem gewissen Grad benützte er sie – benützte seine Freunde, riskierte ihr Leben –, um für seinen Bruder Rache zu nehmen. Und war selbst das der Grund? Nein, denn George war tot, und Bill dachte, wenn man überhaupt Rache nehmen konnte, dann nur für die Lebenden. Und was machte das aus ihm? Einen egoistischen kleinen Scheißer, der ein Blechschwert schwang und versuchte, wie König Artus auszusehen?

Mein Gott, stöhnte er innerlich, *wenn Erwachsene über so etwas nachdenken müssen, dann will ich nie erwachsen werden.*

Seine Entschlossenheit war noch da, aber es war eine bittere Entschlossenheit.

Bitter.

Fünfzehntes Kapitel

Das Rauchloch

1

*Richie Tozier schiebt seine Brille hoch (eine Geste, die ihm schon wieder
ganz vertraut ist, obwohl er seit 18 Jahren Kontaktlinsen getragen hat)
und denkt erstaunt, daß die Atmosphäre im Raum sich verändert hat,
während Mike ihnen sein Erlebnis mit dem riesigen Vogel auf dem Gelände der Eisenhütte – dort, wo jetzt das Einkaufszentrum steht – und
das zum Leben erwachte Foto im Album seines Vaters ins Gedächtnis gerufen hat.*

*Richie hat gespürt, daß eine merkwürdige heitere Energie im Raum
immer stärker wird. Er hat in den letzten paar Jahren neun- oder zehnmal Kokain ausprobiert – meistens auf Partys; Kokain ist nicht gerade
etwas, das man im Haus haben will, wenn man ein erfolgreicher Disc-
Jockey ist –, und das ist ein ähnliches Gefühl gewesen, aber doch nicht
das gleiche. Dieses Gefühl hier ist reiner, und er glaubt sich aus seiner
Kindheit daran zu erinnern, als er jeden Tag davon erfüllt gewesen war
und das für etwas ganz Selbstverständliches gehalten hatte. Wenn er als
Kind jemals über diese nie versiegende Energiequelle nachgedacht hätte
(seines Wissens hatte er das aber nie getan), so hätte er sie höchstwahrscheinlich als unveränderliche Tatsache des Lebens angesehen, als etwas, das immer da sein würde, wie seine Augenfarbe oder seine abscheu-
lich krummen Zehen.*

*Nun, das stimmte aber nicht. Jene Energie, die einem als Kind so uner-
schöpflich zur Verfügung stand, von der man glaubte, sie würde nie ver-
siegen – sie ging einem irgendwann zwischen 18 und 24 verloren und
wurde von etwas viel Langweiligerem ersetzt, von etwas so Albernem
wie einer Prise Koks: Zielstrebigkeit vielleicht, oder Erstrebenswertes,
oder welches Blah-Blah-Junior-Chamber-of-Commerce-Wort man
auch immer gebrauchen wollte. Nichts Aufregendes, sie verschwand
nicht auf einmal, mit einem Knall. Und das, dachte Richie, ist vielleicht
das Furchterregendste daran. Daß man nicht mit einem Knall aufhört,
Kind zu sein, wie die Trickballons eines Clowns mit einem Werbeslogan
für Burma Shave drauf. Das Kind in einem strömte einfach aus, wie die
Luft aus einem Reifen. Und eines Tages schaute man in den Spiegel und
sah einen Erwachsenen vor sich. Man konnte weiter Bluejeans tragen,
man konnte weiter zu Konzerten von Springsteen und Seeger gehen,*

688

man konnte sich das Haar färben, aber es war trotzdem das Gesicht eines Erwachsenen im Spiegel. Das alles passierte, während man schlief, wie ein Besuch von der Zahnfee.

Nein, denkt er. Nicht die Zahnfee. Die Altersfee.

Er lacht laut über die dumme Extravaganz dieses Vergleichs, und als Beverly ihn fragend ansieht, winkt er ihr mit der Hand zu. »Nichts weiter, Baby«, sagte er. »Ich hab' nur gedacht.«

Aber nun ist sie wieder da. Nein, nicht vollständig – zumindest noch nicht –, aber sie kommt zurück. Er spürt sie im Raum. Zum erstenmal, seit sie sich zu jenem gräßlichen Mittagessen getroffen haben, sieht Mike jetzt völlig normal aus. Als Richie mittags das Restaurant betreten und Mike gesehen hatte, der mit Ben und Eddie im Foyer saß, hatte er entsetzt gedacht: Dieser Mann ist nahe daran, den Verstand zu verlieren oder Selbstmord zu begehen. Jetzt sieht Mike nicht mehr danach aus. Sein Gesicht hat diesen gehetzten Ausdruck verloren. Der letzte Rest davon ist verschwunden, während er seine Erlebnisse mit dem Vogel und dem Album seines Vaters noch einmal lebendig werden läßt. Irgendwie hat er Energie getankt. Und das trifft auf sie alle zu. Diese neue Energie steht in ihren Gesichtern geschrieben, ist auch an ihren Stimmen zu erkennen... die ganze Luft ist davon erfüllt.

Eddie schenkt sich noch ein Glas Pflaumensaft mit Gin ein. Bill kippt einen Bourbon, Mike öffnet eine neue Dose Bier. Beverly wirft einen Blick auf die Luftballons, die Bill ans Mikrofilmgerät angebunden hat, und leert hastig ihr drittes Glas Wodka mit Orangensaft. Sie haben alle ganz schön gebechert, aber keiner von ihnen ist betrunken. Richie weiß nicht, woher die Energie kommt, die er verspürt, aber jedenfalls nicht aus der Schnapsflasche.

Derry-Nigger erwischen den Vogel: Blau.

Die Verlierer verlieren immer noch, aber Stanley Uris ist endlich in Führung gegangen: Orange.

Himmel, denkt Richie und macht sich eine neue Flasche auf. Schlimm genug, daß Es jedes Monster sein kann, das Es will, und schlimm genug, daß Es sich von unseren Ängsten ernährt. Jetzt stellt sich auch noch heraus, daß Es Rodney Dangerfield im Schlepptau hat.

Es ist Eddie, der das Schweigen bricht. »Was meint ihr – wieviel weiß Es wohl von dem, was wir gerade tun?« fragt er.

»Na ja – schließlich war Es ja hier«, sagt Ben.

»Ich bin nicht sicher, daß das viel zu besagen hat«, erwidert Eddie.

Bill nickt. »Das sind nur bildhafte Vorstellungen«, sagt er. »Visionen. Ich bin nicht sicher, daß das zwangsläufig bedeutet, daß Es uns sehen kann oder weiß, was wir treiben. Wir sehen schließlich auch einen Nachrichtensprecher im Fernsehen, ohne daß er uns sieht.«

»Diese Ballons sind aber nicht nur Visionen«, sagt Beverly und deutet über ihre Schulter hinweg darauf. »Sie sind real.«

»Diese Differenzierung stimmt nicht«, meint Richie, und alle Blicke wenden sich ihm zu. »Auch Visionen sind real. Selbstverständlich sind sie das. Sie...«

Und plötzlich klickt ein neues Glied in der langen Kette seiner Erinnerungen ein; es klickt mit solcher Kraft ein, daß er sich unwillkürlich die Ohren zuhält. Seine Augen hinter den Brillengläsern werden riesengroß.

»O mein Gott!« ruft er plötzlich. Er greift nach der Tischkante, richtet sich halb auf und läßt sich dann wieder kraftlos auf seinen Stuhl fallen. Er will nach seiner Bierdose greifen, stößt sie dabei um, umklammert sie dann und trinkt den restlichen Inhalt aus. Er starrt Mike an, während die anderen ihn verwirrt ansehen.

»Das Brennen!« schreit er. »Das Brennen in meinen Augen! Mike! Jenes Brennen in meinen Augen...« Mike nickt lächelnd.

»R-R-Richie?« fragt Bill. »W-Was ist denn l-l-los?«

Aber Richie hört ihn kaum. Die Erinnerung braust wie eine riesige Sturzwelle über ihn hinweg; ihm wird abwechselnd heiß und kalt, und er versteht plötzlich, warum all diese Erinnerungen sich nur ganz allmählich einstellen. Wenn er sich an alles auf einmal erinnert hätte, wäre es das gleiche gewesen, als ob jemand dicht an seiner Schläfe eine Schrotflinte abgefeuert hätte. Die Wucht dieser psychologischen Schrotflinte hätte ihm den Kopf zerschmettert.

»Wir sahen Es kommen«, sagt er, an Mike gewandt. »Wir sahen Es kommen, wir beide... oder war nur ich es?« Er greift nach Mikes Hand, die auf dem Tisch liegt. »Hast du es auch gesehen, Mikey, oder nur ich? Hast du es gesehen? Den Waldbrand? Den Krater?«

»Ich habe es gesehen«, sagt Mike ruhig und drückt Richie die Hand. Richie schließt einen Moment lang die Augen und denkt, daß er noch nie in seinem Leben eine so warme und mächtige Woge der Erleichterung verspürt hat, nicht einmal als die PSA-Maschine, mit der er von L.A. nach San Francisco geflogen war, von der Rollbahn abkam und einfach stehenblieb – niemand getötet, niemand verletzt. Ein bißchen Gepäck war aus den Fächern oben gefallen, mehr nicht. Er war auf die gelbe Notrutsche gesprungen und hatte einer Frau vom Flugzeug weggeholfen. Die Frau hatte sich an einem im hohen Gras verborgenen Erdhügel den Knöchel verstaucht. Sie lachte und sagte: »Ich kann nicht glauben, daß ich nicht tot bin, ich kann es einfach nicht glauben.« Richie, der die Frau

690

halb mit einer Hand getragen und mit der anderen den Feuerwehrmännern zugewinkt hatte, die den ausgestiegenen Passagieren panisch zuwinkten, sagte: »Okay, Sie sind tot, Sie sind tot, geht es Ihnen jetzt besser?« Und sie hatten beide irre gelacht. Das war ein Lachen der Erleichterung gewesen, aber diese Erleichterung war größer.

»Wovon redet ihr eigentlich?« fragt Eddie und blickt von Mike zu Richie.

Richie sieht Mike an, aber Mike schüttelt den Kopf. »Erzähl du's, Richie. Ich habe für heute abend genug geredet.«

»Nun ja, ich und Mikey, wir waren die beiden letzten Indianer im Rauchloch.«

»Das Rauchloch!« murmelt Bill.

»Jenes Brennen in meinen Augen«, sagt Richie, »unter meinen Kontaktlinsen. Ich habe es zum erstenmal gespürt, kurz nachdem Mike mich in Kalifornien angerufen hatte. Damals konnte ich es mir nicht erklären, aber jetzt weiß ich, was es war. Es war Rauch. Fünfundzwanzig Jahre alter Rauch.« Er sieht Mike wieder an. »Ist das etwas Psychologisches? Etwas Psychosomatisches? Etwas, das aus dem Unterbewußtsein kommt? Was würdest du sagen?«

»Ich würde sagen – nein«, erwidert Mike ruhig. »Ich würde sagen, daß das, was du gespürt hast, ebenso wirklich war wie die Luftballons oder der Kopf, den ich im Kühlschrank gesehen habe, oder wie die Leiche Tony Trackers, die Eddie gesehen hat. Komm, Richie, erzähl's ihnen.«

»Es war vier oder fünf Tage, nachdem Mike das Album seines Vaters in die Barrens mitgebracht hatte«, beginnt Richie. »Mitte Juli, glaube ich. Das Klubhaus war fertig. Aber... die Idee mit dem Rauchloch stammte ebenfalls von dir, Haystack. Du hattest sie aus einem deiner Bücher.«

Ben nickt lächelnd.

Richie denkt: Es war an jenem Tag bewölkt. Windstill. Die Luft gewitterschwül. Wie an dem Tag etwa einen Monat später, als wir im Fluß standen und einen Kreis bildeten und als Stan uns mit der Scherbe einer Colaflasche die Handflächen ritzte. Die Luft schien einfach dazusitzen und auf etwas zu warten, und später sagte Bill, deshalb sei es da drin auch so schnell so schlimm geworden – weil es völlig windstill war.

Der 17. Juli. Ja, da war's, das war der Tag des Rauchlochs. Der 17. Juli 1958, fast einen Monat, nachdem die Sommerferien begonnen hatten, fast einen Monat, nachdem sich in den Barrens die ersten Mitglieder der Klubs der Verlierer – Bill, Eddie und Ben – getroffen hatten. Lassen Sie mich die Wettervorhersage für jenen Tag vor fast 27 Jahren sehen, denkt Richie, und noch bevor ich sie gelesen habe, werde ich Ihnen sagen, wie sie lautete; Richie Tozier, der Große Hellseher. »Heiß, schwül, starke

691

Gewitterneigung. Und achten Sie auf die Visionen, die sich vielleicht einstellen, während Sie unten im Rauchloch sitzen...«

Es war zwei Tage nach der Auffindung von Jimmy Cullums Leiche gewesen, und am Vortag war Mr. Nell wieder in die Barrens gekommen, und er hatte direkt auf ihrem Klubhaus gesessen, ohne etwas von dessen Existenz zu ahnen, denn sie hatten die Decke schon fertiggestellt, und anschließend hatten sie unter Bens Anleitung alles sorgfältig mit Grasstücken abgedeckt. Wie der Damm, so war auch Bens Klubhaus ein durchschlagender Erfolg, aber diesmal ahnte Mr. Nell nichts davon.

Er hatte sie gründlich ausgefragt, ganz offiziell, und ihre Antworten in sein kleines schwarzes Notizbuch eingetragen, aber sie hatten ihm nur wenig sagen können – über Jimmy Cullum wußten sie wirklich nicht viel –, und schließlich war Mr. Nell wieder gegangen, nachdem er sie noch einmal daran erinnert hatte, daß sie niemals allein in den Barrens spielen sollten. Richie vermutet jetzt, daß Mr. Nell ihnen einfach befohlen hätte zu verschwinden, wenn jemand von der Polizei in Derry wirklich geglaubt hätte, daß Jimmy (oder eines der anderen Mordopfer) in den Barrens umgebracht worden war. Aber sie wußten es natürlich besser; es lag einfach am Kanalisationssystem, daß die Leichen oft hier zum Vorschein kamen.

Mr. Nell war am 16. Juli in die Barrens gekommen, ja, und auch das war ein heißer und schwüler Tag gewesen, aber sonnig. Am 17. war es dagegen bewölkt gewesen.

»Wirst du's uns nun erzählen oder nicht, Richie?« *fragt Bev. Sie lächelt ein wenig; ihre vollen Lippen sind blaßrosa, und ihre Augen leuchten.*

»Ich überlege gerade, womit ich anfangen soll«, *sagt Richie. Er nimmt die Brille ab, putzt sie an seinem Hemd, und plötzlich weiß er, womit er anfangen muß: wie sich an jenem Tag vor seinen und Bills Füßen die Erde aufgetan hatte. Natürlich wußte er, wo das Klubhaus war, ebenso wie Bill und die anderen. Trotzdem verblüffte es ihn immer noch, wenn die Erde sich plötzlich vor ihm einen Spaltbreit auftat.*

Er erinnert sich daran, daß Bill ihn auf dem Gepäckträger von Silver bis zur üblichen Stelle auf der Kansas Street mitgenommen und sein Rad wie immer unter der kleinen Brücke versteckt hatte. Er erinnert sich daran, wie sie den Pfad zur Lichtung hinabgegangen und stellenweise nur noch seitlich durchgekommen waren – es war Hochsommer gewesen, und um diese Jahreszeit glichen die Barrens ganz besonders stark einem Dschungel. Er erinnert sich daran, wie sie nach den Moskitos geschlagen hatten, die sie umschwirrten; er erinnert sich sogar,

*daß Bill gesagt hatte (oh, wie deutlich hat er jetzt alles vor Augen, nicht
einmal so, als wäre es erst gestern gewesen, sondern so, als würde es gerade in diesem Moment geschehen!): »B-B-B-Bleib mal sch-sch-sch-*

2

stehen, Richie. Da s-s-sitzt ein P-Prachtexemplar auf deinem N-N-Nak-
ken.«

»O Himmel!« rief Richie. Er haßte Moskitos. Kleine fliegende Vampire waren das, wenn man es sich richtig überlegte. »Mach ihm den Garaus, Big Bill.«

Bill schlug Richie auf den Nacken.

»Aua!«

»Siehst du?«

Bill hielt Richie die Hand vors Gesicht. Ein zerquetschter Moskito lag
mitten in einem kleinen Blutfleck. *Mein Blut!* dachte Richie und sagte:
»Igitt, igitt!«

»Na ja«, meinte Bill, während er sich die Hand an einigen Blättern ab-
wischte, »der w-w-wird jedenfalls n-niemanden mehr sch-sch-stechen.«

Sie gingen weiter und schlugen nach den Moskitos, die von ihrem
Schweißgeruch scharenweise angezogen wurden.

»Bill, wann wirst du den anderen von den Silberkugeln erzählen?«
fragte Richie, als sie sich der Lichtung näherten. ›Den anderen‹ bedeutete
in diesem Fall Bev, Eddie, Mike und Stan; Richie vermutete allerdings,
daß Stan schon ziemlich genau wußte, was sie in der Stadtbücherei so
gründlich studierten. Stan war sehr scharfsinnig – scharfsinniger, als für
ihn gut war, dachte Richie manchmal. An jenem Tag, als Mike das Album
seines Vaters in die Barrens mitgebracht hatte, war Stan fast ausgeflippt.
Richie war eigentlich so gut wie sicher gewesen, daß sie Stan danach nicht
wiedersehen würden, daß der Klub der Verlierer auf sechs Mitglieder zusammenschrumpfen würde. Aber am nächsten Tag war Stan wieder zur
Stelle gewesen, und Richies Achtung vor ihm war seitdem noch um einiges gestiegen. »Wirst du es ihnen heute sagen?«

»H-H-Heute n-nicht«, antwortete Bill.

»Du glaubst nicht, daß es klappen wird, stimmt's?«

Bill zuckte die Achseln, und Richie, der Bill Denbrough vermutlich
besser verstand als jeder andere Mensch – viel später fand Bill dieses Verständnis bei Audra Phillips –, ahnte, was Bill auf der Seele lag, was er
ohne das Hindernis seines Stotterns bestimmt ausgesprochen hätte: daß
Kinder, die silberne Pistolenkugeln herstellten, sich zwar in spannenden

Büchern für Jungen und in Comics gut machten... daß solche Schilderungen aber reinster Humbug waren. Natürlich, versuchen konnten sie es. Ben Hanscom könnte es vielleicht sogar schaffen. In einem Film *würde* es klappen. Aber...

»Aber was dann?«

»Ich h-habe eine a-a-andere Idee«, sagte Bill. »Eine viel einf-f-fachere. Aber nur, wenn B-B-Beverly...«

»Wenn Beverly was?«

»Ach nichts.«

Und Bill äußerte sich nicht mehr zu diesem Thema.

Sie traten auf die Lichtung hinaus. Bei ganz genauem Hinsehen hätte jemand vielleicht bemerken können, daß das Gras etwas struppig aussah – ein bißchen *mitgenommen* – und daß die darauf verstreuten Blätter und Tannennadeln etwas künstlich wirkten. Die beiden Jungen gingen zur Mitte der Lichtung... und plötzlich öffnete sich mit quietschenden Scharnieren vor ihnen die Erde auf etwa dreißig Zentimeter Länge und zehn Zentimeter Breite, und aus der Dunkelheit starrte ein Augenpaar hervor. Richie zuckte zusammen. Aber es waren nur Eddie Kaspbraks Augen, und Eddie – der eine Woche später im Krankenhaus liegen würde – sagte: »Wer trippelt und trappelt da über meine Brücke?«

Kichern von unten und der Schein einer Taschenlampe.

»Wir, Señor«, rief Richie mit seiner Pancho-Villa-Stimme, ging in die Hocke und zwirbelte einen unsichtbaren Schnurrbart. »Kommt sofort raus, ihr verdammten Gringos! Ihr seid umzingelt!«

»Geh zum Teufel, Pancho!« sagte Eddie prompt und schlug den Fensterspalt zu. Wieder war von unten gedämpftes Kichern zu hören.

»Kommt sofort mit erhobenen Händen raus!« brüllte Bill mit der tiefen Kommandostimme eines Erwachsenen. Er begann über die grasbedeckte Decke des Klubhauses zu trampeln; der Boden unter seinen Füßen bewegte sich etwas auf und ab, aber kaum merklich; sie hatten gute Arbeit geleistet. »Ihr habt keine Chance!« brüllte er und sah sich in seiner Fantasie als furchtloser Joe Friday von der Polizei von L.A. »Kommt sofort raus, Strolche! Sonst kommen wir runter... und SCHIESSEN!«

Er hüpfte einmal auf und ab, um seinen Worten Nachdruck zu verleihen. Von unten waren Schreie und Gelächter zu hören. Bill lächelte breit und merkte nicht, daß Richie ihn wissend ansah – nicht wie ein Kind ein anderes ansieht, sondern, in diesem kurzen Augenblick, wie ein Erwachsener ein Kind ansieht.

Er weiß nicht, daß er das nicht immer macht, dachte Richie.

»Laß sie rein, Ben, bevor die Decke einstürzt«, sagte Bev, und einen Augenblick später öffnete sich die große Falltür wie die Luke eines Unterseeboots, und Ben kam zum Vorschein. Er lächelte mit rotem Kopf, und Richie vermutete sofort, daß er neben Beverly gesessen hatte.

Bill und Richie sprangen hinab, und Ben schloß hinter ihnen die Falltür. Alle waren versammelt; sie saßen mit angezogenen Beinen da und lehnten sich gegen die Bretterwände; im Schein von Bens Taschenlampe waren ihre Gesichter einigermaßen zu erkennen.

»Na, w-was treibt ihr so?« fragte Bill.

»Nicht viel«, sagte Ben. Er saß wirklich neben Beverly und sah nicht nur rot sondern überglücklich aus. »Wir haben gerade...«

»Erzähl's ihnen, Ben«, fiel Eddie ihm ins Wort. »Erzähl ihnen die Geschichte. Ich möchte wissen, was sie davon halten.«

»Diese Sache wäre ohnehin nichts für dein Asthma«, sagte Stan nüchtern.

Richie setzte sich zwischen Mike und Ben und winkelte die Beine an. Es war herrlich kühl hier unten, herrlich *geheimnisvoll*. Vorübergehend vergaß er sogar, worüber er draußen so perplex gewesen war. »Wovon redet ihr eigentlich?« erkundigte er sich.

»Oh, Ben hat uns von einer Indianerzeremonie erzählt«, sagte Bev. »Aber Stan hat wohl recht – das wäre nichts für dein Asthma, Eddie.«

»Vielleicht wird's mir gar nichts ausmachen«, erwiderte Eddie etwas unbehaglich. »Normalerweise bekomm' ich nur dann einen Anfall, wenn ich sehr aufgeregt bin. Jedenfalls würde ich's gern ausprobieren.«

»W-W-Was ausprobieren?« fragte Bill.

»Die Rauchloch-Zeremonie«, sagte Eddie und schaute Ben an.

»Und w-w-was ist d-das?«

Der Strahl von Bens Taschenlampe leuchtete in die Höhe, und Richie folgte ihm mit dem Blick. Er flackerte ziellos über das Holzdach ihres Klubhauses, während Ben erklärte. Er huschte über die verbogenen und rissigen Furnierplatten der Mahagonitür, die sie zu siebt vor drei Tagen von der Müllhalde herübergetragen hatten – am Tag, bevor der Leichnam von Jimmy Cullum, einem ruhigen Jungen, der ebenfalls eine Brille trug, nur noch, daß er an regnerischen Tagen gern Scrabble gespielt hatte. *Der spielt nie mehr Scrabble*, dachte Richie und zitterte ein bißchen. Im Halbdunkel sah niemand das Zittern, aber Mike Hanlon, der Schulter an Schulter mit ihm saß, sah ihn seltsam an.

»Na ja, ich habe da ein Buch aus der Bücherei ausgeliehen«, erklärte Ben. »Es heißt ›*Ghosts of the Great Plains*‹, und es handelt von all den Indianerstämmen, die vor 100 und 150 Jahren weiter im Westen lebten. Die Pajutes und die Pawnee und die Kiowa und die Komantschen. Es war wirklich ein ganz tolles Buch. Ich würde furchtbar gern einmal jene Gegenden sehen, wo sie gelebt haben. Iowa, Nebraska, Colorado, Utah...«

»Schweif nicht ab, erzähl lieber von der Rauchloch-Zeremonie«, unterbrach ihn Beverly mit einem Rippenstoß.

»Okay, du hast völlig recht«, sagte Ben, und Richie vermutete, daß Ben ihr ebenso bereitwillig zugestimmt hätte, wenn sie ihn aufgefordert hätte: »Trink jetzt dieses Gift, Ben, okay!«

»Na ja, fast alle diese Stämme kannten die Zeremonie, und unser Klubhaus brachte mich auf die Idee. Vor jeder wichtigen Entscheidung, die sie treffen mußten – ob sie den Büffelherden folgen sollten, ob sie näher an frisches Wasser umziehen sollten, ob sie gegen ihre Feinde kämpfen sollten –, gruben sie ein Loch in die Erde, bedeckten es mit Zweigen und ließen nur ein kleines Loch frei...«

»Das Rau-Rau-Rauchloch«, sagte Bill.

»Deine rasche Auffassungsgabe erstaunt mich immer wieder, Big Bill«, sagte Richie feierlich. »Du solltest dich für ›Twenty-One‹ melden.«

Bill tat so, als wollte er nach ihm schlagen, und Richie wich zurück und stieß sich dabei kräftig den Kopf an einem Stützbalken an.

»Autsch!«

»Das geschieht d-dir r-r-recht«, sagte Bill.

»Ich leg' dich um, du verfluchter Gringo«, rief Richie. »Wir brauchen hier wirklich keine stinkenden...«

»Hört doch mit dem Blödsinn auf!« sagte Beverly. »Das ist interessant.« Und sie warf Ben einen so anerkennenden Blick zu, daß Richie glaubte, im nächsten Moment würde Rauch aus Bens Ohren kommen.

»Okay, B-B-Ben«, sagte Bill. »Erzähl w-w-weiter.«

»Klar«, sagte Ben. Das Wort war nur ein Krächzen. Ben mußte sich kräftig räuspern, bevor er fortfahren konnte: »Na ja, wenn das Rauchloch fertig war, machten sie dort unten Feuer. Sie benutzten hauptsächlich ganz frisches Holz, damit es richtig stark rauchte. Dann setzten sich alle tapferen Krieger da unten um das Feuer herum. Das Loch füllte sich mit Rauch, und im Buch stand, es sei so eine Art Wettbewerb gewesen. Und nach einem halben Tag oder so waren dann nur noch zwei oder drei da unten. Und angeblich bekamen sie durch den Rauch Visionen.«

»Klar, wenn ich fünf oder sechs Stunden lang Rauch einatmen müßte, würde ich auch Visionen haben«, sagte Mike, und alle lachten.

»Diese Visionen sollten dem Stamm sagen, was er zu tun hatte«, fuhr Ben fort. »Und in dem Buch stand – ob es stimmt oder nicht, weiß ich natürlich nicht –, daß die Visionen meistens richtig waren.«

Schweigen trat ein, und Richie sah Bill an. Er war sicher, daß sie alle jetzt Bill ansahen, und er hatte das Gefühl, als sei Bens Geschichte vom Rauchloch viel mehr als nur etwas, worüber man in einem Buch liest und das man dann selbst ausprobieren möchte wie ein chemisches Experiment oder einen Zaubertrick. Er wußte es; jeder von ihnen wußte es. Vielleicht wußte Ben es am allerbesten: Sie *sollten* das tun, es wurde von ihnen *erwartet.*

Durch den Rauch bekamen sie Visionen... meistens waren diese Visionen richtig.

Richie dachte: *Ich wette, wenn wir Haystack fragen würden, so würde er uns antworten, daß dieses Buch ihm sozusagen in die Hände gesprungen ist. So als hätte jemand gewollt, daß er dieses ganz spezielle Buch las und uns dann über die Rauchloch-Zeremonie berichtete. Denn schließlich ist hier ja ein Stamm versammelt. Wir sind der Stamm. Und ich vermute, daß wir wirklich unbedingt wissen müssen, wie es weitergehen wird.*

Dieser Gedanke führte zu einem anderen: *Hatte dies geschehen sollen? War das vorgesehen, geplant gewesen, von jenem Zeitpunkt an, als Ben die Idee zu einem unterirdischen Klubhaus anstelle eines Baumhauses gehabt hatte? Wieviel von all dem denken wir uns selbst aus, und inwieweit werden wir gelenkt?*

In gewisser Weise, dachte er, hätte diese Vorstellung fast tröstlich sein müssen. Es war schön, sich vorzustellen, daß etwas Größeres als man selbst, etwas *Schlaueres* als man selbst, einem das Denken abnahm, wie die Erwachsenen, die einem die Mahlzeiten planten, die Kleider kauften und einem die Zeit einteilten – und Richie war überzeugt, die Kraft, die sie zusammengeführt hatte, die Kraft, die Ben als Boten benutzt hatte, um ihnen den Einfall mit dem Rauchloch zu überbringen –, daß diese Kraft nicht dieselbe war, die die Kinder umbrachte. Das war eine Art Gegen-Kraft zu dieser anderen... zu

(*ach, du kannst es ruhig aussprechen*)

Es. Dennoch gefiel ihm das Gefühl nicht, keine Kontrolle mehr über das eigene Tun zu haben, geleitet zu werden, benützt zu werden.

Alle sahen Bill an, warteten darauf, was Bill sagen würde.

»W-W-Wißt ihr«, meinte er schließlich, »das h-h-h-hört sich w-wirklich t-t-t-toll an.«

Beverly seufzte, und Stan bewegte sich unbehaglich... das war alles.

»W-W-Wirklich toll«, wiederholte Bill nachdenklich und betrachtete seine Hände. Vielleicht lag es am Licht der Taschenlampe, oder er bildete es sich nur ein – aber Richie hatte den Eindruck, daß sein Freund Bill bleich und sehr verängstigt aussah, obwohl er lächelte.

»W-W-Wir k-könnten eine V-V-Vision g-gut gebrauchen, die uns s-sagt, wie wir unser P-P-P-Problem anp-p-packen s-sollen.«

Und wenn jemand eine Vision haben wird, so Bill, dachte Richie. Aber darin täuschte er sich.

»Na ja«, sagte Ben, »vermutlich funktioniert die Sache nur bei Indianern, aber probieren können wir's ja mal – es könnte ganz interessant sein.«

»O ja, wahrscheinlich werden wir alle vom Rauch bewußtlos und sterben hier drin«, prophezeite Stan düster. »Das wäre wirklich eine sehr interessante Erfahrung.«

»Du willst es nicht probieren, Stan?« fragte Eddie.

»Doch, irgendwie reizt es mich«, erwiderte Stan seufzend. »Ich glaube, unter eurem Einfluß verliere ich noch jeden Rest von gesundem Menschenverstand, wißt ihr das?« Er sah Bill an. »Wann?«

»N-Na ja, am b-b-besten jetzt g-gleich«, sagte Bill. »F-Findet ihr nicht auch?«

Eine Zeitlang herrschte bestürztes, nachdenkliches Schweigen. Dann stand Richie auf und öffnete die Falltür. Das gedämpfte Licht dieses bewölkten Sommertages flutete ins Klubhaus.

»Ich hab' mein Beil dabei«, sagte Ben. »Wer möchte mir helfen, grüne Äste abzuschneiden?«

Alle beteiligten sich daran.

3

Die Vorbereitungen nahmen etwa eine Stunde in Anspruch. Sie schnitten vier oder fünf Armvoll kleiner grüner Zweige ab, und Ben entfernte die Blätter. »Rauchen würden sie, das steht fest«, sagte er. »Ich weiß aber nicht mal, ob wir sie überhaupt zum Brennen bringen.«

Beverly und Richie gingen zum Ufer des Kenduskeag hinab und sammelten verhältnismäßig große Steine, wobei sie Eddies Jacke (seine Mutter zwang ihn immer, eine Jacke mitzunehmen, sogar wenn es achtundzwanzig Grad hatte – es könnte regnen, sagte Mrs. Kaspbrak, und wenn es regnet und du hast eine Jacke dabei, wirst du wenigstens nicht naß bis auf die Haut) als behelfsmäßigen Beutel verwendeten. Auf dem Rückweg zum Klubhaus sagte Richie plötzlich: »Du kannst bei dieser Sache nicht mitmachen, Bev. Du bist ein Mädchen. Ben hat gesagt, daß nur die tapferen Krieger in dieses Rauchloch hinabsteigen, nicht aber die Squaws.«

Beverly blieb stehen und sah Richie mit einer Mischung aus Heiterkeit und Zorn an. Eine Strähne hatte sich aus ihrem Pferdeschwanz gelöst; sie streckte die Unterlippe vor und blies die Strähne aus der Stirn.

»Ich könnte dich mit links fertigmachen, Richie. Das weißt du genau.«

»*Das* keine Rolle spiehlun, Miß Scawlett!« sagte Richie und machte ihr große Augen. »Bist ein Mädchen und *bleibst* ein Mädchen! Bist ganz sicher kein tapfara Innianerkriecher!«

»Dann eben eine Kriegerin«, sagte Beverly. »Tragen wir jetzt diese Steine zum Klubhaus, oder muß ich dir erst ein paar auf deinen Wasserkopf hauen?«

»Aba, aba. Miß Scawlett, ich hab' kein Wasser in mei'n Kopf nich'!« kreischte Richie, und Beverly mußte so sehr lachen, daß sie ihr Ende von Eddies Jacke losließ und alle Steine auf den Boden fielen. Sie zankte die ganze Zeit, während sie sie wieder aufhoben, mit Richie, und Richie scherzte und kreischte mit vielen ›Stimmen‹ und dachte bei sich, wie schön sie war.

Richie hatte es zwar nicht ernst gemeint, als er sagte, daß sie wegen ihres Geschlechts nicht an der Rauchloch-Zeremonie teilnehmen durfte, aber Bill Denbrough offenbar schon.

Sie stand ihm gegenüber, die Hände in die Hüften gestemmt, mit vor Zorn hochroten Wangen. »Das kannst du dir aus dem Kopf schlagen, Stotter-Bill! Ich bin mit von der Partie – oder gehöre ich etwa nicht mehr zu eurem lausigen Klub?«

Geduldig erklärte Bill: »D-D-Darum g-geht es n-n-n-nicht, Bev, und d-das w-w-weißt du g-genau. Jemand m-muß draußen b-b-b-bleiben.«

»*Warum?*«

Bill wollte ihr antworten, aber er spürte, daß er jetzt vor Stottern kein einziges Wort herausbringen würde. Hilfesuchend sah er Eddie an.

»Stan hat es vorhin schon erwähnt«, erklärte Eddie ruhig. »Es ist wegen des Rauchs. Bill sagt, so was könnte wirklich passieren – wir könnten da unten alle ohnmächtig werden. Und dann würden wir sterben. Bill sagt, daß bei Hausbränden die meisten Leute nicht verbrennen, sondern am Rauch ersticken. Sie...«

Jetzt wandte Bev sich Eddie zu. »Okay, er will also, daß jemand oben bleibt, für den Fall, daß es Probleme gibt?«

Eddie nickte unglücklich.

»Nun, wie wär's dann mit *dir*? Du bist doch derjenige, der Asthma hat!«

Eddie sagte nichts mehr. Sie wandte sich wieder Bill zu. Die anderen standen herum, die Hände in den Hosentaschen, mit unglücklichen Gesichtern.

»Es ist *doch*, weil ich ein Mädchen bin, nicht wahr? Nicht wahr, das ist doch der wahre Grund?«

Widerwillig nickte Bill.

Sie sah ihn mit zitternden Lippen an, und Richie dachte, daß sie in Tränen ausbrechen würde. Aber statt dessen explodierte sie.

»Hol dich der Teufel, verflucht noch mal!« Sie wirbelte herum und blickte in die Runde; ihre Augen schleuderten Blitze, und die Jungen zuckten unwillkürlich zusammen. »Hol euch *alle* der Teufel, wenn ihr derselben Meinung seid wie er! Diese Sache ist viel mehr als nur irgendein beschissenes Kinderspiel wie Verstecken, Fangen oder Schießen, *und das wißt ihr genau. Wir sollen das tun, es wird von uns erwartet.* Und ihr könnt mich nicht einfach davon ausschließen, nur weil ich ein Mädchen bin. Habt ihr verstanden? Wenn nicht, so gehe ich auf der Stelle. Und zwar für immer! Kapiert?«

Richie spürte, daß er Angst hatte. Er spürte, daß jetzt alles auf dem Spiel stand, jede Chance, die sie haben mochten zu gewinnen, eine Möglichkeit zu finden, um an das Monster heranzukommen, das George Denbrough und die anderen Kinder ermordet hatte, an dieses Monster heranzukommen und es zu töten. *Sieben,* dachte Richie. *Das ist die magische Zahl. Wir müssen zu siebt sein.*

Irgendwo sang ein Vogel, verstummte, sang wieder.

»O-O-Okay«, sagte Bill schließlich, und Richie stieß einen erleichterten Seufzer aus. »A-A-Aber jemand m-muß oben b-b-bleiben. Wer w-w-w-will das t-tun?«

Richie dachte, daß Eddie sich bestimmt freiwillig melden würde, aber Eddie schwieg. Stan stand blaß, nachdenklich und stumm da. Mike hatte seine Daumen in den Gürtel gehakt wie Steve McQueen in ›*Wanted: Dead or Alive*‹, und nur seine Augen bewegten sich.

»N-N-Na l-los!« drängte Bill, und Richie erkannte, daß jetzt keiner von ihnen mehr so tat, als hielte er das alles nur für ein Spiel. Dafür hatten Bevs leidenschaftlicher Ausbruch und Bills ernstes, viel zu alt aussehendes Gesicht gesorgt. Dies konnte vielleicht ebenso gefährlich werden wie die Expedition, die er und Bill zum Haus Nr. 29 auf der Neibolt Street gemacht hatten. Sie wußten es alle... und keiner von ihnen kniff. Und plötzlich war er sehr stolz auf sie alle und auf sich selbst. Er wußte nicht, ob sie noch Verlierer waren oder nicht, aber er wußte, daß sie eine verschworene Gemeinschaft bildeten. Sie waren Freunde. Verdammt gute Freunde. Richie nahm seine Brille ab und putzte sie energisch.

»Ich weiß, wie wir's machen«, sagte Beverly und holte ein Streichholzheftchen aus ihrer Tasche. Sie riß ein Streichholz ab, zündete es an und blies es dann aus. Sie riß sechs weitere ab, wandte den Jungen den Rücken zu, und als sie sich wieder umdrehte, ragten die Streichhölzer aus ihrer geschlossenen Faust heraus; nur die Köpfe waren darin verborgen. »Zieh eins raus«, sagte sie und hielt die Streichhölzer Bill hin. »Wer das Streichholz mit dem abgebrannten Kopf zieht, muß oben bleiben und die anderen rausholen, wenn sie ohnmächtig werden.«

Bill sah sie aufmerksam an. »D-Du w-willst es w-wirklich so haben?«

Sie lächelte ihn strahlend an. »Ja, du Dummkopf, so will ich es haben. Und was ist mit dir?«

»Ich l-l-l-l-liebe dich, B-B-Bev«, sagte er, und sie errötete heftig.

Bill schien das nicht zu bemerken. Er betrachtete die Streichhölzer, die aus ihrer Faust herausragten, und schließlich zog er eins. Der Kopf war blau und nicht abgebrannt. Sie wandte sich Ben zu und hielt ihm die restlichen sechs hin.

»Ich liebe dich auch«, sagte Ben heiser. Sein Gesicht war rotviolett; er sah aus, als würde er gleich einen Herzschlag bekommen. Aber niemand lachte. Irgendwo tiefer in den Barrens sang wieder der Vogel. *Stan weiß bestimmt, was für ein Vogel das ist*, dachte Richie so nebenbei.

»Ich danke dir«, sagte Bev ernst, und Ben suchte ein Streichholz aus. Es war unversehrt.

Als nächstem hielt sie Eddie die Streichhölzer hin. Eddie lächelte; es war ein scheues Lächeln, unglaublich süß und herzerweichend verletzlich. »Ich glaube, ich liebe dich auch, Bev«, sagte er und zog blindlings ein Streichholz heraus. Es hatte einen blauen Kopf.

Nun bot Beverly die vier Streichhölzer Richie an.

»Oh, ich *liebe* Sie, Miß Scawlett!« schrie Richie laut und gab schmatzende Kußlaute von sich. Beverly sah ihn nur leicht lächelnd an, und plötzlich schämte er sich. »Ich liebe dich wirklich, Bev«, sagte er und berührte ihr Haar. »Du bist großartig.«

»Danke«, sagte sie.

Er zog ein Streichholz heraus und war plötzlich überzeugt davon, daß es das abgebrannte sein würde. Aber das war nicht der Fall.

Sie hielt die restlichen Streichhölzer Stan hin.

»Ich liebe dich«, sagte Stan lächelnd und zog eines heraus. Blauer Kopf.

»Du oder ich, Mike«, sagte sie und ließ ihm die Wahl zwischen den beiden letzten Streichhölzern.

Er trat etwas vor. »Ich kenne dich nicht gut genug, um dich zu lieben«, sagte er. »Aber ich tu's trotzdem. Du könntest, glaube ich, sogar meiner Mutter noch Unterricht im Brüllen geben.«

Alle lachten, und Mike wählte das linke Streichholz. Es war ebenfalls unversehrt.

»A-A-Also m-mußt doch d-du oben b-b-bleiben, Bev«, sagte Bill.

»Ja, so soll...«, begann sie und verstummte, als sie die Faust öffnete.

Ihr Gesicht nahm einen so überraschten Ausdruck an, daß es fast komisch wirkte. Sie starrte auf das Streichholz in ihrer Hand.

Sein Kopf war ebenfalls unversehrt.

»D-Du h-h-h-hast geschummelt!« beschuldigte Bill sie.

»Nein«, sagte Beverly und sah alle der Reihe nach an. »Ich habe nicht geschummelt. Ich schwör's euch!«

Sie zeigte ihnen ihre Handfläche, und alle sahen die Rußspuren.

»Bill, ich habe die Streichhölzer nicht ausgetauscht!« Ihre Augen waren riesengroß. »Ich schwör's dir, ich schwör's dir beim Leben meiner Mutter!«

Bill sah sie einen Moment lang an und nickte dann. Ohne sich abzusprechen, streckten alle Bill ihre Streichhölzer hin. Sieben Stück, keines davon abgebrannt. Stan und Eddie begannen auf dem Boden herumzukriechen, aber auch dort lag kein abgebranntes Streichholz.

»Ich hab' nicht geschummelt!« wiederholte Beverly.

»Und was machen wir jetzt?« fragte Richie.

»Wir gehen alle r-r-runter«, entschied Bill. »D-Denn das wird anschsch-scheinend von uns erwartet.«

»Und wenn wir alle ohnmächtig werden?« fragte Eddie.

Bill sah wieder Beverly an. »W-W-Wenn B-Bev die W-W-W-Wahrheit s-sagt, und das t-tut sie, dann w-w-w-wird das nicht passieren.«

»Woher weißt du das?« fragte Stan.

»Ich w-w-w-weiß es einfach.«

Wieder sang der Vogel.

4

Ben und Richie stiegen als erste in die Grube, und die anderen reichten Richie die Steine hinunter, die er an Ben weitergab. Ben ordnete sie in der Mitte des Lehmbodens ihres Klubhauses kreisförmig an. »Okay«, sagte er. »Das reicht jetzt.«

Die anderen kamen herunter; jeder trug eine Handvoll grüner Zweige. Bill war der letzte. Er schloß die Falltür und öffnete das schmale Fenster. »D-D-Da«, sagte er. »D-Da hast du d-dein R-R-Rauchloch. Haben w-wir irgendwas zum Anzünden?«

»Du kannst das hier haben, wenn du willst«, sagte Mike und zog ein zerknittertes Archie-Heftchen aus der Gesäßtasche. »Ich hab's schon gelesen.«

»Danke«, sagte Bill und begann langsam, die Seiten herauszureißen.

Die anderen saßen an den Wänden, Knie an Knie, Schulter an Schulter, und sahen ihm schweigend zu. Die Spannung stieg immer mehr, und es war so, als hätte sich das Klubhaus schon mit einer Art psychischem Rauch gefüllt.

Bill legte kleine Zweige auf das Papier, dann sah er Beverly an. »D-Du hast die Sch-Sch-Streichhölzer.«

Sie zündete eins an, eine winzige gelbe Flamme in der Dunkelheit. »Das verdammte Zeug wird vermutlich sowieso nicht brennen«, sagte sie mit einer etwas schwankenden Stimme und hielt die Flamme an mehreren Stellen ans Papier. Als es fast heruntergebrannt war, warf sie es auf das Holz.

Gelbe Flammen züngelten knisternd empor und ließen alle Gesichter reliefartig hervortreten, und in diesem Moment glaubte Richie mühelos an Bens Indianergeschichte, und er dachte, daß es genauso gewesen sein mußte, damals in alten Zeiten, bevor die Siedler sich nach Westen aufmachten, als die Indianer den weißen Mann nur von vagen Gerüchten her kannten.

Die Zweige fingen Feuer, und das Klubhaus begann sich mit Rauch zu füllen. Ein Teil davon, weiß wie Baumwolle, entwich durch den Fensterspalt. Aber da es draußen völlig windstill war, blieb der größte Teil unten. Es war ein beißender Rauch, der ihre Augen zum Tränen brachte und sich in ihren Kehlen staute. Richie hörte Eddie zweimal husten – es war ein flacher, trockener Husten. *Er sollte nicht hier unten sein*, dachte er... aber etwas oder jemand war da offensichtlich anderer Meinung.

Bill warf noch eine Handvoll grüner Zweige in das schwelende Feuer und fragte mit dünner Stimme, die sich ganz anders anhörte als gewöhnlich: »H-H-Hat irgend jemand irgendwelche V-V-Visionen?«

»Visionen, hier herauszukommen«, sagte Stan. Beverly lachte darüber, aber ihr Lachen ging rasch in einen Hustenanfall über.

Richie lehnte den Kopf gegen die Bretterwand und blickte zum Rauchloch empor – einem schmalen Rechteck weichen gelben Lichtes. Er dachte an jenen Märztag, an die Statue von Paul Bunyan... aber das war nur ein Traum gewesen, eine Halluzination, eine

(Vision).

»Dieser Rauch bringt mich noch *um*«, sagte Ben. »Puh!«

»Dann geh rauf«, murmelte Richie, ohne seinen Blick vom Rauchloch zu wenden. Er hatte das Gefühl, zehn Pfund abgenommen zu haben. Und er hatte das sichere Gefühl, daß das Klubhaus größer geworden war. Dessen war er sich verdammt sicher. Vorhin hatte sich Bens dickes rechtes Bein gegen sein linkes gepreßt, und Bills knochige Schulter hatte sich in seinen rechten Arm gebohrt. Jetzt berührte er keinen von beiden. Er drehte seinen Kopf langsam nach rechts und links, um sich zu vergewissern, daß sein Eindruck richtig war, und es stimmte: Ben saß etwa einen Fuß entfernt zu seiner Linken, und Bill zu seiner Rechten war sogar noch weiter weg.

»Der Raum wird größer«, sagte er. Er holte tief Luft und mußte sofort husten. Es tat weh, tief in seiner Brust, so wie Husten weh tat, wenn man eine Erkältung oder eine Grippe hatte. Eine Zeitlang dachte er, daß der Hustenanfall überhaupt nicht mehr aufhören würde; daß er immer weiterhusten würde, bis die anderen ihn schließlich herausziehen würden. *Wenn sie noch dazu imstande sein werden*, dachte er, aber der Gedanke war zu verschwommen, um ihm Angst einzujagen.

Dann klopfte Bill ihm auf den Rücken, und der Hustenanfall verging.

»Du hast nicht gestottert«, sagte Richie. Er schaute dabei aber nicht Bill an, sondern blickte wieder zum Rauchloch empor. Wie leuchtend hell es aussah! Wenn er die Augen schloß, konnte er das Rechteck immer noch sehen; es schwebte da oben in der Dunkelheit, aber nicht leuchtend weiß, sondern leuchtend grün.

»W-W-Wann?« fragte Bill.

»Draußen. Als wir herkamen und alle anderen hier unten waren.« Er verstummte, weil jetzt jemand anders hustete; er konnte aber nicht erkennen, wer es war. »Du solltest mit verschiedenen Stimmen reden, nicht ich, Big Bill. Du...«

Das Husten wurde stärker. Plötzlich wurde das Klubhaus von hellem Tageslicht überflutet, so plötzlich, daß Richie die Augen zukneifen mußte. Er konnte gerade noch Stan Uris erkennen, der herauskletterte.

»Tut mir leid«, brachte Stan mühsam hervor, von Husten nur so geschüttelt. »Tut mir leid, ich kann nicht...«

»Na klar doch, ist völlig in Ordnung«, hörte Richie sich sagen.

Einen Augenblick später fiel die Falltür wieder zu, aber die frische Luft hatte seinen Kopf ein bißchen geklärt. Bevor Ben etwas abrückte und Stans Platz einnahm, spürte Richie Bens dickes Bein wieder an seinem eigenen. Wie war er nur auf die Idee gekommen, daß das Klubhaus größer geworden war?

Mike Hanlon warf weitere Zweige ins rauchende Feuer. Richie atmete flach und blickte wieder zum Rauchloch empor. Er hatte jedes Zeitgefühl verloren, aber er war sich dunkel bewußt, daß es im Klubhaus allmählich auch ganz schön heiß wurde.

Er schaute sich nach seinen Freunden um. Sie waren nur verschwommen zu erkennen, wurden von den Rauchschwaden und dem weißen Sommerlicht halb verschluckt. Bev hatte den Kopf an ein Brett gelehnt, ihre Hände lagen auf den Knien, ihre Augen waren geschlossen, und Tränen liefen ihr über die Wangen. Bill saß mit gekreuzten Beinen da, das Kinn auf die Brust gepreßt. Ben saß...

Aber plötzlich sprang Ben auf und stieß die Falltür auf.

»Da geht Ben dahin«, sagte Mike. Er saß Richie genau gegenüber, und seine Augen waren rot wie die eines Wiesels.

Wieder streifte sie ein verhältnismäßig kühler Hauch. Die Luft wurde etwas frischer, als Rauch durch die Falltür entwich. Ben hustete und würgte. Er kletterte mit Stans Hilfe hinaus, und bevor einer von beiden die Falltür schließen konnte, taumelte Eddie auf die Beine; sein Gesicht war leichenblaß, abgesehen von den dunklen Ringen unter den Augen und den hektisch roten Flecken auf seinen Backenknochen. Seine magere Brust hob und senkte sich rasch; er atmete beunruhigend flach und krampfhaft. Er griff nach dem Rand der Luke, wäre aber abgerutscht, wenn Ben und Stan nicht seine Hände gepackt hätten.

»Tut mir leid«, flüsterte Eddie keuchend, und dann zogen die anderen ihn hoch. Die Falltür wurde wieder geschlossen.

Dann blieb lange Zeit alles ruhig. Der Rauch wurde immer dicker, bis er einem dichten, undurchdringlichen Nebel glich. *Sieht mir ganz nach einer richtigen Erbsensuppe aus, Watson,* dachte Richie, und einen Moment lang stellte er sich vor, er wäre Sherlock Holmes (ein Holmes, der große Ähnlichkeit mit Basil Rathbone hatte und ganz schwarzweiß war), der wachsam die Baker Street entlangging; Moriarty war irgendwo in der Nähe, und das Spiel war im Gange.

Der Gedanke war erstaunlich klar, erstaunlich greifbar, fast gewichtig, so als wäre es nicht einer jener Tagträume, die er andauernd spann (der entscheidende Wurf für die Bosox, Ende der neunten Runde, Ball klar, *und da fliegt er, er geht hoch...* ER IST FORT! *Home Run, Tozier... und das ist ein neuer Rekord für den Jungen!),* sondern etwas, das fast *real* war.

Er hatte aber noch genügend gesunden Menschenverstand und Humor, um sich zu sagen, daß diese ganze Idee von Visionen stark überbewertet wurde, wenn nichts anderes dabei herauskam als Richie Toziers Vision von sich selbst als Sherlock Holmes.

Und natürlich lauert da draußen auch nicht Moriarty. Da draußen lauert Es... *irgendein* Es... *und Es ist real. Es...*

Dann wurde die Falltür wieder geöffnet, und Beverly versuchte hustend, eine Hand vor den Mund haltend, nach oben zu gelangen. Ben griff nach ihrer freien Hand, Stan packte sie unter dem Arm; halb aus eigener Kraft, halb von den beiden Jungen gezogen, kam sie heraus.

»Der R-R-Raum wird w-w-w-wirklich g-größer«, stellte Bill fest.

Richie schaute sich um. Er sah den Steinkreis, in dem das Feuer schwelte und Rauchwolken verbreitete. Jenseits des Feuers saß Mike ihm gegenüber, mit gekreuzten Beinen wie ein Indianer, und starrte ihn mit roten Augen an. Nur war Mike nun mehr als 20 Meter entfernt, und Bill, rechts von Richie, sogar noch weiter. Das unterirdische Klubhaus hatte mittlerweile die Größe eines Ballsaals.

»Das macht nichts«, sagte Mike. »Ich glaube, es wird jetzt sehr schnell gehen, was immer auch geschehen mag.«

»J-Ja«, stammelte Bill. »A-A-A-Aber i-ich...«

Er begann zu husten. Er versuchte, den Husten unter Kontrolle zu bringen; statt dessen wurde er immer schlimmer, ein trockener, rasselnder Husten. Richie sah verschwommen, wie Bill taumelnd auf die Beine kam, nach der Falltür tastete und sie aufstieß.

»V-V-V-Viel G-G-G-Gl...«

Dann wurde er von den anderen hochgezogen.

»Sieht so aus, als wären nur noch wir beide übrig, Mikey«, sagte Richie und begann selbst zu husten. »Ich war überzeugt, daß es Bill wäre...«

Der Husten wurde schlimmer. Er beugte sich weit vor und schnappte nach Luft. Sein Kopf dröhnte. Seine Augen tränten hinter der Brille.

Von ferne hörte er Mikes Stimme: »Geh rauf, wenn's nicht anders geht, Richie. Quäl dich nicht so rum.«

Richie hob die Hand und winkte ab. Allmählich ließ der Husten wieder nach. Mike hatte recht; etwas würde geschehen, und zwar schon sehr bald. Etwas, das für sie alle vielleicht sehr bedeutsam sein konnte.

Er legte den Kopf in den Nacken und betrachtete wieder das Rauchloch. Nach dem Hustenanfall war sein Kopf merkwürdig leicht geworden, und er hatte das Gefühl, auf einem Luftpolster zu schweben. Es war ein angenehmes Gefühl. Er atmete flach und dachte: *Eines Tages werde ich Rock and Roll Star. Ja, das ist es. Ich werde berühmt. Ich mache Singles und LPs und Filme. Ich habe einen schwarzen Mantel und weiße Schuhe und einen gelben Cadillac. Und wenn ich nach Derry zurückkomme, werden alle grün vor Neid, sogar Bowers. Ich trage eine Brille, na und? Buddy Holly trägt auch eine Brille. Ich hüpfe, bis ich blau, und tanze, bis ich schwarz werde. Ich werde der erste Rock-Star aus Maine. Ich...*

Der Gedanke verflog. Aber das machte ihm nichts aus. Er stellte fest, daß er jetzt nicht mehr flach zu atmen brauchte. Seine Lunge hatte sich an den Rauch gewöhnt. Er konnte so tief und so viel atmen, wie er nur wollte.

Mike warf neue Zweige aufs Feuer, und Richie tat es ihm nach.

»Wie fühlst du dich, Rich?« fragte Mike.

Richie lächelte. »Besser. Ganz gut. Und du?«

Mike nickte und lächelte ebenfalls. »Mir geht's gut. Hast du auch so komische Gedanken gehabt?«

»Ja. Vorhin hab' ich mich einen Moment lang für Sherlock Holmes gehalten. Deine Augen sind wahnsinnig rot.«

»Deine auch. Wir sind zwei Wiesel im Gehege.«

»Ja?«

»Ja.«

»Willst du sagen, alles in Ordnung?«

»Alles in Ordnung. Hast du das Wort?«

»Ich habe es, Mikey.«

»Ja, okay.«

Sie grinsten einander zu, und dann lehnte Richie seinen Kopf wieder an die Wand und blickte zum Rauchloch empor. Kurz darauf glaubte er erneut zu schweben. Nach oben zu schweben wie ein

(*schweben wir hier herunter wir alle*)

Ballon.

»Ist b-b-bei euch alles in O-O-Ordnung?«

Bills Stimme durch das Rauchloch. Oder von der Venus. Besorgt. Richie fühlte sich unsanft in sich selbst zurückgeworfen.

»Alles in Ordnung«, hörte er seine eigene verärgerte Stimme wie aus weiter Ferne. »Alles in Ordnung, wir haben alles in Ordnung gesagt, sei still, Bill, laß uns das Wort hören, wir wollen sagen, wir haben

(*die Welt*)

das Wort.«

Das Klubhaus war größer denn je, und der Boden schien aus poliertem Holz zu bestehen. Der Rauch glich dichtem Nebel, und Richie konnte das Feuer kaum noch sehen – der Raum war jetzt so groß, daß er mindestens fünf Minuten gebraucht hätte, um dorthin zu gelangen. Mike sah ihn von der anderen Seite an, ein im Nebel verschwommener Schatten.

Kommst du, Mikey?

Ich bin hier bei dir, Richie.

Halt meine Hand fest... kannst du sie erreichen?

Ich glaube schon.

Richie streckte die Hand aus, und obwohl Mike ganz am anderen Ende des riesigen Raumes saß, spürte Richie, wie seine kräftigen braunen Finger sich um sein Handgelenk schlossen. Oh, und das war gut, das war eine gute Berührung, es tat gut, Verlangen im Trost zu finden, Trost im Verlangen, Substanz im Rauch und Rauch in Substanz...

Er legte den Kopf in den Nacken und betrachtete das leuchtend weiße

707

Rauchloch. Es war jetzt weiter entfernt. Meilenweit. Venusisches Himmelslicht.

Es passierte. Er schwebte. *Dann komm*, dachte er und stieg schneller durch den Rauch, den Nebel, den Dunst, was immer es war.

5

Sie waren nicht mehr in ihrem Klubhaus.

Sie standen nebeneinander mitten in den Barrens, in einem eigenartigen Zwielicht.

Es waren die Barrens, das wußte er, aber alles sah ganz anders aus. Das Laubwerk war saftiger, üppiger; es verströmte einen wilden Duft. Es gab Pflanzen, die Richie noch nie gesehen hatte, und er entdeckte, daß einige der Bäume in Wirklichkeit gigantische Farne waren. Er hörte das Rauschen von Wasser, aber es war viel lauter, als es eigentlich hätte sein dürfen – dieses Wasser hörte sich nicht wie die gemächliche Strömung des Kenduskeag an, sondern eher so, wie er sich den Colorado vorstellte, wenn dieser sich einen Weg durch den Grand Canyon bahnte.

Es war sehr heiß. Nicht daß es in Maine im Sommer nicht heiß und schwül gewesen wäre – manchmal lag man nachts total verschwitzt im Bett; aber hier war es heißer und feuchter, als er es je zuvor erlebt hatte. Ein dichter, rauchiger Bodennebel lag in den Tälern dieser Landschaft und strich um die Beine der Jungen. Er hatte einen schwach ätzenden Geruch.

Wortlos bewegten sich Mike und Richie auf das Rauschen des Wassers zu, bahnten sich ihren Weg durch die seltsam wilde Vegetation. Es waren die Barrens, aber alles sah ganz anders aus. Dicke Lianen hingen zwischen manchen Bäumen, und einmal hörte Richie, wie etwas durchs Dickicht brach. Es mußte größer als ein Hirsch sein.

Er blieb stehen und drehte sich einmal im Kreise. Er wußte, wo der dicke weiße Zylinder des Wasserturms hätte emporragen müssen, aber der Wasserturm war nicht da. Ebensowenig die Eisenbahnbrücke, die zum Güterbahnhof an der Neibolt Street führte, und auch nicht die Siedlung Old Cape – wo sie eigentlich hätte sein müssen, sah er niedrige Klippen, rote Sandsteinfelsen, die zwischen riesigen Farnen und Kiefern emporragten.

Ein Sausen erfüllte die Luft, und die Jungen duckten sich, als eine Schar Fledermäuse vorbeiflog. Es waren die größten Fledermäuse, die Richie jemals gesehen hatte, und ihr Anblick ängstigte ihn im ersten Moment sogar noch mehr als der Werwolf, der Bill und ihn verfolgt hatte.

Die Stille und Fremdartigkeit dieser Landschaft waren schrecklich, aber noch viel schlimmer war ihre furchtbare Vertrautheit.

Du brauchst keine Angst zu haben, sagte er sich. *Denk daran, dies ist nur ein Traum oder eine Vision oder wie man es auch immer nennen mag. In Wirklichkeit sind Mike und ich im Klubhaus, vom Rauch benebelt. Bald wird Bill nervös werden, weil wir nicht mehr antworten, und er und Ben werden kommen und uns herausholen. Wie Conway Twitty sagt — alles nur erfunden.*

Aber er konnte sehen, daß ein Fledermausflügel so zerfetzt war, daß die diesige Sonne hindurchschien, und gleich darauf sah er im Vorbeigehen eine fette gelbe Raupe, die über ein großes grünes Blatt kroch und hinter sich einen Schatten warf. Wenn dies ein Traum war, so enthielt er viel mehr Einzelheiten als jeder andere Traum, den er bisher gehabt hatte.

Sie gingen weiter auf das Wasser zu, und Richie konnte nicht sagen, ob seine Füße den Boden berührten oder nicht. Dann standen sie am Ufer, und Richie starrte ungläubig in die Tiefe. Dies war nicht der breite, flache, friedliche Kenduskeag — und doch war er es. Das Wasser brauste und strudelte in einem schmalen Flußbett, das sich durch die rötlichen Sandsteinfelsen wand; am anderen Ufer konnte er Gesteinsschichten erkennen, die aus verschiedenen Epochen stammen mußten — rot, dann orange, dann wieder rot. Diesen Strom hätte man nicht auf Steinen überqueren können; wenn man hineinfiel, würde die reißende Strömung einen sofort abtreiben. Das Wasser brauste und donnerte, und während Richie es mit offenem Mund betrachtete, sah er einen riesigen rosasilbrigen Fisch in unglaublich hohem Bogen aus dem Wasser emporschießen und nach den Insekten schnappen, die in dichten Scharen über der Wasseroberfläche umherschwirrten. Dann tauchte der Fisch wieder unter — ein Fisch, wie Richie ihn noch nie zuvor im Leben gesehen hatte, nicht einmal in Büchern.

Vögel kreisten am Himmel und kreischten heiser. Nicht etwa ein Dutzend oder zwei; einen Moment lang verdunkelten dichte Vogelscharen die Sonne. Wieder brach etwas durchs Dickicht. Richie drehte sich mit laut pochendem Herzen um und sah etwas Antilopenähnliches in Richtung Südosten rennen.

Etwas wird geschehen. Und sie wissen es.

Die Vogelscharen flogen gen Süden. Wieder raschelte und krachte es im Gebüsch, und weitere Tiere liefen und sprangen an ihnen vorbei. Dann trat von neuem Stille ein; nur das Rauschen des Kenduskeag war noch zu hören. Diese Stille hatte etwas Abwartendes an sich, etwas Spannungsgeladenes, das Richie überhaupt nicht gefiel. Er fühlte, wie sich seine Nackenhaare immer mehr sträubten, und er griff wieder nach Mikes Hand.

Weißt du, wo wir sind? rief er Mike zu.

Ja, antwortete Mike. *Wir befinden uns in der Vergangenheit.*

Richie nickte. Das war auch seine Erklärung. Sie waren in der Vergangenheit, immer noch in den Barrens, aber in den Barrens, wie sie vor Gott weiß wieviel Jahrtausenden ausgesehen hatten. Sie befanden sich in einer unvorstellbaren Vergangenheit vor der Eiszeit, als Neuengland noch so tropisch gewesen war wie heutzutage Südamerika. Er schaute sich nervös nach allen Seiten um und erwartete fast, daß ein Brontosaurus mit kranichartigem Hals plötzlich aus der Höhe auf sie herniederstarren würde, das Maul voller Schlamm und tropfender, mitsamt den Wurzeln ausgerissener Pflanzen, oder daß ein Säbelzahntiger plötzlich aus dem Dickicht auf sie zuschleichen würde.

Doch da war nur diese Stille, wie während der fünf oder zehn Minuten, bevor ein bösartiger Gewittersturm losbricht, wenn das Licht einen unheimliche, widernatürliche Farbe annimmt, der Wind sich völlig legt und ein unangenehmer Geruch wie von überbeanspruchten Autobatterien die Luft erfüllt.

Wir befinden uns in der Vergangenheit, sind zurückversetzt um eine Million Jahre, vielleicht auch um zehn Millionen oder achtzig Millionen, und irgend etwas wird gleich passieren, ich weiß nicht was, aber etwas wird passieren, und ich habe Angst, diese Vision soll aufhören, ich möchte wieder im Klubhaus sein, bitte, Bill, zieh uns raus, ich habe das Gefühl, in das Bild hineingefallen zu sein, in irgendein Bild, bitte, hilf uns, bitte...

Mike umklammerte seine Hand, und Richie stellte fest, daß die Stille durchbrochen worden war. Eine stetige leichte Vibration – er konnte sie im Trommelfell mehr fühlen als hören. Sie wurde allmählich stärker. Sie hatte keinen Klang. Es war nur ein tonloses, seelenloses

(das Wort am Anfang war das Wort die Welt das)

Geräusch. Richie griff nach dem Baum in ihrer Nähe, und als er seine Hände an den Stamm legte, spürte er die Vibration im Innern. Gleichzeitig fühlte er sie auch in seinen Füßen – ein Prickeln, das sich über Knöchel und Waden bis zu den Knien fortsetzte.

Sie wurde immer stärker und stärker.

Sie kam vom Himmel. Wider Willen hob er das Gesicht und starrte empor. Die Sonne war eine geschmolzene Münze, ein brennender Kreis in den tiefhängenden Wolken, umgeben von märchenhaft anmutenden Feuchtigkeitsringen. Unten, in den Barrens, herrschte eine unheimliche, unnatürliche Stille, und plötzlich begriff Richie; in einer Woge dumpfen Entsetzens begriff er, was es mit dieser Vision auf sich hatte: sie würden Es sehen, SEINE Ankunft auf Erden.

Jetzt bekam die Vibration eine Stimme – ein tiefes, rollendes Dröhnen, das zu einem zerschmetternden, brausenden Crescendo anschwoll. Er hielt sich die Ohren zu und schrie und konnte seine Schreie nicht hören. Neben ihm tat Mike das gleiche, und Richie sah, daß Mike aus der Nase blutete.

Plötzlich flammten die Wolken im Westen in rotem Feuer, das auf sie zukam, sich von einem dünnen Strahl zum breiten Strom von bedrohlicher Farbe erweiterte, und als dann ein brennendes herabstürzendes Objekt durch die Wolkendecke brach, kam ein Wind auf, rauchig und erstickend – ein heißer, alles versengender Wind. Das Ding am Himmel war gigantisch, ein Flammenhaupt von blendender Grelle. Es verschoß lodernde Blitze nach allen Seiten, blaue Ochsenpeitschen, die aus ihm herauszuckten, gefolgt von brausendem Donner.

Ein Raumschiff! schrie Richie, während er auf die Knie fiel und seine Augen mit den Händen bedeckte. *O mein Gott, es ist ein Raumschiff!* Aber er wußte – und würde später versuchen, es den anderen zu erklären, so gut er konnte –, daß es *kein* Raumschiff war, obwohl es so aussah, als käme es aus dem Weltall. Was jedoch an jenem längst vergangenen Tag auf die Erde herabschoß, kam ursprünglich von einem Ort, der viel weiter entfernt war als irgendein anderer Stern, irgendeine andere Galaxie.

Es folgte eine Explosion – ein ohrenbetäubendes Dröhnen – und eine alles zermalmende Erschütterung, die sie beide zu Boden schleuderte. Diesmal war es Mike, der nach Richies Hand griff, dann eine zweite Explosion... Richie öffnete die Augen und sah ein blendendes Feuer und eine riesige Rauchwolke, die zum Himmel aufstieg. Und nordöstlich der Barrens, dort wo nach Jahrtausenden die Stadt Derry erbaut werden würde, brannten die Wälder. Durch die Flammen hindurch, flimmernd wie eine Fata Morgana, konnte er einen gigantischen Krater erkennen, aus dem Erde und große Felsbrocken in alle Richtungen geschleudert wurden.

Es! schrie er Mike zu, in einer Ekstase des Schreckens – nie im Leben, weder vorher noch nachher, würde er so völlig von einem Gefühl beherrscht, so völlig überwältigt sein. *Es! Es! Es!* Etwas anderes brachte er nicht hervor; das Wort dröhnte in seinem Kopf wie die alptraumhafte Stimme eines Abgesandten der Hölle, der eine infernalische Hochzeit ankündigt.

Mike zog ihn hoch, und sie rannten dicht am hohen Steilufer des jungen Kenduskeag entlang, ohne zu bemerken, wie nahe sie dem Abgrund waren. Einmal stürzte Mike, dann wieder Richie. Der heftige Wind trieb den Geruch des brennenden Waldes zu ihnen her, von dort, wo Es auf der Erde aufgeprallt war. Der Rauch wurde immer dichter, und Richie nahm vage wahr, daß die Tiere wieder in Bewegung geraten waren. Sie rannten davon, vor dem Rauch, vor dem Feuer, vor dem Flammentod. Es... sie rannten vor IHM davon. Vor dem Neuen, das in ihre Welt eingedrungen war.

Richie begann zu husten. Er hörte auch Mike neben sich husten. Der Rauch wurde immer dichter, verhüllte alles Grün und Grau und Rot des Tages. Mike fiel wieder hin, und Richie verlor seine Hand. Er tastete danach, konnte sie aber nicht finden.

Mike! schrie er in panischer Angst. *Mike, wo bist du! Mike!* MIKE! Aber Mike war verschwunden. Mike war nicht mehr da.

richie! richie! richie!

(*!!KAWUMM!!*)

»richie! richie! richie bist du

6

in Ordnung?«

Er blinzelte und sah Beverly neben sich knien; sie wischte ihm den Mund mit einem Taschentuch ab. Die anderen – Bill, Eddie, Stan und Ben – standen mit besorgten Gesichtern hinter ihr. Richies Wangen brannten wie Feuer. Er versuchte etwas zu sagen, brachte aber nur ein Krächzen hervor. Er wollte sich räuspern und verspürte sofort einen starken Brechreiz. Seine Kehle und Lunge schienen von Rauch erfüllt zu sein.

Schließlich krächzte er: »Hast du mich geschlagen, Beverly?«

»Es war das einzige, was mir einfiel«, sagte sie.

»Kawumm«, murmelte Richie.

»Ich hab' geglaubt, du kämst überhaupt nicht mehr zu dir«, sagte Bev und brach plötzlich in Tränen aus.

Richie klopfte ihr unbeholfen auf die Schulter, und Bill legte ihr eine Hand auf den Nacken. Sie griff sofort danach und drückte sie dankbar.

Es gelang Richie, sich aufzusetzen. Die Welt verschwamm um ihn herum. Als er wieder halbwegs klar sehen konnte, entdeckte er Mike, der mit aschfahlem, verwirrtem Gesicht an einem Baum in der Nähe lehnte.

»Hab' ich gekotzt?« fragte Richie Bev.

Sie nickte weinend.

Mit seiner Irischer-Polizist-Stimme, die aber sehr krächzend und schwankend klang, fragte er: »Haben meine Kleider was abbekommen, Liebling?«

712

Bev lachte unter Tränen und schüttelte den Kopf. »Ich habe dich auf die Seite gedreht. Ich hatte Angst..., d-d-daß du d-d-daran ersch-sch-sticken k-könntest.« Sie schluchzte wieder auf.

»D-D-Das ist n-nicht f-f-f-fair«, sagte Bill, der immer noch ihre Hand hielt. »H-Hier bin ich es, der sch-sch-stottert.«

»Nicht schlecht, Big Bill«, sagte Richie. Er versuchte aufzustehen, setzte sich aber hastig wieder hin, weil sich vor seinen Augen immer noch alles drehte. Er begann erneut zu husten und zu würgen und konnte gerade noch rechtzeitig den Kopf zur Seite drehen, bevor er sich wieder übergab. Er spuckte grünlichen Schleim und dicken Speichel aus, schloß die Augen und krächzte: »Kleiner Imbiß gefällig?«

»O *Scheiße*!« rief Ben angewidert, mußte aber unwillkürlich lachen.

»Sieht mehr nach Kotze aus«, sagte Richie, obwohl er in Wahrheit die Augen noch fest zu hatte. »Die Scheiße kommt normalerweise am anderen Ende raus, jedenfalls bei mir. Wie's bei dir ist, weiß ich nicht, Haystack.« Als er endlich die Augen aufmachte, sah er das Klubhaus zwanzig Meter entfernt. Beide Fenster und die große Falltür waren aufgerissen. Rauch, der allmählich dünner wurde, quoll überall heraus.

Diesmal gelang es Richie, auf die Beine zu kommen. Einen Moment lang war er überzeugt, daß er sich gleich wieder übergeben oder in Ohnmacht fallen würde oder beides zugleich. »Kawumm«, murmelte er. Die ganze Welt drehte sich um ihn. Er wartete, bis dieses Gefühl vergangen war, dann ging er zu Mike hinüber. Mikes Augen waren immer noch rot wie die eines Wiesels, und aus seinen feuchten Hosensäumen schloß Richie, daß Mike wohl ebenfalls eine Fahrt im Magen-Aufzug hinter sich hatte.

»Für einen Weißen hast du dich ganz wacker gehalten!« krächzte Mike und klopfte Richie auf die Schulter.

Richie war sprachlos – was ihm nur äußerst selten passierte.

Bill trat zu ihnen, und die anderen folgten ihm.

»Hast du uns rausgezogen?« fragte Richie.

»Ich und B-B-Ben. Ihr h-habt geschrien. B-B-Beide. A-A-Aber...« Er sah Ben an.

»Es muß am Rauch gelegen haben, Bill«, sagte Ben, doch es klang alles andere als überzeugend.

»Ich glaube, ich weiß, was ihr meint«, sagte Richie.

»Und w-w-was ist d-das?«

Mike antwortete anstelle von Richie. »Wir waren zuerst nicht da, stimmt's? Als ihr runtergestiegen seid, weil ihr uns schreien gehört habt, waren wir zuerst nicht da.«

»Man konnte vor Rauch fast nichts sehen«, sagte Ben zögernd. »Wißt ihr, euch beide so schreien zu hören, das war schon schlimm genug. Aber diese Schreie... sie hörten sich auch noch so an, als ob... na ja...«

»Als ob s-sie aus w-w-weiter F-Ferne k-k-k-kämen«, vollendete Bill. Sehr stark stotternd erzählte er ihnen, daß er und Ben weder Richie noch Mike hätten sehen können, als sie hinabgestiegen waren. Sie waren im dunklen, rauchgeschwängerten Klubhaus herumgestolpert und hatten panische Angst gehabt, daß die beiden an Rauchvergiftung sterben könnten, wenn sie sie nicht schnell genug fanden. Schließlich hatte Bill eine Hand zu fassen bekommen – Richies Hand. Er hatte »g-g-gezogen w-wie v-v-v-verrückt«, und Richie war aus der Dunkelheit herausgeflogen, nur noch zu etwa einem Viertel bei Bewußtsein. Bill hatte einen Arm um seine Taille geschlungen, und als er sich umgedreht hatte, hatte er gesehen, daß Ben Hanscom Mike auf den Armen trug. Irgendwie war es Ben dann gelungen, Mike durch die Falltür ins Freie zu befördern.

Ben hörte sich alles nickend an. »Ich habe in alle Richtungen getastet... mit ausgestreckten Armen, so als wollte ich jemandem die Hand schütteln. Du hast danach gegriffen, Mike. Es war, glaube ich, höchste Zeit, denn gleich darauf bist du ohnmächtig geworden.«

»Wenn man euch so reden hört, könnte man glauben, das Klubhaus wäre riesig«, sagte Richie. »Dabei sind die Wände nur zwei Meter lang.«

Einen Augenblick herrschte Schweigen. Alle sahen Bill an, der mit gerunzelter Stirn dastand.

»Es *w-w-w-war* größer«, sagte er schließlich. »Sch-Sch-Stimmt's, Ben?«

Ben nickte. »Mir kam's auch so vor. Wenn es nicht einfach am Rauch lag.«

»Es lag nicht am Rauch«, sagte Richie. »Kurz bevor es passierte – bevor wir das Klubhaus verließen –, dachte ich, es sei mindestens so groß wie ein Ballsaal im Film. Ich konnte Mike an der gegenüberliegenden Wand kaum noch erkennen.«

»Bevor ihr das Klubhaus verlassen habt?« fragte Beverly und packte Richie aufgeregt am Arm. »Es ist also *wirklich* geschehen? Ihr habt eine Vision gehabt wie die Indianer in Bens Buch!« Ihr Gesicht strahlte, ihre Augen funkelten. »Es ist also wirklich *geschehen*!«

Richie betrachtete zuerst sich, dann Mike. Mikes Hose war an einem Knie zerrissen, seine eigenen Jeans an beiden Knien. Durch die Löcher hindurch sah er blutige Kratzer.

»Wenn es eine Vision war, so will ich nie wieder eine haben«, sagte er. »Ich weiß nicht, ob der Krauskopf da drüben schon vorher ein Loch in der Hose hatte – aber meine war jedenfalls ganz. Sie war noch so gut wie neu.«

»Was ist passiert?« fragten Ben und Eddie gleichzeitig.

Richie und Mike tauschten einen Blick, dann sagte Richie: »Bevvie, hast du 'ne Zigarette für mich?«

Sie hatte zwei, sorgfältig in Alufolie eingewickelt. Richie steckte sich eine davon in den Mund, aber als Bev ihm Feuer gab, mußte er schon beim ersten Zug so stark husten, daß er sie ihr schnell zurückgab. »Rauch du sie«, sagte er. »Ich kann nicht.«

»Wir befanden uns in der Vergangenheit«, erzählte Mike. »Wir waren in den Barrens, aber es waren die Barrens, wie sie vor langer Zeit ausgesehen haben. Der Kenduskeag hatte eine sehr starke Strömung. Er war tief. Und es gab Fische darin. Lachse, glaube ich.«

»M-M-Mein Vater sagt, d-d-daß es im K-K-K-Kenduskeag schon seit l-l-langem k-keine Fische mehr g-gibt. W-Wegen der Abwässer.«

»Wir waren auch sehr weit in der Vergangenheit«, erklärte Richie und warf einen unsicheren Blick in die Runde. »Ich glaube, es muß mindestens eine Million Jahre gewesen sein.«

Das schlug wie eine Bombe ein, und längere Zeit herrschte Schweigen. Schließlich fragte Beverly: »Aber was ist nun eigentlich passiert?«

Richie wollte es sagen, aber zuerst blieben ihm die Worte im Hals stecken, und er hatte das Gefühl, sich gleich wieder übergeben zu müssen. »Wir sahen Es kommen«, brachte er schließlich hervor.

»Mein Gott«, murmelte Stan. »O mein Gott.«

Eddie schnappte keuchend nach Luft und schob seinen Aspirator in den Mund.

»Es kam vom Himmel herab«, berichtete Mike. »Ich möchte so etwas nie mehr erleben. Es schoß aus dem Himmel herab wie ein Meteor. Es brannte so grell, daß man kaum hinschauen konnte. Und es verschoß Blitz und Donner. Das gewaltige Tosen...« Er schüttelte den Kopf und sah zu Richie. »Es hörte sich an wie das Ende der Welt. Und als es auf der Erde aufschlug, brach ein Waldbrand aus. Das war gegen Ende.«

»War es ein Raumschiff?« fragte Ben.

»Ja«, sagte Richie. »Nein«, sagte Mike.

Sie tauschten einen Blick.

»Na ja, vermutlich war's eins«, sagte Mike, und gleichzeitig sagte Richie: »Nein, es war eigentlich *kein* Raumschiff, wißt ihr, aber...«

Sie verstummten wieder, während die anderen sie total fassungslos anstarrten.

»Erzähl du's«, sagte Richie zu Mike. »Ich glaube, wir meinen dasselbe, aber sie verstehen es nicht.«

715

Mike hustete hinter vorgehaltener Faust, dann sah er die anderen fast entschuldigend an. »Ich weiß nicht, wie ich's euch erklären soll«, sagte er.

»V-V-Versuch's«, bat Bill eindringlich.

»Es kam vom Himmel«, wiederholte Mike, »aber es war kein Raumschiff. Auch kein Meteor. Es war mehr so etwas wie ein Gefäß... so was wie die Bundeslade in der Bibel, in der der Geist Gottes seine Wohnstatt gehabt haben soll... nur war das hier nicht Gott. Wenn man Es nur spürte, Es nur kommen sah, wußte man schon, daß Es etwas Böses bedeutete, daß Es böse *war*.«

Er schaute sie an.

»Dieses Wesen«, fuhr er fort, »dieses... dieses Es... es kam nicht von der Erde. Aber ich hatte das Gefühl, daß Es ebensowenig von einem anderen Planeten herkam. Weißt du, was ich glaube, Richie?«

Richie nickte. »Es kam von... außerhalb. Ich hatte das Gefühl, als käme Es von außerhalb.«

»Von außerhalb *was*, Richie?« fragte Eddie.

»Von außerhalb *allem*«, erwiderte Richie einfach. »Und als Es herunterkam... als Es aufprallte... da verursachte Es das riesigste Loch, das ihr je gesehen habt. Es landete genau dort, wo jetzt Derry ist. Genau dort, wo jetzt die Stadtmitte von Derry ist.«

Er sah sie an. »Versteht ihr?« fragte er.

Beverly warf ihre Zigarette erst halb geraucht weg und trat sie mit dem Schuh aus.

»Es haust unter der Stelle, an der später die Stadt erbaut wurde«, sagte Mike. »Es ist *immer* hier gewesen, seit Anbeginn der Zeiten... noch bevor es überhaupt *irgendwo* Menschen gab, es sei denn, daß vielleicht in Afrika ein paar auf den Bäumen herumturnten. Der Krater ist jetzt verschwunden, aber das Tal, das Es durch Seinen Aufprall bildete, ist immer noch da – Derry ist an seinen Abhängen erbaut. Oh, die Eiszeit hat das Tal vermutlich vertieft und einiges verändert und den Krater gefüllt... aber Es war schon damals hier, vielleicht schlief Es, wartete darauf, daß das Eis schmelzen würde, daß Menschen auftauchen würden.«

»Deshalb benutzt Es auch die Abwasserkanäle«, fiel Richie ein. »Sie müssen ja so was wie regelrechte Autobahnen für Es sein.«

»Ihr habt nicht gesehen, wie Es aussah?« fragte Stan Uris heiser.

Sie schüttelten die Köpfe.

»Können wir Es besiegen?« fragte Eddie in die Stille hinein. »Ein solches Wesen?«

Niemand antwortete.

Sechzehntes Kapitel

Eddies Armbruch

1

Als Richie verstummt, nicken alle – sie erinnern sich jetzt genau an die Rauchloch-Episode. Eddie verspürt einen brennenden Schmerz im rechten Arm, bis hinauf zum Ellbogen. Er greift in die Tasche seines Sportjacketts, betastet verschiedene Arzneien und holt das Excedrin heraus. Er schluckt zwei Tabletten mit einem Schluck Pflaumensaft-Gin herunter. Sein Arm hat schon den ganzen Tag von Zeit zu Zeit weh getan, und zuerst dachte er, es wäre eine Schleimbeutelentzündung, wie er sie manchmal bei feuchtem Wetter bekommt. Aber während Richie erzählte, ist in ihm plötzlich eine neue Erinnerung wach geworden, und jetzt begreift er die Ursache seines Schmerzes. Wir wandeln nicht mehr auf dem Pfad der Erinnerung, *denkt er;* das wird mehr und mehr wie der Long Island Expressway.

Vor fünf Jahren hatte sein Arzt bei einer Routineuntersuchung (Eddie läßt alle sechs Wochen eine Routineuntersuchung vornehmen) beiläufig festgestellt: »Hier ist eine alte Bruchstelle, Eddie... sind Sie als Kind einmal von einem Baum gefallen?«

»Irgend so was in dieser Art«, *hatte Eddie geantwortet, obwohl er wußte, daß seine Mutter ihm nie erlaubt hätte, auf Bäume zu klettern, und obwohl er sich überhaupt nicht an diesen Armbruch erinnerte (was bei einem Mann, der jedem Wehwehchen, jedem nur möglichen Krankheitssymptom größte Aufmerksamkeit schenkt, sehr sonderbar ist!). Es kam ihm nicht wichtig vor. Schließlich handelte es sich ja, wie der Arzt gesagt hatte, um einen Bruch, der lange zurücklag, irgendwann in der Kindheit, an die er sich kaum erinnern konnte – und auch gar nicht erinnern* wollte. *Dieser alte Bruch bereitete ihm keine starken Beschwerden; nur wenn er an regnerischen Tagen stundenlang am Steuer sitzen mußte, tat der Arm etwas weh, doch zwei Aspirin schafften rasch Abhilfe.*

Aber jetzt ist es kein unerheblicher Schmerz mehr; es ist ein Wahnsinniger, der die rostige Säge schleift, um Knochen zu sägen, und er weiß wieder, so war es im Krankenhaus, besonders spät nachts in den ersten drei oder vier Tagen, nachdem es passiert war. Dort hatte er im Bett gelegen, in der Sommerhitze geschwitzt, gewartet, daß ihm die Schwester eine Tablette brachte, während ihm stumme Tränen in die

Ohren liefen, und gedacht: Es ist, als würde einer da drin die Säge schleifen.

Wenn das der Pfad der Erinnerung ist, denkt Eddie, würde ich es mit Freuden gegen einen großen Gehirneinlauf eintauschen: ein geistiges Abführmittel.

Ohne die Absicht gehabt zu haben, hört er sich plötzlich sagen: »Es war Henry Bowers, der mir den Arm gebrochen hat. Erinnert ihr euch noch daran?«

Mike nickt bedächtig. »Das war, kurz bevor Patrick Hockstetter verschwand.«

»Bowers hat mir den Arm am 20. Juli gebrochen«, sagt Eddie. »Hockstetter wurde am... wann war es doch noch gleich?... am 23. Juli?... als vermißt gemeldet.«

»Am 22.«, sagt Beverly Rogan, aber sie erzählt ihnen nicht, daß sie sich so genau an das Datum erinnert, weil sie damals sah, wie Es Hockstetter schnappte; sie erzählt ihnen nicht, daß sie damals wie heute Patrick Hockstetter für verrückt hielt, vielleicht sogar noch verrückter als Henry Bowers. Sie wird es ihnen später erzählen – jetzt ist erst einmal Eddie an der Reihe. Und wenn sie selbst ihren Bericht beendet haben wird, wird vermutlich Ben für sie alle den Höhepunkt jenes Julis lebendig werden lassen – die Sache mit den Silberkugeln. Eine alptraumhafte Tagesordnung, wie sie schlimmer nicht sein könnte, denkt Beverly – doch jene aberwitzige Hochstimmung hält weiter an. Wann hat sie sich zuletzt derart jung gefühlt? Sie vermag kaum still zu sitzen.

»Am 20. Juli«, murmelt Eddie und spielt mit seinem Aspirator. »Drei oder vier Tage nach der Rauchloch-Vision. Ich hatte den Arm für den Rest des Sommers in Gips, wißt ihr noch?«

Richie schlägt sich an die Stirn – eine Geste, die allen aus alten Zeiten vertraut ist. »Klar, jetzt fällt's mir wieder ein! Du warst in Gips, als wir dem Haus auf der Neibolt Street einen Besuch abstatteten; und später... im Dunkeln...« Aber an dieser Stelle schüttelt er verwirrt den Kopf.

»W-Was, R-R-Richie?« fragt Bill.

»An jenen Teil kann ich mich noch nicht erinnern«, gibt Richie zu. »Du?« Bill schüttelt langsam den Kopf.

»Ja, Hockstetter war an jenem Tag mit von der Partie«, sagt Eddie. »Es war das letzte Mal, daß ich ihn lebendig gesehen habe. Vermutlich war er ein Ersatz für Peter Gordon. Ich nehme an, daß Bowers auf Peter stinksauer war, weil der bei der Steinschlacht das Weite gesucht hatte.«

»Sie sind alle umgekommen, nicht wahr?« fragt Beverly ruhig. »Nach Jimmy Cullum sind nur noch Henrys Freunde... oder Exfreunde... umgebracht worden.«

»Ja, alle außer Bowers selbst«, sagt Mike und wirft einen Blick auf die am Mikrofilmgerät festgebundenen Luftballons. »Und er ist in Juniper Hill, einer privaten Irrenanstalt in Augusta.«

»W-W-Wie war das, als sie d-d-deinen Arm gebrochen haben, E-E-Eddie?«

»Dein Stottern wird schlimmer, Big Bill«, stellt Eddie fest und leert sein Glas in einem Zug.

»Das m-macht nichts«, sagt Bill. »Erz-z-zähl's uns.«

»Ja, erzähl's uns«, wiederholt Beverly und legt ihm behutsam die Hand auf den schmerzenden Arm.

»Also gut«, sagt Eddie, »nachdem wir heute abend schon mal beim Geschichtenerzählen sind.« Er mixt wieder Pflaumensaft mit Gin, spielt mit dem Pappbecher und beginnt: »Damals im Krankenhaus... ich hatte einen Riesenkrach mit meiner Mutter. Sie wollte mir jeden weiteren Umgang mit euch allen verbieten. Und vielleicht hätte ich mich wirklich dazu überreden lassen – sie hatte so eine Art, mich zu bearbeiten, wißt ihr...«

Bill nickt. Er erinnert sich noch gut an Mrs. Kaspbrak, eine sehr große, korpulente Frau mit einem eigenartigen, etwas schizophrenen Gesicht, das zugleich versteinert, wütend und furchtbar verängstigt aussehen konnte.

»Ja, vielleicht hätte sie mich wirklich dazu gebracht«, fährt Eddie fort. »Aber an jenem Tag, als Henry mir den Arm gebrochen hat, ist noch etwas anderes passiert. Ich habe etwas erfahren, wißt ihr... etwas, das mich wirklich erschüttert hat.«

Er lacht verkrampft vor sich hin und denkt: Es hat mich wirklich erschüttert, okay... aber ist das alles, was du dazu sagen kannst? Was nützt alles Reden, wenn man doch nie jemandem seine Gefühle richtig vermitteln kann? In einem Buch oder Film hätte das, was ich an jenem Tag erfuhr, mein ganzes Leben verändert, und nichts wäre so gekommen, wie es tatsächlich kam... In einem Buch oder Film hätte diese Sache mich zuerst beunruhigt und geängstigt, mich dann aber frei gemacht. In einem Buch oder Film hätte ich nicht eine ganze Reisetasche voller Medikamente im Hotel stehen, ich wäre nicht mit Myra verheiratet, ich hätte jetzt auch nicht diesen verdammten Aspirator bei mir. In einem Buch oder Film. Denn...

Plötzlich – alle sehen es – rollt Eddies Aspirator über den Tisch, mit einem trockenen Rasseln, das sich anhört wie das Klappern von Knochen... oder wie leises Gelächter. Am anderen Tischende, zwischen Richie und Ben, springt er etwas hoch und fällt dann zu Boden. Richie will ihn aufheben, aber Bill ruft scharf: »R-R-Rühr ihn n-nicht an!«

»Die Ballons!« schreit Ben, und alle reißen die Köpfe herum.

Auf beiden am Mikrofilmgerät festgebundenen Ballons steht jetzt: Asthmamedizin verursacht Krebs! Und darunter grinsende Totenschädel.

Dann platzen beide Luftballons mit lautem Knall.

Eddie starrt mit trockenem Mund; er hat das altvertraute Gefühl, keine Luft zu bekommen.

Bill wendet seinen Blick wieder ihm zu. »W-Wer hat dir etwas erzählt, und w-w-was w-war das?«

Eddie fährt sich mit der Zunge über die Lippen. Am liebsten würde er aufstehen und seinen Aspirator holen, aber er traut sich nicht. Wer weiß, was er jetzt enthalten könnte?

Er denkt an jenen Tag, an den 20. Juli. Es war heiß, und seine Mutter hatte ihm einen Scheck gegeben, auf dem nur der Betrag noch nicht eingesetzt war, sowie einen Dollar, den er ausgeben konnte, wofür er wollte.

»Mr. Keene«, sagt er, und seine eigene Stimme dringt wie aus weiter Ferne an seine Ohren und kommt ihm sonderbar kraftlos vor. »Es war Mr. Keene.«

Ja, es war heiß an jenem Tag, aber im Center Street Drugstore war es herrlich kühl, die Ventilatoren waren eingeschaltet, und es roch angenehm nach verschiedenen Pulvern und geheimnisvollen Mixturen. Er hatte vor dem Drehständer mit Comics gestanden und nachgeschaut, ob es neue Nummern von ›Batman‹ oder ›Superboy‹ oder ›Plastic Man‹ gab. Er hatte Mr. Keene den Zettel und den Scheck seiner Mutter übergeben, und Mr. Keene würde wie immer den Betrag auf dem Scheck einsetzen und Eddie eine Quittung geben. Drei verschiedene Medikamente für seine Mutter, außerdem noch eine Flasche Geritol, weil es, wie sie ihm einmal geheimnisvoll erklärt hatte, »viel Eisen enthält, und Frauen brauchen mehr Eisen als Männer«. Dann noch seine Vitaminpillen, eine Flasche Dr. Swetts Elixier für Kinder ... und natürlich seine Asthmamedizin.

Es war alles so wie immer gewesen, und er hatte vorgehabt, sich hinterher im Costello Avenue Market zwei Schokoriegel und ein Pepsi zu kaufen; auf dem Heimweg würde er dann vergnügt mit dem Kleingeld in seiner Tasche klimpern. Aber es war ganz anders gekommen — er war an diesem Tag im Krankenhaus gelandet, und das war nun wirklich etwas völlig Neues gewesen, aber das Neue hatte schon begonnen, als Mr. Keene ihn gerufen hatte. Denn anstatt ihm wie sonst immer die große weiße Tüte voller Medikamente auszuhändigen und ihm zu raten, die Quittung in die Tasche zu stecken, um sie nicht zu verlieren, hatte Mr. Keene ihn nachdenklich angesehen und gesagt: »Komm mal mit nach hinten in mein Büro, Eddie. Ich möchte kurz mit dir reden.«

Eddie warf ihm einen flüchtigen Blick zu und zwinkerte beunruhigt mit den Augen. Ihm schoß die Idee durch den Kopf, daß Mr. Keene ihn vielleicht des Ladendiebstahls verdächtigte. Da hing dieses Schild an der Tür, das er beim Betreten des Drugstores immer las, anklagende schwarze Buchstaben: LADENDIEBSTAHL IST KEIN KAVALIERSDELIKT! LADENDIEBSTAHL IST EIN VERBRECHEN UND WIRD VON UNS STRAFRECHTLICH VERFOLGT!

Eddie hatte noch nie etwas in einem Laden gestohlen, aber dieses Schild rief in ihm immer Schuldgefühle hervor, so als wüßte Mr. Keene etwas über ihn, das er selbst nicht wußte.

Dann verwirrte Mr. Keene ihn noch mehr mit der Frage: »Wie wär's mit einem Eiscreme-Soda?«

»Nun...«

»Oh, auf Kosten des Hauses. Ich nehme um diese Tageszeit immer eins. Es schenkt Energie – ist 'ne gute Sache, wenn man nicht gerade Probleme mit seinem Gewicht hat, und ich würde meinen, das ist bei uns beiden nicht der Fall. Meine Frau sagt immer, ich würde aussehen wie ein Strich in der Landschaft. Dein Freund Ben Hanscom, ja, der müßte auf sein Gewicht achten. Welche Sorte, Eddie?«

»Nun, meine Mutter hat gesagt, ich soll nach Hause kommen, sobald...«

»Ich finde, du siehst wie der Schokolade-Typ aus. Ist Schokolade recht?« Mr. Keenes Augen funkelten, aber es war ein trockenes Funkeln, als würde die Sonne in der Wüste auf Glimmer scheinen. Das dachte jedenfalls Eddie, ein Fan der Western von Max Brand und Archie Joceylen.

»Klar«, gab Eddie nach. Die Art, wie Mr. Keene die Nickelbrille auf dem messerscharfen Nasenrücken hochschob, machte ihn nervös und zugleich erfreut. Er wollte nicht mit Mr. Keene ins Büro gehen. Es ging nicht um das Eis. Nee. Aber worum es auch immer gehen mochte, Eddie hatte so eine Ahnung, daß es keine besonders guten Nachrichten sein würden.

Vielleicht will er mir sagen, daß ich Krebs habe oder so was Ähnliches, dachte Eddie angsterfüllt. *Vielleicht Leukämie. Diesen Kinderkrebs...*

Oh, sei doch nicht so blöd, antwortete er sich selbst, wobei er versuchte, im Geist wie Stotter-Bill zu klingen. Bill war Eddies Held, er hatte Jack Mahoney verdrängt, der samstags morgens im Fernsehen den Range Rider spielte; trotz der Tatsache, daß er nicht ordentlich sprechen konnte, schien er alles immer im Griff zu haben. *Sei nicht blöd, er ist Apotheker und kein Arzt.* Aber er blieb nervös.

Mr. Keene hatte die Klappe in der Theke geöffnet und winkte Eddie mit einem knochigen Finger zu. Eddie folgte widerwillig seiner Aufforderung.

Ruby, die Kassiererin, die an einer Seite des langen, schmalen Drugstores neben der Registrierkasse saß, las ›Silver Screen‹. »Machst du uns zwei Eiscreme-Soda, Ruby?« rief Mr. Keene. »Einmal Schoko, einmal Kaffee.«

»Klar«, sagte Ruby und steckte ein silbernes Kaugummipapier als Lesezeichen in die Zeitschrift.

»Bring sie dann ins Büro.«

»Okay.«

»Komm, mein Junge. Ich beiß' dich schon nicht.« Und dann blinzelte Mr. Keene tatsächlich, was Eddie völlig verblüffte.

Eddie war noch nie hinter der Verkaufstheke gewesen, und die vielen Flaschen, Gläser und Pillen versetzten ihn in Erstaunen. Er hätte sich gern länger hier aufgehalten und Mr. Keenes Mörser und Stößel, seine Waagen und Gewichte und die vielen verschiedenen Kapseln genau betrachtet. Aber Mr. Keene hielt ihm die Tür zu seinem Büro auf, und Eddie trat ein. Als die Tür wieder geschlossen war, spürte Eddie, wie ihm die Kehle eng wurde. Er kämpfte gegen dieses warnende Vorzeichen. Unter den Einkäufen war ja auch ein neuer Aspirator, und er konnte lange inhalieren, sobald er hier wieder draußen war.

In einer Ecke von Mr. Keenes Schreibtisch stand ein Glas Lakritzstangen. Er bot Eddie eine an.

»Nein, danke«, sagte Eddie höflich.

Eddies Unruhe und Angst wuchsen noch, als Mr. Keene sich auf seinen Drehstuhl hinter dem Schreibtisch setzte, den Aspirator plötzlich auf die Löschunterlage legte und sich dann so weit zurücklehnte, daß sein Kopf fast den Wandkalender berührte. Auf dem Kalenderblatt für Juli waren irgendwelche Pillen abgebildet. SQUIBB, stand drauf. Und...

...Und einen schrecklichen Augenblick lang, als Mr. Keene gerade den Mund öffnete, erinnerte sich Eddie an den Vorfall im Schuhgeschäft, als er ein kleiner Junge war und seinen Fuß in die Röntgenmaschine gesteckt hatte. In diesem schrecklichen Moment dachte Eddie, daß Mr. Keene gleich sagen würde: ›Eddie, neun von zehn Ärzten sind der Ansicht, daß Asthmamedizin Krebs verursacht, ebenso wie die Röntgenmaschinen, die man früher in Schuhgeschäften hatte. Ich dachte, das solltest du wissen.«

Aber was Mr. Keene dann wirklich sagte, war so eigenartig, daß Eddie sich überhaupt keinen Reim darauf machen konnte.

»Das hat jetzt wirklich lange genug gedauert«, sagte Mr. Keene.

Eddie öffnete den Mund, klappte ihn aber wortlos wieder zu.

»Wie alt bist du, Eddie? Elf, nicht wahr?«

»Ja«, sagte Eddie ziemlich leise. Das Atmen fiel ihm immer schwerer. Er pfiff zwar noch nicht wie ein Teekessel (das war natürlich Richies Ausdrucksweise: *Stell mal jemand Eddie ab. Er kocht!*), aber das konnte jederzeit passieren. Er warf einen sehnsüchtigen Blick auf seinen Aspirator, der auf Mr. Keenes Schreibtisch lag, und weil er den Eindruck hatte, noch etwas sagen zu müssen, fügte er hinzu: »Ich werde im November zwölf.«

Mr. Keene nickte, dann beugte er sich vor wie ein Apotheker im Werbefernsehen und faltete die Hände. Seine Brille funkelte im grellen Licht der Neonröhren an der Decke. »Weißt du, was ein Placebo ist, Eddie?«

Nervös riet Eddie, so gut er konnte: »Das sind die Dinger bei den Kühen, wo die Milch rauskommt, glaube ich.«

Mr. Keene lachte und lehnte sich wieder in seinem Stuhl zurück. »Nein«, sagte er, und Eddie errötete bis zu den Haarwurzeln. Er konnte jetzt schon das Pfeifen in seinem Atem hören. »Ein Placebo...«

Er wurde durch ein lautes Klopfen an der Tür unterbrochen. Ohne sein ›Herein‹ abzuwarten, betrat Ruby das Büro, in jeder Hand ein altmodisches Eiscremesoda-Glas. »Deins muß das mit Schokolade sein«, sagte sie zu Eddie und lächelte ihm zu. Er erwiderte ihr Lächeln, aber es gelang ihm nicht so recht; sein Interesse an Eiscremesoda war vermutlich noch nie in seinem ganzen Leben so gering gewesen. Er saugte am Strohhalm, während Ruby hinausging, aber er nahm den Geschmack kaum wahr.

Mr. Keene wartete, bis Ruby hinter sich die Tür geschlossen hatte, dann lächelte er wieder sein Sonne-auf-Glimmer-Lächeln. »Entspann dich doch, Eddie. Ich beiße dich ganz bestimmt nicht, und ich tu' dir auch sonst nichts.«

Eddie nickte, weil Mr. Keene ein Erwachsener war und man Erwachsenen um jeden Preis recht geben mußte (das hatte ihm seine Mutter beigebracht), aber innerlich dachte er: *Ach, die Scheiße habe ich schon einmal gehört.* Das sagte der Doktor, wenn er den Sterilisierer aufmachte und der beißende Geruch von Alkohol herausdrang und einen in der Nase stach. Das war der Geruch von Spritzen und dies war der Geruch von Scheiße, und beides lief auf ein und dasselbe hinaus: Wenn sie sagten, es war nur ein kleiner Pikser und würde gar nicht weh tun, bedeutete das, es tat *verflixt* weh.

Er saugte noch einmal halbherzig an dem Strohhalm, aber es nützte

723

nichts; er brauchte allen Platz in seinem zunehmend engeren Hals, um Luft zu holen. Er betrachtete den Aspirator, der auf Mr. Keenes Schreibtisch stand, wollte ihn darum bitten, wagte es aber nicht. Ein unheimlicher Gedanke kam ihm: Vielleicht *wußte* Mr. Keene, daß er ihn wollte, aber sich nicht traute, danach zu fragen, vielleicht wollte Mr. Keene ihn

(quälen)

ärgern. Aber das war eine dumme Vorstellung, oder? Ein Erwachsener – besonders ein Erwachsener im *Gesundheitswesen* – würde keinen kleinen Jungen ärgern, oder? Sicher nicht. Das konnte nicht einmal in Betracht gezogen werden, denn es in Betracht zu ziehen würde bedeuten, daß Eddie sein Weltbild auf eine grauenhafte Weise neu gestalten mußte.

Aber da war er, so nah und doch so fern, wie Wasser gerade außerhalb der Reichweite eines Mannes, der in der Wüste verdurstet. Da stand er auf dem Schreibtisch unter Mr. Keenes lächelnden Glimmer-Augen.

Eddie wünschte sich mehr als alles andere, er wäre mit seinen Freunden in den Barrens. Der Gedanke an ein Ungeheuer, an ein großes Ungeheuer, das unter der Stadt lauerte, wo er geboren worden und aufgewachsen war, das in den Abwasser- und Kanalisationsrohren von einem Ort zum anderen kroch – das war ein furchterregender Gedanke, und der Gedanke, dieses Wesen tatsächlich zu *bekämpfen*, es mit ihm aufzunehmen, war noch furchterregender... aber dies war irgendwie schlimmer. Wie konnte man sich gegen einen Erwachsenen wehren, der sagte, es würde nicht weh tun, obwohl man genau wußte, es würde doch weh tun? Wie konnte man sich gegen einen Erwachsenen wehren, der einem komische Fragen stellte und geheimnisvolle Sachen sagte wie: *Das geht jetzt lange genug so?*

Fast müßig, als eine Art beiläufigen Gedanken, fand Eddie eine der ewigen Wahrheiten der Kindheit heraus: *Erwachsene sind die wahren Ungeheuer,* dachte er. Es war nichts Tolles, kein Gedanke, der wie eine Offenbarung kam oder sich mit Pauken und Trompeten ankündigte. Er kam und ging und verschwand unter dem alles beherrschenden Gedanken: *Ich will meinen Aspirator, und ich will hier raus.*

»Entspann dich doch«, sagte Mr. Keene wieder. »Deine Beschwerden kommen teilweise – größtenteils – daher, daß du immer so angespannt, so verkrampft bist. Nimm nur mal beispielsweise dein Asthma. Sieh mal.«

Mr. Keene öffnete seine Schreibtischschublade, kramte darin herum und brachte zu Eddies größtem Erstaunen einen Luftballon zum Vorschein, den er aufblies. CENTER STREET DRUGSTORE stand darauf. Mr. Keene verknotete den Ballonhals. »Stellen wir uns jetzt mal vor, dieser Ballon wäre eine Lunge«, sagte er. »*Deine* Lunge. Natürlich müßte ich eigentlich zwei davon aufblasen, aber ich habe nur noch diesen einen, der vom Sonderverkauf nach Weihnachten übriggeblieben ist...«

»Mr. Keene, könnte ich bitte meinen Aspirator haben?« keuchte Eddie. Sein Kopf dröhnte. Er spürte, wie seine Luftröhre sich immer mehr verengte. Er hatte rasendes Herzklopfen, und Schweißperlen traten ihm auf die Stirn. Sein Eiscremesoda stand vergessen auf der Ecke von Mr. Keenes Schreibtisch.

»Gleich«, sagte Mr. Keene. »Paß jetzt erst mal gut auf, Eddie. Ich möchte dir helfen. Es ist höchste Zeit. Und wenn Russ Handor nicht Manns genug ist, so muß ich es eben tun. Deine Lunge ist wie dieser Ballon, nur ist sie von einer Muskelhülle umgeben – dem Diaphragma oder Zwerchfell. Bei einem normalen, gesunden Menschen hilft das Zwerchfell den Lungen, sich mühelos zusammenzuziehen und auszudehnen. Wenn aber der Besitzer dieser Lungen – dieser *gesunden* Lungen – sich immer verkrampft, beginnt das Zwerchfell *gegen* die Lungen anstatt *mit* ihnen zu arbeiten. Etwa so!«

Mr. Keene preßte den Ballon mit seiner schwieligen, mageren Hand zusammen. Eddie sah, wie der Ballon sich über und unter der Faust auswölbte und machte sich auf den scheinbar unvermeidlichen Knall gefaßt. Gleichzeitig spürte er, daß er überhaupt keine Luft mehr bekam. Er beugte sich vor und griff nach seinem Aspirator auf der Löschunterlage. Dabei streifte er mit der Schulter das schwere Sodaglas. Es fiel vom Schreibtisch und zerschellte mit lautem Klirren auf dem Fußboden.

Eddie nahm das nur verschwommen wahr. Er schob sich den Aspirator in den Mund und drückte auf die Flasche. Er inhalierte gierig, und seine Gedanken rasten in wilder Panik, wie immer in solchen Momenten: *Bitte, Mom, ich ersticke, ich kann nicht* ATMEN; *oh lieber Gott, oh, lieber Jesus sanftundmild, ich kann nicht* ATMEN, *bitte, ich will nicht sterben, will nicht sterben, o bitte...*

Dann kondensierte sich der nach Medizin schmeckende Nebel aus dem Aspirator auf den geschwollenen Wänden seines Halses, und er konnte wieder atmen.

»Es tut mir leid«, stammelte er fast weinend. »Es tut mir leid... ich werde das Glas bezahlen und alles aufwischen... nur sagen Sie meiner Mutter nichts davon, bitte! Es tut mir so leid, Mr. Keene, aber ich konnte nicht *atmen*...«

Wieder klopfte es an de Tür, und Ruby steckte ihren Kopf herein. »Ist alles...«

»Alles in Ordnung«, sagte Mr. Keene scharf. »Laß uns allein.«

»Hmm!« gab Ruby von sich und schloß die Tür.

Eddies Atem wurde wieder pfeifend, und er nahm noch einmal seinen

Aspirator zu Hilfe. Dann fing er wieder an, sich stammelnd zu entschuldigen. Er verstummte erst, als Mr. Keene plötzlich die Hand hob wie Mr. Nell, wenn dieser den Verkehr anhielt, damit die kleinen Kinder nach Schulschluß die Jackson Street überqueren konnten.

»Mach dir keine Sorgen«, sagte der Apotheker. »Ruby wird nachher alles aufwischen, und – ehrlich gesagt – bin ich ganz froh, daß du das Glas zerbrochen hast, Eddie.« Er lächelte, und nachdem Eddie jetzt wieder richtig atmen konnte, kam dieses Lächeln ihm plötzlich sehr freundlich... und ziemlich melancholisch vor. »Ich bin froh darüber, weil wir jetzt nämlich ein gegenseitiges Interesse haben, Eddie. Ich verspreche dir, deiner Mutter nichts von dem zerbrochenen Glas zu sagen, wenn *du* mir versprichst, deiner Mutter nichts von unserer Unterhaltung zu sagen.«

»O ja, das verspreche ich«, sagte Eddie eifrig.

»Gut. Wir haben also ein Abkommen getroffen. Wie fühlst du dich jetzt, Eddie? Nicht gleich viel besser?«

Eddie nickte.

»Warum?«

»Warum? Nun... weil ich meine Medizin hatte.« Er sah Mr. Keene so an, wie er in der Schule Mrs. Casey ansah, wenn er nicht ganz sicher war, die richtige Antwort gegeben zu haben.

»Aber du hast gar keine Medizin gehabt«, sagte Mr. Keene, »sondern nur ein Placebo. Das ist etwas, das wie Medizin aussieht und wie Medizin schmeckt, aber keine Medizin *ist*. Ein Placebo ist keine Medizin, weil keine medizinisch wirksamen Bestandteile darin enthalten sind. Oder vielleicht *ist* es eine Medizin... eine Medizin ganz spezieller Art. Ein Placebo kann... kann eine Medizin für den Kopf sein. Verstehst du das, Eddie? *Eine Medizin für den Kopf.*«

Eddie verstand ganz genau; Mr Keene gab ihm zu verstehen, daß er verrückt war. Aber er sagte mit gefühllosen Lippen: »Nein, ich verstehe nicht.«

»Ich will dir mal eine kleine Geschichte erzählen, Eddie«, sagte Mr. Keene. »Im Jahre 1954 wurde in der DePaul-Universität eine medizinische Testreihe bei Patienten mit Geschwüren durchgeführt. In diesen Tests bekamen die hundert Patienten Tabletten. Ihnen wurde gesagt, daß die Tabletten ihnen helfen würden. 50 Prozent der Tabletten waren richtige Geschwürmedikamente, die anderen 50 Prozent waren nur Placebos, von den Ärzten manchmal auch ›M&M-Pillen‹ genannt. Von diesen 100 Patienten sagten 93 hinterher, sie verspürten eine deutliche Besserung, und bei 81 *zeigte* sich auch eine Besserung. Was sagst du dazu?«

»Ich weiß nicht«, flüsterte Eddie.

Mr. Keene klopfte sich ernst an den Kopf. »Die meisten Krankheiten

726

nehmen *hier* ihren Anfang, das ist es, was *ich* glaube, Eddie. Ich bin schon sehr lange in diesem Geschäft, und ich wußte schon lange vor diesen Experimenten in der DePaul-Universität oder auch vor jenen, die während des Krieges in englischen Militärhospitälern durchgeführt wurden, über Placebos Bescheid. Normalerweise sind es alte Menschen, denen Placebos verschrieben werden. Der alte Mann oder die alte Frau geht zu ihrem Arzt und ist überzeugt davon, eine Herzkrankheit oder Krebs oder Diabetes oder sonst irgendwas Gefährliches zu haben. Nun, in den meisten Fällen trifft das nicht zu. Sie fühlen sich nicht gut, weil sie alt sind, das ist alles. Sie fühlen sich nicht gut, weil ihre Zeit langsam abläuft. Aber was soll ein Arzt in solchen Fällen tun? Soll er ihnen sagen, daß sie wie Uhren mit abgenutzten Federn sind? Hm! Kaum. Ärzte mögen ihr Honorar zu sehr.« Und jetzt hatte Mr. Keenes Gesicht einen Ausdruck zwischen Lächeln und höhnischem Grinsen.

Eddie saß nur da und wollte, daß es vorbei war, vorbei, vorbei. *Du hast keine Medizin gehabt*, diese Worte tanzten in seinem Verstand.

»Die Ärzte sagen es ihnen nicht, und ich auch nicht. Warum auch? Manchmal kommt ein Alter mit einem Rezept herein, auf dem es deutlich steht: *Placebo*, oder *25 Milligramm Blue Skies*, wie der alte Doc Pearson immer geschrieben hat.«

Mr. Keene kicherte ein wenig und saugte an seinem Eiscremesoda.

»Was soll daran falsch sein?« fragte er Eddie, und als Eddie nur stumm dasaß, beantwortete Mr. Keene seine eigene Frage: »Nichts! Überhaupt nichts. Jedenfalls normalerweise nicht. Placebos sind ein wahrer Segen für alte Menschen«, fuhr er fort, »und dann gibt es auch jene anderen Fälle – Krebs, schwerze Herzkrankheiten und ähnliches mehr –, Fälle, die wir bis jetzt noch nicht heilen können; nun, wenn in solchen Fällen ein Placebo dem Patienten das Gefühl gibt, sich besser zu fühlen, so kann ich darin nichts Negatives sehen. Du etwa, Eddie?«

»Nein«, murmelte Eddie und betrachtete den Flecken Eiscreme, Sodawasser, Schlagsahne und Glassplitter. In der Mitte von allem eine Maraschinokirsche, so anklagend wie ein Blutfleck am Schauplatz eines Verbrechens. Dieser Anblick bereitete ihm großes Unbehagen, und er spürte, wie ihm die Kehle wieder eng wurde.

»Dann sind wir wie Ike und Mike. Wir denken dasselbe. Weißt du, vor fünf Jahren, als Vernon Maitland Speiseröhrenkrebs hatte – eine besonders schmerzhafte Krebsart – und die Ärzte mit keinen Medikamenten mehr gegen seine Schmerzen ankamen, besuchte ich ihn im Krankenhaus und brachte ihm eine Flasche Zuckerpillen mit. Er war ein enger Freund von mir. Und ich sagte: ›Vern, dies sind spezielle Schmerztabletten, die zur Zeit noch getestet werden. Die Ärzte wissen nicht, daß ich sie

727

dir gebe, also sei, um Gottes willen, vorsichtig. Ich kann nicht garantieren, daß sie dir helfen werden, aber ich vermute es. Nimm nicht mehr als eine Tablette pro Tag, wenn die Schmerzen besonders heftig sind.‹ Er dankte mir mit Tränen in den Augen. Und in den nächsten drei oder vier Wochen nahm er dann diese eine Tablette pro Tag, und ganz zuletzt nahm er dann zwei, bis er im Oktober starb. Sie *wirkten* bei ihm, Eddie – es waren nur Zuckerpillen, aber sie betäubten seine Schmerzen... weil Schmerzen *hier* entstehen.«

Wieder klopfte er sich an den Kopf.

Eddie sagte: »Meine Medizin wirkt aber *wirklich.*«

»Das weiß ich«, antwortete Mr. Keene und lächelte ein schrecklich überhebliches Erwachsenenlächeln. »Sie wirkt auf deine Lunge, weil sie auf deinen Kopf wirkt. HydrOx, Eddie, ist Wasser mit einer Spur Kampfer, damit es nach Medizin schmeckt.«

»Nein!« rief Eddie. Sein Atem ging jetzt wieder pfeifend.

Mr. Keene trank von seinem Soda, aß etwas halb geschmolzenes Eis und wischte sich bedächtig das Kinn mit seinem Taschentuch ab, während Eddie wieder seinen Aspirator benutzte.

»Ich möchte jetzt gehen«, sagte Eddie.

»Laß mich bitte ausreden«, erwiderte Mr. Keene.

»Nein, ich möchte jetzt gehen. Sie haben Ihr Geld bekommen, und ich möchte gehen!«

»Laß mich ausreden«, sagte Mr. Keene noch einmal, so eindringlich, daß Eddie sitzen blieb. Erwachsene hatten manchmal so eine schreckliche Macht – er haßte sie dafür.

»Ein Teil des Problems besteht darin, daß dein Arzt, Russ Handor, schwach ist. Und der andere Teil des Problems liegt darin, daß deine Mutter starrköpfig und herrschsüchtig ist. Und du, Eddie, zappelst dazwischen wie ein Fisch im Netz.«

»Ich bin nicht verrückt«, flüsterte Eddie heiser.

Mr. Keene beugte sich vor; sein Stuhl knarrte. »Was?«

»Ich sagte, ich bin nicht verrückt!« schrie Eddie und errötete gleich darauf heftig.

Mr. Keene lächelte. Denk was du willst, sagte dieses Lächeln. Denk, was *du* willst, und ich denke, was *ich* will.

»Ich will dir nur sagen, Eddie, daß du nicht körperlich krank bist. Deine *Lungen* haben kein Asthma, dein *Verstand* hat es.«

»Sie meinen, ich bin verrückt.«

»Das weiß ich nicht«, sagte er leise. »Bist du es denn?«

»Das ist eine Lüge!« schrie Eddie und war ganz überrascht, daß die Worte so kraftvoll aus seiner engen Brust herauskamen. Er dachte an

Bill, überlegte, wie Bill wohl auf so schreckliche Anklagen reagieren würde. Bill wüßte bestimmt trotz seines Stotterns etwas darauf zu erwidern. Bill konnte tapfer sein. »Das ist eine Lüge, ich *habe* Asthma.«

»Ja«, sagte Mr. Keene, und nun war das trockene Lächeln zu einem unheimlichen Skelettgrinsen geworden. »Aber wer hat es dir gegeben?«

Eddies Gehirn klopfte und wirbelte. Oh, ihm war elend, ihm war schrecklich elend.

»Vor vier Jahren, 1954 – eigenartigerweise in jenem Jahr, als die Tests an der DePaul-Universität durchgeführt wurden –, begann Dr. Handor, dir HydrOx zu verschreiben – eine Abkürzung von Hydrogen und Oxygen, den beiden Bestandteilen von Wasser. Ich habe dieses Täuschungsmanöver vier Jahre lang unterstützt, aber jetzt will ich mich nicht mehr dazu hergeben. Deine Asthmamedizin wirkt auf den Geist, nicht auf den Körper. Dein Asthma ist die Folge einer nervösen Kontraktion deines Zwerchfells, die von deinem Verstand befohlen wird... oder von deiner Mutter. Du bist nicht krank.«

Ein schreckliches Schweigen breitete sich aus.

Eddie saß wie angewurzelt auf seinem Stuhl, aber in seinem Kopf wirbelten die Gedanken nur so herum. Einen Moment lang erwog er die Möglichkeit, daß Mr. Keene ihm die Wahrheit gesagt hatte, aber diese Vorstellung war von so furchtbarer blendender Helligkeit, daß er sich ihr nicht zu stellen vermochte. Aber weshalb sollte Mr. Keene lügen, besonders in einer so ernsten Angelegenheit?

Mr. Keene saß da und lächelte sein trockenes, herzloses Wüstenlächeln.

Ich habe *Asthma, ich habe es wirklich. An jenem Tag, als Henry Bowers mich auf die Nase schlug, an jenem Tag, als Bill und ich versuchten, in den Barrens einen Damm zu bauen – da wäre ich fast gestorben. Soll ich wirklich glauben, daß ich mir das einfach eingebildet habe?*

Aber weshalb sollte er lügen? (Erst Jahre später, in der Bibliothek, stellte sich Eddie die schrecklichere Frage: Warum sollte er mir die Wahrheit sagen?)

Nur undeutlich hörte er Mr. Keene sagen: »Ich habe dich immer beobachtet, Eddie. Ich glaube, ich habe es dir jetzt gesagt, weil du alt genug bist, um es zu verstehen, aber auch, weil ich bemerkt habe, daß du endlich Freunde gefunden hast. Es sind wirklich gute Freunde, stimmt's?«

»Ja«, sagte Eddie.

Mr. Keene schob seinen Stuhl zurück und schloß ein Auge, was wohl ein Zwinkern sein sollte. »Und ich wette, deine Mutter mag sie nicht besonders, stimmt's?«

»Sie mag sie *sehr*«, widersprach Eddie und dachte dabei an die abfälligen Bemerkungen seiner Mutter über Richie Tozier (»Er hat ein übles Mundwerk... und ich habe seinen Atem gerochen, Eddie... ich glaube, er raucht«), an ihren ›gutgemeinten‹ Rat, Stan Uris kein Geld zu leihen, weil er Jude sei, an ihre ausgesprochene Abneigung gegen Bill Denbrough und ›jenen fetten Jungen‹.

Mr. Keene gegenüber beharrte er jedoch darauf: »Sie mag sie sogar *sehr.*«

»Wirklich?« sagte Mr. Keene immer noch lächelnd. »Nun, vielleicht hat sie recht, vielleicht nicht, aber wenigstens *hast* du Freunde. Vielleicht solltest du mit ihnen über dein Problem sprechen. Diese... diese Geistesschwäche. Feststellen, was sie zu sagen haben.«

Eddie gab keine Antwort; es schien ihm sicherer, sich nicht weiter mit Mr. Keene zu unterhalten. Und er befürchtete, wirklich noch in Tränen auszubrechen, wenn er nicht möglichst rasch hier herauskam.

»Nun«, sagte Mr. Keene und stand auf. »Ich glaube, das war's, Eddie. Es tut mir leid, wenn ich dich verstört habe. Ich habe nur getan, was ich für meine Pflicht hielt. Ich...«

Aber bevor er noch etwas sagen konnte, hatte Eddie den Aspirator und die weiße Tüte mit den Tabletten gepackt und war weggelaufen. Er rutschte mit einem Fuß in der Schweinerei am Boden aus und wäre beinahe hingefallen. Dann lief er und floh trotz seines pfeifenden Atems aus dem Center Street Drugstore. Ruby sah ihn mit offenem Mund über ihre Filmzeitschrift hinweg an.

Hinter sich schien er Mr. Keene zu spüren, der unter der Bürotür stand und seinen linkischen Rückzug beobachtete – hager und adrett und nachdenklich und lächelnd. Dieses trockene Wüstenlächeln.

An der großen Kreuzung von Kansas, Main und Center Street blieb er stehen und benutzte wieder seinen Aspirator; dann setzte er sich auf die niedrige Steinmauer neben der Bushaltestelle – seine Kehle war jetzt schon ganz schleimig von der Medizin

(nichts weiter als Wasser mit einer Spur Kampfer),

und er dachte, daß er sich höchstwahrscheinlich übergeben würde, wenn er heute noch einmal seinen Aspirator benutzen mußte.

Er schob ihn langsam in die Tasche und beobachtete den Verkehr. Er versuchte, an nichts zu denken. Die Sonne brannte glühend heiß auf seinen Kopf. Von jedem vorbeifahrenden Auto bekam er reflektierte Sonnenstrahlen in die Augen, und in seinen Schläfen regte sich ein leichtes Kopfweh. Er brachte es nicht fertig, böse auf Mr. Keene zu sein, aber er tat sich selbst leid. Er tat sich selbst *sehr* leid. Er vermutete, daß Bill Denbrough nie Zeit mit Selbstmitleid vergeudete, aber er selbst kam einfach nicht dagegen an.

730

Lieber als alles andere hätte er jetzt genau das getan, was Mr. Keene vorgeschlagen hatte: in die Barrens gehen und seinen Freunden alles erzählen und ihre Meinung darüber hören und erfahren, welche Antworten sie hatten. Aber das konnte er jetzt nicht tun. Seine Mutter erwartete ihn bald mit den Medikamenten zurück.

(dein Verstand... oder deine Mutter)

Und wenn er nicht kam

(deine Mutter hat beschlossen, daß du krank bist)

würde es Schwierigkeiten geben. Sie würde sofort vermuten, daß er mit Bill oder Richie zusammengewesen war oder mit dem ›Judenjungen‹, wie sie Stan nannte (wobei sie immer betonte, diese Bezeichnung sei kein Vorurteil, nichts Abfälliges, sie würde einfach ›die Karten auf den Tisch legen‹ – ihr Ausdruck dafür, in schwierigen Situationen die Wahrheit zu sagen). Und während er auf der Steinmauer saß und versuchte, seine wirren Gedanken zu ordnen, wußte Eddie genau, was sie sagen würde, wenn ihr zu Ohren käme, daß zu seinen Freunden auch ein schwarzer Junge und ein Mädchen gehörten.

Er begann langsam den Up-Mile Hill hinaufzugehen – bei dieser Hitze war der steile Hügel eine Qual. Es war fast heiß genug, um auf dem Gehweg Spiegeleier zu braten. Zum erstenmal wünschte er sich, die Schule würde wieder anfangen und er könnte sich mit dem neuen Schuljahr und den Eigenheiten eines neuen Lehrers auseinandersetzen. Er wünschte sich, daß dieser schreckliche Sommer bald vorüber wäre.

Auf halber Höhe des Hügels blieb er stehen und zog seinen Aspirator aus der Tasche. *Hydrox-Spray* stand auf dem Aufkleber. *Nach Bedarf verwenden.*

Und plötzlich wurde ihm etwas klar. *Nach Bedarf verwenden.* Er war nur ein Kind, noch nicht trocken hinter den Ohren (wie seine Mutter ihm manchmal erklärte, wenn sie ›die Karten auf den Tisch legte‹), aber sogar ein elfjähriges Kind wußte, daß man nicht jemandem ein richtiges Medikament gab und draufschrieb: *Nach Bedarf verwenden.* Mit einer richtigen Medizin könnte man sich nur zu leicht umbringen, wenn man sie sorglos nach Bedarf verwendete. Eddie vermutete, daß man sich bei solcher Anwendung sogar mit einfachem Aspirin umbringen konnte.

Er starrte auf den Aspirator und bemerkte nicht einmal die neugierigen Blicke einer alten Frau, die mit ihrer Einkaufstasche am Arm den Up-Mile Hill hinunterging. Er fühlte sich betrogen. Und einen Moment lang war er nahe daran, die Druckflasche aus Plastik in den Rinnstein zu werfen – noch besser wäre es, dachte er, sie in den Gully hinabzuwerfen. Na klar! Warum auch nicht? Sollte Es diesen blöden Aspirator doch dort unten in SEINEN Kanalisationsrohren und tropfenden Rattenwegen haben!

Da hast du ein Pla-cebo, du hundertgesichtiges Scheusal! Er lachte kurz auf. Fast hätte er es getan – um ein Haar hätte er es getan. Aber die Gewohnheit war schließlich doch zu mächtig. Er schob den Aspirator wieder in seine rechte vordere Hosentasche und ging weiter; das gelegentliche Hupen eines Autos oder das Dröhnen eines Dieselmotors eines vorbeifahrenden Stadtbusses Richtung Bassey Park nahm er kaum wahr. Und natürlich ahnte er nicht, wie nahe er daran war, richtige starke Schmerzen kennenzulernen; er ahnte natürlich nicht, daß er kurz davor war herauszufinden, was es bedeutete – wirklich bedeutete –, Schmerzen zu haben.

3

Als Eddie 25 Minuten später aus dem Costello Avenue Market herauskam, ein Cola in der Hand, eine Papiertüte mit zwei Payday-Schokoriegeln in der anderen, sah er zu seinem Entsetzen Henry Bowers, Victor Criss, Moose Sadler und Patrick Hockstetter auf dem Kies vor dem kleinen Geschäft knien und auf Victors Baseball-Hemd mit dem Aufdruck ›Lion's Club‹ ihr gemeinsames Kapital zählen. Ihre Sommerschulbücher lagen achtlos neben ihnen.

Einen Moment lang hätte Eddie vielleicht die Chance gehabt, sich einfach wieder in den Laden zurückzuziehen und Mr. Gedreau zu bitten, den Hinterausgang benutzen zu dürfen. An einem gewöhnlichen Tag hätte er vielleicht diese Geistesgegenwart besessen, aber dies war alles andere als ein gewöhnlicher Tag, und so blieb Eddie einfach wie gelähmt auf der obersten Stufe stehen, hielt sich mit einer Hand an der Tür mit ihren Zigarettenreklameschildern aus Blech fest (WINSTON SCHMECKT SO, WIE ZIGARETTEN SCHMECKEN SOLLEN, EINUNDZWANZIG TABAKSORTEN FÜR ZWANZIGMAL RAUCHGENUSS, ein Page, der schrie VERLANGEN SIE PHILIP MORRIS) und umklammerte mit der anderen die braune Lebensmittel- und die weiße Medikamententüte.

Victor Criss sah ihn und stieß Henry mit dem Ellbogen an. Henry schaute hoch, Patrick Hockstetter ebenfalls. Moose, der nicht so schnell schaltete, zählte noch etwa fünf Sekunden lang weiter Pennys, bevor die plötzlich eingetretene Stille auch ihm auffiel.

Henry Bowers stand auf und strich lose Kieselsteinchen von den Knien seiner Latzhose. »Na, da laust mich doch der Affe!« sagte er. »Einer von den Steinwerfern. Wo sind denn deine Freunde, Arschloch? Im Laden?«

Eddie schüttelte leicht den Kopf; im selben Moment wurde ihm klar, daß das ein verhängnisvoller Fehler war.

Henry grinste jetzt übers ganze Gesicht. »Na großartig«, rief er. »Ich nehm' euch auch gern nacheinander in die Mangel. Komm runter, Arschloch.«

Victor trat neben Henry, und Patrick Hockstetter stellte sich hinter sie; er grinste auf die geistlose, schweinische Art, die Eddie von der Schule her kannte. Moose erhob sich gerade erst.

»Nun komm schon, Arschloch!« sagte Henry. »Und dann wollen wir uns mal ein bißchen übers Steinewerfen unterhalten.«

Sehr verspätet fiel Eddie ein, daß es klüger wäre, sich in den Laden zurückzuziehen. Aber bei der ersten Bewegung schoß Henrys Arm vor und packte ihn unterhalb des linken Knies. Er zog mit aller Kraft, und die Türklinke glitt Eddie aus der Hand. Die Tür fiel zu. Eddie wurde die Stufen heruntergezogen und wäre der Länge nach auf dem Kies gelandet, wenn Victor ihn nicht grob unter den Armen gepackt und dann von sich geschleudert hätte. Eddie drehte sich zweimal um sich selbst, aber irgendwie gelang es ihm, auf den Beinen zu bleiben. Die vier Jungen waren höchstens drei Meter von ihm entfernt, Henry sogar noch etwas weniger. Er lächelte bösartig, und seine Haare standen am Hinterkopf hoch. Eddie registrierte wieder, wie heiß es war.

Links hinter Henry stand Patrick Hockstetter, der ein besonders widerlicher und etwas unheimlicher Junge war. Bis zu diesem Tag hatte Eddie ihn nie mit irgendwelchen anderen Kindern gesehen. Er war ziemlich dick, und sein Bauch hing etwas über seinen Hosengürtel. Er hatte ein richtiges Vollmondgesicht, das normalerweise käseweiß war. Jetzt hatte er aber einen Sonnenbrand; seine Nase schälte sich, und auch die Wangen waren rot. In der Schule liebte Patrick es besonders, mit seinem grünen Plastiklineal Fliegen zu töten und sie in seinem Bleistiftkasten aufzubewahren. Manchmal zeigte er seine Fliegensammlung während der Pause auf dem Schulhof irgendeinem neuen Mitschüler; dabei gab er nie ein Wort von sich, lächelte nur mit seinen dicken Lippen und starrte den anderen mit seinen graugrünen Augen unheimlich an. Diesen Ausdruck hatte er auch jetzt.

»Wie geht's, Steinwerferlein?« fragte Henry, während er auf Eddie zuging. »Hast du wieder Steine bei dir?«

»Laß mich in Ruhe«, sagte Eddie mit bebender Stimme.

»Laß mich in Ruhe«, ahmte Henry ihn mit einer hohen Altweiberstimme nach, und Victor lachte. »Und was willst du tun, wenn ich dich nicht in Ruhe lasse, Steinwerferlein? Häh?« Er holte blitzschnell aus und gab Eddie eine schallende Ohrfeige. Eddies Kopf flog zur Seite, und Tränen traten ihm ins linke Auge.

»Meine Freunde sind im Laden«, schrie er.

»Meine Freunde sind im Laden«, quiekte Patrick Hockstetter. »Oo-oooh! Ooooh! *Ooooh!*« Er begann rechts von Eddie herumzutänzeln.

Eddie drehte sich ein wenig in diese Richtung; Henry holte wieder weit aus, und diesmal glühte Eddies andere Wange.

Weine nicht, dachte er, *genau das wollen sie ja, aber tu's nicht, Eddie, Bill würde es nicht tun, Bill würde nicht weinen, und auch du darfst nicht wei...*

Victor trat ein paar Schritte vor und versetzte Eddie mit offener Handfläche einen harten Stoß gegen die Brust. Eddie taumelte rückwärts und fiel dann über Patrick, der direkt hinter seinen Füßen in die Hocke gegangen war. Er stürzte auf den Kies und schürfte sich dabei die Arme auf.

Einen Augenblick später saß Henry auf seinem Bauch und drückte mit den Knien seine Oberarme in den Kies.

»Na, hast du Steine bei dir, Steinwerferlein!« brüllte Henry, und Eddie fürchtete sich noch mehr vor dem irren Glanz in Henrys Augen als vor dem Schmerz oder der Tatsache, daß er nicht richtig atmen konnte. Henry war verrückt.

Irgendwo in der Nähe kicherte Patrick.

»Na, hast du Steine, Steinwerferlein? Häh? Hast du Lust zum Steinewerfen? Ich werd' dir Steine geben! Hier! Hier hast du Steine!«

Henry hob eine Handvoll Kiesel auf und rieb sie Eddie ins Gesicht. Sie zerkratzten ihm die Wangen, die Lider und Lippen. Er öffnete den Mund und schrie.

»Willst du Steine? Ich geb' dir welche! Hier hast du deine Steine! Willst du noch mehr? Okay! Okay! Okay!«

Kiesel flogen in Eddies offenen Mund, zerschnitten sein Zahnfleisch, knirschten an seinen Zähnen. Er schrie wieder und spuckte Kiesel aus.

»Möchtest du noch welche? Okay? Wie wär's mit noch mehr Steinen? Wie wär's...«

»Hört sofort auf! Ihr da! Hört sofort auf! Hörst du nicht, Junge? Laß ihn sofort los! Hörst du mich? Laß ihn sofort in Ruhe!«

Durch seine Tränen hindurch sah Eddie eine große Hand, die Henry am Hemdkragen und am rechten Träger seiner Latzhose packte und zurückriß. Er landete im Kies, stand aber sofort auf. Langsam rappelte sich auch Eddie hoch. Er keuchte und spuckte blutige Kiesel aus.

Es war Mr. Gedreau in seiner langen weißen Schürze, und er sah sehr wütend, aber überhaupt nicht ängstlich aus, obwohl Henry mindestens zehn Zentimeter größer und 50 Pfund schwerer war. Mr. Gedreau hatte vor Henry keine Angst, weil er der Erwachsene und Henry das Kind war. Nur könnte das in diesem Falle nichts zu bedeuten haben, dachte Eddie. Mr. Gedreau begriff nicht, daß Henry verrückt war.

»Und jetzt verschwindet sofort!« sagte Mr. Gedreau und ging auf Henry zu, bis er dicht vor dem plumpen Jungen mit dem verstockten Gesicht stand. »Verschwindet und laßt euch hier nicht mehr sehen! Vier gegen einen, pfui Teufel! Was würden eure Mütter dazu sagen?«

Er sah die anderen Jungen zornig an. Moose und Victor wichen seinem Blick aus und starrten ihre Turnschuhe an. Patrick stierte einfach durch Mr. Gedreau hindurch. Als dieser seine Aufmerksamkeit wieder Henry zuwandte und befahl: »Steigt auf eure Räder und...« – da versetzte Henry ihm einen kräftigen Stoß.

Ein Ausdruck höchster Überraschung, der unter anderen Umständen vielleicht komisch gewirkt hätte, trat auf Mr. Gedreaus Gesicht, als er nach hinten flog und wild mit den Armen ruderte, um sein Gleichgewicht zurückzuerlangen. Er stolperte über die Stufen zu seinem Laden und setzte sich hart aufs Gesäß.

»Na warte, du...«, begann er.

Henry kam drohend auf ihn zu. »Gehen Sie rein«, sagte er.

»Du...«, setzte Mr. Gedreau noch einmal an, verstummte aber gleich wieder. Eddie wußte – endlich hatte Mr. Gedreau es auch gesehen. Jenen irren Glanz in Henrys Augen. Der Ladeninhaber stand rasch auf. Er lief mit wehender Schürze die Stufen hinauf, so schnell er konnte, stolperte auf der zweitobersten und fiel auf ein Knie. Er erhob sich sofort wieder, aber jenes kurze Stolpern schien ihm den Rest seiner Erwachsenenautorität geraubt zu haben.

Oben drehte er sich um und schrie: »Ich ruf' die Polizei!«

Henry tat so, als wollte er sich auf ihn stürzen, und Mr. Gedreau wich zurück. Das war das Ende, erkannte Eddie. So unglaublich, so undenkbar es auch zu sein schien – von dieser Seite hatte er keinen Schutz mehr zu erwarten. Es war höchste Zeit, sich aus dem Staub zu machen.

Während Henry am Fuß der Treppe stand und Mr. Gedreau anstarrte, während die anderen noch ganz benommen vor Staunen (und, mit Ausnahme von Patrick, nicht wenig erschrocken) über diesen erfolgreichen Angriff auf die Autorität eines Erwachsenen waren, erkannte Eddie seine Chance. Er wirbelte herum und rannte los.

Er hatte einen halben Block zurückgelegt, bevor Henry sich mit funkelnden Augen umdrehte. »Wir müssen ihn schnappen!« brüllte er.

Asthma hin, Asthma her – Eddie legte ein tolles Tempo an den Tag. Zeitweise hatte er das Gefühl, den Boden unter seinen Füßen gar nicht mehr zu berühren, und ihm schoß sogar die fantastische Idee durch den Kopf, daß er sie vielleicht wirklich abhängen könnte.

Dann, kurz bevor er zur Kansas Street und möglicherweise in Sicherheit kam, fuhr plötzlich ein kleines Kind mit Dreirad aus einer Hofeinfahrt und Eddie direkt in den Weg. Eddie versuchte auszuweichen, aber in vollem Lauf, wie er war, wäre er besser über das Kind hinweggesprungen (das Kind war übrigens Richard Cowan und sollte aufwachsen, heiraten und einen Sohn namens Frederick Cowan zeugen, der in einer Toilette ertränkt und teilweise von einem Wesen aufgefressen werden sollte, das wie schwarzer Rauch in der Toilette emporstieg und dann eine unvorstellbare Gestalt annahm) oder hätte es wenigstens versucht.

Eddie blieb mit einem Fuß am hinteren Trittbrett des Dreirads hängen, wo ein abenteuerlustiger kleiner Scheißer vielleicht gestanden und das Rad wie einen Tretroller angetrieben hätte. Richard Cowan, dessen ungeborener Sohn siebenundzwanzig Jahre später von Es ermordet werden sollte, wackelte kaum auf seinem Dreirad. Eddie dagegen flog durch die Luft. Er schlug mit der Schulter auf dem Gehweg auf, prallte ab, setzte erneut auf, rutschte drei Meter, schürfte sich die Haut von Ellbogen und Knien. Er wollte gerade aufstehen, als Henry Bowers ihn wie ein Geschoß aus einer Bazooka traf und plattwalzte. Eddies Nase stieß heftig auf den Beton. Blut floß.

Henry rollte sich rasch zur Seite wie ein Fallschirmspringer und stand wieder auf. Er packte Eddie im Nacken und am rechten Handgelenk. Sein Atem, der durch die geschwollene und gebrochene Nase schnaubte, war warm und feucht.

»Willst du Steine, Steinwerfer?« brüllte Henry und riß Eddies Arm auf den Rücken. Eddie schrie auf. »Steine für das Steinwerferlein, stimmt's?« kicherte Henry und verdrehte Eddies Arm noch stärker. Eddie heulte vor Schmerz. Verschwommen hörte er die anderen näher kommen und den kleinen Jungen auf dem Dreirad weinen. *Tritt unserem Klub bei, Kleiner*, dachte er, und trotz der Schmerzen, trotz der Tränen und der Angst wieherte er plötzlich laut vor Lachen.

»*Findest du das komisch?*« rief Henry. Jetzt hörte er sich nicht einmal so sehr wütend als vielmehr verwirrt und fast ein bißchen beunruhigt an. »Findest du das *komisch?*« Und hörte sich Henry auch *ängstlich* an? Jahre später sollte Eddie denken: *Ja, ängstlich, er hat sich ängstlich angehört.*

Um ein Haar wäre es Eddie gelungen, sein schweißnasses Handgelenk aus Henrys Griff zu befreien. Vielleicht verdrehte Henry ihm nur deshalb daraufhin den Arm noch stärker als zuvor; wahrscheinlicher war jedoch, daß er von Anfang an diese Absicht gehabt hatte. Das Resultat war jedenfalls dasselbe: Eddie hörte ein Knirschen, und ein wahnsinniger Schmerz schoß durch seinen Körper. Er schrie, aber seine Stimme schien aus weiter Ferne zu kommen. Die Welt verlor ihre Farben, und als Henry seinen Arm losließ und ihm einen Stoß versetzte, schien er auf den Gehweg zuzuschweben. Es dauerte lange, bis er aufschlug. Er hatte viel Zeit, sich jeden Riß im Beton einzuprägen, während er darauf zuschwebte. Er hatte Zeit, die Sonnenringe darauf zu bewundern und die verwaschenen Reste eines mit Kreide auf den Gehweg gemalten ›Himmel und Hölle‹- Spiels wahrzunehmen.

Vielleicht wäre er ohnmächtig geworden, wenn er nicht gerade auf sei- nen soeben erst von Henry gebrochenen Arm gefallen wäre; der neue Schmerz durchzuckte ihn heiß und messerscharf. Er spürte, wie die ge- splitterten Knochen aneinanderrieben. Er biß sich auf die Zunge, die so- fort zu bluten begann. Langsam rollte er auf den Rücken und sah Henry, Victor, Moose und Patrick über sich stehen. Sie sahen unglaublich groß, unglaublich hoch aus, wie Sargträger, die in ein Grab hinabschauen, wo der teure Verstorbene ohne Sarg beerdigt wird.

»Gefällt dir das, Steinwerferlein?« fragte Henry. Seine Stimme drang von ferne, durch Wolken von Schmerz, an Eddies Ohren. »Gefällt dir dieses Spielchen?«

Patrick Hockstetter kicherte.

»Dein Vater ist verrückt«, hörte Eddie sich plötzlich sagen, »und du ge- nauso.«

Henrys Grinsen verschwand so plötzlich, als hätte er eine Ohrfeige be- kommen. Er holte mit dem Fuß aus, um Eddie zu treten . . . und dann zer- riß das Heulen einer Sirene die Stille des heißen Nachmittags. Henry hielt mitten in der Bewegung inne. Victor und Moose schauten sich un- behaglich um.

»Henry, ich glaube, wir sollten lieber verschwinden«, sagte Moose.

»Ich bin mir jedenfalls verdammt sicher, daß *ich* verschwinde«, sagte Victor – wie weit entfernt ihre Stimmen waren! Sie schienen zu schwe- ben, wie die Ballons des Clowns. Victor drehte sich um und rannte in Richtung Bücherei, bog aber gleich darauf in den McCarron-Park ab, um von der Straße wegzukommen.

Henry zögerte einen Moment, und wieder ertönte die Sirene, diesmal schon näher. »Okay, kommt«, sagte er und rannte mit Moose Victor nach.

Patrick Hockstetter blieb noch stehen und beugte sich über Eddie. »Hier hab' ich noch ein kleines Extrageschenk für dich«, flüsterte er mit seiner tiefen, heiseren Stimme. Er zog scharf den Atem ein, und dann spuckte er direkt in Eddies emporgewandtes verschwitztes und blutiges Gesicht. *Platsch!* »Iß nicht alles auf einmal, wenn du nicht willst«, zischte Patrick und verzog seine wulstigen Lippen zu einem breiten un- heimlichen Grinsen. »Heb dir was für später auf.«

Dann rannte auch er davon.

737

Eddie versuchte, die Spucke mit seinem heilen Arm abzuwischen, aber sogar diese kleine Bewegung jagte eine neue heiße Schmerzwelle durch seinen Körper.

Als du dich auf den Weg zum Drugstore gemacht hast, hättest du dir nicht träumen lassen, daß du etwas später mit gebrochenem Arm und mit Patricks Spucke im Gesicht auf dem Gehweg der Costello Avenue liegen würdest, was? Du bist nicht mal dazu gekommen, deine Cola zu trinken. Das Leben hält viele Überraschungen bereit, stimmt's?

Und unglaublicherweise lachte er wieder. Es war ein schwacher Laut, und das Lachen tat in seinem gebrochenen Arm weh, aber trotzdem tat es ihm gut. Und auch noch etwas anderes war bemerkenswert: kein Asthma. Er atmete ganz normal. Das war wirklich ein Glück, denn er hätte seinen Aspirator nicht aus der Tasche ziehen können. Auf gar keinen Fall.

Die Sirene heulte jetzt schon ganz in der Nähe. Eddie schloß die Augen und sah rot unter seinen Lidern. Dann fiel ein dunkler Schatten auf ihn. Es war der kleine Junge auf dem Dreirad.

»Geht's dir gut?« fragte der Kleine.

»Sehe ich so aus?« erwiderte Eddie.

»Du siehst *schrecklich* aus«, sagte der kleine Junge und trat in die Pedale, wobei er ›The Farmer in the Dell‹ schmetterte.

Eddie begann zu kichern. Die Sirene war jetzt ganz nahe, und er hörte die quietschenden Reifen des Polizeiautos.

Warum in Gottes Namen kicherst du so?

Er wußte es nicht, und ebensowenig wußte er, warum er sich trotz der starken Schmerzen so erleichtert fühlte. War es vielleicht einfach deshalb, weil er noch am Leben war, weil er wußte, daß er nur einen gebrochenen Arm davongetragen hatte, daß man ihn wieder zusammenflicken konnte? Er kam zu dem Schluß, daß es so sein mußte, aber als er Jahre später in der Stadtbücherei von Derry saß, ein Glas Pflaumensaft mit Gin vor sich, erklärte er den Freunden, er glaube inzwischen, es sei noch etwas anderes gewesen; er sei damals alt genug gewesen, um dieses andere zu spüren, aber nicht alt genug, um es sich erklären zu können.

Ich glaube, es war der erste wirkliche Schmerz, den ich je im Leben hatte, sagte er ihnen. *Ich hatte mir Schmerz immer ganz anders vorgestellt. Er ließ mich als Person unversehrt. Ich glaube ... herauszufinden, daß man trotz des Schmerzes weiterlebt, das verschaffte mir eine Art Vergleichsbasis.*

Eddie drehte den Kopf etwas nach rechts und sah große schwarze Firestone-Reifen, glänzende Radkappen aus Chrom und Blaulicht. Und dann hörte er Mr. Nells Stimme mit breitem irischen Akzent; sie klang mehr

738

nach Richies Irischer-Polizist-Stimme als nach Mr. Nells richtiger
Stimme... aber vielleicht lag das auch nur an der Entfernung:
»Du lieber Himmel, das ist der Kaspbrak-Junge!«
Dann war Eddie weg.

4

Und mit einer Ausnahme blieb er das auch eine Weile.

Er kam im Krankenwagen zu sich und sah, daß Mr. Nell ihm gegenüber saß, an seiner kleinen braunen Flasche nippte und einen Taschen-
buchkrimi mit dem Titel *Ich, der Richter* las. Eddies Blicke schweiften
von Mr. Nell zum Fahrer des Wagens. Dieser drehte sich nach Eddie um;
er hatte ein breites schlaues Grinsen im Gesicht, seine Haut war weiß geschminkt, seine Augen funkelten wie neue Münzen. Es war Pennywise.

»Mr. Nell«, flüsterte Eddie heiser.

Mr. Nell blickte lächelnd von seinem Buch auf. »Wie fühlst du dich,
mein Junge?«

»...Fahrer... der Fahrer...«

»Ja, wir werden gleich da sein«, sagte Mr. Nell. »Trink mal 'nen
Schluck. Es wird dir guttun.«

Eddie trank aus der braunen Flasche, die Mr. Nell ihm an den Mund
hielt. Es schmeckte wie flüssiges Feuer. Er hustete, und sein Arm
schmerzte davon. Er schaute nach vorne und sah, daß der Fahrer nur irgendein Mann mit Bürstenhaarschnitt war. Kein Clown.

Dann verlor er wieder das Bewußtsein.

Als er das nächste Mal zu sich kam, lag er in einem Notraum, und eine
Krankenschwester wischte ihm mit einem kalten, nassen Tuch das Blut
und den Schmutz vom Gesicht ab. Das brannte, aber gleichzeitig war es
sehr angenehm. Er hörte seine Mutter draußen schreien und toben, und
er wollte der Krankenschwester sagen, sie solle seine Mutter nicht her-
einlassen, aber sosehr er es auch versuchte – er brachte keinen Laut heraus.

»...er stirbt, will ich wissen!« schrie seine Mutter. »Hören Sie mich?
Es ist mein Recht, das zu erfahren, und es ist mein Recht, ihn zu sehen!
Ich kann Sie gerichtlich belangen, hören Sie? Ich kenne Anwälte, jede
Menge Anwälte...«

»Versuch nicht zu reden«, sagte die Krankenschwester. Sie war jung,
und er spürte ihre Brüste an seinem Arm. Einen Augenblick hatte er den
irren Gedanken, daß die Schwester Beverly Marsh war, dann war er wieder weg.

Und dann *war* seine Mutter im Zimmer und redete wie ein Maschinengewehr auf Dr. Handor ein. Sonja Kaspbrak war eine sehr große, sehr dicke Frau. Ihre Beine unter dem geblümten Kleid waren elefantenartig. Ihr Gesicht war jetzt bleich, abgesehen von den hektischen roten Flecken, und ihre Tränen hatten ihr Make-up verschmiert.

»Ma«, brachte Eddie mühsam hervor, ». . . in Ordnung. . . ich bin ganz in Ordnung.«

»Das bist du nicht. das bist du nicht«, stöhnte Mrs. Kaspbrak. Sie rang ihre Hände, und Eddie hörte ihre Knöchel knacken. Er fühlte, wie seine Kehle sich zusammenzog, als er wieder zu ihr aufblickte und sah, in welchem Zustand sie war, wie seine neueste Eskapade sie getroffen und verletzt hatte. Er wollte ihr sagen, sie solle sich nicht so aufregen, sonst würde sie noch einen Herzinfarkt bekommen. Aber er konnte nichts mehr sagen. Seine Kehle war zu trocken. »Dir geht's überhaupt nicht gut, du hattest einen schweren Unfall, einen *sehr schweren* Unfall, aber es *wird* alles wieder gut, das verspreche ich dir, Eddie, es wird alles wieder in Ordnung kommen, und wenn wir dazu sämtliche Spezialisten herschaffen müssen, oh, Eddie. . . Eddie. . . dein armer *Arm*. . .«

Sie brach in lautes, schnaubendes Schluchzen aus. Eddie sah, daß die Krankenschwester, die ihm das Gesicht gewaschen hatte, seine Mutter ohne große Sympathie betrachtete.

Während dieser ganzen Arie hatte Dr. Handor immer wieder gestammelt: »Sonja. . . bitte, Sonja. . . Sonja. . .« Er war ein kleines, mageres Männlein mit einem schütteren Schnurrbärtchen, das außerdem noch schief geschnitten und links länger als rechts war. Er sah sehr nervös aus. Eddie fiel ein, was Mr. Keene ihm vor kurzem erzählt hatte, und er verspürte ein gewisses Mitleid mit dem Arzt.

Schließlich raffte Dr. Handor sich aber doch zu der Bemerkung auf: »Wenn Sie sich nicht zusammennehmen können, müssen Sie gehen, Sonja.«

Sie ging auf ihn los wie eine Furie, und er wich etwas zurück. »Das werde ich nicht tun! Sagen Sie so etwas nicht noch einmal! Das ist mein *Sohn*, der hier liegt und Qualen leidet! Mein *Sohn*!«

Eddie erstaunte alle dadurch, daß er plötzlich seine Stimme wiederfand. »Ich möchte, daß du gehst, Ma. Wenn es weh tun wird, möchte ich, daß du gehst.«

Sie wandte sich ihm zu, überrascht. . . und verletzt. Beim Anblick ihres verletzten Gesichts spürte Eddie, wie seine Brust wieder unerträglich eng wurde. »Das werde ich *nicht* tun!« schrie sie. »Wie kannst du nur etwas so Schreckliches sagen, Eddie? Du bist nicht bei dir! Du *weißt* nicht, was du sagst, das ist die einzige Erklärung.« Sie sah die Krankenschwester wild an, die ihren Blick mit gerunzelter Stirn erwiderte. »Das ist die *einzige* Erklärung.«

»Ich weiß nicht, welche Erklärung es dafür gibt, und es ist mir auch völlig egal«, sagte die Krankenschwester. »Ich weiß nur, daß wir hier herumstehen und nichts tun, obwohl wir den Arm Ihres Sohnes schienen müßten.«

»Wollen Sie damit etwa sagen...«, begann Sonja, und ihre Stimme wurde immer lauter und durchdringender, wie immer, wenn sie sich sehr aufregte oder ärgerte.

»Bitte, Sonja«, sagte Dr. Handor. »Wir wollen doch jetzt nicht streiten. Wir sollten lieber Eddie helfen.«

Sonja verstummte, aber in ihren wutentbrannten Augen – den Augen einer Bärenmutter, deren Junges bedroht wird – stand geschrieben, daß die Krankenschwester sich später noch auf etwas gefaßt machen konnte – vielleicht sogar auf eine Anzeige. Dann wandte sich ihre Aufmerksamkeit wieder Eddie zu, griff nach seiner unverletzten Hand und drückte sie so fest, daß er aufstöhnte.

»Es ist schlimm, aber *bald* wird es dir wieder gutgehen«, versicherte sie. »Es wird dir *bald* wieder gutgehen, das *verspreche* ich dir.«

»Klar, Ma«, japste Eddie. »Könnte ich meinen Aspirator haben?«

»Aber selbstverständlich«, sagte Sonja Kaspbrak und warf der Krankenschwester einen triumphierenden Blick zu, so als wäre sie soeben von irgendeiner lächerlichen Anklage, ein Verbrechen begangen zu haben, freigesprochen worden. »Mein Sohn hat Asthma«, erklärte sie, »ziemlich schweres Asthma, aber er wird *großartig* damit fertig.«

»Gut«, sagte die Krankenschwester nur.

Seine Mutter hielt seinen Aspirator so, daß er inhalieren konnte. Gleich darauf tastete Dr. Handor Eddies gebrochenen Arm ab. Er ging dabei so behutsam wie irgend möglich vor, aber es tat trotzdem wahnsinnig weh. Eddie biß die Zähne zusammen, um nicht zu schreien, weil er befürchtete, daß seine Mutter sonst auch schreien würde. Große Schweißtropfen traten ihm auf die Stirn.

»Sie tun ihm weh!« rief Mrs. Kaspbrak. »Ich weiß das! Und es ist nicht notwendig! Hören Sie auf! Sie dürfen ihm nicht weh tun! Er ist sehr zart, er kann solche Schmerzen nicht ertragen!«

Eddie sah, wie die wütende Schwester und der erschöpfte, besorgte Arzt einen Blick tauschten. Er verstand ihre wortlose Unterhaltung: *Schmeißen Sie diese Frau doch raus, Doktor.* Und die hilflosen Augen des Arztes: *Ich kann nicht. Ich traue mich nicht.*

Der Schmerz verschaffte ihm große Klarsicht, und während der wortlosen Unterhaltung zwischen Arzt und Krankenschwester akzeptierte er alles, was Mr. Keene ihm gesagt hatte. Sein Aspirator war mit nichts anderem als Wasser gefüllt, dem etwas Kampfer zugefügt war. Das Asthma hatte seine Ursache nicht in seiner Kehle, in seiner Brust oder in seinen Lungen, sondern in seinem Kopf. Irgendwie würde er mit dieser Wahrheit fertig werden müssen.

Er betrachtete auch seine Mutter mit dieser Klarsicht; er sah jede einzelne Blume an ihrem Kleid, sah die Schweißringe unter ihren Achseln und ihre schiefgetretenen Schuhe. Er sah, wie klein ihre Augen zwischen den Fleischmassen waren, und plötzlich hatte er einen schrecklichen Gedanken: Diese Augen waren fast raubvogelartig, wie die Augen des Aussätzigen, der aus dem Keller des Hauses Nr. 29 in der Neibolt Street herausgekrochen war. *Hier komme ich, Eddie... es wird dir nichts nützen wegzurennen, Eddie...*

Dr. Handor legte seine Hände behutsam um Eddies gebrochenen Arm und drückte zu. Der Schmerz durchzuckte ihn wie eine Flamme.

Er verlor wieder das Bewußtsein.

5

Sie flößten ihm irgendeine Flüssigkeit ein, und Dr. Handor schiente den gebrochenen Arm. Verschwommen hörte er den Arzt seiner Mutter erklären, es sei ein glatter Bruch, nichts weiter Schlimmes. »Es ist ein Bruch, wie Kinder ihn sich oft zuziehen, wenn sie von einem Baum fallen«, sagte der Arzt, und seine Mutter erwiderte wütend: »Eddie klettert *nie* auf Bäume! Und jetzt will ich die Wahrheit wissen! *Wie* schlecht geht es ihm?«

Dann gab die Krankenschwester Eddie eine Tablette. Er spürte wieder ihre Brüste an seiner Schulter und war dankbar für diese tröstliche Berührung. Trotz seiner Benommenheit sah er, daß die Schwester verärgert war, und er glaubte zu sagen: *Sie ist nicht der Clown, bitte glauben Sie das, sie frißt mich nur auf, weil sie mich liebt,* aber vielleicht hatte er das auch nur *gedacht*, denn das ärgerliche Gesicht der Schwester veränderte sich nicht.

Er bekam undeutlich mit, daß er in einem Rollstuhl einen Korridor entlanggeschoben wurde, und irgendwo hinter sich hörte er die immer schwächer werdende Stimme seiner Mutter: »Was soll denn das heißen – *Besuchszeiten*? Erzählen Sie mir doch nicht so einen Blödsinn! *Besuchszeiten!* Er ist mein *Sohn*!«

Er war froh, daß ihre Stimme immer schwächer wurde. Die Schmerzen waren verschwunden, und mit ihnen auch seine Klarsicht. Er wollte nicht nachdenken. Er wollte nur vor sich hindösen. Sein rechter Arm kam ihm sehr schwer vor. Er überlegte, ob sie ihn wohl schon eingegipst hatten, aber er konnte es nicht genau sehen. Er nahm undeutlich wahr, daß aus Krankenzimmern Radios zu hören waren, daß auf den breiten Korridoren Patienten herumliefen, die in ihren Krankenhauspyjamas wie Gespenster aussahen, und daß es heiß war... irrsinnig heiß. Als er in sein Zimmer gefahren wurde, konnte er die Sonne als grelle, orangefarbene Blutkugel untergehen sehen, und er dachte zusammenhanglos: *Wie ein großer dicker Clown-Pompon.*

»Komm, Eddie, du kannst laufen«, sagte eine Stimme, und er stellte fest, daß er es wirklich konnte. Gleich darauf lag er zwischen knisternden kühlen Bettlaken. Die Stimme erklärte ihm, daß er in der Nacht Schmerzen haben würde, aber nur dann klingeln und um eine Tablette bitten sollte, wenn die Schmerzen sehr stark würden. Eddie fragte, ob er ein Glas Wasser haben könnte. Er bekam es mit einem in der Mitte knickbaren Strohhalm. Es war kühl und schmeckte gut. Er trank alles aus.

In der Nacht bekam er wirklich Schmerzen, ziemlich starke. Er lag wach im Bett und hielt den Klingelknopf in der linken Hand, ohne jedoch darauf zu drücken. Draußen ging ein Gewitter nieder, und jedesmal, wenn ein blauweißer Blitz aufflammte, wandte er den Kopf vom Fenster ab, weil er Angst hatte, in diesem elektrischen Feuerstrahl ein riesiges grinsendes Gesicht am Himmel zu erkennen.

Schließlich schlief er wieder ein und hatte einen Traum. Er sah Bill, Ben, Richie, Stan, Mike und Bev – alle seine Freunde – auf ihren Rädern beim Krankenhaus ankommen (Richie saß auf dem Gepäckträger von Silver). Er stellte überrascht fest, daß Bev ein Kleid trug – es hatte eine wunderschöne grüne Farbe, wie der Karibische Ozean auf einem Foto in ›National Geographic‹. Er konnte sich nicht erinnern, sie je zuvor in einem Kleid gesehen zu haben; er erinnerte sich nur an Jeans oder pinkfarbene knielange Hosen und, ziemlich undeutlich, an das, was die Mädchen Schulkleidung nannten: Blusen und Röcke, die Blusen normalerweise weiß mit rundem Kragen, die Röcke meistens braun und plissiert und schienbeinlang, damit ihre aufgeschürften Knie nicht zu sehen waren.

In seinem Traum sah er sie kurz vor den beiden Nachmittags-Besuchsstunden kommen, und er sah, wie seine Mutter – die seit elf Uhr geduldig wartete – sie wegschickte, wie sie seine Freunde anschrie, so daß alle sich nach ihr umdrehten. Schließlich kam ein Arzt angerannt und brachte sie zum Schweigen.

Wenn ihr glaubt, zu ihm gehen zu können, so habt ihr euch schwer getäuscht! schrie Eddies Mutter, und nun sprang der Clown auf, der die ganze Zeit neben ihr gesessen hatte (aber bis jetzt ganz hinten in einer

Ecke, mit einer Ausgabe des Magazins *Cook* vor dem Gesicht), und klatschte Beifall. Er machte Luftsprünge und tanzte umher, schlug ein Rad und vollführte einen Salto rückwärts, während Mrs. Kaspbrak Eddies Freunden gründlich die Leviten las und sie einer nach dem anderen hinter Bill zurückwichen, der als einziger bleich, aber nach außen hin ruhig dastand, die Hände in den Taschen seiner Jeans vergraben. Niemand außer Eddie sah den Clown... allerdings erwachte ein Baby, das bisher friedlich in den Armen seiner Mutter geschlafen hatte, und begann laut zu schreien.

Ihr habt genug Unheil angerichtet! schrie Eddies Mutter. Ich weiß, wer diese Jungen waren! Sie haben Schwierigkeiten in der Schule, und sie haben Schwierigkeiten mit der Polizei! Ich werde meinen Eddie nicht in solcher Gesellschaft herumlaufen lassen! Was passiert wohl sonst als nächstes? Er wird bei einer Schwarzfahrt im Auto ums Leben kommen oder irgend so was Ähnliches! Nein! Schert euch weg! Er ist fertig mit euch! Ich habe ihm verboten, euch zu sehen, und er ist ganz meiner Meinung! Er stimmt seiner Mutter zu! Er will eure sogenannte Freundschaft nicht mehr! Von keinem von euch! Ihr seid... ihr seid gefährlich! Ich wußte, daß das schlecht enden würde, und nun schaut euch das einmal an! Mein Eddie im Krankenhaus! Ein so zarter Junge wie er...

Der Clown machte Luftsprünge und Spagat und Handstand auf einer Hand. SEIN Grinsen war jetzt sehr zufrieden, und im Traum begriff Eddie, daß der Clown genau das wollte – einen Keil zwischen die sieben Freunde treiben, sie endgültig auseinanderbringen und ihnen damit jede Möglichkeit zu gemeinsamem Handeln nehmen. In einer Art niederträchtiger Ekstase schlug der Clown einen doppelten Purzelbaum und küßte Eddies Mutter schmatzend auf die Wange.

D-D-Die Jungen, die d-d-d-das getan h-haben..., begann Bill.

Widersprich mir nicht! kreischte Mrs. Kaspbrak. Wag es ja nicht, mir zu widersprechen oder supergescheit daherzureden! Er ist fertig mit euch, sage ich dir! Fertig!

In diesem Moment eilte der Arzt herbei und erklärte klipp und klar, sie müsse entweder still sein oder sofort gehen. Der Clown begann zu verblassen, und währenddessen veränderte ER sich ständig. Eddie sah den Aussätzigen, die Mumie, den Riesenvogel; er sah den Werwolf, einen Vampir mit Zähnen wie Gilette-Blue-Blade-Klingen; er sah Frankenstein, das Wesen aus der Schwarzen Lagune, das Kriechende Auge; er sah etwas Fleischiges und Muschelartiges, das sich öffnete und schloß wie ein Mund; er sah ein Dutzend anderer schrecklicher Gestalten, Hunderte davon. Aber im letzten Moment, bevor der Clown endgültig verschwand, sah Eddie das Allerschrecklichste: Das Gesicht des Clowns wurde zum Gesicht seiner Mutter.

Nein! versuchte Eddie zu schreien. *Nein! Nein! Nicht sie! Nicht meine Mutter!*

Aber niemand drehte sich um; niemand hörte ihn. Und als der Traum allmählich vorüberging, erkannte Eddie mit kaltem, lähmendem Entsetzen, daß sie ihn nicht hören *konnten*. Er war tot. Es hatte ihn umgebracht, und er war tot. Er war ein Geist.

6

Sonja Kaspbraks Triumphgefühl, Eddies sogenannte Freunde weggeschickt zu haben, verflüchtigte sich, sobald sie Eddies Einzelzimmer am folgenden Nachmittag – dem 21. Juli – betrat. Sie konnte sich selbst nicht genau erklären, warum dieses Triumphgefühl verging und von einer undefinierbaren Angst abgelöst wurde; etwas an dem bleichen Gesicht ihres Sohnes beunruhigte sie – es drückte weder Ängstlichkeit noch Schmerz aus, sondern etwas, das sie nie zuvor an ihm gesehen hatte: Schärfe. Dieses Kindergesicht war plötzlich scharf und wachsam und entschlossen.

Die Auseinandersetzung mit Eddies Freunden hatte nicht im Wartezimmer stattgefunden, wie er es in seinem Traum gesehen hatte. Mrs. Kaspbrak hatte gewußt, daß sie kommen würden, diese ›Freunde‹, die an seinem Armbruch schuld waren, die ihn vermutlich trotz seines Asthmas zum Rauchen verführten, diese ›Freunde‹, die einen so starken Einfluß auf ihn ausübten, daß er abends nur noch von ihnen redete. Sie hatte sich bei ihrer Nachbarin, Mrs. Van Prett, darüber beklagt, aber Mrs. Van Prett, die schreckliche Probleme mit ihrer Haut hatte und fast immer mit allem, was Sonja Kaspbrak von sich gab, völlig übereinstimmte und häufig auch ihr Mitgefühl zum Ausdruck brachte – Mrs. Van Prett hatte doch die Frechheit besessen, ihr zu widersprechen.

Ich finde, Sie sollten froh sein, daß er Freunde gefunden hat, hatte Mrs. Van Prett geäußert, während sie früh am Morgen vor der Arbeit ihre Wäsche aufgehängt hatten – das war Anfang Juli gewesen. *Er ist sicherer, wenn er mit anderen Kindern zusammen spielt, Mrs. Kaspbrak, finden Sie nicht auch? Bei all den schlimmen Dingen, die in dieser Stadt passieren, bei all diesen armen Kindern, die ermordet worden sind!*

Mrs. Kaspbraks einzige Antwort hatte in einem wütenden Schnauben bestanden (ihr war in diesem Moment keine passende Antwort eingefallen, obwohl sie später Dutzende davon formulierte – einige in sehr scharfer, beleidigender Form), und als Mrs. Van Prett sie am selben Abend angerufen und gefragt hatte, ob sie wie immer zusammen zum Bingo-Spielen in St. Mary gehen würden, hatte Mrs. Kaspbrak kalt erwidert, sie ziehe es an diesem Abend vor, zu Hause zu bleiben und sich auszuruhen.

Nun, sie hoffte, daß Mrs. Van Prett jetzt zufrieden war. Sie hoffte, daß Mrs. Van Prett jetzt einsehen würde, daß der Sexualmörder, der es auf Kinder abgesehen hatte, durchaus nicht die einzige – und vielleicht nicht einmal die größte – Gefahr war, die in diesem Sommer in Derry ihrem Sohn drohte. Da lag Eddie nun mit großen Schmerzen im Krankenhaus, und vielleicht würde er seinen rechten Arm nie wieder benutzen können; oder lose Splitter vor der Bruchstelle könnten im Blut zu seinem Herzen transportiert werden und ihn töten, oh, das würde Gott natürlich nie zulassen, aber sie hatte auch von derartigen Fällen schon *gehört*.

Deshalb ging sie auf der langen, schattigen Veranda des Krankenhauses auf und ab; sie wußte, daß die Kinder auftauchen würden, und sie war besessen von dem leidenschaftlichen Wunsch, dieser sogenannten ›Freundschaft‹, die zu gebrochenen Armen und Schmerzenslagern führte, ein für allemal ein Ende zu machen.

Und natürlich tauchten sie wirklich auf, und zu ihrem Entsetzen stellte sie fest, daß zu der Gesellschaft auch ein *Nigger* gehörte. Nicht daß sie etwas gegen Nigger gehabt hätte; sie war durchaus der Meinung, daß sie das Recht haben sollten, unten im Süden jeden Bus benutzen zu dürfen und in Restaurants der Weißen essen zu dürfen und in Kinos neben Weißen sitzen zu dürfen, solange sie keine Weißen

(Frauen)

belästigten, aber genauso fest überzeugt war sie von der ›Vogeltheorie‹, wie sie das nannte. Amseln flogen zusammen mit anderen Amseln, nicht mit Rotkehlchen. Stare nisteten mit Staren; sie paarten sich nicht mit Blaukehlchen oder Nachtigallen. Jedem das Seine, war ihr Motto; und als sie sah, wie Mike Hanlon zusammen mit den anderen angeradelt kam, so als gehörte er dorthin, wuchs ihr Zorn nur noch mehr. Sie dachte vorwurfsvoll, so als könnte Eddie sie hören: *Du hast mir nie erzählt, daß einer deiner ›Freunde‹ ein Nigger ist.*

Na, dachte sie, als sie zwanzig Minuten später das Krankenzimmer betrat, in dem ihr Sohn vor sich hin döste, den Gipsarm in einer Schlinge (schon dieser Anblick allein tat ihr weh), denen hatte sie es aber ordentlich gezeigt; die waren schnell wieder verschwunden. Und nur der Denbrough-Junge, der so *fürchterlich* stotterte, hatte die Frechheit besessen, ihr zu widersprechen. Das Mädchen, wer immer es auch gewesen sein mochte, hatte Sonja zwar mit seinen entschieden flittchenhaften Jadeaugen wild angeblitzt, aber wohlweislich den Mund gehalten. *Die kommt bestimmt aus der Lower Main Street oder aus einer noch übleren Wohn-*

gegend, hatte Sonja gedacht, und wenn sie es gewagt hätte, auch nur einen Piep von sich zu geben, so hätte Sonja ihr ordentlich die Meinung gesagt, ihr erklärt, welche Sorte von Mädchen mit Jungs herumlaufe. Es gab gewisse Namen für solche Mädchen, und Mrs. Kaspbrak würde nie zulassen, daß ihr Sohn sich mit solchen Schlampen abgab.

Die anderen waren nur verlegen von einem Bein aufs andere getappt und hatten zu Boden geblickt. Als sie ihnen alles gesagt hatte, was zu sagen war, waren sie auf ihre Räder gestiegen und weggefahren. Der Denbrough-Junge hatte den frechen kleinen Tozier auf dem Gepäckträger seines riesigen, gefährlich aussehenden Fahrrads mitgenommen, und Mrs. Kaspbrak hatte sich schaudernd gefragt, wie oft wohl ihr Eddie auf diesem Rad gesessen und riskiert hatte, sich Arme und Beine und den Hals zu brechen und ums Leben zu kommen.

Ich habe es für dich getan, Eddie, hatte sie gedacht, als sie hocherhobenen Hauptes das Krankenhaus betreten hatte. *Ich weiß, daß du zuerst vielleicht ein bißchen enttäuscht sein wirst; das ist ganz natürlich. Aber Eltern wissen es besser als ihre Kinder; Gott hat Eltern in erster Linie dazu geschaffen, um Kinder zu lenken und zu lehren... und zu beschützen.* Sobald Eddie seine anfängliche Enttäuschung überwunden hatte, würde er das begreifen. Und wenn sie selbst sich jetzt erleichtert fühlte, so natürlich nur, weil sie zu Eddies Bestem gehandelt hatte. Sie war erleichtert, weil sie glaubte, ihren Sohn von üblen und gefährlichen Freunden befreit zu haben.

Doch ihre Erleichterung wurde von großem Unbehagen abgelöst, als sie Eddies Gesicht sah. Sein Ausdruck, als er erwachte und sie erblickte, jener scharfe, wachsame Ausdruck, war so ganz anders als Eddies normalerweise weiches und schüchternes Gesicht. Wie auch Ben Hanscom (obwohl Sonja das nicht wußte), so gehörte Eddie zu jenen Jungen, die rasch einen forschenden Blick auf jemanden warfen, als wollten sie das emotionale Wetter vom Gesicht ablesen, und die dann sofort wieder wegschauten. Aber jetzt sah Eddie sie unverwandt an (*vielleicht sind es die Medikamente,* dachte sie. *Natürlich, das ist es; ich werde mit Dr. Handor über die Medikamente reden müssen*), und schließlich mußte sie den Blick abwenden. *Er sieht aus, als hätte er auf mich gewartet,* dachte sie, ein Gedanke, der sie glücklich machen sollte – ein Junge, der auf seine Mutter wartete, war ganz gewiß eines von Gottes gesegnetsten Geschöpfen...

»Du hast meine Freunde weggeschickt.« Er redete mit leiser, aber fester Stimme.

Sie zuckte schuldbewußt zusammen, und als erstes schoß ihr durch den Kopf – *Woher weiß er das? Das kann er doch gar nicht wissen!* –, aber schon im nächsten Moment ärgerte sie sich über dieses leichte Schuldbewußtsein. Sie lächelte ihm zu.

»Wie fühlst du dich heute, Eddie?«

Das war die richtige Erwiderung. Jemand – vielleicht sogar jene unfähige und aufsässige Krankenschwester vom Vortag – mußte es ihm erzählt haben. Jemand...

»Wie fühlst du dich?« fragte sie noch einmal, als er keine Antwort gab. Sie dachte, er hätte sie nicht gehört. Sie hatte in all ihren Büchern zwar noch nie gelesen, daß ein Knochenbruch das Hörvermögen beeinträchtigen konnte, aber möglich war es vermutlich – alles war möglich.

Eddie antwortete noch immer nicht.

Sie trat näher an sein Bett heran und begriff nicht, warum sie sich plötzlich so unsicher, ja fast schüchtern fühlte; solche Gefühle hatte sie Eddie gegenüber doch noch nie gehabt. Gleichzeitig stieg leiser Ärger in ihr auf. Welches Recht hatte er, in ihr solche Gefühle wachzurufen, nach allem, was sie für ihn getan hatte?

»Ich habe mit Dr. Handor gesprochen, und er versicherte mir, daß du wieder hundertprozentig in Ordnung kommst«, sagte sie rasch, während sie auf dem Holzstuhl neben seinem Bett Platz nahm. »Wenn auch nur das geringste Problem auftaucht, werden wir allerdings selbstverständlich einen Spezialisten in Portland aufsuchen. Oder sogar in *Boston*, wenn es sein muß.« Sie lächelte huldvoll. Aber Eddie erwiderte ihr Lächeln nicht. Und er sagte immer noch nichts.

»Eddie, hörst du mich?«

»Du hast meine Freunde weggeschickt«, wiederholte er.

»Ja«, bestätigte sie, fügte aber nichts hinzu. Das Spiel konnten zwei spielen. Sie sah ihn nur an.

Und dann geschah etwas Sonderbares, etwas Schreckliches. Eddies Augen schienen irgendwie... irgendwie größer zu werden. Die Pupillen bewegten sich in diesen Augen wie dahinjagende Sturmwolken. Ihr wurde plötzlich klar, daß er nicht von irgendwelchen Medikamenten benommen war. Es war kalter Zorn, der in seinem Gesicht geschrieben stand. Eddie war zornig auf sie... und plötzlich hatte Sonja Angst, denn etwas Stärkeres als nur ihr Sohn schien plötzlich im Zimmer zu sein. Sie senkte den Blick und machte die Handtasche auf. Sie kramte nach einem Kleenex.

»Ja, ich habe sie weggeschickt«, sagte sie und stellte fest, daß ihre Stimme kräftig und energisch klang... solange sie ihn nicht ansah. »Du bist ernsthaft verletzt, Eddie. Du kannst im Augenblick außer deiner Mutter keine Besucher gebrauchen, und *solche* Besucher kannst du *überhaupt* nicht gebrauchen. Wenn sie nicht gewesen wären, würdest du jetzt

748

zu Hause gemütlich vor dem Fernseher sitzen oder in der Garage an deiner Seifenkiste basteln.«

Es war Eddies Traum, eine Seifenkiste zu bauen und mit nach Bangor zu nehmen. Wenn er dort siegte, bekam er einen Ausflug nach Akron, Ohio, bezahlt, wo er beim Nationalen Seifenkisten-Derby teilnehmen konnte. Sonja war durchaus bereit, ihm diesen Traum zu lassen, solange die Fertigstellung der Seifenkiste, die aus Orangenkisten und den Reifen eines Choo-Choo-Kinderwagens bestand, nichts weiter als ein Traum war. Sie hatte ganz gewiß nicht die Absicht zu dulden, daß Eddie sein Leben bei so einem gefährlichen Wettbewerb aufs Spiel setzte, weder in Derry noch in Bangor, und schon gar nicht in Akron, was (hatte Eddie ihr erklärt) nicht nur einen Flug beinhalten würde, sondern auch eine halsbrecherische Fahrt in einer Orangenkiste mit Rädern, aber ohne Bremsen, einen steilen Berg hinab. Aber, wie ihre eigene Mutter oft gesagt hatte, was einer nicht weiß, macht ihn nicht heiß (ihre Mutter hatte auch immer gesagt, kleine Sünden verzeiht der Herr, aber wenn es um Erinnerungen an Sinnsprüche ging, war Sonja, wie die meisten Menschen, bemerkenswert selektiv).

»Meine Freunde haben mir nicht den Arm gebrochen«, sagte Eddie mit jener tonlosen Stimme. »Ich habe es Dr. Handor gestern abend erklärt und heute morgen auch noch Mr. Nell, als er mich besuchte. Henry Bowers hat mir den Arm gebrochen. Einige andere Jungen waren dabei, aber getan hat es Henry. Es wäre nie passiert, wenn meine Freunde bei mir gewesen wären. Es ist nur passiert, weil ich allein war.«

Diese Bemerkung brachte Sonja Mrs. Van Pretts Kommentar in Erinnerung, es sei sicherer, Freunde zu haben, und sie geriet sofort in Wut. Herausfordernd warf sie den Kopf zurück. »Das spielt überhaupt keine Rolle, das weißt du selbst genau! Was glaubst du denn, Eddie? Glaubst du, daß deine Mutter total bekloppt ist? Natürlich weiß ich, daß Bowers dir den Arm gebrochen hat, aber ich weiß auch, warum. Dieser irische Polizist ist auch bei mir gewesen. Bowers hat dir den Arm gebrochen, weil du und deine sogenannten Freunde euch irgendwie mit ihm angelegt habt. Na, glaubst du, daß das auch passiert wäre, wenn du auf mich gehört und diesen Umgang gemieden hättest?«

»Das oder etwas noch viel Schlimmeres«, erwiderte Eddie.

»Eddie, das meinst du doch nicht im Ernst?«

»O doch«, sagte er, und sie spürte die Kraft, die in Wellen von ihm ausging, die er ausströmte. »Bill und meine anderen Freunde werden wiederkommen, Ma. Das *weiß* ich. Und wenn sie kommen, wirst du kein Wort sagen. Sie werden mich besuchen, und du wirst kein Wort dagegen sagen. Sie sind meine Freunde, und ich lasse mir von dir nicht meine Freunde stehlen, nur weil du Angst hast, allein zu sein.«

Sie starrte ihn verblüfft und entsetzt an. Tränen traten ihr in die Augen, rollten über ihre Wangen und verschmierten den Puder. »So also redest du jetzt mit deiner Mutter«, schluchzte sie. »Vermutlich reden so deine sogenannten Freunde mit *ihren* Eltern. Und du hast es von ihnen gelernt.«

Ihre Tränen verliehen ihr Sicherheit. Wenn sie weinte, weinte normalerweise auch Eddie oder war zumindest den Tränen sehr nahe. Eine unfaire Waffe, würden manche Leute sagen, aber gab es so etwas wie unfaire Waffen überhaupt, wenn es darum ging, ihren Sohn zu beschützen? Sie war nicht dieser Meinung.

Sie blickte mit tränenüberströmtem Gesicht auf; sie fühlte sich traurig, beraubt und betrogen... aber gleichzeitig triumphierte sie bereits. Eddie würde eine solche Flut von Tränen und Leid nicht ertragen können. Jener kalte, scharfe Blick würde aus seinen Augen verschwinden. Vielleicht würde er anfangen zu keuchen und nach Luft zu schnappen, und das würde – wie immer – das Zeichen dafür sein, daß der Kampf vorüber war, daß sie wieder einen Sieg errungen hatte... natürlich zu seinem Besten. Immer nur zu seinem Besten.

Sie war so fassungslos, immer noch jenen Ausdruck auf seinem Gesicht zu sehen – womöglich hatte er sich noch verstärkt –, daß sie sogar im Schluchzen innehielt. In seinem Gesicht stand auch Kummer geschrieben, aber sogar das war beängstigend, denn es war irgendwie der Kummer eines *Erwachsenen*, und jeder Gedanke an Eddie als erwachsenen Menschen ließ in ihrem Kopf einen kleinen Vogel in wilder Panik herumflattern. Diesen Vogel, der in ihrem Kopf eingesperrt zu sein schien wie ein Spatz in einer Garage, spürte sie jedesmal, wenn sie sich fragte – was sie allerdings möglichst selten tat –, was aus ihr werden sollte, wenn Eddie größer wurde, wenn er sich weigerte, das Derry Business College oder die University of Maine in Orono oder die Husson in Bangor zu besuchen und jeden Abend nach Hause zu kommen, wenn er sich in ein Mädchen verlieben und heiraten würde. *Wo ist dann der Platz für mich?* schrie bei solchen Überlegungen jener zu Tode geängstigte Vogel in ihrem Kopf. *Wo wäre mein Platz in einem solchen Leben? Ich liebe dich, Eddie! Ich liebe dich! Ich sorge für dich, und ich liebe dich! Du kannst nicht kochen, du kannst dein Bett nicht selbst frisch beziehen, du kannst deine Unterwäsche nicht selbst waschen: Ich liebe dich!*

Er sagte es jetzt selbst auch: »Ich liebe dich, Ma. Aber ich liebe auch meine Freunde. Ich glaube... ich glaube, du bringst dich selbst zum Weinen.«

»Eddie, du tust mir so furchtbar weh!« flüsterte sie und begann wieder, wild zu schluchzen. Ein paar Tränen fielen auf sein blasses Gesicht, benetzten es. Und diesmal weinte sie nicht aus Berechnung. Auf ihre Weise war sie stark – sie hatte ihren Mann begraben, ohne zusammenzubrechen, sie hatte eine Stellung gefunden, obwohl der Arbeitsmarkt sehr ungünstig gewesen war, sie hatte ihren Sohn allein aufgezogen und, wenn nötig, für ihn gekämpft –, und dies waren ihre ersten echten Tränen seit Jahren, nicht Tränen, die von ihr als Waffe eingesetzt wurden; Tränen dieser Art hatte sie nicht mehr vergossen, seit Eddie mit fünf Jahren Bronchitis gehabt hatte, und sie überzeugt davon gewesen war, daß er sterben würde. Sie weinte wegen dieses furchtbar erwachsenen, ihr so völlig fremden Gesichtsausdrucks. Sie hatte Angst *um* ihn, aber absurderweise hatte sie auch Angst *vor* ihm... sie hatte Angst vor jener Aura der Kraft, die ihn zu umgeben schien... die ihr etwas abzuverlangen schien.

»Zwing mich nicht, zwischen dir und meinen Freunden zu wählen, Ma«, sagte Eddie. Seine Stimme klang angespannt, aber immer noch fest. »Denn das ist nicht fair.«

»Es sind *schlechte* Freunde, Eddie!« schrie sie völlig außer sich. »Ich weiß das, ich spüre das mit jeder Faser meines Herzens. Sie werden dir nur Kummer und Schmerz bringen. Ich weiß es!« Und das Schlimmste war, daß sie *tatsächlich* dieses Gefühl hatte; sie hatte es intuitiv erfaßt, hatte es dem Denbrough-Jungen an den Augen abgelesen, diesem Jungen, der mit den Händen in den Hosentaschen vor ihr gestanden hatte, dessen rote Haare in der Sommersonne einer lodernden Flamme geglichen hatten. Seine Augen hatten einen so ernsten, sonderbar fernen Blick gehabt... genauso wie jetzt Eddies Augen.

Und hatte nicht auch er jene merkwürdige Kraft ausgestrahlt, die jetzt von Eddie ausging? Nur in noch stärkerem Maße? Ja, das hatte er.

»Ma...«

Sie stand so abrupt auf, daß sie fast ihren Stuhl umgeworfen hätte. »Ich komme heute abend wieder«, sagte sie. »Es ist der Schock, der Unfall, die Schmerzen – all diese Dinge sind es, die dich so reden lassen. Ich weiß es. Du... du...« Sie suchte in ihrem verwirrten Gehirn nach Worten und fand sie in ihrer ursprünglichen Litanei, an die sie sich jetzt klammerte wie eine Ertrinkende an eine im Wasser treibende Schiffsplanke. »Du hast einen schlimmen Unfall gehabt, aber es wird dir bald wieder gutgehen. Und du wirst sehen, daß ich recht habe, Eddie. Es sind *schlechte* Freunde. Sie sind nicht unsresgleichen. Sie sind nichts für dich. Denk darüber nach und frag dich, ob deine Mutter dir je etwas Falsches gesagt hat. Denk darüber nach und... und...«

751

Ich laufe ja davon! dachte sie mit schmerzhaftem Schrecken. *Ich laufe vor meinem eigenen Sohn davon! O Gott, bitte, das darfst Du nicht zulassen!*

»Ma.«

Sie durchquerte dessenungeachtet sein Zimmer in wilder Hast; sie hatte jetzt richtig Angst vor ihm; er war Eddie, aber er war zugleich mehr als das; sie spürte die anderen in ihm, seine ›Freunde‹, und noch etwas anderes, etwas, das hinter ihnen stand, und *davor* hatte sie Angst. Es war so, als hätte etwas von ihm Besitz ergriffen, so wie damals jene Bronchitis.

Die Hand auf der Türklinke, blieb sie doch noch stehen, obwohl sie nicht hören wollte, was er ihr vielleicht sagen würde... und als er es sagte, war es etwas so völlig Unerwartetes, daß sie es im ersten Moment gar nicht richtig verstand. Und als ihr dann zu Bewußtsein kam, *was* er gesagt hatte, war es so, als wäre ihr ein Sack Zement auf den Kopf gefallen, und sie fühlte sich einer Ohnmacht nahe.

Eddies Worte waren: »Mr. Keene sagte, meine Asthmamedizin bestehe nur aus Wasser.«

»Was? Was?« Sie starrte ihn mit verwirrten, wütenden Augen an.

»Nur aus Wasser, dem irgendwas zugefügt ist, damit es nach Medizin schmeckt. Er sagte, es sei ein Pla-ce-bo.«

»Das ist eine Lüge! Nichts als eine Lüge. Warum sollte Mr. Keene dir so eine Lüge erzählen? Na ja, es gibt auch noch andere Drugstores in Derry! Ich vermute...«

»Ich hatte Zeit, darüber nachzudenken«, sagte Eddie leise und unerbittlich, ohne sie aus den Augen zu lassen, »und *ich* glaube, daß er mir die Wahrheit gesagt hat.«

»Eddie, ich sage dir, das hat er *nicht*!« Sie geriet wieder in Panik.

»Ich habe darüber nachgedacht«, fuhr Eddie fort. »Ich glaube, es ist die Wahrheit – sonst würde auf der Flasche nämlich irgendeine Warnung stehen, daß man sterben oder zumindest krank werden kann, wenn man das Zeug zu oft anwendet. Sogar...«

»Eddie, ich will das nicht *hören*!« schrie sie und hielt sich die Ohren zu. »Du bist... du bist... *du bist einfach nicht ganz bei dir, das ist es!*«

»Sogar bei Sachen, die man so einfach kaufen kann, stehen besondere Gebrauchsanleitungen drauf«, fuhr er fort, ohne die Stimme zu heben. Er schaute ihr fest in die Augen, und sie war außerstande, ihren Blick abzuwenden. »Sogar wenn es nur Vicks Hustensirup ist... oder dein Geritol.«

Er schwieg einen Augenblick. Sie nahm die Hände von den Ohren; ihre Arme fühlten sich bleischwer an, und sie hatte das Gefühl, sie nicht länger hochhalten zu können.

»Und... und du mußt das die ganze Zeit über gewußt haben, Ma.«

»Eddie!« kreischte sie.

»Du weißt nämlich über Arzneimittel Bescheid«, fuhr er fort, ohne sie zu beachten – er runzelte jetzt vor Konzentration die Stirn –, »und ich benutze diesen Aspirator fünf- oder auch sechsmal am Tag. Und das würdest du mir nie erlauben, wenn es mir... na ja, irgendwie schaden könnte. Also... hast du es gewußt, Ma? Hast du gewußt, daß es praktisch nur Wasser ist?«

Sie schwieg. Ihre Lippen zitterten. Sie hatte das Gefühl, als zittere ihr ganzes Gesicht. Sie weinte nicht mehr. Zum Weinen war ihre Panik jetzt viel zu groß.

»Wenn du es nämlich gewußt hast«, sagte Eddie, immer noch mit gerunzelter Stirn, »wenn du es gewußt und mir nichts davon gesagt hast, so wüßte ich gern, warum. Ich kann mir manches erklären, aber nicht, warum meine Mutter mir weismachen will, daß Wasser Medizin ist oder daß ich *hier* Asthma habe« – er deutete auf seine Brust –, »wenn ich es, wie Mr. Keene sagt, in Wirklichkeit nur hier *oben* habe.« Und er deutete auf seinen Kopf.

Sie dachte einen Moment lang, sie würde ihm nun alles erklären. Wie sie geglaubt hatte, daß er damals mit fünf Jahren sterben würde, als er so furchtbar gehustet und Fieber gehabt hatte, und daß sie in diesem Fall bestimmt wahnsinnig geworden wäre, nachdem sie erst zwei Jahre zuvor ihren Mann Frank verloren hatte. Wie sie dann begriffen hatte, daß man sein Kind nur durch Vorsicht und Liebe beschützen konnte, daß man ein Kind – ähnlich wie einen Garten – sorgfältig hegen mußte. Sie würde Eddie erklären, daß es für ein Kind – besonders für ein zartes Kind wie ihn – manchmal besser war zu *glauben*, er wäre krank, als wirklich krank zu *werden*. Und zuletzt würde sie ihm von den ungeheuer törichten Ärzten und von der wunderbaren Macht der Liebe erzählen; sie würde ihm sagen, sie *wisse*, daß er Asthma habe, ganz egal, was die Ärzte behaupteten oder ihm verschrieben; Medizin ließ sich auch anders herstellen als mit einem albernen Apothekermörser. *Eddie*, würde sie sagen, *es ist Medizin, weil die Liebe deiner Mutter es zu Medizin macht, und ich kann das vollbringen, solange du es willst und es mich tun läßt. Dies ist eine Macht, die Gott liebenden, aufopfernden Müttern verleiht. Bitte, du mußt mir glauben.*

Doch dann schwieg sie doch einfach, weil ihre Angst zu groß war.

»Aber vielleicht müssen wir gar nicht darüber reden«, fuhr Eddie fort. »Vielleicht wollte Mr. Keene mich nur aufziehen. Erwachsene tun so etwas manchmal... weißt du, Kindern einen Streich spielen.

Weil Kinder fast alles glauben. Es ist böse, so was mit Kindern zu machen, aber manchmal tun Erwachsene es trotzdem.«

»O ja«, stimmte Sonja Kaspbrak eifrig zu. »Sie machen gern dumme Scherze, und manchmal sind sie gemein... und bösartig... und... und...«

»Ich werde also nach Bill und meinen anderen Freunden Ausschau halten«, sagte Eddie, »und meine Asthmamedizin auch weiterhin nehmen. Das ist vermutlich am besten, glaubst du nicht auch?«

Sie erkannte erst jetzt, als es schon zu spät war, in welch geschickte – grausame! – Mausefalle er sie gelockt hatte. Was er da machte, war fast schon Erpressung, aber hatte sie noch eine Wahl? Sie wollte ihn fragen, wie er nur so berechnend, so manipulierend gegenüber seiner eigenen Mutter sein konnte. Sie öffnete schon den Mund, um es zu sagen... und dann schloß sie ihn wieder. Es wäre immerhin möglich, daß er ihr die gleiche Frage stellen würde.

Das einzige, was sie sicher wußte, war, daß sie in ihrem ganzen Leben nie, nie, *nie* wieder jemals einen Fuß in Mr. Naseweis Keenes Drugstore setzen würde.

Seine auf einmal wieder sehr schüchterne Stimme unterbrach ihre Gedankengänge. »Ma?«

Sie blickte auf und sah, daß er wieder Eddie war, *nur* Eddie und sonst niemand, und sie ging überglücklich zu ihm.

»Kann ich einen Kuß bekommen, Ma?«

Sie umarmte und küßte ihn, aber sehr vorsichtig, um nicht an seinen gebrochenen Arm zu stoßen und ihm weh zu tun (oder lose Knochensplitter in Gang zu setzen, die dann durch den Blutkreislauf in sein Herz gelangen würden – welche Mutter wollte schon ihren Sohn durch Liebe töten?), und auch Eddie umarmte und küßte sie.

7

Sie ging gerade noch rechtzeitig – Eddie hatte während der schrecklichen Auseinandersetzung mit ihr die ganze Zeit schon gespürt, wie sich sein Atem in seinen Lungen und in seiner Kehle bewegungslos staute und ihn zu vergiften drohte.

Er wartete, bis die Tür hinter ihr ins Schloß gefallen war, dann begann er zu keuchen und zu röcheln. Die verbrauchte, bittere Luft stieß in seiner engen Kehle auf und ab wie ein warmer Schürhaken. Er griff hastig nach seinem Aspirator, ohne auf die Schmerzen in seinem gebrochenen Arm zu achten, und inhalierte. Er atmete den Kampfergeschmack tief ein und dachte: *Es spielt keine Rolle, daß es nur ein Pla-ce-bo ist, Worte spielen keine Rolle, wenn es mir nur hilft.*

Er lehnte sich mit geschlossenen Augen auf seine Kissen zurück und konnte zum erstenmal, seit seine Mutter ins Zimmer gekommen war, frei atmen. Er hatte Angst, große Angst. Die Dinge, die er ihr gesagt hatte, die ganze Art seines Benehmens... das war er gewesen und doch nicht er. Etwas war in ihm am Werk gewesen, hatte *durch* ihn gewirkt, irgendeine mächtige Kraft... und das hatte auch seine Mutter gespürt. Er hatte es in ihren Augen, an ihren zitternden Lippen gesehen. Er hatte nicht das Gefühl, daß diese Kraft böse war, aber ihre enorme Stärke war beängstigend. Es war ein bißchen so, als würde man in einem Vergnügungspark eine wirklich gefährliche Karussellfahrt machen und erkennen, daß man – komme was da wolle – nicht vorzeitig aussteigen konnte.

Es gibt keinen Ausweg, dachte Eddie und spürte den heißen, schweren Gipsverband an seinem gebrochenen Arm. *Wir müssen bis zum Ende durchhalten. Aber, o mein Gott, ich habe solche Angst, so wahnsinnige Angst.* Und er wußte, daß er seiner Mutter den wichtigsten Grund für seine Forderung, ihn nicht von seinen Freunden zu trennen, niemals erklären konnte: *Allein könnte ich dem, was auf mich zukommt, nicht standhalten. Ich würde verrückt werden. Wenn der Clown das nicht bewirken würde, dann jenes andere – jene andere Kraft, Macht oder was auch immer es sein mag.*

Er weinte ein bißchen, und dann fiel er in einen unruhigen Schlaf. Er träumte von einer Dunkelheit, in der Maschinen – Pumpmaschinen – dröhnten und summten.

8

Es sah wieder nach Gewitter aus, als Bill und die anderen Verlierer abends ins Krankenhaus kamen. Eddie war nicht überrascht, sie zu sehen. Er hatte gewußt, daß sie wiederkommen würden.

Es war den ganzen Tag sehr heiß gewesen – später herrschte allgemeine Übereinstimmung darüber, daß diese dritte Juliwoche die heißeste eines ungewöhnlich heißen Sommers gewesen war –, und die Gewitterwolken begannen gegen vier Uhr nachmittags aufzuziehen, rotschwarz und riesig, Regen, Blitz und Donner verheißend. Erledigungen wurden möglichst schnell ausgeführt, mit unbehaglichen Blicken zum Himmel. Die meisten Leute glaubten, daß es zur Abendessenszeit heftig regnen würde und daß es danach nicht mehr so furchtbar schwül sein würde. Derrys Parks und Spielplätze, die sich in jenem Sommer ohnehin keiner großen Beliebtheit erfreuten, waren gegen sieben Uhr abends völlig menschenleer. Es hatte immer noch nicht geregnet, und das Licht hatte eine merkwürdige fahlgelbe Farbe. Schatten wirkten irgendwie gespenstisch, fast dreidimensional. Fernes Donnergrollen, das Bellen eines Hundes und gedämpfter Verkehrslärm von der Outer Main Street – das waren die einzigen Geräusche, die durch Eddies Fenster drangen, bevor die Verlierer eintrafen.

Bill betrat das Krankenzimmer als erster, gefolgt von Richie. Dann kamen Beverly, Stan und Mike, zuletzt Ben Hanscom, der bei dieser Hitze in seinem hochgeschlossenen Sweater wahre Todesqualen ausstehen mußte.

Sie traten ernst an sein Bett. Nicht einmal Richie lächelte.

Ihre Gesichter, dachte Eddie fasziniert. Herrjemine, ihre *Gesichter!*

Er sah in ihnen das gleiche, was seine Mutter nachmittags vermutlich in seinem eigenen Gesicht gelesen hatte: jene seltsame Mischung aus Kraft und Hilflosigkeit. Das unheimliche gelbe Gewitterlicht verfärbte ihre Haut, verlieh ihren Gesichtern ein gespenstisches, schattenhaftes Aussehen.

Wir haben die Grenze überschritten, dachte Eddie. *Die Grenze zu etwas Neuem – und vielleicht sind nur Kinder dazu imstande. Wohin gehen wir? Wohin?*

»H-H-H-Hallo, E-Eddie«, sagte Bill. »W-Wie geht's d-dir?«

»Alles in Ordnung, Big Bill«, antwortete Eddie und versuchte zu lächeln.

»Na, du hattest gestern ja wirklich einen aufregenden Tag«, sagte Mike, und seine Worte wurden von Donnergrollen begleitet. In Eddies Zimmer waren keine Lampen eingeschaltet, und sie waren alle nur in dieses krankhaft gelbe Licht getaucht. Eddie dachte, daß dieses Licht jetzt ganz Derry einhüllte, daß es über dem stillen McCarron-Park lag und über der Kußbrücke, die vom Bassey-Park über den Kanal zur High School führte; daß dieses Licht dem Kenduskeag in seinem breiten, flachen Flußbett in den Barrens das Aussehen von Rauchglas verlieh; er dachte an leere Schaukeln hinter seiner Schule, die sich im Wind unter den Gewitterwolken quietschend bewegten; er dachte an dieses gelbe Licht und an die Stille, und ihm war so, als wäre die ganze Stadt in Schlaf gesunken... oder aber gestorben.

»Ja«, antwortete er. »Ein aufregender Tag, das kann man wohl sagen.«

»M-M-Meine Eltern g-gehen überm-morgen abend ins K-K-Kino«, sagte Bill. »An d-d-diesem Abend w-w-wollen w-wir sie m-m-m-machen. Die S-S-S-S...«

»Silberkugeln«, warf Richie ein.

»Ich dachte...«

»Es ist besser so«, sagte Ben ruhig. »Ich glaube immer noch, daß wir es schaffen könnten, Pistolenkugeln herzustellen, aber hundertprozentig *sicher* bin ich mir da nicht. Ja, wenn wir erwachsen wären...«

»O ja, die Welt wäre großartig, wenn wir erwachsen wären«, fiel Beverly ihm ins Wort. »Erwachsene können einfach alles, stimmt's? Erwachsene können *alles* machen, was sie nur wollen, und es gelingt ihnen immer.« Sie lachte nervös. »Bill will, daß *ich* Es erschieße. Kannst du dir das vorstellen, Eddie? Man wird mich bald nur noch Beverly Oakley nennen.«

»Ich hab' keine Ahnung, wovon ihr redet«, sagte Eddie, aber das stimmte nicht ganz – zumindest eine vage Vorstellung hatte er bereits.

Ben erklärte ihm alles. Sie würden eine seiner Silberdollarmünzen einschmelzen und daraus zwei Silberkugeln, etwas kleiner als Kugellager, gießen. Und wenn tatsächlich ein Werwolf oder ein anderes Monster in der Neibolt Street 29 hauste, so würde Beverly ihm mit Bills Schleuder eine Silberkugel in den Kopf jagen. Und wenn sie mit ihrer Theorie recht hatten, daß es sich um eine einzige Kreatur mit vielen verschiedenen Gesichtern oder Erscheinungsformen handelte – dann leb wohl, Es.

Eddie vermutete, daß sein Gesicht Bände sprach, denn Richie nickte lachend.

»Ich weiß genau, was du denkst, Mann. Ich hab' selbst gedacht, daß Bill nun auch den letzten Rest seines ohnehin schon kümmerlichen Verstandes verloren haben muß, als er zum erstenmal mit der Idee rausrückte, statt der Pistole seines Vaters seine Schleuder benutzen zu wollen. Aber heute nachmittag...« Er verstummte und räusperte sich. *Heute nachmittag, nachdem deine Mutter uns den Marsch geblasen und verscheucht hat,* hatte ihm auf der Zunge gelegen, aber er schluckte es lieber herunter. »Heute nachmittag sind wir zur Müllhalde gegangen. Bill hatte seine Schleuder dabei. Sieh mal.« Er zog aus der Gesäßtasche seiner Jeans eine plattgetretene Ananasdose mit einem ausgezackten Loch von fünf Zentimeter Durchmesser, genau in der Mitte. »Das hat Beverly mit einem Stein geschafft, aus etwa sechs Meter Entfernung. Sieht für meine Begriffe ganz so aus, als wär's 'ne Kugel Kaliber .38 gewesen. Sogar mir altem Schandmaul hat's glatt die Sprache verschlagen. Und wenn Richie Schandmaul überzeugt ist, dann ist er wirklich *überzeugt.*«

»Auf Dosen zu schießen ist *eine* Sache«, sagte Beverly. »Wenn es etwas anderes gewesen wäre... etwas *Lebendiges*... Bill, *du* müßtest schießen. Wirklich!«

757

»N-N-Nein«, widersprach Bill. »W-Wir haben d-d-doch alle gesch-sch-schossen. Und du w-w-weißt ja, was dabei r-rausgekommen ist.«

»Was denn?« fragte Eddie.

Bill erklärte es ihm langsam und stotternd, während Beverly aus dem Fenster schaute. Ihre Lippen waren zu einer schmalen weißen Linie zusammengepreßt. Sie hatte nicht nur Angst; aus irgendeinem Grunde, den sie sich selbst nicht so richtig erklären konnte, war sie zutiefst verstört von dem, was heute passiert war. Vorhin, auf dem Weg ins Krankenhaus, hatte sie wieder leidenschaftlich dafür plädiert, daß sie doch lieber versuchen sollten, Pistolenkugeln herzustellen... nicht weil sie überzeugter als Bill und Richie gewesen wäre, daß sie im Ernstfall wirklich funktionieren würden, sondern weil dann

(*Bill*)

jemand anders die Waffe benutzen würde.

Aber an den Tatsachen gab es nichts zu rütteln. Jeder von ihnen hatte aus sechs Meter Entfernung mit je zehn Steinen auf zehn Dosen geschossen. Richie hatte eine getroffen (und auch das mehr oder weniger zufällig), Ben zwei, Bill vier und Mike fünf.

Beverly hingegen, die überhaupt nicht richtig zu zielen schien, hatte neun Dosen genau in der Mitte getroffen, und auch die zehnte war umgefallen, als der Stein an ihrem oberen Rand abgeprallt war.

»A-A-Aber zuerst m-m-müssen wir noch die M-M-M-Munition herstellen.«

»Übermorgen? Bis dahin müßte ich zu Hause sein«, sagte Eddie. Seine Mutter würde natürlich dagegen protestieren... aber vermutlich nicht allzusehr. Nicht nach diesem Nachmittag.

»Tut dein Arm sehr weh?« fragte Beverly. Sie trug ein pinkfarbenes Kleid (nicht das Kleid, das sie in seinem Traum angehabt hatte – vielleicht hatte sie das nachmittags getragen, als seine Mutter sie weggeschickt hatte), das mit kleinen Blumen geschmückt war. Und Seiden- oder Nylonstrümpfe; sie sah sehr erwachsen, aber zugleich auch sehr kindlich aus, wie ein Mädchen, das sich als große Dame verkleidet; ihr Gesicht wirkte jetzt verträumt und entrückt, und Eddie dachte: *Ich wette, daß sie so aussieht, wenn sie schläft.*

»Es geht«, sagte er.

Sie unterhielten sich eine Weile über alles mögliche, und der Donner untermalte ihre Stimmen. Eddie fragte nicht, was vorgefallen war, als sie ihn nachmittags besuchen wollten, und niemand von ihnen erwähnte die Begegnung mit seiner Mutter. Richie holte sein Jo-Jo aus der Tasche und ließ es ein paarmal ›schlafen‹, dann steckte er es wieder weg.

Die Unterhaltung verebbte, und plötzlich hörte Eddie ein kurzes Klikken und drehte den Kopf. Bill hatte etwas in der Hand, und im ersten Moment bekam Eddie rasendes Herzklopfen. Er glaubte, Bill hätte ein Messer. Aber dann schaltete Stan die Deckenlampe ein, und in ihrem hellen Licht erkannte Eddie, daß es nur ein Kugelschreiber war. Und nun sahen seine Freunde auch alle wieder ganz normal aus, *real*, so wie sie immer aussahen.

»Ich d-d-dachte, w-wir s-s-s-sollten alle auf d-deinem G-G-Gips untersch-sch-schreiben«, sagte Bill und schaute Eddie kurz in die Augen.

Aber es ist nicht nur das, dachte Eddie mit plötzlicher, beunruhigender Klarheit. *Es ist ein Vertrag, Big Bill, nicht wahr, oder jedenfalls so was Ähnliches.* Er hatte Angst... und gleich darauf schämte er sich und ärgerte sich über sich selbst. Wer hätte den Gips signiert, wenn er seinen Arm vor diesem Sommer gebrochen hätte? Seine Mutter und vielleicht Dr. Handor? Seine Tanten in Haven?

Dies waren seine *Freunde*, und seine Mutter hatte unrecht; sie waren keine schlechten Freunde. *Vielleicht*, dachte er, *vielleicht gibt es so etwas wie gute oder schlechte Freunde gar nicht – vielleicht gibt es einfach nur gute Freunde, Menschen, die einem helfen, sich nicht so einsam zu fühlen. Vielleicht sind Freunde es immer wert, daß man sich Sorgen um sie macht, für sie hofft und lebt. Ja, und vielleicht sind sie es auch wert, daß man für sie stirbt, wenn es sein muß. Keine guten Freunde, keine schlechten Freunde. Nur Menschen, mit denen man zusammensein wollte, mußte; Menschen, die einem ans Herz wuchsen.*

»Okay«, sagte Eddie heiser. »Okay, das wäre wirklich toll, Big Bill.«

Bill beugte sich feierlich über sein Bett und schrieb mit großen, verschnörkelten Buchstaben seinen Namen auf den weißen Gips. Richie verzierte seine Unterschrift mit einem langen Schnörkel am Schluß. Bens Schrift war so klein, wie er selbst groß und dick war; die Buchstaben neigten sich rückwärts und sahen aus, als würden sie schon beim leichtesten Schubs umkippen. Mike Hanlons Schrift war groß und ungelenk, denn er war Linkshänder, und der Gips hatte für ihn eine unbequeme Lage. Er setzte seinen Namen über Eddies Ellbogen und rahmte ihn mit einem Kreis ein. Als Beverly sich über Eddies Bett beugte, nahm er einen leichten Hauch von Blumenparfum wahr. Sie unterschrieb mit runder Schrift. Und zuletzt schrieb Stan seinen Namen neben Eddies Handgelenk, mit ordentlichen, kleinen, eng zusammenstehenden Buchstaben.

Dann traten alle etwas zurück, so als sei ihnen deutlich bewußt, daß sie soeben ihre Absicht bekräftigt hatten – daß sie eine Art wortlosen Schwur getan hatten. Draußen donnerte es wieder, und Blitze tauchten die Holzfassade für Sekunden in grelles Licht.

»Das war's?« fragte Eddie.

Bill nickte. »K-K-Komm überm-m-morgen nach d-dem Abendessen z-zu m-m-mir, w-wenn du k-k-kannst, okay?«

Eddie nickte, und damit war das Thema beendet.

Danach plauderten sie wieder über alles mögliche. Sie kamen auch auf das beliebteste Thema jenes Julis in Derry zu sprechen – auf den Prozeß gegen Richard Macklin wegen Totschlags an seinem Stiefsohn Dorsey und auf das Verschwinden von Dorseys älterem Bruder Eddie Corcoran. Macklin brach erst zwei Tage später weinend im Kreuzverhör zusammen und gestand, aber der ganze Klub der Verlierer stimmte darin überein, daß Macklin höchstwahrscheinlich nichts mit Eddies Verschwinden zu tun hatte. Der Junge war entweder weggelaufen... oder Es hatte ihn sich geschnappt.

Sie gingen so gegen Viertel vor acht, und es regnete immer noch nicht. Die Wolken hingen noch drohend über der Stadt, lange nachdem Eddies Mutter ihn besucht und wieder nach Hause gekommen war (sie war entsetzt über Eddies Entschlossenheit, das Krankenhaus schon am nächsten Tag zu verlassen – sie hatte sich einen Aufenthalt von mindestens einer Woche in absoluter Ruhe vorgestellt).

Schließlich lösten sich die geballten Gewitterwolken auf und verzogen sich, ohne daß in Derry auch nur ein einziger Regentropfen gefallen war. Die Schwüle lastete unverändert auf der Stadt, und viele Leute schliefen in jener Nacht auf Veranden, auf Rasen und in Schlafsäcken auf Feldern.

Der Regen fiel erst am nächsten Tag, kurz nachdem Beverly sah, wie Patrick Hockstetter etwas Schreckliches zustieß.

Siebzehntes Kapitel

Ein weiterer Vermißter – Patrick Hockstetters Tod

1

Gegen Ende seiner Erzählung gießt Eddie sich mit etwas unsicherer Hand noch einen Drink ein. Er schaut Beverly an und sagt: »Du hast's gesehen, nicht wahr? Am Tag, nachdem ihr alle eure Namen auf meinen Gips geschrieben habt, hast du gesehen, wie Es Patrick Hockstetter geschnappt hat.«

Die anderen beugen sich vor.

Beverly wirft ihre rotgoldene Haarmähne zurück. Ihr Gesicht ist sehr bleich. Sie holt eine neue Zigarette aus der Packung – die letzte – und will sie anzünden. Aber ihre Hand zittert so, daß es ihr nicht gelingt. Schließlich greift Bill nach ihrer Hand und führt sie. Beverly wirft ihm einen dankbaren Blick zu und stößt eine Wolke blaugrauen Rauchs aus.

»Ja«, *sagt sie,* »ich habe es gesehen. Es ist mir etwa zur gleichen Zeit eingefallen wie Eddie sein gebrochener Arm. Hockstetter...« *Sie verstummt schaudernd.*

»Er war verrückt«, *sagt Bill und denkt:* Allein schon die Tatsache, daß Henry einen Irren wie Patrick Hockstetter um sich duldete, als der Sommer immer weiter fortschritt... das besagt doch sehr viel, oder? Entweder, daß Henry viel von seiner Anziehungskraft verloren hatte oder aber, daß er zu dieser Zeit selbst schon so verrückt war, daß Hockstetter ihm normal vorkam. Beides läuft letztlich auf dasselbe hinaus – Henrys zunehmende Mordlust, seine... seine Entartung? Ist das fair? Ja, ich glaube, aufgrund der Tatsache, daß er schließlich im Irrenhaus landete, kann man das sagen.

Diese Theorie wird auch noch von etwas anderem gestützt, *denkt Bill, aber er kann sich nur vage daran erinnern. Er, Richie und Beverly waren auf dem Gelände der Gebrüder Tracker gewesen – Anfang August war das, und die Sommerschule, der sie ihre weitgehende Ruhe vor Henry zu verdanken hatten, würde demnächst beendet sein –, und war da nicht Victor Criss plötzlich auf sie zugekommen? Ein sehr verängstigter Victor Criss? Ja, so war es gewesen. Die Dinge hatten sich damals sehr schnell auf das Ende hin entwickelt, und Bill denkt jetzt, daß jedes Kind in Derry das damals vermutlich irgendwie gespürt hat – und* am stärksten der Klub der Verlierer und Henrys Bande. Aber das war etwas später gewesen.

»Ja«, stimmt Beverly tonlos zu. »Patrick Hockstetter war verrückt. Kein Mädchen wollte in der Schule vor ihm sitzen. Man saß da, rechnete oder schrieb einen Aufsatz, und plötzlich spürte man diese Hand... federleicht, aber warm und verschwitzt. Fleischig.« Sie schluckt. Die anderen schauen sie ernst an. »Man spürte diese Hand auf den Rippen oder auf der Brust. Nicht, daß wir damals schon nennenswerte Brüste hatten, aber das schien Patrick nichts auszumachen.

Man spürte diese... diese Berührung, und man rückte rasch ab und drehte sich um, und Patrick saß da und grinste mit seinen wulstigen Lippen. Er hatte einen Bleistiftkasten...«

»Das Ding war voller Fliegen«, fällt Richie ihr plötzlich ins Wort. »Klar, jetzt seh' ich's genau vor mir – er tötete die Fliegen mit seinem grünen Lineal und legte sie in seinen Bleistiftkasten. Ich weiß sogar noch, wie er aussah – rot, mit einem gewellten weißen Schiebedeckel aus Plastik.«

Eddie nickt.

»Er grinste, und manchmal öffnete er den Bleistiftkasten, so daß man die toten Fliegen sehen konnte«, sagt Beverly. »Und das Schlimmste – das Grauenhafteste – war die Art, wie er grinste und nie etwas sagte. Mrs. Douglas wußte genau über ihn Bescheid. Greta Bowie hatte sich bei ihr beschwert, und ich glaube, Sally Mueller ebenfalls. Aber... na ja, ich glaube, Mrs. Douglas hatte selbst ein bißchen Angst vor ihm.«

Ben schaukelt mit seinem Stuhl auf und ab, die Hände im Nacken verschränkt. Sie kann es immer noch nicht fassen, wie schlank er jetzt ist. »Ich bin ganz sicher, daß du recht hast«, sagt er.

»W-W-Was hast du g-gesehen, B-Bev?« fragt Bill.

Sie schluckt wieder und versucht, sich von dem Bann des alptraumhaften Geschehens jenes Tages zu befreien. Sie hatte ihre Rollschuhe aneinandergebunden und über die Schulter gehängt; ein Knie war frisch aufgeschlagen und schmerzte, weil sie auf der St. Crispan's Lane hingefallen war, einer dieser kurzen, von Bäumen gesäumten Sackgassen, die am Steilabhang zu den Barrens hin endeten. Sie erinnert sich auch (oh, diese Erinnerungen, wenn sie kommen, sind sie so klar und so übermächtig!), daß sie Baumwollshorts trug, die etwas zu knapp waren und direkt unterhalb des Pos endeten. Sie war sich ihres Körpers im Laufe jenes Jahres stärker bewußt geworden – seit sich weibliche Rundungen abzuzeichnen begannen. Natürlich war der Spiegel ein Grund für dieses geschärfte Bewußtsein gewesen, der Hauptgrund bestand jedoch in der Tatsache, daß ihr Vater in letzter Zeit noch strenger als früher geworden war, sie noch häufiger schlug. Er kam ihr ruhelos vor wie ein Raubtier im Käfig, und sie wurde in seiner Gegenwart immer nervöser, immer vorsichtiger. Es war, als würde ein Geruch zwischen ihnen herrschen, ein Geruch, der nicht da war, wenn sie allein in der Wohnung war, der vorher überhaupt nie dagewesen war – erst in diesem Sommer. Und wenn Mom weg war, war es noch schlimmer. Wenn es einen Geruch gab, irgendeinen Geruch, dann wußte er es auch, denn Bev sah ihn immer seltener, je heißer das Wetter wurde, teilweise wegen seines Kegelklubs, teilweise, weil er seinem Freund Joe Tammerly half, Autos zu reparieren... aber sie vermutete, es war hauptsächlich wegen dieses Geruchs zwischen ihnen, den keiner von ihnen wollte, der aber trotzdem da war, den sie beide nicht verhindern konnten, ebensowenig wie sie verhindern konnten, im Juli zu schwitzen.

Die Vision von Vögeln, Hunderttausenden, die sich auf Hausdächer, Telefonleitungen und Fernsehantennen niederlassen, ist wieder da.

»Und giftiger Efeu«, sagt sie laut.

»W-W-Was?« fragt Bill.

»Irgendwas war mit giftigem Efeu«, sagt sie langsam, den Blick auf ihn gerichtet. »Aber in Wirklichkeit war es gar keiner. Es fühlte sich nur an wie giftiger Efeu. Mike...?«

»Mach dir nichts draus«, sagt Mike. »Es wird dir schon noch einfallen. Erzähl uns einfach, woran du dich erinnerst, Bev.«

Ich erinnere mich an die blauen Shorts, liegt ihr auf der Zunge, und wie ausgeblichen sie waren, wie eng sie meine Hüften und meinen Po umspannten. Ich hatte eine halbe Packung Lucky Strikes in einer Tasche und die Schleuder in der anderen...

»Bill hat mir seine Schleuder gegeben«, sagt sie. »Ich wollte sie eigentlich nicht, aber es... er...« Sie schenkt Bill ein leichtes Lächeln. »Man konnte Big Bill einfach nichts abschlagen. Ich hatte die Schleuder also bei mir, und ich wollte ein bißchen üben. Ich glaubte immer noch nicht, daß ich im Ernstfall den Mut haben würde, sie zu benutzen. Aber... ich habe an jenem Tag geschossen. Ich mußte es tun. Ich habe damit eins von diesen Dingern getötet... eins der Teile von IHM. Es war schrecklich. Selbst heute noch fällt es mir schwer, daran zu denken. Und ein anderes dieser Biester hat mich damals erwischt. Seht mal her.«

Sie hebt ihren Arm und dreht ihn um, so daß alle eine glänzende, faltige Narbe unterhalb des Ellbogens sehen können. Sie sieht wie eine große Impf- oder Brandwunde aus – als hätte man einen heißen runden Gegenstand vom Durchmesser einer Havanna-Zigarre auf ihre Haut gedrückt. Ein leichter Schauder überläuft Mike Hanlon beim An-

763

blick dieser leichten Einbuchtung. Dies ist ein Teil der Geschichte, der ihm – wie Eddies unfreiwillige Unterhaltung mit Mr. Keene – neu ist.

»Du hattest recht, Richie«, sagt Beverly. »Diese Schleuder war echt klasse. Sie jagte mir Angst ein… aber gleichzeitig liebte ich sie auch.«

Richie lacht und klopft ihr auf den Rücken. »Das wußte ich damals schon, du dummes Frauenzimmer.«

»Du wußtest es? Wirklich?«

»O ja«, sagt er. »Ich hab's dir an den Augen abgelesen, Bevvie.«

»Das Ding sah aus wie ein Spielzeug, aber es war eine richtige Waffe. Man konnte damit wirklich etwas durchlöchern.«

»Und das hast du an jenem Tag getan«, murmelt Ben.

Sie nickt.

»Hast du Patrick…«

»Nein, mein Gott!« sagt Beverly. »Es war der andere. Warte.« Sie drückt die Zigarette aus, trinkt und ringt sichtlich um Fassung. Schließlich hat sie sich wieder einigermaßen unter Kontrolle. »Ich bin Rollschuh gelaufen, und dann bin ich hingefallen und habe mir ein Knie stark aufgeschürft. Daraufhin habe ich beschlossen, in die Barrens zu gehen und mit der Schleuder Schießübungen zu machen. Ich wollte zur Müllhalde, weil es dort jede Menge Zeug gab, auf das man schießen konnte. Vielleicht sogar Ratten.« Sie verstummt. Ihre Stirn ist jetzt schweißbedeckt. »Das war eigentlich meine Absicht«, fährt sie schließlich fort. »Auf etwas Lebendiges zu schießen. Nicht auf Möwen – ich wußte, daß ich das nie fertigbringen würde –, sondern auf Ratten… ich wollte feststellen, ob ich mich dazu überwinden konnte, auf eine Ratte zu schießen.

Ich bin heilfroh, daß ich nicht von der Old-Scape-Seite in die Barrens kam, sondern von der Kansas Street her, denn an dem Ufer, wo die Eisenbahnlinie verlief, gab es viel weniger Möglichkeiten, in Deckung zu gehen. Sie hätten mich bestimmt gesehen, und Gott weiß, was dann passiert wäre.«

»W-Wer hätte dich gesehen?«

»Sie«, sagte Beverly. »Henry Bowers, Victor Criss, Belch Huggins und Patrick Hockstetter. Sie waren unten in der Müllhalde und…«

Zum großen Erstaunen der anderen beginnt sie plötzlich zu kichern wie ein kleines Mädchen. Ihre Wangen laufen rot an, und sie kichert so, daß ihr Tränen in die Augen treten.

»Verdammt, Bev, was ist los?« sagt Richie. »Wir wollen doch auch unseren Spaß haben.«

»O ja, es war spaßig, echt komisch, aber ich glaube, sie hätten mich umgebracht, wenn sie mich entdeckt hätten.«

764

»Jetzt fällt's mir wieder ein!« ruft Ben und beginnt nun auch zu lachen. »Du hast's uns damals erzählt!«

Immer noch kichernd, sagt Beverly: »Sie hatten ihre Hosen runtergelassen und zündeten Fürze an.«

Einen Augenblick herrscht Schweigen – und dann hallt die Bücherei vom allgemeinen schallenden Gelächter wider.

Nachdem sie sich beruhigt haben, überlegt Beverly wieder, wie sie ihnen am besten von Patrick Hockstetters Tod erzählen soll, und als erstes fällt ihr diesmal ein, daß sie auf dem Weg von der Kansas Street zur Müllhalde immer den Eindruck hatte, als würde sie in einen seltsamen Asteroidengürtel eintreten. Ein ausgefahrener Lehmweg (er hatte sogar einen Namen – Old Lyme Street) war die einzige Straße, die in die Barrens führte – die Müllwagen benutzten sie. Beverly war an jenem Tag jedoch nicht die Old Lyme Street hinabgegangen; seit Eddies Armbruch war sie – wie auch alle anderen Klubmitglieder – noch vorsichtiger geworden, besonders wenn sie allein war.

Sie hatte sich lieber einen Weg durchs dichte Unterholz gebahnt, war dem hier wachsenden giftigen Efeu mit seinen öligen rötlichen Blättern ausgewichen, hatte die Schreie der Möwen gehört und den Gestank der Müllhalde deutlich wahrgenommen. Hin und wieder hatte sie links von sich durch das Laubwerk hindurch die Old Lyme Street sehen können.

Alle Blicke sind ihr zugewandt; alle warten gespannt auf ihre Erzählung. Sie will nach einer Zigarette greifen, aber ihre Schachtel ist leer. Wortlos gibt Richie ihr eine von seinen.

Sie zündet sie an, wirft einen Blick in die Runde und beginnt: »Sich der Müllhalde von der Kansas Street her zu nähern war ein bißchen so, als...«

2

würde man in einen seltsamen Asteroidengürtel eintreten. Den Mülloidengürtel. Zuerst durchquerte man nur Unterholz, das auf dem sumpfigen Boden gedieh; dann erblickte man den ersten Müllhalden-Asteroiden: eine rostige Konservendose, die einmal Prince-Spaghetti-Sauce enthalten hatte, oder eine S'OK-Flasche, in der Insekten herumkrochen, die von den klebrigen Resten von Saft oder Bier angezogen wurden. Wenig später sah man ein Stück Alufolie, das in einem Baum hing, in der Sonne funkeln. Wenn man nicht aufpaßte, konnte man leicht über eine Sprungfeder stolpern oder auf einen abgenagten Knochen treten.

Die Müllhalde war gar nicht so schlimm – Beverly fand sie sogar interessant. Schlimm war (und irgendwie unheimlich), wie sie sich immer weiter ausdehnte. Wie sie diesen Asteroidengürtel aus Müll schuf.

Sie kam jetzt näher; die Bäume waren größer, hauptsächlich Fichten, die Büsche wurden spärlicher. Möwen kreischten mit ihren schrillen, quengelnden Stimmen, der Geruch von Verbranntem hing in der Luft.

Rechts von Beverly lehnte jetzt in einem Winkel ein rostiger Kühlschrank, Marke Amana, am Stamm einer Fichte. Beverly betrachtete ihn und dachte vage an den Polizisten, der in der dritten Klasse den Unterricht besucht hatte. Er hatte ihnen erklärt, daß weggeworfene Kühlschränke gefährlich waren – als Kind konnte man hineinklettern, wenn man Verstecken spielte, und drinnen ersticken. Aber warum jemand in einen dreckigen, alten Kühlschrank klettern wollte...

Sie hörte einen Schrei von der Müllhalde, so nahe, daß sie zusammenzuckte, gefolgt von Gelächter. Sie grinste. Also waren ihre Freunde wirklich da, nicht im Klubhaus, sondern auf der Müllhalde, wo sie vermutlich Flaschen mit Steinen zerschlugen.

Sie ging etwas schneller; ihr aufgeschlagenes Knie hatte sie ganz vergessen, in ihrer Vorfreude, gleich ihre Freunde wiederzusehen, *ihn* wiederzusehen, Bill mit seinen roten Haaren, die ihren eigenen so sehr glichen, Bill mit seinem seltsam anziehenden schiefen Lächeln. Sie wußte, daß sie eigentlich viel zu jung war, um einen Jungen zu lieben, zu jung, um sich zu ›verknallen‹, aber sie liebte Bill trotzdem. Und darum ging sie schneller, die Rollschuhe baumelten auf ihrem Rücken, die Schlinge seiner Schleuder klopfte einen sanften Rhythmus auf der linken Pobacke.

Sie wäre um ein Haar in die Gruppe hineingerannt, bevor sie bemerkte, daß es gar nicht ihre Freunde, sondern Bowers und seine Kumpel waren.

Sie trat aus dem Gebüsch heraus, und etwa siebzig Meter vor ihr lag die steilste Seite der Müllhalde; der Abhang der ehemaligen Kiesgrube war mit Müll und Abfällen aller Art geradezu übersät. Mandy Fazios Bulldozer stand etwas links von ihr. Viel näher und rechts von ihr lag eine Wildnis von Schrottautos. Ende jeden Monats wurden sie verschrottet und nach Portland geschafft, aber jetzt waren ein Dutzend oder mehr da, manche standen auf nackten Felgen, andere lagen auf der Seite, eines oder zwei auf den Dächern wie tote Hunde. Sie waren in zwei Reihen aufgestellt, und Beverly schritt den müllübersäten Gang dazwischen wie eine zukünftige Punkbraut und fragte sich müßig, ob sie mit der Schleuder eine Scheibe einschießen sollte. Eine ihrer Hosentaschen wölbte sich unter der Last der Kugellagerkugeln, die ihre Übungsmunition waren.

Die Stimmen und das Gelächter kamen von jenseits der Schrottautos, von links, vom Rand der Müllhalde. Beverly ging um das letzte herum,

766

einen Studebaker, dessen gesamter Bug fehlte. Die Begrüßung erstarb auf ihren Lippen. Die Hand, die sie zum Winken erhoben hatte, sank nicht gerade wieder herunter; sie schien förmlich zu schrumpfen.

Ihr erster, zutiefst verlegener Gedanke war: *Lieber Gott im Himmel, warum sind sie denn alle nackt?*

Dann erst erkannte sie die Jungen und blieb wie angewurzelt stehen. Sie kauerten im Kreis, und wenn einer von ihnen in diesem Moment aufgeschaut hätte, bevor Bev in Deckung ging, hätte er sie sofort erblickt – ein mittelgroßes Mädchen mit Rollschuhen über der Schulter, mit blutigem Knie, weit offenem Mund und hochroten Wangen.

Bevor Bev hinter das Wrack des Studebakers in Deckung ging, registrierte sie noch, daß die Jungen doch nicht nackt waren; sie hatten Hemden an, und nur ihre Hosen und Unterhosen hatten sie heruntergelassen.

Bevs erster Gedanke war, möglichst rasch wieder von hier zu verschwinden. Sie hatte rasendes Herzklopfen. Aber als sie sich umschaute, fiel ihr etwas auf, worauf sie vorhin – als sie geglaubt hatte, hier ihre Freunde zu finden – überhaupt nicht geachtet hatte: Die Autowracks standen nicht etwa dicht gedrängt, sondern in ziemlich großen Abständen; und es war durchaus möglich, daß sie beim Rückzug nicht soviel Glück haben würde wie eben – daß die Jungen sie sehen würden.

Außerdem wurde sie auch von einer mit Scham vermischten Neugierde geplagt: *Was in aller Welt mochten sie dort treiben?*

Vorsichtig spähte sie um den Studebaker herum.

Henry und Victor Criss standen mehr oder weniger in ihre Richtung. Patrick Hockstetter war links von Henry. Belch Huggins hatte ihr den Rücken zugedreht. Sie stellte fest, daß Belch einen außerordentlich *haarigen*, außerordentlich *großen* Arsch hatte, und plötzlich blubberte halb hysterisches Gelächter in ihr hoch wie Luftbläschen in einem Glas Ginger Ale. Sie mußte beide Hände auf den Mund drücken, sich wieder hinter dem Studebaker verkriechen und versuchen, das Kichern zurückzuhalten.

Du mußt hier weg, Beverly. Wenn sie dich erwischen...

Sie sah wieder zwischen den Schrottautos entlang, nahm die Hand aber nicht vom Mund. Der Korridor war etwa drei Meter breit, von Dosen übersät, mit einem glitzernden Teppich von Sicherheitsglassplittern übersät und unkrautüberwuchert. Wenn sie nur einen Laut von sich gab, konnten sie sie hören... besonders wenn sie sich nicht mehr auf ihr seltsames Treiben konzentrierten. Wenn sie daran dachte, wie arglos sie hierhergelaufen war, gefror ihr das Blut in den Adern.

Was in aller Welt können sie treiben?

Sie sah noch einmal hin, und diesmal erkannte sie mehr. Bücher und

767

Hefte lagen achtlos in der Nähe verstreut – Schulbücher. Sie waren gerade von der Sommerschule gekommen, die von den meisten Kindern Hilfsschule oder Blödenschule genannt wurde. Und weil Henry und Victor in ihre Richtung standen, konnte sie ihre *Dinger* sehen. Es waren die ersten *Dinger*, die sie in ihrem Leben sah, abgesehen von einem schmutzigen kleinen Buch, das ihr Brenda Arrowsmith letztes Jahr gezeigt hatte, und dort hatte man echt nicht viel erkennen können. Jetzt stellte Bev fest, daß ihre Dinger kleine Schläuche waren, die zwischen den Beinen herunterhingen. Henry seiner war klein und unbehaart, aber der von Victor ziemlich groß, mit einem Flaum dunkler Haare darüber.

Bill hat auch so ein Ding, dachte sie, und mit einemmal schien ihr ganzer Körper zu glühen – ihr wurde ganz schwach und schwindlig von dieser Hitzewelle, und sie hatte ein komisches Zwicken im Magen. In diesem Augenblick machte sie Bekanntschaft mit einem Gefühl ähnlich jenem, das Ben am letzten Schultag gehabt hatte, als er ihr Fußkettchen in der Sonne funkeln sah... nur war ihres mit einer Art Schrecken vermischt.

Sie warf wieder einen Blick nach hinten, und nun kam ihr die Strecke zwischen den Autowracks bis zum schützenden Gebüsch noch viel weiter vor. Sie hatte Angst, sich zu bewegen. Wenn die Jungen wüßten, daß sie ihre *Dinger* gesehen hatte, würden sie sie vielleicht wirklich umbringen – sie umbringen oder ihr etwas anderes antun. Sie wußte nicht genau, was dieses andere war, aber sie assoziierte es irgendwie mit den Geräuschen, die sie oft aus dem Schlafzimmer ihrer Eltern hörte.

Belch Huggins schrie plötzlich auf. Bev zuckte zusammen, und dann hörte sie Henry brüllen: »Ein Meter! Ungelogen, Belch! Es war ein Meter! Stimmt's, Vic?«

Vic nickte, und alle brachen in schallendes Gelächter aus.

Bev spähte wieder um die Ecke des Studebakers, und ihre Augen wurden riesengroß.

Patrick Hockstetter hatte sich umgedreht und halb aufgerichtet, so daß sein Hintern fast an Henrys Gesicht stieß. Henry hatte einen silbrig funkelnden Gegenstand in der Hand, den Bev gleich darauf als Feuerzeug identifizierte.

»Du hast doch behauptet, gleich einen zu lassen«, sagte Henry.

»Tu' ich auch«, erwiderte Patrick. »Ich sag' dir, wenn's soweit ist. Achtung!... Halt dich bereit!... *Jetzt!*«

Henry knipste das Feuerzeug an. Im selben Moment war das unverkennbare Geräusch eines lauten Furzes zu hören. Bruchteile von Sekunden später sah Bev etwas, das ihr den Unterkiefer herunterklappen ließ. Ein greller blauer Flammenstrahl, der sogar in der hellen Sonne deutlich sichtbar war, schien direkt aus Patricks Hintern herauszuschießen.

Wieder brachen die Jungen in ihr widerliches Gelächter aus, und Bev duckte sich noch mehr in ihrem Versteck und hielt sich die Hände vor den Mund, um ihr Kichern zu unterdrücken. Aber obwohl sie unwillkürlich lachen mußte, fühlte sie sich doch zutiefst abgestoßen und verstört. Sie konnte das, was sie soeben erlebt hatte, kaum verkraften. Es hatte etwas damit zu tun, daß sie die *Dinger* der Jungen gesehen hatte, aber das war bei weitem nicht das Schwerwiegendste. Schließlich hatte sie ja gewußt, daß Jungen solche *Dinger* hatten, ebenso wie sie wußte, daß Mädchen dafür etwas anderes hatten, und dies war nur so etwas wie Anschauungsunterricht gewesen. Aber der Rest war so sonderbar, so spaßig und gleichzeitig so furchtbar primitiv gewesen, wie irgendein von Wilden im Urwald ausgeführtes Ritual, daß sie sich trotz des Lachanfalls den Tränen nahe fühlte.

Hör auf, dachte sie verzweifelt, *hör auf, sie werden dich noch hören, also hör jetzt sofort auf, Bevvie!*

Aber das war unmöglich. Sie preßte ihre Hände fest auf den Mund; ihr Kopf lief rot an, und ihre Augen schwammen vor Tränen, während es sie vor mühsam unterdrücktem Lachen nur so schüttelte.

»Verfluchte Scheiße, das *brennt*!« brüllte Victor.

»Drei Meter!« schrie Henry. »Ich schwör's, Vic, ganze drei Meter! Ich schwör's beim Namen meiner Mutter!«

»Ist mir scheißegal, auch wenn's sechs Meter wären – du hast mir den Arsch verbrannt!« heulte Victor, und wieder ertönte schallendes Gelächter. Im Schutz des Autowracks immer noch lautlos kichernd, dachte Beverly an einen Dschungelfilm mit Jon Hall, den sie im Fernsehen gesehen hatte. Er hatte von einem Dschungelstamm gehandelt, der ein Geheimritual vollzog, und wenn jemand dieses unbefugt beobachtete, wurde er den heidnischen Göttern geopfert. Trotzdem konnte sie nicht aufhören zu lachen; nur bekam ihr hysterisches Kichern immer mehr Ähnlichkeit mit lautlosem Schreien. Ihr ganzer Bauch tat schon weh. Tränen liefen ihr über die Wangen.

3

Henry, Victor, Belch und Patrick Hockstetter waren an diesem heißen Juninachmittag nur wegen Rena Davenport bei der Müllhalde und zündeten ihre Fürze an.

Henry wußte, was passierte, wenn man große Mengen Bohnen aß. Das Ergebnis wurde am besten von einer kleinen Zote ausgedrückt, die er auf dem Knie seines Vaters gelernt hatte, als er selbst noch kurze Hosen getragen hatte: *Bohnen, Bohnen, musikalische Speise, ißt du wenig, furzt du leise! Ist es aus mit Furzen dann, kommt die nächste Mahlzeit dran.*

Rena Davenport und sein Vater machten sich seit fast acht Jahren den Hof. Sie war klein, vierzig und normalerweise schmutzig. Henry vermutete, daß Rena und sein Vater manchmal miteinander fickten, obwohl er sich nicht vorstellen konnte, wie jemand den Körper auf den von Rena Davenport drücken konnte.

Renas Bohnen waren ihr ganzer Stolz. Sie weichte sie samstags abends ein und buk sie den ganzen Sonntag über kleiner Flamme. Henry fand sie ganz gut – wenigstens waren sie etwas, das man in den Mund schieben und kauen konnte –, aber nach acht Jahren verlor *alles* seinen Reiz.

Und Rena gab sich auch nicht zufrieden, nur ein paar Bohnen zu machen, sie kochte sie kiloweise. Wenn sie sonntags abends mit ihrem alten grünen Soto kam (an dessen Rückspiegel eine nackte Gummipuppe hing, die wie das jüngste Lynchopfer der Welt aussah), dampften die Bohnen für die Bowers' normalerweise in einem Vierzig-Liter-Eimer aus rostfreiem Edelstahl auf dem Beifahrersitz. Die drei aßen die Bohnen an diesem Abend (wobei Rena ununterbrochen mit ihrer Kochkunst prahlte, der verrückte Butch Bowers mit einem Stück Sonny-Boy-Weißbrot Bohnensoße auftunkte oder ihr einfach sagte, sie solle die Klappe halten, wenn ein Ballspiel im Radio übertragen wurde, und Henry stumm aß, aus dem Fenster sah und seinen eigenen Gedanken nachhing – über einem Teller sonntagabendlicher Bohnen war ihm der Einfall gekommen, Mike Hanlons Hund Mr. Chips zu vergiften), und Butch wärmte die ganze Chose am nächsten Abend noch einmal. Dienstag und Mittwoch nahm Henry eine Tupperschüssel davon mit in die Schule. Donnerstag oder Freitag konnten weder Henry noch sein Vater sie mehr essen. Die beiden Schlafzimmer des kleinen Hauses rochen trotz offener Fenster schal nach Fürzen. Butch nahm den Rest und mischte ihn mit den sonstigen Küchenabfällen für Bip und Bop, die beiden Schweine der Bowers'. Ob es ihnen paßte oder nicht, am Sonntag kreuzte Rena wieder mit einem Eimer Bohnen auf, und der Zyklus fing von vorne an.

An diesem Morgen hatte Henry eine gewaltige Menge Bohnenreste warm gemacht, und die vier hatten alles nachmittags auf dem Spielplatz im Schatten einer alten Ulme aufgegessen. Sie hatten gegessen, bis sie fast geplatzt waren.

Patrick hatte vorgeschlagen, zur Müllhalde zu gehen, die an einem

Sommernachmittag, noch dazu an einem Arbeitstag, sicher ziemlich einsam wäre. Als sie dort ankamen, sahen die Bohnen schon ganz prima aus.

4

Ganz allmählich bekam Beverly sich wieder unter Kontrolle und beschloß, doch lieber den Rückzug anzutreten. Die Jungen waren in ihre Beschäftigung vertieft, und selbst wenn sie sie sehen würden, hätte sie einen relativ großen Vorsprung – und im äußersten Notfall könnte sie sie höchstwahrscheinlich mit einigen Schleudergeschossen in Schach halten.

Sie wollte gerade zurückkriechen, als sie Victor sagen hörte: »Ich muß jetzt gehen, Henry. Mein Dad möchte, daß ich ihm heute nachmittag bei der Maisernte helfe.«

»Ach Scheiße«, sagte Henry. »Er wird's überleben.«

»Nein, er ist sowieso schon stinksauer auf mich. Wegen dem, was neulich passiert ist.«

»Verdammt, versteht der Mann denn keinen Spaß?«

Beverly hörte jetzt aufmerksamer zu, weil sie richtig vermutete, daß von der Rauferei die Rede war, die mit Eddies gebrochenem Arm geendet hatte.

»Nein, ich muß weg.«

»Ich glaube, ihm tut der Arsch weh«, rief Patrick hinterhältig.

»Schnauze, Arschloch«, sagte Victor, »sonst kannste was erleben!«

»Ich muß auch weg«, sagte Belch.

»Mußt du etwa auch deinem Vater bei der Maisernte helfen?« fragte Henry wütend. Das hielt Henry vielleicht für einen Scherz, denn Belchs Vater war tot.

»Nein, aber ich hab' 'nen Job – ich trag' den ›Weekly Shopper‹ aus, und das muß ich heute abend machen.«

»Was soll die Scheiße, von wegen Weekly Shopper?« fragte Henry, der jetzt nicht nur wütend, sondern regelrecht gereizt klang.

»Das ist ein Job«, sagte Belch mit gelassener Ungeduld. »Ich verdiene Geld damit.«

Henry stieß ein angewidertes Grunzen aus, und Beverly riskierte wieder einen flüchtigen Blick um die Ecke. Victor und Belch waren aufgestanden und schlossen gerade ihre Gürtelschnallen. Patrick und Henry saßen immer noch mit heruntergelassenen Hosen in der Hocke. Das Feuerzeug glitzerte in Henrys Hand.

»Du kneifst nicht, oder?« fragte Henry Patrick.

»Nee«, sagte Patrick.

»Du mußt nicht Mais ernten oder irgend 'nen beschissenen Job erledigen?«

»Nee«, wiederholte Patrick.

»Also dann«, sagte Belch unsicher, »bis bald, Henry.«

»Okay«, sagte Henry und spuckte Belch vor die derben Stiefel.

Vic und Belch machten sich auf den Weg und gingen auf die beiden Reihen von Autowracks zu... und auf den Studebaker, hinter dem Beverly kauerte. Einen Moment lang konnte sie sich nicht vom Fleck rühren wie ein zu Tode geängstigtes Kaninchen. Dann schlich sie mit lautem Herzklopfen auf die linke Seite des Studebakers und schlüpfte in die Lücke zwischen ihm und dem danebenstehenden türlosen Ford. Sie glitt in den Ford und machte sich auf der schmutzigen Fußmatte möglichst klein. In dem schrottreifen Ford war es kochend heiß und roch so ekelerregend nach Staub, schimmligen Polstern und alter Rattenscheiße, daß sie sich grimmig anstrengen mußte, nicht zu husten oder zu niesen. Sie hörte Belch und Victor nahe vorbeigehen und sich gedämpft unterhalten. Dann waren sie fort.

Sie nieste dreimal hastig und leise in die hohlen Hände.

Sie dachte, sie könnte jetzt gehen, wenn sie vorsichtig war. Am besten glitt sie auf den Fahrersitz des Fords, schlich den Korridor entlang und machte sich einfach aus dem Staub. Sie glaubte, daß sie es schaffen konnte, aber der Schock, beinahe entdeckt worden zu sein, hatte ihr den Mut genommen, jedenfalls vorläufig. Hier im Ford fühlte sie sich sicherer. Und nachdem Victor und Belch jetzt weg waren, würden die zwei anderen vielleicht auch bald gehen. Dann konnte sie ins Klubhaus zurück. Sie hatte alles Interesse an Zielübungen verloren.

Außerdem mußte sie pinkeln.

Los, dachte sie. *Los, beeilt euch, haut ab, haut ab, verschwindet,* BITTE!

Einen Augenblick später hörte sie Patrick mit einer Mischung aus Gelächter und Schmerzensschreien brüllen.

»Eineinhalb Meter!« bellte Henry. »Wie eine verdammte Fackel! Ich schwör's bei Gott!«

Dann eine Weile Stille. Schweiß troff ihr den Rücken hinab. Die Sonne brannte durch die Scheibe auf ihren Nacken. Ihre Blase drückte.

Henry bellte so laut, daß Beverly, die trotz der unbehaglichen Lage am Eindösen gewesen war, fast aufgeschrien hätte. »*Verdammt*, Hockstetter! Du hast mir den elenden Arsch abgefackelt! Was machst du denn mit dem Feuerzeug?«

»Drei Meter!« kicherte Patrick (allein schon dieses Kichern ließ Beverly angeekelt schaudern, so als wäre plötzlich ein Wurm aus ihrem Salat herausgekrochen). »Drei Meter, Henry! Von strahlendem Blau! Ich schwör's dir!«

»Gib mir das Feuerzeug«, knurrte Henry.

Los, los, ihr Blödhammel, verschwindet!

Als Patrick wieder etwas sagte, war seine Stimme so leise, daß Bev ihn nur verstehen konnte, weil es an diesem schwülen Nachmittag völlig windstill war.

»Soll ich dir mal was zeigen?« fragte Patrick.

»Was?« fragte Henry.

»Etwas Schönes.« Nach kurzer Pause fügte Patrick hinzu: »Es tut gut.«

»Was?« fragte Henry wieder.

Dann trat Schweigen ein.

Ich will nicht hinschauen, ich will nicht sehen, was sie jetzt treiben, und außerdem könnten sie mich sehen, das ist sogar sehr wahrscheinlich, denn für heute hast du dein Glück wirklich schon überstrapaziert. Also bleib unten. Keinen Blick...

Aber ihre Neugierde war jetzt größer als ihr gesunder Menschenverstand. Diese Stille hatte etwas Merkwürdiges an sich, etwas Beängstigendes. Sie hob ganz langsam den Kopf, bis sie durch die schmutzige Windschutzscheibe schauen konnte. Ihre Angst, daß die Jungen sie entdecken würden, erwies sich als überflüssig. Sie konzentrierten sich völlig auf das, was Patrick machte. Beverly begriff nicht, was da vor sich ging, aber sie spürte, daß es häßlich war... etwas anderes hatte sie von Patrick, der so *unheimlich* war, aber auch gar nicht erwartet.

Er hatte eine Hand zwischen Henrys Beinen, die andere zwischen seinen eigenen. Mit einer Hand rieb Patrick Henrys *Ding*, mit der anderen sein eigenes. Aber eigentlich rieb er es nicht – er... drückte es irgendwie, zog es hoch, ließ es wieder zurückfallen.

Was macht *er denn da*? fragte sich Bev vollkommen abgestoßen.

Sie wußte es nicht genau, aber es machte ihr angst. Sie glaubte, solche Angst hatte sie nicht mehr gehabt, seit das Blut aus dem Abfluß im Bad gekommen war und alles vollgespritzt hatte. Eine Stimme in ihr schrie, wenn sie herausfanden, daß sie das gesehen hatte, was immer da vor sich gehen mochte, taten sie ihr wahrscheinlich nicht nur weh; dann brachten sie sie vielleicht wirklich um.

Trotzdem konnte sie nicht wegsehen.

Sie sah, daß Patricks *Ding* ein bißchen länger geworden war, aber nicht viel; es baumelte immer noch zwischen seinen Beinen herab wie eine Schlange ohne Rückgrat. Henrys *Ding* hingegen war erstaunlich gewachsen. Es ragte steif und hart in die Höhe, fast bis zu seinem Bauchna-

773

bel. Patricks Hand fuhr auf und ab, drückte manchmal auch fester zu oder kitzelte den komischen schweren Sack unter Henrys *Ding*.

Das sind seine Eier, dachte Beverly. *Müssen Jungs ständig damit rumlaufen? Mein Gott! Mich würde das verrückt machen!* Dann flüsterte ein anderer Teil ihres Verstandes: *Das hat Bill auch.* Ihr Verstand stellte sich ganz von alleine vor, wie sie ihn hielt, die Hand darum legte, die Beschaffenheit erforschte... und das heiße Gefühl raste wieder durch sie und löste ein heftiges Erröten aus.

Henry starrte wie hypnotisiert auf Patricks Hand. Sein Feuerzeug lag neben ihm im Kies und reflektierte die Sonnenstrahlen.

»Willst du, daß ich's in den Mund nehme?« fragte Patrick. Seine wulstigen Lippen verzogen sich zu einem selbstgefälligen Grinsen.

»Hm?« fragte Henry, als wäre er abrupt aus tiefem Schlaf gerissen worden.

»Ich werd's in den Mund nehmen, wenn du willst. Es macht mir nichts au...«

Henrys Hand schoß plötzlich vor, nicht ganz zur Faust geballt. Patrick flog zu Boden, und sein Kopf schlug auf dem Kies auf. Beverly duckte sich rasch wieder; ihr Herz hämmerte in der Brust, und sie mußte fest die Zähne zusammenbeißen, um ein Stöhnen zu unterdrücken. Nachdem er Patrick niedergeschlagen hatte, hatte Henry den Kopf gedreht, und Bev hatte den Eindruck gehabt, als hätten sich seine und ihre Blicke für den Bruchteil einer Sekunde getroffen, bevor sie wieder untertauchte.

Bitte, lieber Gott, mach, daß die Sonne ihn geblendet hat, betete sie. *Bitte, lieber Gott, laß ihn mich nicht gesehen haben. Es tut mir leid, daß ich hingeschaut habe. Bitte, lieber Gott, bitte.*

Danach folgte eine quälende Pause. Ihre weiße Bluse war mit Schweiß am Körper festgeklebt. Schweißperlen glänzten wie Perlen auf ihren braungebrannten Armen. Ihre Blase pochte schmerzhaft. Sie spürte, daß sie sich gleich in die Hose machen würde. Sie wartete darauf, daß Henrys wütendes Gesicht in der Öffnung auftauchen würde, wo die Beifahrertür des Fords gewesen war, ganz bestimmt würde er kommen, wie konnte er sie übersehen haben? Er würde sie rauszerren und ihr weh tun. Er würde...

Dann kam ihr ein neuer, schrecklicher Gedanke, und sie mußte sich erneut krampfhaft und unter Schmerzen bemühen, nicht in die Hose zu machen. Angenommen, er machte etwas mit seinem *Ding* an ihr? Angenommen, er wollte es ihr irgendwo reinstecken? Sie wußte, wo es eigentlich rein sollte; diese Erkenntnis schien ihr plötzlich mit Volldampf bewußt geworden zu sein. Sie dachte, wenn Henry versuchen würde, sein *Ding* in sie reinzustecken, würde sie verrückt werden.

Bitte, nein, lieber Gott, mach, daß er mich nicht gesehen hat, bitte, okay?

Dann hörte sie Henrys Stimme und stellte mit wachsendem Entsetzen fest, daß er näher gekommen sein mußte. »Ich mache mir nichts aus solchen Sauereien.«

Aus weiterer Entfernung ertönte Patricks Antwort: »Es hat dir gefallen.«

»Es hat mir *nicht* gefallen!« schrie Henry. »Und wenn du jemandem erzählst, es hätte mir Spaß gemacht, dann *bring' ich dich um*, du verfluchter kleiner Schwuler!«

»Du hast 'nen Steifen bekommen«, sagte Patrick. Es hörte sich so an, als würde er lächeln. Das hätte Beverly gar nicht überrascht. Sie selbst hatte zwar Angst vor Henry, aber Patrick war verrückt – und Verrückte fürchten sich vor nichts. »Ich hab's genau gesehen.«

Knirschende Schritte auf dem Kies – sie kamen immer näher. Beverly blickte hoch; ihr Gesicht war bleich und verschwitzt und angstverzerrt, die Augen weit aufgerissen. Durch die Windschutzscheibe konnte sie jetzt Henrys Hinterkopf sehen. Noch schaute er in Patricks Richtung, aber wenn er sich umdrehte...

»Wenn du jemandem auch nur ein Sterbenswörtchen verrätst, erzähl' ich überall herum, daß du ein verdammter Schwanzlutscher bist, und dann bring' ich dich um«, drohte Henry.

»Du kannst mir keine Angst einjagen, Henry«, kicherte Patrick. »Aber vielleicht halt' ich den Mund – wenn du mir 'nen Dollar gibst.«

Henry trat unruhig von einem Bein aufs andere und drehte sich etwas um; jetzt konnte Beverly ein Viertel seines Profils sehen, nicht mehr nur den Hinterkopf. *Bitte, lieber Gott, bitte!* betete sie inbrünstig, und ihre Blase pochte schmerzhafter denn je.

»Wenn du was sagst«, hörte sie Henrys leise, aber überdeutliche und scharfe Stimme, »dann erzähl' ich, was du mit den Katzen und Hunden machst! Ich erzähl' ihnen von dem Kühlschrank. Und weißt du, was dann passiert, Hockstetter? Dann stecken sie dich in die Klapsmühle, darauf kannst du dich verlassen!«

Patrick schwieg.

Henry trommelte mit den Fingern auf der Haube des Fords, in dem sich Beverly versteckte. »Hast du mich verstanden?«

»Ich habe verstanden.« Jetzt hörte sich Patrick mürrisch an. Mürrisch und ein wenig ängstlich. Er platzte heraus: »Es hat dir gefallen! Du hast 'nen Steifen gehabt. Den größten Steifen, den ich je gesehen habe!«

»Klar, ich wette, du hast schon 'ne Menge gesehen, du verwichste kleine Schwuchtel. Vergiß nicht, was ich über den Kühlschrank gesagt habe. *Deinen* Kühlschrank. Und wenn ich dich noch mal hier sehe, schlag' ich dir die Rübe ab.«

Patrick schwieg wieder.

Plötzlich drehte sich Henry vollends um. Beverly sah ihn neben dem Fahrersitz des Fords vorbeigehen. Wenn er auch nur etwas nach links geschaut hätte, hätte er sie gesehen. Aber er wandte den Kopf nicht nach links. Einen Augenblick später hörte sie, wie er sich auf demselben Weg, den auch Victor und Belch eingeschlagen hatten, entfernte.

Jetzt war nur noch Patrick übrig.

Beverly wartete, aber nichts geschah. Fünf Minuten verstrichen. Fünf Minuten quälten sich dahin. Ihr Bedürfnis zu urinieren war jetzt verzweifelt. Sie konnte es vielleicht noch zwei oder drei Minuten halten, aber nicht mehr länger. Und es war ein unangenehmes Gefühl, nicht genau zu wissen, wo Patrick war.

Sie spähte wieder durch die Windschutzscheibe und sah, daß Patrick neben seinen Schulbüchern saß. Victor, Henry und Belch hatten ihre Bücher mitgenommen, aber sein Feuerzeug hatte Henry vergessen. Patrick saß auf dem mit Abfällen übersäten Kies; seine Hose und Unterhose hingen immer noch um seine Knöchel herum, und er spielte hingebungsvoll mit dem Feuerzeug, knipste es immer wieder an und aus. Er schien wie hypnotisiert zu sein. Ein dünnes Blutrinnsal lief ihm aus dem Mundwinkel übers Kinn, und seine Lippen schwollen auf der rechten Seite an. Patrick schien das überhaupt nicht zu bemerken, und wieder fühlte sich Beverly von ihm furchtbar abgestoßen. Patrick war verrückt, das stand fest, und sie hatte noch nie im Leben so stark den Wunsch gehabt, von jemandem wegzukommen.

Sie kroch rückwärts aus dem Ford heraus, schlich hinter den Wagen und rannte geduckt den Weg zurück, den sie gekommen war. Erst im Schutz der Fichten riskierte sie einen Blick zurück. Niemand war zu sehen. Die Müllhalde und die Autowracks brüteten in der Sonne. Sie entspannte sich erleichtert, aber gleich darauf machte ihre Blase sich wieder schmerzhaft bemerkbar, und sie eilte ein Stück weit den Pfad entlang, schlug sich dann in die Büsche und öffnete schon unterwegs den Reißverschluß ihrer Shorts. Nach einem raschen Blick, ob hier kein giftiger Efeu wuchs, kauerte sie sich nieder und hielt sich dabei am Stamm eines kräftigen Busches fest.

Sie zog gerade wieder ihre Shorts hoch, als sie Schritte hörte, die sich von der Müllhalde her näherten. Zwischen den Büschen hindurch sah sie blauen Jeansstoff und die verwaschenen Karos eines Schulhemdes auftauchen. Es war Patrick. Sie setzte sich hin, um abzuwarten, bis er in Richtung Kansas Street verschwunden sein würde. Hier fühlte sie sich sicherer. Die Deckung war gut, sie mußte nicht mehr pinkeln, und Patrick war in seiner eigenen irren Welt. Wenn er weg war, würde sie auf Umwegen zum Klubhaus schleichen.

Aber Patrick ging nicht vorbei. Er blieb fast direkt gegenüber von ihr auf dem Weg stehen und betrachtete den rostigen Amana-Kühlschrank.

Beverly konnte Patrick durch eine natürliche Lücke in den Büschen sehen ohne Gefahr zu laufen, selbst gesehen zu werden. Nachdem sie sich erleichtert hatte, stellte sie fest, daß sie wieder neugierig war – und falls Patrick sie sehen konnte, war sie sicher, daß sie ihm davonlaufen konnte. Er war nicht so dick wie Ben, aber pummelig. Aber sie holte trotzdem die Schleuder aus der Gesäßtasche und ließ ein halbes Dutzend Stahlkugeln in die Brusttasche ihrer Ship'n Shore fallen. Verrückt oder nicht, ein sauberer Treffer ans Knie konnte Patrick Hockstetter wahrscheinlich schnellstens bremsen.

Jetzt konnte sie sich deutlich an den Kühlschrank erinnern. Es lagen viele ausrangierte Kühlschränke auf der Müllhalde, aber plötzlich wurde ihr bewußt, daß dies der einzige war, den Mandy Fazio nicht unschädlich gemacht hatte, indem er entweder das Schloß entfernt oder die Tür ganz abgenommen hatte.

Patrick fing an zu summen und vor dem alten Kühlschrank hin und her zu schwingen, und Beverly spürte ein erneutes Frösteln in sich. Er war wie ein Typ in einem Horrorfilm, der versuchte, eine Leiche aus einer Krypta ins Leben zurückzurufen.

Was hat er vor?

Aber wenn sie das gewußt hätte, oder was passieren würde, wenn Patrick sein privates Ritual beendet hatte und die rostige Tür des Amana aufmachte, wäre sie weggelaufen, so schnell sie konnte.

5

Niemand hatte auch nur die geringste Ahnung, *wie* verrückt Patrick Hockstetter war. Er war zwölf Jahre alt, der Sohn eines Farbenverkäufers. Seine Mutter, eine fromme Katholikin, starb 1962 an Brustkrebs, vier Jahre, nachdem Patrick in der düsteren Unterwelt Derrys verschwunden war. Obwohl sein IQ zwar niedrig war, aber noch als normal eingestuft wurde, hatte Patrick schon zwei Klassen – die erste und die dritte – wiederholt, und in diesem Jahr besuchte er die Sommerschule, um nicht auch die fünfte wiederholen zu müssen. Seine Lehrer hielten ihn für einen apathischen Schüler (das schrieben sie auch auf seine Zeugnisse) und für einen ziemlich unheimlichen noch dazu (das stand allerdings nicht auf jenen sechs Zeilen, die für BEMERKUNGEN DES LEHRERS vorgesehen waren). Wäre Patrick Hockstetter zehn Jahre später geboren worden, so hätte ein Schulberater vielleicht bemerkt, daß er nicht normal war; möglicherweise wäre er zu einem Kinderpsychologen geschickt worden, und dieser hätte vermutlich die finsteren, beängstigenden Abgründe hinter diesem glatten, blassen Mondgesicht entdeckt (vielleicht aber auch nicht, denn Patrick war weitaus schlauer, als sein niedriger IQ vermuten ließ).

Er war ein Soziopath, und in diesem heißen Sommer des Jahres 1958 war er möglicherweise schon ein ausgewachsener Psychopath geworden. Selbst in frühester Kindheit hatte er andere Menschen nicht für ›real‹ gehalten. Er glaubte, nur er selbst existiere tatsächlich. Das Bewußtsein, anderen Lebewesen Schmerzen zuzufügen, ging ihm völlig ab, und auch sein eigenes Schmerzempfinden war sehr unterentwickelt (die Teilnahmslosigkeit, mit der er Henrys Schlag auf den Mund hingenommen hatte, war ein Beweis dafür). Die Realität außerhalb seiner eigenen Person war für ihn völlig bedeutungslos; die Bedeutung von ›Regeln‹ und ›Vorschriften‹ begriff er allerdings durchaus. Und obwohl alle seine Lehrer ihn für einen höchst eigenartigen Jungen hielten (sowohl Mrs. Douglas als auch Mrs. Weems, die Patrick in der dritten Klasse unterrichtet hatte, wußten von dem Bleistiftkasten voller Fliegen; aber trotz gewisser Schlußfolgerungen, die sie daraus zogen, hatten sie mit den übrigen 20 bis 28 Schülern genügend andere Probleme), so bereitete er ihnen doch kaum Schwierigkeiten, was die Disziplin betraf. Er brachte es fertig, bei Klassenarbeiten ein völlig leeres Blatt abzugeben – oder ein leeres Blatt, das nur mit einem großen Fragezeichen geschmückt war –, und Mrs. Douglas wußte, daß man ihn möglichst von Mädchen fernhalten mußte, weil er seine Hände nicht bei sich behalten konnte. Aber er war sehr still, so still, daß man ihn manchmal für eine Lehmfigur hätte halten können. Es war leicht, den stillen Patrick einfach zu ignorieren, wenn man mit Jungen wie Henry Bowers und Victor Criss fertig werden mußte, die frech und aufsässig waren, das Milchgeld anderer Kinder stahlen oder absichtlich ihre Schulbücher zerrissen; oder wenn man es mit Mädchen wie der armen Edwina Taylor zu tun hatte, einer Epileptikerin, deren Gehirnzellen nur sporadisch arbeiteten, und die daran gehindert werden mußte, auf dem Spielplatz ihr Kleid hochzuziehen und ihr neues Unterhöschen vorzuführen. Kurz gesagt – die Grundschule von Derry war ein typisches Beispiel für den komplizierten Erziehungszirkus, einen Zirkus mit so vielen Arenen, daß vielleicht sogar Pennywise in höchsteigener Person nicht aufgefallen wäre. Und natürlich vermutete keiner von Patricks Lehrern auch nur im

Traum, daß er im Alter von fünf Jahren sein kleines Brüderchen Avery ermordet hatte.

Es hatte Patrick gar nicht gefallen, als seine Mutter mit Avery aus dem Krankenhaus zurückgekommen war. Es war ihm egal, ob seine Eltern zwei Kinder hatten, fünf oder fünf Dutzend, solange dadurch sein eigenes Leben keine Veränderung erfuhr. Aber er stellte fest, daß das in hohem Maße der Fall war. Das Essen kam zu spät auf den Tisch. Das Baby schrie nachts und weckte ihn auf. Wenn er versuchte, die Aufmerksamkeit seiner Eltern auf sich zu lenken, gelang es ihm oft nicht. Er hatte das Gefühl, als beschäftigten sie sich nur noch mit dem Baby. Patrick bekam es mit der Angst zu tun, was bei ihm sehr selten war. Aber ihm kam zu Bewußtsein, daß – wenn seine Eltern *ihn*, Patrick, aus dem Krankenhaus mit nach Hause gebracht hatten und *er* ›real‹ war – Avery vielleicht auch ›real‹ sein könnte. Und das könnte sogar dazu führen, daß seine Eltern beschließen würden, ihn, Patrick, ganz loszuwerden, sobald Avery gehen und sprechen, seinem Vater die ›*Derry News*‹ von der Treppe holen und seiner Mutter beim Brotbakken die Schüsseln reichen konnte. Er befürchtete nicht, daß seine Eltern Avery mehr liebten als ihn; das stand für ihn ohnehin fest, aber es machte ihm nicht viel aus. Wovor er Angst hatte, war (1) die Regeln, die gebrochen wurden oder seit Averys Geburt geändert worden waren, (2) die Tatsache, daß Avery möglicherweise doch real war, und (3) die Möglichkeit, daß sie *ihn* zugunsten von Avery hinauswerfen konnten.

Eines Nachmittags gegen halb drei, kurz nachdem er mit dem Schulbus vom Kindergarten zurückgekommen war, ging er in Averys Zimmer. Es war Januar. Draußen schneite es, und ein heftiger Wind fegte über den McCarron-Park und rüttelte an den vereisten Fenstern im ersten Stock. Patricks Mutter war in ihrem Schlafzimmer eingeschlafen; Avery war in der Nacht sehr unruhig gewesen. Sein Vater war bei der Arbeit. Avery schlief auf dem Bauch, den Kopf zur Seite gewandt.

Mit völlig ausdruckslosem Mondgesicht drehte Patrick Averys Kopf so, daß das Gesicht direkt ins Kissen gepreßt wurde. Avery gab einen schnüffelnden Laut von sich und drehte den Kopf wieder zur Seite. Patrick beobachtete das und dachte darüber nach, während der Schnee an seinen gelben Stiefeln schmolz und auf dem Boden eine Pfütze bildete. Nach etwa fünf Minuten drückte er Averys Gesicht wieder ins Kissen und hielt dabei seinen Kopf fest. Das Baby bewegte sich unter seiner Hand, sträubte sich aber nur schwach. Patrick ließ es los. Avery drehte den Kopf wieder zur Seite, schnaufte ein wenig, stieß einen leisen

Schrei aus und schlief weiter. Der Wind heulte und rüttelte an den Fenstern. Patrick lauschte, ob seine Mutter von dem Schrei aufgewacht war. Das war aber nicht der Fall.

Nun überkam Patrick eine wahnsinnige Erregung. Zum erstenmal in seinem Leben schien die Welt völlig klare Konturen anzunehmen. Seine emotionalen Kräfte waren sehr unterentwickelt, aber in diesen wenigen Augenblicken fühlte er sich wie ein völlig Farbenblinder, den irgendeine Spritze plötzlich in die Lage versetzen würde, für kurze Zeit Farben wahrzunehmen... oder wie ein Drogensüchtiger zu Beginn seines Rauschzustands. Es war für Patrick eine ganz neue Erfahrung. Er hatte nicht gewußt, daß es so etwas gab.

Sehr behutsam preßte er Averys Gesicht wieder ins Kissen. Als das Baby diesmal anfing, sich zu sträuben, ließ er nicht los, sondern drückte noch fester zu. Es weinte jetzt ins Kissen hinein, und Patrick wußte, daß es wach war. Er hatte die vage Idee, daß es ihn vielleicht bei seiner Mutter verpetzen könnte. Er hielt es fest. Das Baby zappelte, um sich zu befreien. Patrick ließ nicht los. Averys Bewegungen wurden immer schwächer und hörten schließlich ganz auf. Patrick preßte sein Gesicht noch weitere fünf Minuten ins Kissen, bis sein Erregung langsam abflaute, bis die Welt wieder grau wurde.

Er ging nach unten, goß sich ein Glas Milch ein und aß dazu Kekse. Eine halbe Stunde später kam seine Mutter herunter und sagte, sie habe ihn nicht einmal nach Hause kommen hören, so müde sei sie gewesen. *(Das wirst du von nun an nicht mehr sein, Mom, dachte Patrick. Ich habe diese Sache in die Hand genommen.)* Sie setzte sich zu ihm, aß einen Keks und fragte ihn, wie es im Kindergarten gewesen sei. Er zeigte ihr seine Zeichnung von einem Haus und einem Baum. Das Papier war mit braunem und schwarzem Farbstift sinnlos bekritzelt. Seine Mutter sagte, es sei sehr hübsch. Patrick brachte jeden Tag solche braunschwarzen Kritzeleien – wilde, ineinander verschlungene Kreise und Spiralen – mit nach Hause. Manchmal sollten sie einen Truthahn darstellen, manchmal einen Weihnachtsbaum, manchmal einen Jungen. Seine Mutter sagte immer, die Zeichnung sei sehr schön... obwohl sie sich manchmal im tiefsten Innern ernste Sorgen machte. Diese großen, wilden, braunschwarzen Spiralen hatten in ihrer düsteren Eintönigkeit etwas Beunruhigendes an sich.

Sie entdeckte Averys Tod erst kurz vor fünf; bis dahin hatte sie geglaubt, er schlafe einfach besonders lang. Um diese Zeit schaute Patrick sich im Fernsehen ›Crusader Rabbit‹ an, und er blieb während des ganzen folgenden Aufruhrs vor dem Fernseher sitzen. *Whirleybirds* lief, als Mrs. Henley von nebenan kam (seine kreischende Mutter hatte das tote

Baby aus der offenen Küchentür gehalten, weil sie möglicherweise in einer blinden Art glaubte, die kalte Luft könnte es wiederbeleben; Patrick hatte gefroren und sich einen Pullover aus dem Schrank im Erdgeschoß geholt). *Highway Patrol*, Ben Hanscoms Lieblingssendung, lief gerade, als Mr. Hockstetter von der Arbeit nach Hause kam. Als der Doktor kam, fing gerade das Science-fiction-Theater mit ihrem Moderator Truman Bradley an. »Wer weiß, was für seltsame Dinge im Universum existieren?« spekulierte Truman Bradley, während Patricks Mutter in der Küche in den Armen ihres Mannes schrie und kreischte. Der Arzt sah Patricks unerschütterliche Ruhe und den starren Blick und ging davon aus, daß der Junge einen Schock hatte. Er wollte, daß Patrick eine Tablette nahm. Patrick war es völlig gleichgültig.

Als Todesursache wurde Ersticken im Schlaf festgestellt. Jahre später wären vielleicht Fragen aufgetaucht, hätte man vielleicht gewisse Abweichungen vom üblichen Kleinkindertod durch Ersticken bemerkt. Aber als es geschah, wurde einfach der Tod festgestellt und das Baby begraben. Patrick war heilfroh, daß das Essen wieder pünktlich auf den Tisch kam, nachdem der ganze Rummel erst einmal vorüber war.

An jenem schrecklichen Nachmittag und Abend kam nur Patricks Vater der Wahrheit sehr nahe. Etwa zwanzig Minuten, nachdem die Leiche weggebracht worden war, stand er vor der leeren Wiege und konnte immer noch nicht fassen, was passiert war. Zufällig sah er auf dem Holzboden zwei Fußspuren – die Spuren des geschmolzenen Schnees von Patricks gelben Gummistiefeln. Er starrte sie an, und ein fürchterlicher Gedanke schoß ihm durch den Kopf. Er preßte sich eine Hand auf den Mund, und seine Augen wurden riesengroß. In seinem Gehirn begann sich ein Bild zu formen. Aber noch bevor es klare Konturen annehmen konnte, schob er es energisch beiseite, verließ das Zimmer und schlug hinter sich die Tür so heftig zu, daß der obere Rahmen zersplitterte.

Er stellte Patrick niemals irgendwelche Fragen.

Patrick hatte so etwas nie wieder getan – einfach weil er nie mehr eine Gelegenheit dazu gehabt hatte. Er hatte keine Schuldgefühle, keine schlechten Träume. Mit der Zeit wurde ihm allerdings bewußt, was passiert wäre, wenn man ihn erwischt hätte. Dabei spielte es keine Rolle, daß eigentlich nur er selbst ›real‹ war; es konnte trotzdem unangenehme Folgen haben, wenn man die Regeln nicht beachtete ... oder jedenfalls dann, wenn man sich dabei erwischen ließ. Man konnte eingesperrt werden oder auf dem elektrischen Stuhl landen.

Aber jener Erregungszustand – das überwältigende Gefühl von Farbigkeit und Realität – war einfach zu herrlich und zu übermächtig, als daß er ganz darauf verzichten konnte. Patrick tötete Fliegen. Zuerst erledigte er sie nur mit der Fliegenklatsche seiner Mutter; später stellte er fest, daß sein Plastiklineal sich ausgezeichnet dafür eignete. Er liebte es, die toten Fliegen aufzubewahren. Er entdeckte auch die Freuden von Fliegenpapier. Ein solcher klebriger Streifen kostete im Costello Avenue Market nur zwei Cent, und manchmal stand Patrick bis zu zwei Stunden in der Garage und sah zu, wie die Fliegen am Papier klebten und zappelten. Sein Mund war dabei etwas geöffnet, seine sonst trüben Augen leuchteten vor Erregung, und Schweiß lief ihm über das runde Gesicht. Er tötete auch Käfer. Manchmal stahl er eine lange Nadel aus dem Nähkasten seiner Mutter, spieße damit einen Käfer auf und beobachtete, wie er starb. Sein Gesichtsausdruck glich bei solchen Gelegenheiten dem eines Jungen, der ein besonders spannendes Buch liest. Einmal hatte er im Rinnstein der Lower Main Street eine überfahrene Katze entdeckt und sich danebengesetzt, bis eine alte Frau, die ihren Gehweg fegte, gesehen hatte, wie er das sterbende Tier mit den Füßen herumstieß. Die Frau hatte ihm mit ihrem Besen eins übergezogen und geschrien: *Mach, daß du hier wegkommst! Bist du denn total verrückt?* Patrick war nach Hause gegangen. Er war nicht böse auf die Alte. Er hatte sich beim Übertreten der Regeln erwischen lassen, das war alles.

Dann, Ende letzten Jahres (es hätte keines der Mitglieder des Klubs der Verlierer sich gewundert, daß es am selben Tag gewesen war, an dem George Denbrough ermordet wurde), hatte Patrick den rostigen Kühlschrank entdeckt, der auf dem Weg zur Müllhalde an der großen Rottanne lehnte.

In der Schule waren die Kinder davor gewarnt worden, in solche ausrangierten Gegenstände zu kriechen – etwa beim Versteckspielen –, weil die Tür zufallen könnte und sie dann ersticken würden. Patrick hatte lange vor dem Kühlschrank gestanden und mit den Münzen in seinen Hosentaschen gespielt. Ihn hatte wieder jene Erregung befallen, so stark, wie er sie seit Averys Beseitigung nicht mehr verspürt hatte. Denn in den kalten, aber aufgewühlten Untiefen seines Gehirns hatte er plötzlich eine Idee gehabt.

Eine Woche später vermißten die Luces, die drei Häuser von den Hockstetters entfernt wohnten, ihren Kater Bobby. Die Kinder der Luces suchten stundenlang in der ganzen Nachbarschaft nach ihm und gaben sogar in den ›Derry News‹ von ihrem Taschengeld eine Suchanzeige auf. Es kam nichts dabei heraus. Und selbst wenn eines der Kinder Patrick an jenem Tag mit einem großen Pappkarton unter dem Arm gesehen hätte, so hätten sie darin keinen Zusammenhang mit dem Verschwinden ihres Katers vermutet.

Die Engstroms, deren Hinterhof an den von Hockstetters stieß, ver-

782

mißten zehn Tage vor Thanksgiving ihren Cockerspanielwelpen. In den nächsten sechs bis acht Monaten verschwanden auch noch bei zahlreichen anderen Familien in der näheren Umgebung Hunde und Katzen, und natürlich hatte Patrick sie alle gefangen und dazu noch fast ein Dutzend aus dem Stadtviertel Hell's Half-Acre.

Er schloß die Tiere jeweils in den rostigen alten Kühlschrank in den Barrens ein. Jedesmal, wenn er wieder eins bei sich hatte und sich erregt der Müllhalde näherte, befürchtete er, daß Mandy Fazio die Klinke des Kühlschranks abmontiert oder mit seinem Schmiedehammer die Scharniere abgeschlagen haben könnte. Aber Mandy rührte den alten Kühlschrank nie an. Vielleicht bemerkte er ihn einfach nicht, vielleicht hielt Patrick ihn durch seine Willenskraft fern... oder es war eine andere Macht mit im Spiel.

Engstroms Cockerspaniel hielt am längsten durch. Trotz der grimmigen Kälte (kurz nach der Überschwemmung war es in jenem Herbst bitterkalt geworden) lebte er auch am dritten Tag noch, obwohl von seiner ursprünglichen Lebhaftigkeit nichts mehr übrig war (als Patrick ihn aus dem Karton geholt und in den Kühlschrank gesteckt hatte, hatte er mit dem Schwanz gewedelt und dem Jungen die Hände geleckt). Als Patrick am ersten Tag, nachdem er den Hund eingesperrt hatte, die Kühlschranktür etwas geöffnet hatte, war ihm der Spaniel entwischt, und er hatte ihn erst kurz vor der Müllhalde an einem Hinterbein packen können. Der Hund hatte mit seinen scharfen Zähnen nach ihm geschnappt, aber Patrick hatte ihn trotzdem zum Kühlschrank getragen und wieder eingeschlossen. Dabei hatte er – was ihm bei solchen Gelegenheiten häufig passierte – einen Steifen bekommen.

Am nächsten Tag hatte der Spaniel wieder versucht zu entkommen, aber seine Bewegungen waren schon zu langsam gewesen. Patrick hatte die Kühlschranktür vor seiner Nase zugeschlagen und sich dagegengelehnt. Der Hund hatte an der Tür gekratzt und gewinselt. Mit geschlossenen Augen, vor Erregung schnaufend, hatte Patrick gemurmelt: »Braver Hund. Braver Hund.« Am dritten Tag hatte der Spaniel, als Patrick die Tür öffnete, nur noch mit den Augen gerollt und ganz flach geatmet. Und am vierten Tag war er tot dagelegen, mit gefrorenem Schaum vor dem Maul. Der Anblick hatte Patrick an Kokosnußflocken erinnert, und er hatte laut gelacht, während er den gefrorenen Kadaver in die Büsche warf.

In diesem Sommer war seine Ausbeute an Opfern (die Patrick als seine ›Versuchsobjekte‹ betrachtete, wenn er überhaupt an sie dachte) ziemlich mager gewesen. Sein Selbsterhaltungstrieb war gut entwickelt, und er hatte eine ausgezeichnete Intuition. Er spürte, daß er verdächtigt wurde, obgleich er nicht sicher war, von wem. Von Mr. Engstrom? Vielleicht. Mr. Engstrom hatte sich eines Tages im Supermarkt nach ihm umgedreht und ihm einen langen, forschenden Blick zugeworfen. Oder von Mrs. Josephs, die manchmal mit einem Fernglas an ihrem Wohnzimmerfenster saß und von Mrs. Hockstetter als ›Klatschbase‹ bezeichnet wurde? Oder von jemand anderem? Patrick war sich nicht sicher, aber er wußte intuitiv, daß er verdächtigt wurde, und er vertraute dieser Intuition. Er hatte ein paar streunende, mager oder krank aussehende Tiere aus der armseligen Siedlung Half-Acre mitgenommen, aber das war auch schon alles gewesen.

Er mußte jedoch feststellen, daß der Kühlschrank in der Nähe der Müllhalde ihn gewaltig in seinen Bann gezogen hatte. Er begann ihn im Unterricht zu zeichnen, wenn er sich langweilte. Manchmal träumte er nachts davon, und in seinen Träumen war der Kühlschrank etwa zwanzig Meter groß, eine schwerfällige Krypta, von kaltem Mondlicht überflutet. In diesen Träumen schwang die riesige Tür auf, und er sah große Augen, die ihn aus dem Innern anstarrten. Er erwachte schweißgebadet aus solchen Träumen, und doch konnte er auf die Genüsse des Kühlschranks einfach nicht mehr verzichten.

An diesem Tag hatte er nun endlich erfahren, warum es ihm schon eine ganze Weile so vorgekommen war, als verdächtige man ihn. Zu wissen, daß Henry Bowers das Geheimnis des Kühlschranks kannte, hatte ihn einer Panik so nahe gebracht, wie ihm das überhaupt möglich war. Das war in Wirklichkeit nicht sehr nahe; aber immerhin fand er das Angstgefühl unangenehm und belastend. Henry wußte Bescheid. Er wußte, daß Patrick manchmal die Regeln übertrat.

Sein letztes Opfer war eine Taube gewesen, die er vor zwei Tagen auf der Jackson Street entdeckt hatte. Die Taube war von einem Auto angefahren worden und konnte nicht mehr fliegen. Er war nach Hause gegangen, hatte seinen Karton aus der Garage geholt und die Taube hineingelegt. Sie hatte ihm die Hand blutig gepickt, aber das hatte ihm nichts ausgemacht. Als er am nächsten Tag den Kühlschrank geöffnet hatte, war die Taube tot gewesen, doch Patrick hatte sie noch nicht weggeworfen. Nach Henrys Drohung, ihn zu verpetzen, beschloß er allerdings, daß es besser war, sie loszuwerden. Vielleicht sollte er auch einen Eimer Wasser und ein paar Lappen holen und den Kühlschrank innen auswaschen. Er roch nicht sehr gut. Wenn Henry es erzählte, und wenn Mr. Nell nachsehen kam, würde er vermutlich feststellen können, daß in dem Kühlschrank jemand gestorben war, und zwar nicht nur ein einziges Lebewesen.

Wenn er mich verpetzt, dachte Patrick, während er auf dem Pfad stand

784

und den rostigen Kühlschrank anstarrte, *werde ich verraten, daß er Eddie Kaspbraks Arm gebrochen hat.* Vermutlich wußten sie das ohnehin, aber sie konnten ihm nichts beweisen, weil sie alle erklärt hatten, an jenem Tag draußen bei Henry gespielt zu haben, und weil Henrys verrückter Vater ihre Aussage bestätigt hatte. *Aber wenn er mich verpetzt, verpetze ich ihn auch. Wie du mir, so ich dir.*

Doch jetzt mußte er erst einmal den Vogel loswerden. Er würde die Kühlschranktür offenstehen lassen und dann mit dem Lappen und dem Eimer wiederkommen und gründlich saubermachen.

Patrick öffnete den Kühlschrank – die Tür zu seinem eigenen Tod.

Zuerst war er einfach total verwirrt, unfähig zu glauben, was er da sah. Es sagte ihm überhaupt nichts. Er stand einfach da, den Kopf zur Seite geneigt, und starrte mit weit aufgerissenen Augen in den Kühlschrank hinein.

Von der Taube war nur noch das nackte Skelett übrig, und zerfetzte Federn lagen herum. Und überall an dem Skelett, an den Innenwänden des Kühlschranks, an der Unterseite des Gefrierfachs hingen Dutzende fleischfarbener Gegenstände, die wie dicke Makkaronistücke aussahen. Patrick bemerkte, daß sie sich leicht bewegten, als würden sie in einer Brise flattern. Aber es war völlig windstill. Er runzelte die Stirn.

Plötzlich breitete eins der Dinger insektenartige Flügel aus, und noch bevor Patrick irgendwie reagieren konnte, ließ es sich mit einem schmatzenden Laut auf seinem linken Arm nieder. Er spürte ein kurzes Brennen, dann fühlte sein Arm sich wie immer an... aber das weißlichgelbe Fleisch des seltsamen Lebewesens färbte sich erst rosa, dann rot.

Obwohl Patrick sich im eigentlichen Sinne kaum vor etwas fürchtete (es ist schwer, sich vor Dingen zu fürchten, die nicht ›real‹ sind), so gab es doch etwas, vor dem ihm furchtbar ekelte. Mit sieben Jahren war er an einem warmen Augusttag aus dem Brewster-See gestiegen und hatte festgestellt, daß sich vier oder fünf Blutegel an seinem Bauch und seinen Beinen festgesaugt hatten. Er hatte sich heiser gebrüllt, während sein Vater sie entfernt hatte.

Und nun begriff er plötzlich, daß dies eine unheimliche fliegende Abart von Blutegeln sein mußte. Sie hatten seinen Kühlschrank heimgesucht.

Patrick begann zu schreien und nach dem Ding auf seinem Arm zu schlagen, das inzwischen fast zur Größe eines Tennisballs aufgequollen war. Beim dritten Schlag platzte es. Blut – *sein* Blut – spritzte über seinen Unterarm, aber der gallertartige, augenlose Kopf steckte noch in seiner Haut. Dieser Kopf endete in einem schnabelartigen Gebilde, nur war es kein flacher, spitzer Vogelschnabel; er war vielmehr rund und abgestumpft wie ein Rüssel. Und dieser Rüssel hatte sich tief in Patricks Arm hineingebohrt.

Schreiend packte er das geplatzte Ding mit den Fingern und zog es mitsamt Rüssel heraus. Es hatte auf völlig schmerzlose Weise ein Loch von der Größe einer Zehncentmünze in seinen Arm gebohrt, aus dem jetzt eine Mischung von Blut und einer gelblichweißen eiterartigen Flüssigkeit sickerte.

Und obwohl dieses unheimliche Ding doch geplatzt war, wand es sich immer noch zwischen seinen Fingern.

Patrick warf es weg, drehte sich um, griff nach der Kühlschranktürklinke... und in diesem Moment flog der ganze Schwarm heraus und fiel über ihn her. Sie landeten auf seinen Händen, seinen Armen, seinem Hals. Eines ließ sich auf seiner Stirn, in der Nähe der rechten Schläfe, nieder. Als Patrick die Hand hob, um es zu erschlagen, sah er, daß an dieser Hand gleich vier der Dinger hingen und sich rosa und dann rot verfärbten.

Es tat nicht weh... aber er spürte ein gräßliches *Saugen.* Schreiend, herumspringend, mit blutegelübersäten Händen nach den Blutegeln auf Kopf und Nacken schlagend, jammerte Patrick Hockstetters Verstand: *Das ist nicht real, es ist nur ein Alptraum, mach dir keine Sorgen, es ist nicht real, nichts ist real...*

Doch das Blut, das aus den zerquetschten Egeln herausschoß, wirkte sehr real, das Surren ihrer Flügel wirkte sehr real... und ebenso sein eigenes Entsetzen.

Einer der fliegenden Blutegel fiel in sein Hemd und saugte sich an seiner Brust fest. Während er danach schlug und sah, wie sein Hemd sich an dieser Stelle rot färbte, ließ ein anderer sich schon auf seinem Auge nieder. Patrick schloß es rasch, aber das nützte ihm auch nichts; er spürte das kurze Brennen, als der Rüssel sich durch sein Lid bohrte und begann, die Flüssigkeit auszusaugen. Patrick spürte, wie sein Auge in der Höhle in sich zusammenfiel, und er schrie noch lauter. Ein Egel flog ihm in den Mund und saugte sich an seiner Zunge fest.

Das alles war schmerzlos.

Patrick stolperte taumelnd den Pfad zurück, auf die Autowracks zu. Die Parasiten hingen jetzt an seinem ganzen Körper. Manche tranken über ihr Fassungsvermögen hinaus und platzten dann von selbst wie Luftballons. Er spürte, wie der Blutegel in seinem Mund immer mehr aufquoll, und er riß seinen Kiefer weit auf, weil der einzige klare Gedanke, der ihm geblieben war, ihm einsagte, das Ding dürfe nicht da drin platzen.

Aber es platzte doch, und Patrick spuckte eine Blutfontäne aus. Er fiel auf den schmutzigen Kies und wand sich schreiend hin und her. Allmählich drangen seine Schreie aber nur noch schwach an seine Ohren, und er begriff, daß er das Bewußtsein verlor.

Kurz vorher sah er jedoch noch eine Gestalt hinter dem letzten Autowrack hervorkommen. Zuerst dachte Patrick, es wäre ein Mann, vielleicht Mandy Fazio, und er wäre gerettet. Aber als die Gestalt näher kam, sah Patrick, daß das Gesicht wie Wachs ineinanderlief. Manchmal begann es sich zu verfestigen und wie etwas – oder jemand – auszusehen, aber dann zerfloß es wieder, so als könnte Es sich nicht für eine bestimmte Erscheinungsform entscheiden.

»Guten Tag und auf Wiedersehen«, sagte eine blubbernde, gräßliche Stimme aus dem zerfließenden Talggesicht, und Patrick versuchte wieder zu schreien. Er wollte nicht sterben; als einzige ›reale‹ Person durfte er nicht sterben. Wenn er starb, würde die ganze Welt mit ihm sterben.

Die gesichtslose Gestalt packte ihn an den blutegelübersäten Armen und begann ihn auf die Barrens zuzuschleppen.

Patrick verlor das Bewußtsein.

Er kam nur noch einmal zu sich: als in irgendeiner dunklen, stinkenden und tropfenden Höhle, in die kein Lichtstrahl drang, Es ihn anzufressen begann.

6

Zuerst war Beverly nicht ganz sicher, was sie sah oder was vor sich ging... nur daß Patrick Hockstetter um sich schlug und tanzte und schrie. Sie stand argwöhnisch auf und nahm die Schleuder in eine und zwei Stahlkugeln in die andere Hand. Sie konnte hören, wie Patrick den Pfad entlangtorkelte und sich immer noch die Lunge aus dem Leib schrie. In diesem Augenblick sah Beverly von Kopf bis Fuß wie die hübsche Frau aus, die einmal aus ihr werden sollte, und wenn Ben Hanscom in diesem Augenblick zur Stelle gewesen wäre und sie gesehen hätte, hätte sein Herz es vielleicht nicht verkraftet.

Sie stand ganz aufrecht, hatte den Kopf nach links geneigt, die Augen aufgerissen, das Haar zu Zöpfen geflochten und von zwei roten Samtschleifen gehalten, die sie sich für zehn Cent bei Dahlie's gekauft hatte. Ihre Haltung war die totaler Konzentration und Aufmerksamkeit; sie war katzenhaft, luchsgleich. Sie hatte sich auf den linken Fuß gestützt, den Oberkörper leicht gedreht, als wollte sie Patrick nachlaufen, und die Beine ihrer verblichenen Shorts waren gerade so weit hochgerutscht, daß man die Säume ihrer gelben Baumwollunterhose sehen konnte. Die

Beine darunter waren bereits muskulös und trotz der Abschürfungen, blauen Flecken und Schlammspritzer wunderschön.

Es ist ein Trick. Er hat dich gesehen und weiß, daß er dich bei einem fairen Wettlauf wahrscheinlich nicht erwischen kann, darum versucht er, dich herauszulocken. Geh nicht, Bevvie!

Aber ein anderer Teil von ihr sagte, die Schreie drückten zuviel Schmerz und Angst aus. Sie wünschte sich, sie hätte sehen können, was mit Patrick passiert war – wenn überhaupt. Mehr als alles andere wünschte sie sich aber, sie wäre auf einem anderen Weg in die Barrens gekommen und hätte den ganzen Schlamassel überhaupt nicht mitbekommen.

Patricks Schreie verstummten. Einen Augenblick später hörte Beverly jemand sprechen – sie wußte, *das* mußte ihre Einbildung sein. Sie hörte ihren Vater sagen: »Hallo und Lebwohl.« Ihr Vater war an diesem Tag nicht einmal *in* Derry: Er war um acht Uhr nach Brunswick aufgebrochen. Er und Joe Tammerly wollten einen Chevy-Lieferwagen in Brunswick abholen. Sie schüttelte den Kopf, damit er wieder klar wurde. Die Stimme sprach nicht wieder. Eindeutig ihre Einbildung.

Sie kam aus dem Gebüsch auf den Weg und war bereit, sofort wegzulaufen, sollte sie sehen, wie Patrick auf sie zugesprintet kam; ihre Nerven waren so dünn gespannt wie die Schnurrbarthaare einer Katze. Sie sah auf den Weg und riß die Augen auf. Da war Blut. Eine ganze Menge.

Bühnenblut, sagte sie sich. *Man kann bei Dahlie's eine ganze Flasche davon für 49 Cent kaufen. Sei vorsichtig, Bevvie!*

Sie kniete rasch nieder und berührte das Blut mit den Fingern, betrachtete sie aufmerksam. Es war echtes Blut, daran konnte gar kein Zweifel bestehen.

Sie spürte ein kurzes Brennen im linken Arm, dicht unterhalb des Ellbogens. Sie schaute hin und sah etwas, das soeben noch nicht dort gewesen war. Im ersten Moment hielt sie es für eine Art Klette. Dann stellte sie fest, daß es lebte, daß es sie biß. Sie schlug mit der rechten Handkante kräftig zu, und es flog weg, wobei einige Blutstropfen auf Bevs Arm fielen. Sie wich etwas zurück und spürte jetzt, nachdem es vorbei war, einen Schrei in ihrer Kehle aufsteigen... und dann sah sie, daß es noch *nicht* vorbei war. Der Kopf des Lebewesens steckte noch in ihrem Arm, der Rüssel hatte sich tief in ihr Fleisch hineingebohrt.

Mit einem schrillen Schrei zerrte sie angeekelt daran und sah den blutigen Rüssel aus ihrem Arm herauskommen wie einen kleinen Dolch. Jetzt verstand sie das Blut auf dem Pfad, o ja, und ihre Blicke schweiften ängstlich zum Kühlschrank.

Die Tür war wieder zugeschlagen, aber eine ganze Anzahl der Parasi-

788

ten kroch schwerfällig auf dem rostigweißen Emaille herum. Einer davon entfaltete seine fliegenartigen Membranflügel und kam surrend auf sie zugeflogen.

Ohne nachzudenken, legte Beverly eine der Stahlkugeln in die Schleuder ein und spannte das Gummiband. Dabei sah sie, daß aus dem Loch, das das Ding in ihren Arm gebohrt hatte, Blut hervorschoß. Sie achtete nicht darauf, zielte auf das fliegende Ding und ließ das Band los.

Ich hab's verfehlt, dachte sie, als die in der Sonne funkelnde kleine Kugel losflog. Und später erzählte sie den anderen, sie habe *gewußt*, daß sie es verfehlt hatte, so wie ein Kegler einen mißlungenen Wurf erkennt, sobald er die Kugel geworfen hat. Aber dann sah sie, wie die Kugel *eine Kurve beschrieb.* Im Bruchteil einer Sekunde war alles vorüber, doch der Eindruck war sehr klar, sehr scharf: *Die Kugel hatte eine Kurve beschrieben.* Sie traf das fliegende Lebewesen, und es zerplatzte in der Luft. Gelbliche Tropfen fielen auf den Pfad.

Zuerst machte Beverly einige taumelnde Schritte rückwärts. Ihre Augen waren riesig, ihre Lippen zitterten, ihr Gesicht war vor Schrekken aschfahl. Sie starrte auf den alten Kühlschrank und wartete, ob noch einer der Parasiten sie wittern würde. Aber die blutegelartigen Dinger krochen nur langsam hin und her, wie Herbstfliegen, die von der Kälte halb betäubt sind.

Schließlich drehte sie sich um und rannte los.

Sie fühlte, daß sie einer Panik nahe war, aber sie kämpfte erfolgreich dagegen an. Sie hielt die Schleuder in der linken Hand und warf von Zeit zu Zeit einen Blick über die Schulter. Der Pfad war immer noch mit Blut besprengt, und auch die Blätter mancher Büsche trugen Blutspuren, so als sei Patrick beim Laufen wie ein Betrunkener von einer Seite auf die andere getorkelt.

Beverly stürzte aus dem Wald heraus, auf das Gelände zu, wo die Autowracks herumstanden. Direkt vor ihr war eine größere Blutlache, die gerade in den Kies einzusickern begann. Der Boden sah aufgewühlt aus, so als hätte hier ein Kampf stattgefunden. Zwei Furchen, etwa sechzig Zentimeter voneinander entfernt, gingen von dieser Stelle aus.

Beverly blieb keuchend stehen. Sie betrachtete ihren Arm und stellte fest, daß er kaum noch blutete, obwohl ihr ganzer Unterarm und ihre Handfläche mit Blut beschmiert war. Jetzt hatte der Schmerz eingesetzt, ein leichtes Pochen. Es war ein ähnliches Gefühl wie nach einem Zahnarztbesuch, wenn die Wirkung der Betäubungsspritze allmählich nachließ.

Sie warf wieder einen Blick hinter sich, sah nichts Bedrohliches und

789

betrachtete die Furchen, die von den Autowracks und der Müllhalde weg in die eigentlichen Barrens führten.

Diese Biester waren im Kühlschrank. Sie müssen sich überall an ihm festgesaugt haben, ganz sicher, schau dir doch nur mal das viele Blut an. Er ist bis hierher gekommen, und dann ist etwas

(Hallo und Lebwohl)

anderes passiert. Aber was?

Sie befürchtete, daß sie das nur allzugut wußte. Die Blutegel waren ein Teil von Ihm, und sie hatten Patrick in einen anderen Teil von Ihm hineingehetzt, so wie ein Ochse in den Schlachthof hineingetrieben wird.

Verschwinde von hier, Bevvie! Mach, daß du hier wegkommst!

Statt dessen folgte sie den Erdfurchen, ihre Schleuder mit der verschwitzten Hand fest umklammernd.

Hol wenigstens die anderen!

Das werde ich auch tun... gleich.

Sie ging weiter. Die Spuren führten in dichtes Gebüsch. Irgendwo zirpte eine Grille, dann wurde es wieder ganz still. Moskitos wurden von dem Blut auf ihrem Arm angezogen. Sie verscheuchte sie. Ihre Zähne waren fest zusammengebissen.

Vor ihr lag etwas auf der Erde. Sie hob es auf und betrachtete es. Es war eine Brieftasche, wie Kinder sie manchmal im Werkunterricht anfertigen. Offensichtlich war dieses Kind jedoch nicht sehr geschickt gewesen: Die großen Stiche mit einem Plastikfaden lösten sich auf, und das Fach für Geldscheine klaffte weit auseinander. Im Kleingeldfach fand Bev eine Vierteldollarmünze. Ansonsten enthielt die Brieftasche nur noch eine Büchereikarte, ausgestellt auf den Namen Patrick Hockstetter. Bev warf die Brieftasche samt Inhalt weg und wischte sich die Finger an ihren Shorts ab.

Etwa fünfzehn Meter weiter fand sie einen Turnschuh. Das Unterholz wurde so dicht, daß sie die Erdfurchen nicht mehr erkennen konnte, aber man brauchte kein Spurenleser zu sein, um den Blutstropfen auf den Büschen folgen zu können.

Die Spur führte jetzt steil bergab, und einmal rutschte Bev aus und riß sich an Dornen einen Oberschenkel blutig. Ihr Atem ging jetzt laut und schnell, und die Haare klebten ihr am Kopf. Dann führten die Blutspuren auf einen der schmalen Pfade durch die Barrens. Der Kenduskeag war ganz in der Nähe.

Patricks zweiter Turnschuh lag blutgetränkt auf dem Pfad.

Sie näherte sich dem Fluß mit schußbereit gespannter Schleuder. Nun waren auch die Furchen wieder zu sehen – sie waren jetzt flacher als anfangs – *bestimmt, weil er seine Turnschuhe verloren hat*, dachte sie.

Sie bog um eine letzte Kurve, und vor ihr lag der Fluß. Die Spuren verschwanden an der Uferböschung. Sie trat an die Kante heran und blickte hinab. Die Furchen endeten bei einem jener Betonzylinder – einer der Pumpstationen. Der Metalldeckel des Zylinders stand einen Spaltbreit auf.

Während sie noch dastand und nach unten starrte, ertönte aus dem Innern des Zylinders ein lautes grauenvolles Lachen.

Das war zuviel für Bev. Die Panik, die sie bisher niedergekämpft hatte, wurde jetzt übermächtig. Sie drehte sich um und rannte fast blindlings in Richtung des Klubhauses; mit ihrem blutigen linken Arm schützte sie ihr Gesicht vor den peitschenden Zweigen.

Manchmal mache auch ich mir Sorgen, Daddy, dachte sie wild. *Manchmal mache ich mir* GROSSE *Sorgen.*

7

Vier Stunden später kauerten alle Klubmitglieder außer Eddie im Gebüsch, in der Nähe jener Stelle, von wo aus Bev beobachtet hatte, wie Patrick Hockstetter den Kühlschrank öffnete. Am Himmel zogen düstere Gewitterwolken auf, und ein Geruch nach Regen lag wieder in der Luft. Bill hielt das Ende einer langen Wäscheleine in beiden Händen. Die sechs Kinder hatten ihr Geld zusammengelegt und die Leine sowie einen Erste-Hilfe-Kasten für Beverly gekauft. Bill hatte das blutverkrustete Loch in ihrem Arm behutsam verbunden.

»S-S-S-Sag deinen E-E-Eltern, d-du w-w-wärst beim R-R-R-Rollschuhlaufen gestürzt«, meinte Bill.

»Meine Rollschuhe!« schrie Bev. Sie hatte sie total vergessen.

»Da«, sagte Ben und deutete darauf. Sie lief rasch hin und holte sie, bevor einer der Jungen das tun würde. Sie erinnerte sich jetzt daran, daß sie sie beiseite gelegt hatte, bevor sie urinierte. Und sie wollte nicht, daß einer ihrer Freunde diese Stelle entdeckte.

Sie hatten sich vorsichtig dem Amana-Kühlschrank genähert, bereit, beim geringsten Anzeichen einer Bewegung wegzurennen. Bev hatte ihre Schleuder in der Hand gehalten, Mike sein Spielzeuggewehr. Aber nichts hatte sich bewegt. Obwohl der Pfad vor dem Kühlschrank mit Blut bespritzt war, waren die Parasiten verschwunden – vielleicht weggeflogen.

»Man könnte Chief Borton und Mr. Nell und hundert andere Bullen herbringen, und es würde überhaupt nichts nützen«, hatte Stan bitter gesagt. »Sie würden nichts sehen.«

»Nicht das geringste«, hatte Richie zugestimmt. »Wie geht's deinem Arm, Bev?«

»Er brennt.« Sie hatte von Bill zu Richie und wieder zurück zu Bill geblickt. »Glaubt ihr, daß meine Eltern das Loch sehen könnten, das dieses Ding in meinen Arm gebohrt hat?«

»I-I-Ich g-glaube n-n-n-nicht.« Dann hatte Bill hinzugefügt: »M-M-Macht euch b-bereit zum R-R-Rennen. Ich b-b-b-befestige jetzt d-die L-L-Leine.«

Er hatte ein Ende der Leine um die rostige Chromklinke geschlungen und einen Großmutterknoten gemacht, mit der Vorsicht eines Mannes, der eine Bombe entschärft. Dann war er zurückgetreten, hatte die Wäscheleine ein Stückchen abgerollt und sich mühsam ein Lächeln abgerungen. »Puh!«

Jetzt, in – wie sie hofften – sicherer Entfernung vom Kühlschrank, sagte Bill ihnen wieder, sie sollten sich darauf einstellen, schnell wegrennen zu müssen. Direkt über ihren Köpfen donnerte es, und alle zuckten erschrocken zusammen. Die ersten kalten Regentropfen begannen zu fallen.

Bill zerrte mit aller Kraft an der Wäscheleine. Der Knoten löste sich, aber die Kühlschranktür ging von dem Ruck auf. Eine Lawine orangefarbener Pompons fiel heraus, und Stan stöhnte leise auf. Die anderen starrten nur wortlos, mit offenen Mündern.

Es regnete jetzt stärker. Donner krachte, und ein blauroter Blitz zuckte, während die Kühlschranktür weit aufschwang. Richie sah es als erster und stieß einen hohen, schrillen Schrei aus. Bill schrie zornig und zugleich angsterfüllt auf. Die anderen waren still.

Auf der Innenseite der Tür standen, mit noch nicht ganz trockenem Blut geschrieben, folgende Worte:

HÖRT AUF BEVOR ICH EUCH ALLE UMBRINGE
EIN KLUGER RAT VON EUREM FREUND

PENNYWISE

In den Wolkenbruch mischten sich Hagelkörner. Die Kühlschranktür bewegte sich im aufkommenden heftigen Wind, die Buchstaben begannen zu zerlaufen und sahen aus, als stammten sie von einem Horrorfilmplakat.

Bev bemerkte gar nicht, daß Bill aufgestanden war, bis sie ihn auf den Kühlschrank zugehen sah. Er schüttelte die Fäuste. Wasser lief ihm übers Gesicht, und das Hemd klebte ihm am Rücken.

»W-W-Wir w-werden dich t-t-t-töten!« schrie Bill. Donner krachte. Ein greller Blitz schlug ganz in der Nähe in einen Baum ein.

»Bill, komm zurück!« brüllte Richie. »Komm zurück, Mann!« Er wollte aufspringen, aber Ben hielt ihn am Arm fest.

»D-Du hast m-m-meinen B-Bruder George erm-m-m-mordet! Du H-H-Hurensohn! Du B-B-B-Bastard! Du Drecksch-sch-schwein! Zeig dich doch! Z-Z-Z-Zeig dich jetzt!«

Der Hagel prasselte nur so nieder und traf sie trotz der Büsche. Beverly hielt ihren Arm hoch, um ihr Gesicht zu schützen. Sie konnte auf Bens dicken Backen rote Striemen sehen.

»Bill, komm zurück!« schrie sie verzweifelt, aber ihre Stimme wurde von einem heftigen Donnerschlag übertönt, der unter den tiefhängenden schwarzen Wolken über die Barrens hinwegrollte.

»Z-Z-Zeig dich k-k-k-komm heraus v-v-verfluchter Drecksk-k-kerl!«

Bill trat wild nach den Pompons, die aus dem Kühlschrank gerollt waren. Dann drehte er sich um und ging mit gesenktem Kopf auf die anderen zu. Er schien den Hagel überhaupt nicht zu spüren, der jetzt den Boden bedeckte wie Schnee.

Er stolperte wie ein Blinder ins Gebüsch hinein, und Stan mußte ihn am Arm packen, damit er nicht in ein Dornengestrüpp fiel. Beverly sah, daß er weinte.

»Ist schon gut, Bill«, sagte Ben und legte ihm ungeschickt einen Arm um die Schultern.

»Ja«, fiel Richie ein. »Mach dir keine Sorgen. Wir kneifen nicht. Wir lassen dich nicht im Stich.« Seine Augen funkelten wild, als er in die Runde blickte. »Oder will einer von euch kneifen?«

Alle schüttelten die Köpfe.

Bill blickte auf und wischte sich die Augen ab. Sie waren jetzt alle bis auf die Haut durchnäßt. »W-Wißt ihr«, sagte er, »Es h-hat A-A-Angst vor uns. Das sch-sch-spüre ich, ich sch-schwör's bei G-Gott.«

Ben nickte nüchtern. »Ich glaube, du hast recht.«

»H-H-H-Helft mir«, flüsterte Bill. »B-B-Bitte! H-Helft mir!«

»Das werden wir«, sagte Beverly und nahm ihn in die Arme. Sie hatte nicht gedacht, daß sie ihn so leicht umfangen konnte, daß er so mager war. Sie fühlte, wie sein Herz unter seinem Hemd pochte; es war dem ihrigen ganz nahe. Keine Umarmung war ihr je so süß, so tröstlich vorgekommen.

Richie schlang seine Arme um die beiden und legte seinen Kopf auf Beverlys Schulter. Ben tat das gleiche von der anderen Seite her. Stan Uris legte seine Arme um Richie und Ben. Mike zögerte etwas, dann schlang er einen Arm um Beverlys Taille, den anderen um Bills zitternde Schultern. So standen sie aneinandergeschmiegt da, und der Hagel ging wieder in einen heftigen Wolkenbruch über. Blitze zuckten, Donner grollte. Niemand sprach. Beverly hatte die Augen fest geschlossen. Sie standen da, umarmten einander und lauschten dem Regen, der auf die Büsche herniederprasselte. Daran erinnerte Beverly sich am besten: an das Prasseln des Regens, an das gemeinsame Schweigen und an ihr leises Bedauern, daß Eddie nicht bei ihnen sein konnte.

Sie erinnerte sich daran, daß sie sich sehr jung und sehr stark gefühlt hatte.

Achtzehntes Kapitel

Die Schleuder

1

»Okay, Haystack«, sagt Richie. »Jetzt bist du an der Reihe. Der Rotschopf hier hat inzwischen auch meine Zigaretten fast aufgeraucht. Und es ist schon spät.«

Ben wirft einen Blick auf die Uhr. Ja, es ist spät; fast Mitternacht. Gerade noch Zeit für eine weitere Geschichte, denkt er. Noch eine Geschichte vor zwölf, um uns bei Laune zu halten. Welche? Aber er weiß genau, daß nur noch eine Geschichte aussteht, zumindest nur eine, an die er sich erinnert, und das ist die Geschichte der silbernen Schleuderkugeln, wie sie am Abend des 23. Juli in Zack Denbroughs Werkstatt gegossen wurden, während Bills Eltern – Zack und Sharon – im Kino waren, und wie diese Kugeln sich am 25. Juli tatsächlich bewährten.

»Ich habe auch eine Narbe«, sagt er. »Wißt ihr noch?«

Beverly und Eddie schütteln die Köpfe; Bill und Richie nicken. Mike sitzt ruhig da, aber seine Augen in dem erschöpften Gesicht sind hellwach.

Ben steht auf, knöpft sein Hemd auf und streift es zur Seite. Eine alte Narbe in Form des Buchstabens H ist dort zu sehen. Die Linien sind unterbrochen – der Bauch war viel dicker, als die Narbe entstand –, aber die Form ist noch deutlich zu erkennen.

Die Narbe, die von der Querstange des H abwärts verläuft, ist noch deutlicher. Sie sieht wie ein Henkersstrick aus, von dem die Schlinge abgeschnitten ist.

Beverly hält eine Hand vor den Mund. »Der Werwolf! In dem Haus! O mein Gott!« Und sie wendet sich dem Fenster zu, als würde sie ihn draußen in der Dunkelheit sehen.

»Stimmt«, sagt Ben. »Und wollt ihr etwas Komisches wissen? Vor zwei Nächten war diese Narbe noch nicht da. Henrys altes Souvenir schon; das weiß ich, weil ich sie einem Freund gezeigt habe, einem Barkeeper namens Ricky Lee in Hemingford Home. Aber diese hier...« Er lacht humorlos und knöpft sich das Hemd wieder zu. »Die ist einfach wieder zurückgekommen.

Wie die an unseren Händen.«

»Ja«, sagt Mike, während Ben sein Hemd wieder zuknöpft. »Der Werwolf. Damals haben wir Es alle als Werwolf erlebt.«

»W-W-Weil R-Richie Es beim erstenmal als W-Werwolf gesehen hat«, murmelt Bill. »Das w-war doch der G-G-Grund, nicht wahr?«

»Ja«, sagt Mike.

»Wir müssen uns zu der Zeit sehr nahe gewesen sein«, wirft Bev mit leicht verwunderter Stimme ein. »So nahe, daß jeder von uns die Gedanken der anderen lesen konnte.«

»Jedenfalls war Es damals verdammt nahe daran, sich aus deinen Eingeweiden Sockenhalter zu machen, Haystack«, sagt Richie, aber er lächelt nicht dabei. Er schiebt seine alte Brille die Nase hoch, und sein Gesicht wirkt bleich, abgehärmt und gespensterhaft.

»Bill hat dich davor bewahrt«, sagt Eddie abrupt. »Ich meine – gerettet hat uns alle damals Beverly, aber wenn du vorher nicht gewesen wärst, Bill...«

»Ja«, stimmt Ben zu. »Du hast uns zusammengehalten. Ich war wie in der Geisterbahn verirrt.«

Bill deutet auf den leeren Stuhl. »Stan Uris hat mir g-g-geholfen. Und er h-hat dafür b-b-bezahlt. V-Vielleicht ist er letztlich s-sogar dafür gestorben.«

»Sag so was nicht, Bill«, flüstert Ben.

»Aber es sch-sch-stimmt. W-Wir alle sind vermutlich sch-schuld an seinem T-Tod, weil wir weitergemacht haben. Und ich w-w-wäre dann am m-meisten schuld daran, denn ich w-w-wollte, daß wir weitermachen. W-Wegen George. Vielleicht sogar, weil ich dachte, w-wenn ich Georges M-M-Mörder tötete, müßten m-meine Eltern mich wieder l-l-l-l-l...«

»Lieben?« fragte Beverly sanft.

»Ja. Natürlich. Aber v-v-vielleicht war es doch nicht unsere Sch-Sch-Schuld. Vielleicht l-lag es einfach an Stans innerstem W-W-Wesen.«

»Er konnte damit einfach nicht fertig werden«, sagt Eddie. Er denkt dabei an Mr. Keenes Enthüllungen über seine Asthmamedizin, und wie er trotzdem nicht davon lassen konnte. Er denkt, daß er es vielleicht geschafft hätte, die Überzeugung, krank zu sein, abzubauen; was er aber nicht geschafft hatte, was er einfach nicht verkraftet hätte, war, die Gewohnheit des Glaubens abzulegen. Vielleicht hatte ihm aber gerade das letztlich das Leben gerettet.

»Er war großartig«, sagt Ben. »Stan und seine Vögel.«

Alle wenden ihre Blicke unwillkürlich dem Stuhl zu, wo Stan von Rechts wegen jetzt hätte sitzen müssen. Ich vermisse ihn, denkt Ben. Mein Gott, wie ich ihn vermisse! »Erinnerst du dich noch an jenen Tag, Richie, als du Stan aufzogst, daß er Christus umgebracht hätte«, sagt er, »und wie er ganz trocken erwiderte: ›Das muß mein Vater gewesen sein‹?«

»O ja, ich erinnere mich«, flüstert Richie kaum hörbar. Er zieht sein Taschentuch heraus, nimmt seine Brille ab, wischt sich die Augen ab und setzt seine Brille wieder auf. Er schiebt das Taschentuch in seine Gesäßtasche, und ohne hochzublicken, sagt er: »Warum erzählst du's uns nicht einfach, Ben?«

»Es tut weh, nicht wahr?«

»O ja«, sagt Richie mit belegter Stimme. »Natürlich tut es weh.«

Ben wirft einen Blick in die Runde, dann nickt er. »Also gut. Noch eine Geschichte vor zwölf. Um uns bei Laune zu halten. Es war Bills und Richies gemeinsame Idee, Pistolenkugeln...«

»Nein«, widerspricht Richie. »Es war Bills Idee, und Bill wurde später auch als erster nervös...«

»Ich w-w-war einfach b-besorgt...«

»Na ja, das ist auch nicht weiter wichtig«, sagt Ben. »Jedenfalls verbrachten wir im Juli ganz schön viel Zeit in der Bücherei. Wir versuchten herauszufinden, wie man silberne Pistolenkugeln herstellt. Das nötige Silber hatte ich: vier Silberdollarmünzen, die meinem Vater gehört hatten. Dann wurde Bill nervös, weil er sich vorstellte, in welch katastrophale Lage wir geraten würden, wenn die Geschütze versagten, während irgendein Monster sich auf uns stürzte. Und als wir dann sahen, wie toll Beverly mit Bills Schleuder umgehen konnte, beschlossen wir, aus meinem Silberdollar lieber Schleudergeschosse zu machen. Wir besorgten alles Notwendige, und dann haben wir uns bei Bill getroffen. Eddie, du warst doch auch wieder mit von der Partie...«

»Ja, ich hatte meiner Mutter erzählt, wir würden Monopoly spielen. Mein Arm tat ziemlich weh, und jedesmal, wenn ich hinter mir auf dem Trottoir Schritte hörte, drehte ich mich ängstlich um, weil ich dachte, es wäre Henry Bowers. Das trug nicht gerade zu meinem Wohlbefinden bei.«

Bill grinst. »Und dann standen wir alle nur herum und sahen zu, wie Ben die Munition herstellte. Ich glaube, er hätte tatsächlich auch die Pistolenkugeln zustande gebracht.«

»Oh, dessen bin ich mir nicht so sicher«, widerspricht Ben wider besseres Wissen. Er erinnert sich daran, wie draußen die Abenddämmerung hereinbrach (Mr. Denbrough hatte versprochen, sie alle heimzufahren, deshalb war die Dunkelheit kein Problem), wie die Grillen im Gras zirpten, wie die ersten Glühwürmchen in der Luft flimmerten. Bill hatte im Eßzimmer das Monopoly-Brett aufgebaut und so hergerichtet, daß es aussah, als wäre das Spiel seit mindestens einer Stunde im Gange.

Er erinnert sich auch an den hellen gelben Lichtschein, der auf Zacks Werkbank fiel. Er erinnert sich an Bills Warnung: »W-W-Wir m-müssen v-v-v-v-

2

vorsichtig sein. Ich w-will h-h-hier keine Unordnung hinterlassen. S-S-Sonst wird mein D-Dad sch-sch . . . « Nach mehreren Anläufen brachte er schließlich ›stinksauer‹ heraus.

»He!« rief Richie und wischte sich übertrieben an der Wange herum. »Stellst du für deine Speichelduschen wenigstens Handtücher zur Verfügung, Stotter-Bill?«

Bill tat so, als wollte er nach ihm schlagen, und Richie duckte sich und kreischte mit seiner Negermädchen-Stimme.

Ben beachtete ihr Geplänkel kaum. Er verfolgte aufmerksam, wie Bill die nötigen Werkzeuge bereitlegte. Er wünschte sich, eines Tages selbst eine so gut ausgestattete Werkstatt zu besitzen. Hauptsächlich konzentrierte er sich aber auf die bevorstehende Aufgabe. Sie war zwar bei weitem nicht so kompliziert, wie wenn es darum gegangen wäre, Pistolengeschosse herzustellen, aber er wollte trotzdem mit aller Gewissenhaftigkeit vorgehen. Schlampige Arbeit war etwas Unverzeihliches; das wußte er, ohne daß jemand es ihm beigebracht hatte.

Bill hatte darauf bestanden, daß Ben die Schleuderkugeln herstellte, ebenso wie er darauf bestand, daß Beverly die Schleuder benutzen sollte, wenn sie dem Haus an der Neibolt Street einen Besuch abstatten würden. Über diese Dinge war diskutiert worden; aber erst 27 Jahre später, als Ben seine Geschichte erzählte, kam ihm zu Bewußtsein, daß niemand von ihnen auch nur im geringsten daran gezweifelt hatte, daß eine Silberkugel ein Monster zur Strecke bringen konnte – schließlich legten davon unzählige Horrorfilme Zeugnis ab.

»Okay«, sagte Ben. Er knackte mit den Knöcheln, dann schaute er Bill an. »Hast du die Gußformen?«

»Oh!« Bill zuckte zusammen. »H-hier.« Er griff in seine Hosentasche und zog sein Taschentuch heraus. Er legte es auf die Werkbank und entfaltete es. Zwei Stahlbälle kamen zum Vorschein; jedes hatte ein kleines Loch. Es waren Gußformen für Lagerkugeln.

Nachdem beschlossen worden war, Schleudergeschosse statt Pistolenkugeln zu machen, hatten Bill und Richie in der Bücherei nachgeforscht, wie Kugellager hergestellt wurden. »Ihr Jungs seid aber fleißig!« hatte Mrs. Starrett gesagt. »Und das in den Sommerferien.«

»Wir wollen verhindern, daß unser Gehirn einrostet«, hatte Richie erwidert. »Stimmt's, Bill?«

»Sch-sch-stimmt genau.«

Sie hatten herausgefunden, daß die Herstellung von Kugellagern nicht weiter schwierig war, wenn man über die nötigen Gußformen verfügte. Eine vorsichtige Befragung Zack Denbroughs hatte ergeben, daß solche Gußformen in Derry nur bei Kitchener Precision Tool & Die erhältlich waren.

Der Inhaber dieser Maschinenfabrik mit zugehörigem Laden war ein Ururgroßneffe der Gebrüder Kitchener, denen auch die Eisenhütte gehört hatte.

Bill und Richie waren mit der gesamten Barschaft hingegangen, die alle Klubmitglieder mit vereinten Kräften aufgebracht hatten – genau 10 Dollar und 59 Cent hatte Bill in der Tasche gehabt. Als er fragte, wieviel eine Zwei-Zoll-Gußform kostete, erkundigte sich Carl Kitchener – der aussah wie ein alter Säufer und wie eine alte Pferdedecke roch –, wozu Kinder wie sie so etwas denn benötigten.

Richie ließ Bill reden, denn er wußte aus Erfahrung, daß sie ihre Gußformen dann leichter bekommen würden – Kinder machten sich über Bills Stottern lustig; Erwachsene hingegen reagierten darauf meistens ziemlich verlegen.

Manchmal konnte das sehr hilfreich sein.

Bill war erst in der Mitte der Erklärung angelangt, die er und Richie sich unterwegs ausgedacht hatten – es ging dabei um ein Windmühlenmodell für das wissenschaftliche Projekt des nächsten Schuljahres –, als Kitchener auch schon abwinkte und sagte, daß eine Gußform 50 Cent koste.

Vor Freude über den niedrigen Preis ganz fassungslos, schob Bill Mr. Kitchener einen Dollarschein hin.

»Ihr werdet wohl nicht erwarten, daß ich euch eine Tüte dafür gebe«, sagte Carl Kitchener und betrachtete sie mit der Herablassung eines Mannes, der alles schon kennt, was die Welt zu bieten hat. »Tüten gibt's erst ab einer Kaufsumme von fünf Dollar.«

»Es g-g-geht g-gut auch s-so, S-S-Sir«, sagte Bill.

»Und lungert mir ja nicht draußen vor dem Laden herum«, sagte Kitchener. »Ihr müßtet beide mal dringend zum Friseur.«

»I-I-Ist dir auch sch-sch-schon aufgefallen, R-R-Richie«, sagte Bill draußen, »daß Erwachsene einem abgesehen v-von S-S-Süßigkeiten oder Comics oder K-K-Kinokarten n-nichts verkaufen, ohne erst zu f-f-fragen, wozu man es h-haben will?«

»Ja.«

»W-Warum? Warum ist d-das nur so?«

»Weil sie uns für gefährlich halten.«

»Ja? G-G-Glaubst du?«

»Ja«, sagte Richie und kicherte. »Sollen wir nicht hier draußen herumlungern? Wir könnten unsere Kragen hochstellen und Leute verspotten und unsere Haare noch länger wachsen lassen.«

»A-Arschloch«, sagte Bill.

3

»Okay«, sagte Ben, nachdem er die Gußformen genau betrachtet und auf die Werkbank gelegt hatte. »Gut. Und jetzt...«

Die anderen traten etwas zur Seite, damit er mehr Platz hatte, und sahen ihn hoffnungsvoll an, so wie ein Mann, der keine Ahnung von Autos hat, einen Mechaniker anschaut, der sich das eigenartige Klopfen des Motors anhört. Ben achtete nicht auf ihre Gesichter. Er konzentrierte sich völlig auf seine Arbeit.

»Gebt mir mal die Hülse und die Lötlampe«, sagte er.

Bill reichte ihm eine Granatwerferhülse. Es handelte sich um ein Kriegssouvenir, das Zack gefunden und aufgehoben hatte, fünf Tage, nachdem er mit General Pattons Armee den Fluß überquert und in Deutschland einmarschiert war. Als Bill ein kleiner Junge gewesen war – George hatte noch in den Windeln gelegen –, hatte sein Vater die Hülse als Aschenbecher benutzt. Später hatte Zack dann das Rauchen aufgegeben, und die Hülse war verschwunden. Zufällig hatte Bill sie vor einer Woche hinten in der Garage entdeckt.

Ben schraubte die Hülse in Zacks Schraubstock ein, dann nahm er die Lötlampe zur Hand, die Beverly ihm hinhielt. Er griff in seine Tasche, holte einen Silberdollar heraus und legte ihn in den behelfsmäßigen Schmelztiegel.

»Dein Vater hat ihn dir geschenkt, nicht wahr?« fragte Beverly.

»Ja«, antwortete Ben. »Aber ich erinnere mich kaum noch an ihn.«

»Bist du sicher, daß du das tun willst?«

»Ganz sicher.« Er lächelte ihr zu.

Sie erwiderte sein Lächeln. Das war für Ben Belohnung genug, und für ein zweites Lächeln von ihr hätte er mit Freuden so viel Silberkugeln hergestellt, daß sie für eine ganze Kompanie Werwölfe ausgereicht hätten. Hastig wandte er seinen Blick wieder von ihr ab. »Okay. Jetzt geht's los. Kein Problem. Die Sache ist kinderleicht, stimmt's?«

Die anderen nickten zögernd.

800

Als Ben Jahre später in der Bücherei seine Geschichte erzählte, dachte er: *Heutzutage könnte ein Kind mit Leichtigkeit überall eine Propan-Lötlampe kaufen... oder sein Vater hätte eine in der Werkstatt.*

Aber im Jahre 1958 hatte es so etwas noch nicht gegeben; Zack Denbroughs Lötlampe arbeitete mit Benzin, und das machte Beverly nervös. Ben spürte es deutlich, wollte sie beruhigen, hatte aber Angst, daß seine Stimme dabei zittern könnte.

»Du brauchst dir keine Sorgen zu machen«, sagte er deshalb zu Stan, der neben Bev stand.

»Häh?« machte Stan und warf ihm einen erstaunten Blick zu.

»Du brauchst dir keine *Sorgen* zu machen«, wiederholte Ben.

»Tu' ich doch gar nicht!«

»Na, nichts für ungut. Ich wollte dich nur beruhigen, die Sache ist völlig ungefährlich. Für den Fall, daß du dir doch Sorgen gemacht hättest, meine ich.«

»Ist mit dir alles in Ordnung, Ben?«

»In bester Ordnung«, murmelte Ben. »Gib mir die Streichhölzer, Richie.«

Richie reichte ihm ein Streichholzheftchen. Ben drehte am Ventil des Benzintanks und hielt ein brennendes Streichholz an die Düse der Lötlampe. Dann regulierte er die Flamme, bis sie blauweiß war, und begann den Boden der Granatwerferhülse zu erhitzen.

»Hast du den Trichter?« fragte er Bill.

»Hier.« Bill zeigte ihm den Trichter, den Ben vor einigen Tagen selbst angefertigt hatte. Er paßte genau in das kleine Loch der Gußformen, obwohl Ben nur nach Augenmaß gearbeitet hatte. Bill war darüber völlig verblüfft gewesen, hatte aber nichts gesagt, weil Ben verlegen wurde, wenn man ihn lobte.

Nun, da er von seiner Beschäftigung völlig in Anspruch genommen war, brachte Ben es fertig, mit Beverly zu reden – ganz trocken und sachlich, wie ein Chirurg, der einer Krankenschwester Anweisungen gibt.

»Bev, du hast die ruhigste Hand. Steck den Trichter ins Loch. Zieh einen Handschuh an, damit du dich nicht verbrennst, wenn du ihn festhältst.«

Bill gab ihr einen Arbeitshandschuh seines Vaters. Beverly schob den kleinen Trichter in die Gußform. Alle schwiegen. Das Zischen der Lötlampe kam ihnen sehr laut vor. Sie kniffen die Augen zu schmalen Schlitzen zusammen und blickten auf die Flamme.

»W-W-Warte«, rief Bill plötzlich und rannte ins Haus. Gleich darauf kam er mit einer billigen Sonnenbrille zurück, die seit über einem Jahr

801

unbenutzt in einer Küchenschublade herumgelegen hatte. »S-S-Setz sie l-lieber auf, H-H-Haystack.«

Ben befolgte grinsend seinen Rat.

Wenige Minuten später übergab er die Lötlampe Eddie, der sie behutsam mit der gesunden Hand festhielt. »Das Silber ist geschmolzen«, sagte Ben zu Bill. »Gib mir den anderen Handschuh. Schnell! Schnell!«

Bill gab ihn ihm. Ben zog ihn an, hielt die Hülse mit der behandschuhten Hand fest und drehte mit der anderen am Schraubstock.

»Nicht wackeln, Bev!«

»Keine Sorge, ich bin bereit«, erwiderte sie.

Ben neigte die Hülse vorsichtig über den Trichter. Die anderen beobachteten fasziniert den dünnen Strahl geschmolzenen Silbers. Ben verschüttete keinen einzigen Tropfen. Und einen Augenblick lang fühlte er sich wie elektrisiert. Er war nicht mehr der fette Ben Hanscom, der Sweatshirts trug, um seinen dicken Bauch und seine Brust zu verbergen; er war Thor, der in der Schmiede der Götter Donner und Blitz erzeugte.

Dann verging dieses Gefühl wieder.

»Okay«, sagte er. »Ich muß das Silber noch einmal erhitzen. Steckt mal einen Nagel oder so was Ähnliches in das Trichterröhrchen, bevor das Zeug hart wird.«

Stan tat es rasch.

Ben schraubte die Hülse wieder fest und nahm Eddie die Lötlampe ab.

»Okay«, sagte er. »Und jetzt Nummer zwei.«

Er machte sich erneut an die Arbeit.

4

Zehn Minuten später war er fertig.

»Und was jetzt?« fragte Mike.

»Jetzt spielen wir eine Stunde Monopoly«, antwortete Ben. »Das Silber muß erst mal in den Formen abkühlen und hart werden. Dann öffne ich sie mit einem Meißel entlang der Schnittlinien, und das wär's dann schon.«

Richie warf einen besorgten Blick auf seine Timex, die schon viele Prügeleien heil überstanden hatte, obwohl das Glas gesprungen war. »Wann kommen deine Leute zurück, Bill?«

»N-N-Nicht vor z-zehn oder h-h-halb elf«, sagte Bill. »Es ist eine D-D-Doppelvorstellung im A-A-A-A...«

»Aladdin«, sprang Stan hilfreich ein.

»Ja. Und h-h-hinterher essen sie m-meistens noch 'ne P-P-P-Pizza.«

802

»Wir haben also genügend Zeit«, stellte Ben fest.

Bill nickte.

»Kommt, gehen wir rein«, sagte Bev. »Ich möchte bei mir daheim anrufen. Das hab' ich versprochen. Und seid bitte alle mucksmäuschenstill. Mein Vater glaubt, ich wäre im Jugendzentrum und würde von dort nach Hause gefahren werden.«

»Und was ist, wenn er auf die Idee kommt, dich selbst abzuholen?« fragte Mike.

»Dann bekomme ich jede Menge Ärger.«

Ich würde dich beschützen, Beverly, dachte Ben. Vor seinem geistigen Auge rollte ein kurzer Wachtraum ab, der so herrlich endete, daß ihn ein süßer Schauder überlief. Bevs Vater begann ihr das Leben schwerzumachen, sie anzuschnauzen, abzukanzeln und dergleichen (nicht einmal in seinem Wachtraum wäre Ben auf die Idee gekommen, daß Al Marsh eine sehr lockere Hand hatte und seine Tochter oft schlug). Ben stellte sich schützend vor sie und erklärte Marsh, er solle sie in Ruhe lassen.

Wenn du Ärger willst, Fettkloß, brauchst du nur weiterhin meine Tochter in Schutz zu nehmen.

Hanscom, für gewöhnlich ein stiller Bücherwurm, kann zum wilden Tiger werden, wenn man ihn reizt. Ganz gelassen sagt er zu Al Marsh: *Wenn Sie ihr etwas zuleide tun wollen, dann nur über meine Leiche.*

Marsh macht einen Schritt vorwärts... sieht den stählernen Glanz in Hanscoms Augen und bleibt stehen.

Das wird dir noch leid tun, murmelt er, aber ganz offenkundig ist ihm die Lust zum Kämpfen gründlich vergangen. Er ist eben doch nur ein Papiertiger.

Das bezweifle ich, sagt Hanscom mit einem knappen Gary-Cooper-Lächeln, und Beverlys Vater schleicht von dannen.

Was war nur los mit dir, Ben? ruft Bev, aber ihre Augen strahlen und funkeln wie Sterne. *Du hast ausgesehen, als wolltest du ihn umbringen!*

Ihn umbringen? sagt Hanscom, und jenes leichte Gary-Cooper-Lächeln spielt immer noch um seine Lippen. *Keineswegs, Baby. Er mag zwar ein Dreckskerl sein, aber immerhin ist er dein Vater. Vielleicht hätte ich ihn ein bißchen verdroschen, aber nur, weil mir das Blut zu Kopf steigt, wenn jemand dich dumm anredet, weißt du?*

Sie wirft ihre Arme um seinen Hals und küßt ihn (auf den Mund! auf den MUND!). *Ich liebe dich, Ben!* schluchzt sie. Er spürt, wie ihre kleinen Brüste sich fest an seine Brust pressen und...

Er schüttelte dieses herrliche Fantasiegespinst mühsam ab, als Richie ihn von der Türschwelle aus fragte, ob er nun endlich käme. Er stellte fest, daß er allein in der Werkstatt war.

»Ja«, antwortete er. »Klar.«

»Du wirst allmählich senil, Haystack«, sagte Richie, als Ben über die Schwelle trat, aber er klopfte ihm dabei auf die Schulter. Ben grinste und schlang kurz einen Arm um Richies Nacken.

5

Es gab keine Probleme mit Beverlys Vater. Er war erst spät von der Arbeit nach Hause gekommen, war vor dem Fernseher eingeschlafen, kurz aufgewacht und sofort zu Bett gegangen, erzählte Bevs Mutter ihr am Telefon.

»Fährt dich jemand nach Hause, Bevvie?«

»Ja, Mom. Bill Denbroughs Vater – er nimmt gleich mehrere von uns mit.«

Mrs. Marsh hörte sich ziemlich besorgt an. »Du hast doch nicht etwa ein *Rendezvous*, oder?«

»Nein, natürlich nicht«, sagte Bev und schaute vom halbdunklen Flur, wo das Telefon stand, ins Eßzimmer der Denbroughs, wo die anderen sich gerade ans Monopoly-Brett setzten. *Aber ich wünschte, ich hätte eins, Ma.* »Jungs, igitt. Aber sie haben hier so 'ne Liste aushängen, und jeden Abend fährt ein anderer Vater oder eine Mutter die Kinder nach Hause.« Zumindest das entsprach der Wahrheit. Der Rest war eine so freche Lüge, daß sie fühlte, wie sie im Dunkeln errötete.

»Okay«, sagte ihre Mutter. »Ich wollte nur ganz sicher sein. Du weißt ja, wenn dein Vater je erfahren würde, daß du in deinem Alter ein Rendezvous mit einem Jungen hast, würde er außer sich sein.« Dann fügte sie rasch hinzu: »Und ich natürlich auch.«

»Ja, ich weiß«, sagte Bev und blickte immer noch zu den anderen hinüber. Sie war nicht nur mit einem Jungen zusammen, sondern gleich mit sechs; und es waren keine Erwachsenen im Haus. Ben schaute besorgt zu ihr herüber, und sie lächelte ihm zu und winkte mit dem rechten Zeigefinger. Er errötete heftig und erwiderte ihren Gruß. »Das weiß ich, Ma.«

»Sind auch irgendwelche von deinen Freundinnen da, Bevvie?«

Welche Freundinnen, Mama?

»Patty O'Hara ist da. Und Ellie Geiger. Sie spielt unten Billard, glaube ich.« Die Lügen kamen ihr so leicht über die Lippen, daß sie sich schämte. Sie wünschte, ihr Vater wäre am Telefon; dann hätte sie zwar viel mehr Angst, aber sie würde sich weniger schämen.

»Ich liebe dich, Mommy«, sagte sie.

»Ich dich auch, Bevvie«, sagte ihre Mutter und fuhr nach kurzem

Schweigen fort: »Sei vorsichtig. In den Zeitungen steht was von einem weiteren Vermißten. Einem Jungen namens Patrick Hockstetter. Er ist verschwunden. Hast du ihn gekannt, Bev?«

Sie schloß kurz die Augen. »Nein, Mom.«

»Na ja... also dann, Wiedersehn.«

»Wiedersehn.«

Sie setzte sich zu den anderen, und sie spielten eine Stunde lang Monopoly. Stan war der große Gewinner.

»Juden sind eben gut im Geldverdienen«, erklärte Stan, während er ein weiteres Hotel auf die Atlantic Avenue und zwei weitere grüne Häuser auf die Ventnor Avenue stellte. »Das weiß doch jeder.«

»Dann mach mich zu 'nem Juden!« rief Ben prompt, und alle lachten. Ben war fast pleite.

Beverly warf von Zeit zu Zeit über den Tisch hinweg verstohlene Blicke auf Bill und registrierte genau seine sauberen Hände, seine blauen Augen, seine feinen roten Haare. Während er den kleinen Silberschuh, der ihm als Spielstein diente, über das Brett bewegte, dachte sie: *Wenn er meine Hand hielte, würde ich vor Glück sterben, glaube ich.* Es war ihr, als strahlte in ihrer Brust ein warmes Licht, und sie lächelte heimlich auf ihre Hände hinab.

6

Das Finale des Abends ging fast ernüchternd schnell. Ben nahm einen von Zacks Meißeln vom Regal, setzte ihn an den Schnittlinien der Gußformen an und schlug mit einem Hammer auf den Meißel. Die Formen ließen sich leicht öffnen. Zwei kleine Silberkugeln fielen heraus. Alle Klubmitglieder starrten wortlos darauf; dann nahm Stan eine davon in die Hand.

»Ziemlich klein«, meinte er.

»Das war auch der Stein in Davids Schleuder, als er damit gegen Goliath antrat«, widersprach Mike. »Ich finde, sie sehen sehr wirkungsvoll aus.«

Ben nickte. Er war derselben Meinung.

»S-S-Sind wir f-fertig?« fragte Bill ungläubig.

»Ja«, sagte Ben. »Hier.« Er warf die zweite Kugel Bill zu, der sie vor Überraschung um ein Haar nicht aufgefangen hätte.

Die Kugeln machten die Runde und wurden von allen ehrfürchtig bestaunt. Als sie wieder zu Ben zurückkamen, blickte er Bill an. »Und was machen wir jetzt damit?«

»G-G-Gib sie B-Beverly.«

»Nein!«

Er sah sie freundlich, aber zugleich auch streng an. »B-Bev, wir h-h-haben das doch sch-schon zur G-G-Genüge diskutiert und...«

»Ich tu's ja auch«, entgegnete sie. »Ich werde mit diesen verdammten Dingern schießen, wenn's soweit ist. Falls es überhaupt dazu kommen sollte. Ich *werde* schießen – obwohl ich höchstwahrscheinlich danebenschießen werde und das unser Tod sein wird. Aber ich will sie nicht mit nach Hause nehmen. Meine Eltern

(mein Vater)

könnten sie finden, und ich käme in Teufels Küche.«

»Hast du denn kein Geheimversteck?« fragte Richie. »Das ist ja direkt kriminell – ich hab' vier oder fünf.«

»Ich hab' eins«, sagte Beverly. Der Bettkasten unter ihrer Matratze hatte einen schmalen Spalt, und dort versteckte sie manchmal Zigaretten, Comics und – in letzter Zeit – Film- und Modezeitschriften. »Aber es ist nicht so hundertprozentig sicher, daß ich so was wie die Kugeln reintun könnte. Bewahr du sie lieber auf, Bill, bis es soweit ist.«

»Okay«, sagte Bill, und in diesem Augenblick erhellten Autoscheinwerfer die Auffahrt.

»V-V-Verdammt, s-sie sind heute f-f-früh dran. Machen w-wir, daß wir h-h-hier rauskommen.«

Sie hatten sich gerade wieder an den Tisch gesetzt, als Sharon Denbrough die Küchentür öffnete.

Richie rollte mit den Augen und tat so, als müßte er sich Schweiß von der Stirn wischen. Die anderen lachten herzhaft.

Gleich darauf trat Bills Mutter ins Zimmer. »Dein Vater wartet im Auto auf deine Freunde, Bill.«

»O-O-Okay, M-Mom«, sagte Bill. »W-Wir waren s-s-sowieso gerade f-f-f-fertig.«

»Wer hat gewonnen?« fragte Sharon und lächelte Bills Freunden zu. *Das Mädchen ist sehr hübsch,* dachte sie. Vermutlich würde man in zwei, drei Jahren die Kinder im Auge behalten müssen, wenn dann auch Mädchen mit von der Partie sein würden. Aber mit elf waren sie bestimmt noch zu jung, um an das häßliche Monster Sex auch nur zu denken.

»S-S-Stan hat g-g-gewonnen«, sagte Bill. Mit ernster Miene, aber einem verschmitzten Funkeln in den blauen Augen, fügte er hinzu: »J-J-Juden s-sind eben gut im G-G-G-Geldverdienen.«

»Bill!« schrie sie entsetzt und errötete... und dann schaute sie ganz verdutzt drein, weil sie alle schallend lachten. Ihre Verwunderung verwandelte sich in eine Art Angst (obwohl sie davon ihrem Mann später im

Bett nichts erzählte). Irgend etwas lag in der Luft wie statische Elektrizität, nur irgendwie mächtiger, viel beunruhigender. Wenn sie eins der Kinder jetzt berühren würde, sogar ihren eigenen Sohn, dann würde sie einen kräftigen Schlag bekommen, glaubte sie. *Was ist nur mit ihnen geschehen?* dachte sie erschrocken und öffnete sogar schon den Mund, um sie danach zu fragen. Doch dann sagte Bill, es täte ihm leid (aber immer noch mit diesem teuflischen Funkeln in den Augen), und Stan meinte, es sei alles in Ordnung, es sei nur ein Scherz, mit dem sie ihn ab und zu neckten; und sie war viel zu verwirrt, um noch etwas zu sagen.

Aber sie war erleichtert, als die Kinder gegangen waren, und als auch ihr eigener komplizierter, stotternder Sohn in seinem Zimmer das Licht ausgeschaltet hatte.

7

Es war der 25. Juli 1958, an dem der Klub der Verlierer Es schließlich zu einem Nahkampf herausforderte, an dem Es sich aus Bens Eingeweiden fast Sockenhalter hätte machen können. Es war ein heißer, brütend schwüler Tag. Ben erinnerte sich noch genau an das Wetter, weil es der letzte Tag der Hitzewelle gewesen war. Danach war es lange regnerisch und kühl.

Sie kamen um zehn Uhr morgens in der Neibolt Street Nr. 29 an, Richie wieder einmal auf Silvers Gepäckträger, Ben auf seinem Raleigh, über dessen geplagten Sattel sein Hintern auf beiden Seiten weit herausragte. Beverly kam auf ihrem Mädchenrad Marke Schwinn; ihre roten Haare wurden mit einem grünen Band aus der Stirn gehalten und fielen ihr offen über Schultern und Rücken. Dann traf Mike ein, und etwa fünf Minuten später kamen auch Stan und Eddie, die wegen Eddies gebrochenem Arm zu Fuß gegangen waren.

»W-W-Wie geht's d-deinem Arm, E-E-Eddie?«

Eddie nickte Bill zu. »Ganz gut. Es tut nur morgens ein bißchen weh, wenn ich mich nachts im Schlaf auf diese Seite gelegt habe. Hast du das Zeug mitgebracht?«

In Silvers Drahtkorb lag ein in Segeltuch eingepacktes Bündel. Bill nahm es heraus und wickelte es aus. Er überreichte die Schleuder Beverly, die sie mit einer kleinen Grimasse, aber widerspruchslos entgegennahm. Das Bündel enthielt auch eine Blechdose. Bill öffnete sie und zeigte ihnen die beiden Silberkugeln, und alle betrachteten sie schweigend. Sie standen dicht beieinander auf dem unkrautüberwucherten Rasen des Hauses Nr. 29. Bill, Richie und Eddie waren schon hier gewesen; die anderen aber noch nicht, und sie schauten sich neugierig um.

Die Fenster sehen wie Augen aus, dachte Stan und berührte das Taschenbuch in seiner Gesäßtasche, als wäre es ein Glücksbringer. Er trug das Buch fast immer mit sich herum – es war M. K. Handeys ›*Guide to North American Birds*‹. *Sie sehen wie schmutzige blinde Augen aus.*

Hier stinkt's, dachte Beverly. *Ich kann es riechen – aber nicht mit meiner Nase.*

Mike dachte: *Es ist so wie damals, als ich auf dem Gelände der Eisenhütte war. Es ist die gleiche Atmosphäre... als fordere das Haus uns auf einzutreten.*

Dies ist also einer seiner Plätze, dachte Ben. *Einer jener Orte, aus denen Es auftaucht. Und Es weiß, daß wir hier draußen sind, und Es wartet nur darauf, daß wir hineingehen.*

»W-W-W-Wollt ihr immer n-noch alle m-m-m-mitkommen?« fragte Bill.

Sie sahen ihn bleich und ernst an. Niemand verneinte. Eddie holte seinen Aspirator aus der Tasche und inhalierte tief.

»Gib mir mal dieses Ding«, sagte Richie.

Eddie sah ihn erstaunt an und wartete auf die Pointe.

Richie streckte die Hand aus. »Ich will dich nicht veräppeln. Kann ich ihn mal haben?«

Eddie zuckte mit der Schulter seines unverletzten Armes und gab ihm den Aspirator. Richie inhalierte tief. »Ich hab' das gebraucht«, sagte er und gab ihn Eddie zurück. Er hustete ein bißchen, wirkte jetzt aber ruhiger.

»Ich auch«, sagte Stan. »Okay?«

Nacheinander benutzten alle Eddies Aspirator; dann schob er ihn in seine Tasche. Sie betrachteten wieder das Haus.

»Wohnt *irgend jemand* in dieser Straße?« fragte Beverly leise. Unwillkürlich hatten alle die Stimmen gesenkt.

»An diesem Ende nicht«, sagte Mike. »Heute nicht mehr. Aber ich nehme an, daß manchmal Landstreicher da sind. Vagabunden, die hier von den Güterzügen abspringen.«

»Die würden sowieso nichts sehen«, sagte Stan. »Ihnen dürfte hier nichts passieren. Jedenfalls den meisten.« Er sah Bill an. »Was glaubst du, Bill – können überhaupt irgendwelche Erwachsene Es sehen?«

»Ich w-w-weiß n-nicht«, antwortete Bill. »Ein p-p-paar m-muß es w-wohl geben.«

»Ich wünschte, wir würden einem von ihnen begegnen«, sagte Richie mürrisch. »Dies hier ist wirklich keine Aufgabe für Kinder, wenn ihr versteht, was ich meine. Es müßte ein Erwachsener hier sein.«

Bill wußte genau, was er meinte. Jedesmal, wenn die Hardy-Jungs in Schwierigkeiten gerieten, war ihr Vater, Fenton Hardy, zur Stelle, um ihnen beizustehen. Und ebenso Rick Brants Vater in den ›Rick Brant Science Adventures‹. Scheiße, sogar Nancy Drew hatte einen Vater, der in letzter Minute auftauchte, wenn die Bösewichter sie gefesselt und in einen Minenschacht geworfen hatten oder dergleichen.

»Ein Erwachsener müßte hier sein«, wiederholte Richie seufzend, während er das verschlossene Haus mit dem abbröckelnden Verputz, den schmutzigen Fenstern und der schattigen Veranda betrachtete. Ben spürte, daß ihrer aller Entschlossenheit für einen Moment ins Wanken geriet.

Dann sagte Bill: »K-K-Kommt mal h-her und sch-sch-schaut euch d-das an.«

Sie gingen zur linken Seite der Veranda, wo das Schutzgitter abgerissen war. Die verwilderten Rosen waren noch da... und jene, die der Aussätzige/Werwolf/Clown berührt hatte, als er rausgeklettert war, waren immer noch schwarz und verdorrt.

»Es hat sie nur berührt, und *das* ist passiert?« fragte Bev erschrocken.

Bill nickte. »S-S-Seid ihr euch immer n-noch ganz s-s-sicher?«

Einen Moment lang schwiegen alle. Sie waren sich nicht sicher. Obwohl sie an Bills Gesicht ablesen konnten, daß *er* sein Vorhaben nicht aufgeben, daß er auch ohne sie dieses Haus betreten würde, waren sie sich nicht sicher. Neben der Entschlossenheit stand in Bills Gesicht auch so etwas wie Schuldbewußtsein geschrieben. Wie er ihnen schon früher einmal gesagt hatte – George war nicht *ihr* Bruder gewesen.

Aber all die anderen Kinder, dachte Ben. *Betty Ripsom, Cheryl Lamonica, der Clements-Junge, Eddie Corcoran (vielleicht), Ronnie Grogan... ja, sogar Patrick Hockstetter. Es tötet Kinder, verdammt noch mal, Kinder!*

»Ich komme mit, Big Bill«, sagte er.

»Ich auch«, sagte Bev.

»Na klar«, sagte Richie. »Glaubst du, wir überlassen den ganzen Spaß dir allein?«

Bill sah sie an, schluckte und nickte dann. Er reichte Beverly die Blechdose.

»Bist du *sicher*, Bill?«

»G-G-Ganz sicher.«

Sie nickte, und trotz ihrer Angst vor der Verantwortung fühlte sie sich durch sein Vertrauen geschmeichelt. Sie schob eine der beiden Kugeln in die rechte Vordertasche ihrer Jeans. Die andere legte sie in die Gummimulde für die Munition ein; dann schloß sie ihre Faust fest um die Gummischlaufe und entschied sich, die Schleuder so zu tragen.

»Gehen wir«, sagte sie mit einer leicht schwankenden Stimme. »Los, gehen wir, bevor ich Feigling doch noch kneife.«

Bill nickte, dann sah er Eddie forschend an. »Sch-Sch-Schaffst du's, Eddie?«

Eddie nickte. »Na klar. Letztes Mal war ich allein. Diesmal sind meine Freunde bei mir. Stimmt's?« Er schaute in die Runde und lächelte.

Richie klopfte ihm auf den Rücken. »Stimmt genau, Senhor. Wenn jemand versuchen sollte, deinen Aspirator zu stehlen, bringen wir ihn um. Aber wir bringen ihn hübsch *langsam* um.«

»Das hört sich ja schrecklich an, Richie«, kicherte Bev.

»Z-Zuerst unter die V-Veranda«, sagte Bill. »Ihr b-b-bleibt alle h-hinter mir. Dann in den K-K-K-Keller.«

»Und was soll ich tun, wenn du vorangehst und ein Monster dich anspringt?« fragte Beverly. »Durch dich hindurchschießen?«

»W-W-Wenn's gar nicht anders g-g-geht«, sagte Bill. »Aber ich w-würde vorschlagen, d-daß du zuerst v-v-versuchst, an mir vorbei zu schießen.«

Richie wieherte vor Lachen.

»W-W-Wir werden d-durchs ganze H-H-Haus gehen, wenn's sein m-muß.« Er zuckte die Achseln. »V-V-Vielleicht wird gar n-nichts p-p-passieren.«

»Hältst du das für möglich?« fragte Mike.

»N-Nein«, gab Bill zu. Es ist h-h-hier.«

Ben glaubte, daß er recht hatte. Das Haus Nr. 29 in der Neibolt Street schien in einer Art giftigem Umschlag zu stecken. Er war nicht zu sehen... aber zu spüren. Ben fuhr sich mit der Zunge über die Lippen.

»S-S-Seid ihr b-bereit?« fragte Bill.

Alle erwiderten seinen Blick. »Bereit, Bill«, sagte Richie.

»Dann k-k-kommt!« sagte Bill. »Bleib dicht hinter mir, Beverly.« Er ließ sich auf die Knie nieder und kroch durch die Rosensträucher unter die Veranda.

8

Sie gingen in folgender Reihenfolge: Bill, Beverly, Ben, Eddie, Richie, Stan und Mike. Die Blätter unter der Veranda knisterten und verbreiteten einen säuerlichen alten Gestank. Ben rümpfte die Nase und dachte, daß er an welkem Laub noch nie einen solchen Geruch wahrgenommen hatte... und dann fiel ihm plötzlich eine beängstigende Assoziation ein: Sie rochen so, wie er sich vorstellte, daß eine Mumie direkt nach der Öffnung des Sarges riechen würde: Staub und bittere, uralte Gerbsäure.

Bill hatte inzwischen das zerbrochene Kellerfenster erreicht und blickte in den Keller hinunter. Sein Finger lag jetzt auf dem Abzug der Pistole.

Ben kroch neben ihn. »Siehst du was?«

Bill schüttelte den Kopf. »A-A-Aber das h-hat n-n-n-nichts zu s-s-sagen. Sch-Schau mal; da ist der K-K-Kohlehaufen, der R-Richie und mir erm-m-m-möglicht hat zu f-f-fliehen.«

Auch Ben, der zwischen ihnen hindurchschaute, sah ihn, und langsam überkam ihn trotz seiner Angst ein Gefühl der Erregung. Er begrüßte das, weil er wußte, daß diese Erregung eine Waffe sein konnte. Den Kohlehaufen zu sehen war so ähnlich, wie endlich ein berühmtes Wahrzeichen mit eigenen Augen zu sehen, von dem man bisher nur gelesen oder von anderen gehört hatte.

Bill drehte sich um und glitt gelenkig durchs Fenster. Beverly drückte Ben die Schleuder in die Hand, wobei sie darauf achtete, daß seine Finger sich fest um die Mulde mit der Kugel schlossen. »Gib sie mir, sobald ich unten bin«, sagte sie. »In derselben *Sekunde*!«

»Verstanden.«

Sie ließ sich ebenso gelenkig wie Bill hinabgleiten. Dabei rutschte ihre Bluse aus den Jeans heraus, und einen atemberaubenden Augenblick lang konnte Ben ihren flachen, weißen Bauch sehen. Gleich darauf reichte er ihr die Schleuder, und bei der Berührung ihrer Hände überlief ihn ein süßer Schauder.

»Okay, ich hab' sie. Komm runter«, sagte Bev.

Ben drehte sich um und begann sich durchs Fenster zu zwängen. Einen schrecklichen demütigenden Moment lang war er ganz sicher, daß er steckenbleiben würde – sein Gesäß hing im Fensterrahmen fest, und er kam einfach nicht weiter. Und erschrocken erkannte er, daß er zwar wieder herauskommen könnte, daß er sich dabei aber vermutlich die Hose zerreißen würde – und die Unterhose vielleicht auch noch. Und Beverly sah ihm zu!

»Beeil dich!« zischte Eddie.

Ben stemmte sich mit aller Kraft nach hinten, und endlich ging sein Gesäß durchs Fenster. Sein Hemd rutschte aus der Hose bis zu den Achseln hoch, die Bluejeans preßten seine Hoden schmerzhaft ein. Seine Beine baumelten nach unten, aber dafür saß er jetzt mit dem Bauch fest.

»Zieh ihn ein, Haystack«, kicherte Richie. »Zieh ihn lieber ein, sonst müssen wir 'nen Kran organisieren, um dich wieder rauszuholen.«

»Piep-piep, Richie«, keuchte Ben mit zusammengebissenen Zähnen. Er zog seinen Bauch ein, bis er fast erstickte. Nie zuvor war ihm aufgefallen, wie riesig sein blöder Bauch war. Er versuchte sich zu bewegen, kam aber nicht weiter.

Er mußte gegen eine panische Klaustrophobie ankämpfen. Sein Gesicht war hochrot und schweißüberströmt. Der säuerliche Geruch der Blätter stieg ihm in die Nase, daß ihm fast übel wurde. Er drehte den Kopf, soweit er konnte, und rief: »Kannst du mal ziehen, Bill?«

Er spürte, wie Bill und Beverly ihn an den Knöcheln packten, und wieder zog er seinen Bauch ein. Im nächsten Moment rutschte er nach unten. Bill fing ihn auf, wobei sie beide fast hinfielen. Ben traute sich nicht, Beverly anzusehen. Er war noch nie im Leben so verlegen gewesen.

»A-Alles okay, M-M-Mann?« fragte Bill.

»Ja.« Sie schauten einander an, und dann lachte Bill etwas zittrig. Bev stimmte in sein Lachen ein, und mühsam brachte nun auch Ben ein Lachen zustande, obwohl ihm überhaupt nicht danach zumute war.

»He!« rief Richie. »Eddie braucht Hilfe, okay?«

»O-Okay«, sagte Bill. Ben und er nahmen Aufstellung unter dem Fenster. Eddie rutschte auf dem Rücken ein Stück hinein. Bill packte seine Beine oberhalb der Knie.

»Paß auf«, rief Eddie mit quengelnder, nervöser Stimme. »Ich bin kitzlig.«

Ben legte seine Hände um Eddies Taille, und gemeinsam hievten er und Bill den schmächtigen Jungen wie eine Leiche nach unten, wobei er einmal vor Schmerz aufschrie, aber das war alles.

»Okay, Eh-Eh-Eddie?«

»Ja«, sagte Eddie tapfer, aber auf seiner Stirn standen große Schweißperlen, und sein Atem ging sehr schnell. Er schaute sich nervös im Keller um.

Bill trat etwas zurück. Beverly stellte sich neben ihn, die Schleuder schußbereit am Griff und an der Gummimulde haltend, während Richie, Stan und Mike sich ohne jede Hilfestellung geschickt herunterließen, worum Ben sie glühend beneidete. Dann schauten sich alle im Keller um, wo Bill und Richie Es vor einem Monat gesehen hatten.

Der Raum war düster, aber nicht dunkel. Durch die Fenster fiel mattes Licht ein, das helle Flecken auf den schmutzigen Boden zauberte. Ben kam der Keller sehr groß vor, *viel zu groß*, so als müsse irgendeine optische Täuschung vorliegen. Unter der Decke eine Menge staubiger Rohre. Die dicken Heizungsrohre waren rostig, und von den Wasserrohren hingen schmutzige Stoffetzen herab. Auch hier unten stank es, ähnlich wie unter der Veranda, nur noch stärker. *Ein übler Geruch*, dachte Ben. *Ein irgendwie bösartiger Geruch. Es ist hier, o ja.*

Bill ging auf die Treppe zu, und die anderen folgten ihm. Er spähte unter die Stufen und angelte mit dem Fuß etwas hervor. Sie starrten es wortlos an. Es war ein großer, weißer Clownhandschuh, verstaubt und schmutzig.

»G-G-Gehen wir r-rauf«, sagte Bill.

In der alten Reihenfolge stiegen sie die Treppe hinauf und kamen in eine schmutzige Küche. Ein einfacher Stuhl mit gerader Lehne stand einsam mitten auf dem welligen, rissigen Linoleum. In einer Ecke lagen leere, teilweise zerschlagene Flaschen. Weitere konnte Ben in der Speisekammer sehen. Es stank nach Fusel und abgestandenem Zigarettenrauch. Diese Gerüche herrschten vor, aber auch jener andere Geruch war da. Er wurde sogar immer stärker.

Beverly ging zu den Küchenschränken und öffnete einen davon. Sie schrie laut auf, als eine schwarzbraune Ratte heraussprang, ihr fast ins Gesicht. Die Ratte schlug auf dem Boden auf. Immer noch schreiend, hob Beverly die Schleuder und spannte sie.

»NEIN!« schrie Bill.

Sie drehte sich mit bleichem, entsetztem Gesicht nach ihm um. Dann nickte sie und ließ die Arme sinken. Sie wich langsam zurück, stieß gegen Ben und zuckte erschrocken zusammen. Er legte fest den Arm um sie.

Die Ratte schaute sich mit ihren schwarzen Augen um, rannte in die Speisekammer und war verschwunden.

»Es wollte, daß ich auf die Ratte schieße«, murmelte Beverly mit schwacher Stimme. »Daß ich die Hälfte unserer Munition verbrauche.«

»Ja«, sagte Bill. »I-I-Irgendwie ist das wie b-b-beim FBI-Schießstand in Quh-Quh-Quantico. S-Sie schicken ei-ei-nen in 'n-n-ne nachgeb-baute Straße mit u-u-nd lassen Zi-Zi-Zielscheiben hochschnalzen. Wenn man einen a-a-anständigen Bürger erschießt statt Schuh-Schuh-Schurken, kriegt m-man P-P-Punkte abgezogen.«

»Ich kann das nicht, Bill«, sagte sie. »Ich werd's versauen. Hier. Nimm du –« Sie hielt ihm die Schleuder hin, aber Bill schüttelte den Kopf.

»Du m-m-mußt, B-Beverly.«

Aus einem anderen Schrank war Piepsen zu hören.

Richie ging darauf zu.

»Geh nicht zu nahe ran!« schrie Stan. »Es könnte...«

Richie warf einen Blick hinein, und ein Ausdruck tiefsten Ekels überzog sein Gesicht. Er schlug die Tür so heftig zu, daß es im ganzen Hause gespenstisch widerhallte.

»Ein Wurf Junge«, berichtete Richie mit gepreßter Stimme. »Der größte Wurf, den ich je sah... den überhaupt jemand je sah.« Er fuhr sich mit dem Handrücken über den Mund. »Mein Gott, da drin sind Hunderte davon.« Er sah sie mit zuckendem Mundwinkel an. »Ihre *Schwänze*... sie waren alle ineinander verknotet. *Zusammengeknotet.*« Er schnitt eine Grimasse. »Wie Schlangen.«

Sie starrten alle auf die Schranktür. Das Piepsen war jetzt leiser, aber immer noch deutlich zu hören. *Ratten,* dachte Ben, als er Bills weißes Gesicht und dahinter Mikes aschgraues sah. *Jeder hat Angst vor Ratten. Und das weiß* Es.

»K-Kommt«, sagte Bill. »Hi-Hi-Hier in der N-Neibolt Street hö-hö-hört der Sp-Spaß einfach nie au-auf.«

Sie gingen den Flur entlang. Hier stank es nach Feuchtigkeit, Schimmel und Urin. Sie konnten durch die schmutzigen bleiverglasten Fenster die Neibolt Street und ihre abgestellten Räder sehen. Ben hatte den Eindruck, als seien die Räder tausend Meilen weit entfernt, als schaue er durch das falsche Ende eines Fernglases. Die menschenleere Straße mit den großen Löchern im Asphalt, der bleiche Himmel, das stetige *Ding-ding-ding* einer Lokomotive auf einem Nebengleis... das alles kam ihm wie ein Traum vor, wie eine Halluzination. Real war nur noch dieser schmutzige Flur mit seinem Gestank und seinen dunklen Ecken.

In einer Ecke lagen glitzernde Scherben – Rheingold-Flaschen.

In der anderen Ecke lag naß und aufgequollen ein Sexmagazin im Digestformat. Die Frau auf dem Umschlag war über einen Stuhl gebeugt und hatte den Rock hochgezogen, so daß man Netzstrümpfe und einen schwarzen Slip sehen konnte. Ben fand das Bild nicht besonders sexy, und es berührte ihn auch nicht peinlich, daß Beverly es auch gesehen hatte. Die Feuchtigkeit hatte die Haut der Frau gelb gemacht und den Umschlag gewellt, so daß ihr Gesicht Falten zu haben schien. Ihr aufreizender Blick war zum Grinsen einer alten Hure geworden.

(Jahre später, als Ben das erzählte, schrie Bev plötzlich auf und erschreckte sie alle – sie hörten der Geschichte nicht nur zu, sondern durchlebten sie noch einmal. »*Sie* war es!« rief Bev. »Mrs. Kersh! *Sie* war es!«

Vor Bens Augen blinzelte die junge/alte Hure ihm zu. Sie wackelte mit dem Hintern, eine obszön auffordernde Geste.

Ben sah, am ganzen Körper kalt und doch schwitzend, weg.

Bill stieß eine Tür auf der linken Seite auf, und sie folgten ihm in einen feuchten, gruftartigen Raum, der vielleicht früher einmal das Wohnzimmer gewesen war. Eine zerknitterte grüne Hose hing an den Stromkabeln, die aus der Decke ragten. Wie der Keller, so kam auch dieser Raum Ben viel zu groß vor; fast so lang wie ein Güterwagen. Viel zu lang für ein Haus, das von draußen so klein ausgesehen hatte...

Oh, aber das war draußen, sagte ihm eine innere Stimme. Es war eine spaßige, quiekende Stimme, und Ben wußte plötzlich mit niederschmetternder Gewißheit, daß er die Stimme von Pennywise höchstpersönlich hörte; Pennywise hatte zu ihm eine Art geistigen Funkkontakt. *Von draußen sieht alles immer viel kleiner aus als in Wirklichkeit, nicht wahr, Ben?*

»Geh weg!« flüsterte er.

Richie drehte sich nach ihm um, immer noch bleich und verstört. »Hast du etwas gesagt, Ben?«

Ben schüttelte den Kopf. Die Stimme war weg. Das war wichtig und gut. Aber

(von draußen)

er hatte verstanden. Dieses Haus war ein besonderer Ort, eine Art Station – es war einer jener Plätze in Derry, vielleicht einer von sehr vielen, wo SEINE Welt sich mit der ihrigen kreuzte; einer der Plätze, wo Es sich einen Weg in die Welt des Lichtes zu bahnen vermochte. Dieses stinkende, verkommene Haus. Und es war... irgendwie war es überhaupt kein gewöhnliches Haus. Es war so, als stimme hier irgendwie *nichts*. Nicht nur, daß das Haus viel zu groß war: Die Winkel stimmten nicht, die Perspektiven widersprachen jeder Vernunft. Er war dicht bei der Türschwelle des Wohnzimmers stehengeblieben, und die anderen entfernten sich von ihm, und der Abstand zu ihnen kam ihm jetzt fast so groß vor wie der ganze Memorial Park... aber während sie sich von ihm entfernten, schienen sie immer *größer* statt kleiner zu werden. Der Fußboden schien sich zu neigen, und...

Mike drehte sich um. »Ben!« rief er angstvoll. »Komm! Wir verlieren dich sonst noch!« Ben konnte die letzten Worte kaum verstehen; sie verwehten, als würden die anderen von einem Schnellzug davongetragen.

Erschrocken rannte er los. Hinter ihm schlug die Tür zu. Er schrie... und dicht hinter ihm schien etwas durch die Luft zu sausen. Er drehte sich um, aber nichts war zu sehen. Trotzdem war er überzeugt davon, daß ETWAS ihn fast gepackt hatte.

Er rannte quer durch den Raum und holte schließlich die anderen ein. Er keuchte und war völlig außer Atem. Er hätte schwören können, mindestens eine halbe Meile gerannt zu sein, vielleicht auch mehr; aber als er zurückblickte, war die Tür nicht einmal drei Meter entfernt.

Mike packte ihn so fest an der Schulter, daß es weh tat.

»Du hast mir einen Mordsschreck eingejagt«, sagte er mit schwankender Stimme. Richie, Stan und Eddie schauten ihn fragend an. »Er sah ganz *klein* aus«, erklärte Mike. »So als wäre er eine Meile entfernt.«

»Bill!« rief Ben eindringlich.

Bill, der gerade die geschlossene Tür am anderen Ende des Wohnzimmers betrachtet hatte, drehte sich um.

»Wir müssen dicht beieinanderbleiben«, keuchte Ben. »Dieses Haus... hier stimmt *nichts*. Es ist wie ein Spiegelkabinett beim Jahrmarkt oder wie ein Labyrinth oder was weiß ich. Jedenfalls ist es kein normales Haus. Wir werden einander verlieren, wenn wir nicht aufpassen. Und ich glaube... ich glaube, Es *will*, daß wir voneinander getrennt werden.«

Bill sah ihn einen Augenblick lang mit blassem Gesicht und schmalen Lippen an. »In Ordnung«, sagte er. »Alle d-d-dicht b-b-beisammenb-b-b-bleiben! K-Keine Alleing-g-gänge!«

Alle nickten ängstlich und scharten sich um die geschlossene Tür. Stan tastete nach dem Vogelbuch in seiner Gesäßtasche. Eddie hielt den Aspirator in einer Hand, preßte ihn zusammen, lockerte seinen Griff und preßte ihn wieder zusammen, wie ein 98 Pfund wiegender Schwächling, der versucht, seine Muskeln mit einem Tennisball zu trainieren.

Bill öffnete die Tür. Sie betraten einen viel schmaleren Gang. Die Tapete, auf der Rosenranken und Elfen mit grünen Käppchen zu sehen waren, lösten sich in großen schmutzigen Streifen vom schimmligen Verputz ab. Gelbe Wasserflecken verunstalteten die Decke. Trübes Licht fiel durch ein schmutzverkrustetes Fenster am Ende des Ganges ein.

Plötzlich schien der Gang sich auszudehnen. Die Decke hob sich und stieg in die Höhe wie eine unheimliche Rakete. Die Türen wuchsen mit der Decke, wurden gestreckt wie ein Rahmbonbon. Die Gesichter der Elfen wurden lang und schmal und verzerrten sich. Ihre Augen waren jetzt blutende schwarze Löcher.

Stan schrie auf und schlug sich die Hände vors Gesicht.

»Es ist n-n-nicht r-r-r-r-REAL!« schrie Bill.

»Doch!« schrie Stan zurück. Er hatte sich die geballten weißen Fäuste in die Augen gebohrt. »Es ist real, das weißt du selbst, o Gott, ich werde verrückt, das ist verrückt...«

»S-S-SEHT H-HER!« brüllte Bill nicht nur Stan, sondern sie alle an, und Ben, dem ganz schwindlig war, beobachtete, wie Bill sich hinabbeugte, alle Muskeln anspannte und dann nach oben schnellte. Seine geballte linke Faust schien ins Leere zu stoßen... aber ein lautes *Wwumm!* ertönte. Verputz rieselte herab, obwohl doch keine Decke mehr da war... und dann war sie plötzlich wieder an der ursprünglichen Stelle. Der Gang war wieder nichts weiter als ein schmaler, niedriger, schmutziger, stin-

816

kender Gang. Bill stand mit flammenden Augen da und saugte an seiner blutenden Faust, die weiß vom Verputz war. Sie hatte in der Decke einen deutlich sichtbaren Abdruck hinterlassen.

»N-N-Nicht r-r-r-r-real«, sagte er, an Stan und alle anderen gewandt. »N-Nur ein T-T-Trugbild. S-So was wie eine H-H-Halloween-Maske.«

»Für dich vielleicht«, murmelte Stan tonlos, mit schreckensbleichem Gesicht. Er schaute um sich, als wüßte er nicht mehr genau, wo er war. Bens Freude über Bills Sieg verflog schlagartig, als er sah, in welchem Zustand Stan war, als er den Angstschweiß roch, der Stan aus allen Poren drang. Stan war einem Nervenzusammenbruch nahe. Bald würde er hysterisch werden, vielleicht einen Schreikrampf bekommen – und was würde dann mit ihnen allen geschehen?

»Für *dich*«, wiederholte Stan. »Aber wenn ich das gleiche versucht hätte, wäre die Wirkung gleich Null gewesen. Denn... du hast deinen Bruder, Bill, aber ich habe nichts.« Er blickte zurück ins Wohnzimmer, das jetzt in dunkelbraunen Rauch oder Nebel gehüllt zu sein schien, der so dicht war, daß die Tür, durch die sie es betreten hatten, kaum noch zu erkennen war; dann betrachtete er den schmutzigen Gang, in dem sie standen, und der trotz des einfallenden Lichts düster und unheimlich wirkte. Auf der schimmligen Tapete tanzten die Elfen unter Rosenranken herum. Durch die schmutzigen Scheiben am Ende des Ganges fiel etwas Sonne ein, und Ben wußte, wenn sie dorthin gingen, würden sie tote Fliegen sehen... vielleicht weitere Flaschenscherben... und was dann? Würde sich unter ihren Füßen der Boden auftun und sie verschlingen, würden sie in eine tödliche Finsternis stürzen, wo gierige Finger nach ihnen greifen würden? Stan hatte völlig recht. O Gott, warum waren sie nur in SEINE Behausung gekommen, mit nichts weiter als zwei albernen Silberkugeln und einer Schleuder?

Ben sah, wie Stans Panik alle ansteckte, wie sie sich ausbreitete wie ein Grasfeuer bei starkem Wind; sie ließ Eddies Augen fast aus den Höhlen treten; sie riß Bevs Mund zu einem lautlosen Schrei auf; sie ließ Richie seine Brille mit beiden Händen hochschieben und um sich starren, als säße ihm der Teufel im Nacken.

Sie waren jetzt nahe daran, die Flucht zu ergreifen; Bills Warnung, unbedingt zusammenzubleiben, hatten sie fast vergessen. Sie lauschten nur noch den stürmischen Winden der Panik, die ihnen um die Ohren heulten. Und wie im Traum hörte Ben Miß Davis, die junge Bibliothekarin, den kleinen Kindern vorlesen: *Wer trippelt und trappelt da über meine Brücke?* Und er sah sie, die Kleinen, wie sie sich gespannt vorbeugten, mit gesammelten, ernsten Gesichtern, wie ihre Augen die

817

ewige Faszination des Märchens widerspiegelten: Wird das Ungeheuer besiegt werden... oder wird Es die Guten auffressen?

»Ich habe *nichts*!« schrie Stan, und er sah sehr klein aus, fast klein genug, um durch einen der Risse im Holzboden zu verschwinden. »Du hast deinen Bruder; ich aber habe *gar nichts.*!«

»D-D-Doch«! schrie Bill zurück. Er packte Stan, und Ben glaubte einen Moment lang, er wollte ihm eine Ohrfeige geben, und er stöhnte in Gedanken: *Nein, Bill, bitte, das ist Henrys Methode, wenn du das tust, wird Es uns alle auf der Stelle umbringen...*

Aber Bill schlug Stan nicht. Er drehte ihn nur grob herum und riß das dicke Taschenbuch aus der Gesäßtasche von Stans Jeans.

»Gib es her!« schrie Stan und brach in Tränen aus. Die anderen wichen etwas vor Bill zurück, dessen Augen jetzt Blitze schleuderten. Seine Stirn glühte, und er hielt Stan das Buch hin wie ein Priester das Kreuz.

»Du h-h-h-hast d-d-deine V-V-V-Vö-Vö-Vö...«

Er hob den Kopf; seine Halsmuskeln traten hervor wie dicke Taue; sein Adamsapfel bewegte sich krampfhaft auf und ab. Ben hatte Mitleid mit seinem Freund Bill Denbrough, er hatte Angst um ihn; aber gleichzeitig fühlte er sich wunderbar erleichtert. Hatte er an Bill gezweifelt? Und die anderen? *O Bill, sag's, bitte, kannst du es nicht sagen?*

Und irgendwie brachte Bill es fertig. »Deine V-V-V-Vögel!« brüllte er so laut, daß das ganze Haus zu erbeben schien. »*Deine* V-V-Vögel! *Du hast deine* Vögel!«

Er warf Stan das Buch zu. Stan fing es auf und sah Bill stumm an. Tränen liefen ihm über die Wangen. Er umklammerte das Buch so fest, daß seine Finger weiß wurden. Bill sah erst ihn, dann die anderen ernst an.

»K-K-Kommt«, sagte er.

»Werden die Vögel mir beistehen?« fragte Stan mit leiser, heiserer Stimme.

»Im Wasserturm haben sie dir doch auch geholfen, oder?« erwiderte Beverly ernst.

Stan sah sie unsicher an.

Richie klopfte ihm auf die Schulter. »Komm, Stan«, sagte er. »Bist du ein Mann oder eine Maus?«

»Ich muß wohl ein Mann sein«, antwortete Stan und wischte sich mit der linken Hand die Tränen vom Gesicht. »Soviel ich weiß, scheißen sich Mäuse nicht in die Hosen.«

Darüber mußten alle lachen, und Ben hätte schwören können, daß er spürte, wie das Haus vor ihnen – vor diesem gemeinsamen Lachen – zurückwich.

Es war Mike, der als erster zu lachen aufhörte und rief: »Das große Zimmer, durch das wir vorhin gegangen sind. Seht doch nur!«

Alle schauten hin. Das Wohnzimmer war jetzt fast schwarz. Es war kein Rauch, kein Nebel, kein Gas; es war einfach Schwärze, eine fast kompakte Schwärze. Die Luft war ihres Lichts beraubt worden. Diese Schwärze schien sich vor ihren Augen zu bewegen, schien so etwas wie Gesichter anzunehmen.

»K-K-Kommt!« wiederholte Bill.

Sie ließen die Schwärze hinter sich und liefen den Gang entlang. Drei Türen gingen von ihm ab, zwei mit schmutzigen weißen Porzellanknöpfen, die dritte mit einem Loch an der Stelle, wo einmal der Knopf gewesen war. Bill drehte am ersten Knopf und stieß die Tür auf. Bev stand mit gespannter Schleuder neben ihm.

Ben wich zurück und bemerkte, daß die anderen das gleiche taten; alle drängten sich hinter Bill zusammen wie eine verängstigte Hühnerschar. Es war ein Schlafzimmer, leer bis auf eine alte, fleckige Matratze. Vor dem einzigen Fenster waren Sonnenblumen zu sehen.

»H-Hier ist n-n-nichts...«, begann Bill, und plötzlich wölbte sich die Matratze und riß in der Mitte von oben bis unten auf; eine dicke schwarze Flüssigkeit schoß hervor, färbte sie schwarz und floß dann langsam über den Boden, auf die Türschwelle zu.

»Zumachen, Bill!« schrie Richie.

Bill schlug die Tür zu, blickte in die Runde und nickte. »Kommt.« Er hatte den Knopf der zweiten Tür – auf der anderen Seite des schmalen Ganges – kaum berührt, als hinter dem dünnen Holz ein lautes Summen anhob.

9

Sogar Bill wich vor diesem anschwellenden unmenschlichen Laut zurück. Ben wurde vor Angst fast wahnsinnig; hinter der Tür mußte eine riesige Grille sitzen – er hatte Filme gesehen, wo alle Insekten durch Strahlung riesengroß wurden, Filme wie ›The Beginning of the End‹ oder ›The Black Scorpion‹ oder den über Ameisen in den Abwasserschächten von Los Angeles. Er war wie gelähmt und wußte, daß er sich nicht einmal dann von der Stelle rühren könnte, wenn die Tür von diesem summenden, zirpenden Schreckenswesen zersplittert würde und die langen, haarigen Beine nach ihm greifen würden. Er nahm verschwommen wahr, daß Eddie neben ihm keuchend und röchelnd nach Atem rang.

Der Schrei wurde noch höher und schriller, ohne den insektenartigen Charakter zu verlieren. Bill wich einen weiteren Schritt zurück, mit blutleerem Gesicht und schreckensweit aufgerissenen Augen, die Lippen fest zusammengepreßt.

»Schieß, Beverly!« hörte Ben sich schreien. »Schieß durch die Tür, erschieß es, bevor es uns erwischt!«

Beverly hob die Schleuder wie im Traum, während der summende Schrei immer noch lauter und lauter und lauter wurde.

Aber noch bevor sie das Gummi spannen konnte, schrie Mike Hanlon: »Nein! Nein! Nicht, Bev! Nicht schießen!«

Es kam den anderen völlig unglaublich vor – aber Mike lachte. Er trat vor, packte den Türknopf, drehte ihn und stieß die Tür auf. »Es ist nur ein Vogelschreck!« Mike lachte hysterisch. »Nur ein Vogelschreck, weiter nichts! Man verscheucht damit Krähen!«

Das Zimmer war quadratisch und völlig leer. Auf dem Boden lag eine Sterno-Konservendose, deren Deckel und Boden fehlten. Rechts und links war etwa auf halber Höhe je ein Loch in die Dose gebohrt, und durch diese Löcher war eine sehr straff gespannte eingewachste Schnur gezogen und auf den Außenseiten verknotet worden. Obwohl es im Zimmer völlig windstill war – das einzige Fenster war geschlossen und nachlässig mit Brettern vernagelt, so daß nur schmale Lichtstreifen einfielen –, kam das schreckliche Summen ohne jeden Zweifel von dieser Dose.

Mike ging hin und versetzte ihr einen kräftigen Fußtritt. Das Summen hörte abrupt auf, als die Dose in die Ecke rollte.

»Nur ein Vogelschreck«, erklärte er den anderen fast entschuldigend. »Wir hängen sie an die Vogelscheuchen. Nichts weiter als ein ganz billiger Trick.« Er sah Bill an. »Es hat wirklich Angst vor uns, ebenso wie wir vor Ihm. Ich glaube sogar, Es hat mächtig Angst.«

Bill nickte. »Das g-g-glaube ich auch«, sagte er.

Sie gingen zur Tür am Ende des Ganges, und während Ben beobachtete, wie Bill seinen Finger durch das Loch schob, wo einmal der Türknopf gewesen war, erkannte er, daß sie am Ziel angelangt waren; hinter dieser Tür würde sie nicht nur ein billiger Trick erwarten. Der Gestank war jetzt noch stärker, und er spürte sehr intensiv die Anwesenheit zweier widerstreitender Mächte. Er warf einen Blick auf Eddie mit dem Arm in der Schlinge und dem Aspirator in der anderen Hand. Er sah Bev neben sich und dachte: *Wenn wir die Flucht ergreifen müssen, werde ich versuchen, dich zu beschützen, Beverly, das schwöre ich.*

Als ob sie seine Gedanken gelesen hätte, wandte sie sich ihm zu und lächelte mühsam. Ben erwiderte ihr Lächeln.

Bill zog die quietschende Tür auf. Es war ein Badezimmer... aber etwas stimmte nicht damit. *Jemand hat hier etwas zerbrochen*, das war im ersten Moment alles, was Ben erkennen konnte. *Keine Bierflaschen... aber was?*

Weiße schimmernde Scherben und Splitter lagen überall herum. Dann sah Ben es und begriff. Es war in gewisser Weise die Krönung des ganzen Wahnsinns. Er lachte, und Richie stimmte ein.

»Jemand muß hier den Großvater alle Fürze gelassen haben!« sagte Richie, und Mike begann zu kichern und zustimmend zu nicken. Stan lächelte ein wenig; Eddies Mundwinkel zuckten. Nur Bill und Beverly blieben ernst.

Die Kloschüssel war explodiert, und die weißen Splitter auf dem Boden waren aus Porzellan. Der Wasserkasten stand in einer Pfütze auf einer Kante und war nur deshalb nicht umgefallen, weil die Toilette in einer Ecke des Raums installiert gewesen und der Wasserkasten gegen eine der Wände gefallen war.

Sie scharten sich hinter Bill und Beverly zusammen; unter ihren Füßen knirschten die Porzellanscherben. Ben hatte eine Vision, wie Henry Bowers drei M-80 in die Kloschüssel geworfen, den Deckel zugeschlagen und dann schnell das Weite gesucht hatte. Was für eine andere Erklärung könnte es für diese phänomenale Wucht der Zerstörung geben? Ein paar große Porzellanstücke gab es zwar, aber verdammt wenige; die meisten waren nur gefährlich aussehende Splitter, wie Blasrohrgeschosse. Die Tapete (Rosenranken und Elfen wie im Gang) war mit Löchern übersät. Es sah wie ein Schrotflintenmuster aus, aber Ben wußte, daß es Porzellansplitter waren, die durch die Wucht der Explosion tief in die Wände eingedrungen waren.

Eine Wanne mit schmierigen Füßen stand im Bad. Ben warf einen Blick hinein und sah auf dem Boden eine dünne Schlammschicht. Es gab auch eine rostige Dusche über der Wanne. Daneben war ein Waschbekken, über dem ein offenstehendes leeres Arzneimittelschränkchen hing. Kleine Rostringe zeigten, wo früher einmal die Medizinfläschchen gestanden hatten.

»Ich würde nicht zu nahe rangehen, Bill!« rief Richie scharf, und Ben drehte sich um.

Bill hatte sich dem Abflußloch im Boden genähert, über dem einst die Kloschüssel montiert gewesen war. Er beugte sich etwas vor... dann wandte er sich wieder den anderen zu.

»Ich k-k-k-kann die P-P-Pumpe hören... w-wie in den B-B-Barrens.«

Bev trat zu ihm. Ben folgte ihr, und nun konnte auch er es hören – ein stetiges Summen. Nur hörte es sich jetzt, wie es so in den Rohren widerhallte, nicht nach einer Maschine an. Es klang irgenwie lebendig.

»H-H-Hier ist Es h-hergekommen«, sagte Bill zu Richie. Sein Gesicht war immer noch leichenblaß, aber seine Augen glühten vor Erregung. »V-V-Von h-hier ist Es an jenem T-T-Tag gek-kommen, und h-h-hier k-kommt Es immer her! Aus den Abflußr-r-rohren!«

Richie nickte. »Wir waren unten im Keller, aber Es kam von hier oben. Denn hier konnte Es hinausgelangen.«

»Und Es hat *das alles* angerichtet?« fragte Beverly und betrachtete die Scherben.

»Es war w-w-wohl s-sehr in Eile«, sagte Bill ernst.

Ben spähte ins Rohr hinab. Es hatte einen Durchmesser von etwa einem Meter und war dunkel wie ein Minenschacht. Die innere Keramikoberfläche des Rohrs war dick verkrustet – womit, daran wollte Ben lieber nicht denken. Jenes Summen drang hypnotisch an seine Ohren… und plötzlich sah er etwas. Er sah es zuerst nicht mit seinen physischen Augen, sondern nur mit dem geistigen Auge.

Es kam mit rasender Geschwindigkeit auf sie zu, füllte dieses dunkle Rohr ganz aus; Es hatte jetzt Seine *eigene Gestalt, was immer das auch sein mochte; erst wenn* Es *hier war, würde* Es *irgendeine Gestalt annehmen, die den tiefsten Ängsten der Kinder entsprang.* Es kam, Es *stieg empor aus* Seinen *tiefen Tunneln, die irgendwie mit dem Kanalisationssystem von Derry in Verbindung standen.* Es *stieg empor aus* Seinen *eigenen verruchten Wegen und schwarzen Katakomben unter der Erde;* Seine *gelblichgrünen Augen glühten wild;* Es *kam näher und näher;* Es kam.

Und dann sah Ben Seine Augen dort unten in der Finsternis. Zuerst waren es nur Funken; dann wurden sie deutlich sichtbar – glühende, bösartige Augen. Durch das Summen des Pumpwerks konnte Ben jetzt ein neues Geräusch hören – *Huuuuuuu-huuuuuuu*… Ein betäubender Gestank schlug ihm plötzlich aus dem Rohr entgegen, und er wich hustend und würgend zurück.

»Es kommt!« schrie er. »Bill, ich habe Es gesehen! Es kommt!«

Beverly hob die Schleuder. »Gut. Ich bin bereit«, sagte sie.

Etwas kam aus dem Abflußrohr hervorgeschossen. Als Ben später versuchte, sich diesen allerersten Moment noch einmal zu vergegenwärtigen, konnte er sich nur an einen weißlichen wirbelnden Umriß erinnern, der nicht geisterhaft, sondern physisch war, und hinter dem er irgendeine andere Gestalt, eine reale, endgültige Gestalt spürte… aber seine Augen konnten nicht genau erfassen, was er sah.

Dann stolperte Richie rückwärts und schrie mit einem Gesicht, das eine einzige Maske des Schreckens war, immer und immer wieder: »Der Werwolf! Bill! Der Teenage-Werwolf! Der Werwolf!« Und plötzlich nahm das bisher umrißhafte Es diese Gestalt an, für Ben, für sie alle. Richies Es war auch ihr Es geworden.

Der Werwolf stand über dem Abflußrohr, eine behaarte Pfote links davon, die andere rechts. SEINE grünen Augen stierten sie aus SEINEM wilden Gesicht an. Gelblichweißer Schaum sickerte durch SEINE gebleckten Zähne. Es/Er stieß ein ohrenbetäubendes Knurren aus. SEINE Arme schossen auf Beverly zu, wobei die Säume SEINES High-School-Jacketts etwas hochrutschten und ein Stück Fell enthüllten. SEIN Hecheln war heiß und klang mordlustig.

Beverly schrie. Ben packte sie am Rücken ihrer Bluse und riß sie so heftig zurück, daß die Nähte unter den Achseln platzten. Eine große Pranke mit langen Krallen durchschnitt die Luft, wo Bev soeben noch gestanden war. Beverly prallte gegen die Wand. Die Silberkugel flog aus der Gummimulde der Schleuder heraus. Sie funkelte einen Moment lang in der Luft, dann fing Mike sie geschickt auf und gab sie Beverly zurück.

»Schieß, Baby«, sagte er. Seine Stimme klang ganz ruhig, fast heiter. »Schieß!«

Der Werwolf brüllte wieder laut; dann hob ER den Kopf zur Decke und stieß ein entsetzliches Geheul aus, das einem das Blut in den Adern gefrieren ließ.

Und das Heulen verwandelte sich in Gelächter. Der Werwolf sprang Bill an, während dieser sich nach Beverly umdrehte. Ben versetzte ihm rasch einen heftigen Stoß, und Bill fiel hin.

»*Schieß, Bev!*« schrie Richie. »*Um Gottes willen, erschieß* Es!«

Der Werwolf machte einen Satz vorwärts; Ben zweifelte weder damals noch später daran, daß ER genau wußte, wer ihr Anführer war. ER hatte es in erster Linie auf Bill abgesehen. Beverly spannte die Schleuder und schoß. Wie einige Tage zuvor in den Barrens, so wußte sie auch jetzt sofort, daß sie schlecht gezielt hatte. Aber diesmal beschrieb die Kugel keine rettende Kurve. Sie verfehlte das Monster um mehr als einen halben Meter und schlug ein Loch in die Tapete über der Badewanne. Bill, dessen Arme an zahlreichen Stellen bluteten, weil Porzellansplitter ihm die Haut aufgerissen hatten, stieß einen lauten Fluch aus.

Der Werwolf wirbelte herum und starrte Beverly mit SEINEN glühenden grüngelben Augen an. Ohne zu überlegen, stellte Ben sich schützend vor sie, während sie in ihrer Tasche nach der zweiten Silberkugel tastete. Ihre Jeans waren viel zu eng, weil sie – ebenso wie die Shorts, die sie am Tag vor Patrick Hockstetters Tod getragen hatte – noch vom Vorjahr

823

stammten. Endlich schlossen ihre Finger sich um die Kugel. Sie zog kräftig und krempelte dabei die Tasche nach außen. Vierzehn Cent, zwei alte Kinokarten sowie Baumwollflusen fielen auf den Boden.

Der Werwolf sprang Ben mit gefletschten Zähnen an. Ben packte blindlings zu. In seinen Reaktionen war jetzt kein Raum für Angst – statt dessen spürte er eine Art Zorn, vermischt mit Verwirrung und dem Gefühl, daß die Zeit plötzlich zum Stillstand gekommen war. Er grub seine Hände in rauhes, struppiges Haar – *das Fell*, dachte er, *ich habe* IHN *am Fell gepackt!* –, und darunter spürte er SEINE schweren Schädelknochen. Er stieß mit all seiner Kraft nach diesem Wolfskopf, doch obwohl er ein großer, starker Junge war, blieb das völlig wirkungslos. Wenn er nicht im letzten Moment bis zur Wand zurückgewichen wäre, hätte der Werwolf ihm mit SEINEN Zähnen die Kehle aufgeschlitzt.

Mit wild funkelnden Augen verfolgte ER Ben. ER knurrte bei jedem Atemzug. ER stank entsetzlich nach Unrat, aber da war auch noch ein anderer, ebenso unangenehmer Geruch – wie nach verschimmelten Haselnüssen. ER hob eine SEINER schweren Pranken, Krallen rissen dicht neben ihm blutlose Wunden in die Tapete und den Verputz. Er hörte verschwommen Richie etwas brüllen, Eddie heulen, Bev sollte IHN doch erschießen. Aber Beverly schoß nicht. Sie hatte nur noch eine einzige Chance. Das beunruhigte sie aber nicht; sie war plötzlich überzeugt, daß sie beim nächsten Schuß treffen würde. Sie sah alles mit überwältigender Schärfe. Die dreidimensionale Wirklichkeit trat für sie in diesem Moment so deutlich zutage, wie sie es später nie mehr erleben sollte. Jede Angst fiel von ihr ab und wurde vom Hochgefühl eines Jägers abgelöst, der sich seiner Beute sicher ist. Ihr Puls verlangsamte sich. Bisher hatte sie die Schleuder mit zitternder Hand krampfhaft umklammert; nun aber entspannte sie sich. Sie holte ganz tief Luft, nahm vage leises Klirren wahr, kümmerte sich aber nicht darum. Sie machte einen Schritt nach links und wartete auf den Moment, wo der Kopf des Werwolfs sich genau in der Mitte hinter den V-förmigen Bügeln befinden würde.

Wieder sausten die Pranken des Werwolfs herab, und Ben versuchte sich zu ducken... doch plötzlich war er in SEINEM Griff. ER riß Ben an sich, als wäre er eine Stoffpuppe. SEIN Maul öffnete sich.

»Bastard...«

Ben bohrte einen Daumen in eins SEINER Augen. Der Werwolf heulte vor Schmerz auf, und seine Pranke zerfetzte Bens Hemd. Er zog seinen Bauch ein, aber zwei SEINER Krallen rissen ihm die Haut vom Brustkorb bis zum Bauch auf. Blut spritzte hervor und rann auf seine Hose, seine Schuhe, auf den Boden. Der Werwolf schleuderte ihn beiseite. Bens Kniekehlen prallten gegen den Rand der Badewanne, und er fiel hinein;

nur seine Waden und Füße hingen heraus. Er warf einen Blick auf seinen Schoß und sah, daß er blutüberströmt war.

Der Werwolf wirbelte herum. Ben registrierte mit aberwitziger Klarheit, daß ER ausgeblichene Levis-Jeans trug. Die Saumnähte waren aufgegangen. Auf dem Rücken SEINES silber- und orangenfarbenen High-School-Jacketts stand mit schwarzen Buchstaben: DERRY HIGH SCHOOL MORD-TEAM. Darunter der Name PENNYWISE. Und in der Mitte eine Nummer: 13.

ER griff jetzt wieder Bill an, der inzwischen auf die Beine gekommen war, mit dem Rücken an der Wand lehnte und das Monster nicht aus den Augen ließ.

»Schieß, Beverly!« schrie Richie wieder.

»Piep-piep, Richie«, hörte sie sich selbst wie aus weiter Ferne erwidern. Ein Auge des Werwolfs war jetzt genau zwischen den Bügeln der Schleuder. Mit sicherer Hand spannte sie das Gummi und schoß so gelassen wie an jenem Tag, als sie auf der Müllhalde zur Probe auf Dosen gezielt hatten.

Ben dachte verzweifelt: *O Beverly, wenn du auch diesmal danebenschießt, sind wir alle verloren, und ich will nicht in dieser schmutzigen Badewanne sterben, aber ich komme hier allein nicht heraus.* Doch Beverly schoß nicht daneben. Ein rundes Auge – nicht grüngelb, sondern schwarz – tauchte plötzlich hoch oben in der Mitte SEINER Schnauze auf: Sie hatte auf das rechte Auge gezielt und es um weniger als einen Zentimeter verfehlt.

Der Werwolf stieß einen ohrenbetäubenden Schrei aus – einen fast menschlichen Schrei von Angst, Schmerz und Wut. Aus dem runden Loch in SEINER Schnauze spritzte das Blut wie eine Fontäne hervor und benetzte Bills Gesicht und Haare. *Das macht nichts,* dachte Ben hysterisch. *Mach dir keine Sorgen, Bill. Niemand wird dieses Blut sehen können, wenn wir erst einmal draußen sind. Wenn wir jemals hier herauskommen.*

Bill und Beverly verfolgten den Werwolf, und hinter ihnen rief Richie: »Schieß noch einmal, Bev! Erschieß IHN! Erschieß Es!«

»Erschieß Es!« schrie Mike.

»Ja, erschieß Es!« keuchte Eddie.

»Laß Es nicht lebend davonkommen!« brüllte Stan.

»Bring Es um!« schrie Bill mit zitternden Lippen. In seinen Haaren hing weißgelber Verputzstaub. »Bring Es um, Bev, mach IHM den Garaus!«

Keine Munition mehr, keine Silberkugeln mehr da, dachte Ben. *Wovon redet ihr? Wie soll Bev Es töten?* Aber er wußte es: Sie versuchten zu

825

bluffen. Er sah Beverly an, und wenn sein Herz nicht ohnehin schon ihr gehört hätte, wäre es ihr in diesem Augenblick zugeflogen. Sie hatte die Schleuder wieder gespannt und verdeckte mit ihren Fingern die leere Kugelmulde.

»Töte Es!« brüllte er und bemühte sich, aus der Badewanne herauszukommen. Seine Jeans und Unterhose klebten vom Blut an seiner Haut. Er hatte keine Ahnung, ob er schwer verletzt war oder nicht. Es war schrecklich viel Blut.

Die grünlichen Augen des Werwolfs glitten von einem zum anderen, flackerten unruhig. Blut durchtränkte SEIN Jackett.

Bill Denbrough lächelte.

Es war ein sanftes, direkt liebliches Lächeln . . . aber seine Augen blieben hart und kalt. »Du hättest meinen B-B-Bruder in R-Ruhe lassen sollen«, sagte er. »Leg diesen verdammten Dreckskerl um, Bev.«

Die Unsicherheit verschwand aus den Augen des Werwolfs – ER glaubte ihnen. Geschmeidig wirbelte ER herum und sprang in die Senkgrube. Und während ER dort verschwand, veränderte ER sich. Das High-School-Jackett löste sich auf, und auch das Fell verlor seine Farbe. Der Schädel wurde länger, so als sei er aus Wachs, das sich jetzt verflüssigte und zerschmolz. SEINE Gestalt veränderte sich, und wieder glaubte Ben, SEINE wahre Gestalt fast erkannt zu haben, und sein Herz gefror zu einem eiskalten Klumpen, und er schnappte entsetzt nach Luft.

»*Ich bring' euch alle um!*« dröhnte eine Stimme aus dem Abflußrohr. Es war eine wilde Stimme, die nichts Menschliches an sich hatte. »*Bring' euch alle um . . . bring' euch alle um . . . bring' euch alle um . . .*« Die Worte wurden immer leiser, immer undeutlicher . . . bis sie zuletzt im Summen der Pumpe untergingen.

Es war, als ob sich das Haus mit einem dumpfen Dröhnen zu senken begann. Aber es senkte sich nicht, erkannte Ben, sondern es *schrumpfte* auf geheimnisvolle Weise zu seiner normalen Größe zusammen. Welche magische Kraft Es auch ausgeübt haben mochte, um das Haus Nr. 29 in der Neibolt Street größer erscheinen zu lassen – diese Kraft war jetzt nicht mehr wirksam. Es war jetzt nur noch ein altes Haus, in dem es nach Feuchtigkeit und Moder roch, ein leerstehendes Haus, in dem sich manchmal Vagabunden und Landstreicher aufhielten, tranken und miteinander redeten.

Es war verschwunden.

Und die Stille nach SEINER Flucht schien sehr laut zu sein.

10

»W-W-Wir m-müssen so sch-schnell wie m-m-m-möglich hier raus«, sagte Bill und ging auf die Badewanne zu, in der Ben festsaß wie ein Korken in der Flasche. Beverly stand in der Nähe der Senkgrube. Sie blickte an sich herab, und jene Kaltblütigkeit verflog mit einem Schlag. Sie bekam einen hochroten Kopf – sie mußte vorhin wirklich *sehr* tief Luft geholt haben: Das leise Klirren auf dem Fußboden hatte von ihren Blusenknöpfen hergerührt, die alle abgesprungen waren. Die Bluse hing offen herunter und entblößte ihre kleinen Brüste. Sie zog sie rasch zusammen.

»R-R-Richie«, rief Bill. »H-Hilf mir, B-B-Ben r-rauszuziehen!«

Aber auch zu zweit schafften sie es nicht. Erst als Stan und Mike auch noch zupackten, gelang es ihnen mit vereinten Kräften, Ben aus der Wanne zu befreien. Eddie war währenddessen zu Beverly gegangen und hatte ihr unbeholfen seinen gesunden Arm um die Schultern gelegt.

Ben machte zwei große unsichere Schritte und lehnte sich rasch an die Wand, um nicht umzukippen. Sein Kopf war merkwürdig leicht. Die Welt hatte keine Farben. Ihm war übel.

Dann spürte er Bills kräftigen Arm, der ihn stützte – ein tröstliches Gefühl.

»W-Wie sch-sch-schlimm ist es, H-Haystack?«

Ben zwang sich, seinen Bauch anzuschauen. Er stellte fest, daß diese beiden einfachen Handlungen – den Kopf zu senken und sein zerrissenes Hemd beiseite zu schieben – mehr Mut erforderten als der Einstieg ins Haus. Er erwartete, daß seine Eingeweide heraushängen würden wie groteske Euter. Statt dessen sah er, daß die Blutung nachgelassen hatte, daß nur noch wenig Blut aus der Wunde sickerte. Der Werwolf hatte ihn offensichtlich doch nicht tödlich verletzt.

Richie trat zu ihnen und betrachtete die lange, ziemlich tiefe Wunde, die von Bens Brust bis etwa zum Punkt der stärksten Bauchwölbung führte. Dann blickte er Ben ernst an. »Es war verdammt nahe dran, sich aus deinen Eingeweiden Sockenhalter machen zu können, Haystack. Weißt du das?«

»Was du nicht sagst, du Spaßvogel!« erwiderte Ben. Sie tauschten einen langen, nachdenklichen Blick, und dann brachen sie gleichzeitig in hysterisches Gelächter aus. Richie nahm Ben in die Arme und klopfte ihm auf den Rücken. »Wir haben Es geschlagen, Haystack! Wir haben Es besiegt!«

»W-W-Wir h-haben Es nicht gesch-sch-schlagen«, widersprach Bill grimmig. »Nur überlistet. V-V-Verschwinden wir, b-b-bevor Es b-beschließt zurückzukommen.«

»Und wohin?« fragte Mike.

»In die B-B-B-Barrens«, sagte Bill.

Beverly trat zu ihnen. Ihre Wangen glühten. Mit einer Hand hielt sie immer noch ihre Bluse zusammen. »Ins Klubhaus?« fragte sie.

Bill nickte.

»Könnte mir jemand von euch sein Hemd geben?« fragte Beverly und errötete noch mehr. Bill warf ihr einen Blick zu, und auch ihm schoß plötzlich das Blut in die Wangen. Er wandte rasch die Augen ab, aber der kurze Moment hatte genügt, um Ben erkennen zu lassen, daß Bill Beverly plötzlich auf eine Weise wahrgenommen hatte wie bisher nur er selbst.

Auch die anderen hatten hingesehen und ihre Blicke sofort wieder verlegen abgewandt. Richie hüstelte hinter vorgehaltener Hand. Stan errötete. Und Mike Hanlon trat einen Schritt zurück, so als fürchtete er sich vor dem Anblick ihrer weißen Haut und der kleinen Brust, die zwischen den Fetzen ihrer Bluse zum Vorschein kam.

Beverly warf den Kopf zurück und schüttelte ihre Haarmähne. Sie hatte immer noch hochrote Wangen, aber ihr liebliches Gesicht drückte jetzt Stärke aus.

»Ich kann nichts dafür, daß ich ein Mädchen bin«, sagte sie, »oder daß ich oben herum allmählich erwachsen werde... Könnte ich jetzt vielleicht irgendein Hemd haben?«

»K-K-Klar«, sagte Bill und zog sein weißes T-Shirt aus, unter dem sein schmaler Brustkorb, die einzelnen Rippen und die braungebrannten sommersprossigen Schultern zum Vorschein kamen. »H-H-Hier.«

»Danke, Bill«, sagte sie, und für einen Moment blickten sie einander tief in die Augen. Diesmal schaute Bill nicht weg. Sein Blick war fest, erwachsen.

»K-K-Keine Ursache«, sagte er.

Viel Glück, Big Bill, dachte Ben und wandte sich von diesem Blick ab, der ihm weh tat, der ihn tiefer verletzte als irgendein Vampir oder Werwolf das jemals vermocht hätte. *Wenn es nun mal so sein soll. Aber du wirst sie nie so innig lieben wie ich. Niemals.*

Beverly wandte sich von ihnen ab und zog ihre Bluse aus. Ben erlaubte sich einen schmerzlich süßen Blick auf ihren nackten Rücken, auf die glatte weiße Haut, unter der die Wirbelsäule durchschimmerte, dann schaute er rasch weg. Als er wieder hinsah, stand sie in Bills T-Shirt da, das ihr fast bis zu den Knien reichte. Ihre zerrissene Bluse hielt sie in der Hand. *Hoffentlich schaut niemand sie auf dem Heimweg genau an,* dachte Ben zerstreut. *In diesem Aufzug erregt sie sonst bestimmt Aufsehen.*

828

»G-G-Gehen w-wir«, sagte Bill. »F-Für heute habe ich w-w-wirklich genug.«

Alle waren völlig seiner Meinung.

11

Eine Stunde später saßen sie alle in ihrem Klubhaus. Falltür und Fenster waren geöffnet. Es war kühl da unten, und in den Barrens herrschte an diesem Tag wunderbare Stille. Sie redeten nicht viel. Jeder hing seinen eigenen Gedanken nach. Richie und Bev zogen abwechselnd an einer Zigarette. Eddie benutzte einmal kurz seinen Aspirator. Mike nieste mehrmals und entschuldigte sich. Er sagte, er habe sich erkältet.

»Märr konnten Sie auch nicht bekommennn, Señorrr«, sagte Richie freundschaftlich, und das war alles.

Ben wartete ständig darauf, daß das verrückte Erlebnis im Haus auf der Neibolt Street die typischen Merkmale eines Traumes zeigen würde. *Es wird nach und nach zurückweichen und auseinanderfallen, dachte er, so wie böse Träume es immer tun. Man wacht keuchend und in Schweiß gebadet auf, aber eine Viertelstunde später kann man sich schon nicht mehr an den Inhalt des Traums erinnern.*

Doch das geschah nicht. Alles was passiert war, angefangen mit seinem mühsamen Einstieg in den Keller bis hin zu jenem Moment, als Bill mit dem Küchenstuhl ein Fenster eingeschlagen hatte, damit sie gleich im Erdgeschoß aus dem Haus gelangen konnten, blieb in seinem Gedächtnis ganz klar und deutlich eingeprägt. Es war eben kein Traum gewesen. Die blutverkrustete Wunde auf seiner Brust und seinem Bauch war kein Traum, auch wenn seine Mutter sie nicht würde sehen können.

Schließlich stand Beverly auf. »Ich muß nach Hause«, sagte sie. »Ich möchte mich umziehen, bevor meine Mutter heimkommt. Wenn sie mich in einem Jungenhemd sieht, bringt sie mich um.«

»Bringt sie Sie um, Senhorita«, stimmte Richie zu.

»Piep-piep, Richie.«

Bill sah sie ernst an.

»Ich bring' dein T-Shirt wieder mit, Bill.«

Er nickte und winkte ab, um zu zeigen, daß das nicht so wichtig war.

»Bekommst du Ärger, wenn du ohne Hemd heimkommst?«

»N-Nein«, sagte Bill. »S-Sie n-n-nehmen s-s-sowieso kaum N-N-Notiz von m-mir.«

Sie nickte und biß sich auf die volle Unterlippe, ein elfjähriges Mädchen, das für sein Alter ziemlich groß und einfach wunderhübsch war.

»Was geschieht als nächstes, Bill?«

»Ich w-w-weiß nicht«, gab Bill zu.

»Vorbei ist es doch nicht, oder?«

Bill schüttelte den Kopf.

»Ich glaube«, sagte Ben, »daß Es es von jetzt an noch mehr auf uns abgesehen haben wird.«

»Also weitere Silberkugeln?« fragte sie ihn. Er konnte es kaum ertragen, ihrem Blick zu begegnen. *Ich liebe dich, Beverly ... laß mir nur dieses eine. Du kannst Bill haben oder die ganze Welt oder was immer du brauchst. Nur laß mir dieses eine, und es wird mir genügen, glaube ich.*

»Ich weiß nicht«, sagte er. »Wir könnten wieder welche machen, aber ...« Er zuckte die Achseln, ohne seinen Satz zu beenden. Er konnte seine Gedanken und Gefühle nicht ausdrücken, nicht in Worte fassen – daß das, was sie erlebten, Ähnlichkeit mit einem Monsterfilm hatte, aber doch keiner *war*. Die Mumie hatte irgendwie anders ausgesehen als im Film ... wesentlich realer. Und dasselbe traf auch auf den Werwolf zu – das konnte er bezeugen, denn er hatte das Ungeheuer aus einer so lähmenden Nähe gesehen, wie das in keinem Film möglich war, er hatte seine Hände in SEIN struppiges, verfilztes Fell gegraben, er hatte in einem SEINER grünlichgelben Augen einen kleinen unheilvollen Feuerkreis gesehen. Diese Dinge waren ... sie waren real gewordene Träume. Und sobald sie real wurden, hatte der Träumer keine Macht mehr über sie, sie wurden zu tödlichen Wesen, die selbständig handelten. Die Silberkugeln hatten gewirkt, weil sie alle sieben *geglaubt* hatten, daß sie wirken würden. Sie hatten gewirkt ... aber sie hatten Es nicht getötet. Und beim nächsten Mal könnte Es in einer neuen Gestalt zu ihnen kommen, in einer Gestalt, gegen die die Silberkugeln nichts ausrichten könnten.

Macht, Macht, dachte Ben, während er Beverly betrachtete. Das konnte er im Moment ungehemmt tun, denn sie und Bill sahen einander gerade wieder an und waren ganz versunken. Es war nur ein kurzer Augenblick, aber Ben kam er sehr lang vor.

Es läuft immer auf Macht hinaus. Ich liebe Beverly Marsh, und deshalb hat sie Macht über mich. Sie liebt Bill Denbrough, und deshalb hat er Macht über sie. Aber ich glaube, er fängt jetzt auch an, sie zu lieben. Vielleicht war es der flüchtige Blick auf ihre Brust oder ihren nackten Rücken. Vielleicht auch einfach die Art und Weise, wie sie manchmal aussieht, bei einem bestimmten Licht; vielleicht sind es auch ihre Augen. Spielt keine Rolle. Jedenfalls, wenn er anfängt, sie zu lieben, so wird sie Macht über ihn gewinnen. Superman hat Macht, außer wenn irgendwo in seiner Nähe Kryptonit ist. Batman hat Macht, obwohl er weder fliegen noch durch Wände hindurchsehen kann. Meine Mutter hat Macht über mich, und ihr Chef in der Fabrik hat Macht über sie. Jeder hat in irgendeiner Weise Macht... vielleicht mit Ausnahme kleiner Kinder und Babys.

Dann fiel ihm ein, daß sogar kleine Kinder und Babys eine gewisse Macht hatten: Sie konnten schreien, bis man etwas unternehmen mußte, um sie zur Ruhe zu bringen.

»Ben?« fragte Beverly und wandte sich wieder ihm zu. »Hast du deine Zunge verschluckt?«

»Was? Nein. Ich habe über Macht nachgedacht. Über die Macht der Silberkugeln.«

Bill sah ihn aufmerksam an.

»Ich habe mich gefragt, woher diese Macht kam.«

»I-I-Ich...«, begann Bill und verstummte. Ein nachdenklicher Ausdruck huschte über sein Gesicht.

»Ich muß jetzt gehen«, sagte Beverly. »Ich seh' euch doch bald, oder?«

»Na klar, komm morgen wieder her«, sagte Stan. »Wir werden Eddies zweiten Arm brechen«.

Alle lachten. Eddie tat so, als wollte er Stan seinen Aspirator an den Kopf werfen.

»Also, bis dann«, sagte Beverly und kletterte aus dem Klubhaus heraus.

Ben sah Bill an und stellte fest, daß er nicht in das Lachen eingestimmt hatte. Sein Gesicht hatte immer noch jenen nachdenklichen Ausdruck, und Ben wußte genau, daß man zwei- oder dreimal laut seinen Namen rufen müßte, bevor er reagieren würde. Und er wußte, worüber Bill nachgrübelte; auch ihn selbst beschäftigte diese Frage in der nächsten Zeit immer wieder. Natürlich nicht ständig. Er hängte für seine Mutter Wäsche auf, er spielte mit den anderen in den Barrens, und als es in den ersten vier Augusttagen sehr viel regnete, spielten sie bei Richie zu siebt stundenlang hingebungsvoll Parcheesi. Seine Mutter erzählte ihm, sie halte Pat Nixon für die hübscheste Frau Amerikas, und sie war entsetzt, als Ben sich für Marilyn Monroe aussprach (abgesehen von der Haarfarbe hatte Bev seiner Meinung nach Ähnlichkeit mit Marilyn Monroe). Er hatte Zeit, um so viel Süßigkeiten zu essen, wie ihm nur unter die Hände kamen, und er hatte Zeit, um auf der hinteren Veranda zu sitzen und ›Lucky Star and the Moons of Mercury‹ zu lesen. Für all das hatte er Zeit, während die Wunde, die der Werwolf ihm zugefügt hatte, allmählich verheilte, denn das Leben ging weiter, und mit elf Jahren hatte man, so intelligent man auch sein mochte, noch keinen richtigen Sinn für Zukunftsperspektiven. Er konnte mit dem, was in der Neibolt Street passiert war, durchaus leben. Schließlich war die ganze Welt voller Wunder.

831

Doch ab und zu beschäftigte ihn die Frage: *Die Macht der Kugeln – woher kommt diese Macht? Woher kommt jede Form von Macht überhaupt? Wie kann man Macht erlangen? Und wie setzt man sie ein?*

Er hatte das Gefühl, daß ihr Leben von diesen Fragen abhängen könnte. Und dann kam ihm eines Abends im Bett, während der Regen einschläfernd auf das Dach und an die Fensterscheiben trommelte, die Erkenntnis, daß es noch eine andere Frage gab, eine vielleicht *noch* wichtigere. Es hatte irgendeine wirkliche Gestalt, die er fast gesehen hatte. Die wahre Gestalt zu sehen bedeutete, das Geheimnis zu kennen. Traf das auch auf Macht zu? Vielleicht. Denn wechselte Macht nicht ebenfalls – so wie Es – ständig die Gestalt? Macht – das konnte ein Baby sein, das mitten in der Nacht schrie; das konnte eine Atombombe oder auch eine silberne Schleuderkugel sein; das war aber ebenso auch die Art und Weise, wie Beverly Bill anschaute – und er sie.

Was *war* Macht überhaupt?

12

In den folgenden zwei Wochen ereignete sich nichts von Bedeutung.

Derry:

DAS VIERTE ZWISCHENSPIEL

»You got to lose
You can't win all time.
You got to lose
You can't win all time, what'd I say?
I know, pretty baby,
I see trouble coming down the line.«

– John Lee Hooker
»You Got to Lose«

6. April 1985

Ich will euch was sagen, Freunde und Nachbarn, ich bin heute nacht betrunken. Sturzbetrunken. Whiskey. War bei Wall's und hab' angefangen, dann im Greenfronts in der Center Street, wo ich mir eine halbe Stunde vor Ladenschluß noch eine Literflasche Whiskey gekauft habe. Ich weiß, was mir bevorsteht. Heute nacht billig trinken, morgen früh teuer bezahlen. Hier sitzt also ein betrunkener Nigger in einer öffentlichen Bibliothek nach Ladenschluß, ein offenes Buch vor mir und eine Flasche Old Kentucky links neben mir. »Wer die Wahrheit sagt, beschämt den Teufel«, pflegte meine Mutter zu sagen, aber sie hat vergessen, mir zu sagen, daß man den alten Mr. Pferdefuß manchmal nüchtern nicht beschämen kann. Die Iren wissen das, aber sie sind ja auch Gottes weiße Nigger, und wer weiß, vielleicht sind sie uns ja einen Schritt voraus.

Ich will über das Trinken und den Teufel schreiben. Erinnern Sie sich noch an *Die Schatzinsel?* Der alte Seebär im Admiral Benbow? »Wir zeigen's ihnen noch, Jacky!« Ich glaube, der verbitterte alte Wichser hat es sogar selbst geglaubt. Voll Rum – oder Whiskey – kann man alles glauben.

Das Trinken und der Teufel. Okay.

Manchmal amüsiert mich der Gedanke, wie lange ich erfolgreich wäre, wenn ich wirklich einmal etwas von dem veröffentliche, was ich zu nachtschlafener Zeit hier schreibe. Wenn ich ein paar Leichen im Keller von Derry ans Licht zerren würde. Die Bibliothek hat einen Aufsichtsrat. Elf Mitglieder. Einer ist ein einundsiebzig Jahre alter Schriftsteller, der vor zwei Jahren einen Schlaganfall gehabt hat und heute manchmal Hilfe braucht, um den jeweiligen Tagesordnungspunkt auf der gedruckten Tagesordnung der Versammlung zu finden (und der manchmal dabei beobachtet wird, wie er sich große trockene Rotzklumpen aus den haarigen Nasenlöchern popelt und zur sicheren Aufbewahrung ins Ohr steckt). Ein anderes ist eine beharrliche Frau, die mit ihrem Mann, einem Doktor, von New York hergezogen ist und sich ständig in endlosen winselnden Monologen darüber beschwert, wie provinziell Derry ist, daß niemand hier DIE JÜDISCHE ERFAHRUNG begreift und man nach Boston muß, wenn man sich einen Rock kaufen will, in dem man sich auch sehen lassen kann. Das letzte Mal, daß dieses an Appetitlosigkeit leidende Baby ohne Hilfe eines Mittelsmanns mit mir gesprochen hat, war während der

834

Weihnachtsfeier des Rats vor etwa eineinhalb Jahren. Sie hatte eine beachtliche Menge Gin getrunken und fragte mich, ob jemand in Derry DIE SCHWARZE ERFAHRUNG begriff. Ich hatte auch eine ziemliche Menge Gin intus und antwortete: »Mrs. Gladry, Juden mögen ein großes Geheimnis sein, aber Nigger werden rund um die Welt verstanden.« Sie verschluckte sich an ihrem Drink, drehte sich so schnell herum, daß ihr Schlüpfer kurz unter dem wirbelnden Rock zu sehen war (kein besonders interessanter Anblick; wäre sie doch Carole Danner gewesen!), und so endete meine letzte formelle Unterhaltung mit Mrs. Ruth Gladry. Kein großer Verlust.

Die anderen Mitglieder des Rats sind Nachkommen der Holzbarone. Ihre Unterstützung der Bibliothek ist ein Akt ererbter Verpflichtung: Sie haben die Wälder vergewaltigt und kümmern sich nun um die Bücher, wie sich ein Luftikus im Mittelalter vielleicht um seine in illegitimer Lust gezeugten Bastarde kümmerte. Ihre Großväter und Urgroßväter waren es, die dem Wald nördlich von Derry und Bangor tatsächlich die Beine gespreizt und die grünbekleidete Jungfrau mit ihren Äxten und Sägen vergewaltigt haben. Sie haben gesägt und gefällt und gehackt und nie einen Blick zurückgeworfen. Sie haben dem großen Wald das Jungfernhäutchen geraubt, als Grover Cleveland Präsident war, und als Woodrow Wilson einen Schlaganfall hatte, waren sie mit der Aufgabe so gut wie fertig. Diese spitzengekleideten Grobiane haben die großen Wälder vergewaltigt, sie mit einem Wurf Birken und wertloser Fichten geschwängert und aus Derry, das eine verschlafene kleine Schiffsbauerstadt war, eine boomende billige Absteige gemacht, wo die Kneipen nie schließen und die Huren die ganze Nacht lang anmachen. Ein alter Kämpfer, Egbert Thoroughgood, inzwischen dreiundneunzig, hat mir berichtet, wie er einmal eine spindeldürre Hure in einer Absteige in der Baker Street genommen hat (eine Straße, die nicht mehr existiert; Mittelklassemietskasernen stehen heute ruhig, wo einmal die Baker Street gekocht und gebrodelt hat).

»Erst als ich meinen Saft in sie reingeschossen hatte, hab' ich gemerkt, daß ich in einer Pfütze Fickbrühe lag, die schätzungsweise ein Zentimeter tief war. Das Sperma war gerade dabei, zu Gelee zu werden. ›Mädchen‹, sag' ich, ›kannste nicht 'n bißchen besser auf dich achtgeben?‹ Sie sieht runter und sagt: ›Ich zieh' 'n neues Laken auf, wenn du willst. Sind noch zwei im Schrank auf'm Flur, glaub' ich. Bis neun oder zehn weiß ich noch einigermaßen, mit wem ich rumvögel', aber um Mitternacht ist meine Fotze so abgestorben, daß sie meinethalben auch in Ellsworth sein könnte.‹«

Das war Derry in den ersten zwanzig Jahren des zwanzigsten Jahrhunderts, oder so; nur Boom und Fusel und Vögeln. Der Penobscot und der

Kenduskeag waren vom Tauen im April bis zum Zufrieren im November voll von Flößen. Das Geschäft wurde in den Zwanzigern flau, als kein Weltkrieg es mehr unterstützt hat, und kam während der Weltwirtschaftskrise stolpernd zum Stillstand. Die Holzbarone gaben ihr Geld den Banken in Boston oder New York, die den Börsenkrach überlebt hatten, und überließen es der Wirtschaft von Derry, auf sich allein gestellt zu überleben – oder zu sterben. Sie hatten sich in ihre Villen am West Broadway zurückgezogen und haben ihre Kinder auf Privatschulen in New Hampshire, Massachusetts oder New York geschickt. Und von ihren Renditen und politischen Beziehungen gelebt.

Was einundsiebzig Jahre, nachdem Egbert Thoroughgood seine Liebe an eine Ein-Dollar-Hure in einem Bett voll Sperma in der Baker Street verschwendet hat, noch von ihrer Überlegenheit übrig ist, sind abgeholzte Wälder in den Counties Penobscot und Aroostook und die großen viktorianischen Villen, die sich zwei Blocks am West Broadway erstrecken... und natürlich meine Bibliothek. Nur würden die Leute vom West Broadway mir ›meine Bibliothek‹ in Null Komma nichts wegnehmen, wenn ich versuchen würde, etwas über die Legion of Decency, den Brand im Black Spot, die Hinrichtung der Bradley-Bande... und die Geschäfte von Claude Heroux und dem Silver Dollar zu veröffentlichen.

Das Silver Dollar war eine Bierpinte, und dort hat sich im September 1905 etwas zugetragen, was gut und gerne der abgehobenste Massenmord in der Geschichte Amerikas sein könnte. Es gibt noch ein paar Altvordere in Derry, die behaupten, sie können sich daran erinnern, aber ich verlasse mich nur auf die Schilderung von Thoroughgood. Er war achtzehn, als es passiert ist.

Thoroughgood wohnt heute im Altenheim Paulson. Er hat keinen einzigen Zahn mehr, und sein Saint-Johns-Valley-Franco-Downeast-Akzent ist so ausgeprägt, daß wahrscheinlich nur andere Uralteinwohner von Maine verstehen könnten, was er sagt, wenn man es in Lautschrift niederschreiben würde. Sandy Ives, die Völkerkundlerin der University of Maine, die ich schon einmal in diesen chaotischen Seiten erwähnt habe, hat mir geholfen, meine Tonbänder zu übersetzen.

Claude Heroux war, laut Thoroughgood, ein ›n bossa Cannuck-Hurrnsonn mitne Auchn de gerolld hamn wide vonna Mer 'm ondschin.‹

(Übersetzung: ›Ein böser Canuck-Hurensohn mit Augen, die gerollt sind wie die einer Mähre im Mondschein.‹)

Thoroughgood sagte, daß er – wie alle anderen, die mit Heroux gearbeitet haben – der Überzeugung war, der Mann war so verschlagen wie ein hühnerstehlender Hund... was seinen axtschwingenden Ausflug ins Silver Dollar um so verblüffender macht. Es paßte nicht zu seinem Charakter. Bis dahin waren die Holzfäller in Derry überzeugt gewesen, daß sich Heroux' Fähigkeiten mehr darauf beschränkten, in den Wäldern Feuer zu legen.

Der Sommer 1905 war lang und heiß, und es hatte sehr viele Waldbrände gegeben. Der größte, den Heroux – wie er später zugab – gelegt hatte, indem er einfach eine brennende Kerze zwischen einen Haufen Holzspäne und Brennholz stellte, ereignete sich in den Big Injun Woods bei Haven. 80000 Hektar erstklassiges Hartholz brannten ab, und man konnte den Rauch noch 35 Meilen entfernt in den Pferdebahnen riechen, die den Up-Mile Hill in Derry hinauffuhren.

Im Frühling jenes Jahres war eine Zeitlang über die Gründung einer Gewerkschaft geredet worden. An der Organisation hatten sich vier Holzfäller beteiligt (nicht daß es viel zu organisieren gegeben hätte – die Arbeiter in Maine waren damals gewerkschaftsfeindlich eingestellt, und daran hat sich bis heute nicht viel geändert), und einer davon war Claude Heroux, der in seinen Aktivitäten vermutlich hauptsächlich eine Möglichkeit sah, große Reden zu führen und eine Menge zu trinken. Heroux und die anderen drei Männer nannten sich ›Organisatoren‹; von den Holzbaronen wurden sie als ›Bandenführer‹ bezeichnet. Eine Bekanntmachung, die in den Eßbaracken sämtlicher Holzfällerlager aushing, von Monroe bis Lydeville, Sumner Plantation, Newport und Dover-Foxcroft, informierte sie darüber, daß jeder, der sich für eine Gewerkschaft engagierte, fristlos entlassen würde.

Im Mai jenes Jahres gab es einen Streik in der Nähe von Trapham Notch, und obgleich sowohl Streikbrecher als auch beilschwingende ›Stadtpolizisten‹ für ein rasches Ende dieses Streiks sorgten (das plötzliche Auftauchen dieser beilschwingenden ›Stadtpolizisten‹ war schon ziemlich merkwürdig; es waren an die 30 Mann – vor jenem Maitag hatte es in Trapham Notch indessen keinen einzigen Stadtpolizisten gegeben – bei der Volkszählung von 1900 hatte der Ort auch ganze 79 Einwohner gehabt), betrachteten Heroux und seine Freunde ihn doch als großen Sieg für ihre Sache. Folglich kamen sie nach Derry, um sich zu betrinken und weiter zu organisieren. Sie besuchten die meisten Kneipen in Hell's Half-Acre und landeten schließlich im ›Sleepy Silver Dollar‹; sie waren stockbesoffen, hatten sich gegenseitig die Arme um die Schultern gelegt und grölten abwechselnd Gewerkschaftslieder und sentimentale Schnulzen.

Nach Aussage von Thoroughgood konnte man sich überhaupt nur einen einzigen Grund für Heroux' Beteiligung an den gewerkschaftlichen Aktivitäten vorstellen: Davey Hartwell war der eigentliche ›Organisator‹ – oder ›Bandenführer‹ –, und Heroux liebte ihn. Er folgte Hartwell in die Organisationsarbeit, wie er ihm überallhin gefolgt wäre, ganz egal, welche verrückten Pläne Hartwell auch im Sinn gehabt hätte. Heroux war gerissen und schlecht, und in einem Roman hätte man ihm wahrscheinlich überhaupt keine positiven Eigenschaften zugestanden. Aber wenn ein Mann sein Leben lang nur Mißtrauen kennengelernt hat und zum einsamen Einzelgänger geworden ist, sowohl durch eigenen Entschluß als auch durch die Einstellung der Gesellschaft ihm gegenüber, und dann plötzlich einen Freund oder Liebespartner findet, wird er manchmal nur noch für diesen einen Menschen leben, so wie ein Hund für seinen Herrn lebt. Das scheint bei Heroux und Hartwell der Fall gewesen zu sein.

Die vier Männer wollten jene Nacht im Brentwood Arms Hotel verbringen, das unter den Holzfällern damals bekannter war unter dem Namen ›The Floating Dog‹ (an den Grund konnte sich nicht einmal Egbert Thoroughgood erinnern). Die vier Männer stiegen in dem Hotel ab, und drei von ihnen wurden danach nicht mehr lebend gesehen. Einer – Andy DeLesseps – verschwand spurlos; es gab Gerüchte, daß er den Rest seines Lebens als reicher Mann in Portsmouth verbracht haben soll. Aber irgendwie zweifle ich daran. Zwei weitere ›Bandenführer‹ trieben mit den Bäuchen nach unten im Kenduskeag: Amsel Bickford hatte keinen Kopf mehr – jemand hatte ihn mit einer schweren Holzfälleraxt abgeschlagen. Davey Hartwell fehlten beide Beine, und jene, die ihn gefunden hatten, schworen, sie hätten auf einem menschlichen Gesicht nie einen solchen Ausdruck von Schmerz und Entsetzen gesehen. Er hatte irgend etwas im Mund, und als man ihn umdrehte, fielen sieben seiner Zehen heraus. Manche glaubten, die restlichen drei hätte er irgendwann beim Holzfällen verloren; andere vertraten die Ansicht, man hätte ihm die Zehen in den Mund gestopft, als er noch lebte, und er hätte sie verschluckt.

An die Hemdrücken beider Männer war ein Blatt Papier mit der Aufschrift GEWERKSCHAFTSMANN geheftet.

Claude Heroux konnte für das, was am Abend des 9. September 1905 geschah, nie vor Gericht gestellt werden, und deshalb weiß niemand genau, auf welche Weise er dem Schicksal der anderen in jener Mainacht entging. Wir können nur Vermutungen anstellen; er war lange völlig auf sich allein gestellt gewesen, hatte gelernt, rasch zu reagieren, hatte vielleicht auch den Spürsinn mancher Straßenköter entwickelt, sich rechtzeitig aus dem Staub zu machen. Aber warum hat er dann Hartwell nicht mitgenommen? Oder war er zusammen mit den anderen ›Agitatoren‹ in die Wälder geschleppt worden? Vielleicht hatten die Mörder ihn sich für zuletzt aufgespart, und er hatte entkommen können, während Hartwells Schreie durch die Dunkelheit gellten und Vögel aus ihren Nestern aufscheuchten. Es läßt sich nicht mehr feststellen, aber intuitiv glaube ich, daß die letztgenannte Variante der Wahrheit entspricht.

Claude Heroux führte von nun an eine Art Schattendasein. Er tauchte beispielsweise in einem Holzfällerlager im St. John Valley auf, stellte sich mit den anderen zur Essensausgabe an, bekam seinen Teller Schmorfleisch, aß es und verschwand, bevor jemandem auffiel, daß er gar nicht dazugehörte. Wochen später kam er dann etwa in eine Bierkneipe in Winterport, führte pro-gewerkschaftliche Reden und schwor, er werde sich an den Männern rächen, die seine Freunde ermordet hatten – am häufigsten erwähnte er die Namen Hamilton Tracker, William Mueller und Richard Bowie. Sie alle lebten in Derry, und ihre Häuser mit den Giebeln, Erkern und Türmchen stehen bis heute am West Broadway. Jahre später setzten sie oder ihre Nachkommen das ›Black Spot‹ in Brand.

Daß es Leute gab, die Claude Heroux gern aus dem Weg geräumt hätten, besonders nach den Waldbränden, die im Juni begonnen hatten, daran gibt es überhaupt keinen Zweifel. Aber obwohl Heroux am häufigsten in Derry und Umgebung gesehen wurde, so war er doch sehr schnell und hatte bei drohenden Gefahren den Instinkt eines Raubtiers. Soviel ich herausbringen konnte, wurde nie ein offizieller Haftbefehl gegen ihn ausgestellt, und die Polizei unternahm nie etwas. Vielleicht hatten gewisse Leute Angst vor dem, was Heroux aussagen könnte, wenn man ihn wegen Brandstiftung vor Gericht stellte.

Jedenfalls brannten in jenem heißen Sommer die Wälder in Derrys Umgebung. Kinder verschwanden, es gab mehr heftige tätliche Auseinandersetzungen und mehr Morde als in anderen Jahren, und Angst lag in der Luft – Angst, die ebenso wahrnehmbar war wie der Rauch.

Am 1. September regnete es dann endlich, und der Regen hielt eine ganze Woche lang an. Die Innenstadt von Derry wurde überflutet, was nicht ungewöhnlich war, aber die vornehmen Häuser am West Broadway standen viel höher als die in der Innenstadt, und in einigen dieser Häuser konnte man bestimmt erleichterte Seufzer hören. ›Soll der verrückte Frankokanadier sich ruhig den ganzen Winter über in den Wäldern verstecken, wenn er will‹, mögen sie gesagt haben. ›In diesem Sommer wird er keine Brände mehr legen können, und irgendwann kriegen wir ihn schon noch.‹

Und dann kam der 9. September. Ich habe keine Erklärung für das, was passierte; auch Thoroughgood hatte keine; soviel ich weiß, hatte niemand eine. Ich kann nur die Ereignisse zu Papier bringen.

Der ›Sleepy Silver Dollar‹ war voll mit biertrinkenden Holzfällern. Draußen brach an diesem regnerischen Tag die Abenddämmerung herein. Der Kenduskeag führte sehr viel Wasser und war trübe, und ein starker herbstlicher Wind wehte – »die Art Wind, die jedes Loch in der Hose findet und einem direkt in den Arsch bläst«, um mit Thoroughgood zu

839

reden. Die Straßen waren morastig. An einem der Tische im Hintergrund der Kneipe war ein Kartenspiel im Gange. Das waren William Muellers Männer. Mueller war Teilhaber der GS & WM-Eisenbahnlinie, und außerdem gehörten ihm Millionen Hektar erstklassigen Waldbestands, und die Männer, die an jenem Abend im ›Silver Dollar‹ Karten spielten, arbeiteten teils als Holzfäller, teils bei der Eisenbahn und waren allesamt üble Unruhestifter. Zwei von ihnen, Tinker McCutcheon und Floyd Calderwood, hatten schon im Gefängnis gesessen. Die anderen waren Lathrop Rounds (der den Spitznamen El Katook hatte), David ›Stugley‹ Grenier und Eddie King, ein dicker, bärtiger Mann, der nur noch ein halbes Dutzend Zähne im Mund hatte. Es ist sehr wahrscheinlich, daß sie zu den Männern gehörten, die in den vorangegangenen zweieinhalb Monaten nach Claude Heroux Ausschau gehalten hatten. Und ebenso wahrscheinlich ist es – obwohl es keinen Beweis dafür gibt –, daß sie bei der kleinen Mörderparty im Mai mitgewirkt hatten, bei der Hartwell und Amsel Bickford ums Leben gekommen waren.

Die Kneipe war überfüllt; mehrere Dutzend Männer drängten sich dort, tranken Bier, aßen eine Kleinigkeit an der Bar und spuckten auf den mit Holzspänen bestreuten Holzboden.

Die Tür öffnete sich, und Claude Heroux kam herein. Er hatte eine Holzfälleraxt mit zwei Schneiden, von den Holzfällern ›Zweihänder‹ genannt, in der Hand. Er ging an die Bar und verschaffte sich mit den Ellbogen Platz. Egbert Thoroughgood stand links von ihm, Schulter an Schulter. Der Barkeeper brachte Heroux einen Humpen Bier, zwei hartgekochte Eier in einer Schüssel und einen Salzstreuer. Heroux bezahlte mit einem Zwei-Dollar-Schein und schob das Wechselgeld in eine der Taschen seiner Holzfällerjacke. Er salzte seine Eier und aß sie. Er salzte sein Bier, trank es aus und rülpste.

»Gut gemacht, Claude, hier draußen ist mehr Platz als da drin«, sagte Thoroughgood, so als hätten nicht den ganzen Sommer über gewisse Leute fieberhaft nach Heroux gesucht.

»Weißt du, das stimmt *haargenau*«, sagte Heroux.

Er bestellte sich noch einen Humpen Bier und zwei weitere Eier. Er salzte die Eier, aß sie, salzte sein Bier, trank es aus und rülpste wieder. Die Unterhaltung an der Bar ging weiter; nicht wie in den Wildwestfilmen, wo sich beredtes Schweigen ausbreitet, sobald der Held oder der Bösewicht die Tür aufreißt und langsam und unheilverkündend zur Bar schlendert. Zahlreiche Leute begrüßten Claude mit lautem Hallo. Er nickte und winkte ihnen zu, aber er lächelte nicht, und Thoroughgood sagte, Heroux hätte auf ihn den Eindruck gemacht, als träume er halb. An dem Tisch ganz im Hintergrund der Kneipe, dort wo an Samstagabenden

840

manchmal eine Country-Band spielte, ging das Kartenspiel weiter. El Katook teilte gerade aus. Niemand machte sich die Mühe, den Spielern zu sagen, daß Claude Heroux an der Bar trank... obwohl es schier unverständlich ist, wie sie seine Anwesenheit nicht bemerken konnten, nachdem zahlreiche Leute, die ihn kannten und mit ihm zusammengearbeitet hatten, ihn doch lautstark begrüßten, wobei auch sein Name mehrmals fiel. Aber es war nun mal so – sie spielten seelenruhig Karten.

Nachdem Heroux sein zweites Bier ausgetrunken hatte, entschuldigte er sich bei Thoroughgood, hob seine Axt auf, ging zu dem Tisch, an dem Muellers Männer Karten spielten, und begann sein blutiges Werk.

Floyd Calderwood hatte sich gerade ein Glas Whisky eingegossen und stellte die Flasche auf den Tisch, als Heroux am Tisch ankam. Heroux ließ seine Axt niedersausen und traf Calderwood genau am Handgelenk. Calderwood schaute auf seine Hand und schrie; sie hielt noch die Flasche fest, aber sie selbst hatte nirgends mehr Halt. Einen Moment lang umklammerte sie die Flasche sogar noch fester, dann fiel sie auf den Tisch wie eine tote Spinne. Aus Calderwoods Handgelenk schoß Blut hervor.

An der Bar rief einer der Männer nach Bier, und ein anderer fragte den Barkeeper, der Jonsey hieß, ob er immer noch sein Haar färbe. »Hab' ich nie nötig gehabt«, erwiderte Jonsey mißmutig, denn er war auf seine Haare sehr stolz.

»'ne Hure drüben bei Ma Courtney hat mir aber gesagt, was um deinen Schwanz rum wächst, wär' schneeweiß«, ärgerte der Kerl ihn weiter.

»Sie lügt«, rief Jonsey.

»Laß mal die Hosen runter und zeig's uns«, sagte ein Holzfäller namens Falkland, mit dem Thoroughgood vor Heroux' Ankunft um die Wette getrunken hatte. Dies rief allgemeines schallendes Gelächter hervor.

Hinter ihnen hatte George Calderwood einen regelrechten Schreikrampf. Einige der Männer an der Bar drehten sich um, gerade rechtzeitig, um zu sehen, wie Claude Heroux mit Schaum vor dem Mund seine Axt in Tinker McCutcheons Kopf trieb. Tinker war ein großer Kerl mit einem schwarzen Bart, der allmählich grau wurde. Er wollte aufstehen, ließ sich aber gleich wieder auf den Stuhl fallen. Heroux zog die Axt aus seinem Kopf. Tinker versuchte wieder aufzustehen, und Heroux holte seitlich aus und grub die Axt in seinen Rücken. Es hätte sich so angehört, als würde ein schweres Buch auf einen Teppich fallen, erzählte Thoroughgood. Tinker fiel über den Tisch, und seine Karten flatterten ihm aus der Hand.

Die anderen schrien und heulten. Calderwood versuchte, seine rechte Hand mit der linken aufzuheben, während ihm der Lebenssaft aus dem

841

Handgelenk rann. Stugley Grenier hatte eine Pistole in einem Schulterhalfter versteckt und bemühte sich erfolglos, sie herauszuholen. Eddie King wollte aufstehen und fiel direkt vom Stuhl auf den Rücken. Bevor er aufstehen konnte, stand Heroux mit gespreizten Beinen über ihm und holte mit seiner Axt weit aus. King schrie und hielt abwehrend beide Hände hoch.

»Bitte, Claude, ich habe erst letzten Monat geheiratet«, schrie King. Die Axt sauste herunter und bohrte sich tief in Kings stattlichen Bauch. Blut spritzte nach allen Richtungen. Eddie brüllte und wand sich auf dem Boden. Claude zog seine Axt aus Eddies Eingeweiden heraus, so wie ein guter Holzfäller seine Axt aus einem weichen Baumstamm herauszieht – sie vorsichtig hin und her bewegend, um sie vom klebrigen Holz zu befreien. Er brachte sie heraus und holte mit dem bluttriefenden Werkzeug wieder weit aus. Nach dem nächsten Hieb schrie Eddie King nicht mehr. Aber Claude Heroux war noch nicht mit ihm fertig – er schien richtig Kleinholz aus ihm machen zu wollen.

An der Bar unterhielt man sich inzwischen über den bevorstehenden Winter. Vernon Stanchfield, ein Farmer aus Palmyra, sagte einen milden Winter voraus – Herbstregen braucht den Schnee auf, behauptete er. Alfie Naugler, der eine Farm in Derry hatte, war hingegen der Meinung, es würde ein bitterkalter Winter werden. Er hätte auf einigen Raupen die unerhörte Zahl von acht Ringen entdeckt. Ein dritter sagte viel Matsch voraus, ein vierter prophezeite viel Schnee. Natürlich kam auch der Schneesturm von 1901 wieder aufs Tapet. Jonsey ließ Bierhumpen und Schüsseln mit Eiern über die Theke schlittern. Hinter ihnen hörten die Schreie nicht auf, und Ströme von Blut flossen.

An dieser Stelle schaltete ich meinen Kassettenrecorder ab und fragte Egbert Thoroughgood: »Wie war so etwas möglich? Wollen Sie sagen, Sie hätten nicht gewußt, was da vorging, oder daß Sie es wußten, sich aber nicht darum kümmerten, oder was sonst?«

Thoroughgoods Kinn sank auf den obersten Knopf seines fleckigen Hemdes. Er zog die Augenbrauen zusammen. Lange Zeit schwieg er. Es war Winter, und ich konnte schwach das Lachen und Rufen der Kinder hören, die auf dem großen Hügel im McCarron-Park Schlitten fuhren. Die Stille in Thoroughgoods Zimmer, das klein und mit Möbeln vollgestopft war und nach Medikamenten roch, hielt so lange an, daß ich meine Frage gerade wiederholen wollte, als er erwiderte: »Wir wußten, was da vorging. Aber es schien uns nichts anzugehen. Es war so, als würde es ganz woanders passieren. In gewisser Weise war's so ähnlich wie mit der Politik. Ja, so ähnlich. Oder wie mit Geschäften. Am besten sollen sich nur die Leute um Geschäfte kümmern, die was davon verstehen. Mit

Rechtsstreitigkeiten ist's dasselbe. Einfache Leute halten sich da am besten raus.«

»Sprechen Sie etwa in diesem Zusammenhang von Schicksal?« fragte ich ungläubig.

Die Frage rutschte mir einfach so heraus – eigentlich war sie mehr an mich selbst gerichtet als an Thoroughgood, der alt und schwerfällig und ungebildet war. Ich erwartete von ihm eigentlich gar keine Antwort – aber er gab sie mir.

»Jaaa«, sagte er. »Vielleicht tu' ich das.«

Während die Männer an der Bar sich über das Wetter unterhielten, fuhr Heroux mit seinem blutigen Handwerk fort. Stugley Grenier war es endlich gelungen, seine Pistole herauszuholen. Er zielte auf Claudes Gesicht und drückte ab. Aber gerade in diesem Moment sauste die Axt wieder auf Eddie King hernieder, der schon regelrecht in Stücke geschlagen war. Die Kugel prallte von der Axt ab.

El Katook kam irgendwie auf die Beine und versuchte sich davonzuschleichen. Er hielt immer noch die Karten in der Hand, die er nicht mehr hatte austeilen können; einzelne Karten flatterten zu Boden. Er sah aus wie ein Zauberkünstler, der ein einfaches Kunststück verpatzt hat. Claude verfolgte ihn. El Katook hob beschwörend die Hände. Stugley Grenier schoß wieder, verfehlte Heroux aber um gute drei Meter.

»Nicht doch, Claude!« rief El Katook, und es hörte sich an, als versuche er zu lächeln. »Ich war nicht dabei. Ich hatte mit der Sache nichts zu tun.«

Heroux knurrte nur.

»Ich war in Millinockett«, kreischte El Katook. *»Ich war in Millinockett, ich schwör's beim Namen meiner Mutter! Frag jemanden, wenn du mir nicht gl. ..«*

Claude hob die bluttriefende Axt, und El Katook warf ihm die restlichen Karten ins Gesicht. Die Axt pfiff durch die Luft. El Katook wich aus, und sie bohrte sich in die Holzwand der Kneipe. El Katook versuchte wegzurennen. Claude zog die Axt aus der Wand und schlug El Katook damit gegen die Fußknöchel. Inzwischen schoß Stugley wieder, und diesmal hatte er mehr Glück. Er hatte auf den Kopf des wahnsinnig gewordenen Holzfällers gezielt; aber es reichte nur zu einer Fleischwunde in Heroux' Oberschenkel.

El Katook kroch auf die Tür zu. Seine Haare hingen ihm wirr ins Gesicht. Claude schwang brüllend wieder seine Axt, und einen Augenblick später rollte El Katooks Kopf über den mit Sägespänen bestreuten Boden. Seine Zunge hing zwischen den Zähnen heraus. Der Kopf landete neben dem Stiefel eines Holzfällers namens Varney, der fast den ganzen Tag in der Kneipe verbracht hatte und inzwischen so betrunken war, daß er

843

nicht mehr wußte, ob er an Land oder auf hoher See war. Er stieß den Kopf mit dem Fuß beiseite, ohne überhaupt hinzusehen, was es war, und dann brüllte er nach einem neuen Bier.

Katook kroch noch drei Fuß weiter, während ihm das Blut wie eine Fontäne aus der Halsschlagader schoß, bevor er zusammenbrach. Nun war nur noch Stugley übrig. Heroux wollte sich auf ihn stürzen, aber Stugley konnte noch aufs Klo rennen und die Tür verriegeln.

Heroux brach brüllend und tobend und geifernd die Tür auf, aber als er ins Klo stürzte, war Stugley verschwunden, obwohl der kalte, zugige kleine Raum kein Fenster hatte. Einen Moment lang stand er mit gesenktem Kopf da, die muskulösen Arme mit Blut beschmiert, und dann riß er den Klodeckel auf. Er sah gerade noch, wie Stugleys Stiefel unter der vermoderten Bretterkante der äußeren Scheißhauswand verschwanden. Stugley Grenier rannte im Regen schreiend die Exchange Street hinunter, von Kopf bis Fuß braun und stinkend; er brüllte, er würde ermordet. Er überlebte als einziger die Metzelei im ›Silver Dollar‹, aber nachdem er sich drei Monate lang die Witze über seine Fluchtmethode angehört hatte, verschwand er für immer aus Derry und Umgebung.

Heroux kam aus dem Klo heraus und blieb mit gesenktem Kopf davor stehen; seine Axt hielt er immer noch mit beiden Händen fest. Er keuchte und war über und über mit Blut bespritzt.

»Mach die Tür zu, Claude, das stinkt ja bestialisch!« rief Thoroughgood. Claude ließ seine Axt fallen und tat, wie ihm geheißen. Er ging auf den Tisch zu, wo seine Opfer gesessen hatten, und kickte dabei eins von Ed Kings abgeschlagenen Beinen aus dem Weg. Dann saß er einfach da, den Kopf auf die Arme gelegt. Das Trinken und die Unterhaltungen in der Bar gingen weiter. Fünf Minuten später kamen Männer in die Kneipe gerannt, darunter auch drei oder vier Hilfssheriffs (einer von ihnen war Lal Machens Vater, und als er das Blutbad sah, bekam er einen Herzanfall und mußte in Dr. Shratts Praxis gebracht werden). Claude Heroux wurde abgeführt.

In jener Nacht war das Gemetzel in allen Kneipen auf der Exchange Street und der Baker Street natürlich das einzige Gesprächsthema. Die Männer betranken sich und steigerten sich immer mehr in Wut hinein, und als die Kneipen schlossen, stürmten mehr als 70 Mann in Richtung Innenstadt. Sie hatten Fackeln und Laternen bei sich, Gewehre, Äxte und Heugabeln.

Der County Sheriff wurde erst am nächsten Tag aus Bangor erwartet, und Goose Machen, sein erster Stellvertreter, lag mit seinem Herzanfall in Dr. Shratts Praxis. Die beiden Hilfssheriffs, die in Machens Büro saßen und Cribbage spielten, hörten den Mob kommen und machten sich rasch aus dem Staub. Der Mob stürzte herein und zerrte Claude Heroux aus seiner Zelle. Er protestierte kaum; er wirkte wie betäubt.

Sie trugen ihn auf den Schultern wie einen Footballstar; zur Canal Street trugen sie ihn, und dort knüpften sie ihn an einer großen alten Ulme am Kanal auf. »Er war so weggetreten, daß er nur zweimal mit dem Fuß zuckte«, sagte Egbert Thoroughgood. Eigentlich überflüssig, es zu erwähnen – natürlich stand nichts darüber in den ›Derry News‹. Viele von denen, die unbeteiligt weitergetrunken hatten, während Heroux im ›Silver Dollar‹ herumwütete, gehörten zu dem Mob, der ihm eine Schlinge um den Hals legte und ihn aufknüpfte. Mochten sie am frühen Abend noch so unbeteiligt gewesen sein – bis Mitternacht hatte ihre Stimmung total umgeschlagen.

Ich stellte Thoroughgood meine letzte Frage: Hatte er während der Gewalttätigkeiten jenes Tages jemanden gesehen, den er nicht kannte? Jemanden, der ihm sonderbar, fehl am Platze, komisch oder sogar clownartig vorgekommen war? Jemanden, der vielleicht im ›Silver Dollar‹ an der Bar stand und der dann, zu vorgerückter Stunde, als alle schon betrunken waren und anfingen, vom Lynchen zu reden, sie noch mehr aufhetzte?

»Vielleicht habe ich so was gesehen«, antwortete Thoroughgood. Er war inzwischen schon sehr müde und reif für sein Nachmittagsschläfchen. »Es ist lange her, Mister. Lange, sehr lange ist es her.«

»Aber Sie erinnern sich doch an etwas?« fragte ich.

»Ich erinnere mich, gedacht zu haben, daß irgendwo auf dem Weg nach Bangor ein Jahrmarkt sein muß«, sagte Thoroughgood. »Ich habe an jenem Abend im ›Bloody Bucket‹ weitergetrunken, einer Bierkneipe, die so etwa sechs Türen vom ›Silver Dollar‹ entfernt war. Da drin war so 'n Kerl... 'n komischer Bursche war das... machte Luftsprünge und schlug Purzelbäume... führte Kunststückchen vor... jonglierte mit Gläsern... legte sich Münzen auf die Stirn, und sie blieben dort haften... komischer Kerl, wissen Sie...«

Sein knochiges Kinn sank wieder auf die Brust. Er war am Einschlafen. Speichel begann ihm aus den Winkeln seines zahnlosen, faltigen Mundes zu fließen.

»Habe ihn seitdem ein paarmal wiedergesehen«, murmelte er. »Vielleicht hat er sich an jenem Abend so gut amüsiert, daß er beschlossen hat, sich in der Nähe niederzulassen.«

»Er ist schon sehr lange hier«, sagte ich.

Als einzige Antwort hörte ich leises Schnarchen. Thoroughgood war in seinem Stuhl am Fenster eingeschlafen. Seine ganzen Arzneien standen neben ihm auf dem Sims, in Reih und Glied wie paradierende Solda-

845

ten – Tabletten und Tropfen und ein billiges Wasserglas, in dem ein Löffel stand.

Ich stellte meinen Kassettenrecorder ab, blieb eine Weile einfach sitzen und betrachtete diesen seltsamen Zeit-Reisenden aus dem Jahre 1890 oder so, der noch eine Ära ohne Autos, ohne elektrisches Licht, ohne Flugzeuge, ohne den Staat Arizona erlebt hatte. Ich konnte immer noch aus der Ferne das fröhliche Geschrei der Kinder hören, und meine Haut war so kalt wie der Schnee, auf dem sie Schlitten fuhren. Thoroughgood hatte mir mehr bestätigen können, als ich erwartet hatte. Pennywise war dort gewesen, hatte mit Biergläsern jongliert, Münzen auf seiner Stirn balanciert, vermutlich die Stimmung des Mobs angeheizt und nach SEINEM Willen gelenkt. Pennywise hatte sie auf den Pfad eines weiteren Menschenopfers geführt – eines kleines Gliedes in der langen, langen Kette von Opfern in der Geschichte Derrys. Jenes Ereignis vom September 1905 leitete eine Periode noch größeren Schreckens ein, der schließlich in der Explosion der Eisenhütte zu Ostern des folgenden Jahres seinen Höhepunkt fand.

Das alles wirft Fragen auf, die lebenswichtig sein dürften – was ißt Es beispielsweise *wirklich*? Ich weiß, daß einige Kinder teilweise aufgefressen waren oder zumindest Bißwünden zeigten, aber vielleicht sind *wir* es, die Es anstiften. Uns allen wurde seit frühester Kindheit beigebracht, daß das Monster einen auffrißt, wenn Es einen im finstern Wald fängt. Vielleicht ist das einfach das Schlimmste, was wir uns vorstellen können. Aber zumindest in den Geschichten ist es eigentlich der *Glaube*, von dem die Monster leben. Der Glaube von Kindern. Diese Schlußfolgerung drängt sich mir unweigerlich auf: Essen mag lebensnotwendig sein, aber die eigentliche Quelle der Macht ist nicht das Essen, sondern der Glaube. Und wer ist zu einem totalen Glaubensakt befähigter als ein Kind?

Und genau da liegt natürlich das Problem. Kinder werden größer, werden erwachsen. In der Kirche wird Macht durch regelmäßig wiederholte Kulthandlungen verewigt. In Derry scheint die Macht ebenfalls durch regelmäßig wiederholte Kulthandlungen verewigt zu werden. Kann es vielleicht sein, daß dieses Es, das manchmal in das Kostüm von Pennywise schlüpft, SICH verewigt, indem Es in den Kindern einen Glauben an finstere Mächte weckt, und daß Es durch eine ganz einfache Tatsache geschützt ist: Wenn die Kinder erwachsen werden und rationales Denken lernen, das IHM eventuell gefährlich werden könnte, dann vergessen sie?

Ja, ich glaube, hierin besteht das eigentliche Geheimnis. Und wenn ich meine alten Freunde anrufe – woran werden sie sich noch erinnern können? Werden sie sich an genug erinnern können, um diesem Schrecken ein für allemal ein Ende zu setzen? Oder werden ihre Erinnerungen lükkenhaft bleiben, und alles wird nur zu ihrer Ermordung führen? Diese Fragen lasten so schwer auf mir, daß sie fast schon zu fixen Ideen werden. Meine Freunde werden herbeigerufen – soviel steht für mich fest. Jeder dieser neuen Morde war ein Ruf. Wir haben Es zweimal fast getötet, einmal im Haus auf der Neibolt Street und dann vierzehn Tage später, am 10. August. Wir haben IHM Angst eingejagt – Es hat sich tief in SEINE Wohnstätten aus Tunnels und stinkenden Räumen unterhalb der Stadt verkrochen. Aber ich glaube, Es kannte das Geheimnis: Es selbst mag unsterblich – oder fast unsterblich – sein, aber wir sind es nicht. Es brauchte nur abzuwarten, bis der totale Glaubensakt, der uns als Kinder ebenso zu potentiellen Monster-Killern wie zu potentiellen Opfern machte, für uns unmöglich würde. 27 Jahre. Vielleicht ein Zeitabschnitt des Schlafes für Es, so kurz und erfrischend wie für uns ein Nachmittagsschläfchen. Und wenn Es aufwacht, ist Es unverändert, für uns aber ist ein Drittel unseres Lebens vergangen. Unsere Perspektiven haben sich verengt; unser Glaube an die Magie, der Magie erst ermöglicht, ist verblaßt wie der Glanz von neuen Schuhen nach einer anstrengenden Tageswanderung.

Aber weshalb ruft Es uns zurück? Warum läßt es uns nicht einfach eines natürlichen Todes sterben (unsere Lebensspannen müssen IHM doch so kurz vorkommen wie uns jene der Eintagsfliegen)? Weil wir Es verletzt haben, weil wir Es fast getötet haben, weil wir SEINEN letzten Zyklus von Mord und Schrecken vorzeitig beendet haben, bevor Es bereit war, wieder einzuschlafen. Weil Es sich an uns rächen will.

Und jetzt, da wir nicht mehr an den Weihnachtsmann, die Zahnfee und an Hänsel und Gretel glauben, jetzt wartet Es auf uns. *Kommt zurück*, sagt Es. *Kommt zurück, und wir werden die Sache in Derry zu Ende führen. Bringt eure Schachtelmännchen und eure Murmeln und eure Jo-Jos mit... und wir werden spielen. Kommt zurück, dann werden wir sehen, ob ihr euch an das Allereinfachste erinnert: wie es ist, ein Kind zu sein... und sich vor dem Dunkeln zu fürchten.*

Zumindest diese letzte Forderung erfülle ich tausendprozentig: Ich habe Angst. Schreckliche Angst.

Fünfter Teil

DAS RITUAL VON CHÜD

»Es darf nicht geschehen. Das Sickerwasser
hat die Vorhänge verfault. Der Draht
ist verfallen. Löst das Fleisch
von der Maschine, baut keine
Brücken mehr. Durch welche Luft wollt ihr fliegen
Die Kontinente zu überspannen? Laßt die Worte
Allüberall hin fallen – auf daß sie
Schräg auf die Liebe fallen. Es wird
Ein seltener Besuch sein. Sie wollen zuviel retten,
Die Flut hat ihre Arbeit vollbracht.«

> – William Carlos Williams
> *Paterson*

»Schaut und bedenket. Betrachtet dieses Land,
Fern hinter Gras und Fabriken so weit,
Euch ziehen zu lassen ist man, dort, sicher bereit.
Dann sprecht, fragt Wald und Wiesenrain
Hört den Befehl ihr, den das Land genannt?
Die Erde wird genommen; sie ist nicht euer Heim.«

> – Karl Shapiro
> »Travelogue for Exiles«

Neunzehntes Kapitel

Nachtwachen

1.

Die Stadtbücherei von Derry, 1.15 Uhr

Nachdem Ben Hanscom seine Erzählung von den Silberkugeln beendet hatte, wollten sie ihre Unterhaltung fortsetzen, aber Mike erklärte ihnen ruhig, es wäre vernünftiger, wenn sie jetzt schlafen gingen. »Ihr habt vorerst genug«, sagte er, aber Mike selbst sah aus, als hätte er genug; sein Gesicht war müde und abgespannt, und Beverly fand, er sah regelrecht krank aus.

»Aber wir sind doch noch gar nicht fertig«, wandte Eddie ein. »Was ist mit dem Rest der Geschichte? Ich erinnere mich immer noch nicht...«

»Mike hat recht«, sagte Bill. »Alles andere w-w-wird uns auch noch einf-f-fallen, dessen bin ich m-mir jetzt ziemlich sicher. Wir haben uns heute abend an alles erinnert, was notwendig war.«

»Vielleicht an alles, was wir auf einmal verkraften können?« meinte Richie.

Mike nickte. »Wir sehen uns dann morgen.« Dann sah er auf die Uhr. »Nachher, meine ich.«

»Hier?« fragte Beverly.

Mike schüttelte langsam den Kopf. »Ich würde vorschlagen, daß wir uns auf der Kansas Street treffen, an der Stelle, wo Bill immer sein Fahrrad versteckte.«

»Und dann gehen wir in die Barrens«, sagte Eddie und schauderte plötzlich.

Mike nickte wieder.

Einen Moment lang herrschte Schweigen. Alle sahen einander an. Dann stand Bill auf, und die anderen folgten seinem Beispiel.

»Ich möchte, daß ihr alle heute nacht sehr vorsichtig seid«, sagte Mike. »Es war hier; Es kann überall auftauchen, wohin ihr auch geht. Aber nach dem heutigen Abend habe ich doch schon ein besseres Gefühl.« Er sah Bill an. »Ich würde sagen, daß wir es immer noch schaffen könnten. Was meinst du, Bill?«

Bill nickte langsam. »Ja, ich g-glaube, wir könnten es schaffen.«

»Es wird sich dessen ebenfalls bewußt sein«, fuhr Mike fort. »Und Es wird alles in seiner Macht Stehende versuchen, um SEINE Gewinnchancen zu erhöhen.«

»Und was sollen wir tun, wenn Es auftaucht?« fragte Richie. »Uns die Nasen zuhalten, die Augen schließen, uns dreimal im Kreis drehen und an Gutes denken? IHM irgendeinen magischen Staub ins Gesicht blasen? Alte Elvis-Presley-Lieder singen? Oder was sonst?«

Mike schüttelte den Kopf. »Wenn ich das sagen könnte, gäbe es überhaupt keine Probleme, stimmt's? Ich weiß nur, daß es auch noch jene andere Kraft gibt – zumindest gab es sie, als wir Kinder waren –, die wollte, daß wir am Leben bleiben und dieses Werk vollbringen. Vielleicht existiert diese Kraft immer noch.« Er zuckte müde die Achseln. »Ich dachte, daß zwei – vielleicht sogar drei – von euch zu unserem Treffen heute abend nicht mehr kommen würden, daß sie abgereist, spurlos verschwunden oder tot sein würden. Allein schon die Tatsache, daß ihr euch alle hier eingefunden habt, ließ mich neue Hoffnung schöpfen.«

Richie warf einen Blick auf seine Armbanduhr. »Viertel nach eins. Wie doch die Zeit vergeht, wenn man sich gut amüsiert, was, Haystack?«

»Piep-piep, Richie«, sagte Ben mit schwachem Lächeln.

»Gehen wir zusammen ins Town House zurück, Bev?« fragte Bill.

»Okay.« Sie zog ihren Mantel an. Die Bücherei wirkte jetzt sehr still und dunkel – direkt furchterregend. Auf einmal spürte Bill ganz gewaltig die physischen Anstrengungen und die psychischen Belastungen der letzten beiden Tage. Es war nicht nur Müdigkeit – die hätte ihn nicht beunruhigt; es war viel mehr: das Gefühl, daß er einem Nervenzusammenbruch ziemlich nahe war, weil ihn schon Wahnvorstellungen befielen, wie jene, beobachtet zu werden. *Vielleicht bin ich gar nicht hier*, dachte er. *Vielleicht bin ich in Dr. Sewards Irrenanstalt, und nebenan ist das verfallene Haus des Grafen, und Renfield ist gleich gegenüber, er mit seinen Fliegen und ich mit meinen Ungeheuern, wir sind beide völlig überzeugt, daß die Party abgeht und haben uns extra in Schale geworfen, nicht in einen Frack, sondern in eine Zwangsjacke.*

»Und was ist mit dir, Richie?«

Richie schüttelte den Kopf. »Ich werde Haystack und Eddie dadurch auszeichnen, daß sie mich nach Hause geleiten dürfen«, sagte er. »Einverstanden, Haystack?«

»Na klar«, sagte Ben. Er warf einen flüchtigen Blick zu Beverly hinüber, die dicht neben Bill stand, und ein fast vergessener Schmerz durchzuckte ihn. Eine neue Erinnerung stieg aus der Tiefe seines Unterbewußtseins empor, verschwamm jedoch wieder, bevor sie feste Konturen annehmen konnte.

»Und du, M-Mike?« fragte Bill. »Kommst du mit uns?«

Mike schüttelte den Kopf. »Ich muß noch...«

In diesem Moment stieß Beverly einen schrillen Schrei aus, der jäh die Stille der Bücherei zerriß, von der Kuppel zurückgeworfen wurde und gespenstisch im Gebäude widerhallte; und dieses Echo hörte sich an wie das Gelächter umherschwirrender Feen, die Todesnachrichten verkünden.

Bill wirbelte herum; Richie ließ sein Sportsakko fallen, das er gerade von der Stuhllehne genommen hatte; Eddie stieß eine leere Ginflasche vom Tisch, die mit lautem Klirren auf dem Boden zerschellte.

Beverly taumelte mit weit ausgestreckten Armen und schneeweißem Gesicht rückwärts. Ihre Augen traten fast aus den rot verfärbten Höhlen. »*Meine Hände!*« schrie sie. »*Meine Hände!*«

»Was...«, begann Bill, und dann sah er das Blut zwischen ihren zitternden Fingern. Er machte einen Schritt auf sie zu, und plötzlich fühlten seine eigenen Hände sich eigenartig warm an, und er verspürte einen leichten Schmerz, so als ob eine längst verheilte alte Wunde wieder weh tut.

Er hob die Hände und betrachtete sie. Die alten, in England nach Mikes Anruf wieder sichtbar gewordenen Narben waren aufgebrochen. Sie bluteten. Er warf einen Blick in die Runde und sah, daß Eddie Kaspbrak fassungslos auf seine Hände starrte. Auch sie bluteten. Und ebenso Mikes, Richies und Bens Hände.

»Uns bleibt jetzt überhaupt keine Wahl mehr, so ist es doch?« fragte Beverly weinend. Auch ihr Schluchzen hallte in der stillen, leeren Bücherei wider – das Gebäude selbst schien zu weinen. Bill hatte den Eindruck, als würde er wahnsinnig werden, wenn er diese Laute noch lange hören mußte. »Gott steh uns bei – wir haben jetzt keine Wahl mehr.« Sie schniefte, und aus einem Nasenloch floß etwas Schleim heraus. Sie wischte ihn mit zittriger Hand ab, und dabei fielen einige Blutstropfen auf den Boden.

»Sch-Sch-Schnell!« rief Bill und griff nach Eddies Hand.

»Was...«

»*Schnell!*«

Er streckte seine andere Hand aus, und Beverly ergriff sie, immer noch weinend.

»Ja«, sagte Mike. Er war wie betäubt. »Ja, du hast recht. Es beginnt sich zu wiederholen, stimmt's, Bill?«

»Ja, ich g-g-glaube...«

Mike griff nach Eddies freier Hand, Richie nach Beverlys. Einen Moment lang stand Ben nur da und starrte sie an, dann trat er zwischen Mike und Richie. Er reichte ihnen die Hände, und der Kreis war geschlossen.

(Ah Chüd das ist das Ritual von Chüd und die Schildkröte kann uns nicht helfen)

Bill wollte schreien, brachte aber keinen Laut hervor. Er sah, wie Eddie den Kopf in den Nacken warf, wie seine Halsmuskeln weit hervortraten. Bevs Hüften zuckten zweimal heftig, so als hätte sie einen Orgasmus. Mikes Mund bewegte sich in einer unheimlichen Mischung aus Lachen und Grimasse. Die Türen in der stillen Bücherei flogen plötzlich dröhnend auf. Im Lesezimmer flatterten die Zeitschriften in einem windlosen Wirbelsturm. In Carole Danners Büro begann die IBM-Schreibmaschine plötzlich wie verrückt draufloszutippen:

erschlägt
diefausthernieder
dochsiehtimmererdiegeisternoch
erschlägtdiefaust

Der Kugelkopf verkantete sich. Ein lautes Zischen ertönte, und die elektrische Maschine blieb abrupt stehen, weil sie hoffnungslos überlastet war. Das Regal mit Büchern über Okkultismus kippte vornüber, und Edgar Cayce, Nostradamus, Charles Fort und die Apokryphen wurden in der ganzen Gegend verstreut.

Bill verspürte ein überwältigendes Machtgefühl. Er nahm unterbewußt wahr, daß er eine Erektion hatte und daß ihm alle Haare zu Berge standen. Die Kraft in dem vollendeten Kreis war einfach phänomenal.

Alle Türen in der Bücherei knallten gleichzeitig wieder zu.

Die Großvateruhr hinter der Ausleihtheke schlug einmal und blieb dann stehen.

Dann hörte es auf, als hätte jemand einen Schalter gedrückt.

Sie ließen ihre Hände sinken und blickten einander ganz betäubt an. Niemand sprach ein Wort. Das Gefühl von Kraft und Macht verebbte, und an seine Stelle trat bei Bill eine furchtbare Vorahnung. Er betrachtete die verzerrten, weißen Gesichter der anderen, dann warf er einen Blick auf seine Hände. Sie waren mit Blut beschmiert, aber die Schnittwunden, die Stan Uris im August 1958 mit der Scherbe einer Colaflasche eingeritzt hatte, hatten sich wieder geschlossen, und nur noch die weißen Narben waren sichtbar. Er dachte: *Das war damals das letzte Mal, daß wir sieben zusammen waren... als Stan uns in den Barrens die Handflächen ritzte. Stan ist nicht hier; Stan ist tot. Und dies ist nun das letzte Mal, daß wir sechs zusammen sind. Ich weiß es, ich fühle es.*

Beverly lehnte sich zitternd an ihn, und er legte einen Arm um sie. Alle sahen ihn mit riesengroßen Augen an. Nur der lange Tisch, an dem sie gesessen hatten und der mit leeren Flaschen, Gläsern und überquellenden Aschenbechern vollgestellt war, bildete eine kleine, helle – tröstliche – Insel.

853

»Das r-reicht«, sagte Bill heiser. »Für einen einzigen Abend reicht's jetzt wirklich. Wir heben uns den Tanz im Ballsaal für später auf.«

»Ich habe mich erinnert«, sagte Beverly und schaute mit tränenbenetzten Wangen zu Bill auf. »Ich habe mich an *alles* erinnert. Mein Vater, der herausgefunden hatte, daß ich mit euch zusammen war. Wie ich vor ihm davongerannt bin. Bowers und Criss und Huggins. Und wie ich wieder gerannt bin... Und der Tunnel... die Vögel... Es... *Ich habe mich an alles erinnert*...«

»Ja«, sagte Richie, »ich auch.«

Eddie nickte. »Die Pumpstation...«

Bill fiel ein: »Und wie Eddie...«

»Geht jetzt nach Hause«, unterbrach sie Mike. »Ruht euch ein bißchen aus. Es ist schon spät.«

»Komm mit uns, Mike«, bat Beverly.

»Nein. Ich muß noch alles abschließen. Und außerdem muß ich noch ein paar Aufzeichnungen machen... über unser heutiges Treffen. Es wird aber nicht lange dauern. Geht ruhig schon vor.«

Immer noch halb betäubt, gingen sie zur Tür, ohne viel zu sagen. Bill und Beverly nebeneinander, Eddie, Richie und Ben hinter ihnen. Alle waren sehr schweigsam. Bill hielt Beverly die Tür auf, und sie murmelte »Danke«. Als sie die breiten Granitstufen hinabging, dachte Bill, wie jung sie aussah, wie verletzlich... und er wurde sich schockiert bewußt, daß er auf dem besten Wege war, sich neu in sie zu verlieben. Er versuchte an Audra zu denken, aber sie schien plötzlich sehr fern zu sein. Sie würde jetzt – in England war wohl gerade die Sonne aufgegangen, und der Milchmann fuhr seine Waren aus – in ihrem Haus in Fleet ruhig schlafen.

Der Himmel über Derry hatte sich wieder bewölkt, und ein dichter Bodennebel lag in Schwaden über der dunklen, menschenleeren Straße. Weiter oben an der Straße das Derry Community House, schmal, hoch, viktorianisch, düster, schwarz. Bill dachte: *Und was immer dort gegangen ist, ging allein*. Ihre Schritte hallten laut durch die Stille. Beverly tastete nach Bills Hand, und er griff dankbar danach und verschränkte seine Finger mit den ihrigen.

»Es hat angefangen, bevor wir dazu bereit waren, stimmt's?« fragte sie.

»W-Wären wir je b-b-bereit gewesen?«

»*Du* schon, Big Bill.«

Es war wunderbar tröstlich, ihre Hand zu halten. Er ertappte sich bei dem Gedanken, wie es wohl wäre, zum zweitenmal in seinem Leben ihre Brüste zu berühren, und er vermutete, daß er es wissen würde, bevor

854

diese lange, lange Nacht vorüber war. Sie würden jetzt üppiger sein, reif... und an gewissen anderen Stellen ihres Körpers würden seine liebkosenden Finger Haare ertasten. *Ich habe dich geliebt, Beverly... ich liebe dich,* dachte er. *Ben hat dich geliebt... er liebt dich. Wir haben dich damals geliebt... und wir lieben dich auch heute. Alles wiederholt sich. Jetzt gibt es keinen Ausweg mehr.*

Er warf einen Blick zurück zur Bücherei, von der sie sich etwa einen Block weit entfernt hatten. Richie und Eddie standen immer noch auf der obersten Treppenstufe. Ben stand unten und schaute ihnen nach. Er hatte die Hände in den Hosentaschen vergraben, seine Schultern waren gebeugt, und diese Haltung hatte eine frappierende Ähnlichkeit mit dem elfjährigen Jungen von einst. Wenn Gedanken übertragbar gewesen wären, hätte Bill ihm mitteilen mögen: *Es spielt keine Rolle, Ben. Wir liebten Bev beide; und auch die anderen liebten sie. Was zählt, ist die Liebe, die Zärtlichkeit... nicht die Zeit. Und deine Zeit kommt noch. Vielleicht nehmen wir nur das allein mit, wenn wir gehen – out of the blue and into the black. Ein schwacher Trost, vielleicht, aber besser als überhaupt kein Trost.*

»Mein Vater wußte Bescheid«, sagte sie plötzlich. »Eines Tages kam ich aus den Barrens nach Hause, und er wußte einfach Bescheid. Weißt du, was er zu sagen pflegte?«

»Was?«

»Ich mache mir Sorgen um dich, Bevvie. Ich mache mir *große* Sorgen. Ich mache mir *schreckliche* Sorgen.« Sie lachte, und dann schauderte sie zusammen. »Ich glaube, er wollte mich verletzen, Bill. Er hatte das zwar früher auch schon getan, aber irgendwie war es an jenem Tag anders. Er war... na ja, in vieler Hinsicht war er ein seltsamer Mensch. Ich liebte ihn, ich liebte ihn sehr, aber...«

Sie sah ihn an und hoffte, daß er es an ihrer Stelle aussprechen würde. Aber das tat er nicht; dies war etwas, das sie selbst über die Lippen bringen mußte, früher oder später. Lügen und Selbsttäuschungen waren ein Ballast, den sie sich jetzt nicht mehr leisten konnten.

»Aber ich haßte ihn auch«, sagte sie und grub ihre Nägel in seine Haut. »Ich habe das noch nie im Leben jemandem erzählt. Ich dachte, Gott würde mich auf der Stelle tot umfallen lassen, wenn ich es laut aussprechen würde.«

»Dann sag's jetzt noch einmal«, forderte Bill sie auf.

»Nein, ich...«

»Los! Auch wenn's weh tut – du hast es lang genug in dich hineingefressen, Bev. Sag's!«

»Ich habe meinen Vater gehaßt!« sagte sie und begann hilflos zu

855

schluchzen. »Ich haßte ihn, ich hatte Angst vor ihm, ich haßte ihn... Ich konnte nie so brav und lieb sein, wie er mich haben wollte, und ich haßte ihn, o ja, aber ich liebte ihn auch, ich liebte ihn, und ich haßte ihn...«

Bill blieb stehen und hielt sie fest. Sie schlang wild ihre Arme um ihn wie eine Ertrinkende und weinte heftig an seiner Schulter. Die Nähe ihres Körpers erregte ihn, und er rückte ein wenig von ihr ab, weil er nicht wollte, daß sie seine Erektion spürte... aber sie schmiegte sich wieder fest an ihn.

»Wir hatten den Morgen in den Barrens verbracht«, schluchzte sie, »und Fangen gespielt oder so was Ähnliches. Irgendwas völlig *Harmloses*. Wir hatten an jenem Tag nicht einmal über Es gesprochen, zumindest *noch* nicht... normalerweise sind wir damals jeden Tag irgendwann auf Es zu sprechen gekommen, weißt du noch?«

»O ja«, sagte er, »ich erinnere mich daran.«

»Es war bewölkt... heiß. Wir hatten fast den ganzen Vormittag gespielt. So gegen halb zwölf bin ich dann nach Hause gegangen. Ich wollte duschen und ein bißchen was essen, ein Sandwich oder einen Teller Suppe. Und dann wollte ich wieder zum Spielen in die Barrens zurück. Meine Eltern arbeiteten beide. Aber er war zu Hause. Er war da, und er

2.
Lower Main Street, 11.30 Uhr

schleuderte sie quer durchs Zimmer, bevor sie überhaupt wußte, wie ihr geschah. Sie stieß einen leisen Schrei aus, prallte mit einer Schulter gegen die Wand, und der Schmerz raubte ihr für Sekunden den Atem. Sie ließ sich auf das alte, durchgesessene Sofa fallen und sah sich verstört um. Die Tür zum Flur wurde laut zugeschlagen. Ihr Vater hatte hinter dieser Tür gestanden.

»Ich mache mir Sorgen um dich, Bevvie«, sagte er. »Manchmal mache ich mir *große* Sorgen um dich. *Schreckliche* Sorgen. Das weißt du genau. Ich hab's dir oft genug gesagt, nicht wahr? Oder etwa nicht?«

»Daddy, was...«

Er durchquerte das Wohnzimmer, kam langsam auf sie zu; sein Gesicht wirkte besorgt, traurig und irgendwie furchterregend. Sie *wollte* nicht wahrhaben, daß es furchterregend war, aber es war nicht zu übersehen. Seine Augen waren viel zu strahlend, und er nagte nachdenklich an den Knöcheln seiner rechten Hand. Er trug seine graue Arbeitskleidung, und sie sah, daß seine Stiefel auf dem Teppich Schmutzspuren hinterließen. *Ich werde den Staubsauger rausholen müssen*, dachte sie verworren. *Staubsaugen. Wenn ich nachher überhaupt noch dazu imstande bin. Wenn er mich nicht ...*

Es war Schlamm. Schwarzer Schlamm. In ihrem Gehirn ertönte ein Warnsignal. Sie war wieder in den Barrens mit Bill, Richie, Eddie und den anderen. Unten in den Barrens gab es solchen zähen, schwarzen Schlamm, wie er jetzt an Daddys Schuhen klebte. An jener sumpfigen Stelle, wo das Zeug, das Richie Bambus nannte, ein etwas unheimliches, weißes, skelettartiges Gehölz bildete. Und wenn Wind ging, schlugen die Gewächse mit hohem Klang gegeneinander wie Voodoo-Trommeln. War ihr Vater etwa unten in den Barrens gewesen? Hatte ihr Vater ...

KLATSCH! Er hatte weit ausgeholt und ihr ins Gesicht geschlagen. Ihr Kopf prallte gegen die Wand. Er schob seine Daumen in den Gürtel und betrachtete sie mit jenem furchterregenden Ausdruck teilnahmsloser Neugierde. Sie spürte, wie warmes Blut ihr aus dem linken Winkel der Unterlippe das Kinn hinabbrann.

»Ich habe dich heranwachsen sehen«, sagte er, und sie dachte, er würde weiterreden, aber er verstummte wieder.

»Daddy, wovon redest du?« fragte sie schließlich mit leiser, zitternder Stimme.

»Wenn du mich anlügst, schlag' ich dich halb tot, Bevvie«, sagte er, und sie registrierte entsetzt, daß er sie dabei nicht einmal ansah, sondern das Bild an der Wand über dem Sofa betrachtete. Und absurderweise drängte sich ihr plötzlich eine Szene auf: Sie war vier Jahre alt und saß in der Badewanne, mit ihrer Kinderseife und ihrem blauen Plastikboot; ihr so großer, starker, über alles geliebter Vater kniete neben ihr, in einer alten grauen Hose und einem weißen Unterhemd; in einer Hand hatte er einen Waschlappen, mit dem er ihr den Rücken einseifte, in der anderen ein Glas Orangenlimonade, und er sagte: *Laß mich mal deine Ohren sehen, Bevvie, deine Mutter braucht noch Kartoffeln fürs Abendessen.* Und sie hörte das kleine Mädchen von damals kichern und selig zum vergötterten Daddy aufblicken.

»Ich ... ich werd' nicht lügen, Daddy«, sagte sie. »Was ist los?« Sie sah ihn jetzt nur noch verschwommen, weil sie Tränen in den Augen hatte.

»Warst du mit einer ganzen Horde Jungs unten in den Barrens?«

Ihr Herz machte einen Riesensatz, und sie starrte wieder auf seine schmutzverkrusteten Stiefel. Der klebrige schwarze Schlamm ... Wenn man zu tief hineintrat, saugte er einem den Schuh vom Fuß ... und sowohl Bill als auch Richie glaubten, wenn man ganz hineingeriete, würde er einen verschlingen.

»Ich spiele manchmal dort un ...«

Klatsch! Seine harte, schwielige Hand landete wieder auf ihrer Wange.

Sie schrie vor Schmerz und Furcht auf. Sein Gesichtsausdruck machte ihr angst, und ebenso die Tatsache, daß er sie nicht ansah. Etwas stimmte nicht mit ihm. In letzter Zeit war es immer schlimmer geworden... und mit neuem Entsetzen wurde ihr klar, daß das so war, seit die Morde in Derry begonnen hatten... seit Es erwacht war. *Was ist, wenn er mich umbringen will? Was ist, wenn*

(oh, hör auf, Bevvie, er ist dein VATER, *und* VÄTER *bringen ihre Töchter nicht um)*

er auch nur die Kontrolle über sich verliert? Was ist, wenn...

»Was hast du diese Kerle mit dir machen lassen?«

»Machen? Was...« Sie hatte nicht die geringste Ahnung, was er meinte.

»Zieh deine Hose aus!«

Ihre Verwirrung wurde immer größer. Nichts, was er sagte, schien irgendeinen Zusammenhang zu haben. Ihr war schon ganz schwindlig von dem Versuch, ihm geistig zu folgen... sie fühlte sich regelrecht seekrank.

»Was... warum...?«

Er hob die Hand, und sie zuckte angsterfüllt zusammen. »Zieh sie aus, Bevvie. Ich möchte nachschauen, ob du noch unberührt bist.«

Unberührt – was bedeutete das? Ein neues, völlig aberwitziges Bild drängte sich ihr auf: Sie sah sich selbst ihre Jeans ausziehen, und dabei ging auch eines ihrer Beine ab. Ihr Vater prügelte sie durchs Zimmer, während sie versuchte, ihm auf einem Bein hüpfend auszuweichen, und er brüllte: *Ich wußte doch, daß du nicht mehr unberührt bist! Ich wußte es! Ich wußte es!*

Diesmal schlug er nicht mit der flachen Hand zu, sondern boxte sie mit der Faust in die Schulter. Sie schrie auf. Er zerrte sie hoch, und nun blickte er ihr zum erstenmal direkt in die Augen. Sie schrie wieder auf, als sie seine Augen sah. Da war... nichts. Ihr Vater war verschwunden. Und Beverly begriff plötzlich, daß sie mit IHM allein in der Wohnung war, daß Es an diesem diesigen Augustmorgen allein mit ihr hier war. Diesmal ging vom IHM nicht jene Macht und jenes unverhüllt Böse aus wie vor zwei Wochen in dem Haus an der Neibolt Street – irgendwie wurde Es durch die ursprüngliche Menschlichkeit ihres Vaters abgeschwächt, aber Es war da, war durch ihren Vater am Werk.

Er schleuderte sie beiseite. Sie prallte gegen das Kaffeetischchen, stolperte und fiel mit einem Aufschrei zu Boden. *So also passiert es,* dachte sie. *Ich muß es Bill erzählen, damit er es auch begreift. Es ist überall in Derry. Es... Es füllt einfach jedes Vakuum, das ist alles.*

Sie drehte sich auf den Rücken. Ihr Vater kam auf sie zu. Sie rutschte auf dem Hosenboden weg. Ihre Haare hingen ihr wirr ins Gesicht, in die Augen.

»Ich weiß, daß du dort unten gewesen bist«, sagte er. »Man hat es mir erzählt. Ich hab's nicht geglaubt. Ich konnte einfach nicht glauben, daß meine Bevvie sich mit einer Horde Jungs herumtreibt. Aber heute morgen habe ich es mit eigenen Augen gesehen. Meine Bevvie treibt sich mit einer Horde Jungs herum. Und das mit nicht mal zwölf Jahren!« Dieser Gedanke versetzte ihn wieder in Rage; er zitterte vor Wut am ganzen Leibe. »Mit nicht mal zwölf Jahren!« brüllte er und versetzte ihr mit einem schmutzigen Stiefel einen Tritt in die Lende. Wieder schrie sie vor Schmerz laut auf. »*Nicht mal zwölf! Nicht mal zwölf! Nicht mal* ZWÖLF!«

Er trat wieder zu, aber diesmal konnte sie ausweichen. Sie waren inzwischen in der Küche angelangt, und sein Stiefel traf die Schublade unter dem Herd und brachte dort die Töpfe und Pfannen zum Klappern.

»Lauf nicht vor mir weg, Bevvie«, rief er. »Laß das lieber – es macht alles nur noch schlimmer, als es ohnehin schon ist. Glaub mir das. Glaub deinem Dad. Dies ist eine sehr ernste Sache. Sich mit nicht mal zwölf Jahren mit Jungen herumzutreiben, sie Gott weiß was alles mit sich machen zu lassen – mit nicht mal *zwölf!* –, das ist eine sehr ernste Sache!«

Er griff nach ihr und zerrte sie an den Schultern hoch.

»Du bist ein hübsches Mädchen«, sagte er. »Es gibt jede Menge Leute, die nur allzugern ein hübsches Mädchen ins Verderben stürzen wollen. Und es gibt eine Menge hübscher Mädchen, die sich bereitwillig dazu hergeben. Hast du diesen Kerlen als Dirne gedient, Bevvie?«

Jetzt endlich begriff sie. Sie begriff, welchen Gedanken Es ihm in den Kopf gesetzt hatte... im tiefsten Innern, halb verdrängt, glaubte sie allerdings, daß er solche Gedanken und Befürchtungen schon immer gehabt hatte, daß Es sich nur der bereits vorhandenen Werkzeuge bedient hatte, die sozusagen gebrauchsfertig bereitlagen.

»Nein, Daddy! Nein, Daddy, nein...«

»*Ich habe gesehen, daß du geraucht hast!*« brüllte er, und diesmal schlug er mit dem Handrücken so fest zu, daß sie sich ein paarmal um sich selbst drehte, bevor sie gegen den Küchentisch prallte und sich an dessen Chromkante die Wirbelsäule heftig anschlug. Salz- und Pfefferstreuer fielen vom Tisch. Der Pfefferstreuer zerbrach. Der Schmerz raubte ihr fast den Atem. Sie sah Sterne vor den Augen, und in ihren Ohren war ein dumpfes Sausen. Sie sah sein Gesicht. Etwas in seinem Gesicht. Er starrte auf ihre Brust. Sie bemerkte erst jetzt, daß ihre Bluse aus den Jeans gerutscht war und einige Knöpfe aufgegangen waren, und sie dachte auf einmal daran, daß sie keinen BH trug... sie besaß noch gar keinen. Sie zog die Bluse über ihren Brüsten zusammen, und plötzlich hatte sie wieder jene Szene vor Augen, als Bill ihr im Haus an der Neibolt Street sein Hemd gegeben hatte. Sie war sich bewußt gewesen, daß ihre Brüste sich unter der dünnen Baumwolle abzeichneten, aber die verschämten Seitenblicke ihrer Freunde hatten sie nicht gestört; sie waren ihr völlig natürlich vorgekommen. Und *seine* Blicke hatten ihr sogar gefallen, hatten ihr das Herz erwärmt.

Jetzt mischten sich Schuldgefühle in ihr Entsetzen. Hatte ihr Vater so unrecht? hatte sie nicht

(hast du ihnen als Dirne gedient?)

solche Gedanken gehabt? Schlimme Gedanken? Gedanken an das, wovon er auch immer sprechen mochte?

Das ist etwas anderes. Etwas ganz anderes als die Art

(als Dirne gedient)

wie er mich jetzt ansieht! Etwas anderes!

Sie steckte die Bluse wieder rein.

»Bevvie?«

»Daddy, wir *spielen* doch nur. Sonst nichts. Wir spielen... wir... wir machen nichts... nichts *Schlimmes.* Wir...«

»Du hast geraucht, das habe ich mit eigenen Augen gesehen!« wiederholte er und kam erneut auf sie zu. Sein mageres Gesicht hatte sich mit Röte überzogen, als sie ihre Bluse raffte, aber seine Blicke schweiften immer noch unruhig über ihre Brust und ihre schmalen, unentwickelten Hüften. Plötzlich stimmte er mit einer hohen Schuljungenstimme, die ihr noch mehr Angst einjagte, folgende Litanei an: »*Ein Mädchen, das Kaugummi kaut, wird auch rauchen... und ein Mädchen, das raucht, wird auch trinken... und ein Mädchen, das trinkt – na ja, jeder weiß, was ein solches Mädchen tun wird.*«

»Ich habe überhaupt nichts getan!« schrie sie, als seine Hände sich wieder auf ihre Schultern legten, diesmal nicht mit schmerzhaft festem Griff, sondern ganz sanft, was irgendwie noch schlimmer war.

»Beverly«, sagte er mit der aberwitzigen Logik des von einer fixen Idee total Besessenen. »Ich habe dich in Gesellschaft von Jungen gesehen. Kannst du mir vielleicht sagen, was ein Mädchen da unten im Dickicht mit Jungen treibt, wenn es nicht das ist, was ein Mädchen auf dem Rükken macht?«

»*Laß mich in Ruhe!*« schrie sie ihn an. Aus einem tiefen Brunnen in ihrem Innern, von dessen Existenz sie nicht einmal etwas geahnt hatte, stieg Zorn in ihr hoch und schoß mit einer lodernden bläulichgelben Flamme in ihren Kopf empor, wie die Flamme aus einem Ölbohrloch. Sie dachte an die vielen Male, da er ihr weh getan, da sie sich vor ihm ge-

860

fürchtet hatte, und das verlieh ihrem Zorn zusätzlichen Auftrieb. »*Ich will, daß du mich endlich in Ruhe läßt!*«

»Sprich nicht so mit deinem Vater!« rief er, aber es hörte sich ein bißchen verunsichert und verwirrt an.

»*Ich habe nicht getan, was du behauptest! Das habe ich nie getan!*«

»Vielleicht stimmt das, vielleicht aber auch nicht. Ich werde mich selbst davon überzeugen. Ich weiß, wie man das macht. Zieh jetzt deine Hose aus.«

»Nein.«

Er riß die Augen weit auf. »*Was*? Was hast du gesagt?«

»Ich habe *nein* gesagt.« Er blickte ihr in die Augen, und vielleicht sah er den flammenden Zorn darin, den plötzlichen Ausbruch von Haß und Rebellion. »Wer hat es dir erzählt?«

»Bevvie...«

»Wer hat dir erzählt, daß wir da unten spielen? War es ein Fremder? War es ein Clown? War es ein Mann in orangefarbener Kleidung? Hat er Handschuhe getragen? Wer hat dich in die Barrens geschickt?«

»Bevvie, wirst du wohl sofort aufhören...«

»Nein, *du* sollst endlich aufhören!« rief sie.

Er schwang seine geballte Faust mit solcher Wucht, als wollte er ihr alle Knochen im Leibe brechen. Sie duckte sich. Die Faust sauste über ihren Kopf hinweg und schlug gegen die Wand. Er heulte vor Schmerz auf. Sie rannte blitzschnell auf die Tür zu.

»*Komm sofort zurück!*«

»Nein«, sagte sie. »Du willst mir weh tun. Aber... aber ich glaube, du willst auch noch etwas Schlimmeres tun. Ich liebe dich, Daddy, aber ich hasse dich, wenn du so wie jetzt bist. Du kannst das mit mir nicht mehr machen. Es treibt dich zu solchen Sachen, aber du läßt Es ein.«

»Ich habe keine Ahnung, wovon du redest«, sagte er, »aber du solltest jetzt lieber sofort herkommen. Ich sag's dir nicht noch einmal.«

»Nein!« rief sie und begann wieder zu weinen.

»Zwing mich nicht dazu, dich zu holen, Bevvie. Du würdest es hinterher sehr bedauern. Komm sofort her.«

»Sag mir, wer es dir erzählt hat«, sagte sie, »dann tu' ich's.«

Er sprang plötzlich auf sie zu, mit solch katzenhafter Geschicklichkeit, daß er sie fast gefangen hätte, obwohl sie mit so etwas gerechnet hatte. Sie packte den Türknopf aus geschliffenem Glas, zog die Tür einen Spaltbreit auf, so daß sie gerade hindurchschlüpfen konnte, und rannte den Flur entlang auf die Haustür zu, in panischer Angst – so wie sie 27 Jahre später vor Mrs. Kersh fliehen würde. Hinter ihr prallte Al Marsh gegen die Tür, die laut zufiel.

861

»KOMM SOFORT ZURÜCK, BEVVIE!« tobte er, und dann riß er die Tür auf und rannte hinter ihr her.

Die Haustür war abgeschlossen; sie hatte die Wohnung vorhin durch den Hintereingang betreten. Jetzt fummelte sie mit zitternder Hand am Schloß herum, während sie mit der anderen erfolglos am Türknopf rüttelte. Hinter ihr brüllte ihr Vater wieder. Wie ein hungriges Raubtier

(zieh jetzt deine Hose aus Dirne)

hörte er sich an. Endlich brachte sie die Tür auf. Keuchend warf sie einen flüchtigen Blick über die Schulter hinweg und sah ihn dicht hinter sich. Schon streckte er die Hand nach ihr aus; ein Grinsen breitete sich auf seinem wutverzerrten Gesicht aus und enthüllte sein großes, gelbliches Pferdegebiß.

Beverly stürzte hinaus und spürte, wie seine Finger am Rücken ihrer Bluse abglitten. Sie nahm die Stufen zu schnell, verlor das Gleichgewicht, fiel auf den Gehweg und schlug sich beide Knie auf.

»KOMM SOFORT ZURÜCK, BEVVIE, ODER ICH SCHLAG' DICH TOT!«

Er rannte die Stufen hinab, und sie sprang auf, Löcher in den Jeans,

(deine Hose aus)

mit blutenden Knien, verletzte Nervenenden sangen »Onward, Christian Soldiers!« Sie warf einen Blick zurück und sah, daß er sie immer noch verfolgte, Al Marsh, Hausmeister der High School, in grauer Hose und grauem Hemd mit zwei Brusttaschen, mit einem Schlüsselring am Gürtel, mit wehenden Haaren. Aber in seinen Augen war jetzt nichts mehr von *ihm* zu sehen – nichts von dem Mann, der ihr den Rücken eingeseift oder sie gelegentlich geknufft hatte, weil er sich Sorgen um sie machte; nichts von dem Mann, der einmal – als sie sieben Jahre alt gewesen war – versucht hatte, ihr Zöpfe zu flechten, und der dann zusammen mit ihr über das katastrophale Ergebnis gelacht hatte; nichts von dem Mann, der sonntags morgens manchmal Eierpunsch mit Zimt machte, der besser schmeckte als der in der Eisdiele auf der Center Street. Nichts davon war jetzt in seinen Augen zu lesen. Sie sah darin nur pure Mordlust. Sie sah darin nur noch ES, das SEIN irrsinniges, finsteres Gelächter ausstieß.

Sie rannte. Sie rannte vor IHM davon.

Mr. Pasquale, der auf dem Verandageländer saß, seinen schäbigen Rasen mit einem Schlauch sprengte und sich im Radio die Übertragung eines Spiels der Red Sox anhörte, blickte erstaunt auf. Die Söhne der Zinnermans, die sich vor kurzem für 25 Dollar einen alten Hudson Hornet gekauft hatten, den sie jetzt fast täglich wuschen, ließen ihre Arbeit für einen Augenblick im Stich und traten mit offenen Mündern etwas zurück, der eine mit einem Eimer Seifenlauge in der Hand, der andere mit einem Schlauch. Mrs. Denton schaute aus dem Fenster ihrer Wohnung im zweiten Stock, Stecknadeln im Mund, ein Kleid auf dem Schoß, während zahlreiche weitere ausbesserungsbedürftige Kleidungsstücke ihrer sechs Töchter in einem Korb auf dem Boden lagen. Der kleine Lars Theramenius zog sein Red-Ball-Flyer-Wägelchen rasch vom Gehweg auf Bucky Pasquales ungepflegten Rasen und brach in Tränen aus, als Bevvie schreiend und weinend, mit schreckensweit aufgerissenen Augen, an ihm vorbeisauste. Sie hatte ihm im Frühling einen ganzen Vormittag lang geduldig gezeigt, wie man Schnürsenkel so bindet, daß sie nicht gleich wieder aufgehen. Einen Augenblick später rannte auch ihr brüllender Vater an ihm vorbei, und Lars, der damals drei Jahre alt war und später in einem Gefängnis in Hanoi starb, sah etwas Schreckliches und Unmenschliches in Mr. Marshs Gesicht. Er hatte danach drei Wochen lang Alpträume, in denen er sah, wie Mr. Marsh sich unter seinen Kleidern in eine Spinne verwandelte.

Beverly rannte. Sie wußte genau, daß sie um ihr Leben rannte. Wenn sie ihrem Vater jetzt in die Hände fiel, würde es ihr auch nichts nützen, daß sie auf der Straße waren. Die Leute in Derry taten manchmal verrückte Dinge; sie brauchte nicht die Zeitungen zu lesen oder die eigenartige Geschichte der Stadt zu kennen, um das zu begreifen. Wenn er sie erwischte, würde er sie erwürgen oder sie zu Tode prügeln. Und wenn dann alles vorüber sein würde, würde jemand kommen und ihn verhaften, und er würde in einer Gefängniszelle sitzen, so wie auch Eddie Corcorans Stiefvater irgendwo in einer Gefängniszelle saß, völlig verwirrt und fassungslos über seine eigene Tat.

Und deshalb rannte sie. Je näher sie der Innenstadt kamen, desto mehr Leute waren auf den Straßen, die sich nach ihnen umdrehten. Sie schauten – überrascht, manche auch erschrocken –, und dann wandten sie sich teilnahmslos wieder ab. Beverly atmete jetzt schon ziemlich schwer, und sie hatte heftiges Seitenstechen.

Sie überquerte den Kanal auf dem Zementtrottoir, während rechts von ihr Autos über die schweren Holzplanken der Brücke rumpelten. Links konnte sie den steinernen Halbkreis sehen, wo der Kanal unter der Erde verschwand. Sie stürzte plötzlich quer über die Straße, ohne auf den Verkehr, auf Hupen und quietschende Bremsen zu achten. Sie kreuzte die Straße schräg nach rechts, weil die Barrens in dieser Richtung lagen. Bis dorthin war es fast noch eine Meile, und sie würde ihren Vater auf dem steilen Up-Mile Hill irgendwie abhängen müssen (oder auf einer der noch steileren Parallelstraßen), wenn sie in die Barrens gelangen wollte. Sie waren der einzige Zufluchtsort, der ihr einfiel.

»Komm her, du kleines Luder, ich warne dich!«

863

Auf dem Gehweg, an der anderen Straßenseite angelangt, warf sie mit wehenden Haaren wieder einen Blick zurück. Ihr Vater überquerte die Main Street mit hochrotem, schweißüberströmtem Gesicht, wobei er ebenso wenig auf den Verkehr achtete wie sie selbst.

Sie bog plötzlich in eine Gasse ein, die hinter jenen Gebäuden verlief, die auf den Up-Mile Hill hinausgingen: Star Beef, Armour Meatpacking, Hemphill Storage & Warehousing, Eagle Beef & Kosher Meats. Die Gasse war schmal, hatte Kopfsteinpflaster und war von Mülltonnen und -containern gesäumt. Das Pflaster war glitschig von Abfällen aller Art. Es stank nach Fleisch und Schlachthaus. Es wimmelte nur so von Fliegen. Aus einigen Gebäuden hörte sie Maschinen und das gräßliche Geräusch von Knochensägen. Sie rutschte auf dem glitschigen Kopfsteinpflaster aus und streifte mit der Hüfte eine Mülltonne; in Zeitungspapier eingewickelte Eingeweide fielen heraus.

»KOMM JETZT ENDLICH HER, BEVVIE! ICH SAG'S DIR ZUM LETZTEN MAL! MACH ES NICHT NOCH SCHLIMMER, ALS ES OHNEHIN SCHON IST, MÄDCHEN!«

Zwei Männer standen auf der Schwelle der Kirshner Packing Works und aßen große, dicke Sandwiches, ohne sich vom Gestank und von den Fliegen auch nur im geringsten stören zu lassen. »Na, Mädchen«, rief einer von ihnen, »sieht ganz so aus, als würdest du mit deinem Pa bald in den Holzschuppen gehen und ordentlich was abkriegen.« Der andere Mann lachte.

Ja, ihr Vater holte auf. Sie hörte seine Stiefel auf dem Kopfsteinpflaster, hörte seinen keuchenden Atem; rechts konnte sie seinen schwarzen Schatten an dem hohen Bretterzaun sehen.

Dann schrie er plötzlich wütend auf – er war ausgerutscht und hingefallen. Im nächsten Moment war er aber schon wieder auf den Beinen und setzte wutschnaubend die Verfolgung fort, während die beiden Männer lachten und einander auf den Rücken klopften.

Die Gasse beschrieb eine scharfe Linkskurve... und Beverly kam schlitternd zum Stehen. Ihre Brust hob und senkte sich rasch, während sie nach Luft schnappte. In ihrem Kopf dröhnte es. Ein Kipplaster stand auf der Gasse und versperrte sie fast vollständig; auf beiden Seiten waren nicht einmal zwanzig Zentimeter Platz. Der Motor dröhnte im Leerlauf, aber daneben konnte sie aus der Fahrerkabine leises Gemurmel hören. Auch hier wurde offensichtlich schon Mittagspause gemacht. Es mußte ja auch kurz vor zwölf sein; in wenigen Minuten würde bestimmt die Uhr am Gerichtsgebäude schlagen.

Sie hörte ihren Vater wieder hinter sich. Sie warf sich auf den Boden und kroch auf Ellbogen und Knien unter den Lastwagen. Der Gestank

864

nach Auspuffgasen und Dieselöl vermischte sich mit den penetranten Fleischgerüchen und rief bei ihr ein leichtes Übelkeitsgefühl hervor. Sie kam unter dem Lastwagen ziemlich gut voran, weil auch hier das Pflaster gräßlich schmierig war. Einmal streifte sie mit dem Rücken das heiße Auspuffrohr und konnte nur mit Mühe einen Schmerzensschrei unterdrücken.

»Beverly? Bist du da unten?« keuchte ihr Vater abgerissen. Sie schaute zurück, und ihre Blicke kreuzten sich, als er sich bückte und unter den Laster spähte.

»Laß mich... in Ruhe!« stieß sie mühsam hervor.

»Du *Luder!*« rief er. Seine Schlüssel klirrten, als er sich flach auf den Boden warf und mit grotesken Schwimmbewegungen hinter ihr herzukriechen begann.

Beverly war inzwischen unter der Fahrerkabine angelangt; sie packte einen der großen Reifen, fand festen Halt im tiefen Profil und zog sich hoch. Sie schlug sich an der vorderen Stoßstange des Lasters das Steißbein an, und dann rannte sie wieder, rannte den Up-Mile Hill hinauf; ihre mit Unrat und Öl beschmierten Kleidungsstücke klebten ihr am Körper und stanken bestialisch. Sie warf einen Blick zurück und sah die Hände und die muskulösen Arme ihres Vaters unter der Fahrerkabine des Lasters hervorschießen wie die Pranken eines der Kinderfantasie entsprungenen Monsters, das unter dem Bett hervorkriecht.

Hastig schwenkte sie zwischen Feldmans Lagerschuppen und dem Nebengebäude der Gebrüder Tracker ab. Diese schmale Sackgasse war mit Abfällen und zerbrochenen Kisten vollgestellt; dazwischen wucherte Unkraut und wuchsen einige Sonnenblumen. Beverly sprang hinter einen Stapel Kisten, kauerte sich hin und spähte vorsichtig um die Ecke. Gleich darauf sah sie ihren Vater an der Sackgasse vorbei und weiter den Hügel hinauf rennen.

Beverly lief ans Ende der Sackgasse, wo sich ein Drahtzaun befand. Sie kletterte daran hoch und ließ sich auf der anderen Seite wieder herunter. Jetzt war sie auf dem Gelände des Theologischen Seminars. Sie rannte über den gepflegten hinteren Rasen, bog um die Ecke, rannte weiter seitlich am Gebäude entlang – drinnen spielte jemand auf der Orgel eine Bachprelude, und die harmonischen Klänge schwebten feierlich durch die Stille.

Zwischen dem Seminar und der Kansas Street wuchs eine hohe, dichte Buchsbaumhecke. Sie spähte hindurch und sah auf der anderen Straßenseite ihren Vater. Er atmete schwer, sein Hemd hatte unter den Achseln große Schweißflecken, und sein Schlüsselbund funkelte in

865

der Sonne. Die Hände in den Hüften gestemmt, drehte er suchend den Kopf in alle Richtungen.

Beverly beobachtete ihn mit laut pochendem Herzen. Sie war sehr durstig, und sie ekelte sich vor ihrem eigenen Geruch. *Wenn man mich jetzt in einem Comic strip zeichnen würde,* dachte sie, *so würden von mir jene Wellenlinien ausgehen, die Gestank symbolisieren.*

Ihr Vater überquerte die Straße in Richtung Seminar.

Beverly hielt den Atem an.

Bitte, lieber Gott, ich kann nicht mehr rennen. Hilf mir, lieber Gott. Laß ihn mich nicht finden!

Al Marsh ging auf dem Trottoir langsam genau an der Stelle vorbei, wo seine Tochter hinter der Hecke kauerte.

Lieber Gott, er wird mich bestimmt riechen!

Aber das passierte nicht – vielleicht weil Al, der ja auch unter dem Lastwagen durchgekrochen war, ebenso stank wie sie. Jedenfalls ging er weiter. Beverly warf sich flach auf den Rasen und kroch so weit wie möglich unter die Hecke. Aber zum Glück erwies sich das als überflüssige Vorsichtsmaßnahme. Ihr Vater betrat das Seminargelände nicht, um dort nach ihr zu suchen.

Langsam stand Beverly wieder auf. Ihr Rücken schmerzte an der Stelle, wo sie sich am Auspuffrohr verbrannt hatte. Ihre Kleidung starrte vor Dreck, und auch ihr Gesicht war schmutzig. Aber all diese Dinge waren relativ unwichtig, verglichen mit ihrer totalen emotionalen Verwirrung – sie hatte das Gefühl, über den Rand der Welt in die Tiefe gestürzt zu sein. Keins der üblichen Verhaltensmuster schien noch anwendbar zu sein. Sie konnte sich nicht vorstellen, heimzugehen, aber ebensowenig konnte sie sich vorstellen, *nicht* heimzugehen. Sie hatte ihrem Vater getrotzt, ihm wirklich und wahrhaftig *getrotzt*...

Sie mußte diesen Gedanken rasch verdrängen, weil er ihr Übelkeit und weiche Knie verursachte. Sie liebte ihren Vater. Und lautete nicht eines der Zehn Gebote: »Du sollst deinen Vater und deine Mutter ehren.«? Ja. Aber er war nicht er selbst gewesen, das war's. Er war jemand anders gewesen. Es...

Plötzlich schoß ihr eine schreckliche Frage durch den Kopf, und sie fröstelte: Passierte das gleiche vielleicht auch den anderen? Oder so was Ähnliches? Sie mußte ihre Freunde warnen. Sie hatten Es verletzt, und vielleicht ging Es jetzt auf diese Weise gegen sie vor, um sicherzustellen, daß sie Es nie wieder verletzen würden. Und wohin sonst als in die Barrens sollte sie auch gehen? Bill und die anderen waren die einzigen Freunde, die sie hatte. Bill... Bill würde wissen, was zu tun war. Bill würde ihr sagen, was sie jetzt tun sollte, Bill würde ihr helfen.

Sie blieb am Ende der Seminarauffahrt stehen und spähte um die Hecke auf die Kansas Street hinaus. Ihr Vater war nicht mehr zu sehen. Sie trat auf den Gehweg und ging stadtauswärts. Vermutlich würde zur Zeit keiner ihrer Freunde in den Barrens sein. Sie würden jetzt alle zu Hause zu Mittag essen. Aber später würden sie sich wieder einfinden. In der Zwischenzeit konnte sie sich ins kühle unterirdische Klubhaus setzen und versuchen, sich ein bißchen zu beruhigen und ihre Gedanken zu ordnen. Sie würde das schmale Fenster aufmachen, damit etwas Sonnenlicht einfiel, und vielleicht würde sie sogar einschlafen können. Ihr müder Körper und ihr überanstrengtes Gehirn verlangten nach Schlaf.

Mit gesenktem Kopf trottete sie an den letzten Häusern vorbei; nun war es nicht mehr weit bis zum Steilabhang in die Barrens – die Barrens, wo ihr Vater, so unglaublich es auch zu sein schien, am Vormittag herumgeschnüffelt und sie beobachtet hatte.

Sie hörte die Schritte hinter sich nicht. Die Jungen, die sie verfolgten, waren schon zu oft abgehängt worden, um noch ein Risiko einzugehen. Sie schlichen katzenhaft leise hinter ihr her, verringerten dabei den Abstand jedoch immer mehr. Belch und Victor grinsten, aber Henrys Gesicht war ernst und ausdruckslos. Seine Haare waren ungekämmt und wirr, seine Blicke schweiften ruhelos hin und her. Er legte einen schmutzigen Finger in einer *Pssst!*-Geste an die Lippen, als sie nur noch zwanzig Meter – nur noch fünfzehn Meter – nur noch zehn Meter – von Beverly entfernt waren.

Den ganzen Sommer hindurch hatte Henry auf einer ständig schmäler werdenden Brücke über dem Abgrund des Wahnsinns balanciert. An jenem Tag, als er Patrick Hockstetter erlaubt hatte mitzuspielen, war diese Brücke nur noch ein Drahtseil gewesen. Und dieses dünne Drahtseil war nun auch noch gerissen. An diesem Morgen war er, nur mit einer abgetragenen gelblichen Unterhose bekleidet, auf den Hof hinausgegangen und hatte zum Himmel emporgeblickt. Der Mond war noch als bleicher Schatten zu sehen gewesen, und während Henry ihn betrachtet hatte, war plötzlich ein totenschädelartiges, grinsendes Gesicht daraus geworden. Ganz hingerissen von freudigem Schrecken, war Henry vor diesem Gesicht auf die Knie gefallen. Geisterstimmen kamen vom Mond. Sie änderten sich, schienen sich manchmal zu einem kaum verständlichen Kauderwelsch zu vermischen ... aber er erkannte die Wahrheit, daß nämlich alle diese Stimmen in Wirklichkeit *eine* STIMME waren, daß *ein* GEIST dahinterstand. Die STIMME hatte ihm gesagt, er solle sich mit Victor und Belch verabreden, und sie sollten gegen Mittag an der Ecke Kansas Street und Costello Avenue sein. Die STIMME hatte ihm gesagt, er würde dann schon wissen, was zu tun sei. Und wirklich war diese kleine rothaarige

Hexe aufgetaucht. Er wartete darauf, daß die STIMME ihm sagen würde, was er als nächstes tun müsse. Er erhielt die Antwort, während sie den Abstand zwischen sich und Beverly stetig verringerten. Diesmal kam die STIMME nicht vom Mond, sondern aus einem Gully, an dem sie vorbeikamen. Die STIMME war leise, aber deutlich. Belch und Victor starrten wie hypnotisiert auf den Gully und dann auf Beverly.

Bring sie um, sagte die STIMME aus dem Gully klar und deutlich.

Henry Bowers griff in die Tasche seiner Jeans und zog einen schmalen, länglichen Gegenstand mit Intarsien aus imitiertem Elfenbein heraus. An einem Ende dieses dubiosen Kunstgegenstands funkelte ein kleiner Chromknopf. Henry drückte darauf, und eine fünfzehn Zentimeter lange Messerklinge sprang heraus. Er hatte das Messer vor einer Woche in einem Pfandleihhaus in Bangor gekauft. Er behielt es in der Hand und begann etwas schneller zu gehen. Victor und Belch, die immer noch wie betäubt aussahen, taten es ihm nach.

Beverly *hörte* sie nicht; nicht deshalb drehte sie sich um, als Henry ihr dicht auf den Fersen war. Henry hatte sich so lautlos wie ein Indianer an sie herangepirscht, ein starres Grinsen auf dem Gesicht. Nein, es war einfach das deutliche und mächtige Gefühl,

3.
Stadtbücherei Derry, 1.55 Uhr

beobachtet zu werden.

Mike Hanlon legte seinen Füllfederhalter weg und ließ seine Blicke über den Hauptsaal der Bücherei schweifen. Er sah von den Hängelampen erzeugte Lichtinseln; er sah, unscharf im Halbdunkel, Bücherregale; er sah die eisernen Wendeltreppen zu den Magazinen. Sonst war nichts zu sehen.

Aber er wurde das Gefühl einfach nicht los. Er glaubte, daß er nicht allein hier war.

Nach dem Aufbruch der anderen hatte er automatisch aufgeräumt, während er im Geiste Millionen Meilen – und 27 Jahre – entfernt war. Er machte Aschenbecher sauber, warf die leeren Flaschen und Bierdosen weg (um Carole nicht zu schockieren, bedeckte er sie mit zerknülltem Papier), dann fegte er die Scherben der Flasche zusammen, die Eddie zerbrochen hatte.

Anschließend legte er im Leseraum die herumliegenden Zeitungen und Zeitschriften an Ort und Stelle. Und während er diese einfachen Arbeiten verrichtete, ging er noch einmal die Geschichten durch, die sie er-

868

zählt hatten, wobei er sich am meisten auf das konzentrierte, was sie ausgelassen hatten. Sie glaubten sich jetzt an alles zu erinnern, aber das
stimmte nicht ganz. Nun ja, der Rest würde ihnen auch noch einfallen ...
wenn Es ihnen soviel Zeit ließ. Im Jahre 1958 hatten sie keine Möglichkeit gehabt, sich vorzubereiten. Sie hatten endlos geredet – abgesehen
von der Steinschlacht und ihrem heroischen Besuch des Hauses an der
Neibolt Street hatten sie immer nur *geredet* –, und vielleicht wäre es letzten Endes auch weiter nur beim Reden geblieben. Aber dann, am 14. August, waren sie von Henry und seinen Freunden geradezu in die unterirdische Kanalisation gejagt worden.

Vielleicht hätte ich es ihnen sagen sollen, dachte er, während er die
letzten Zeitschriften wegräumte. Aber davon hatte ihn etwas abgehalten
– jene andere Kraft. Vielleicht gehörte auch das einfach dazu; so vieles
hatte sich schon wiederholt, und vielleicht würde sich auch jener letzte
große Akt – natürlich in aktualisierter Form – wiederholen. Er hatte für
den kommenden Tag starke Taschenlampen und Minenhelme besorgt;
ebenso auch Pläne des Kanalisationssystems von Derry. Ordentlich zu-
sammengerollt und mit Gummis zusammengehalten, lagen sie mit den
Lampen und Helmen zu Hause in seinem Schrank. Aber damals, als Kinder, waren sie einfach in die Kanäle gejagt worden, waren unvorbereitet
in die Konfrontation mit IHM getrieben worden. Würde sich das wiederholen? Er war inzwischen zu der Überzeugung gelangt, daß Glaube und
Macht austauschbar waren. War die letzte Wahrheit vielleicht noch einfacher? Daß kein Glaubensakt möglich war, bis man – wie ein Fallschirm-
springer-Neuling aus einem Flugzeug – einfach sozusagen ins Nichts
hinausgestoßen wurde? Sobald man fiel, war man gezwungen, an den
Fallschirm zu glauben. Während des freien Falls an der Leine zu ziehen,
war Ausdruck dieses Glaubens.

Während Mike so seinen verschiedenen Beschäftigungen nachging,
hoffte er, daß er anschließend müde genug sein würde, um nach Hause zu
gehen und ein paar Stunden zu schlafen. Aber als er dann schließlich alles
aufgeräumt hatte, war er immer noch hellwach. Deshalb schloß er die
Tür hinter seinem Büro auf, die in den Raum mit den wertvollen Erstaus-
gaben der Bücherei führte; angeblich sollte er feuersicher sein, wenn die
tresorartige Tür geschlossen war. Hier standen signierte Werke längst
verstorbener Schriftsteller (darunter ›Moby Dick‹ und Whitmans
›Leaves of Grass‹), Dokumente zur Stadtgeschichte und die Manuskripte
der wenigen Schriftsteller, die in Derry gelebt und gearbeitet hatten.
Wenn alles ein gutes Ende nahm, hoffte Mike, Bill überreden zu können,
der Stadtbücherei seine Manuskripte zu überlassen. Während er die
dritte Regalreihe entlangging und die vertrauten Bibliotheksgerüche ge-

869

noß, dachte er: *Vermutlich werde ich einmal mit einer Büchereikarte in der Hand und einem Stempel* LEIHFRIST ÜBERSCHRITTEN *in der anderen sterben. Na ja, vielleicht gibt es Schlimmeres.*

Etwa in der Mitte des dritten Regals blieb er stehen. Sein ziemlich mitgenommener Notizblock, in dem die diversen skandalösen Geschehnisse in Derry sowie seine eigenen Abschweifungen und Ängste schriftlich niedergelegt waren, stand zwischen Frickes ›Old Derry-Town‹ und Michauds ›History of Derry‹. Er hatte das Notizbuch so weit nach hinten geschoben, daß es kaum zu sehen war. Niemand, der nicht direkt danach suchte, würde es hier aufstöbern.

Er löschte die Lampen, schloß die tresorartige Tür wieder ab und setzte sich an den Tisch, an dem sie vorhin alle gesessen hatten. Er blätterte die beschriebenen Seiten durch und dachte dabei, was für ein merkwürdiges Machwerk er doch fabriziert hatte: teils Geschichte, teils Skandalchronik, teils Tagebuch, teils Beichte. Seine letzte Eintragung stammte vom 6. April. *Ich werde mir bald ein neues Notizbuch zulegen müssen*, dachte er. *Dieses ist schon fast voll.* Aus unerfindlichen Gründen fiel ihm plötzlich Margaret Mitchells erster Entwurf von ›Vom Winde verweht‹ ein – sie hatte ihn in normaler Schreibschrift in unzählige Schulhefte geschrieben. Er schraubte die Kappe von seinem Füllfederhalter, ließ seinen Blick durch die leere Bücherei schweifen und schrieb *31. Mai* zwei Zentimeter unter seinen letzten Eintrag. Dann begann er, alles zu notieren, was sich in den vergangenen drei Tagen ereignet hatte, angefangen von dem Moment, als er in seinem Büro den Telefonhörer abgenommen und Stanley Uris' Nummer gewählt hatte.

Etwa eine Viertelstunde lang schrieb er mit äußerster Konzentration... dann ließ sie nach, und er hielt immer häufiger inne. Stans abgetrennter Kopf im Kühlschrank tauchte vor seinem geistigen Auge auf, Stans blutiger Kopf mit dem offenen Mund voller Federn, Stans Kopf, der aus dem Kühlschrank gefallen und auf ihn zugerollt war. Er versuchte dieses Bild abzuschütteln und schrieb weiter. Fünf Minuten später fuhr er plötzlich zusammen und drehte sich in panischer Angst um, überzeugt davon, daß er gleich sehen würde, wie dieser Kopf über die alten schwarzen und roten Fliesen auf ihn zurollte, mit unheimlich glasigen Augen, wie die eines ausgestopften Elchs, mit an den Wangen klebenden Federn...

Nichts zu sehen. Kein Kopf. Und außer dem gedämpften Trommeln seines eigenen Herzens war auch kein Laut zu hören.

Du mußt dich zusammennehmen, Mikey. Es sind nur die Nerven, weiter nichts. Du fantasierst!

Aber es nützte nichts. Seine Gedanken verwirrten sich, er konnte nicht mehr ordentlich formulieren. Er spürte einen Druck im Nacken, der immer stärker zu werden schien.

Das Gefühl, beobachtet zu werden.

Er legte den Füller hin und stand auf. »Ist da jemand?« rief er, und seine Stimme hallte gespenstisch vom Kuppeldach wider. Er fuhr sich mit der Zunge über die Lippen und versuchte es noch einmal. »Bill?... Ben?«

Bill-ill-ill... Ben-en-en...

Mike beschloß plötzlich, nach Hause zu gehen. Er würde nicht einmal mehr sein Notizbuch in das abgeschlossene Büchermagazin zurückbringen, sondern es einfach mitnehmen. Er griff danach... und dann hörte er einen schlurfenden Schritt.

Er blickte sich um. Lichtseen, umgeben von dunklen Schattenlagunen. Sonst nichts... zumindest konnte er nichts sehen. Er wartete mit laut pochendem Herzen.

Wieder ein Schritt – und diesmal konnte Mike lokalisieren, woher das Geräusch kam. Die verglaste Passage zwischen Erwachsenen- und Kinderbücherei. Bens BBC-Kommunikationsturm. Dort war jemand. Etwas.

Lautlos schlich Mike zur Ausleihtheke. Die Flügeltüren zur Passage wurden mit Holzkeilen offengehalten, und er konnte ein Stückchen hineinsehen. Er glaubte, Füße zu erkennen, und plötzlich kam ihm der schreckliche Gedanke, daß Stan vielleicht doch noch gekommen war, daß Stan gleich aus der Dunkelheit treten würde, seine Vogelenzyklopädie in einer Hand, mit weißem Gesicht und violetten Lippen, mit aufgeschnittenen Handgelenken und Unterarmen. *Ich bin doch noch gekommen, wenn auch ziemlich spät*, würde Stan sagen. *Ich habe so lange gebraucht, weil ich mich erst aus einer Grube herausarbeiten mußte, aber nun bin ich da...*

Der nächste Schritt – und jetzt konnte Mike deutlich Schuhe erkennen – Schuhe und ausgefranste Hosenbeine über nackten Knöcheln. Und fast sechs Fuß über diesen Knöcheln konnte er in der Dunkelheit funkelnde Augen sehen.

Er tastete auf der Platte der halbkreisförmigen Ausleihtheke herum, ohne den Blick von diesen regungslosen, funkelnden Augen zu wenden. Seine Finger berührten die Kante eines kleinen Holzkarteikastens – die Karten überfälliger Bücher. Dann eine Pappschachtel – Gummis und Büroklammern. Gleich darauf schlossen sich seine Finger um einen metallenen Gegenstand. Es war ein Brieföffner mit den eingravierten Worten JE-SUS ERRETTET auf dem Griff. Ein billiges Ding, das er zusammen mit einem Spendenaufruf von der Grace Baptist Church zugeschickt bekommen hatte. Mike hatte seit 15 Jahren keine Gottesdienste mehr besucht, aber Grace Baptist Church war die Gemeindekirche seiner Mutter gewesen, und er hatte fünf Dollar überwiesen, obwohl er sich das kaum leisten konnte. Er hatte eigentlich vorgehabt, den Brieföffner wegzuwerfen, aber dann war er doch auf seiner unordentlichen Pulthälfte (Caroles Seite war immer tadellos aufgeräumt) liegengeblieben.

Er umklammerte den Brieföffner krampfhaft und starrte in den dunklen Glaskorridor.

Noch ein Schritt... und noch einer. Jetzt waren die ausgefransten Baumwollhosen schon bis zu den Knien sichtbar, und er konnte auch die Umrisse der dazugehörigen Gestalt erkennen: breit, schwerfällig, mit runden Schultern und zerzausten Haaren. Eine fast affenartige Gestalt.

»Wer sind Sie?«

Die Gestalt stand einfach da und betrachtete ihn.

Zwar fürchtete Mike sich immer noch, aber er hatte die lähmende, übernatürliche Angst überwunden, die mit der Vorstellung verbunden gewesen war, es könnte Stan Uris sein, der aus dem Grab zurückgekehrt war, der durch die Narben auf seinen Handflächen auf geheimnisvolle Weise ins Leben zurückgerufen worden war wie ein Zombie in irgendeinem Horrorfilm. Aber wer immer der Eindringling auch sein mochte – Stan war es jedenfalls nicht. Stan war nicht so groß gewesen.

Die schattenhafte Gestalt machte einen weiteren Schritt vorwärts, und nun fiel das Licht aus einer der Kugellampen auf die Schlaufen am Bund der Jeans, durch die kein Gürtel gezogen war.

Plötzlich wußte Mike, wer es war. Er wußte es, noch bevor die Gestalt den Mund aufmachte.

»Na so was, das ist ja der Nigger«, sagte die Gestalt. »Hast du wieder mal Steine geworfen, Nigger? Willst du wissen, wer deinen Scheißköter vergiftet hat?«

Die Gestalt machte noch einen Schritt vorwärts, und nun fiel das Licht auf Henry Bowers' Gesicht. Es war dick, aufgedunsen und von krankhafter Blässe; die Hängebacken waren mit Bartstoppeln bedeckt, die etwa zur Hälfte nicht mehr schwarz, sondern schon grau waren. Über den buschigen Brauen zogen sich drei tiefe Querfalten über die Stirn. Weitere Falten bildeten große Klammern um die Winkel des vollippigen Mundes. Über einem dicken Bauch, einem Bauch, der mehr Kartoffeln als andere Nahrungsmittel bekommen hatte, spannte sich das Hemd. Die kleinen Augen, die in dem fetten Gesicht fast verschwanden, waren blutunterlaufen und hatten einen leeren Ausdruck. Es war das Gesicht eines vorzeitig gealterten Mannes, der eigentlich erst 39 Jahre alt war, doch aussah wie Mitte Siebzig. Aber gleichzeitig war es das Gesicht eines zwölfjährigen Jungen. Henry Bowers' Kleidung war noch grün, scheinbar hatte er sich in Büschen versteckt.

»Willste nicht hallo sagen, Nigger?« sagte Henry.

»Hallo, Henry.« Mike fiel plötzlich ein, daß er den ganzen Tag kein Radio gehört hatte, ja, daß er nicht einmal die ›Derry News‹ aufgeschlagen hatte, deren Lektüre bei ihm normalerweise zum festen Ritual gehörte. Es war einfach zuviel los gewesen. Zu dumm.

Henry blieb am Ende des Glaskorridors stehen und starrte Mike mit seinen Schweinsäuglein an. Seine wulstigen Lippen verzogen sich zu einem unbeschreiblichen Grinsen und enthüllten verfaulte Zähne, die schief und krumm waren wie alte Grabsteine in weicher Erde.

»Stimmen«, sagte er. »Ich wette, du weißt darüber Bescheid. Hörst du Stimmen, Nigger?«

»Was für Stimmen, Henry?«

»Vom Mond«, sagte Henry und schob eine Hand in die Tasche. »Sie kam vom Mond. Seine Stimme.«

»Hast du Es gesehen, Henry?«

»O ja«, erwiderte Henry. »Frankenstein. Hat Victor den Kopf abgerissen. Gab 'n Geräusch, wie wenn man 'nen großen Reißverschluß öffnet. Dann hat Es sich auf Belch gestürzt. Belch hat mit Ihm gekämpft.«

»Ja?«

»Ja. Dadurch konnte ich entkommen.«

»Du hast ihn im Stich gelassen, hast ihn sterben lassen.«

»Sag so was nicht!« Henrys fette Wangen liefen vor Zorn rot an. Er machte zwei Schritte nach vorne, und als er jetzt aus dem Glaskorridor in die Erwachsenenbücherei heraustrat, kam er Mike komischerweise jünger vor. Er konnte die Spuren der Zeit in Henrys Gesicht nun noch deutlicher erkennen, aber er sah auch etwas anderes: das Kind, das vom verrückten Butch Bowers erzogen worden war, das auf einer ursprünglich ordentlichen Farm aufgewachsen war, die Butch allmählich immer mehr heruntergewirtschaftet hatte. Der verrückte Butch, der auf der hinteren Veranda seiner Bruchbude von Haus zu sitzen und Radio zu hören pflegte, sein japanisches Schwert – ein Kriegssouvenir – auf dem Schoß. »Sag so was nicht! Es hätte auch mich umgebracht!«

»Uns hat Es nicht umgebracht.«

Henrys Augen funkelten bösartig. »Noch nicht. Aber Es wird euch auch umbringen. Es sei denn, daß ich Ihm keinen von euch übriglasse.« Er zog die Hand aus seiner Tasche heraus. Ein schmaler, länglicher Metallgegenstand kam zum Vorschein, mit Intarsien aus Elfenbeinimitation. Henry drückte auf einen kleinen Chromknopf, und eine fünfzehn

873

Zentimeter lange Stahlklinge schoß hervor. Er schlug mit der Klinge in die Handfläche – und kam rasch näher.

»Ich hab's wiedergefunden«, sagte er. »Hab' das Messer gefunden, hab' diese Kleider gefunden. Ich wußte, wo ich suchen mußte.« Er zwinkerte mit einem blutunterlaufenen Lid. »Der Mann im Mond hat's mir erzählt.« Henry entblößte wieder seine Zähne. »Bin per Anhalter gefahren. Mit 'nem alten Mann. Hab' ihm 'nen Schlag versetzt. Ich glaub', er war tot. Bin mit dem Auto in Newport in 'nen Graben gefahren. Kurz hinter der Stadtgrenze von Derry hab' ich dann diese STIMME gehört. Ich hab' bei 'nem Gully nachgeschaut. Und da lagen die Kleider. Und das Messer. Mein altes Messer.«

»Du vergißt aber etwas, Henry.«

Grinsend schüttelte Henry den Kopf.

»Wir sind damals mit dem Leben davongekommen, und du ebenfalls. Es wird auch dich jetzt schnappen, Henry.«

»Nein.«

»Ich glaube doch. Ihr Dum-Dums habt IHM vielleicht die Arbeit gemacht, aber Es hat eigentlich keinen bevorzugt, oder? Es hat deine beiden Freunde alle gemacht, und während Belch Es bekämpft hat, bist du entkommen. Aber jetzt bist du wieder da. Ich glaube, Es betrachtet dich auch noch als unerledigte Angelegenheit, Henry. Wirklich.«

»Nein!«

»Vielleicht wirst du wieder Frankenstein sehen. Oder den Werwolf. Einen Vampir. Oder vielleicht den Clown. Oder, Henry! *Vielleicht wirst du sehen, wie* Es *wirklich aussieht, Henry. Wir haben es gesehen. Soll ich es dir sagen? Soll ich...«*

»Sei still!« schrie Henry und stürzte sich auf Mike.

Mike sprang beiseite und stellte ihm ein Bein. Henry stolperte darüber und fiel der Länge nach hin. Er schlug dröhnend auf dem Boden auf und schlitterte über die abgetretenen Fliesen. Sein Kopf prallte gegen ein Bein des Tisches, an dem die Verlierer vorhin gesessen und Geschichten erzählt hatten. Einen Moment lang war er halb betäubt; das Messer hing schlaff in seiner Hand.

Mike ging auf ihn zu. In diesem Augenblick hätte er Henry umbringen können; er hätte den Brieföffner mit der Aufschrift JESUS ERRETTET in Henrys Nacken stoßen und danach die Polizei anrufen können. Das hätte natürlich etwas offizielles Geschwafel gegeben, aber nicht allzuviel, nicht in Derry, wo solche Gewalttaten keine Seltenheit waren.

Was ihn davon abhielt, war zum Teil seine Abscheu vor Gewalt, das Gefühl, daß Gewalt SEINE Waffe war (und vielleicht auch eine Erkenntnis, die ihn blitzartig durchzuckte, ohne richtig in sein Bewußtsein zu

874

dringen: daß er SEIN Werk ausführen würde, wenn er Henry tötete; ebenso wie umgekehrt Henry SEIN Werk ausführte, wenn er Mike tötete); was ihn aber mehr als alles andere davon abhielt, war jener andere Ausdruck auf Henrys Gesicht – der müde, verwirrte Ausdruck des unglückseligen Kindes, dem von Geburt an übel mitgespielt worden war. Henry war im verseuchten Umfeld von Butch Bowers' verwirrtem Geist aufgewachsen; und er hatte bestimmt schon IHM gehört, noch bevor er gewußt hatte, daß Es existierte.

Anstatt also den Brieföffner in Henrys Nacken zu stoßen, ließ Mike sich auf die Knie fallen und griff nach dem Messer. Es drehte sich in seiner Hand – scheinbar ganz aus eigener Kraft –, und obwohl er im ersten Moment keinen Schmerz verspürte, floß plötzlich rotes Blut aus der braunen Haut seiner ersten drei Finger auf die narbige Handfläche.

Er riß seine Hand zurück, und Henry rollte etwas zur Seite. Er kam auf die Knie, und die beiden Männer starrten einander an. Henrys Nase blutete. Er schüttelte den Kopf, und Blutstropfen flogen in die Dunkelheit.

»Ihr habt euch für so schlau gehalten!« schrie er heiser. »Ihr alle! Verdammte Feiglinge und Schwächlinge wart ihr alle, sonst nichts! In einem fairen Kampf hätten wir euch besiegt!«

»Leg das Messer weg, Henry«, sagte Mike ruhig. »Ich werde die Polizei anrufen. Man wird dich hier abholen und nach Juniper Hill zurückbringen. Du wirst von Derry weg sein. Du wirst in Sicherheit sein.«

Henry versuchte zu sprechen und konnte nicht. Er konnte diesem verhaßten Nigger doch nicht erzählen, daß er dort *nicht* in Sicherheit wäre, ebensowenig wie in Los Angeles oder in den Regenwäldern von Timbuktu. Früher oder später würde überall der Mond aufgehen, knochenweiß und kalt wie Schnee, und die Geisterstimmen würden ertönen, und das Gesicht des Mondes würde sich in SEIN Gesicht verwandeln und schwatzen und lachen und ihm Befehle erteilen. Er schluckte schleimiges Blut.

»Ihr habt nie fair gekämpft!«

»Ihr etwa?« konterte Mike.

»Du verdammte schwarze Nigger-Drecksau!« schrie Henry und griff Mike wieder an.

Mike lehnte sich zurück, um dem ungeschickten Angriff auszuweichen, verlor dabei das Gleichgewicht und fiel auf den Rücken. Henry packte ihn am Arm. Mike stieß mit dem Brieföffner zu und spürte, daß dieser sich tief in Henrys Unterarm bohrte. Henry schrie auf, aber anstatt loszulassen, umklammerte er Mikes Arm nur noch fester. Die Haare fielen ihm wirr in die Augen, und aus seiner gebrochenen Nase floß Blut über die wulstigen Lippen.

Mike versuchte, ihn mit dem Fuß wegzustoßen. Henry holte in weitem Bogen mit dem Messer aus, und die fünfzehn Zentimeter lange Klinge drang bis zum Heft in Mikes Oberschenkel, ganz mühelos, wie in einen Butterkuchen. Henry zog das bluttriefende Messer wieder heraus, und mit einem Schrei stieß Mike ihn zurück.

Er kam mühsam auf die Beine, etwas später als Henry, und konnte dessen nächstem Angriff nur noch knapp ausweichen. Er spürte, wie Blut in beängstigender Menge an seinem Bein herabfloß und seinen Hush-Puppy-Schuh füllte. *Er muß meine Oberschenkelarterie getroffen haben. O Gott, er hat mich ganz schön erwischt. Überall Blut. Blut auf dem Fußboden. Die Schuhe sind auch im Eimer, Blut bekommt man von Wildleder nicht mehr ab...*

Keuchend und schnaubend wie ein wütender Stier griff Henry erneut an. Mike taumelte beiseite und stieß gleichzeitig mit dem Brieföffner zu, der durch Henrys fadenscheiniges Hemd drang und eine tiefe Schnittwunde quer über seinen Rippen verursachte. Henry stieß einen Schmerzensschrei aus und griff sich an die Rippen. Sein Hemd sog sich rasch mit Blut voll.

»*Du mieser Nigger!*« kreischte er. »*Schau nur, was du gemacht hast!*«

»Laß das Messer fallen, Henry!«

Hinter ihnen ertönte plötzlich ein Kichern. Henry drehte sich um... und dann schrie er entsetzt auf und schlug sich die Hände vors Gesicht. Auch Mike warf einen Blick zur Ausleihtheke hinüber. An einer dicken Sprungfeder, die wie ein Korkenzieher in den Hals gebohrt war, wippte Stans Kopf auf und ab. Das Gesicht war grellweiß geschminkt. Auf beiden Wangen waren rote Rougekreise, und anstelle von Augen füllten große orangefarbene Pompons die Höhlen. Dieses groteske Schachtelmännchen nickte am Ende der Feder mit dem Kopf wie eine jener riesigen Sonnenblumen, die neben dem Haus an der Neibolt Street emporgeragt hatten. Es öffnete den Mund, und eine quiekende, lachende Stimme begann zu kreischen: »*Bring ihn um, Henry! Bring den Nigger um, bring den Feigling um, bring ihn um, bring ihn um, BRING IHN UM!*«

Mike begriff, daß er auf einen üblen Trick hereingefallen war; rasch wandte er sich wieder Henry zu, wobei er sich aber unwillkürlich fragte, was für ein Gesicht Henry wohl am Ende jener Sprungfeder gesehen hatte. Das von Stan? Das von Victor Criss? Oder vielleicht das seines Vaters?

Mit einem schrillen Schrei stürzte sich Henry wieder auf Mike. Die Messerklinge in seiner Hand sauste auf und ab wie die Nadel einer Nähmaschine. »*Uuuuuh, Nigger!*« brüllte Henry. »*Uuuuuh, Nigger! Uuuuuuh, Nigger!*«

Mike wich etwas zurück, aber sein verletztes Bein knickte gleich darauf unter ihm weg, und er fiel wieder hin. Er hatte kaum noch ein Gefühl in diesem Bein. Es war kalt, und als er einen Blick darauf warf, sah er, daß seine cremefarbene Hose sich rot verfärbt hatte.

Henrys Klinge sauste dicht an seiner Nase vorbei.

Mike holte mit dem JESUS ERRETTET-Brieföffner aus, als Henry gerade wieder auf ihn zustürmte. Henry rannte direkt in den Brieföffner hinein. Sofort floß warmes Blut über Mikes Hand, und als er sie zurückzog, hielt er nur noch den Griff des Brieföffners fest. Die Klinge steckte in Henrys Bauch.

»*Uuuuuh, Nigger!*« schrie Henry wieder und griff sich an die Wunde. Blut sickerte zwischen seinen Fingern hindurch. Er starrte ungläubig darauf. Der Kopf am Ende der quietschenden Schachtelmännchen-Feder kreischte und lachte. Mike, dem jetzt schwindlig und übel war, warf einen Blick darauf und sah den Kopf von Belch Huggins mit einer New-York-Yankees-Mütze auf den blutigen Haaren. Mike stöhnte laut auf, aber der Laut drang nur ganz verschwommen an seine Ohren. Er spürte, daß er in einer warmen Blutlache saß ... in seinem eigenen Blut. *Wenn ich mein Bein nicht bald abbinden kann, verblute ich.*

»*Uuuuuuh! Niiiiigger!*« schrie Henry. Eine Hand auf den blutenden Bauch gepreßt, in der anderen noch immer das Messer, stolperte er auf die Büchereitür zu. Er torkelte trunken durch den Raum wie eine Kugel im Flipperautomaten. Er stieß einen Lehnstuhl um, fegte mit der Hand einen Stapel Zeitungen zu Boden. Dann stieß er die Tür auf und verschwand in der Dunkelheit.

Mike war einer Ohnmacht nahe. Er fummelte mit tauben Fingern an seinem Gürtel herum. Schließlich gelang es ihm, die Schnalle zu öffnen und ihn herauszuziehen. Er schlang ihn dicht unterhalb der Leiste um sein Bein und band es ab. Während er den Gürtel mit einer Hand festhielt, kroch er auf die Ausleihtheke zu. Dort stand das Telefon. Er wußte zwar nicht, wie er an den Apparat herankommen sollte, aber fürs erste konzentrierte er sich nur darauf, die Theke überhaupt zu erreichen. Er kroch. Ihm wurde schwarz vor Augen, und er streckte rasch seine Zunge heraus und biß kräftig zu. Der scharfe Schmerz half sofort. Die Welt nahm wieder deutliche Konturen an. Er bemerkte, daß er noch immer den abgebrochenen Griff des Brieföffners in der Hand hatte, und warf ihn weg. Und da war auch endlich die Ausleihtheke; hoch wie der Mount Everest sah sie aus.

Mike schob sein unverletztes Bein unter sich, griff mit der freien Hand nach der Platte der Theke und zog sich hoch. Sein Mund verzerrte sich vor Anstrengung und Schmerz zur Grimasse, seine Augen wurden zu schmalen Schlitzen. Schließlich stand er da wie ein Storch und nahm den Hörer vom Telefon. Auf der Seite klebte ein Zettel mit drei Notrufnummern: Feuerwehr, Polizei und Krankenhaus. Mit einem zitternden Finger, der mindestens zehn Meilen entfernt zu sein schien, wählte Mike die Nummer des Krankenhauses: 555-3711. Er schloß die Augen, als er den Signalton hörte... und dann riß er sie weit auf, denn am anderen Ende der Leitung hörte er die Stimme von Pennywise, dem Clown.

»Hallo, Nigger!« rief Pennywise, und dann lachte er schrill in Mikes Ohr. »Was sagst du nun? Wie geht's dir? Ich glaube, du bist ein toter Mann, meinst du nicht auch? Ich glaube, Henry hat dich erledigt! Möchtest du einen Luftballon, Mikey? Möchtest du einen Luftballon haben? Wie geht's dir? Hallo! Hallo!«

Mike blickte zur Großvateruhr empor, zur Mueller-Uhr; ohne jede Überraschung registrierte er, daß das Zifferblatt sich in das Gesicht seines Vaters verwandelt hatte – ein graues, vom Krebs gezeichnetes, ausgemergeltes Gesicht. Die Augen waren so verdreht, daß man nur das Weiße sehen konnte, und dadurch entstand fast der Effekt einer Totenmaske. Plötzlich streckte sein Vater die Zunge heraus, und die Uhr begann zu schlagen.

Mikes Hand rutschte von der Kante der Ausleihtheke ab. Einen Moment lang schwankte er auf einem Bein, dann fiel er wieder hin. Der Hörer baumelte am Ende der Schnur vor seiner Nase hin und her. Es fiel ihm jetzt immer schwerer, den Gürtel festzuhalten.

»Hallo, du da!« rief Pennywise vergnügt aus dem Hörer. »Hallo, du da, wie geht's, wie steht's? Hallo, du da, wie geht's?«

»Falls dort jemand ist«, krächzte Mike, »so helfen Sie mir bitte. Ich heiße Michael Hanlon, und ich bin in der Stadtbücherei von Derry. Ich verblute. Falls dort jemand ist – ich kann Sie nicht hören. Man erlaubt mir nicht, Sie zu hören. Bitte beeilen Sie sich, wenn Sie da sind. Ich glaube, ich sterbe.«

Er legte sich auf die Seite und zog seine Beine an, bis er dalag wie ein Embryo. Er schlang den Gürtel zweimal fest um seine rechte Hand und konzentrierte sich nur noch darauf, ihn festzuhalten, während ihm immer wieder schwarz vor Augen wurde.

»Hallo, du da, wie geht's?« quakte Pennywise immer noch aus dem hin und her pendelnden Telefonhörer. »Wie geht's, wie steht's, du Nigger? Hallo,

4.

Kansas Street, 12.20 Uhr

du da«, sagte Henry Bowers. »Wie geht's dir, kleine Fotze?«

Beverly wollte instinktiv sofort losrennen. Mit einer so schnellen Reaktion hatten die Jungen nicht gerechnet, und vielleicht wäre es ihr tatsächlich gelungen wegzulaufen, wenn ihre langen Haare nicht gewesen wären. Henry packte sie daran, wickelte eine Strähne um seine schmutzige, grobknochige Hand und zerrte sie zurück. Er grinste ihr ins Gesicht; sein Atem war warm und stank.

»Wie geht's, wie steht's?« fragte Henry sie. »Wohin des Weges? Willst du wieder mal mit deinen Arschlöchern von Freunden spielen? Vielleicht werd' ich dir die Nase abschneiden und dich zwingen, sie zu schlucken. Na, wie gefällt dir das?«

Beverly versuchte, sich zu befreien. Henry lachte und zog sie kräftig an den Haaren. Das Messer funkelte in der dunstigen Augustsonne.

Plötzlich ertönte eine Autohupe.

»Hallo, ihr da! Was macht ihr Burschen? Laß sofort das Mädchen los!«

Es war eine alte Dame am Steuer eines gut erhaltenen Fords Baujahr 1950. Sie hatte an der Bordsteinkante angehalten, beugte sich über den Beifahrersitz und schaute aus dem Fenster. Beim Anblick ihres zornigen, ehrlich empörten Gesichts wich der leere, betäubte Ausdruck von Victors Gesicht, und er warf Henry einen nervösen Blick zu.

»Bitte!« schrie Beverly schrill. »Er hat ein Messer! Ein *Messer!*«

Der Ärger der alten Dame verwandelte sich in Überraschung, Sorge und Furcht. »Was macht ihr Burschen da? Laßt das Mädchen sofort *in Ruhe!*«

Auf der anderen Straßenseite – Bev sah es ganz deutlich – erhob sich Herbert Ross aus dem Liegestuhl auf seiner Veranda, trat ans Geländer und blickte herüber. Sein Gesicht war ebenso ausdruckslos wie das von Belch Huggins. Er faltete seine Zeitung zusammen und ging ins Haus.

»Laßt sie *los!*« kreischte die alte Dame.

Henry bleckte seine faulen Zähne und rannte plötzlich auf das Auto zu; Beverly zerrte er an den Haaren hinter sich her. Sie stolperte, fiel auf ein Knie, wurde weitergezogen. Der Schmerz in ihrer Kopfhaut war furchtbar. Sie spürte, wie ihr Haare ausgerissen wurden.

Die alte Dame schrie auf und kurbelte in Windeseile ihr Fenster hoch. Brüllend stieß Henry zu, und die Klinge kratzte über Glas. Der Fuß der Frau rutschte von der Kupplung, und das Auto beschrieb drei große Sätze und landete mit den Vorderreifen auf dem Gehweg. Henry rannte hinterher, Beverly immer noch im Schlepptau. Victor leckte sich die Lippen und schaute sich nervös um. Belch schob seine New-York-Yankees-Baseballmütze zurück und kratzte sich verwirrt am Ohr.

Bev sah das bleiche, ängstliche Gesicht der alten Dame, sah, wie sie rasch die Türsicherungsknöpfe herunterdrückte, zuerst auf der Beifahrerseite, dann auf der anderen. Der Motor des Fords heulte auf. Henry holte mit dem Fuß aus und zerschlug eine Rückleuchte.

»Hau ab, du vertrocknete alte Schlampe!«

Mit quietschenden Reifen setzte die alte Dame den Wagen auf die Straße zurück. Ein Lastwagen mußte ihr ausweichen, und der Fahrer hupte verärgert. Henry wandte sich wieder grinsend Bev zu, und da versetzte sie ihm einen kräftigen Fußtritt in die Hoden.

Henrys Grinsen verwandelte sich in eine Grimasse. Das Messer glitt ihm aus der Hand und fiel klirrend auf das Trottoir. Er ließ ihre Haare los, und dann sank er in die Knie, hielt sich die Hoden und stieß einen lautlosen Schrei aus. Beverly sah Strähnen ihres roten Haares, die an seiner Hand klebten, und in diesem Moment schlug ihre Angst in wilden Haß um. Sie zog laut die Luft ein, und dann spuckte sie ihm auf den Kopf.

Sie wirbelte auf dem Absatz herum und rannte los.

Belch machte drei zögernde Schritte hinter ihr her, dann blieb er stehen. Er und Victor gingen zu Henry, der sie wegschob und sich hochrappelte, beide Hände immer noch auf die Hoden gepreßt. Es war nicht das erste Mal in diesem Sommer, daß man ihm einen Tritt dorthin versetzt hatte.

Er bückte sich und hob sein Messer auf. »... mit ...«, keuchte er.

»Was, Henry?« fragte Belch ängstlich.

Henry wandte ihm sein Gesicht zu, das verschwitzt und vor Schmerz, rasender Wut und Haß so verzerrt war, daß Belch unwillkürlich etwas zurückwich. »Ich ... sagte ... kommt ... mit!« keuchte Henry und begann hinter Beverly herzustolpern.

»Wir können sie jetzt nicht mehr einholen, Henry«, sagte Victor unbehaglich. »Verdammt, du kannst ja kaum laufen!«

»Wir *werden* sie kriegen!« schnaubte Henry. Seine Oberlippe hob und senkte sich unbewußt, wie bei einem knurrenden Hund. Schweiß lief ihm in Strömen von der Stirn über die hektisch geröteten Wangen. »O ja, wir *werden* sie kriegen. Ich weiß nämlich, wohin sie geht. Sie geht runter in die Barrens, wo die übrigen Arschlöcher sind, ihre

5.
Derry Town House, 2.00 Uhr

Freunde«, sagte Beverly.

»Hmmm?« Bill sah sie fragend an. Er war in Gedanken weit weg gewesen. Sie waren Hand in Hand gegangen, in freundschaftlichem Schweigen, obwohl das Bewußtsein der gegenseitigen Anziehungskraft beide ein bißchen verlegen machte. Bill hatte von ihrem Satz nur das letzte Wort aufgefangen. Einen Block vor ihnen schimmerten die Lichter des Town House durch den Bodennebel.

»Ich habe gesagt, ihr wart meine besten Freunde. Die einzigen Freunde, die ich jemals hatte.« Sie lächelte. »Freundschaft zu schließen ist nie meine starke Seite gewesen, glaube ich, obwohl ich eine Freundin in Chicago habe. Eine Frau namens Kay McCall. Ich glaube, du würdest sie mögen, Bill.«

»Wahrscheinlich. Ich habe auch nie schnell Freundschaft geschlossen.« Er lächelte. »Damals wurden wir alle geb-b-braucht.« Er sah Tropfen in ihrem Haar und bewunderte, wie das Licht einen Heiligenschein um ihren Kopf zauberte. Ihre Augen waren ernst auf ihn gerichtet.

»Ich brauche jetzt etwas«, sagte sie.

»W-W-Was denn?«

»Daß du mich küßt«, sagte sie.

Er dachte an Audra, und zum erstenmal wurde ihm bewußt, daß sie Beverly *ähnlich sah,* und er fragte sich, ob Audras Anziehungskraft auf ihn *deshalb* so groß gewesen war, daß er seine Hemmungen überwunden und sie gegen Ende der Hollywood-Party, bei der sie einander vorgestellt worden waren, um ein Rendezvous gebeten hatte. Er verspürte Gewissensbisse... und dann nahm er Beverly, seine Freundin aus fernen Kindheitstagen, fest in die Arme.

Ihr Kuß war fest und warm und süß. Ihre Brüste streifen an sein offenes Jackett, und sie schmiegte sich an ihn. Dann schob sie ihre Hüften etwas zurück, und nun war er es, der sie zu sich heranzog und beide Hände in ihrer Haarmähne vergrub. Sie bemerkte seine Erektion, stieß laut den Atem aus und legte ihr Gesicht in seine Schultermulde. Er spürte ihre warmen Tränen auf seiner Haut.

»Komm«, flüsterte sie. »Schnell.«

Er nahm ihre Hand, und die restliche kurze Strecke bis zum Hotel legten sie wieder schweigend zurück. Die Hotelhalle war alt, mit vielen Pflanzen dekoriert, und hatte einen gewissen altmodischen Charme. Sie war im rustikalen Stil des 19. Jahrhunderts eingerichtet. Um diese Zeit war sie leer, abgesehen vom Angestellten am Empfang, der sich aber im hinteren Büro aufhielt, die Füße auf den Schreibtisch gelegt hatte und vor dem Fernseher saß. Bill drückte im Lift auf den Knopf der dritten Etage; sein Finger zitterte dabei etwas – Erregung? Nervosität? Schuldbewußtsein? Alles zusammen, und dazu auch noch Angst und eine fast aberwitzige Freude. Sie gingen den Korridor entlang, zu seinem Zimmer. Er hatte den etwas konfusen Entschluß gefaßt, daß es – wenn er Audra schon untreu wurde – ein totaler Treuebruch sein sollte, vollzogen in *seinem*, nicht in Beverlys Zimmer. Plötzlich fiel ihm Susan Browne ein, seine erste literarische Agentin und seine erste Geliebte – er war damals knapp zwanzig gewesen.

Ich betrüge meine Frau. Er versuchte, das richtig zu Ende zu denken, aber es kam ihm doch irgendwie unwirklich vor. Am stärksten war ein eigenartiges Heimweh; ein altmodisches Gefühl, etwas aufzugeben. Audra würde jetzt schon auf sein, Kaffee kochen, im Morgenrock am Küchentisch sitzen und entweder ihre Rolle studieren oder einen Roman – vielleicht von Dick Francis – lesen.

Sein Schlüssel drehte sich im Schloß von Zimmer 311. Wären sie in Beverlys Zimmer im fünften Stock gegangen, so hätte dort das Licht an ihrem Telefon geblinkt, das signalisierte, daß eine Nachricht für sie vorlag; der Empfangsangestellte hätte ihr ausgerichtet, sie solle ihre Freundin Kay in Chicago anrufen (nach Kays drittem panischen Anruf hatte er die Nachricht endlich durchgegeben), vielleicht hätten die Dinge dann einen anderen Lauf genommen: Die fünf wären bei Einbruch der Dunkelheit vielleicht nicht vor der Polizei geflohen. Aber sie gingen in Bills Zimmer – vielleicht, weil es so vorherbestimmt war.

Die Tür öffnete sich. Sie traten ein. Beverly sah ihn mit leuchtenden Augen an; ihre Wangen glühten, und ihre Brust hob und senkte sich rasch. Er nahm sie in die Arme und wurde überwältigt von dem Gefühl, *richtig* zu handeln – von dem Gefühl, daß der Kreis zwischen Vergangenheit und Gegenwart sich mit triumphierender Nahtlosigkeit schloß. Er stieß die Tür ungeschickt mit dem Fuß zu, und sie lachte ihren warmen Atem in seinen Mund hinein.

»Mein Herz...«, sagte sie und legte seine Hand auf ihre linke Brust. Er konnte es unter dem weichen und doch festen, wahnsinnig erregenden Fleisch laut pochen hören.

»Dein H-H-Herz...«

»Mein Herz.«

Sie ließen sich angekleidet aufs Bett fallen und küßten sich. Ihre Hand glitt unter sein Hemd, kam wieder hervor. Sie fuhr mit einem Finger über die Knöpfe, hielt an der Taille kurz inne... und dann glitt ihr Finger tiefer, über seinen harten Penis. In seinen Leisten begannen Muskeln zu zucken und zu vibrieren, Muskeln, die er normalerweise überhaupt nicht spürte. Er brach den Kuß ab und rückte auf dem Bett etwas von ihr ab.

»Bill?«

»Ich m-m-muß eine kleine P-P-Pause einlegen«, sagte er. »Sonst geht die L-Ladung noch in m-meine Hose wie bei einem Jungen.«

Sie lachte wieder leise und sah ihn an. »Nur deshalb? Oder hast du Zweifel?«

»Zweifel«, sagte Bill. »D-D-Die habe ich immer.«

»Ich nicht. Ich hasse ihn«, sagte sie.

Er sah sie an, und sein Lächeln schwand.

»Bis heute abend war ich mir dessen nicht voll bewußt«, sagte sie. »Oh, ich wußte es – irgendwo tief im Innern wußte ich es die ganze Zeit, glaube ich. Er schlägt mich, er verletzt mich. Ich habe ihn geheiratet, weil... ich glaube, weil mein Vater sich immer Sorgen um mich machte. Wie sehr ich mich auch anstrengen mochte – er machte sich Sorgen. Und ich wußte vermutlich, daß er Toms Verhalten billigen würde. Denn auch Tom machte sich Sorgen. Und solange sich jemand Sorgen um mich machte, würde ich sicher sein. Ja, mehr als sicher. *Real.*« Sie sah ihn sehr ernst an. Ihre Bluse war etwas hochgerutscht und entblößte einen weißen Streifen Haut, den Bill gern geküßt hätte. »Aber es wurde ein einziger Alptraum. Mit Tom verheiratet zu sein war so ähnlich, wie in den Alptraum zurückzukehren. Warum macht ein Mensch so etwas? Warum sollte irgendein Mensch aus eigenem Antrieb in den Alptraum zurückkehren wollen?«

Bill sagte: »Der einzige G-G-Grund, den ich m-mir vorstellen kann, ist, daß M-M-Menschen zurückkehren, um sich s-s-selbst zu f-f-f-finden.«

»Der Alptraum ist hier«, fuhr Beverly fort. »Der Alptraum ist Derry. Verglichen damit ist Tom nur ein kleiner Fisch. Ich sehe ihn jetzt deutlicher. Ich verabscheue mich selbst für die Jahre, die ich mit ihm verbracht habe... du weißt ja nicht... wozu er mich zwang... und, oh, ich war glücklich, diese Dinge zu tun, weil er sich Sorgen um mich machte, weißt du. Er machte sich *schreckliche* Sorgen um mich. Ich würde am liebsten weinen... aber ich schäme mich viel zu sehr. Kannst du das verstehen?«

»Quäl dich n-n-nicht«, sagte er ruhig und legte seine Hand auf die ihrige. Sie griff danach wie nach einem Rettungsring. Ihre Augen leuchteten verdächtig, aber es kamen keine Tränen. »W-W-Wir verpatzen alle s-so vieles. Aber das L-Leben ist kein Examen. M-Man muß einfach w-weitermachen, so gut man k-k-kann.«

»Was ich sagen wollte, war, daß ich Tom nicht betrüge, und ich versuche auch nicht, mich durch dich irgendwie an ihm zu rächen oder irgend so was. Für mich wäre es etwas... etwas ganz Normales und Schönes. Aber ich möchte dir nicht weh tun, Bill. Oder dich zu etwas verführen, das dir hinterher leid tun wird.«

Er dachte darüber nach. Er dachte ernsthaft darüber nach. Aber jener blödsinnige Spruch – *Er schlägt die Faust* und so weiter – schwirrte ihm wieder im Kopf herum und hinderte ihn am klaren Denken. Es war ein langer Tag gewesen. Mikes Anruf und die Einladung zum Mittagessen im ›Jade of the Orient‹ – das schien hundert Jahre zurückzuliegen. So viele Erinnerungen wie Fotos in Georges Album.

»F-F-Freunde v-verführen einander n-n-nicht«, sagte er und beugte sich auf dem Bett über sie. Ihre Lippen berührten sich, und er begann ihre Bluse aufzuknöpfen. Sie hielt mit einer Hand seinen Nacken und zog ihn näher, mit der anderen machte sie erst den Reißverschluß seiner Hose auf, dann schob sie sie hinunter. Einen Augenblick lag seine Hand warm auf ihrem Bauch; dann war ihr Slip wie weggehaucht; dann drängte er, und sie führte ihn ein.

Als er in sie eindrang, wölbte sie den Rücken, um ihn noch tiefer in sich aufzunehmen, und murmelte: »Sei mein Freund... ich liebe dich, Bill.«

»Ich liebe dich auch«, sagte er, und dann begannen sie sich rhythmisch zu bewegen, zuerst langsam, dann schneller. Beide schwitzten. Bills Bewußtsein konzentrierte sich immer mehr nur auf ihre Vereinigung. Ihre Poren hatten sich geöffnet und verströmten einen süßen Moschusduft.

Beverly spürte, wie ihre Erregung immer mehr zunahm. Sie zweifelte nicht daran, daß sie einen Orgasmus haben würde. Ihr Körper schien plötzlich emporzuschießen, und sie erreichte eine Plateauphase, die unvergleichlich lustvoller war als alles, was sie mit Tom und ihren beiden Liebhabern vor ihm je erlebt hatte. Sie war sich bewußt, daß der Höhepunkt eine wahre Explosion sein würde. Sie fürchtete sich direkt ein bißchen davor... aber ihr Körper bewegte sich weiter rhythmisch. Sie fühlte, wie Bills Körper sich spannte wie eine Feder, wie sein ganzer Körper ebenso hart wurde wie sein Glied, das sie in sich aufgenommen hatte, und im selben Moment hatte sie ihren Höhepunkt, *begann* ihr Höhepunkt, eine so grenzenlose Lust, daß es fast schon qualvoll war, und sie biß ihn in die Schulter, um ihre Schreie zu ersticken.

»O mein Gott«, stöhnte Bill, und obwohl sie sich später nie ganz sicher war, glaubte sie doch, daß er weinte. Er stemmte sich etwas hoch, und sie dachte, daß er sich jetzt aus ihr zurückziehen würde – sie versuchte sich auf diesen Moment einzustellen, der bei ihr immer ein unerklärliches Gefühl der Leere, eines schmerzlichen Verlusts hinterließ –, und dann stieß er noch einmal kraftvoll zu. Sie hatte einen zweiten Orgasmus, was ihr noch nie passiert war, und was sie nicht für möglich gehalten hatte, und plötzlich wurde das Fenster der Erinnerung weit aufgestoßen, und sie sah die Vögel – Tausende von Vögeln, die sich auf jedem Dachfirst, auf jeder Telefonleitung und jedem Briefkasten in Derry niederließen, Frühlingsvögel, die gegen einen weißen Aprilhimmel abstachen, und da war Schmerz, gemischt mit Lust – aber hauptsächlich Schmerz, physischer Schmerz gemischt mit schwacher physischer Lust und einem überwältigenden Gefühl der Bejahung. Sie hatte geblutet... sie hatte...

»Mit euch *allen*?« rief sie plötzlich und riß die Augen weit auf.

Jetzt zog er sich wirklich zurück, aber in dem plötzlichen Schock ihrer blitzartigen Erkenntnis spürte sie es kaum.

»Was? Beverly? Ist a-a-alles in Ordnung?«

»*Mit euch allen? Ich habe mit euch allen geschlafen?*«

Sie sah schockierte Überraschung auf Bills Gesicht, sah, daß ihm der Unterkiefer herunterklappte... sah sein plötzliches Begreifen. Aber trotz ihres eigenen Schocks erkannte sie, daß er nicht nur die Offenbarung nachvollzog, sondern selbst eine erlebte.

»Wir...«

»Bill? Was ist?«

»Auf diese W-W-Weise hast d-du uns rausgebracht«, sagte er, und nun funkelten seine Augen direkt furchterregend. »Beverly, verstehst du nicht? *Auf diese W-W-Weise hast du uns rausgebracht!* Wir alle... aber wir waren...« Plötzlich sah er verunsichert, ängstlich aus.

»Erinnerst du dich jetzt an den Rest?« fragte sie.

Er schüttelte den Kopf. »An keine Einzelheiten. Aber...« Er schaute sie an, und sie sah, daß er schreckliche Angst hatte. »W-Wir haben uns herausge*wünscht*. Und ich bin nicht s-sicher... Beverly, ich bin nicht sicher, daß Erwachsene das v-vollb-b-bringen können.«

Sie blickte ihn lange schweigend an, und dann setzte sie sich auf die Bettkante und zog sich ganz natürlich und selbstverständlich aus. Ihr Körper war schön und glatt; ihre Wirbelsäule zeichnete sich unter ihrer Haut schwach im Halbdunkel ab, als sie sich bückte, um ihre wadenlangen Nylonstrümpfe auszuziehen. Ihre Haare bildeten ein Knäuel über einer Schulter. Er dachte, daß er sie noch vor Tagesanbruch wieder begehren würde, und erneut überkam ihn jenes Schuldgefühl, nur gemildert durch den Trost, daß Audra einen Ozean entfernt war. *Eine neue Münze in der Musicbox*, dachte er. *Dieses Lied heißt »Was sie nicht weiß, macht sie nicht heiß.«* Aber es tut trotzdem weh...

Beverly stand auf, schlug die Bettdecke zurück und legte sich dann wieder hin. »Komm, wir brauchen Schlaf. Wir haben ihn beide nötig.«

»O-Okay.« Denn das stimmte wirklich. Mehr als alles andere wollte er jetzt schlafen... aber nicht allein, nicht in dieser Nacht. Der Schock über seine letzte Offenbarung flaute ab... vielleicht viel zu schnell, aber er war so müde, so ausgelaugt. Trotz seiner Schuldgefühle spürte er, daß das Bett ein sicherer Ort war. Er würde ein Weilchen hier liegen, in ihren Armen schlafen können. Er hatte ihre Wärme, ihre Freundschaft sehr nötig.

Er zog Socken und Hemd aus und legte sich zu ihr. Sie schmiegte sich an ihn; ihre Brüste waren warm, ihre langen Beine kühl. Bill umarmte sie und wurde sich der Unterschiede bewußt – ihr Körper war länger als Audras, und ihre Brüste und Hüften waren voller. Aber es war ein sehr willkommener Körper.

Es hätte Ben sein sollen, dachte er schläfrig. *Ich glaube, so war es eigentlich vorherbestimmt... warum war es nicht Ben? – Weil es damals du warst, und weil du es auch jetzt wieder bist, weiter nichts. Was geht, kommt auch wieder. Ich glaube, Bob Dylan hat das gesagt... oder Ronald Reagan. Und vielleicht bin ich es jetzt, weil Ben dazu ausersehen ist, die Dame später heimzuführen.*

Beverly kuschelte sich an ihn, nicht aus sexuellen Motiven (obwohl sie glücklich war, daß sein Glied sich an ihrem Bein wieder versteifte, wenngleich er schon am Einschlafen war), sondern nur, um seine Wärme zu spüren. Auch sie selbst schlief schon halb. Ihr Glück hier mit ihm, nach all diesen Jahren, war eine Realität. Sie wußte es, weil dieses Glück einen bitteren Beigeschmack hatte. Sie hatten diese Nacht für sich und vielleicht noch den nächsten Morgen. Das war alles. Dann würden sie wie schon einmal in die Abwasserkanäle hinabsteigen und dem Monster gegenübertreten. Der Kreis würde sich schließen, und ihrer aller gegenwärtiges Leben würde sich mit ihrer Kindheit vermischen; sie würden zu einer Art Lebewesen auf einem aberwitzigen Möbiusband werden.

Entweder das – oder aber sie würden dort unten sterben.

Sie drehte sich um. Er schob einen Arm zwischen ihre Seite und ihren Arm und umfaßte zärtlich eine ihrer Brüste. Bei ihm brauchte sie nicht wach zu liegen und sich zu fragen, ob seine Hand plötzlich unerwartet schmerzhaft zupressen würde.

Ihre Gedanken verschwammen, und sie glitt in den Schlaf. Wie immer, sah sie dabei leuchtende wilde Blumen – Unmengen wilder Blumen, die unter einem blauen Himmel wogten. Dann verblaßten sie, und sie glaubte zu fallen – als Kind war sie von diesem Gefühl manchmal schreiend und schweißgebadet aufgewacht. In ihren Psychologielehrbüchern im College hatte sie gelesen, daß solche Kinderträume vom Fallen sehr verbreitet waren.

Aber diesmal wachte sie nicht erschrocken auf; sie spürte das warme, tröstliche Gewicht seines Arms, seine Hand auf ihrer Brust. Wenn sie fiel, so fiel sie diesmal wenigstens nicht allein.

Dann kam es ihr so vor, als renne sie: Dieser Traum rollte rasch ab, und sie rannte hinterher, versuchte, den Schlaf, die Stille, vielleicht auch einfach die Zeit einzuholen. Die Zeit verging so schnell. Die Jahre flogen nur so dahin, und wenn man sich umdrehte und der eigenen Kindheit nachrannte, mußte man wirklich Riesenschritte machen und das letzte aus sich herausholen. Zweiundzwanzig – in jenem Lebensjahr hatte sie sich in einen Footballspieler namens Greg Mallory verliebt, von dem sie dann nach einer Party vergewaltigt worden war *(schneller, schneller)*. Sechzehn – sie hatte sich mit zwei Freundinnen auf dem Bluebird Hill Overlook in Portland betrunken. Vierzehn... zwölf...

schneller, schneller, schneller...

Sie rannte in den Schlaf, ließ ihr zwölftes Lebensjahr hinter sich, rannte durch die Gedächtnissperre hindurch, die Es für sie alle errichtet hatte (diese Sperre fühlte sich im Traum in ihren Lungen wie kalter Nebel an), rannte in ihr elftes Jahr hinein, rannte, rannte wie der Teufel, rannte um ihr Leben und

6.
Die Barrens, 12.40 Uhr

blickte immer wieder gehetzt zurück, ob ihre Verfolger irgendwo zu sehen waren, während sie die Böschung hinablief, hinabrutschte. Nein. Noch nicht. Sie hatte es Henry ›ordentlich gegeben‹, wie ihr Vater manchmal sagte... aber beim bloßen Gedanken an ihren Vater fing sie sofort wieder am ganzen Leibe zu zittern an.

Sie warf einen flüchtigen Blick unter die baufällige Brücke, weil sie hoffte, daß Silver dort liegen würde, aber das Fahrrad war nicht da. Hier unten versteckten sie jetzt auch ihre Spielzeuggewehre, um sie nicht jedesmal mit nach Hause nehmen zu müssen. Sie schaute wieder zurück... und da waren sie – Belch und Victor stützten Henry von beiden Seiten; sie standen am Rand der Böschung wie Indianer-Wachtposten in einem Randolph-Scott-Film. Henry war schrecklich bleich. Er deutete auf sie, und Victor und Belch begannen ihm den Steilabhang hinabzuhelfen. Kieselsteine und Erde rollten unter ihren Absätzen weg.

Wie hypnotisiert betrachtete Beverly sie einen Moment lang. Doch gleich darauf drehte sie sich um und durchquerte den kleinen Bach, der unter der Brücke dahinfloß. Wasser spritzte unter ihren Segeltuchschuhen hervor. Dann rannte sie den Pfad hinab; ihre Beinmuskeln zitterten vor Überanstrengung, sie hatte Seitenstechen und rang nach Luft. Das Klubhaus... Wenn sie es erreichen konnte, würde sie vielleicht in Sicherheit sein. Das war jetzt ihre einzige Hoffnung.

Zweige peitschten ihr gegen die Wangen; einer traf genau ihr Auge, das sofort zu tränen begann. Sie schwenkte nach rechts ab, bahnte sich mühsam einen Weg durch dichtes Unterholz und stürzte auf die Lichtung hinaus. Die getarnte Falltür und das schmale Fenster waren geöffnet. Ben Hanscom tauchte aus dem unterirdischen Klubhaus auf, um zu sehen, wer da so lärmend angerast kam. Er hatte eine Packung Junior Mints in der einen Hand und ein Archie-Comic-Heft in der anderen.

Er sah Bev angehetzt kommen, und ihm klappte buchstäblich der Unterkiefer herunter, was sie unter anderen Umständen vermutlich zum Lachen gebracht hätte. »Bev, was in aller Welt...«

Sie nahm sich nicht die Zeit zu antworten. Hinter sich – und nicht einmal allzuweit entfernt – hörte sie das Brechen von Zweigen, das Rascheln von Blättern und leises Fluchen. Henry schien sich allmählich wieder zu erholen und schneller voranzukommen. Deshalb rannte sie einfach auf die Falltür zu; ihre wirren Haare, in denen Blätter hingen und die außerdem auch etwas Ölschmiere abbekommen hatten, als sie unter dem Lastwagen durchgekrochen war, flatterten wild.

Ben sah, daß sie angebraust kam wie eine Rakete und fing sie ungeschickt auf, als sie ins Klubhaus hinabsprang.

»Mach zu!« keuchte sie. »Um Himmels willen, Ben, mach schnell alles dicht! Sie kommen! *Schnell!*«

»Wer?«

»Henry und seine Freunde! Henry ist verrückt geworden, er hat ein Messer...«

Mehr brauchte Ben gar nicht zu hören. Er ließ die Junior Mints und das Comic fallen. Er zog die Falltür rasch zu. Sie war außen mit Grasplatten bedeckt, die sie mit einer Klebemasse namens Tangle-Track an den Brettern befestigt hatten. Einige Grasstücke hatten sich etwas gelockert, aber die meisten klebten ausgezeichnet. Beverly stellte sich auf die Zehenspitzen und schloß das schmale Fenster. Sie waren jetzt im Dunkeln.

Sie tastete herum, fand Ben und klammerte sich in panischer Angst an ihn. Nach kurzem Zögern legte auch er seine Arme um sie. Beide knieten auf dem Boden. Dann fiel ihr plötzlich zu ihrem Entsetzen auf, daß irgendwo in der Dunkelheit aus Richies Transistorradio ein Lied von Buddy Holly zu hören war. Sie löste sich von Ben und suchte danach, konnte es aber nicht ertasten.

»Ben... das Radio... sie werden es hören...«

»O Gott!«

Er rempelte sie mit einer dicken Hüfte an, so daß sie beinahe im Dunklen gestürzt wäre. Sie hörte das Radio auf den Boden fallen. »The girl can't help it if the mensfolk stop and stare«, informierte Little Richard sie mit seinem gewohnt heiseren Enthusiasmus. »Can't help it!« bekräftigte der Chor im Hintergrund. Jetzt keuchte Ben auch. Sie hörten sich an wie zwei Dampfmaschinen. Plötzlich ein Knirschen... und Stille.

»O Scheiße«, sagte Ben. »Ich hab's zertreten. Richie kriegt 'nen Anfall.« Er tastete in der Dunkelheit nach ihr. Sie spürte, wie er mit einer Hand ihre Brust berührte und zurückwich, als hätte er sich verbrannt. Sie tastete nach ihm, packte ihn am Hemd und zog ihn näher.

»Beverly, was...«

»Pssst!«

Er verstummte. Sie saßen eng umschlungen da und schauten hoch. Es war nicht völlig dunkel; auf einer Seite der Falltür fiel ein schmaler Lichtstreifen ein, ebenso auf drei Seiten des Fensters. Einer dieser Spalte war ziemlich breit; Bev hoffte, daß sie ihn nicht sehen würden.

Jetzt konnte sie die Jungen schon hören, obwohl sie ihre Unterhaltung noch nicht verstehen konnte... und gleich darauf konnte sie auch das. Sie kamen immer näher. Sie klammerte sich noch fester an Ben.

»Wenn sie in den Bambus gelaufen ist, finden wir ihre Spur dort ganz leicht«, sagte Victor.

»Sie spielen immer *hier* herum«, entgegnete Henry. Die Wörter kamen abgerissen heraus, so als koste ihn das Reden große Mühe. »Boogers Taliendo hat's mir erzählt. Und an dem Tag, als wir die Steinschlacht hatten, müssen sie auch von hier gekommen sein.«

»Ja, sie spielen mit Gewehren und all so was«, sagte Belch.

Plötzlich dröhnten Schritte direkt über Bev und Ben; die grasbedeckte Falltür vibrierte. Erde rieselte auf Bevs Gesicht. Die Burschen standen auf dem Klubhaus. Ihr Magen krampfte sich so schmerzhaft zusammen, daß sie nur mit Mühe einen Schrei unterdrücken konnte. Ben legte seine große Hand auf ihre Wange und preßte ihr Gesicht gegen seinen Arm, während er hochblickte und abwartete, ob sie es erraten würden... oder ob sie es vielleicht schon wußten und Bev und ihn nur noch zum Narren hielten.

»Sie haben hier irgendwo einen Schlupfwinkel«, sagte Henry. »Das meint jedenfalls Boogers. So 'n blödsinniges Baumhaus oder was Ähnliches. Sie nennen es ihren Klub.«

»Ich werd' ihnen schon 'nen Klub geben, 'nen Klub, der sich gewaschen hat!« rief Victor. Belch wieherte darüber vor Lachen.

Bumm, bumm, bumm über Bens und Beverlys Köpfen. Diesmal bewegte sich die Falltür ein bißchen stärker auf und ab. Bestimmt würden die Jungen es bemerken; normaler Boden gab nicht so stark nach, vibrierte nicht so.

»Schauen wir uns mal am Fluß um«, sagte Henry. »Ich wette, das Miststück ist da unten.«

»Okay«, sagte Victor.

Bumm, bumm. Sie entfernten sich. Bev stieß durch ihre fest zusammengebissenen Zähne einen leisen Seufzer der Erleichterung aus... und dann hörte sie Henry rufen: »Du bleibst hier und bewachst den Pfad, Belch.«

»Okay.« Belch erklärte sich sofort dazu bereit. Und er begann hin und her zu laufen, manchmal ein Stückchen weiter weg, manchmal auch direkt über die Falltür hinweg. Wieder rieselte Erde herunter. Ben und Beverly sahen einander nervös an; ihre Gesichter waren schmutzig, und Bev wurde gewahr, daß der leichte Rauchgeruch im Klubhaus sich mit einem Gestank nach Schweiß, Öl und Abfällen vermischte. *Das bin ich,* dachte sie und ekelte sich vor sich selbst. Dann fiel ihr wieder ihr Vater ein, und sie umarmte Ben noch fester. Sein massiger Körper kam ihr mit einem Mal sehr angenehm, sehr tröstlich vor, und sie war glücklich, daß an ihm so viel dran war, daß es so viel zu umarmen gab. Vielleicht war er zu Beginn der Sommerferien nichts weiter als ein ängstlicher, fetter Junge gewesen, aber jetzt war er viel mehr als das; wie sie alle, so hatte auch er sich sehr verändert. Und falls Belch sie hier unten entdeckte, könnte er durchaus eine unangenehme Überraschung erleben, wenn er es auf einen Kampf mit Ben ankommen ließ.

»Ich werd' ihnen 'nen Klub geben, der sich gewaschen hat«, murmelte Belch und kicherte wie ein bösartiger Troll. »'nen Klub geben, der sich gewaschen hat! Das ist gut! Das ist ein toller Ausspruch!«

Beverly bemerkte, daß Bens Oberkörper bebte. Im ersten Moment dachte sie besorgt, er würde weinen, aber dann warf sie einen Blick auf sein Gesicht und sah, daß er gegen hysterisches Gelächter ankämpfte. Er fing ihren Blick auf, rollte wild mit den Augen und schaute rasch weg. In dem schwachen Licht, das durch die Ritzen einfiel, konnte sie sehen, daß sein Gesicht purpurrot angelaufen war vor Anstrengung, das Lachen zu unterdrücken.

»Ich werd' ihnen 'nen ollen Klub-Blub-Glub geben«, murmelte Belch wieder und setzte sich schwerfällig mitten auf die Falltür. Diesmal zitterte die Decke des Klubhauses ziemlich beunruhigend, und Bev hörte ein leises, bedrohliches Knacken. Die Decke, die aus Brettern – und einer Mahagonitür – von der Müllhalde bestand, war eigentlich nur als Unterlage für die zur Tarnung angebrachten Grasplatten gedacht – nicht aber als Sitzgelegenheit für Belch Huggins' 160 Pfund.

Wenn er nicht bald aufsteht, landet er noch auf unserem Schoß, dachte Bev und wurde von Bens Hysterie angesteckt. Sie stellte sich bildhaft vor, wie sie das Fenster lautlos einen Spalt weit öffnete, ihre Hand durchschob und Belch Huggins kräftig in den Hintern kniff, während er dort oben saß, Selbstgespräche führte und kicherte. Sie mußte ihr Gesicht fest an Bens Brust pressen, um nicht laut herauszulachen.

»Pssssst«, flüsterte Ben. »Um Gottes will, Bev...«

»Wird sie's aushalten?« flüsterte sie zurück.

»Wenn er nicht furzt«, erwiderte Ben, und kurze Zeit später ließ Belch wirklich einen – ein lauter Trompetenstoß über ihren Köpfen. Sie umklammerten einander noch fester, um so ihr hysterisches Kichern zu dämpfen. Beverlys Bauch tat vom Lachen so weh, daß sie glaubte, bald einen Schluckauf zu bekommen.

»Was?« schrie Belch und sprang auf, wodurch ein neuer Erdregen auf Ben und Bev niederging. »Was ist, Henry?«

Henry brüllte etwas, aber Beverly konnte nur die Wörter *Ufer* und *Büsche* verstehen.

»*Okay!*« rief Belch und überquerte die Decke des Klubhauses ein letztes Mal. Diesmal knackte es viel lauter, und ein Holzsplitter landete auf Bevs Schoß. Sie schaute hoch und sah einen diagonalen, narbenartigen Riß in einem der Stützbalken.

»Höchstens noch fünf Minuten«, flüsterte Ben. »Länger hätte sie auf keinen Fall mehr gehalten. Gott sei Dank, daß wir die Mahagonitür hatten.«

»Hast du *diesen* Furz gehört?« fragte Beverly und begann wieder zu kichern.

»Hat sich angehört wie der Dritte Weltkrieg«, sagte Ben und stimmte in ihr Lachen ein.

Es war eine große Erleichterung, die Spannung endlich abreagieren zu können, und sie lachten wild, versuchten allerdings, dabei möglichst leise zu sein.

Schließlich sagte Beverly, ohne vorher darüber nachgedacht zu haben, völlig impulsiv: »Danke für das Gedicht, Ben.«

Ben hörte abrupt zu lachen auf und betrachtete sie ernst und etwas mißtrauisch. Er zog ein schmutziges Taschentuch aus seiner Gesäßtasche und wischte sich damit langsam das Gesicht ab. »Gedicht?«

»Das Haiku. Das Haiku auf der Postkarte. Du hast es mir doch geschickt, nicht wahr?«

»Nein«, sagte Ben. »Ich habe dir kein Haiku geschickt. Denn wenn ein Junge wie ich – ein Fettkloß wie ich – so etwas täte, würde das Mädchen ihn bestimmt auslachen.«

»Ich habe nicht gelacht«, widersprach sie. »Ben, ich fand es wunderschön.«

»Ich könnte nie etwas Schönes schreiben«, sagte er. »Bill vielleicht. Ich nicht.«

»Bill *wird* schreiben«, stimmte sie ihm zu. »Aber er wird nie etwas so Hübsches wie dieses Haiku schreiben. Könnte ich mal dein Taschentuch haben?«

Er gab es ihr, und sie säuberte sich das Gesicht, so gut es ging.

»Woher wußtest du, daß ich es war?« fragte er schließlich.

»Ich kann's nicht erklären«, sagte sie. »Aber ich wußte es einfach.«

Ben schluckte und starrte auf seine Hände. »Ich liebe dich«, gestand er. »Aber ich will nicht, daß das alles verdirbt.«

»Das wird es bestimmt nicht«, erwiderte sie leidenschaftlich. »Gerade jetzt brauche ich all die Liebe, die ich nur bekommen kann.«

»Aber du hast Bill besonders gern.«

»Vielleicht«, gab sie zu. »Doch das spielt keine Rolle. Wenn wir erwachsen wären, würde es vielleicht eine Rolle spielen, zumindest ein bißchen. Aber so – ich mag euch alle besonders gern. Ihr seid die einzigen Freunde, die ich habe. Ich liebe dich auch, Ben.«

»Danke« flüsterte er, kämpfte mit sich und brachte es schließlich heraus, wobei es ihm sogar gelang, ihr in die Augen zu sehen. »Ich habe das Gedicht geschrieben.«

Sie legte den Arm um seine Taille – sie mußte sich dazu sehr anstrengen, aber sie schaffte es –, und Ben legte ihr unbeholfen seinen dicken Arm um die Schultern. Sie fühlte sich sicher. Beschützt. Geborgen. Die Bilder, die sie verfolgten – das verzerrte Gesicht ihres Vaters und Henrys funkelndes Messer –, verblaßten ein wenig und verloren etwas von ihrem Schrecken, während sie seine Nähe spürte. Jenes Gefühl der Geborgenheit war schwer zu erklären, und sie versuchte es auch gar nicht; erst viel später begriff sie, woher es kam: Sie war in den Armen eines Menschen, der für sie sterben würde, ohne zu überlegen oder zu zögern. Das *wußte* sie einfach.

»Die anderen wollten auch wieder herkommen«, sagte Ben plötzlich. »Was ist, wenn sie Henry und seinen Kumpanen über den Weg laufen?«

Sie fuhr erschrocken auf und stellte fest, daß sie fast eingedöst war. Ihr fiel ein, daß Bill Mike Hanlon zum Mittagessen eingeladen hatte. Richie hatte bei Stan essen wollen. Und Eddie hatte versprochen, am Nachmittag sein Parcheesi-Brett mitzubringen. Sie würden bald kommen, ohne auch nur die geringste Ahnung davon zu haben, daß Henry und seine Freunde die Barrens unsicher machten.

»Wir müssen sie warnen«, sagte sie. »Henry ist nicht nur hinter mir her.«

»Wenn wir jetzt rausgehen und die Kerle gerade zurückkommen...«

»Ja, aber wir *wissen* zumindest, daß sie hier sind«, fiel Bev ihm ins Wort. »Die anderen nicht. Und Eddie kann nicht gut rennen; sie haben ihm ja schon den Arm gebrochen.«

»Verflixt«, sagte Ben besorgt. »Du hast recht – wir müssen's versuchen.«

»Nein. Das geht nicht.« Sie schluckte und warf einen Blick auf ihre Timex. Sie konnte das Zifferblatt nicht gut erkennen, glaubte aber, daß es auf der Uhr kurz nach eins war. »Ben...«

»Was?«

»Henry ist verrückt geworden. Er wollte mich mit seinem Messer töten. Er ist wie der Typ in ›The Blackboard Jungle‹. Er wollte mich damit umbringen. Und Vic und Belch hätten ihm dabei geholfen.«

»Ach nein«, sagte Ben. »Henry ist zwar verrückt, aber *so* verrückt auch wieder nicht. Er ist nur...«

»Nur was?« fragte Beverly. Sie dachte an Henry und Patrick Hockstetter auf dem Autofriedhof in der grellen Sonne. An Henrys völlig ausdruckslose Augen.

Ben gab keine Antwort. Er dachte nach. Die Dinge hatten sich verändert... Wenn man selbst von diesen Veränderungen betroffen war, konnte man sie nur schwer erkennen. Man mußte ein paar Schritte zurücktreten, sich etwas von den Dingen distanzieren, um die Veränderungen besser erkennen zu können... man mußte das zumindest versuchen. Bei Ferienbeginn hatte er Angst vor Henry gehabt, aber nur, weil Henry größer war und dazu ein übler Raufbold. Er gehörte zu jener Kategorie von Jungen, denen es Spaß machte, einen Erstkläßler zu packen, ihm den Arm zu verdrehen und ihn weinen zu sehen. Das war aber auch schon alles. Dann war da die Steinschlacht gewesen, und Henry hatte mit seinen M-80 auf ihre Köpfe gezielt. Auf diese Weise konnte man leicht jemanden umbringen. Er hatte sich auch äußerlich verändert – sein Gesicht hatte einen fast besessenen Ausdruck angenommen. Man mußte ständig auf der Hut vor ihm sein, so wie man im Dschungel ständig auf der Hut vor Tigern und Giftschlangen sein mußte. Aber auch daran gewöhnte man sich; man gewöhnte sich so sehr daran, daß es einem zuletzt ganz normal vorkam. Aber Henry *war* verrückt, oder etwa nicht? Doch. Und plötzlich kam ihm ein Gedanke – nein, es war mehr als ein Gedanke, es war fast schon eine Gewißheit, und sie ließ ihn schaudern, so schrecklich war sie. *Es benutzt Henry. Vielleicht benutzt Es auch die anderen, aber die benutzt Es durch Henry. Und wenn das stimmt, dann hat Bev ver-*

mutlich recht. Dann geht es nicht nur um solche Dinge wie Kopfnüsse gegen Ende eines Schultages, wenn alle mit ihren Schulaufgaben beschäftigt sind und Mrs. Douglas vorne am Pult liest; dann geht es nicht nur um Stöße auf dem Spielplatz, so daß man hinfällt und sich die Knie aufschürft. Wenn Es Henry benutzt, dann wird er auch von seinem Messer Gebrauch machen.

»Eine alte Dame hat gesehen, daß sie mich festhielten und mir weh taten«, berichtete Beverly. »Henry griff auch *sie* an. Er hat die Rückleuchte an ihrem Auto zerschlagen.«

Das beunruhigte Ben mehr als alles andere. Wie die meisten Kinder, so begriff auch er instinktiv, daß sie unterhalb des Gesichtskreises der meisten Erwachsenen lebten. Wenn ein Erwachsener die Straße entlangging, war er so mit seinen eigenen Gedanken beschäftigt – Gedanken an seine Arbeit, an Verabredungen und Geldsorgen, an Autokäufe und Baseballwetten und woran Erwachsene auch immer denken mochten –, daß er spielende Kinder kaum bemerkte. Raufbolde wie Henry konnten anderen Kindern ungestraft eine Menge zuleide tun, wenn sie nur darauf achteten, außerhalb des Gesichtskreises der Erwachsenen zu bleiben. Ein vorbeigehender Erwachsener raffte sich normalerweise höchstens zu einer Bemerkung wie »Warum läßt du das nicht sein?« auf und ging dann seines Weges. Und der Raufbold brauchte nur abzuwarten, bis der Erwachsene um die Ecke gebogen oder in sein Auto gestiegen und weggefahren war... dann konnte er ungestört weitermachen. Es war so, als wären Kinder für Erwachsene nicht wirklich vorhanden, als glaubten sie, daß das wirkliche Leben erst begann, wenn man einssechzig groß war.

Wenn Henry diese Tatsache mißachtete, wenn er einen Erwachsenen mit einem Messer angegriffen hatte... dann war er *wirklich* verrückt.

Beverly sah erleichtert, daß Ben ihr glaubte. Es war überflüssig, ihm von jener Sache zu erzählen, die *sie* am allermeisten verstört hatte: von dem Mann auf der anderen Straßenseite, der von seiner Veranda aus gesehen hatte, was vorging... und dessen einzige Reaktion darin bestanden hatte, seine Zeitung zu falten und ins Haus zu gehen.

»Gehen wir rauf zur Kansas Street«, sagte Ben und öffnete die Falltür. »Stell dich am besten schon mal auf Rennen ein.«

Er kletterte hinaus und schaute sich um. Die Lichtung war leer. Er konnte das Plätschern des nahen Kenduskeag hören, Vogelgesang und das Schnauben einer Diesellok, die über die Eisenbahnbrücke zum Güterbahnhof fuhr. Sonst nichts; und das verursachte ihm ziemliches Unbehagen. Es wäre ihm viel lieber gewesen, wenn er gehört hätte, wie die Burschen schimpften und fluchten und im dichten Unterholz rechts von der Lichtung oder zwischen den Bambusstauden etwas links umherstapften. Aber er konnte sie überhaupt nicht hören.

»Komm«, sagte er zu Beverly und half ihr heraus. Auch sie blickte sich nervös nach allen Seiten um, während sie sich die Haare zurückstrich und eine Grimasse schnitt, weil sie sich so schmutzig anfühlte.

Ben nahm sie bei der Hand, und sie bahnten sich einen Weg durch das Gebüsch um die Lichtung herum. »Wir sollten am besten ganz vom Pfad wegbleiben.«

»Nein«, widersprach sie. »Wir müssen uns beeilen.«

Er nickte. »Okay.«

Sie gelangten auf den Pfad und liefen in Richtung Kansas Street. Einmal stolperte Beverly über einen Stein und

7.
Das Seminargelände, 2.17 Uhr

fiel der Länge nach auf den Gehweg, der im Mondlicht silbern schimmerte. Er grunzte vor Schmerz und spuckte etwas Blut aus, das auf dem rissigen Beton so schwarz wie Käferblut aussah. Henry Bowers betrachtete es verwirrt, dann hob er den Kopf und sah sich um.

Die Kansas Street lag wie ausgestorben in nächtlicher Ruhe; die Häuser waren abgeschlossen und dunkel, nur einige Nachtlampen brannten.

Ah. Da war ein Kanaldeckel.

Am Gully war ein Luftballon mit einem breit grinsenden Gesicht festgeknotet. Er schaukelte in der leichten Brise hin und her.

Mit einer Grimasse kam Henry wieder auf die Beine; eine klebrige Hand preßte er auf seinen Bauch. Der Nigger hatte ihn ganz schön erwischt, aber er selbst hatte noch gründlichere Arbeit geleistet. Ja, Sir. Was den Nigger anbetraf, war für Henry alles roger.

»Der Nigger ist hin«, murmelte Henry und stolperte an dem schwebenden Luftballon vorbei. Frisches Blut schimmerte auf seiner Hand – es sickerte immer noch aus der Bauchwunde. »Den Nigger hab' ich erledigt. Umgelegt hab' ich den Wichser. Ich werd' sie alle umlegen. Die werd' ich lehren, Steine zu werfen!«

Die Welt kam in langsam rollenden Wellen wie die großen Brecher, die sie am Anfang jeder Episode von *Hawaii-Fünf-Null* im Fernseher der Anstalt gezeigt hatten.

(nimm sie fest, Danno, ha-ha, Jack Fuckin Lord okay. Jack Fuckin Lord war ziemlich roger)

und Henry konnte Henry konnte Henry konnte fast

(den Lärm hören, den diese tollen Jungs von Oahu machen, wenn sie Curling spielen und schütteln
schüttelnschüttelnschütteln
die Realität der Welt schütteln. ›Pipeline.‹ Chantays. Erinnerst du dich an ›Pipeline?‹ – ›Pipeline‹ war ziemlich roger. ›Wipe out.‹ Irres Lachen am Anfang. Hat sich angehört wie Patrick Hockstetter. Scheiß-Schwuler. Ist selber eingeseift worden, und soweit es mich)
soweit es ihn anging war das
(einen Arschvoll besser als nur roger, das war KLASSE, *das war einfach* SUPERKLASSE
okay Pipeline *Schieß weich nicht zurück nicht meine Jungs erwischt eure Welle und*
schießt
schießtschießtschießt
eine Welle und geht Bordsteinsurfen mit mir schießt
schießt die Welt zusammen aber laßt)
ein Ohr in seinem Kopf; es hörte immer wieder diesen *Ka-spanggg-*Laut; ein Auge in seinem Kopf: es sah immer wieder Victors Kopf am Ende dieser Sprungfeder, Lider und Wangen und Stirn mit blutigen Rosetten tätowiert.

Henry wandte sich nach links und sah verschwommen, daß er jetzt an einer hohen schwarzen Hecke entlangtaumelte. Dahinter erstreckte sich das düstere viktorianische Gebäude des Theologischen Seminars. Sämtliche Fenster waren dunkel. Das Seminar hatte im Juni 1974 die letzten Absolventen entlassen und in jenem Sommer seine Pforten geschlossen, und was immer hier ging, ging allein, und seitdem führte hier ein schnatternder Frauenklub das Regiment, der sich hochtrabend ›Historische Gesellschaft von Derry‹ nannte.

Die Auffahrt zum Vordereingang war durch eine schwere Kette versperrt, an der ein Metallschild hing: UNBEFUGTES BETRETEN POLIZEILICH BEI STRAFE VERBOTEN.

Henry stolperte über seine eigenen Füße und fiel wieder auf den Gehweg – plumps! Ein Stück weiter vorne bog ein Auto von der Hawthorne Street in die Kansas Street ein, und die hellen Scheinwerfer glitten über die Straße und blendeten ihn. Am Blaulicht auf dem Dach hatte er aber noch rechtzeitig erkannt, daß es ein Bullenauto war.

Er kroch unter der Kette hindurch und etwas nach links, hinter die Hecke. Der Tau auf seinem heißen Gesicht war wunderbar erfrischend, und er lag da und drehte den Kopf von einer Seite zur anderen, um seine glühenden Wangen zu kühlen.

Der Streifenwagen näherte sich langsam.

Dann wurde plötzlich das Blaulicht eingeschaltet; es zuckte gespenstisch durch die Dunkelheit und erzeugte unheimliche Licht-und-Schatten-Effekte. Die Sirene war auf den leeren Straßen eigentlich überflüssig, und doch hörte Henry sie laut aufheulen, und Reifen quietschten auf dem Pflaster, was sich anhörte wie kreischende Schreie.

Geschnappt! Sie werden mich gleich geschnappt haben! schoß es ihm durch den Kopf, aber gleich darauf stellte er fest, daß der Streifenwagen sich von ihm entfernte, die Kansas Street hinaufbrauste. Einen Augenblick später zerriß erneut ein höllisches auf und ab schwellendes Geheul die Stille der Nacht; diesmal kam es aus südlicher Richtung immer näher auf ihn zu. Sein überanstrengtes Gehirn gaukelte ihm vor, es wäre eine riesige schwarze Katze, die da in der Dunkelheit auf ihn zuschlich, eine riesige Katze mit funkelnden grünen Augen und seidigem Fell – Es in einer neuen Gestalt, Es, das ihn holen kam, das ihn verschlingen wollte.

Nach und nach (und erst als das Heulen leiser wurde) wurde ihm klar, daß es ein Krankenwagen war, der in dieselbe Richtung fuhr wie das Bullenauto. Er lag schlotternd im nassen Gras, das jetzt zu kalt war, und bemühte sich

(auf geht's Vetter drauf geht's Vetter rock and roll it wir haben Hühner im Stall welchem Stall wessen Stall meinem)

nicht zu kotzen. Er hatte Angst, wenn er kotzte, würden seine sämtlichen Eingeweide mit hochkommen... und er mußte immer noch fünf von der Bande schnappen.

Krankenwagen und Polizei. Wohin sind sie unterwegs? Natürlich zur Bücherei. Der Nigger. Aber sie kommen zu spät. Ich habe ihn umgelegt. Ihr könnt eure Sirenen ebensogut abstellen, Jungs. Er wird sie ohnehin nicht mehr hören. Er ist tot, mausetot. Er...

Aber war er das wirklich?

Henry fuhr sich mit seiner trockenen Zunge über die rissigen Lippen. Wenn der Nigger tot wäre, würde nicht die Sirene in der Nacht heulen. Es sei denn, daß der Nigger sie angerufen hatte. Vielleicht – nur *vielleicht* – war der Nigger also doch nicht tot.

»O nein!« wimmerte Henry. Er drehte sich auf den Rücken und starrte zum Himmel empor, zu den Milliarden von Sternen. Es war von dort gekommen, das wußte er. Von irgendwo da oben, aus diesem Himmel... Es

(kam aus dem Weltall und war geil auf Erdenfrauen es kam um alle Frauen auszurauben und alle Männer zu vergewaltigen sag mal Frank meinst du nicht um alle Männer auszurauben und alle Frauen zu vergewaltigen wer zieht eigentlich diese Show hier ab, Dummkopf, du oder Jesse? Den hat Victor immer erzählt und das war ziemlich)

kam aus dem All zwischen den Sternen. Wenn er zum Sternenhimmel aufsah, wurde ihm unheimlich zumute; er war zu groß, zu schwarz. Es war zu leicht möglich, sich vorzustellen, wie er blutrot wurde, zu leicht, sich vorzustellen, wie sich ein Gesicht aus flammenden Linien bildete...

Schaudernd, die Arme über dem schmerzenden Bauch gekreuzt, schloß er die Augen, um diese schreckliche Vision abzuschütteln, und er dachte: *Der Nigger ist tot. Jemand hat uns kämpfen gehört und die Bullen gerufen, weiter nichts.*

Wozu aber dann der Krankenwagen?

»Nein, nein, hör auf, hör auf«, stöhnte Henry. Die alte Wut stieg erneut in ihm auf; er erinnerte sich daran, wie sie ihn immer und immer wieder besiegt hatten, in jenen alten Zeiten, die jetzt wieder so lebendig waren, so nahe zu sein schienen; jedesmal, wenn er geglaubt hatte, sie endlich zu erwischen, waren sie ihm irgendwie durch die Lappen gegangen. So war es auch an jenem letzten Tag gewesen, als Belch gesehen hatte, wie das kleine Miststück die Kansas Street in Richtung Barrens entlangrannte. Er erinnerte sich ganz deutlich daran, o ja, sehr deutlich. Wenn man einen Tritt in die Eier bekam, vergaß man das nicht so leicht.

Henry setzte sich mühsam auf und stöhnte über die rasenden Schmerzen in seinen Eingeweiden.

Victor und Belch hatten ihn auf dem Weg in die Barrens gestützt. Trotz der Schmerzen in seinem Unterleib hatte er versucht, so schnell wie möglich voranzukommen. Er hatte diese Sache endlich zu Ende bringen wollen. Sie waren dem Pfad bis zur Lichtung gefolgt, von der fünf oder sechs andere Pfade abzweigten wie die Fäden eines Spinnennetzes. Ja, dort unten hatten ohne jeden Zweifel Kinder gespielt. Schokoladenpapier hatte herumgelegen, abgebrannte Zündhütchen und anderes Zeug. Auch einige Bretter und Sägespäne, so als sei hier etwas gebaut worden.

Er erinnerte sich, mitten auf der Lichtung gestanden und erfolglos nach dem kindischen Baumhaus dieser Arschlöcher Ausschau gehalten zu haben. Wenn er es entdeckt hätte, wäre er hinaufgeklettert und hätte dem Mädchen, das sich dort versteckt haben mußte, die Kehle mit dem Messer durchgeschnitten und ihre Titten angefaßt, bis sie sich nicht mehr bewegt hätte.

Aber er hatte nirgendwo ein Baumhaus entdecken können, und Belch und Victor auch nicht. Die vertraute frustrierte Wut war in ihm aufgestiegen. Er hatte Belch als Wachtposten auf der Lichtung zurückgelassen und war mit Victor zum Fluß gegangen. Aber auch dort war von dem kleinen Miststück keine Spur zu sehen gewesen. Er erinnerte sich genau daran: Er hatte sich gebückt und einen Stein aufgehoben und

8.

Die Barrens, 12.55 Uhr

ihn wütend in den Fluß geschleudert. »Verdammt, wohin ist sie nur verschwunden?« fragte er und warf Victor einen bitterbösen Blick zu.

Victor schüttelte langsam den Kopf. »Weiß ich auch nicht«, sagte er. »Du blutest, Henry.«

Henry schaute an sich herunter und sah unter dem Hosenschlitz einen dunklen Fleck von der Größe einer Vierteldollarmünze. Die rasenden Schmerzen hatten nachgelassen, aber seine Unterhose kam ihm auf einmal viel zu eng vor, und er begriff, daß seine Eier anschwollen. Neue Wut stieg in ihm hoch. Das hat *sie* getan, dieses Miststück, dieses verdammte kleine Biest.

»Wo ist sie?« zischte er.

»Weiß nicht«, antwortete Victor wieder mit tonloser Stimme. Er wirkte wie hypnotisiert, schien nicht bei klarem Verstand zu sein. »Weggerannt, nehm' ich an. Sie kann inzwischen schon drüben in Old Cape sein.«

»Das ist sie nicht!« widersprach Henry. »Sie versteckt sich. Sie haben hier irgendeinen Schlupfwinkel, und dort hat sie sich versteckt. Vielleicht ist es kein Baumhaus. Vielleicht ist es irgendwas anderes.«

»Was denn?«

»*Ich... weiß... nicht!*« brüllte Henry, und Victor wich erschrocken etwas zurück.

Henry stand im Kenduskeag; das kalte Wasser drang in seine Segeltuchschuhe ein. Seine Blicke blieben plötzlich auf einem Zylinder am Ufer haften, etwa fünf Meter flußabwärts – einer Pumpstation. Er stieg aus dem Wasser und ging darauf zu, voller Scheu und Ehrfurcht. Seine Haut schien sich zusammenzuziehen, seine Augen größer zu werden, so daß er immer mehr sehen konnte; die winzigen Härchen in seinen Ohren schienen sich aufzurichten und zu bewegen wie Seetang in einer Unterwasserströmung.

Ein stetiges tiefes Summen kam aus dem Betonzylinder, und etwas weiter hinten sah er ein Abflußrohr über den Kenduskeag hinausragen. Trübes, schmutziges Wasser floß aus dem Rohr in den Fluß.

Er beugte sich über den runden Eisendeckel des Zylinders.

»Henry?« rief Victor nervös. »Henry? Was machst du da?«

Henry beachtete ihn nicht. Er hielt ein Auge dicht an eines der runden Löcher im Deckel, sah aber nichts als Schwärze. Dann hielt er statt des Auges ein Ohr an das Loch.

»*Warte...*«

Die Stimme drang aus der Finsternis empor an sein Ohr, und Henry hatte das Gefühl, als sinke seine Körpertemperatur auf Null, als würden seine Venen und Arterien zu Eiszapfen gefrieren. Aber gleichzeitig verspürte er eine ihm fast unbekannte Emotion: eine irregeleitete Art von Liebe. Er riß die Augen weit auf. Seine Lippen verzogen sich zu einem breiten clownartigen Grinsen. Es war die STIMME vom Mond. Jetzt schien Es allerdings unten in der Pumpstation zu sein ... unten in der Kanalisation.

»Warte ... beobachte ...«

Er wartete, aber es kam nichts mehr; außer dem einschläfernden Summen der Pumpe war nichts mehr zu hören. Er kehrte zu Victor zurück, der am Ufer stand und ihm nervös zusah. Henry ignorierte ihn und rief nach Belch, der kurz darauf auftauchte.

»Kommt«, sagte er.

»Was machen wir, Henry?« fragte Belch.

»Warten. Beobachten.«

Sie schlichen ein Stück zur Lichtung zurück und setzten sich dann hin. Henry versuchte seine Unterhose von den Eiern zu lösen, gab es aber gleich wieder auf, weil es zu sehr schmerzte.

»Henry, was ...«, setzte Belch zu einer Frage an.

»Psssst!«

Belch verstummte gehorsam. Henry hatte Camel bei sich, aber er ließ sie in der Tasche. Er wollte nicht, daß das Luder den Rauch roch, wenn es irgendwo in der Nähe war. Er hätte den anderen alles erklären können, sah dazu jedoch keine Notwendigkeit. Die STIMME hatte ihm nur zwei Worte zugeraunt, aber sie schienen alles zu erklären. Die Arschlöcher spielten hier unten. Die anderen würden bald auftauchen. Wozu sich nur mit dem rothaarigen Luder abgeben, wenn sie alle sieben verdammten Säue auf einmal schnappen konnten?

Sie warteten und beobachteten. Belch und Victor schienen mit offenen Augen zu schlafen. Sie mußten nicht allzu lange warten, aber Henry hatte doch Zeit, über manches nachzudenken. Zum Beispiel, wie er heute morgen das Klappmesser gefunden hatte. Es war nicht das, welches er am letzten Schultag gehabt hatte; das hatte er irgendwo verloren. Das hier sah viel toller aus.

Es kam mit der Post.

Gewissermaßen.

Er stand auf der Veranda, betrachtete ihren zerbeulten Blechbriefkasten und versuchte zu begreifen, was er sah. Der Briefkasten war mit Ballons geschmückt. Zwei waren an dem Eisenhaken befestigt, an den der Briefträger manchmal Pakete hängte; andere waren an die Klappe gebunden. Rote, gelbe, blaue, grüne. Es war, als wäre mitten in der Nacht ein unheimlicher Zirkus auf der Witcham Road vorbeigezogen und hätte dieses Zeichen hinterlassen.

Als er zum Briefkasten ging, sah er, daß Gesichter auf den Ballons waren – die Gesichter der Kinder, die ihn den ganzen Sommer über fuchsteufelswild gemacht hatten, die ihn auf Schritt und Tritt zu verspotten schienen. Er glotzte diese Erscheinungen mit offenem Mund an, dann platzten die Ballons einer nach dem anderen. Das war gut; es war gewesen, als hätte er sie zum Platzen gebracht, als hätte er sie mittels seiner Geisteskraft getötet.

Plötzlich klappte der Verschluß des Briefkastens herunter. Henry ging hin und sah hinein. Der Briefträger kam normalerweise erst am Nachmittag hier heraus, aber Henry war nicht überrascht, als er ein flaches, rechteckiges Päckchen darin sah. Er holte es heraus. MR. HENRY BOWERS, DERRY, MAINE, lautete die Anschrift. Es gab sogar einen Absender: MR. ROBERT GRAY, DERRY, MAINE.

Er machte das Päckchen auf und ließ das braune Papier achtlos zu Boden fallen. Drinnen war ein kleines weißes Kästchen. Er machte es auf. In einem Bett aus weißer Watte lag das Klappmesser. Er nahm es mit ins Haus.

Sein Vater lag auf der Steppdecke im gemeinsamen Schlafzimmer, von leeren Bierdosen umgeben, sein Bauch quoll über den Rand der gelben Unterhose. Henry kniete sich neben ihn, lauschte dem Schnarchen und Atmen seines Vaters, beobachtete, wie sich die wulstigen Lippen seines Vaters bei jedem Atemzug bewegten.

Henry drückte die Klinge des Messers an den mageren Hals seines Vaters. Sein Vater bewegte sich leicht und sank wieder in seinen Bierschlaf zurück. Henry hielt das Messer fast fünf Minuten so, seine Augen waren distanziert und nachdenklich, der Ballen des linken Daumens liebkoste den silbernen Knopf im Griff des Messers. Die Stimme vom Mond sprach zu ihm – sie flüsterte wie der Frühlingswind, der warm ist, aber irgendwo eine kalte Klinge in sich versteckt hat, sie summte wie ein Nest voll wütender Hornissen, sie bekräftigte wie ein heiserer Politiker.

Was die Stimme sagte, kam Henry alles ziemlich roger vor, darum drückte er auf den silbernen Knopf. Es klickte im Inneren, als die Klinge schnappte, dann bohrten sich fünfzehn Zentimeter Stahl in Butch Bowers Hals. Sie glitten so mühelos hinein wie die Zinken einer Fleischgabel in ein gegrilltes Hähnchen. Die Messerklinge kam blutend auf der anderen Seite wieder heraus.

Butch riß die Augen auf. Er sah zur Decke. Er sperrte den Mund auf. Blut lief ihm aus den Mundwinkeln, über die Wangen und in die Ohren.

Er fing an zu röcheln. Eine große Blutblase bildete sich zwischen seinen schlaffen Lippen und platzte. Er griff mit seiner Hand nach Henrys Knie und zuckte krampfhaft. Das kümmerte Henry nicht. Schließlich fiel die Hand herunter. Einen Augenblick später hörte das Röcheln auf. Butch Bowers war tot.

Henry zog das Messer heraus, wischte es an der schmutzigen Bettdecke seines Vaters ab und schob die Klinge hinein, bis die Feder wieder klickte. Er sah seinen Vater desinteressiert an. Die Stimme hatte ihm sein Tagewerk beschrieben, während er mit dem Messer an Butchs Hals verharrt hatte. Die Stimme hatte alles erklärt. Daher ging er ins Nebenzimmer und rief Belch und Victor an.

Jetzt waren sie da, alle drei, und obwohl seine Eier immer noch teuflisch weh taten, erzeugte das Messer eine tröstliche Wölbung in seiner Hosentasche. Er spürte, daß das Gemetzel bald anfangen würde. Die anderen würden herkommen und das Babyspiel fortsetzen, das sie angefangen hatten, und dann würde das Gemetzel anfangen. Die Stimme vom Mond hatte es ihm erklärt, während er neben seinem Vater kniete, und auf dem Weg in die Stadt hatte er den Blick nicht von der blassen, geisterhaften Scheibe am Himmel abwenden können. Er sah, daß es tatsächlich einen Mann im Mond gab – ein grimmiges, leuchtendes Geistergesicht mit Kraterlöchern als Augen und einem klaffenden Grinsen, das bis zu den Wangenknochen zu reichen schien. Es redete

(wir schweben hier herunter Henry wir schweben alle du schwebst auch)

den ganzen Weg in die Stadt mit ihm. Bring sie alle um, Henry, sagte die Geisterstimme vom Mond, und das kapierte Henry; Henry war der Meinung, daß er diesen Auftrag unterstützen konnte. Er würde sie alle umbringen, seine Peiniger, und dann würde dieses Gefühl – daß er die Oberhand verlor, daß er in eine größere Welt kam, die er nicht so leicht beherrschen konnte wie die Grundschule von Derry und ihren Spielplatz, daß in dieser größeren Welt der Dicke und der Nigger und der Stotterer wachsen würden, während er nur älter wurde – endlich aufhören.

Er würde sie alle umbringen, und die Stimmen in seinem Kopf – die innen drin und die, die vom Mond sprach – würden ihn in Ruhe lassen. Er würde sie alle umbringen und dann ins Haus zurückkehren und mit dem Japs-Schwert seines Vaters auf der Veranda sitzen. Er würde ein Rheingold seines Vaters trinken. Er würde auch Radio hören, aber kein Baseball. Baseball war strikt Squaresville. Er würde statt dessen Rock and Roll hören. Henry wußte es nicht (und es wäre ihm auch scheißegal gewesen), aber in dieser Hinsicht war er einer Meinung mit den Verlierern: Rock and Roll war echt roger. Wir haben Hühner im Stall, wessen Stall, mei-

902

nem Stall. Dann würde alles gut werden; dann würde alles wie geschmiert sein; dann würde alles oberprima sein, und alles, was danach kam, würde keine Rolle spielen. Die Stimme würde sich seiner annehmen – das spürte er. Wenn man sich um Es kümmerte, kümmerte Es sich um einen. So war das in Derry immer gewesen.

Aber die Kinder mußten beseitigt werden – bald beseitigt werden – heute noch! Die STIMME hatte es ihm befohlen.

Henry zog sein Messer aus der Tasche und betrachtete es; er drehte es hin und her und genoß das Funkeln des Stahls in der Sonne. Plötzlich packte Belch ihn am Arm und zischte: »Schau dir das nur mal an, Henry! Jesus, Maria und Josef! Schau dir das nur mal an!«

Henry schaute hin ... und begriff alles. Wie durch Zauberei hob sich ein quadratisches Stück der Lichtung und enthüllte einen langsam immer breiter werdenden dunklen Spalt. Im allerersten Moment durchfuhr ihn Entsetzen – er glaubte, dies könnte der Eigentümer der STIMME sein ... denn Es hauste bestimmt irgendwo unter der Stadt. Dann hörte er aber das Knirschen von Erde in unsichtbaren Scharnieren und begriff. Er hatte ihr Baumhaus nirgends entdecken können, weil es überhaupt kein Baumhaus gab.

»Mein Gott, wir sind direkt auf ihnen draufgestanden!« knurrte Victor, und als Bens Kopf und Schultern aus dem quadratischen Loch in der Lichtung auftauchten, wollte er aufspringen. Henry packte ihn fest am Bein.

»Wollen wir sie uns denn nicht schnappen?« fragte Victor, während Ben aus der Grube herauskletterte.

»O doch, wir schnappen sie uns«, sagte Henry, ohne seine Augen von dem verhaßten Fettkloß zu wenden. Auch so ein verdammter Eier-Kikker. *Ich werd' dir so in die Eier kicken, daß du sie gleich als Ohrringe tragen kannst, du fette, kleine Drecksau. Wart nur ab!* »Nur keine Bange.«

Der Fettkloß half jetzt der rothaarigen Hexe aus der Grube. Sie schaute sich um, und einen Moment lang glaubte Henry, daß sie ihn direkt ansah. Dann schweiften ihre Blicke weiter. Die beiden flüsterten miteinander, und dann verschwanden sie im dichten Unterholz.

»Kommt«, sagte Henry, als das Rascheln von Blättern kaum noch zu hören war. »Wir folgen ihnen. Aber seid leise und haltet Abstand. Ich will sie alle zusammen schnappen.«

Die drei überquerten die Lichtung wie Soldaten auf einer Patrouille – in geduckter Haltung, lautlos, wachsam. Belch blieb stehen und warf einen Blick ins Klubhaus. Er schüttelte staunend und bewundernd den Kopf. »Direkt über ihren Birnen bin ich gesessen«, murmelte er.

Henry schob ihn ungeduldig vorwärts.

Sie gingen auf dem Pfad, weil sie dort geräuschloser vorankamen. Etwa auf halbem Weg zur Kansas Street tauchten der Fettkloß und das Miststück plötzlich händchenhaltend nicht weit vor ihnen aus dem Gebüsch auf. Glücklicherweise kehrten sie Henry und seinen Freunden den Rücken zu und drehten sich nicht um. Henry, Victor und Belch erstarrten... und zogen sich dann rasch in den Schatten am Rand des Pfads zurück. Bald waren Ben und Beverly nur noch zwei helle Flecke, die ab und zu zwischen den Büschen auftauchten. Die drei Jungen setzten die Verfolgung fort... noch vorsichtiger als zuvor. Henry zog sein Messer wieder aus der Tasche und

9.
Henry macht eine Autofahrt, 2.30 Uhr

drückte auf den Chromknopf im Griff. Die Klinge sprang heraus, und er betrachtete sie verträumt im Mondschein. Es gefiel ihm, wie sie das Licht reflektierte. Er hatte keine Ahnung, wie spät es jetzt wohl sein mochte; die Realität löste sich zeitweise auf.

Ein Geräusch drang in sein Bewußtsein, ein Geräusch, das immer lauter wurde. Ein Automotor. Das Auto näherte sich, und Henry umklammerte sein Messer und wartete, ob es vorbeifahren würde.

Nein. Das Auto blieb an der Bordsteinkante stehen, mit laufendem Motor. Mit einer Grimasse (sein Bauch war inzwischen hart wie ein Brett, und noch immer sickerte dickflüssiges Blut aus der Wunde) kniete er sich hin, schob einige Zweige der Hecke auseinander und spähte hindurch. Er sah Scheinwerfer und die Umrisse eines Wagens. Bullen? Seine Hand ballte sich um den Messergriff zur Faust.

Ich habe dir eine Mitfahrgelegenheit verschafft, flüsterte die STIMME vom Mond. *Betrachte es einfach als Taxi,* erwiderte die STIMME. *Schließlich müssen wir dich rasch ins Town House bringen. Es ist schon ziemlich spät.*

Die STIMME stieß nur noch ein dünnes Kichern aus und verstummte sodann. Jetzt waren nur noch die Heimchen und das Geräusch des laufenden Motors zu hören. Klingt wie Kracher, dachte Henry abwesend.

Er richtete sich schwerfällig auf und taumelte zur Auffahrt zurück. Von dort spähte er um die Ecke. Es war kein Streifenwagen; er hatte kein Blaulicht auf dem Dach, und auch die ganze Karosserie war anders. Die Karosserie war... war *altmodisch*.

Er glaubte wieder jenes Kichern zu hören, aber vielleicht war es auch nur der Wind.

Er kroch unter der Kette hindurch und ging auf das Auto zu, das sich ein wenig von der schwarzweißen Schnappschußwelt aus hellem Mondlicht und undurchdringlicher Dunkelheit abhob. Er sah grauenhaft aus: Sein Hemd war schwarz vom Blut, das auch seine Jeans fast bis zu den Knien durchtränkt hatte. Sein Gesicht war leichenblaß.

Auf dem Gehweg blieb er kurz stehen und versuchte die plumpe schwarze Gestalt am Steuer zu identifizieren. Aber zuerst erkannte er das Auto – es war jenes Modell, von dem sein Vater immer behauptet hatte, er würde es eines Tages besitzen: ein Plymouth Fury Baujahr 1958. Er war rot und weiß, und Henry wußte (hatte es sein Vater ihm nicht oft genug erzählt?), daß der Motor unter der Haube ein V-8-327 war, mit 255 PS, der in etwa neun Sekunden von Null auf 70 Meilen pro Stunde beschleunigen konnte. *Ich werde dieses Auto kriegen, und wenn ich dann sterbe, können sie mich darin begraben*, hatte Butch immer gesagt... nur hatte er das Auto natürlich nie bekommen und war auf Kosten des Sozialamtes bestattet worden, nachdem sie Henry, der tobte und von Ungeheuern kreischte, in die Klapsmühle gesteckt hatten.

Wenn er da drin sitzt, glaube ich nicht, daß ich das ertragen kann, dachte Henry, umklammerte sein Messer, stand schwankend da und starrte auf die dunkle Gestalt am Steuer.

Dann öffnete sich die Tür auf der Beifahrerseite des Fury, die Innenleuchte ging an, und der Fahrer drehte sich nach ihm um. Es war Belch Huggins. Sein Gesicht war eine gelbliche, in Fetzen herabhängende Ruine. Ein Auge fehlte ihm, und durch ein Loch in der pergamentartigen Wange konnte man schwarze Zähne erkennen. Auf dem Kopf hatte er die New-York-Yankees-Baseballmütze, die er an jenem Tag getragen hatte. Der Mützenschirm war mit graugrünem Schimmel überzogen.

»Belch!« rief Henry, und dann stieß er unter äußerster Qual einen stöhnenden Schrei aus.

Belchs tote Lippen verzogen sich zu einem Grinsen, wodurch sich in ihnen weißgraue, blutlose Risse zeigten. Er deutete einladend auf die offene Tür.

Henry zögerte, und dann schlurfte er um die Kühlerhaube herum und berührte das V-förmige Emblem, wie damals als Kind, als sein Vater ihm dieses Automodell im Ausstellungsraum in Bangor gezeigt hatte. Als er die Beifahrerseite erreichte, wurde ihm schwarz vor Augen, und er mußte sich an der offenen Wagentür festhalten, um nicht zu stürzen. Er stand mit gesenktem Kopf da und rang keuchend nach Luft. Schließlich nahm die Welt wieder halbwegs klare Konturen an, und er schaffte es, um die Tür herumzugehen und sich auf den Sitz fallen zu lassen. Der rasende Schmerz in seinen Eingeweiden zwang ihn, den Kopf zurückzuwerfen und die Zähne so fest zusammenzubeißen, daß seine Halsmuskeln wie Stränge hervortraten. Wieder sickerte Blut in seine Hand; es fühlte sich an wie warmes Gelee. Schließlich ließ der Schmerz ein wenig nach.

Die Tür fiel von selbst zu. Die Innenleuchte schaltete sich aus. Henry sah, wie Belchs halbvermoderte Hand den ersten Gang einlegte. Belchs weiße Knöchel schimmerten durch die Hautfetzen auf seinen Fingern.

Der Fury bewegte sich langsam via Kansas Street auf den Up-Mile Hill zu.

»Wie geht's dir, Belch?« hörte Henry sich fragen. Es war natürlich eine saudumme Frage; Belch konnte nicht hier sein, Tote konnten kein Auto lenken – aber etwas anderes fiel ihm nicht ein.

Belch gab keine Antwort. Sein einziges tief eingesunkenes Auge starrte auf die Straße. Es verursachte Henry Übelkeit, durch das Loch in Belchs Wange seine schwarzen Zähne zu sehen. Er nahm undeutlich wahr, daß der gute alte Belch einen überreifen Geruch verströmte. Er stank, ehrlich gesagt, wie ein Korb verdorbener Tomaten.

Das Handschuhfach flog auf, und im Schein der kleinen Glühbirne im Inneren sah er eine halbvolle Flasche Texas Driver. Er holte sie mit blutverkrusteter Hand heraus, öffnete sie und trank einen ordentlichen Schluck. Der Whisky rann ihm durch die Kehle wie kühle Seide und brannte in seinem Magen wie heiße Lava. Er schüttelte sich stöhnend... und danach fühlte er sich etwas besser, wieder etwas stärker mit der Welt verbunden.

»Danke«, sagte er.

Belch drehte ihm den Kopf zu – Henry konnte dabei die Sehnen in Belchs Nacken quietschen hören wie rostige Türangeln. Belch betrachtete ihn einen Moment lang mit seinem einen starren Totenauge, und Henry sah erst jetzt, daß der größte Teil seiner Nase fehlte, so als hätte sie ihm jemand abgenagt. Vielleicht ein Hund. Oder Ratten. Ratten waren eigentlich wahrscheinlicher. In den Kanälen, in die sie die kleineren Kinder an jenem Tag gejagt hatten, hatte es von Ratten nur so gewimmelt.

Langsam drehte Belch seinen Kopf wieder nach vorne, worüber Henry sehr froh war. Belchs starrer Blick war schwer zu ertragen gewesen, auch wenn er den Ausdruck in dem einzigen tief in die Höhle eingesunkenen Auge nicht so recht zu deuten vermochte. Vorwurf? Zorn? Oder was sonst?

Hinter dem Steuer dieses Wagens sitzt ein toter Junge.

Henry stellte fest, daß er eine Gänsehaut auf den Armen hatte. Rasch trank er noch einen Schluck aus der Flasche. Eine angenehme Wärme breitete sich in seinem Körper aus.

Der Plymouth rollte den Up-Mile Hill hinab und über die große Kreuzung mit Kreisverkehr – nur herrschte um diese Nachtzeit kein Verkehr; alle Ampeln blinkten gelb. Es war so still, daß Henry die Relais im Inneren der Ampeln klicken hören konnte... oder bildete er sich das nur ein?

»Ich hatte nicht vor, dich an jenem Tag im Stich zu lassen, Belch«, sagte er.

Wieder das Quietschen ausgetrockneter Sehnen. Wieder starrte Belch ihn mit seinem einzigen Auge an. Und seine Lippen verzogen sich zu einem schrecklichen Grinsen, das grauschwarzes Zahnfleisch entblößte, auf dem sich ganze Schimmelkulturen angesiedelt hatten. *Was für eine Art von Grinsen ist das?* fragte sich Henry, während das Auto die Main Street hinabfuhr. *Ist es ein verzeihendes Grinsen? Das Grinsen eines alten Freundes? Oder will es besagen: ›Dir werde ich's noch geben, Henry. Ich werde mich dafür rächen, daß du mich und Vic im Stich gelassen hast‹? Was für eine Art von Grinsen ist es?*

»Du mußt verstehen, wie es gewesen ist«, sagte Henry und verstummte gleich wieder. Wie war es denn gewesen? Ihm schwirrte der Kopf, und die Ereignisse gerieten durcheinander wie die Einzelteile eines Puzzles, das gerade auf einen der beschissenen Kartentische im Freizeitraum von Juniper Hill ausgeschüttet worden war. Wie war das alles noch gewesen? Sie waren dem Fettkloß und dem Luder fast bis zur Kansas Street gefolgt und hatten dann in den Büschen abgewartet, während die beiden die Böschung zur Straße hochgeklettert waren. Wenn sie außer Sichtweite verschwunden wären, hätten er, Vic und Belch das Versteckspiel aufgegeben und wären den beiden einfach nachgerannt; zwei wären immerhin besser als nichts gewesen, und den Rest hätten sie sich dann eben später geschnappt.

Aber die beiden Arschlöcher waren nicht verschwunden. Sie hatten sich ans Geländer gelehnt, sich unterhalten und die Straße beobachtet. Ab und zu hatten sie einen Blick nach unten in die Barrens geworfen, doch Henry hatte dafür gesorgt, daß seine Männer und er nicht zu sehen waren.

Der Himmel hatte sich von Osten her allmählich zugezogen; Regen hatte in der Luft gelegen.

Was war dann als nächstes passiert? Was...

Eine knochige, lederige Hand packte ihn am Unterarm, und Henry schrie auf. Er war nahe dran gewesen, wieder in jene wolkenweiche Grauzone zu gleiten, aber Belchs schrecklicher Griff und der vom Schreien bohrende Schmerz in seinem Bauch brachten ihn wieder zu sich. Er drehte sich um, und Belchs Gesicht war nicht einmal fünf Zenti-

907

meter von seinem eigenen entfernt; er zog keuchend die Luft ein und wünschte gleich darauf, er hätte es nicht getan. Ein Geruch von Moder und Verwesung ging von Belch aus; es erinnerte ihn wieder an verfaulte Tomaten in irgendeiner dunklen Scheunenecke, und sein Magen rebellierte.

Plötzlich fiel ihm das Ende ein – jedenfalls das Ende von Belch und Vic. Wie etwas aus der Dunkelheit gekommen war, als sie in einem Schacht mit einem Kanaldeckel oben gestanden und sich gefragt hatten, was sie als nächstes unternehmen sollten. *Etwas*... was, hatte Henry nicht sagen können. Bis Victor gekreischt hatte: »*Frankenstein! Es ist Frankenstein!*« Und so war es, es war das Frankenstein-Monster mit Schrauben im Hals und einer groben Naht auf der Stirn, das auf Schuhen wie Kindersärge dahergeschlurft kam.

»*Frankenstein!*« hatte Vic gekreischt. »*Fr*...« Und dann war Vics Kopf nicht mehr da. Vics Kopf flog über den Schacht und prallte mit einem ekligen Platscher an die Wand gegenüber. Die wäßrigen Augen des Monsters hatten Henry angesehen, und Henry war erstarrt. Seine Blase versagte, er spürte warme Nässe die Beine hinunterlaufen.

Die Kreatur schlurfte auf ihn zu, und Belch... Belch hatte...

»Hör zu, ich weiß, daß ich weggelaufen bin«, sagte Henry. »Das hätte ich nicht machen sollen. Aber... Aber...«

Belch starrte nur geradeaus.

»Ich habe mich verirrt«, flüsterte er, wie um dem ollen Belch zu sagen, daß er auch gebüßt hatte. Er hörte sich jämmerlich an, als würde er sagen: *Ja, ich weiß, du bist umgebracht worden, Belch, aber ich habe mir einen Scheißsplitter unter dem Daumennagel geholt.* Aber es *war* schlimm gewesen... echt schlimm. Er war stundenlang in einer Welt stinkender Dunkelheit herumgeirrt, und er wußte noch, irgendwann hatte er zu schreien angefangen. Einmal war er gestürzt – ein langer, schwindelerregender Sturz, bei dem er gedacht hatte *O Gott in einer Minute bin ich tot, habe ich es überstanden* –, und dann war er in reißendem Wasser gelandet, unter dem Kanal, vermutete er. Er war in sterbendes Sonnenlicht herausgekommen, zum Ufer geschwommen und schließlich keine fünfzig Meter von der Stelle ans Ufer des Kenduskeag gekrochen, wo sechsundzwanzig Jahre später Adrian Mellon ertrinken sollte. Er rutschte aus, fiel, stieß sich den Kopf an, verlor das Bewußtsein. Als er aufwachte, war es schon dunkel. Irgendwie war er zur Route 2 gelangt und per Anhalter nach Hause gefahren. Und dort hatten die Bullen auf ihn gewartet.

Aber das war damals, und jetzt war heute. Belch hatte sich vor das Frankenstein-Monster gestellt, und es hatte ihm die linke Gesichtshälfte bis auf den Schädel abgeschält. Aber jetzt war Belch wieder da, und Belch deutete auf etwas.

Henry sah, daß sie vor dem Derry Town House angekommen waren, und plötzlich wurde ihm alles klar. Das Town House war das einzige bessere Hotel, das es in Derry noch gab. Früher, im Jahre 1958, hatte es noch den ›Eastern Star‹ am Ende der Exchange Street und ›Travellers' Rest‹ auf der Torrault Street gegeben. Beide waren im Rahmen der Stadtsanierung abgerissen worden (Henry wußte über all diese Dinge genauestens Bescheid; er hatte in Juniper Hill tagtäglich gewissenhaft die ›Derry News‹ gelesen). Jetzt war nur noch das Town House übrig – und die zahlreichen neuen Motels, die seit 1958 gebaut worden waren.

Hier werden sie abgestiegen sein, dachte er. *Alle, die übrig sind. Sie werden jetzt in ihren Betten liegen und süße Träume haben – oder auch Alpträume. Und ich werde sie erledigen, einen nach dem anderen werde ich sie umlegen.*

Er holte die Flasche Texas Driver wieder heraus und trank noch einen ordentlichen Schluck Whisky. Er fühlte frisches Blut auf seinem Schoß, und der Sitz unter und neben ihm war feucht und klebrig, aber der Whisky half dagegen; der Whisky sorgte dafür, daß es nichts auszumachen schien.

»Hör mal«, sagte er zu Belch. »Es tut mir leid, daß ich weggerannt bin. Ich weiß auch nicht, warum ich weggerannt bin. Bitte... sei mir nicht böse.«

Belch sprach zum ersten und einzigen Mal, aber nicht mit seiner Stimme. Die Stimme, die aus Belchs verwestem Mund drang, war tief und geschlechtslos, kraftvoll, furchterregend. Henry wimmerte bei ihrem Klang auf. Es war die STIMME vom Mond, der CLOWN, die schreckliche STIMME, die er in seinen Träumen von dunklen Abflußkanälen voll rauschenden Wassers gehört hatte.

»*Bring sie um, dann ist alles in Ordnung*«, sagte die STIMME.

»Na klar«, winselte Henry. »Na klar, okay, das werd' ich tun, das *will* ich ja, kein Problem...«

Er legte die Whiskyflasche zurück. Der Flaschenhals schlug klirrend gegen die Kante des Handschuhfachs. Und dort, wo die Flasche gewesen war, befand sich jetzt ein zusammengelegtes Blatt Papier. Er holte es heraus und faltete es auseinander, wobei er an den Ecken blutige Fingerabdrücke hinterließ. Es trug in Scharlachrot folgende Überschrift in erhabener Prägung:

Eine Gedächtnisstütze von Pennywise!

Und darunter war mit Großbuchstaben gedruckt:

BILL DENBROUGH	311
BEN HANSCOM	404
EDDIE KASPBRAK	609
BEVERLY MARSH	518
RICHIE TOZIER	217

Ihre Zimmernummern. Das war gut. Das sparte wirklich viel Zeit. »Danke, Be...«

Aber Belch war verschwunden. Der Fahrersitz war leer. Nur die Baseballmütze mit dem schimmeligen Schirm lag noch da. Und auf dem Knopf des Schalthebels klebte irgendeine schleimige Masse.

Henry starrte mit wild pochendem Herzen darauf... und dann glaubte er zu hören, daß sich auf dem Rücksitz etwas bewegte. Er riß die Tür auf und stieg so hastig aus, daß er fast aufs Pflaster gestürzt wäre. Dann entfernte er sich rasch von dem alten Fury, dessen Motor immer noch lief und wie gedämpfte Kanonenschläge klang (Kanonenschläge waren 1962 vom Staat Maine gesetzlich verboten worden).

Das Gehen fiel ihm schwer; jeder Schritt verursachte ziehende Schmerzen in seinem Bauch. Aber er erreichte den Gehweg, wo er stehenblieb und das achtstöckige Gebäude betrachtete, an das er sich aus alten Zeiten noch gut erinnerte. In den oberen Stockwerken brannten nur wenige Lampen, aber die runden Mattglaslampen am Haupteingang spendeten weiches Licht.

Henry stolperte auf sie zu, an ihnen vorbei und stieß mit der Schulter einen Flügel der Tür auf.

Die Halle war nächtlich still. Auf dem Boden lag ein verblichener Orientteppich. Die Decke bestand aus einem riesigen Fresko, in rechteckigen Platten ausgeführt, das Szenen aus Derrys Holzfällerzeit zeigte. Plüschsofas, Polstersessel und ein großer Kamin, der jetzt stumm und tot war – ein großes Birkenscheit lag auf dem Gitter; echtes Holz, kein Gas. Der Kamin im Town House war nicht nur zur Dekoration. In flachen Töpfen wuchsen Grünpflanzen. Die Glastüren zur Bar und zum Speisesaal waren geschlossen. Aus einem Büro konnte Henry das Murmeln eines Fernsehers hören, der leise gestellt war.

Er schlurfte mit blutüberströmten Hosen und Schuhen durch die Halle. Blut klebte in den Falten seiner Hand; es lief an seinen Wangen herab und zierte die Stirn wie Kriegsbemalung. Seine Augen quollen aus den Höhlen. Hätte ihn jemand in der Halle gesehen, wäre er vor Entsetzen schreiend davongelaufen. Aber es war niemand da.

Die Fahrstuhltüren gingen auf, sobald er den AUFWÄRTS-Knopf gedrückt hatte. Er betrachtete den Zettel in der Hand, dann die Etagenknöpfe. Nach einem Augenblick des Überlegens drückte er 6, worauf die Türen zugingen. Leise Maschinen summten, als sich der Fahrstuhl in Bewegung setzte.

Ich kann oben anfangen und mich nach unten vorarbeiten.

Er lehnte sich mit halbgeschlossenen Augen an die hintere Wand des Aufzugs, der beruhigend, ja einschläfernd summte. Es war ein ähnliches Summen wie das der Pumpen des Kanalisationssystems. Jener Tag – er fiel ihm immer wieder ein. Wie damals alles fast vorbestimmt zu sein schien, so als spielten sie nur ihre vorgeschriebenen Rollen... Wie Vic und Belch damals fast den Eindruck machten, als wären sie... na ja, als wären sie irgendwie betäubt oder hypnotisiert. Er erinnerte sich...

Der Aufzug hielt mit einem Ruck, der eine neue Schmerzwelle durch seinen Bauch jagte. Die Türen öffneten sich. Henry trat auf den stillen Korridor (hier waren noch mehr Pflanzen, hängende, Hängepflanzen, er wollte sie nicht berühren, nicht diese triefenden grünen Dinger, sie erinnerten ihn zu sehr an das, was da in der Dunkelheit heruntergehangen hatte). Er studierte noch einmal seinen Zettel. Kaspbrak hatte Zimmer 609. Er stützte sich an der Wand ab, hinterließ auf der Tapete eine schwache Blutspur und schwankte auf dieses Zimmer zu. Sein Atem war rauh und trocken.

Da war es. Er holte sein Messer aus der Tasche. Er fuhr sich mit der trockenen Zunge über die ausgetrockneten Lippen und klopfte an die Tür. Nichts. Er klopfte noch einmal, diesmal lauter.

»Wer ist da?« Ein schläfrige Stimme. Das war ausgezeichnet. Er würde im Pyjama sein, noch schlaftrunken. Und wenn er die Tür öffnete, würde Henry ihm die Messerklinge direkt in die Vertiefung am unteren Ende des Halses stoßen, in die empfindliche Stelle direkt unterhalb des Adamsapfels.

»Der Hotelboy, Sir«, rief Henry. »Ich habe für Sie eine Nachricht von Ihrer Frau.« Hatte Kaspbrak überhaupt eine Frau? Vielleicht hatte er etwas Dummes gesagt. Er wartete angespannt. Er hörte Schritte – das Schlurfen von Pantoffeln.

»Von Myra?« Kaspbraks Stimme klang beunruhigt. Ausgezeichnet. In wenigen Sekunden würde er noch viel beunruhigter sein. In Henrys rechter Schläfe hämmerte sein Puls. *Ich werde mich rächen. O ja – das werde ich.*

»Ich nehm's an, Sir. Ich habe hier keinen Namen stehen. Nur, daß es sich um ihre Frau handelt.«

Kurze Stille... und dann das metallische Klirren der Türkette, an der Kaspbrak herumfummelte. Grinsend drückte Henry auf den Knopf am Messergriff. *Klick.* Er hob die Klinge in Wangenhöhe, um sofort zustoßen zu können. Er hörte, wie der Schlüssel sich im Schloß drehte. Nur noch ein kurzer Augenblick, dann würde er dem mageren kleinen Schwächling das Messer in die Kehle jagen. Er wartete. Die Tür öffnete sich, und Eddie

10.
Die Verlierer alle beisammen, 13.20 Uhr

sah Stan und Richie, die eben aus dem Costello Avenue Market herauskamen, jeder mit einem Eis am Stiel in der Hand. »He!« rief er. »Hallo, wartet auf mich!«

Sie drehten sich um, und Stan winkte. Eddie rannte auf sie zu, so schnell er konnte – ehrlich gesagt, war das nicht gerade sehr schnell. Ein Arm war in Gips, und unter dem anderen hatte er das Parcheesi-Brett.

»Na, wie geht's, Eddie? Wie geht's, alter Junge?« fragte Richie mit seiner ›Stimme eines Gentlemans aus dem Süden‹, die sich allerdings eher anhörte wie Foghorn Leghorn in den Cartoons der Warner Brothers. »Na, so was... na, so was... der Junge hat ja einen gebrochenen Arm. Schau dir das nur mal an, Stan, der Junge hat wirklich und wahrhaftig einen gebrochenen Arm, na, so was... sei doch so nett und nimm dem armen Jungen sein Parcheesi-Brett ab.«

»Ich kann's gut selber tragen«, sagte Eddie etwas außer Atem. »Kann ich mal an deinem Eis schlecken?«

»Das würde deine Mutter aber gar nicht gern sehen, Eddie«, sagte Richie traurig und begann schneller zu essen. Er war gerade beim Schokoeis in der Mitte, seiner Lieblingssorte, angelangt. »Bazillen, mein Junge, Bazillen! Ich sag' dir nur, man kann *Bazillen* bekommen, wenn man mit jemand anders am selben Eis leckt!«

»Darauf laß ich's gern ankommen«, sagte Eddie.

Widerwillig hielt Richie ihm sein Eis hin... zog es aber rasch wieder zurück, nachdem dieser ein paarmal kräftig daran geschleckt hatte.

»Du kannst meins ganz haben, wenn du willst«, sagte Stan. »Ich bin noch satt vom Mittagessen.«

»Juden essen nicht viel«, erklärte Richie. »Das gehört zu ihrer Religion.« Die drei Jungen schlenderten einträchtig auf die Kansas Street und die Barrens zu. Derry wirkte an diesem frühen Nachmittag fast wie ausgestorben. Die Jalousien der meisten Häuser, an denen sie vorbeikamen, waren heruntergelassen. Spielzeuge lagen verlassen auf Rasen herum, so als seien Kinder hastig ins Haus gerufen oder zum Mittagsschlaf ins Bett gelegt worden. Aus dem Westen war fernes Donnergrollen zu hören.

»Echt?« wandte sich Eddie an Stan.

»Nein, Richie nimmt dich nur auf den Arm«, sagte Stan. »Juden essen soviel wie normale Menschen.« Er deutete auf Richie. »Wie er.«

»Weißt du, du bist echt elend gemein zu Stan«, sagte Eddie zu Richie. »Wie wäre es, wenn jemand so 'ne erfundene Scheiße über dich erzählen würde, nur weil du Katholik bist?«

»Oh, Katholiken machen eine ganze Menge«, sagte Richie. »Mein Dad hat mir einmal gesagt, daß Hitler Katholik war, und Hitler hat Millionen Menschen umgebracht. Richtig, Stan?«

»Ja, ich glaub' schon«, sagte Stan. Er sah aus, als wäre es ihm peinlich.

»Meine Mutter war *wütend*, als mein Dad mir das erzählt hat«, fuhr Richie fort. Ein Grinsen der Erinnerung erhellte sein Gesicht. »Ab-sooolut wüüü-tend. Wir Katholiken hatten auch die Inquisition, das war die Nummer mit den Daumenschrauben und aufs Rad flechten und so weiter. Ich glaube, alle Religionen sind ziemlich daneben.«

»Ich auch«, sagte Stan leise. »Wir sind nicht orthodox oder so, ich meine, wir essen Schinken und Speck. Ich weiß nicht mal richtig, wie das ist, Jude zu sein. Ich bin in Derry auf die Welt gekommen, und manchmal gehen wir zum Yom Kippur in die Synagoge nach Bangor, aber...« Er zuckte die Achseln.

»Schinken? Speck?« Eddie war perplex. Er und seine Mom waren Methodisten.

»Orthodoxe Juden essen so was nicht«, sagte Stan. »In der Thora steht etwas, daß man so was nicht essen soll, was durch den Schlamm kriecht oder auf dem Meeresboden lebt. Ich weiß nicht genau, wie das geht. Aber Schweine sind verboten, Hummer auch. Meine Leute essen sie aber. Ich auch.«

»Das ist echt daneben«, sagte Eddie und fing an zu lachen. »Ich hab' noch nie von einer Religion gehört, die einem vorschreibt, was man essen darf. Als nächstes erzählen sie einem, was für Benzin man kaufen darf.«

»Koscheres Benzin«, sagte Stan und lachte in sich hinein. Weder Eddie noch Rich begriffen, worüber er lachte.

»Du mußt zugeben, Stanney, es *ist* ziemlich daneben«, sagte Richie. »Ich meine, wenn man keine Würste essen kann, nur weil man Jude ist.«

»Ach ja?« sagte Stan. »Eßt ihr freitags Fleisch?«

»Himmel, nein!« sagte Richie schockiert. »Man darf freitags kein

913

Fleisch essen, weil . . .« Er fing an zu grinsen. »Okay, ich verstehe, was du meinst.«

»Kommen Katholiken wirklich in die Hölle, wenn sie freitags Fleisch essen?« fragte Eddie fasziniert und ohne zu ahnen, daß seine eigenen Leute bis vor zwei Generationen strenggläubige polnische Katholiken gewesen waren, die ebensowenig freitags Fleisch gegessen hätten, wie sie ohne Kleidung aus dem Haus gegangen wären.

»Ich will dir was sagen, Eddie«, sagte Richie. »Ich glaube nicht, daß Gott mich da runter ins Feuer schicken würde, nur weil ich mal vergessen habe, daß Freitag ist, und ein Schinkensandwich zu mir genommen habe, aber warum ein Risiko eingehen? Richtig?«

»Gut möglich«, sagte Eddie. »Aber das kommt mir so . . .« *So dumm vor*, wollte er sagen, aber dann fiel ihm eine Geschichte ein, die ihm Mrs. Portleigh in der Sonntagsschule erzählt hatte, als er noch ein kleiner Junge war – Erstkläßler der Kirchenjugend. Laut Mrs. Portleigh hatte ein böser Junge einmal etwas vom Kommunionbrot gestohlen, als das Tablett herumgereicht wurde, und es in die Tasche gesteckt. Er nahm es mit nach Hause und warf es in die Kloschüssel, um zu sehen, was passieren würde. Sofort – hatte Mrs. Portleigh den staunenden Zuhörern jedenfalls erzählt – war das Wasser in der Kloschüssel blutrot geworden. Es war das Blut Christi, sagte sie, und es erschien dem Jungen, weil er etwas sehr Schlimmes gemacht hatte, das man BLASPHEMIE nannte. Es war erschienen, um ihn zu warnen, daß er seine unsterbliche Seele riskierte, weil er das Fleisch Jesu ins Klo geworfen hatte.

Bis dahin hatte Eddie das Abendmahl eigentlich gefallen, an dem er erst seit letztem Jahr teilnehmen durfte. Die Methodisten benützten Welch's Traubensaft statt Wein, und der Leib Christi wurde von frisch gebackenem Weißbrot repräsentiert. Die Vorstellung, Essen und Trinken als religiöses Ritual zu sich zu nehmen, gefiel ihm. Aber nach Mrs. Portleighs Geschichte wurde seine Ehrfurcht vor dem Ritual zu etwas Übermächtigem, etwas Grauenhaftem. Nur nach den Brotwürfeln zu greifen, wurde eine Tat, die Mut erforderte, und er fürchtete immer einen elektrischen Schlag . . . oder Schlimmeres, daß das Brot sich plötzlich in seiner Hand verfärben, zu Blut werden und eine donnernde Stimme in der Kirche verkünden würde: *Unwürdig! Unwürdig! Zur Hölle verdammt! Zur Hölle verdammt!* Manchmal war ihm nach dem Abendmahl der Hals wie zugeschnürt, sein Atem ging pfeifend, und er wartete ungeduldig darauf, daß die Segnung vorbei sein würde, damit er in die Sakristei eilen und seinen Aspirator benützen konnte.

Sei nicht so albern, sagte er sich, als er älter wurde, *Das war nur eine Geschichte, und Mrs. Portleigh war auch keine Heilige – Mama hatte ge-*

sagt, sie wurde in Kittery geschieden und spielt Bingo in St. Mary's in Bangor, und daß richtige *Christen nicht spielen, richtige Christen überließen das Spielen den Heiden und Katholiken.*

Das alles schien durchaus logisch, erleichterte ihn aber nicht. Die Geschichte vom Abendmahlbrot, welches das Wasser im Klo in Blut verwandelt hatte, ängstigte ihn, nagte in ihm, verursachte ihm sogar Schlafmangel. Eines Nachts kam ihm der Gedanke, die Sache ein für allemal hinter sich zu bringen, indem er selbst ein Stück Brot mitnahm, es in die Toilette warf und abwartete, was passierte.

Aber dieses Experiment ging weit über seinen Mut hinaus; sein rationaler Verstand kam nicht gegen das Bild an, wie sich eine rote Wolke im Wasser ausbreitete und mögliche Verdammnis brachte. Er kam nicht gegen die magische Verschwörung an: *Dies ist mein Leib; nehmet, esset; dies ist mein Blut, welches für euch vergossen wurde.*

Nein, er hatte das Experiment nie selbst durchgeführt.

»Ich glaube, alle Religionen sind unheimlich«, sagte Eddie jetzt. Aber *mächtig*, fügte er in Gedanken hinzu, fast *magisch* ... oder war das BLASPHEMIE? Er dachte an das Ding, das sie in der Neibolt Street gesehen hatten, und zum erstenmal sah er eine winzige Parallele – der Werwolf war doch aus der Toilette gekommen.

»Junge, ich glaube wirklich, daß alle schlafen«, sagte Richie und warf den leeren Eisbecher anmutig in den Rinnstein. »Habt ihr schon mal erlebt, daß es so still war? Was ist denn los, verbringen heute alle den Tag in Bar Harbor?«

»H-H-He, ihr d-d-da!« schrie Bill Denbrough hinter ihnen. »Wa-wa-wa-wartet doch!«

Eddie drehte sich um, weil er sich immer freute, wenn er die Stimme von Big Bill hörte. Er raste mit Silver um die Ecke Costello Avenue und ließ Mike hinter sich, obwohl Mikes Schwinn fast nagelneu war.

»*Hi-yo Silver*, LOOOS!« schrie Bill. Er fuhr mit schätzungsweise zwanzig Meilen pro Stunde zu ihnen, und die Spielkarten klapperten an den Speichen. Dann trat er die Rücktrittbremse und brachte eine bewundernswert lange Schleifspur zustande.

»Stotter-Bill!« rief Richie. »Wie geht's, Junge? Na, so was ... na, so was ... sag mal, Junge, wie *geht's* dir?«

»G-G-Gut«, sagte Bill, »Habt ihr B-Ben oder Bev gesehen?«

Mike gesellte sich nun auch zu ihnen. Auf seiner Stirn standen Schweißperlen. »Mann, o Mann!« rief er atemlos. »Dein Rad hat ja 'ne irre Geschwindigkeit drauf.«

Bill lachte. »Ja, es ist g-g-ganz schön sch-schn-schnell.«

»Ich habe sie nicht gesehen«, beantwortete Richie Bills Frage. »Vermutlich sind sie schon unten und singen harmonisch im Duett: ›Shaboom, sha-boom, ya-da-da-da-da-da-da... you look like a dream, sweetheart‹.«

Stan Uris würgte, als müßte er sich gleich übergeben.

»Er ist nur neidisch«, erklärte Richie, an Mike gewandt. »Juden können nämlich nicht singen.«

»P-P-P-P-P...«

»Piep-piep, Richie«, half Richie ihm grinsend weiter, und alle lachten.

Sie machten sich wieder auf den Weg in Richtung Barrens; Mike und Bill schoben ihre Räder. Anfangs unterhielten sie sich angeregt, aber dann wurden sie eigenartig einsilbig. Eddie warf einen Seitenblick auf Bill, stellte fest, daß sein Freund irgendwie unruhig und etwas ängstlich aussah, und dachte, daß die unnatürliche Stille in Derry vielleicht auch Bill auffiel und ihm auf die Nerven ging. Eddie wußte natürlich, daß Richie nur Spaß gemacht hatte, aber es schien *wirklich* so, als machte ganz Derry einen Tagesausflug nach Bar Harbor... oder sonstwohin. Kein Auto auf der Straße; keine einzige alte Frau, die ein volles Einkaufswägelchen nach Hause schob.

»Derry ist ja wirklich wie ausgestorben, findest du nicht auch?« sagte er schließlich schüchtern, aber Bill nickte nur.

Sie überquerten die Kansas Street auf jene Seite, von der aus man in die Barrens gelangen konnte. Und dann sahen sie, wie Ben und Beverly auf sie zugerannt kamen und etwas riefen. Eddie war total perplex über Beverlys Aussehen; normalerweise war sie sauber und gepflegt; ihre Haare waren immer frisch gewaschen und meistens ordentlich zum Pferdeschwanz frisiert. Jetzt war sie schmutzig von Kopf bis Fuß; ihre wirren, ölverschmierten Haare flatterten wild; sie hatte einen Kratzer auf der Wange, und ihre Augen waren schreckensweit aufgerissen.

Auch Ben, der mit schwabbelndem Bauch keuchend hinter ihr angerannt kam, sah sehr besorgt aus.

»Können nicht runter in die Barrens«, stammelte Bev. »Die Jungen... Henry... Victor... sie sind irgendwo da unten... das Messer... er hat ein Messer...«

»B-B-Beruhige dich erst einmal«, sagte Bill, der sofort auf die ihm eigene fast unbewußte, mühelose Weise das Kommando übernahm. Er sah Ben fragend an, der mit hochrotem Kopf und ziemlich atemlos bei ihnen ankam.

»Sie sagt, Henry sei verrückt, Big Bill«, berichtete Ben.

»W-W-Was ist l-los?« fragte Bill, und Eddie schob seine Hand in die Tasche und berührte seinen Aspirator. Er wußte zwar noch nicht, was los war, aber ihm war schon jetzt klar, daß es sich um etwas Schlimmes handelte.

Beverly zwang sich zur Ruhe und erzählte, was passiert war – es war allerdings nur ein verkürzter Situationsbericht, der damit begann, wie Henry und die anderen sie auf der Straße gefangen hatten. Von ihrem Vater erzählte sie ihnen nichts – sie schämte sich dieser Sache viel zu sehr.

Nachdem sie geendet hatte, stand Bill schweigend mit gesenktem Kopf da, die Hände in den Hosentaschen, Silvers Lenkstange an die Brust gelehnt. Die anderen warteten geduldig, warfen dabei aber immer wieder nervöse Blicke über das Geländer auf den Abhang und hielten Ausschau nach den drei großen Jungen. Bill dachte lange nach, und niemand störte ihn dabei. Es kam Eddie plötzlich in den Sinn, daß das der Auftakt zum Schlußakt sein könnte und daß die unnatürliche Stille irgendwie dazugehörte – jener Eindruck, als hätten sämtliche Einwohner die Stadt verlassen, als wären nur noch die leeren Hülsen der Gebäude da.

»K-K-Kommt«, sagte Bill schließlich. »W-Wir gehen r-r-r-runter.«

»Bill...«, brachte Ben gequält hervor. »Beverly sagt, daß Henry verrückt ist. Ich meine, wirklich *verrückt*. Sie sagt, er hätte sie *töten*...«

»D-Das alles gehört n-n-n-nicht *ihnen*!« sagte Bill und deutete demonstrativ auf die riesige grüne Fläche der Barrens rechts unter ihnen – auf das dichte Unterholz, die Büsche und Bäume, die Bambusstauden, das funkelnde Wasser des Kenduskeag. »Die B-B-Barrens s-sind nicht ihr Eigent-t-tum!« Er blickte mit grimmigem Gesicht in die Runde. »Ich hab's s-s-satt, von ihnen b-b-belästigt zu werden. Wir haben sie in der Sch-Sch-Stein-sch-schlacht besiegt, und wenn es sein muß, k-k-k-können wir sie w-wieder b-besiegen.«

»Aber, Bill«, wandte Eddie ein, »was ist, wenn es nicht nur *sie* sind?«

Bill wandte sich ihm zu, und Eddie stellte entsetzt fest, wie erschöpft, bleich und angespannt Bill aussah – dieses Gesicht hatte etwas Furchterregendes an sich, aber erst sehr viel später, kurz vor dem Einschlafen nach dem Treffen in der Bücherei, begriff er, woran das lag: Es war das Gesicht eines Jungen, der an den Rand des Wahnsinns getrieben worden war, eines Jungen, der letztlich vielleicht ebensowenig Herr seiner eigenen Entscheidungen war wie Henry. Aber der eigentliche Bill war trotzdem noch da, sah Eddie aus jenen gehetzten, verwundeten Augen an... ein zorniger, zu allem entschlossener Bill.

»Na und«, sagte er, »was *ist* d-d-dann?«

Niemand antwortete ihm. Der Donner grollte, jetzt schon näher. Eddie blickte zum Himmel empor und sah von Westen her große schwarze

Gewitterwolken aufziehen. Es würde schütten wie aus Kübeln, wie seine Mutter immer sagte.

»Ich s-s-sag' euch jetzt mal w-was!« rief Bill. »K-K-Keiner von euch b-braucht mitzugehen, wenn er n-nicht w-w-will. Es liegt g-ganz bei euch.«

»Ich komme mit, Big Bill«, sagte Richie ruhig.

»Ich auch«, sagte Ben.

»Klar«, sagte Mike achselzuckend.

Beverly und Stan erklärten ebenfalls, sie würden mitkommen, und zuletzt auch Eddie.

»Ich glaube, du solltest lieber *nicht* mitkommen, Eddie«, meinte Richie. »Weißt du, dein Arm sieht nicht allzugut aus.«

Eddie sah Bill an.

»Ich w-w-will aber, daß er m-mit von der P-P-Partie ist«, sagte Bill. »Du b-bleibst einfach in m-m-meiner N-Nähe, Eddie. Ich p-p-paß schon auf dich auf.«

»Danke, Bill«, sagte Eddie und mußte gegen seine Tränen ankämpfen. Bills müdes, nervöses Gesicht kam ihm plötzlich wunderschön vor – er liebte dieses Gesicht. Er war ziemlich durcheinander und dachte: *Ich würde für ihn sterben, glaube ich, wenn er mich dazu aufforderte. Was ist das nur für eine Macht? Aber wenn sie dazu führt, daß man so aussieht wie Bill jetzt, ist es vielleicht gar nicht so gut, diese Macht zu haben.*

»Klar, Bill hat die endgültige Geheimwaffe«, sagte Richie. »Stinkbomben.« Er hob den linken Arm und wedelte mit der rechten Hand unter der Achselhöhle. Ben und Mike lachten leise, Eddie lächelte.

Der nächste Donnerschlag war so laut, daß alle zusammenzuckten und unwillkürlich näher zusammenrückten. Ein Wind kam auf und spielte mit den Abfällen im Rinnstein. Die erste schwarze Wolke verhüllte die diesige Sonnenscheibe und löste damit ihre Schatten auf. Der Wind war kalt und trocknete den Schweiß auf Eddies nacktem Arm; plötzlich fröstelte ihn.

Bill sah Stan an und sagte etwas Merkwürdiges: »H-H-Hast du dein V-V-V-Vogelbuch dabei, Stan?«

Stan klopfte auf seine Gesäßtasche.

Bill blickte wieder in die Runde. »Gehen wir«, sagte er.

Sie stiegen im Gänsemarsch die Böschung hinab; nur Bill blieb, wie er versprochen hatte, an der Seite Eddies. Richie schob Silver, und unten angelangt, versteckten Mike und Bill die Räder wie immer unter der Brücke. Dann standen alle dicht nebeneinander da und schauten sich um.

Das aufziehende Unwetter bewirkte keine Dunkelheit, aber das Licht hatte sich verändert, und alle Dinge traten in einer Art traumhaftem, stählernem Relief hervor – schattenlos, klar, fast wie gemeißelt. Und Eddie begriff zu seinem Entsetzen, weshalb dieses Licht ihm so vertraut vorkam – es war die gleiche Art von Licht, an die er sich von dem Haus an der Neibolt Street erinnerte.

Ein greller Blitz zuckte durch die Wolken, und Eddie fuhr zusammen. Unwillkürlich zählte er: *Eins ... zwei ... drei ...* Und dann explodierte der Donner wie M-80-Kanonenschläge; es hörte sich wie ein hartes Bellen an, und sie rückten alle noch näher zusammen.

»Heute morgen wurde kein Regen angesagt«, murmelte Ben unbehaglich. »Heiß und dunstig, hieß es da.«

Mike blickte empor. Die Wolken dort oben glichen schweren, hohen Schiffen, die in Windeseile den Himmel bedeckten, der noch dunstig blau gewesen war, als er und Bill nach dem Mittagessen aus dem Haus der Denbroughs getreten waren. »Es zieht sehr schnell auf«, sagte er. »Ich habe noch nie ein Unwetter so schnell aufziehen sehen.« Und gleichsam zur Bestätigung seiner Worte donnerte es wieder laut.

»K-K-Kommt«, sagte Bill. »W-Wir b-b-bringen erst mal Eddies P-P-Parcheesi-B-B-Brett ins K-K-K-Klubhaus.«

Sie gingen den Pfad entlang, den sie in all den Wochen seit dem Dammbau ausgetreten hatten. Bill und Eddie gingen voraus, die anderen folgten ihnen. Ein neuer Windstoß ließ die Blätter auf Bäumen und Büschen rascheln. Weiter vorne schlugen die Bambusgewächse aneinander wie unheimliche Trommeln in einer Dschungelgeschichte.

»Bill?« sagte Eddie leise.

»Ja?«

»Ich dachte immer, so was gäb's nur in Filmen, aber ...« Eddie lachte verlegen. »Aber ich habe das Gefühl, als beobachte mich jemand.«

»Oh, sie s-s-sind irgendwo in d-der N-N-Nähe, das ist k-klar«, sagte Bill.

Eddie schaute sich nervös um und hielt sein Parcheesi-Brett etwas fester. Er

11.
Eddies Zimmer, 3.05 Uhr

öffnete die Tür und sah sich einem Monster aus einem Horror-Comic gegenüber; da stand eine blutige Gestalt, bei der es sich nur um Henry Bowers handeln konnte; diese gräßliche Erscheinung sah aus, als wäre sie soeben dem Grab entstiegen. Henrys Gesicht war eine starre Fratze von Haß und Mordlust. Seine rechte Hand hielt etwas umklammert, und während Eddie die Augen vor Schrecken weit aufriß und entsetzt nach Luft schnappte, schoß diese Hand vor, und die lange Messerklinge blitzte auf.

Ohne zu überlegen – dazu blieb jetzt keine Zeit; wenn er erst nachgedacht hätte, wäre er ermordet worden – schlug Eddie die Tür zu. Sie prallte gegen Henrys Unterarm und lenkte dadurch das Messer in eine andere Richtung, so daß es knapp an Eddies nacktem Hals vorbeisauste.

Henrys Arm war zwischen Tür und Türpfosten eingeklemmt. Ein leises Knirschen war zu hören, und Henry stieß einen erstickten Schmerzensschrei aus. Seine Hand öffnete sich, und das Messer fiel klirrend zu Boden. Mit einem Fußtritt beförderte Eddie es unter den Fernseher.

Mit einem leisen Fluch warf sich Henry gegen die Tür. Er war etwa 100 Pfund schwerer als Eddie, und Eddie wurde zurückgeschoben wie eine Puppe. Seine Kniekehlen stießen an die Bettkante, und er fiel auf das Bett. Henry stolperte ins Zimmer, warf hinter sich die Tür zu und schloß ab, während Eddie sich aufsetzte und spürte, wie seine Kehle eng wurde, wie sein Atem zu pfeifen und rasseln begann.

»Okay, du kleiner Schwuler«, sagte Henry. Er ließ seine Blicke über den Boden schweifen, sah aber zu Eddies großem Glück sein Messer nicht. Eddie tastete auf dem Nachttisch herum und griff nach einer der beiden Flaschen Perrier-Wasser, die er sich nachmittags hatte bringen lassen. Es war die volle, die andere hatte er leergetrunken, bevor er zur Bibliothek gegangen war, weil er mit den Nerven runter war und ziemlich Sodbrennen gehabt hatte. Perrier war ausgezeichnet für die Verdauung.

Als Henry die Suche nach seinem Messer aufgab und auf ihn zukam, packte Eddie die Flasche am Hals und zerschlug sie an der Nachttischkante. Das Wasser sprudelte schäumend über die Platte und warf einen Großteil der dort stehenden Pillenfläschchen um.

Henrys Hemd und Hose waren blutdurchdränkt; er schwankte auf Eddie zu. Seine rechte Hand hing in sonderbarem, unnatürlichem Winkel herab.

»Baby-Homo!« rief Henry. »Dich werd' ich lehren, Steine zu werfen!«

Er erreichte das Bett und wollte sich auf Eddie stürzen, der immer noch nicht so recht wußte, was eigentlich passiert war. Es war höchstens 40 Sekunden her, daß er die Tür geöffnet hatte. Henry packte ihn, und Eddie stieß ihm die zerbrochene Flasche mit dem ausgezackten unteren Rand ins Gesicht. Sie riß ihm die rechte Wange tief auf und durchstach sein rechtes Auge.

Henry stieß einen hohen, atemlosen Schrei aus und taumelte rückwärts. Das aufgeschlitzte Auge hing lose aus der Höhle heraus; eine weißlichgelbe Flüssigkeit sickerte aus ihm hervor. Aus seiner Wange schoß eine Blutfontäne. Eddie schrie noch lauter auf als Henry. Er sprang vom Bett auf und ging auf Henry zu – vielleicht, um ihm zu helfen, er war sich nicht ganz sicher –, und Henry stürzte sich wieder auf ihn. Eddie stieß mit der Perrier-Flasche zu wie mit einem Degen, und diesmal drangen die Zacken des grünen Glases tief in Henrys linke Hand ein, und wieder floß Blut – diesmal aus seinen zerschnittenen Fingern. Henry ließ eine Art Grunzen hören und versetzte Eddie mit der rechten Hand einen Schlag.

Eddie flog rückwärts und prallte gegen den Schreibtisch. Er rutschte zu Boden und fiel auf seinen rechten Arm. Ein rasender Schmerz durchfuhr ihn – ein schrecklicher, nur allzu bekannter Schmerz. Er spürte, wie der Knochen an der alten Bruchstelle splitterte, und er mußte die Zähne zusammenbeißen, um nicht aufzuschreien.

Ein Schatten verdeckte die Lampe.

Henry Bowers stand schwankend über ihm, riesig wie ein menschlicher Berg. Seine Knie zitterten, und von seiner linken Hand tropfte Blut auf Eddies Morgenrock.

Eddie hatte immer noch die abgebrochene Perrier-Flasche in der Hand, und während Henrys Knie völlig nachgaben, gelang es ihm, die Flasche so auf seiner Brust abzustützen, daß der ausgezackte Rand nach oben wies. Henry stürzte wie ein gefällter Baum zu Boden und spießte sich auf der Flasche auf. Eddie spürte, wie sie in seiner Hand zersplitterte, und eine neue heftige Schmerzwelle strahlte von seinem Arm aus, der immer noch unter ihm eingeklemmt war. Etwas Warmes sickerte durch seinen Pyjama, und er war nicht sicher, ob es Henrys Blut oder sein eigenes war.

Henry zuckte wie eine Forelle auf dem Trockenen. Mit seinen Schuhen hämmerte er auf dem Teppich. Eddie roch seinen fauligen Atem. Dann versteifte sich sein Körper und rollte auf den Rücken. Die Flasche ragte grotesk aus seinem Bauch heraus.

»Grrr«, fauchte Henry, dann verstummte er und lag regungslos da, den starren Blick zur Decke gewandt. Eddie glaubte, er wäre tot.

Er kämpfte mit aller Kraft gegen die Schwäche an, die ihn befallen hatte. Zitternd kam er auf die Knie, schließlich auf die Beine. Der Schmerz in seinem gebrochenen Arm war beim Aufstehen so heftig, daß er dadurch einen etwas klareren Kopf bekam. Mühsam nach Luft japsend, erreichte er den Nachttisch, hob seinen Aspirator aus der Wasserpfütze auf und schob ihn in den Mund. Er inhalierte mehrmals tief. Dann drehte er sich um und betrachtete die Leiche auf dem Teppich. Konnte das Henry sein? War das möglich? Ja. Er war alt geworden, hatte mehr graue als schwarze Haare, sein Körper war fett und aufgedunsen, seine Haut ungesund weiß – aber es war unverkennbar Henry. Und Henry war tot – endlich war Henry...

»Grrr«, machte Henry und setzte sich auf. Seine Hände fuchtelten in der Luft herum, so als wollte er sich an nur für ihn sichtbaren Griffen festhalten. Sein ausgestochenes Auge hing ihm auf die Wange herab und tropfte immer noch. Er sah sich um, entdeckte Eddie, der an die Wand zurückwich, und versuchte aufzustehen.

Er öffnete den Mund, und eine gräßliche Blutfontäne schoß hervor. Henry brach wieder auf dem Boden zusammen.

Mit wildem Herzklopfen wollte Eddie den Telefonhörer abnehmen, aber er stieß mit der Hand dagegen, und der Hörer flog aufs Bett. Er hob ihn auf und wählte die Null. Das Telefon klingelte und klingelte.

Los doch, dachte Eddie, *was treibst du Blödhammel dort unten denn – pennst du? Los, bitte, geh doch endlich ans Telefon!*

»Empfang«, meldete sich schließlich eine verschlafene, vorwurfsvolle Stimme.

»Verbinden Sie mich mit Mr. Denbroughs Zimmer«, sagte Eddie. »So schnell Sie können.« Mit dem anderen Ohr lauschte er jetzt auf eventuelle Geräusche aus den Nebenzimmern. Hatten Henry und er viel Lärm gemacht? Würde gleich jemand an die Tür klopfen und sich erkundigen, ob alles in Ordnung wäre?

»Sind Sie ganz sicher, daß ich Sie verbinden soll?« fragte der Hotelangestellte. »Es ist zehn nach drei.«

»Nun *machen* Sie schon!« rief Eddie. Seine Hand, die den Hörer umklammerte, zitterte krampfhaft. Im anderen Arm rumorte der Schmerz. Hatte Henry sich wieder bewegt? Nein, ganz bestimmt nicht.

»Okay, okay«, sagte der Angestellte. »Immer mit der Ruhe, mein Freund.«

Es klickte in der Leitung, und dann war das heisere Surren eines Zimmertelefons zu hören. *Los, Bill, los, lo...*

Eine furchtbare, sehr plausible Idee schoß ihm plötzlich durch den Kopf. Angenommen, Henry hatte zuerst Bills Zimmer einen Besuch abgestattet? Oder Richies? Oder Bens? Oder Bevs? Oder war er vielleicht in der Bücherei gewesen? Irgendwo *mußte* er vorher schon gewesen sein; er hatte ja heftig geblutet; und wenn nicht jemand ihn schon vorher verletzt hätte, so würde er – Eddie – jetzt bestimmt tot auf dem Boden liegen, und das Messer würde aus seiner Brust ragen, so wie die Perrier-Flasche nun aus Henrys Eingeweiden ragte. Oder angenommen, Henry war vorher schon bei allen gewesen, hatte sie aus dem Schlaf gerissen und überrumpelt wie ihn selbst? Angenommen, sie waren alle tot?

Und dieser Gedanke war so fürchterlich, daß Eddie glaubte, er würde einen Schreikrampf bekommen, wenn Bill den Telefonhörer nicht bald abnahm.

»Bitte, Big Bill«, flüsterte er. »Bitte, sei da, Mann!«

Der Hörer wurde abgenommen, und Bills Stimme sagte, ganz uncharakteristisch mißtrauisch: »H-H-Hallo?«

»Bill!« rief Eddie, vor Erleichterung den Tränen nahe. »Bill, Gott sei Dank.«

»Eddie?« Bill Stimme war vorübergehend schwächer zu hören, weil er jemand anderem erklärte: »Es ist Eddie.« Dann fragte er: »W-W-Was ist l-los, Eddie?«

»Es ist Henry Bowers«, stammelte Eddie. Er warf wieder einen Blick auf die Gestalt am Boden. Hatte sie ihre Lage verändert? Diesmal fiel es ihm weniger leicht, sich selbst zu überzeugen, daß das nicht der Fall war. »Bill... er... er ist hergekommen... und ich habe ihn getötet. Er hatte ein Messer... Ich glaube...« Er senkte die Stimme. »Ich glaube, es war dasselbe Messer, das er an jenem Tag hatte. Als wir in die Abwasserkanäle runterstiegen. Erinnerst du dich daran?«

»Ja, ich erinnere m-mich«, sagte Bill grimmig. »Eddie, hör zu. Ich möchte, daß du

12.
Die Barrens, 13.55 Uhr

nach h-h-hinten gehst und B-Ben sagst, er soll herk-k-kommen.«

»Okay, Bill«, sagte Eddie und begab sich sofort nach hinten. Sie näherten sich jetzt der Lichtung. Donner grollte drohend im wolkenverhangenen Himmel, und die Büsche seufzten und rauschten im Wind.

Ben kam zu Bill, als sie die Lichtung erreichten. Die Falltür zum Klubhaus war geöffnet, ein fantastisch anmutendes schwarzes Quadrat inmitten des Grüns. Das Plätschern des Flusses war sehr deutlich zu hören, und Bill überkam plötzlich eine absurde Gewißheit: daß er dieses Geräusch und diesen Platz zum letzten Mal in seiner Kindheit erlebte. Er holte tief Luft, sog den Geruch nach Erde, Bäumen und der Müllhalde ein, die vor sich hin rauchte wie ein Vulkan, der sich nicht entschließen kann zu erlöschen. Er sah eine Vogelschar von der Eisenbahnbrücke in Richtung Old Cape fliegen. Dann blickte er empor zu den bedrohlichen Wolkenmassen.

»Was ist?« fragte Ben ängstlich.

»W-W-Warum haben sie n-nicht versucht, uns zu sch-sch-schnappen?« fragte Bill. »Sie s-sind da. Ich kann sie sch-sch-spüren.«

»Ich auch«, sagte Ben. »Vielleicht sind sie so blöd, daß sie glauben, wir steigen runter ins Klubhaus. Dann säßen wir in der Falle.«

»V-V-V-Vielleicht«, sagte Bill, und plötzlich überkam ihn eine ohnmächtige Wut über sein Stottern, das es ihm unmöglich machte, schnell zu sprechen. Aber möglicherweise hätte er das, was ihn bewegte, ohnehin nicht in Worte fassen können – daß er glaubte, alles fast auch mit Henrys Augen sehen zu können, daß er das Gefühl hatte, Henry und er stünden sich jetzt sehr nahe, obwohl sie auf verschiedenen Seiten kämpften, obwohl sie Schachfiguren waren, die von entgegengesetzten Kräften bewegt wurden.

Henry erwartete von ihnen, daß sie sich dem Kampf stellten.

Es erwartete von ihnen, daß sie sich dem Kampf stellten.

Und ermordet wurden.

In seinem Kopf schien eine kalte Explosion weißen Lichts stattzufinden. Sie würden als Opfer des Mörders gelten, der Derry seit Georgies Tod heimsuchte – es würde heißen, alle sieben seien sie ihm zum Opfer gefallen. Vielleicht würde man ihre Leichen finden, vielleicht auch nicht. Alles hing davon ab, ob Es Henry beschützen würde, ihn beschützen konnte – ihn und in geringerem Ausmaß auch Belch und Victor. *Ja. Nach außen hin, für die ganze übrige Stadt, werden wir Opfer des Mörders sein. Und das stimmt sogar, auf merkwürdige Art und Weise stimmt das tatsächlich, denn der Mörder ist Es, und Es kann jeden als* SEIN *Werkzeug benutzen... schwache Menschen, böse Menschen... vielleicht sogar Menschen, die einfach... na ja, einfach leer sind. Es will, daß wir sterben. Henry ist das Werkzeug, das diese Arbeit verrichten soll, damit Es nicht selbst in Erscheinung treten muß. Ich werde vermutlich als erster sterben – Beverly und Richie könnten die anderen vielleicht zusammenhalten oder auch Mike, aber Stan hat Angst, und Ben ebenso, obwohl ich glaube, daß er stärker ist als Stan. Und Eddie hat einen gebrochenen Arm. Warum habe ich sie nur hierher geführt? Mein Gott! Warum nur?*

»Bill?« sagte Ben ängstlich, und die anderen scharten sich neben dem Klubhaus um sie. Es donnerte wieder, und die Büsche raschelten jetzt lauter. Der Bambus trommelte rasselnd im düsteren Sturmlicht.

»Bill...«, begann Richie.

»Pssst!« rief Bill eindringlich, und alle schwiegen unbehaglich beim Anblick seiner gehetzten, blitzenden Augen.

Er starrte ins Unterholz, auf den gewundenen Pfad, der zur Kansas Street führte, und sein Geist erklomm plötzlich eine weitere Stufe, stieg gleichsam auf eine höhere Ebene. Sein Geist stotterte nicht; er wurde von einer verrückten Heiterkeit erfaßt, so als würden seine Gedanken von einem rasenden Strom der Intuition emporgehoben, so als flöge ihm alles nur so zu.

George an einem Ende, ich und meine Freunde am anderen. Und dann wird es aufhören.

(wieder)

wieder, ja, wieder, denn solche Dinge sind auch schon früher geschehen, und immer muß irgendein Opfer am Ende stehen, etwas Schreckliches muß sich ereignen, damit es aufhört, ich weiß nicht, woher ich das weiß, aber ich weiß es... und sie... sie...

»Sie l-l-l-lassen es g-geschehen«, murmelte Bill, während er mit weit aufgerissenen Augen auf die raschelnden Büsche starrte. Jetzt war auch ein neuer Laut zu hören – eiskalte Regentropfen fielen auf die Barrens hernieder.

»Bill?« fragte Beverly flehend. Stan stand leichenblaß neben ihr, klein und schmal und adrett in seinem blauen Polohemd und seiner Baumwollhose. Mike befand sich auf Bevs anderer Seite und sah ihn intensiv an, so als lese er seine Gedanken.

Sie lassen es geschehen, das haben sie schon immer getan, und dann kommt alles zur Ruhe, das Leben geht weiter, Es... Es

(schläft)

ja, Es schläft... oder hält so eine Art Winterschlaf wie ein Bär... und dann fängt es wieder an, und sie wissen... die Leute wissen... sie wissen, daß es so sein muß, damit Es existieren kann.

»Ich h-h-h-h...«

O bitte Gott o bitte Gott im finstern Föhrenwald bitte Gott da wohnt ein wahrer Meister o Gott laß mich herausbringen was ich ihnen sagen muß ein wahrer Meister der ficht ganz furchtlos kalt o Gott o Christus BITTE LASS ES MICH HERAUSBRINGEN!

»Ich h-h-habe euch h-h-h-hierhergeführt, w-weil es k-k-keinen s-sicheren Ort g-gibt«, sagte Bill. Speichel flog durch die Luft; er wischte seine Lippen mit dem Handrücken ab. »D-D-Derry ist Es. V-Versteht ihr m-mich?« Seine Augen schossen Blitze. »D-D-Derry ist E-E-E-Es! Wohin wir auch g-g-gehen mögen... w-wenn Es uns sch-sch-sch-schnappen will, w-wenn Es uns u-u-umbringt, werden sie n-n-nichts *s-s-s-sehen*, sie w-werden nichts *h-hören*, sie w-w-werden nichts *w-wissen*!« Er sah sie flehend an. »S-S-Seht ihr nicht, w-wie es ist? W-Wir k-k-k-können nur eins t-tun – versuchen zu v-v-vollenden, w-was wir begonnen h-h-haben.«

»Diese Frau hat aber versucht, mir zu helfen«, sagte Beverly. Doch vor ihrem geistigen Auge tauchte das Bild des Mannes auf, der von seinem Liegestuhl auf der Veranda aufgestanden war, hingesehen hatte, seine

Zeitung zusammengefaltet hatte... und ins Haus gegangen war. *Sie werden nichts sehen, nichts hören, nichts wissen.* Und ihr eigener Vater *(zieh jetzt die Hose aus, Dirne)*
hatte die Absicht gehabt, sie umzubringen.

Mike dachte an das Mittagessen mit Bill. Bills Mutter hatte sich wieder einmal in ihre Traumwelt zurückgezogen, las einen Roman von Henry James und schien die beiden Jungen überhaupt nicht wahrzunehmen, die sich Sandwiches machten und lachten. Richie dachte an Stans ordentliches, aber völlig leeres Haus. Stan war ein bißchen überrascht gewesen; seine Mutter war zur Mittagszeit fast immer zu Hause, oder aber sie hinterließ ihm auf einem Zettel eine Nachricht. Aber es war keine Nachricht dagewesen. Das Auto hatte nicht in der Garage gestanden, das war alles. »Vermutlich ist sie mit ihrer Freundin Debbie zum Einkaufen gefahren«, hatte Stan gesagt, die Stirn gerunzelt und angefangen, Sandwiches mit Eiersalat zu machen. Richie hatte die Sache ganz vergessen. Bis jetzt. Eddie dachte an seine Mutter, die zu Hause gewesen war, weil es in der Fabrik in Newport im Sommer weniger zu tun gab und sie deshalb nur an vier Tagen pro Woche arbeitete. Als er mit seinem Parcheesi-Brett unter dem Arm weggegangen war, hatte es keine ihrer üblichen Ermahnungen gegeben: *Sei vorsichtig, Eddie, stell dich irgendwo unter, wenn es regnet, Eddie, spiel ja keine gefährlichen Spiele, Eddie.* Sie hatte ihn nicht gefragt, ob er seinen Aspirator dabei hatte, sie hatte ihm nicht gesagt, um wieviel Uhr er zu Hause sein sollte, sie hatte ihn nicht vor »jenen groben Jungen, mit denen du spielst« gewarnt. Sie hatte sich einfach weiter im Fernsehen eine schnulzige Serie angesehen, so als wäre er überhaupt nicht vorhanden.

So als wäre er überhaupt nicht vorhanden.

Allen Jungs ging derselbe Gedanke durch den Kopf: Irgendwann zwischen Aufstehen und Mittagessen waren sie einfach zu Geistern geworden.

Geistern.

»Bill«, sagte Stan schroff, »wenn wir abkürzen? Durch Old Cape?«

Bill schüttelte den Kopf. »Ich g-g-glaube nicht, daß das g-geht. W-Wir würden im S-S-Sumpf steckenbleiben... oder es w-w-wären echte P-P-P-Piranhas im K-Kenduskeag... oder etwas a-a-anderes.«

Jeder hatte seine eigene diesbezügliche Vision. Ben sah Büsche, die plötzlich zu menschenfressenden Pflanzen wurden. Beverly sah fliegende Blutegel wie die, die aus dem alten Kühlschrank gekommen waren. Stan sah den schlammigen Boden im Bambus die lebenden Leichen von Kindern auskotzen, die dort in den legendären Treibsand geraten waren. Mike Hanlon stellte sich kleine Saurier mit gräßlichen spitzen Zähnen vor, die aus einem Spalt in einem abgestorbenen Baum quollen, sie angriffen, in Stücke rissen. Richie sah das kriechende Auge auf sie herunterglotzen, während sie unter der Eisenbahnbrücke durchliefen. Und Eddie sah, wie sie das Ufer bei Old Cape emporkletterten und dem Aussätzigen gegenüberstanden, in dessen schwärendem Fleisch Käfer und Insekten krabbelten und der auf sie wartete.

»Wenn wir irgendwie aus der Stadt rauskommen könnten...«, murmelte Richie und zuckte gleich darauf zusammen, als wieder der Donner krachte. Der Regen wurde allmählich stärker – bald würde bestimmt ein richtiger Wolkenbruch niedergehen. Keine Spur mehr von dem diesig-sonnigen milden Wetter. »Wir wären in Sicherheit, wenn wir nur aus dieser verdammten Scheißstadt rauskommen könnten.«

»Piep-p...«, begann Beverly, und dann kam aus dem raschelnden Gebüsch ein Stein geflogen, der Mike seitlich am Kopf traf. Er taumelte rückwärts und wäre gestürzt, wenn Bill ihn nicht aufgefangen hätte. Durch sein dichtes, krauses Haar sickerte Blut.

»Euch werd' ich lehren, Steine zu werfen!« ertönte Henrys höhnische Stimme.

Bill sah, daß seine Freunde in einer ähnlichen Verfassung waren wie eingepferchte Mustangs, daß sie am liebsten in sechs verschiedene Richtungen davonsausen wollten. Und wenn sie das taten, würde es das Ende von allem sein. Es würde den Sieg errungen haben.

»B-B-Ben!« sagte er scharf.

Ben sah ihn an. »Bill, wir müssen wegrennen. Sie...«

Zwei weitere Steine flogen aus dem Gebüsch. Einer traf Stan am Oberschenkel, und er schrie auf – mehr vor Überraschung als vor Schmerz. Dem zweiten konnte Beverly ausweichen. Er fiel zu Boden und rollte über die Falltür des Klubhauses.

»Erinnerst du d-dich an den ersten T-Tag, als du hier r-r-r-runter kamst?« schrie Bill, um den Donner zu übertönen. »An den T-Tag, als die S-S-Sommerferien b-begannen?«

»Bill...«, rief Richie.

Bill brachte ihn mit einer heftigen Handbewegung zum Schweigen. Er ließ Ben nicht aus den Augen, nagelte ihn mit seinen Blicken fest.

»Na klar«, sagte Ben, während er versuchte, gleichzeitig in alle Richtungen zu schauen. Die Büsche schwankten und tanzten jetzt wild.

»Der A-A-A-Abflußkanal«, sagte Bill. »Die P-P-Pumpstation. Dorthin m-m-müssen wir. Bring uns h-hin!«

»Aber...«

»*Bring uns dorthin!*«

Wieder kamen Steine aus den Büschen geflogen, ein Bombardement,

927

und einen Moment lang konnte Bill Victors Gesicht sehen – es war ängstlich, wie betäubt und doch zugleich auch voller Angriffslust. Dann traf ein Stein seinen Backenknochen, und nun mußte Mike *ihn* auffangen. Sterne flimmerten ihm vor den Augen. Seine Wange fühlte sich taub an ... und dann setzte der Schmerz ein, und er spürte, wie ihm Blut übers Gesicht lief. Er fuhr sich mit der Hand über die Wange, zuckte zusammen, betrachtete das Blut und wischte es an seinen Jeans ab. Seine Haare flatterten wild im Wind, der immer stärker wurde.

»Dich werd' ich lehren, Steine zu werfen, du stotternde Mißgeburt!« kreischte Henry lachend.

»B-B-Bring uns dorthin!« brüllte Bill Ben an. Jetzt verstand er, warum er Eddie vorhin nach hinten geschickt hatte, um Ben zu holen; es war jene Pumpstation, zu der sie gehen sollten, und Ben war der einzige, der wußte, welche die richtige war – diese Betonzylinder ragten an beiden Ufern des Kenduskeag aus dem Boden, und unter ihnen führte jeweils ein Rohr zum Fluß. »D-D-Das ist d-der Ort! Der Eingang! Der W-W-W-Weg zu Ihm!«

»Bill, das kannst du doch nicht wissen!« schrie Beverly mit hoher, verzweifelter Stimme.

Er brüllte sie – und die anderen – wütend an: »Ich *weiß* es!«

Ben stand einen Moment lang da, leckte sich über die Lippen und starrte Bill an. Dann drehte er sich um und ging über die Lichtung auf den Fluß zu. Ein greller rötlichweißer Blitz zerriß den Himmel, gefolgt von einem so heftigen Donnerschlag, daß Bill vor Schreck stolperte. Ein faustgroßer Stein sauste an seiner Nase vorbei und traf Ben am Gesäß. Er heulte vor Schmerz auf und rieb sich die Stelle.

»*Ja, Fettkloß!*« schrie Henry wieder mit dieser halb lachenden, halb kreischenden Stimme. Es knackte und raschelte im Gebüsch, und Henry sprang heraus, gerade als der Wolkenbruch einsetzte. Wasser rann ihm in die kurzgeschorenen Haare, in die Augenbrauen, über die Wangen. Sein Grinsen entblößte alle Zähne. »Dich werd' ich lehren, St...«

Mike hatte ein Stück Holz aufgehoben, das beim Klubhausbau übriggeblieben war. Er schleuderte es und traf Henry an der Stirn. Henry heulte auf, griff sich an die schmerzende Stelle und setzte sich auf den Hosenboden.

»*R-R-Rennt!*« schrie Bill. »Alle Ben n-nach!«

Wieder knackte und raschelte es im Gebüsch. Und als die Mitglieder des Klubs der Verlierer Ben nachrannten, nahmen Henry, Victor und Belch die Verfolgung auf.

Sogar später, als die restlichen Ereignisse dieses Tages Ben wieder deutlich vor Augen standen, blieben seine Erinnerungen an diese chaoti-

928

sche Flucht durchs Unterholz bruchstückhaft, unzusammenhängend. Er erinnerte sich an Zweige mit tropfnassen Blättern, die ihm ins Gesicht gepeitscht und ihn mit kaltem Wasser übergossen hatten, er erinnerte sich, daß es fast unablässig geblitzt und gedonnert hatte, und er erinnerte sich, daß Henrys Schreie, sie sollten zurückkommen und kämpfen, sich allmählich mit dem Plätschern und Rauschen des Flusses vermischt hatten, dem sie sich näherten. Jedesmal, wenn er langsamer geworden war, hatte Bill ihn in den Rücken geknufft, um ihn zur Eile anzutreiben.

Was ist, wenn ich sie nicht finde? Was ist, wenn ich diese spezielle Pumpstation nicht finden kann?

Er keuchte, hatte Seitenstechen, und sein Hintern schmerzte an der Stelle, wo der Stein ihn getroffen hatte. Beverly hatte gesagt, Henry und seine Freunde hätten die Absicht, sie zu töten, und Ben glaubte das jetzt auch, o ja, er glaubte es ohne weiteres.

Die Uferböschung des Kenduskeag tauchte so plötzlich vor ihm auf, daß er nicht mehr rechtzeitig abbremsen konnte und – obwohl er wild mit den Armen ruderte, um das Gleichgewicht zurückzuerlangen – den steilen Abhang zum schnell dahinströmenden Wasser auf dem Hosenboden hinabschlitterte, wobei sein Hemd hochrutschte und nasser Lehm an seinem Rücken kleben blieb.

Bill rannte fast in ihn hinein und zog ihn dann hoch.

Nacheinander kamen nun auch die anderen aus dem Gebüsch am Rand der Uferböschung gestürzt und kletterten den Abhang hinunter: Bev, Stan, Mike, Richie und zuletzt Eddie. Richie schlang ungeschickt einen Arm um Eddies Taille, um ihm hinabzuhelfen; seine nasse Brille hing nur noch an seiner Nasenspitze.

»W-W-Wo?« schrie Bill Ben zu.

Ben schaute nervös nach links und nach rechts, sich nur allzu deutlich der Tatsache bewußt, daß die Zeit furchtbar knapp war. Der Fluß schien bereits gestiegen zu sein, und der wolkenverhangene Regenhimmel hatte ihm eine bedrohliche, schiefergraue Farbe verliehen. Seine Ufer waren mit Büschen und verkümmerten Bäumen überwuchert, die jetzt zu den Melodien des Windes einen wilden Tanz aufführten.

»W-W-Wo?«

»Ich weiß ni...«, setzte er an, und dann sah er die durch Erosion entstandene Höhle, in der er sich damals versteckt hatte, und die ihm so behaglich erschienen war. Er war eingeschlafen, und etwas später, nachdem er wieder aufgewacht war, hatte er dann Bills und Eddies Bekanntschaft gemacht. *Glaubt mir, Jungs, es war ein richtiger Kleinkinderdamm.*

»Dort!« rief er. »Da lang!«

Ein Blitz zerriß den Himmel, und diesmal konnte Ben ihn *hören* – ein

Summen und Brummen wie von einem überbeanspruchten Eisenbahn-transformator. Der Blitz schlug in den Baum ein, und blauweißes elektri-sches Feuer schoß zischend durch seinen Stamm; Holzsplitter flogen um-her, die sich gut als Zahnstocher für einen Märchenriesen geeignet hät-ten. Der Baum stürzte mit ohrenbetäubendem Krachen in den Fluß; Wasserfontänen spritzten hoch.

Ben nahm einen heißen, wilden, unangenehmen Geruch wahr und hielt vor Schrecken die Luft an. Ein Feuerball rollte am Stamm des er-trunkenen Baumes entlang, flammte noch einmal grell auf und erlosch. Donner explodierte, nicht über ihnen, sondern *um sie herum*, so als stün-den sie genau im Zentrum des Donnerschlags. Der Regen prasselte auf sie hernieder.

Bill stieß ihn in den Rücken und riß ihn aus seiner Erstarrung. »L-L-L-Los!«

Ben stolperte am Ufer entlang; er war jetzt so durchnäßt, daß er nicht mehr unterscheiden konnte, ob er noch an Land war oder durchs Wasser platschte. Er erreichte den umgestürzten Baum – die kleine, durch Ero-sion entstandene Höhle war vernichtet worden – und kletterte darüber hinweg, grub seine Zehen in die nasse Rinde, schürfte sich an den Ästen die Hände und Unterarme auf.

Bill und Richie hoben Eddie hinauf; er rutschte auf dem Baumstamm aus, und als Ben ihn auffangen wollte, fielen sie beide hin. Eddie stöhnte.

»Alles in Ordnung?« schrie Ben.

»Ich glaub' schon«, schrie Eddie zurück und stand auf.

Richie kletterte über den Baumstamm hinweg, dann Stan und Mike. Bill schob Beverly hoch, und Ben und Richie fingen sie auf der anderen Seite auf. Ihre Haare klebten am Kopf, und unter der durchnäßten Bluse zeichneten sich ihre kleinen Brüste ab.

Bill erklomm als letzter den Baumstamm und sah Henry und die bei-den anderen Jungen kommen. Während er sich auf der unteren Seite vom Stamm herabließ, schrie er: »Sch-Sch-Steine! Werft Steine!«

Hier am Ufer lag genügend Munition herum, und der vom Blitz ge-troffene, umgestürzte Baum bildete eine ausgezeichnete Barrikade. Sie warfen Steine auf Henry, Victor und Belch, die den Baum fast schon er-reicht hatten. Die drei Burschen brüllten vor Schmerz und Wut, als Steine ihre Gesichter, ihre Brustkörbe, ihre Arme und Beine trafen und sie zurückweichen mußten.

»Ihr wolltet uns doch lehren, Steine zu werfen!« schrie Richie trium-phierend und schleuderte einen hühnereigroßen Stein nach Victor. Er traf ihn mit voller Wucht an der Schulter, und Victor schrie auf. »Los, bringt es uns ruhig bei! Wir lernen sehr schnell!«

»*Jaaa, jaaa!*« brüllte Mike. »Wie gefällt euch das? Wie gefällt euch das?«

Die drei zogen sich aus der Gefahrenzone zurück, steckten die Köpfe zusammen und berieten sich. Gleich darauf kletterten sie die Uferböschung hinauf, wobei sie sich an Ästen festhielten, um auf dem glitschigen, nassen Lehm, durch den schon kleine Regenbäche flossen, nicht auszurutschen und hinzufallen.

Sie verschwanden im Gebüsch.

»Sie wollen uns austricksen, von hinten an uns rankommen, Big Bill«, sagte Richie, während er seine Brille hochschob.

»Das m-macht n-n-nichts«, erwiderte Bill. »Los, w-w-weiter, Ben. Wir f-folgen dir.«

Ben trottete am Ufer entlang, blieb kurz stehen, um sich zu orientieren (er rechnete damit, daß Henry und seine Freunde jeden Moment direkt vor seiner Nase auftauchen würden) und sah die Pumpstation etwa 20 Meter weiter unten. Er ging darauf zu, und die anderen folgten ihm. Am anderen Ufer konnten sie zwei weitere Betonzylinder erkennen, einen ziemlich genau gegenüber, den anderen etwa 40 Meter stromaufwärts; aus den dazugehörenden Rohren stürzten schmutzig-trübe Wasserfluten in den Kenduskeag. Aber aus dem Rohr, das unterhalb des dicht vor ihnen liegenden Zylinders ein Stück über den Fluß hinausragte, sickerte nur ein dünnes Rinnsal. Ben bemerkte, daß auch kein Summen aus ihm zu hören war. Die Pumpe mußte defekt sein.

Er betrachtete Bill nachdenklich ... und etwas ängstlich.

Bill schaute währenddessen Richie, Stan und Mike an. »W-W-Wir müssen den D-D-D-Deckel hochheben«, sagte er. »Helft m-mir.«

Der Deckel hatte einen vorstehenden Rand, aber er war glitschig vom Regen, und der Deckel selbst war unglaublich schwer. Ben zwängte sich neben Bill, und Bill schob seine Hände etwas zur Seite, damit Ben mit anpacken konnte. Ben hörte aus dem Innern des Zylinders das Tröpfeln von Wasser – ein hallendes, unangenehmes Geräusch, das ihn an Brunnen erinnerte.

»J-J-Jetzt!« rief Bill, und sie zogen zu fünft mit vereinten Kräften. Der Deckel bewegte sich knirschend.

Beverly packte jetzt neben Richie mit an, und auch Eddie schob mit seinem gesunden Arm.

»Eins, zwei, drei *hau ruck*!« kommandierte Richie. Der Deckel schabte ein Stückchen über den Zylinderrand. Ein sichelförmiger Streifen Dunkelheit tat sich auf.

»Eins, zwei, drei, *hau ruck*!«

Der Streifen wurde breiter.

931

»Eins, zwei, drei, *hau ruck*!«

Ben schob mit aller Kraft; rote Sterne flimmerten vor seinen Augen, und sein Rücken schmerzte.

»Aufgepaßt!« schrie Mike. »Jetzt ist's soweit!«

Sie traten beiseite, und der schwere, runde Deckel rutschte vollends herunter, schlug eine tiefe Kerbe in die nasse Erde und blieb mit der unteren Seite nach oben liegen. Insekten krochen und sprangen von ihm ins Gras.

»Uff!« sagte Eddie.

Bill spähte in den Zylinder hinein. Eisensprossen führten an einer Wand in die Tiefe, zu einer runden schwarzen Wasserfläche, die jetzt mit Regentropfen gesprenkelt war. Die defekte Pumpe ragte in der Mitte etwas aus dem Wasser heraus. Rechts davon sah er aus einem Abflußrohr Wasser in die Pumpstation fließen, und mit rasendem Herzklopfen dachte er: *Dorthin müssen wir. In dieses Rohr hinein.*

»E-E-Eddie! Halt dich an m-mir f-f-fest!«

Eddie starrte ihn verständnislos an.

»Ich nehm' d-dich h-h-huckepack. Du b-brauchst dich n-nur mit deinem h-h-heilen Arm festzuhalten.« Er demonstrierte es. Eddie begriff nun, aber er zögerte noch.

»Sch-Sch-Schnell!« rief Bill. »S-Sie werden b-b-bald da sein!«

Eddie legte seinen Arm um Bills Nacken; Stan und Mike hoben ihn etwas hoch, bis er seine Beine um Bills Taille schlingen konnte. Als Bill sich schwerfällig über den Rand des Zylinders schwang, sah Ben, daß Eddie seine Augen fest zugekniffen hatte.

Durch das Rauschen des Regens hindurch konnte er nun auch andere Geräusche vernehmen: Rascheln von Blättern, Stimmengemurmel. Henry, Victor und Belch waren im Anmarsch.

Bill hielt sich am rauhen Rand des Zylinders fest und tastete mit den Füßen nach den Sprossen. Sie waren rund und schlüpfrig. Eddie hatte seinen Hals so fest umklammert, daß er kaum Luft bekam.

»Ich habe Angst, Bill«, wimmerte Eddie.

»Ich a-a-auch.«

Er hielt sich jetzt an der obersten Sprosse fest. Obwohl Eddie ihn fast erwürgte und plötzlich 40 Pfund schwerer als sonst zu sein schien, warf er noch einen Blick in die Runde, auf die Barrens, den Kenduskeag, auf die rasch dahinziehenden Wolken am Himmel. Eine innere Stimme – keine ängstliche, sondern eine sehr energische – hatte ihm gesagt, er solle sich alles gut einprägen für den Fall, daß er die Welt hier oben nie wiedersehen würde.

Dann begann er die Leiter hinabzusteigen, mit Eddie auf dem Rücken.

»Ich kann mich nicht mehr lange festhalten«, klagte Eddie.

»Brauchst d-du auch n-n-nicht«, tröstete ihn Bill. »Wir sind f-f-fast unten.«

Einer seiner Füße tauchte in kaltes Wasser ein. Er tastete nach der nächsten Sprosse, fand sie, und dann noch eine. Die Leiter endete, und er stand neben der dunklen Pumpe knietief im Wasser.

Er bückte sich, zuckte zusammen, als das kalte Wasser ihm in die Hose floß, und ließ Eddie hinabgleiten. Er holte tief Luft, heilfroh, daß Eddies Arm ihm nicht mehr den Hals zuschnürte.

Er blickte hoch und sah etwa drei Meter über seinem Kopf einen kreisförmigen Himmelsausschnitt, der vom Zylinderrand eingerahmt wurde. Seine fünf Freunde beugten sich darüber und schauten zu ihm hinab. »K-K-Kommt runter!« schrie er. »Einer n-nach dem anderen! Sch-Sch-Schnell!«

Beverly schwang sich als erste gelenkig über den Rand des Zylinders und kletterte die Leiter hinab. Stan folgte, dann Ben. Mike und Richie standen noch im strömenden Regen und sahen aus wie nasse Wasserratten. Richie hörte, wie Henry, Victor und Belch sich ein Stück weiter links einen Weg durchs Gebüsch bahnten – leider nicht weit genug entfernt. *Sie werden uns sehen*, dachte er.

In diesem Moment brüllte Victor: »Henry! Da! Tozier!«

Richie drehte sich um und sah sie durch die regennassen Büsche auf sich zukommen. Victor führte... und dann stieß Henry ihn so heftig beiseite, daß er ausrutschte und auf die Knie fiel. Henry hatte tatsächlich ein Messer – ein Messer, das so aussah, als würde es sich gut zum Schweineschlachten eignen. Von der Klinge rannen Wassertropfen.

Richie sah in den Schacht, sah, wie Ben und Stan Mike von der Leiter halfen, und schwang sich selbst hinunter. Henry wurde klar, was er vorhatte, und er fing an zu kreischen. Richie lachte irre, schlug die linke Hand in die Beuge des rechten Ellbogens und winkelte den Unterarm an, die Hand hatte er zur möglicherweise ältesten Geste der Welt geballt, zur Faust. Und damit Henry auch genau wußte, was gemeint war, streckte er noch den Mittelfinger hoch.

»*Ihr werdet da unten krepieren!*« brüllte Henry.

»*Das wollen wir erst mal sehen!*« schrie Richie. Er hatte Angst, in den Betonhals der Pumpstation hinabzuklettern, aber trotzdem konnte er nicht aufhören zu lachen. Und er posaunte mit seiner Irischer-Polizist-Stimme: »Das Glück läßt die Iren *nie* im Stich, merk dir das, mein lieber Freund!«

Henry rutschte auf dem nassen Gras aus und fiel auf den Hintern, kaum zwanzig Schritte von Richie entfernt, der auf der obersten

Sprosse stand, sich am Zylinderrand festhielt und bis zur Brust zu sehen war.

»O weia, wenn der Arsch nur nicht aus dem Leim gegangen ist!« brüllte Richie triumphierend und kletterte geschwind die Leiter hinab. Die Eisensprossen waren schlüpfrig, und einmal wäre er fast abgerutscht. Dann griffen Bill und Mike ihm unter die Arme, und er stand neben den anderen bis zu den Knien im Wasser. Er zitterte am ganzen Leibe, heiße und kalte Schauder liefen ihm abwechselnd über den Rücken, aber trotzdem konnte er nicht aufhören zu lachen.

»Du hättest ihn sehen sollen, Big Bill, schwerfällig wie eh und je, stolpert immer noch über seine eigenen Beine...«

Henrys Kopf tauchte oben auf. Seine Wangen waren von Dornen und Ästen zerkratzt. Seine Augen schleuderten haßerfüllte Blitze.

»Okay!« brüllte er hinab. Seine Worte wurden von dem Betonzylinder dumpf zurückgeworfen, ohne ein richtiges Echo zu erzeugen. »Jetzt hab' ich euch!«

Er schwang ein Bein über den Rand, tastete mit dem Fuß nach der obersten Sprosse und schwang auch das andere Bein hinüber.

Bill erklärte mit lauter Stimme: »W-W-Wenn er ein Sch-Sch-Stück rruntergeklettert ist, p-p-p-packen wir ihn und ziehen ihn zu uns. Und dd-dann t-t-t-tauchen wir ihn unter. Verstanden?«

»Verstanden, Guv'ner«, rief Richie und salutierte mit zittriger Hand.

»Verstanden«, sagte auch Ben.

Stan versetzte Eddie einen leichten auffordernden Rippenstoß, aber Eddie begriff nicht, was von ihm erwartet wurde. Ihm kam es so vor, als hätte Richie den Verstand verloren. Er lachte wie verrückt, während Henry Bowers – der allseits *gefürchtete* Henry Bowers – hinabstieg, um sie wie Ratten in einem Faß umzubringen.

»Alles bestens für ihn vorbereitet, Bill!« schrie Stan.

Über ihnen blieb Henry auf der dritten Sprosse von oben plötzlich stehen. Er warf über die Schulter hinweg einen Blick in die Tiefe. Er wirkte jetzt etwas verunsichert. Victor und Belch beugten sich über den Zylinderrand.

Und plötzlich begriff Eddie. Sie konnten nur einer nach dem anderen hinabsteigen. Zum Hinunterspringen war es viel zu hoch, besonders weil die Gefahr bestand, auf der Pumpe zu landen. Und hier unten standen sie zu siebent dicht nebeneinander im Kreis.

»K-K-Komm schon, Henry«, rief Bill liebenswürdig. »W-Worauf w-w-wartest du?«

»Ja, worauf wartest du, Henry?« fiel Richie ein. »Du verprügelst doch so gern kleine Kinder, stimmt's? Dann komm doch runter!«

»Wir warten, Henry«, rief Beverly freundlich. »Ich glaube nicht, daß es dir gefallen wird, wenn du erst mal hier bist, aber komm ruhig, wenn du möchtest!«

»Oder hast du etwa Angst?« fügte Ben hinzu. Henry blickte zu ihnen hinab; er umklammerte sein Messer mit der linken Hand, und sein Gesicht lief vor Wut ziegelrot an. Gleich darauf kletterte er wieder aus dem Zylinder heraus, begleitet von lautem Pfeifen, Zischen und Buh-Rufen der sieben Freunde.

»O-O-Okay«, sagte Bill leise. »Und jetzt sch-sch-schnell ins Rohr hinein.«

»Wozu denn, Bill?« fragte Beverly, aber Bill konnte sich die Antwort sparen, denn Henrys Oberkörper tauchte wieder über dem Rand des Zylinders auf, und er warf einen großen Stein hinab. Beverly schrie auf, und Stan zog geistesgegenwärtig Eddie nach hinten dicht an die Wand. Der Stein fiel auf das rostige Stahlgehäuse der Pumpe – *boing!* –, prallte ab und flog direkt neben Eddie gegen die Wand. Ein Betonsplitter zerkratzte ihm die Wange. Der Stein landete im Wasser, das hochspritzte wie ein Geysir.

»R-R-Rasch!« schrie Bill wieder, und sie zogen sich in das Rohr zurück, das in die Pumpstation mündete und einen Durchmesser von etwa einem Meter zwanzig hatte. Bill schickte einen nach dem anderen hinein (ein vager Zirkus-Vergleich – große Clowns, die alle aus einem winzigen Auto aussteigen – schoß ihm durch den Kopf; Jahre später sollte er diesen Vergleich in einem Buch mit dem Titel *The Black Rapids* verwenden); dann duckte er sich unter einem letzten Stein und kletterte selber hinein.

Weitere Steine kamen geflogen; die meisten schlugen auf der Pumpe auf und prallten in den verschiedensten Winkeln von ihr ab.

Als das Bombardement aufhörte, schaute Bill heraus und sah, daß Henry die Leiter herunterkletterte. »Sch-Sch-Schnappt ihn euch!« schrie er den anderen zu. Richie, Ben und Mike sprangen aus dem Rohr und wateten durchs Wasser. Richie reckte sich hoch und packte Henry am Fußknöchel. Henry fluchte und schüttelte sein Bein, so als wollte er einem lästigen Terrier einen Fußtritt versetzen. Richie zog sich an einer Sprosse etwas hoch und grub seine Zähne in Henrys Knöchel. Henry schrie auf und kletterte rasch hinauf. Dabei verlor er einen seiner Segeltuchschuhe, der ins stehende Wasser platschte, wo er kurze Zeit umherschwamm wie ein seltsames Boot, bevor er unterging.

»Er hat mich gebissen!« schrie Henry wütend. »Gebissen! Der kleine Dreckskerl hat mich gebissen!«

»Nur gut, daß ich im Frühjahr gegen Tetanus geimpft worden bin!«
rief Richie ihm zu.

»Los, bombardiert sie!« brüllte Henry, außer sich vor Wut. »Bombardiert sie in die Steinzeit! Schlagt ihnen die Schädel ein!«

Wieder flogen Steine. Bill, Richie, Ben und Mike zogen sich rasch wieder ins Rohr zurück. Mike wurde von einem relativ kleinen Stein am Arm getroffen; er stöhnte und umklammerte ihn, bis der Schmerz nachließ.

»Es ist eine Zwickmühle«, sagte Stan. »Sie können nicht runter, aber wir können auch nicht rauf.«

»W-W-Wir s-sollen ja auch gar nicht w-w-wieder rauf«, sagte Bill ruhig. »Und d-d-das w-wißt ihr alle.«

Sie schauten ihn mit angsterfüllten Augen an. Niemand sagte etwas.

Henrys Stimme schallte herab, voller Spott und Hohn, hinter denen sich seine Wut verbarg: »Wir können den ganzen Tag hier warten, ihr Arschlöcher! Irgendwann müßt ihr ja doch rauskommen!«

Beverly drehte sich um und blickte das lange Rohr entlang, wo das graue Licht rasch schwächer wurde und schließlich in undurchdringliche Schwärze überging. Was sie sehen konnte, war ein Betontunnel, dessen unteres Drittel mit schwarzem, schnell dahinströmendem Wasser gefüllt war. Sie stellte fest, daß es jetzt schon etwas höher stand als anfangs; das lag natürlich an der defekten Pumpe; dadurch floß nur ein kleiner Teil des Wassers auf der anderen Seite der Pumpe in den Kenduskeag ab. Ihr wurde die Kehle eng vor Klaustrophobie. Wenn das Wasser hoch genug stieg, würden sie hier drin ertrinken.

»Bill, müssen wir es wirklich tun?«

Er nickte, dann zuckte er die Achseln. Dieses Achselzucken besagte alles. Was blieb ihnen denn schon anderes übrig? Henry, Victor und Belch in den Barrens, etwas anderes – vielleicht noch viel Schlimmeres – in der Stadt. Es wollte ihren Tod. Sie dachte: *Es ist besser für uns, zu* Ihm *zu gehen, als darauf zu warten, daß* Es *zu uns kommt. Das ist es, was Bill meint.*

»Wie hieß noch das Ritual, von dem du uns erzählt hast, Big Bill?« fragte Richie. »Von dem du in dem Büchereibuch gelesen hast?«

»*Ch-Ch-Chüd*«, sagte Bill und lächelte ein wenig.

»*Chüd*.« Richie nickte. »Du beißt auf Seine Zunge, und Es beißt auf deine Zunge. So war's doch?«

»Sch-Sch-Sch-Stimmt genau.«

»Und dann erzählt man Witze.«

Bill nickte.

»Komisch«, sagte Richie und starrte in das dunkle Rohr. »Mir fällt kein einziger ein.«

»Mir auch nicht«, sagte Ben. Die Angst lastete wie ein schweres Gewicht auf seiner Brust, schnürte ihm den Atem ab, erstickte ihn fast. Er wußte, daß das einzige, was ihn davon abhielt, sich ins Wasser zu setzen und wie ein Baby zu heulen – oder einfach verrückt zu werden –, Bills beruhigende, sichere Gegenwart war . . . und Beverly. Er spürte, daß er lieber sterben als Beverly zeigen würde, wie sehr er sich fürchtete.

»Weißt du, wohin dieses Rohr führt?« fragte Stan Bill.

Bill schüttelte den Kopf.

»Weißt du, wie wir Es finden können?«

Wieder schüttelte Bill den Kopf.

»Wir werden es wissen, sobald wir uns IHM nähern«, sagte Richie plötzlich. Er holte tief Luft. »Wenn wir es tun müssen, dann machen wir uns am besten gleich auf den Weg.«

Bill nickte. »Ich z-z-zuerst. Dann E-Eddie. B-B-Ben. Bev. Stan. Mike. Du zuletzt, R-R-Richie. Jeder legt s-s-seinem Vordermann die Hand auf die Sch-Schulter. Es wird d-dunkel sein.«

»Kommt ihr jetzt heraus?« brüllte Henry.

»Irgendwo werden wir wohl herauskommen«, murmelte Richie.

Sie nahmen hintereinander Aufstellung, wie eine Prozession von Blinden. Bill drehte sich noch einmal um und vergewisserte sich, daß jeder seine Hand auf der Schulter des Vordermanns – in Stans Fall auf der Schulter der Vorderfrau – liegen hatte. Dann beugte Bill Denbrough sich etwas vor, um in der Gegenströmung leichter voranzukommen, und führte seine Freunde in die Dunkelheit hinein, wo das Boot, das er vor fast einem Jahr für seinen Bruder gemacht hatte, verschwunden war.

Zwanzigstes Kapitel

Der Kreis schließt sich

1. Tom

Tom Rogan hatte einen total verrückten Traum. Darin brachte er seinen Vater um.

Ein Teil seines Verstandes begriff, wie verrückt das war; sein Vater war gestorben, als Tom noch in der dritten Klasse war. Nun... vielleicht war ›gestorben‹ nicht das richtige Wort. Vielleicht kam ›hatte Selbstmord begangen‹ der Wahrheit näher. Ralph Rogan hatte sich einen Gin Tonic gemacht. Einen auf den Weg, konnte man sagen. Tom hatte nominell die Aufsicht über seinen Bruder und die Schwestern bekommen und bekam ›eine Tracht Prügel‹, wenn etwas mit ihnen schiefging.

Er konnte seinen Vater gar nicht umgebracht haben... aber da war er, in diesem schrecklichen Traum, und hielt seinem Vater einen harmlos aussehenden Griff an den Hals... aber er war gar nicht harmlos, richtig? Am Ende des Griffs war ein Knopf, und wenn er den drückte, würde seinem Vater eine Klinge durch den Hals stoßen. *Das werde ich nicht machen, Daddy, keine Bange,* dachte sein träumender Verstand, bevor der Finger auf den Knopf drückte und die Klinge herausschnellte. Die schlafenden Augen seines Vaters gingen auf und starrten zur Decke; sein Vater machte den Mund auf und stieß röchelnde Laute hervor. *Daddy, das war ich nicht!* kreischte sein Verstand. *Jemand anders...*

Er wollte aufwachen, konnte es aber nicht. Seine beste Möglichkeit (und die war auch nicht so gut, wie sich herausstellte) war, in einen anderen Traum zu flüchten. In diesem taumelte er durch einen dunklen, nassen Tunnel. Seine Eier taten weh, und sein Gesicht schmerzte, weil es völlig zerkratzt war. Andere waren bei ihm, aber er konnte ihre vagen Gestalten nicht erkennen. Einerlei. Wichtig waren nur die Kinder irgendwo oben. Sie mußten bezahlen. Sie mußten

(eine ordentliche Tracht Prügel bekommen)

bestraft werden.

Was für ein Fegefeuer dies hier auch sein mochte – es stank jedenfalls bestialisch. Wasser tropfte von den Wänden. Seine Füße waren kalt, seine nasse Hose klebte an seinen Beinen. Die anderen waren irgendwo weiter vorne in diesem Tunnellabyrinth, und vielleicht glaubten sie,

(Henry)

Tom und seine Freunde würden sich hoffnungslos verirren, aber das konnte höchstens ihnen selbst passieren.

(ha-ha, Henry, du dummes Arschloch, ha-ha!)

denn er hatte einen FREUND, o ja, einen ganz speziellen FREUND, und dieser FREUND hatte den richtigen Weg für sie markiert mit... mit...

(Mond-Ballons)

mit Luftballons, die groß und rund und innen irgendwie beleuchtet waren, so daß sie ein mattes Licht verbreiteten wie das altmodischer Straßenlaternen. Einer dieser Ballons schwebte an jeder Kreuzung, und auf jedem war ein Pfeil, der in jenen Tunnelarm wies, den er und

(Belch und Victor)

seine nicht genau erkennbaren Freunde entlanggehen sollten. Und es war der *richtige* Weg, o ja: Er hörte die anderen vor sich, hörte – durch das Echo verzerrt – ihr Stimmengemurmel. Er und seine Freunde holten immer mehr auf. Und sobald sie sie erreicht hatten... er blickte an sich herab und sah, daß er ein langes Messer in der Hand hielt.

Einen Moment lang verspürte er Angst – dies war etwas Ähnliches wie jene verrückten Astralerlebnisse, von denen er manchmal in populären Wochenzeitschriften gelesen hatte, wo die Seele den Körper verließ und sich in einem anderen Körper Wohnung nahm. Er hatte das Gefühl, als hätte sein Körper sich verändert, als sei er nicht Tom, sondern

(Henry)

jemand anders, ein viel jüngerer Mensch, ein Kind. In panischer Angst versuchte er, diesem Traum zu entrinnen, aufzuwachen, und dann sprach eine STIMME zu ihm, eine besänftigende STIMME, und sie flüsterte ihm ins Ohr: *Es spielt keine Rolle, wann das ist, und es spielt nicht einmal eine Rolle, wer du bist. Wichtig ist einzig und allein, daß Beverly da vorne ist, sie ist bei ihnen, mein lieber Freund, und weißt du was? Sie hat etwas viel, viel Schlimmeres getan als nur geraucht, mein Freund. Sie hat mit ihrem alten Freund Bill Denbrough gefickt. O ja, in der Tat. Sie und diese stotternde Mißgeburt haben es miteinander getrieben. Sie...*

Das ist eine Lüge! versuchte er zu schreien. *Das würde sie nicht wagen!*

Aber er wußte, daß es keine Lüge war. Die STIMME, die STIMME von den Mond-Ballons, hatte die Wahrheit gesagt. Sie hatte ihn mit dem Gürtel geschlagen, auf seine

(getreten hat sie mich in die)

Hoden, und sie hatte ihn betrogen, dieses verdammte kleine Dreckstück, dieses Mistvieh hatte ihn tatsächlich betrogen, und – liebe Freunde und Nachbarn – sie würde dafür die Tracht Prügel ihres Lebens bekommen – sie und dann dieser Denbrough, ihr Schriftsteller-Freund. Und ebenso jeder andere, der versuchen sollte, sich ihm in den Weg zu stellen.

Er beschleunigte sein Tempo, obwohl er ohnehin schon pfeifend atmete und keuchte. Vor sich sah er wieder eine leuchtende Kugel in der Dunkelheit – einen weiteren Mond-Ballon. Er konnte die Stimmen der anderen ein Stück weiter vorne hören, und die Tatsache, daß es Kinderstimmen waren, verwirrte ihn nun nicht mehr. Es war so, wie die STIMME gesagt hatte: Es spielte keine Rolle, wann und wer. Aber Beverly war dort vorne, und –

»Los, Jungs, bewegt mal eure Ärsche«, sagte er, und es spielte nicht einmal mehr eine Rolle, daß seine Stimme nicht seine eigene war, sondern die eines Jungen.

Dann, als sie sich dem Mond-Ballon näherten, drehte er sich um und sah, daß seine beiden Gefährten tot waren. Einer hatte keinen Kopf mehr. Das Gesicht des anderen war aufgeschlitzt, wie von einer riesigen Kralle.

»Wir gehen so schnell wir nur können, Henry«, sagte der Junge mit dem aufgeschlitzten Gesicht, und seine Lippen bewegten sich in zwei Teilstücken, und groteskerweise nicht einmal synchron, und in diesem Augenblick begann Tom zu schreien, der Traum zerfiel, und er kam wieder zu sich und stellte fest, daß er dicht am Rand eines – wie ihm schien – riesigen leeren Raums hing.

Er versuchte das Gleichgewicht zu halten, verlor es und fiel auf den Boden, wo ein Teppich lag. Trotzdem bereitete der Sturz ihm rasende Schmerzen in seinem verletzten Knie, und er mußte sich in den Unterarm beißen, um einen Schrei zu unterdrücken.

Wo bin ich? Wo zum Teufel bin ich nur?

Er nahm ein schwaches, aber klares weißes Licht wahr, und einen schrecklichen Moment lang glaubte er, wieder in jenem Traum zu sein, das Licht von einem jener verrückten Ballons zu sehen. Dann fiel ihm ein, daß er die Badtür einen Spalt weit offengelassen hatte und daß die Neonröhre dort noch brannte. Das machte er immer so, wenn er an einem fremden Ort übernachtete, um sich nicht die Schienbeine anzuschlagen, wenn er nachts pinkeln mußte.

Das versetzte ihn endgültig in die Realität zurück. Es war ein Traum gewesen, nur ein verrückter Traum, weiter nichts. Er befand sich in einem ›Holiday Inn‹. Dies war Derry, Maine. Er war seiner Frau hierhergefolgt und mitten in einem verrückten Alptraum aus dem Bett gefallen. Das war alles.

Das war nicht nur ein Alptraum.

Er zuckte zusammen, so als wäre die Stimme, die diese Worte gesprochen hatte, dicht neben seinem Ohr gewesen, als handle es sich nicht um seine eigene innere Stimme. Sie hatte gar nicht wie seine eigene innere Stimme geklungen – sie war kalt, fremd... aber irgendwie hypnotisch und glaubwürdig.

Er richtete sich langsam auf, griff nach einem Glas Wasser, das auf dem Nachttisch stand, und trank es gierig aus. Er setzte sich und fuhr sich mit zitternden Händen durch die Haare. Die Uhr auf dem Nachttisch zeigte zehn Minuten nach drei an.

Schlaf weiter. Warte bis zum Morgen.

Und jene fremde Stimme antwortete: *Aber am Morgen werden andere Leute in der Nähe sein – zuviel Leute. Und außerdem kannst du diesmal vor ihnen dort unten sein. Diesmal kannst du als erster unten sein.*

Dort unten? Er dachte an seinen Traum: das Wasser, die tropfende Dunkelheit.

Das Licht schien plötzlich heller zu sein. Er drehte langsam den Kopf, gegen seinen Willen, irgendwie zaghaft. Ein Stöhnen entrang sich seiner Brust. Am Knopf der Badezimmertür war ein Ballon festgebunden. Er schwebte am Ende einer etwa einen Meter langen Schnur. Ein gespenstisch weißes Licht schimmerte in seinem Inneren; er sah aus wie ein Irrlicht, das in einem Moor verträumt zwischen Bäumen umherfliegt, die mit dichtem grauem Moos überwachsen sind. Auf die Ballonhaut war ein Pfeil aufgedruckt, ein blutroter Pfeil.

Der Pfeil deutete auf die Tür zum Korridor.

Es spielt eigentlich keine Rolle, wer ich bin, sagte die STIMME beruhigend, und Tom begriff jetzt, daß sie weder aus seinem eigenen Kopf kam noch neben seinem Ohr war; sie kam von dem Ballon her, aus der Mitte jenes weichen, seltsamen, herrlichen weißen Lichts. *Das einzige, was eine Rolle spielt, ist, daß ich dafür sorgen werde, daß alles sich zu deiner Zufriedenheit entwickelt, Tom. Ich will, daß sie Prügel bekommt; ich will, daß sie alle Prügel bekommen. Sie haben meinen Weg einmal zu oft gekreuzt... und viel zu spät für sie. Hör mir jetzt gut zu, Tom. Hör mir aufmerksam zu... Hör mir zu...*

Tom hörte zu. Die STIMME aus dem Ballon erklärte.

Sie erklärte ihm alles.

Als sie damit fertig war, platzte der Ballon. Tom begann sich eilig anzuziehen.

941

2. *Audra*

Auch Audra hatte einen Alptraum gehabt.

Sie fuhr aus dem Schlaf hoch und stellte fest, daß sie aufrecht im Bett saß, daß das Leintuch sich ihr um die Taille gewickelt hatte und daß ihre kleinen nackten Brüste sich rasch hoben und senkten.

Wie Toms Traum, so war auch der ihrige ein wirres, qualvolles Erlebnis gewesen. Wie Tom, so hatte auch sie das Gefühl gehabt, jemand anders zu sein – oder vielmehr, ihr eigenes Bewußtsein in einen anderen Körper und einen anderen Geist versetzt zu sehen, teilweise damit zu verschmelzen. Sie war mit mehreren anderen an einem dunklen Ort gewesen, und sie war sich einer schrecklichen Gefahr bewußt gewesen – sie gingen freiwillig dieser Gefahr entgegen, und sie wollte den anderen zuschreien, sie sollten stehenbleiben und ihr erklären, was da eigentlich vor sich ging... aber jene andere Person schien es zu wissen und es für notwendig zu halten.

Sie war sich auch bewußt gewesen, daß sie verfolgt wurden und daß ihre Verfolger allmählich aufholten.

Bill war in dem Traum gewesen, aber sein Bekenntnis, daß er seine Kindheit vergessen hatte, mußte sie unbewußt so stark beschäftigt haben, daß der Bill in ihrem Traum ein Junge von zehn oder zwölf Jahren gewesen war – er hatte noch alle seine Haare gehabt. In ihrem Traum hielt sie seine Hand und war sich vage bewußt, daß sie ihn sehr liebte, daß ihre Bereitschaft, weiterzugehen, auf dem felsenfesten Glauben basierte, daß Big Bill sie und die anderen beschützen würde, daß Big Bill sie irgendwie durch diese Gefahr und wieder zurück ans Tageslicht bringen würde.

Oh, aber sie hatte so schreckliche Angst.

Sie gelangten an eine Stelle, von der viele Tunnels in verschiedene Richtungen ausgingen, und Bill stand da und schaute ratlos von einem Tunnel zum anderen, und einer ihrer Freunde – ein Junge mit einem Gipsarm in der Schlinge – sagte: »Der hier, Bill. Der dritte von links.«

»B-B-Bist du sicher?«

»Ja.«

Sie schlugen diesen Weg ein, und dann standen sie plötzlich vor einer Tür, einer seltsamen kleinen Holztür, einer Tür wie aus einem Märchenbuch, und auf der Tür war ein Zeichen. Sie konnte sich nach dem Aufwachen nicht erinnern, wie dieses Zeichen ausgesehen hatte, was für eine merkwürdige Rune oder was für ein geheimnisvolles Symbol es gewesen war. Aber dieser Anblick hatte ihr Entsetzen auf den Höhepunkt getrieben, und sie hatte sich aus diesem anderen Körper herausgerissen, aus diesem Körper eines Mädchens, wer immer das auch

(Beverly, Beverly)

gewesen sein mochte. Sie erwachte aufrecht im Bett sitzend, schweißgebadet, mit schreckensweit aufgerissenen Augen, keuchend, als hätte sie gerade an einem Wettlauf teilgenommen. Sie griff nach ihren Beinen und rechnete halb damit, daß sie kalt und naß von dem Wasser sein würden, durch das sie im Traum gewatet war. Aber sie waren trocken.

Sie sah sich um und hatte keine Ahnung, wo sie war – dies war nicht ihr Haus in Topanga Canyon, und es war auch nicht das gemietete Haus in Fleet. Dies war Nirgendwo, eine Vorhölle, die mit einem Bett, einem Toilettentisch, zwei Stühlen und einem Fernseher ausgestattet war.

»O Gott, nun komm schon, Audra...«

Sie rieb sich mit den Händen das Gesicht, und dann funktionierte ihr Gedächtnis wieder. Jenes schreckliche Gefühl eines geistigen Schwindelanfalls legte sich. Sie war in Derry, Maine, wo ihr Mann seine Kindheit verbracht hatte, an die er sich angeblich nicht mehr erinnerte. Für sie war das kein vertrauter Ort, und ihr Gefühl sagte ihr, daß es kein besonders angenehmer Ort war, aber zumindest wußte sie jetzt wieder, wo sie war. Sie war hier, weil Bill hier war, und sie würde ihn morgen in Derry im Derry Town House sehen. Was immer hier auch Schreckliches vorgehen mochte, was auch immer jene plötzlich auf seinen Händen aufgetauchten Narben zu bedeuten hatten – sie würden sich dem gemeinsam stellen. Sie würde ihn anrufen, ihm sagen, daß sie hier war, sie würde zu ihm gehen. Und danach...

Sie hatte keine Ahnung, was danach kommen würde. Das Schwindelgefühl, an einem Ort zu sein, der wirklich Nirgendwo war, drohte zurückzukehren. Mit neunzehn hatte sie mit einer schäbigen kleinen Theatergruppe eine Tournee gemacht – sie hatten in 47 Tagen in 40 kleineren Städten 40 Vorstellungen von *Arsen und Spitzenhäubchen* gegeben; sie hatten im ›Peabody Dinner Theater‹ in Massachusetts angefangen und im ›Play It Again Sam Revival Theater‹ in Sausalito aufgehört. Und irgendwann zwischendurch, in irgendeiner Stadt im Mittelwesten wie Ames oder Grand Isle oder Jubilee, war sie wie jetzt mitten in der Nacht aufgewacht und in Panik geraten, weil ihr jede Orientierung fehlte, weil sie nicht wußte, in welcher Stadt sie war, welches Datum oder wieviel Uhr es war. Sogar ihr eigener Name war ihr unwirklich vorgekommen.

Dieses Gefühl war damals bald vergangen, aber jetzt hatte sie es wieder, in noch stärkerem Ausmaß. Ihr Alptraum wirkte immer noch nach, und sie verspürte eine grenzenlose Angst. Die Stadt schien sich um sie gewickelt zu haben wie eine Riesenschlange. Sie konnte sie spüren, und sie rief in ihr keine guten Gefühle hervor. Sie stellte fest, daß sie wünschte, sie hätte Freddies Rat befolgt und wäre weggeblieben.

Sie versuchte sich ausschließlich auf Bill zu konzentrieren, sich an dem Gedanken an ihn festzuklammern wie eine Ertrinkende an einem Rettungsring, einer Schiffsplanke, an irgend etwas, das

(wir alle schweben hier unten, Audra)

schwebt.

Ein kalter Schauder überlief sie, und sie verschränkte unwillkürlich ihre Arme über den nackten Brüsten. Sie bemerkte, daß sie am ganzen Körper eine Gänsehaut hatte. Einen Moment lang war es ihr so vorgekommen, als hätte eine Stimme laut gesprochen, aber in ihrem Kopf. So als befände sich dort ein Fremder.

Werde ich verrückt? O Gott, ist es das?

Nein, erwiderte ihr Verstand. *Es ist nichts weiter als Desorientierung... der Flug... die Zeitverschiebung... die Sorgen, die du dir um deinen Mann machst. Niemand spricht in deinem Kopf. Niemand...*

»Wir alle schweben hier unten, Audra«, sagte eine Stimme aus dem Badezimmer. Es war eine reale Stimme, aber sie hatte etwas Schreckliches an sich. Etwas Schlaues und Gemeines und Böses. »Auch du wirst schweben.« Die Stimme stieß ein leises Kichern aus, das immer tiefer wurde, bis es sich anhörte wie das Blubbern in einem verstopften Rohr. Audra schrie auf... und dann preßte sie beide Hände vor den Mund.

Ich habe das nicht gehört,

sagte sie laut und riskierte es einfach, daß die Stimme ihr vielleicht widersprechen würde. Aber das geschah nicht. Es war ganz still im Zimmer. Irgendwo in der Ferne pfiff ein Zug in der Nacht.

Plötzlich brauchte sie Bill so dringend, daß es ihr unmöglich vorkam, bis zum Tagesanbruch zu warten. Sie war in einem ganz gewöhnlichen Motelzimmer, das sich in nichts von den 39 anderen Zimmern dieses Motels unterschied, aber plötzlich war es ihr zuviel. Wenn man an einem Ort plötzlich Stimmen hörte, so war das einfach zuviel, zu unheimlich. Sie hatte das Gefühl, in den Alptraum zurückzugleiten, dem sie entronnen war. Sie hatte Angst und fühlte sich furchtbar allein und verlassen.

Audra schaltete die Nachttischlampe ein und schaute auf ihre Uhr. Es war zwölf nach drei. Er würde schlafen, aber das war ihr jetzt ganz egal – sie wollte nur eins: seine Stimme hören. Sie wollte den Rest dieser Nacht mit ihm zusammen verbringen. Sie dachte, daß sie dann bestimmt keine Alpträume mehr haben würde. Sie schlug die Gelben Seiten im Telefonbuch auf, fand die Nummer des Derry Town House und wählte sie.

»Derry Town House.«

»Würden Sie mich bitte mit Mr. Denbroughs Zimmer verbinden? Mr. William Denbrough?«

»Wird dieser Bursche hin und wieder auch mal tagsüber angerufen?« murmelte der Hotelangestellte geheimnisvoll, aber bevor sie ihn fragen konnte, was das denn heißen sollte, hatte er die Verbindung hergestellt. Das Telefon klingelte einmal, zweimal, dreimal. Sie stellte sich vor, wie er tief unter der Decke schlief, so daß nur die Spitze seines Kopfes zu sehen war; sie stellte sich vor, wie er eine Hand unter der Decke hervorstreckte und nach dem Hörer tastete. Sie hatte ihn schon häufig dabei beobachtet, und ein zärtliches Lächeln glitt über ihr Gesicht, verschwand aber wieder, als das Telefon ein viertes Mal klingelte... ein fünftes, sechstes, siebtes Mal. Beim achten Klingelzeichen wurde die Verbindung unterbrochen.

»In diesem Zimmer meldet sich niemand.«

»Sind Sie ganz sicher, daß Sie im richtigen Zimmer angerufen haben?« fragte Audra noch verwirrter und ängstlicher als zuvor.

»Jawohl«, sagte der Angestellte. »Mr. Denbrough erhielt vor knapp fünf Minuten einen Anruf aus unserem Haus. Ich weiß, daß er diesen Anruf entgegengenommen hat, denn das Licht auf dem Schaltbrett hat ein, zwei Minuten geleuchtet. Er muß in das Zimmer des Anrufers gegangen sein.«

»Und welche Nummer hat dieses Zimmer?«

»Das weiß ich nicht mehr. Es war eins im sechsten Stock, glaube ich. Aber...«

Sie legte den Hörer auf. Eine qualvolle Gewißheit überkam sie – es war eine Frau. Irgendeine Frau hatte Bill angerufen... und er war zu ihr gegangen. Nun, und was jetzt, Audra? Wie sollen wir das verkraften?

Sie war den Tränen nahe. Sie brannten in ihren Augen, in ihrer Nase; sie spürte ein Schluchzen in ihrer Kehle aufsteigen. Keinen Zorn, zumindest *noch* nicht... nur ein schreckliches Gefühl von Verlust und Einsamkeit.

Audra, jetzt beherrsch dich mal. Du ziehst Schlußfolgerungen, die absolut nicht zwingend sind. Es ist mitten in der Nacht, und du hast einen Alptraum gehabt, und nun glaubst du, daß Bill bei einer anderen Frau ist. Aber das muß nicht so sein. Was du jetzt also tun wirst, ist, dich hinzusetzen – einschlafen wirst du sowieso nicht mehr. Schalt ein paar Lampen ein und lies den Roman zu Ende, den du dir für den Flug mitgenommen hast. Keine Alpträume mehr. Keine Stimmen mehr. Keine hysterischen, voreiligen Schlußfolgerungen mehr. Dorothy

Sayers und Lord Peter, das ist genau das Richtige. ›*The Nine Tailors*‹.
Das wird dir die Zeit bis zum Tagesanbruch vertreiben. Das wird ...

Plötzlich ging im Bad das Licht an; sie konnte es durch den Spalt der
Tür sehen. Dann klickte die Klinke, und die Badezimmertür flog auf.
Audra starrte mit aufgerissenen Augen dorthin und verschränkte unwill-
kürlich wieder die Arme vor der Brust. Ihr Herz hämmerte gegen die
Rippen, und sie spürte den herben Geschmack von Adrenalin im Mund.

Diese tiefe, schleppende Stimme sagte: »Wir alle schweben hier unten,
Audra.« Das letzte Wort wurde zu einem langen, nur allmählich verklin-
genden Schrei – *Audraaaaaaaa* –, der wieder in jenem grausigen Blubbern endete, das einem Lachen so sehr ähnelte.

»Wer ist da?« schrie sie und wich etwas zurück. *Das habe ich mir nicht
nur eingebildet, auf gar keinen Fall, das kannst du mir nicht weismachen* ...

Der Fernseher schaltete sich ein. Sie wirbelte herum und sah einen
Clown in silbrigem Kostüm mit großen orangefarbenen Pompons, der
auf dem Bildschirm Luftsprünge machte. Anstelle der Augen gähnten
nur leere schwarze Höhlen, und als sich die blutrot geschminkten Lippen
zu einem breiten Grinsen verzogen, sah sie rasierklingenartige Zähne. Er
hielt einen abgetrennten Kopf in die Höhe, von dem Blut herabtropfte.
Die Augen des Kopfes waren so verdreht, daß nur das Weiße zu sehen
war, und der Unterkiefer war heruntergefallen, aber sie konnte dennoch
genau erkennen, daß es Freddie Firestones Kopf war. Der Clown lachte
und tanzte. Er schwenkte den Kopf herum, und Blutstropfen spritzten
gegen die Innenseite des Bildschirms. Sie konnte sie dort zischen hören.

Audra versuchte zu schreien, brachte aber nur ein ganz leises Wimmern hervor. Sie griff blindlings nach ihrem Kleid, das über einer Stuhllehne hing, und nach ihrer Handtasche. Sie stürzte auf den Gang hinaus
und schlug keuchend, mit schneeweißem Gesicht, die Tür hinter sich zu.
Sie klemmte sich die Handtasche zwischen die Knie und streifte ihr Kleid
über den Kopf.

»Schweben«, kicherte eine leise Stimme hinter ihr, und sie spürte, wie
kalte, tote Finger sie an einer nackten Ferse berührten.

Sie stieß wieder einen hohen, atemlosen Schrei aus und sprang von der
Tür weg. Weiße Leichenfinger zuckten darunter vor und zurück; die Nä-
gel fehlten; nur das rötlichweiße blutlose Nagelbett war noch zu sehen.
Die Finger kratzten leise über den rauhen Teppichboden im Gang.

Audra bückte sich, packte ihre Handtasche am Griff und rannte barfuß
auf die Tür am Ende des Ganges zu. Sie war jetzt in blinder Panik, und sie
war von einem einzigen Gedanken besessen: das Town House und Bill zu
finden. Es war ihr jetzt völlig egal, ob er mit einem Dutzend anderer

Frauen im Bett lag oder nicht. Sie würde ihn finden und ihn dazu bringen, mit ihr von hier wegzufahren, weg von den unsagbaren Schrecken dieser Stadt.

Sie lief den Gehweg entlang zum Parkplatz und suchte verzweifelt nach ihrem Auto. Einen Moment lang konnte sie sich nicht mehr erinnern, was für eine Marke es gewesen war. Dann fiel es ihr wieder ein: Datsun, tabakbraun. Sie entdeckte ihn; der untere Wagenteil bis zur Radkappe verschwamm im dichten Bodennebel. Sie rannte darauf zu und suchte dann nach ihren Schlüsseln. Sie wühlte wild in ihrer Handtasche herum und versuchte sich von ihrer Panik nicht völlig aus der Fassung bringen zu lassen. Sie bemerkte den schäbigen LTD überhaupt nicht, der Motorhaube an Motorhaube vor ihrem Mietwagen stand, und schon gar nicht den Mann am Steuer. Sie bemerkte es auch nicht, als die Tür des LTD geöffnet wurde und der Mann ausstieg; sie hatte jetzt die entsetzliche Befürchtung, daß sie die Wagenschlüssel im Hotelzimmer vergessen hatte. Und dorthin konnte sie nicht zurückgehen; sie *schaffte* es einfach nicht.

Ihre Finger berührten unter einem zerknüllten Kleenex-Tuch hartes Metall, und sie stieß einen leisen triumphierenden Laut aus. Einen schrecklichen Moment lang glaubte sie noch, es könnte auch der Schlüssel ihres Rover sein, der jetzt 3000 Meilen entfernt auf dem Bahnhofsplatz in Fleet stand, doch dann ertastete sie den Plexiglasanhänger der Mietwagenagentur. Sie steckte den Schlüssel mit zittriger Hand ins Türschloß und drehte ihn. Sie atmete laut und stoßweise. In diesem Augenblick fiel eine Hand auf ihre Schulter, und sie schrie . . . diesmal schrie sie laut. Irgendwo bellte als Antwort ein Hund, aber das war auch schon alles.

Die stahlharte Hand grub sich schmerzhaft in ihre Schulter und riß sie herum. Das Gesicht, das auf sie herabstarrte, war verquollen und zerkratzt. Die kleinen Augen funkelten. Als die geschwollenen Lippen sich zu einem grotesken Lächeln verzogen, sah sie, daß der Mann einige abgebrochene Vorderzähne hatte.

Sie versuchte zu sprechen, brachte aber kein Wort hervor. Die Hand packte noch fester zu.

»Habe ich Sie nicht schon im Kino gesehen?« flüsterte Tom Rogan.

3. Eddies Zimmer

Beverly und Bill zogen sich rasch an und verließen sein Zimmer. Auf halbem Wege zum Aufzug hörten sie irgendwo hinter sich gedämpft das Läuten eines Telefons.

»Bill, war das deins?« fragte Beverly.

»V-V-Vielleicht jemand von den a-a-a-anderen«, sagte er und drückte auf den Aufzugsknopf.

Eddie öffnete ihnen die Tür; sein Gesicht war weiß und vom Schock gezeichnet. Sein rechter Arm baumelte in einem unnatürlichen Winkel herab.

»Eddie, o mein Gott...«, rief Beverly.

»Mir geht's ganz gut«, fiel er ihr ins Wort. »Ich habe zwei Darvon genommen. Die Schmerzen sind momentan nicht so schlimm.« Aber sein Aussehen strafte seine Worte Lügen. Seine Lippen waren zu einer schmalen Linie zusammengepreßt und violett verfärbt.

Bill sah hinter Eddie den Körper am Boden. Ein einziger Blick genügte, um ihn von zweierlei zu überzeugen – es war Henry Bowers, und er war tot. Bill kniete sich neben der Leiche hin. Die Perrierflasche war tief in Henrys Leib eingedrungen. Henrys glasiges unverletztes Auge war halb geöffnet. Sein Unterkiefer hing herab, und der Mund war mit gerinnendem Blut gefüllt. Seine Hände hatten sich zu Klauen gekrümmt.

Ein Schatten fiel über ihn, und Bill blickte hoch. Es war Beverly. Sie betrachtete die Leiche mit völlig ausdruckslosem Gesicht.

»Wie oft hat er uns verfolgt«, sagte Bill.

Sie nickte. »Er sieht nicht alt aus. Ist dir das auch aufgefallen, Bill? Er sieht überhaupt nicht alt aus.« Sie drehte sich abrupt nach Eddie um, der auf dem Bett saß. Eddie *sah* alt aus; alt und verhärmt. Sein Arm lag gebrauchsunfähig auf seinem Schoß. »Wir müssen einen Arzt für Eddie rufen.«

»Nein«, widersprachen Eddie und Bill gleichzeitig.

»Aber er ist verletzt! Sein Arm...«

»Es ist w-w-wie beim letzten M-Mal«, sagte Bill. Er stand auf, hielt sie an den Armen fest und schaute ihr in die Augen. »S-S-Sobald w-wir rausgehen... s-sobald wir uns an die Sch-Stadt w-w-w-wenden...«

»Sie werden mich wegen Mordes verhaften«, sagte Eddie dumpf. »Oder sie werden uns alle verhaften. Uns in Untersuchungshaft stekken. Irgend so was. Und dann wird irgendein Unfall passieren. Einer jener komischen Unfälle, zu denen es in Derry immer wieder kommt. Vielleicht stecken sie uns ins Gefängnis, und der Hilfssheriff läuft

948

Amok und erschießt uns alle. Vielleicht sterben wir alle an Leichengift oder beschließen, uns in unseren Zellen aufzuhängen.«

»Eddie, das ist verrückt! Das ist...«

»Wirklich?« fragte er. »Vergiß nicht, wir sind in Derry.«

»Aber jetzt sind wir erwachsen! Du glaubst doch nicht wirklich... ich meine, er ist mitten in der Nacht hergekommen... hat dich angegriffen...«

»Womit denn?« sagte Bill. »W-Wo ist das M-M-Messer?«

Sie schaute sich um, konnte es nirgends entdecken und ließ sich auf die Knie fallen, um unter dem Bett danach zu suchen.

»Du kannst dir die Mühe sparen«, sagte Eddie mit schwacher, pfeifender Stimme. »Ich habe ihm den Arm in der Tür eingeklemmt, als er mich mit dem Messer erstechen wollte. Es ist ihm aus der Hand gefallen, und ich habe es unter den Fernseher gekickt. Es ist verschwunden. Ich habe schon nachgeschaut.«

»B-B-Beverly, ruf die anderen an«, sagte Bill. »Ich glaube, ich kann E-Eddies Arm b-b-b-behelfsmäßig schienen.«

Sie sah ihn nachdenklich an, dann schweiften ihre Blicke wieder zu der Leiche auf dem Fußboden. Sie dachte, daß das Bild, das dieses Zimmer bot, jedem halbwegs intelligenten Polizeibeamten eine völlig klare Geschichte erzählen müßte. Das angerichtete Chaos. Eddies gebrochener Arm. Der Tote. Es war ein eindeutiger Fall von Notwehr gewesen, Notwehr gegen einen nächtlichen Einbrecher. Und dann erinnerte sie sich plötzlich an Mr. Ross – Mr. Ross, den Mann, der nachgeschaut hatte, was auf der Straße vorging, und der dann einfach seine Zeitung gefaltet und ins Haus gegangen war.

Sobald wir rausgehen... sobald wir uns an die Stadt wenden...

Und dabei fiel ihr ein, wie Bill als Junge mit bleichem, erschöpftem und nicht mehr allzuweit vom Wahnsinn entferntem Gesicht gesagt hatte: *Derry ist* Es. *Versteht ihr mich? Wohin wir auch gehen mögen... wenn* Es *uns schnappen will, wenn* Es *uns umbringt, werden sie nichts sehen, sie werden nichts hören, sie werden nichts wissen. Seht ihr nicht, wie es ist? Wir können nur eins tun – versuchen zu vollenden, was wir begonnen haben.*

Während sie jetzt dastand und auf Henrys Leiche blickte, dachte Beverly: *Sie sagen beide, daß wir alle wieder zu unsichtbaren Gespenstern geworden sind. Daß sich auch das wiederholt, wie alles andere. Als Kind konnte ich das ertragen, weil Kinder ohnehin fast Gespenster, Geister sind. Aber...*

»Seid ihr sicher?« fragte sie verzweifelt. »Bill, bist du ganz sicher?«

Er saß neben Eddie auf dem Bett und tastete vorsichtig dessen Arm ab.

»D-Du etwa n-n-nicht?« fragte er. »N-Nach a-a-a-allem, was heute p-p-passiert ist?«

Ja. Alles, was passiert war. Die gräßliche Überraschung, die sie am Ende des Mittagessens erlebt hatten. Die schöne alte Frau, die sich vor ihren eigenen Augen in eine kreischende Hexe verwandelt hatte,

(mein Vadder war auch meine Mudder)

und abends in der Bücherei die verschiedenen Geschichten mit den übernatürlichen Begleiterscheinungen. All diese Dinge. Und trotzdem... ihr Verstand schrie ihr verzweifelt zu, das jetzt zu beenden, sich mit Vernunft zu wappnen, weil sie sich andernfalls mit Sicherheit noch in dieser Nacht in die Barrens begeben und eine ganz bestimmte Pumpstation finden würden und...

»Ich weiß nicht«, sagte sie. »Ich... ich weiß es einfach nicht. Trotz allem, was passiert ist, Bill, glaube ich, daß wir die Polizei rufen könnten. Vielleicht.«

»R-R-Ruf die anderen an«, sagte er wieder. »W-Wir w-w-w-wollen hören, w-was sie m-m-meinen.«

»Gut.«

Sie rief zuerst in Richies und dann in Bens Zimmer an. Beide sagten, sie würden sofort heraufkommen, ohne zu fragen, was geschehen sei. Sie fand Mikes Nummer im Telefonbuch und wählte sie. Niemand nahm den Hörer ab, und sie legte nach dem zwölften Klingeln auf.

»V-Versuch's in der B-B-Bücherei«, sagte Bill. Er hatte die kurzen Gardinenstangen vom kleineren der beiden Fenster abgenommen und band sie mit dem Gürtel von Eddies Bademantel an dessen Arm fest.

Noch bevor Beverly die Nummer der Bücherei gefunden hatte, klopfte es an der Tür. Ben und Richie waren zusammen gekommen, Ben in Jeans und einem nicht zugeknöpften Hemd, Richie in einer grauen Baumwollhose und Pyjamaoberteil. Seine Augen hinter der Brille blieben bestürzt auf Eddie haften.

»Du lieber Himmel, Eddie, was ist denn mit dir...«

»Mein Gott!« schrie Ben. Er hatte Henry auf dem Fußboden entdeckt.

»Seid sch-sch-still!« sagte Bill scharf. »Und macht die T-Tür zu!«

Richie schloß sie, während auch er jetzt auf die Leiche starrte. »Henry?« fragte er.

Ben ging drei Schritte auf die Leiche zu und blieb dann stehen, so als hätte er Angst, daß sie ihn beißen könnte. Er sah Bill fragend an.

»Erz-z-z-zähl d-du«, sagte Bill zu Eddie. »Das v-v-verdammte Sch-Sch-Stottern wird immer sch-schlimmer.«

Eddie berichtete kurz, was geschehen war, während Beverly die Nummer der Bücherei heraussuchte und wählte. Sie rechnete damit, daß Mike dort eingeschlafen war – vielleicht hatte er sogar eine Schlafcouch in seinem Büro. Er war Junggeselle, und sie vermutete, daß seine Arbeit ihm mehr als fast alles andere bedeutete. Womit sie überhaupt nicht gerechnet hatte, war, daß der Hörer am anderen Ende der Leitung nach dem zweiten Klingeln abgenommen wurde und eine ihr völlig unbekannte Stimme »Hallo« rief.

»Hallo«, sagte sie und gab den anderen durch ein Zeichen zu verstehen, sie sollten still sein. »Hallo... ist Mr. Hanlon da?«

»Wer spricht dort?« fragte die Stimme.

Sie fuhr sich mit der Zunge über die Lippen. Bill sah sie forschend an, und auch Ben und Richie hatten sich umgedreht. Sie war jetzt zutiefst beunruhigt.

»Wer sind *Sie* denn?« konterte sie. »Sie sind nicht Mr. Hanlon.«

»Ich bin Chief Andrew Rademacher«, erklärte die Stimme. »Mr. Hanlon befindet sich im Krankenhaus. Er ist vor kurzem überfallen und schwer verletzt worden. Und jetzt sagen Sie mir bitte, wer Sie sind. Ich möchte Ihren Namen wissen.«

Aber sie hörte ihn kaum noch. Riesige Wellen des Entsetzens brachen über ihr zusammen, alle ihre Muskeln erschlafften, und absurderweise schoß ihr durch den Kopf: *Auf diese Weise muß es passieren, wenn Leute sich in die Hosen machen. Klar. Man verliert einfach jede Kontrolle über seine Muskeln...*

»*Wie* schwer ist er verletzt?« hörte sie sich mit zittriger, flüsternder Stimme fragen, und dann war plötzlich Bill neben ihr und legte ihr seine Hand auf die Schulter, und Ben war da, und Richie, und sie war ihnen dafür unendlich dankbar. Sie streckte ihre freie Hand aus, und Bill ergriff sie. Richie legte seine Hand über Bills, Ben legte seine Hand auf Richies. Eddie trat zu ihnen und legte seine Hand zuoberst.

»Sagen Sie mir bitte, wer Sie sind«, rief Rademacher jetzt barsch in den Hörer, und fast hätte sie ihm erklärt: *Ich bin Beverly Marsh, und ich befinde mich im Derry Town House. Bitte schicken Sie Mr. Nell hierher. Hier liegt ein toter Mann, der zur Hälfte immer noch ein Junge ist, und wir fürchten uns alle sehr.*

Sie sagte: »Ich befürchte, das kann ich im Moment nicht.«

»Was wissen Sie von dieser Sache?«

»Nichts«, erwiderte sie erschrocken. »Ich habe nur...« Sie verstummte. Nur was? Was konnte sie sagen, das sich nicht verdächtig oder aber total verrückt anhören würde?

»Sie haben nur die Angewohnheit, jeden Morgen gegen halb vier in der Bücherei anzurufen«, sagte Rademacher sarkastisch. »Ich frage Sie jetzt noch einmal: Was wissen Sie von dieser Sache?«

Sie schloß die Augen, umklammerte Bills Hand mit aller Kraft und fragte wieder: »Wie schwer ist er verletzt? Bitte sagen Sie es mir.«

»Er ist *sehr* schwer verletzt. Vielleicht stirbt er. Und jetzt möchte ich endlich wissen, Miß, wer Sie sind und weshalb...«

Wie im Traum beobachtete sie, wie ihre Hand sich langsam senkte und den Hörer auflegte. Sie blickte zu Henry hinüber und hatte das Gefühl, als hätte eine kalte Hand ihr scharf ins Gesicht geschlagen. Eines von Henrys Augen hatte sich geschlossen. Das andere hing noch immer glasig aus der Höhle heraus.

Henry schien ihr zuzublinzeln.

4.

Richie rief im Krankenhaus an. Beverly war dazu nicht imstande. Bill führte sie zum Bett, und sie setzte sich neben Eddie und starrte ins Leere. Sie dachte, sie würde weinen, aber es kamen keine Tränen. Sie wünschte sich momentan einzig und allein, daß jemand Henry Bowers zudecken würde. Ansonsten war sie wie versteinert.

Richie verwandelte sich in einen Reporter der ›Derry News‹. Er habe gehört, daß Michael Hanlon, der Leiter der Stadtbücherei, überfallen worden sei, während er spät abends noch gearbeitet habe. Ob das Krankenhaus ihm etwas über Mr. Hanlons Zustand sagen könne?

Er lauschte und nickte dabei mehrmals mit dem Kopf.

»Ich verstehe das, Mr. Kerpaskian – schreiben Sie sich mit zwei ›k‹? Ja? Okay. Und Sie sind...«

Er hörte wieder zu und war jetzt so in seine Rolle geschlüpft, daß er mit einem Finger kritzelnde Bewegungen ausführte, so als würde er sich etwas notieren.

»Aha... aha... ja. Ja, ich verstehe... Nun, gewöhnlich schreiben wir in solchen Fällen einfach, wir hätten die Auskunft von einer ›verläßlichen Quelle‹ erhalten. Später können wir dann immer noch... aha... völlig richtig! Absolut richtig!« Richie lachte herzlich und wischte sich gleichzeitig mit einem Arm den Schweiß von der Stirn. Er lauschte wieder. »Okay, Mr. Kerpaskian. Ja. Ich werde... ja, ich habe mir Ihren Namen notiert. K-E-R-P-A-S-K-I-A-N, stimmt's? Ein tschechisch-jüdischer Name, nicht wahr? Das ist... das ist sehr ungewöhnlich... Ja, das werde ich. Gute Nacht. Und herzlichen Dank.«

Er legte auf und schloß die Augen. »O Gott!« rief er mit leiser, belegter Stimme. »O mein Gott!« Er machte eine Bewegung, als wollte er das Telefon vom Tisch herunterwerfen, aber dann ließ er seine Hand einfach sinken. Er nahm seine Brille ab und putzte sie mit seinem Pyjamaoberteil.

»Er lebt, befindet sich aber in sehr kritischem Zustand«, berichtete er den anderen. »Er wurde mit einem Messer sehr schwer verletzt. Seine Oberschenkelarterie wurde getroffen, und er hat sehr viel Blut verloren. Er hat sich selbst eine Art behelfsmäßigen Druckverband angelegt, sonst wäre er schon verblutet gewesen, bevor man ihn fand.«

Beverlys Erstarrung löste sich endlich, und sie brach in Tränen aus. Sie weinte wie ein Kind, beide Hände vors Gesicht gepreßt. Eine Zeitlang waren ihr Schluchzen und Eddies pfeifende, rasche Atemzüge die einzigen Geräusche im Zimmer.

»Henry«, sagte Ben schließlich. »Henry muß zuerst in die Bücherei gegangen sein. Deshalb war er schon so übel zugerichtet, als er hier bei Eddie auftauchte.«

»W-W-Willst du immer n-noch zur P-P-P-Polizei gehen, B-Bev?« fragte Bill.

Auf Eddies Nachttischchen lagen Kleenex-Tücher, aber sie waren vom Perrier-Wasser völlig aufgeweicht. Sie ging ins Bad, wobei sie einen weiten Bogen um Henry machte, und ließ kaltes Wasser über einen Waschlappen laufen. Er fühlte sich auf ihrem heißen, vom Weinen geschwollenen Gesicht herrlich erfrischend an. Sie konnte plötzlich wieder klar denken – nicht rational, aber klar. Und mit einem Mal war sie überzeugt davon, daß Rationalität sie alle umbringen würde, wenn sie jetzt damit zu operieren versuchten. Dieser Bulle, Rademacher. Er hatte sie irgendwie verdächtigt. Warum auch nicht? Man rief normalerweise schließlich nicht morgens um halb vier in einer Bücherei an. Er verdächtigte sie zumindest der Mitwisserschaft. Zu welchen Schlußfolgerungen würde er dann erst kommen, wenn er herausfände, daß sie ihn aus einem Zimmer angerufen hatte, wo auf dem Fußboden eine Leiche lag, die eine abgeschlagene, gezackte Flasche in den Eingeweiden hatte? Daß sie und vier weitere Fremde am Vortag in die Stadt gekommen waren, nur um ein kleines Treffen zu veranstalten? Würde sie jemandem so eine Geschichte abnehmen, wenn sie an seiner Stelle wäre? Würde irgend jemand das tun? Und damit ihre Geschichte sich glaubwürdiger anhörte, könnte sie ja noch hinzufügen, daß sie zurückgekommen seien, um das Monster zur Strecke zu bringen, das unter der Stadt in der Kanalisation hauste. Das wäre dann ein sehr überzeugendes Argument.

Sie kam aus dem Bad heraus und schaute Bill an. »Nein«, sagte sie. »Ich will nicht zur Polizei gehen. Ich glaube, Eddie hat recht – irgend etwas könnte uns passieren. Etwas Schlimmes. Aber das ist nicht der eigentliche Grund.« Sie blickte von einem zum anderen. »Wir haben es geschworen«, sagte sie. »Wir haben es damals *geschworen*. Bills Bruder... Stan... all die anderen... und jetzt Mike. Ich bin bereit, Bill.«

Bill schaute die anderen an.

Richie nickte. »Okay, Big Bill. Ich bin bereit, es zu versuchen.«

»Unsere Chancen sind jetzt schlechter denn je. Wir sind nur noch zu fünft«, murmelte Ben.

Bill schwieg.

»Okay«, nickte Ben. »Sie hat recht. Wir haben es geschworen.«

»E-E-Eddie?«

Eddie lächelte schwach. »Ich nehme an, daß ich jene Leiter wieder huckepack zurücklegen werde. Wenn sie noch da ist.«

»Zumindest wird diesmal niemand Steine werfen«, sagte Bev. »Sie sind tot. Alle drei.«

»Tun wir es gleich jetzt, Bill?« fragte Richie.

»J-Ja«, sagte Bill. »Ich g-g-glaube, jetzt ist die r-r-r-richtige Zeit dafür g-g-gekommen.«

»Darf ich etwas sagen?« fragte Ben abrupt.

Bill sah ihn an und grinste ein wenig. »Jederz-z-zeit.«

»Ihr seid immer noch die besten Freunde, die ich jemals hatte«, sagte Ben. »Ganz egal, wie diese Sache ausgehen wird. Ich wollte... das wollte ich euch nur sagen.«

Er sah sie der Reihe nach an, und sie erwiderten feierlich seinen Blick.

»Ich bin glücklich, daß ich mich wieder an euch erinnert habe«, fügte er hinzu. Richie schnaubte. Beverly kicherte. Und dann schauten sie einander wie in alten Zeiten an und lachten, trotz der Tatsache, daß Mike im Krankenhaus war, vielleicht im Sterben lag, vielleicht sogar schon tot war; trotz der Tatsache, daß Eddies Arm wieder gebrochen war; trotz der Tatsache, daß draußen jetzt stockfinstere Nacht war.

»Haystack, du findest doch immer die richtigen Worte«, sagte Richie lachend und wischte sich die Augen ab. »*Er* hätte Schriftsteller werden müssen, Big Bill.«

Immer noch lächelnd, sagte Bill: »Und in dieser Sch-Stimmung...«

5.

Sie nahmen Eddies Mietwagen. Der Bodennebel war dichter geworden; er trieb durch die Straßen wie Zigarettenrauch und erstreckte sich bis knapp unter die Straßenlaternen. Die Sterne am Himmel glichen strahlenden Eiskristallen... aber als Bill seinen Kopf an das halb geöffnete Fenster auf der Beifahrerseite lehnte, glaubte er es in der Ferne donnern zu hören.

Richie schaltete das Radio ein, und Gene Vincent sang ›Be-Bop-A-Lula‹. Er stellte einen anderen Sender ein, und Buddy Holly war zu hören. Beim dritten Versuch sang Eddie Cochran den ›Summertime Blues‹.

»I'd like to help you, son, but you're too young to vote«, sagte eine tiefe Stimme.

»Stell's ab, Richie«, sagte Bev leise.

Richie wollte ihrer Bitte nachkommen... und dann blieb seine Hand wie erstarrt in der Luft hängen. »Bleiben Sie auf diesem Kanal, und hören Sie mehr von Richie Toziers ›Rock-Show der Toten‹!« Die kreischende, lachende Stimme des Clowns übertönte die Gitarrenbegleitung des ›Summertime Blues‹. »Kommt her, ihr Leute! Kommt alle her! Den ›Summertime Blues‹ singt gerade Eddie Cochran! Wir singen und spielen hier unten *aaaaaalle* Hits! *Aaaaaalle* Hits! Sag's ihnen, Georgie!«

Und Bills Bruder begann geistlos aus dem Radio zu plärren. »*Du hast mich nach draußen geschickt, und Es hat mich ermordet!*« schrie George. »*Ich dachte, Es wäre im Keller, aber Es war im Gully, und Es hat mich ermordet, du hast zugelassen, daß Es mich ermordet hat, Billy, du hast Es...*«

Richie schaltete das Radio so heftig aus, daß der Knopf absprang und auf die Fußmatte fiel. »Bill...«, sagte Beverly.

Bill schüttelte nur den Kopf. Sein Gesicht war bleich und nachdenklich, und als es im Westen wieder donnerte, hörten sie es diesmal alle.

6. *In den Barrens*

Dieselbe alte Brücke.

Richie parkte daneben, und sie stiegen aus, gingen ans Geländer – dasselbe Geländer – und sahen nach unten.

Dieselben alten Barrens.

Die letzten siebenundzwanzig Jahre schienen ihnen gar nichts angetan zu haben; Bill fand, die Straßenüberführung, die einzige Neuerung, sah unwirklich aus, so künstlich wie ein gemalter Hintergrund oder eine Rückprojektion in einem Film. Die Bäume und Büsche schimmerten in den langsam dahinziehenden Nebelschwaden, unwirklich und gespenstisch. Während er am Geländer stand und hinabblickte, dachte Bill: *Vermutlich ist es das, was wir meinen, wenn wir vom Bild der Erinnerung sprechen, etwas wie dies hier, etwas, das man zur richtigen Zeit aus der richtigen Perspektive sieht, so daß alles, was in der Zwischenzeit ge-*

schehen ist, einfach verschwindet. Der Kreis hat sich jetzt wirklich geschlossen.

»K-K-Kommt«, sagte er und führte sie den Steilhang hinab. Sie brachten Schutt und Kieselsteine ins Rollen, und als sie unten angelangt waren, warf Bill automatisch einen Blick unter die Brücke. Silver war natürlich nicht da; Silver lehnte an der Wand von Mikes Garage. Anscheinend war Silver bei alldem keine Rolle zugedacht, obwohl das merkwürdig war, wenn man bedachte, auf welche Weise er sein altes Fahrrad plötzlich in jenem Ramschladen wiederentdeckt hatte.

»B-B-Bring uns dorthin«, sagte Bill zu Ben.

Ben sah ihn an, und Bill konnte den Gedanken in seinen Augen lesen – *Es ist siebenundzwanzig Jahre her, Bill, träum weiter* –, dann nickte er und ging ins Gebüsch.

Der Pfad – *ihr* Pfad – war natürlich längst zugewachsen, und sie mußten sich mühsam einen Weg durch dichtes Dornengestrüpp, Büsche und duftende wilde Hortensien bahnen. Heimchen zirpten schläfrig um sie herum, und einige frühe Glühwürmchen flimmerten im Dunkeln. Bill vermutete, daß hier unten immer noch Kinder spielten, aber sie hatten sich bestimmt ihre eigenen Geheimpfade geschaffen.

Sie kamen zu der Lichtung, wo ihr Klubhaus gewesen war, nur gab es diese Lichtung jetzt nicht mehr – die Büsche und verkümmerten Fichten hatten sie erobert.

»Seht doch«, flüsterte Ben und überquerte beinahe die Lichtung (in ihrer Erinnerung war sie noch da, einfach von einer weiteren Hintergrundmalerei überlagert). Er zerrte an etwas. Es war die Mahagonitür, die sie am Rand der Müllhalde gefunden und mit der sie das Dach ihres Klubhauses vervollständigt hatten. Sie war hierher geworfen worden und sah aus, als hätte sie seit Jahrzehnten keiner mehr angerührt. Kratzspuren waren deutlich auf der schmutzigen Oberfläche zu erkennen.

»Laß sie liegen, Haystack«, murmelte Richie. »Sie ist alt.«

»B-B-Bring uns hi-hi-hin, B-Ben«, wiederholte Bill hinter ihnen.

Sie folgten Ben nach links in Richtung Kenduskeag, links vorbei an der Lichtung, die nicht mehr existierte. Das Plätschern des Wassers wurde immer lauter, aber sie stürzten wieder fast in den Fluß, bevor sie ihn sahen; das Gebüsch auf der Uferböschung bildete jetzt eine hohe, dichte Barriere, so daß man nicht erkennen konnte, wo der Boden zum Fluß hin abfiel. Ben wäre fast abgerutscht, und Bill zog ihn zurück.

»Danke«, sagte Ben.

»*De nada.*« In a-a-alten Z-Zeiten hättest d-du mich mit d-d-deinem Gewicht einfach mitgezogen. Da l-lang?«

Ben nickte und führte sie am Ufer entlang; während er sich mühsam durch das Dickicht von Zweigen und Dornen kämpfte, dachte er, um wieviel einfacher so etwas war, wenn man nur eins vierzig groß war und sich nur ein bißchen zu bücken brauchte, um leicht unter irgendwelchen Hindernissen durchkriechen zu können (unter denen im Geist wie auch unter den echten, dachte er). Nun, alles veränderte sich. *Unsere heutige Lektion, Jungs und Mädels, ist: Je mehr sich die Dinge verändern, um so mehr verändern sie sich. Wer gesagt hat, je mehr sich die Dinge verändern, um so mehr bleiben sie gleich, litt offensichtlich an geistiger Zurückgebliebenheit. Weil...*

Er stolperte über etwas, fiel der Länge nach hin und hätte sich um ein Haar den Kopf am Betonzylinder der Pumpstation angeschlagen, der hinter den dichten, hohen Brombeerbüschen kaum noch zu sehen war. Als er wieder aufstand, stellte er fest, daß die Dornen ihm Gesicht und Hände zerkratzt hatten.

»Macht drei Dutzend draus«, sagte er und spürte, wie ihm dünn das Blut am Gesicht herabfloß.

»Was?« fragte Eddie.

»Nichts.« Er bückte sich, um zu sehen, worüber er gestolpert war. Wahrscheinlich eine Wurzel, oder so.

Aber es war keine Wurzel. Es war ein Kanaldeckel aus Gußeisen. Jemand hatte ihn weggeschoben.

Na klar, dachte Ben. *Wir. Vor siebenundzwanzig Jahren.*

Aber ihm wurde klar, daß das lächerlich war, noch bevor er frisches Metall in parallelen Kratzspuren durch den Rost glänzen sah. Die Pumpe hatte damals nicht funktioniert. Früher oder später mußte jemand gekommen sein, sie repariert und dabei auch den Deckel wieder dichtgemacht haben.

Er stand auf, und alle fünf scharten sich um den Zylinder und blickten in die Tiefe. Sie konnten leise das Tröpfeln von Wasser hören. Das war auch schon alles. Richie hatte alle Streichholzheftchen aus Eddies Hotelzimmer mitgenommen. Er zündete ein Streichholz an und warf es in die Tiefe. Einen Moment lang konnten sie die feuchte Innenwand und die Umrisse der Pumpe erkennen. Dann wurde es wieder dunkel.

»Vielleicht ist der Deckel schon vor langer Zeit entfernt worden«, versuchte Richie sich und die anderen zu beruhigen. »Es braucht nicht gestern oder heute nacht passiert sein.«

»Es ist erst vor kurzem passiert«, sagte Ben. Jedenfalls seit dem letzten Regen.« Er nahm Richie noch ein Streichholzbriefchen ab, zündete ein Streichholz an und deutete auf die frischen Kratzspuren.

»Da-da-da liegt w-w-was drunter«, sagte Bill, als Ben das Streichholz ausmachte.

957

»Was?« fragte Ben.

»K-K-Kann ich nicht s-s-s-sagen. Helft m-mir, ihn umzudrehen.«

Ben und Richie packten mit an, und zu dritt kippten sie den Deckel um wie eine riesige Münze. Diesesmal zündete Beverly das Streichholz an, und Ben hob vorsichtig eine Handtasche, die unter dem Kanaldeckel gelegen hatte. Beverly wollte das Streichholz gerade ausschütteln, als sie Bill ins Gesicht sah. Sie erstarrte. Sie erstarrte, bis die Flamme ihre Fingerspitzen erreicht hatte, dann ließ sie das Holz erschrocken fallen. »Bill? Was ist denn? Was ist los?«

Bill hatte das Gefühl, als wären seine Augen auf einmal zentnerschwer. Er konnte sie nicht bewegen, konnte sie nicht von dieser Handtasche mit ihrem langen Lederriemen abwenden. Plötzlich konnte er sich an den Titel des Lieds erinnern, das im Radio im Hinterzimmer des Ledergeschäfts erklungen war, wo er ihr die Tasche gekauft hatte. »Sausalito Summer Nights.« Das war das Unheimliche im Quadrat. Er hatte keinen Speichel mehr im Mund, seine Zunge und das Innere der Wangen war so glatt und trocken wie Chrom. Er konnte die Grillen hören und die Glühwürmchen sehen und dichtes, tiefes Grün riechen, das rings um ihn herum unkontrolliert wuchs, und er dachte: *Das ist wieder ein Trick, sie ist in England, und das ist ein billiger Tiefschlag weil Es Angst hat, o ja, Es ist vielleicht nicht mehr ganz so sicher, wie Es gewesen ist, als Es uns zurückgerufen hat, und wirklich, Bill, im Ernst, was meinst du, wie viele solche Lederhandtaschen mit langem Riemen gibt es auf der Welt? Eine Million? Zehn Millionen?*

Wahrscheinlich mehr. Aber so eine nicht. Er hatte sie Audra in einem Ledergeschäft in Burbank gekauft, während im Hinterzimmer »Sausalito Summer Nights« gelaufen war.

»*Bill?*« Beverlys Hand auf seiner Schulter schüttelte ihn. Weit fort. Siebenundzwanzig Meilen unter dem Meer. Wie hieß die Gruppe, die »Sausalito Summer Nights« gesungen hatte? Richie wußte es bestimmt.

»*Ich* weiß es«, sagte Bill ruhig in Richies ängstliches Gesicht. »Sie hieß Diesel. Ist das ein Gedächtnis?«

»Bill, was ist denn?« flüsterte Richie.

Bill schrie. Er riß Beverly die Streichhölzer aus der Hand, zündete eins an und entriß Ben die Handtasche.

»Himmel, Bill, was...«

Er machte den Reißverschluß auf und leerte den Tascheninhalt aus. Was herausfiel, waren so unverkennbar Audras Sachen, daß ihm sogar zu einem Aufschrei jede Kraft fehlte: die mit Edelsteinen besetzte Puderdose, die Freddie Firestone ihr geschenkt hatte, als sie den Vertrag für ›*Attic Room*‹ unterschrieb, ihre Brieftasche aus Krokodilleder, ein Dunhill-Feuerzeug, eine zerknitterte Packung Winston, eine für sie typische Kollektion von Kleenex-Tüchern, ihr Sonnenbrillenetui.

»Meine F-F-Frau ist dort u-unten«, sagte er, fiel auf die Knie und begann ihre Sachen wieder in die Tasche zu schieben. Er strich sich nicht mehr vorhandene Haare aus der Stirn und merkte es nicht einmal.

»Deine Frau? *Audra?*« Beverly starrte ihn entsetzt an.

»Es ist ihre T-T-Tasche. Ihre S-Sachen.«

»Mein Gott, Bill«, murmelte Richie. »Aber das ist doch ganz unmöglich, das weißt du doch se...«

Bill griff nach Audras Krokobrieftasche, öffnete sie und hielt sie hoch. Richie zündete ein neues Streichholz an und sah gleich darauf ein Gesicht, das ihm aus einem halben Dutzend Filmen bekannt war. Das Foto in Audras kalifornischem Führerschein schloß jeden Zweifel an ihrer Identität aus.

»Aber H-H-H-Henry ist t-tot... und V-Victor... und B-B-B-Belch... W-wer kann denn das n-nur getan haben?« Halb wahnsinnig vor Kummer starrte er sie alle an. »*W-Wer k-kann das getan h-h-haben?*«

Ben legte ihm eine Hand auf die Schulter. »Ich glaube, wir sollten runtersteigen und es herausfinden; was meinst du?«

Bill drehte sich nach ihm um, betrachtete ihn einen Moment lang, als wisse er nicht, wer Ben sei, und dann wurde sein Blick wieder klar. »Ja«, sagte er. »E-E-Eddie?«

»Bill, es tut mir ja so leid«, sagte Eddie.

»K-K-Kannst du dich an m-mir festh-h-halten?«

»Ich hab's schließlich schon einmal geschafft.«

Bill bückte sich, und Eddie legte seinen gesunden Arm um seinen Nakken; Ben und Richie hoben ihn etwas hoch, bis er seine Beine um Bills Taille schlingen konnte. Als Bill sich schwerfällig über den Rand des Zylinders schwang, sah Ben, daß Eddie seine Augen fest zugekniffen hatte... und einen Moment lang glaubte er, jemandem im Gebüsch zu hören. Er drehte sich um und erwartete fast, Henry, Belch und Victor aus den Nebelschwaden herausstürzen zu sehen – aber es war nur eine Brise, die das Brombeergestrüpp bewegte. Ihre alten Feinde waren jetzt alle tot.

Bill hielt sich am rauhen Rand des Zylinders fest und tastete mit den Füßen nach den Sprossen. Eddie hatte seinen Hals so fest umklammert, daß er kaum Luft bekam. *Ihre Handtasche, ihre Handtasche... wie ist Audra nur hierhergekommen? Spielt keine Rolle. Aber Gott, wenn es Dich gibt, wenn Du Gebete erhörst, so laß ihr nichts Schlimmes passiert sein, laß sie nicht leiden für das, was Bev und ich heute nacht getan haben, oder für das, was ich eines Sommers als Junge getan habe... Wer?*

Wer? War es der Clown? War es Bob Gray? Wenn ja, dann kann vielleicht nicht einmal Gott ihr helfen.

»Ich habe Angst, Bill«, sagte Eddie.

Bills Fuß berührte kaltes, stehendes Wasser. Er ließ sich hinunter, erinnerte sich an das Gefühl und den abgestandenen Geruch, erinnerte sich, wie klaustrophobisch ihn dieser Ort gemacht hatte... und, ganz nebenbei, was war ihnen damals passiert? Wie waren sie in diesen Röhren und Tunnels zurechtgekommen? Wohin waren sie genau gegangen, und wie genau waren sie wieder herausgekommen? Das alles war ihm immer noch nicht wieder eingefallen. Er konnte nur an Audra denken.

»Ich a-a-auch.« Er kauerte sich nieder, zuckte zusammen, als ihm kaltes Wasser in die Hose und über die Eier lief, und ließ Eddie runter. Sie standen bis zu den Schienbeinen im Wasser und sahen zu, wie die anderen die Leiter herunterkamen.

Einundzwanzigstes Kapitel

Unter der Stadt

1.

Es, *August 1958*

Etwas völlig Neues war geschehen.

Zum erstenmal seit Äonen etwas völlig Neues.

Vor dem Universum hatte es nur Zwei gegeben. Das eine war Es *selbst, und das andere war die Schildkröte. Die Schildkröte war ein dummes altes Ding, das nie aus seinem Panzer hervorkam.* Es *dachte, daß die Schildkröte vielleicht tot war, vielleicht schon seit einer Milliarde Jahren oder so tot war. Aber selbst wenn dem nicht so war, so war sie doch nur ein dummes altes Ding, und sogar wenn die Schildkröte das Universum als Ganzes ausgespien hatte, so änderte das nichts an der Tatsache, daß sie sehr dumm war.*

Es *war hierhergekommen, lange nachdem die Schildkröte sich in ihren Panzer zurückgezogen hatte, hierher auf die Erde, und hier hatte* Es *eine Tiefe der Fantasie entdeckt, die fast neu, fast interessant war. Diese Vorstellungskraft bewirkte, daß die Nahrung sehr wohlschmeckend war.* Seine *Zähne bohrten sich in Fleisch, das Biß hatte von exotischen Schreckensvisionen: Die Menschen träumten von Bestien der Nacht und alles verschlingenden Sümpfen; gegen ihren Willen dachten sie über endlose Abgründe und wilde Strudel nach.*

Durch diese reichhaltige Kost existierte Es *in einem einfachen Kreislauf:* Es *wachte und aß, und* Es *schlief und träumte.* Es *hatte sich einen Ort ganz nach* Seiner *Vorstellung geschaffen, und* Es *betrachtete diesen Ort mit Wohlgefallen von den Totenlichtern aus, die* Seine *Augen waren. Derry war* Sein *Schlachthof, die Menschen von Derry* Seine *Schafe. Die Dinge nahmen stets ihren gewohnten Lauf.*

Und dann... diese Kinder.

Etwas Neues.

Zum erstenmal seit Äonen etwas völlig Neues.

Als Es *aus der Tiefe in das Haus an der Neibolt Street emporgeschossen war, mit der festen Absicht, sie alle umzubringen, mit einem leisen Unbehagen, weil* Es *bisher noch nicht imstande gewesen war, sie umzubringen (und allein schon dieses Unbehagen war etwas Neues gewesen),* da war etwas völlig *Unerwartetes, etwas* völlig *Unvermutetes geschehen* – Es *hatte* Schmerz *verspürt, heftigen, rasenden* Schmerz *in der ganzen Gestalt, die* Es *angenommen hatte, und einen Augenblick lang hatte* Es *auch Angst verspürt, denn das einzige, was* Es *mit der dummen alten Schildkröte und der Kosmologie des Makroversums außerhalb des winzigen Eies dieses Universums gemeinsam hatte, war folgendes: Alles Lebendige mußte sich an die für die Gestalt, die es angenommen hatte, geltenden Naturgesetze halten. Zum erstenmal erkannte* Es, *daß* SEINE *Fähigkeit, unterschiedliche Gestalt anzunehmen, vielleicht genauso gegen* Es *wie für* Es *arbeiten konnte.* Es *hatte nie zuvor Schmerz empfunden,* Es *hatte nie zuvor Angst verspürt, und einen Moment lang hatte* Es *gedacht,* Es *könnte sterben* – oh, SEIN *Kopf war mit einem rasenden grellen* Schmerz *von der Silberkugel erfüllt gewesen, und* Es *hatte gebrüllt und geheult, und irgendwie waren die Kinder entkommen.*

Aber jetzt waren sie wieder da. Sie hatten SEIN *ureigenstes Herrschaftsgebiet unter der Stadt betreten, sieben törichte Kinder, die wie blinde Maulwürfe durch die Dunkelheit stolperten, ohne Lampen oder Waffen. Jetzt würde* Es *sie mit Sicherheit töten.*

Es *hatte eine wichtige Entdeckung über sich selbst gemacht:* Es *wollte keine Veränderungen, keine Überraschungen.* Es *wollte keine Neuheiten, niemals.* Es *wollte nur essen und schlafen und träumen und wieder essen.*

Nach dem Schmerz und jener flüchtigen starken Angst war ein weiteres neues Gefühl in IHM *aufgestiegen (alle echten Gefühle waren* IHM *neu, obwohl* Es *Gefühle großartig vorspiegeln konnte): Zorn.* Es *würde die Kinder umbringen, weil sie* Es – *durch einen erstaunlichen Zufall* – *verletzt hatten. Aber vorher würde* Es *sie leiden lassen, denn für einen flüchtigen Augenblick lang hatten sie* IHM *Angst eingejagt.*

Kommt nur her zu mir, *dachte* Es, *während* Es *ihrem Näherkommen lauschte.* Kommt her zu mir, Kinder, und seht, wie wir hier unten schweben... wie wir alle schweben.

Und doch war da ein Gedanke, der sich IHM *immer wieder aufdrängte, wie sehr* Es *auch versuchen mochte, ihn zu verdrängen. Es war ganz einfach folgendes: Wenn alles von* IHM *ausging (was mit Sicherheit der Fall war, seit die Schildkröte das Universum ausgespien hatte und dann in ihrem Panzer völlig verstummt war)* – *wie konnte dann irgendein Geschöpf dieser oder irgendeiner anderen Welt* Es *zum Narren halten oder verletzen, ganz gleich, wie flüchtig oder geringfügig auch immer? Wie war das nur möglich?*

Und so hatte Es *sich mit noch etwas völlig Neuem auseinandersetzen müssen, diesmal nicht mit einem Gefühl, sondern mit einem schreckli-*

chen Gedanken: Angenommen, Es war doch nicht allein gewesen, wie Es immer geglaubt hatte?

Angenommen, es gab noch einen anderen?

Und angenommen, diese Kinder waren Sendboten dieses anderen?

Angenommen... angenommen...

Es begann zu zittern.

Haß war neu. Verletzt werden war neu. SEINE *Pläne durchkreuzt zu sehen, war neu. Aber das allerschrecklichste Neue war diese Angst. Nicht Angst vor den Kindern – die war rasch vergangen –, sondern Angst davor, nicht das einzige zu sein.*

Nein. Es gab keinen anderen. Ganz bestimmt nicht. Vielleicht weil sie Kinder waren, hatte ihre Vorstellungskraft eine gewisse Macht, die Es kurzfristig unterschätzt hatte. Aber nun, da sie kamen, würde Es sie ruhig kommen lassen. Sie würden kommen, und Es würde sie eines nach dem anderen ins Makroversum schleudern... in die Totenlichter SEINER *Augen.*

Ja.

Sobald sie hierher gelangten, würde Es die kreischenden, um den Verstand gebrachten Geschöpfe in die Totenlichter schleudern.

2.

In den Tunnels, 14.15 Uhr

Bev und Richie besaßen zusammen etwa zehn Streichhölzer, aber Bill erlaubte ihnen nicht, sie anzuzünden. Im Augenblick wurde das Rohr noch von schwachem Licht erhellt; er konnte etwa vier Fuß weit in den Tunnel sehen. Und wenn sie jetzt schon anfingen, die Streichhölzer zu benutzen, würden sie in fünf Minuten keine mehr haben.

Er vermutete, daß dieses schwache Licht durch die runden Belüftungslöcher in den schweren Schachtdeckeln oder durch die Gitter der Gullys einfiel. Der Gedanke schien seltsam, daß sie unter der Stadt waren, aber das mußten sie mittlerweile sein.

Das Wasser ging ihm jetzt bis zu den Hüften. Drei- oder viermal waren Kadaver an ihm vorbeigeschwommen – Ratten, ein kleines Kätzchen, etwas, das aussah wie ein Murmeltier. Er hörte hinter sich einen seiner Freunde angeekelt etwas vor sich hin murmeln.

Das Rauschen des Wassers wurde lauter, schwoll zu einem eintönigen Brausen an. Das Kanalrohr zweigte nach rechts ab, und kurz hinter der Kurve endete es. Jetzt konnte er sehen, daß es aus drei anderen Rohren gespeist wurde. Hier war das Licht etwas heller, und als Bill hochblickte, sah er, daß sie in einem Steinschacht von etwa acht Meter Höhe standen. Oben war ein Gully, aus dem sich Sturzbäche von Wasser auf sie ergossen wie in einer Art primitiver Dusche.

Bill betrachtete ratlos die drei Rohre. Das zu seiner Linken befand sich etwa einen Meter über seinem Kopf; es war offensichtlich ein weiteres Abflußrohr, denn das Wasser, das sich daraus in den Schacht ergoß, war ziemlich klar, obwohl kleine Äste, Blätter, leere Zigarettenschachteln und Papierabfälle darin schwammen. Auch aus dem etwas tiefer angebrachten Rohr zu seiner Rechten floß Wasser in das Kanalrohr, durch das sie gerade gewatet waren und das über dem Kenduskeag endete, in den das Abwasser mit Hilfe der Pumpe – die jetzt defekt war – geleitet wurde.

Das dritte Rohr, das dicht über der Wasseroberfläche aus dem Schacht ragte, spuckte einen stinkenden Strom klumpiger Abwässer aus.

»E-E-Eddie!«

Eddie watete auf Bill zu. Seine Haare klebten ihm am Kopf, und sein Gips war durchweicht und tropfte.

»W-W-Welches?« Alle Klubmitglieder wußten, daß Eddie einen fast schon unheimlichen Orientierungssinn hatte. Wenn man sich in einer fremden Gegend verirrt hatte und an einen vertrauten Ort zurückkehren wollte, konnte Eddie einen hinführen; er bewegte sich mit unverminderter Zuversicht vorwärts, bog nach rechts und links ab, und man folgte ihm blindlings und hoffte, daß es gut ausgehen würde... und Eddie enttäuschte dieses Vertrauen nie. Bill hatte ihn etwas über ein Jahr gekannt, bevor sie beide sich mit Richie Tozier anfreundeten, und Bill hatte Richie einmal erzählt, als er und Eddie angefangen hätten, in den Barrens zu spielen, hätte er selbst ständig Angst gehabt, sich dort hoffnungslos zu verirren. Solche Ängste waren Eddie fremd, und er führte sie immer an der gewünschten Stelle heraus. »Wenn ich mich in Hainesville Woods verirren würde, und Eddie wäre bei mir, so würde ich mir überhaupt keine Sorgen machen«, hatte Bill zu Richie gesagt. »Er *weiß* es einfach. Er hat einen Kompaß im Kopf. So drückt es mein Vater aus.«

»Ich kann dich nicht verstehen!« rief Eddie.

»Ich h-habe ge-ge-gesagt, welches?«

»Was – welches?« Eddie hielt seinen Aspirator mit der gesunden Hand fest umklammert, und er hatte mehr Ähnlichkeit mit einer ertrunkenen Ratte als mit einem Jungen.

»W-Welches R-R-Rohr sollen wir n-n-n-nehmen?«

»Das kommt ganz darauf an, wo du hinwillst«, sagte Eddie, und Bill hätte ihm mit dem größten Vergnügen den Hals umgedreht, obwohl die Frage durchaus berechtigt war. Eddie sah die drei Rohre zweifelnd an. Sie würden in alle passen, aber das unterste sah ziemlich eng aus.

Bill dachte angestrengt nach, dann winkte er die anderen zu sich heran. »W-Wo zum Teufel *ist* Es?« fragte er.

»Stadtmitte«, erwiderte Richie. »Direkt unter der Stadtmitte. In der Nähe des Kanals.«

Beverly nickte zustimmend. Ben auch. Stan auch.

»Muh-Muh-Mike?«

»Ja«, sagte er. »Dort ist Es. Beim Kanal. Oder darunter.«

Bill sah wieder Eddie an. »W-W-Welches?«

Eddie deutete widerwillig auf das unterste Rohr... und Bill verlor zwar fast den Mut, aber überrascht war er nicht. »Das da.«

»Oh, pfui Teufel«, murmelte Stan unglücklich. »Das ist ein Scheiße-Rohr.«

»Wir...«, setzte Mike zum Sprechen an und verstummte sofort wieder. Er legte lauschend den Kopf zur Seite und riß beunruhigt die Augen auf.

»Was...«, begann Bill, aber Mike brachte ihn mit einer heftigen Geste zum Schweigen. Und dann hörte es auch Bill. Eilige platschende Schritte im Wasser. Henry und seine Freunde.

»Rasch«, flüsterte Ben. »Sie werden bald hier sein.«

Stan warf einen Blick über die Schulter hinweg in das Rohr, aus dem sie gekommen waren; dann preßte er die Lippen fest zusammen und nickte. »Scheiße läßt sich immerhin abwaschen«, murmelte er. »Los, gehen wir.«

»Stan the Man hat gesprochen!« schrie Richie. »Ta-ta-ta-TA...«

»Richie, könntest du *still* sein!« zischte Beverly ihn an.

Bill führte sie zu dem Rohr, schnitt eine Grimasse, als der Gestank ihm in die Nase stieg, und kletterte hinein. Dieser Gestank: Es waren Abwässer, es war Scheiße, aber daneben war hier auch noch ein anderer Geruch wahrnehmbar. Ein würzigerer, fleischigerer, lebendigerer Geruch. *Das ist wirklich die richtige Richtung. Es ist hier gewesen... Es ist sehr oft hier gewesen.*

Als sie fünfundzwanzig Schritte gegangen waren, wurde die Luft ranzig und unerträglich. Bill platschte langsam dahin durch eine Masse, die kein Schlamm war. Er sah über die Schulter zurück und sagte: »D-Du g-g-gehst gl-gleich hinter mi-mi-mir, Eh-Eh-Eddie. Ich b-b-brauch' d-d-dich.«

Das Licht wurde zu verwaschenem Grau, blieb ganz kurz so, und dann waren sie

(out of the blue and into the black)

in völliger Schwärze. Bill tastete sich mit ausgestreckten Händen vorwärts; er hatte das Gefühl, den schrecklichen Gestank mit seinem Körper regelrecht zu durchschneiden. Und er rechnete halb damit, daß seine Hände jeden Augenblick in struppiges Fell greifen, daß grüne funkelnde Augen ihn aus der Dunkelheit anstarren würden, und daß das Ende kurz sein würde, begleitet von einem heißen Schmerz, wenn Es ihm den Kopf von den Schultern reißen würde.

Alle Geräusche wurden in dem dunklen Rohr verstärkt und hallten unheimlich wider. Er hörte seine Freunde hinter sich schlurfen und ab und zu etwas murmeln. Glucksen und eigenartiges rasselndes Seufzen war zu hören. Einmal flutete ihm gräßlich warmes Wasser entgegen, durchnäßte ihn bis zu den Oberschenkeln und warf ihn fast um. Er spürte, wie Eddie sich krampfhaft an seinem Hemddrücken festhielt, um nicht das Gleichgewicht zu verlieren, und dann verebbte der Strom zum Glück wieder. Richie, der ihre Nachhut bildete, rief von hinten mit einer Art Galgenhumor: »Ich glaub', wir sind gerade vom Grünen Riesen bepißt worden, Bill!«

Bill konnte Wasser oder Abwasser in kontrollierten Schüben in dem Netz kleinerer Röhren hören, die jetzt über ihren Köpfen sein mußten. Er erinnerte sich an die Unterhaltung über die Kanalisation von Derry, die er mit seinem Vater gehabt hatte, und glaubte zu wissen, was das für ein Rohr sein mußte – es sollte das Hochwasser ableiten, das nur bei starkem Regen und bei Überschwemmungen kam. Das Material hier würde Derry verlassen und in den Torrault Stream oder den Penobscot River geleitet werden. Die Stadt pumpte ihre Scheiße nicht gern in den Kenduskeag, weil dann der Kanal immer so stank. Aber das ganze sogenannte Grauwasser floß in den Kenduskeag, und wenn es so viel war, daß die normalen Abwasserrohre nicht mehr damit fertig wurden, kam es zu einem Ableiten... wie dem, das gerade stattgefunden hatte. Wenn eines stattfand, konnte auch ein zweites stattfinden. Er sah unbehaglich hoch, konnte nichts sehen, wußte aber, es mußten Gitter oben in dem Rohr sein, möglicherweise auch in den Seiten, und jeden Moment konnte...

Bill bemerkte erst, daß er am Ende des Rohrs angelangt war, als er einen Schritt ins Leere machte; er taumelte vorwärts, ruderte wild mit den Armen und versuchte vergeblich, das Gleichgewicht zu halten. Er landete etwa sechzig Zentimeter unterhalb des Rohrs, aus dem er gefallen war, auf dem Bauch in einer halbfesten undefinierbaren Masse. Etwas rannte quiekend über seine Hand, und er schrie auf und preßte sie an seine Brust; es war eine Ratte gewesen; er hatte ihren ekelhaften unbehaarten Schwanz auf seiner Haut gespürt.

Er versuchte aufzustehen und schlug sich an der unerwartet niedrigen Decke des neuen Rohrs so stark den Kopf an, daß er wieder auf die Knie fiel und rote Sterne vor seinen Augen tanzen sah.

»V-V-Vorsicht!« schrie er. Seine Worte hallten im Rohr dumpf wider. »Das Rohr fällt hier ab! E-E-Eddie! W-Wo bist du?«

»Hier!« Eddies wild gestikulierende Hand streifte Bills Nase. »Hilf mir raus, Bill, ich kann nichts sehen! Es ist...«

Ein lautes wäßriges *Platsch!* Beverly, Mike und Richie schrien gleichzeitig auf. Im hellen Tageslicht wäre diese totale Harmonie bestimmt komisch gewesen; hier unten im Dunkeln, in den Abwasserkanälen, klang sie jedoch schrecklich. Plötzlich stolperten und fielen sie alle heraus. Bill fing Eddie mit eisernem Griff auf, damit er nicht auf seinen gebrochenen Arm stürzte.

»O Gott, ich dachte schon, ich würde ertrinken«, stöhnte Richie. »Von oben kam plötzlich eine Ladung auf uns herab – Mann o Mann, es war Scheiße, eine Scheiße-Dusche, großartig, man sollte wirklich einmal einen Klassenausflug hierher machen, Big Bill, wir könnten Mr. Carson dazu bringen, uns zu begleiten...«

»Und Miß Jimmison könnte uns hinterher Unterricht in Gesundheitskunde geben«, sagte Ben mit zittriger Stimme, und alle lachten schrill. Als das Gelächter verebbte, brach Stan plötzlich unglücklich in Tränen aus.

»Stan... nicht, Mann«, sagte Richie und legte ihm einen Arm um die mageren Schultern. »Du bringst uns noch alle zum Heulen!«

»Ist schon wieder okay«, sagte Stan laut, immer noch schniefend. »Ich kann's ertragen, Angst zu haben, aber ich *hasse* es, so schmutzig zu sein, ich hasse es, nicht zu wissen, wo ich bin...«

»G-G-Glaubst du, daß d-deine Streichhölzer noch was t-taugen?« fragte Bill Richie.

»Ich hab' sie Bev gegeben.«

Bill spürte, wie jemand ihn im Dunkeln berührte und ihm ein Streichholzheftchen in die Hand drückte. Sie fühlten sich trocken an.

»Ich hatte sie unter die Achsel geklemmt«, sagte Bev. »Probier mal, ob sie's noch tun.«

Bill riß ein Streichholz aus dem Heftchen heraus; es zündete auf Anhieb, und er hielt es hoch. Seine Freunde standen dicht aneinandergedrängt da und zuckten unwillkürlich zusammen, als die helle Flamme aufleuchtete. Sie waren mit Kot bespritzt und beschmiert, und alle sahen sehr jung und sehr ängstlich aus. Hinter ihnen konnte er das Rohr sehen, aus dem sie gekommen waren. Das Rohr, in dem sie sich jetzt befanden, war niedriger und führte geradeaus in beide Richtungen. Sein Boden war mit Schichten braunen Sediments bedeckt. Und...

Er zog zischend den Atem ein und machte das Streichholz aus, das ihm die Finger verbrannte. Er lauschte und hörte rasch dahinfließendes Wasser, tropfendes Wasser und gelegentlich ein lautes Brausen, wenn – wie das vorhin der Fall gewesen war – die Überlaufklappen sich öffneten und neue Abwässer sich in die Rohre ergossen. Henry und die anderen beiden Jungen konnte er nicht hören – *noch* nicht.

Er sagte: »R-R-Rechts von m-mir liegt ein t-t-toter Junge. Etwa d-drei M-M-Meter von mir entfernt. Ich g-g-glaube, es ist P-P-P-P...«

»Patrick?« fragte Beverly, und ihre Stimme zitterte am Rande einer Hysterie. »Patrick Hockstetter?«

»J-J-Ja. S-Soll ich noch ein Sch-Sch-Streichholz anzünden?«

»Geht gar nicht anders, Bill«, sagte Eddie. »Wenn ich nicht sehen kann, wie das Rohr verläuft, weiß ich auch nicht, welchen Weg wir einschlagen müssen.«

Bill zündete das Streichholz an. Im Schein der Flamme drehten sich alle um und warfen einen Blick auf das grüne aufgequollene Ding, das einmal Patrick Hockstetter gewesen war. Die Leiche grinste sie aus der Dunkelheit gräßlich vertraut an, aber nur mit einem halben Gesicht; die andere Hälfte hatten Ratten aufgefressen. Seine Sommerschulbücher lagen verstreut um ihn herum, durch die Feuchtigkeit dick aufgequollen.

»Mein Gott«, murmelte Mike heiser, mit weit aufgerissenen Augen.

»Ich höre sie wieder«, sagte Beverly tonlos. »Henry und die anderen.«

Die Akustik mußte ihre Stimme ebenso auch zu ihnen getragen haben, denn Henry brüllte ins Rohr hinein: »*Wir kriegen euch schon noch*...«, und es hörte sich so an, als stünde er direkt neben ihnen.

»Kommt nur, kommt!« schrie Richie. Seine Augen waren hell und glänzten wie im Fieber. »Kommt nur, ihr Arschlöcher! – Ist wie im CVJM-Swimming-pool hier unten. Kommt...«

Dann schallte ein so gräßlicher Schrei äußersten Entsetzens und rasenden Schmerzes durch das Rohr, daß Bill das Streichholz fallen ließ. Es erlosch. Eddie schlang seinen Arm um ihn, und Bill umarmte ihn ebenfalls und spürte, daß Eddie wie Espenlaub zitterte. Auf der anderen Seite schmiegte sich Stan eng an ihn. Jener kreischende Schrei schwoll immer lauter an... und dann war ein unheimliches Sausen zu hören, und der Schrei brach abrupt ab.

»Etwas hat einen von ihnen erwischt«, keuchte Mike entsetzt in der Dunkelheit. »Etwas... ein Monster... Bill, wir müssen hier raus... bitte...« »Der Vogel!« brachte Mike mit erstickter Stimme entsetzt hervor. »Der Vogel ist irgendwo hier in der Nähe, o mein Gott, ich kenne dieses Sausen, es ist der Flügelschlag des Riesenvogels... es ist der Vogel... Bill, wir müssen hier raus... bitte...«

Bill konnte hören, daß einer der Jungen durch das Rohr auf sie zugestolpert kam. »W-Welchen Weg, E-Eddie?« fragte er eindringlich. »W-Weißt du's?«

»Möchtest du immer noch in Richtung Kanal?« fragte Eddie und schüttelte Bill an den Armen.

»J-Ja.«

»Dann müssen wir nach rechts. An der Leiche vorbei ... oder einfach über sie hinweg.« Eddies Stimme wurde auf einmal härter. »Das ist mir ziemlich egal. Er war mit von der Partie, als sie mir den Arm gebrochen haben.«

»G-G-Gehen wir«, sagte Bill und warf einen Blick zurück. Er befürchtete, daß Henry plötzlich aus dem Rohr auftauchen und ihm sein Messer in die Kehle stoßen könnte. Die eigenartige Akustik in den Kanalisationstunnels machte es ihm unmöglich abzuschätzen, wie weit sie noch entfernt waren. »H-H-Hintereinander. Und haltet euch einer am anderen f-f-fest wie vorhin!«

Er tastete sich mit zusammengebissenen Zähnen vorwärts und streifte mit der rechten Schulter an der schleimigen Rohrwand entlang, um möglichst nicht auf Patrick zu treten.

Und so stolperten sie tiefer in die Finsternis hinein, während um sie herum Wasser tropfte und rauschte, und während draußen ein Unwetter tobte und Derry eine frühe Dunkelheit bescherte – eine Dunkelheit, in der orkanartiger Wind heulte und mit entwurzelten Bäumen um sich warf, was sich fast wie die Schreie prähistorischer Wesen anhörte.

3.

Es, Mai 1985

Jetzt kamen sie wieder, und obwohl alles so verlaufen war, wie es von IHM *vorhergesehen worden war, wiederholte sich doch etwas völlig Unvorhergesehenes: jene quälende, wahnsinnige Angst ... jenes Gefühl von der Existenz eines anderen. Es haßte die Angst, hätte sich auf sie gestürzt und sie aufgefressen, wenn das möglich gewesen wäre ... aber die Angst tanzte höhnisch außer Reichweite, und Es konnte sie nur vernichten, indem Es sie tötete.*

Natürlich bestand überhaupt kein Grund zur Angst; sie waren jetzt älter, und ihre Zahl war von sieben auf fünf geschrumpft. Fünf war zwar immer noch eine Zahl, die man nicht unterschätzen durfte, aber sie besaß doch nicht die mystische, magische Kraft der Sieben. Zwar hatte SEINE *Marionette es bedauerlicherweise nicht geschafft, den Bibliothe-*

kar zu ermorden, aber der Bibliothekar würde im Krankenhaus sterben. Später, kurz vor Morgengrauen, würde Es einen drogensüchtigen Krankenpfleger zu ihm schicken, der sorgfältig alle Fäden, mit denen die Wunden des Bibliothekars genäht waren, durchtrennen und auf diese Weise Hanlon seines letzten Restes Lebenssaft berauben würde.

Die Frau des Schriftstellers war jetzt bei IHM; sie lebte, und lebte doch nicht, denn sie hatte völlig den Verstand verloren, beim ersten Blick auf Es, wie Es wirklich war, wenn Es all SEINE Masken und Verkleidungen ablegte – und all diese Masken waren natürlich nur Spiegel, die dem entsetzten Betrachter das Allerschlimmste zeigten, was es für ihn überhaupt gab, oder die ihm jenen Köder zuwarfen, dem er am allerschwersten widerstehen konnte.

Jetzt war der Geist der Frau des Schriftstellers bei IHM, in IHM, jenseits des Endes des Makroversums – in der Finsternis jenseits der Schildkröte, in den Außenländern jenseits aller Länder.

Sie war in SEINEM Auge. Sie war in SEINEM Geist.

Sie war in den Totenlichtern.

Oh, aber die Masken und Verkleidungen waren amüsant. Hanlon, beispielsweise. Er erinnerte sich nicht daran, zumindest nicht bewußt, aber seine Mutter hätte ihm erzählen können, wo der Riesenvogel, den er auf dem Gelände der Eisenhütte gesehen hatte, herkam. Als er etwa sechs Monate alt war, hatte seine Mutter seinen Kinderwagen auf dem seitlichen Hof stehengelassen und war auf den Hinterhof gegangen, um Wäsche aufzuhängen. Sie war zurückgerannt, als sie ihn schreien hörte. Eine große Krähe hatte sich auf den Rand des Kinderwagens gesetzt und pickte nach dem Kleinen wie in einem bösen Märchen. Mike hatte vor Angst und Schmerz geschrien, ohne die Krähe vertreiben zu können, die eine schwache Beute gewittert hatte. Mikes Mutter hatte dem Vogel einen Fausthieb versetzt und ihn vertrieben; dann hatte sie festgestellt, daß Mikeys Arme an zwei oder drei Stellen bluteten und ihn zu Dr. Stillwagon gebracht, damit er eine Tetanusspritze bekam. Ein Teil von Mike – sein Unterbewußtsein – hatte sich immer an diesen Vorfall erinnert: winziges Kind, riesiger Vogel. Und als Es zu Mike kam, sah Mike wieder den Riesenvogel.

Aber als der Ehemann des rothaarigen Mädchens von damals, der auch SEINE willige Marionette war, die Frau des Schriftstellers angebracht hatte, hatte Es keine Maske aufgesetzt – Es verkleidete sich nicht, wenn es daheim war. Der Mann der Rothaarigen war nach einem kurzen Blick auf Es vor Schreck tot umgefallen; sein Gesicht hatte sich grau verfärbt, und seine Augen hatten sich mit dem Blut gefüllt, das ihm aus dem Gehirn geschossen war. Der Frau des Schriftstellers war noch entsetzt *durch den Kopf geschossen –* O LIEBER GOTT ES IST JA WEIBLICH –, *und dann hatte alles Denken aufgehört. Sie schwamm in den Totenlichtern. Es war von* SEINEM *Platz herabgekommen und hatte sich ihrer physischen Hülle angenommen, hatte sie zum späteren Verzehr präpariert. Jetzt hing Audra Denbrough hoch oben zwischen anderen Speisevorräten, mit Seidenfäden umwickelt; ihr Kopf war auf eine Schulter gesunken, ihre schreckensweit aufgerissenen Augen waren glasig, ihre Zehen wiesen nach unten.*

Aber sie hatten immer noch Macht. Sie war nicht mehr so stark wie früher, aber sie war noch spürbar. Sie waren als Kinder hierher gekommen und hatten Es *– entgegen jeder Wahrscheinlichkeit, im Widerspruch zu allem, was sein* durfte, *was sein* konnte *– schwer verletzt, hatten* Es *fast getötet, hatten* Es *gezwungen, tief in die Erde hinein zu fliehen, wo* Es *sich in einer immer größer werdenden Lache* SEINES *seltsamen Blutes zusammengekauert hatte, verwundet und zitternd und haßerfüllt.*

Und wieder hatte sich etwas Neues ereignet: Zum erstenmal in SEINER *unendlichen Geschichte war* Es *gezwungen gewesen, einen Plan zu schmieden; zum erstenmal hatte* Es *festgestellt, daß* Es *Angst hatte, sich einfach alles, was* Es *wollte, aus Derry –* SEINEM *ureigensten Jagdrevier – zu holen.*

Es hatte sich immer gut von Kindern ernährt. Viele Erwachsene konnten als Werkzeug benutzt werden, ohne daß sie es merkten; Es *hatte sich hin und wieder auch von diesen älteren Geschöpfen ernährt – Erwachsene hatten ihre spezifischen Ängste, und ihre Drüsen konnten angezapft, konnten geöffnet werden, so daß Chemikalien der Angst den Körper durchfluteten und das Fleisch würzten. Aber die Ängste der Erwachsenen waren meistens zu komplex; die Ängste der Kinder waren einfacher und normalerweise stärker. Die Ängste von Kindern ließen sich oft in einem einzigen Gesicht zusammenfassen... und wenn ein Köder benötigt wurde – welches Kind liebte Clowns nicht?*

Es verstand vage, daß diese Kinder SEINE *eigenen Waffen irgendwie auf* Es *gerichtet hatten – daß* Es *durch unglücklichen Zufall (sicherlich nicht geführt von der Hand irgendeines* ANDEREN!*), durch den ungewöhnlichen Zusammenhalt von sieben außerordentlich fantasievollen Menschenwesen in große Gefahr geraten war. Jedes von diesen sieben Kindern wäre, auf sich allein gestellt,* SEINE *Nahrung geworden, und wenn sie nicht zufällig zusammengekommen wären, hätte* Es *sie mit Sicherheit eines nach dem anderen vertilgt, von ihrer Fantasie angezogen – ebenso wie ein Löwe durch den Geruch eines Zebras von einer ganz speziellen Wasserstelle angezogen wird. Aber gemeinsam hatten sie ein ge-*

fährliches Geheimnis entdeckt, dessen nicht einmal Es selbst sich bewußt gewesen war – nämlich daß Glaube ein zweischneidiges Schwert ist. Wenn 10000 Bauern im Mittelalter Vampire schaffen, indem sie glauben, diese Monster seien real, so wird vielleicht irgendein Mensch – höchstwahrscheinlich ein Kind – den Pfahl ersinnen, mit dem man den Vampir töten kann. Aber der Pfahl erfüllt diesen Zweck nur, weil der Pfählende felsenfest daran glaubt. Ein Pfahl ist nur dummes Holz, weiter nichts; der Geist ist das Schlagholz, das ihm tödliche Wirkung verleiht.

Aber letztlich war Es doch entkommen. Es hatte sich verkrochen, und die erschöpften, zu Tode geängstigten Kinder hatten sich entschieden, Es nicht zu verfolgen, als Es am verwundbarsten gewesen war. Sie hatten sich dafür entschieden zu glauben, daß Es tot war oder im Sterben lag, und sie hatten sich zurückgezogen.

Es hatte ihren Schwur nicht gehört, aber Es hatte gewußt, daß sie zurückkommen würden, genauso wie ein Löwe weiß, daß das Zebra schließlich zur Wasserstelle zurückkehren wird. Es hatte schon zu planen begonnen, bevor Es eingeschlummert war. Wenn Es wieder aufwachte, würde Es geheilt sein, würde Es sich erholt haben – aber ihre Kindheit würde heruntergebrannt sein wie eine dicke Kerze. Die ursprüngliche große Macht ihrer Fantasie würde schwach, fast erstickt sein. Sie würden sich nicht mehr vorstellen, daß es im Kenduskeag Piranhas gab, sie würden nicht mehr glauben, daß man seiner Mutter den Rücken brechen konnte, wenn man auf einen Spalt trat, oder daß – wenn man einen Marienkäfer tötete, der sich einem aufs Hemd gesetzt hatte – in derselben Nacht das Haus abbrennen würde. Statt dessen würden sie an Versicherungen glauben. Sie würden an Wein zum Abendessen glauben – einen guten, aber nicht zu teuren, vielleicht einen Pouilly-Fuissé '83, und lassen Sie ihn bitte atmen, Ober, seien Sie so gut! Sie würden glauben, daß Rolaids gegen Sodbrennen hilft. Mit jedem Jahr würden ihre Träume kleiner, fantasieloser werden. Und wenn Es aufwachte, würde Es sie zurückrufen, jawohl, zurückrufen, denn Angst war fruchtbar, ihr Kind hieß Zorn, und Zorn schrie nach Rache.

Es würde sie zurückrufen, und dann würde Es sie umbringen. Aber nun, da sie kamen, hatte die Angst Es wieder gepackt. Sie waren erwachsen geworden, und ihre Fantasie war geschwächt – aber nicht in dem Ausmaß, wie Es fälschlich angenommen hatte. Es hatte eine verhängnisvolle, beunruhigende Zunahme ihrer Macht verspürt, als sie sich erneut zusammengeschlossen hatten, und da hatte Es sich zum erstenmal gefragt, ob Es vielleicht einen Fehler begangen hatte.

Doch wozu solch düsteren Gedanken nachhängen? Die Würfel waren gefallen, und nicht alle Omen waren schlecht. Der Schriftsteller war halb *verrückt vor Angst um seine Frau, und das war gut so. Der Schriftsteller war am stärksten, weil er in all den Jahren seinen Geist irgendwie für diese Konfrontation geschult hatte, und wenn der Schriftsteller erst einmal tot war, wenn seine Eingeweide ihm aus dem Leib heraushingen – wenn ihr ach-so-verehrter Big Bill tot war – , dann würden die anderen schnell* SEINE *Beute sein.*

Es würde *ausgezeichnet essen... und dann würde* Es *sich vielleicht wieder zurückziehen. Und ein Nickerchen machen. Für kurze Zeit.*

4.

In den Tunnels, 4.30 Uhr

»Bill!« schrie Richie in das widerhallende Rohr hinein. Er bewegte sich, so rasch er konnte, aber das war nicht allzu schnell. Er erinnerte sich daran, daß sie als Kinder dieses Kanalrohr, das von der Pumpstation in den Barrens wegführte, fast aufrecht entlanggegangen waren. Jetzt mußte er kriechen, und das Rohr kam ihm unglaublich eng vor. Seine Brille wollte ihm ständig von der Nase rutschen. Hinter sich hörte er Bev und Ben.

»Bill!« schrie er wieder. »Eddie!«

»Ich bin hier!« hörte er Eddies Stimme.

»Wo ist Bill?«

»Weiter vorne!« rief Eddie. Richie hörte, daß Eddie jetzt dicht vor ihm sein mußte. »Er hat nicht gewartet!«

Richies Kopf stieß gegen Eddies Bein. Einen Augenblick später stieß Bevs Kopf gegen Richies Hintern.

»*Bill!*« brüllte Richie, so laut er konnte. Das Rohr verstärkte seinen Schrei und warf ihn so laut zurück, daß er ihm selbst in den Ohren dröhnte. »*Bill, wart auf uns! Wir müssen zusammenbleiben, weißt du das denn nicht mehr?*«

Aus der Ferne hallte Bills Stimme: »*Audra! Audra! Wo bist du?*«

»Gott verdamm dich, Big Bill!« murmelte Richie leise. Seine Brille fiel herunter. Er fluchte, hob sie auf und setzte sie, naß wie sie jetzt war, wieder auf. Er holte tief Luft und brüllte dann wieder: »*Du wirst dich ohne Eddie verirren, du verdammtes Arschloch! Warte! Wart auf uns! Hörst du mich, Bill?* WART AUF UNS, VERDAMMT NOCH MAL!«

Einen schrecklichen Moment lang, der ihnen allen wie eine Ewigkeit vorkam, herrschte Stille. Niemand schien zu atmen, und das einzige, was Richie hören konnte, war das ferne Tropfen von Wasser. Das Rohr war diesmal fast trocken, abgesehen von gelegentlichen Pfützen.

»BILL!« Er fuhr sich mit zitternder Hand durchs Haar und kämpfte gegen aufsteigende Tränen an. »NUN KOMM SCHON ... BITTE, MANN! WARTE! BITTE!«

Und ganz schwach drang Bills Stimme zu ihnen: »Ich warte.«

»Gott sei Dank«, murmelte Richie. Seine Arme und Beine fühlten sich vor Erleichterung gummiartig an. Er klopfte Eddie auf den Hintern. »Los.«

»Ich weiß nicht, wie lange ich noch mit einem Arm kriechen kann«, sagte Eddie entschuldigend.

»Versuch's einfach«, sagte Richie, und Eddie kroch weiter.

Bill, der ausgezehrt, fast verbraucht aussah, wartete in dem Kanalschacht auf sie, in den drei Rohre mündeten, die wie die erloschenen Lichter einer Ampel aussahen. Hier fiel etwas Licht von oben ein, und sie konnten auch wieder aufrecht stehen.

»D-D-Dort drüben«, sagte Bill und sah sie mit gehetzten Augen an. Sein Gesicht war abgehärmt und erschöpft. »C-C-Criss. Und B-B-Belch.«

Sie schauten hin. Beverly stöhnte, und Ben, dessen Gesicht sich vor Entsetzen verzerrt hatte, legte seinen Arm um sie.

Das Skelett von Belch Huggins, das in verfaulte Lumpen gekleidet war, schien mehr oder weniger intakt. Die Überreste von Victor Criss hatten keinen Kopf mehr. Bill sah quer durch das Rohr und erblickte einen grinsenden Totenschädel.

Da war er, da war der Rest von ihm. *Ihr hättet die Finger davon lassen sollen, Jungs*, dachte Bill zitternd.

Dieser Teil des Abwassersystems wurde nicht mehr benutzt; Richie fand, daß der Grund dafür auf der Hand lag. Die Müllbeseitigungsanlage war in Betrieb genommen worden. Irgendwann in den Jahren, als sie alle gelernt hatten, sich zu rasieren, Auto zu fahren, zu rauchen, ein bißchen herumzuvögeln, all die schönen Sachen, war das Umweltministerium gegründet worden, und das UM hatte beschlossen, nein, nein dazu zu sagen, ungeklärtes Abwasser, nicht einmal Grauwasser, in Flüsse zu leiten. Daher war dieser Teil des Kanalisationssystems einfach verschimmelt, und die Leichen von Victor Criss und Belch Huggins waren mit verschimmelt. Wie die Wilden Jungs von Peter Pan waren auch Victor und Belch nie erwachsen geworden. Hier waren die Skelette von zwei Jungs in den zerlumpten Überresten von Jeans und T-Shirts, die zu Fetzen verfault waren. Moos war auf dem gekrümmten Xylophon von Victors Brustkasten und auf dem Adler seiner Gürtelschnalle gewachsen.

»Das Monster hat ihn erwischt«, sagte Ben leise. »Erinnert ihr euch noch? Wir haben gehört, als es passierte.«

»Audra ist t-t-tot«, sagte Bill. »Ich w-weiß es.«

»Das kannst du *überhaupt nicht wissen*!« rief Beverly mit solchem Zorn, daß Bill zusammenfuhr und sie überrascht anschaute. »Das einzige, was du mit Sicherheit weißt, ist, daß eine ganze Menge anderer Menschen *wirklich* tot ist, ermordet wurde – die meisten davon waren Kinder.« Sie ging auf Bill zu und stand dann mit in die Hüften gestemmten Händen vor ihm. In dem schwachen Licht konnte Richie sehen, daß ihr Gesicht und ihre Hände schmutzig waren, und daß auch in ihrem Haar Schmutz klebte. Sie sah... einfach hinreißend aus. »Und du weißt auch, wer das getan hat!«

»Ich h-h-hätte ihr n-nie s-s-s-sagen d-dürfen, w-wohin ich w-w-wollte«, murmelte Bill. »W-Warum h-habe ich das nur g-g-g-getan? Warum...«

Ihre Hände schossen vor und packten ihn am Hemd. Erstaunt beobachtete Richie, wie sie ihn schüttelte.

»Schluß jetzt! Du weißt, wozu wir hergekomen sind! Wir haben es geschworen, *und wir werden es tun*! Verstehst du mich, Bill? Wenn sie tot ist, dann ist sie eben tot... *aber* Es *ist nicht tot*! Und wir brauchen dich. Kapierst du das? Wir *brauchen* dich!« Sie weinte jetzt. »Also hilf uns gefälligst, oder keiner von uns wird hier wieder lebendig rauskommen!«

Er sah sie lange wortlos an, und Richie dachte: *Nun komm schon, Big Bill. Los, nun komm schon...*

Bill blickte in die Runde und nickte. »Eh-Eh-Eddie.«

»Da bin ich, Bill.«

»W-W-Weißt du noch, w-welches R-Rohr es w-war, E-E-Eddie?«

Eddie deutete an Victor vorbei. »Das da. Sieht ganz schön eng aus, was?«

Bill nickte wieder. »Schaffst du's?«

»Ja, Bill – für dich schaff ich's.«

Bill lächelte – das traurigste, schrecklichste Lächeln, das Richie je gesehen hatte. »F-Führ uns hin, Eddie. B-B-Bringen wir die S-Sache hinter uns.«

5.

In den Tunnels, 4.55 Uhr

Während er vorwärtskroch, erinnerte Bill sich an das abrupte Ende dieses Rohrs, aber dann kam es für ihn doch wieder überraschend. Eben hatte er sich noch mit den Händen über die schmutzverkrustete Oberfläche des alten Rohrs getastet, und im nächsten Moment griffen sie ins Leere. Er fiel vornüber und rollte instinktiv ab. Er prallte mit der Schulter auf.

»V-V-Vorsicht!« hörte er sich schreien. »H-Hier f-f-fällt es ab! E-E-Eddie?«

»Hier!« Eine von Eddies wild gestikulierenden Händen streifte über Bills Stirn. »Kannst du mir raushelfen?«

Bill legte seine Arme um Eddie und zog ihn heraus, wobei er versuchte, Eddies gebrochenen Arm nicht zu berühren. Ben kroch als nächster aus dem Rohr heraus, dann Bev, dann Richie.

»H-H-Hast du Sch-Streichhölzer, R-Richie?«

»Ich hab' welche«, sagte Beverly. Bill spürte, wie sie im Dunkeln seine Hand berührte und ihm ein Streichholzheftchen gab. »Es sind nur acht oder zehn. Aber Ben hat noch mehr. Aus dem Hotelzimmer.«

Bill sagte: »H-Hast du sie wieder unter der A-A-Achsel gehabt, B-Bev?«

»Diesmal nicht, Bill«, sagte sie und legte in der Dunkelheit die Arme um ihn. Er drückte sie fest an sich, mit geschlossenen Augen, und hoffte, daß ihre Nähe ihm etwas Trost spenden würde.

Er ließ sie sanft los und zündete ein Streichholz an. Die Macht der Erinnerung war sehr groß – unwillkürlich blickten sie alle sofort nach rechts. Die Leiche Patricks Hockstetters – oder vielmehr deren Überreste – waren noch da. Ein paar mit Moos überwachsene Erhöhungen, die einmal Bücher gewesen waren. Ein Kieferknochen mit einem Halbkreis herausragender Zähne, von denen zwei oder drei Füllungen hatten.

Und dicht daneben etwas anderes. Ein schimmernder Kreis, im flackernden Licht des Streichholzes kaum zu sehen.

Bill schüttelte das Streichholz aus und zündete ein neues an. Er ging hinüber und hob den Gegenstand auf. »Audras Ehering«, sagte er mit hohler, ausdrucksloser Stimme.

Das Streichholz erlosch.

In der Dunkelheit streifte er den Ring über seinen Finger.

»Bill?« sagte Richie zögernd. »Hast du eine Ahnung

6.

In den Tunnels, 14.20 Uhr

wie lange sie jetzt schon durch die Tunnels unter Derry wanderten, seit sie die Stelle mit Patrick Hockstetters Leiche verlassen hatten, aber er war sich ganz sicher, daß er den Weg ins Freie nie finden würde. Wenn Eddies

Orientierungssinn jetzt versagte, würde Es sie nicht einmal unbedingt umbringen müssen – sie würden in der Kanalisationsanlage umherirren, bis sie starben – oder sie würden, wenn sie in die falschen Rohre gerieten, ertrinken.

Aber Eddie schien sich seiner Sache immer noch völlig sicher zu sein. Ab und zu bat er Bill, eines der Streichhölzer aus ihrem schon sehr zusammengeschrumpften Vorrat anzuzünden, und schaute sich aufmerksam um, bevor er weiterging. Man konnte fast den Eindruck gewinnen, als biege er völlig aufs Geratewohl nach links oder rechts ab. Manchmal waren die Rohre so groß, daß Bill die Decke nicht einmal mit ausgestrecktem Arm und auf Zehenspitzen erreichen konnte. Manchmal mußten sie kriechen, und einmal mußten sie sich – Eddie an der Spitze – fünf schreckliche Minuten lang (die ihnen wie fünf Stunden vorkamen) flach auf den Bäuchen vorwärtsrobben wie Würmer, wobei ihre Nasen fast an die Absätze ihres Vordermannes stießen.

Irgendwie waren sie inzwischen in einen alten Teil der Kanalisation von Derry gelangt, der nicht mehr in Gebrauch war. Das Brausen der Abwässer war jetzt nur noch als ferner leiser Donner zu hören. Die Rohre hier waren viel älter, nicht aus gebrannter Keramik, sondern aus einem bröckeligen lehmartigen Material, aus dem hin und wieder eine stinkende Flüssigkeit sickerte. Die Gerüche der Abwasser führenden Rohre – jene reifen Gasgerüche, die sie zu ersticken gedroht hatten – waren hier kaum noch wahrnehmbar, aber dafür herrschte ein anderer Geruch, ein abgestandener, gleichsam vergilbter Geruch, der in gewisser Weise noch schlimmer war.

Es war ein Geruch, den Ben mit der Mumie und Eddie mit dem Aussätzigen in Verbindung brachte. Richie dachte bei diesem Geruch an eine uralte Flanelljacke, die inzwischen verschimmelt und vermodert war – die Jacke eines Holzfällers. Eine riesige Jacke, groß genug für eine Gestalt wie Paul Bunyan. Beverly wurde durch diesen Geruch an die Sockenschublade ihres Vaters erinnert. In Stan Uris rief der Geruch eine schreckliche Erinnerung aus frühester Kindheit hervor – eine spezifisch jüdische Erinnerung, was bei einem Jungen, der nur äußerst vage Vorstellungen von seinem Judentum hatte, sehr merkwürdig war. Der Geruch war für ihn eine Mischung aus Lehm und Öl und ließ ihn an ein augenloses, mundloses mythisches Wesen denken, einen aus Lehm geformten künstlichen Menschen, den verfolgte Juden im Mittelalter angeblich geschaffen und zum Leben erweckt hatten. Mike dachte an den trockenen, staubigen Geruch von Federn, und er lauschte angestrengt in die Dunkelheit und erwartete fast, das trockene Kratzen der Vogelkrallen oder das düstere Rauschen von Vogelschwingen zu hören.

Als sie schließlich das Ende des besonders schmalen Rohrs erreichten, glitten sie in einem neuen Rohr, das in schrägem Winkel von dem anderen ausging, ein Stück abwärts – und stellten dann fest, daß sie sich darin wieder aufrichten konnten. Bill zählte die Köpfe der ihnen verbliebenen Streichhölzer ab – es waren nur noch vier. Ihm wurde die Kehle eng, und er beschloß, den anderen nicht zu sagen, wie knapp ihr Lichtvorrat war – nicht, wenn es sich irgendwie vermeiden ließ.

»W-Wie geht's euch?«

Sie murmelten etwas, und er nickte im Dunkeln. Keine Panik, keine Tränen seit dem besonders unappetitlichen Fäkalienrohr. Das war gut. Er griff nach ihren Händen, und sie standen eine Weile im Kreis und schöpften Kraft aus ihrer engen Gemeinschaft. Bill war plötzlich ganz durchdrungen von der Gewißheit, daß ihre Macht größer war als nur die Summe von sieben vereinten Kräften, daß die Gruppe auf geheimnisvolle Weise eine wesentliche höhere Endsumme ergab.

Er zündete eines der Streichhölzer an, und sie sahen einen engen Tunnel vor sich, der schräg nach unten führte. Die Decke war mit dichten – zum Teil zerrissenen – Spinnweben bedeckt, und dieser Anblick jagte Bill einen kalten Schauder über den Rücken. Der Boden des Tunnels war trocken, aber mit altem Schimmel überzogen. Ein Stückchen weiter vorne sah er einen Haufen Knochen und grüne Stoffetzen, die von Arbeitskleidung zu stammen schienen. Bill stellte sich vor, daß sich vielleicht irgendwann ein Kanalarbeiter verirrt hatte, hierher gelangt... und dann von IHM aufgespürt worden war...

Die Streichholzflamme flackerte. Er hielt es nach unten, damit es noch ein bißchen länger brannte. »W-Weißt du, w-wo wir sind?« fragte er Eddie.

Eddie deutete auf den abwärts führenden, leicht gebogenen Tunnel. »Der Kanal ist in dieser Richtung«, sagte er. »Weniger als eine halbe Meile entfernt, es sei denn, daß dieses Rohr irgendwo in eine andere Richtung abbiegt. Wir befinden uns jetzt unter dem Up-Mile Hill, glaube ich. Aber, Bill...«

Das Streichholz verbrannte Bill die Finger, und er ließ es fallen. Sie standen wieder im Dunkeln. Jemand – Beverly, so glaubte Bill – seufzte. Aber bevor das Streichholz erloschen war, hatte er noch gesehen, daß Eddie sehr beunruhigt aussah.

»W-W-Was? Was ist l-los?«

»Wenn ich sage, daß wir uns unter dem Up-Mile Hill befinden, so meine ich damit – wirklich *unter* ihm. Wir haben uns jetzt schon lange Zeit ständig nach unten bewegt. Niemand legt Abwasserkanäle in dieser Tiefe an. Tunnels in dieser Tiefe bezeichnet man eher als Minenschächte.«

»Was glaubst du, wie tief unter der Erde wir sind, Eddie?« fragte Richie.

»Eine Viertelmeile«, sagte Eddie. »Vielleicht auch mehr.«

»Gott steh uns bei!« murmelte Bev.

»Das sind wirklich keine Abflußrohre mehr«, erklärte Stan. »Das merkt man am Geruch. Hier stinkt's zwar, aber nicht mehr nach Abwässern.«

»Ich glaube, der Abwassergestank war mir immer noch lieber«, sagte Ben. »Hier riecht's nach...«

Aus dem Rohr, durch das sie vor kurzem gekrochen waren, drang ein Schrei an ihre Ohren. Bill sträubten sich die Nackenhaare, und alle sieben scharten sich eng zusammen.

»...kriegen euch Arschlöcher schon! Wir kriegen euch schoooon...«

»Henry!« flüsterte Eddie. »O mein *Gott*!«

Schwache Geräusche kamen aus dem Rohr: Keuchen und das Schaben von Schuhen und das Knistern von Stoff.

»...*euch schooooon*...«

»K-K-Kommt«, sagte Bill.

Sie schlurften das Rohr hinab, immer zwei nebeneinander, bis auf Mike, der die Nachhut bildete: Bill und Eddie, Richie und Bev, Ben und Stan.

»W-W-Was g-glaubst du, wie w-weit zurück Henry ist?«

»Das kann ich nicht sagen, Big Bill«, erklärte Eddie entschuldigend. »Das Echo ist zu stark.« Er senkte die Stimme. »Hast du den Knochenhaufen gesehen?«

»J-J-Ja«, sagte Bill ebenso leise.

»Bei den Kleidern lag auch ein Galvometer oder wie das Ding heißt, mit dem man messen kann, wieviel Wasser durch ein Rohr fließt. Das muß ein Arbeiter des Wasserwerks gewesen sein.«

»G-G-Glaub' ich auch.«

»Was meinst du, wie lange...?«

»Ich w-w-weiß n-nicht.«

Eddie umklammerte mit seiner Hand im Dunkeln Bills Arm.

Etwa eine Viertelstunde später hörten sie in der Dunkelheit etwas auf sich zukommen. Richie blieb schreckensstarr stehen. Plötzlich war er wieder drei Jahre alt und kämpfte ohne viel Erfolg gegen seine wilde Panik an. Er lauschte jenen schabenden, saugenden Geräuschen, die immer näher kamen, und noch bevor Bill ein Streichholz anzündete, wußte er, was es sein würde... und das war es auch.

»*Das* Auge!« schrie er. »*O Gott, es ist das* Kriechende Auge!«

Einen Moment lang waren die anderen nicht sicher gewesen, was sie sahen (Beverly hatte den Eindruck, als hätte ihr Vater sie gefunden, sogar hier unten; und Richie hatte eine vage Vision, daß Patrick Hockstetter wieder lebendig geworden war, daß Patrick sie irgendwie überholt hatte), aber Richies Schrei – und seine Gewißheit – ließ Es für sie alle jene Gestalt annehmen, die Richie gesehen hatte – genauso wie damals im Haus auf der Neibolt Street.

Ein gigantisches Auge füllte den Tunnel aus; die glasige schwarze Pupille hatte einen Durchmesser von etwa sechzig Zentimeter, die Iris war schmutzig rotbraun. Das etwas vorgewölbte Weiße war mit roten Venen durchzogen, die gleichmäßig pulsierten. Es hatte weder ein Lid noch Wimpern – ein gallertartiges schreckliches Ding, das sich auf dünnen Tentakeln fortbewegte, die nach dem bröckligen Tunnelboden tasteten und sich hineingruben wie Finger, so daß im Schein von Bills zitternder Streichholzflamme der Eindruck entstand als wären dem Auge alptraumhafte Finger gewachsen, die es vorwärtszogen.

Es starrte sie mit fieberhafter Gier an... und dann erlosch das Streichholz.

Im Dunkeln spürte Bill, wie zwei dieser dünnen Tentakel über seine Fußknöckel, über seine Schienbeine streiften... aber er konnte sich nicht bewegen. Er war vor Entsetzen wie angefroren. Er fühlte, wie dieser kriechende Schrecken immer näher kam, er nahm wahr, daß Hitze davon ausging, er hörte das nasse Pulsieren der Membrane. Er stellte sich vor, daß die Tentakel sich bestimmt klebrig anfühlen würden, aber er konnte weder schreien noch sich bewegen. Sogar als neue Tentakel sich um seine Taille schlangen und ihn vorwärtszogen, brachte er keinen Laut heraus. Eine tödliche Schläfrigkeit schien seinen ganzen Körper befallen zu haben.

Beverly spürte, wie einer der Tentakel sich um ihre Ohrmuschel legte und sich plötzlich wie eine Schlinge eng zusammenzog. Ein heftiger Schmerz durchfuhr sie, und dann wurde sie vorwärtsgezogen, zappelnd und stöhnend, so als hätte eine alte Lehrerin die Geduld mit ihr verloren und zerrte sie am Ohr in die hintere Ecke des Klassenzimmers, wo sie auf einem Holzklotz Platz nehmen und eine Dummkopf-Kappe aufsetzen mußte. Stan und Richie versuchten auszuweichen, aber unzählige Tentakel sausten durch die Luft und glitten über ihre Körper. Ben legte einen Arm um Bev und versuchte sie zurückzureißen. Sie umklammerte seine Hände in panischem Schrecken.

»Ben... Ben, Es hat mich erwischt!«

»Nein... nein... warte, ich ziehe...«

Er zog mit aller Kraft, und Beverly schrie, weil der Schmerz an ihrem Ohr schier unerträglich wurde und es zu bluten begann. Ein trockener, harter Tentakel schabte an Bens Hemd entlang und schlang sich dann schmerzhaft fest um seine Schulter.

Bill erwachte aus seiner Erstarrung und streckte eine Hand aus; sie sank in etwas Klebriges, Nasses, Nachgiebiges ein. *Das Kriechende Auge!* schrie eine innere Stimme in ihm. *O Gott, meine Hand ist ins Auge geraten! O Gott! O lieber Gott, nein! Nein!*

Er begann zu kämpfen, aber die Tentakel zogen ihn unerbittlich vorwärts. Seine Hand verschwand im Kriechenden Auge, in dieser gierigen Hitze. Sein Unterarm. Bis zum Ellbogen war sein Arm nun schon im Auge versunken; jeden Moment würde nun auch sein übriger Körper mit dieser klebrigen Oberfläche in Berührung kommen, und er fühlte, daß er dann wahnsinnig werden würde. Er kämpfte verzweifelt, versuchte mit der freien Hand nach den Tentakeln zu schlagen.

Eddie hatte die erstickten Schreie und die Kampfgeräusche wie im Traum wahrgenommen. Er spürte rings um sich die Tentakel, aber bisher war noch keiner auf ihm gelandet. Seine Freunde – Mike ausgenommen – wurden unaufhaltsam in Richtung des Kriechenden Auges gezogen.

Renn nach Hause! riet sein Verstand ihm gebieterisch. *Renn nach Hause zu deiner Mama, Eddie! Du findest den Weg nach draußen!*

Bill schrie im Dunkeln – ein hoher, verzweifelter Laut, dem völlig unbeschreibliche Geräusche folgten: eine Art Sabbern, Saugen, Geifern.

Eddies Lähmung fiel mit einem Schlag von ihm ab – Es versuchte, Big Bill zu verschlingen!

»Nein!« brüllte Eddie – es war ein wildes Röhren, und niemand hätte gedacht, daß es aus Eddie Kaspbraks schmaler Brust kam –, Eddie Kaspbrak, der so zart und schwächlich war, der unter dem stärksten Asthma in ganz Derry litt. Es war ein barbarischer Wutschrei. Eddie stürzte vorwärts, sprang über tastende Tentakel hinweg, ohne sie zu sehen; sein gebrochener Arm schwang in der Schlinge hin und her, schlug ihm gegen die Brust. Er griff in seine Tasche und zog seinen Aspirator heraus.

(Säure genau so schmeckt es wie Säure Säure Batteriesäure)

Er prallte gegen Bills Rücken und stieß ihn beiseite – ein tiefes, gieriges Quäken ertönte, das Eddie nicht so sehr mit den Ohren hörte, als vielmehr im Geist wahrnahm. Er hob den Aspirator

(Säure das ist Säure wenn ich es so will also trink nur trink nur)

»Batteriesäure, im Arsch!« schrie Eddie und drückte eine Dosis ab. Gleichzeitig trat er nach dem Auge. Sein Fuß versank in der Gallerte seines Augapfels. Heiße Flüssigkeit quoll über seinen Fuß. Er zog den Fuß weg und merkte kaum, daß er einen Schuh verloren hatte.

»Verpiss dich! Mach dich alle, Kalle! Mach die Flatter, Gevatter! Zieh Leine! Verpiss dich!«

Er fühlte, wie Tentakel ihn berührten, aber nur zögernd, fast ängstlich. Er drückte wieder auf seinen Aspirator, attackierte das Auge mit ›Säure‹ und hörte im Geist wieder jenes Quäken... diesmal war es jedoch ein Schmerzenslaut, ein überraschtes Wimmern.

»*Kämpft!*« brüllte Eddie den anderen zu. »Es *ist nur ein saublödes Auge! Kämpft! Hört ihr mich? Bekämpf Es, Bill! Prügel die Scheiße aus* IHM raus! Herr im Himmel, ihr verdammten Memmen! Ich mache Es zu Hackfleisch, UND ICH HABE EINEN GEBROCHENEN ARM!«

Bill spürte plötzlich neue Kräfte in sich aufsteigen. Er riß seinen Arm aus dem Auge heraus – und schlug dann mit geballter Faust wieder zu. Einen Augenblick später war Ben neben ihm – er rannte direkt in das Auge hinein, grunzte angewidert und begann, Faustschläge auf die gallertartige, schwabbelige Oberfläche herabregnen zu lassen. »Laß sie los!« schrie er. »*Hörst du mich? Laß sie los! Verschwinde! Mach, daß du hier wegkommst!*«

»*Nur ein Auge! Nur ein saublödes Auge!*« brüllte Eddie völlig außer sich. Er drückte wieder auf seinen Aspirator und fühlte, wie Es zurückwich. Die Tentakel, die sich auf ihm niedergelassen hatten, fielen herab. »Richie! *Schnapp's dir! Es ist nichts weiter als ein Auge!*«

Richie stolperte vorwärts; er konnte selbst gar nicht glauben, daß er dazu imstande war, daß er sich wirklich und wahrhaftig dem schlimmsten, dem allerschrecklichsten Monster der ganzen Welt näherte. Aber er tat es.

Er schlug nur einmal ziemlich schwach zu, und das Gefühl, als seine Faust ins Kriechende Auge einsank – Es war zäh und naß und knorpelig – drehte ihm den Magen um. Er würgte, und der unglaubliche Gedanke, daß er auf das Auge gekotzt hatte, ließ es ihn gleich noch einmal tun. Er hatte nur ein einziges Mal zugeschlagen, aber nachdem er dieses spezielle Monster geschaffen hatte, war mehr vielleicht auch gar nicht notwendig. Plötzlich waren sämtliche Tentakel verschwunden. Sie hörten, wie Es sich zurückzog... und dann war nur noch Eddies Keuchen und Beverlys leises Weinen zu hören, die sich das blutende Ohr hielt.

Bill zündete eines der drei letzten Streichhölzer an, und sie starrten einander mit bleichen, vom Schock gezeichneten Gesichtern an. Von Bills linkem Arm tropfte eine trübe Flüssigkeit, die wie eine Mischung aus geronnenem Eiweiß und Schleim aussah. Blut floß auf Beverlys Hals, und Bens Wange wies eine frische Schnittwunde auf. Richie schob seine Brille hoch.

»S-S-Seid ihr alle in O-O-Ordnung?« fragte Bill heiser.

»Und *du*, Bill?« fragte Richie zurück.

»J-J-Ja.« Er drehte sich nach Eddie um und drückte ihn fest an sich. »Du h-hast mir das L-L-Leben gerettet, M-Mann.«

»Es hat meinen Schuh gefressen«, sagte Eddie, der sich über Bills Worte wahnsinnig freute, aber versuchte, es nicht zu zeigen. »Dieses hundsgemeine blöde Arschloch von Kriechendem Auge!«

»Es hat deinen *Schuh* gefressen!« rief Beverly und lachte hysterisch. »Ist das nicht furchtbar *schlimm*?«

»Ich kauf' dir ein neues Paar, wenn wir wieder draußen sind«, sagte Richie. Er klopfte Eddie anerkennend auf den Rücken. »Wie hast du das nur gemacht?«

»Ich habe Es mit der Asthmamedizin aus meinem Aspirator beschossen. So getan, als wäre es Säure. So schmeckt das Zeug nach 'ner Weile, wenn ich einen schlechten Tag habe und es oft inhalieren muß. Hat großartig funktioniert.«

»›Ich mache Hackfleisch aus ihm, UND ICH HABE EINEN GEBROCHENEN ARM!‹«, sagte Richie und kicherte hysterisch. »Nicht von schlechten Eltern, Eds. Ich will dir was sagen, sogar ziemlich oberaffengeil.«

»Ich kann es nicht leiden, wenn du mich Eds nennst.«

»Ich weiß«, sagte Richie und drückte ihn an sich, »aber jemand muß dich ja abhärten, Eds. Wenn du die wohlbehütete Eck-Zystens eines Kindes verläßt und erwachsen wirst, wirst du herausfinden, daß das Leben nicht immer, äh, nicht immer, äh, ein Honiglecken ist.«

Eddie fing kreischend an zu lachen. »Das ist die beschissenste Stimme, die ich je von dir gehört habe, Richie.«

»Laß bloß den Aspirator griffbereit«, sagte Beverly. »Vielleicht kannst du ihn noch mal gebrauchen.«

»Ihr habt Es nicht irgendwo gesehen?« fragte Mike. »Als das Streichholz brannte?«

»Es ist w-w-weg«, sagte Bill und fügte grimmig hinzu: »Aber w-wir m-m-müssen schon g-ganz in SEINER N-N-Nähe sein. In der N-Nähe SEINER W-W-Wohnung s-s-sozusagen. Und ich g-g-glaube, wir haben Es verw-wundet.«

»Henry ist immer noch hinter uns her«, sagte Stan mit leiser, heiserer Stimme. »Ich kann ihn hören.«

»Dann sollten wir lieber weitergehen«, meinte Ben.

Sie machten sich wieder auf den Weg. Der Tunnel führte stetig abwärts, und jener Geruch – jener undefinierbare, aber widerliche Gestank – wurde immer stärker. Von Zeit zu Zeit konnten sie Henry hinter sich hören, aber seine Drohungen und Schreie schienen jetzt weit entfernt und waren nicht mehr wichtig. Sie hatten jetzt alle ein Gefühl – ähnlich jenem, das sie im Haus auf der Neibolt Street verspürt hatten –, als wären

983

sie über den Rand der Welt hinausgegangen und befänden sich nun in einem seltsamen Nichts... aber gleichzeitig spürten sie deutlich, daß sie sich Derrys dunklem, verderbtem Herzen näherten.

Mike Hanlon kam es so vor, als fühle er jenen arhythmischen, kranken Herzschlag, als gingen sie nicht durch einen Tunnel, sondern durch eine Arterie, die direkt in jenes Herz hinein führte. Beverly hatte das Gefühl, als würde eine böse Macht um sie herum immer stärker, als versuche sie, sie zu umhüllen und von den anderen zu trennen, damit sie allein und verlassen zurückblieb. Nervös streckte sie beide Arme aus und griff nach Bills und Bens Händen. Es kam ihr so vor, als wären diese Hände viel zu weit entfernt gewesen, und sie rief nervös: »Reicht euch alle die Hände! Es ist so, als bewegten wir uns auseinander!«

Es war Stan, der als erster bemerkte, daß er wieder sehen konnte. Es war kein richtiges Licht, vielmehr ein schwacher, sonderbarer Glanz. Zuerst konnte er nur Hände erkennen – seine eigenen, die Bens und Mikes hielten. Dann stellte er fest, daß er die Knöpfe an Richies Westernhemd sehen konnte und auch den Captain- Midnight-Ring – einen billigen Ring aus einer Wundertüte –, den Eddie gern am kleinen Finger trug.

»Könnt ihr auch sehen?« fragte er und blieb stehen. Die anderen hielten ebenfalls an. Bill schaute sich um und stellte als erstes fest, daß er wirklich sehen konnte – zumindest ein bißchen –, und gleich darauf, daß der Tunnel sich ganz erstaunlich verbreitert hatte. Sie befanden sich jetzt in einem gekrümmten Raum, der so groß war wie der Sumner-Tunnel in Boston. Noch größer, verbesserte er sich gleich darauf, als er sich mit wachsender ehrfürchtiger Scheu einmal im Kreise drehte.

Auch die anderen blickten überrascht um sich und lehnten die Köpfe zurück, um die Decke sehen zu können, die jetzt mindestens fünfzehn Meter über ihnen war und auf dicken, gewundenen steinernen Strebepfeilern ruhte wie auf Rippenbögen. Zwischen ihnen hingen schmutzige, riesige Spinnweben herab. Der Boden war jetzt mit Steinen ausgelegt, aber mit einer so dicken Schmutzschicht bedeckt, daß ihre Schritte nicht anders klangen als bisher. Die gewölbten Wände waren gut und gern fünfzehn Meter voneinander entfernt.

»Die Typen von den Wasserwerken müssen hier unten wirklich total den Verstand verloren haben«, sagte Richie und kicherte nervös.

»Es sieht aus wie eine Kathedrale«, stellte Beverly leise fest.

»Woher kommt das Licht?« wollte Ben wissen.

»S-S-Sieht so aus, als k-käm's direkt aus den W-W-Wänden.«

»Es gefällt mir nicht«, bemerkte Stan dumpf. »Es erinnert mich an Leichenlichter.«

»G-G-Gehen wir. H-Henry wird s-s-sicher bald hier s-sein...«

Ein lauter, schmetternder Schrei zerriß die Stille, und gleich darauf das dumpfe Sausen von Vogelschwingen. Ein Schatten löste sich aus der Dunkelheit, ein Auge funkelte – das andere war erloschen.

»Der Vogel!« schrie Stan. »Paßt auf, es ist der Riesenvogel!«

ER/ES schoß auf sie herab wie ein Kampfflugzeug. Der orangefarbene Schnabel öffnete und schloß sich und enthüllte das pinkfarbene Mundinnere, das aussah wie der Plüsch eines Sargkissens.

Es hackte mit dem Schnabel nach Eddie.

Eddie spürte, wie Schmerz sich über seine ganze Schulter ausbreitete. Warmes Blut floß ihm über die Brust, und er schrie auf, als der Luftzug von SEINEN schlagenden Flügeln ihm stinkende Tunnelluft ins Gesicht blies. Es machte kehrt und kam wieder auf Eddie zugeflogen; SEIN eines Auge funkelte bösartig, rollte in SEINER Höhle. SEINE Krallen wollten Eddie packen, der sich schreiend duckte. Sie rissen ihm das Hemd am Rücken auf und überzogen seine Schulterblätter mit scharlachroten Linien. Eddie schrie und versuchte wegzukriechen – aber der Riesenvogel hatte es offensichtlich auf ihn abgesehen.

Mike wühlte in seiner Hosentasche und zog ein Taschenmesser heraus. Er klappte die Klinge auf, und als der Vogel wieder auf Eddie herabschoß, stürzte er vor und führte einen raschen Schnitt quer über eine der Klauen. Blut floß aus der tiefen Wunde. Der Vogel flog empor, legte dann SEINE Flügel an und sauste auf sie zu wie eine Kugel. Mike ließ sich im letzten Moment zu Boden fallen, während er gleichzeitig mit dem Messer zustieß. Er verfehlte den Vogel jedoch, und SEINE Kralle schlug mit solcher Kraft gegen sein Handgelenk, daß sein Unterarm und seine Hand völlig taub wurden. Der blaue Fleck breitete sich später fast bis zum Ellbogen aus. Das Messer flog ihm aus der Hand.

Der Vogel kreischte triumphierend und setzte erneut zum Angriff an. Mike warf sich über Eddie und rechnete mit dem Schlimmsten.

Stan ging auf die beiden am Boden übereinanderliegenden Jungen zu, als der Vogel mit rauschendem Flügelschlag zu diesem neuen Angriff ansetzte. Dann blieb er stehen, klein und trotz des Schmutzes auf Armen, Händen und Kleidern seltsam adrett, und plötzlich breitete er in eigenartiger Weise die Hände aus – die Handflächen nach oben, die Finger nach unten. Der Riesenvogel stieß wieder einen Schrei aus und schwenkte von Eddie und Mike ab, nahm Stan aufs Korn und verfehlte ihn nur um wenige Zentimeter; seine Haare flatterten von SEINEM heftigen Flügelschlag. Er drehte sich auf der Stelle um sich selbst und beobachtete, wie der Vogel wieder kehrtmachte und auf ihn zugeflogen kam.

»Ich glaube an scharlachrote Tangaren, obwohl ich nie welche gesehen habe«, sagte er mit tiefer, sicherer Stimme. Der Vogel schrie und wich zurück, als hätte Stan auf IHN geschossen. »Dasselbe gilt von Geiern und den Schmutzfinken Neuguineas und den Flamingos Brasiliens.« Der Vogel kreischte, beschrieb einen Kreis und flog plötzlich in den Tunnel hinein. »*Ich glaube an den goldenen kahlen Adler!*« schrie Stan ihm hinterher. »*Und ich glaube, daß es irgendwo vielleicht wirklich einen Phönix geben könnte! Aber an dich glaube ich nicht, also verschwinde und laß dich nicht wieder hier blicken! Hit the road, Jack!*«

Er verstummte, und tiefe Stille trat ein.

Dann gingen Bill, Ben und Beverly zu Mike und Eddie; sie halfen Eddie aufzustehen, und Bill schaute sich seine Kratzwunden an. »N-N-Nicht t-tief«, stellte er fest. »Aber ich w-w-wette, daß sie h-höllisch b-b-b-brennen.«

»Es hat mein Hemd zerrissen, Big Bill«, klagte Eddie. Auf seinen Wangen schimmerten Tränen, und sein Atem ging pfeifend. Von der barbarisch brüllenden Stimme war nichts mehr übrig, und es fiel schwer zu glauben, daß es sie jemals gegeben hatte. »Was soll ich nur meiner Mutter sagen?«

Bill lächelte ein wenig. »Darüber können wir uns immer noch den Kopf zerbrechen, wenn wir erst einmal wieder draußen sind. *Falls* wir jemals hier herauskommen. Komm, benutz am besten mal deinen Aspirator, Eddie.«

Eddie inhalierte tief und schnaubte dann.

»Das war toll, Mann«, sagte Richie zu Stan. »Das war einfach *fantastisch!*«

Ein heftiger Schauder überlief Stan. »Es gibt keinen solchen Vogel, das ist alles. Es hat ihn nie gegeben, und es wird ihn auch nie geben.«

»*Wir kommen!*« schrie Henry irgendwo hinter ihnen. Seine Stimme war die eines total Wahnsinnigen. Er lachte und heulte, wie irgendein der Hölle entstiegenes Wesen. »*Ich und Belch! Wir kommen, und wir werden euch kleine Drecksäue schon noch erwischen! Ihr könnt uns nicht entwischen!*«

Bill brüllte: »M-Macht lieber, daß ihr h-hier r-r-r-rauskommt, Henry! Solange ihr noch k-k-könnt!«

Henrys Antwort bestand aus einem hohlen, unartikulierten Schrei. Sie hörten laute, rennende Schritte, und plötzlich schoß Bill eine Erkenntnis durch den Kopf: Er begriff, weshalb Es Henry als Werkzeug benutzte! Er war real, ihn konnte man nicht durch intensives Wünschen oder durch jene primitive Kindermagie aufhalten, die sie, wenn vielleicht auch ungeschickt, angewandt hatten.

»K-K-Kommt«, sagte er zu den anderen. »Wir m-m-müssen einen Vorsprung vor ihnen b-b-behalten.«

Sie faßten sich wieder an den Händen und gingen weiter. Das Licht wurde heller, der Tunnel noch größer. Er führte weiterhin nach unten, aber seine Decke schien immer höher zu werden, bis sie kaum noch zu sehen war. Sie hatten jetzt den Eindruck, als befänden sie sich überhaupt nicht mehr in einem Tunnel, sondern in einem riesigen unterirdischen Hofraum, der Auffahrt zu einem Schloß von ungeheuren Ausmaßen. Das Licht aus den Wänden war zu einem fließenden grünen und gelben Feuer geworden. Jener Geruch wurde noch stärker, und sie nahmen nun eine Vibration wahr, die vielleicht real, vielleicht aber auch nur in ihren Köpfen vorhanden war... ein telepathisches Signal. Es war gleichmäßig und rhythmisch.

Es war das Pochen eines Herzens.

»Da vorne endet der Weg!« rief Beverly. »Seht nur! Da ist eine blanke Wand!«

Aber als sie näher kamen – klein wie Ameisen auf diesem riesigen Fußboden aus schmutzigen Steinfliesen, von denen jede größer zu sein schien als der ganze Bassey-Park –, sahen sie, daß das doch nicht der Fall war. In der Wand befand sich eine einzige Tür. Und obwohl die Wand etliche Meter emporragte, war die Tür sehr klein. Sie war höchstens einen Meter hoch, eine Tür wie aus einem Märchenbuch; sie bestand aus stabilen Eichenbrettern, die durch x-förmig angeordnete Eisenbeschläge verstärkt waren. Es war – das erkannten sie alle auf den ersten Blick – eine Tür für ein Kind.

Ben hörte im Geiste wieder die Bibliothekarin, die den Kleinen vorlas: *Wer trippelt und trappelt da über meine Brücke?* Die Kinder beugten sich gespannt vor, und in ihren Augen spiegelte sich die uralte Faszination: Wird das Ungeheuer besiegt werden... oder wird es die Guten auffressen?

An der Tür war ein Zeichen, und darunter lag ein Haufen Knochen. Kleine Knochen. Knochen von Kindern. Gott allein mochte wissen, von wie vielen.

Sie waren vor Seiner Behausung angelangt.

Das Zeichen an der Tür – was stellte es dar?

Bill sah darin ein Papierboot.

Stan glaubte einen zum Himmel emporsteigenden Vogel zu erkennen – vielleicht einen Phönix.

Für Michael war es ein kapuzenverhülltes Gesicht – wenn er es sehen könnte, dachte er, würde es sich als das Gesicht des verrückten Butch Bowers herausstellen.

Richie sah zwei Augen hinter einer Brille.

Beverly sah eine zur Faust geballte zuschlagende Hand.

Eddie glaubte, es wäre das Gesicht des Aussätzigen, mit tief eingesunkenen Augen und faltigem Mund – alle Leiden, alle Krankheiten waren diesem Gesicht eingeprägt.

Und Ben Hanscom sah in dem Zeichen einen wirren Haufen Bandagen – wie man sie von einer uralten Mumie abwickeln mag.

Als Henry Bowers später ganz allein vor derselben Tür stand, während Belchs Schreie noch in seinen Ohren dröhnten, sah er darin den Mond, voll und reif... aber schwarz umrandet.

»Ich habe Angst, Bill«, sagte Ben mit schwankender Stimme. »Müssen wir wirklich?«

Bill berührte die Knochen mit den Zehenspitzen, und plötzlich trat er heftig nach ihnen, so daß sie klappernd in alle Richtungen flogen. Auch er hatte Angst... aber da war George.

George und all die anderen – jene, die hierhergebracht worden waren, jene, die vielleicht noch hierhergebracht würden, jene, die einfach an verschiedenen anderen Orten liegengelassen worden waren und dort verwesten.

»Wir müssen«, sagte Bill.

»Und was, wenn die Tür verschlossen ist?« fragte Beverly mit dünner Stimme.

»Sie ist nicht verschlossen«, erwiderte Bill. »Plätze wie dieser sind nie verschlossen.« Er legte die steifen Finger der rechten Hand auf die Tür und drückte dagegen. Sie flog auf, und sie wurden von zuckendem, strudelndem, unheimlichem gelbgrünem Licht überflutet. Und da war auch wieder jener Geruch wie im Zoo, aber jetzt unglaublich stark, unglaublich mächtig.

Nacheinander betraten sie durch die Märchentür SEINE Behausung. Bill

7.

In den Tunnels, 4.59 Uhr

blieb so abrupt stehen, daß die anderen aufeinanderprallten wie Autos auf einem Güterzug, der plötzlich eine Notbremsung machen muß. »Was ist los?« rief Ben.

»H-Hier war es«, sagte Bill. »Das K-K-Kriechende Auge. W-Wißt ihr noch?«

»Und ob«, sagte Richie grimmig. »Eddie hat Es mit seinem Aspirator vertrieben. Indem er so getan hat, als wäre Säure drin. Er hat irgendwas gesagt. Oberaffengeil, aber ich weiß nicht mehr, was es war.«

»Das macht nichts. W-Wir werden n-n-nichts sehen, was wir d-damals gesehen haben«, sagte Bill. Er zündete ein Streichholz an und betrachtete seine Freunde. Ihre Gesichter leuchteten im Schein der Flamme und sahen irgendwie geheimnisvoll aus. Und sehr jung. »Wie geht's euch?«

»Uns geht's gut, Big Bill«, antwortete Eddie, aber sein Gesicht war schmerzverzerrt, und die Behelfsschiene, die Bill ihm angelegt hatte, hatte sich bedenklich gelockert. »Wie geht es *dir*?«

»Mit mir ist alles in Ordnung«, versicherte Bill und machte rasch das Streichholz aus, damit sein Gesicht ihnen nicht etwas ganz anderes verraten konnte.

»Wie ist das nur passiert?« fragte Beverly und berührte im Dunkeln seinen Arm. »Bill, wie konnte sie...«

»W-W-Weil ich den N-Namen der Stadt erw-w-wähnt habe«, sagte er. »S-Sie muß mir g-g-gefolgt sein. Sch-Sch-Schon als ich es ihr erzählte, s-s-sagte mir eine innere Sch-Stimme, l-l-l-lieber den M-Mund zu halten. A-Aber ich habe n-n-nicht darauf gehört.« Er schüttelte hilflos den Kopf. »Doch ich b-b-begreife nicht, wie s-sie hierher gekommen ist. W-Wenn Henry sie nicht hergebracht hat – wer dann?«

»Es«, schlug Ben vor. »Wir wissen ja, daß Es nicht unbedingt schlecht oder abstoßend aussehen muß. Es ist vielleicht aufgekreuzt und hat ihr erzählt, du seist in Schwierigkeiten. Und dann hat Es sie hergebracht, um... um dich verrückt zu machen, nehme ich an. Um dir deine Führerrolle unmöglich zu machen.«

»Tom?« sagte Beverly leise, fast amüsiert.

»W-W-Wer?« Bill zündete ein neues Streichholz an.

Sie sah ihn mit einer Art verzweifelter Aufrichtigkeit an. »Tom. Mein Mann. Er wußte, wo ich bin. Zumindest habe ich ihm gegenüber den Namen der Stadt erwähnt, so wie du ihn Audra gegenüber erwähnt hast. Ich... ich weiß nicht, ob er ihm im Gedächtnis geblieben ist oder nicht. Er hatte in jenem Moment eine Mordswut auf mich.«

»Du lieber Himmel, das hört sich für mich aber nach ein bißchen zuviel Zufällen an«, sagte Richie zweifelnd.

»Nichts von alldem ist blinder Zufall«, widersprach Ben niedergeschlagen. »Bev ist hingegangen und hat Henry Bowers geheiratet. Und jetzt ist er zurückgekommen.«

»Nein«, sagte Bev ruhig, während Bill das Streichholz ausblies. »Ich habe nicht Henry geheiratet. Ich habe meinen Vater geheiratet. Ich... ich nehme an, daß ich schließlich beschlossen hatte, ihn feststellen zu lassen, ob ich noch unberührt war oder nicht.«

»Was?«

»Ach, nichts. Es spielt keine Rolle.«

»K-K-Kommt her«, sagte Bill. »R-Reicht euch die H-H-Hände.«

Sie taten es. Bill tastete nach Eddies heiler Hand und nach einer von Richies Händen. Gleich darauf standen sie im Kreis und hielten sich bei den Händen wie schon einmal vor langer Zeit, als sie noch zu siebt und nicht zu fünft gewesen waren. Eddie spürte, daß jemand ihm einen Arm um die Schultern legte, und es war ein tröstliches und irgendwie sehr vertrautes Gefühl.

Bill spürte jene Kraft, jene Macht, an die er sich von damals noch erinnerte, aber er erkannte verzweifelt, daß sich *wirklich* einiges verändert hatte. Die von ihnen ausgehende Macht war nicht einmal annähernd so stark – sie flackerte und zitterte wie eine Kerzenflamme im Luftzug. Die Dunkelheit schien undurchdringlicher und näher zu sein – direkt triumphierend. Und er konnte Es riechen. *Diesen Tunnel hinab*, dachte er, *und dann ist es nicht mehr allzuweit bis zu jener Tür mit dem Zeichen. Was war hinter jener Tür? Das ist das einzige, woran ich mich immer noch nicht erinnern kann. Ich erinnere mich, daß ich meine Finger versteift habe, damit sie nicht zitterten, und ich erinnere mich, die Tür aufgestoßen zu haben. Wenn ich mich sehr anstrenge, kann ich mich sogar an den Lichtstrom erinnern, der herausflutete, und daß dieses Licht fast lebendig zu sein schien, so als wäre es nicht einfach Licht, sondern zuckende, fluoreszierende Schlangen. Ich erinnere mich an den Geruch, wie im Affenhaus eines großen Zoos, nur noch schlimmer. Und dann... nichts.*

»Erinnert sich jemand v-von euch daran, w-w-was Es nun letztlich war?«

»Nein«, sagte Eddie.

»Ich glaube...«, begann Richie, und dann konnte Bill sich lebhaft vorstellen, wie er im Dunkeln den Kopf schüttelte. »Nein.«

»Nein«, sagte Beverly.

»Nein«, sagte Ben. »Dies ist das einzige, woran ich mich immer

990

noch nicht erinnern kann. Was Es war... oder wie wir Es bekämpften.«

»Wir haben Chüd angewandt«, sagte Beverly. »Aber ich erinnere mich nicht, was das bedeutet.«

»Steht mir bei«, sagte Bill, »und ich w-w-werde euch b-b-beistehen.«

»Bill«, sagte Ben sehr ruhig. »Etwas kommt auf uns zu.«

Bill lauschte. Er hörte schlurfende, stolpernde Schritte, die sich ihnen im Dunkeln näherten... und er hatte Angst.

»Audra?« rief er... und wußte dabei schon, daß sie es nicht war.

Keine Antwort. Das schlurfende, stolpernde Etwas kam immer näher. Bill zündete ein Streichholz an.

8.

Derry, 5.00 Uhr

Das erste ungewöhnliche Geschehen in Derry ereignete sich an diesem Frühlingstag 1985 genau zwei Minuten vor dem offiziellen Sonnenaufgang. Um zu verstehen, wie außergewöhnlich es war, mußte man zwei Tatsachen kennen, die Mike Hanlon bekannt waren (der in tiefer Bewußtlosigkeit im Krankenhaus lag, als die Sonne aufging), und die beide die Grace Baptist Church betrafen, die seit 1897 an der Ecke Witcham Street und Jackson Street stand. Ihr Kirchturm endete – wie alle protestantischen Kirchtürme in Neuengland – in einer wunderschönen weißen nadelförmigen Spitze. Auf allen vier Seiten des Kirchturms waren Zifferblätter angebracht, und die Uhr selbst war im Jahre 1898 in der Schweiz hergestellt und mit dem Schiff nach Amerika gebracht worden.

Stephen Bowie, ein Holz-, Papier- und Landbaron, der am West Broadway wohnte, schenkte die Uhr – die einschließlich Schiffsfracht mehr als 17 000 Dollar gekostet hatte – der Kirche. Bowie konnte sich das gut leisten, und er war ein sehr frommer Kirchgänger, der 40 Jahre lang als Diakon diente (gleichzeitig war er mehrere Jahre lang auch Vorsitzender der Ortsgruppe Derry der ›Maine Legion of White Decency‹). Außerdem war er bekannt für seine frommen Laienpredigten am Muttertag – den er stets ehrerbietig als Mutter-Sonntag bezeichnete – und am Patriot's Day.

Vom Zeitpunkt ihres Einbaus an bis zum frühen Morgen des 31. Mai 1985 war diese Uhr immer sehr genau gegangen und hatte getreulich jede volle und halbe Stunde geschlagen – mit zwei Ausnahmen. Nach der Explosion der Kitchener-Eisenhütte hatte sie um 12 Uhr mittags nicht geschlagen; sie war bis halb eins stumm geblieben, hatte dann einmal geschlagen und auch zur vollen Stunde ganz korrekt einmal. Die Einwohner von Derry glaubten, daß Reverend Jollyn das Schlagwerk der Uhr um zehn angehalten hatte, zum Zeichen, daß die Kirche um die toten Kinder trauerte, und Jollyn ließ sie in diesem Glauben, obwohl er es besser wußte. Er hatte die Uhr nicht angehalten. Sie hatte einfach nicht geschlagen.

Und sie schlug wieder nicht um fünf Uhr morgens am 31. Mai 1985.

In diesem Augenblick öffneten überall in Derry alte Menschen ihre Augen und setzten sich in den Betten auf. Ohne ersichtlichen Grund waren sie verstört. Arzneimittel wurden geschluckt, Zahnprothesen eingesetzt, Pfeifen und Zigarren angezündet.

Die Alten waren plötzlich auf der Hut.

Einer von ihnen war der über neunzigjährige Norbert Keene. Er hinkte ans Fenster und betrachtete den Himmel, der sich sehr schnell verdunkelte. Der Wetterbericht hatte am Vorabend schönes, klares Wetter für diesen Tag gemeldet, aber seine Knochen sagten ihm, daß es regnen würde, und zwar heftig. Er war tief im Innern beunruhigt; er fühlte sich auf unerklärliche Weise bedroht, so als dringe ein Gift unaufhaltsam in Richtung seines Herzens vor. Ihm fiel plötzlich jener Tag wieder ein, als die Bradley-Bande unvorsichtigerweise ihren Einzug in Derry gehalten hatte und unversehens mit 75 Pistolen und Gewehren konfrontiert worden war. Nach solcher Arbeit war einem Mann irgendwie warm ums Herz, und er fühlte sich auf angenehme Art träge, so als sei alles – nun ja, *bestätigt* worden. Er konnte es nicht besser ausdrücken. Nach solcher Arbeit fühlte ein Mann sich so, als könnte er ewig leben, und Norbert Keene war inzwischen verdammt nahe dran. Am 24. Juni würde er 96 werden, und er ging immer noch jeden Tag drei Meilen spazieren. Aber jetzt stieg eigenartigerweise plötzlich Angst in ihm auf.

»Jene Kinder«, murmelte er, ohne es zu wissen, vor sich hin, während er aus dem Fenster blickte. »Was treiben jene verdammten Kinder nur? Womit spielen sie jetzt wieder leichtsinnig herum?«

Egbert Thoroughgood, 99 Jahre alt, der im ›Silver Dollar‹ gewesen war, als Claude Heroux mit seiner Axt aus vier Männern Kleinholz gemacht hatte, erwachte im selben Moment, setzte sich auf und stieß einen heiseren Schrei aus, den niemand hörte. Er hatte von Claude geträumt, nur hatte Claude es auf *ihn* abgesehen gehabt, und die Axt war herniedergesaust, und gleich darauf hatte Thoroughgood seine eigene abgetrennte Hand auf der Theke zucken sehen.

Etwas stimmt nicht, dachte er verworren und zitterte vor Angst am ganzen Leibe. *Etwas Schreckliches ist im Gange. Ich habe das Gefühl, als würde alles zerfallen. Warum? Was stimmt nicht?*

Dave Gardener, der im Oktober 1957 George Denbroughs verstümmelte Leiche entdeckt hatte, öffnete genau um 5 Uhr seine Augen und dachte, noch bevor er auf die Uhr auf der Kommode schaute: *Die Uhr von Grace Church hat nicht geschlagen... was ist los?* Er verspürte große, undefinierbare Angst. Dave hatte es in all den Jahren zu finanziellem Wohlstand gebracht; 1965 hatte er das ›Shoe-Boat‹ gekauft, und inzwischen gab es ein zweites ›Shoe-Boat‹ im Einkaufszentrum von Derry und ein drittes in Bangor. Plötzlich schienen all diese Dinge, für die er sein Leben lang gearbeitet hatte, in Gefahr zu sein. *Wodurch?* fragte er sich, während er seine schlafende Frau betrachtete. *Wodurch? Warum bist du auf einmal so verdammt ängstlich, nur weil diese Uhr nicht geschlagen hat?* Aber er wußte darauf keine Antwort.

Er stand auf und ging zum Fenster, wobei er seine Pyjamahose hochzog. Wolken jagten von Westen her über den Himmel, und Daves Unruhe nahm zu. Zum erstenmal seit sehr langer Zeit dachte er an jene Schreie, die ihn vor über 27 Jahren auf seine Veranda hatten stürzen lassen, dachte er an jene zuckende Kindergestalt im gelben Regenmantel. Er betrachtete die heranziehenden Wolkenmassen und dachte: *Wir sind in Gefahr. Wir alle. Ganz Derry.*

Chief Andrew Rademacher, der aufrichtig davon überzeugt war, sein Bestes getan zu haben, um die neue Serie von Kindermorden in Derry aufzuklären, stand auf der Veranda seines Hauses, die Daumen unter seinen Gürtel geschoben, blickte zu den Wolken empor und verspürte die gleiche Unruhe. *Etwas zieht sich zusammen. Sieht ganz nach einem heftigen Wolkenbruch aus. Aber das ist noch lange nicht alles.* Er schauderte... und während er noch auf der Veranda stand und der Duft des Specks, den seine Frau briet, ihm in die Nase stieg, fielen die ersten schweren Regentropfen auf den Gehweg vor seinem hübschen Haus in der Reynolds Street, und irgendwo am Horizont über dem Bassey Park donnerte es.

Rademacher schauderte wieder.

9.

George, 15.01

Bill hielt das Streichholz hoch... und stieß einen langen, zittrigen, verzweifelten Schrei aus.

Georgie schwankte durch den Tunnel auf ihn zu, in seinem blutbefleckten gelben Regenmantel. Ein Ärmel baumelte an ihm schlaff und nutzlos herunter. Georgies Gesicht war schneeweiß, und seine Augen funkelten silbrig. Er starrte Bill in die Augen.

»*Mein Boot!*« Georges verlorene, verdammte Stimme hallte laut durch den Tunnel. »*Ich kann es nicht finden, Bill, ich habe überall danach gesucht, und ich kann es nicht finden, und jetzt bin ich tot, und es ist deine Schuld, deine Schuld,* DEINE SCHULD...«

»G-G-G-Georgie!« kreischte Bill am Rande des Wahnsinns.

George stolperte taumelnd auf ihn zu, und nun erhob er seinen einzigen Arm gegen Bill, die weiße Hand zur Klaue gekrümmt. Die Fingernägel waren lang, schmutzig und krallenartig.

»*Deine Schuld!*« flüsterte George grinsend. Er hatte jetzt richtige Fangzähne, die sich langsam öffneten und schlossen wie die Zähne einer Bärenfalle. »*Du hast mich rausgeschickt, und es ist alles... deine... Schuld!*«

»N-N-Nein, Georgie!« schrie Bill. »N-Nein. Ich w-w-w-wußte nicht...«

»*Ich bringe dich um!*« rief George, und eine Mischung hundeartiger Laute kam aus seinem Mund mit den Fangzähnen: Jaulen, Kläffen, Heulen. Eine Art Gelächter. Bill konnte ihn jetzt riechen, nahm den Verwesungsgestank seines Bruders George wahr. Es war ein Kellergestank, feucht und intensiv, irgendwie vital – der Geruch eines schrecklichen Monsters mit gelben Augen, das in der Ecke hockt und nur darauf lauert, einem kleinen Jungen die Eingeweide aus dem Leib zu reißen.

Georges Zähne schnappten zusammen, als schlügen Billardkugeln aneinander. Gelber Eiter begann aus seinen Augen zu sickern und ihm über die Wangen zu rinnen... und dann ging das Streichholz aus.

Bill spürte, wie seine Freunde verschwanden – sie rannten weg, *natürlich* rannten sie weg und ließen ihn allein. Sie distanzierten sich von ihm, sie wollten nichts mehr mit ihm zu tun haben, so wie auch seine Eltern ihn geschnitten hatten, weil Georgie recht hatte: Alles war seine Schuld gewesen. Bald würde diese einzige Hand ihn an der Kehle packen, bald würden diese Fangzähne ihn zerfleischen, und das würde richtig sein: Er hatte Georgie in den Tod getrieben, und er hatte sein ganzes Leben als Erwachsener damit verbracht, über den Schrecken dieses Verrats zu schreiben – oh, er hatte dieses Thema in verschiedenster Weise abgehandelt, es immer neu verkleidet, ihm immer wieder ein neues Gesicht gegeben – so wie Es für ihn und seine Freunde immer wieder neue Gesichter, neue Masken und Verkleidungen aufgesetzt hatte – aber im Grunde genommen hatte es immer nur George gegeben, der mit seinem paraffinüberzogenen Papierboot in den nachlassenden Regen hinausrannte. Und nun hatte endlich die Stunde der Sühne geschlagen.

»Du verdienst den Tod, weil du mich umgebracht hast«, flüsterte George. Er war jetzt nahe... ganz nahe. Bill schloß die Augen. Es stimmte.

Dann flammte plötzlich ein gelbes Licht auf, und er sah, daß Richie ein Streichholz hochhielt. »Bekämpf Es, Bill!« schrie Richie. »Um Gottes willen, bekämpf Es!«

Was macht ihr denn hier? Er sah sie fassungslos an. Sie waren also doch nicht weggerannt. Wie war das nur möglich? Wie konnte das sein, nachdem sie doch gesehen hatten, auf welch gemeine, hinterhältige Weise er seinen eigenen Bruder umgebracht hatte?

»Bekämpf Es!« schrie nun auch Beverly. »O Bill, du mußt Es bekämpfen! Dieses Monster kannst nur *du* bekämpfen! Bitte, um Gottes willen...«

George war jetzt weniger als eineinhalb Meter entfernt. Er streckte Bill plötzlich die Zunge heraus. Sie war schwarz, und weiße Pilze wucherten darauf. Bill schrie wieder auf.

»Töte Es, Bill!« rief Eddie. »Das ist nicht dein Bruder! Töte Es, solange Es klein ist. TÖTE ES JETZT GLEICH!«

George richtete den Blick seiner leuchtend silbrigen Augen für einen Moment auf Eddie, und Eddie taumelte rückwärts und prallte gegen die Wand, so als hätte ihm jemand einen heftigen Stoß versetzt. Bill stand da wie hypnotisiert und beobachtete, wie sein Bruder auf ihn zukam; da war George wieder, nach all den vielen Jahren, George stand am Ende von allem, wie er auch am Anfang gestanden hatte, o ja, und er hörte das leise Knistern von Georges gelbem Regenmantel bei jeder Bewegung, er hörte das Klirren der Schnallen, mit denen der Mantel vorne geschlossen wurde, und er nahm einen Geruch wie den vermodernder nasser Blätter wahr, so als bestünde Georges Körper unter dem Regenmantel aus nassem, schwarzem Herbstlaub, als wären die Füße in Georges Gummistiefeln Blätter-Füße – ja, ein Blätter-Mensch, das war es, das war George, er war ein verfaultes Ballongesicht und ein Körper aus welken Blättern, wie sie manchmal nach heftigen Regenfällen die Gullys verstopfen. Alles war in Ordnung. George würde ihn umbringen, er würde seine Schuld endlich sühnen können.

(und der Schrecken wird weitergehen, es wird immer neue tote Kinder geben, und der Mann auf der Veranda hatte Bev gehört, wie sie um Hilfe schrie, und hatte seine Zeitung gefaltet und war ins Haus gegangen)
Wie von Ferne hörte er Beverly kreischen.
(er schlägt die Faust)
»Bill, bitte, Bill...«
(hernieder doch sieht lange er)

»Wir werden gemeinsam nach meinem Boot suchen«, sagte George. Dicker, gelber, klebriger Eiter floß ihm über die Wangen wie Tränen. Er streckte seine weiße, gekrümmte Hand nach Bill aus. Wasser tropfte von ihr herab. Er legte den Kopf zur Seite und bleckte seine Fangzähne.

(die Geister noch die Geister noch DIE GEISTER)

»*Wir werden es finden*«, sagte George, und Bill roch seinen Atem, es war ein Geruch wie der überfahrener Tiere, die mit heraushängenden Eingeweiden auf dem Highway liegen. Als George den Mund aufriß, konnte Bill sehen, daß dort drinnen Gewürm herumkroch. »Es ist immer noch hier unten, alles schwebt hier unten, alles schwimmt und schwebt, und auch wir werden schweben, Bill, wir alle werden schweben...«

Georges fischbauchweiße Hand packte Bill an der Kehle.

(DIE GEISTER NOCH DIE GEISTER NOCH DIE GEISTER)

Georges verzerrtes Gesicht schoß auf Bills Kehle zu.

»*...schweben...*«

»Er schlägt die Faust hernieder doch!« brüllte Bill plötzlich. Seine Stimme war sehr tief und hörte sich überhaupt nicht wie seine eigene Stimme an, und Richie fiel blitzartig ein, daß Bill nur in seiner eigenen Stimme stotterte: Wenn er so tat, als wäre er jemand anders, stotterte er *nie*.

George stieß ein Zischen aus, wich etwas zurück und hielt sich abwehrend die Hand vors Gesicht.

»Das ist es!« rief Richie. »Du hast Es getroffen, Bill! Weiter so! Mach weiter! Bring Es zur Strecke!«

»Er schlägt die Faust hernieder, doch sieht lange er die Geister noch!« donnerte Bill und ging auf das George-Wesen zu. »Du bist aber nicht einmal ein Geist! Du bist nicht Georges Geist! George weiß, daß ich seinen Tod nicht wollte! Meine Eltern hatten unrecht! Sie haben es mich büßen lassen, *und das war falsch*! Hörst du mich?«

Das George-Wesen drehte sich abrupt um und begann wie eine Ratte zu quieken. Es zerlief unter dem gelben Regenmantel. Der Regenmantel selbst schien in gelben Klecksen zu zerlaufen. Er verlor seine Form, löste sich allmählich auf.

»*Er schlägt die Faust hernieder, doch, du Hundesohn!*« brüllte Bill Denbrough, »*sieht lange er die Geister noch...!*« Er sprang auf Es zu, und seine Finger gruben sich in den gelben Regenmantel, der kein Regenmantel mehr war. Was er zu packen bekam, fühlte sich wie ein warmer Rahmbonbon an, der ihm zwischen den Fingern zerschmolz. Dann schrie Richie auf, weil das flackernde Streichholz ihm die Finger verbrannt hatte, und sie wurden wieder von Dunkelheit umhüllt.

Bill spürte, wie ihm etwas in die Kehle stieg, etwas Heißes und Erstikkendes, etwas so Schmerzhaftes wie Brennesseln. Er ließ sich auf den Boden fallen, zog seine Knie bis ans Kinn hoch und hoffte, daß das den Schmerz lindern würde; er war jetzt dankbar für die Dunkelheit, dankbar, daß die anderen seine Qual nicht sehen konnten.

Er hörte, daß sich ein Laut seiner Kehle entrang – ein hohes, zitterndes Stöhnen. Dann ein zweites, ein drittes. »George!« rief er. »George, es tut mir leid! Ich wollte wirklich nicht, daß dir etwas Schlimmes zustößt!«

Vielleicht gab es noch mehr zu sagen, aber er konnte es nicht sagen. Er brach in lautes Schluchzen aus, auf dem Rücken liegend, einen Arm über die Augen gelegt; er erinnerte sich an das Boot, erinnerte sich an das Klopfen des Regens gegen die Fensterscheiben, erinnerte sich an die Arzneimittel und die Taschentücher auf dem Nachttisch, an sein leichtes Kopfweh und Fieber, aber am besten erinnerte er sich an George, an George und an all den Schmerz, den zu bewältigen und zu artikulieren ihm niemand geholfen hatte; und er erinnerte sich an seine Schuldgefühle, die niemand hinter dem Symptom seines immer schlimmer werdenden Stotterns erkannt hatte, er erinnerte sich an die Einsamkeit und an die Angst und an die Gewissensbisse. Das alles war jetzt in diesem Feuerball des Schmerzes in seiner Brust und Kehle, in diesen Brennesseln, die letztlich alle nichts anderes waren als Variationen eines einzigen Bildes, das sich mit grausamer Eindringlichkeit in sein Gedächtnis eingebrannt hatte – sein Bruder Georgie im gelben Regenmantel mit Kapuze.

»Georgie, es tut mir leid!« rief er wieder durch seine Tränen hindurch. Sein herzzerreißendes Schluchzen stieg aus tiefster Seele auf. »Es tut mir leid, es tut mir leid, bitte, es tut mir ja so Leid...«

Und dann waren sie um ihn herum, seine Freunde, und niemand zündete ein Streichholz an, und jemand hielt ihn in den Armen, er wußte nicht wer, vielleicht Beverly, vielleicht auch Ben oder Richie. Sie waren bei ihm, und für diese kurze Zeit kam die Dunkelheit ihm tröstlich vor.

10.

Derry 5.30 Uhr

Gegen 5.30 Uhr morgens regnete es stark. Die Meteorologen der Rundfunksender in Bangor brachten ihr Bedauern darüber zum Ausdruck, daß ihre Wettervorhersagen vom Vortag die Leute zu Picknicks und Partys im Freien verleitet hatten, die jetzt abgesagt werden mußten; sie waren gezwungen, wieder einmal zuzugeben, daß sie das Wetter doch nicht so im Griff hatten. Sie wiesen darauf hin, daß sich die Wetterzonen im Penobscot Valley mit verblüffender Schnelligkeit verändern konnten.

Der Meteorologe Jim Witt von WZON erklärte, es handle sich um ›ein ungewöhnlich stark ausgeprägtes Tiefdrucksystem‹. Das war sehr milde ausgedrückt. In Bangor war der Himmel wolkenverhangen, acht Meilen südlich, in Hampden, nieselte es anhaltend. In Haven, etwa acht Meilen südlich von Hampden, regnete es mäßig stark. Aber nur dreißig Meilen von Bangor entfernt, in Derry, wurde der Regen von Minute zu Minute heftiger. Auf der Route 7 stand das Wasser stellenweise fünfzehn Zentimeter hoch, und hinter der Rhulin-Farm wurde sie völlig unpassierbar, weil durch einen verstopften Abflußkanal in einer Talsenke die Straße total überschwemmt war. Gegen sechs Uhr mußte die Derry Highway Patrol auf beiden Seiten der Talsenke orangefarbene Umleitungsschilder aufstellen.

Die Menschen, die unter dem schützenden Wartehäuschen an der Main Street auf den ersten Bus warteten, um zur Arbeit zu fahren, blickten über das Geländer hinweg auf den Kanal, der in seinem Betonbett bedrohlich gestiegen war. Natürlich würde es keine Überschwemmung geben; *darin* stimmten alle überein. Der Wasserstand lag immer noch weit unter dem Hochwasserpegel von 1977. Und selbst in jenem Jahr hatte es keine Überschwemmung gegeben. Aber der Regen strömte unablässig hernieder, und Donner grollte in den tiefhängenden Wolken. Ganze Bäche flossen den Up-Mile Hill hinab und dröhnten in den Rohren und Gullys.

Keine Überschwemmung, das war die allgemeine Meinung, aber auf allen Gesichtern war leichtes Unbehagen zu lesen.

Um 5.45 Uhr explodierte mit einem purpurroten Blitz ein Transformator auf einem Strommast neben dem leerstehenden Lkw-Depot der Gebrüder Tracker; verbogene Metallstücke fielen auf das Ziegeldach. Eines dieser umherfliegenden Metallstücke durchtrennte ein Hochspannungskabel, das ebenfalls aufs Dach fiel, wild hin und her peitschte wie eine Schlange und einen fast flüssigen Funkenstoß ausspie. Trotz des Wolkenbruchs fing das Dach Feuer, und bald stand das Depot in Flammen. Das Hochspannungskabel rutschte vom Dach herunter und fiel auf den unkrautüberwucherten Grasstreifen am Rande des Parkplatzes, wo einst kleine Jungen Baseball zu spielen pflegten. Derrys Feuerwehr rückte an jenem Tag zum erstenmal um 6.02 Uhr aus und kam sieben Minuten später beim brennenden Depot an. Unter den ersten Feuerwehrmännern, die vom Wagen sprangen, war Calvin Clark, einer der Clark-Zwillinge aus Bens Klasse. Beim dritten Schritt trat er mit seinem Lederstiefel auf das stromführende Kabel. Calvin war auf der Stelle tot. Seine Zunge hing aus dem Mund heraus, und sein Feuerwehrmantel aus Gummi begann zu schmoren. Er roch wie brennende Reifen auf einer Müllhalde.

Um 6.05 Uhr registrierten die Bewohner der Merit Street in Old Cape etwas, das sich bemerkbar machte wie eine unterirdische Explosion. Teller fielen von Regalen, Bilder von den Wänden. Um 6.06 Uhr explodierten plötzlich alle Toiletten auf der Merit Street in einer Fontäne von Abwässern und Kot, weil in den Rohren, die zur neuen Kläranlage in den Barrens führten, plötzlich ein unerklärlicher Rückstau stattgefunden hatte. In einigen Fällen waren diese Explosionen so heftig, daß in die Badezimmerdecken Löcher geschlagen wurden. Eine Frau namens Anne Stuart kam ums Leben, als mit den Abwässern ein altes Getrieberad aus ihrer Toilette herausgeschleudert wurde. Es durchschlug die Mattglasscheibe der Duschkabine und drang wie eine schreckliche Kugel in ihre Kehle, während sie sich gerade die Haare wusch. Sie wurde fast enthauptet. Das Getrieberad war ein Relikt der Kitchener-Eisenhütte, das vor etwa einem Dreivierteljahrhundert in die Kanalisation geraten war. Eine weitere Frau wurde getötet, als ihre Toilette plötzlich wie eine Bombe explodierte. Die unglückselige Frau, die gerade auf dem WC gesessen und im aktuellen ›Banana-Republic‹-Katalog geblättert hatte, wurde buchstäblich in Stücke gerissen.

Um 6.19 Uhr schlug ein Blitz in die sogenannte Kußbrücke ein. Die Holzsplitter flogen hoch in die Luft, regneten dann in den schnell dahinströmenden Kanal hinab und wurden von den Wassermassen fortgetragen.

Ein Westwind kam auf. Um 6.30 Uhr hatte er, wie am Meßgerät in der Halle des Gerichtsgebäudes abzulesen war, eine Geschwindigkeit von etwas über 15 Meilen pro Stunde. Um 6.45 betrug sie bereits 24 Meilen pro Stunde.

Um 6.46 Uhr kam Mike Hanlon in seinem Zimmer im Derry Community Hospital zu sich. Sein Erwachen aus der tiefen Bewußtlosigkeit war eine Art langsamer Übergang – längere Zeit glaubte er zu träumen. Wenn, dann war es ein merkwürdiger Traum... ein Angsttraum, würde sein alter Psychologieprofessor Doc Abelson dazu gesagt haben. Es schien keinen offenkundigen Grund für diese Angst zu geben, aber sie war trotzdem vorhanden; das kahle, weiße Zimmer wirkte bedrohlich.

Allmählich wurde er sich bewußt, daß dies kein Traum war. Das kahle, weiße Zimmer war ein Krankenhauszimmer. Flaschen hingen über seinem Kopf; eine war mit einer klaren Flüssigkeit gefüllt, die andere mit einer dunkelroten. Er sah an der Wand einen Fernseher und hörte das einschläfernde Rauschen des Regens. Es war früher Morgen.

Mike versuchte, seine Beine zu bewegen. Bei dem einen gelang es ihm leicht – er sah, wie die Umrisse unter der Bettdecke von links nach rechts gingen –, aber das andere Bein ließ sich überhaupt nicht bewegen. Er hatte auch kaum ein Gefühl in diesem Bein, und dann stellte er fest, daß es in einem engen Verband steckte.

Allmählich fiel ihm alles wieder ein: das Wiedersehen im Restaurant, das Abendessen mit Bill, die Geschichten in der Bücherei. Er hatte sich an den Tisch gesetzt, um sich Notizen zu machen, und Henry Bowers war völlig unerwartet aufgekreuzt. Es hatte einen Kampf gegeben, und...

Henry! Wohin war Henry gegangen? War er zu den anderen gegangen?

Mike griff nach der Klingel über dem Kopfende seines Bettes, und er hatte sie gerade in der Hand, als die Tür sich öffnete. Ein Krankenpfleger betrat das Zimmer. Zwei Knöpfe seines weißen Kittels waren nicht geschlossen, und seine dunklen Haare waren ungekämmt. Er trug ein Christophorus-Amulett um den Hals. Sogar in seinem benommenen Zustand erkannte Mike ihn sofort. Im Jahre 1958 war ein sechzehnjähriges Mädchen namens Cheryl Lamonica in Derry ermordet worden. Es hatte Cheryl ermordet. Das Mädchen hatte einen vierzehnjährigen Bruder gehabt, und dieser Mark Lamonica stand jetzt in seinem Zimmer.

»Mark?« sagte er mit schwacher Stimme. »Ich muß mit Ihnen reden.«

»Pssst!« sagte Mark. Er hatte eine Hand in der Tasche. »Nicht sprechen.«

Er kam auf das Bett zu, und Mike sah mit hoffnungslosem Frösteln, wie leer Marks Augen waren. Sein Kopf war etwas zur Seite geneigt, so als hörte er ferne Musik. Er zog seine Hand aus der Tasche. Seine Faust hielt ein Skalpell umklammert.

»Woll'n doch mal sehen, ob deine Eingeweide so schwarz sind wie deine Haut«, sagte Mark, während er immer näher kam.

11.

Unter der Stadt, 6.49 Uhr

»Pssst!« rief Bill plötzlich, obwohl abgesehen von ihren schlurfenden Schritten ohnehin völlige Stille geherrscht hatte.

Richie zündete ein Streichholz an. Die gelbe Flamme erzeugte einen schwachen Lichtkreis von höchstens sechs Meter Durchmesser. Der Tunnel hatte sich erheblich verbreitert, und die fünf Menschen sahen in diesem riesigen Raum tief unter der Stadt winzig klein aus. Sie drängten sich aneinander, so als wollten sie sich gegenseitig wärmen, und Beverly hatte das traumartige Gefühl eines Déjà-vu-Erlebnisses, als sie die riesigen Fliesensteine auf dem Boden und die herabhängenden Spinnennetze sah. Sie waren jetzt ganz nahe. Sie waren ihrem Schicksal jetzt ganz nahe – welches Schicksal ihnen auch immer beschieden sein mochte.

»Was hörst du?« fragte sie Bill, während sie versuchte, ihre Augen überall gleichzeitig zu haben. Sie rechnete damit, eine neue Überraschung aus der Dunkelheit herausrasen zu sehen. Rodan? Frankensteins Monster? Eine große Ratte mit orangefarbenen Ohren und scharfen Zähnen? Aber nichts geschah – da war nur der staubige Geruch der Dunkelheit, und in der Ferne das Rauschen von Wasser, so als füllten sich die Kanalrohre.

»Etwas ist n-n-nicht in Ordnung«, sagte Bill. »M-M-Mike...«

»Mike?« fragte Eddie. »Was ist mit Mike?«

»Ich habe es auch gefühlt«, sagte Ben. »Ist er... Bill, ist er gestorben?«

»Nein«, sagte Bill. Seine Augen waren ausdruckslos und verschwommen – seine ganze Unruhe drückte sich in seinem zuckenden Mund und in seinem angespannten Körper aus. »Er... Er...« Er schluckte laut. Seine Augen wurden plötzlich riesengroß. »Oh! *O nein...!*«

»Bill?« schrie Beverly erschrocken. »Bill, was ist los? Was...«

»G-G-G-Gebt euch die H-Hände!« rief Bill. »Sch-Sch-Schnell!«

Das Streichholz erlosch. Richie griff nach Bills einer Hand, Beverly nach der anderen. Sie streckte ihre freie Hand aus, und Eddie umfaßte sie schwach mit der Hand seines gebrochenen Armes. Ben packte seine andere Hand und schloß den Kreis, indem er Richie die Hand reichte.

»*Verleih ihm Kraft!*« rief Bill mit jener eigenartigen tiefen Stimme. »*Verleih ihm Kraft, wer immer du auch sein magst, verleih ihm unsere Kraft! Jetzt! Jetzt! Jetzt!*«

Und Beverly fühlte, wie etwas von ihnen ausging, auf Mike überging. Ihr Kopf rollte in einer Art Ekstase von einer Seite zur anderen, und das rauhe Pfeifen von Eddies Atem vermischte sich mit dem Brausen des Wassers in den Kanalrohren.

12.

»Jetzt«, sagte Mark Lamonica leise. Er seufzte wie ein Mann, der fühlt, daß er gleich einen Orgasmus haben wird.

Mike drückte immer und immer wieder auf die Klingel in seiner Hand. Er hörte sie im Zimmer der Krankenschwestern am Ende des Gangs läuten, aber niemand kam. In einer Art schrecklichem zweiten Gesicht erkannte er, daß die Schwestern dort herumsaßen, die Morgenzeitung lasen und Kaffee tranken; sie hörten sein Klingeln, reagierten aber nicht darauf; sie würden erst später in sein Zimmer kommen, wenn alles vorbei war, wenn Lamonica wieder verschwunden war, denn so war es in Derry schon immer gewesen. Man übersah lieber gewisse Dinge... bis sie vorüber waren.

Mike ließ den Klingelknopf los.

Mark beugte sich über ihn; das Skalpell funkelte. Sein Amulett baumelte hin und her, während er die Decke zurückzog. Mikes Beine kamen zum Vorschein, das eine von gräulicher Farbe, das andere vom Knie bis zur Leiste verbunden.

»Genau hier«, flüsterte Mark und seufzte wieder.

Und Mike spürte plötzlich, wie eine Welle von Kraft ihn erfüllte – eine enorme Kraft, die wie ein Stromstoß durch seinen Körper schoß. Er versteifte sich im Bett, und seine Finger verkrampften sich. Er riß die Augen weit auf, stieß eine Art Grunzen aus, und jenes schreckliche Gefühl der Lähmung und Benommenheit fiel mit einem Schlag von ihm ab.

Seine rechte Hand schoß auf den Nachttisch zu, wo ein Plastikkrug und ein schweres Wasserglas standen. Seine Hand schloß sich um das Glas. Lamonica spürte die Veränderung; jenes verträumte, befriedigte Licht in seinen Augen machte einer plötzlichen wachsamen Verwirrung Platz. Er richtete sich etwas auf, und Mike stieß ihm das Glas mit aller Kraft ins Gesicht.

Lamonica schrie auf und taumelte rückwärts; das Skalpell fiel ihm aus der Hand. Er griff sich ans blutende Gesicht; das Blut lief ihm über die Hände auf seinen weißen Kittel.

Die Kraft verließ Mike so plötzlich, wie sie gekommen war. Er starrte dumpf auf die Glasscherben auf seinem Bett und seinem Krankenhauspyjama und auf seine eigene blutende Hand. Er hörte auf dem Gang eilige Schritte, leises Quietschen von Kreppsohlen.

Jetzt kommen sie, dachte er. *O ja, jetzt kommen sie. Und wer wird hier auftauchen, wenn sie wieder gegangen sind? Wer kommt als nächstes?*

Als sie in sein Zimmer stürzten – die Krankenschwestern, die ruhig sitzengeblieben waren, als er verzweifelt geklingelt hatte –, schloß Mike die Augen und betete, es möge vorüber sein. Er betete darum, daß seine Freunde jetzt irgendwo unter der Stadt sein sollten, daß ihnen nichts passieren sollte, und daß sie ihr Werk vollenden sollten.

Er wußte nicht genau, zu WEM er eigentlich betete... aber er betete.

13.

Unter der Stadt, 6.54 Uhr

»Ihm ist n-n-nichts p-passiert«, sagte Bill.

Ben wußte nicht, wie lange sie im Dunkeln gestanden und sich bei den Händen gehalten hatten. Es kam ihm so vor, als sei von ihnen, von ihrem Kreis, etwas ausgegangen und dann wieder zurückgekommen. Aber er wußte nicht, wohin dieses Etwas — wenn es überhaupt existierte — verströmt war, was es bewirkt hatte.

»Bist du sicher, Big Bill?« fragte Richie.

»J-J-Ja.« Bill ließ Richies und Bevs Hände los. »Aber w-wir m-m-müssen die S-S-Sache so schnell wie m-m-möglich zu Ende bringen. K-K-Kommt.«

Sie gingen weiter; Richie oder Bill zündeten von Zeit zu Zeit Streichhölzer an. *Wir haben keine einzige Waffe bei uns, dachte Ben, noch nicht einmal ein Blasrohr. Aber auch das muß wohl so sein. Chüd. Was bedeutet das? Was war es genau? Und welche endgültige Gestalt hatte Es nun eigentlich? Selbst wenn wir Es damals nicht getötet haben, so haben wir Es doch verletzt. Wie haben wir das nur geschafft?*

Der Raum, den sie durchquerten — als Tunnel konnte man ihn nicht mehr bezeichnen —, wurde immer größer. Ihre Schritte hallten. Ben erinnerte sich an den Geruch: jenen starken, vitalen Geruch wie in einem Zoo. Er bemerkte, daß die Streichhölzer jetzt nicht mehr notwendig waren — es gab Licht oder doch etwas Ähnliches: einen gespenstischen Schimmer, der immer heller wurde. In dieser Beleuchtung sahen seine Freunde wie wandelnde Leichen aus.

»Wand voraus, Bill«, sagte Eddie.

»Ich w-w-weiß.«

Ben bekam rasendes Herzklopfen. Er hatte einen säuerlichen Geschmack im Mund, und sein Kopf schmerzte. Er fühlte sich langsam und ängstlich ... er fühlte sich fett.

»Die Tür!« flüsterte Beverly.

Ja, da war sie. Einst, vor 27 Jahren, hatten sie alle sieben nur die Köpfe etwas einziehen müssen, um durch diese Tür zu kommen. Jetzt würden sie sich halb zusammenklappen oder aber auf allen vieren hindurchkriechen müssen. Sie waren erwachsen geworden — hier war der Beweis dafür.

Bens Puls am Hals und an den Handgelenken fühlte sich heiß und blutig an; sein Herz flatterte hektisch. *Taubenpuls*, dachte er am Rande und fuhr sich mit der Zunge über die Lippen.

Grelles grünlichgelbes Licht flutete unter der Tür hindurch; es ergoß sich in dickem gewundenem Strahl durch das kunstvoll verzierte Schlüsselloch der alten Tür.

Das Zeichen war an der Tür, und wieder sah jeder von ihnen etwas anderes in diesem eigenartigen Symbol. Für Beverly war es Toms Gesicht. Bill erkannte darin Audras vom Rumpf abgetrennten Kopf mit leeren Augen, die ihn schrecklich anklagend anstarrten. Eddie sah einen grinsenden Totenschädel mit zwei gekreuzten Knochen, das Symbol für Gift. Richie sah das bärtige Gesicht eines entarteten Paul Bunyan, dessen Augen zu mordlustigen Schlitzen zusammengekniffen waren. Und Ben sah Henry Bowers.

»Bill, sind wir stark genug?« fragte Ben. »Können wir es schaffen?«

»Ich w-w-weiß es nicht«, sagte Bill.

»Und was, wenn die Tür verschlossen ist?« fragte Beverly mit dünner Stimme. Toms Gesicht schien sie zu verhöhnen.

»Das ist sie nicht«, erwiderte Bill. »Orte wie dieser sind n-n-nie verschlossen.« Er legte die steifen Finger seiner rechten Hand auf die Tür – er mußte sich dazu hinabbeugen – und drückte dagegen. Sie flog auf, und zuckendes, strudelndes gelbgrünes Licht flutete heraus. Jener zooartige Geruch hüllte sie ein, der Geruch zur Gegenwart gewordener Vergangenheit.

Bill sah sie der Reihe nach an, und dann ließ er sich auf Hände und Knie fallen. Beverly folgte ihm, dann Richie, dann Eddie. Ben war der letzte; ihn schauderte, als er den alten Sand auf dem Boden unter seinen Händen spürte. Er kroch durch die Tür, und als er sich wieder aufrichtete und zunächst nur das Feuer wahrnahm, das in Lichtschlangen und -schnüren über die Steinwände züngelte, traf ihn die letzte Erinnerung mit Wucht.

Er schrie auf und taumelte rückwärts, und sein erster Gedanke war: *Kein Wunder, daß Stan Selbstmord begangen hat! O Gott, ich wünschte, ich hätte das auch getan!* Er sah den gleichen Ausdruck grenzenlosen Entsetzens und dämmernder Erkenntnis auf den Gesichtern seiner Freunde, während der letzte Schlüssel sich im letzten Schloß der Erinnerung drehte.

Dann schrie Beverly gellend auf und klammerte sich an Bill, während Es sich blitzschnell an SEINEM riesigen Netz herabließ, eine Spinne aus einem Jenseits von Zeit und Raum, eine Spinne jenseits der schlimmsten Alpträume und Visionen von der tiefsten Hölle.

Nein, dachte Bill kaltblütig, *auch keine Spinne, nicht wirklich, aber diese Gestalt hat* Es *nicht unseren schlimmsten Schreckensvisionen entnommen; es ist einfach jene für unseren Geist gerade noch faßbare Gestalt, die*

(den Totenlichtern)

dem, was Es *auch immer in Wirklichkeit sein mag, am nächsten kommt.*

SIE/ES war etwa fünf Meter hoch und schwarz wie eine mondlose Nacht. Jedes SEINER Beine war so dick wie der Oberschenkel eines Muskelprotzes. SEINE Augen waren bösartig funkelnde Rubine; sie traten aus den Höhlen hervor, die mit irgendeiner tropfenden chromfarbenen Flüssigkeit gefüllt waren. Die gekerbten Kinnbacken öffneten und schlossen sich, öffneten und schlossen sich; Schaumfäden flossen heraus. In einer Ekstase des Schreckens erstarrt, am Rande des Wahnsinns taumelnd, registrierte Ben mit einer unnatürlichen Ruhe, daß diese Schaumfäden lebendig waren; sobald sie auf dem stinkenden Steinboden landeten, schlängelten sie wie Würmer davon und verschwanden in den Ritzen zwischen den Fliesen.

Aber Es *ist noch etwas anderes,* Es *hat noch eine andere, endgültige Gestalt, eine, die ich fast sehen kann, so wie man die schattenhaften Umrisse von Menschen sehen kann, die sich hinter einer Filmleinwand bewegen, während der Film läuft, irgendeine andere, endgültige Gestalt, aber ich möchte sie nicht sehen, ich möchte* Es *nicht sehen, bitte, Gott, laß mich* Es *nicht in dieser endgültigen Gestalt sehen...*

Und eigentlich spielte das auch keine Rolle. Sie sahen, was sie sahen, und Ben begriff, daß Es in *dieser* scheinbar endgültigen Gestalt, in der Gestalt der Spinne, gefangen war, durch ihrer aller gemeinsame ungewollte gräßliche Vision. Im Kampf gegen *dieses* Es würden sie leben oder sterben.

Es quiekte und quakte, und Ben war sich ganz sicher, daß er diese Laute, die Es ausstieß, zweimal hörte – in seinem Kopf und dann erst, den Bruchteil einer Sekunde später, in seinen Ohren. *Telepathie*, dachte er, immer noch mit jener unnatürlichen Ruhe.

SEIN Schatten war ein großes, plumpes Ei, das über die uralte tropfende Wand SEINER Behausung raste. SEIN Körper war mit borstigen Haaren bedeckt, und Ben sah, daß Es einen Stachel hatte, der lang genug war, um damit mühelos einen Menschen aufspießen zu können. Eine klare Flüssigkeit – irgendein tödliches Gift – tropfte von der Spitze dieses Stachels, und auch sie war lebendig; wie der Speichel, so schlängelte auch sie über den Boden und verschwand in den Ritzen und Rissen. SEIN Stachel, ja... aber darunter war SEIN Bauch grotesk ausgewölbt; er schleifte fast über den Boden, als Es nun ohne Zaudern auf ihren Anführer – auf Big Bill – zukroch.

Das ist SEIN *Eisack*, dachte Ben, und sein Verstand wollte über die logische Schlußfolgerung schreien. *Was immer* Es *auch jenseits dessen, was wir sehen, sein mag – diese Vorstellung ist zumindest symbolisch rich-*

1005

tig: Es ist weiblich, und Es *ist schwanger... Es war damals schon schwanger, und keiner von uns hat es bemerkt... außer Stan... Stan hat es begriffen, Stan hat es gewußt, und als er uns die Handflächen ritzte, wollte er es uns damit sagen... daß wir würden zurückkommen müssen; wir mußten zurückkommen, weil Es weiblich ist, weil Es mit irgendeiner unvorstellbaren Brut schwanger ist... und jetzt ist* Seine *Zeit zum Gebären fast gekommen.*

Unglaublicherweise ging Bill Denbrough jetzt auf die Spinne zu, ging auf Es zu. »Bill, nein!« schrie Beverly.

»B-B-Bleibt, wo ihr seid!« rief Bill, ohne sich umzudrehen. Und dann rannte Richie auf Bill zu und schrie seinen Namen, und Ben stellte fest, daß auch seine eigenen Beine sich bewegten. Er hatte das Gefühl, als schwabbele ein Phantombauch vor ihm auf und ab, und er begrüßte diese Empfindung. *Ich muß wieder ein Kind werden*, dachte er unzusammenhängend. *Das ist die einzige Methode, um zu verhindern, daß Es mich in den Wahnsinn treibt. Ich muß wieder ein Kind werden... muß es akzeptieren. Irgendwie.*

Er rannte und schrie dabei Bills Namen. Er nahm am Rande wahr, daß Eddie neben ihm herlief; sein gebrochener Arm baumelte hin und her; der Gürtel des Bademantels, mit dem Bill die Gardinenstangen als Behelfsschienen daran befestigt hatte, schleifte über den Boden. Eddie hatte seinen Aspirator gezogen. Er sah aus wie ein verrückt gewordener Schütze mit einer eigenartigen Pistole.

Ben hörte Bill brüllen: »*Du h-h-hast meinen B-B-Bruder umgebracht, du verfluchte Hure!*«

Und dann richtete Es sich auf, hüllte Bill in Seinen Schatten ein, und Seine Spinnenbeine sausten durch die Luft. Ben vernahm Seine gierigen Laute, blickte in Seine zeitlosen bösartigen roten Augen... und einen Moment lang *sah* er die endgültige Gestalt hinter dieser Spinnengestalt: sah Lichter, sah ein endloses kriechendes haariges Etwas, das aus Licht und nichts als Licht bestand, totem Licht, das Leben nachahmte.

Dann begann das Ritual von Chüd zum zweiten Male.

Zweiundzwanzigstes Kapitel

Das Ritual von Chüd

1.

Wo Es haust, 1958

Es war Bill, der sie alle zusammenhielt, als sie sich mit SEINER unverhüllten Monstrosität unmittelbar konfrontiert sahen. Als Stan sah, wie jene riesige schwarze Spinne sich blitzschnell an IHREM Netz herabließ und dabei einen gräßlichen Luftzug erzeugte, der seine kurzen Haare zum Flattern brachte, schrie er auf wie ein Baby; seine Augen drohten aus den Höhlen zu treten, und er grub seine Fingernägel tief in die Wangen. Ben wich langsam zurück, bis sein fetter Hintern gegen die Wand links von der Tür stieß. Durch seine Hose hindurch fühlte er ein Brennen kalten Feuers, und wie im Traum rückte er etwas von der Wand ab. Das alles konnte nicht Wirklichkeit sein, es war der schlimmste Alptraum aller Zeiten. Er stellte fest, daß er seine Hände nicht heben konnte. Sie waren zentnerschwer.

Richie starrte wie hypnotisiert auf das Spinnennetz. Hier und dort hingen, mit Seidenfäden umgarnt, die sich wie lebendige Wesen bewegten, verweste, angefressene Leichen. Er glaubte, in der Nähe der Decke Eddie Corcoran zu erkennen, ohne Beine und mit nur einem Arm.

Beverly und Mike klammerten sich aneinander wie Hänsel und Gretel im Walde und beobachteten schreckensstarr, wie die Spinne den Fußboden erreichte und auf sie zugekrochen kam, wie IHR verzerrter Schatten an der schmutzverkrusteten, tropfenden Wand neben IHR herzulaufen schien.

Bill drehte sich nach seinen Freunden um, ein großer, magerer Junge in dreck- und kotbeschmiertem T-Shirt, das ehemals weiß gewesen war, in Bluejeans mit Aufschlägen, in schmutzstarrenden Schuhen. Seine Haare hingen ihm wirr in die Stirn, und seine Augen schleuderten Blitze. Er blickte von einem zum anderen, schien sie gleichsam zu entlassen und wandte sich erneut der Spinne zu. Und unglaublicherweise begann er nun, auf SIE – auf Es – zuzugehen, mit schnellen, entschlossenen Schritten, die Ellbogen angewinkelt, die Hände zu Fäusten geballt.

»D-D-Du hast meinen B-B-B-Bruder umgebracht, du v-verdammtes Miststück!«

»Nein, Bill!« kreischte Beverly, und dann riß sie sich von Mike los und rannte mit wild flatternden Haaren auf Bill zu. »Laß ihn in Ruhe, du Ungeheuer! Wag es ja nicht, ihn anzutasten!«

Scheiße! Beverly! dachte Ben, und dann rannte auch er mit weichen Knien und schwabbelndem Bauch vorwärts. Er nahm vage wahr, daß Eddie neben ihm herrannte und seinen Aspirator wie eine Pistole gezückt hatte.

Und dann sauste Es auf Bill zu, der unbewaffnet war; Es richtete sich auf, hüllte Bill in SEINEN Schatten ein, und SEINE Spinnenbeine schwirrten durch die Luft. Ben packte Beverly an der Schulter, aber seine Hand rutschte ab. Sie wirbelte mit weit aufgerissenen Augen zu ihm herum.

»*Hilf ihm!*« schrie sie.

»Wie?« rief Ben. Er stürzte auf die Spinne zu, hörte IHRE gierigen Laute, blickte in IHRE zeitlosen, bösartigen Augen und sah etwas hinter dieser Gestalt, etwas viel Schlimmeres als eine Spinne. Etwas, das nur aus irrsinnigem Licht bestand. Sein Mut geriet ins Wanken... aber es war Bev, die ihn gebeten hatte – Bev, und er liebte sie.

»*Verdammt, laß Bill in Ruhe!*« brüllte er.

Einen Augenblick später schlug ihm jemand so fest auf die Schulter, daß er fast zu Boden fiel. Es war Richie. Obwohl ihm Tränen über die Wangen liefen, grinste er wie ein Wahnsinniger; seine Mundwinkel schienen fast bis zu den Ohrläppchen zu reichen. »*Schnappen wir sie, Haystack!*« schrie Richie. »*Chüd! Chüd!*«

Sie? dachte Ben benommen. *Hat er Sie gesagt?*

Laut: »*Okay, aber was ist das? Was ist Chüd?*«

»*Keine Ahnung!*« brüllte Richie und rannte weiter auf Bill zu, tauchte in SEINEN Schatten ein.

Es hatte sich auf SEINEN Hinterbeinen geduckt, und SEINE Vorderbeine sausten dicht über Bills Kopf hinweg. Und Stan Uris – der entgegen jeglichem Instinkt auf Es zuging, der einfach nicht anders konnte, weil seine Freunde ihn brauchten – sah, daß Bill Es anstarrte, mit seinen blauen Augen IHM in die riesigen, unmenschlichen roten Augen schaute, aus denen jenes schreckliche Leichenlicht strömte. Und er begriff, daß das Ritual von Chüd – was immer das auch sein mochte – eingeleitet worden war.

2.

Bill in der Leere, früh

– *wer bist du, und warum kommst du zu Mir?*

Ich bin Bill Denbrough. Du weißt genau, wer ich bin. Du hast mei-

nen Bruder umgebracht, und ich bin hier, um dich zu töten. Du hast einen großen Fehler begangen.

– ich bin ewig. Ich vertilge ganze Welten.

Tatsächlich? Nun, mein Freund, du hast deine letzte Mahlzeit gegessen.

– du bist machtlos; hier ist die Macht; spür diese Macht, du elender Wurm, und dann versuch noch einmal zu sagen, daß du gekommen bist, um das Ewige zu töten. Du glaubst, mich zu sehen? Du siehst nur, was dein Geist dir zu sehen erlaubt. Willst du Mich sehen? Dann komm! Komm, du Wurm! Komm!

Er wurde geworfen...

(er)

Nicht geworfen, nein, abgefeuert, abgefeuert wie eine lebendige Kugel, abgefeuert wie die Menschliche Kanonenkugel im Shrine-Zirkus, der jedes Jahr im Mai nach Derry kam. Er wurde hochgerissen und durch die Behausung der Spinne geschleudert. Das vollzieht sich nur in meinem Geist! schrie er sich selbst zu. Mein Körper steht immer noch da, Auge in Auge mit IHM, sei tapfer, es ist nur eine Art Vision, sei tapfer, sei treu, sei standhaft...

(schlägt)

Er sauste dahin, schoß in einen schwarzen, tropfenden Tunnel hinein, dessen Wände aus abbröckelnden Ziegeln bestanden, die fünfzig oder hundert oder tausend Jahre alt sein mochten, wer konnte das wissen, vielleicht auch eine Million oder Milliarde Jahre alt; er schoß in tödlicher Stille an unzähligen Kreuzungen vorbei; manche wurden von jenem zuckenden grüngelben Feuer erhellt, manche von schimmernden Luftballons, in denen ein gespenstisches weißes totes Licht glühte, manche waren auch gähnend schwarz; er flog mit einer Geschwindigkeit von 1000 Meilen pro Stunde an Knochenbergen vorbei, flog wie ein Pfeil mit Raketenantrieb durch einen Wind-Tunnel, wurde in schrägem Winkel weiter nach oben geschleudert, aber nicht auf ein Licht, sondern auf eine Finsternis zu, auf eine große, ungeheure FINSTERNIS zu...

(die Faust)

und schoß hinaus in eine totale Schwärze; diese Schwärze war alles, war der Kosmos, war das Universum, und der Boden dieser Schwärze war hart, hart, er war wie poliertes Ebenholz, und er schlitterte auf Brust, Bauch und Hüften über diesen harten Boden. Er war auf dem Boden des Ballsaals der Ewigkeit, und die Ewigkeit war schwarz.

(hernieder doch)

– Hör auf damit, wozu sagst du das? Das wird dir nicht helfen, du dummer Junge

sieht lange er die Geister noch
– hör auf damit!
Er schlägt die Faust hernieder doch sieht lange er die Geister noch!
– hör auf damit! Hör auf! Ich verlange, daß du sofort damit aufhörst!
Das gefällt dir wohl nicht, was?

Und er dachte: *Wenn ich es nur laut sagen könnte, ohne dabei zu stottern, könnte ich dadurch diese Sinnestäuschung, diese Vision beenden...*
– dies ist keine Sinnestäuschung, du dummer, törichter kleiner Junge –
dies ist die Ewigkeit, MEINE *Ewigkeit, und du bist darin verloren, für immer darin verloren, du wirst nie den Weg zurück finden, du bist jetzt ewig und dazu verdammt, in der schwarzen Finsternis umherzuwandern... das heißt, nachdem du* MIR *von Angesicht zu Angesicht begegnest.*

Aber hier war auch noch etwas anderes. Bill spürte es, nahm es auf eigenartige Weise mit allen Sinnen wahr: Er nahm vor sich in der Finsternis eine überwältigende Gegenwart wahr – eine umrißhafte GESTALT. Er verspürte keine Angst, nur grenzenlose ehrfürchtige Scheu; hier war eine Macht, die SEINE Macht in den Schatten stellte, und Bill hatte gerade noch Zeit zu denken: *Bitte, bitte, was immer* DU *auch sein magst, denk bitte daran, daß ich sehr klein bin...*

Er sauste darauf zu und sah, daß es eine große SCHILDKRÖTE war, ihr Panzer schillerte in vielen leuchtenden Farben. Ihr uralter reptilartiger Kopf schob sich langsam aus dem Panzer heraus, und Bill glaubte zu spüren, daß Es überrascht war, daß diese Überraschung jedoch mit Verachtung vermischt war. Die Augen der SCHILDKRÖTE waren voller Güte. Bill dachte, es müsse das älteste Wesen sein, das man sich überhaupt nur vorstellen konnte, um vieles älter als Es, das von sich behauptete, ewig zu sein.

Was bist DU?
– ich bin die SCHILDKRÖTE, *mein Sohn. Ich habe das Universum erschaffen, aber bitte mach mir daraus keinen Vorwurf; ich hatte Bauchschmerzen*
Hilf mir! Bitte, hilf mir!
– ich mische mich in diese Angelegenheiten nicht ein
Mein Bruder...
– auch er hat seinen Platz im Makroversum; Energie stirbt niemals, sie ist ewig, das muß sogar ein Kind wie du begreifen

Er flog jetzt an der Schildkröte vorbei, und selbst bei seiner enormen Geschwindigkeit zog sich ihr Panzer scheinbar endlos rechts von ihm dahin, und er wurde vage an eine Zugfahrt erinnert, wenn man an einem in entgegengesetzter Richtung fahrenden Zug vorbeisaust, an einem so langen Zug, daß man schließlich das Gefühl hat, er stehe still oder bewege sich sogar rückwärts. Er konnte Es immer noch summen und brummen hören, mit SEINER hohen, zornigen, unmenschlichen Stimme, die voll irrsinnigen Hasses war. Aber wenn die Schildkröte sprach, wurde SEINE Stimme völlig ausgelöscht. Sie sprach in Bills Kopf, und Bill verstand irgendwie, daß es noch einen anderen gab, und daß dieser Letzte andere in einem Raum jenseits dieses Raumes wohnte. Dieser Letzte andere war vielleicht der Schöpfer der Schildkröte, die nur beobachtete, und der Spinne, die sich ›Vertilger von Welten‹ nannte. Dieser Letzte andere war eine Kraft jenseits des Universums, war eine Macht, die jede andere Macht grenzenlos überstieg, war der Schöpfer von ALLEM.

Plötzlich glaubte er zu verstehen: Es hatte die Absicht, ihn durch irgendeine Mauer am Ende des Universums zu schleudern, in einen anderen Ort

(den die alte Schildkröte Makroversum nannte)

wo Es in Wirklichkeit lebte; wo Es als titanischer glühender Kern existierte, der vielleicht doch nur ein winziges Stäubchen im Geist jenes anderen war; er würde Es unverhüllt sehen, ein ETWAS aus ungeformtem zerstörerischem Licht, und dort würde er entweder ungnädig ausgelöscht werden oder aber ewig leben, irrsinnig und doch bewußt im Innern SEINES mörderischen, endlosen, formlosen, hungrigen Wesens.

Bitte hilf mir! Für die anderen...

– du mußt dir selbst helfen, mein Sohn

Aber wie? Bitte gib es mir ein! Wie? Wie? WIE?

Er war jetzt bei den schuppigen Hinterbeinen der Schildkröte angelangt; er hatte genügend Zeit, um ihr kraftvolles, wenngleich uraltes Fleisch zu betrachten, um in ehrfürchtigem Staunen ihre schweren Zehennägel zu bewundern – sie waren von eigenartig bläulichgelber Farbe, und er konnte in jedem davon große Galaxien schwimmen sehen.

Bitte, DU bist gut, ich fühle und glaube, daß DU gut bist, und ich bitte DICH so sehr... hilf mir doch bitte!

– du weißt bereits alles, was du wissen mußt, es gibt nur Chüd. Nur das... und deine Freunde.

Bitte, o bitte...

– mein Sohn – du schlägst die Faust hernieder doch siehst lange du die Geister noch – mehr kann ich dir nicht sagen

Er stellte erschrocken fest, daß die Stimme der Schildkröte leiser wurde. Er hatte sie jetzt schon hinter sich gelassen, er schoß auf eine Finsternis zu, die undurchdringlicher als undurchdringlich war. Die Stimme der Schildkröte wurde jetzt wieder von IHM übertönt, überschrien von der vergnügten plärrenden Stimme des Wesens, das ihn in diese schwarze Leere geschleudert hatte – die Stimme der Spinne, SEINE Stimme.

– wie gefällt es dir, kleiner Freund? Gefällt es dir? Ist es schön? Mochtest du meinen Freund, die Schildkröte? Ich dachte, sie wäre schon längst gestorben, aber sie könnte genausogut tot sein, was dich betrifft; hast du geglaubt, sie könnte dir helfen?

nein, nein, nein, nein, er schlägt er schlägt er schlägt

– hör auf zu plärren! Die Zeit ist kurz, laß uns miteinander reden, solange wir es noch können. Erzähl mir von dir, kleiner Freund... sag mir, gefällt dir die Finsternis hier draußen? Genießt du deine Rundreise durch das Nichts, das außerhalb liegt? Warte, bis du erst durchbrichst, kleiner Freund! Warte, bis du dorthin durchbrichst, wo ICH bin! Warte auf die Totenlichter! Du wirst sie sehen und den Verstand verlieren... aber du wirst leben... leben... leben... in ihnen leben... in MIR leben...

Es stieß ein bösartiges kreischendes Gelächter aus, und Bill bemerkte, daß auch SEINE Stimme nun sowohl leiser zu werden begann als auch anschwoll, so als entferne er sich aus SEINEM Bereich... und nähere sich IHM gleichzeitig immer mehr. Und ging nicht tatsächlich genau das vor sich? Ja. Er glaubte, daß es wirklich so war. Denn obgleich die Stimmen total synchron waren, so war doch jene, auf die er zuflog, völlig fremdartig und unbegreiflich; sie sprach in Silben, die keine menschliche Zunge, keine menschliche Kehle nachvollziehen konnte. Das ist die Stimme der Totenlichter, dachte er.

– die Zeit ist kurz, laß uns miteinander reden, solange wir es noch können

SEINE menschliche Stimme wurde schwächer, so wie die Radiosender von Bangor, wenn man im Auto saß und in Richtung Süden fuhr. Ein grelles Entsetzen durchfuhr ihn blitzartig. Er war dabei, jede geistig noch gesunde Kommunikationsmöglichkeit mit IHM zu verlieren... und ein Teil von ihm begriff, daß Es genau das wollte. Wenn die geistige Kommunikation aufhörte, würde er völlig vernichtet sein. Die Schwelle zu übertreten, hinter der eine Kommunikation unmöglich war, bedeutete, jede Möglichkeit der Errettung zu verlieren; soviel verstand er, weil seine Eltern ihm gegenüber nach Georges Tod ein solches Verhalten an den Tag gelegt hatten; es war die einzige Lektion, die jene Eiseskälte, von der er umgeben war, wenn er sich zwischen seine Eltern auf die Couch setzte, ihn gelehrt hatte.

Er verließ Es... und näherte sich IHM. Aber das Verlassen war irgendwie wichtiger. Wenn Es hier draußen kleine Kinder aufessen wollte oder sie einsaugen oder was Es auch immer tat – warum hatte Es dann nicht sie *alle* hierher geschickt? Warum gerade ihn?

Weil Es SEIN Spinnen-ICH von ihm befreien mußte, deshalb. Irgendwie war das Spinnen-Es und jenes Es, das von IHM als Totenlichter bezeichnet wurde, miteinander verbunden. Was immer hier draußen in der Finsternis lebte, mochte unverletzbar sein, wenn Es nur hier und nirgendwo anders war... aber Es war auch auf der Erde, unter Derry, in einer physischen Gestalt. Wie abstoßend, wie widerwärtig Es auch sein mochte – in Derry war es *physisch*... und was physisch war, konnte getötet werden.

Aber warum? dachte er verzweifelt, während er immer schneller durch die Finsternis schoß. *Warum sollte das so sein? Warum habe ich das Gefühl, daß* SEIN *Gerede nichts weiter als ein einziger Bluff ist, ein großes Täuschungsmanöver? Warum sollte das so sein? Wie kann das sein?*

Und plötzlich begriff er, wie es sein könnte... vielleicht sein könnte.

Es gibt nur Chüd, hatte die Schildkröte gesagt. Und angenommen, *das war es?* Angenommen, sie hatten sich gegenseitig tief in die Zungen gebissen, nicht physisch, sondern psychisch, geistig? Und angenommen, daß das Ritual beendet sein würde, wenn es IHM gelang, Bill weit genug in den leeren Raum, weit genug auf SEIN ewiges unkörperliches SELBST zuzuschleudern? Es würde sich von ihm befreit, ihn abgeschüttelt, ihn getötet haben. Und damit würde Es gewonnen haben... alles gewonnen haben.

– *du machst deine Sache gut, mein Sohn, aber sehr bald schon wird es zu spät sein*

Es hat Angst! Angst vor mir! Angst vor uns allen!

... er schlitterte, schlitterte immer noch mit rasender Geschwindigkeit dahin, und irgendwo vor ihm war eine Wand, er spürte sie, spürte sie in der Dunkelheit, die Wand am Rande des Kontinuums, und dahinter war SEINE andere Gestalt, dort waren die Totenlichter...

– *sprich nicht mit mir, mein Sohn, und führe auch keine Selbstgespräche* – Es *wird dich bald abschütteln, beiß fest zu, wenn du es wagst, wenn du tapfer sein kannst, wenn du dich um deine Freunde sorgst, wenn du für sie einstehen willst... beiß fest zu, mein Sohn!*

Und Bill Denbrough biß fest zu – nicht mit seinen Zähnen, sondern mit Zähnen seines Geistes.

Er senkte seine Stimme um eine ganze Tonlage, so daß sie sich nicht mehr wie seine eigene anhörte (er ahmte die Stimme seines Vaters nach, obwohl er sich dessen sein ganzes Leben lang nicht bewußt sein würde; manche Geheimnisse werden niemals offenbart, und vermutlich ist das auch am besten), holte tief Luft und rief: »ER SCHLÄGT DIE FAUST HERNIEDER DOCH SIEHT LANGE ER DIE GEISTER NOCH UND JETZT LASS MICH LOS!«

Im Geiste hörte er Es schreien; es war ein Schrei frustrierter, ungeduldiger Wut, aber aus diesem Schrei waren auch Angst und Schmerzen herauszuhören. Es war nicht daran gewöhnt, SEINEN Willen nicht durchzusetzen; so etwas war IHM in SEINEM ganzen langen Dasein noch nicht widerfahren, und Es hatte etwas Derartiges bisher auch für völlig undenkbar, für völlig unmöglich gehalten.

Bill fühlte SEINE wilden Zuckungen, fühlte, wie Es sich schüttelte, wie Es versuchte, ihn abzustoßen – sich von ihm zu *befreien*.

»SCHLÄGT DIE FAUST HERNIEDER DOCH, HABE ICH GESAGT! HÖR AUF!

BRING MICH ZURÜCK! DU MUSST! ICH BEFEHLE ES! ICH VERLANGE ES!«

Wieder schrie Es auf, und SEIN Schmerz war jetzt merklich stärker geworden – teilweise vielleicht auch deshalb, weil Es zwar SEIN ganzes langes, langes Dasein damit zugebracht hatte, Schmerz zuzufügen, sich vom Schmerz zu ernähren, aber bisher Schmerz niemals als einen Teil SEINER selbst erfahren hatte.

Aber Es versuchte weiterhin eigensinnig, ihn abzuschütteln, ihn wegzustoßen, um doch noch den Sieg davonzutragen, wie Es ihn bisher immer davongetragen hatte. Es wollte ihn abschütteln, aber Bill spürte, daß sich die Geschwindigkeit, mit der er durch die Leere schoß, verlangsamt hatte, und ein groteskes Bild drängte sich ihm auf: SEINE Zunge, mit jenem lebendigen Speichel überzogen, lang herausgestreckt wie ein dickes Gummiband, rissig, blutend. Er sah sich selbst, wie er sich an dieser Zungenspitze festgebissen hatte und seine Zähne allmählich immer tiefer hineingrub, er sah sein Gesicht, das von SEINEM schwarzen Blut überströmt war, sah sich in SEINEM bestialischen Gestank nach Fäulnis und Verwesung fast ersticken, sah sich aber dennoch weiter zubeißen, irgendwie, während Es in SEINEM blinden Schmerz und SEINER rasenden Wut versuchte, sich von ihm zu befreien.

Chüd, dies ist Chüd, halt aus, sei standhaft, sei tapfer, sei treu, steh für deinen Bruder ein, steh für deine Freunde ein, glaube, glaube an all die Dinge, an die du einmal geglaubt hast: daß es so etwas wie das Gute gibt; daß der Polizist, dem du erzählst, du hättest dich verirrt, dafür sorgen wird, daß du sicher nach Hause kommst; daß irgendwo hinter dem Nordpol Santa Claus wohnt, der zusammen mit den Elfen Spielzeuge herstellt; daß es Captain Midnight wirklich geben könnte, o ja; daß deine Mutter und dein Vater dich wieder lieben werden; daß Tapferkeit möglich ist; daß auch Liebe möglich ist; und daß dir alle Wörter immer leicht und glatt von der Zunge gehen werden – keine Verlierer mehr, kein Kauern in einer Erdgrube mit der hochtrabenden Bezeichnung Klubhaus, kein Weinen in Georgies Zimmer, weil du ihn nicht retten konntest; glaube an dich selbst, glaube an die Glut dieses Verlangens…

Er begann plötzlich in der Finsternis zu lachen, nicht hysterisch, sondern in äußerstem verzücktem Staunen,

»O JA, ICH GLAUBE AN ALL DIESE DINGE!« schrie er, und es stimmte: Sogar mit seinen elf Jahren hatte er schon beobachtet, daß die Dinge zu einem geradezu phänomenalen Prozentsatz ein gutes Ende nahmen. Um ihn herum wurde es Licht. Er breitete die Arme aus, über den Kopf hinweg. Er wandte sein Gesicht empor, und plötzlich spürte er, wie eine riesige Welle von Macht ihn durchflutete.

Er hörte Es wieder schreien... und plötzlich fühlte er sich zurückgezogen, flog denselben Weg, nur in entgegengesetzter Richtung, und hielt sich dabei immer noch jenes Bild vor Augen, das sich ihm vorhin aufgedrängt hatte: er selbst, der seine Zähne tief in das seltsame Fleisch SEINER Zunge gegraben hatte, der sie fest zusammenbiß, während er in SEINEM schwarzen Blut zu ersticken drohte. Er flog dahin, Kopf nach vorne, Beine nach hinten, und die Schnürsenkel seiner schmutzverkrusteten Schuhe flatterten wie Wimpel an einem windigen Tag, und der Wind dieses leeren Raumes sauste ihm in den Ohren.

Er wurde zurückgezogen; er flog erneut an der Schildkröte vorbei und sah, daß sie ihren Kopf wieder in den Panzer eingezogen hatte; ihre Stimme kam von dort zu ihm, hohl und etwas verzerrt, so als sei sogar der Panzer, in dem sie lebte, ein Brunnen, der Ewigkeiten tief war:

– *nicht schlecht, mein Sohn, aber ich würde das Werk jetzt vollenden. Laß Es nicht entkommen. Energie verflüchtigt sich häufig, und was man vollbringen kann, wenn man elf Jahre alt ist, kann man später oft nie mehr vollbringen*

Die Stimme der Schildkröte wurde schwächer, immer schwächer, verklang. Da war nur noch die an ihm vorbeifliegende Dunkelheit... und dann die gähnende Öffnung eines riesigen Tunnels... Gerüche nach Alter und Verwesung... Spinnweben, die an seinem Gesicht vorbeistreiften wie vermoderte Seidensträhnen in einem Spukhaus... schimmelige Ziegel... Kreuzungen, die jetzt alle dunkel waren, denn die Mond-Ballons waren erloschen, und Es schrie und schrie:

– *laß mich los, laß mich los, ich werde verschwinden und niemals mehr zurückkehren, laß mich los,* ES SCHMERZT SO, ES SCHMERZT, ES SCHMERRRR

»*Schlägt die Faust!*« schrie Bill in einer Art Ekstase. Er sah vor sich Licht, aber dieses Licht wurde zusehends schwächer, flackerte wie große Kerzen, die fast heruntergebrannt sind... und für den Bruchteil einer Sekunde sah er sich selbst und die anderen in einer Reihe nebeneinander stehen und sich bei den Händen halten; Eddie stand auf einer Seite neben ihm, Richie auf der anderen. Er sah sich mit weit zurückgeworfenem

Kopf zu der Spinne emporstarren, die wilde Zuckungen vollführte wie ein Derwisch, deren Beine gegen den Boden hämmerten, aus deren Stachel Gift herabtropfte.

Es schrie; Es lag im Todeskampf.

Das glaubte Bill aufrichtig.

Und dann wurde er zurückgeworfen, mit solcher Wucht, daß seine Hände aus Richies und Eddies Griff gerissen wurden, daß er auf die Knie fiel und über den Boden schlitterte, bis zum Rand des Spinnennetzes. Er griff instinktiv nach einem der Spinnfäden, um Halt zu finden, und augenblicklich wurde diese Hand taub, so als hätte ihm jemand eine Novocain-Spritze verabreicht. Der Spinnfaden war so dick wie ein Kabel oder ein Tau.

»Hände weg, Bill!« brüllte Ben, und Bill riß seine Hand zurück; unterhalb der Finger kam rohes Fleisch zum Vorschein, und die Wunde füllte sich mit Blut. Er taumelte auf die Beine und wandte seine Aufmerksamkeit wieder der Spinne zu.

Sie kroch davon, in den Hintergrund Ihrer Behausung, der nun, da das Licht immer schwächer wurde, schon fast im Dunkeln lag. Schwarze Blutlachen markierten ihren Weg; der Kampf mußte Ihr unvorstellbares Inneres an Dutzenden oder Hunderten von Stellen aufgerissen haben.

»Bill, das Netz!« schrie Mike. »Paß auf!«

Bill sprang zurück, und einzelne Spinnfäden SEINES Netzes stürzten um ihn herum zu Boden wie fleischige weiße Schlangen. Sobald sie auf den Steinen aufschlugen, lösten sie sich auf und sickerten in die Ritzen und Spalten. Das ganze Netz löste sich langsam aus seinen zahlreichen Verankerungen, fiel auseinander. Eine der Leichen, die wie eine Fliege eingesponnen war, schlug mit einem gräßlichen Geräusch auf dem Boden auf – wie ein überreifer, verdorbener Kürbis.

»Die Spinne!« rief Bill. »Wo ist Sie? Wo ist Es?«

Er konnte Es in seinem Kopf immer noch vor Schmerz wimmern und schreien hören, und er begriff, daß Es sich in denselben Tunnel zurückgezogen hatte, in den Es vorhin ihn geschleudert hatte... aber hatte Es sich dorthin zurückgezogen, um an jenen Ort zu fliehen, wohin Es Bill hatte schleudern wollen... oder nur, um sich zu verstecken, bis sie gingen? Hatte Es sich dorthin zurückgezogen, um zu sterben? Oder um zu entkommen?

»Mein Gott, die Lichter!« brüllte Richie. »Die Lichter gehen aus... was ist geschehen, Bill? Wo warst du? Wir dachten, du wärest tot!«

Aber Bill wußte, daß das nicht ganz stimmte; wenn sie ihn wirklich für tot gehalten hätten, so wären sie auseinandergerannt – und dann hätte Es sie mit Leichtigkeit einen nach dem anderen umbringen können. Viel-

1016

leicht wäre es richtiger zu sagen, daß sie zwar *gedacht* hatten, er sei tot, daß sie aber *geglaubt* hatten, daß er lebte.

Wir müssen uns vergewissern! Wenn Es im Sterben liegt und sich dorthin geflüchtet hat, woher Es gekommen ist, dann ist alles gut. Aber was, wenn Es nur verletzt ist? Was, wenn Es sich wieder erholen kann? Was...

Stans gellender Schrei riß ihn abrupt aus seinen Gedankengängen. Im schwachen Licht sah Bill, daß einer der Spinnfäden direkt auf Stans Schulter gefallen war. Aber noch bevor Bill ihm zu Hilfe eilen konnte, hatte Mike Hanlon schon einen Hechtsprung gemacht und Stan zu Boden geworfen. Der Faden schwirrte zurück und riß ein Stück von Stans Polohemd mit sich.

»Zurück!« schrie Ben den anderen zu. »*Paßt auf, das ganze Netz kommt gleich runter...*« Er packte Beverly bei der Hand und zog sie zu der kleinen Tür in der mit Salpeterflecken übersäten Mauer, während Stan sich hochrappelte, sich benommen umschaute und dann Eddie packte. Die beiden rannten – sich gegenseitig helfend – auf Ben und Beverly zu. In dem immer schwächer werdenden Licht sahen sie wie Phantome aus.

Sie beobachteten, wie das Spinnennetz seine Symmetrie verlor, wie es in sich zusammenfiel. Leichen wirbelten durch die Luft. Die Fäden brachen auseinander wie vermoderte Leitersprossen; beim Aufprall auf den Steinen zischten und fauchten sie wie Katzen, und dann zerliefen sie.

Mike Hanlon raste durch das herabfallende Netz auf die Tür zu, wie er später in der High School durch die gegnerischen Reihen beim Football rasen würde, mit gesenktem Kopf, geduckt, im Zickzack. Richie rannte ihm nach. So unglaublich es auch schien – Richie lachte, obwohl ihm alle Haare zu Berge standen. Die Phosphoreszenz, die über die Wände gezuckt und gestrudelt hatte, war nun fast erloschen, und es wurde rasch dunkel.

»Bill!« brüllte Mike. »Komm endlich! Machen wir, daß wir von hier wegkommen!«

»*Aber was ist, wenn Es nicht tot ist?*« schrie Bill zurück. »*Wir müssen* Ihm *folgen! Wir müssen uns vergewissern, daß Es wirklich tot ist!*«

Ein ganzes Knäuel von Spinnweben schwebte wie ein Fallschirm herab und fiel mit einem gräßlichen Geräusch auseinander, das sich anhörte, als würde Haut zerrissen. Mike packte Bill am Arm und zog ihn aus der Gefahrenzone heraus.

»Es ist tot!« rief Eddie. Seine Augen glühten wie im Fieber, und sein Atem war ein hoher Pfeifton. Sein Gips hatte zahlreiche Kerben an je-

1017

nen Stellen, wo herabfallende Spinnfäden ihn gestreift hatten. »Ich habe Es gehört, Es war am Sterben, dessen bin ich mir ganz sicher!«

Richie riß Bill in eine wilde Umarmung und schlug ihm begeistert auf den Rücken. »Ich habe Es ebenfalls gehört – Es lag im Sterben, Big Bill! Es lag im Sterben... *und du stotterst nicht! Kein bißchen!* Wie hast du das nur gemacht? Wie in aller Welt...«

In Bills Gehirn wirbelte alles wild durcheinander. Tiefe Erschöpfung überfiel ihn. Er konnte sich nicht erinnern, jemals zuvor so müde gewesen zu sein... aber er hörte im Geiste die schleppende, bekümmerte Stimme der Schildkröte: *Ich würde das Werk jetzt vollenden. Laß Es nicht entkommen... was man vollbringen kann, wenn man elf Jahre ist, kann man später oft nie mehr vollbringen.*

»Aber wir müssen uns doch vergewissern...«

Die Schatten verdichteten sich; es war jetzt fast völlig dunkel. Aber bevor auch das letzte Licht verschwand, glaubte Bill in Beverlys Gesicht den gleichen schrecklichen Zweifel zu lesen... und noch stärker in Stans Augen. Und als gleich darauf undurchdringliche Dunkelheit sie umgab, konnten sie immer noch die gespenstischen Geräusche SEINES zerfallenden unsagbar scheußlichen Netzes hören.

3.

Bill in der Leere, später

– na, da bist du ja wieder, kleiner Freund! Was ist denn nur mit deinen Haaren passiert? Ausgefallen... wie traurig! Was für traurig kurze Lebensspannen Menschen doch haben!

Ich bin immer noch Bill Denbrough. Du hast meinen Bruder umgebracht, du hast Stan umgebracht, und du hast versucht, Mike umzubringen. Diesmal werde ich das Werk vollenden, diesmal kommst du mir nicht mehr lebend davon!

– die Schildkröte ist zu dumm zum Lügen; sie hat dir die Wahrheit gesagt, kleiner Freund... du hast den einzig möglichen Zeitpunkt verstreichen lassen. Du hast mich damals verwundet... weil du mich überrascht hast. Nie wieder passiert das. Ich habe euch zurückgerufen. Ich.

Du hast uns gerufen, okay, aber du warst nicht der einzige.

– dein Freund die Schildkröte... sie ist vor einigen Jahren gestorben. Die alte Närrin hat sich in ihrem Panzer erbrochen und ist an ein, zwei Galaxien erstickt; sehr traurig, findest du nicht auch? Es ist etwa um jene Zeit herum passiert, als du beim Schreiben nichts Rechtes zustande gebracht hast, kleiner Freund.

Auch das glaube ich nicht.

– oh, du wirst es schon noch glauben ... du wirst schon sehen. Diesmal, kleiner Freund, habe ich die feste Absicht, dich alles sehen zu lassen ... einschließlich der Totenlichter

Seine Stimme schwoll immer mächtiger an – und Bill erkannte voller Entsetzen das ganze grenzenlose Ausmaß Seiner Wut. Er versuchte, seine geistige Zunge zu fassen zu bekommen, er konzentrierte sich mit aller Kraft darauf und bemühte sich verzweifelt, seinen kindlichen Glauben von damals in voller Stärke wieder aufleben zu lassen. Aber gleichzeitig war ihm bewußt, daß in Seinen Worten eine tödliche Wahrheit lag: Beim letzten Mal war Es unvorbereitet gewesen. Und diesmal ... nun, selbst wenn Es sie nicht zurückgerufen hatte, so hatte Es doch zumindest auf sie gewartet.

Aber dennoch ...

Er fühlte seinen eigenen reinen, heiligen Zorn, als er ihm fest in seine bösartigen Augen blickte. Er bemerkte seine alten Narben, fühlte, daß sie Es damals wirklich ernsthaft verletzt hatten, und daß diese Wunden immer noch nicht ganz verheilt waren.

Und als Es ihn wieder in den leeren Raum schleuderte, als sein Geist wieder aus seinem Körper gerissen wurde, da konzentrierte er sich mit all der ihm zur Verfügung stehenden Kraft darauf, Seine Zunge zu packen

... *und verfehlte sie.*

4.

Richie

Zunächst sahen die vier anderen nur wie gelähmt zu. Es war eine genaue Wiederholung dessen, was sie schon einmal erlebt hatten – zunächst. Die Spinne, die soeben noch Bill hatte packen, ihn verschlingen wollen, schien mitten in der Bewegung zu erstarren. Bill blickte ihr fest in die riesigen, aus den Höhlen vortretenden Rubinaugen. Sie spürten, daß zwischen den beiden ein Kontakt bestand ... sie vermochten sich allerdings nicht vorzustellen, welcher Art dieser Kontakt sein mochte. Aber sie spürten den Kampf, den Zusammenprall zweier Willen.

Dann blickte Richie in die Höhe, betrachtete das neue Spinnennetz und sah den ersten Unterschied zu damals.

Im Netz hingen Leichen – manche halb aufgefressen und halb verwest, das war nichts Neues ... aber hoch oben in einer Ecke hing ein Körper, bei dessen Anblick Richie das sichere Gefühl hatte, daß er noch ganz frisch war, vielleicht sogar noch lebte. Beverly hatte nicht hochgeblickt – ihre ganze Aufmerksamkeit konzentrierte sich auf Bill und die Spinne –, aber trotz seines Entsetzens fiel Richie sofort die Ähnlichkeit zwischen Beverly und der dort im Netz hängenden Frau auf. Sie hatte lange rote Haare. Ihre Augen waren geöffnet, starr und glasig. Ein Speichelfaden war ihr aus dem linken Mundwinkel über das Kinn geflossen. Sie war von der Taille bis unter die Arme eingesponnen und an einem der Hauptkabel des Netzes aufgehängt. Ihre Arme und Beine hingen schlaff herab. Sie hatte nackte Füße.

Dicht unter dem Netz lag zusammengesunken ein weiterer Leichnam – ein Mann, den Richie noch nie im Leben gesehen hatte... und doch registrierte er eine fast unbewußte Ähnlichkeit mit dem verstorbenen, unbeweinten Henry Bowers. Der Unbekannte mußte aus beiden Augen geblutet haben, und vor dem Mund und am Kinn hatte er geronnenen Blutschaum. Er...

Dann schrie Beverly plötzlich: *»Etwas ist schiefgegangen! Etwas ist nicht in Ordnung, tut doch etwas, um Gottes willen, jemand muß etwas tun...!«*

Richie richtete seinen Blick zurück auf Bill und die Spinne... und er glaubte, ein unvorstellbar schauriges kicherndes Gelächter zu vernehmen. Bills Gesicht zog sich irgendwie in die Länge. Seine Haut hatte die gelbliche Farbe von Pergament und war so dünn und fast durchsichtig wie die Haut sehr alter Menschen. Seine Augen traten in schierem Entsetzen weit aus den Höhlen hervor.

O Bill, wo bist du?

Plötzlich schoß Blut aus Bills Nase hervor. Sein Mund zuckte, versuchte vergeblich zu schreien... und nun bewegte sich die Spinne wieder, griff ihn an, richtete Ihren Stachel auf ihn.

Es will ihn töten... seinen Körper töten... während sein Geist sich irgendwo anders befindet. Es will ihn ein für allemal ausschalten... Es gewinnt... O Bill, wo bist du? Um Gottes willen, wo bist du?

Und von irgendwo, aus einer unvorstellbaren Entfernung, hörte er ganz schwach Bills Schrei... und die Worte waren kristallklar und sprachen von grauenhafter Verzweiflung, obwohl Richie ihren Sinn nicht verstand:

(Die Schildkröte ist tot o Gott die Schildkröte ist wirklich tot)

Beverly schrie wieder auf und hielt sich die Ohren zu, so als könne sie es nicht ertragen, diese schwache, verzweifelte Stimme zu hören. Die Spinne hob ihren Giftstachel... und plötzlich rannte Richie auf sie zu; er grinste von einem Ohr bis zum anderen, und er brüllte mit seiner allerbesten Irischer-Polizist-Stimme:

»Aber, aber, mein liebes Mädchen! Was zum Teufel hast du vor? Laß sofort diesen Blödsinn, sonst kannst du was erleben!«

Das Gelächter der Spinne brach abrupt ab, und Richie spürte, wie Es statt dessen ein rasendes Geheul der Wut und des Schmerzes ausstieß. *Ich habe Es verletzt!* dachte er frohlockend. *Ich habe Es verletzt, gar kein Zweifel, ich habe Es verletzt, und* ... SEINE *Zunge!* ICH HABE SEINE ZUNGE ZU FASSEN BEKOMMEN! BILL HAT SIE AUS IRGENDEINEM GRUND VERFEHLT, ABER ICH HABE ...

Und dann wurde Richie aus seinem Körper herausgeschleudert, in die Finsternis hinein; er hörte Es vor Wut heulen und toben – er hatte das Gefühl, einen ganzen summenden Bienenschwarm im Kopf zu haben, und er war sich vage bewußt, daß Es versuchte, ihn abzuschütteln, und daß Es dabei Fortschritte machte. Angst und Schrecken bemächtigten sich seiner – und dann trat an ihre Stelle ein Gefühl grenzenloser Absurdität. Ihm fiel Beverly ein, die ihm einst gezeigt hatte, wie man mit einem Jo-Jo umgeht, wie man es ›schlafen‹ läßt. Und jetzt flog er selbst dahin wie ein Käfer, der sich an eine Jo-Jo-Schnur klammert, die länger ist als das ganze bekannte Universum, nur daß er sich nicht an einer Schnur festhielt, sondern an SEINER Zunge, in die er hineingebissen hatte – und wenn *das* nicht komisch war, dann wußte er beim besten Willen nicht, was überhaupt komisch war. Richie lachte. Er wußte, daß es sich nicht gehörte, mit vollem Mund zu lachen, aber er bezweifelte, daß hier draußen jemand Bücher über gutes Benehmen las.

Darüber mußte er wieder lachen, und er biß fester zu.

Es schrie erneut und schüttelte ihn wütend, heulte vor Zorn darüber, wieder überrascht worden zu sein – Es hatte geglaubt, nur der Rothaarige, der jetzt fast kahl war, hätte den Mut, Es herauszufordern, und nun hatte dieser Mann, der wie ein verrückter Junge lachte, Es gepackt, als Es am wenigsten darauf vorbereitet gewesen war.

Richie spürte, daß er abzurutschen drohte.

– *Halten Sie mal 'nen Moment inne, Senhorita, wir zwei Hübschen machen diesen Ausflug hier draußen schön brav zusammen, oder ich rühr' mich nicht vom Fleck, caramba!*

Er fühlte, wie seine Zähne sich tiefer in SEINE Zunge gruben, und er verspürte einen schwachen Schmerz, als Es SEINE Fangzähne ebenfalls in seine Zunge bohrte. Und doch war das alles furchtbar komisch. Obwohl ihn Finsternis umgab, obwohl er durch eine ungeheure Leere schoß, obwohl die Zunge dieses unvorstellbaren Monsters die einzige ihm verbliebene Verbindung zu seiner eigenen Welt war, obwohl SEINE giftigen Fangzähne ihm Schmerz zufügten und seinen Geist in roten Nebel hüllten – es war wirklich trotz allem verdammt komisch. *Überprüft es, Leute. Ein Disc-Jockey kann fliegen.*

Er flog tatsächlich.

Richie war von einer so gewaltigen Dunkelheit umgeben, wie er sie nicht einmal im Traum für möglich gehalten hätte; er schoß mit irrsinniger Geschwindigkeit durch diese schwarze Leere und wurde von einer Seite auf die andere geschleudert und geschüttelt wie eine Ratte im Maul eines Terriers. Er nahm vor sich etwas wahr, einen riesigen Körper, und er begriff, daß das die Schildkröte sein mußte, deren Tod Bill vorhin mit verklingender Stimme beklagt hatte. Sie war nur ein Panzer, eine tote Hülse; Richie spürte kein Leben in ihr. Dann war er auch schon an ihr vorbei, sauste weiter in die Dunkelheit hinaus.

Ich hab' jetzt wirklich Volldampf drauf, dachte er und verspürte wieder jenen wilden Drang zum Lachen.

Bill! Bill! Kannst du mich hören?

— er ist weg, er ist in den Totenlichtern, laß mich los! Laß mich los! Lass mich los!

(Richie?)

Aus unglaublicher Ferne; unglaublich weit draußen in all dieser Finsternis.

Bill! Bill! Hier bin ich! Halt dich an mir fest! Um Gottes willen, gib mir deine Hand

— er ist tot, ihr alle seid tot, ihr wart viel zu alt, begreifst du das denn nicht? Und jetzt laß mich los!

Bring mich zu ihm, du Hure, dann tu' ich's vielleicht

Richie

— näher, er war jetzt näher, Gott sei Dank —

Ich komme schon, Big Bill! Richie, das Ein-Mann-Rettungskommando! Ich werd' deinen alten Scheißarsch schon retten!

— laß mich Looooos!

Es schien jetzt starke Schmerzen zu haben, und Richie begriff, daß er Es total überrascht hatte — Es hatte geglaubt, es nur mit Bill zu tun zu haben. Das war gut. Ganz ausgezeichnet. Es ging Richie im Augenblick gar nicht darum, Es zu töten; er war sich inzwischen gar nicht mehr sicher, ob man Es überhaupt töten *konnte.* Aber Bill konnte getötet werden, und Richie spürte, daß Bill nur noch sehr, sehr wenig Zeit hatte. Bill sauste auf irgendeine riesige unangenehme Überraschung hier draußen zu, eine Überraschung, über die man am besten nicht nachdachte.

Richie, nein! Kehr um! Hier oben ist das Ende von allem! Die Totenlichter...!

Hört sich an wie die Dinger, die man anmacht, wenn man nachts mit dem Stahlroß unterwegs ist, Senhor... wo bist du, Honigkuchenpferd? Lächle mal, damit ich sehen kann, wo du bist!

Und plötzlich war Bill da, schlitterte

(von rechts? von links? hier gab es keine Richtungen)

auf ihn zu. Und hinter ihm konnte Richie etwas sehen-spüren, etwas, bei dessen Anblick ihm jedes Lachen verging. Es war eine Barriere, etwas von seltsamer nicht-geometrischer Form, das sein Geist nicht verarbeiten konnte. Statt dessen setzte sein Geist es um, so gut er eben konnte, so wie er auch SEINE Gestalt in eine Spinne umgesetzt hatte, und das erlaubte es Richie, es als riesige graue Wand ansehen zu können, die aus titanischen Pfählen versteinerter Bäume bestand. Diese Pfähle schienen nach oben und unten kein Ende zu nehmen, und sie hatten Ähnlichkeit mit den Stangen eines Käfigs. Und zwischen ihnen hindurch schien ein starkes dumpfes Licht. Es schimmerte und bewegte sich, lächelte und knurrte. Das Licht war lebendig.

(Totenlichter!)

Mehr als lebendig: Es hatte irgendeine furchtbar starke Kraft – Magnetismus, Gravitation oder irgendwas anderes. Richie spürte, wie dieses Licht gierig über sein Gesicht glitt... und das Licht *dachte.*

Dies ist Es, *dies ist* Es, *der Rest von* IHM.

– laß mich los, du hast versprochen, mich loszulassen

Manchmal, mein Schätzchen, lüge ich eben – meine Mom, die haut mich immer deswegen, aber mein Dad hat's schon aufgegeben

Er spürte, daß Bill auf eine der Lücken zwischen den Pfählen zutrieb, daß böse Lichtfinger nach Bill griffen, und obwohl Es ihn wild umherschleuderte, spannte er all seine Kräfte an und streckte verzweifelt die Hand nach seinem Freund aus.

Bill! Deine Hand! Gib mir deine Hand! DEINE HAND, VERFLUCHT NOCH MAL! DEINE HAND!

Bills Hand schoß vor; seine Finger öffneten und schlossen sich, und jenes lebendige Feuer kroch und zuckte über seinen Trauring und bildete runenhafte Muster – Räder, Sicheln, Sterne, Hakenkreuze, verschlungene Kreise, die sich in rollende Ketten verwandelten. Dasselbe Licht überflutete auch Bills Gesicht und verlieh ihm ein tätowiertes Aussehen. Richie streckte seine Hand aus, so weit er nur konnte, während er Es schreien und jammern hörte.

(Ich habe ihn verfehlt, o mein Gott, ich habe ihn verfehlt, und er wird durch diesen Zaun hindurchschießen!)

Dann schlossen Bills Finger sich um Richies, und Richie ballte seine Hand rasch zur Faust. Bills Beine flogen durch eine Lücke zwischen den versteinerten Bäumen, und einen irrsinnigen Augenblick lang konnte Richie alle Knochen, Venen und Kapillargefäße von Bills Beinen sehen, so als wäre Bill in den stärksten Röntgenapparat der Welt geraten. Richie spürte, wie seine Armmuskeln sich bis zum Äußersten dehnten, wie sein Schultergelenk unter dem unheimlichen Ziehen ächzte und stöhnte.

Er sammelte all seine Kräfte und schrie: »Zieh uns zurück! Zieh uns zurück, oder ich bringe dich um! Ich... ich werde dich sonst mit meiner Stimme erschlagen!«

Die Spinne kreischte, und Richie spürte plötzlich, wie eine dicke Peitschenschnur durch seinen Körper schoß. Sein Arm war eine einzige weißglühende Stange rasenden Schmerzes. Sein Griff um Bills Hand begann sich zu lockern.

»Halt dich fest, Big Bill!«

»Tu' ich, Richie! Ich lass' dich nicht mehr los!«

Dürfte auch besser für dich sein, dachte Richie grimmig, *denn ich glaube, hier draußen könntest du zehn Milliarden Meilen weit umherirren, ohne irgendwo ein öffentliches Klo zu finden!*

Sie flogen rückwärts; jenes Wahnsinnslicht wurde schwächer, wurde zu einer Reihe funkelnder Stecknadelköpfe, die zuletzt auch außer Sicht gerieten. Sie sausten durch die Finsternis – Richie hielt sich mit den Zähnen an SEINER Zunge fest und hatte Bills Hand wieder fest im Griff. Sie sausten am Panzer der Schildkröte vorüber – im Bruchteil einer Sekunde lag sie schon wieder weit hinter ihnen.

Richie spürte, daß ihre reale Welt näher kam, und er dachte, daß er die Welt nie wieder als ›real‹ ansehen würde – er würde sie von nun an immer als geschickt gemachte Kulisse betrachten, die durch ein Geflecht gestützt wird – ein spinnennetzartiges Geflecht. *Aber wir werden es schaffen,* dachte er. *Wir werden zurückkehren. Wir...*

Und dann versuchte Es plötzlich wieder, sie abzuschütteln; Es peitschte sie wild durch die Gegend, schwenkte sie wie rasend umher, um sich doch noch von ihnen zu befreien, um sie doch noch in jener Dunkelheit des Außerhalbs zu lassen. Und Richie fühlte, daß er den Halt verlor. Er hörte SEIN gutturales, laut anschwellendes triumphierendes Brüllen und konzentrierte sich mit aller Kraft darauf, nicht loszulassen. Er biß verzweifelt zu, aber SEINE Zunge schien plötzlich an Substanz und Realität zu verlieren, fühlte sich wie hauchdünne, nicht faßbare Gaze an.

»Hilfe!« schrie Richie. *»Ich verliere den Halt! Bitte helft uns!«*

5.

Eddie

Eddie war sich dessen, was da vor sich ging, halb bewußt; er fühlte es irgendwie, aber so, als blicke er durch einen dünnen Vorhang. Irgendwo versuchten Bill und Richie verzweifelt zurückzukehren. Ihre Körper waren hier, aber ihre Geister weilten in weiter Ferne.

Er hatte gesehen, wie die Spinne Bill mit ihrem Stachel hatte aufspießen wollen, und dann war Richie nach vorne gestürzt und hatte sie mit jener lächerlichen ›Stimme-eines-irischen-Bullen‹ angebrüllt, die er als Kind zum Spaß oft nachgemacht hatte – nur mußte Richies Imitationstalent sich in der Zwischenzeit gewaltig entwickelt haben, denn diese Stimme hörte sich wirklich unheimlich nach Mr. Nell an, jenem Polizisten, der damals ihren Damm in den Barrens entdeckt hatte.

Die Spinne hatte sich Richie zugewandt, und Eddie hatte gesehen, wie ihre scheußlichen roten Augen noch stärker aus den Höhlen hervortraten. Richie hatte sie wieder angebrüllt, diesmal mit seiner Pancho-Villa-Stimme, und Eddie hatte gefühlt, daß die Spinne vor Schmerz heulte. Ben hatte heiser aufgeschrien, als ein langer Riß sich in ihrer behaarten Haut aufgetan hatte und ein Blutstrom, schwarz wie Rohöl, daraus hervorgeschossen war. Richie hatte wieder zu einer Rede angesetzt... und seine Stimme war *verklungen*, so wie die Musik am Ende mancher Pop-Songs. Sein Kopf war weit in den Nacken gerollt, seine Augen blickten starr in die Augen der Spinne, die plötzlich aufgehört hatte zu heulen.

Eddie hatte keine Ahnung, wieviel Zeit vergangen war. Richie und die Spinne starrten sich an, und Eddie spürte, daß zwischen ihnen eine Verbindung bestand. Er nahm wahr, daß irgendwo ein ungeheurer Sog am Werk war; er konnte nichts Genaues erkennen, aber er ahnte den Stand der Dinge.

Bills Körper lag schlaff am Boden; er blutete aus der Nase und aus den Ohren, sein schmales Gesicht war leichenblaß, seine Augen geschlossen, und seine Finger zuckten ein wenig.

Die Spinne blutete jetzt aus vier oder fünf Wunden; sie war wieder schwer verletzt, aber sie war immer noch gefährlich vital, und Eddie dachte: *Warum stehen wir nur so herum und tun nichts? Wir könnten sie – Es! – doch verwunden, während sie mit Richie beschäftigt ist! Warum bewegt sich denn niemand von uns, um Himmels willen?*

Er fühlte einen wilden Triumph – und dieses Gefühl war ausgeprägt, stark. Nahe. *Sie kommen zurück?* hätte er rufen mögen, aber sein Mund war zu trocken, seine Kehle wie zugeschnürt. *Sie kommen zurück!*

Dann begann Richie, seinen Kopf langsam von einer Seite zur anderen zu drehen. Sein Körper wurde heftig geschüttelt. Seine Brille hing einen Augenblick lang an der äußersten Nasenspitze... dann fiel sie herunter und zerschellte auf dem Steinboden.

Auch die Spinne bewegte sich; ihre gräßlichen Beine schabten trocken über den Boden. Eddie hörte sie in schrecklichem Triumph aufbrüllen,

1025

und einen Augenblick später drang Richies Stimme ganz klar und deutlich in seinen Kopf ein:

(Hilfe! Ich verliere den Halt! Bitte helft uns!)

Eddie stürzte nach vorne, seinen Aspirator in der gesunden Hand, den Mund zur Grimasse verzerrt; seine Kehle schien jetzt so eng wie ein Nadelöhr zu sein, und sein Atem ging pfeifend. Absurderweise tanzte das Gesicht seiner Mutter vor ihm auf und ab, und sie rief weinend: *Geh nicht nahe an dieses Ding heran, Eddie! Bleib weg! Solche Dinge verursachen Krebs!*

»Halt den Mund, Ma!« schrie Eddie mit hoher, dünner Stimme – zu einer kräftigeren fehlte ihm die Luft. Die Spinne löste ihren Blick von Richie und wandte IHREN Kopf diesem Geräusch zu.

»*Da!*« kreischte Eddie mit dieser dünnen, hohen Stimme. »*Da hast du was! Wie wär's damit?*«

Er sprang Es an und drückte aus nächster Nähe auf seinen Aspirator, und für einen Moment kehrte sein Kinderglaube an diese Medizin wieder zurück, an diese Medizin seiner Kindheit, die damals in allen Lebenslagen zu helfen schien, ob nun die größeren Jungen ihn verprügelt hatten, ob er nach Schulschluß in der allgemeinen wilden Hektik des Aufbruchs über den Haufen gerannt worden war, ob er am Rande des leeren Parkplatzes der Gebrüder Tracker sitzen mußte und vom Spiel ausgeschlossen war, weil seine Mutter ihm das Baseballspielen verboten hatte. Es war gute Medizin, *starke* Medizin, und während er der Spinne fast ins Gesicht sprang, ihren Fäulnisgestank roch und von ihrer rasenden Wut und Entschlossenheit, sie alle umzubringen, fast überwältigt wurde, schoß er mit seinem Aspirator genau in eines ihrer Augen.

Er fühlte – hörte ihren Schrei – diesmal keinen Wut-, sondern einen Schmerzensschrei, ein fürchterliches Aufheulen in höchster Qual. Er sah, wie sich die Spraytropfen auf diesem riesigen blutroten Auge verteilten, wie sie weiß wurden und einsanken wie eine ätzende Karbolsäure; er sah das große Auge flach werden wie einen blutigen Eidotter, sah es in einem unheimlichen Strom von lebendigem Blut und weißem Eiter auslaufen.

Komm jetzt zurück, Bill!« rief er, obwohl er kaum noch Luft bekam, und dann prallte er gegen die Spinne, und er spürte, wie ihre widerliche Hitze ihn durchflutete; er spürte eine schreckliche nasse Wärme und stellte fest, daß sein heiler Arm in das Maul der Spinne geraten war.

Er drückte wieder auf seinen Aspirator, schoß ihr seine Medizin diesmal direkt in die Kehle, direkt in ihren bösartigen, nach Fäulnis und Verwesung stinkenden Schlund, und dann verspürte er plötzlich einen rasenden Schmerz, als ihr Kiefer zuschnappte und sie ihm den Arm dicht unter dem Schulteransatz abbiß.

Eddie fiel zu Boden, und aus dem zerfetzten Armstumpf schoß eine Blutfontäne hervor; er nahm verschwommen wahr, daß Bill taumelnd auf die Beine kam, daß Richie auf ihn zutorkelte wie ein Betrunkener nach einem ausgedehnten nächtlichen Zechgelage.

»...Eds...«

Weit weg. Unwichtig. Er fühlte, wie zusammen mit seinem Lebenssaft auch alles andere aus ihm herausrann – Zorn und Schmerz und Angst und Verwirrung und Verletzbarkeit. Er vermutete, daß er im Sterben lag, aber er fühlte sich so... ah, lieber Gott, er fühlte sich so *hell* und *klar* wie eine frisch geputzte Fensterscheibe, durch die nun ungehindert das ganze prachtvoll beängstigende Licht irgendeines unvermuteten Sonnenaufgangs einfallen kann; das *Licht,* o Gott, jenes klare Licht, das in jeder Sekunde irgendwo auf der Welt den Horizont erhellt.

»...Eds o mein Gott Bill Ben er hat seinen *Arm* verloren, er hat...«

Er schaute zu Beverly auf und sah, daß sie weinte, daß Tränen ihr über die schmutzigen Wangen rollten, während sie einen Arm um ihn schlang. Er nahm wahr, daß sie ihre Bluse ausgezogen hatte, daß sie versuchte, damit den Blutstrom zum Stillstand zu bringen, daß sie um Hilfe rief. Dann sah er Richie an und leckte sich die Lippen. Verblaßte, verblaßte immer mehr. Wurde klarer und klarer, wurde leer, alles Unreine strömte aus ihm aus, damit er klar werden konnte, so daß das Licht ihn durchströmen konnte, und hätte er Zeit genug gehabt, hätte er darüber reden, hätte er darüber predigen können: *Nicht schlimm,* hätte er angefangen. *Es ist überhaupt nicht schlimm.* Aber da war noch etwas, das er zuerst sagen mußte.

»Richie«, flüsterte er.

»Was?« Richie war auf Händen und Knien und sah ihn verzweifelt an.

»Nenn mich nicht Eds«, sagte er und lächelte. Er hob langsam die linke Hand und berührte Richies Wange. Richie weinte. »Du weißt, daß ich... ich...« Eddie machte die Augen zu und überlegte, wie er es zu Ende sagen mußte, und während er noch darüber nachdachte, starb er.

6.

Derry, 7.00 Uhr–9.00 Uhr

Um 7 Uhr war die Geschwindigkeit des Westwindes, der durch Derry fegte, auf etwa 37 Meilen pro Stunde angestiegen, und bei plötzlichen Böen betrug sie sogar 45 Meilen pro Stunde. Harry Brooks, ein Meteorologe vom Nationalen Wetterdienst, der am Internationalen Flughafen von Bangor Dienst tat, gab eine alarmierende telefonische Mitteilung an die Zentrale des Nationalen Wetterdienstes in Augusta durch. Er erklärte, die Winde kämen von Westen und bewegten sich in eigenartiger halbkreisförmiger Richtung, was er noch nie zuvor gesehen habe... Aber seiner Meinung nach handle es sich um irgendeine seltsame Abart von Wirbelsturm, der sich indessen fast ausschließlich auf das Stadtgebiet von Derry zu konzentrieren scheine. Um 7.10 Uhr gaben die wichtigsten Rundfunksender Bangors die ersten ernsten Unwetterwarnungen durch. Nach der Explosion des Transformators bei Tracker Brothers fiel der Strom auf jener Seite der Barrens, wo die Kansas Street verlief, in ganz Derry aus. Um 7.17 Uhr stürzte ein ehrwürdiger alter Ahorn mit ohrenbetäubendem Krachen auf einen Laden an der Ecke von Merit Street und Cape Avenue. Ein älterer Kunde namens Raymond Fogarty wurde von einem umstürzenden Kühlregal für Bier erschlagen. Es war derselbe Raymond Fogarty, der als Geistlicher der First Methodist Church von Derry im Oktober 1957 George Denbrough beerdigt hatte. Der Ahorn riß außerdem so viele Stromleitungen mit sich, daß nun auch in Old Cape und in der moderneren Siedlung Sherburn Woods der Strom ausfiel. Die Kirchturmuhr der Grace Baptist Church hatte weder um sechs noch um sieben Uhr geschlagen. Um 7.20 Uhr schlug die Uhr dreizehn Mal. Eine Minute später schoß ein blauweißer Blitz in den Kirchturm. Heather Libby, die Pfarrersfrau, schaute gerade in diesem Augenblick zufällig aus dem Küchenfenster des Pfarrhauses, und sie sagte später, der Kirchturm sei ›explodiert, als hätte jemand ihn mit Dynamit geladen‹. Vom Regen vieler Jahre weißgewaschenes Holz und Balkensplitter und Uhrwerkteile aus der Schweiz regneten auf die Straße herab. Der ausgezackte untere Teil des Kirchturms brannte noch kurze Zeit, aber das Feuer wurde rasch vom Wolkenbruch gelöscht, der inzwischen die Ausmaße tropischer Regenfälle angenommen hatte. Die Straßen, die hügelabwärts zur Innenstadt führten, hatten sich in Sturzbäche verwandelt. Unter der Main Street brauste und donnerte der Kanal mit solcher Stärke, daß die Menschen unbehagliche Blicke tauschten. Um 7.25 Uhr, als das ungeheure Krachen des explodierenden Kirchturms noch in ganz Derry widerhallte, sah der Pförtner, der jeden Morgen außer sonntags in ›Wally's Spa‹ kam, um die Kneipe zu putzen, etwas, das ihn schreiend auf die Straße hinausstürzen ließ. Dieser Bursche – seit seinem ersten Semester an der University of Maine vor nunmehr elf Jahren ein Alkoholiker – erhielt für seine Arbeit nur eine kleine Geldsumme – sein eigentlicher Lohn bestand darin, den gesamten vom Vorabend in den Bierfäßchen unter der Bartheke übriggebliebenen Inhalt konsumieren zu dürfen. Richie

Tozier hätte sich eventuell an ihn erinnert; er hieß Vincent Caruso Taliendo und hatte bei seinen Klassenkameraden den Spitznamen ›Boogers‹ Taliendo gehabt. Als er an diesem apokalyptischen Morgen den Fußboden der Kneipe aufwischte und sich dabei immer näher zur Theke vorarbeitete, sah er, wie sich alle sieben Bierfäßchen nach vorne neigten, so als würden sieben unsichtbare Hände an den Zapfhähnen ziehen. In Strömen goldweißen Schaums floß Bier aus ihnen heraus. Vince rannte auf sie zu; er dachte weder an Gespenster noch an Phantome, sondern nur daran, daß ihm sein Morgenquantum an Alkohol durch die Lappen ging. Doch dann blieb er plötzlich schreckensstarr stehen, riß die Augen auf und stieß einen entsetzten Schrei aus, der in der leeren, nach Bierdunst stinkenden Kneipe laut widerhallte. Statt Bier floß plötzlich Blut aus den Hähnen. Es sprudelte in die Chromrinnen, lief über und rann an der Seitenfläche der Bar herunter. Gleich darauf begannen aus den Zapfhähnen Haare und Fleischfetzen hervorzukommen. Taliendo starrte wie gelähmt darauf; er hatte nicht einmal mehr die Kraft zu schreien. Dann explodierte eines der Bierfäßchen mit dumpfem, tonlosem Knall. Alle Schranktüren unter der Bar flogen weit auf. Grünlicher Rauch quoll aus ihnen hervor. ›Boogers‹ hatte genug gesehen. Schreiend rannte er auf die Straße, die sich inzwischen in einen flachen Kanal verwandelt hatte. Er fiel auf den Hintern, stand auf und warf einen entsetzten Blick über die Schulter hinweg. Eines der Kneipenfenster flog klirrend heraus. Glasscherben pfiffen Vince um den Kopf. Einen Moment später explodierte auch das zweite Fenster. Vince blieb wie durch ein Wunder auch diesmal unverletzt... aber er faßte urplötzlich den Entschluß, seine Schwester in Eastport zu besuchen. Er machte sich sofort auf den Weg, und es wäre eine Geschichte für sich, wollte man seine Mühsale schildern, bis die Stadtgrenze Derrys endlich hinter ihm lag... aber schließlich gelang es ihm doch, aus der Stadt herauszukommen – ein Glück, das nicht allen vergönnt wurde. Aloysius Nell, der vor kurzem 77 geworden war, saß mit seiner Frau im Wohnzimmer ihres Hauses in der Strapham Street und betrachtete den Sturm, der Derry verwüstete. Um 7.32 Uhr erlitt er einen tödlichen Herzschlag. Seine Frau erzählte ihrem Bruder eine Woche später, daß Aloysius seine Kaffeetasse auf den Teppich fallen ließ, sich mit weit aufgerissenen Augen ganz aufrecht hinsetzte und schrie: »Aber, aber, mein liebes Mädchen! Was zum Teufel hast du vor? Laß sofort diesen Blödsinn, sonst kannst du was erleb...« Dann stürzte er vom Stuhl und zerbrach durch sein Gewicht die Tasse. Maureen Nell, die genau wußte, wie schlecht es in den letzten drei Jahren um sein Herz bestellt war, begriff sofort, daß es für ihn keine Rettung mehr gab, und nachdem sie ihm den Kragen gelockert hatte, rannte sie zum Telefon, um

Pater McDowell anzurufen. Aber das Telefon funktionierte nicht. Es gab nur komische Geräusche von sich, die Ähnlichkeit mit einer Polizeisirene hatten. Und deshalb versuchte sie – obwohl sie wußte, daß es vermutlich eine Blasphemie war, für die sie sich vor dem heiligen Petrus würde verantworten müssen –, ihren Mann selbst mit den Sterbesakramenten zu versehen. Sie war zuversichtlich – wie sie ihrem Bruder erzählte –, daß Gott sie verstehen würde, selbst wenn das beim heiligen Petrus nicht der Fall sein würde. Aloysius war ein guter Ehemann und ein guter Mensch gewesen, und wenn er zuviel getrunken hatte, so war das einfach sein irisches Erbe gewesen. Um 7.49 Uhr erschütterte eine ganze Serie von Explosionen das Einkaufszentrum Derrys, das auf dem Gelände der Kitchener-Eisenhütte errichtet worden war. Niemand wurde getötet; das Einkaufszentrum öffnete erst um 10 Uhr, und auch die fünf Pförtner mußten erst um 8 Uhr ihren Dienst antreten (und an einem Morgen wie diesem wäre ohnehin kaum einer von ihnen aufgetaucht). Eine Untersuchungskommission verwarf später die Möglichkeit einer Sabotage und vertrat – wenngleich nicht allzu überzeugend – die Ansicht, die Explosionen seien durch Wasser verursacht worden, das irgendwie in die elektrischen Anlagen des Einkaufszentrums vorgedrungen sei. Aber wie dem auch sein mochte – jedenfalls würde lange Zeit niemand mehr in Derrys Einkaufszentrum einkaufen können. Eine Explosion zerstörte Zales Juweliergeschäft vollständig. Diamantringe, Perlenketten, Armreifen, Trauringe und Seiko-Digitaluhren flogen wie funkelnde Hagelkörner in alle Richtungen. Eine Musikbox wurde in den Brunnen vor J. C. Penney's geschleudert, wo sie noch kurz eine ziemlich verzerrte Wiedergabe der Titelmelodie aus ›Love Story‹ zum besten gab, bevor sie verstummte. Dieselbe Explosion riß ein Loch ins ›Baskin-Robbins‹ nebenan und machte aus den 31 verschiedenen Eissorten eine Eissuppe, die als schmutzige Brühe über den Boden rann. Im ›Sears‹ wurde durch die Explosion ein Stück Dach losgerissen, und der Sturmwind wirbelte es durch die Lüfte wie einen Papierdrachen; es stürzte einen Kilometer entfernt in das Silo eines Farmers namens Brent Kilgallon. Kilgallons sechzehnjähriger Sohn rannte mit der Kodak-Kamera seiner Mutter aus dem Haus und machte ein Foto. Der ›National Enquirer‹ kaufte es für 60 Dollar, die dem Jungen zwei neue Reifen für sein Motorrad einbrachten. Eine dritte Explosion zerstörte das ›Hit or Miss‹ und schleuderte brennende Röcke, Jeans und Unterwäsche auf den überfluteten Parkplatz. Und eine letzte Explosion riß die Filiale des ›Derry Farmer's Trust‹ auf wie eine Keksschachtel. Auch vom Dach dieser Bank wurde ein Stück losgerissen. Die Alarmanlage begann zu heulen und verstummte erst vier Stunden später, nachdem die unabhängige Stromversorgung des Sicherheitssystems abgestellt wurde. Darlehensverträge, Einzahlungsformulare, Kassenzettel und alles mögliche andere Bank-Zubehör flogen gen Himmel und wurden vom Wind davongetragen. Und Geldscheine: hauptsächlich Zehner und Zwanziger, großzügig unterstützt von Fünfern und hin und wieder noch verschönert durch Fünfziger und Hunderter. Mehr als 75 000 Dollar wirbelten nach Aussagen der Bankangestellten durch die Lüfte... Später, nach zahlreichen Personalumbesetzungen im Vorstand, wurde – selbstverständlich nur streng inoffiziell – zugegeben, daß es eher so an die 200 000 Dollar gewesen waren. Eine Frau namens Rebecca Paulson fand in Haven einen Fünfzig-Dollar-Schein auf der Fußmatte vor ihrer Hintertür, zwei Zwanziger in ihrem Vogelhäuschen und sogar einen Hunderter, der an einer Eiche auf ihrem Hinterhof klebte. Ihr Mann und sie bezahlten mit diesem sozusagen vom Himmel gefallenen Geld zwei Raten für ihren Bombardier Skidoo. Dr. Hale, ein Arzt im Ruhestand, der seit fast 50 Jahren am West Broadway wohnte, kam um 8 Uhr ums Leben. Dr. Hale rühmte sich gern damit, daß er in der zweiten Hälfte dieser 50 Jahre tagtäglich den gleichen Spaziergang gemacht hatte, von seinem Haus um den Derry Park herum zur Grundschule und zurück. Nichts konnte ihn von seinem Spaziergang abhalten, nicht Regen noch Hagel, nicht Graupelschauer noch Schnee, kein heulender Nordostwind, keine klirrende Kälte. Auch an diesem Morgen machte er sich trotz der besorgten Einwände seiner Haushälterin auf den Weg. Seine letzten Worte, die er über die Schulter hinweg sagte, während er sein Haus durch den Vordereingang verließ und seinen Hut energisch bis zu den Ohren herunterzog, waren: »Seien Sie doch nicht so gottverdammt töricht, Hilda. Das ist doch weiter nichts als ein bißchen Regen. Sie hätten mal das Unwetter von 1957 sehen sollen! *Das* war ein Sturm!« Als Dr. Hale auf dem Rückweg wieder in den West Broadway einbog, flog ein Kanalschachtdeckel vor dem Haus der Muellers plötzlich in die Luft wie die Nutzlast einer Redstone-Rakete. Er enthauptete Dr. Hale so rasch und gründlich, daß der Arzt noch drei Schritte machte, bevor er tot auf dem Gehweg zusammenbrach.

Und die Windstärke nahm immer noch zu.

7.

Unter der Stadt, 16.15 Uhr

Eddie führte sie eine oder auch anderthalb Stunden durch die dunkler gewordenen Tunnels, bevor er in einem eher fassungslosen als ängstlichen Ton zugab, daß er sich zum erstenmal in seinem Leben verirrt hatte.

Sie konnten immer noch das dumpfe Brausen von Wasser in den Rohren hören, aber die Akustik in all den Tunnels war so eigenartig, daß man unmöglich sagen konnte, ob diese Wassergeräusche nun von vorne oder hinten, von oben oder unten kamen. Sie hatten keine Streichhölzer mehr. Sie irrten im Dunkeln umher.

Bill war sehr beunruhigt. Er mußte immer wieder an die Unterhaltung denken, die er mit seinem Vater in dessen Werkstatt geführt hatte. *Niemand weiß genau, wie diese verdammten Rohre verlaufen... ein Teil der Planzeichnungen ist verschwunden... Wenn alles funktioniert, spielt das natürlich keine Rolle. Wenn aber etwas kaputt ist, werden drei oder vier arme Leutchen vom städtischen Wasserwerk losgeschickt, um herauszufinden, welche Pumpe versagt hat oder wo etwas verstopft ist... Es ist dunkel dort unten, und es stinkt, und es gibt Ratten. Das sind alles gute Gründe, um wegzubleiben, der Hauptgrund ist aber, daß man sich dort unten leicht verirren oder sogar verlorengehen kann. So was ist alles schon passiert.*

So was ist alles schon passiert. So was ist alles schon passiert. Schon passiert.

Er spürte Panik in sich aufsteigen und versuchte, sie zu bekämpfen. Es gelang ihm einigermaßen, aber sie lauerte im Hintergrund wie etwas Lebendiges, das kratzt und jault und heult und versucht, sich zu befreien. Zu dieser Panik trug nicht zuletzt auch die bohrende, nicht zu beantwortende Frage bei, ob sie Es nun getötet hatten oder nicht. Richie, Mike und Eddie waren der Ansicht, Es sei tot. Aber Bevs ängstlicher, zweifelnder Gesichtsausdruck hatte Bill großes Unbehagen bereitet, und noch mehr vielleicht Stans Augen, als sie SEINE Behausung durch die kleine Tür wieder verlassen und sich von den unheimlichen Geräuschen des in sich zusammenfallenden Spinnennetzes entfernt hatten.

»Und was machen wir jetzt?« fragte Stan. Bill hörte das angsterfüllte Beben in Stans Stimme und wußte, daß die Frage an ihn gerichtet war.

»Ja«, sagte Ben. »Was? Verdammt, ich wünschte, wir hätten eine Taschenlampe... oder wenigstens eine Ke... Kerze.« Und Bill glaubte, bei dem letzten Wort ein mühsam unterdrücktes Schluchzen wahrgenommen zu haben. Das machte ihm mehr Angst als alles andere; obwohl Ben darüber sehr erstaunt gewesen wäre, hielt Bill den fetten Jungen für äußerst findig und ausgeglichen; er war zuverlässiger als Richie und verlor nicht so leicht die Nerven wie der übersensible Stan. Wenn sogar Ben einer Panik nahe war, dann konnte es leicht passieren, daß sie alle davon erfaßt wurden... und dann würden sie nie mehr hier herausfinden. Ihn selbst quälte nicht einmal so sehr der Gedanke an das Skelett des Mannes von den Wasserwerken, sondern die Erinnerung an Tom Sawyer und

Becky Thatcher, die sich in der McDougal-Höhle verirrt hatten. Sosehr er auch versuchte, diesen Gedanken zu verdrängen – er tauchte immer wieder auf.

Etwas anderes beunruhigte ihn auch noch, doch er war viel zu erschöpft, um richtig erkennen zu können, was es war. Vieleicht war diese Tatsache aber auch gerade deshalb so schwer faßbar, weil sie im Prinzip sehr einfach und logisch war: Sie fielen sozusagen auseinander. Das enge Band, das sie diesen ganzen Sommer lang zusammengeschweißt hatte, lockerte sich bedenklich. Sie hatten Es gestellt und besiegt, ob Es nun – wie Richie und Eddie glaubten – tot war, oder ob Es so schwer verletzt war, daß Es hundert oder tausend oder zehntausend Jahre schlafen würde. Sie hatten IHM ins Auge geschaut, hatten Es ohne irgendeine SEINER Masken gesehen, und Es war grauenhaft gewesen – grauenhaft, o ja! –, aber nachdem sie Es erst einmal gesehen hatten, war Es seiner mächtigsten Waffe beraubt gewesen. Schließlich hatten sie alle schon viele Spinnen gesehen. Es waren unheimliche Geschöpfe, und er vermutete, daß keiner von ihnen je wieder eine Spinne würde sehen können,

(wenn wir hier überhaupt jemals wieder herauskommen)

ohne einen Schauder zu verspüren. Aber letzten Endes war eine Spinne doch nur eine Spinne. Und vielleicht gab es – wenn die Masken des Schreckens einmal abgelegt waren – nichts, womit der menschliche Geist nicht fertig werden könnte. Das war ein aufmunternder Gedanke. Vielleicht konnte der menschliche Geist alles bewältigen, abgesehen von

(den Totenlichtern)

dem, was dort draußen in der Unendlichkeit war... jenem anderen Teil von IHM, und wenn sie das körperliche ICH tatsächlich getötet hatten, so war vielleicht sogar jenes unvorstellbare lebendige Licht an der Schwelle zum Makrokosmos tot oder lag im Sterben. Aber die Totenlichter und sein Flug durch den leeren Raum verblaßten bereits, und er konnte sich nur noch verschwommen daran erinnern. Doch das war jetzt auch nicht weiter wichtig. Was ihn unterbewußt quälte, ohne daß er diese Unruhe beim Namen hätte nennen können, war das Gefühl, daß ihre Zusammengehörigkeit, ihre verschworene Gemeinschaft zerfiel... sie zerfiel, und sie waren immer noch im Dunkeln tief unter der Erde. Jener andere war, durch ihre Freundschaft, vielleicht imstande gewesen, sie mehr als nur Kinder sein zu lassen. Aber nun wurden sie wieder zu ängstlichen Kindern. Bill spürte es, und die anderen spürten es auch.

»Was jetzt, Bill?« fragte nun auch Richie geradeheraus.

»Ich w-w-weiß n-n-n-nicht«, sagte Bill. Er stotterte wieder. Er hörte es, sie alle hörten es, und er stand im Dunkeln, spürte die zunehmende Panik und fragte sich, wie lange es wohl noch dauern würde, bis jemand –

1033

vermutlich Stan – ihm vorwerfen würde: *Warum weißt du es nicht? Du hast uns schließlich in diese Lage gebracht!*

»Und was ist mit Henry?« fragte Mike unbehaglich. »Ob er immer noch irgendwo hier unten ist?«

»O Gott«, stöhnte Eddie. »Henry hatte ich total vergessen. Bestimmt ist er noch hier, *ganz bestimmt*, er hat sich vermutlich genauso verirrt wie wir, und wir könnten jederzeit in ihn hineinlaufen... O Bill, hast du denn gar keine – keine einzige – Idee? Dein Vater arbeitet doch hier! Hast du denn wirklich keine einzige Idee?«

Bill lauschte dem fernen Donnern des Wassers und versuchte nachzudenken. Aber ihm fiel nichts ein. Nicht das geringste.

»*Ich* habe eine Idee«, sagte Beverly ruhig.

Bill hörte im Dunkeln ein Geräusch, das er sich im ersten Augenblick nicht erklären konnte. Ein Knistern. Dann folgte ein leichter erkennbares Geräusch – ein Reißverschluß wurde geöffnet. *Was?* dachte er, und dann begriff er, was los war. Beverly zog sich aus unerfindlichen Gründen aus.

»Was *machst* du?« fragte Richie mit erstaunter, zitternder Stimme.

»Ich weiß etwas«, sagte Beverly, und es kam Bill so vor, als sei ihre Stimme plötzlich viel erwachsener. »Ich weiß etwas – mein Vater hat mich darauf gebracht. Ich glaube, ich weiß, wie unsere engen Bande wieder zusammengeknüpft werden können. Und nur auf diese Weise können wir hier je wieder herauskommen.«

»Was?« fragte Ben verwirrt und fast erschrocken. »Wovon redest du eigentlich?«

»Etwas, das uns wieder zusammenbringen wird«, erklärte sie. »Das uns für immer zusammenbringen wird. Etwas, das zeigen wird...«

»N-N-Nein, Beverly!« rief Bill, der plötzlich begriffen hatte.

»... das zeigen wird, daß ich euch alle liebe«, fuhr sie fort, ohne ihn zu beachten, »daß ihr alle meine Freunde seid.«

»Wovon red...«, begann Mike.

Beverly schnitt ihm ganz ruhig das Wort ab. »Wer ist der erste?« fragte sie. »Ich glaube

8.

Wo Es wohnt, 1985

er stirbt«, weinte Beverly. »Sein Arm, sein Arm! Es hat seinen Arm verschlungen...«

»*Es entkommt uns wieder!*« brüllte Bill ihm zu. Seine Lippen und sein

Kinn waren blutverkrustet; ein Blutfaden führte von seinem rechten Ohr zum Backenknochen. »K-K-Komm! B-Ben, du und ich – diesmal werden wir IHM endgültig den Garaus machen!«

Richie drehte Bill zu sich um und sah ihn an wie einen Mann, der hoffnungslos tobsüchtig ist. »Bill, wir müssen uns um Eddie kümmern. Wir müssen ihm einen Druckverband machen und hier wegbringen.«

Aber Beverly hatte sich gesetzt und Eddies Kopf auf den Schoß gebettet und streichelte ihn. Sie hatte seine Augen zugemacht. »Geh mit Bill«, sagte sie. »Wenn du zuläßt, daß er umsonst gestorben ist... wenn Es in fünfundzwanzig Jahren wiederkommt, oder in fünfzig, oder sogar in zweitausend, dann schwöre ich dir, ich werde noch eure Gespenster heimsuchen. Geh!«

Richie betrachtete sie einen Augenblick lang unentschlossen. Dann bemerkte er, daß ihre Gesichtszüge verschwammen, daß sie nur noch als bleicher Schatten zu erkennen war. Das Licht wurde jetzt rasch schwächer. Das gab für ihn den Ausschlag. »Okay«, sagte er zu Bill. »Verfolgen wir Es!«

Ben stand hinter dem Spinnennetz, das sich nun wieder aufzulösen begann. Auch er hatte die Gestalt gesehen, die hoch oben im Netz hing, und er hoffte inbrünstig, daß Bill nicht hochblicken würde.

Aber als das Netz zu zerreißen begann, schaute Bill hoch.

Er sah Audra, die sich wie in einem uralten Aufzug nach unten bewegte. Sie fiel drei Meter tief, blieb hängen, baumelte wie ein Pendel am Netz hin und her, fiel dann abrupt weitere vier Meter in die Tiefe. Ihr Gesichtsausdruck veränderte sich dabei überhaupt nicht. Ihre großen Augen waren völlig ausdruckslos. Ihre nackten Füße wippten. Die Haare hingen ihr über die Schultern. Ihr Mund war halb geöffnet.

»AUDRA!« schrie Bill.

»Bill, komm mit!« brüllte Richie ihn an.

Überall um sie herum fielen jetzt einzelne Fetzen des Spinnennetzes herab, schlugen auf dem Boden auf und zerliefen dort. Richie packte Bill um die Taille und zog ihn vorwärts.

»Los, Bill! Komm! Schnell!«

»Das ist Audra!« rief Bill verzweifelt. »D-D-Das ist AUDRA!«

»Ist mir scheißegal, auch wenn's der Papst höchstpersönlich wäre«, erwiderte Richie grimmig. »Eddie ist tot, und wir werden Es jetzt töten, falls Es noch lebt. Diesmal werden wir das Werk vollenden, Big Bill. Entweder sie lebt, oder sie ist tot. Und jetzt komm!«

Bill stand weiterhin wie angewurzelt da, doch dann stiegen Bilder in ihm auf, Bilder all der vielen toten Kinder; sie schienen in seinem Kopf umherzuwirbeln wie verlorengegangene Fotos aus Georgies Album.

SCHULFREUNDE.

»Okay«, sagte er. »M-M-Möge Gott mir v-v-verzeihen.«

Er und Richie rannten unter dem Netz hindurch, das jetzt schon bedrohlich tief durchhing. Sekunden später fielen seine unteren Teile herab, und die Spinnfäden begannen auf dem Boden zu zerfließen. Ben hatte auf der anderen Seite des Netzes auf sie gewartet, und zu dritt nahmen sie SEINE Verfolgung auf, während Audra immer noch etwa fünfzehn Meter über dem Steinboden im sich auflösenden Netz hing.

9.

Ben

Sie folgten der Spur SEINES schwarzen Blutes – öligen Lachen, aus denen das lebendige Blut sich in die Risse und Ritzen zwischen den Steinen schlängelte. Als der Fußboden dann aber allmählich anstieg, auf eine halbkreisförmige schwarze Öffnung ganz am Ende des riesigen Raumes zu, sah Ben etwas Neues: eine Spur aus Eiern. Sie waren schwarz, hatten eine rauhe Schale und etwa die Größe von Straußeneiern. Ein unheimliches wächsernes Licht drang aus ihrem Innern, und Ben stellte fest, daß sie halb durchsichtig waren, daß schwarze Schatten sich darin bewegten.

SEINE *Kinder*, dachte er, und ihm drehte sich fast der Magen um. SEINE *verderbten Kinder. Gott! O Gott!*

Richie und Bill waren ebenfalls stehengeblieben. Sie starrten die Eier in törichtem Staunen an.

»Los, geht weiter!« schrie Ben. »Um die Eier werde *ich* mich kümmern. *Ihr* schnappt euch Es.«

»Hier!« rief Richie und warf ihm ein Streichholzheftchen zu.

Ben fing es auf. Bill und Richie rannten weiter. Ben blickte ihnen in dem rasch schwächer werdenden Licht nach; sie rannten in die Dunkelheit SEINES Fluchtweges hinein und waren kurz darauf nicht mehr zu sehen.

Ben blickte auf das erste der dünnschaligen Eier hinab, auf den schwarzen Schatten im Innern, und seine Entschlossenheit schwand dahin. Dies... dies war einfach zuviel. Es war einfach zu gräßlich. Und bestimmt würden sie auch ohne sein Zutun sterben; sie waren ja sozusagen Frühgeburten, die ihre Mutter auf der Flucht vorzeitig verloren hatte.

Aber die Zeit ihrer regulären Geburt ist nicht mehr fern gewesen... und wenn auch nur eines von ihnen ausschlüpft und überlebt... wenn auch nur...

Ben nahm all seinen Mut zusammen, hielt sich Eddies bleiches, sterbendes Gesicht vor Augen und trat mit seinem Desert-Driver-Stiefel auf das erste Ei. Es brach mit einem scharfen Knacken entzwei, und eine schreckliche Art von Plazenta rann unter seinem Fuß hervor. Und dann kroch eine etwa rattengroße Spinne unbeholfen über den Boden, versuchte zu entkommen, und Ben konnte sie in seinem Kopf *hören*, konnte ihre hohen Wimmerlaute *hören*...

Ben folgte ihr wie auf Stelzen und trat noch einmal zu. Er spürte, wie ihr Körper unter seinem Stiefelabsatz knirschte und zerbarst. Ihm wurde so übel, daß er sich übergab... und dann bewegte er seinen Absatz hin und her, zermalhte das Ding und trat es total in den Stein hinein... und allmählich verstummten die Schreie in seinen Kopf.

Wieviel? Wieviel Eier? Habe ich nicht irgendwo einmal gelesen, daß Spinnen Tausende von Eiern legen können... oder sogar Millionen? Ich kann das nicht noch einmal tun. Ich werde dadurch den Verstand verlieren...

Du mußt es tun. Du mußt! Nun komm schon, Ben... nimm dich zusammen!

Er ging zum nächsten Ei und wiederholte den Vorgang im letzten schwachen Licht. Alles wiederholte sich: das scharfe Knacken, die ausströmende Flüssigkeit, der Gnadenstoß. Das nächste Ei. Das nächste. Das nächste. Er bewegte sich langsam auf die schwarze halbkreisförmige Öffnung zu, durch die seine Freunde gegangen waren. Jetzt herrschte absolute Dunkelheit. Beverly und das sich auflösende Netz waren nirgendwo hinter ihm. Er hörte es immer noch herabfallen – es klang wie fernes Wasserrauschen. Die Eier glichen matten Leuchtfeuern in der Finsternis. Sobald er wieder eines erreicht hatte, zündete er ein Streichholz an und zerbrach das Ei. Es gelang ihm jedesmal, der benommenen Jungspinne zu folgen und sie zu zertreten, bevor die Streichholzflamme erlosch. Er hatte keine Ahnung, was er machen würde, wenn ihm die Streichhölzer ausgingen, bevor er das letzte Ei zertreten, SEINE grauenhafte Nachkommenschaft total vernichtet hatte.

10.

Es, 1985

Sie verfolgten Es *immer noch.* Es *spürte, wie sie näher kamen, aufholten, und* SEINE *Angst wuchs. Vielleicht war* Es *letzten Endes doch nicht ewig – das Undenkbare mußte nun endlich in Betracht gezogen werden. Und was alles noch schlimmer machte –* Es *wußte um den Tod* SEINER *Nachkommenschaft. Ein dritter dieser verhaßten gehässigen Männer-*

Jungen folgte unaufhaltsam der Spur SEINER Eier; er war vor Ekel und Widerwillen fast verrückt, aber er setzte sein Werk dennoch fort, vernichtete methodisch das Leben SEINER Kinder.

Nein! heulte Es, von einer Seite auf die andere taumelnd. Es fühlte, wie SEINE Lebenskraft nachließ, fühlte, daß Es aus hundert Wunden blutete, von denen zwar keine tödlich war, jede IHM jedoch Schmerzen und Qualen bereitete und Sein Tempo verlangsamte. Eines SEINER Beine hing nur noch an einer dünnen Sehne. Eines SEINER Augen war erblindet. Und SEIN Inneres brannte wahnsinnig von dem schrecklichen Gift, das ein vierter dieser verhaßten Männer-Jungen IHM in die Kehle geschossen hatte.

Und sie kamen immer näher... Wie war das nur möglich? Es heulte, winselte und wimmerte, und als Es spürte, daß sie IHM dicht auf den Fersen waren, tat Es das einzige, was Es in dieser Lage noch tun konnte: Es wandte sich um und stellte sich dem Kampf.

11.

Beverly

Bevor auch das letzte schwache Licht erstarb und totale Finsternis eintrat, sah Beverly, wie Bills Frau weitere sechs Meter in die Tiefe fiel und dann erneut hängenblieb und sich langsam um sich selbst drehte, wobei ihre langen roten Haare sich leicht bewegten. *Seine Frau*, dachte sie. *Aber ich war seine erste Liebe, und wenn er eine andere Frau für seine erste Liebe hielt, so nur deshalb, weil er vergessen hatte... weil er Derry vergessen hatte.*

Dann saß sie im Dunkeln. Nur die Geräusche des zerfallenden Netzes drangen an ihre Ohren. Ihr Arm war schon fast taub von Eddies Gewicht, aber sie wollte ihn nicht loslassen, wollte nicht, daß sein Kopf auf dem stinkenden Boden lag.

Zärtlich strich sie ihm das Haar aus der feuchten Stirn. Sie dachte wieder an die Vögel... das war etwas, das sie von Stan übernommen haben mußte.

Armer Stan...

Sie alle... ich war ihre erste Liebe.

Sie versuchte sich daran zu erinnern – umgeben von all dieser Finsternis, in der man Geräusche nicht richtig erkennen konnte, tat es vielleicht gut, daran zu denken. Sie würde sich dann nicht mehr so allein fühlen. Zuerst wollte sich die Erinnerung nicht einstellen; das Bild der Vögel trat immer wieder dazwischen – Krähen und Stare und andere Frühlingsvögel, die von irgendwoher zurückkehrten, während Bäche von Schmelzwasser in den Rinnsteinen und Gräben plätscherten, und die letzten Reste von verharschtem, schmutzigem Schnee an schattigen Plätzen nicht weichen wollten.

Es kam ihr so vor, als wäre es immer ein bewölkter Tag, an dem man sie zuerst sah und sich wunderte, woher sie gekommen sein mochten. Sie waren plötzlich einfach da und erfüllten die weiße Luft mit ihren heiseren Schreien und ihrem Zwitschern. Sie saßen dicht gedrängt auf Telefonleitungen und auf den Dachfirsten der viktorianischen Häuser am West Broadway; sie besetzten die Aluminiumäste der großen Fernsehantenne auf ›Wally's Spa‹ und belasteten mit ihrem Gewicht die nassen schwarzen Zweige der Ulmen auf der Lower Main Street – Ulmen, die irgendwann in der Zwischenzeit gefällt worden waren.

Sie ließen sich nieder, unterhielten sich miteinander mit den schrillen Stimmen alter Frauen vom Lande beim allwöchentlichen Bingo-Spielen, und dann flogen sie auf irgendein für Menschen nicht wahrnehmbares Signal hin alle gleichzeitig auf, verdunkelten den Himmel... und ließen sich nach kurzer Zeit anderswo nieder.

Ja, die Vögel, ich dachte an sie, weil ich mich schämte. Vermutlich war mein Vater schuld daran, daß ich mich schämte, und vielleicht war auch das SEIN Werk. Vielleicht.

Die Erinnerung kam – die Erinnerung, die von den Vögeln verdrängt worden war –, aber sie blieb verschwommen und bruchstückhaft. Vielleicht würde diese spezielle Erinnerung immer so undeutlich bleiben. Sie hatte...

Ihre Gedankenkette brach ab, als ihr bewußt wurde, daß Eddie

12.
Liebe und Verlangen, 10. August 1958

als erster zu ihr kommt, denn er fürchtet sich am meisten. Er kommt zu ihr nicht als der Freund dieses Sommers, auch nicht als ihr Geliebter, sondern so, wie er noch vor drei oder vier Jahren zu seiner Mutter gekommen wäre – er kommt, um bei ihr Trost zu finden; er zuckt vor ihrer weichen nackten Haut nicht zurück – vielleicht bemerkt er sie auch gar nicht. Er zittert am ganzen Leibe, und obwohl sie ihn jetzt umarmt, ist die Dunkelheit so undurchdringlich, daß sie ihn sogar aus dieser nächsten Nähe nicht sehen kann, daß er ebensogut ein Phantom sein könnte.

»Was möchtest du?« fragt er sie.

»Du mußt dein Ding in mich reinstecken«, sagt sie.

Er versucht zurückzuweichen, aber sie hält ihn fest, und er gibt nach. Sie hört irgend jemanden – sie glaubt, daß es Ben ist – laut schnaufen.

»Bevvie, das kann ich nicht. Ich weiß nicht, wie...«

»Ich glaube, es ist ganz einfach. Aber du mußt dich dazu ausziehen.«

»Nein, ich kann nicht...« Aber sie glaubt zu spüren, daß er es will, denn sein Zittern hat aufgehört, und sie fühlt, wie etwas Kleines und Hartes sich an die rechte Seite ihres Bauches preßt.

»Du kannst«, sagt sie und zieht ihn mit sich zu Boden. Die Oberfläche unter ihrem nackten Rücken, unter ihren Beinen ist fest, trocken und lehmig. Der ferne Donner des Wassers ist beruhigend, einschläfernd. Sie legt ihre Arme fest um ihn, und für einen Augenblick taucht das Gesicht ihres Vaters vor ihr auf, streng und Einhalt gebietend

(ich will mich vergewissern, daß du noch unberührt bist)

und dann schlingt sie die Arme um Eddies Hals, seine glatte, weiche Wange liegt an ihrer glatten, weichen Wange, und als er schüchtern ihre kleine Brüste berührt, seufzt sie und denkt zum erstenmal bewußt: Das ist Eddie, und sie erinnert sich an einen Tag im Juli – war es wirklich erst einen Monat her? –, als außer ihr und Eddie niemand in die Barrens gekommen war; er hatte einen ganzen Stapel Little Lulu Comics dabei gehabt und sie hatten den ganzen Nachmittag gelesen, Little Lulu suchte nach Vogelbeeren und geriet in alle möglichen verrückten Situationen, die Hexe Hazel, solche Typen. Es hatte Spaß gemacht.

Sie denkt an Vögel, besonders an die Stare und Krähen und die anderen Zugvögel, die im Frühling zurückkehren, und sie öffnet seinen Gürtel und den Reißverschluß seiner Hose, und er sagt wieder, daß er das nicht tun könne; sie erklärt ihm, sie wisse, daß er es könne, und was sie nun fühlt, ist weder Scham noch Angst, sondern eine Art Triumph.

»Wo?« fragt er, und jenes harte Ding berührt die Innenseite ihrer Schenkel.

»Hier«, sagt sie. »Bevvie, ich falle auf dich!« sagt er und sie hört, wie er schmerzhaft pfeifend atmet.

»Ich glaube, das ist ungefähr Sinn der Sache«, sagt sie zu ihm und hält ihn sanft und führt ihn. Er stößt zu fest zu, und sie hat Schmerzen.

Sie beißt sich auf die Unterlippe und zieht zischend die Luft ein und denkt wieder an die Vögel, die Frühlingsvögel auf den Dächern, die unter den tiefhängenden Märzwolken alle zur gleichen Zeit auffliegen.

»Beverly«, flüstert er unsicher. »Ist alles in Ordnung?«

»Langsam«, sagt sie, und nun bewegt er sich langsam in ihr.

Er gibt einen Laut von sich. Ihr Schmerz vergeht. Er bewegt sich. Sie fühlt, daß das für ihn etwas ganz Besonderes, etwas Herrliches ist... etwas wie... wie Fliegen. Sie ist ganz durchdrungen von einem Gefühl der

Macht, des Triumphes. Ist es das, wovor ihr Vater solche Angst hatte? Vielleicht hatte er in gewisser Hinsicht nicht so unrecht. Von diesem Akt geht wirklich eine Macht aus, eine überwältigende Kraft bis ins tiefste Innere. Sie verspürt keine echte physische Lust, aber sie befindet sich in einer Art geistiger Ekstase. Sie spürt die Nähe, das absolute Verbundensein. Er bewegt sich in ihr vor- und rückwärts, und sie hält ihn in den Armen. Und dann spürt sie, noch während er sich bewegt, wie jener Teil von ihm, der die Verbindung zwischen ihnen geschaffen hat, schrumpft, irgendwie kleiner wird.

Als er sich hochstemmt, setzt sie sich auf und berührt im Dunkeln sein Gesicht.

»Hast du?«

»Was?«

»Was auch immer es sein mag. Ich weiß es nicht genau.«

Er schüttelte den Kopf – sie fühlt es, weil ihre Hand auf seiner Wange liegt.

»Aber es war... es war wunderschön.« Er redet leise, damit die anderen ihn nicht hören können, und dann spricht er aus, was sie vermutet hat: »Es war wie Fliegen. Ich... ich liebe dich, Bevvie.«

Dann trübt sich ihr Bewußtsein ein wenig. Sie ist sich ganz sicher, daß sie die Jungen reden hört, teils laut, teils im Flüsterton, aber sie nimmt nicht richtig auf, was sie sagen. Es spielt auch keine Rolle. Muß sie sie von neuem dazu überreden? Ja, vermutlich. Aber auch das spielt keine Rolle. Sie müssen dazu überredet werden, zu diesem wesentlichen Akt, der das menschliche Bindeglied zwischen der Welt und der Unendlichkeit darstellt, diesem einzigen Akt, bei dem der Blutkreislauf die Ewigkeit berührt. Alles andere spielt jetzt keine Rolle.

Mike kommt zu ihr, dann Richie, und der Akt wiederholt sich. Jetzt verspürt sie auch schwache Lust, ein vages Hitzegefühl in ihren kindlichen, noch nicht reifen Geschlechtsorganen, und sie schließt die Augen, als Stan zu ihr kommt, und sie denkt an die Vögel, an Frühling und an die Vögel, und sie sieht sie wieder und immer wieder, wie sie bei Frühlingsbeginn die noch winterkahlen Bäume füllen, wie sie auffliegen, wie sie mit den Flügeln schlagen und dabei ein Geräusch erzeugen wie Wäsche auf der Leine im Wind, und sie denkt: Nur noch ein Monat, und dann werden alle Kinder im Derry-Park Drachen steigen lassen. Sie denkt wieder: So muß Fliegen sein.

Und auch bei Stan spürt sie jenes Schrumpfen seines Gliedes, bei dem sie das eigenartige Gefühl eines Verlustes hat, und sie fühlt, daß auch er jenes Letzte – jenen Gipfel, wie immer er auch aussehen mag – dieses Aktes nicht erreicht hat.

»Hast du?« fragt sie ihn trotzdem, obwohl sie schon weiß, daß er es nicht gefunden hat, jenes endgültige ›es‹, von dem sie selbst nicht genau weiß, was es ist.

Nach einer langen Wartezeit kommt Ben Hanscom zu ihr.

Er zittert am ganzen Leibe, aber es ist nicht das ängstliche Zittern, das Stan geschüttelt hatte.

»Beverly, ich kann nicht«, sagt er.

»Aber du willst. Das fühle ich.«

Und das stimmt auch. Unterhalb seines weichen Bauches spürt sie wieder jenes harte Ding, und seine Größe erregt bei ihr eine gewisse Neugier, und sie berührt es behutsam. Er stöhnt an ihrem Hals, und der Hauch seines Atems jagt ihr plötzlich eine Hitzewelle durch den ganzen Körper – das Gefühl in ihr ist auf einmal sehr stark; sie erkennt, daß es eigentlich zu groß,

(und er ist groß, kann sie dieses große Ding in sich aufnehmen?)

zu erwachsen für sie ist, ein mächtiges Gefühl, das in Siebenmeilenstiefeln dahinzustürmen scheint.

»Beverly, nein...«

»Doch.«

»Ich...«

»Zeig mir, wie man fliegt«, flüstert sie mit gespielter Ruhe; sie spürt auf ihrer Wange und auf ihrem Hals eine nasse Wärme und erkennt, daß er weint. »Zeig es mir, Ben.«

»Nein...«

»Wenn du das Gedicht geschrieben hast, dann zeig mir auch, wie man fliegt. Du kannst gern meine Haare berühren, wenn du möchtest, Ben.«

»Beverly... ich... ich...«

Er zittert jetzt nicht einfach, sondern es schüttelt ihn regelrecht. Aber sie fühlt wieder, daß es nicht Angst ist. Sie denkt an

(die Vögel)

sein Gesicht, sein liebes, süßes, ernsthaftes Gesicht und weiß, daß es nicht Angst ist, die ihn erzittern läßt – es ist sein Begehren, ein tiefes, leidenschaftliches Begehren, das er jetzt kaum noch unterdrücken kann, und wieder verspürt sie jenes Gefühl der Macht und eines Hochflugs – Leidenschaft, o ja, das mußte es sein, Leidenschaft war die Quelle jener Hitze, der Ort, an dem man fliegen lernte.

»Ben! Ja!« ruft sie nicht ohne Angst, und nun endlich gibt er nach.

Es tut weh, und im ersten Moment erschrickt sie und hat das Gefühl, zermalmt zu werden. Dann stützt er sich auf seine Handflächen, und jenes Gefühl vergeht.

Er ist groß, o ja – der Schmerz ist stärker als vorhin, als Eddie zum er-

stenmal in sie eindrang, und sie muß sich wieder auf die Unterlippe beißen und an die Vögel denken, bis das Brennen nachläßt. Aber es läßt
nach, es hört ganz auf, und sie kann ihre Hand heben und mit einem Finger zärtlich seine Lippen berühren, und er stöhnt.

Und dann verspürt sie wieder jene Hitze, und ihre Kraft und Macht
überträgt sich nun auf ihn; sie verschenkt sie glücklich und nimmt sie
auch glücklich von ihm entgegen. Zuerst ist es ein Gefühl, als würde sie
sanft geschaukelt, und es ist so köstlich, so süß, so schwindelerregend,
daß sie den Kopf hilflos von einer Seite auf die andere wirft und eine Art
Summen zwischen ihren geschlossenen Lippen hervordringt, dies ist
Fliegen, dies, und sie versteht es nun ganz, dieses letzte Ritual; während
sie sich diesem Etwas nähert, begreift sie schlagartig, was es bedeutet:
daß sie mit ihrem Körper ein Bindeglied schafft zwischen dem, was sie
heute sind und was sie einmal sein werden, daß dieser Akt nicht nur ihre
Körper miteinander verbindet, sondern auch eine eigenartige, aber
mächtige Verbindung zwischen Kindheit und Erwachsensein herstellt,
zwischen Gegenwart und Zukunft; es ist fast so etwas wie eine Reise
durch die Zeit, ein im Dunkeln abgelegtes Gelübde, das sich nicht leugnen läßt, das sie zusammenschweißt, das einen mächtigen Kreis er-
gibt: geben und nehmen... fliegen.

»O ja, Ben, o ja«, flüstert sie im Dunkeln und fühlt den Schweiß auf
ihrer Stirn, fühlt ihre enge Verbundenheit – fühlt, daß es richtig ist, was
sie tun, daß es gut ist, daß es sie der Ewigkeit nahe bringt.

Und dann spürt sie, wie jenes Etwas sich in ihr vollzieht – jenes Etwas,
von dem die Mädchen, die auf der Toilette darüber flüstern und kichern,
keine Ahnung haben, zumindest soviel sie weiß; sie reden einfach darüber, wie gräßlich dieses ›Sex-Zeug‹ sein muß (ein Mädchen, dessen
Eltern eine Farm haben, hat den anderen einmal einen entstellten Bericht von der Paarung von Schweinen gegeben, mit hochroten Wangen
und einer Mischung aus hysterischem Lachen und Schreien), und daß
sie es niemals tun würden; man könnte glauben, daß alle Mädchen der
fünften Klasse zukünftige alte Jungfern seien; und es ist Beverly völlig
klar, daß keine ihrer Mitschülerinnen auch nur vermutet, was dieser
Akt in Wirklichkeit ist, und sie hat das Bedürfnis, ihr neues Wissen um
seine Schönheit herauszuschreien, aber sie hat Angst, daß die anderen
erschrecken und glauben könnten, sie wäre ernsthaft verletzt. Sie schiebt
ihre Hand in den Mund und beißt darauf. Sie versteht die anderen Mädchen gut, weil sie ja selbst eine von ihnen war, und sie versteht Peggy
Upslingers hysterisches Lachen – und ihr eigenes – viel besser: Man
lacht darüber, weil das, was komisch ist, zugleich auch furchterregend
und unbekannt ist, man lacht darüber, so wie ein kleines Kind manchmal

1043

gleichzeitig lacht und weint, wenn es einen Späße machenden Clown auf sich zukommen sieht... es weiß, daß der Clown komisch ist, aber er verkörpert auch etwas Unbekanntes, er verkörpert die erschreckende, geheimnisvolle, ewige Macht des Unbekannten.

Obwohl sie fest in ihre Hand beißt, läßt sich der Schrei nicht unterdrücken, und sie kann die anderen – und Ben – nur beruhigen, indem sie ihre Bejahung in die Dunkelheit hinausschreit.

»Ja! Ja! Ja!« Herrliche Bilder vom Fliegen schwirren ihr durch den Kopf, und dazu hört sie das Kreischen der Stare und Krähen, und diese schrillen Laute werden für sie zur herrlichsten Musik der Welt. Sie fliegt, sie fliegt empor, und nun ist die Macht nicht mehr in ihr oder in Ben, sondern irgendwo zwischen ihnen, und sie schreit auf und fühlt das Zittern seiner Arme, und sie wirft sich ihm entgegen und spürt, wie er sich verkrampft und zuckt, wie sie beide gemeinsam jenen bisher unbekannten Gipfel, jenes letzte Verschmelzen erreichen.

Dann ist es vorüber, und sie umarmen einander, und als er versucht, etwas zu sagen – vielleicht eine dumme Entschuldigung, die ihr weh tun würde, die diesen Akt herabwürdigen, an die Erde fesseln würde –, schließt sie ihm den Mund mit einem Kuß und schickt ihn dann weg.

Bill kommt zu ihr.

Er möchte etwas sagen, aber er stottert jetzt so stark, daß er kein Wort hervorbringt.

»Sei still«, sagt sie mit der Sicherheit ihres neu erworbenen Wissens. Zugleich wird sie sich jetzt aber auch ihrer Erschöpfung bewußt, und sie fühlt sich wund. Die Innenseiten ihrer Schenkel sind klebrig, und sie vermutet, daß sie blutet. »Alles wird völlig in Ordnung sein.«

»B-B-B-Bist d-d-du s-s-s-s-sicher?«

»Ja«, sagt sie und schlingt ihre Arme um seinen Nacken, spürt seine verschwitzten Haare unter ihren Fingern. »Ja.«

»I-I-I-Ist e-es...«

»Psssst!«

Es ist anders als mit Ben; es ist eine andere Art von Leidenschaft. Es ist der beste Abschluß, den es überhaupt geben konnte. Er ist sanft, zärtlich, fast ruhig. Sie spürt sein Begehren, aber es wird von seiner Angst um sie gedämpft – vielleicht weil nur Bill und sie selbst ganz begreifen, was für ein überwältigender Akt das ist und daß man nie darüber sprechen darf, nicht mit anderen, und am besten nicht einmal miteinander.

Am Ende wird sie wieder von jenem plötzlichen Hochgefühl überrascht, und sie kann gerade noch denken: Oh! Es passiert wieder! Ich weiß nicht, ob ich das ertragen kann...

Und dann schwemmt Seligkeit jedes Denken hinweg, und sie hört ihn nur verschwommen immer wieder flüstern: »Ich liebe dich, Bev, ich liebe dich«, und er stottert dabei nicht im geringsten.

Sie drückt ihn an sich, und einen Augenblick lang bleiben sie so liegen, Wange an Wange.

Dann zieht er sich schweigend zurück, und kurze Zeit ist sie allein; sie tastet nach ihren Kleidern, zieht sie langsam an und verspürt einen dumpfen, pochenden Schmerz, den die anderen als Männer niemals empfinden werden. Sie ist erschöpft und erleichtert, es hinter sich gebracht zu haben, und sie fühlt sich in einer bisher unbekannten Weise glücklich, und obwohl sie froh ist, daß der intimste Teil ihres Leibes jetzt wieder ihr allein gehört, verspürt sie doch eine Leere dort unten, eine Leere, die sie seltsam melancholisch stimmt, ohne daß sie es erklären könnte... sie könnte dieses Gefühl höchstens mit einem Bild umschreiben: kahle Bäume unter einem weißen Winterhimmel, leere Bäume, die auf die Amseln warten, auf jene Vorboten des Frühlings, die jeden März kommen und den Schnee zu Grabe tragen.

Sie tastet nach den Händen ihrer Freunde.

Einen Augenblick lang sagt niemand ein Wort, und danach überrascht es sie nicht im geringsten, Eddie zögernd erklären zu hören: »Ich glaube, bei der vorletzten Abzweigung hätten wir nach links statt nach rechts abbiegen müssen. Wir sind auch sonst ein paarmal falsch gegangen, aber das war der schlimmste Fehler. Wenn wir den Weg zurück finden...«

Sie stellen sich hintereinander auf, Eddie an der Spitze. Beverly legt ihm ihre Hand auf die Schulter und spürt Mikes Hand auf ihrer Schulter. Sie machen sich wieder auf den Weg; diesmal kommen sie schneller voran, und Eddies Unsicherheit von vorhin ist nun völlig verschwunden.

Wir gehen nach Hause, denkt sie und erschaudert vor Erleichterung und Freude. Nach Hause, ja. Und das wird schön sein. Wir haben unsere Aufgabe erfüllt, und jetzt können wir zurückgehen und wieder Kinder und sonst nichts sein. Und auch das wird schön sein.

Sie bewegen sich im Dunkeln vorwärts, und sie stellt fest, daß die Wassergeräusche jetzt nicht mehr so weit entfernt sind.

1045

Dreiundzwanzigstes Kapitel

Draußen

1.

Derry, 9.00 Uhr–10.00 Uhr

Um zehn nach neun wurden in Derry Windgeschwindigkeiten von durchschnittlich 55 Meilen pro Stunde gemessen, die von Zeit zu Zeit bis auf 70 Meilen pro Stunde anstiegen. Das Meßgerät im Gerichtsgebäude zeigte eine Böe von 81 Meilen pro Stunde an, dann ging die Nadel plötzlich auf Null zurück. Der Wind hatte die Meßvorrichtung auf dem Dach weggerissen, und sie flog im trüben Licht dieses Tages davon und wurde – wie George Denbroughs Boot – nie mehr gesehen. Um halb zehn mußte mit einer Gefahr gerechnet werden, von der die Verantwortlichen der Wasserwerke bisher behauptet hatten, sie wäre durch die neuen Kanalisationsanlagen für immer gebannt: daß Derrys Innenstadt überschwemmt werden könnte wie zuletzt im August 1958, als während eines schrecklichen Unwetters viele der alten Abflußrohre total verstopft wurden. Um Viertel vor zehn tauchten beiderseits des Kanals Autos und Lastwagen auf, denen Männer mit grimmigen Mienen entstiegen. Zum erstenmal seit Oktober 1957 sollten entlang des Betonbetts des Kanals Sandsäcke aufgestapelt werden. In der Nähe der großen Straßenkreuzung im Herzen von Derrys Innenstadt, wo der Kanal unter der Erde verschwand, reichte das Wasser schon fast bis zum oberen Rand des Brückenbogens. Die Main Street, die Canal Street und der untere Teil des Up-Mile Hill waren nur noch zu Fuß passierbar, und Männer, die unterwegs waren, weil sie mithelfen wollten, Sandsäcke aufzustapeln, spürten, wie unter ihren Füßen die Straßen von der wilden Strömung des unterirdischen Kanals erzitterten, so wie eine Autobahnbrücke erzittert, wenn sich darauf schwere Lastwagen überholen. Nur war dies hier eine stetige Vibration, und die Männer waren heilfroh, wenn sie auf der Nordseite der Innenstadt ankamen und das leise Dröhnen, das weniger zu hören als vielmehr zu spüren war, hinter sich gelassen hatten. Harold Gardener schrie Alfred Zitner von ›Zitner's Realty‹ zu, ob er glaube, daß die Straßen einbrechen würden. Zitner erwiderte, daß eher die Hölle gefrieren würde. Während Harold weiter Sandsäcke aufstapelte, malte er sich aus, wie Adolf Hitler und Judas Ischariot Schlittschuhe austeilten. Das Wasser war jetzt nur noch drei Zentimeter vom oberen Rand des Betons entfernt. In den Barrens war der Kenduskeag schon über die Ufer getreten, und gegen Mittag ragten die Büsche und verkrüppelten Bäume aus einem weiten, flachen, stinkenden See heraus. Die Männer legten nur kurze Pausen ein, wenn sie auf die Anfahrt neuer Sandsäcke warten mußten... aber um zehn vor zehn ließ ein gräßliches splitterndes, berstendes Geräusch alle förmlich erstarren. Harold Gardener erzählte später seiner Frau, er hätte gedacht, das Ende der Welt sei angebrochen. Es war nicht die Innenstadt, die in der Erde versank – *noch* nicht; es war der Wasserturm. Nur Andrew Keene, Norbert Keenes Enkel, war direkter Augenzeuge, und er hatte an diesem Morgen soviel Colombian Red geraucht, daß er zuerst glaubte, er hätte eine Halluzination. Er lief schon seit acht Uhr durch Derrys Straßen und war naß bis auf die Haut (trocken war einzig und allein das Päckchen Marihuana mit zwei Unzen Inhalt, das er in der Achselhöhle bei sich trug), was ihm aber überhaupt nicht zu Bewußtsein kam. Er riß ungläubig die Augen auf. Er befand sich gerade in der Nähe des Memorial Park am Standpipe Hill. Und wenn ihn nicht alles täuschte, wies der Wasserturm jetzt eine deutliche *Neigung* auf, wie jener blödsinnige Schiefe Turm von Pisa, der auf allen Makkaronipackungen abgebildet war. »Wow!« rief Andrew Keene, und ihm fielen fast die Augen aus dem Kopf, als das Splittern begann. Der Turm neigte sich immer stärker, während Andrew wie angewurzelt dastand; seine Jeans klebten ihm an den mageren Schenkeln, und aus dem tropfnassen Stirnband lief ihm Wasser in die Augen. Weiße Schindeln fielen aus der dem Stadtinnern zugewandten Seite des dicken, runden Wasserturms... nein, ›herausfallen‹ war eigentlich nicht das richtige Wort; Andrew hatte eher den Eindruck, als würden sie heraus*gestoßen.* Und etwa zehn Meter über dem Steinfundament des Turms zeigte sich ein breiter Riß. Plötzlich schoß Wasser aus diesem Riß hervor, und nun wurden die Schindeln regelrecht *ausgespien.* Ein berstendes Geräusch ertönte vom Wasserturm, und Andrew *sah,* wie er sich bewegte, ähnlich dem Zeiger einer großen Uhr, der nach unten wandert, von zwölf auf ein und dann auf zwei Uhr. Das Rauschgiftpäckchen rutschte Andrew aus der Achselhöhle und landete in seinem Hemd, über dem Gürtel. Er bemerkte das nicht einmal. Er starrte wie gebannt auf den Wasserturm, aus dem nun lautes Schwirren zu hören war, so als würden die Saiten der größten Gitarre der Welt nacheinander zerrissen. Das waren die dicken Kabel im Innern des riesigen Zylinders, die dazu gedient hatten, daß der Bau dem enormen Wasserdruck standhalten konnte. Der Turm neigte sich jetzt immer schneller, Bretter und Balken lösten sich, und Splitter davon sausten wie Speere durch die Luft. »VERDAMMT, DAS GANZE SCHEISSDING KRACHT JA ZUSAMMEN!« schrie Andrew Keene unwillkürlich, aber seine Worte gingen völlig unter, als der Wasserturm mit ohrenbetäubendem

1047

Krach auf dem Boden aufprallte und eindreiviertel Millionen Gallonen Wasser – 7 Millionen Liter Wasser, 7000 Tonnen Wasser – sich in einer riesigen Flutwelle aus der geborstenen Seite des Gebäudes ergossen. Wenn Andrew irgendwo am Hügel unterhalb des Turmes gestanden hätte, wäre es natürlich sofort um ihn geschehen gewesen. Aber Gott beschützt offensichtlich außer Betrunkenen und kleinen Kindern auch Rauschgiftsüchtige; Andrew stand an einer Stelle, von der aus er alles bestens sehen konnte, ohne daß ihm auch nur ein Haar gekrümmt wurde. »VERDAMMT GUTE SPEZIALEFFEKTE!« schrie Andrew, als das Wasser den Memorial Park wie eine enorme Dampfwalze überrollte und die Sonnenuhr wegschwemmte, neben der ein kleiner Junge namens Stan Uris oft gestanden und mit dem Fernglas seines Vaters Vögel beobachtet hatte. »STEVEN SPIELBERG, NIMM DIR EIN BEISPIEL!« Auch das steinerne Vogelbad wurde von den Wassermassen mitgerissen. Die Ahorne und Birken zwischen Park und Kansas Street stürzten um wie von der Kugel erfaßte Kegel. Strommasten wurden geknickt wie Streichhölzer. Das Wasser rollte quer über die Straße, riß auf der anderen Seite ein knappes Dutzend Häuser aus ihren Fundamenten und schwemmte sie wie Papierboote in die Barrens, manche davon sogar vollständig. Andrew Keene stellte mit einiger Befriedigung fest, daß sich unter den weggeschwemmten Häusern auch das der Massensiks befand. Karl Massensik war in der sechsten Klasse sein Lehrer gewesen – ein richtiger Dreckskerl. Aus den Barrens war eine Explosion zu hören, und eine hohe, gelbe Flamme schoß empor, als eine Gaslaterne Öl in Brand setzte, das aus einem geborstenen Tank auslief. Andrew starrte auf jene Seite der Kansas Street, wo bis vor 40 Sekunden noch eine ordentliche Häuserreihe gestanden hatte und wo jetzt zehn Kellerlöcher gähnten wie Swimmingpools. Andrew wollte seiner Meinung Ausdruck verleihen, daß dies einfach phänomenal sei, aber er war völlig sprachlos. Dann hörte er lautes Knirschen, so als ginge ein Riese eine Treppe hinab, der jede Menge Ritz-Crackers in den Schuhen hatte. Es war der Wasserturm, der den Hügel hinunterrollte, ein riesiger weißer Zylinder, aus dem sich die letzten Wasservorräte ergossen. Die dicken Stützkabel wirbelten durch die Luft und rissen sodann den Boden auf wie stählerne Ochsenpeitschen, rissen tiefe Striemen in die weiche, nasse Erde, die sich sofort in Sturzbäche von Regenwasser verwandelten. Am Fuße des Hügels flog der mehr als vierzig Meter lange Wasserturm hoch in die Luft und schien dort einen Augenblick zu schweben – ein surrealistisches Bild geradewegs aus dem Irrenhaus: Regen trommelte auf seine geborstenen Mauern, die Fenster waren zerbrochen, die Rahmen geknickt, während das Warnlicht für tieffliegende Flugzeuge an der Spitze des Turms immer noch blinkte. Gleich darauf erbebte die Erde, als der Turm dröhnend auf der Straße aufschlug. Die Kansas Street diente einem Teil der Wassermassen als eine Art Flußbett, und sie ergossen sich den Up-Mile Hill hinab in Richtung Stadtmitte. *Dort drüben standen Häuser*, dachte Andrew Keene wieder fassungslos, und plötzlich bekam er weiche Knie. Er setzte sich schwerfällig hin und starrte das geborstene Steinfundament an, auf dem der Wasserturm gestanden hatte, solange Andrew sich erinnern konnte. Er fragte sich, ob ihm jemals ein Mensch glauben würde.

Er war sich nicht einmal sicher, ob er es selbst glaubte.

2.
Das Sterben, 10.02 Uhr, 31. Mai 1985

Bill und Richie konnten Es sehen, als Es sich ihnen zuwandte und sie aus SEINEM unverletzt gebliebenen Auge bösartig anstarrte, während SEINE Kinnladen sich abwechselnd öffneten und schlossen.

Bill registrierte, daß von IHM ein Licht ausging, so als sei Es eine Art gräßlicher Leuchtkäfer. Aber dieses Licht war ziemlich schwach und flakkernd. Es war schwer verletzt. SEINE Gedanken dröhnten

(laßt mich in Ruhe, laßt mich in Ruhe, und ihr könnt alles haben, was ihr euch je gewünscht habt – Geld, Ruhm, Glück, Macht – ich kann euch das alles geben)

in Bills Kopf.

Bill bewegte sich mit leeren Händen auf Es zu, die Augen fest auf SEIN einziges rotes Auge gerichtet. Er fühlte seine Kräfte gewaltig ansteigen; seine Arme und seine geballten Fäuste schienen plötzlich tödliche Waffen aus Stahl zu sein. Richie war an seiner Seite.

(ich kann dir deine Frau wiedergeben – ich kann es, nur ich – sie wird sich an nichts erinnern, so wie ihr sieben euch an nichts erinnert habt)

Sie waren IHM *jetzt schon sehr nahe.* Bill konnte riechen, wie Es stank, und erkannte mit plötzlichem übelkeitserregendem Entsetzen, daß das *der Geruch der Barrens war*, jener Geruch, den sie stets den Abwasserkanälen, dem verschmutzten Kenduskeag und der qualmenden Müllhalde zugeschrieben hatten . . . aber hatten sie jemals wirklich geglaubt, daß das alles war? Es war SEIN Gestank, und er mochte in den Barrens am intensivsten gewesen sein, aber er hatte auch wie eine Dunstglocke über ganz Derry gehangen, ohne daß es den Menschen aufgefallen war. Ihnen war es gegangen wie den Zoowärtern im Affenhaus, die sich nach einer Weile so an den Gestank gewöhnen, daß sie sich wundern, warum Besucher die Nase rümpfen. Ihr Geruchssinn war einfach völlig abgestumpft.

»Zusammen!« flüsterte Bill Richie zu, und Richie nickte, ohne seinen Blick von der Spinne zu wenden, die nun vor ihnen zurückwich, sich endlich totaler Bedrängnis ausgesetzt sah.

(ich kann euch kein ewiges Leben versprechen, aber ich kann euch berühren, und ihr werdet lange leben, sehr lange – 200 Jahre, 300 Jahre, vielleicht auch 500 – ich kann euch zu Göttern der Erde machen – wenn ihr mich gehen laßt, wenn ihr mich gehen laßt, wenn ihr mich...)

»Bill?« fragte Richie heiser.

Mit einem immer mächtiger anschwellenden Schrei sprang Bill die Spinne an, Richie dicht neben ihm. Gleichzeitig schlugen sie mit ihren rechten Fäusten zu, aber Bill begriff, daß sie letztlich nicht mit ihren Fäusten kämpften, sondern mit ihrer vereinten Kraft, verstärkt durch die Kraft jenes letzten anderen; es war die Kraft der Erinnerung und ihrer Wünsche; die Kraft der Liebe und der unvergessenen Kindheit, die sie vorantrieb; es war letzten Endes ihre Geisteskraft.

Der Schrei der Spinne dröhnte in Bills Kopf, schien ihm das Gehirn zu sprengen. Er spürte, wie seine Faust und dann sein ganzer Arm bis zur Schulter in eine zuckende Nässe eindrang. Er riß ihn wieder heraus, und SEIN schwarzes Blut tropfte von seinem Arm und schoß aus dem tiefen Loch hervor, das er in SEINEN Leib geschlagen hatte.

Er sah Richie in der klassischen Boxerstellung fast unter IHM stehen und die Fäuste schwingen, überströmt von SEINEM dunklen Blut.

Die Spinne schlug mit ihren abscheulichen haarigen Beinen nach ihnen – eines davon traf Bill an der Seite, riß ihm das Hemd auf, riß ihm die Haut auf. Ihr Stachel peitschte hilflos den Boden. Ihre Schreie hallten in Bills Kopf wie Sturmglocken. Sie machte einen plötzlichen Ausfall und versuchte, ihn zu beißen, aber statt zurückzuweichen, warf Bill sich jetzt mit seinem ganzen Körper vorwärts wie ein Torpedo. Ihr stinkendes Fleisch gab im ersten Moment elastisch nach, so als würde es gleich darauf zurückschnellen und ihn in die Luft schleudern. Mit einem unartikulierten wilden Schrei stemmte er sich mit den Beinen ab und grub seine Hände in ihren Leib. Und plötzlich gelang es ihm, diesen Leib mit seinem Körper zu durchstoßen, und er wurde mit einer heißen, stinkenden Flüssigkeit bespritzt. Sie rann ihm über das Gesicht, in die Ohren. Er schniefte, und diese lebendige Flüssigkeit kroch ihm wie dünne Würmer in die Nase.

Er steckte jetzt bis zu den Schultern in ihrem krampfhaft zuckenden, schwarzen, giftigen, bösen Leib. Und trotz seiner mit der gräßlichen Flüssigkeit verstopften Ohren hörte er nun ein Geräusch, das Ähnlichkeit mit dem gleichmäßigen *Bum-bum-bum-bum* einer großen Baßtrommel an der Spitze einer Zirkusparade hatte.

Ihr Herzschlag – SEIN Herzschlag.

Er hörte, wie Richie einen lauten Schmerzensschrei ausstieß, der in ein keuchendes Stöhnen überging und dann abbrach. Bill ließ seine geballten Fäuste vorschnellen, bohrte sie in SEINE Eingeweide hinein.

Bum-bum-bum-bum-bum-bum...

Er wühlte mit schleimigen Finger in SEINEN Eingeweiden herum, zerriß Organe, suchte nach der Ursprungsquelle dieses trommelnden Geräusches und hatte das Gefühl, bald an Luftmangel ersticken zu müssen.

Bum-bum-bum-bum-bum-bum...

Und plötzlich hatte er es zwischen den Händen, ein großes lebendiges Ding, das gegen seine Handflächen pulsierte.

(NEINNEINNEINNEINNEINNEINNein)

»Ja!« schrie Bill, obwohl er an SEINEM Giftgestank zu ersticken, in SEINEN Körperflüssigkeiten zu ertrinken drohte. »Ja! Probier mal, wie das ist! PROBIER MAL! WIE GEFÄLLT DIR DAS?«

Er verschränkte seine Finger über SEINEM Herzen, die Handflächen zu einem auf den Kopf gestellten ›V‹ versteift – und dann drückte er mit aller Kraft zu.

Es stieß noch einen letzten schrecklichen Schrei aus, während SEIN Herz zwischen Bills Händen zerquetscht wurde, zwischen seinen Fingern auslief.

Bum-bum-bum-bu...

SEIN letzter Schrei brach ab. Bill spürte, wie SEIN Körper sich um ihn krampfte wie eine Faust. Gleich darauf erschlaffte alles. SEIN Spinnenleib neigte sich langsam zu Boden. Bill zog sich rasch daraus zurück. Er drohte das Bewußtsein zu verlieren.

Die Spinne brach zusammen und fiel auf die Seite, ein Riesenberg dampfenden Fleisches. Ihre Beine zuckten noch krampfhaft, streiften die Tunnelwände, kratzten und schabten auf der Erde herum.

Bill taumelte rückwärts, schnappte keuchend nach Luft, spuckte aus, um den grauenhaften Geschmack aus dem Mund zu bekommen. Er stolperte über seine eigenen Füße und fiel auf die Knie.

Und er hörte ganz deutlich die Stimme des anderen; die Schildkröte mochte tot sein, aber wer immer sie erschaffen hatte, lebte.

»*Mein Sohn, das hast du wirklich gut gemacht!*«

Die Stimme verklang, und mit ihr schwand auch Bills Kraft. Er fühlte sich schwach und erschöpft, war vor Abscheu und Ekel dem Wahnsinn nahe. Er warf einen Blick über seine Schulter hinweg und sah den schwarzen Alptraum von Spinne daliegen und nahm ihre letzten Todeszuckungen wahr.

»*Richie!*« rief er mit heiserer, brechender Stimme. »*Richie, wo bist du, Mann?*«

Keine Antwort.

Das Licht war mit SEINEM Tod erloschen. Bill zog das letzte Streichholzheftchen aus seiner Brusttasche, aber die von SEINEM Blut durchtränkten Streichhölzer brannten nicht.

»*Richie!*« schrie er wieder und brach in Tränen aus. Er kroch auf dem Boden vorwärts und tastete mit den Händen im Dunkeln herum. Schließlich stieß er auf eine schlaffe Gestalt und fuhr mit der Hand daran entlang, bis er Richies Gesicht unter seinen Fingern spürte.

»*Richie! Richie!*«

Keine Antwort. Bill schob einen Arm unter Richies Rücken, den anderen unter seine Knie. Mit Richie in den Armen richtete er sich schwankend auf und stolperte jenen Weg zurück, auf dem sie hergekommen waren.

3.

Derry, 10.00 Uhr–10.15 Uhr

Um zehn Uhr schwoll die stetige Vibration in den Straßen der Innenstadt zu einem dröhnenden Rumpeln an. In den ›Derry News‹ würde später zu lesen sein, daß die Träger des unterirdischen Kanalabschnitts durch die sintflutartigen Wassermassen einfach zusammengebrochen wären; aber es gab viele Menschen, die nicht dieser Ansicht waren. »Ich selbst war da, ich weiß Bescheid«, sagte Harold Gardener später zu seiner Frau. »Es stimmt nicht, daß die Träger einfach zusammengebrochen sind. Es war ein *Erdbeben*. Es war ein gottverdammtes *Erdbeben*.«

Aber wie auch immer – das Resultat war dasselbe. Als das Dröhnen und Rumpeln immer lauter anschwoll, zerbrachen Fensterscheiben und stürzten Decken ein, und die unmenschlichen Laute brechender Balken und geborstener Mauern bildeten dazu einen furchterregenden Chor. Risse breiteten sich blitzartig von unten nach oben über die ganze Ziegelfassade von Machens Sport- und Jagdartikelgeschäft aus. Die Pfeiler, auf denen das Vordach des ›Aladdin‹ ruhte, brachen zusammen, und das ganze Vordach stürzte ein. Auf die Richard's Alley ging plötzlich eine Lawine gelber Ziegelsteine nieder, als das 1952 erbaute Brian X Dowd Professional Building einstürzte; eine riesige gelbe Staubwolke stieg empor und wurde vom Wind zu einem dünnen Schleier verteilt.

Gleichzeitig explodierte die Statue von Paul Bunyan vor dem City Center. Es war, als hätte sich die Drohung jenes längst vergessenen Lehrers, sie in die Luft zu jagen, letztendlich doch als todernst erwiesen. Der bärtige, grinsende Kopf schoß kerzengerade in die Höhe. Ein Bein knickte nach vorne, das andere zurück, als hätte Paul einen so tiefempfundenen Spagat versucht, daß er zu völliger Auflösung führte. Der mittlere Teil der Statue wurde zu Splittern gepustet, die Klinge der Plastikaxt flog in den verregneten Himmel, verschwand und kam wieder herunter, wobei sie sich um sich selbst drehte. Sie durchschlug erst das Dach der Kissing Bridge, dann ihren Boden.

Und dann, um 10.02 Uhr, brach die ganze Stadtmitte ein.

Der größte Teil der Wassermassen aus dem Wasserturm hatte sich zwar von der Kansas Street aus in die Barrens ergossen, aber unzählige Tonnen waren auch den Up-Mile Hill hinab in die Innenstadt gestürzt. Vielleicht war das der berühmte Tropfen, der das Faß zum Überlaufen brachte... vielleicht hatte auch wirklich ein Erdbeben stattgefunden, wie Harold Gardener seiner Frau erzählt hatte. Risse zeigten sich auf dem Pflaster der Main Street. Zuerst waren sie noch schmal... und dann wurden sie immer breiter, gähnten wie hungrige Mäuler, und das Rauschen des unterirdischen Kanals drang nun beängstigend laut nach oben. Alles begann zu beben. Das Neonschild SONDERANGEBOT: MOKASSINS von Shorty Squire's Souvenirladen fiel auf die Straße und ertrank in metertiefem Wasser. Und gleich darauf begann sich der Souvenirladen, der unmittelbar neben der Buchhandlung stand, zu *senken*. Buddy Angstrom bemerkte dieses Phänomen als erster. Er stieß Alfred Zitner mit dem Ellbogen an, dem nach dem ersten Blick buchstäblich der Unterkiefer herunterklappte, der dann seinerseits Harold Gardener einen Rippenstoß versetzte. Innerhalb von Sekunden ruhte die ganze Arbeit. Alle Männer, die auf beiden Seiten des Kanals Sandsäcke aufgeschichtet hatten, standen wie angewurzelt da und starrten in fassungslosem Entsetzen zur Stadtmitte hinüber. Es hatte ganz den Anschein, als hätte Squire's Souvenirladen auf einem riesigen Aufzug gestanden, der sich nun nach unten bewegte. Das Gebäude sank mit einer Art schwerfälliger Würde im scheinbar festen Boden ein. Als es schließlich zum Stillstand kam, hätte man vom überfluteten Gehweg aus auf allen vieren direkt durch die Fenster des zweiten Stockwerks einsteigen können. Um das ganze Gebäude herum schossen Wasserfontänen empor, und gleich darauf tauchte der Ladeninhaber Shorty Squire auf dem Dach auf, schwenkte verzweifelt die Arme und schrie um Hilfe. Doch im nächsten Augenblick begann auch das Geschäftshaus daneben, in dessen Erdgeschoß sich die Buchhandlung Mr. Paperback befand, zu versinken, aber unglückseligerweise nicht so würdevoll wie der Souvenirladen; das hohe Gebäude neigte sich, wie zuvor der Wasserturm. Ziegelsteine regneten herab, und mehrere

1053

davon trafen Shorty auf dem Dach seines Hauses. Er griff sich an den Kopf, verlor das Gleichgewicht... und dann stürzten die drei obersten Stockwerke des Mr.-Paperback-Hauses ein und rissen Shorty mit sich in die Tiefe. Einer der Männer am Kanal schrie. Danach gingen alle Rufe und Schreie im Donnern und Krachen der Zerstörung unter. Einige Männer wurden von der Wucht des Bebens zu Boden geschleudert, andere stolperten entsetzt vom Kanal weg. Harold sah, wie die Gebäude auf beiden Seiten der Main Street sich bedenklich gegeneinander neigten, so als wären es Frauenköpfe, die zum Tuscheln zusammengesteckt würden. Die Straße selbst brach auf und sank ein. Wasserfontänen schossen überall empor. Und dann stürzten die Gebäude beiderseits der Main Street wie Kartenhäuser ein und fielen auf die Straße – nur daß es auch keine Straße mehr gab, lediglich einzelne im Wasser treibende Asphaltbrokken. Die Main Street war im unterirdischen Kanal versunken. Harold beobachtete, wie die Verkehrsinsel plötzlich verschwand, und als auch an dieser Stelle eine enorme Wasserfontäne hervorschoß, begriff er, was demnächst passieren würde.

»Nichts wie weg!« brüllte er Al Zitner zu. *»Gleich gibt's hier 'ne Mordsüberschwemmung!«*

Al Zitner schien nichts zu hören. Sein Gesicht hatte den Ausdruck eines Schlafwandlers oder eines Hypnotisierten. Er stand wie erstarrt da, naß bis auf die Haut in seinem rot-blau karierten Sportsakko, dem Lacoste-Hemd, den blauen Socken mit den eingestickten gekreuzten Golfschlägern und den braunen Schuhen mit Gummisohlen Marke L. L. Bean's. Er sah etwa eine Million Dollar an persönlichen Investments im Kanal versinken, dazu etwa drei oder vier Millionen an Investments seiner Freunde – der Männer, mit denen er Poker und Golf spielte und zum Skilaufen fuhr. Plötzlich hatte seine Heimatstadt Derry in *Maine* eine bizarre Ähnlichkeit mit jener verdammten Stadt, in der die Levantiner mit langen, schmalen Booten Leute beförderten. Trübes strudelndes Wasser umspülte die Gebäude, die noch nicht eingestürzt waren. Die Canal Street endete wie ein ausgezacktes schwarzes Sprungbrett über dem Rand des aufgewühlten Sees. Es war wirklich kein Wunder, daß Zitner Harold Gardener nicht gehört hatte. Andere Männer waren jedoch zur gleichen Schlußfolgerung gekommen wie Harold – wenn alles mögliche schwere Zeug in tosendem Wasser landete, mußte es zwangsläufig Unheil geben. Einige ließen ihre Sandsäcke fallen und machten, daß sie vom Kanal wegkamen. Zu diesen Männern gehörte auch Harold Gardener, und deshalb überlebte er. Andere, die nicht so schnell reagiert hatten, wurden kurz darauf zusammen mit Autos und Sandsäcken einfach weggeschwemmt, als der Kanal, in dessen Betonbett urplötzlich Tonnen von

1054

Asphalt, Ziegeln, Gips, Glas und verschiedenste Waren im Wert von etwa 4 Millionen Dollar gelandet waren, über die Ufer trat. Harold hatte den Eindruck, als hätte der Kanal es auch auf ihn abgesehen; so schnell er auch rannte – das Wasser kam immer näher. Er entkam schließlich, indem er mühsam eine steile, mit Sträuchern bewachsene Uferböschung hochkletterte. Als er einmal einen Blick zurückwarf, sah er, wie ein Mann – er glaubte, Roger Lernerd, den Filialleiter von Dave's Darlehenskasse, zu erkennen – auf dem Parkplatz des kleinen Einkaufszentrums am Kanal verzweifelt versuchte, den Motor seines Wagens anzulassen. Das Knattern war sogar durch das Brausen des Wassers und das Heulen des Windes hindurch zu hören. Gleich darauf wurden sowohl das rote Auto als auch das Einkaufszentrum weggeschwemmt. Harold kletterte hastig weiter, klammerte sich an Zweigen und Wurzeln fest, an allem Greifbaren, das so aussah, als könnte es sein Gewicht aushalten. Hinter sich hörte er ein Getöse wie von Artilleriefeuer – die Zerstörung von Derrys Innenstadt ging immer noch weiter.

4.

Bill

»*Beverly!*« brüllte Bill. Sein Rücken und seine Arme schmerzten, und er hatte das Gefühl, als wiege Richie mindestens 500 Pfund. *Was soll das alles*, versuchte sein Verstand ihm einzuflüstern. *Er ist tot, du weißt doch ganz genau, daß er tot ist, warum läßt du ihn also nicht einfach hier liegen?*

Aber das wollte, das konnte er nicht tun.

»*Beverly!*« schrie er wieder. »*Ben! Hört ihr mich?*«

Er dachte: *In diesem Tunnel hat Es mich – und Richie – vorhin geschleudert – nur hat Es uns dann noch viel, viel weiter geschleudert. Was war dort nur? Ich kann mich schon jetzt nicht mehr richtig daran erinnern, ich vergesse es...*

»Bill?« es war Bens Stimme. Sie klang zittrig und erschöpft, aber er mußte irgendwo in der Nähe sein. »Wo bist du?«

»Hier drüben, Mann. Ich habe Richie auf den Armen. Er ist... er ist verletzt.«

»Sprich weiter.« Ben kam näher. »Sprich weiter, Bill.«

»Wir haben Es getötet«, sagte Bill und stolperte in die Richtung, aus der Bens Stimme gekommen war. »Wir haben Es geschafft. Und wenn Richie tot ist...«

»*Tot?*« rief Ben zutiefst erschrocken. Er mußte jetzt schon ganz nahe sein... und gleich darauf streifte seine Hand Bills Nase. »Was soll das heißen – tot?«

»Ich... er...« Sie trugen Richie jetzt zu zweit. »Ich kann ihn nicht sehen«, sagte Bill. »Das ist es. Ich k-k-k-kann ihn nicht s-s-s-sehen!«

»Richie!« brüllte Ben und schüttelte ihn kräftig. »Richie, nun komm schon! Komm zu dir, Richie, verdammt noch mal!« Bens Stimme schwankte. RICHIE, WIRST DU WOHL ZU DIR KOMMEN, VERFLUCHT NOCH MAL!«

Und mit benommener, verwirrter Stimme stammelte Richie: »Schon gut, Haystack... Schon gut... Du brauchst nicht so zu brüllen... Ich kann dich hören... glaube ich wenigstens...«

»Richie!« schrie Bill. »Richie, wie fühlst du dich?«

»Dieses Miststück hat mich durch die Luft geschleudert«, sagte Richie immer noch benommen. »Ich bin gegen etwas Hartes geprallt. Das ist alles, woran ich mich erinnern kann. Wo ist Bevvie?«

»Weiter vorne«, sagte Ben und erzählte ihnen rasch von den Eiern. »Ich habe über hundert zertreten. Ich glaube, ich habe keins übersehen.«

»Ich bete zu Gott, daß dem wirklich so ist«, murmelte Richie. »Ihr könnt mich runterlassen. Ich kann laufen... ist das Wasser jetzt lauter?«

»Ja«, sagte Bill kurz. Die drei hielten sich im Dunkeln bei den Händen. »Was macht dein Kopf?«

»Tut höllisch weh«, sagte Richie. »Was ist da hinten zuletzt passiert, Bill?«

Bill erzählte es, wenn er auch einige Einzelheiten ausließ, weil er sie einfach nicht über die Lippen bringen konnte.

»Und Es ist wirklich tot?« erkundigte sich Richie fassungslos. »Bist du sicher, Bill?«

»Ja«, sagte Bill. »D-D-Diesmal b-bin ich mir ganz s-s-sicher.«

»Gott sei Dank«, flüsterte Richie. »Halt mich mal fest, Bill, ich muß mich übergeben.«

Als Richie das hinter sich hatte, gingen sie weiter. Von Zeit zu Zeit stieß Bills Fuß gegen etwas Sprödes, das dann wegrollte – er vermutete, daß es Teile der Spinneneier waren, die Ben zertrampelt hatte, und ihn schauderte. Es war zwar angenehm zu wissen, daß sie sich in der richtigen Richtung bewegten, aber er war heilfroh, daß es dunkel war, daß er die... die Überreste nicht zu sehen brauchte.

»Beverly!« rief Ben. »Beverly!«

»Hier...«

Ihr Rufen ging im Brausen des Wassers fast unter. Sie bewegten sich im Dunkeln auf sie zu, folgten dem Klang ihrer Stimme.

Als sie endlich bei ihr angelangt waren, fragte Bill, ob sie noch Streichhölzer habe. Sie tastete herum und drückte ihm ein halbvolles Heftchen in die Hand. Er zündete ein Streichholz an, und ihre Gesichter tauchten gespenstisch aus der Finsternis auf – Ben hatte einen Arm um Richie gelegt, der etwas vornübergebeugt dastand und aus der rechten Schläfe blutete; Beverly hatte Eddies Kopf auf dem Schoß... und dann drehte Bill sich um und sah Audra auf dem Steinboden liegen, mit gespreizten Beinen und auf die Seite herabhängendem Kopf. Die Spinnfäden, mit denen sie umgarnt gewesen war, waren zum allergrößten Teil weggeschmolzen.

Das Streichholz verbrannte ihm die Finger, und er ließ es fallen. Im Dunkeln schätzte er die Entfernung falsch ein und stolperte über sie. Um ein Haar wäre er gestürzt.

»Audra! Audra! Kannst du m-m-mich h-hören?«

Er schob einen Arm unter ihren Rücken und setzte sie auf. Dann legte er seine Finger an ihre Halsschlagader. Ihr Puls ging langsam, aber gleichmäßig.

Er zündete wieder ein Streichholz an, und als es aufflammte, sah er, daß ihre Pupillen sich zusammenzogen. Aber das war eine mechanische Nervenfunktion; ihr Blick veränderte sich nicht, auch dann nicht, als er das Streichholz dicht an ihr Gesicht hielt. Sie lebte, aber sie war nicht ansprechbar. Sie war fast – angsterfüllte Verzweiflung griff ihm eiskalt ans Herz, als das Wort ihm einfiel –, sie war fast katatonisch.

Das zweite Streichholz verbrannte ihm die Finger, und er blies es aus.

»Bill, das Brausen des Wassers gefällt mir gar nicht«, sagte Ben. »Ich glaube, wir sollten machen, daß wir hier wegkommen.«

»Wie sollen wir das ohne Eddie schaffen?« murmelte Richie.

»Wir *werden* es schaffen«, sagte Beverly. »Bill, Ben hat recht. Wir müssen hier raus.«

»Ich nehme sie mit.«

»Selbstverständlich. Doch wir sollten uns jetzt schleunigst auf den Weg machen.«

»Aber in welche Richtung?«

»Du wirst es wissen«, sagte Beverly ruhig. »Du hast Es getötet, und du wirst es wissen.«

Bill hob Audra hoch, wie er vorhin Richie hochgehoben hatte, und ging mit ihr auf den Armen zu den anderen zurück. Es war beunruhigend und unheimlich, ihr warmes Fleisch zu spüren und sie gleichzeitig wie leblos in seinen Armen hängen zu sehen.

»Wohin, Bill?« fragte Ben.

»Ich w-w-w-weiß n...«

(Du hast Es getötet, und du wirst es wissen.)

»Also los, kommt«, sagte Bill. »Versuchen wir's mal, ob wir wieder herausfinden. Beverly, nimm die Streichhölzer.« Nach unbeholfenem Herumtasten fanden sich ihre Hände, und er gab ihr das Heftchen. Sie zündete ein Streichholz an, und im Schein seiner Flamme gingen sie auf die kleine Märchentür zu.

Bill schob Audra so behutsam wie möglich durch die Tür und kroch dann hinterher. Er war erschöpft und fühlte sich wie zerschlagen. In seinen Schläfen pochte rasendes Kopfweh. Er konnte sich nicht mehr erinnern, wann er zuletzt eine ungestörte Nacht verbracht hatte. *Du bringst sie nie hier heraus*, dachte er, während er sie wieder auf die Arme nahm und sich schwerfällig aufrichtete. *Du hast einfach nicht mehr die Kraft dazu. Tatsache, alter Junge... du schaffst es nie im Leben.*

Beverly kroch als nächste durch die Tür, dann Ben und zuletzt Richie, der sie hinter sich mit dem Fuß energisch zustieß. Mit einem lauten Klikken schnappte sie ins Schloß ein.

»Warum hast du das getan?« fragte Beverly.

»Ich weiß nicht«, antwortete er, aber er wußte es genau. Er wollte die ganze nach Verwesung stinkende Finsternis SEINER Behausung einschließen – sie für immer und ewig da drinnen einschließen... so hoffte er zumindest. Er warf einen Blick zurück, kurz bevor Beverlys Streichholz erlosch.

»Bill... das Zeichen an der Tür...«

»W-Was ist damit?« keuchte Bill.

»Es ist verschwunden.«

5.

Derry, 10.30 Uhr

Der Glaskorridor zwischen Erwachsenen- und Kinderbücherei explodierte plötzlich. Glasscherben flogen durch die windgepeitschten Bäume auf dem Büchereigelände. Jemand hätte von diesen gefährlichen Geschossen schwer verletzt oder sogar getötet werden können, aber zum Glück war kein Mensch in der Nähe, auch nicht im Gebäude selbst. Die Bücherei war an diesem Tag überhaupt nicht geöffnet worden. Der Glastunnel, der Ben Hanscom als Junge so fasziniert hatte, wurde nie wieder aufgebaut; es hatte in Derry soviel kostspielige Zerstörungen gegeben, daß alle maßgeblichen Leute der Meinung waren, es sei vernünftiger, es einfach bei zwei getrennten Gebäuden zu belassen, und nach einiger Zeit konnte niemand vom Stadtrat sich mehr erinnern, wozu dieser Glastunnel überhaupt gut gewesen sein sollte. Nur Ben hätte ihnen vielleicht sagen können, wie es war, in der Kälte eines Januarabends draußen zu stehen, mit laufender Nase und eiskalten Fingerspitzen, und zu beobachten, wie dort Leute hin und her liefen, wie sie ohne Mäntel durch den Schnee zu gehen schienen, in helles warmes Licht gehüllt. Er hätte es ihnen sagen können... Aber vermutlich gehörte das nicht zu den Dingen, die man bei einer Stadtratssitzung vorträgt – wie man als Kind draußen in der dunklen Kälte stand und das Licht zu lieben lernte. Aber wie dem auch sein mochte, Tatsache war ganz einfach folgendes: Der Glaskorridor flog ohne ersichtlichen Grund in die Luft, niemand wurde dabei verletzt (was ein Segen war, denn die Gesamtzahl an Opfern, die die Unwetterkatastrophe jenes Morgens forderte – an menschlichen Opfern –, belief sich ohnehin auf 67 Tote und mehr als 320 – zum Teil schwer – Verletzte), und er wurde nicht wieder aufgebaut. Wenn man nach dem 31. Mai 1985 von der Kinderabteilung in die Erwachsenenbücherei gelangen wollte, mußte man außen herum gehen. Und wenn es kalt war oder regnete oder schneite, mußte man seinen Mantel anziehen.

6.

Draußen, 10.54, 31. Mai 1985

»Wartet«, keuchte Bill. »Ich muß einen Augenblick... ausruhen.«

»Laß dir doch helfen«, bot Richie ihm wieder einmal an. Sie hatten Eddie in SEINER Behausung zurückgelassen, und das war etwas, worüber keiner von ihnen reden wollte. Aber Eddie war tot, und Audra lebte noch... zumindest im klinischen Sinne.

»Ich schaff's schon«, brachte Bill zwischen keuchenden Atemzügen mühsam hervor.

»Blödsinn, du kriegst höchstens einen Herzinfarkt. Laß dir doch helfen, Big Bill!«

»Wie geht's d-d-deinem Kopf?«

»Tut weh«, antwortete Richie. »Aber lenk bitte nicht vom Thema ab.«

Nur sehr ungern ließ Bill es zu, daß Richie Audra übernahm. Es hätte schlimmer sein können; Audra war groß und wog normalerweise 140 Pfund. Doch sie spielte in ›*Attic Room*‹ eine junge Frau, die von einem Psychopathen, der sich für einen politischen Terroristen hielt, als Geisel gefangengehalten wurde. Und weil Freddie Firestone alle im Dachzimmer spielenden Szenen gleich zu Beginn drehen wollte, hatte Audra eine strenge Geflügel-Hüttenkäse-Thunfisch-Diät gemacht und auf diese Weise 20 Pfund abgenommen. Aber nachdem er im Dunkeln mit ihr auf den Armen eine Viertelmeile (oder eine halbe oder noch mehr, er hatte keine Ahnung) durch die Tunnels gestolpert war, kamen diese 120 Pfund Bill wie mindestens 200 vor.

»D-D-Danke, Mann«, sagte er.

»Nichts zu danken«, erwiderte Richie. »Haystack, du bist dann als nächster an der Reihe.«

»Piep-piep, Richie«, rief Ben, und Bill mußte wider Willen grinsen. Es war ein müdes Grinsen, und es hielt nicht lange an, aber es war immerhin besser als nichts.

»Wohin jetzt, Bill?« fragte Beverly. »Das Wasser hört sich immer lauter an. Ich möchte nicht unbedingt hier unten ertrinken.«

»Geradeaus, dann links«, sagte Bill. »Auf geht's.«

Sie liefen eine halbe Stunde durch die Tunnels. Bill rief ihnen jeweils zu, wann sie nach links oder rechts abbiegen mußten. Das Brausen des Wassers wurde immer lauter, bis es sie schließlich von allen Seiten zu umgeben schien – ein beunruhigender Stereo-Effekt in der Dunkelheit. Bill tastete sich an feuchten Ziegelsteinen entlang, bog um eine Ecke – und plötzlich floß ihm Wasser über die Schuhe. Es war seicht, aber die Strömung war sehr schnell.

»Gib mir Audra«, sagte er zu Ben, der laut keuchte. »Jetzt wird's naß.« Ben reichte ihm behutsam den schlaffen Körper, und Bill schwang ihn sich über die Schulter wie ein Feuerwehrmann. *Wenn sie doch nur protestieren... sich bewegen... irgendwas tun würde!* »Wie steht's mit unseren Streichhölzern, Bev?«

»Es sind nicht mehr viele«, antwortete sie. »Vielleicht noch ein halbes Dutzend. Bill, weißt du *wirklich*, wohin du gehst?«

»Ich g-g-glaub' schon«, sagte er. »Kommt.«

Sie folgten ihm um die Ecke und bewegten sich gegen die Wasserströmung vorwärts. Es strudelte und schäumte um Bills Knöchel, dann ging ihm das Wasser bis zu den Schienbeinen und wenig später bis zu den Schenkeln. Das Donnern und Tosen in den Kanalrohren schwoll immer stärker an. Der Tunnel, in dem sie sich befanden, bebte. Eine Zeitlang glaubte Bill, daß die Strömung zu stark würde, um dagegen ankämpfen zu können, aber schließlich kamen sie an einem Rohr vorbei, aus dem sich Wasser in ihren Tunnel ergoß, und die Strömung wurde etwas langsamer – das Wasser allerdings immer tiefer. Es...

Ich habe gesehen, wie das Wasser aus jenem Rohr herausfloß! Ich habe es gesehen!

»He!« schrie er. »K-K-Könnt ihr etwas s-s-s-sehen?«

»In der letzten Viertelstunde ist es allmählich immer heller geworden!« schrie Beverly zurück. »Wo sind wir, Bill? Weißt du's?«

Ich glaubte es zu wissen, dachte Bill. »Nein! Kommt.«

Er hatte geglaubt, daß sie sich jenem Teil des Kenduskeag näherten, der unter dem Namen ›Kanal‹ unterirdisch unter der Innenstadt verlief und im Bassey-Park wieder zum Vorschein kam... aber hier unten gab es Licht, *Licht*, und im Kanal unter der Stadt konnte es doch kein Licht geben.

Bill hatte große Schwierigkeiten mit Audra. Nicht wegen der Strömung – die hatte nachgelassen –, aber wegen der Tiefe. *Bald kann ich sie schwimmen lassen*, dachte er. Er konnte Beverly rechts und Ben links von sich sehen, und wenn er etwas den Kopf drehte, konnte er hinter Ben auch Richie sehen. Auf dem Tunnelboden lag jetzt allerhand Zeug herum – es fühlte sich fast wie Ziegelsteine an. Und ein Stück vor ihnen ragte etwas aus dem Wasser wie der Bug eines sinkenden Schiffes. Er riß die Augen auf. Es schien ein großes Schild zu sein. Er konnte die Buchstaben AL und darunter ZUR lesen. Und plötzlich wußte er Bescheid.

»Bill! Richie! Bev!« Er lachte fassungslos.

»Was ist los, Ben?« rief Beverly.

Ben zog das Plakat mit beiden Händen aus dem Wasser heraus. Eine Seite streifte schabend an der Tunnelwand entlang. Und dann konnten sie es richtig lesen: ALADDIN, und darunter stand: ZURÜCK IN DIE ZUKUNFT.

»Das ist doch das Plakat vom Vordach des ›Aladdin‹!« rief Richie. »Wie zum Teufel...«

»Die Straße ist eingestürzt«, flüsterte Bill, und seine Augen wurden immer größer, während er den Tunnel entlangstarrte. Weiter vorne wurde das Licht noch heller.

»Was, Bill?«

»Was zum Teufel ist da nur *passiert?*«

»Bill? *Bill?* Was...«

»All jene Rohre!« sagte Bill grimmig. »Jene alten Abflußrohre! Sie sind voll Wasser! Es muß eine Überschwemmung gegeben haben! Und ich glaube, diesmal...«

Er stolperte vorwärts und hielt Audra knapp über dem Wasserspiegel. Bev, Ben und Richie folgten ihm. Fünf Minuten später blickte Bill hoch und sah über sich blauen Himmel und ausgefranste Wolken. Er schaute durch einen Spalt in der Tunneldecke, einen Spalt, der sich verbreiterte und ein Stück weiter unten eine Breite von mehr als zwanzig Meter erreichte. Und dort ragten auch jede Menge Inseln aus dem Wasser – Ziegelhaufen, das hintere Verdeck einer Plymouth-Limousine, eine Parkuhr, die sich in schiefem Winkel an die Tunnelwand lehnte.

Der Boden war jetzt fast unpassierbar – er war mit soviel verschiedenem Zeug bedeckt, daß man bei jedem Schritt einen Knöchelbruch riskierte. Das Wasser plätscherte ruhig in die Richtung, aus der sie gekommen waren.

Jetzt ist es friedlich, dachte Bill. *Aber wenn wir vor zwei Stunden hier gewesen wären oder sogar noch vor einer, dann wär's höchstwahrscheinlich um uns geschehen gewesen!*

»Was in aller Welt ist das?« fragte Richie. Er stand dicht neben Bills linkem Ellbogen und starrte zu dem Riß in der Tunneldecke empor, und sein Gesicht war vor Staunen über dieses Wunder ganz weich. *Nur daß es keine Tunneldecke mehr ist,* dachte Bill. *Es ist die Main Street. Oder, besser gesagt, dies war einmal die Main Street.*

»Vermutlich sind die Träger des Kanals zusammengebrochen«, sagte er. »Und ich nehme an, daß der größte Teil der Stadtmitte jetzt den Kenduskeag entlangtreibt... Kannst du mir mit Audra helfen, Richie? Ich glaub', ich kann nicht...«

»Na klar doch«, sagte Richie. »Klar, Bill. Gar kein Problem.«

Er nahm Audra Bill ab, der sie jetzt, im helleren Licht, besser sehen konnte, als ihm lieb war – selbst der Schmutz auf ihrer Stirn, ihren Wangen und ihrem Hals konnte nicht verhüllen, daß sie leichenblaß war. Ihre Augen waren weit aufgerissen... und völlig ausdruckslos. Ihre Haare hingen naß und glatt herab. Sie hätte genausogut eine jener Gummipuppen sein können, die im ›Pleasure Chest‹ in New York oder auf der Reeperbahn in Hamburg verkauft wurden. Der einzige Unterschied bestand darin, daß sie langsam, aber gleichmäßig atmete... doch selbst das ließ sich mit irgendeinem Mechanismus bestimmt imitieren.

»W-Wie sollen wir hier h-h-herauskommen?« fragte er Richie.

»Du mußt dir nur von Ben helfen lassen«, sagte Richie. »Dann ziehst du Bev rauf, und zu zweit hievt ihr dann deine Frau raus. Ben hilft mir hoch, und zuletzt ziehen wir ihn raus. Alles ein Kinderspiel. Und danach zeige ich euch wie man ein Volleyball-Turnier für 1000 Studentinnen ausrichtet.«

»Piep-piep, Richie.«

»Piep-piep im Arsch, Big Bill.«

Die Erschöpfung drohte Bill jetzt zu überwältigen. Er fing Beverlys ruhigen Blick auf, und einen Augenblick lang kehrte neue Kraft in ihn zurück. Sie nickte ihm zu, und er brachte für sie ein Lächeln zustande.

»Hilfst du mir, B-Ben?«

Ben nickte. Auch er sah unglaublich erschöpft aus. Auf einer Wange hatte er einen tiefen Kratzer. »Ich glaube, das schaffe ich gerade noch.«

Er bückte sich etwas und verschränkte seine Hände zu einem Steigbügel. Bill stellte seinen Fuß darauf und sprang hoch.

»Sch-Sch-Schieb!«

Ben hob den aus seinen Händen bestehenden Steigbügel, und Bill packte den Rand des eingebrochenen Tunneldachs, das keines war. Er zog sich heraus. Als erstes sah er eine weißorangefarbene Absperrung; dann erblickte er hinter der Absperrung eine aufgeregte Menschenmenge. Als drittes sah er den Freese's Department Store – und es dauerte einen Augenblick, bevor er begriff, was passiert war: Die untere Hälfte des Kaufhauses war in die Straße gesunken... und in den Kanal unter der Straße. Die obere Hälfte ragte schief heraus und drohte umzukippen wie ein unordentlich aufeinandergestapelter Bücherstoß.

»Seht doch nur! Dort! Dort ist jemand!«

Eine Frau deutet auf die Stelle, wo Bills Kopf zwischen dem geborstenen Asphalt aufgetaucht war.

»Gelobt sei Gott, da ist noch jemand!«

Sie wollte auf ihn zurennen – eine ältere Frau mit einem nach Bäuerinnenart gebundenen Tuch auf dem Kopf –, wurde aber von einem Polizisten zurückgehalten. »Sie wissen doch, daß es da drüben nicht sicher ist, Mrs. Nelson. Der Rest der Straße kann jederzeit einbrechen.«

Mrs. Nelson, dachte Bill. *Ich erinnere mich an sie. Ihre jüngere Schwester hat manchmal bei mir und Georgie den Babysitter gespielt.* Er hob die Hand, um ihr zu zeigen, daß es ihm gutging, und als sie zurückwinkte, brandete eine Woge guter Gefühle über ihn hinweg – und Hoffnung stieg in ihm auf.

Er drehte sich um und legte sich flach auf das schwankende Pflaster, um sein Gewicht möglichst gleichmäßig zu verteilen. Er streckte seine Arme hinab, Bev packte ihn an den Handgelenken, und mit letzter Kraft zog er sie heraus. Die Sonne kam gerade wieder hinter den Schäfchenwolken hervor. Beverly blickte zum Himmel empor, und dann schaute sie Bill in die Augen und lächelte.

»Ich liebe dich, Bill«, sagte sie. »Und ich hoffe von ganzem Herzen, daß sie wieder gesund wird.«

»D-D-Danke, Bevvie«, sagte er, und sein Lächeln trieb ihr plötzlich Tränen in die Augen. Er schloß sie in die Arme, und die Menschen hinter der Absperrung applaudierten. Ein Fotograf der ›Derry News‹ machte einen Schnappschuß, der am 2. Juni in der Zeitung erschien, die in Bangor gedruckt werden mußte, weil die Druckerei in Derry starke Wasserschäden erlitten hatte. Der kurze Bildtext war so zutreffend, daß Bill das Foto ausschnitt und jahrelang in der Brieftasche mit sich trug: ÜBERLEBENDE, lautete diese Bildunterschrift. Das war alles, aber dieses eine Wort drückte alles aus.

Es war sechs Minuten vor elf in Derry, Maine.

7.

Derry/Später am selben Tag

Der Glaskorridor zwischen der Erwachsenenbücherei und der Kinderabteilung explodierte um 10.30 Uhr. Um 10.33 Uhr hörte es zu regnen auf. Der Regen ließ nicht etwa allmählich nach, nein, von einer Minute zur anderen, so als hätte ›jemand dort oben‹ einen Schalter umgelegt. Der Wind, der Geschwindigkeiten von 70 bis 95 Meilen pro Stunde erreicht hatte, begann sich zu legen. Er flaute so rasch ab, daß die Menschen fast abergläubisch unbehagliche Blicke tauschten. Um 10.47 Uhr kam zum erstenmal an diesem Tag die Sonne zum Vorschein. Am Nachmittag lösten sich auch die letzten Wolken auf, und der Tag wurde klar und heiß – um 15.30 Uhr zeigte die Quecksilbersäule des Thermometers vor der Tür des Trödelladens ›Secondhand Rose, Secondhand Clothes‹ 29° C an – die höchste Temperatur dieses Frühlings.

Die Menschen gingen wie Zombies durch die Straßen, ohne viel zu reden. Fast alle Gesichter hatten den gleichen Ausdruck: eine Art einfältiger Verwunderung, die komisch gewirkt hätte, wenn sie nicht zugleich so mitleiderregend gewesen wäre. Bis zum Abend waren zahlreiche Rundfunkreporter vom ABC, CBS, NBC und CNN in Derry eingetroffen, und erst sie brachten den meisten Leuten die Ereignisse nahe, ließen sie ihnen wirklich real vorkommen. Am nächsten Vormittag wurden auch im Fernsehen Berichte und Interviews gebracht. Sich selbst und die Nachbarn auf dem Bildschirm zu sehen – erst dadurch wurden die schrecklichen, unerklärlichen Geschehnisse so richtig zur Realität, ließen sich irgendwie einordnen und erklären. Der Sturm war ein SELTSAMES SPIEL DER NATUR gewesen. In den Tagen NACH DEM KILLER-STURM stieg DIE ZAHL DER TODESOPFER an. Es war zweifellos DER SCHLIMMSTE FRÜHJAHRSSTURM IN DER GESCHICHTE MAINES gewesen. All diese Schlagzeilen, so schrecklich sie auch sein mochten, waren sehr nützlich und hilfreich – sie nahmen den sonderbaren Ereignissen die unheimliche Spitze des Unerklärlichen ... wobei ›sonderbar‹ natürlich ein sehr milder Ausdruck war. *Irrsinnig* oder *wahnsinnig* – das hätte schon besser gepaßt. Sich selbst auf dem Bildschirm zu sehen, ließ ihnen das Geschehen konkreter, weniger irrsinnig vorkommen. Aber in den Stunden, bevor die Reporter von Rundfunk und Fernsehen anrückten, liefen die Bewohner von Derry mit ungläubigen, fassungslosen Gesichtern durch ihre schlammigen, mit Schutt übersäten Straßen. Ohne viel zu reden, liefen sie herum, betrachteten die Verwüstung ihrer Stadt und versuchten, eine Erklärung für die Ereignisse der vergangenen sieben oder acht Stunden zu finden. Männer standen auf der Kansas Street, rauchten und starrten auf die Häuser, die in die Barrens hinabgerissen worden waren. Andere Männer und Frauen standen hinter den weißorangefarbenen Absperrungen und betrachteten das Zentrum der Innenstadt, das in den Kanal gestürzt war. Die Schlagzeile der Sonntagszeitung dieser Woche lautete: WIR WERDEN DIE INNENSTADT WIEDER AUFBAUEN, ERKLÄRT DERRYS BÜRGERMEISTER, und vielleicht würden sie das auch tatsächlich tun. Aber in den folgenden Wochen, während der Stadtrat hitzige Debatten darüber führte, wie dieser Wiederaufbau vonstatten gehen sollte, gingen die Zerstörungen auf unspektakuläre Weise stetig weiter. Der riesige Krater an der Stelle, wo bis vor kurzem die Innenstadt gewesen war, wurde immer größer. Vier Tage nach dem Sturm stürzte das Bürogebäude der Bangor Hydroelectric Company in diesen Krater, drei Tage später das Restaurant ›The Flying Dog‹. Immer noch kam es in den Abwasserrohren zu Rückstaus, und in Old Cape nahm das solche Ausmaße an, daß die Bewohner der Siedlung auszuziehen begannen. Am Abend des 10. Juni fand im Bassey-Park das erste Pferderennen des Jahres statt, und die allgemeine Stimmung hob sich beträchtlich. Aber gegen Ende des ersten Durchlaufs, als die Pferde auf die Ziellinie zutrabten, brach ein Teil der Zuschauertribüne zusammen, und ein halbes Dutzend Menschen wurde schwer verletzt. Zu den Verletzten gehörte auch Foxy Foxworth, der bis 1973 Geschäftsführer des ›Aladdin‹ gewesen war. Foxy verbrachte zwei Wochen im Krankenhaus – er hatte sich das Bein gebrochen und die Hoden durchbohrt. Nach seiner Entlassung aus dem Krankenhaus beschloß er, zu seiner Schwester nach Somersworth in New Hampshire zu ziehen.

Er war nicht der einzige, der seinen Wohnsitz wechselte. Derry ging unter.

8.

Sie beobachteten, wie der Sanitäter die hinteren Türen des Krankenwagens zuschlug und wie der Wagen sich den Hügel hinauf in Richtung Krankenhaus entfernte. Richie hatte ihn unter Einsatz seines Lebens angehalten, indem er sich mitten auf die Straße gestellt und wild gewinkt hatte, und dann hatte er seine ganzen Überredungskünste angewandt, um den wütenden Fahrer, der erklärte, keinen Platz mehr zu haben, dazu zu bewegen, Audra doch noch mitzunehmen. Schließlich hatte der Sanitäter sie auf dem Fußboden untergebracht.

»Was nun?« fragte Ben. Er hatte große dunkle Ringe unter den Augen, und ein Schmutzstreifen zog sich um seinen Hals.

»Ich g-g-gehe ins T-T-Town House«, sagte Bill, »und w-w-werde mindestens sechzehn Sch-Sch-Stunden schlafen.«

»Ausgezeichnete Idee«, meinte Richie und sah Beverly hoffnungsvoll an. »Haben Sie zufällig Zigaretten, schöne Dame?«

»Nein«, sagte Beverly. »Ich glaube, ich werde das Rauchen aufgeben.«

»Ein sehr vernünftiger Vorsatz.«

Sie gingen langsam nebeneinander den Hügel hinauf.

»Es ist v-v-vorbei«, sagte Bill.

Ben nickte. »Wir haben es vollbracht. *Du* hast es vollbracht, Big Bill.«

»Wir alle haben es vollbracht«, meinte Beverly. »Ich wünschte, wir hätten Eddie mit raufbringen können. Das wünschte ich mehr als alles andere.«

Sie erreichten die Ecke Upper Main Street und Point Street. Ein Junge in rotem Regenmantel und grünen Gummistiefeln ließ auf dem Sturzbach im Rinnstein ein Papierboot schwimmen. Er schaute auf, sah, daß sie zu ihm herüberblickten, und winkte ihnen schüchtern zu. Bill erkannte in ihm den Jungen mit dem Skateboard – den, dessen Freund Haie im Kanal gesehen hatte. Er lächelte und ging auf den Jungen zu.

»Jetzt ist alles in O-O-Ordnung«, sagte er.

Der Junge betrachtete ihn ernsthaft... und dann grinste er. Das Lächeln war so hoffnungsvoll und sonnig wie ein Frühsommertag. »Ja«, sagte er. »Das glaube ich auch.«

»Du k-k-kannst deinen Arsch drauf v-verwetten.«

Der Junge lachte.

»W-Wirst du vorsichtig s-s-sein, w-wenn du mit deinem Skateboard rumsaust?«

»Nicht sehr«, antwortete der Junge, und nun lachte Bill. Er widerstand der Versuchung, dem Jungen übers Haar zu streichen – das hätte er bestimmt übelgenommen –, und kehrte zu seinen Freunden zurück.

»Wer war das?« fragte Richie.

»Ein Freund«, sagte Bill und stopfte seine Hände in die Hosentaschen. »Erinnert ihr euch noch daran, wie wir letztes Mal rausgekommen sind?«

Beverly nickte. »Eddie hat uns in die Barrens zurückgebracht. Nur sind wir irgendwie auf der anderen Seite des Kenduskeag rausgekommen. Auf der Old-Cape-Seite.«

»Und du und Haystack, ihr beide habt den Deckel von einem dieser Pumpwerk-Zylinder weggeschoben«, sagte Richie zu Bill, »weil ihr am kräftigsten wart.«

»Die Sonne schien«, fiel Ben ein. »Aber sie stand schon sehr tief am Himmel.«

»Ja«, sagte Bill, »und wir waren alle z-z-zusammen.«

»Aber nichts dauert ewig«, murmelte Richie. Er blickte den Hügel hinab, den sie gerade erklommen hatten, und seufzte. »Ja, ich weiß. Schaut euch das mal an.«

Er streckte seine Hände aus. Die schmalen Narben auf den Handflächen waren verschwunden. Auch Beverly, Ben und Bill betrachteten ihre Hände. Sie waren schmutzig, aber die Narben waren nicht mehr zu sehen. »Nichts dauert ewig«, wiederholte Richie. Er sah Bill an, und Tränen rannen langsam über seine schmutzigen Wangen. »Außer vielleicht Freundschaft. Was meinst du, Bill?«

»Ja«, sagte Bill. »Das glaube ich auch.«

»Und du, Bev?«

»Ich glaube es ebenfalls«, sagte sie und nahm seine Hand.

»Haystack?«

»Ja«, sagte Ben. »Ich glaube, daß Freundschaft und Liebe vielleicht *wirklich* ewig dauern.«

Er reichte ihnen die Hände, und kurze Zeit standen sie schweigend da, sieben Freunde, die auf vier reduziert worden waren, die aber immer noch einen Kreis bilden konnten. Sie sahen einander an. Auch Ben weinte jetzt, aber gleichzeitig lächelte er.

»Ich liebe euch alle«, sagte er und drückte Bev und Richie fest – sehr fest – die Hände, bevor er sie losließ. »Vielleicht könnten wir jetzt mal nachschauen, ob man hier so was wie ein Frühstück bekommen kann.«

»Großartige Idee, Senhor!« rief Richie. »Haystack, manchmal glaube ich direkt, daß du doch nicht ganz so blöd bist, wie du ausschaust. Was meinst du, Big Bill?«

»Ich meine, du solltest dich mal selbst am Arsch lecken, Richie«, sagte Bill.

Lachend betraten sie das Town House, und als Bill die Glastür aufschloß, erblickte Beverly etwas, das ihr zwar nicht den Appetit verdarb, das sie jedoch für sich behielt – aber sie vergaß es niemals. Einen Augenblick lang sah sie im Glas ihre Spiegelbilder – nur waren sie nicht zu viert, sondern zu sechst, denn Eddie war hinter Richie, und hinter Bill war Stan, und er hatte jenes für ihn so typische halbe Lächeln im Gesicht.

9.
Draußen, Abenddämmerung, 10. August 1958

Die Sonne steht genau am Horizont, ein großer roter Ball, der ein flaches, fast unwirkliches Licht über die Barrens wirft. Der schwere

Schachtdeckel auf einer der Pumpstationen – einem von Ben Hanscoms Morlock-Brunnen – hebt sich ein wenig, senkt sich, hebt sich wieder... und beginnt, zur Seite zu rutschen.

»Sch-Sch-Schieb, Ben, das D-D-Ding b-bricht mir n-noch die Schulter ab...«

Der Deckel rutscht weiter zur Seite, neigt sich und fällt in das Gestrüpp, das rings um den Betonzylinder wächst. Nacheinander steigen sie heraus, sieben Kinder, die sich umschauen, als hätten sie nie zuvor Tageslicht gesehen, als hielten sie es für ein Wunder.

»Es ist so still...«, sagt Beverly leise.

Die einzigen Geräusche sind das laute Plätschern des Flusses und das einschläfernde Summen der Insekten. Das Unwetter ist vorüber, aber der Wasserstand des Kenduskeag ist immer noch hoch. Näher zur Stadt hin, unweit der Stelle, wo der Fluß in ein Betonkorsett eingeschnürt wird, ist er über die Ufer getreten, hat allerdings keine größeren Schäden angerichtet – einige nasse Keller sind das Schlimmste. Zumindest diesmal.

Stan entfernt sich von ihnen; sein Gesicht ist ernst und nachdenklich. Bill glaubt im ersten Moment, daß Stan am Ufer ein kleines Feuer entdeckt hat – Feuer ist sein erster Eindruck. Etwas blendend Rotes.

Stan hebt das Feuer mit der rechten Hand auf, und als der Winkel des Lichteinfalls sich ändert, erkennt er, daß es nur eine Colaflasche ist, die jemand hier weggeworfen hat. Er beobachtet, wie Stan die Flasche umdreht, am Hals packt und auf einem Stein am Ufer zerschlägt. Bill bemerkt, daß nun auch alle anderen Stan beobachten, während er die Flaschenscherben begutachtet. Sein Gesicht ist immer noch ernst und konzentriert. Schließlich hebt er eine flache Glasscherbe auf. Die untergehende Sonne taucht sie in rotes Licht, und Bill denkt wieder: Wie ein Feuer.

Als hätte Stan seinen Gedanken gehört, blickt er zu ihm auf, und plötzlich begreift Bill; er begreift vollkommen, und er findet es vollkommen richtig. Er geht mit ausgestreckten Händen auf Stan zu. Stan weicht etwas zurück, bis er im Wasser steht. Kleine schwarze Insekten schwirren dicht über der Wasseroberfläche, und Bill sieht eine herrlich schillernde Libelle im Schilf am anderen Ufer verschwinden. Ein Frosch beginnt zu quaken, und während Stan seine linke Hand nimmt und ihm mit der gezackten Scherbe die Handfläche ritzt, so daß Blut hervorquillt, denkt Bill in einer Art Ekstase: Hier unten gibt es soviel Leben, und so vieles davon ist gut!

»Bill...?«

»Klar. Beide.«

*Stan ritzt ihm auch die andere Hand. Es tut weh, aber nur ein biß-
chen. Ein Ziegenmelker beginnt irgendwo zu schreien — ein friedvolles
Geräusch, das schon die Nacht ankündigt.* Bill denkt: Dieser Ziegenmelker läßt den Mond aufgehen.

*Er wirft einen Blick auf seine blutenden Hände, dann schaut er sich
um. Die anderen sind alle da — Eddie umklammert seinen Aspirator,
Bens dicker Bauch schimmert hell durch sein zerrissenes Hemd; Richie sieht ohne seine Brille eigenartig nackt aus; Mikes Gesicht ist
ernst und feierlich, und er hat seine vollen Lippen zu einer schmalen
Linie zusammengepreßt. Und Bev, die mit zurückgeworfenem Kopf
dasteht: Ihre großen Augen sind ganz klar, und trotz des Schmutzes
sind ihre Haare wunderschön.*

Wir alle. Wir sind alle hier.

*Und Bill betrachtet sie alle, prägt sie sich genau ein, denn irgendwie
ist ihm bewußt, daß sie nie wieder alle beisammen sein werden —
zumindest nicht auf diese Weise. Niemand sagt etwas. Beverly streckt
ihre Hände aus, und gleich darauf tun Richie und Ben es ihr nach. Die
anderen folgen ihrem Beispiel. Und Stan ritzt ihnen allen die Handflächen, und zuletzt ritzt er seine eigenen, während die Sonne am Horizont versinkt und jene rote Schmelzofenglut in sanfte Rosatöne
übergeht. Der Ziegenmelker schreit wieder, Bill sieht den ersten feinen
Nebeldunst auf dem Wasser, und er hat das Gefühl, als wäre er mit
allem ringsherum verschmolzen — dies ist keine Ekstase, sondern eine
kurze Hochstimmung, über die er ebensowenig sprechen wird wie
Jahre später Beverly über jenes Spiegelbild in der Tür, als sie dort zwei
tote Männer sieht, die als Jungen ihre Freunde waren.*

*Eine Brise bewegt Büsche und Bäume, läßt sie raunen und seufzen,
und er denkt:* Dies ist ein wundervoller Ort, und ich werde ihn niemals vergessen. Er ist herrlich, und alle meine Freunde sind wundervoll, jeder von ihnen ist einfach großartig.

*Wieder schreit der Ziegenmelker, süß und fließend, und einen
Moment lang fühlt sich Bill eins mit ihm, so als könnte er singen und
dann in der Dämmerung verschwinden — so als könnte er davonfliegen, könnte mutig durch die Lüfte segeln.*

*Er sieht Beverly an, und sie lächelt ihm zu. Sie schließt die Augen
und streckt ihre Händen nach beiden Seiten aus. Bill nimmt ihre
linke, Ben ihre rechte Hand, Bill spürt, wie ihr warmes Blut sich mit
dem seinigen vermischt und ihre Hände zusammenschweißt. Die anderen treten hinzu, und sie stehen im Kreis, und die Händer aller sind
jetzt auf diese besonders innige Weise miteinander engstens verbunden.*

Stan blickt Bill eindringlich an. In seinen Augen steht eine gewisse Angst geschrieben.

»Sch-Sch-Schwört mir, daß ihr z-z-zurückkommen werdet«, sagt Bill. »Sch-Schwört mir, daß ihr zurückkehren w-w-werdet, f-f-falls Es nicht tot ist.«

»Ich schwöre«, sagt Ben.

»Ich schwöre.« Richie.

»Ja — ich schwöre.« Bev.

»Ich schwöre es«, murmelt Mike.

»Ja. Ich schwöre«, sagt Eddie mit dünner Stimme.

»Ich schwöre es auch«, flüstert Stan, und ein düsterer Schatten legt sich für einen Augenblick über seine Augen... und verschwindet gleich darauf wieder.

»Ich sch-sch-schwöre.«

Das war's; das war alles. Aber sie stehen noch ein Weilchen länger da; sie spüren die Macht, die ihrem geschlossenen Kreis innewohnt. Das Licht zaubert blasse Farben auf ihre Gesichter; die Sonne ist untergegangen, der Sonnenuntergang verblaßt. Sie stehen im Kreis, während die Dunkelheit langsam die Barrens hineinkriecht, die Pfade füllt, auf denen sie in diesem Sommer gegangen sind, die Lichtungen, auf denen sie mit Gewehren gespielt haben, die Geheimplätze entlang der Ufer, wo sie gesessen und über wichtige Fragen — für Kinder wichtige Fragen — diskutiert oder Beverlys Zigaretten geraucht oder auch nur schweigend die im Wasser reflektierten Wolken betrachtet haben. Das Auge des Tages schließt sich.

Dann läßt Ben seine Hände sinken. Er versucht etwas zu sagen, schüttelt den Kopf und entfernt sich. Richie folgt ihm, und auch Beverly und Mike, die nebeneinander hergehen. Niemand spricht. Sie erklimmen die Böschung zur Kansas Street und gehen einfach auseinander. Und als Bill 27 Jahre später daran zurückdenkt, stellt er fest, daß sie wirklich nie wieder alle beisammen waren. Zu viert waren sie oft, manchmal zu fünft, und einige wenige Male zu sechst. Aber zu siebt nie wieder.

Bill bleibt noch eine Zeitlang stehen, nachdem seine Freunde gegangen sind. Die Hände auf das baufällige Holzgeländer gestützt, blickt er in die Barrens hinab, während die ersten Sterne am Sommerhimmel auftauchen. Er steht unter dem Himmel, über den zirpenden Grillen, und beobachtet, wie es in den Barrens dunkel wird.

Ich möchte nie wieder dort unten spielen, *denkt er plötzlich und stellt erstaunt fest, daß dieser Gedanke nichts Schreckliches oder Bedrückendes an sich hat, sondern befreiend ist.*

Er bleibt noch einen Augenblick stehen, dann wendet er sich von den Barrens ab und macht sich auf den Heimweg, schlendert mit den Händen in den Hosentaschen den dunklen Weg entlang und wirft von Zeit zu Zeit einen Blick auf die Häuser von Derry, aus denen warmes Licht fällt.

Etwas später fällt ihm das Abendessen ein, und er beschließt, schneller zu gehen. Einen Block später beginnt er zu pfeifen.

Derry:

DAS LETZTE ZWISCHENSPIEL

»›Zu diesen Zeiten ist der Ozean wie eine vollkommene Flotte von Schiffen, und wir können kaum umhin, im Vorbeiziehen vielen zu begegnen. Es ist lediglich eine Überfahrt‹, sagte Mr. Micawber, welcher mit seiner Brille spielte, ›lediglich eine Überfahrt. Die Entfernung ist ganz imaginär.‹«

– Charles Dickens
– *David Copperfield*

4. Juni 1985

Bill war vor etwa zwanzig Minuten hier und hat mir dieses Buch mitgebracht – Carole hat es auf einem der Tische in der Bücherei gefunden und ihm gegeben, als er danach gefragt hat. Ich hatte gedacht, daß Chief Rademacher es vielleicht an sich genommen hätte, aber offensichtlich konnte er nichts damit anfangen.

Bill stottert kaum noch, aber der arme Mann ist in den letzten vier Tagen um vier Jahre gealtert. Er erzählte mir, daß Audra morgen entlassen würde – oder vielmehr, daß er sie morgen mit einem privaten Krankentransport in die 20 Meilen entfernte psychiatrische Klinik in Bangor bringen würde. Physisch gehe es ihr gut, sagte er – kleinere Quetschungen und Schnittwunden, die schon verheilen. Aber psychisch...

»Wenn man ihre Hand hochhebt, bleibt sie oben«, berichtete Bill. Er saß dabei am Fenster und spielte nervös mit einer Dose Diät-Soda. »Sie hängt einfach in der Luft, bis jemand sie wieder auf die Bettdecke legt. Ihre gesamten Reflexe sind schwer gestört. Das EEG zeigt eine völlig abnorme Alpha-Kurve. Sie ist katatonisch, Mike! Audra ist katatonisch!«

»Ich habe eine Idee«, sagte ich. »Vielleich taugt sie auch nichts, und wenn sie dir nicht paßt, kannst du's ja ruhig sagen.«

»Und was wäre das?«

»Ich muß noch eine Woche hier im Krankenhaus bleiben«, sagte ich. »Anstatt Audra nach Bangor zu bringen, könntest du diese Woche mit ihr in meinem Haus verleben. Rede mit ihr, auch wenn sie nicht antwortet. Ist sie... ich meine... kann sie auf die Toilette gehen?«

»Nein«, sagte Bill tonlos.

»Und könntest du... könntest du...«

»Ihr sozusagen die Windeln wechseln?«

Er lächelte, und es war ein so gequältes Lächeln, daß ich meinen Blick von ihm abwenden mußte. So hatte damals auch mein Vater gelächelt, als er mir von Butch Bowers und den vergifteten Hühnern erzählte.

»Ja. Ich glaube, das könnte ich. Schließlich bin ich ja an ihrem Zustand schuld.«

1074

»Es hätte wenig Sinn, dir zu sagen, du solltest dir nicht zuviel Vorwürfe machen, weil du sie dir ja trotzdem machst«, sagte ich, »aber vergiß folgendes bitte nicht – du selber hast mir zugestimmt, daß vieles oder sogar alles von dem, was geschehen ist, vorherbestimmt war. Dazu gehört mit allergrößter Wahrscheinlichkeit auch Audras Rolle bei dieser Sache.«

»Ich hätte meinen M-M-Mund halten s-sollen; ich hätte ihr nicht sagen dürfen, wohin ich f-f-fuhr.«

Manchmal ist es besser, nichts zu sagen – also schwieg ich.

»In Ordnung«, sagte er schließlich. »Wenn dein Angebot wirklich ernst gemeint ist...«

»Das ist es«, sagte ich. »Hier hast du meine Hausschlüssel. In der Gefriertruhe müssen noch ein paar Steaks liegen. Vielleicht war auch das vorherbestimmt«, fügte ich lächelnd hinzu.

»Sie nimmt hauptsächlich weiche Nahrungsmittel und F-F-Flüssigkeiten zu sich.«

»Vielleicht«, sagte ich immer noch lächelnd, »wird es einen Grund zum Feiern geben. Auf dem obersten Regal in der Speisekammer steht eine gute Flasche Wein. Ein Mondavi. Einheimisch, aber gut.«

Er trat an mein Bett und drückte mir die Hand.

»Danke, Mike.«

»Keine Ursache, Big Bill.«

Er ließ meine Hand los. »Richie ist heute morgen nach Kalifornien zurückgeflogen.«

Ich nickte. »Ich nehme an, ihr werdet in Verbindung bleiben.«

»Vielleicht«, sagte er. »Jedenfalls eine Zeitlang. Aber...« Er sah mich niedergeschlagen an. »Ich glaube, es wird wieder passieren.«

»Was? Das Vergessen?«

»Ja. Es hat schon begonnen. Bisher sind es nur Kleinigkeiten. Details. Aber ich glaube, es wird weitergehen, sich immer mehr ausbreiten.«

»Vielleicht ist es so am besten.«

»Vielleicht.« Er blickte aus dem Fenster, spielte immer noch mit seiner Soda-Dose herum und dachte bestimmt an seine Frau, die so schön, aber so regungslos daliegt. *Katatonisch*. Das hört sich an wie eine Tür, die ins Schloß fällt und verriegelt wird. Er seufzte. »Vielleicht hast du recht.«

»Ben? Beverly?«

Er schaute mich lächelnd an. »Ben hat sie eingeladen, mit ihm nach Nebraska zu gehen, und sie hat ja gesagt, zumindest für eine Weile. Weißt du über ihre Freundin Bescheid? In Chicago?«

Ich nickte. Beverly hatte es Ben erzählt, und Ben hat es mir gestern erzählt. Wenn man es sehr milde ausdrücken will (*grotesk* milde), so war Beverly nicht ganz ehrlich, als sie uns von ihrem wundervollen, fantastischen Ehemann Tom vorschwärmte. Und dieses ›nicht ganz ehrlich‹ ist *die* Untertreibung des Jahrhunderts! Dieser wundervolle, fantastische Tom hat Bev in den letzten vier Jahren oder so offensichtlich in emotionaler, psychischer und oft auch in physischer Hinsicht tyrannisiert. Der wunderbare, fantastische Tom hat hierher gefunden, weil er die Informationen aus Bevs einziger Freundin rausgeprügelt hat.

»Sie hat mir gesagt, nächste Woche fliegt sie nach Chicago zurück und gibt Vermißtenmeldung auf. Wegen Tom, natürlich.«

»Ganz schön raffiniert«, sagte ich. »Kein Mensch wird ihn jemals finden... *dort unten, wo er liegt.*« *Und Eddie auch nicht,* dachte ich, sagte es aber nicht.

»Höchstwahrscheinlich nicht«, sagte Bill. »Und ich wette, daß Ben sie begleiten wird, wenn sie zurückfliegt. Und willst du noch was wissen? Was echt Verrücktes?«

»Was?«

»Ich glaube, sie kann sich nicht erinnern, *was* mit Tom passiert ist.« Ich sah sie nur an.

»Sie hat es vergessen«, sagte Bill. »Ich selbst kann mich beispielsweise nicht mehr daran erinnern, wie jene Tür aussah. Die Tür zu SEINER Behausung. Ich versuche, sie mir ins Gedächtnis zurückzurufen, und dann passiert mir etwas ganz Verrücktes – ich habe G-Geißlein vor Augen, die eine Brücke überqueren. Aus jenem Märchen ›*The Three Billy-Goats' Gruff*‹, wo es heißt: ›Wer trippelt und trappelt da über meine Brücke?‹ – Verrückt, nicht?«

»Man wird Tom Rogans Spur aber doch bestimmt nach Derry verfolgen, wenn Bev Vermißtenanzeige erstattet. Mietwagen, Flugticket und so.«

»Da bin ich mir nicht so sicher«, sagte Bill und zündete sich eine Zigarette an. »Ich nehme fast an, daß er sein Flugticket bar bezahlt und einen falschen Namen angegeben hat. Und hier hat er sich dann vielleicht ein billiges Auto gekauft oder eines gestohlen.«

»Wozu denn das alles?«

»Na, überleg doch mal«, sagte Bill. »Glaubst du, er hat den ganzen weiten Weg gemacht, nur um ihr dann eine Tracht Prügel zu verabreichen?«

Wir blickten einander in die Augen, dann erhob er sich. »Hör mal, Mike...«

»Du willst mir sagen, daß du jetzt gehen mußt«, sagte ich. »Ich werd's überleben.«

Darüber mußte er herzlich lachen, und als er sich wieder beruhigt hatte, sagte er: »Danke, daß du uns dein Haus zur Verfügung stellst, Mikey.«

»Ich kann natürlich nicht beschwören, daß es was helfen wird. Soviel ich weiß, hat mein Haus keine therapeutischen Eigenschaften.«

»Na ja... dann geh' ich jetzt.«

Und dann tat er etwas Seltsames, aber sehr Schönes. Er beugte sich vor und küßte mich auf die Wange. »Gott segne dich, Mikey. Ich lass' mich bald wieder sehen.«

»Vielleicht kommt alles in Ordnung«, sagte ich. »Gib die Hoffnung nicht auf, Bill. Vielleicht kommt doch noch alles in Ordnung.«

Er nickte lächelnd, aber ich glaube, uns dröhnte beiden dasselbe Wort in den Ohren: *katatonisch*.

5. Juni 1985

Ben und Beverly waren heute hier, um sich zu verabschieden. Sie fliegen nicht – Ben hat bei Hertz einen großen Cadillac gemietet, und sie wollen sich auf der Fahrt nach Nebraska Zeit lassen. Wenn sie einander anschauen, leuchten ihre Augen auf eine ganz besondere Art und Weise... und ich würde meine ganze Pension darauf verwetten, daß sie, falls sie es jetzt noch nicht tun, so doch spätestens in Nebraska miteinander schlafen werden.

Beverly umarmte mich, sagte, ich solle mich möglichst rasch erholen und weinte dann.

Auch Ben umarmte mich und fragte zum dritten oder vierten Male, ob ich schreiben würde. Ich bejahte, und ich werde auch wirklich schreiben... zumindest eine Zeitlang. Denn diesmal passiert es auch mir.

Ich fange an zu vergessen.

Bis jetzt sind es – wie Bill gestern sagte – nur Kleinigkeiten, Einzelheiten. Auch ich habe das Gefühl, daß es weitergehen wird. Es ist durchaus möglich, daß dieses Notizbuch in einem Monat oder einem Jahr das einzige sein wird, wodurch ich mir in Erinnerung rufen kann, was hier in Derry geschehen ist. Und ich halte es sogar für möglich, daß ich vieles – oder alles – von dem, was ich hier aufgeschrieben habe, mit großer Verwunderung lesen werde, daß es mir total unglaubwürdig vorkommen wird – oder sogar, daß ich es für völlig unverständliches Geschwafel halten werde. Manchmal denke ich – hauptsächlich nachts, wenn ich Schmerzen habe und nicht schlafen kann –, daß vielleicht die Schrift verblassen könnte, daß dieses Notizbuch irgendwann nur noch aus leeren Seiten bestehen könnte, wie damals, als ich es kaufte. Das ist ein schrecklicher Gedanke, und am Tage kommt er mir auch total verrückt vor... aber nachts scheint er mir gar nicht so abwegig zu sein.

Dieses Vergessen... die Aussicht versetzt mich in eine Art dumpfe Panik, aber gleichzeitig verspüre ich insgeheim auch eine große Erleichterung. Denn dieses Vergessen sagt mir mehr als alles andere, daß sie Es diesmal wirklich zur Strecke gebracht haben, daß Es tot ist; daß jetzt kein Wachtposten mehr nötig ist, der aufpaßt, ob der Zyklus von Schrecken und Mord wieder beginnt.

Dumpfe Panik, heimliche Erleichterung... Vielleicht wird letztere schließlich überwiegen...

Bill hat angerufen. Er und Audra sind bei mir eingezogen. Ihr Zustand ist unverändert.

»Ich werde dich nie vergessen«, das waren Beverlys letzte Worte, bevor sie und Ben gingen.

Aber ich glaube, in ihren Augen eine andere Wahrheit gelesen zu haben.

6. Juni 1985

Heute stand in den ›Derry News‹ ein interessanter Artikel, auf Seite 1. Die Überschrift lautete: STURM VERANLASST HENLEY, SEINE PLÄNE ZUM AUSBAU DES KULTURZENTRUMS AUFZUGEBEN. Dieser Timothy Henley ist Multimillionär, ein Unternehmer, der Ende der sechziger Jahre nach Derry kam und hier viel Wind machte – Henley und Zitner waren es, die das Konsortium zum Bau des großen Einkaufszentrums organisiert haben (das – einem weiteren Zeitungsartikel auf Seite 1 zufolge – vermutlich nicht wieder aufgebaut wird). Henley war fest entschlossen, Derrys Wachstum in jeder Hinsicht zu fördern. Natürlich ging es ihm dabei um seinen Profit, aber das war nicht sein einziger Beweggrund; Henley hatte den aufrichtigen Wunsch, daß die Stadt wachsen und gedeihen sollte.

Daß er nun plötzlich seine Pläne zum Ausbau des Kulturzentrums aufgegeben hat, mag teilweise daran liegen, daß er jetzt über Derry sehr verbittert ist. Ich halte es aber auch für möglich, daß die Zerstörung des Einkaufszentrums ihn in große finanzielle Schwierigkeiten gebracht hat.

Aber dem Zeitungsartikel zufolge ist Henley nicht der einzige; auch andere Kapitalanleger und potentielle Investoren scheinen es sich jetzt zu überlegen, sind offenbar nicht mehr daran interessiert, Geld in Derrys Zukunft zu investieren. Al Zitner braucht sich mit solchen Problemen natürlich nicht mehr zu beschäftigen – Gott hat ihn in den ewigen Ruhestand versetzt, als der Kanal über die Ufer trat. Natürlich stehen all jene, die – wie Henley – die Innenstadt beleben wollten, nun auch tatsächlich vor einem schwierigen Problem – der größte Teil der Innenstadt ruht jetzt im Kanal oder ragt gerade noch ein Stück daraus hervor.

Ich persönlich glaube, daß Derry nach einer langen, dämonisch vitalen Blütezeit jetzt vielleicht im Sterben liegt... wie ein verblühtes Nachtschattengewächs.

Habe heute am Spätnachmittag Ben Denbrough angerufen. Audras Zustand unverändert.

Vor einer Stunde habe ich dann auch noch Richie Tozier in Kalifornien angerufen. Sein Anrufbeantworter war eingeschaltet, im Hintergrund lief Creedence Clearwater Revival. Irgendwie bringen diese Maschinen immer meinen Zeitplan durcheinander. Ich hinterließ darauf meinen Namen und meine Telefonnummer, und nach kurzem Zögern – ich kann diese Apparate nicht leiden – fügte ich hinzu, ich hoffte, daß es ihm gutgehe und er seine Kontaktlinsen tragen könne. Ich wollte gerade auflegen, als Richie selbst den Hörer abnahm und rief:

»Mikey! Wie geht's dir?«

Seine Stimme klang sehr herzlich und erfreut... aber ich hörte auch eine deutliche Verwirrung heraus.

»Hallo, Richie«, sagte ich. »Mir geht's ausgezeichnet.«

»Gut. Hast du noch Schmerzen?«

»Etwas. Sie lassen nach. Das Jucken ist schlimmer. Ich bin froh, wenn sie mir endlich die Rippen wieder befreien. Übrigens, ich mag Creedence.«

Richie lachte. »Scheiße, das ist nicht Creedence, das ist ›Rock and Roll Girls‹ von Fogartys neuem Album. Es heißt *Centerfield*. Hast du nichts davon gehört?«

»Hm-hmm.«

»Solltest du dir kaufen, es ist gut. Es ist wie...« Er verstummte einen Moment, dann sagte er: »Es ist wie in den alten Zeiten.«

»Ich besorg' es mir«, sagte ich, und das werde ich wahrscheinlich auch. Ich habe John Fogarty immer gemocht. »Green River« war mein absolutes Lieblingsstück von Creedence, glaube ich. Get back home, sagt er. Kurz vor dem Ausblenden sagt er es.

»Was ist mit Bill?«

»Er und Audra wohnen in meinem Haus, solange ich hier im Krankenhaus bin.«

»Gut. Das ist echt gut.« Er schwieg einen Augenblick. »Soll ich dir was
verdammt Komisches erzählen, Mikey?«

»Na klar«, sagte ich. Ich glaubte zu wissen, was jetzt kommen würde,
und ich hatte mich nicht getäuscht.

»Na ja... ich sitze hier in meinem Arbeitszimmer – es haben sich
ganze Berge von Arbeit angesammelt, neue Platten, Kataloge etc. etc. –,
und ich werde vermutlich die nächsten paar Wochen rund um die Uhr arbeiten müssen. Deshalb hatte ich den Anrufbeantworter eingeschaltet,
aber den Ton etwas lauter gestellt, so daß ich hören konnte, wer anrief,
und mich in wichtigen Fällen dann noch selbst melden konnte. Und daß
ich dich so lange auf Band sprechen ließ, lag daran, daß...«

»Daß du zunächst nicht die leiseste Ahnung hattest, wer ich bin.«

»Stimmt genau! Woher weißt du das?«

»Weil wir wieder dabei sind zu vergessen. Diesmal wir *alle*.«

»Bist du sicher? Mikey, bist du ganz *sicher*?«

»Wie hieß Stanley mit Nachnamen?« fragte ich ihn.

Am anderen Ende der Leitung trat langes Schweigen ein. Schließlich
sagte Richie sehr unsicher: »Ich glaube, Underwood, aber das ist kein jü-
discher Name, stimmt's?«

»Er hieß Uris.«

»Uris!« rief Richie und hörte sich erleichtert und gleichzeitig erschüttert an. »Mein Gott, ich hasse es, wenn mir etwas auf der Zunge liegt und
trotzdem nicht einfällt. Aber du erinnerst dich jedenfalls, Mikey. Wie
zuvor.«

»Nein. Ich habe in meinem Adreßbuch nachgeschaut.«

Wieder trat längeres Schweigen ein. Dann: »Du wußtest es wirklich
nicht mehr?«

»Nein.«

»Ohne Scheiß?«

»Ohne Scheiß.«

»Dann ist es diesmal wirklich vorüber«, sagte er, und deutliche Erleichterung war aus seiner Stimme herauszuhören.

»Ja, das glaube ich auch.«

Erneut langes Schweigen. Ich glaube, wir dachten beide das gleiche: Es
war vorüber, ja. Und in sechs Wochen oder sechs Monaten würden wir
einander total vergessen haben.

Es war vorüber, und es hatte uns nichts gekostet als unsere Freundschaft... und Stans und Eddies Leben.

Letzteres hatte ich fast vergessen, aber so schrecklich es sich auch anhören mag – ich habe Stan und Eddie selbst schon fast vergessen. Litt Eddie nun eigentlich an Asthma oder an chronischer Migräne? Ich glaube, es war Migräne, aber ich bin mir absolut nicht sicher. Ich werde Bill fragen. Er wird es wissen.

»Also dann – grüß Bill und seine hübsche Frau von mir«, sagte Richie mit gespielter Fröhlichkeit.

»Das werd' ich tun, Richie«, sagte ich, und dann schloß ich die Augen und rieb mir die Stirn.

Er hatte sich daran erinnert, daß Bills Frau in Derry war... aber er erinnerte sich offensichtlich nicht an ihren Namen und an ihren fürchterlichen Zustand.

»Und falls du jemals nach Los Angeles kommen solltest – du hast ja meine Nummer. Ruf mich an, dann treffen wir uns und quatschen gemütlich miteinander.«

»Klar.« Ich spürte, daß in meinen Augen heiße Tränen brannten. »Das gleiche gilt natürlich auch umgekehrt.«

»Mikey?«

»Ja?«

»Ich liebe dich, Mann.«

»Gleichfalls!«

»Okay. Halt die Ohren steif.«

»Piep-piep, Richie.«

Er lachte. »Ja, ja, immer den armen Richie auslachen, das war von jeher eure Lieblingsbeschäftigung!«

Er legte den Hörer auf, und ich ebenfalls. Und dann ließ ich meinen Kopf aufs Kissen sinken und lag lange Zeit mit geschlossenen Augen da.

7. Juni 1985

Chief Andrew Rademacher, der das Amt Ende der sechziger Jahre von Chief Borton übernommen hatte, ist tot. Es war ein seltsamer Unfall, den ich unwillkürlich mit all dem assoziiere, was in Derry vorgegangen ist... was in Derry erst vor wenigen Tagen zu Ende gegangen ist.

Das Gerichtsgebäude, in dem auch die Polizei untergebracht ist, steht am Rande jenes Stadtgebiets, das in den Kanal gestürzt ist, und obgleich es nicht eingebrochen ist, muß die Erschütterung – oder die Überschwemmung – am Gebäude schwere Schäden angerichtet haben, ohne daß jemand das bemerkt hatte.

Rademacher arbeitete gestern noch spätabends im Büro, wie jeden

Abend nach der Unwetterkatastrophe – so steht es in der Zeitung. Das Büro des Polizeichefs befindet sich im vierten Stock, der allgemein als oberster Stock bezeichnet wird. Aber das stimmt nicht ganz, es gibt noch einen fünften Stock, ein Dachgeschoß, wo alle möglichen alten Akten und alter Plunder aufbewahrt werden – unter anderem auch verschiedenes Zeug, das irgendeinen Bezug zur Stadtgeschichte hat.

Zu diesen Gegenständen gehörte auch der von mir bereits beschriebene ›Landstreicher-Stuhl‹. Er war aus Metall und wog über 400 Pfund. Der Dachboden wurde bei dem Unwetter am 31. Mai aufgrund des undichten Dachs überschwemmt, und dadurch soll der Fußboden des Dachgeschosses schwer gelitten haben (so steht es jedenfalls in der Zeitung). Auf alle Fälle brach der schwere ›Landstreicher-Stuhl‹ durch den Fußboden durch und fiel direkt auf Rademacher, der am Schreibtisch saß. Er war auf der Stelle tot. Der diensthabende Polizeibeamte, Bruce Andeen, hörte den ohrenbetäubenden Krach, stürzte in Rademachers Büro und fand ihn. Er lag zwischen den Überresten des total zerschmetterten Schreibtisches, den Kugelschreiber noch in der Hand.

Habe wieder mit Bill telefoniert. Audra nimmt ein bißchen feste Nahrung zu sich, aber sonst ist ihr Zustand nach wie vor unverändert. Ich fragte ihn, ob Eddie unter Asthma, Migräne oder einer ähnlichen Krankheit gelitten habe.

»Asthma«, erwiderte er sofort. »Erinnerst du dich denn nicht mehr an seinen Aspirator?«

»Doch«, sagte ich, und das stimmte auch – nachdem Bill es erwähnt hatte.

»Mike?«

»Ja?«

»Wie hieß er mit Nachnamen?«

Ich warf einen Blick auf mein Adreßbuch, das auf dem Nachttisch lag, aber ich schaute nicht nach. »Ich erinnere mich nicht so recht daran.«

»Es war so was Ähnliches wie Kerkorian«, sagte Bill leicht verstört, »aber doch nicht ganz. Aber du hast alles schwarz auf weiß notiert, stimmt's?«

»Ja.«

»Gott sei Dank!«

»Hast du irgendwelche Ideen in bezug auf Audra?«

»Ich hatte eine Idee«, sagte er, »aber sie ist so total verrückt, daß ich lieber nicht darüber reden möchte.«

»Bist du sicher?«

»Ja.«

»Okay.«

»Mike, es ist ein bißchen furchterregend, findest du nicht auch – dieses Vergessen, meine ich?«

»Ja«, sagte ich. Und das ist es wirklich.

8. Juni 1985

Raytheon, eine Firma, die geplant hatte, im Juli in Derry mit dem Bau einer Zweigniederlassung zu beginnen, hat offensichtlich in letzter Minute beschlossen, ihre Fabrik statt dessen in Waterville zu bauen. Der Leitartikel auf Seite 1 der ›Derry News‹ drückt seine Empörung darüber aus... aber zwischen den Zeilen glaube ich auch Befürchtungen herauszulesen, und zwar nicht zu knapp.

Ich glaube, ich weiß, was für eine Idee Bill hat. Er wird rasch handeln müssen, sonst wird er sie noch vergessen... und sonst könnte auch die letzte Magie aus dieser Stadt verschwunden sein. Falls das nicht bereits der Fall ist.

Etwas geschieht mit den Namen und Adressen der anderen in meinem Adreßbuch. Sie verblassen.

Die Tinte sieht so aus, als wären diese Eintragungen 50 oder 75 Jahre vor allen anderen gemacht worden.

Das ist in den letzten vier oder fünf Tagen passiert, und ich bin überzeugt davon, daß spätestens im September diese Namen ganz verschwunden sein werden.

Ich könnte sie natürlich immer wieder abschreiben. Aber ich bin auch überzeugt davon, daß sie jedesmal von neuem verblassen würden, und daß es schon nach kurzer Zeit eine völlig sinnlose Beschäftigung wäre – so als müßte man als Strafarbeit 500mal schreiben: *Ich darf im Klassenzimmer nicht mit Papierbällen werfen.* Ich würde Namen abschreiben, die mir überhaupt nichts sagen, aus einem Grund, an den ich mich nicht erinnern könnte.

Laß es sein, Mikey, laß es sein.

Bill, handle rasch... aber sei vorsichtig!

9. Juni 1985

Bin mitten in der Nacht von einem schrecklichen Alptraum aufgewacht, an den ich mich nicht mehr erinnern konnte; geriet in Panik, bekam keine Luft. Griff nach der Klingel, klingelte dann aber doch nicht. Hatte eine schreckliche Vision, daß Mark Lamonica auf mein Klingeln hin auftauchen könnte... oder Henry Bowers mit seinem Messer.

Ich griff nach meinem Adreßbuch und rief Ben Hanscom in Nebraska an... die Adresse und Telefonnummer sind noch mehr verblaßt, aber gerade noch lesbar. Hatte jedoch keinen Erfolg. Eine Stimme vom Band teilte mir mit, unter dieser Telefonnummer gäbe es keinen Anschluß mehr.

War Ben fett, oder hatte er so etwas Ähnliches wie einen Klumpfuß? Lag bis zur Morgendämmerung wach.

10. Juni 1985

Die Ärzte sagen, ich könnte morgen entlassen werden.

Ich rief Bill an und berichtete ihm das – ich nehme an, ich wollte ihn warnen, daß die Zeit, die ihm noch zum Handeln bleibt, immer knapper wird.

Bill ist der einzige von ihnen, an den ich mich noch deutlich erinnern kann, und ich bin überzeugt davon, daß ich der einzige bin, an den *er* sich noch deutlich erinnern kann. Vermutlich, weil wir beide noch in Derry sind.

»In Ordnung, Mike«, sagte er. »Gut. Wir werden deine B-B-Bude räumen.«

»Hältst du immer noch an deiner Idee fest?«

»Ja. Sieht so aus, als sei jetzt die Zeit gekommen, um sie auszuprobieren.«

»Sei vorsichtig.«

Er lachte und sagte etwas, das ich verstehe – und doch auch wieder nicht: »A-A-Auf einem Sk-Sk-Skateboard kann man nicht vorsichtig sein, Mann.«

»Und wie werde ich erfahren, wie die Sache wirklich ausgegangen ist, Bill?«

»Du wirst es einfach wissen«, sagte er und legte den Hörer auf.

Mein Herz ist bei dir, Bill, ganz egal, wie diese Sache ausgehen wird. Mein Herz ist bei ihnen allen, und ich glaube, selbst wenn wir einander vergessen, so werden wir uns doch in unseren Träumen erinnern.

Dieses Tagebuch dürfte jetzt fast abgeschlossen sein – und ich vermute, daß es niemals etwas anderes als ein Tagebuch sein wird und daß die Geschichte von Derrys alten Skandalen und sonderbaren Ereignissen außerhalb dieser Seiten nichts zu suchen hat. Und das ist mir jetzt auch sehr recht; ich glaube, wenn ich morgen entlassen werde, dürfte die Zeit gekommen sein, um über irgendeine neue Lebensweise nachzudenken... obwohl mir noch unklar ist, wie sie aussehen könnte.

Meine Freunde, ich liebte euch alle.

Ich liebte euch so sehr.

EPILOG

Bill Denbrough schlägt den Teufel – II

»I knew the bride when she used to do the Pony,
I knew the bride when she used to do the Stroll.
I knew the bride when she used to wanna party,
I knew the bride when she used to rock and roll.«

– Nick Lowe

»Auf einem Skateboard kann man nicht vorsichtig sein,
Mann.«

– Irgendein Typ

1

Mittags an einem Sommertag.

Bill stand nackt in Mike Hanlons Schlafzimmer und betrachtete seinen großen, schlanken Körper im Spiegel an der Tür. Sein kahler Schädel schimmerte im hellen Licht, das durch das Fenster einfiel und seinen Schatten an die Wand warf. Seine Brust war unbehaart, seine Schenkel mager, doch muskulös. *Aber, so dachte er, es ist ohne jeden Zweifel der Körper eines Erwachsenen. Da ist das Bäuchlein, das von zuviel guten Steaks kommt, von zuviel Flaschen Kirin-Bier, von zuviel Gartenpartys, bei denen man sich an Fleischfondue mit französischen Saucen anstatt an Avocados hält. Auch dein Hintern ist nicht mehr ganz so straff wie früher, Bill, mein Junge. Du kannst immer noch halbwegs ordentlich Tennis spielen, aber so hinter dem Ball herjagen wie mit siebzehn kannst du doch nicht mehr. Dein Schwanz und deine Eier sind auch nicht mehr so taufrisch und knackig wie früher. Auf deinem Gesicht sind Falten, die mit siebzehn noch nicht da waren... verdammt, sie waren noch nicht einmal da, als dein erstes Foto als Autor aufgenommen wurde, das, auf dem du verzweifelt versucht hast, so auszusehen, als wüßtest du etwas... als wüßtest du alles. Du bist für das, was du vorhast, viel zu alt, Billy-Boy. Du wirst euch beide umbringen.*

Er zog die Unterhose an.

Wenn wir das geglaubt hätten, hätten wir nie... das vollbringen können, was wir vollbracht haben, was immer es auch gewesen sein mag.

Er erinnerte sich nicht mehr daran, was sie getan hatten, wodurch Audra zu einem katatonischen Wrack geworden war. Er wußte nur, was er jetzt zu tun hatte, und er wußte, daß er auch das vergessen würde, wenn er es nicht *bald* tat. Audra saß unten in Mikes Fernsehsessel und starrte mit geistloser Konzentration auf den Bildschirm, wo gerade ›Dialing for Dollars‹ lief. Sie sprach nicht und bewegte sich nur, wenn man sie führte.

Dies hier ist etwas anderes. Du bist einfach zu alt dafür, Mann. Glaub es mir.

Nein.

Dann stirb eben hier in Derry. Tolle Sache.

Er zog sich an: Sportsocken, die einzigen Jeans, die er mitgebracht hatte, das T-Shirt, das er am Vortag im ›Shirt Shack‹ in Bangor gekauft hatte. Es war leuchtend orange und trug die Aufschrift: Wo zum Teufel

LIEGT DERRY, MAINE? Er setzte sich auf Mikes Bett – das er in den Nächten der vergangenen Woche mit seiner warmen, aber leichenartigen Frau geteilt hatte – und zog seine Turnschuhe an, ein Paar Keds, die er ebenfalls am Vortage in Bangor gekauft hatte.

Er stand auf und betrachtete sich wieder im Spiegel. Er sah einen Mann, der sich dem mittleren Alter näherte, aber gekleidet war wie ein Junge.

Du siehst lächerlich aus.

Welches Kind tut das nicht?

Du bist aber kein Kind mehr. Gib diese Sache auf!.

»Scheiß drauf, hauen wir ein bißchen auf die Kacke«, sagte Bill leise und verließ das Zimmer.

2

In den Träumen späterer Jahre verläßt er Derry immer allein, bei Sonnenuntergang. Die Stadt ist wie ausgestorben. Es ist niemand mehr hier. Das Theologische Seminar und die großen viktorianischen Häuser am West Broadway heben sich schwarz von einem düsteren roten Himmel ab – alle Sommersonnenuntergänge, die er je gesehen hat, scheinen in einen einzigen verschmolzen zu sein.

Er hört, wie seine Schritte auf dem Beton hallen, und das einzige andere Geräusch ist das von Wasser, das in Abflußrohren hohl rauscht.

3

Er schob Silver auf die Auffahrt hinaus, lehnte das Fahrrad an einen Baum und prüfte die Reifen. Das Vorderrad war in Ordnung, aber das Hinterrad fühlte sich etwas weich an. Er holte die brandneue Luftpumpe, die Mike gekauft hatte, und pumpte es prall auf. Dann bewegte er das Fahrzeug probeweise hin und her, und die Spielkarten an den Speichen gaben das Maschinengewehrgeknatter von sich, an das er sich aus seiner Kindheit so gut erinnerte.

Du hast total den Verstand verloren.

Schon möglich. Wir werden sehen.

Er ging wieder in Mikes Garage, holte das Öl und ölte Kette und Kettenrad. Dann richtete er sich auf und betrachtete Silver aufmerksam. Er drückte auf die alte Gummihupe – sie funktionierte. Er nickte zufrieden und ging ins Haus.

4

Und er sieht all jene Plätze unversehrt wieder, so wie sie damals waren: den massiven Ziegelbau seiner Schule, die Kußbrücke mit ihren losen, knarrenden Brettern und den unzähligen darauf eingeritzten Initialen von High-School-Liebespärchen, die mit ihrer Leidenschaft die Welt sprengen wollten und später – als Erwachsene – Versicherungsagenten und Autoverkäufer und Kellnerinnen und Kosmetikerinnen geworden sind; er sieht die Statue von Paul Bunyan vor jenem blutigen Sonnenuntergangshimmel, und er sieht den baufälligen alten weißen Zaun, der die Kansas Street von den Barrens trennte. Er sieht sie so, wie sie damals waren, wie sie in einem Teil seines Geistes immer sein werden... und sein Herz bricht fast vor Liebe und Schrecken.

Wir verlassen Derry, *wir verlassen es,* und wenn dies eine Geschichte wäre, so wären wir jetzt auf den letzten Seiten angelangt; gleich könnten wir das Buch aufs Regal stellen und es vergessen. Die Sonne geht unter, und außer meinen Schritten und dem Wasser in den Rohren ist nichts zu hören. Dies ist die Zeit des

5

Nach ›Dialing for Dollars‹ lief jetzt eine Spiel-Show namens ›Wheel of Fortune‹. Audra saß immer noch passiv vor dem Fernseher und starrte auf den Bildschirm. Ihre Miene veränderte sich nicht im geringsten, als Bill das Gerät ausschaltete.

»Audra«, sagte er und nahm ihre Hand. »Komm mit.«

Sie bewegte sich nicht. Ihre Hand lag wie warmes Wachs in der seinigen. Bill nahm ihre andere Hand von der Sessellehne und zog sie hoch. Er hatte sie morgens so angezogen, wie er jetzt auch selbst gekleidet war – Levis und ein blaues T-Shirt. Sie hätte mit ihren glatten, über die Schultern hängenden Haaren wunderschön ausgesehen, wenn da nicht dieser leere, starre Blick ihrer weit aufgerissenen Augen gewesen wäre.

»K-Komm«, sagte er wieder und führte sie durch Mikes Küche ins Freie. Sie kam willig mit, hätte allerdings die Verandastufen überhaupt nicht gesehen und wäre in den Dreck gefallen, wenn Bill nicht den Arm um ihre Taille gelegt und sie Stufe für Stufe hinabgeführt hätte.

Er brachte sie zu Silver. Audra stand neben dem Fahrrad und starrte ausdruckslos auf die Seitenwand von Mikes Garage.

»Komm, steig auf, Audra.«

Sie bewegte sich nicht. Geduldig war Bill ihr behilflich, eines ihrer langen Beine über den Gepäckträger zu schwingen. Dann stand sie mit gespreizten Beinen darüber, ohne sich zu setzen. Bill drückte seine Hand leicht auf ihre Schulter, und nun ließ sie sich auf den Gepäckträger sinken.

Er schwang sich in den Sattel und wollte gerade nach Audras Händen greifen und sie um seine Taille legen, als sie ganz von allein um seine Mitte krochen, wie kleine benommene Mäuse.

Er betrachtete diese Hände, und sein Herz begann schneller zu schlagen, und er hatte das Gefühl, als säße es nicht nur in seiner Brust, sondern auch in seiner Kehle. Es war die erste selbständige Handlung, die Audra in dieser ganzen Woche ausgeführt hatte, soviel er wußte... die erste selbständige Handlung, seit Es geschehen war... was auch immer *Es* gewesen sein mochte.

»Audra?«

Keine Antwort. Er verrenkte sich fast den Hals bei dem Versuch, ihr Gesicht zu sehen, schaffte es aber nicht. Nur ihre Hände umfaßten seine Taille, und auf den Nägeln waren noch Reste des abblätternden roten Nagellacks zu erkennen, den eine schöne, kluge, lebhafte und begabte junge Frau in einer englischen Kleinstadt aufgetragen hatte.

»Wir machen eine kleine Spazierfahrt«, sagte Bill, ließ Silver auf die Palmer Lane zu rollen und lauschte dem Knirschen des Kieses unter den Reifen. »Ich möchte, daß du dich gut festhältst, Audra. Ich werde vielleicht... vielleicht ziemlich sch-sch-schnell fahren.«

Wenn ich nicht im letzten Augenblick kneife.

Er dachte an den Jungen, den er während seines Aufenthalts in Derry getroffen hatte, anfangs, als Es – was immer das auch gewesen sein mochte – noch hier vorging. Bill hatte dem Jungen geraten, vorsichtig zu sein. *Auf einem Skateboard kann man nicht vorsichtig sein*, hatte der Junge entgegnet.

Wahrere Worte wurden nie gesprochen, Junge.

»Audra? Bist du bereit?«

Keine Antwort. Hatten ihre Hände ein ganz klein wenig fester zugegriffen? Vermutlich war das jedoch nur sein Wunschdenken.

Er erreichte das Ende der Auffahrt und blickte nach rechts. Die Palmer Lane führte direkt zur Upper Main Street, und wenn er nach links abbog, würde er zum Hügel kommen, der in die Innenstadt hinabführte. Den Hügel hinab. Immer schneller. Ein Schauder überlief ihn bei dieser Vorstellung, und ein beunruhigender Gedanke

(alte Knochen brechen leicht, Billy-Boy)

schoß ihm flüchtig durch den Kopf. Aber...

Aber außer der Unruhe und Sorge war da doch noch etwas anderes, oder? O ja. Da war auch das Verlangen ... jenes Gefühl, das er gehabt hatte, als er den Jungen mit seinem Skateboard gesehen hatte. Der Wunsch, das Verlangen, sich schnell vorwärtszubewegen, den Wind an sich vorbeisausen zu spüren, ohne zu wissen, ob man auf ihn zusauste oder vor ihm floh, einfach *dahinzusausen.*

Besorgnis und Verlangen. Zwischen diesen beiden lagen Welten – einerseits der Erwachsene, der über alle Risiken nachdenkt, andererseits das Kind, das sich einfach aufs Rad setzt und losfährt, um nur ein Beispiel zu nennen. Und doch war der Unterschied auch wieder nicht *so* groß, waren die beiden im Prinzip doch Bettgefährten. Jenes Gefühl, wenn der Wagen der Berg-und-Tal-Bahn sich dem Gipfel des ersten steilen Hügels nähert, wo die Fahrt erst so richtig beginnt.

Besorgnis und Verlangen. Was man sich wünscht, und was zu versuchen man sich dann doch fürchtet. Wo man herkommt und wo man hin möchte.

Bill schloß einen Augenblick lang die Augen, spürte das Gewicht seiner Frau hinter sich auf dem Gepäckträger, spürte den Hügel, der irgendwo vor ihm lag, spürte sein Herz in der Brust.

Sei tapfer, sei treu, sei standhaft ...

»Ja«, sagte er und begann Silver wieder vorwärtszutreiben. »Bist du bereit, Audra?«

Keine Antwort. Aber das machte nichts. Er *war* bereit.

»Halt dich gut fest.«

Er begann in die Pedale zu treten. Zuerst fiel es ihm sehr schwer. Silver schwankte bedenklich hin und her, und Audras Gewicht machte es noch schwerer, das Gleichgewicht zu halten. Bill stand auf den Pedalen und umklammerte die Lenkstange, den Kopf himmelwärts gerichtet, mit hervortretenden Halsmuskeln, die Augen zu schmalen Schlitzen zusammengekniffen.

Gleich haut's das Rad um, und wir brechen uns beide das Genick ...

(nein, nein, das passiert schon nicht, fahr zu, Bill, fahr zu, fahr zu, schnapp den Hurensohn)

Er trat in die Pedale, und jede Zigarette, die er in den vergangenen zwanzig Jahren geraucht hatte, machte sich an seinem erhöhten Blutdruck und seinem laut pochenden Herzen bemerkbar. *Scheiß drauf!* dachte er, und die verrückte Hochstimmung, die diesen Gedanken begleitete, brachte ihn zum Grinsen.

Die Spielkarten, die bisher nur einzelne Schüsse abgegeben hatten, knatterten nun schneller. Bill spürte die erste Brise an seinem kahlen Schädel und grinste noch breiter. *Ich habe diese Brise erzeugt,* dachte er. *Ich habe sie erzeugt, indem ich in diese verdammten Pedale trat.*

Das STOP-Schild am Ende der Palmer Lane kam in Sicht. Bill begann automatisch abzubremsen... und dann (sein Grinsen wurde immer noch breiter und entblößte jetzt seine Zähne) trat er statt dessen nur noch schneller in die Pedale.

Ohne das STOP-Schild zu beachten, bog Bill Denbrough nach links in die Upper Main Street ab. Wieder hatte er Audras Gewicht nicht bedacht, und um ein Haar wäre das Fahrrad umgekippt. Es schwankte wie verrückt hin und her, doch dann kam es wieder ins Gleichgewicht. Die Brise wurde stärker, trocknete den Schweiß auf seiner Stirn, streifte an seinen Ohren vorbei mit einem leisen, berauschenden Klang, ähnlich jenem Rauschen des Meeres, das man in einer Muschel hören kann. Sonst ließ sich nichts mit diesem Geräusch vergleichen, und nicht einmal der Vergleich mit der Muschel war sehr treffend. Bill vermutete, daß der Junge mit dem Skateboard dieses herrliche Geräusch sehr gut kannte. *Aber das wird nicht immer so sein, Junge,* dachte er. *Die Dinge ändern sich. Das ist ein gemeiner Trick, also bereite dich lieber schon jetzt darauf vor.*

Er fuhr jetzt schneller und konnte dadurch besser das Gleichgewicht halten. Die Ruine von Paul Bunyan links von ihm, wie ein gestürzter Koloß. Und plötzlich hörte Bill sich rufen: »Hi-yo, Silver. LOOOOOS!«

Audras Griff um seine Taille wurde etwas fester; er spürte, daß sie sich an seinem Rücken etwas bewegte. Aber jetzt hatte er nicht mehr das Bedürfnis, sich umzudrehen und zu versuchen, sie zu sehen... es war nicht notwendig. Er trat noch schneller in die Pedale und lachte laut auf, ein großer, magerer, kahlköpfiger Mann, der sich tief über die Lenkstange seines Fahrrads beugte, um den Luftwiderstand möglichst niedrig zu halten. Leute drehten sich nach ihm um, als er so am Bassey-Park vorbeisauste.

Jetzt führte die Upper Main Street ziemlich steil bergab, auf die abgesperrte Stadtmitte zu, und eine innere Stimme flüsterte ihm zu, wenn er jetzt nicht bald abbremste, würde es zu spät sein, er würde einfach in die eingesunkenen Überreste der großen Kreuzung hineinsausen – like a bat out of hell – und sich und Audra umbringen.

Er trat wieder in die Pedale, zwang Silver, noch schneller zu fahren. Er flog jetzt den Main Street Hill hinab, und er konnte schon die weißorangegefarbene Absperrung sehen, er konnte die Dächer und oberen Stockwerke von Häusern aus den eingebrochenen Straßen herausragen sehen, so als wären sie der Fantasie eines hoffnungslos Verrückten entsprungen.

»Hi-yo, Silver, LOOOOOS!« brüllte Bill Denbrough jubelnd, und er brauste den Hügel hinab und war sich zum letzten Male deutlich bewußt, daß Derry *seine* Stadt war, daß gewisse Bande unverbrüchlich waren, daß es Güte und Mut und Angst und Schrecken gibt; hauptsächlich war er sich aber deutlich bewußt, *daß er unter einem realen Himmel lebendig war* und daß Verlangen alles, alles, alles war.

Er sauste auf Silver den Hügel hinab. Er sauste hügelabwärts, um den Teufel zu schlagen.

6

Abschied.

Du verläßt also Derry, und du hast das Bedürfnis, dich noch einmal umzudrehen, denkt er. Nur noch einmal zurückzublicken, während die Sonne untergeht, ein letztes Mal diese strenge Skyline Neuenglands zu sehen – die Kirchtürme, den Wasserturm, Paul mit seiner Axt über der Schulter. Aber vielleicht ist es doch keine so gute Idee zurückzublicken – das kann man in allen Geschichten nachlesen. Lots Frau wurde dafür in eine Salzsäule verwandelt. Lieber doch nicht zurückschauen. Lieber einfach glauben, daß es glücklicherweise auch jede Menge Happy-Ends gibt – und stimmt das etwa nicht? Wer könnte behaupten, daß es so etwas nicht gibt? Nicht alle Boote, die in die Dunkelheit hinaussegeln, sehen die Sonne niemals wieder, finden niemals mehr die Hand eines anderen Kindes; wenn das Leben uns überhaupt etwas lehrt, so lehrt es uns, daß es soviel Happy-Ends gibt, daß ein Mensch, der nicht an die Existenz Gottes glaubt, auf seinen Geisteszustand untersucht werden müßte, weil erhebliche Zweifel an seinem Verstand bestehen.

Die Sonne beginnt unterzugehen, und du verläßt die Stadt, du verläßt sie schnell, denkt er in seinem Traum. Das tust du. Und wenn du noch einen letzten Gedanken erübrigst, so gilt er vielleicht Gespenstern... den Gespenstern von Kindern, die bei Sonnenuntergang im Wasser standen, einen Kreis bildeten, sich bei den Händen hielten und junge Gesichter hatten, jung, aber kraftvoll... jedenfalls kraftvoll genug, um jene Menschen zu gebären, die sie einmal sein werden, kraftvoll genug, um zu begreifen, daß die Menschen, die einmal aus ihnen werden, umgekehrt unbedingt die Menschen gebären müssen, die sie einst waren, bevor sie bei dem Versuch, die Sterblichkeit zu begreifen, irgendwelche Fortschritte erreichen können. Der Kreis muß sich schließen, weiter nichts.

Du brauchst nicht zurückzublicken, um diese Kinder zu sehen; ein Teil von dir, ein Teil deines Geistes wird sie immer sehen, wird immer mit ihnen leben, wird sie immer lieben. Sie sind nicht zwangsläufig der beste Teil deiner selbst, aber sie waren einst die Vorratskammer für alles, was aus dir werden konnte.

Kinder, ich liebe euch. Ich liebe euch so sehr.

So fahr denn rasch weg, fahr weg, während das letzte Licht erstirbt, fahr weg von Derry, von der Erinnerung... aber niemals vom Verlangen. Das bleibt, jene helle, leuchtende Kamee von alldem, was wir waren, woran wir als Kinder glaubten, was in unseren Augen strahlte.

Fahr weg von Derry, Bill, und versuch zu lächeln. Schalt das Radio ein und hör ein bißchen Rock and Roll, und geh auf das Leben zu, mit all dem Mut, den du aufbringen kannst, mit all dem Glauben, dessen du fähig bist. Sei treu, sei tapfer, sei standhaft.

Alles andere ist Finsternis.

7

»He!«

»Hallo, Mister, Sie...«

»... passen Sie doch auf!«

»Dieser verdammte Narr wird sich...«

Abgerissene Wortfetzen, die er im Vorbeisausen aufschnappte. Da war die weißorangefarbene Absperrung. Er sah die gähnende Dunkelheit, wo einmal die Straße gewesen war, er hörte dort unten in jener Dunkelheit das mürrische Murmeln von Wasser und lachte über dieses Geräusch.

Er schwenkte Silver scharf nach links und streifte mit einem Hosenbein an der Absperrung entlang. Silvers Räder waren nur drei Zentimeter von der Kante entfernt, wo der Teerbelag endete. Vor ihm hatte das Wasser die ganze Straße und die Hälfte des Gehwegs vor Cashs Juweliergeschäft unterspült. Der Rest des Gehweges war abgesperrt.

»Bill?« Es war Audras Stimme, belegt und benommen. Sie klang so, als wäre sie soeben aus tiefem Schlaf erwacht. »Bill, wo sind wir? Was *machen* wir?«

»Hi-yo, Silver!« brüllte Bill und schoß direkt auf die Absperrung zu, die im rechten Winkel zum leeren Schaufenster des Juweliergeschäfts stand. »*HI-YO SILVER LOOOOOS!*«

Silver stieß mit einer Geschwindigkeit von mehr als 40 Meilen pro Stunde gegen die Absperrung, und sie flog in die Luft, das Mittelbrett in eine Richtung, die A-förmigen Stützbalken in zwei andere Richtungen. Audra schrie auf und klammerte sich so fest an Bill, daß er kaum noch Luft bekam. Überall auf den Straßen blieben Leute stehen und starrten ihm nach.

Silver schoß auf den Gehweg. Bill spürte, wie seine linke Hüfte und sein linkes Knie am Juweliergeschäft entlangstreiften. Dann sank Silvers

Hinterrad plötzlich etwas ein, und er begriff, daß der Gehweg nachgegeben hatte...

... und dann trug die Geschwindigkeit des Fahrrads sie zurück auf festen Boden. Bill schwenkte es zur Seite, um einer umgestürzten Mülltonne auszuweichen, und schoß wieder auf die Straße hinaus. Bremsen quietschten, und er sah einen großen Lastwagen näher kommen. Trotzdem konnte er nicht aufhören zu lachen.

Er lachte Tränen, drückte auf Silvers Hupe und lauschte jubelnd jedem ihrer heiseren Töne.

»Bill, du wirst uns noch umbringen!« rief Audra, und obwohl sie offensichtlich Angst hatte, schien sie doch zugleich zu lachen.

Bill ging in die Kurve, und diesmal verlagerte sie ihr Gewicht zur Seite und erleichterte es ihm dadurch, Silver im Gleichgewicht zu halten, und für die Dauer dieser kurzen magischen Zeitspanne schienen sie *drei* Lebewesen zu sein.

»Glaubst du?« rief er.

»Ich weiß es!« rief sie und griff ihm zwischen die Beine, wo er eine gewaltige, fröhliche Erektion hatte. »Aber halt nicht an!«

Doch Silvers Geschwindigkeit verringerte sich bereits auf dem Up-Mile Hill, und das Maschinengewehrgeknatter der Spielkarten ließ nach, bis nur noch einzelne Schüsse zu hören waren. Bill hielt an und drehte sich nach ihr um. Sie war bleich, verwirrt und beunruhigt... aber wach, aufnahmefähig, *lebendig.* »Audra«, sagte er. Er half ihr abzusteigen, lehnte Silver an eine Ziegelmauer, und umarmte und küßte ihre Stirn, ihre Augen, ihre Wangen, ihren Mund, ihren Hals, ihre Brüste. Sie umarmte ihn dabei.

»Bill, was ist passiert? Ich erinnere mich daran, in Bangor aus dem Flugzeug gestiegen zu sein, und danach erinnere ich mich an *gar* nichts mehr. Ist mit dir alles in Ordnung?«

»Ja.«

»Und mit mir?«

»Ja. Jetzt — ja!«

Sie schob ihn etwas von sich weg und betrachtete ihn aufmerksam. »Bill, stotterst du noch?«

»Nein«, sagte Bill und küßte sie. »Das Stottern ist weg.«

»Endgültig?«

»Ja«, sagte er, »ich glaube, diesmal ist es endgültig weg.«

»Ich liebe dich«, sagte sie.

Er nickte lächelnd, und als er lächelte, sah er trotz seines kahlen Schädels sehr jung aus. »Ich liebe dich«, sagte er. »Und das ist das einzige, was zählt.«

8

*Er erwacht aus diesem Traum und kann sich nicht mehr genau daran er-
innern; er weiß nur, daß er geträumt hat, wieder ein Kind zu sein. Er
berührt den glatten, warmen Rücken seiner Frau, die schläft und ihre eigenen Träume träumt; er denkt, daß es schön ist, ein Kind zu sein, daß
es aber auch schön ist, erwachsen zu sein und über das Mysterium der
Kindheit nachdenken zu können ... über kindlichen Glauben und kindli-
ches Verlangen. Eines Tages werde ich über all das schreiben, denkt er
und weiß, daß es nur ein Gedanke im Morgengrauen ist, einer jener
Gedanken, wie man sie nach Träumen oft hat. Aber es ist schön, in der
reinen Morgenstille ein Weilchen so zu denken, ja, zu denken, daß die
Kindheit eine Bestätigung der Sterblichkeit ist, und daß die Sterblichkeit die Tapferkeit erklärt ... und auch die Liebe. Und zu denken, daß
das, was vorwärtsgeblickt hat, auch zurückblicken muß, und daß jedes
Leben sein eigenes Symbol der Unsterblichkeit schafft: das Rad.*

*So denkt Bill Denbrough zumindest manchmal im Morgengrauen
nach jenen Träumen, wenn er sich fast an seine Kindheit erinnert – und
an die Freunde, mit denen er diese Kindheit verbracht hat.*

Dieses Buch wurde am 9. September 1981
in Bangor, Maine, begonnen und
am 28. Dezember 1985 in Bangor beendet.

»Hörerlebnis vom Feinsten«

Stephen Kings internationaler Romanerfolg auf Audio-Kassetten – ungekürzt!

Mit Auszügen aus der amerikanischen Originalversion – gelesen von Stephen King

Stephen King
SCHWARZ
Roman
41/100

5 Audio-Kassetten mit ca. 7 Stunden Spieldauer

»Dieses Werk scheint mein eigener Turm zu sein: Diese Menschen verfolgen mich, allen voran Roland. Weiß ich wirklich, was der Turm ist? ...Ja... und nein. Sicher weiß ich nur, daß mich die Geschichte über einen Zeitraum von 17 Jahren wieder und wieder bedrängt hat.«

Stephen King über seinen Roman

WILHELM HEYNE VERLAG MÜNCHEN

STEPHEN KING

„Horror vom Feinsten" urteilt der „Stern" über Stephen King

Brennen muß Salem
01/6478

Im Morgengrauen
01/6553

Der Gesang der Toten
01/6705

Die Augen des Drachen
01/6824

Der Fornit
01/6888

Dead Zone – Das Attentat
01/6953

Friedhof der Kuscheltiere
01/7627

„es"
„Jumbo"
(Paperback, Großformat)
41/1

Sie
„Jumbo"
(Paperback, Großformat)
41/2

Schwarz
„Jumbo"
(Paperback, Großformat)
41/11

Danse macabre
Die Welt des Horrors in Literatur und Film
(Heyne Sachbuch)
19/12

STEPHEN KING/
PETER STRAUB
Der Talisman
01/7662

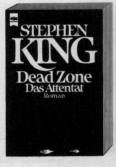  

Wilhelm Heyne Verlag München

RICHARD BACHMAN

An der Spitze der US-Bestsellerlisten, seit das Pseudonym gelüftet ist: Bachman ist King.

Der Fluch
01/6601

Menschenjagd
01/6687

Sprengstoff
01/6762

Todesmarsch
01/6848

Amok
01/7695

Tabitha King

Horror-Romane der eigenen Art von Stephen Kings Ehefrau

Das Puppenhaus
01/6625

Die Seelenwächter
01/6755

Die Falle
01/6805

Die Entscheidung
01/7773

Wilhelm Heyne Verlag München

STEPHEN KINGS NEUER WELTERFOLG ERSTMALS IM TASCHENBUCH!

Die Bürger einer verschlafenen amerikanischen Kleinstadt werden plötzlich aus ihrem gewöhnlichen Alltag gerissen. Mit einer Entdeckung hält auch das Grauen Einzug...

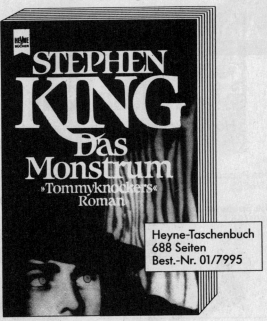

Heyne-Taschenbuch
688 Seiten
Best.-Nr. 01/7995

WILHELM HEYNE VERLAG MÜNCHEN

STEPHEN KING

Seine monumentale Fantasy-Saga vom »Dunklen Turm«

41/11

41/14

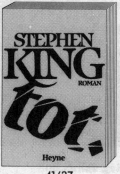

41/37

Ein episches
Meisterwerk
wie Tolkiens
»Herr der Ringe«

**Wilhelm Heyne Verlag
München**

Vom berühmten Autor der Horrorliteratur

STEPHEN KING

Seine Romane sind Bestseller auf der ganzen Welt — in diesem brilliant recherchierten und formulierten Sachbuch lernen Sie aber einen ganz anderen Stephen King kennen — hier gibt er seine persönliche Sicht der Welt des Horrors in Literatur und Film preis.

**Stephen King:
Danse macabre**
Die Welt des Horrors
in Literatur und Film
Deutsche Erstausgabe
Heyne Sachbuch 19/2

Wilhelm Heyne Verlag München